À l'ombre du clocher

Michel David

À l'ombre du clocher

Tome I

Les années folles

Tome II

Le fils de Gabrielle

ÉDITIONS FRANCE LOISIRS

Édition du Club France Loisirs,
avec l'autorisation des Éditions Hurtubise.

Éditions France Loisirs,
123, boulevard de Grenelle, Paris.
www.franceloisirs.com

ISBN : 978-2-298-07445-1

Les années folles

Tome I

Comme il faudra de temps
Pour saisir le bonheur
À travers la misère
Emmaillée au plaisir

Gilles Vigneault

Les personnages

L'ÉGLISE

Antoine Lussier : curé, grand et gros prêtre âgé d'une soixantaine d'années, cousin d'Ernest Veilleux.

Alexandre Martel : jeune vicaire.

Agathe Cournoyer : veuve âgée, servante du curé Lussier.

Gabrielle Paré : jeune orpheline, servante au presbytère.

Honoré Beaudoin : président du conseil de fabrique de la paroisse et échevin.

Joseph Groleau : bedeau.

PIERREVILLE (municipalité voisine)

Hormidas Joyal : député libéral du comté.

Albéric Courchesne : médecin de Pierreville.

Conrad et Normand Desfossés : père et fils, entrepreneurs de pompes funèbres.

LE VILLAGE

Hélèna Pouliot : propriétaire du magasin général.

Hortense Dagenais : cousine d'Hélèna Pouliot.

Adélard Crevier : maréchal-ferrant et forgeron, adversaire politique du maire Giguère.

Philibert Dionne : postier.

LE RANG SAINT-PIERRE

Wilfrid Giguère : maire de Saint-Jacques-de-la-Rive et beau-frère d'Eugène Tremblay.

Marthe Giguère (née Durand) : épouse du maire et sœur de Thérèse Tremblay.

Elphège Turcotte : célibataire.

Rose-Aimée Turcotte : sœur d'Elphège.

LE RANG SAINTE-MARIE

La famille Veilleux

Ernest Veilleux : cultivateur de cinquante-trois ans, père de neuf enfants, conservateur convaincu et cousin du curé Lussier.

Yvette Veilleux (née Dubé) : épouse d'Ernest, âgée de cinquante-deux ans et mère de Marcelle (religieuse de trente ans), d'Albert (employé de chemin de fer à Montréal et âgé de vingt-huit ans), de Maurice (frère mariste âgé de vingt-quatre ans), de Céline (vingt ans), d'Anne (dix-sept ans), de Jérôme (quinze ans), de Léo (treize ans), de Jean-Paul (onze ans) et d'Adrien (neuf ans).

La famille Tremblay

Eugène Tremblay : cultivateur de quarante-huit ans, père de six enfants, libéral convaincu, voisin des Veilleux.

Thérèse Tremblay (née Durand) : épouse d'Eugène, âgée de quarante-six ans, sœur de la femme du maire Giguère et mère de Claire (vingt-cinq ans), de Clément (vingt ans), de Gérald (seize ans), d'Aline (quatorze ans), de Lionel (douze ans) et de Jeannine (dix ans).

La famille Hamel

Georges Hamel : jeune cultivateur de trente-deux ans, voisin des Tremblay.

Rita Hamel (née Fafard) : épouse de Georges et mère de Charles (sept ans), de Claudette (quatre ans) et d'Adrienne (deux ans).

La famille Fournier

Fernande Fournier (née Comtois) : veuve de Laurent Fournier décédé en 1918, âgée de soixante-cinq ans et mère de Florence Cohen (quarante et un ans) et de Germain (trente ans).

La famille Tougas

Antonius Tougas : cultivateur de quarante ans et ami d'Eugène Tremblay.

Emma Tougas : épouse d'Antonius et mère de quatre fils assez turbulents.

Les Pierri

Bruno Pierri : nouveau résidant d'origine italienne âgé d'une quarantaine d'années.

Maria Pierri : épouse de Bruno, sans enfant.

1

Le vicaire

En cette mi-août 1922, la brise légère qui s'était levée au milieu de l'avant-midi avait une douceur estivale qui rappelait les plus beaux jours de juillet. Elle transportait des odeurs enivrantes d'herbe coupée et de fleurs. Le soleil achevait de mûrir les récoltes dans les champs et la moindre voiture passant sur la route soulevait un nuage de poussière dans le village, au grand dam des ménagères qui venaient de laver leurs vitres.

Ce matin-là, le curé de Saint-Jacques-de-la-Rive n'était pourtant pas d'humeur à apprécier la température douce qui régnait à l'extérieur.

Antoine Lussier entra au pas de charge dans son presbytère. Il n'y avait qu'à voir les marbrures rouges sur le crâne dénudé du prêtre âgé d'une soixantaine d'années pour se rendre compte qu'il était en colère. Le pasteur à la stature imposante poussait devant lui un ventre confortable que venait barrer la chaîne en argent d'une montre de poche.

— Madame Cournoyer ! Madame Cournoyer ! aboya-t-il en passant devant la porte de la salle à manger.

Une petite dame un peu voûtée sortit de la pièce en trottinant.

— Qu'est-ce qu'il y a, monsieur le curé ?

— Où est passé l'abbé Martel ?

— Il me semble l'avoir entendu monter dans sa chambre tout à l'heure.

— Comme d'habitude, il est jamais là où il devrait être, cet agrès-là ! grommela le pasteur. L'abbé ! cria-t-il d'une voix de stentor, en se plantant au pied de l'escalier en chêne qui conduisait à l'étage des chambres. Venez me voir dans mon bureau.

Puis, sans se préoccuper de savoir si son vicaire l'avait ou non entendu, le prêtre se dirigea vers son bureau situé à l'avant. Il claqua bruyamment la porte de la pièce pour bien montrer son agacement.

Quelques minutes plus tard, on frappa discrètement à la porte du bureau du curé.

— Entrez ! tonna la voix d'Antoine Lussier qui marchait de long en large dans son bureau.

Il fusilla du regard le petit prêtre délicat à la chevelure blonde sagement coiffée qui venait de pousser la porte de la pièce.

— Vous voulez me voir, monsieur le curé ?

— Bien oui, l'abbé. Je voulais vous voir il y a dix minutes. Ça vous prend bien du temps pour vous virer de bord, vous !

— J'ai fait le plus vite possible, monsieur le curé, s'excusa Alexandre Martel, en bredouillant.

— Bon ! Ça va ! Assoyez-vous. J'ai deux mots à vous dire, fit le curé en se laissant tomber dans le fauteuil en cuir noir placé derrière son bureau, après avoir poussé un soupir d'exaspération.

Il y eut un bref silence qui parut très long à l'abbé Martel.

— Vous êtes bien allé voir madame Fournier hier soir, après le souper, comme je vous l'avais demandé ?

— Oui, monsieur le curé.

— Est-ce qu'elle va mieux ?

— J'ai pas eu cette impression-là. Quand je suis arrivé, le vieux docteur Courchesne partait. Si j'ai bien compris, sa fille avait envoyé son frère le chercher à Pierreville.

— C'est sûr qu'ils ont pas fait venir le docteur pour rien, laissa tomber Antoine Lussier en replaçant machinalement quelques papiers au centre de son bureau. Je pense que la pauvre femme en a plus pour longtemps.

Antoine Lussier était le fils d'un cultivateur de Saint-Grégoire. Septième d'une famille de douze enfants, il avait appris très tôt que l'argent était rare et qu'on ne faisait venir le médecin qu'à la dernière extrémité, quand tous les autres moyens de se guérir n'avaient pas fonctionné.

Le prêtre leva la tête et s'aperçut que son vicaire fixait d'un air absent un point situé au-dessus de sa tête. Il semblait un peu perdu dans ses pensées.

— Aïe, l'abbé ! Je vous parle. Sortez de la lune !

— Oui, oui, monsieur le curé, bafouilla l'autre en semblant reprendre difficilement pied dans la réalité.

— Savez-vous à qui je viens d'avoir affaire ?

— N... non.

— Au vieux Rosaire Léveillé. Et vous devinerez jamais pourquoi.

— Non, je vois pas. Pourquoi ?

— Bien, il me ramenait notre cheval, tonna Antoine Lussier en frappant son bureau du plat de la main. Notre cheval était en train de brouter dans son jardin après avoir ravagé le rond de fleurs de sa femme… Vous imaginez comment ils ont aimé ça tous les deux !

— Comment ça se fait que notre bête était rendue là ? fit le jeune prêtre, surpris.

— Ah ! Mais à ça, il y a juste une explication, répliqua le curé Lussier, sarcastique. J'ai dans l'idée qu'un certain vicaire a oublié d'attacher son cheval dans l'écurie hier soir après l'avoir dételé et, qu'en plus, il a mal refermé la porte de l'écurie. Qu'est-ce que vous en pensez, l'abbé ?

— Il me semblait bien que…

— Laissez faire ce qu'il vous semblait bien, se moqua son supérieur. Encore une fois, vous avez pas fait attention à ce que vous faisiez… Maintenant, il va falloir donner de nos légumes aux Léveillé.

— …

— Après le dîner, vous irez remplir un grand panier avec des tomates, des petites fèves et des oignons de notre jardin et vous irez le porter chez les Léveillé. En même temps, vous en profiterez, je suppose, pour vous excuser de votre étourderie. J'espère juste que cette affaire-là fera pas le tour de la paroisse. Les paroissiens vont finir par croire que vous avez pas toute votre tête, l'abbé. Il y a déjà bien assez qu'ils parlent encore de ce qui vous est arrivé au mois de juillet dernier...

Le jeune prêtre de trente et un ans rougit violemment à l'évocation de la mésaventure qui lui était arrivée cinq semaines auparavant.

Ce jeudi-là, il avait fait une chaleur humide épouvantable. C'était comme si le soleil avait décidé d'assécher toute l'eau qui était tombée sans discontinuer la semaine précédente.

À la fin de l'après-midi, l'abbé Martel revenait de visiter une malade dans le rang Saint-Edmond quand il avait aperçu une demi-douzaine d'enfants en train de s'ébattre dans l'eau de la rivière, en face de la forge Crevier. Leurs cris excités disaient assez leur joie de se rafraîchir. Suant tout ce qu'il pouvait sous son épaisse et inconfortable soutane noire, le vicaire avait poursuivi son chemin vers le presbytère en enviant les jeunes d'avoir la chance de se tremper dans de l'eau froide.

Il faisait si chaud que même les murs épais du presbytère étaient incapables d'apporter un peu de fraîcheur. L'abbé essaya bien d'imiter son curé et d'aller lire son bréviaire, à l'ombre, sur la vaste galerie, en attendant le souper : rien n'y fit. L'air était comme immobile. Même les bêtes s'étaient mises à l'abri sous le feuillage des arbres plantés en bordure des champs. L'humidité était insupportable.

Après le repas du soir, Alexandre Martel se retira très tôt dans sa chambre, attendant avec impatience de goûter enfin un peu de la fraîcheur que ne manquerait pas d'apporter le coucher du soleil.

Le soleil baissa à l'horizon, puis disparut ; mais la faible brise attendue n'arriva pas. La chaleur d'étuve persistait.

Quand, un peu après vingt et une heures, le jeune prêtre entendit claquer la porte de la chambre à coucher de son curé, une idée saugrenue germa dans sa tête. Pourquoi n'irait-il pas se baigner dans la rivière, lui aussi ? Il n'avait qu'à attendre un peu. Dans moins d'une heure, il était certain qu'il n'y aurait plus personne à l'extérieur. Il n'aurait alors qu'à sortir du presbytère sur le bout des pieds, traverser le cimetière sans être vu et descendre sur le bord de la rivière. Rendu là, il ne lui resterait qu'à suivre la rive jusqu'au gué situé au bout du village. L'excursion ne devait pas être si difficile que ça puisque, passé le couvent, la plupart des habitants du village qui demeuraient sur le bord de la rivière ne s'étaient pas donné la peine de clôturer leur terrain jusqu'au bord de l'eau.

L'abbé Martel attendit donc au moins une heure avant de passer aux actes.

Vers vingt-deux heures trente, il souffla sa lampe à huile et entrouvrit la porte de sa chambre à coucher. Dans le noir, il s'aventura silencieusement, les souliers à la main, dans le long couloir, à l'affût du moindre bruit en provenance de la chambre du curé Lussier. Passant devant la porte de la chambre de son supérieur, il n'entendit que des ronflements sonores qui eurent le don de le rassurer. Il était donc le seul éveillé dans les lieux puisque madame Cournoyer était rentrée chez elle depuis belle lurette, dans sa petite maison blanche située de l'autre côté de la route, en face du presbytère.

Avec des ruses de Sioux, le vicaire descendit l'escalier en se guidant grâce à la clarté de la lune qui pénétrait par la vitre de la porte d'entrée. Enfin, il ouvrit doucement la porte et sortit sur le balcon avant de s'asseoir sur la dernière marche de l'escalier pour chausser ses souliers.

À cette heure avancée, tout était silencieux et noir dans le village. Aucune lumière ne brillait aux fenêtres. Même si le soleil était couché depuis deux bonnes heures, la chaleur demeurait étouffante. Pas un souffle de vent ne faisait frissonner les feuilles des arbres. Le silence n'était troublé que par les aboiements lointains d'un chien.

Alexandre Martel contourna le presbytère et se dirigea dans l'obscurité à l'arrière de l'église pour franchir le portillon qui donnait accès au cimetière. Il traversa ce dernier et descendit sur le bord de la Saint-François, qu'il se mit à suivre prudemment jusqu'au gué, au bout du village. Il avait beau être un peu loin des maisons, assez pour ne pas être reconnu dans le noir, il prenait tout de même la précaution de se déplacer sans bruit et en se penchant.

Évidemment, lorsqu'il parvint à l'endroit où il avait vu les jeunes se baigner durant l'après-midi, il n'y avait plus personne. La place était déserte. L'abbé tendit l'oreille et inspecta les lieux à la lueur du clair de lune. Personne. Il n'entendait plus maintenant que le bruissement de l'eau effleurant les pierres sur la rive.

Sans perdre plus de temps, il enleva sa soutane, ses souliers, ses chaussettes, son pantalon et sa chemise qu'il déposa près d'un buisson. Ensuite, il s'avança avec précaution dans l'eau rafraîchissante, peu profonde à cet endroit. À peine un peu plus de trois pieds. Alors, avec un délicieux frisson, il se laissa glisser sur le dos et il ferma les yeux, s'abandonnant au plaisir extraordinaire de sentir couler toute cette fraîcheur sur sa peau.

Quelques instants plus tard, après s'être redressé dans l'eau, le prêtre ouvrit soudainement les yeux et tourna la tête en direction du rivage. Il avait eu la vague impression de percevoir un mouvement. Puis rien. Durant plusieurs minutes, le jeune homme continua à profiter de l'eau en bénissant le ciel de lui avoir donné une si merveilleuse idée.

Finalement, il lui fallut bien songer à retourner au presbytère. Il avait beau n'avoir à célébrer sa messe qu'à huit heures chaque matin, cette semaine-là, il lui faudrait tout de même se lever assez tôt. Désolé d'avoir à mettre fin si vite à un plaisir aussi rare, il se laissa paresseusement pousser vers la rive par le faible courant.

Lorsqu'il mit les pieds sur le rivage, un nuage masqua la lune. L'abbé Martel, pieds nus et en sous-vêtement mouillé, se rendit à l'aveuglette jusqu'au buisson et se mit à chercher ses vêtements dans l'obscurité la plus complète. Un bref moment d'affolement le saisit quand il se rendit compte qu'il ne les retrouvait pas.

Heureusement, le nuage passa et le clair de lune revint. Le vicaire eut un « ah ! » de soulagement. Il scruta l'endroit où il était certain de s'être déshabillé : pas la moindre trace de ses vêtements.

— Voyons donc, je suis pas fou ! s'exclama-t-il à mi-voix.

Il se remit à fouiller avec fébrilité une large section de la rive sans plus de succès. C'était un mystère ! Toutes ses affaires avaient disparu ! Il eut beau inspecter avec soin les trois ou quatre buissons du secteur : rien.

Catastrophé et le cœur battant la chamade, le pauvre prêtre dut se résoudre à retourner au presbytère en sous-vêtement et pieds nus. Même s'il avait la chance de pouvoir rentrer en suivant la rive, loin de la route, il y avait toujours la possibilité qu'un paroissien ou une paroissienne l'aperçoive... Quelle honte ! Il ne s'en remettrait jamais. À l'évocation de cette seule possibilité, il en avait des sueurs froides. Le curé Lussier exigerait sûrement son renvoi et il aurait à s'expliquer avec monseigneur Côté, qui n'avait pas la réputation d'être un tendre. Dans le meilleur des cas, il serait changé de diocèse.

L'abbé ne cessa pas de prier durant les longues minutes que dura son retour au presbytère. Quand il parvint enfin au pied de l'escalier, son caleçon long avait eu tout le temps de sécher. En posant le pied sur la première marche de l'escalier, il avait presque envie de pleurer. Il avait les pieds meurtris et le corps couvert de piqûres de moustiques.

Mais il n'était pas encore sauvé. Il lui restait encore une terrible épreuve à franchir : se rendre à sa chambre sans attirer l'attention de son supérieur.

Après avoir invoqué son ange gardien, le jeune prêtre rassembla ses dernières forces pour franchir la porte du presbytère et la refermer sans bruit derrière lui. Il se mit ensuite à gravir lentement l'escalier sur le bout des pieds, priant pour que le curé ne choisisse pas ce moment pour faire une petite excursion nocturne dans le garde-manger, comme cela lui arrivait assez souvent. Il aurait l'air fin, en sous-vêtement dans l'escalier !

Pourtant, Alexandre Martel eut une chance extraordinaire. Il put rentrer dans sa chambre sans avoir alerté son curé. Après avoir pris quelques minutes pour retrouver son souffle, il alluma sa lampe à huile et consulta son réveille-matin : une heure et demie. Il lui fallait dormir. Il éteignit.

Malgré toute sa volonté de trouver rapidement le sommeil, le vicaire n'y parvint qu'aux petites heures du matin. Ses pieds lui faisaient trop mal et il ne cessait de se gratter. Au moment de sombrer, il en était venu à la conclusion que sa mésaventure ne lui apporterait probablement aucun désagrément trop important. Elle lui aura coûté sa meilleure soutane, une vieille chemise, un pantalon et une paire de souliers deux fois ressemelés. Sa vieille mère pourrait toujours lui confectionner un pantalon et une chemise dans de vieux vêtements laissés par son défunt père. Pour la soutane, il allait en être quitte pour porter un an de plus sa vieille soutane rapiécée.

Un peu avant six heures, le lendemain matin, le curé Lussier sortit sur la galerie, à l'arrière du presbytère. Comme tous les matins, le prêtre s'était levé très tôt parce qu'il adorait voir le lever du soleil. C'était son heure préférée. Tout était si paisible et si beau à ce moment-là de la journée.

Le soleil orangé se levait à l'horizon, de l'autre côté de la rivière qu'il apercevait de son balcon. Peu à peu, la remise et l'écurie derrière le presbytère sortaient de l'ombre. Le jardin qu'il entretenait avec amour avec l'aide de son vicaire et du vieux Joseph Groleau, son bedeau, passait du noir au vert. Même l'épouvantail avait...

Antoine Lussier sursauta et allongea le cou pour mieux voir.

— Ah ben, batèche ! Veux-tu ben me dire ce que c'est ça ! s'exclama-t-il.

Sans perdre un instant, l'homme à la stature imposante descendit lourdement l'escalier et se précipita vers son jardin d'où il revint deux minutes plus tard, à bout de souffle. Il entra dans la cuisine et traversa la pièce en faisant claquer bruyamment la porte derrière lui.

— L'abbé ! L'abbé ! hurla-t-il, debout au pied de l'escalier. Je veux vous voir tout de suite en bas. Grouillez-vous !

Alexandre Martel, réveillé en sursaut par cette voix tonnante, s'assit dans son lit, se demandant s'il avait rêvé. Il avait l'impression qu'il venait à peine de s'endormir, même s'il semblait déjà commencer à faire clair à l'extérieur. Il tendit le bras vers sa table de chevet pour s'emparer de son réveille-matin et il plissa les yeux pour tenter de déchiffrer l'heure.

— M'avez-vous entendu, l'abbé ?

Cette fois-ci, il n'y avait pas à se tromper. Le curé Lussier l'appelait bel et bien.

— Oui, monsieur le curé. J'arrive, répondit le jeune prêtre après avoir entrouvert la porte de sa chambre.

Le vicaire se précipita vers sa garde-robe d'où il tira un pantalon et une chemise sans col. Il s'habilla en un temps record et glissa ses pieds nus dans ses vieilles pantoufles éculées avant d'ouvrir la porte de sa chambre à coucher et de descendre au rez-de-chaussée.

Le jeune prêtre alla d'abord jusqu'au bureau de son supérieur. À la vue de la pièce vide, il rebroussa chemin, regarda en passant dans le salon puis dans la salle à manger et dans la cuisine. En entrant dans cette dernière pièce, il aperçut son supérieur qui lui tournait le dos, debout sur le balcon.

— Vous m'avez demandé, monsieur le curé ? fit-il en s'approchant de la porte-moustiquaire. Je pensais que c'était votre tour, cette semaine, de dire la messe de sept heures et...

— Venez donc ici, l'abbé, lui ordonna Antoine Lussier en lui faisant signe de sortir.

— Je suis pas bien montrable, monsieur le curé, objecta le vicaire. Ma toilette est pas faite. Je suis même pas rasé et...

— Laissez faire votre toilette, l'abbé. Je vous invite pas à une parade de mode.

Alexandre Martel obtempéra et sortit sur le balcon. Il se planta debout à côté de son supérieur qui le dépassait d'une demi-tête.

— Regardez le jardin, l'abbé, et dites-moi ce que vous voyez, lui commanda sans ménagement son curé.

— Bien, rien de spécial, dit Alexandre Martel après avoir vainement scruté le jardin.

— Regardez comme il faut.

— Je vois pas...

— Bon, descendez avec moi. Je vais vous montrer ce qu'il y a à voir, moi, lança le curé Lussier d'une voix rageuse.

Antoine Lussier entraîna avec lui le jeune prêtre et il s'arrêta brusquement devant l'épouvantail planté au milieu du jardin.

— Et ça, c'est quoi ? demanda Antoine Lussier en pointant un doigt accusateur vers le bonhomme de paille revêtu d'une soutane, avec autour du cou une paire de souliers attachés par les lacets.

Le vicaire pâlit en reconnaissant ses effets personnels.

— Si vous regardez bien, l'abbé, vous allez même découvrir une chemise et des pantalons bien étendus sur le toit de notre écurie... À qui ça peut bien appartenir, ces batèches de guenilles-là, d'après vous ?

— À moi, monsieur le curé. Je pense que j'ai des explications à vous donner, parvint à dire le pauvre vicaire d'une voix un peu chevrotante.

— Elles ont besoin d'être bonnes, mon petit abbé, fit le curé d'une voix menaçante. Mais d'abord, vous allez rentrer vos affaires dans le presbytère avant que toute la paroisse les voie. Prenez une échelle et commencez par aller chercher vos pantalons et votre chemise sur le toit de l'écurie. Vous viendrez vous expliquer après votre déjeuner.

Le visage rouge de colère, le curé planta là son vicaire et rentra dans le presbytère pour aller se préparer à célébrer la messe de sept heures. Ce matin-là, la chance servit l'abbé Martel en ce qu'il n'eut pas à partager le déjeuner de son curé. Ce dernier mangea son premier repas de la journée pendant qu'il disait la messe de huit heures. Ces quelques heures de répit permirent à l'un de se calmer et à l'autre de préparer des explications moins embarrassées.

Le jeune prêtre mangea avec très peu d'appétit le déjeuner préparé par Agathe Cournoyer. Après son repas, il rejoignit le curé Lussier en train de lire son bréviaire dans le salon.

— Fermez la porte, l'abbé, lui ordonna le curé à mi-voix. Il est inutile que madame Cournoyer entende ce que vous avez à me dire.

Alexandre Martel ferma la porte doucement derrière lui en affichant une mine de condamné.

— Assoyez-vous et racontez-moi votre histoire.

Le vicaire narra en peu de mots sa mésaventure de la nuit précédente.

— Vous comprenez, monsieur le curé, conclut le jeune vicaire. J'avais juste le goût de me rafraîchir un peu. Et comme il n'est pas convenable pour un prêtre d'aller se baigner en plein jour, j'ai voulu y aller à la noirceur pour que personne me voie.

— Si j'ai bien compris, l'abbé, vous êtes en train de me dire que vous avez traversé tout le village en caleçon et nu-pieds en pleine nuit ! dit le curé Lussier en haussant un peu la voix.

— Non, monsieur le curé. Vous pensez bien que je suis revenu en suivant le bord de la rivière. J'ai pris le même chemin qu'à l'aller. Je voulais pas que quelqu'un me voie.

— Vous deviez avoir l'air fin, là ! ne put s'empêcher de faire remarquer le vieux prêtre en réprimant tant bien que mal un sourire derrière son air bougon. En tout cas, il y a au moins une personne qui vous a vu : celle qui est partie avec vos affaires. Vous imaginez le scandale, si cette histoire se répand dans le village ?

Le jeune vicaire se contenta de blêmir. Durant un long moment, le curé Lussier prit un air songeur et les traits de son visage se durcirent. À son avis, cette affaire-là ressemblait à un mauvais coup de l'un des fils d'Antonius Tougas. Ça ne l'aurait pas surpris que l'Émile ou un de ses trois frères ait traîné dehors à cette heure-là. Si c'était un des garçons d'Antonius Tougas qui avait voulu faire le finaud, on allait le savoir assez vite parce qu'il prendrait plaisir à s'en vanter à tout le village. En plus, si jamais il découvrait qu'Eugène Tremblay était derrière tout ça, juste pour le mettre dans l'embarras, lui, le cousin d'Ernest Veilleux, il trouverait bien le moyen de lui faire payer cette blague de mauvais goût.

« En tout cas, si c'est un des fils Tougas qui a fait ce coup-là, je vais lui montrer à vivre, à ce petit batèche-là ! » se dit le prêtre.

Le curé Lussier se leva enfin de son fauteuil et se dirigea vers la porte du salon. Avant de quitter la pièce, il se retourna vers son vicaire en arborant une mine sévère.

— La prochaine fois que vous aurez une idée aussi brillante que d'aller vous baigner au clair de lune, l'abbé, venez donc m'en parler avant. Ça nous évitera peut-être pas mal de troubles. J'espère que ça vous servira de leçon. En attendant, faites le mort. On va bien finir par savoir si quelqu'un va en entendre parler.

La prédiction d'Antoine Lussier se révéla exacte. Le surlendemain, la vieille Agathe Cournoyer rentra au presbytère dans tous ses états. La cuisinière s'était arrêtée un instant chez Hélèna pour acheter une bouteille d'huile à lampe. En ce samedi matin, il n'y avait pas un client au magasin général. Hélèna Pouliot lui avait demandé d'un air sournois si le nouveau vicaire continuait à se promener en caleçon dans le village la nuit, après être allé se baigner devant chez Crevier. La vieille dame de plus de soixante-dix ans, n'en croyant pas ses oreilles, était demeurée interloquée un bon moment.

— C'est quoi, cette histoire de fou ? avait-elle demandé à l'épicière.

— C'est ce qu'on raconte un peu partout dans la paroisse depuis hier, madame Cournoyer, avait répondu l'autre, heureuse de colporter ce ragot.

— Voyons donc ! s'était exclamée la digne cuisinière. Comme si un prêtre allait s'amuser à faire des affaires pareilles ! Attendez que je raconte ça à monsieur le curé.

Sur ces mots, Agathe Cournoyer, indignée, avait quitté le magasin général et avait traversé la route pour rentrer au presbytère. Mis au courant, Antoine Lussier conseilla hypocritement à la veuve de ne pas faire tant de cas d'une calomnie et la renvoya à ses fourneaux.

Cinq minutes plus tard, le curé poussait la porte du magasin général. Après s'être assuré qu'il n'y avait aucun client sur place, il semonça vertement une Hélèna Pouliot, confuse, et l'accusa de colporter des calomnies sur un prêtre.

— Qui est-ce qui se vante d'avoir fait ça ? lui demanda-t-il, sévère.

— Bien, monsieur le curé, je sais pas si je dois le dire, c'est plutôt...

— De toute façon, ma fille, je vais finir par le savoir parce que tu vas être obligée de venir te confesser de cette calomnie-là, la coupa sèchement le curé.

— C'est le petit Émile Tougas, monsieur le curé, avoua Hélèna Pouliot, piteuse. Il raconte ça partout, le petit verrat !

— Il est pas le seul à le raconter d'après ce que j'entends, lui reprocha sévèrement le prêtre. En répétant ça à tout le monde, tu deviens sa complice, ma fille. Malheur à celui par qui le scandale arrive ! tonna le curé Lussier.

Blanche comme un drap, Hélèna Pouliot regarda le curé sortir de son établissement. Aussitôt que la porte se fut refermée derrière lui, elle s'appuya lourdement contre son comptoir en s'étreignant la poitrine.

— Eh bien ! Eh bien ! Elle est bonne celle-là ! se lamenta-t-elle. J'ai rien fait et je me fais dire un paquet de bêtises par le curé à cette heure !

Le curé Lussier se garda bien de dire un mot de tout cela à son vicaire. Il avait pris la décision de régler l'affaire lui-même dès le lendemain matin, avant la basse-messe célébrée par l'abbé Martel. Habituellement, les Tougas y assistaient avec leurs fils.

Il ne se trompait pas. Lorsqu'il vit Antonius et Emma Tougas entrer dans l'église, précédés de quelques pas par leurs quatre enfants, il s'empressa d'envoyer un servant de messe chercher Émile, leur second fils. L'adolescent venait de prendre place dans le banc loué par ses parents aux côtés de ses frères.

— Est-ce qu'il y a un problème, monsieur le curé ? lui demanda le vicaire en train de revêtir ses habits sacerdotaux pour célébrer le saint sacrifice.

— Finissez de vous préparer, l'abbé, lui dit Antoine Lussier à mi-voix. Ne vous occupez pas de ça.

Quand le servant poussa la porte de la sacristie en faisant passer Émile Tougas devant lui, le curé Lussier eut du mal à réprimer un sourire mauvais.

— Vous voulez me voir, monsieur le curé ? demanda le garçon de quatorze ans en affichant un petit air bravache.

L'adolescent était de taille moyenne, mais maigre et nerveux. Son visage en lame de couteau surmonté de cheveux noirs et raides présentait un air sournois plutôt déplaisant.

— Oui. J'ai affaire à toi. Entre là-dedans, lui dit le prêtre en ouvrant la porte de la petite pièce où sœur Berthe s'installait un jour par semaine pour réparer les nappes d'autel et les vêtements sacerdotaux.

Quand la porte se referma sur le curé Lussier, Émile Tougas perdit un peu de sa superbe. Le prêtre le fixa durant un long moment avant de lui demander d'une voix neutre :

— Est-ce que c'est vrai ce que j'ai entendu dire, mon garçon ?

— Quoi, monsieur le curé ?

— J'ai entendu dire entre les branches que t'haïs pas ça te promener tard le soir du côté de la petite plage... surtout quand il fait bien chaud !

— Ben...

— On raconte aussi dans le village que tu te vantes partout d'avoir joué un bon tour au vicaire, reprit le pasteur en enflant la voix d'une manière plutôt menaçante. Il paraît que tu serais parti avec tout son linge pendant qu'il se baignait.

— C'est pas vrai, mentit l'adolescent dont les yeux ne cessaient d'aller de la porte au prêtre, comme s'il cherchait à fuir. Moi, j'ai rien fait. C'est des menteries !

— Qui t'a poussé à faire ça ?

— Personne, monsieur le curé ! C'est pas moi !

— T'es bien sûr que personne t'a suggéré de faire cette farce plate là ?

— C'est sûr, monsieur le curé. J'ai rien fait, moi !

Les yeux de l'imposant curé se plissèrent et son ton se durcit.

— As-tu fini de me prendre pour une valise, Émile Tougas ? Il y en a qui t'ont vu faire ton mauvais coup.

Antoine Lussier sentit que le jeune Tougas ne cherchait qu'une occasion de lui échapper. Il fit un pas en avant et le saisit par une épaule sans aucune douceur. Sous la solide poigne du curé, les jambes d'Émile fléchirent légèrement, mais il demeura les bras ballants.

— Écoute-moi ben, toi ! tonna le prêtre en resserrant son étreinte. Je vais t'enlever une fois pour toutes le goût de rire des prêtres. Se moquer d'un homme de Dieu, c'est un grave péché, mon garçon !

La figure de l'adolescent pâlit.

— Demain matin, tu vas dire à ton père que tu m'as promis de venir travailler toute la journée au presbytère. Je veux te voir ici à sept heures. Tu vas me faire un grand ménage de la remise et tu vas corder dedans tout le bois qu'Arsène Boisvert et Ernest Veilleux m'ont livré la semaine passée. Pendant que tu feras cet ouvrage-là, tu réfléchiras au respect qu'on doit aux prêtres. Si jamais t'oublies de venir, je vais aller te chercher chez vous. M'as-tu compris ?

— Oui, monsieur le curé, balbutia Émile Tougas.

— Maintenant, disparais de ma vue et va rejoindre ton père et ta mère dans l'église avant que je succombe à mon envie de te donner le coup de pied dans le derrière que tu mérites. Dépêche-toi !

L'adolescent ne se fit pas répéter l'invitation. Il se précipita vers la porte de la petite pièce aussitôt que le prêtre libéra son épaule, qu'il avait tenue durant un long moment comme dans un étau. L'abbé Martel, prêt à entrer dans le chœur pour célébrer sa messe, le vit traverser la sacristie au pas de charge. Il jeta un regard interrogateur à son curé qui sortait de la petite pièce. Antoine Lussier fit comme s'il ne s'était aperçu de rien. Alors, le vicaire coiffa sa barrette et fit signe à son servant de messe d'avancer.

Le lendemain matin, une brume humide accueillit Antoine Lussier, toujours aussi matinal, lorsqu'il sortit sur le balcon arrière du presbytère. Elle s'élevait des eaux de la rivière et se répandait en une nappe opaque au-dessus des champs et du cimetière situé derrière l'église. Au moment où il allait rentrer pour lire son bréviaire, le digne ecclésiastique aperçut Émile Tougas pénétrant dans la cour arrière. Le prêtre rentra dans la cuisine silencieusement et épia le garçon par la fenêtre.

L'adolescent, les mains dans les poches et une vieille casquette enfoncée sur la tête, arborait un air boudeur et se traînait les pieds. Il sembla avoir un léger mouvement de recul en apercevant l'énorme monticule de bûches qui l'attendait. Au minimum, il y avait là une dizaine de cordes de bois, ce qui représentait la dîme des familles Boisvert et Veilleux pour l'année.

Au moment où Antoine Lussier allait se retourner pour sortir de la pièce, il sentit une présence derrière lui. L'abbé Martel venait de jeter un coup d'œil dans la cour du presbytère.

— Est-ce que c'est le petit Tougas, monsieur le curé ?

— En plein ça, l'abbé.

— Qu'est-ce qu'il vient faire en arrière du presbytère si tôt ?

— Il vient expier ses péchés, l'abbé, répondit le curé Lussier, énigmatique.

— Ses péchés ! Quels péchés ?

— Et le secret de la confession, l'abbé, qu'est-ce que vous en faites ? fit le curé sur un ton bourru. Occupez-vous pas de ça. Vous feriez mieux plutôt de vous dépêcher d'aller dire votre messe ; vous allez finir par être en retard.

Quand le vicaire eut tourné les talons pour sortir du presbytère par la porte avant, le curé s'assura que l'adolescent s'était bien mis au travail avant de se retirer dans le salon avec son bréviaire en attendant huit heures, heure où il irait dire la messe à son tour. Quelques minutes plus tard, il entendit arriver Agathe Cournoyer qui entreprit immédiatement de dresser la table du premier repas de la journée des deux prêtres. Il s'arrêta un instant dans la salle à manger.

— Madame Cournoyer, on va garder à déjeuner et à dîner le petit Tougas qui va nous corder notre bois une bonne partie de la journée. Il a déjà commencé à travailler.

— Est-ce qu'il va manger avec vous, monsieur le curé ? demanda la vieille dame.

— Non madame. Installez-le sur un coin de table dans la cuisine. Perdez-le pas de vue quand il sera ici et gardez-le en dedans juste le temps des repas.

Sur ces mots, le prêtre prit la direction de son bureau. Depuis la veille, il ne cessait de se demander si le mauvais coup de l'adolescent n'était qu'une mauvaise blague d'un chenapan ou un geste malicieux suggéré par Eugène Tremblay, qui détestait Ernest Veilleux et son clan. Il ne possédait aucune preuve contre le voisin de son cousin, mais son intuition lui disait qu'il n'était probablement pas tout à fait étranger à l'affaire.

— Probable que toute la paroisse s'en doute, dit Antoine Lussier à mi-voix en fermant la porte de son bureau derrière lui. Mais je suis pas pour en parler à Ernest. Il va encore s'énerver comme un pou et prendre le mors aux dents. Je suis tout de même pas pour mettre le feu aux poudres dans la paroisse pour cette histoire-là.

Non, le curé Lussier ne ferait rien de tel, mais il saurait bien faire payer le prix de cette humiliation à l'endroit de son vicaire, s'il découvrait un jour que Tremblay était derrière tout ça.

2

Le pont

Une dizaine de jours plus tard, la température était devenue un peu plus fraîche. En ce mercredi avant-midi, le ciel charriait de lourds nuages gris poussés par un petit vent du nord, ce qui n'annonçait rien de bon.

Ce matin-là, Marthe Giguère sursauta violemment en voyant une figure inconnue apparaître à l'une des fenêtres de l'étable où elle était occupée à nourrir les veaux.

— Mon Dieu, que j'ai eu peur ! s'exclama-t-elle en lâchant le seau de lait frais qu'elle présentait à un jeune veau. Qu'est-ce que vous voulez ?

Le visage disparut momentanément pour réapparaître un instant plus tard à la porte de l'étable, qu'on venait de pousser. Il appartenait à un homme de taille moyenne vêtu d'un strict costume noir, le cou enserré dans un large col en celluloïd. Son nez assez imposant était garni de lunettes à monture d'acier. L'homme retira poliment son chapeau, découvrant une large calvitie.

— Excusez-moi de vous avoir fait peur, madame, mais je cherche monsieur le maire. Est-ce que je suis bien chez Wilfrid Giguère ?

Se rendant compte qu'elle avait affaire à un homme bien éduqué et non à un maraudeur, la femme blonde d'une quarantaine d'années s'avança vers l'inconnu en s'essuyant les mains sur son large tablier.

— Il y a pas d'offense. Vous êtes bien à la bonne place. Mon mari est dans la remise à côté en train de réparer un attelage.

— Merci, madame, fit l'homme en refermant la porte.

Durant une seconde, il sembla chercher du regard la porte de la remise voisine et il s'avança prudemment entre les mares laissées par la pluie abondante de la nuit précédente. La porte s'ouvrit au moment où il allait frapper. Un grand homme maigre à la chevelure poivre et sel clairsemée le dévisagea, attendant de toute évidence qu'il se présente.

— Bonjour, monsieur le maire. Je pense que votre député vous a annoncé ma visite. Alcide Gauthier, du ministère de la Voirie, dit l'homme en tendant la main.

— Ça fait une éternité que j'ai pas vu Hormidas Joyal, fit Wilfrid Giguère en serrant la main tendue. La dernière fois, c'était au début de juin.

— Il vous a pas dit que je viendrais vous voir ? demanda le fonctionnaire, surpris.

— N... non, pas que je me souvienne.

— Il vous a pas parlé du pont ?

— Ah oui ! J'y suis. On est en 1922 et on nous parle de ce pont-là depuis vingt ans. À chaque élection, on nous le promet. Puis, plus personne en parle jusqu'aux élections suivantes.

— Ça a tout l'air que ça pourrait bien changer, répliqua l'homme en prenant une pose avantageuse.

— Êtes-vous en train de me dire, vous, que Taschereau se prépare à aller en élection ? railla le maire, narquois. Il vient à peine de remplacer Lomer Gouin.

— Moi, j'annonce rien, se défendit l'autre en éclatant de rire. Tout ce que je sais, c'est qu'on a l'air de croire que vous votez du bon bord et qu'on tient à ce que ça continue.

— Vous saurez que je fais plus que voter du bon bord. J'ai travaillé pas mal pour les rouges aux dernières élections, expliqua le maire, en bombant le torse. Ce que vous m'apprenez là, c'est une bonne nouvelle, ajouta Giguère en affichant une mine réjouie. Venez boire une bonne tasse de thé.

— Oh ! Il y a encore rien de fait, temporisa Alcide Gauthier en faisant son possible pour suivre les grandes enjambées de son hôte. Moi, on me paye pour voir si c'est faisable et où ce pont-là serait le plus utile.

— Qu'est-ce que ça veut dire au juste ? demanda le maire en s'immobilisant si brusquement au milieu de la cour que son invité faillit le heurter.

— Ça veut dire que le gouvernement est peut-être prêt à faire construire un pont qui enjambe la rivière Saint-François dans le comté de Nicolet, mais que personne sait encore où on va le bâtir. Depuis le début de l'été, j'ai visité presque tous les villages autour pour trouver le bon endroit.

— Êtes-vous allé à La Visitation ? À Sainte-Monique ? À Saint-Gérard ?

— C'est certain et j'ai aussi rencontré les maires.

— Ah ben, les maudits hypocrites ! s'emporta le maire de Saint-Jacques-de-la-Rive. J'ai rencontré les maires de ces villages-là deux ou trois fois depuis le début de l'été, et pas un m'a parlé de votre visite.

— C'est normal. Je pense qu'ils sont tous intéressés à avoir le pont sur leur territoire, déclara le fonctionnaire en pénétrant dans la maison à la suite de son hôte.

Marthe Giguère entra dans la cuisine quelques instants après son mari et Alcide Gauthier.

— Sers-nous donc une tasse de thé, lui demanda son mari après avoir fait signe au visiteur de s'asseoir à la table.

Le grand homme suspendit sa casquette à l'un des crochets fixés derrière la porte et vint prendre place en face du fonctionnaire.

— Si vous connaissez un peu Saint-Jacques-de-la-Rive, vous devez sûrement savoir que c'est notre village qui est le mieux placé pour l'avoir, ce pont-là, déclara le maire sur un ton convaincu. Notre député me l'a encore dit le printemps passé.

— Peut-être, répliqua l'autre, sceptique, mais c'est pas lui qui va décider où on va le construire.

— Qui va décider ça ?

— Mon rapport, répondit l'autre en se rengorgeant, tout plein de son importance. C'est mon département qui est chargé de faire les études et les recommandations au ministre.

Le maire de Saint-Jacques-de-la-Rive sembla soudain comprendre qu'il avait devant lui un personnage vraiment important. Il se leva, prit un bout de papier et un crayon à mine de plomb qui traînaient sur un petit secrétaire installé dans un coin de la pièce et revint vers la table.

— Regardez ben, poursuivit Wilfrid Giguère avec un enthousiasme un peu forcé en s'assoyant sur la chaise voisine de celle occupée par son invité.

Il traça un grand rectangle traversé par cinq traits verticaux et il fit un « X » à l'extrémité du troisième trait vertical.

— OK, le « X », c'est le village. Il est dans les terres, à cinq milles de Pierreville. Il est pas ben gros, mais il est ben placé, au milieu du rang Saint-Edmond qui longe la rivière. Je sais pas si vous l'avez remarqué, mais les cinq autres rangs de Saint-Jacques, les rangs des Orties, du Petit-Brûlé, Sainte-Marie, Saint-Pierre et Saint-Paul, aboutissent tous au rang Saint-Edmond. Le rang Sainte-Marie arrive devant l'église, au milieu du village. Moi, je connais une maudite belle place pour construire le pont, juste à la sortie du village. Là, les rives de la Saint-François sont pas trop hautes et il y a en masse de place pour ouvrir une route de chaque côté de la rivière.

— Il y a pas juste la hauteur des rives qui compte, protesta mollement Gauthier.

— Écoutez. Je pense que le mieux est que je vous emmène là, proposa le maire, enthousiaste.

— Mon cheval est pas mal fatigué et...

— Laissez faire votre cheval. J'en ai un bon, rétorqua le maire avec détermination.

Wilfrid Giguère se leva, poussa la porte-moustiquaire et fit deux pas sur le balcon avant de crier en direction de l'écurie :

— Jocelyn, attelle Prince à la voiture. Fais ça vite.

Il rentra pour prendre sa casquette et finir de boire sa tasse de thé.

— Monsieur Gauthier, je vais vous montrer Saint-Jacques-de-la-Rive. Vous allez voir que c'est la plus belle place pour votre pont.

— Avec plaisir, monsieur le maire.

— Marthe, on va être revenus pour dîner, dit le maire en se tournant vers sa femme.

Quelques instants plus tard, Alcide Gauthier entendit un cheval s'ébrouer près de la maison et il suivit son hôte à l'extérieur après avoir remercié l'épouse de ce dernier pour la tasse de thé. En apercevant les deux hommes debout sur le balcon, un grand adolescent maigre à l'air revêche descendit de la voiture qu'il venait de conduire au pied de l'escalier et il tendit les guides à son père.

— Dételle le cheval de monsieur Gauthier et donne-lui à boire et un peu d'avoine, dit ce dernier à son fils.

Sur ce, le maire de Saint-Jacques-de-la-Rive se hissa sur le siège du boghei et attendit que son passager fasse de même avant de claquer doucement les lanières de cuir qu'il tenait en main pour faire avancer sa voiture jusqu'au chemin. Arrivé à la route qui passait devant sa ferme, il tourna à gauche.

— Étant donné que vous avez vu tout le rang Saint-Pierre en venant chez nous, on va prendre par le rang voisin, le rang Sainte-Marie, pour monter au village, déclara Giguère. Comme vous pouvez le voir, ma terre est l'avant-dernière du rang. On est onze cultivateurs dans notre rang : c'est cinq de moins que dans les rangs Sainte-Marie et Saint-Edmond, les plus gros rangs de la paroisse. Il y a presque autant de cultivateurs dans le rang Saint-Paul et le rang des Orties que dans le mien. Il n'y a que le rang du Petit-Brûlé où il y a juste sept fermes. Le reste, c'est de la terre en bois debout qui pourrait être défrichée si on le voulait.

Un peu plus tard, le maire emprunta un petit chemin de traverse sillonné par de profondes ornières encore remplies d'eau de pluie. Il n'y avait que de la forêt de chaque côté de la voie étroite même pas bordée par des fossés.

— Il faudrait passer la gratte, dit le fonctionnaire d'un ton connaisseur. Si c'est pas fait rapidement, les voitures vont s'embourber.

— Il faut comprendre qu'il y a presque personne qui passe ici, expliqua le maire. C'est un petit chemin qu'on a ouvert à travers une *swamp* pour rejoindre plus vite le rang Sainte-Marie.

— Ça explique pourquoi il y a tant de maringouins, conclut Alcide Gauthier en écrasant un moustique qui venait de le piquer sur une joue.

L'homme jeta un coup d'œil inquiet au ciel où des nuages de plus en plus lourds s'entassaient. Durant quelques minutes, le conducteur et le passager ne trouvèrent rien à se dire. Puis, la voiture tourna à droite sur une voie plus large bordée de fossés profonds, et la forêt céda la place à de grands champs cultivés.

— C'est Sainte-Marie. Après Saint-Edmond, c'est le deuxième rang qui a été ouvert dans la paroisse, il y a une cinquantaine d'années, expliqua le maire. Comme vous pouvez le voir, ça ressemble pas à La Visitation ou à Sainte-Monique. Il n'y a pas de côtes ici. Tout est planche comme le dessus de la main. C'est juste de la belle terre à cultiver. Correct, les terres sont pas ben grandes et il y a pas de cultivateurs riches chez nous, mais la plupart ont été capables de passer à travers la crise de 19. Même si c'est presque toutes des grosses familles de huit enfants et plus, j'ai pas entendu dire qu'il y avait eu des enfants morts de faim, nulle part, déclara le maire avec une certaine fierté.

— Comme tous les villages autour, fit le fonctionnaire avec un sourire en coin. Avoir une grande famille, c'est aussi pouvoir compter sur pas mal de bras pour aider à faire la besogne.

— Ça, c'est sûr, reconnut Wilfrid Giguère. Tenez, cette maison-là, c'est la maison de la famille d'Ernest Veilleux, un bleu de bord en bord. Elle ressemble à presque toutes les maisons du rang. C'est la dernière du rang Sainte-Marie.

Ce disant, le maire montrait à sa gauche une habitation à un étage au toit très pentu, couverte de bardeaux de cèdre délavés par les intempéries. Un balcon courait sur deux de ses faces et s'achevait près de la porte de la cuisine d'été. Rattachée à cette cuisine, il y avait une humble remise dans laquelle on rangeait les voitures et le bois de chauffage. Pour l'avoir vu par lui-même, le maire savait qu'il y avait une large passerelle qui longeait le fond du bâtiment et donnait accès aux toilettes sèches. Deux érables centenaires montaient la garde de chaque côté de la maison. De plus, la maîtresse des lieux semblait entretenir avec un grand soin un vaste parterre fleuri devant la maison. Le fond de la cour était occupé par une étable, une grange et une porcherie. À gauche, on trouvait un poulailler ; à droite, une écurie.

Le maire de Saint-Jacques-de-la-Rive ne se donna pas la peine de nommer les propriétaires de chaque ferme du rang. Il mentionna tout de même en passant que la ferme voisine était celle de son beau-frère, Eugène Tremblay. Il n'oublia pas non plus celles des Fournier et des Hamel, situées sur le même côté de la route.

— Il y a pas de fromagerie dans ce rang ? demanda le fonctionnaire.

— Non. Par contre, il y en a une au milieu de mon rang qui appartient au plus vieux des frères Boudreau. Les cultivateurs du rang Sainte-Marie, eux, sont habitués à aller porter leur lait chaque matin à la fromagerie du rang Saint-Edmond, juste à la sortie du village, proche de la forge de Crevier. Il y a aussi un autre Boudreau qui en a une au bout du rang du Petit-Brûlé et il prend aussi le lait qui vient des cultivateurs du rang des Orties.

La voiture roulait déjà depuis un bon moment dans le rang Sainte-Marie quand elle passa devant une minuscule maison fraîchement chaulée à l'apparence toute pimpante.

— Vous me ferez pas croire qu'il y a une famille nombreuse qui reste là-dedans, fit Alcide Gauthier en la pointant du doigt.

— Non. Ici, c'est l'ancienne maison des Dumoulin. Il y a deux ans, elle a été achetée par un étranger, un Italien, un certain Pierri. Il vit là tout seul avec sa femme. On le connaît pas encore vraiment, mais il a l'air à ses affaires et il dérange pas personne.

— C'est drôle pareil qu'il soit venu s'installer chez vous, fit remarquer le fonctionnaire.

— C'est ce que je me suis dit aussi en le voyant arriver. Même si j'ai encore de la misère à comprendre tout ce qu'il dit à cause de son accent, je le trouve ben correct. Il m'a dit qu'il a immigré au Canada juste avant la guerre, avec ses deux frères. Il paraît qu'ils travaillaient tous les trois dans la construction à Montréal. Ses deux frères sont morts de la grippe espagnole en 18. C'est à ce moment-là qu'il a décidé de se chercher une petite terre. Il m'a dit qu'il a été élevé sur une terre en Italie.

— Les gens de Saint-Jacques ont pas été surpris de le voir arriver ? voulut savoir Gauthier, curieux.

— Bah ! Vous le savez comme moi. On se méfie toujours du monde qu'on connaît pas ou qui sont pas comme nous autres. Mais quand on a appris que les Pierri étaient allés se présenter au curé de la paroisse le jour de leur arrivée, les gens les ont regardés un peu moins de travers. En plus, on les voit tous les dimanches à l'église.

Un peu plus loin, le maire détourna la tête en arborant un air un peu dégoûté, comme s'il cherchait à ne pas voir l'une des dernières maisons du rang avant d'arriver au village. Deux adolescents pauvrement habillés étaient assis sur les marches d'un petit escalier conduisant à un balcon en fort mauvais état. Wilfrid Giguère n'esquissa pas le moindre geste pour les saluer. Son comportement n'échappa pas à son passager.

— Qu'est-ce qu'il y a, monsieur le maire ? On dirait que vous aimez pas tous vos administrés.

— Non, c'est pas une question d'amour. Les Tougas arrêtent pas de me causer du trouble depuis que je suis maire. Dans la paroisse, ils sont connus comme Barrabas dans la Passion. Les parents sont du bon monde, personne va dire le contraire. Mais pour leurs gars, c'est une autre paire de manches ! Les quatre garçons d'Antonius Tougas traînent partout et on a intérêt à rien laisser à la portée de leurs mains, parce que ça disparaît vite.

Quelques centaines de pieds plus loin, les deux hommes virent apparaître le clocher de l'église de Saint-Jacques-de-la-Rive.

— On arrive au village, indiqua inutilement le maire. Comme vous pouvez le voir, le rang Sainte-Marie mène directement devant l'église. Derrière l'église, c'est le cimetière, puis la rivière.

Au moment où l'attelage atteignait le bout du rang et allait emprunter le rang Saint-Edmond, les premières gouttes de pluie se mirent à tomber.

— Tiens, on arrive juste à temps pour se mettre à l'abri chez Hélèna, fit remarquer le maire avec une bonne humeur forcée.

— Hélèna ?

— Hélèna Pouliot, celle qui tient le petit magasin, sur le coin.

— Le magasin général ?

— Un ben petit magasin général, répondit

Giguère en arrêtant son cheval devant le large balcon d'une petite maison jaune à demi dépeinte, qui ne comptait qu'un étage. Ça fait des années que les gens de Saint-Jacques vont acheter leur matériel chez Murray, à Pierreville. Hélèna se contente de vendre un peu de *grocery*, des bonbons, de la liqueur, du tabac, et des cossins pour les femmes, comme du matériel à la verge et un peu de linge. Elle a hérité du commerce de ses parents.

L'unique vitrine du magasin n'était occupée que par un panneau publicitaire vantant l'orangeade Crush et un autre plus petit annonçant la farine Robin Hood, illustrée par son archer habillé en vert et jaune. Un long banc plutôt bancal était appuyé contre la devanture.

Pendant que le fonctionnaire s'empressait de descendre et d'aller se mettre à l'abri sur le balcon, le maire prit le temps d'attacher son cheval à l'un des montants de l'escalier avant d'aller le rejoindre.

— C'est juste une petite pluie fine, fit-il remarquer à Alcide Gauthier. Ça durera pas.

Pendant qu'il parlait au fonctionnaire, une femme menue, toute sèche et âgée d'une cinquantaine d'années apparut derrière la vitrine maculée de chiures de mouches. Sa maigre chevelure grise était emprisonnée dans un filet qui tenait son chignon bien en place. Elle lissait sa stricte robe brune ornée d'un petit collet de dentelle d'une main nerveuse en essayant d'identifier la personne à qui s'adressait le maire.

Wilfrid Giguère fit comme s'il ne l'avait pas vue.

Il n'avait pas l'intention de présenter Alcide Gauthier à la « vieille fille » et ainsi lui fournir l'occasion de faire courir toutes sortes de ragots dans la paroisse. Il se contenta d'attirer le fonctionnaire à l'extrémité du balcon et de baisser la voix.

— Comme vous pouvez le voir, en face, c'est notre église. À gauche, c'est le presbytère et à droite, c'est le couvent. Derrière l'église, c'est notre cimetière. C'est sûr que notre église en briques rouges a pas l'air aussi riche que les églises en pierre des paroisses autour, mais elle est bien entretenue. Il faut pas oublier qu'elle a passé au feu en 90 et qu'elle a été rebâtie une couple d'années après. Ça fait qu'elle a moins de trente ans. Le presbytère, lui, est pas mal plus vieux.

Pendant que le maire parlait, Alcide Gauthier regardait chacun des deux édifices en brique de la même couleur. L'église avait été dotée d'un large parvis en bois et elle s'élevait à plusieurs centaines de pieds de la rivière. Elle était séparée du presbytère par une étroite bande de terrain gazonnée. Ce dernier était un grand bâtiment carré d'un étage, pourvu d'un long balcon blanc auquel on accédait par un escalier d'une dizaine de marches. À l'arrière, on devinait plus qu'on ne voyait de petites dépendances.

— Cette bâtisse-là a pas l'air vieille non plus, fit remarquer Gauthier en pointant le doigt vers le bâtiment blanc qui s'élevait à la droite de l'église.

— Je vous crois. Ça a été bâti en 1915 quand le curé Lussier a obtenu de l'évêque de Nicolet la permission de faire venir dans la paroisse des sœurs de l'Assomption pour enseigner aux filles.

C'est notre couvent. Il y a cinq sœurs qui restent là-dedans. Il y en a deux qui tiennent des classes de huitième et de neuvième pour les filles, et la supérieure a accepté que deux autres de ses sœurs fassent la classe aux enfants du rang Saint-Edmond.

Un bruit de pas en provenance de l'intérieur du magasin se fit entendre. Giguère devina qu'Hélèna se dirigeait vers la porte de son établissement, officiellement pour s'enquérir de la raison de leur présence sur son balcon. Il toucha le bras de Gauthier et lui indiqua discrètement l'escalier.

— Je pense qu'on est aussi ben d'y aller, sinon on va être pognés ici pendant une demi-heure avec la patronne. Il mouille presque plus.

Au moment où le maire finissait de parler, il entendit la clochette de la porte d'entrée du petit magasin et Hélèna Pouliot fit son apparition sur le balcon.

— Y a-t-il quelque chose qui marche pas, Wilfrid ? demanda-t-elle, en proie à une vive curiosité.

— Non, non, Hélèna, tout marche comme sur des roulettes. On voulait pas te déranger. On voulait juste se mettre à l'abri de la pluie. Mais c'est fini. On y va.

Ce disant, le maire détacha son cheval et fit signe à son passager de monter dans la voiture avant d'y prendre place lui-même. Il salua vaguement de la main la propriétaire du magasin général qui le dévisageait, les yeux plissés derrière ses petites lunettes rondes.

— Avance, Prince ! Avance ! dit Giguère avec impatience.

La voiture reprit la route doucement.

— Elle est tellement belette que c'est une vraie plaie, s'excusa le maire. Le cimetière que vous voyez derrière l'église a été pas mal agrandi il y a quatre ans. Vous devinez pourquoi. On a eu vingt et un morts dans la paroisse durant l'automne 1918. La grippe espagnole nous a fait mal. Il faut pas oublier qu'on est juste six cent cinquante personnes à Saint-Jacques. On a fini par manquer de place pour enterrer tout ce monde-là et il a fallu agrandir. J'ai lu dans les journaux qu'il y avait eu cinq cent trente mille personnes qui avaient eu cette maudite grippe-là au Québec.

— Vous vous trompez pas, monsieur le maire. On a eu treize mille huit cents morts dans la province.

— C'est certain que nos vingt et un morts, c'était pas grand-chose comparé à ça, reprit Wilfrid Giguère, mais rien n'empêche qu'on a eu pas mal peur de tous y passer. J'ai une cousine qui en est morte avec un de ses petits. On m'enlèvera jamais de la tête que cette maladie-là venait des vieux pays et qu'elle a été rapportée de là-bas par nos soldats après la guerre.

— Moi, je viens de Montréal, ajouta Alcide Gauthier. Si je me souviens bien, juste dans la ville, on a eu trois mille cinq cents morts à cause de la grippe durant cet automne-là.

— J'ai entendu dire que les gens sortaient plus de chez eux et il y en avait qui prenaient même plus les petits chars pour pas attraper cette maudite grippe-là.

— C'est sûr, confirma le fonctionnaire. Ils tombaient comme des mouches. Il y avait pas de remède pour guérir le monde.

Pendant quelques instants, les deux hommes se turent alors que l'attelage avançait au pas devant de petites maisons en bois construites de chaque côté du rang Saint-Edmond.

— C'est notre village, reprit le maire en les désignant de la main. Une quinzaine de maisons presque toutes habitées par des vieux qui ont laissé leur terre à leurs enfants.

On aurait juré que les occupants de ces maisons avaient senti le besoin de venir se serrer frileusement près de leur église.

— C'est ici que je voulais vous emmener, dit Wilfrid Giguère en faisant entrer sa voiture dans une cour au fond de laquelle se dressait une grande remise.

Par les portes ouvertes du bâtiment, on entendait des martèlements assourdissants.

— On est chez Adélard Crevier, notre forgeron. C'est la dernière maison de ce côté-ci du village. On va laisser ma voiture ici pour aller voir la place dont je vous parlais. C'est juste en face, de l'autre côté du chemin.

Le maire descendit de voiture et attacha son cheval à un anneau de fer vissé dans le mur. Il passa ensuite la tête à l'intérieur du bâtiment pour s'adresser à quelqu'un qui travaillait à l'intérieur.

— Je te laisse ma voiture cinq minutes, Adélard, cria Giguère. Correct ?

— Pas de problème, hurla quelqu'un au fond de la forge, sans cesser de marteler une pièce de fer.

Le maire entraîna Alcide Gauthier de l'autre côté de la route et lui fit parcourir une centaine de pieds dans l'herbe mouillée d'un champ avant de s'arrêter.

— Regardez. C'est ici, déclara-t-il en étendant fièrement le bras en direction de la rivière qui coulait à quelques pieds de distance. Les deux rives sont basses et il y a presque pas de courant tellement il y a peu d'eau. En plus, c'est sablonneux. À Saint-Jacques-de-la-Rive, on a toujours appelé cette place-là la « plage ». Les jeunes viennent toujours se baigner ici quand il fait chaud. En plus, je pense pas que vous soyez capable de trouver une place où la rivière est plus étroite qu'ici.

Durant un long moment, Alcide Gauthier scruta les deux rives de la rivière Saint-François. Il s'avança de quelques pas et sortit un petit carnet noir de l'une des poches de son veston ; il se mit à prendre quelques notes d'un air important, comme seuls les gens de la ville savent le faire. Le maire respecta sa concentration en gardant le silence. Ce fut son compagnon qui finit par prendre la parole.

— C'est bien beau tout ça, monsieur Giguère, mais il y a rien qui nous dit que c'est pas de la glaise qu'il y a sous le sable à cet endroit-là. Il faudra voir.

— Ça me surprendrait, laissa tomber le maire.

— Vous savez où ça mène, de l'autre côté ?

— Dans le rang Saint-Joseph de Saint-Gérard. Vous tombez à environ deux milles du village.

— Bon.

— D'après vous, quand est-ce que le choix va se faire ? demanda Wilfrid Giguère avec une certaine impatience en retournant vers la route, suivi par le fonctionnaire. Avant la fin de l'automne ?

— J'ai dans l'idée que ça ira pas aussi vite que ça, déclara Gauthier en essuyant la bande de cuir à l'intérieur de son chapeau avec un mouchoir qu'il venait de tirer de l'une des poches de son pantalon. Le temps d'établir les plans et les devis et de faire approuver le tout par le bureau du ministre, ça peut prendre encore quelques mois.

— Ouais ! fit le maire, un peu désappointé. J'espère au moins que vous aimez la place que je viens de vous montrer.

— À mon avis, elle en vaut bien d'autres que j'ai inspectées dans le comté depuis le printemps passé.

Le manque évident d'enthousiasme d'Alcide Gauthier pour son site enleva à Wilfrid Giguère toute envie de faire des amabilités. Par conséquent, le retour à sa ferme par le rang Saint-Pierre se fit dans un silence relatif. Lorsque le fonctionnaire du ministère de la Voirie prétexta une longue route à faire pour ne pas rester à dîner chez les Giguère, ces derniers n'insistèrent pas.

— Tous des maudits branleux ! explosa Wilfrid Giguère quand l'homme eut quitté sa cour à bord de son boghei. On a le temps de mourir cent fois avant qu'ils se branchent pour le pont.

— Exagère pas, Wilfrid, ajouta sa femme, tentant de le calmer. S'il s'est donné la peine de venir à Saint-Jacques, c'est qu'on a peut-être une chance de l'avoir un jour, ce pont-là !

— Va surtout pas parler de ça à quelqu'un dans la paroisse, la mit en garde son mari. Si ça se trouve, le pont va aller dans la paroisse qui aura trouvé le moyen de donner un petit cadeau à Joyal. Souviens-toi bien de ce que je te dis, prédit le maire en rentrant dans la maison. Il sera pas tard cet automne qu'on va voir arriver notre bon député avec son air de faux jeton pour demander un petit quelque chose pour nous aider. Hormidas Joyal est le plus beau visage à deux faces que je connaisse. Il va promettre son maudit pont à toutes les paroisses autour. Il y a des fois où je regrette d'avoir tant travaillé pour le faire élire.

— Va jamais dire ça devant un Veilleux, toi ! se moqua sa femme. Il va mourir de rire.

— Un fou ! explosa Wilfrid. J'aime encore cent fois mieux un Hormidas Joyal qu'un maudit bleu qui viendrait nous promettre mer et monde et qui irait voter la conscription dans notre dos comme en 17.

3

Les Veilleux

— Voyons, baptême ! Veux-tu ben me dire ce qu'ils ont à traîner en haut ! s'exclama Ernest Veilleux en déposant bruyamment sa tasse vide sur la table. Il est presque six heures. C'est la même maudite histoire tous les jours ! Ça veut pas se coucher le soir et le matin, il y a pas moyen de les lever.

Yvette ne perdit pas de temps à répondre à son mari impatient. Elle jeta un rondin dans le poêle, entra dans la cuisine d'hiver et alla se planter au pied de l'escalier étroit qui conduisait aux quatre chambres de l'étage.

— Jérôme ! Léo ! Jean-Paul ! Adrien ! grouillez-vous de descendre ! Si vous êtes pas en bas dans une minute, je monte en haut avec une chaudière d'eau froide, ajouta, sur un ton résolu, la femme à la taille imposante. Les filles, vous me changerez les draps et les taies d'oreiller avant de faire les lits.

Sans attendre le résultat de l'appel de sa femme, le père de famille, un petit homme sec et nerveux âgé d'une cinquantaine d'années, poussa la porte-moustiquaire de la cuisine d'été et sortit. À l'étage, il y eut des claquements de portes et de tiroirs suivis par une cavalcade dans l'escalier. Les quatre garçons, les cheveux ébouriffés et les yeux bouffis, entrèrent dans la cuisine d'été. Jérôme se précipita vers ses bottes déposées près de la porte.

L'adolescent de quinze ans avait beau dépasser son père d'une demi-tête, cela ne l'empêchait nullement de craindre les explosions de colère paternelle.

— Grouillez-vous, dit-il à ses jeunes frères. Allez chercher les vaches pendant que je vais aller donner un coup de main au père à laver les bidons.

— Whow ! Il y a pas le feu, répliqua Léo qui, à treize ans, acceptait mal qu'on le mène comme un enfant. Tu vas au moins me laisser le temps d'attacher mes bretelles, oui ?

— Envoye, les oreilles ! Arrête de te traîner les pieds, cracha l'aîné avant de quitter précipitamment la cuisine au moment où son frère allait lui lancer à la tête l'une de ses bottes vers lesquelles il se penchait.

— Aïe ! m'man, vous l'avez entendu, le grand flanc mou ? Il m'a appelé « les oreilles », se plaignit Léo en jetant un coup d'œil à ses frères Jean-Paul et Adrien, afin de s'assurer que les gamins de onze et de neuf ans ne se moquaient pas de lui.

Ces derniers eurent la sagesse de se pincer les lèvres et ils contournèrent leur frère pour sortir de la maison. Sa mère se contenta de lui montrer la porte.

— Dehors, Léo Veilleux !

Durant une dizaine de minutes, la femme au début de la cinquantaine, dont les cheveux striés de gris étaient retenus par des peignes, s'activa en silence entre le poêle à bois et la longue table qui occupait le centre de la cuisine d'été. Elle jeta un coup d'œil à la vieille horloge murale héritée de sa mère avant de crier à ses filles :

— Avez-vous bientôt fini, les filles ?

— On descend, m'man, fit une voix sur le palier, à l'étage.

— Laissez le linge sale près de la porte en passant.

Un instant plus tard, deux jeunes filles, vêtues de petites robes grises en cotonnade, pénétrèrent dans la pièce. Yvette Veilleux leva la tête un instant pour examiner brièvement les deux sœurs alors qu'elles se dirigeaient vers le crochet auquel étaient suspendus leurs tabliers.

Personne ne pouvait douter qu'il s'agissait de Veilleux. Comme les sept autres enfants d'Ernest et d'Yvette Veilleux, leurs joues étaient parsemées de quelques taches de rousseur. Elles avaient le visage rond, les yeux bruns et une abondante tignasse brun foncé. En fait, seule la taille distinguait les deux jeunes filles. Céline, vingt ans, était plus grande et plus élancée que sa jeune sœur Anne qui, à dix-sept ans, avait une légère tendance à l'embonpoint à cause de sa gourmandise.

— Mange, ma fille. Une femme grasse, ça fait riche, l'encourageait parfois sa mère, dont le tour de taille avantageux aurait dû laisser croire au voisinage que son Ernest était Crésus.

En ce deuxième lundi matin d'août, il faisait un peu moins chaud que la veille et on revenait enfin à la routine après une fin de semaine plutôt agitée chez les Veilleux.

— Anne, pendant que ta sœur va me donner un coup de main à préparer le déjeuner, tu vas aller arroser la fougère du salon et épousseter mon piano. Fais bien attention de pas l'égratigner. Secoue ton linge souvent.

— En plein lundi matin, m'man ? protesta l'adolescente.

— Il y a pas de temps pour être propre, ma fille. Grouille-toi.

Le vendredi après-midi précédent, Ernest avait dû atteler la Grise au vieux boghei pour aller à la gare de Pierreville chercher leur aînée, Marcelle, religieuse chez les sœurs de la Providence depuis dix ans. Elle venait leur rendre visite en compagnie d'une consœur.

— Verrat ! avait grommelé Ernest après que sa femme lui eut lu la lettre dans laquelle leur fille annonçait sa visite quelques jours auparavant. Il me semble qu'elle pourrait venir se promener à un autre temps que pendant les foins. Elle devrait ben savoir qu'on a de l'ouvrage par-dessus la tête pendant l'été.

— T'as presque fini, l'avait raisonné Yvette. Elle vient juste deux fois par année.

Les Veilleux avaient beau être habitués aux deux visites annuelles de sœur Gilbert, il fallait tout de même faire le grand ménage de la chambre de Jérôme pour accueillir les deux religieuses. Pour l'occasion, l'adolescent était obligé d'aller dormir sur un vieux matelas de paille dans le salon, ce qu'il n'appréciait pas du tout.

Yvette Veilleux n'avait cessé de jeter des coups d'œil à la route par la fenêtre de la cuisine pendant qu'elle préparait le souper avec l'aide de Céline et d'Anne. Elle avait guetté avec impatience l'apparition du nuage de poussière au-dessus du rang Sainte-Marie, nuage qui annonçait l'arrivée imminente de son aînée qu'elle n'avait pas revue depuis le mois d'avril précédent. La religieuse avait beau n'être qu'à Sorel, à une trentaine de milles de Saint-Jacques-de-la-Rive, c'était comme si elle était au bout du monde.

Adrien avait tout de même été le premier à apercevoir l'attelage et il avait prévenu sa mère avant de s'esquiver vers l'étable où ses frères avaient commencé à faire le train avant le retour de leur père. Yvette s'était alors empressée de sortir sur le balcon en compagnie de ses deux filles pour accueillir les visiteuses.

Le boghei était à peine immobilisé que sœur Gilbert s'était précipitée vers sa mère pour l'embrasser. La religieuse était une grande femme joviale et bien en chair dont le dynamisme et le rire communicatif avaient longtemps ensoleillé la maison paternelle. Elle avait toujours été la préférée de sa mère qui ne s'était jamais tout à fait résignée à son entrée en communauté. Sa Marcelle avait été une aide précieuse dans la maison et sa bonne humeur avait souvent eu le don de désamorcer les colères de son père.

Après avoir présenté sa compagne, sœur Clémence, une petite religieuse aussi maigre que discrète, sœur Gilbert avait embrassé ses deux jeunes sœurs.

— Je crois ben qu'on te laisse pas mourir de faim au couvent, avait fait remarquer Céline en jetant un regard critique à la silhouette bien enrobée de son aînée.

— Tu sauras, l'haïssable, qu'il est pas écrit nulle part que les servantes du Seigneur doivent se laisser mourir de faim, avait répliqué la religieuse dans un éclat de rire.

— Ça, je te crois, mais tu pourrais peut-être en laisser un peu pour les autres, non ? avait poursuivi la jeune fille en indiquant la petite sœur Clémence occupée à tirer du boghei un sac en tapisserie dans lequel elle transportait ses effets personnels.

Il avait suffi de quelques instants pour que l'aînée des Veilleux s'empare d'un tablier et aide à la préparation du repas, comme si elle n'avait jamais quitté le toit paternel. Le repas et la soirée avaient été joyeux et animés.

Le lendemain avant-midi, Ernest et les garçons revenaient du champ avec une charrette chargée de foin quand un voisin, Georges Hamel, s'était arrêté dans la cour des Veilleux pour laisser descendre Albert et Maurice Veilleux. Immédiatement, le visage du père s'était fermé en apercevant ses deux fils.

Si Albert était un jeune homme costaud à l'abondante chevelure brune rejetée en arrière, Maurice, son frère cadet, était nettement plus petit et plus malingre. Mais l'un et l'autre possédaient les mêmes yeux bruns vifs et des taches de rousseur sur les joues.

— Baptême ! jura leur père entre ses dents. Ils se sont tous donné le mot en fin de semaine pour nous empêcher de finir notre ouvrage !

Le petit homme ne fit pas un geste pour aller au-devant des visiteurs. Il feignit de ne pas les avoir vus. Sans se presser, il fit avancer la charrette jusque devant la grange, sous la porte du fenil.

— Je monte dans la tasserie avec Jean-Paul, dit-il sèchement. Vous deux, avait-il lancé à Jérôme et à Léo, essayez de nous fournir en déchargeant.

— Et moi, p'pa ? demanda le petit Adrien qui ne se tenait jamais bien loin de son père.

— Toi, tu donnes à boire au cheval pendant qu'on décharge, répondit son père avec impatience.

Même après trois ans, Ernest Veilleux n'était pas parvenu à pardonner à son fils Albert de l'avoir laissé tomber pour aller travailler pour le Canadien Pacifique. À ses yeux, il fallait être un maudit grand sans-cœur pour partir comme ça, en dépit du fait que son père ne pouvait compter sur l'aide d'aucun de ses fils pour cultiver la terre et nourrir sa mère et ses cinq frères et sœurs. Maurice était déjà chez les frères maristes et ce n'était pas Jérôme, âgé de douze ans à l'époque, qui pouvait le remplacer.

En l'occurrence, le cultivateur faisait preuve de mauvaise foi. Il ne tenait absolument pas compte du fait que le départ de son fils aîné avait été provoqué, en 1918, par la décision du gouvernement Borden de mettre fin à l'exemption du service militaire qui avait été consentie aux fils de cultivateur. Lui, le conservateur, ne pouvait décemment s'en prendre à un gouvernement bleu qui avait fait voter la conscription si décriée au Québec. À ses yeux, son fils avait utilisé le prétexte de fuir la conscription pour échapper à ses responsabilités envers sa famille.

Le brusque départ du jeune homme de vingt-cinq ans pour Montréal l'avait d'autant plus ulcéré que tout semblait avoir été préparé dans son dos, avec la complicité de son beau-frère, Ludovic Dubé, employé de la compagnie de chemins de fer. À l'époque, il aurait dû se douter qu'il se mijotait quelque chose, mais il n'avait rien vu venir. Le beau-frère avait caché son aîné chez lui, dans son appartement de la rue Montcalm, à Montréal, dès que l'exemption avait été révoquée. Puis, à la fin de la guerre, au moment où Ernest s'attendait à voir enfin son Albert revenir lui donner un coup de main, le jeune homme lui avait annoncé son intention de demeurer définitivement en ville parce que son oncle lui avait trouvé un bon travail au Canadien Pacifique.

Même si Ernest Veilleux avait piqué une colère mémorable, le jeune homme était demeuré inébranlable. Le lendemain matin, malgré une petite pluie froide, il avait quitté le toit familial en transportant ses maigres possessions dans une valise de cuir bouilli. Le père était si hors de lui qu'il ne lui avait même pas proposé d'aller le conduire en voiture à Pierreville, à cinq milles de Saint-Jacques-de-la-Rive.

Ah ! si Maurice, son cadet de quatre ans, avait été plus costaud et moins maladif ! Peut-être qu'Ernest aurait alors cédé à l'envie de le persuader de quitter le noviciat des frères maristes où il était entré quelques mois auparavant... Mais à quoi bon ! Le jeune homme de vingt et un ans avait toujours été trop « feluette » pour faire un bon cultivateur. Après quelques semaines de révolte, Ernest Veilleux, amer, avait décidé de s'en remettre à la Providence. À l'époque, s'il avait parlé de demander à Maurice de revenir à la maison, son Yvette n'aurait pas manqué de ruer dans les brancards. Elle n'aurait jamais accepté que son mari cherche à détourner leur fils de sa vocation sous prétexte qu'il avait besoin d'aide. Il y avait déjà bien assez qu'elle avait dû admettre que ce dernier ne serait jamais prêtre – son rêve – parce qu'il n'avait pas le talent nécessaire pour entreprendre son cours classique. Elle n'aurait pas hésité à demander au curé, leur cousin, d'intervenir.

Du haut du fenil, Ernest entendit les exclamations de joie poussées par sa femme. La visite inattendue de ses deux fils était une première depuis le jour de l'An. À cette occasion, Albert avait fait sa première apparition à la maison depuis son départ, plus de deux ans auparavant. Officiellement, il était venu chercher la bénédiction paternelle. Ernest avait alors pardonné à son aîné du bout des lèvres, mais la rencontre entre les deux hommes avait été froide et le fils n'était pas revenu depuis. Cependant, le père soupçonnait sa femme d'entretenir une correspondance secrète avec son fils et elle avait dû le pousser à revenir à la maison.

Quelques minutes plus tard, Ernest Veilleux vit Albert et Maurice traverser la cour. Maurice avait enlevé sa soutane et, comme son frère aîné, il avait retroussé les manches de sa chemise.

— Va rejoindre le père dans la tasserie, avait commandé Albert à Jérôme. On va finir de vider la charrette.

Pour sa part, Maurice avait enlevé la fourche des mains de Jean-Paul et lui avait conseillé d'aller chercher de l'eau au puits pour tout le monde. Le religieux se mit lentement au travail, peu habitué à l'effort physique. Ernest n'avait pas ouvert la bouche tant que tout le foin n'avait pas été déchargé. Il s'était borné à dire sèchement à ses deux fils :

— Vous êtes pas obligés de travailler, vous êtes de la visite.

— On est capables de vous donner un coup de main, p'pa, avait répliqué Albert sans s'émouvoir de son accueil glacial.

— Dans ce cas-là, on a le temps d'aller chercher une autre charge avant le dîner.

Quelques minutes plus tard, un peu pâle à cause de l'effort fourni, Maurice s'était contenté de se hisser dans la charrette avec ses frères pendant que son père s'emparait des guides. Le soleil était déjà presque à son zénith et il faisait une chaleur humide difficile à supporter. La sueur trempait la chemise des travailleurs. Maurice s'était jeté sur le gobelet en étain rempli d'eau froide que son petit frère Jean-Paul lui tendait, même si le véhicule était durement secoué à cause des ornières dans le champ.

— Bois ça doucement, l'avait mis en garde

Albert. De l'eau froide quand on a chaud, c'est pas ben bon.

Lorsqu'ils avaient entendu la cloche de l'église sonner au loin l'angélus, Ernest et ses fils finissaient de décharger la charrette pour la seconde fois de l'avant-midi. Les hommes étaient allés se laver au puits avant de se présenter à la porte de la cuisine d'été.

— Enlevez vos souliers, leur avait ordonné sœur Gilbert, plantée debout près de la porte. On a lavé le prélart de la cuisine il y a pas une heure.

— Oui, ma sœur, avait répondu son frère Albert, moqueur.

La grande et grosse religieuse l'avait menacé du chasse-mouche qu'elle tenait à la main.

Pendant que tous s'entassaient autour de la grande table, Yvette avait commencé à servir des assiettes remplies de bouilli de légumes avec l'aide de la petite sœur Clémence.

— Comment ça se fait que vous êtes arrivés ensemble, tous les deux ? avait demandé Ernest à ses deux fils, plus pour parler que pour assouvir une véritable curiosité.

Maurice s'était alors chargé de répondre à son père.

— Albert est venu me voir au noviciat dimanche passé et il m'a dit qu'il avait l'intention de venir vous voir en fin de semaine. Il m'a dit que si j'avais la permission du supérieur de venir avec lui, il pourrait m'avoir une passe gratuite pour prendre le train. Le frère Alphonse a accepté et on a pris le train de bonne heure ce matin.

— Quand on est débarqués à la gare de Pierreville, avait poursuivi Albert, on s'est dit que ce serait ben le diable si on trouvait pas quelqu'un de Saint-Jacques en train de traîner au marché un samedi matin. On a pas eu à chercher ben longtemps. Georges Hamel venait d'aller acheter du matériel chez Murray. Il nous a offert de nous emmener.

— Venez-vous passer plusieurs jours avec nous autres ? avait demandé Céline.

— Ben non ! Je travaille lundi matin et Maurice doit être revenu au noviciat demain soir.

— J'espère qu'on vous dérange pas trop ? avait ajouté Maurice sans s'adresser directement à son père. Je pensais que vos foins étaient finis depuis un bout de temps.

— Ben non ! avait grommelé Ernest Veilleux. Il a pas arrêté de mouiller depuis le commencement du mois.

— De toute façon, on peut toujours coucher dans la grange, avait proposé Albert.

— Il en est pas question, avait répliqué sèchement sa mère. Les deux jeunes vont vous laisser leur chambre avec plaisir. Pas vrai ?

— Ben oui, avait accepté Léo. Surtout que l'ouvrage que vous allez faire, on sera pas obligés de le faire et...

Son père lui avait jeté un regard mauvais qui avait incité l'adolescent à se taire.

Après le repas, les garçons avaient imité leur père en allant faire une courte sieste pendant qu'Yvette et ses filles rangeaient la cuisine et lavaient la vaisselle. Ensuite, on s'était remis au travail jusqu'à la fin de l'après-midi et on ne s'était arrêté que pour traire les vaches et nourrir les animaux.

Ce soir-là, tout le monde s'était couché tôt chez les Veilleux. Le dur travail dans les champs sous un soleil de plomb était venu à bout de l'énergie des plus résistants. On s'était mis au lit vers vingt-deux heures, après avoir établi qui irait à la basse-messe et qui assisterait à la grand-messe, le lendemain matin. Il avait été décidé que Maurice et les deux religieuses iraient à la grand-messe en voiture avec Ernest et Yvette. Il convenait de faire voir à toute la paroisse les religieux que la famille Veilleux avait produits. Pour leur part, les jeunes iraient à la même messe, mais ils se rendraient à l'église à pied. Après tout, un mille et demi de marche n'avait jamais tué personne. Albert, Céline et Anne avaient préféré aller à la basse-messe.

Au moment de souffler la lampe, Ernest n'avait pu s'empêcher de faire remarquer à sa femme :

— Maurice est blanc comme un navet. Il s'épuise à rien. On peut pas dire que les frères l'ont ben renforci. En plus, je trouve qu'il tousse pas mal.

— Tu sais bien qu'il a jamais eu une grosse santé, avait rétorqué sa femme en s'étendant à ses côtés. Je sais pas s'il te l'a dit, mais le supérieur a décidé qu'il serait infirmier. Il va s'occuper des malades de la communauté. Cet ouvrage-là devrait pas trop le fatiguer.

— Puis l'autre ? avait murmuré Ernest.

— Albert est un bon garçon. Tu le sais aussi bien

que moi. Il a pris ses seules journées de congé de l'été pour venir te donner un coup de main. Fais-lui un peu de façon, Ernest. C'est ton garçon après tout. Il a pas commis un crime en allant travailler en ville. Il travaille dur pour gagner sa vie. À part ça, il y a rien qui dit qu'il reviendra pas un jour rester avec nous autres.

— Ouais ! fit le père de famille sur un ton peu convaincu. Bon. Il faut dormir si on veut être capables de se lever demain matin.

Le silence était finalement tombé dans la chambre des parents située au pied de l'escalier. Bientôt, seuls les ronflements des dormeurs avaient fait un contrepoint aux stridulations des criquets.

Le lendemain matin, dès six heures moins quart, Yvette Veilleux avait tenté de ne réveiller que ses plus jeunes fils pour qu'ils aillent aider leur père à soigner les animaux, mais ce fut peine perdue. En quelques minutes, tous les habitants de la maison avaient envahi la grande cuisine d'été.

— Oubliez pas que vous pouvez rien manger avant la messe si vous voulez aller communier, avait rappelé inutilement la mère.

— Et si vous allez pas communier, avait ajouté en riant sœur Gilbert, vous devrez expliquer pourquoi à notre bon curé Lussier.

— Fais pas de farce avec ça, l'avait réprimandée sa mère.

— Je ris pas, m'man, avait fait la religieuse en s'efforçant de prendre un air sérieux. Je fais juste me souvenir comment était le cousin de p'pa quand on allait pas à la sainte table, le dimanche... À moins qu'il ait changé depuis ?

— Non, notre curé est toujours un aussi bon prêtre.

— Tant mieux, m'man, avait conclu la religieuse sur un ton peu enthousiaste.

Après le train, Albert avait attelé le boghei et avait conduit ses deux jeunes sœurs à l'église pour entendre la basse-messe chantée par le vicaire.

— Qui c'est, ce petit prêtre-là ? avait-il demandé à sa sœur Anne.

— L'abbé Martel. Il est arrivé dans la paroisse un peu avant Pâques. Il est pas mal fin. Il est pas bête comme le curé, lui.

— Et il est un peu perdu, avait ajouté Céline en souriant. Il y a des fois où on dirait qu'il est pas tout là. Il est souvent dans la lune.

— Toi, t'es chanceuse que m'man t'entende pas parler comme ça d'un prêtre, l'avait grondée sa sœur. Si elle t'entendait, tu mangerais une claque derrière le chignon.

— J'ai rien dit de mal, moi, avait protesté la jeune fille de vingt ans en jetant un regard courroucé à sa sœur.

Comme tous les dimanches, la grand-messe célébrée par le curé Lussier avait duré près de deux heures et les Veilleux n'avaient pu se mettre à table que bien après midi. Quelques heures plus tard, l'heure du départ avait sonné pour les visiteurs. À quatre heures, sur un signe de son père, Jérôme était allé atteler la vieille jument. Pour son plus grand plaisir, l'adolescent s'était vu confier la tâche enviée d'aller conduire à la gare de Pierreville les deux religieuses et ses frères Maurice et Albert.

Au moment du départ, toute la famille s'était retrouvée debout sur le balcon qui ceinturait deux des quatre côtés de la vieille maison en bardeaux de cèdre. Il y eut des embrassades et un échange de souhaits de bonne santé. Pour la première fois depuis longtemps, Ernest Veilleux s'était montré chaleureux envers ses fils.

— Vous êtes toujours les bienvenus, avait-il déclaré. Si le cœur vous en dit, revenez nous voir aussitôt que vous le pourrez.

À voir le sourire qui illuminait le visage d'Albert au moment où l'attelage quittait la cour, il ne faisait aucun doute que la mésentente entre le père et le fils appartenait maintenant au passé. Yvette, heureuse, n'avait pu s'empêcher de poser une main sur le bras de son mari avant de lui glisser à voix basse :

— T'es pas mal fin, mon Ernest. Je pense que notre garçon est parti soulagé.

— Il est pas le seul que j'ai invité, ronchonna son mari. J'ai aussi invité Marcelle et Maurice.

Yvette Veilleux fut tirée de ses pensées par le bruit de la roue métallique de la brouette crissant sur les roches de la cour. Ernest avait fini son train et Jérôme s'en allait déposer les bidons de lait dans la voiture à laquelle on attellerait la Grise après le déjeuner pour aller porter le lait à la fromagerie. Elle entendait déjà son mari chasser à grands cris les dernières vaches de l'étable après la traite.

— Céline, brasse un peu le gruau dans la marmite pendant que je tranche le pain. Anne, vérifie si le thé est bien bouillant pour ton père. Il arrive.

Au moment où Léo, de retour de l'étable, allait poser le pied sur la première marche de l'escalier menant à la cuisine, sa mère apparut derrière la porte-moustiquaire.

— Avant d'ôter tes bottes, tu vas aller me chercher deux chaudières d'eau au puits et tu vas les vider dans la cuve, dans la remise. J'en ai besoin pour mon lavage.

— Ça peut pas attendre après le déjeuner, m'man ? J'ai faim, moi !

— Tout de suite ! Attends pas que j'aille te tirer les oreilles pour te faire bouger.

— Aïe, m'man !

— Lâchez-lui les oreilles ! s'exclama Céline, faussement inquiète. Si vous continuez comme ça, elles vont être tellement longues que notre pauvre Léo va marcher dessus !

— Toi, la niaiseuse, attends que j'entre dans la maison, la menaça son jeune frère de treize ans, qui avait entendu la remarque de sa sœur.

— Au lieu de faire enrager ton frère, toi, va donc m'installer la cuvette et la planche à laver dans la remise. Aussitôt après la vaisselle, on va faire le lavage.

— Moi, j'haïs donc ça le lundi. On passe la journée à laver le linge et à l'étendre. Je connais rien d'aussi plate que ça, se plaignit Anne.

— Est-ce que t'aimerais mieux aller me laver le

plancher de la cuisine d'hiver et les fenêtres ? demanda sa mère, agacée.

L'entrée du père dans la cuisine mit fin à l'échange. Tout le monde s'approcha de la table pour manger.

4

Un départ

La température avait beau se maintenir au beau fixe en ces premiers jours de septembre 1922, il n'en restait pas moins que les journées raccourcissaient sensiblement. Maintenant, le soleil se levait bien après six heures et il se couchait un peu avant sept heures. C'était un signe qui ne trompait personne : l'été tirait à sa fin.

Dans la plupart des foyers de Saint-Jacques-de-la-Rive, on s'activait fébrilement à la préparation des provisions hivernales. On vidait systématiquement le jardin et le verger.

Chez les Tremblay du rang Sainte-Marie, tout le monde mettait la main à la pâte. Eugène et Thérèse n'auraient jamais accepté que l'un ou l'autre de leurs six enfants vivants ne participe pas à l'effort commun. Ce matin-là, le père avait laissé du travail à ses trois fils avant de prendre la route du village pour aller faire ferrer l'un de ses deux chevaux chez Crevier. La veille, durant le transport des bidons de lait à la fromagerie, la jument avait perdu un fer.

— Répare le plancher du poulailler, dit-il à

Clément, son fils de vingt ans, avant de partir. Fais-toi aider par Gérald.

— Et moi ? demanda Lionel qui, à douze ans, n'acceptait pas d'être oublié.

— Toi, tu ramasseras les patates et tu les descendras dans le caveau.

— J'aurais mieux aimé faire la même chose que Gérald, voulut argumenter le cadet.

— Tu feras ce qu'on te dit de faire, le coupa sa mère sur un ton sans appel.

Thérèse Tremblay était une femme à l'apparence austère. Ses cheveux poivre et sel tirés en un strict chignon et son visage précocement ridé par les soucis la faisaient paraître plus vieille que ses quarante-six ans. De plus, on ne la voyait pas sourire très souvent. Il fallait tout de même reconnaître que la vie ne lui avait pas fait de cadeau.

L'épouse d'Eugène Tremblay avait perdu un frère et deux cousins à quelques semaines d'intervalle, morts au combat durant la guerre. De plus, comme s'il n'avait pas suffi que deux de ses enfants soient décédés en bas âge, il avait fallu que la grippe espagnole vienne lui en chercher un autre, trois ans auparavant. Chaque fois, elle avait trouvé en elle la force de surmonter l'épreuve, persuadée que Dieu n'éprouvait que ceux qu'il aimait vraiment. Sa foi profonde et ses études chez les religieuses de l'Assomption de Nicolet l'avaient préparée à devenir une mère chrétienne capable d'inculquer de solides valeurs à ses enfants. De fait, elle était beaucoup plus stricte que son mari, un grand et gros homme à la figure lunaire, en général assez placide. Si ses fils aidaient son mari à l'extérieur, elle pouvait toujours compter sur ses filles.

— Pendant que Lionel entre les patates, annonça la mère après le départ de son mari pour le village, nous autres, on va s'occuper des dernières tomates. Jeannine, tu vas aller ramasser toutes les tomates qui restent dans le jardin, dit-elle à sa fille de dix ans. Pendant que tu fais ça, Aline va aller faire les chambres en haut et Claire va laver les pots. On va ébouillanter les tomates et les éplucher avant de les mettre dans les pots.

— Il y a rien que j'haïs comme aller nettoyer les chambres des gars, déclara l'adolescente de quatorze ans au petit nez retroussé. Ils laissent tout traîner. Une chatte y retrouverait pas ses petits et...

Un regard sévère de sa mère fit taire la jeune fille qui se contenta de lever les épaules tout en relevant une mèche de cheveux bruns.

— Et attache tes cheveux, lui ordonna sa mère avant qu'elle ne quitte la cuisine d'été.

Pour sa part, sans perdre de temps, l'aînée de la famille se dirigea vers le placard où étaient entassés les pots vides. Elle n'avait émis aucun commentaire en recevant une tâche. À vingt-cinq ans, Claire Tremblay était une jeune femme douce et peu bavarde, pourvue d'une figure agréable aux traits réguliers. Elle avait un large front et des cheveux châtains un peu bouclés. Son teint pâle faisait ressortir ses yeux noirs. C'était une solitaire à qui sa mère reconnaissait des talents indéniables de cuisinière et de ménagère. En outre, il aurait fallu faire preuve de beaucoup de mauvaise foi pour ne pas se rendre compte qu'elle était travailleuse et soignée.

— Ma Claire, c'est une vraie perle, un trésor, disait parfois sa mère en son absence.

— Un trésor oublié, une vieille fille, ajoutait Gérald pour faire fâcher sa mère.

En fait, cette affirmation était fausse. Quatre ans auparavant, Claire Tremblay avait eu un amoureux sérieux en Paulin Dufresne de Sainte-Perpétue. Il avait même été question de mariage. Puis au printemps de 1918, le jeune homme avait fui aux États-Unis chez un frère de sa mère pour échapper à l'armée, comme l'avait fait Albert Veilleux. Claire avait encouragé son amoureux à fuir et ce dernier lui avait promis de revenir aussitôt qu'il le pourrait. Il avait aussi juré de lui écrire. Deux lettres lui étaient parvenues par des voies détournées les mois suivants. Après cela : silence complet. À la signature de l'armistice en novembre, Claire s'était préparée à revoir enfin son amoureux. Il allait revenir des États-Unis et demander sa main, comme il le lui avait promis. Mais les semaines puis les mois avaient passé sans que le fugitif ne donne la moindre nouvelle. C'était comme si la terre l'avait englouti. Trop fière pour s'enquérir auprès de la famille de son quasi fiancé, la jeune fille s'était contentée d'attendre. Elle avait été trop consciente de sa dignité pour se donner en spectacle. Si elle avait pleuré, elle l'avait fait dans le secret de sa chambre.

Depuis, quatre années étaient passées et il n'avait plus été question de Paulin Dufresne. Personne chez les Tremblay n'abordait jamais le sujet.

Claire était devenue une « vieille fille » et aucun garçon de Saint-Jacques-de-la-Rive ou de l'un des villages voisins n'avait tenté de l'approcher pour lui faire la cour.

Quelques minutes plus tard, sa sœur Aline descendit de l'étage des chambres avec un air mécontent et vint la rejoindre dans la cuisine d'été.

— Où est m'man ?

— Dans le jardin avec Jeannine. Elle voulait être sûre qu'elle oubliait pas de tomates.

— Attends que j'attrape le Lionel ! T'aurais dû voir le plancher de sa chambre. Le petit maudit s'est amusé à gosser du bois dans sa chambre. Je vais lui en faire du gossage quand je vais le voir, lui !

L'adolescente se laissa tomber sur une chaise, l'air buté.

— Qu'est-ce que t'as à matin, toi ? lui demanda sa sœur aînée en essuyant un pot qu'elle venait de rincer. On dirait que tu t'es levée du mauvais pied.

— Je suis fatiguée de travailler comme une esclave, jour après jour. Peux-tu avoir une vie plus plate que celle de fille d'habitant ! s'exclama l'adolescente. On passe notre temps à nettoyer et à cuisiner. L'été achève et on a pas arrêté une seule journée. Après les confitures aux fraises, ça a été le tour des confitures aux framboises. Après, il a fallu aller ramasser des bleuets. Il y a quinze jours, c'était le temps de faire du ketchup vert et de mariner des cornichons. Après les tomates, on va faire de la compote de pommes et de rhubarbe. Après ça, il va y avoir encore le vin de cerise à faire et de la compote de citrouille... Ça finit jamais ! Y a des matins où je resterais couchée tellement je suis écœurée. Je me vois pas faire ça toute ma vie, moi !

La jeune fille était si occupée à exhaler sa mauvaise humeur qu'elle n'entendit pas sa mère entrer dans la pièce, les bras chargés de deux paniers de tomates bien mûres.

— Quand t'auras fini de te lamenter sur ton sort, Aline Tremblay, tu pourras peut-être nous donner un coup de main, fit sèchement sa mère.

L'adolescente sursauta en entendant la voix de sa mère et elle s'empressa de prendre l'un des deux paniers de tomates qu'elle lui tendait.

— Tu sauras, ma fille, que tu vas connaître bien pire que ça dans la vie. Attends d'avoir un mari à endurer et des couches sales à laver. Quand t'auras une trâlée d'enfants à soigner et à élever, tu vas t'apercevoir que t'avais une belle vie quand t'étais fille. Tu vas t'ennuyer de ta vie plate quand t'auras à te casser la tête tous les jours que le bon Dieu amène pour savoir comment les nourrir, les chausser et les habiller. Quand t'auras connu tout ça, tu pourras te plaindre, mais ça changera pas grand-chose, c'est moi qui te le dis. À un moment donné, il te restera juste la prière et tes yeux pour pleurer.

Claire et Aline demeurèrent figées, trop surprises d'entendre leur mère exprimer si ouvertement ce qu'elle pensait de la vie qu'elle vivait.

— Assez de placotage ! finit par dire Thérèse Tremblay en relevant les manches de sa vieille robe grise. Ces tomates-là s'ébouillanteront pas toutes seules. Aline, va aider Jeannine à transporter les deux autres paniers et rapporte-moi deux ou trois oignons.

Un peu avant midi, Eugène Tremblay revint du village. Thérèse jeta un coup d'œil dans la cour par l'une des fenêtres de la cuisine d'été lorsqu'elle entendit la voiture passer près de la maison. L'attelage s'arrêta un peu plus loin, près de l'écurie, et son conducteur détela sans hâte excessive la jument noire qu'il fit pénétrer dans le petit enclos jouxtant le bâtiment avec quelques « whow ! » retentissants.

Le cultivateur de haute taille et à la forte stature, âgé d'une quarantaine d'années, souleva son vieux chapeau brun pour s'essuyer le front. Il avait une épaisse chevelure noire peignée vers l'arrière et ses tempes argentées ne parvenaient pas à vieillir réellement son visage aux traits burinés. Eugène Tremblay était un homme calme et assez facile à vivre, sauf quand on mentionnait devant lui le nom d'Ernest Veilleux, son voisin de droite. À ce moment-là, l'homme voyait rouge et s'emportait facilement.

Il était notoire à Saint-Jacques-de-la-Rive qu'Eugène Tremblay et Ernest Veilleux étaient brouillés depuis près de trente ans. Les gens de leur génération avaient tous eu connaissance que les deux hommes s'étaient battus dans leur jeunesse pour les beaux yeux d'une certaine Annette Parent. Si on se fiait aux commérages, la belle avait donné des espérances à ses deux soupirants qui avaient fini par en venir aux coups un dimanche soir d'hiver, dans un rang de la paroisse voisine.

L'esclandre avait fait un tel scandale que le brave curé Biron avait stigmatisé les deux belligérants du haut de la chaire, le dimanche suivant. Finalement, la jeune fille volage leur avait préféré un certain Gagné de Saint-François-du-Lac. Bref, depuis ce temps, les deux cultivateurs du rang Sainte-Marie ne s'étaient pratiquement plus adressé la parole. Lorsqu'ils se croisaient, les deux voisins immédiats s'ignoraient ostensiblement. Leur épouse et leurs enfants entretenaient des relations de bon voisinage, mais il n'était pas question que les deux familles se fréquentent ou se rendent visite.

Tous les habitants de Saint-Jacques connaissaient bien l'hostilité farouche que les deux hommes se vouaient l'un à l'autre, et plus d'un prédisait qu'un jour, tout ça allait mal finir. Au fil des ans, il s'était même formé deux clans dans la paroisse. D'un côté, on retrouvait Ernest Veilleux, quelques conservateurs et les opposants au maire Giguère. On avait tendance à associer à ce groupe, sans preuve véritable, le curé Lussier, le cousin d'Ernest. L'autre clan comprenait Eugène Tremblay, son beau-frère, le maire, et, évidemment, les rouges de la paroisse.

Le cultivateur entra dans le poulailler pour jeter un coup d'œil aux réparations effectuées par ses fils avant de se diriger vers la maison, suivi par les trois garçons.

— La jument est ferrée, on va être tranquilles un bon bout de temps, dit-il en accrochant son chapeau à l'un des crochets fixés au mur, près de la porte de la cuisine.

— Bon. Approchez. Le dîner est presque prêt, fit sa femme en déposant sur la table un plat de soupe fumante.

Il y eut un court silence dans la pièce pendant que tout le monde prenait place autour de la grande table. Lorsque tous furent assis, le père récita le bénédicité et on se signa avant de commencer à se servir.

— Ça me surprendrait pas que la mère Fournier aille plus mal, laissa tomber le père de famille après avoir avalé quelques bouchées.

— Le docteur Courchesne est encore là ?

— Je pense que oui. Il me semble avoir reconnu son cheval et sa voiture en passant devant la maison.

La ferme de Laurent Fournier était la cinquième du rang Sainte-Marie. Elle était située entre celle de Bruno Pierri et celle de Georges Hamel, le voisin immédiat des Tremblay.

Pour le passant, toutes les maisons du rang auraient pu sembler identiques. En fait, elles ne se distinguaient les unes des autres que par le degré de soin qu'en prenaient leurs propriétaires. La plus remarquable était probablement celle habitée par Bruno Pierri et son épouse, parce que ses occupants l'avaient blanchie à la chaux le mois précédent et avaient peint tous les cadres des ouvertures rouge vif. Par ailleurs, celles des Veilleux, des Tremblay et des Hamel étaient d'une propreté méticuleuse et leurs parterres fleuris témoignaient de la fierté de leurs habitants. En réalité, il n'y avait dans le rang Sainte-Marie que la maison et les bâtiments des Tougas et ceux des

Fournier qui paraissaient mal entretenus, et ce, pour des raisons tout à fait différentes. Antonius et Emma Tougas étaient désorganisés et un peu portés à la paresse, alors que Germain Fournier ne parvenait pas à tout faire seul, soit prendre soin de sa mère malade et cultiver la ferme familiale.

— Ça prouve pas grand-chose, fit remarquer Thérèse Tremblay en se versant une tasse de thé. Le docteur est venu la voir au moins trois fois depuis deux semaines.

— Oui, mais il y avait aussi monsieur le curé chez les Fournier. J'ai vu le bedeau en train de fumer sa pipe sur le perron. Je pense que le père Groleau l'attendait. Tu sais comme moi ce que ça veut dire. Monsieur le curé doit être venu donner les derniers sacrements à la mère Fournier.

— Pauvre femme, murmura Thérèse, attristée par la fin prochaine de sa vieille voisine.

Un peu plus loin, chez les Fournier, aucun bruit ne s'échappait de la petite maison grise sur le côté de laquelle étaient attachés deux attelages. À l'intérieur, Florence Cohen, les traits tirés par une longue nuit de veille, sortit de la chambre de sa mère en s'essuyant les yeux. Son frère Germain la suivit quelques instants plus tard et se laissa tomber dans la vieille chaise berçante placée sous l'une des deux fenêtres de la cuisine.

Le docteur Courchesne sortit de la pièce surchauffée en tirant derrière lui la porte de la chambre occupée par la mourante.

— J'ai fait ce que j'ai pu, déclara à voix basse le

vieux médecin en déposant sa petite trousse noire sur la table de cuisine.

Il s'approcha de la cuve déposée sur le comptoir et il entreprit de se laver les mains.

— Je dois aller voir madame Cloutier dans le rang Saint-Pierre, dit-il, mais je vais repasser au milieu de l'après-midi, avant de retourner à Pierreville.

— Merci, docteur, fit la femme âgée d'une quarantaine d'années.

— C'est rare qu'une pneumonie pardonne à l'âge de votre mère, poursuivit le praticien. Elle a beau avoir juste soixante-cinq ans, on dirait qu'elle a perdu le goût de se battre.

— Vous savez, docteur, depuis la mort de p'pa, il y a quatre ans, elle a jamais plus été la même, fit la fille de Fernande Fournier en tendant une serviette propre au médecin. Quand mon père est mort de la grippe espagnole, on aurait juré qu'elle avait perdu le goût de vivre. Pas vrai, Germain ?

Germain Fournier se contenta de hocher vaguement la tête. Le célibataire de trente ans avait un visage ingrat. On aurait dit que ses traits avaient été taillés à coups de serpe et l'acné juvénile avait laissé des cicatrices profondes dans sa figure. Il passa ses doigts noueux dans sa chevelure châtain pâle qui commençait déjà à reculer. À demi perdu dans de sombres pensées, il continua à regarder par la fenêtre la route poussiéreuse qui passait devant la maison.

Albéric Courchesne mit son chapeau noir, saisit sa trousse et sortit de la maison sur un dernier « bonjour ». Plantée devant la porte-moustiquaire,

Florence Cohen regarda le vieil homme s'installer lentement dans son boghei avant de crier à son cheval d'avancer. Ensuite, elle s'approcha doucement de la porte de la chambre, fermée, et tendit l'oreille. Elle n'entendit que les murmures du curé Lussier.

— Il a pas encore fini de l'administrer, chuchota-t-elle à son frère avant d'aller s'asseoir sur une chaise, au bout de la table.

Ce dernier ne fit aucun signe qu'il l'avait entendue. Il ne la regarda même pas. Il n'y avait jamais eu une grande affection entre le frère et la sœur. Leurs caractères étaient aussi différents que leurs vies.

Vingt-deux ans auparavant, Florence Fournier avait épousé, contre la volonté de ses parents, un commis voyageur d'origine juive originaire de Montréal. Sam Cohen avait eu beau se dire catholique, Laurent et Fernande Fournier ne lui avaient donné leur fille que contraints et persuadés que cette dernière faisait la pire bêtise de sa vie.

La jeune femme avait quitté Saint-Jacques-de-la-Rive sans aucun remords et n'y était revenue, le plus souvent seule, qu'une ou deux fois par année pour de très brèves visites. Elle en avait presque oublié à quel point la vie était difficile sur une terre au début des années 20. Son Sam n'avait jamais été un prix de beauté, mais il avait fait preuve d'un sens des affaires indéniable. Il avait su saisir toutes les bonnes occasions qui s'étaient présentées à lui, au point qu'il avait fini par posséder deux merceries assez florissantes sur la rue

Sainte-Catherine et par ouvrir un atelier de confection de complets. En 1915, il avait fait l'acquisition d'une confortable maison dans le quartier ultrachic d'Outremont et il avait imposé à son épouse une cuisinière et une bonne pour faire étalage d'une certaine aisance matérielle. Bref, Florence Cohen, née Fournier, avait été gâtée par la vie et elle ne s'était jamais plainte de ne pas avoir eu d'enfants.

Lorsque son frère Germain lui avait téléphoné de l'hôtel *Traversy* de Pierreville pour lui apprendre que leur mère était gravement malade, à la mi-août, elle s'était empressée de venir à son chevet, persuadée que son séjour ne durerait qu'une journée ou deux. Elle avait espéré ne pas avoir à dormir dans cette maison un peu négligée. Depuis le décès de son père, quatre ans auparavant, elle avait pu constater à chacune de ses rares visites la dégradation de l'intérieur de la maison. De toute évidence, sa mère ne faisait plus que l'entretien minimal et Germain était trop débordé par le travail extérieur pour l'aider.

Pourtant, il lui avait fallu changer d'idée devant la gravité de la maladie de sa mère. Il n'était pas question de la laisser seule pendant que son frère travaillait aux champs. Elle chercha d'abord à engager une jeune fille de Saint-Jacques-de-la-Rive pour faire un peu de ménage et la cuisine, mais Germain s'y opposa farouchement, même si elle offrait de défrayer elle-même le coût de cette main-d'œuvre.

— D'abord, t'en trouveras pas une parce que c'est le temps où il y a de l'ouvrage par-dessus la tête sur toutes les terres. Ensuite, je veux pas voir une étrangère se promener partout dans la maison et raconter dans la paroisse qu'on n'est même pas capables de se nettoyer.

— Tu peux bien parler, toi ! s'était emportée Florence. C'est pas toi qui es pogné pour décrasser la maison.

— Personne te demande de décrasser quoi que ce soit, avait répondu son frère d'une voix tranchante. T'es pas venue pour faire le ménage. T'es là pour prendre soin de m'man. Fais juste ça. Je m'arrangerai avec le reste.

C'est ainsi que plus de deux semaines plus tard, l'aspect intérieur de la maison n'avait guère changé. Peu habituée à entretenir une maison, Florence Cohen s'était contentée de ranger un peu la chambre de sa mère malade et de nettoyer à fond la vaisselle et la table de cuisine. Tiraillée entre le lavage, le repassage et les soins à donner à la malade, elle trouvait à peine le temps de dormir quelques heures chaque nuit.

En cette fin de la première semaine de septembre, elle était au bord de l'épuisement et ses yeux se fermaient tout seuls pendant que le curé Lussier administrait les saintes huiles à sa mère mourante dans la pièce voisine.

Soudain, la porte de la chambre s'ouvrit et livra passage au prêtre qui, tout en marchant, retira son étole.

— Elle a l'air de s'être endormie, murmura Antoine Lussier aux deux enfants de la malade qui s'étaient levés à son entrée dans la cuisine. Priez pour elle. Dieu viendra la chercher quand son heure sera venue. Elle est maintenant prête à comparaître devant lui.

— Merci, monsieur le curé, fit Florence en l'accompagnant vers la porte.

— Vous me ferez prévenir quand le moment sera venu, ajouta Antoine Lussier en coiffant sa barrette.

Quand le boghei du curé eut quitté la cour, Florence sortit un pain de la huche et déposa quelques tomates, un morceau de fromage et de la laitue sur la table.

— On va manger un morceau et après ça, je vais monter me coucher une heure ou deux. Je tiens plus debout, annonça-t-elle à son frère.

Ce dernier, toujours aussi taciturne, ne dit rien. Il se contenta d'aller jeter une bûche dans le poêle à bois avant de remplir d'eau la théière qu'il déposa sur le poêle.

Quelques minutes plus tard, Germain Fournier alla s'asseoir sans bruit sur la chaise placée au pied du lit de sa mère. La malade semblait perdue au milieu du grand lit tant elle était petite. Son visage cireux se détachait à peine de l'oreiller blanc sur lequel sa tête reposait. Son fils dut se pencher un instant vers elle pour percevoir sa faible respiration haletante.

Il régnait une chaleur suffocante dans la petite pièce sombre. Florence maintenait la toile tirée à demi devant la fenêtre à peine entrouverte. Après quelques minutes, le jeune cultivateur finit par succomber à la fatigue. Sa tête tomba sur sa poitrine et il s'endormit.

Combien de temps dormit-il ? Il n'aurait su le

dire. Toujours est-il que lorsqu'il se réveilla en sursaut, il vit que sa mère avait les yeux ouverts. Une étrange douceur émanait de son visage émacié.

— Vous voulez quelque chose, m'man ? demanda le jeune homme en se frottant les yeux.

Son offre ne suscita aucune réaction chez la malade. Elle ne cilla même pas. Il s'approcha et toucha timidement les mains de la malade : elles étaient froides.

Germain Fournier sortit de la chambre et alla réveiller sa sœur à l'étage.

— Viens vite, lui cria-t-il en ouvrant la porte de sa chambre. Je pense que m'man vient de partir.

Sa sœur le suivit en bas sans perdre un instant. Le cœur lui faisait mal quand elle entra dans la chambre où reposait sa mère. À son tour, elle constata que le corps était froid. Toute désemparée, elle se tourna vers son frère.

— Pauvre m'man, elle a fini de souffrir... Maintenant, qu'est-ce qu'on doit faire ?

Germain demeura un long moment silencieux avant de dire :

— Je pense que le mieux est d'aller chercher madame Tremblay. Elle, elle doit savoir ce qu'on doit faire quand il y a une mortalité. Je peux pas me fier à ce qu'on a fait quand le père est mort. Le monde avait tellement peur de la grippe espagnole qu'ils l'ont sorti de la maison aussitôt qu'il est mort.

— OK, va la chercher, fit sa sœur. Après, je suppose que tu vas être obligé d'aller chez Desfossés, à Pierreville, pour le cercueil. Pense à arrêter chez *Traversy* pour téléphoner à Sam. Dis-lui que m'man est morte et que je l'attends.

Lorsque Claire Tremblay vit le deuxième voisin arrêter sa voiture dans leur cour, elle se douta de ce qui l'amenait et elle prévint immédiatement sa mère occupée à préparer de la pâte à pain.

— M'man, c'est Germain Fournier qui arrive. Pour moi, ça va plus mal pour sa mère.

Thérèse Tremblay alla se laver les mains et vint accueillir le jeune homme au moment où il s'apprêtait à frapper à la porte de la cuisine d'été où les deux femmes travaillaient.

— Entre, Germain, l'invita-t-elle.

— Je voudrais pas trop vous déranger, madame Tremblay, fit l'autre, intimidé. Ma mère vient de mourir et on sait pas trop quoi faire. Je me suis dit que vous pourriez peut-être nous dire ce qui se fait d'habitude dans ces cas-là.

Il était visible que le jeune homme faisait un réel effort en venant quémander de l'aide à une voisine. Dans la paroisse, on le considérait depuis longtemps comme une sorte d'ours qui évitait le plus possible les contacts avec les gens. Il vivait enfermé chez lui, limitant ses visites au village au strict minimum. Rares étaient les habitants de Saint-Jacques-de-la-Rive qui l'avaient vu en train de sourire ou de rire. Il ne demandait rien à personne et n'offrait rien non plus. Si Laurent et Fernande Fournier étaient d'un commerce plutôt agréable, leur fils n'avait pas hérité de ce trait de caractère, loin de là.

— Je vais y aller, déclara Thérèse Tremblay sur

un ton décidé. Toi, tu vas aller prévenir monsieur le curé et monter à Pierreville t'entendre avec Desfossés pour les funérailles. En passant, oublie pas d'avertir le docteur Courchesne.

— Le docteur est venu cet avant-midi, madame Tremblay. Il nous a dit qu'il repasserait durant l'après-midi, expliqua Germain Fournier, visiblement soulagé.

— C'est correct. Va faire le reste. Je vais aller rejoindre ta sœur dans deux minutes.

Le jeune cultivateur reprit la route pendant que la voisine donnait des directives à sa fille Claire.

— Occupe-toi de préparer le souper avec Aline. Je serai peut-être pas revenue à temps pour le faire. Après le souper, tu viendras me rejoindre chez les Fournier. Je pense qu'on manquera pas d'ouvrage.

— Je pourrais aller chercher Aline dans le champ et lui demander de faire le souper pour aller vous aider tout de suite, proposa Claire.

— Non. C'est mieux que tu restes. Je vais plutôt demander à Yvette Veilleux de venir m'aider à faire la toilette de madame Fournier.

— Voulez-vous que je demande à Clément ou à Gérald d'aller atteler pour vous conduire ? Ça irait plus vite.

— Maintenant, il y a plus rien qui presse, décréta sa mère, sur un ton philosophe.

Sur ces mots, Thérèse Tremblay, la mine sévère, fixa sur sa tête un chapeau à larges bords pour se protéger du soleil et elle quitta la maison. Au lieu de tourner à gauche à la sortie de la cour, elle prit à droite et se rendit chez les Veilleux, ses voisins immédiats. Tout en marchant, elle souhaita ne pas rencontrer Ernest Veilleux avec qui son mari était brouillé depuis des lunes. Avant même de pénétrer dans la cour, elle vit Yvette Veilleux en train de travailler avec ses filles Céline et Anne dans son grand jardin.

— On peut pas dire que t'as peur de la grosse chaleur, lança Thérèse en s'approchant de sa voisine qui se relevait péniblement en se tenant les reins.

— J'aime pas ça plus qu'il faut, fit Yvette qui enleva un instant son large chapeau de paille pour s'éventer, mais ce jardin-là, il va bien falloir le vider et le nettoyer un jour.

— Ah ça !

— As-tu besoin de quelque chose ? lui demanda Yvette, réalisant brusquement que sa voisine n'avait pas pour habitude de faire des visites de politesse au milieu de la journée.

— Bien, je suis venue t'apprendre que madame Fournier vient de mourir et que ses deux enfants ont pas trop l'air de savoir quoi faire. Je me suis dit qu'on pourrait peut-être aller leur donner un coup de main en commençant par faire sa toilette, par exemple.

— La pauvre femme ! s'apitoya aussitôt Yvette. Soixante-cinq ans, c'est encore pas mal jeune pour partir ! Bien sûr que je vais y aller. Les filles, vous continuez et vous vous débrouillez avec le souper si je suis pas revenue. Viens en dedans, Thérèse, ça va être moins chaud, l'invita sa voisine. J'en ai pour deux minutes pour me préparer et on va y aller.

— Ton mari est pas là, j'espère ?

— Bien non. Viens.

Au moment où les deux femmes allaient pénétrer dans la maison, Yvette Veilleux aperçut son fils Jérôme qui sortait de l'étable.

— Jérôme, attelle le boghei et viens nous conduire chez les Fournier, madame Fournier vient de mourir.

L'adolescent se dirigea sans rechigner vers l'écurie. Quelques instants plus tard, Yvette Veilleux ordonna à son fils de s'arrêter un instant chez les Hamel qui exploitaient la petite ferme située entre celle des Fournier et celle des Tremblay.

— On va avertir Rita en passant, expliqua Yvette. Elle pourra peut-être pas venir à cause de ses trois petits, mais au moins elle sera au courant et elle pourra pas dire qu'on l'a oubliée.

Dès que l'attelage s'arrêta près de la maison des Hamel, une jeune femme enceinte, âgée de moins de trente ans, sortit sur le balcon en portant un jeune enfant dans ses bras. Cette brunette au visage ouvert et sympathique reconnut immédiatement ses deux voisines.

— Bonne sainte Anne ! s'exclama-t-elle. Voulez-vous bien me dire où vous vous en allez comme ça ?

— À côté, lui répondit Thérèse. Madame Fournier est morte et sa Florence a pas trop l'air de savoir quoi faire.

— Aussitôt que ma mère va revenir du village, elle va s'occuper des enfants et je vais aller vous rejoindre, promit la jeune femme.

— Dans ton état, tu pourrais bien laisser faire, lui dit Yvette.

— Inquiétez-vous pas pour ça, répliqua Rita Hamel avec bonne humeur. J'ai juste six mois de faits. Je risque pas d'accoucher de sitôt.

Quelques instants plus tard, au moment où la voiture s'arrêtait dans la cour des Fournier, on entendit sonner au loin le glas annonçant le décès d'un paroissien. Florence Fournier vit arriver les deux femmes avec un réel soulagement.

— Vous êtes bien fines de venir me dire ce qu'il faut faire, leur déclara-t-elle en leur ouvrant la porte. Le docteur est pas encore passé.

— C'est pas grave, la rassura Yvette Veilleux. Si tu veux, on va faire la toilette de ta mère. Après que le docteur Courchesne l'aura vue, on aura juste à l'habiller avec sa plus belle robe.

— C'est vrai, sa toilette, répéta Florence, apparemment bouleversée à l'idée d'avoir à faire la dernière toilette de sa mère.

Thérèse Tremblay se rendit compte de son trouble et intervint rapidement.

— Yvette et moi, on va s'occuper de ça. Faisnous juste bouillir de l'eau et donne-nous des serviettes propres et un peigne. Pendant qu'on la prépare, tu pourrais peut-être installer le salon.

Le docteur Courchesne arriva un peu avant seize heures et il ne resta que quelques instants, le temps de signer le permis d'inhumer et d'offrir ses condoléances à Florence. Un peu avant l'heure du souper, Germain Fournier rentra chez lui, précédant de peu la voiture dans laquelle avaient pris place Conrad Desfossés et son fils Normand, les entrepreneurs de pompes funèbres de Pierreville.

Les deux hommes, affichant la mine lugubre indissociable de leur profession, descendirent de leur voiture d'où ils tirèrent deux chevalets. Ils pénétrèrent dans la maison en passant par la porte avant, celle qui ne s'ouvrait habituellement que pour la visite annuelle du curé. Ils déposèrent les chevalets dans le salon et sortirent pour revenir chargés d'un humble cercueil en pin.

Avant d'entrer dans la chambre, ils attendirent que les trois femmes qui s'y trouvaient en sortent et se réfugient dans la cuisine. Le jeune Desfossés sortit de la pièce un instant pour aller chercher une trousse noire laissée dans la voiture. À son retour, il ferma doucement la porte de la chambre. Son père et lui ne demeurèrent dans la pièce que quelques minutes. Lorsqu'ils en sortirent, ils portaient le cercueil dans lequel avait été déposée Fernande Fournier.

Les Desfossés placèrent la bière sur les chevalets qu'ils avaient couverts au préalable d'un tissu noir. Ils tendirent à Thérèse Tremblay un crêpe noir à installer sur la porte d'entrée pour signaler aux passants le deuil qui frappait la maison.

— Vous pourrez pas la garder plus qu'une journée à cause de la chaleur, dit le fils Desfossés d'un air désolé.

— On va revenir demain après-midi, promit le père en remettant son chapeau noir qu'il avait retiré en pénétrant dans la maison.

Après le départ des Desfossés, Germain Fournier se contenta de dire, sans s'adresser à l'une ou l'autre des trois femmes en particulier :

— Monsieur le curé a dit la même chose qu'eux. Le service va être chanté après-demain matin. Bon, je dois aller faire mon train. Je suis déjà en retard.

— T'es pas obligé de te presser, fit Thérèse Tremblay. Clément l'a déjà commencé.

— As-tu appelé Sam ? lui demanda sa sœur.

— Oui. Il va arriver demain matin.

Le jeune cultivateur n'ajouta pas un mot de plus. Il alla changer de vêtements. Lorsqu'il sortit de la maison quelques instants plus tard, Yvette Veilleux le regarda par la fenêtre se diriger, l'air accablé, vers l'étable où on entendait les vaches meugler.

Avant le retour de Germain de l'étable, les deux voisines décidèrent d'un commun accord de retourner chez elles parce que Florence Fournier n'avait apparemment plus besoin d'elles. Elles lui promirent toutefois de revenir au début de la soirée pour veiller la morte.

Un peu après dix-neuf heures, ce soir-là, les Fournier les virent arriver à pied sur la route poussiéreuse, accompagnées de leurs filles Céline, Claire, Anne et Aline. De toute évidence, les mères et les filles avaient fait des frais de toilettes et avaient apporté de la nourriture pour les visiteurs : quelques tartes et un gâteau. Rita Hamel arriva peu après. Elle apportait un pudding aux fraises qu'elle avait recouvert d'une serviette propre.

— Voyons donc ! s'exclama Florence, gênée de constater tout le mal que les voisines s'étaient donné. C'était pas nécessaire.

— On sait ce que c'est, la mortalité, la rassura Thérèse Tremblay. Quand ça nous tombe dessus, on n'a pas le temps de tout faire. Les gens vont venir voir ta mère et avant de partir, ils haïront pas ça parler un peu entre eux en mangeant quelque chose.

— Les hommes s'en viennent, eux autres aussi, ajouta Yvette Veilleux.

En cette première soirée de veillée funèbre, il n'y eut pas foule pour venir rendre un dernier hommage à la dépouille de Fernande Fournier. Mis à part quelques lointains cousins demeurant à Trois-Rivières et dans les environs, la famille se limitait à Florence et à Germain. C'est pourquoi l'abbé Martel ne trouva sur les lieux qu'une vingtaine de personnes pour la récitation du chapelet.

Eugène Tremblay et ses fils avaient précédé de peu Georges Hamel et sa femme. À l'étonnement des gens présents, les nouveaux voisins, les Pierri, vinrent présenter leurs condoléances aux deux orphelins et restèrent pour la prière. Marthe et Wilfrid Giguère firent ensuite leur apparition en même temps que les Tougas. Ernest Veilleux et deux de ses jeunes fils arrivèrent les derniers. Dès qu'il aperçut Eugène Tremblay, le visage du cultivateur devint de marbre. Il passa devant lui sans tourner la tête pour aller s'agenouiller devant la dépouille. Après une brève prière, il alla offrir ses condoléances à Germain et Florence Fournier avant d'aller rejoindre les hommes à l'extérieur.

— Sont-ils assez fatigants avec leur maudite chicane ! dit Yvette à voix basse à Thérèse avec qui elle s'entretenait dans l'entrée du salon.

— Ça, tu peux le dire ! fit Thérèse avec humeur. Pas un plus intelligent que l'autre.

Ce premier soir, bien peu de gens restèrent plus que quelques instants en présence de la dépouille de Fernande Fournier dans le salon trop exigu et surchauffé.

Les hommes préférèrent s'installer aux deux extrémités du balcon et dans la cour. À un bout du balcon, Eugène, Antonius Tougas, le maire Giguère et quelques voisins discutaient de la visite du fonctionnaire et des chances de Saint-Jacques d'être relié à Saint-Gérard par un pont dans un proche avenir. Pour leur part, Ernest et deux retraités vivant au village s'étaient regroupés près des voitures et faisaient des gorges chaudes sur les airs importants que se donnait le maire en laissant sous-entendre l'énorme influence qu'il avait sur le député Joyal. Le troisième groupe était formé par Hamel, Pierri, Beaulieu et Desjardins, tous des fermiers du rang Sainte-Marie qui ne souhaitaient pas être associés à l'un ou l'autre clan, ni être mêlés d'une façon ou d'une autre à la dispute opposant Eugène Tremblay à Ernest Veilleux. Ces derniers préféraient parler des prochaines récoltes plutôt que de politique. Pour sa part, Germain Fournier allait d'un groupe à l'autre, l'âme en peine et toujours aussi peu loquace.

De leur côté, les femmes se partageaient entre la cuisine d'été et le salon alors que les quelques jeunes présents étaient éparpillés dans la cour et discutaient de tout et de rien. Les gens n'envahirent vraiment la maison que lorsque les maringouins devinrent trop insistants. Une collation fut servie.

Un peu avant vingt-deux heures, les visiteurs commencèrent à se retirer, laissant le frère et la sœur seuls avec leur mère décédée.

Ce soir-là, au moment de se mettre au lit, Eugène ne put s'empêcher de faire remarquer à sa femme :

— Je te dis que ce Germain-là, ça a pas grand façon. Il faut presque lui arracher de force les mots de la bouche.

— Il a de la peine, l'excusa Thérèse.

— Je veux ben le croire, mais c'est pas une excuse pour même pas saluer le monde qui se dérange pour venir voir sa pauvre mère.

— J'en connais un autre qui fait ça avec un voisin quand il le rencontre, ne put s'empêcher de dire Thérèse avec aigreur.

— Mêle-toi pas de ça.

— C'est tout un exemple pour tes enfants.

Eugène Tremblay garda le silence un long moment avant de reprendre :

— Personne pourra dire que les enfants se sont ruinés en payant un beau cercueil à leur mère. Il me semblait que la fille avait marié un juif riche... En tout cas, il est proche de ses cennes, le Germain. Je suis sûr qu'il a acheté le plus *cheap* que Desfossés avait.

— Il fait ce qu'il peut, dit charitablement sa femme.

— Ouais, on dit ça.

Le lendemain avant-midi, le postier Philibert Dionne laissa descendre de sa voiture un visiteur devant la maison des Fournier. Ce dernier, un petit homme replet vêtu avec recherche d'un costume bleu marine, tira sa valise de sous le siège avant du véhicule et paya le postier pour l'avoir transporté depuis la gare de Pierreville. Florence sortit immédiatement à l'extérieur en apercevant son mari qu'elle avait quitté près de deux semaines auparavant.

Sam Cohen sourit en la voyant debout sur la première marche de l'escalier. Il s'avança et l'embrassa sur une joue avant de dire :

— T'as l'air pas mal fatiguée. T'es cernée jusqu'au milieu du visage.

— C'est pas grave, le rassura sa femme. Entre, je vais te préparer une bonne tasse de thé. Mon frère est dans l'étable. Il y a une vache qui est malade.

À aucun moment, Sam Cohen ne demanda à sa femme de lui raconter les dernières heures de sa mère. Cette dernière, comme son mari, lui avait toujours fait sentir qu'elle ne l'aimait pas et l'homme d'affaires ne voyait pas pourquoi il aurait feint d'être désolé de sa mort. Il n'était venu à Saint-Jacques-de-la-Rive que pour apporter son soutien à sa Florence et pour la ramener avec lui après les obsèques. Quand Germain Fournier revint à la maison à l'heure du dîner, les deux hommes se saluèrent, sans plus.

Durant l'après-midi, peu après le passage de Desfossés venu vérifier le degré de conservation du corps, quelques femmes de la paroisse se joignirent aux voisines pour prier près de la dépouille de Fernande Fournier. En ce dernier jour d'exposition, il y eut passablement plus de visiteurs que la veille, et le curé Lussier récita le chapelet avec eux avant de quitter les lieux un peu après huit heures.

Lorsque le dernier visiteur fut parti, Florence Fournier ne put s'empêcher de dire à son frère, avant d'éteindre l'une des deux lampes à huile allumées dans le salon :

— Pauvre m'man ! C'est la dernière nuit qu'elle passe dans sa maison.

Germain ne dit rien. Il se contenta de fermer presque entièrement les fenêtres du salon, malgré la chaleur qui régnait dans la pièce.

— Tu fermes ? lui demanda Florence.

— Pas au complet. Il a commencé à mouiller. La pluie va entrer en dedans si on ferme pas un peu. Tu peux aller te coucher si tu veux. Je vais veiller au corps. Quand j'en pourrai plus, j'irai te réveiller.

— C'est correct, accepta Florence. Je viendrai prendre ta place avec Sam.

Il faisait tellement chaud dans la maison que Germain Fournier décida de laisser éteindre le poêle, préférant se passer d'une tasse de thé plutôt que d'endurer la chaleur. Assis bien droit sur une chaise placée près du cercueil où sa mère reposait, le jeune homme résista aussi longtemps qu'il put au sommeil. Jusqu'à deux heures du matin, il somnola à certains moments. Chaque fois, il se réveillait en sursaut, honteux d'avoir succombé. Il allait alors mouiller une serviette avec laquelle il se frottait le visage pour chasser le sommeil. Finalement, au milieu de la nuit, incapable de résister plus longtemps, il alla réveiller sa sœur pour qu'elle vienne prendre la relève.

Le lendemain matin, Germain se leva bien avant le soleil. Il avait mal dormi. Le tonnerre l'avait réveillé plusieurs fois durant la nuit. Une pluie violente tambourinait sur l'avant-toit qui protégeait la galerie. Florence était seule dans le salon et lui tournait le dos. Sam n'avait pas dû veiller très longtemps à ses côtés, s'il l'avait fait. Le jeune cultivateur ne dit pas un mot à sa sœur et alluma le poêle avant d'aller vérifier dans le salon si la pluie avait pénétré à l'intérieur de la pièce. Durant un bref moment, il s'arrêta près du corps de sa mère pour la regarder.

— Le thé va être chaud dans une minute, dit-il à Florence avant de retourner dans la cuisine.

— Merci.

Peu après, il chaussa ses bottes et enfila son imperméable avant d'allumer le fanal déposé en permanence sur le comptoir. Il sortit et se dirigea sans se presser vers l'étable malgré la forte pluie qui tombait.

Lorsque Germain revint à la maison après avoir trait ses vaches et nourri ses animaux, les violentes averses avaient cédé leur place à une pluie fine. À son entrée dans la cuisine, Sam Cohen se berçait pendant que Florence finissait de préparer un déjeuner frugal qu'ils mangèrent tous les trois en silence. Ensuite, tous disparurent rapidement dans leur chambre pour faire leur toilette et s'endimancher.

Un peu après huit heures, les Desfossés arrivèrent chez les Fournier à bord d'une longue voiture noire tirée par deux chevaux de la même couleur. Ils avaient été précédés de peu par les voitures des Hamel, des Tremblay, des Veilleux et même des Pierri. Malgré les capotes relevées sur les bogheis, les passagers recevaient des gouttes de pluie poussées par un petit vent soufflant de l'est. Les voisins s'assemblèrent dans le salon pour réciter une dernière prière avant que le directeur des funérailles et son fils ferment définitivement la bière.

À la fin de la prière, Conrad Desfossés s'approcha de Florence et de son frère pour leur demander à voix basse s'ils désiraient les alliances de leur mère et le chapelet qu'elle tenait. Le fils se contenta de refuser en secouant la tête.

— Je vais garder le chapelet en souvenir, fit Florence d'une voix éteinte.

— Bon, si vous voulez bien vous retirer, dit Conrad Desfossés aux personnes encore présentes dans le salon. Nous allons procéder aux derniers préparatifs.

Les gens refluèrent vers la cuisine et la porte du salon fut fermée. Peu après, les deux responsables des pompes funèbres sortirent le cercueil par la porte avant de la maison et le déposèrent dans leur voiture. Le cortège funéraire se forma immédiatement derrière et prit lentement la route du village. Les chevaux peinèrent un peu sur la route transformée en véritable bourbier par les pluies abondantes des dernières heures. Le court convoi fut accueilli à son entrée dans le village par le glas qui sonnait au clocher de l'église.

À l'arrivée des voitures devant l'église, les quelques paroissiens qui attendaient sur le parvis entrèrent dans le temple. À l'intérieur, plusieurs dames de Sainte-Anne de Saint-Jacques-de-la-Rive, mouvement paroissial dont faisait partie Fernande Fournier, s'étaient regroupées à l'arrière. Le curé Lussier, assisté par deux servants, vint accueillir sa paroissienne défunte et il suivit le corps jusqu'à l'avant. Florence, encadrée par son mari et son frère, emboîta le pas à l'officiant. Il y avait une trentaine de fidèles qui s'étaient déplacés pour venir rendre un dernier hommage à la disparue.

Après la messe et la bénédiction du corps, le pasteur prit le temps d'adresser quelques mots de réconfort aux proches. Puis la majorité des personnes présentes formèrent un petit convoi derrière le curé Lussier et se rendirent au cimetière situé à l'arrière de l'église.

Heureusement, la pluie avait cessé et on put même apercevoir une trouée dans les nuages. Le groupe s'arrêta devant la fosse creusée la veille par Joseph Groleau, bedeau et homme à tout faire de la paroisse. Il y eut une dernière prière récitée par le prêtre avant que le cercueil soit descendu avec précaution dans la fosse.

Lentement, la petite foule se dispersa. En revenant vers les véhicules, beaucoup de femmes maudissaient la boue qui maculait leurs souliers et le bas de leur robe. Avant de quitter les lieux, les voisins immédiats de Germain Fournier lui offrirent leur aide. Ce dernier, la mine sombre, les remercia, tout en les assurant qu'il pensait être en mesure de se tirer seul d'affaire.

De retour à la maison, Florence ne prit pas la peine de retirer sa toilette. Elle se borna à mettre un tablier en déclarant :

— Je vais préparer un dîner vite fait. Sam a demandé au père Dionne de venir nous chercher vers une heure pour nous amener à Pierreville. On va prendre le train de trois heures.

— J'aurais pu aller vous conduire, proposa Germain assez mollement.

— Ce sera pas nécessaire, trancha sa sœur. Sam a déjà tout arrangé. Si tu voulais m'allumer le poêle, on pourrait faire réchauffer quelque chose pour dîner.

Un silence inconfortable régna autour de la table durant tout le repas. Ce n'est qu'au dessert que Florence, obéissant à un coup de coude discret de son mari, finit par demander à son frère :

— Est-ce que m'man a laissé un testament ?

— Il me semble. Il devrait être chez le notaire, à Pierreville.

— Sais-tu ce qu'il contient ?

— À moins d'une surprise, elle m'a déjà dit qu'elle me laisserait tout parce que j'en avais toujours pris soin.

— Si c'est comme ça, qu'est-ce que tu vas faire avec toutes ses affaires de femme ?

— M'man avait pas grand-chose, affirma Germain, agacé par l'insistance de sa sœur.

Cohen lança un coup d'œil significatif à sa femme.

— De toute façon, je suppose que le notaire va nous convoquer quand ça va être le temps d'ouvrir le testament, dit Florence.

— Normalement.

— À ce moment-là, on verra bien ce que m'man avait décidé de faire avec la terre et ses autres affaires, reprit-elle d'un ton sec en retirant son tablier et en le déposant sur le comptoir.

Le front de son frère rougit, signe évident chez lui d'une violente émotion.

— Écoute donc, toi ! dit Germain en élevant un peu la voix. Tu trouverais pas ça écœurant qu'elle m'arrache la terre ? J'ai toujours travaillé dessus comme un esclave pendant que toi, tu vivais dans ta belle grande maison, en ville. Ton mari a de l'argent plein les poches et vous faites la grande vie pendant que moi, j'ai jamais eu une maudite cenne devant moi. J'ai toujours aidé le père jusqu'à sa mort, et après, j'ai pris soin de m'man. Pendant toutes ces années-là, on te voyait juste une fois ou deux par année. Tu venais nous montrer comment t'étais gâtée.

Le jeune homme se tut, un peu surpris d'avoir tant parlé. Le visage de sa sœur avait pâli sous l'attaque. Sans ajouter un mot, elle tourna brusquement les talons et monta à l'étage chercher ses affaires. Son mari la suivit pour ne pas demeurer seul avec son beau-frère en colère. Il y eut des chuchotements en provenance de la chambre où ils avaient dormi la veille. Des tiroirs de bureau furent ouverts et fermés avec fracas.

Sam et Florence attendirent de voir arriver Philibert Dionne avant de descendre au rez-de-chaussée avec leurs bagages. Ils n'eurent pas à affronter Germain avant de partir. Ce dernier devait être allé à l'étable. Ils montèrent dans la voiture du postier et quittèrent la maison sans même jeter un regard en arrière.

5

L'école

Deux jours après les funérailles de Fernande Fournier, Marthe Giguère, la femme du maire, profita du retour de la belle température pour aller acheter du fil et un patron chez Hélèna. La cadette de ses trois filles commençait l'école la semaine suivante et elle avait décidé de lui confectionner une robe.

Dès l'entrée de Marthe Giguère dans son magasin, Hélèna Pouliot, toujours friande de ragots, ne put s'empêcher de demander à l'épouse du maire si elle avait entendu parler de la dispute qui avait opposé Florence Fournier à son frère Germain, après les funérailles de leur mère.

— Qui vous a raconté ça, madame Pouliot ? demanda la femme du maire, curieuse.

— Notre Philibert, bien sûr ! répondit l'épicière. Il y a pas plus belette que lui dans toute la paroisse. Il a entendu la Florence en parler avec son mari quand il est allé les conduire à la gare de Pierreville. Il paraît qu'elle était pas contente, la grosse madame de Montréal !

— J'espère qu'ils se sont pas chicanés pour

l'héritage. Cette pauvre madame Fournier a tout de même pas dû laisser mer et monde.

— C'est pourtant ce que raconte notre postier.

— Ce serait une tout autre histoire si le Germain était marié et père de famille, fit Marthe Giguère. En passant, je pense qu'il va lui falloir une femme bien vite à celui-là. Ça pouvait toujours aller quand sa mère était vivante et qu'elle faisait son ordinaire, mais à cette heure qu'elle est partie, il pourra jamais se débrouiller tout seul pour tout faire.

Hélèna Pouliot eut un sourire sarcastique à cette pensée.

— Quelle fille va bien vouloir d'un vieux garçon comme lui ? demanda la sèche propriétaire du magasin général en se gourmant.

— C'est vrai qu'il doit pas être facile à vivre, cet homme-là, reconnut la femme du maire. Il a l'air renfermé en pas pour rire et, en plus, il parle presque pas.

— Je pensais pas seulement à ça, ajouta Hélèna. Pour être franche, on peut pas dire qu'il est bien beau, le Germain. Il a la face pleine de trous et il commence à perdre ses cheveux. En plus, il a l'air bête comme ses pieds et, comme si c'était pas assez, il est habillé comme la chienne à Jacques. Celle qui va accepter de se marier avec ça, ça va être une fille bien mal prise, c'est moi qui vous le dis.

L'entrée d'Elphège Turcotte dans l'épicerie empêcha les deux commères de continuer à médire. Elles le saluèrent et prirent des nouvelles de sa sœur Rose-Aimée avec qui il demeurait dans leur petite ferme du rang Saint-Pierre.

— Elle va numéro un, répondit l'homme avec un grand sourire qui laissait voir des dents brunes et ébréchées. Elle a reçu de ma tante Yvonne une pleine boîte de livres, la semaine passée. Avec ça, elle est heureuse.

Elphège Turcotte quitta l'épicerie après avoir fait l'achat de deux paquets de papier à cigarettes Zigzag et d'un paquet de tabac Player's. Par la vitrine, Marthe Giguère le vit s'arrêter sur le balcon, à quelques pas de la porte, et prendre le temps de se rouler lentement une cigarette avant de se remettre en marche.

— En voilà un qui s'en fait pas trop avec la vie, fit remarquer la femme bien en chair à Hélèna.

— Ça a pas une cenne qui l'adore, mais il fume des cigarettes, dit aigrement l'épicière. Il pourrait fumer la pipe et prendre du tabac du pays, comme tous les autres... Mais non ! Il trouve que c'est trop fort pour lui. Il aime mieux le goût fin de la cigarette.

— Drôle d'homme.

— Il est pourtant moins pire que sa sœur, laissa tomber Hélèna. La Rose-Aimée, c'est pas elle qui risque de s'éreinter à travailler. La plupart du temps, tu la vois assise sur son balcon, en train de lire, comme une grosse madame. Elle doit faire juste les repas. Elle a pas une fleur autour de la maison. Son jardin est grand comme un mouchoir et mal entretenu. Ses fenêtres sont encrassées au point qu'ils doivent rien voir dehors. Et là, je parle pas de la maison en dedans parce que j'y ai jamais mis les pieds, mais ça doit pas être beau à voir. Je vous dis que quand on a les deux pieds dans la même bottine...

— Ça, il faut dire que Rose-Aimée Turcotte est pas la femme la plus fière de Saint-Jacques, reconnut l'épouse du maire.

— Mais elle est toujours la première à demander de l'aide quand elle en a besoin. Pourtant, il paraît que le curé Lussier l'a pas mal brassée le printemps passé et qu'il lui a dit de s'aider elle-même avant de demander aux autres de le faire. Mais j'ai l'idée qu'elle changera jamais. Des fois, je me dis qu'elle rit de nous autres.

— C'est bien possible, conclut Marthe Giguère. Il faut pas être gênée pour demander de l'aide pour faire son ordinaire quand on est même pas mariée et qu'on a pas d'enfants.

Ce matin-là, Eugène Tremblay était parti avec ses trois fils nettoyer le fossé qui longeait sa terre. Pendant ce temps, Thérèse s'occupait de peler la plupart des pommes cueillies la veille dans les deux pommiers plantés entre la maison et le poulailler. Claire et Aline l'aidaient.

— Avec le poêle qui chauffe, on dirait jamais que toutes les fenêtres de la cuisine sont ouvertes, se plaignit Aline en passant une main sur la sueur qui perlait à son front.

— Si on chauffe pas le poêle, comment penses-tu qu'on va faire la compote, toi ? lui demanda sa sœur aînée, non sans laisser percer une pointe d'impatience dans la voix.

— Arrête de te plaindre, intervint sa mère. Le

beau temps achève. Dans deux semaines, on va retourner dans la cuisine d'hiver parce qu'on va geler.

Durant quelques minutes, les trois femmes n'échangèrent pas un mot.

— Jeannine va venir me remplacer, décida la mère de famille en se levant. À dix ans, elle est capable de faire sa part. Vous aurez juste à la surveiller pour qu'elle épluche pas trop épais. Je vais aller vérifier si son linge pour l'école et celui de Lionel sont corrects.

— Ils sont chanceux, eux autres, de retourner à l'école, fit Aline sur un ton nostalgique.

Claire lança à sa cadette un regard excédé. On n'allait pas recommencer encore la même discussion. Depuis près d'un mois, l'adolescente de quatorze ans essayait de convaincre ses parents de la laisser poursuivre ses études au couvent des sœurs de l'Assomption, au village. Quand Thérèse Tremblay en avait glissé un mot à son mari, ce dernier avait opposé un non catégorique.

— Il en est pas question, avait-il tranché. Elle a pas besoin d'en savoir plus pour tenir une maison et élever des enfants. Qu'elle fasse comme Claire ! Qu'elle apprenne à cuisiner et à coudre avec toi.

— Elle voudrait devenir maîtresse d'école, avait tenté d'argumenter Thérèse.

— Des maîtresses d'école, il y en a plus qu'on en a besoin dans toutes les paroisses autour. On va dépenser de l'argent pour rien. Elle va faire comme la plupart des filles qui veulent devenir maîtresses d'école. Quand elle va être prête à faire l'école, elle va décider de se marier et elle pourra plus trouver d'ouvrage nulle part.

— J'ai déjà Claire pour m'aider, avait encore plaidé Thérèse.

— Ben, t'auras Claire et Aline, avait décidé Eugène avant de se replonger dans la lecture de *La Presse.*

Thérèse jeta un regard désolé à sa fille. Elle comprenait son désir de s'instruire et d'échapper, ne serait-ce que quelques années, à la vie de femme de cultivateur et de mère de famille.

— En tout cas, si t'as toujours l'intention d'aller au couvent, dit-elle à l'adolescente, il va falloir que tu décides ton père ces jours-ci. Il me faut du temps pour te faire la robe bleue que les sœurs demandent aux élèves de porter. Je couds pas aussi vite que la voisine, moi, ajouta-t-elle en faisant allusion à l'habileté et à la rapidité de couturière d'Yvette Veilleux.

Aline ne dit rien et continua à éplucher les pommes en compagnie de ses sœurs. Soudain, son visage s'anima. Elle venait d'avoir une idée. Elle attendit de se retrouver seule en compagnie de sa sœur Claire pour lui en faire part.

— Penses-tu que p'pa changerait d'idée si je lui disais qu'il y a deux ans, le bonhomme Veilleux, à côté, a jamais voulu, lui non plus, qu'Anne aille au couvent pour devenir maîtresse d'école ?

— Anne a jamais voulu devenir maîtresse d'école, lui fit remarquer sa sœur aînée après un bref moment de réflexion. Si je me rappelle bien ce que sa mère nous a déjà dit, elle avait bien trop de misère à l'école pour vouloir faire ça.

— Je le sais bien, répondit Aline, mais p'pa le sait pas, lui. C'est ma dernière chance de le décider à me laisser y aller. Si j'essaye rien, je vais passer l'hiver dans la maison et j'aurai plus jamais la chance d'aller au couvent.

— Tu prends surtout une chance de le braquer en lui parlant du voisin, la prévint Claire.

— Je vais essayer quand même, dit Aline sur un ton résolu.

Lorsque l'heure du dîner arriva, l'adolescente prit place à table entre Claire et Clément. Elle mangeait du bout des lèvres tant elle était nerveuse à l'idée de la dernière démarche qu'elle s'apprêtait à faire auprès de son père. Ce dernier était un homme placide, mais elle le savait aussi têtu et peu enclin à changer d'idée.

Après le repas, un peu tremblante, elle le suivit sur le balcon où il avait l'habitude de s'étendre pour une courte sieste avant de retourner travailler. Quand les garçons firent mine de sortir à la suite de leur père, leur mère les retint en leur faisant signe d'attendre un peu.

Sur le balcon, Eugène Tremblay s'étonna de voir l'adolescente le suivre.

— Tu vas pas aider ta mère à laver la vaisselle, toi ?

— Je vais y aller, p'pa, mais je voulais vous parler avant que vous alliez vous reposer.

— Qu'est-ce qu'il y a ? lui demanda son père.

— C'est au sujet du couvent, p'pa. J'aimerais tellement y aller, fit Aline, les larmes aux yeux.

— On en a déjà parlé et je t'ai dit non, il me semble, dit Eugène, en durcissant le ton.

— Je suis bonne à l'école. J'aime ça étudier, p'pa et...

— C'est pas une raison, la coupa son père.

— Si c'est juste pour l'argent, comme chez les Veilleux, que vous voulez pas, je pourrais toujours vous rembourser quand je ferai l'école.

— Qu'est-ce que les Veilleux viennent faire là-dedans ? demanda Eugène, tout de même un peu intrigué.

— Anne m'a dit qu'il y a deux ans, son père a pas voulu l'envoyer au couvent parce que ça coûtait trop cher et qu'il avait pas les moyens.

— Parce qu'elle voulait faire l'école, elle aussi ?

— C'est ce qu'elle m'a dit.

Eugène Tremblay demeura planté debout, imposant, devant sa fille. Aline le sentait ébranlé, prêt à changer d'idée, ne serait-ce que pour prouver au voisin détesté que lui, il avait les reins assez solides pour envoyer une de ses filles étudier au couvent. Il n'avait pas de religieux ou de religieuses parmi ses enfants, mais il pourrait se vanter d'avoir une maîtresse d'école.

— Et ta mère dans tout ça ? demanda-t-il finalement à sa fille d'une voix adoucie. As-tu pensé qu'en allant au couvent, tu pourras pas l'aider ?

— Je peux faire ma part le soir et la fin de semaine, p'pa. Je suis sûre que je vous ferais pas honte au couvent. Je pourrais même aider Jeannine et Lionel à faire leurs devoirs chaque soir.

— Ouais.

— Vous êtes sûr que vous voulez pas que j'y aille ? supplia-t-elle, les yeux pleins d'eau.

Eugène Tremblay regarda sa fille s'essuyer les yeux et il rendit les armes.

— Bon. Ça va. Si ta mère est d'accord, on va s'arranger. Mais t'es mieux de pas perdre ton temps chez les sœurs parce que ton cours va s'arrêter vite.

L'adolescente sauta au cou de son père pour l'embrasser puis rentra en coup de vent dans la maison, transportée de joie.

— Seigneur ! s'exclama sa mère. Veux-tu bien dire ce que t'as à t'exciter comme ça ? T'as failli arracher la porte-moustiquaire, espèce d'énervée.

— P'pa veut que j'aille au couvent ! s'écria la jeune fille.

— Bon. Voilà autre chose, fit Thérèse en adressant un clin d'œil à sa grande fille Claire. Non seulement tu pourras pas nous aider, mais il va falloir en plus te faire une robe.

— Je vais vous aider, m'man, promit Aline.

— Commence donc tout de suite en prenant ça, fit Claire en lui tendant un linge à vaisselle.

Thérèse s'approcha de la porte-moustiquaire pour s'assurer que son mari était bien étendu à l'extrémité du balcon et que les garçons s'étaient éloignés de la cuisine avant de revenir près du comptoir où sa fille déposait la vaisselle qu'elle venait d'essuyer.

— Je t'ai entendue parler à ton père. Qu'est-ce que c'est que cette histoire d'Anne Veilleux qui voulait aller au couvent ? demanda-t-elle à mi-voix à l'adolescente.

— C'est pas une histoire, m'man, c'est...

— Aïe, Aline Tremblay ! Prends-moi pas pour

une valise ! fit sa mère, sévère. Anne Veilleux a toujours été une queue de classe et, si je me fie à ce que me racontait sa mère, elle haïssait l'école à s'en confesser.

— Je le sais, m'man, protesta Aline.

— Pourquoi t'as raconté le contraire à ton père ?

— Pour le décider à me laisser aller au couvent.

— Comment ça ?

— En lui disant que le père Veilleux avait pas voulu parce que ça coûtait trop cher, j'ai pensé que p'pa voudrait prouver que lui, il avait les moyens de m'envoyer.

— T'as un front de « beu », ma fille, de conter des menteries en pleine face à ton père pour obtenir ce que tu veux ! s'insurgea Thérèse. Tu mériterais que j'aille lui dire tout de suite la vérité. Je te garantis qu'il te ferait passer le goût d'être aussi effrontée avec sa ceinture.

— Faites pas ça, m'man, l'implora la jeune fille.

— T'oublieras pas de t'accuser de cette menterie-là dans ta prochaine confession.

— Non, m'man.

— Disparais de ma vue et va me chercher tous les pots vides qui traînent dans la réserve.

Soulagée de constater que sa mère ne la dénoncerait pas, l'adolescente s'empressa de quitter la cuisine d'été.

— Je te dis que celle-là, quand elle veut quelque chose, il y a rien qui l'arrête, dit Thérèse avec une certaine fierté à Claire, qui n'avait pas ouvert la bouche une seule fois pendant que sa mère disputait sa cadette.

— Pour une fois que la chicane entre p'pa et le voisin sert à quelque chose, laissa tomber la jeune femme, sans plus commenter.
— Pour ça, t'as bien raison, fit sa mère.

Au milieu de l'après-midi, l'odeur des pommes cuites embaumait la cuisine d'été des Tremblay. Thérèse et ses filles étaient occupées à remplir des pots de compote de pommes quand Aline vit passer Germain Fournier sur la route.
— Tiens, Germain est allé chercher des bidons de lait chez Veilleux ou Desjardins, fit-elle remarquer à sa mère et à ses sœurs.
— Pauvre Germain, il doit pas trouver la vie bien drôle, maintenant qu'il est tout seul, dit Thérèse Tremblay. Pas un chat à qui parler.
— Sais-tu, Claire, que ce gars-là te ferait un bon parti, reprit Aline. Il a presque ton âge et...
— Exagère pas, toi. Il a au moins cinq ans de plus que moi, protesta Claire Tremblay. En plus, il est laid comme un pou. Un vrai pichou !
— Voyons, Claire ! la réprimanda sa mère. T'es bien assez vieille pour savoir que la beauté chez un homme a pas d'importance.
— Je veux bien le croire, m'man, mais il y a tout de même des limites. Germain Fournier est jamais sorti avec une fille de la paroisse parce qu'elles le trouvaient toutes trop laid. Je suis pas plus folle qu'elles. C'est pas parce que je suis vieille fille cette année que je suis prête à prendre n'importe qui.
— C'est pourtant un bon travaillant. Il est vaillant et il a une terre.

— Oui. Il a aussi une maison qui est une vraie soue à cochons. Non merci. J'aime mieux rester vieille fille. Je suis pas mal prise à ce point-là.

— Il a peut-être des qualités que tu connais pas, se moqua sa jeune sœur.

— Toi, mêle-toi de tes affaires ! s'emporta l'aînée. J'ai pas besoin de tes conseils.

Au même moment, chez les Veilleux, Ernest exhalait sa mauvaise humeur après que sa femme lui eut fait remarquer pour la troisième fois en deux jours que Léo, Jean-Paul et Adrien ne pouvaient pas retourner à l'école sans une nouvelle paire de souliers.

— Arrête de m'achaler avec ça ! s'exclama le petit homme sec avec impatience.

— Je vais arrêter quand tu te seras décidé à amener les garçons chez Filteau, à Pierreville, pour les chausser.

— Il y a pas le feu, sacrement !

— L'école commence dans deux jours. Veux-tu que tes gars y aillent nu-pieds comme les petits Tougas, l'année passée ? On est pas riches, mais on n'est tout de même pas pauvres à ce point-là, ajouta sa femme, les poings posés sur les hanches.

— Mais m'man, je suis pas obligé de retourner à l'école, intervint Léo.

Sa mère jeta un regard meurtrier à son fils de treize ans pour lui signifier de se taire.

— Torrieu ! C'est vrai qu'à son âge, il pourrait ben rester à la maison, s'emporta le père en déposant bruyamment sa tasse sur la table. Moi, à cet âge-là, j'aidais à la maison et j'allais pas user mon fond de culotte pour rien sur les bancs d'école.

— Ernest Veilleux, le prévint Yvette, fais-moi pas enrager avec ça ! Il a juste treize ans. Il va au moins se rendre en septième année comme les autres, que ça lui plaise ou pas. Il viendra pas nous encombrer dans la maison pendant tout l'hiver à se tourner les pouces. C'est pas vrai, ça ! On a pas besoin de lui en dehors de l'heure du train. T'as déjà Jérôme pour te donner un coup de main.

L'heure du train était venue et déjà Jean-Paul et Adrien avaient rassemblé les vaches devant la porte de l'étable. Avant de quitter la maison, Ernest Veilleux ne put s'empêcher de s'écrier :

— Veux-tu ben me dire, verrat, ce qu'ils font à leurs souliers, ces enfants-là ! Il me semble que je les ai ressemelés au mois de juillet.

— Au mois de juin, le corrigea Yvette en ramassant les épluchures des pommes de terre qu'elle venait de peler pour le souper.

— Il me reste encore un ou deux morceaux de cuir.

— Ça servirait à rien, mon vieux, le raisonna sa femme. Leurs souliers sont finis et ils leur font plus pantoute.

— Dire que de mon temps, on mettait des souliers juste le dimanche pour aller à la messe, et on en est pas mort personne, ronchonna Ernest en secouant sa pipe dans le poêle après en avoir soulevé un rond.

— C'était une autre époque, lui fit remarquer Yvette.

— J'en reviens pas comment les enfants sont

gâtés aujourd'hui. Avec eux autres, il y a pas moyen de garder une cenne.

Sa femme ne dit pas un mot et le cultivateur, mécontent, enfonça sa casquette sur sa tête et sortit de la maison en laissant claquer la porte-moustiquaire derrière lui, sans préciser s'il amènerait ou non ses trois plus jeunes fils à Pierreville.

Le lendemain après-midi, Ernest Veilleux monta à Pierreville avec ses trois plus jeunes. Deux heures plus tard, il revint à la maison. Après avoir dételé le cheval, il pénétra dans la cuisine d'été au moment où Yvette examinait de près les pieds de ses fils qu'elle venait d'inviter à chausser leurs souliers neufs.

— Marchez donc avec, leur ordonna-t-elle.

Les trois garçons marchèrent dans la pièce.

— Adrien, approche un peu, dit-elle au plus jeune.

Yvette se pencha sur lui et tâta le bout de chacun des souliers neufs.

— Mais ils sont bien grands, ces souliers-là ! s'exclama-t-elle.

— Les nôtres aussi sont pas mal grands, lui firent remarquer ses deux autres fils.

Leur mère s'approcha de chacun et chercha à repérer à travers le cuir des souliers neufs l'endroit où se trouvait l'extrémité des orteils de ses fils. Furieuse, elle se tourna vers son mari.

— Bonne sainte Anne, veux-tu bien me dire ce que t'as fait là, Ernest Veilleux ? Tu leur as pas fait essayer leurs souliers neufs ?

— Ben oui. Me prends-tu pour un fou ? Au prix

où Filteau les vend, je les ai pris un peu plus grands pour qu'ils leur fassent l'année prochaine.

— C'est intelligent ça ! Avant, ils avaient des souliers trop petits ; maintenant, ils flottent dedans. Pour les remplir, ils vont être obligés de porter deux grosses paires de bas de laine.

— Jamais contente ! dit Ernest en haussant le ton. Comme ça, ils vont avoir chaud aux pieds cet hiver.

Yvette Veilleux comprit que la colère de son mari était à la veille d'éclater et elle cessa de le harceler. Elle se contenta de dire à ses fils :

— Je veux pas en voir un mettre ses souliers neufs en d'autre temps que pour la messe du dimanche et l'école. Vous m'entendez ?

6

À la mode

L'arrivée de la première semaine d'octobre coïncida avec la fin de l'été indien. Durant quelques jours, on avait eu la fausse impression que la belle saison ne finirait jamais. Hélas ! Après ce dernier tour de piste de l'été, la fraîcheur s'installa progressivement. Les feuilles des érables furent les premières annonciatrices de l'arrivée définitive de l'automne. Deux jours suffirent pour qu'elles tournent au jaune, au rouge et à l'orangé. Ce flamboiement de couleurs vives était un signal qui ne trompait personne. Le temps était venu de se préparer aux grands froids de l'hiver. Il ne restait pratiquement dans les jardins que des carottes et des citrouilles. De loin en loin, les cultivateurs avaient même entrepris de fumer leurs champs dépouillés de leur récolte.

Depuis quelques jours, l'air charriait partout des effluves de fumier frais.

— S'il peut se décider à mouiller, se lamentait Yvette Veilleux, comme chaque automne, on va arrêter de sentir ça ! Il faudrait vivre les fenêtres fermées.

Par ailleurs, la plupart des fermiers de Saint-Jacques-de-la-Rive avaient déjà fait moudre leur blé. Ils avaient stocké leur farine après avoir vendu leur excédent au magasin Murray de Pierreville. Dans moins d'un mois, si la température le permettait, ils seraient en mesure de porter au moulin de La Visitation leur sarrasin dont la récolte s'annonçait assez prometteuse.

Ce matin-là, Céline Veilleux avait dû se couvrir d'une vieille veste de laine brune avant d'aller à l'extérieur pour remuer le mélange fumant d'os, de gras, de cendres et de *Lessi* qui mijotait dans une vieille cuve déposée sur un foyer en pierres des champs érigé derrière la maison. L'odeur dégagée par le mélange lui donnait des haut-le-cœur, mais elle en avait encore au moins pour une heure ou deux à laisser bouillir le tout avant que le savon du pays soit prêt à être retiré du feu et versé dans une antique lèchefrite. Durant l'après-midi, on n'aurait plus qu'à découper la pâte avec un couteau bien tranchant avant qu'elle ne devienne dure comme de la pierre. On aurait alors suffisamment de petits pains de savon du pays pour suffire aux besoins de la famille jusqu'au printemps suivant.

Après avoir remué le mélange durant quelques minutes, la jeune fille s'éloigna du liquide malodorant en songeant que ce serait tellement plus agréable d'utiliser du beau « savon d'odeur » pour faire sa toilette quotidienne. D'accord, ce savon ne valait rien pour laver les vêtements et les planchers, mais sur la peau, il sentait tellement bon. Mais il n'y avait que sa mère qui en possédait deux et elle les plaçait dans ses tiroirs de vêtements pour que ces derniers s'imprègnent de leur odeur agréable.

Soudain, un vol bruyant d'outardes traversa le ciel, le premier de la saison. « C'est presque déjà le temps de s'enfermer pour six mois », songea la jeune fille de vingt ans avec nostalgie.

— Céline, sors de la lune ! lui cria sa mère par la fenêtre de la cuisine d'été qu'elle venait d'entrouvrir. La malle vient de passer. Entre-la quand t'auras fini de brasser le savon. Anne est en train d'épousseter le salon.

— C'est correct, m'man.

Céline Veilleux fit le tour de la maison et se rendit à la boîte aux lettres installée sur le bord du chemin. Le drapeau rouge avait été relevé par Philibert Dionne. La boîte contenait le catalogue de Simpsons-Sears. Enfin ! Elle l'attendait depuis un mois. Elle s'empara de l'épais catalogue imprimé en noir et brun, et elle le feuilleta rapidement tout en regagnant la maison. Elle le déposa sur la table de la cuisine avant de retourner à l'extérieur.

Ce soir-là, le vent se mit à souffler et fit baisser sensiblement la température. Pour la première fois depuis le début du mois, il ne fut pas question de laisser éteindre le poêle à bois après le repas. Ernest Veilleux continua à l'alimenter durant toute la soirée pendant que Céline et sa sœur Anne étaient assises à table et feuilletaient lentement le catalogue à la lueur de la lampe à huile déposée au centre de la table.

— As-tu vu la nouvelle mode ? fit remarquer

Anne, excitée, à sa sœur. Je te dis que les robes ont pas mal raccourci. Aïe ! on rit pas. Elles s'arrêtent aux genoux ! De quoi vont avoir l'air les filles qui ont pas de belles jambes ?

Intriguée par ce qu'elle venait d'entendre, Yvette Veilleux quitta sa chaise berçante placée près du poêle et vint voir les illustrations que l'une de ses filles venait de commenter.

— Si ça a de l'allure de se montrer tout écourtichée comme ça ! s'exclama la mère de famille. Je comprends pourquoi les prêtres trouvent que celles qui portent des robes aussi courtes commettent un péché. Comment voulez-vous qu'un homme respecte une fille qui se promène à moitié habillée ? Une femme qui a des principes cache ses jambes. De mon temps, c'était même mal vu de montrer ses chevilles. Là, en s'arrêtant aux genoux, les robes cachent plus rien.

— Pourtant, c'est la mode, m'man, lui fit remarquer l'adolescente de dix-sept ans.

— Toi, ma fille, va pas t'imaginer que tu vas te promener un jour dans la paroisse habillée comme ça pour nous faire honte, l'avertit sévèrement Yvette Veilleux en haussant le ton.

— Bien non, m'man. Vous voyez bien qu'elle dit ça juste pour vous faire parler, intervint Céline en donnant un léger coup de pied sous la table à sa sœur, à titre de mise en garde.

Ernest Veilleux, qui sommeillait dans sa chaise berçante, ouvrit les yeux pour jeter un coup d'œil à l'horloge. L'heure de se mettre au lit approchait.

— Le monde de la campagne est peut-être trop vieux jeu pour s'habiller comme ça, s'entêta Anne, mais on pourrait au moins se coiffer à la mode. Regardez les mannequins, m'man, invita l'adolescente en tendant vers sa mère le catalogue ouvert. Ils disent qu'elles sont coiffées « à la garçonne ».

— Bof !

— C'est vrai que les cheveux courts comme ça, ça doit être pas mal plus facile d'entretien, intervint Céline en se penchant à son tour au-dessus du catalogue. Le toupet est coupé carré et les cheveux descendent juste au-dessous des oreilles. Fini le brossage de cheveux à en plus finir chaque matin.

— Et les rouleaux le soir pour se faire des boudins, ajouta Anne en admiration devant la photo.

— Ça fait une drôle de tête, fit remarquer leur mère, pas du tout convaincue de la beauté de cette nouvelle coupe de cheveux.

— Bien non, m'man, s'entêta Anne. C'est bien plus beau que mes cheveux qui me descendent jusqu'au milieu du dos ou ceux de Céline qui lui vont jusqu'aux reins.

— Vous avez toutes les deux des beaux cheveux qui frisent.

— Qu'on passe notre temps à laver, à friser et à brosser, poursuivit Céline, conquise, comme sa sœur, par la nouvelle mode.

— Avec des cheveux courts comme ça, une femme a l'air d'une vraie Jézabel, déclara leur mère sur un ton définitif.

— Voyons, m'man ! protesta Céline.

Il y eut un long silence entre les trois femmes,

silence que le père brisa en se levant de sa chaise berçante tout en bâillant bruyamment.

— Bon. Arrêtez vos maudites niaiseries avec votre mode. Vos cheveux sont corrects comme ils sont là. C'est l'heure de dire la prière et d'aller se coucher. Anne, appelle tes frères pour qu'ils viennent faire leur prière avec nous autres.

Ce soir-là, les deux sœurs, qui partageaient la même chambre à coucher à l'étage, discutèrent longuement de la nouvelle mode après s'être mises au lit. Pour une fois, elles étaient d'accord : elles avaient le malheur de vivre avec des parents rétrogrades qui refusaient systématiquement tout ce qui était à la mode.

Le lendemain matin, Yvette Veilleux déclara aux siens, à l'heure du déjeuner, qu'on avait fini de geler pour rien dans la cuisine d'été et qu'elle avait décidé que la famille emménagerait dans la cuisine d'hiver le jour même. Son mari finit de manger ses œufs en trempant son pain dans le jaune d'œuf avant de parler.

— Comme toutes les maudites années, tu trouves le moyen de décider ça au moment où on a le plus d'ouvrage dehors, dit-il à sa femme. Torrieu ! C'est aujourd'hui qu'on commence à labourer. J'attendrai pas que la pluie se mette à tomber.

— On n'est tout de même pas pour s'enfermer dans le haut côté quand il fait encore chaud, rétorqua Yvette. C'est pas de ma faute s'il commence à faire frais au moment où tu veux labourer. De toute façon, j'ai juste besoin de

Jérôme une heure pour nettoyer les tuyaux du poêle. Après, il pourra aller te rejoindre quand tu le voudras.

— OK, fit le cultivateur en se levant de table. Jérôme, tu vas aller réparer les deux tôles sur la couverture de la porcherie quand t'auras nettoyé les tuyaux du poêle. Moi, je vais commencer à labourer le morceau proche du bois.

Ernest Veilleux prit sa veste de laine rouge et noir accrochée derrière la porte et sortit sur le balcon pour chausser ses bottes avant de se diriger vers l'écurie.

— S'il y a une job que j'haïs, c'est ben de nettoyer ces maudits tuyaux-là, déclara l'adolescent de quinze ans. J'en arrache chaque fois quand vient le temps de les réinstaller. Il y en a trop.

— Je vais te donner un coup de main, proposa Léo, avec une bonne volonté suspecte.

— Toi, tu touches à rien. Tu t'en vas à l'école tout de suite avec tes frères, lui ordonna sa mère. On est assez pour aider ton frère si c'est nécessaire.

L'adolescent de treize ans houspilla Jean-Paul qui traînait encore à table.

— Envoyé, le gros ! Essaye pas de vider toute la pinte de mélasse avant de partir. On va être en retard et on va encore se faire engueuler par la maîtresse. Regarde Adrien, lui, il est déjà prêt.

Aussitôt après le départ des trois plus jeunes de la famille, la nourriture fut rangée dans le garde-manger et la vaisselle fut lavée. Avant de mettre de l'eau à bouillir sur le poêle, Yvette Veilleux entra dans la cuisine d'hiver.

— Mets de la gazette partout avant de commencer à défaire les tuyaux, ordonna-t-elle à Jérôme.

— Pourquoi ?

— Parce que je veux pas avoir de la suie partout. Si t'en échappes, je t'avertis, Jérôme Veilleux, tu vas laver toute la cuisine.

Le jeune homme ne se fit pas répéter l'injonction. Il disparut rapidement dans la remise, construite dans le prolongement de la cuisine d'été, et il en revint avec plusieurs journaux qu'il étendit soigneusement sur le parquet. Pendant ce temps, sa mère et ses deux sœurs entreprirent de nettoyer la pièce où la famille allait vivre jusqu'à la fin du printemps suivant.

Lorsque Jérôme eut terminé son travail, on lava le plafond, les murs, les fenêtres et le parquet avant l'heure du dîner. Après le repas, on replaça dans la cuisine d'hiver tout ce qui avait été transporté le printemps précédent dans la cuisine d'été. Ce n'est que vers la fin de l'après-midi qu'on finit de ranger et de nettoyer la cuisine d'été et qu'on laissa le poêle de la pièce s'éteindre.

Le soir même, Yvette crut bon de préciser à tous les membres de sa famille qu'il était pas question que qui que ce soit laisse traîner des choses dans la cuisine d'été.

— Je vous préviens qu'on n'a pas travaillé comme des folles à la nettoyer pour rien, dit-elle sur un ton sévère. Toutes vos cochonneries, vous les laisserez dans la remise.

Pendant que Léo, Adrien et Jean-Paul faisaient leurs devoirs à un bout de la table, Céline et Anne discutaient à voix basse en tournant, encore une fois, les pages du catalogue de Simpsons-Sears. À plusieurs reprises durant la journée, les deux jeunes filles avaient tenu à voix basse des conciliabules qui s'éteignaient aussitôt que leur mère entrait dans la pièce où elles travaillaient.

— Avez-vous fini avec vos messes basses ? avait fini par leur demander Yvette, excédée. Qu'est-ce que vous avez tant à vous raconter toutes les deux ?

— Rien, m'man. On parlait juste de mode.

Leur mère leur jeta un regard sévère, plein de suspicion. Yvette se serait sûrement plus inquiétée si elle avait remarqué la disparition de ses ciseaux du tiroir de sa vieille machine à coudre Singer.

Le soir venu, après la prière commune, tout le monde regagna sa chambre. Anne attendit quelques minutes que toute la maison soit endormie pour quitter sa chambre à coucher sur le bout des pieds. Elle alla s'emparer de la petite lampe à huile déposée sur un guéridon, près de l'escalier. On la laissait là à la disposition de ceux qui avaient besoin de s'éclairer pour aller aux toilettes au bout de la remise, durant la nuit.

De retour dans la chambre, l'adolescente alluma la lampe et la déposa sur l'unique bureau de la pièce avant de s'asseoir sur le lit qu'elle partageait avec sa sœur.

— Es-tu sûre qu'il nous arrivera rien ? demanda-t-elle à voix basse à sa sœur aînée.

— Qu'est-ce que tu veux qu'il nous arrive ? rétorqua cette dernière.

— P'pa sera pas content pantoute quand il va nous voir arrangées comme ça.

— Puis après, reprit Céline qui faisait de réels efforts pour afficher une assurance qu'elle était loin d'éprouver. Qu'est-ce que tu veux qu'il nous fasse ? Il pourra tout de même pas recoller nos cheveux.

— On pourrait en manger toute une !

— Écoute. Si t'as trop peur, laisse faire, fit sa sœur sur un ton méprisant, en plaçant la lampe à huile devant le miroir rectangulaire suspendu au-dessus du bureau.

La jeune fille saisit les ciseaux dissimulés sous son oreiller. Elle s'assit devant le miroir et elle détacha ses longs cheveux bruns bouclés qui descendaient très bas dans son dos. Après un bref moment d'hésitation, elle saisit une longue mèche et la coupa. Puis, comme emportée par son élan, Céline Veilleux se mit à couper elle-même sa magnifique chevelure sous les yeux de sa jeune sœur, muette d'admiration devant tant de courage. Après une dizaine de minutes de travail, il ne lui resta plus qu'à couper son toupet.

À la vue de l'amoncellement de cheveux sur le bureau et sur le parquet, Céline sembla saisir soudain toute la portée de son geste. Un peu tremblante, elle déposa les ciseaux devant elle sur le bureau et mit ses cheveux dans une vieille taie d'oreiller avant de se lever.

Aussitôt, sa sœur prit sa place devant le miroir.

— Envoye ! Coupe les miens aussi, ordonna-t-elle à Céline. Tu seras pas toute seule à être à la mode demain matin quand on va se lever.

— T'es sûre que c'est ce que tu veux ? lui demanda sa sœur, hésitante.

— Grouille, sacrifice ! Je suis pas pour passer toute la nuit sur la chaise.

En quelques instants, la chevelure de l'adolescente alla rejoindre celle de sa sœur dans la taie d'oreiller. À la fin de l'opération, l'une et l'autre n'eurent pas le cœur de s'admirer très longtemps dans le miroir tant elles étaient énervées d'avoir osé passer outre à l'interdit de leurs parents. Céline rapporta la lampe à huile sur le guéridon pendant que sa jeune sœur se réfugiait frileusement sous les couvertures.

Le lendemain matin, Yvette Veilleux dut élever la voix pour inciter ses filles à descendre plus vite pour l'aider.

— Sainte bénite ! Allez-vous finir par descendre, s'emporta-t-elle après un second appel. Dépêchez-vous. Votre père est à la veille de revenir de faire le train et les poules ont pas encore été nourries.

Il y eut un bruit de discussion en haut de l'escalier avant que Céline descende la première dans la cuisine. Sa mère, occupée à préparer la pâte à crêpes, ne tourna même pas la tête à son arrivée dans la pièce.

— Je te dis que ça fait drôle d'avoir à s'habituer à la cuisine d'hiver, dit-elle plus à elle-même qu'à sa fille. Mais c'est bien plus confortable et le poêle tire bien mieux. Qu'est-ce que t'avais ?

En tournant la tête, Yvette aperçut sa fille de vingt ans et, de stupéfaction, faillit échapper le bol dans lequel elle finissait de mélanger les ingrédients.

— Mon Dieu ! Qu'est-ce qui est arrivé à tes cheveux ? demanda-t-elle en s'approchant de sa fille, comme pour s'assurer qu'elle ne rêvait pas.

— Je les ai coupés, m'man, pour être à la mode.

Yvette attrapa sa fille par une épaule et la fit tourner sur elle-même pour mieux constater l'ampleur des dégâts.

— Mais à quoi t'as pensé de faire une niaiserie pareille ? Ils sont tout écharognés ! T'es-tu regardée dans un miroir ?

C'est ce moment-là que sa fille Anne choisit pour apparaître à son tour dans la cuisine.

— As-tu vu ce que ta sœur a fait à... ?

Yvette Veilleux fut tellement surprise en voyant la tête de l'adolescente que, pour la seconde fois, sa question demeura en suspens.

— Dis-moi pas que toi aussi, t'as fait la même bêtise ! s'exclama-t-elle. Ma parole, vous êtes devenues folles, toutes les deux !

— M'man, c'est pas la fin du monde, voulut argumenter Anne. C'est juste une coupe de cheveux à la mode. On était fatiguées de passer des heures à brosser nos cheveux et à les friser. Ça va être bien plus simple.

— Attendez de voir ce que votre père va en dire, vous autres ! Vous allez voir si ça va être aussi simple que ça ! les menaça Yvette. Puis, comptez pas sur moi pour vous défendre. Vous le saviez qu'il voulait pas que vous touchiez à vos cheveux. On va avoir droit à toute une crise, je vous le garantis.

— Mais m'man, on a tué personne, fit remarquer Céline, beaucoup plus pour se rassurer que pour convaincre sa mère.

— Puis pendant que j'y pense, avec quoi vous avez coupé vos cheveux ? J'espère que c'est pas avec mes ciseaux neufs. Si vous avez gâché mes ciseaux, mes petites bonyennes...

— Bien non, m'man, on a fait attention, répondit Anne qui avait dissimulé les fameux ciseaux dans la vaste poche de son tablier.

— Bon, fit leur mère en poussant un soupir exaspéré. Anne, va relever les œufs dans le poulailler et nourris les poules. Pendant ce temps-là, Céline va aller faire les lits en haut. J'ai pas hâte de voir ce que votre père va faire quand il va vous voir toutes les deux arrangées comme ça.

Moins d'une demi-heure plus tard, Céline vit ses frères revenir vers la maison. Elle aperçut aussi son père en train de sortir de l'étable les bidons de lait qu'il aurait à transporter à la fromagerie après le déjeuner. Peu après, le cultivateur pénétra à son tour dans la maison. Il était de mauvaise humeur parce que l'une des vaches, un peu plus nerveuse que d'habitude, avait fait un brusque écart et lui avait fait renverser une chaudière pleine de lait.

Jérôme, Léo, Jean-Paul et Adrien virent tout de suite la nouvelle tête de leurs sœurs en entrant dans la cuisine. Ils ouvrirent de grands yeux et grimacèrent pour marquer leur étonnement, mais ils se gardèrent bien de faire la moindre remarque, attendant, comme elles, l'explosion de leur père lorsqu'il les verrait.

Ce dernier alla s'asseoir au bout de la table en

affichant son air des mauvais jours et Céline, un peu tremblante, s'empressa de venir lui verser une tasse de thé bouillant pendant que sa femme lui tendait une assiette de crêpes.

— Jérôme, passe-moi la mélasse, lui ordonna son père en tendant la main vers le pichet de mélasse.

L'adolescent s'exécuta. Anne et Céline, le visage blême de frayeur, finirent par venir prendre place à table aux côtés de leur mère. Elles ne déposèrent dans leur assiette qu'une seule crêpe, que l'angoisse les empêchait d'ailleurs de manger.

Durant tout le repas, il régna autour de la table un silence contraint. On n'entendait dans la pièce que le tic-tac de l'horloge et le bruit des ustensiles heurtant les assiettes. Tous les enfants avaient remarqué la mauvaise humeur de leur père et ne souhaitaient surtout pas provoquer sa colère.

Les deux filles n'osaient même pas se regarder. La gorge sèche, elles attendaient la tempête qui allait se déclencher d'un instant à l'autre. Anne était au bord des larmes et sa sœur bandait toute sa volonté pour faire face à la crise qui se préparait. L'une et l'autre auraient quand même tout donné pour avoir la chance de retrouver leur abondante chevelure de la veille, mais il était trop tard.

Pourtant, le repas prit fin sans qu'Ernest Veilleux semble avoir remarqué la nouvelle tête de ses filles. Yvette fut la première à se lever de table et elle enjoignit à ses trois plus jeunes fils de se dépêcher à quitter pour l'école. Le père se leva à son tour pour aller s'asseoir dans sa chaise berçante près du poêle, après avoir jeté une bûche dans ce dernier. C'était le moment d'allumer sa première pipe de la journée.

— Toi, va donc commencer à nettoyer l'étable, dit-il à son fils Jérôme sur un ton neutre.

L'adolescent, trop heureux d'échapper à l'atmosphère lourde qui régnait dans la cuisine depuis le début du déjeuner, s'empressa de sortir de la maison. Après le départ de Jérôme, Yvette et ses deux filles se mirent à ranger, sans dire un mot, la nourriture qui était demeurée sur la table. Ernest quitta sa chaise berçante et vint se planter debout à l'extrémité de la table.

— Est-ce que t'aurais permis à tes filles de se couper les cheveux comme des garçons sans m'en parler ? demanda le petit homme sec à sa femme sur un ton menaçant.

Immédiatement, les trois femmes s'arrêtèrent, figées par la colère rentrée qu'elles sentaient chez lui.

— Non, p'pa, on lui a pas demandé la permission, répondit Céline d'une voix légèrement tremblante.

— C'est pas à toi que je parle, c'est à ta mère, fit sèchement son père.

— Non, commença Yvette, mais...

— Si j'ai ben compris, elles ont fait comme si on leur avait pas défendu de faire ça ?

Sa femme se contenta de hocher la tête.

— Calvaire, par exemple ! éclata Ernest Veilleux. Il y a combien de maîtres dans cette maudite maison ? Veux-tu ben me le dire, toi ? As-tu vu de quoi elles ont l'air toutes les deux ? De deux vraies folles ! Elles vont faire rire d'elles dans toute la paroisse quand elles vont sortir de la maison.

— Je le sais bien, murmura sa femme.

— Si elles étaient plus jeunes, je leur sacrerais la volée de leur vie pour leur apprendre à me respecter. En tout cas, vous deux, ajouta-t-il sur un ton féroce en se tournant cette fois vers ses filles qui s'étaient réfugiées près du comptoir, arrangez-vous pour que je vous voie le moins possible avec votre tête pas montrable.

Là-dessus, le père de famille attrapa sa veste et sa casquette suspendues à un crochet et il sortit de la maison.

Il fallut quelques instants aux deux jeunes filles pour retrouver un semblant d'aplomb. Au fond, elles étaient soulagées d'avoir remporté cette victoire sans avoir eu à supporter un châtiment pire qu'une colère de leur père. Lorsque Yvette Veilleux surprit un début de sourire dans la figure de ses filles, elle ne put réprimer un mouvement de mauvaise humeur.

— Vous autres, les deux têtes croches, allez pas vous imaginer que vous allez vous en tirer à aussi bon compte. Après la vaisselle, je vais essayer d'égaliser vos cheveux parce que vous pouvez pas sortir arrangées comme ça. J'ai presque envie de vous raser la tête au complet. En tout cas, après, ça me surprendrait bien gros que la coupe que je vais vous faire ressemble à celle que vous pensiez avoir.

Après avoir lavé la vaisselle, la mère s'empara de ses ciseaux et obligea Anne à prendre place sur un tabouret au centre de la cuisine. C'était le tabouret sur lequel s'assoyaient Ernest et ses fils quand elle leur coupait les cheveux. Pendant qu'Yvette coupait les cheveux de l'adolescente, Céline ne ratait pas un de ses gestes pour s'assurer qu'elle n'enlevait pas trop de cheveux. Mais la jeune fille s'inquiétait pour rien. Après un premier mouvement de colère, sa mère avait déjà accepté l'irréparable et elle ne tentait que de rendre ses filles plus présentables.

Rassurée, Céline prit la place de sa sœur sur le tabouret pendant qu'Anne allait se regarder dans le miroir. Après l'opération, les deux sœurs durent convenir que leur mère avait parfaitement réussi à leur faire une coupe à la mode.

— Merci, m'man, dirent-elles presque simultanément. Vous nous avez fait une vraie belle coupe.

— Ça vous fait des têtes de garçon, constata Yvette Veilleux en examinant ses deux filles. Mon Dieu que c'est de valeur que vous ayez coupé vos cheveux ! Ils étaient tellement beaux. Maintenant, on dirait qu'on ne voit plus dans votre visage que vos taches de rousseur.

Finalement, cette dernière remarque de leur mère troubla bien plus Céline et Anne que la colère de leur père. Durant tout le reste de la journée, les deux sœurs ne cessèrent de s'examiner en catimini chaque fois qu'elles passaient devant le petit miroir suspendu au-dessus de l'évier de la cuisine.

— D'après toi, est-ce que c'est vrai qu'on voit plus nos taches de rouille, comme m'man l'a dit ?

demanda Anne à son aînée au moment de se mettre au lit, ce soir-là.

— Je pense pas, répondit Céline d'une voix mal assurée. De toute façon, l'été est fini. Tu sais comme moi qu'elles vont pâlir durant l'hiver.

7

Entre voisins

Déjà, il ne restait pratiquement plus aucune feuille dans les arbres. Brunes et racornies, elles jonchaient le sol et venaient s'entasser au pied des murs des bâtiments. La mi-octobre était arrivée avec son cortège de pluie et de vent. Les derniers champs avaient été labourés de peine et de misère à cause du sol détrempé. Le ciel encombré de lourds nuages n'était plus traversé que par des vols d'outardes en route vers le sud.

Dans le rang Sainte-Marie, toutes les ménagères avaient maintenant emménagé dans leur cuisine d'hiver et la saison des marinades et des confitures était terminée. La plupart d'entre elles s'étaient lancées dans le ménage d'automne et préparaient la visite annuelle du curé Lussier qui allait entreprendre sa tournée des foyers de la paroisse dans quelques jours.

La veille, Thérèse Tremblay avait décidé d'effectuer une vérification générale de toute la literie de la maison et elle en avait conclu qu'il était temps de rembourrer tous les matelas et certains oreillers.

Ce mardi matin-là, une forte averse tombait et

rien ne laissait présager qu'elle prendrait rapidement fin. Eugène, en train de distribuer du foin dans les mangeoires, sursauta en voyant apparaître Claire, son aînée, près de lui. Gérald, son fils de seize ans, était en train de faire entrer la quinzaine de vaches que son jeune frère Lionel était allé chercher en pataugeant dans le champ.

— P'pa, m'man te fait dire que Clément a une bonne grippe ce matin. Elle aimerait mieux qu'il reste couché.

— C'est correct, fit son père. À trois, on est ben assez pour faire l'ouvrage. Dis à ton frère de rester couché.

À la maison, le jeune homme regrettait déjà d'avoir dit à sa mère qu'il avait la grippe. Thérèse Tremblay n'avait pas perdu une minute à s'apitoyer sur son sort. Immédiatement, la bouteille de sirop à base de gomme d'épinette, l'huile camphrée chaude et les mouches de moutarde avaient fait leur apparition dans la petite chambre bleue de l'étage, répandant des effluves qui lui levaient le cœur.

— Mais m'man, vous allez finir par m'achever avec toutes ces cochonneries-là, se plaignit Clément entre deux quintes de toux qui lui arrachèrent la gorge.

— T'as pas le choix si tu veux guérir, répliqua sa mère. Arrête de faire le feluette et prends ça, lui ordonna-t-elle en lui tendant une cuillère à soupe remplie d'un liquide amer.

— Ouach ! Mais c'est ben méchant cette affaire-là, fit le malade en réprimant une folle envie de régurgiter ce qu'il avait en bouche.

— Avale !

L'ordre fit aussitôt effet.

— Ça a vingt ans et c'est pire qu'un enfant de deux ans à soigner. Je plains la pauvre femme qui va te marier, toi. À cette heure, il faut que tu sues pour faire sortir le méchant.

Ce disant, la mère saisit deux épaisses couvertures de laine grise qu'elle avait déposées sur l'unique chaise de la pièce et elle les étendit sur son fils.

— Dors, c'est le meilleur remède, lui recommanda-t-elle. Moi, je descends aider les filles à finir de préparer le déjeuner.

Thérèse Tremblay descendit dans la cuisine bien réchauffée par le poêle à bois allumé près d'une heure plus tôt. Claire et la petite Jeannine finissaient de dresser le couvert pendant qu'Aline était allée nourrir les poules au poulailler.

— Est-ce qu'il va survivre ? demanda Claire en réprimant mal un sourire.

— Tu connais ton frère. Il est comme tous les hommes. Il est pas habitué à être malade. Il s'imagine qu'il va mourir à cause d'une petite grippe. Mais ça fait rien : il faut toujours prendre une grippe au sérieux. Si on fait rien, elle peut tomber sur les bronches ou sur les poumons. Quand je l'ai entendu tousser en me levant, je le savais déjà qu'il avait une bonne grippe. J'espère juste qu'il l'a pas donnée à Gérald, vu qu'il couche dans sa chambre.

Après le départ de Lionel et de Jeannine pour l'école du rang, Eugène resta planté un long moment devant l'une des deux fenêtres de la cuisine à scruter une flaque d'eau.

— On dirait que tu sais pas quoi faire de ta peau, lui fit remarquer sa femme en finissant de laver la vaisselle avec ses filles.

— Ben, je le sais pas trop. Je regarde le chemin et je me demande si c'est une ben bonne idée d'aller porter mon grain au moulin de La Visitation cet avant-midi. La route a l'air pas mal défoncée avec toute cette pluie-là. Le problème, c'est que j'ai dit à Pelletier que je lui apporterais mon grain aujourd'hui quand je l'ai rencontré samedi passé à Pierreville. Si j'y vais pas aujourd'hui, il risque de me faire attendre un bon bout de temps.

— Si tu y vas, j'espère que t'as pas dans l'idée d'amener Gérald avec toi, fit Thérèse en s'arrêtant brusquement devant son mari. J'ai besoin de lui pour apporter tous les matelas de la maison dans la cuisine d'été et pour me charrier de la paille. C'est le temps de rembourrer les matelas. Je vais profiter de ce qu'Aline a congé de couvent pour arranger aussi les oreillers en ajoutant des plumes dans ceux qui sont trop mous.

Eugène Tremblay demeura un instant à réfléchir avant de dire :

— Au fond, j'ai pas besoin de lui pour aller porter le grain. Il va juste m'aider à charger la voiture. Là-bas, je trouverai ben quelqu'un pour me donner un coup de main pour décharger.

— Vas-tu revenir pour dîner ?

— Je le sais pas. Ça dépend si Pelletier a d'autres clients à passer avant moi.

— Je vais te beurrer un peu de pain et te donner

un morceau de fromage au cas où tu pourrais pas revenir à temps, fit sa femme en se dirigeant vers la huche à pain.

Moins d'une heure plus tard, Thérèse vit son mari s'engager sur la route. Derrière lui, dans la voiture, il y avait une vingtaine de poches de grain que Gérald l'avait aidé à charger. La pluie semblait s'être momentanément arrêtée, mais le ciel demeurait plombé et annonciateur d'autres averses.

Quand Gérald rentra dans la maison, sa mère lui demanda d'apporter quelques brouettées de paille dans la remise avant de descendre les trois matelas des chambres de l'étage et de les déposer dans la cuisine d'été.

— Et le nôtre ? demanda l'adolescent en parlant du matelas qu'il partageait avec son frère Clément.

— On le fera en dernier, après le dîner, quand Clément ira un peu mieux. Occupe-toi pas de celui de ma chambre. Anne et Claire sont capables de le transporter.

Cet avant-midi-là, la cuisine d'été fut le théâtre d'une activité intense. Les trois femmes décousirent partiellement l'enveloppe de chaque matelas et elles étalèrent la paille que chacun contenait en passant la main à l'intérieur. Ensuite, elles en ajoutèrent une bonne quantité qu'elles répartirent soigneusement avant de recoudre l'enveloppe. Quand Clément se réveilla un peu avant midi pour venir s'asseoir frileusement près du poêle, enveloppé dans une couverture, son frère s'empressa de descendre leur matelas pour qu'il subisse, lui aussi, cette cure de rajeunissement.

— Pendant que Céline m'aide à préparer le dîner, Gérald, tu vas monter tous les matelas dans les chambres et Aline va t'aider. Il restera juste à ajouter des plumes aux oreillers qui sont trop mous. Tu iras me chercher ensuite la poche de plumes qu'on a placée dans le haut du poulailler cet été.

Après avoir poussé un soupir excédé, l'adolescent empoigna le premier matelas à sa portée.

— Grouille ! dit-il à sa sœur. J'ai pas l'intention de passer la journée enfermé dans la maison à vous servir, moi.

Sa mère lui jeta un tel coup d'œil qu'il se tut.

Chez les Tremblay, personne n'avait pu voir que le père n'était pas allé très loin avec sa voiture. À moins d'un demi-mille de la maison, soit à proximité de son deuxième voisin, l'une des roues avant de la voiture d'Eugène s'était enlisée dans une ornière et son cheval, en faisant un mouvement brusque de côté pour dégager le véhicule, avait brisé l'un des longerons.

— Maudite carne ! jura le cultivateur en constatant le bris. On a l'air fin, là !

Pendant un moment, il se demanda s'il n'allait pas dételer son cheval et abandonner sur place la voiture brisée. Il pourrait toujours revenir avec son fils Gérald pour réparer temporairement le longeron, mais l'idée de retourner à pied à la maison ne l'enchantait pas.

Germain Fournier avait tout vu de chez lui, au moment où il sortait de sa porcherie après avoir nourri ses bêtes. Sans aucune hâte, le jeune cultivateur quitta sa cour et s'approcha de son voisin en pataugeant dans la boue qui couvrait la route du rang Sainte-Marie. Comme à son habitude, il ne dit rien. Il se contenta de saluer son voisin d'un bref signe de la tête et vint constater l'importance du bris.

— Tu parles d'une maudite malchance ! fit Eugène en lui montrant le longeron brisé. Je m'en allais au moulin porter mon grain. Là, je vais être pogné pour attendre un bon bout de temps. Tu connais le caractère de cochon de Pelletier. Quand on est pas là au moment où il nous attend, il nous fait passer après tous ses autres clients.

Le jeune homme de trente ans resta un moment sans réaction avant de dire :

— Si vous voulez, je vais atteler ma voiture. J'ai du grain à apporter à La Visitation, moi aussi. On va mettre vos poches dans ma voiture avec les miennes et aller les porter là-bas cet avant-midi.

— Ça te dérange pas ?

— Pantoute. J'ai fini le gros de mon ouvrage et Pelletier m'attendait aussi aujourd'hui.

— Et pour mon cheval ?

— Dételez-le et amenez-le dans mon écurie. Pendant ce temps-là, je vais aller chercher la voiture.

Il ne fallut que quelques minutes aux deux hommes pour transborder les sacs de grain qui furent déposés sur la dizaine de poches que le véhicule contenait déjà. Germain Fournier couvrit le chargement d'une toile goudronnée épaisse avant d'aider son voisin à tirer sa voiture brisée dans sa cour.

Durant les premiers milles du trajet qui les séparait de leur destination, Germain Fournier ne desserra guère les dents et ne répondit à son compagnon que par monosyllabes. Ce n'est que lorsque ce dernier aborda le sujet du transport du lait qu'il sembla réellement s'intéresser à la conversation.

— As-tu pensé, Germain, qu'on pourrait s'organiser comme dans ben des paroisses autour pour transporter notre lait ?

— Comment ça, monsieur Tremblay ?

— Par exemple, à Saint-Gérard, presque tous les cultivateurs d'un rang sont organisés entre eux pour qu'il y en ait juste un qui ramasse le lait de tout le monde pendant une semaine et ramène les bidons vides de la fromagerie. La semaine d'après, c'est un autre qui prend sa place et fait la collecte. C'est pas plus compliqué que ça. De cette manière-là, on perd moins de temps sur le chemin et tout le monde y trouve son compte. Il s'agit juste de ben marquer notre nom sur nos bidons. Il y a quasiment juste chez nous, à Saint-Jacques, qu'on fait pas ça. Mais ça va changer, en tout cas dans le rang à côté. Mon beau-frère est en train de faire le tour des cultivateurs du rang Saint-Pierre pour organiser la collecte dans son rang. Il m'a dit que tout le monde embarque.

— Moi aussi, je suis ben prêt à embarquer dans ce système-là, même si on est juste deux ou trois de notre rang, dit le jeune cultivateur. Pas avoir à faire les deux milles aller-retour jusqu'à la fromagerie tous les jours, ça ferait ben mon affaire.

— Bon. Ça, c'est une bonne nouvelle. Quand notre maire m'en a parlé, moi aussi, j'ai pensé qu'on était pas plus fous dans le rang Sainte-Marie et j'ai commencé à faire le tour des voisins. Comme c'est là, on est huit dans le rang prêts à embarquer, fit Eugène Tremblay, enthousiaste. Il y a juste Antonius Tougas qui est pas intéressé. Il m'a dit qu'avec quatre vaches, ça valait pas la peine d'apporter son lait à la fromagerie.

— Est-ce que votre voisin a accepté lui aussi ?

— Georges Hamel ? Il a été le premier.

— Non. Je voulais dire votre voisin de l'autre côté, Ernest Veilleux.

Le visage avenant d'Eugène se ferma immédiatement.

— Sais-tu, j'ai pas eu la chance de lui en parler, mentit-il au jeune homme.

— Voulez-vous que je lui en parle si j'en ai l'occasion ? Il a tout de même une quinzaine de vaches. Il pourrait ben être intéressé.

— Fais ce que tu voudras, répondit-il sèchement.

Un silence inconfortable s'installa dans la voiture. Eugène Tremblay traitait mentalement le conducteur de « jeune insignifiant » parce qu'il feignait d'ignorer son ressentiment envers Ernest Veilleux. Il regretta d'avoir abordé avec lui la question du transport du lait. Le jeune homme venait de lui rappeler qu'on ne pouvait mettre sur pied un système commun de ramassage du lait dans le rang Sainte-Marie sans en parler à Ernest

Veilleux, même s'il aurait mille fois préféré le laisser de côté. L'exclure aurait mis le feu aux poudres et toute la paroisse l'aurait blâmé, à commencer par Thérèse...

— Quand est-ce que vous pensez pouvoir commencer ? demanda Germain Fournier quelques instants plus tard.

— La semaine prochaine, à deux conditions. D'abord, il va falloir que chacun construise une plate-forme d'environ quatre pieds de haut proche de sa boîte aux lettres. Il pourrait déposer là ses bidons de lait après son train. Comme ça, celui qui va faire la collecte aura même pas à descendre de voiture pour les ramasser. Ensuite, il faut qu'on marque notre nom sur chacun de nos bidons pour que Dionne sache de qui vient le lait. En revenant du village, celui qui fait le ramassage aura juste à laisser les bidons vides sur la plate-forme.

— C'est correct. J'ai le temps de faire ça avant lundi matin, accepta Germain, enthousiaste.

Le reste du trajet se déroula dans un silence presque complet. Quand Eugène Tremblay s'informa auprès du jeune homme s'il éprouvait de la difficulté à vivre seul depuis le décès de sa mère, ce dernier se borna à répondre :

— Je me débrouille.

Les deux hommes revinrent de La Visitation au début de l'après-midi avec leurs poches de grain moulu. En passant devant sa ferme, Germain Fournier attacha la bête de son voisin à l'arrière de sa voiture et il se rendit jusqu'aux bâtiments des Tremblay. Il aida même Eugène et son fils à mettre à l'abri les sacs de grain.

Par la fenêtre, Aline aperçut le voisin en train d'aider Gérald et son père à transporter le grain à l'intérieur de la grange.

— Claire, viens voir ! cria-t-elle à sa sœur aînée. Je pense que ton cavalier est venu faire sa grande demande. Il doit tenir à toi en pas pour rire. Il est venu pareil, même s'il mouille pas mal.

Sans réfléchir, Claire rejoignit l'adolescente pour voir de qui il s'agissait.

— Ouach ! fit-elle d'un air dégoûté. Veux-tu ben arrêter de m'étriver avec Germain Fournier, toi !

— Aïe, vous deux ! C'est ça que vous appelez de la charité chrétienne ? les réprimanda leur mère. Enlevez-vous donc de devant la fenêtre. Vous avez l'air de deux écornifleuses. Germain est peut-être pas ben beau, mais il est pas aveugle.

— Bien non, m'man, c'est une farce que je faisais, fit Aline en laissant retomber le rideau devant la fenêtre de la cuisine.

Quand Eugène rentra dans la maison après le départ de son jeune voisin, il expliqua à sa femme son accident de voiture et l'aide que Germain lui avait apportée.

— On dirait qu'il est moins sauvage qu'il l'a déjà été, fit remarquer Thérèse.

— Je pense qu'il se souvient que t'es allée donner un coup de main quand sa mère est morte, dit son mari. En tout cas, c'est pas le plus bavard de la paroisse, je t'en passe un papier. Mais il a accepté de faire partie du groupe pour le ramassage du lait. C'est déjà ça.

Si Thérèse Tremblay eut une pensée pour les

veilleux que personne n'avait encore contactés à ce propos, elle se garda bien d'aborder le sujet, connaissant d'avance la réaction de son Eugène.

— Qu'est-ce qu'on va faire avec la voiture cassée ? demanda Gérald qui entrait dans la cuisine avec une brassée de bûches qu'il laissa tomber dans la boîte à bois placée près du poêle.

— Le voisin a dit qu'elle nuisait pas là où on l'a laissée et qu'on pouvait ben attendre qu'il fasse plus beau pour aller la chercher. On s'en occupera demain.

Après avoir soupé d'un reste de fèves au lard réchauffées, Germain Fournier alluma un fanal parce que le soleil se couchait maintenant vers dix-huit heures trente. Armé de sa lanterne, il se rendit dans la remise où il se mit à déplacer divers objets. En mangeant, il s'était soudainement souvenu d'avoir vu un vieux longeron poussiéreux laissé par son défunt père. Le problème était de le retrouver au milieu de toutes sortes de choses disparates empilées pêle-mêle, au fond de la remise.

Le jeune cultivateur finit par trouver ce qu'il cherchait et il lui fallut moins d'une heure pour l'installer à la place du longeron brisé sur la voiture de son voisin, après avoir tiré cette dernière dans sa remise.

Il ne fallait pas croire que Germain Fournier était subitement devenu généreux et d'un voisinage agréable en posant ce geste. Non, il l'avait fait parce que les Tremblay l'avaient aidé lors du décès de sa mère. Il n'aimait pas avoir l'impression de devoir quelque chose à quelqu'un. Comme ça, il était quitte envers eux.

Le lendemain après-midi, Eugène et son fils Gérald eurent la surprise de découvrir leur voiture réparée quand ils se présentèrent chez leur voisin avec un nouveau longeron. Germain, arborant son habituel visage peu avenant, abrégea au maximum les remerciements d'Eugène et refusa tout net d'être dédommagé pour sa peine.

— Il est ben smatte d'avoir réparé notre voiture, mais tu parles d'un maudit air bête, par exemple, ne put s'empêcher de dire Eugène à sa femme, une fois rentré à la maison.

Moins d'une heure plus tard, Clément Tremblay, toujours grippé, vit passer Germain Fournier devant la maison.

— Germain Fournier est rendu sociable sans bon sens, dit-il à sa mère en laissant retomber le rideau de la fenêtre devant laquelle il se berçait. Il a l'air de s'en aller du côté des Veilleux.

— Je pense, mon gars, qu'il est grand temps que tu guérisses au plus vite pour retourner aider ton père, lui fit remarquer sa mère d'un air narquois. Tu deviens aussi fouine que tes sœurs qui passent leur temps à manger les fenêtres quand quelqu'un passe sur le chemin.

Les « oh ! » indignés de Claire et d'Aline indiquèrent à Thérèse Tremblay que ses filles l'avaient bien entendue.

— Je te dis que j'ai hâte de retourner au couvent demain, moi, dit l'adolescente à sa sœur aînée. Sœur Saint-Sauveur a beau être dure, elle l'est pas mal moins que m'man avec nous autres.

Pendant ce temps, Germain Fournier venait d'arriver chez les Veilleux. Après avoir attaché son cheval au garde-fou du balcon, il sembla hésiter un moment entre aller frapper à la porte de la maison ou se rendre aux bâtiments où Ernest Veilleux pouvait être en train de travailler. Finalement, il vint frapper à la porte de la maison et c'est Céline qui vint lui ouvrir. Le jeune homme sursauta légèrement en apercevant la tête de celle qui le fit entrer.

— Est-ce que ton père est ici ? demanda-t-il en enlevant sa casquette.

— Entre, Germain, l'invita Yvette Veilleux qui était en train de coudre sur sa vieille machine à coudre *Singer* placée sous l'une des fenêtres de la cuisine. Céline, appelle ton père. Il me semble l'avoir entendu brasser quelque chose dans la remise, à côté.

L'épouse d'Ernest Veilleux se leva et vint à la rencontre de son jeune voisin pendant que sa fille ouvrait la porte de la cuisine d'été, qui communiquait avec la remise, pour appeler son père.

Moins d'une minute plus tard, Ernest Veilleux entra dans la cuisine, surpris de voir Germain Fournier debout devant la porte.

— Viens t'asseoir, Germain, lui dit-il avec un entrain un peu forcé.

— Merci, monsieur Veilleux. Je venais juste pour vous parler de quelque chose qui pourrait peut-être vous intéresser, fit le jeune homme en se contentant de déboutonner son manteau avant de s'asseoir sur la chaise que lui avait avancée son voisin.

Sur un signe de sa mère, Anne prépara deux tasses de thé qu'elle déposa devant son père et le voisin. Germain eut un second mouvement de recul imperceptible en apercevant la coupe de cheveux de l'adolescente et il jeta un coup d'œil rapide à sa sœur pour s'assurer que toutes deux avaient perdu, il ne savait trop comment, les épaisses et longues crinières qu'il avait plus d'une fois remarquées.

En quelques mots, Germain Fournier expliqua à son voisin les principes de la collecte communautaire du lait et l'importance de construire rapidement une plate-forme pour y déposer ses bidons de lait, s'il décidait de participer.

— Qui a eu cette idée-là ? demanda Ernest, soupçonneux.

Germain fut aussitôt sur ses gardes. Il devina instinctivement que s'il disait que l'idée venait d'Eugène Tremblay, son hôte refuserait carrément de participer.

— Je le sais pas trop, mentit-il. J'ai entendu dire que le maire avait parti l'idée de faire cette affaire-là dans Saint-Pierre.

En entendant parler du maire, le beau-frère d'Eugène Tremblay, la figure d'Ernest Veilleux se crispa.

— T'es sûr que c'est pas Tremblay qui a eu cette idée-là pour notre rang ?

— C'est ben possible, monsieur Veilleux, reconnut Germain, mal à l'aise.

— C'est lui qui t'en a parlé ? demanda le cultivateur, soupçonneux.

— Oui. Mais vous savez que tous les cultivateurs de notre rang trouvent que ça a ben de l'allure et ils embarquent tous. Ils sont tous contents de gagner du temps. Ils sont comme moi, ça les intéresse de pas être obligés d'atteler tous les matins pour aller porter leur lait à la fromagerie et...

— Ça commencerait quand ? le coupa Ernest Veilleux, d'un ton abrupt.

— Lundi prochain.

— Si vite que ça ?

— D'après ce qu'on m'a dit, tous les autres ont accepté, poursuivit Germain Fournier pour tenter de convaincre son vis-à-vis.

— Bon. Je vais y penser.

— On m'a dit que le premier du rang commencerait. Comme Tougas a pas assez de lait pour participer, je pense que Pierri va commencer lundi prochain, conclut Germain.

Il y eut un bref silence et Germain se leva, déjà prêt à partir.

— As-tu l'intention de faire boucherie cette année ? lui demanda Yvette Veilleux pour faire diversion.

— Il va ben le falloir, même si je suis tout seul, madame Veilleux.

— Tu vas tuer une vache ?

— Non. Je perdrais ben trop de viande. Non, je pense que je vais me contenter d'un de mes cochons.

— J'espère que tu perdras pas la main, lui fit

aimablement remarquer Yvette. Ta mère m'a souvent dit qu'il y avait pas meilleur que toi pour couper la viande.

Germain rougit légèrement sous le compliment.

— Moi, j'ai pas le tour de main qu'il faut, intervint Ernest. On dirait que les morceaux que je prépare sont jamais ben coupés. Dis donc. J'y pense tout à coup. Ça te tenterait pas de faire boucherie avec nous autres ? Cette année, j'ai une vache ben engraissée et un cochon à tuer. Si tu viens nous donner un coup de main, on pourrait te donner un quartier de notre vache et ça te changerait de manger toujours du lard.

Germain Fournier n'hésita qu'un bref moment avant de donner son accord.

— Correct, mais vous me laisserez fumer votre lard dans mon fumoir. Je vous promets que vous allez vous souvenir longtemps du jambon que vous allez manger cet hiver.

— C'est parfait. À la première journée de gel, on va faire ça, conclut Ernest sur un ton satisfait avant que Germain quitte la maison.

Pendant qu'Ernest Veilleux accompagnait son voisin jusqu'à sa voiture, Anne ne put s'empêcher de faire remarquer à voix basse à sa sœur :

— Je te dis qu'il embellit pas, lui.

— Anne ! Arrête de dire des niaiseries, la réprimanda sa mère qui avait entendu sa réflexion. Germain est peut-être pas une beauté, mais c'est un bon travaillant. Il finira bien par se trouver une femme pour prendre soin de lui. Tu sauras, ma fille, que chaque torchon trouve sa guenille et que la beauté, c'est pas tout dans la vie.

— Il serait peut-être pas si pire s'il s'arrangeait un peu, intervint Céline, conciliante.

— Et s'il avait l'air moins bête, chuchota sa jeune sœur en rangeant les deux tasses vides laissées sur la table.

Leur père rentra dans la maison. Yvette le regarda par-dessus ses lunettes qu'elle ne portait que pour lire ou pour coudre, avant de se pencher vers le pantalon qu'elle était en train de réparer.

— Qu'est-ce que t'en penses, de l'idée du ramassage du lait ? demanda-t-elle à son mari.

— Ça marchera pas, laissa tomber Ernest, méprisant, en retournant s'asseoir dans sa chaise berçante.

— Pourquoi tu dis ça ?

— Parce que je connais les autres. Ça fera pas un mois, cette patente-là. Un beau matin, il y en a un qui va oublier de ramasser le lait de quelqu'un ou de lui rapporter ses bidons vides et le diable va être aux vaches.

— Voyons, Ernest !

— Je te le dis ! affirma Ernest avec force. Après une couple de jours, il y en a qui vont finir par se demander pourquoi ils gaspillent leurs avant-midi durant toute une semaine quand ça leur prend même pas une heure et demie pour aller porter leur lait d'habitude.

— Oui, mais pense à l'hiver, lui rappela Yvette. As-tu pensé que pas avoir à atteler pendant deux mois chaque matin que le bon Dieu amène, ça a pas de prix ?

— Ben oui. Imagine-toi donc que celui qui va geler dehors pendant que les autres vont avoir les pieds sur la bavette du poêle, ben au chaud, va y penser, lui aussi. Celui-là va vite en avoir plein son casque de ramasser pour les autres, je te le garantis.

— Si je comprends bien, t'as pas l'intention d'embarquer ? fit Yvette en affichant une vague réprobation.

— Pantoute ! Moi, les patentes à Tremblay, j'en ai pas besoin et j'ai pas confiance.

— Pauvre toi !

— Laisse faire, Yvette Dubé, dit son mari en haussant la voix. Je suis capable de mener ma barque sans les autres, moi. Je suis pas un sans-cœur.

— OK, choque-toi pas, le calma sa femme. Je vous dis que vous autres et vos chicanes, ajouta-t-elle en secouant la tête.

— Ça, ça te regarde pas, répliqua Ernest sur un ton définitif.

Le lundi suivant, les cultivateurs comprirent qu'Ernest Veilleux refusait de faire partie du ramassage collectif quand Bruno Pierri leur apprit que le propriétaire de la dernière ferme du rang Sainte-Marie n'avait pas construit sa plate-forme pour y déposer ses bidons de lait et qu'il lui avait dit son intention de continuer à transporter lui-même son lait à la fromagerie.

8

La visite paroissiale

Les premières gelées avaient fait tomber les dernières feuilles des arbres et couvraient les champs d'une fine pellicule blanche chaque nuit. Les fermiers s'étaient résignés, les uns après les autres, à garder leurs animaux à l'intérieur durant la journée, mesure qui les obligeait à leur prodiguer plus de soins et à nettoyer chaque jour l'étable et la porcherie. Les maîtresses de maison avaient déjà inspecté et réparé les lourds vêtements d'hiver que les enfants avaient commencé à porter, un peu à contrecœur, pour se rendre à l'école. Novembre était finalement arrivé.

Depuis quelques jours, le frimas couvrant la toiture des maisons et des bâtiments ne disparaissait plus qu'au milieu de l'avant-midi, lorsque le soleil tentait une timide percée.

Le curé Lussier venait à peine de quitter son bureau pour aller chercher un livre oublié sur sa table de chevet, dans sa chambre, lorsqu'il entendit un bruit d'éclatement venant de la cuisine.

— Bonté divine ! s'écria Agathe Cournoyer d'une voix exaspérée.

Le prêtre poussa la porte de la cuisine pour découvrir la vieille ménagère, debout, la mine catastrophée, devant un gâteau dont les morceaux jonchaient le plancher au milieu de débris de verre.

— Voulez-vous bien me dire ce qui se passe, madame Cournoyer ? demanda Antoine Lussier.

— Il me semble que ça se voit, répondit la cuisinière à bout de patience. Je viens d'échapper le gâteau que je me préparais à glacer. Mon arthrite me lâche pas. J'ai de la misère à tenir quelque chose.

— Avez-vous vu le docteur Courchesne pour ça ? fit le curé d'une voix radoucie.

— Bien oui, monsieur le curé, répondit la vieille dame d'une voix lasse. Tout ce qu'il a trouvé à me dire, c'est que c'était normal à mon âge d'avoir de l'arthrite et des rhumatismes. Il m'a donné des pilules, mais ça a servi à rien. Je vais avoir soixante-treize ans, monsieur le curé. Veux, veux pas, je suis plus capable d'en faire autant qu'avant.

Antoine Lussier la regarda avec compassion. Brusquement, il se rendit compte que la veuve d'Armand Cournoyer était sa ménagère depuis plus de quinze ans et qu'elle avait dix ans de plus que lui.

— C'est sûr qu'on rajeunit pas.

Au moment où le prêtre allait retraiter dans le couloir, sa cuisinière l'arrêta.

— Ça fait un bout de temps que je veux vous en parler, monsieur le curé. Le presbytère est rendu trop grand à entretenir pour moi toute seule. J'y arrive plus. Faire l'ordinaire et le ménage, c'est trop pour une femme de mon âge.

— On peut toujours demander à madame Drolet de venir plus souvent qu'une fois par mois vous donner un coup de main pour les gros travaux, proposa spontanément le prêtre.

— Je suis certaine que ça ferait l'affaire de cette pauvre Élisa Drolet avec ses trois jeunes enfants à nourrir et son mari estropié qui peut presque rien faire, mais elle peut pas venir ici tous les jours, et c'est tous les jours que j'aurais besoin d'aide.

Les Drolet, voisins du maire Giguère dans le rang Saint-Pierre, n'avaient pas la vie facile depuis le retour de la guerre du jeune père. Edmond Drolet avait été sérieusement blessé par un éclat d'obus et était revenu du front avec un pied en moins. Depuis trois ans, l'invalide effectuait des travaux de cordonnerie et de sellerie pendant que sa femme cousait et faisait des gros travaux ménagers au presbytère et chez certains retraités du village. Même s'ils n'arrivaient que très difficilement à nourrir leurs trois jeunes enfants, les Drolet étaient trop fiers pour accepter la charité de leur entourage.

— Tous les jours ? s'étonna le pasteur.

— Bien oui, monsieur le curé. Ce qu'il me faudrait, c'est quelqu'un qui vienne m'aider tous les jours. Je pourrais lui apprendre ce qu'il faut faire et, au printemps, je pourrais enfin m'arrêter.

— Si vous arrêtez, qui est-ce qui va venir vous remplacer ? On a beau dire qu'il y a personne d'irremplaçable, je vois pas qui serait aussi bonne cuisinière que vous.

Agathe Cournoyer eut un mince sourire narquois.

— Essayez pas de m'avoir avec des compliments, monsieur le curé, le prévint-elle. Je suis trop vieille pour me faire avoir avec ça.

— À moins qu'une communauté de religieuses de Nicolet soit prête à m'envoyer une de ses sœurs, fit le prêtre d'une voix songeuse.

— Je vous avertis tout de suite, monsieur le curé, déclara tout net Agathe Cournoyer. Si une sœur s'installe dans ma cuisine, moi, je pars. Je les connais, nos bonnes sœurs. Aussitôt arrivée, une religieuse va me donner des ordres du matin au soir et j'ai passé cet âge-là.

— Sans compter qu'il faudrait la loger chez les sœurs du couvent, ce que la supérieure acceptera certainement pas de gaieté de cœur.

Un long silence s'installa entre le prêtre et sa cuisinière, debout de part et d'autre de la table placée au centre de la cuisine.

— Pour me remplacer, j'ai une idée qui me trotte dans la tête depuis un bon bout de temps, reprit finalement Agathe Cournoyer. Mais je sais pas si ça va vous convenir.

— Dites toujours.

— Vous vous rappelez qu'une de mes cousines est une sœur Grise qui s'occupe des enfants de l'orphelinat de Saint-Ferdinand.

— Oui. Vous m'en avez déjà parlé. Mais il me semble que vous m'aviez dit qu'elle était assez âgée.

— C'est vrai, mais je pensais pas à elle pour me remplacer, monsieur le curé. Quand je l'ai vue le printemps passé, elle m'a parlé de jeunes filles qui avaient été élevées à Saint-Ferdinand et qui restaient avec les sœurs pour les aider aux cuisines et à faire le ménage. Elle disait qu'elle en connaissait deux ou trois tout près de la vingtaine qui étaient pieuses, vaillantes et bonnes cuisinières. Il paraît que ça arrive que les sœurs les envoient travailler dans des familles qui ont besoin d'aide. J'ai pensé que vous pourriez peut-être demander à la supérieure de l'orphelinat de vous en envoyer une.

— C'est pas si simple que ça, madame, répliqua le curé Lussier, peu enthousiasmé par l'idée. Monseigneur acceptera jamais qu'une jeune fille couche seule au presbytère. Vous connaissez sûrement des paroissiens mal intentionnés qui se dépêcheraient de partir des ragots... Non, je pense pas que ça puisse se faire.

— Mais si je prenais la fille en pension chez moi, personne aurait rien à redire, monsieur le curé. Elle travaillerait avec moi toute la journée, et le soir, elle viendrait coucher à la maison.

Antoine Lussier poussa un profond soupir avant de rendre les armes.

— Bon. Je peux toujours essayer. Ça coûte rien de le faire.

— C'est sûr. Si la fille fait pas l'affaire, on aura juste à la renvoyer à l'orphelinat, suggéra la ménagère, réaliste.

— Je vais tout de même écrire à Saint-Ferdinand, dit le curé. On verra bien ce que la supérieure va décider. Peut-être voudra-t-elle pas se séparer d'une de ses filles.

Ce dimanche-là, durant le souper, Antoine Lussier prévint son vicaire qu'il avait l'intention de commencer enfin sa visite paroissiale annuelle dès le lendemain avant-midi, comme il l'avait annoncé en chaire à la grand-messe, le matin même.

— J'en ai pour une dizaine de jours, conclut le curé. Ça veut dire, l'abbé, que vos visites des écoles devront attendre un peu. J'ai besoin de vous au bureau pendant que je suis sur le chemin. Je ferai pas comme l'année passée quand mon vicaire et moi partions tous les deux et laissions le presbytère vide durant une partie de la journée. Il faut que vous soyez ici pour les urgences.

— Il y a pas de problème, monsieur le curé. J'ai prévenu les maîtresses d'école que je viendrais voir si les enfants apprenaient bien leur catéchisme une fois par mois. Ma tournée peut attendre une dizaine de jours.

— Parfait. Je suis déjà en retard d'une semaine, ajouta Antoine Lussier. Je voudrais pas être pris à visiter pendant les premières neiges. Et puis, plus je retarde, plus certains vont en profiter pour oublier de payer leur dîme.

— Par quel rang allez-vous commencer, monsieur le curé ? demanda l'abbé Martel.

— L'année passée, j'ai commencé par le village. Cette année, je vais commencer à l'autre bout du rang Sainte-Marie l'avant-midi et l'après-midi, je vais faire le rang des Orties en partant du village. Comme ça, il y aura pas de jaloux.

— Ça va vous faire pas mal de route à couvrir, monsieur le curé. Si vous le voulez, je pourrai vous remplacer quand vous serez fatigué.

— Vous êtes bien serviable, l'abbé, mais c'est le rôle d'un curé d'aller rencontrer ses paroissiens chez eux au moins une fois par année. En plus, cette année, j'ai demandé à notre bedeau de me servir de cocher. Comme ça, j'aurai pas à me préoccuper du cheval et de la voiture, d'autant que notre nouvelle bête m'a l'air pas mal nerveuse.

— Vous avez pas peur que monsieur Groleau gèle à vous attendre dehors ?

— Ne vous inquiétez pas pour Joseph Groleau. Je le connais assez pour savoir qu'il ne se laissera pas mourir de froid.

Le lundi matin, il était à peine neuf heures et demie quand le boghei du curé Lussier entra dans la cour des Veilleux. Le prêtre et son vieux cocher étaient engoncés dans de lourds manteaux et ils portaient tous les deux un casque de fourrure à oreillettes. De la buée sortait de leur bouche.

Le ciel était dégagé et le mercure était descendu bien au-dessous du point de congélation. Dans le rang Sainte-Marie, la route de terre était aussi dure que de la pierre et les profondes ornières laissées par les pluies abondantes d'octobre rendaient les déplacements passablement inconfortables.

Vêtue de sa robe du dimanche, Yvette Veilleux attendait avec impatience son visiteur depuis plus d'une heure. Elle se doutait que le cousin de son mari allait commencer sa visite paroissiale par la dernière maison du rang Sainte-Marie. C'est ce qu'il faisait tous les trois ans.

Dès le lever, elle avait houspillé les siens pour que le déjeuner soit servi le plus tôt possible, de manière à avoir le temps de ranger la maison avant l'arrivée du prêtre.

— Anne a choisi son temps pour aller aider aux relevailles de sa cousine Agnès, avait-elle grommelé, mécontente, en préparant le déjeuner avec Céline. J'aurais eu bien besoin d'elle pour nous aider.

La veille, même si c'était dimanche, la mère et sa fille avaient effectué un ménage complet de la maison avec l'aide réticente de Léo et de Jean-Paul. Pour l'occasion, le salon avait été particulièrement bien frotté.

— Voyons donc, m'man ! avait protesté Céline devant l'ampleur du nettoyage imposé. Vous savez bien que monsieur le curé ira pas inspecter les chambres et la cuisine. On pourrait bien juste épousseter le salon.

Assis à la table en train de siroter sa tasse de thé, Ernest Veilleux avait hoché la tête comme s'il approuvait les paroles de sa fille.

— Antoine est pas si chipoteux que ça, fit-il remarquer à sa femme.

— Laissez faire, vous deux, avait vivement répliqué Yvette. C'est pas parce qu'il est de la famille que j'ai envie d'avoir honte s'il sort du salon. C'est notre curé et c'est une question de respect.

— Mais il a pas de raison de sortir du salon, m'man, avait poursuivi la jeune fille. On le fait entrer et sortir par la porte d'en avant.

Yvette avait été intraitable et la maison avait été nettoyée de fond en comble. Et ce matin, la mère avait vu à ce que son mari ainsi que Céline et

Jérôme soient présentables lors de l'arrivée du curé Lussier. Anne était chez sa cousine de Saint-Gérard et les trois plus jeunes étaient déjà à l'école.

Après avoir passé une main sur son chignon pour vérifier si aucune mèche ne s'en était échappée, Yvette Veilleux alla ouvrir la porte à son pasteur avant même qu'il ait frappé. En passant, elle eut un coup d'œil désolé pour les cheveux courts de sa fille de vingt ans.

Antoine Lussier entra dans la maison en se frottant les mains pour les réchauffer. Il trouva devant lui Ernest, Yvette et deux de leurs enfants. Après avoir retiré son chapeau, il déboutonna lentement son épais manteau qu'il tendit à Céline en poussant un soupir de soulagement.

— Dis-moi donc, ma belle fille, aurais-tu passé au feu ? demanda-t-il à Céline en pointant un doigt vers sa tête.

— Non, monsieur le curé, répondit la jeune fille en rougissant. Je les ai juste coupés un peu trop court.

— Ah, bon ! fit le prêtre en la jaugeant d'un air sévère. J'espère que c'est pas pour suivre la mode de fous que les jeunes qui vivent en ville ont l'air d'aimer.

Il y eut un instant de gêne qu'Ernest brisa en offrant d'inviter le bedeau, demeuré à l'extérieur dans le boghei, à entrer se réchauffer dans la cuisine. Le prêtre accepta volontiers l'offre de son cousin. Après avoir fait entrer Joseph Groleau dans la cuisine, Ernest lui montra une bouteille de gin et un verre qu'il venait de déposer discrètement sur la table. Le cultivateur s'empressa ensuite de réintégrer le salon où le curé venait de s'asseoir.

Le pasteur avait déjà commencé à s'enquérir de la santé de tous les membres de la famille, surtout de celle des deux religieux qu'il avait vus à la fin de l'été. Il s'informa des projets d'avenir de Céline et de Gérald ainsi que du genre de vie menée par Albert à Montréal.

— C'est bien de valeur qu'il ait choisi d'aller vivre en ville, celui-là, fit remarquer un Antoine Lussier réprobateur aux parents.

— C'est la conscription qui est responsable de ça, précisa Yvette qui avait senti le blâme du pasteur. S'il avait pas été obligé d'aller se cacher en ville chez mon frère, Albert serait resté ici avec nous autres.

— Ah ! la guerre, fit le prêtre en levant les yeux au ciel. On peut dire qu'elle en a laissé du malheur derrière elle. Il y a au moins trois familles de la paroisse qui ont eu des morts, sans parler de ce pauvre Eusèbe Drolet qui est revenu de l'autre bord complètement estropié.

— C'est pour ça que j'aimais mieux voir mon Albert aller se cacher en ville, s'enhardit la mère de famille.

Le curé Lussier sentit une critique dans la voix de l'épouse de son cousin et son visage se fit plus sévère.

— On a jamais raison, Yvette, de violer la loi. Le gouvernement avait parfaitement le droit d'annuler l'exemption qu'il avait donné aux fils de cultivateurs.

— C'est vrai, ajouta Ernest, qui avait toujours appuyé les bleus de Borden.

— C'est pour ça que nos seigneurs, les évêques, nous ont donné l'ordre de prêcher la soumission à nos fidèles, conclut le curé. Ton garçon a peut-être échappé au danger de la guerre pour tomber dans un piège encore plus dangereux : la grande ville.

— Je suis certaine qu'il mène une bonne vie en ville, affirma Yvette avec conviction.

— J'en doute pas, dit Antoine Lussier pour l'apaiser. À quoi servirait de sauver sa vie pour perdre son âme ? Mais continue quand même à prier pour lui, pour qu'il se montre fort devant les tentations.

Finalement, le curé demanda à son cousin de ne pas mentionner autour de lui qu'il avait acquitté sa dîme en nature.

— Les marguilliers aiment mieux que la dîme soit payée en argent, tu comprends ? Ils m'ont demandé de faire le moins d'exceptions possible.

— Mais ils doivent ben savoir que l'argent est pas mal rare, protesta le cultivateur. Les cinq cordes de bois que j'ai livrées au presbytère cet été valent ben le montant de la dîme, non ?

Le prêtre hocha la tête. Il était bien placé pour savoir à quel point les fermiers de sa paroisse avaient du mal à survivre au lendemain de la crise économique qui avait secoué tout le pays. Les prix des produits commençaient à peine à se stabiliser.

— Je le sais bien, Ernest. Je te demande juste de pas trop en parler.

— C'est correct.

Après avoir discuté encore une dizaine de

minutes, le curé Lussier offrit de bénir les membres de la famille assis autour de lui dans le salon. Tout le monde se mit à genoux et le prêtre donna sa bénédiction avant que Céline aille chercher son manteau et son chapeau qu'elle avait déposés sur le lit de la chambre de ses parents. Pendant ce temps, Joseph Groleau était sorti de la maison et il avait réintégré sa place de cocher.

Dès le départ du curé, Ernest s'empressa de retourner dans la cuisine pour allumer sa pipe, geste qu'il n'avait pas osé poser devant le prêtre. Il était suivi par une Céline furieuse qui grommelait d'une grosse voix en tentant d'imiter le curé Lussier : « Dis-moi donc, ma belle fille, aurais-tu passé au feu ? »

— Céline ! s'emporta sa mère, rouge de colère. Que je te reprenne à te moquer de monsieur le curé !

— Mais m'man, il avait pas d'affaire à rire de moi avec mes cheveux. Ça le regarde pas pantoute ! s'exclama la jeune fille, au bord des larmes.

— Reviens-en ! Monsieur le curé a pas ri de toi. Il a juste trouvé que t'avais une drôle de coupe de cheveux. On te l'avait dit, mais t'as voulu faire à tête. Dans ce cas-là, endure, ma fille, et viens surtout pas te plaindre qu'on te fait des remarques,

Ernest n'avait rien dit durant la scène. Il s'était contenté de s'emparer de la bouteille de gin qu'il avait déposée sur la table de cuisine devant le bedeau avant de rejoindre les siens au salon.

— Torrieu ! Il a toute une descente, le père Groleau ! s'écria-t-il en levant la bouteille à la clarté diffusée par la fenêtre pour mieux voir le niveau de liquide restant dans la bouteille.

— Pourquoi tu dis ça ? lui demanda Yvette en se tournant vers lui.

— Ben. Il a presque bu la moitié de ma bouteille de gin, le temps de la visite d'Antoine.

— T'aurais pas dû faire une affaire pareille, le blâma sa femme. Des plans pour qu'il soit malade. Depuis le temps, tu devrais bien savoir que Joseph Groleau haït pas ça boire un coup.

— Je voulais juste me montrer poli et lui donner la chance de se réchauffer un peu, expliqua Ernest. Avoir su, tu peux être certaine que je lui aurais versé juste un petit verre et que j'aurais caché ma bouteille.

En montant dans la voiture, le curé dit à son cocher :

— Père Groleau, on va passer par-dessus les Tremblay et les Hamel, et aller directement chez Germain Fournier. Il est tout seul et ça va aller plus vite avec lui. Après, je verrai si j'ai le temps de revenir chez Eugène Tremblay.

— La Thérèse va en faire une ma... maladie de vous voir lui passer au... au... nez, balbutia le vieux bedeau en mettant son attelage en marche.

Le curé n'attacha aucune importance à l'élocution un peu difficile de son cocher, la mettant sur le compte du froid.

Le boghei passa devant la ferme des Tremblay et celle de Georges Hamel avant de s'arrêter près du balcon de Germain Fournier. À son passage, Antoine Lussier vit des rideaux se soulever dans chacune des deux maisons et il eut du mal à réprimer un sourire à la pensée de la déconvenue des maîtresses de maison. Elles devaient sûrement se demander ce qui lui prenait de les ignorer.

Lorsque le prêtre frappa à la porte avant de la petite maison grise des Fournier, le jeune homme, mal rasé, vint lui ouvrir et le fit pénétrer dans le salon. À voir l'état des lieux, Antoine Lussier devina que la pièce n'avait pas été époussetée depuis le décès de la mère de son hôte. Tout indiquait que la propreté de la maison était la dernière préoccupation de son propriétaire et il s'en inquiéta un peu.

Le curé n'attendit pas que Germain Fournier lui offre de retirer son manteau pour l'enlever et le déposer sur le dossier d'une chaise. Pendant que le prêtre s'informait de sa sœur Florence et mettait Germain Fournier en garde contre les dangers d'une trop grande solitude, le bedeau avait pris une bouteille de caribou dissimulée sous le siège du boghei et il s'était offert quelques larges rasades, dissimulé par le cheval qu'il venait de couvrir d'une épaisse couverture quelques instants plus tôt.

— T'es rendu à quel âge, Germain ? demanda Antoine Lussier après quelques minutes de conversation dont il avait pratiquement fait tous les frais.

— Trente ans, monsieur le curé.

— Il est peut-être temps que tu fasses une fin, tu trouves pas ? Ton deuil doit pas t'empêcher de te chercher une femme. La paroisse manque pas de bonnes filles à marier. Attends pas trop pour t'en choisir une. C'est pas de santé pour un homme de vivre tout seul. T'as besoin d'une femme pour faire ton ordinaire et tenir ta maison. Un homme peut pas tout faire tout seul.

— Ça, c'est sûr, acquiesça le jeune homme sans manifester trop d'enthousiasme.

— En plus, il va bien falloir que tu te décides à fonder une famille un jour, reprit le prêtre sur un ton un peu plus abrupt. T'es pas pour cultiver ta terre pour la laisser à des étrangers quand tu seras plus capable de travailler, non ?

— C'est vrai.

— Bon. Je pense avoir le temps d'aller voir les Tremblay avant de rentrer dîner au presbytère, ajouta le curé en se levant après avoir consulté brièvement la montre de gousset qu'il venait de tirer de la petite poche de sa soutane. Je vais te bénir avant de partir, dit-il à Germain qui s'empressa de mettre un genou à terre devant son curé.

Le curé Lussier le bénit et boutonna son manteau.

— Je te souhaite bonne chance, conclut Antoine Lussier en ouvrant la porte.

Le curé retrouva son bedeau un peu prostré sur le siège du boghei au moment où il remontait en voiture.

— On s'en va chez les Tremblay, annonça-t-il à son cocher. Restez pas en plein vent à geler. Mettez-vous un peu à l'abri, Joseph. Vous allez attraper votre coup de mort.

Le père Groleau se contenta de hocher la tête, engoncé dans son épais manteau, et il prit la direction de la ferme des Tremblay.

Thérèse Tremblay eut un choc en apercevant l'attelage s'arrêter sous ses fenêtres. Elle avait bien cru que le curé Lussier avait décidé de mettre fin à ses visites cet avant-midi-là pour une raison connue de lui seul.

— Ma foi du bon Dieu ! s'exclama-t-elle, mécontente, en retirant précipitamment le tablier qu'elle avait mis quelques minutes plus tôt. Veux-tu ben me dire à quel jeu il joue à matin ! Un peu plus, j'allais changer de robe pour pas me salir en faisant à manger. Claire ! cria-t-elle à son aînée qui venait de monter à l'étage pour changer de vêtements. Garde ta robe neuve, monsieur le curé arrive.

Il y eut des pas précipités dans l'escalier qui conduisait à l'étage.

— Lionel, dit-elle à son fils de douze ans qui relevait de la grippe, passe par la remise et va me chercher ton père et Clément. Ils sont tous les deux dans la grange.

Thérèse et son aînée s'empressèrent d'aller ouvrir la porte au curé Lussier dont elles entendaient les pas sur le balcon.

— On dirait que je vous prends par surprise, fit le prêtre avec un sourire narquois en pénétrant dans le salon des Tremblay.

— Disons qu'on était plus sûrs pantoute que vous viendriez aujourd'hui après vous avoir vu passer tout à l'heure, lui fit remarquer Thérèse Tremblay, non sans une pointe de reproche.

— J'ai voulu voir Germain Fournier avant le dîner, se limita à dire le curé, en regardant autour de lui, à la recherche des autres membres de la famille.

— Les autres s'en viennent, monsieur le curé, dit Thérèse en l'aidant à retirer son manteau et en tendant ce dernier à son aînée pour qu'elle aille le déposer sur le dos d'une chaise dans la cuisine.

Pendant que Thérèse et Claire s'entretenaient avec le prêtre, Eugène pestait contre ce dernier qui leur avait laissé croire qu'il ne leur rendrait pas visite ce matin-là. Par conséquent, lui et ses fils avaient rangé leurs habits du dimanche et remis leurs vêtements de travail après l'avoir vu passer tout droit devant la maison. Il envoya devant ses deux fils, puis, fit signe au père Groleau de le suivre dans la cuisine d'été par où ses deux garçons venaient d'entrer dans la maison. Avant de se rendre au salon, Eugène tira d'une armoire une bouteille verte et il versa dans un verre une bonne quantité de gin au bedeau qui était pourtant déjà passablement imbibé.

— Tenez, le père. Ça va vous réchauffer un peu, dit le cultivateur,

La visite paroissiale aux Tremblay ressembla beaucoup à celle qu'avait reçue les Veilleux, même s'il était évident que le maître de maison éprouvait des sentiments mitigés à l'endroit de son pasteur. Depuis l'arrivée d'Antoine Lussier dans la paroisse, Eugène examinait à la loupe le moindre geste de son curé.

Ce dernier finit par s'informer des amours de Clément et des projets de Claire.

— Tu fréquentes toujours la petite Bourgeois de Saint-Gérard ? demanda-t-il au jeune homme.

— Je vais la voir de temps en temps, monsieur le curé, mais on peut pas dire que je la fréquente. C'est plutôt une amie.

— Une amie ? fit Antoine Lussier, avec un air de doute répandu sur toute sa physionomie. Je crois pas à ça entre une fille et un garçon, moi. En tout cas, fais-lui pas perdre son temps, mon garçon.

Clément ne dit rien.

— Puis toi, Claire, qu'est-ce que tu deviens ?

— Je suis bien tranquille, monsieur le curé.

— Quand est-ce que tu vas te marier ?

Avant même que la célibataire ait eu le temps de répondre, son père intervint avec un rire bon enfant un peu forcé.

— Whow ! monsieur le curé. Est-ce que vous essayez de nous ôter notre bâton de vieillesse ? Notre Claire est une cuisinière et une ménagère dépareillée. Nous autres, on n'est pas pressés pantoute de la voir partir de la maison.

— Il me semble, Eugène, qu'il y a des hommes, pas plus loin que dans ton rang, qui seraient bien contents d'avoir une femme comme ta fille.

— Ils ont juste à se faire connaître, conclut le cultivateur. Je pense que ma fille est capable de leur faire savoir s'ils lui conviennent ou pas.

— J'espère qu'elle cherche pas la perfection, fit le curé qui ne lâchait pas prise aussi facilement.

— Inquiétez-vous pas pour ça, monsieur le curé, intervint Thérèse en dissimulant tant bien que mal un sourire moqueur. Ça fait longtemps que je lui ai fait comprendre qu'il y a pas un homme parfait sur la Terre.

La mère de famille parla ensuite de sa fille Aline qu'elle et son mari avaient accepté de faire instruire au couvent, au prix de grands sacrifices, en précisant toutefois que c'était pour en faire une bonne institutrice. Le prêtre approuva du bout des lèvres. Tous les paroissiens savaient bien qu'il préférait les jeunes filles à la maison, aux côtés de leur mère, en train d'apprendre leur métier de mère de famille chrétienne.

Après avoir adressé quelques mots à Gérald et béni la famille, le curé Lussier se préparait à quitter les lieux quand Eugène lui demanda, alors qu'il boutonnait son manteau :

— Dites-moi, monsieur le curé. Est-ce que c'est pas à la fin du mois que le mandat de marguillier de Ludger Parenteau finit ?

— C'est bien possible.

— Si c'est pas indiscret, est-ce que je peux vous demander si vous avez une petite idée de qui va le remplacer à la fabrique ?

— Grâce à Dieu, les bons candidats manquent pas dans la paroisse, déclara mystérieusement le prêtre. À ce que je vois, tu suis ça de pas mal près, Eugène.

— C'est sûr, monsieur le curé, admit sans aucune gêne le cultivateur. Je pense que c'est pas un secret pour personne dans la paroisse que mon beau-frère Wilfrid et moi, on haïrait pas ça être sur le conseil.

— Vous êtes plusieurs à être intéressés, laissa tomber le prêtre sans se mouiller.

— Je trouve que ça ferait du bien qu'il y ait pas

seulement des bleus là-dedans, fit remarquer Eugène.

Les sourcils d'Antoine Lussier se froncèrent devant cette allusion.

— Il y a rien qui prouve que des rouges feraient mieux. En plus, tu devrais savoir que la politique a pas grand-chose à voir avec l'administration d'une paroisse, dit abruptement le curé. De toute façon, l'élection du prochain marguillier va se faire seulement à la prochaine réunion du conseil.

— C'est ben correct, fit Eugène en constatant avec dépit que le prêtre n'en dirait pas plus sur le sujet.

— Ah ! avec tout ça, j'allais oublier la dîme, dit Antoine Lussier, la main déjà sur la poignée de la porte.

— Si ça vous fait rien, monsieur le curé, cette année, je vais vous la payer en farine, comme l'année passée. Justement, je voulais régler ça cette semaine.

Un profond ennui se peignit sur les traits du prêtre.

— Ça m'embête de te dire ça, Eugène, mais les marguilliers aimeraient mieux que la dîme soit payée en argent à partir de cette année.

— Ah bon ! C'est nouveau ça.

— Ils disent que comme ça, ça va être plus facile d'administrer la paroisse, expliqua l'ecclésiastique.

— Ça m'adonne pas ben ben de payer en argent, dit sèchement le cultivateur, mais j'irai vous régler ça cette semaine au presbytère, si c'est la nouvelle règle. En même temps, j'en profiterai pour payer notre banc pour l'année.

— Ça va être parfait comme ça, dit le curé en retrouvant le sourire. Je suis content de voir que ça te dérange pas trop pour la dîme.

— Ce sera pas la fin du monde, monsieur le curé... pourvu que ce soit la même loi pour tout le monde dans la paroisse, ajouta Eugène Tremblay avec une certaine perfidie.

Antoine Lussier ne releva pas l'allusion et quitta les lieux après avoir salué une dernière fois tous les membres de la famille Tremblay. Dès que le prêtre eut franchi la porte de la maison, Clément demanda à sa sœur :

— D'après toi, de qui le curé parlait quand il a dit qu'il y avait des hommes dans le rang qui voulaient se marier ?

— Comment veux-tu que je le sache ? répondit avec humeur la jeune femme.

— Il devait parler de René Tougas et de Germain Fournier, intervint la mère qui avait écarté discrètement le rideau de l'une des fenêtres de la cuisine pour voir partir la voiture du curé.

— Aïe ! tout un choix ! grimaça Claire Tremblay en prenant un air dégoûté. Un paresseux de la pire espèce et un autre qui est laid à faire peur.

— Claire Tremblay, gronda sa mère, tu devrais te confesser de manquer de charité comme ça.

La jeune femme se contenta de soulever les épaules et de se diriger vers l'escalier avec l'intention de monter dans sa chambre pour changer de robe avant de se mettre à la préparation du repas du midi. Pour sa part, sa mère ne semblait pas pressée d'en faire autant. Tout dans le visage de Thérèse Tremblay disait son mécontentement et son mari ne semblait pas plus heureux qu'elle en s'assoyant dans sa chaise berçante après avoir allumé sa pipe.

— Ça vaut pas la peine de retourner travailler aux bâtiments, dit-il à ses fils. On va dîner dans une couple de minutes, si les femmes de la maison se décident à cuisiner, ben entendu.

Cette dernière remarque, quoique anodine, fut l'étincelle qui fit éclater la mauvaise humeur de la maîtresse de maison.

— J'ai jamais eu aussi honte de ma vie, Eugène Tremblay ! s'écria sa femme, furieuse.

— Quoi ? Qu'est-ce qu'il y a ?

— Fais pas l'innocent en plus ! s'emporta Thérèse en replaçant une mèche de cheveux qui s'était échappée de son chignon. Toi et ta maudite politique ! T'as trouvé le moyen d'insulter monsieur le curé.

— Tu sauras que je l'ai pas insulté, se défendit l'homme à la forte stature. Je me suis juste arrangé pour lui faire savoir qu'on est pas tous des gnochons dans la paroisse et qu'on voit ben que tous les marguilliers sont des maudits conservateurs. C'est pas normal et il le sait en batèche, à part ça ! Wilfrid pense la même chose que moi.

— C'est normal, vous êtes tous les deux pareils, ragea Thérèse, sarcastique. Wilfrid serait bien mieux de se contenter de faire son travail de maire comme du monde plutôt que de se mêler de ce qui le regarde pas. Depuis les dernières élections, on dirait qu'il prend un malin plaisir à se mettre tout le monde à dos dans la paroisse.

— En tout cas, tous les deux, on sait ben que le

curé a beau parler d'élection à la fabrique, c'est encore lui qui décide qui va être le prochain marguillier. Il y a personne qui va être nommé sur le conseil s'il le veut pas. Ça me surprendrait pas pantoute que ce soit l'autre, à côté, qui soit élu comme prochain marguillier.

— C'est des suppositions.

— Tu sauras me le dire, prédit Eugène.

— En plus, tu t'imagines peut-être que monsieur le curé a pas compris ton allusion pour la dîme ?

— Torrieu ! Je l'espère ben, s'exclama son mari. Pourquoi il exigerait que je la paye en argent quand il a accepté que d'autres la payent en nature ?

— C'est qui les autres ?

— Arsène Boisvert et Ernest Veilleux.

— T'as pas de preuves de ça, le rembarra sa femme.

— C'est là où tu te trompes. Tous les deux ont payé leur dîme avec du bois de chauffage et le curé l'a même dit au petit Tougas à qui il a demandé de corder tout ce bois-là.

— En tout cas, tout ça, c'est pas une raison pour manquer de respect à un prêtre, déclara sévèrement Thérèse Tremblay. Si monsieur le curé a accepté ça, c'est qu'il devait avoir des bonnes raisons.

— Ben, voyons ! se moqua son mari.

Toujours d'aussi mauvaise humeur, la maîtresse de maison se dirigea vers sa chambre dont la porte ouvrait au pied de l'escalier. La porte claqua dans son dos, mettant ainsi fin à la dispute.

Pendant ce temps, à l'extérieur, le curé Lussier dut donner un coup de coude au père Groleau pour qu'il mette son attelage en marche. L'homme âgé de près de soixante-dix ans semblait s'être assoupi en l'attendant.

— Êtes-vous gelé, le père ? demanda le prêtre, un peu inquiet pour son cocher.

— Non, pan... pantoute, balbutia le vieil homme.

— Bon. Tant mieux. On s'en retourne au presbytère. J'ai faim, ajouta le curé Lussier en s'appuyant le plus confortablement possible au dossier étroit du siège du boghei.

Joseph Groleau fit claquer les guides. La voiture légère sortit de la cour des Tremblay et prit de la vitesse sur la route. Pendant que le prêtre essayait de calculer combien de familles il aurait le temps de visiter dans le rang des Orties durant l'après-midi, le cocher se rendormit sans que son passager s'en rende compte. Le cheval, une bête un peu capricieuse, sembla prendre un réel plaisir à trotter dans l'air froid de cet avant-midi de novembre. Les naseaux fumants, elle prit de plus en plus de la vitesse.

Un peu après avoir dépassé la ferme des Tougas, la dernière ferme du rang, l'une des roues du boghei fut prise dans une ornière et la voiture s'en trouva sérieusement secouée.

— Ralentissez, le père ! l'adjura le curé Lussier, rappelé durement à la réalité par les tressautements du boghei.

Le cocher ne broncha pas.

— Ralentissez, je vous dis ! lui cria le curé, subitement inquiet de constater que le cheval allait de plus en plus vite sur une route en très mauvais état.

Si ce cri du prêtre ne fit pas sortir le conducteur de son sommeil d'ivrogne, il sembla énerver la bête qui fit un brusque écart. Le hasard voulut que l'une des roues de la voiture heurte alors une pierre sur le bord de la route. Le cheval, sentant une résistance inattendue, broncha. À ce moment, le boghei dévia en direction du fossé et la bête se cabra. La voiture tangua un bref moment avant de se renverser l'instant d'après. Immédiatement, ses deux passagers furent catapultés, cul par-dessus tête, dans le fossé. Surprise par l'allégement soudain de sa charge, la bête partit au galop en tirant derrière elle le boghei retombé sur ses roues.

Durant un long moment, il n'y eut aucune réaction chez les deux hommes étendus dans le fossé, à une dizaine de pieds l'un de l'autre.

Un peu plus loin, Émile Tougas, qui revenait à pied du village, aperçut le cheval tirant le boghei accidenté. Quand l'adolescent voulut s'en approcher, la bête accéléra et il ne put la rejoindre. Ce n'est qu'après le virage, à quelques arpents de chez lui, qu'il vit une forme noire étendue dans le fossé. Il s'en approcha avec circonspection tout en demeurant sur la route. Il reconnut alors le curé Lussier.

À ce moment précis, le prêtre reprenait peu à peu conscience. Il parvint à s'asseoir en gémissant et, étourdi, il regarda autour de lui un bon moment avant de retrouver pleinement ses esprits.

C'est alors qu'il aperçut Émile Tougas qui le dévisageait, muet de stupéfaction.

— Arrête de me regarder comme un veau qui vient de retrouver sa mère, maugréa l'ecclésiastique en grimaçant de douleur. Va chercher du secours chez vous, innocent ! Tu vois bien qu'on a besoin d'aide.

— Oui, monsieur le curé, répondit sans enthousiasme l'adolescent.

Émile Tougas quitta les lieux de l'accident sans trop se presser, se souvenant encore trop bien de quelle façon le prêtre l'avait traité quand il l'avait puni pour avoir pris les vêtements de l'abbé Martel l'été précédent.

Le curé Lussier ne demeura pas inactif en attendant l'arrivée des secours. Lorsqu'il voulut se tâter de la main droite pour vérifier s'il n'avait pas un os brisé, il se rendit compte qu'il était incapable de soulever son bras droit, qui lui faisait soudain un mal de chien. De la main gauche, il essuya la sueur qui lui couvrait le front. Quand il ramena sa main, il vit qu'elle était maculée de sang. Selon toute vraisemblance, il n'avait qu'une sérieuse écorchure au front. Le prêtre prit quelques instants de plus pour vérifier si ses jambes étaient intactes. Tout lui sembla normal jusqu'au moment où il rassembla son énergie pour se mettre debout. Une fois sur ses deux jambes, il grimaça de douleur en posant son poids sur sa jambe gauche. Si aucun os de ses jambes n'était brisé, il souffrait tout au moins d'une sérieuse entorse à la cheville gauche et de plusieurs ecchymoses.

— Et le père Groleau ? demanda-t-il à mi-voix en réprimant une grimace de douleur.

Il était soudain très inquiet du sort de son vieux cocher. En clopinant tant bien que mal, il se mit en devoir de couvrir les quelques pieds qui le séparaient du vieil homme encore étendu, inerte, dans le fossé. Sans perdre un instant, Antoine Lussier se pencha sur l'homme, imaginant déjà le pire. Une forte odeur d'alcool l'accueillit.

— D'où vient cette senteur-là ? se demanda le curé à haute voix.

Il aperçut alors une bouteille brisée dont les débris jonchaient l'herbe tout près de son cocher. Par un hasard extraordinaire, la bouteille de caribou dissimulée sous le siège du boghei par le père Groleau avait été éjectée à peu de distance de son propriétaire lors de l'accident.

Le cœur battant, le curé se laissa tomber à genoux près de son bedeau et se pencha au-dessus de lui pour vérifier s'il lui restait encore un souffle de vie. Il crut entendre un ronflement. Il approcha son oreille encore plus près du visage de l'accidenté. Non seulement entendit-il plus clairement ses ronflements, mais il baigna dans des effluves d'alcool.

— C'est pas vrai ! s'exclama le prêtre. Viens pas me dire qu'il dort ! Ah bien, le vieil ivrogne !

Ce disant, le curé Lussier empoigna son cocher de sa main valide et se mit à le secouer sans ménagement pour le réveiller.

— Quoi ? Qu'est-ce qu'il y a ? demanda l'autre, tout étonné de se retrouver étendu dans le fossé. Où est-ce qu'on est ?

— Dans le fossé, père Groleau ! Dans le fossé ! lui hurla le curé, hors de lui. On a eu un accident parce que vous vous êtes endormi.

L'air ahuri du vieil homme aurait prêté à rire si la situation n'avait pas été aussi grave.

— Bon, levez-vous, lui ordonna le prêtre en colère, et aidez-moi à me relever. J'espère que vous avez les idées assez claires pour voir si vous avez rien de cassé.

Le cocher se leva en geignant, mais selon toutes les apparences, le dieu des ivrognes l'avait protégé. Il se pencha pour ramasser son chapeau et celui de son curé. Ce dernier le lui arracha presque des mains, tant il était furieux. Il vit Joseph Groleau regarder autour de lui comme s'il était à la recherche de quelque chose.

— Cherchez pas votre boisson, le père ! Ça, au moins, ça a pas résisté à l'accident. Si vous êtes capable de vous tenir debout, vous allez m'aider à marcher jusque chez les Tougas. L'Émile a pas l'air de s'être pressé pour avertir son père qu'on avait besoin d'aide.

— Je pourrais toujours y aller tout seul, proposa obligeamment Joseph Groleau chez qui l'accident semblait avoir chassé une partie des vapeurs engendrées par l'alcool.

— Laissez faire. Vous en avez assez fait pour aujourd'hui, le rembarra sèchement le curé. Venez, aidez-moi.

Appuyé sur l'épaule de son bedeau pour soulager sa cheville gauche, le gros prêtre, le bras droit pendant mollement à son côté, prit la direction de chez Antonius Tougas en geignant. Quelques minutes plus tard, ce dernier vint au-devant des deux hommes et les fit monter dans sa voiture. Il les conduisit au village en prenant garde que les cahots ne fassent pas trop souffrir le prêtre.

La chance servit bien le curé de Saint-Jacques-de-la-Rive à son arrivée au village, puisqu'il aperçut le docteur Courchesne sortant de chez les Boisvert au moment où l'attelage de Tougas passait devant leur maison.

— Antonius, demande donc au docteur de passer me voir tout de suite au presbytère, demanda-t-il au conducteur. Explique-lui que j'ai eu un accident.

Tougas descendit rapidement de voiture et expliqua rapidement la situation au vieux médecin avant de remonter.

— Il nous suit, monsieur le curé.

— Mon Dieu ! Qu'est-ce qui est arrivé ? s'écria Agathe Cournoyer quand elle vit son curé, le front couvert de sang et supporté par Joseph Groleau et Antonius Tougas, entrer dans le presbytère.

— Un accident de voiture, expliqua le grand homme maigre, un peu essoufflé d'avoir à supporter presque à lui seul le poids imposant du prêtre. Le docteur est derrière. Il s'en vient.

— Installez-le sur le divan dans le salon, dit la ménagère en retrouvant un peu de son sang-froid.

— Où est l'abbé Martel ? demanda le curé d'une voix blanche.

— Il vient de traverser à la sacristie avec sœur Sainte-Sophie pour lui montrer les réparations à faire à son aube.

Le bedeau et la ménagère aidèrent leur curé à retirer avec précaution son épais manteau et on l'installa sur le divan avant de lui enlever ses chaussures. Sa cheville gauche avait doublé de grosseur. Albéric Courchesne entra au même moment dans la pièce et déposa sa trousse sur un guéridon.

— Merci, Antonius, dit le curé au cultivateur qui lui était venu en aide. Vous, père Groleau, ajouta-t-il en tournant un visage sévère vers son bedeau, attendez-moi à côté. Je vais avoir deux mots à vous dire quand le docteur va en avoir fini avec moi.

Albéric Courchesne ne perdit pas de temps. Quelques minutes lui suffirent pour refermer la plaie au front de l'ecclésiastique et pour bander sa cheville et son épaule blessées.

— Vous êtes chanceux dans votre malchance, monsieur le curé, dit le vieux médecin au curé Lussier dont le visage avait pris une teinte grisâtre inquiétante. Votre épaule droite est démise. Je l'ai replacée. Vous pourrez pas vous servir de votre bras pendant au moins deux semaines. Pour votre cheville, c'est une sévère entorse. Marchez pas dessus. Attendez que ça guérisse. Je vous ai aussi fait quatre points de suture au front. Je viendrai vous les enlever quand ce sera le temps. J'ai bien l'impression que vous allez être obligé de vous laisser dorloter par votre ménagère pendant un petit bout de temps.

Le médecin quitta le presbytère après avoir poliment refusé de boire une tasse de thé en compagnie de son malade. Antoine Lussier prit quelques minutes pour récupérer avant de demander à sa ménagère de lui envoyer Joseph Groleau. Le bedeau pénétra dans la pièce, la mine basse, maintenant passablement dégrisé. Le curé le laissa mijoter dans son jus un bon moment, avant de lui adresser sèchement la parole.

— Après le dîner, vous trouverez quelqu'un du village pour vous aider à retrouver notre cheval et ce qui reste du boghei. Vous laisserez le boghei chez Crevier pour qu'il le répare s'il est brisé et vous ramènerez le cheval.

— Oui, monsieur le curé.

— J'espère que vous vous rendez compte que tout ça, c'est dû à votre vice pour la boisson, reprit le curé Lussier, l'air soudainement mauvais.

— Oui, monsieur le curé.

— Vous auriez pu nous tuer tous les deux.

— J'ai juste voulu me réchauffer, monsieur le curé. J'ai pas bu pour le plaisir.

Soudain, le prêtre revit en pensée la bouteille d'alcool éclatée dans le fossé et un doute l'effleura.

— Je sais que vous aviez une bouteille de boisson dans la voiture.

— J'en apporte toujours une, monsieur le curé, quand il commence à faire froid. C'est au cas où... Mais j'y ai presque pas touché à matin, mentit effrontément le bedeau.

— Si vous y avez presque pas touché, est-ce que ça veut dire que les Tremblay vous avaient offert de la boisson ?

— Oui, pour me réchauffer, admit le père Groleau, sans préciser que la plus grande quantité, il l'avait absorbée chez le cousin du curé.

Le visage du prêtre s'assombrit subitement. Il n'était pas loin de croire qu'Eugène Tremblay avait volontairement saoulé son cocher, au risque de les impliquer dans un accident qui aurait pu avoir des conséquences encore plus graves. Si c'était le cas, il s'agissait d'un acte de méchanceté pure. Une pareille hypocrisie était impardonnable... et il ne l'oublierait pas de sitôt. Surtout qu'il n'avait jamais été tout à fait persuadé qu'Eugène était étranger au vol des vêtements de l'abbé Martel, l'été précédent. S'il avait eu la moindre preuve, il en aurait pris pour son grade du haut de la chaire, l'Eugène Tremblay, même si son épouse était une sainte femme qui n'aurait pas mérité ça.

Un accès de toux de Joseph Groleau, demeuré debout devant lui, ramena le prêtre à son interlocuteur.

— En tout cas, racontez-vous pas d'histoire, père Groleau, le gronda le curé Lussier. Si vous vous corrigez pas de ce vice-là, vous risquez d'aller brûler en enfer.

Joseph Groleau quitta le presbytère la tête basse. Mais quelques instants plus tard, il était déjà persuadé que son curé avait nettement exagéré l'importance de son petit penchant pour ce qu'il appelait un « bon petit boire ».

Évidemment, la mésaventure du curé fit les frais des conversations dans tous les foyers de Saint-Jacques-de-la-Rive durant plusieurs jours. Certains paroissiens plus curieux que d'autres cherchèrent même à connaître la cause exacte de l'accident. Ceux-là n'hésitèrent pas à se déplacer pour aller voir sur place comment un pareil accident avait pu arriver à leur curé.

Malgré tout, les visites paroissiales ne furent retardées que d'une demi-journée. Le lendemain matin, après une nuit fort inconfortable, le curé Lussier chargea son bedeau d'annoncer aux paroissiens qu'il serait dans l'incapacité de dire sa messe quotidienne pendant les deux prochaines semaines. Au déjeuner, il demanda à son jeune vicaire de poursuivre à sa place les visites paroissiales, après lui avoir donné quelques conseils pratiques. Il l'encouragea à se passer des services du père Groleau et à prendre la route seul, à bord d'un boghei prêté par le forgeron Crevier.

9

La nouvelle servante

Durant les jours suivants, le froid se maintint, mais il n'était toujours pas tombé encore le moindre flocon de neige. Si les enfants déploraient d'être privés de neige en cette période de l'année, les adultes, pour leur part, s'en réjouissaient.

— J'espère que le Germain se rappelle que c'est à matin qu'on fait boucherie, fit Ernest Veilleux en rentrant à la maison après être allé livrer ses bidons de lait à la fromagerie Boudreau, au village.

— Je pense qu'on peut se fier à lui, dit Yvette en s'assoyant à ses côtés à table.

— En tout cas, s'il est pas arrivé après le déjeuner, on va commencer à couper la viande sans lui.

— Je vois pas pourquoi il serait en retard, déclara Yvette. Il a pas à aller courir au village pour aller porter son lait, lui.

Ernest se contenta de lui jeter un regard mauvais, mais il n'ajouta rien. L'avant-veille, soit le lendemain de l'accident survenu au curé Lussier, le cultivateur avait tué une vache et, avec l'aide de son fils Gérald, il l'avait vidée avant de la suspendre au bout d'une chaîne dans l'entrée de la grange, hors de portée des animaux. Il avait été entendu avec le troisième voisin qu'il viendrait leur donner un coup de main pour découper la viande le jeudi matin.

Yvette finissait à peine sa phrase qu'on entendit un bruit d'attelage à l'extérieur.

— Tiens, quand on parle du loup, fit Anne en regardant dehors par l'une des fenêtres de la cuisine. C'est lui qui arrive.

Germain Fournier poursuivit sa route jusque devant la grange où il descendit de voiture. Le jeune homme attacha son cheval et se mit à sortir des objets de sa voiture.

— Qu'est-ce qu'il fait ? demanda Ernest Veilleux encore attablé.

— Il a pas l'air de vouloir entrer dans la maison, répondit Anne en se tordant le cou pour voir ce que faisait le visiteur. Il est devant la grange et il attend.

— Il doit être trop gêné pour entrer, fit remarquer Yvette Veilleux. Jérôme, va le chercher et dis-lui qu'on a pas fini de déjeuner et qu'on l'attend pour boire une tasse de thé.

L'adolescent se leva et sortit de la maison en grommelant. Il revint deux minutes plus tard en compagnie de Germain Fournier.

— Entre, Germain, l'accueillit Yvette Veilleux. Viens boire quelque chose de chaud le temps qu'on finisse de manger.

Visiblement mal à l'aise, le jeune homme enleva sa casquette et déboutonna son manteau avant de s'asseoir au bout du long banc occupé par Jean-Paul, Léo et Adrien. Céline et Anne le regardèrent s'installer à table, ce qui eut pour conséquence de le faire rougir.

— As-tu déjeuné au moins ? lui demanda Ernest Veilleux.

— Oui, merci, monsieur Veilleux.

En posant la tasse de thé bouillant devant le jeune cultivateur, Yvette Veilleux subitement se rendit compte qu'il y avait quelque chose de changé chez lui. Il lui fallut quelques instants avant de voir que Germain Fournier était soigneusement peigné ce matin-là et qu'en plus, il s'était rasé de près. Elle n'en tira aucune conclusion et se garda bien d'en faire la remarque pour ne pas gêner davantage son jeune voisin.

— La vache est prête à être découpée, annonça Ernest. Mais je t'avertis : c'est une grosse vache qui pourrait ben nous donner un peu plus que trois cents livres de viande. Si on a le temps, on pourra toujours s'occuper du cochon après. Qu'est-ce que t'en penses ?

— C'est ben correct.

— On va travailler dans l'entrée de la grange. On a installé une table avec des chevalets et des madriers hier. Ma femme et mes filles ont déjà préparé tout ce qu'il faut. Il y a aussi de la jute en masse pour envelopper la viande.

— J'ai apporté mes couteaux, se contenta de dire Germain Fournier. Je suis habitué de travailler avec, ajouta-t-il à titre d'excuse.

Après le départ d'Adrien, de Léo et de Jean-Paul pour l'école, tous se ceignirent d'un large tablier et se dirigèrent vers la grange dont la porte fut ouverte par Ernest Veilleux. La bête était suspendue à trois pieds du sol, à faible distance de la table improvisée. Pendant qu'on préparait les récipients et la jute, Germain Fournier se mit en devoir d'enlever avec soin la peau de l'animal.

Il fallut à peine un peu plus de trois heures pour débiter entièrement la vache en rôtis, en tranches et en cubes. Germain Fournier démontrait une telle dextérité dans son rôle de boucher qu'Ernest Veilleux renonça rapidement à se mesurer à lui. Il se contenta de le seconder et d'aider sa femme et ses enfants à envelopper la viande fraîchement coupée, avant qu'ils aillent la déposer dans le grand coffre en bois installé dans la remise, au bout de la cuisine d'été.

De temps à autre, Germain Fournier s'arrêtait de trancher quelques instants pour permettre aux Veilleux de nettoyer la table improvisée. À deux ou trois occasions, cet avant-midi-là, Yvette Veilleux surprit le regard du jeune cultivateur posé sur sa fille Céline occupée à envelopper la viande. La mère de famille ne dit rien, mais un pressentiment se forma dans son esprit.

Elle n'avait pas tout à fait tort de soupçonner quelque chose.

Depuis sa visite chez les Veilleux à la mi-octobre pour inviter Ernest à participer au ramassage collectif du lait, Germain Fournier était en proie à toutes sortes de sentiments contradictoires... Et ces sentiments lui étaient inspirés par Céline Veilleux. La vue de la jeune fille de vingt ans avec sa taille élancée, ses cheveux courts, son petit nez retroussé et ses joues marquées par des taches de son l'avait singulièrement ému. En fait, cette vision n'avait pas cessé de le hanter depuis.

Le jeune homme s'était d'abord traité de tous les noms en se disant à mi-voix qu'il la voyait depuis qu'elle était enfant et qu'elle n'avait rien de spécial. De plus, elle avait dix ans de moins que lui. Malgré tout, son imagination ne le laissait pas en repos. Il voyait Céline partout et il en était peu à peu venu à lui tenir des conversations dont il formulait les questions et les réponses.

Finalement, n'en pouvant plus, il avait cherché divers moyens de revoir la jeune fille, sans pour autant paraître ridicule. C'est ainsi qu'il avait opté pour la grand-messe du dimanche parce qu'elle y allait toujours avec ses parents. Il avait vite pris l'habitude d'arriver à l'église avant les Veilleux pour avoir le plaisir de voir entrer la jeune fille aux côtés de ses parents. Assis à une dizaine de bancs derrière celui occupé par les Veilleux, il ne cessait de regarder à la dérobée le profil de Céline durant la messe. À la fin de la cérémonie, il s'empressait de quitter l'église pour ne pas sentir son regard indifférent glisser sur lui comme si elle ne le voyait pas lorsqu'elle passait dans l'allée.

Bref, Germain Fournier était malheureux. Aussi étonnant que cela puisse paraître, il était tombé amoureux fou d'une fille qui ne lui avait jamais adressé la parole... Et la situation risquait de s'éterniser parce qu'il ne se voyait pas en train de faire les premiers pas, tant il craignait d'essuyer une rebuffade comme il en avait vécu quelques années auparavant.

Adolescent, les filles s'étaient souvent moquées des traits grossiers de son visage, mais leurs moqueries s'étaient faites franchement plus méchantes quand l'acné l'avait rendu un peu plus repoussant. S'il n'avait jamais hésité à faire ravaler à coups de poing les remarques désobligeantes des garçons de son âge sur son apparence, les ricanements des filles l'avaient toujours laissé démuni, désemparé, malheureux.

Il faut dire que Germain Fournier avait mis beaucoup de temps avant d'accepter d'être rejeté par les filles de Saint-Jacques-de-la-Rive. Il avait bien été invité à quelques veillées familiales du vivant de ses parents, mais elles lui avaient toutes laissé un souvenir amer. Chaque fois qu'il s'était décidé à inviter une jeune fille à danser, cette dernière avait rapidement trouvé une excuse pour ne pas se laisser entraîner sur la piste de danse. Quelques années auparavant, un lointain cousin de sa mère vivant à Yamaska avait même pris la peine de l'inviter à une fête du jour de l'An à laquelle il avait aussi convié des voisins dotés de six filles à marier plus ou moins jolies. Les demoiselles Dansereau lui avaient à peine adressé la parole et elles avaient préféré papoter entre elles plutôt que de danser avec lui. Cette soirée avait été sa dernière tentative sérieuse de rencontrer une jeune fille prête à se laisser fréquenter. À compter de ce jour-là, il s'était refermé un peu plus sur lui-même, résistant avec succès à tous les efforts de ses parents de le tirer de son isolement.

— J'ai pas le goût et je suis fatigué de ma journée. Laissez-moi donc tranquille, avait-il pris l'habitude de leur dire quand ils l'incitaient à aller veiller à Pierreville ou même seulement à aller traîner une heure ou deux devant chez Hélèna.

— T'aimerais pas ça rencontrer une bonne fille ? lui demandait parfois sa mère, un peu avant de mourir.

— Je suis ben comme ça, m'man, lui répondait-il sans préciser.

Au fond, Germain Fournier, célibataire de trente ans, préférait imaginer la femme idéale que risquer de se faire rabrouer ou pire, de faire rire de lui.

Le jeune homme refusa de dîner chez les Veilleux, mais il accepta de revenir après le repas pour saigner leur cochon et le dépecer, comme il l'avait fait la veille pour le sien.

— Drôle de gars, ne put s'empêcher de dire Ernest en rentrant dans la maison.

— Peut-être, mais il est pas mal bon pour faire boucherie, ajouta Céline en retirant le tablier maculé de sang qu'elle avait porté tout l'avant-midi.

Cet après-midi-là, Gérald et Ernest capturèrent l'un des quatre porcs que la famille avait engraissés depuis près d'un an.

— Voulez-vous que je vous l'égorge ? demanda Germain en saisissant l'un de ses couteaux.

Le porc, suspendu par les pattes arrière au crochet de l'entrée de la grange, couinait tant et plus.

— Si tu veux, concéda Ernest Veilleux. Je vais tenir la chaudière pour le sang. On va faire du bon boudin.

— Ouach ! Ça, ça me donne mal au cœur ! s'écria Céline, debout derrière son père.

— On gaspillera rien, la gronda sa mère. Tu vas brasser le sang avec moi pour l'empêcher de faire des caillots.

Germain plongea le couteau dans la gorge du porc et le sang gicla. Pendant qu'Ernest tenait le seau, le jeune cultivateur rassembla tout son courage pour proposer :

— Si ça donne mal au cœur à Céline, madame Veilleux, je peux m'occuper du boudin pendant qu'elle grattera la peau du cochon. Moi, ça me dérange pas.

— Si tu veux, Germain.

La jeune fille leva la tête et adressa au voisin un sourire de reconnaissance. Ce sourire alla jusqu'au cœur du boucher d'un jour qui en conçut un immense plaisir.

Au milieu de l'après-midi, tout était terminé. Il ne restait à Yvette et à ses filles qu'à hacher le mélange à saucisse et à confectionner ces dernières. Toute la viande fut déposée dans le coffre.

— On est chanceux, dit Ernest en finissant de nettoyer la table. On va avoir une bonne heure pour se reposer un peu avant le train. Il me restera juste à gratter la peau de la vache.

— Voulez-vous toujours que je vous fume vos jambons ? demanda le voisin en lavant ses couteaux avant de les envelopper dans un vieux linge propre. J'ai allumé mon fumoir hier après-midi et j'ai six gros jambons qui sont déjà en train de fumer avec de l'écorce d'érable.

— On voudrait pas ambitionner, intervint Yvette, tentée.

— Si je vous l'offre, madame Veilleux, c'est que ça me dérange pas, fit le voisin en lui adressant un sourire timide.

— T'es ben fin de faire ça pour nous autres, accepta l'épouse d'Ernest Veilleux.

Avant que le jeune voisin quitte, Ernest ne put s'empêcher de lui demander :

— Puis, le ramassage du lait, est-ce que ça marche comme tu veux ?

— Numéro un, monsieur Veilleux. Remarquez que mon tour est pas encore venu de ramasser, mais tout marche comme sur des roulettes. J'ai juste à laisser mes bidons pleins sur la plate-forme tous les matins et, à la fin de l'avant-midi, je les retrouve vides à la même place. En plus, il y a pas de mélange dans les comptes. Boudreau écrit tout ce qu'on lui envoie et il nous paye, comme avant, à la fin de la semaine, si on veut. Pas avoir à atteler et à dételer tous les avant-midi, je trouve ça ben commode.

— Tant mieux, dit Ernest en dissimulant du mieux qu'il pouvait son dépit.

— Et vous, monsieur Veilleux, ça vous tente toujours pas d'embarquer avec nous autres ?

— J'y pense, répondit le cultivateur, volontairement évasif. Jusqu'à maintenant, il y a pas d'avantage pour moi parce que je me trouve toujours une commission ou deux à faire au village tous les matins, ajouta-t-il en mentant effrontément.

Germain Fournier quitta les Veilleux en emportant non seulement tous les jambons à fumer des Veilleux, mais aussi une soixantaine de livres de bœuf que ses voisins avaient absolument tenu à lui offrir pour tout le travail qu'il avait accompli. Pourtant, le jeune homme aurait échangé toute cette viande contre un autre sourire lumineux de la belle Céline.

Alors qu'il retournait chez lui dans le jour déclinant, il ne pouvait s'empêcher de se demander quand il pourrait revoir la jeune fille ailleurs qu'à l'église.

— Peut-être la semaine prochaine, quand je vais ramasser le lait, se dit-il avec un vague espoir.

Le lendemain, un peu avant midi, le curé Lussier rentra au presbytère, le visage rouge et la sueur au front. Agathe Cournoyer vint au-devant du prêtre pour l'aider à enlever son manteau qui avait été uniquement posé sur ses épaules.

— Si ça a de l'allure de se mettre dans un état pareil ! s'écria-t-elle en le voyant claudiquer en s'appuyant lourdement sur une grosse canne trouvée au fond d'un placard.

— C'est rien, c'est rien, fit le prêtre en esquissant un mouvement d'impatience. C'est juste cette maudite cheville foulée qui me fait un mal de chien. Je peux pas m'appuyer dessus et l'épaule m'élance sans bon sens.

— Vous êtes sûr que vous voulez pas que je demande à Joseph Groleau d'aller chercher le docteur Courchesne ?

— Non, ça vaut pas la peine. Il peut pas faire grand-chose.

— Comme vous le voudrez, monsieur le curé. Mais il me semblait qu'il vous avait dit de rester tranquille et de bouger le moins possible.

— C'est ce que je fais.

— Mais non, c'est pas ce que vous faites, monsieur le curé. Vous êtes pire qu'un enfant à soigner, le réprimanda la vieille ménagère. On dirait que vous aimez souffrir pour rien. Par exemple, vous étiez pas obligé de risquer de tomber dans l'escalier juste pour aller voir si tout était correct à l'église. Restez donc tranquille pendant que l'abbé Martel finit les visites paroissiales.

— C'est ce que je vais faire, je crois bien, promit le prêtre en s'essuyant le front avec un large mouchoir qu'il venait de tirer de l'une des poches de sa soutane.

— Ah ! Pendant que j'y pense, j'ai laissé le courrier sur votre bureau.

— C'est correct, fit le prêtre. L'abbé Martel est pas revenu ?

— Il est revenu, mais il a dû repartir tout de suite parce que madame Ouellette l'a fait demander. Il paraît que son vieux père va plus mal.

Antoine Lussier ne dit rien et s'engouffra en clopinant dans son bureau où l'attendaient trois ou quatre lettres qu'il parcourut les unes à la suite des autres, après s'être assis avec précaution dans son fauteuil. Lorsqu'il replia la dernière, il appela sa cuisinière sans se lever. Agathe Cournoyer quitta sa cuisine et vint se planter dans l'entrée de la pièce.

— Madame Cournoyer, j'ai une bonne nouvelle pour vous, lui annonça Antoine Lussier, en esquissant un mince sourire. J'espère que vous êtes prête à recevoir chez vous la fille que j'ai demandée à la supérieure de l'orphelinat de Saint-Ferdinand pour vous aider, parce qu'elle arrive par le train demain avant-midi.

— Dites-moi pas ça ! s'exclama la vieille ménagère, heureuse.

Le curé Lussier jeta un coup d'œil à l'une des enveloppes déposées sur son bureau avant d'ajouter :

— La lettre de la supérieure a été postée au début de la semaine passée. J'aurais dû la recevoir pas mal avant aujourd'hui, mais ça sert à rien de se plaindre. Sœur Sainte-Anne dit qu'elle nous envoie une vraie perle.

— Elle est pas mal fine, déclara la servante dont le petit visage tout ridé n'était plus qu'un grand sourire.

— Je me méfie quand même un peu, reprit l'ecclésiastique. Si elle était si extraordinaire que ça, sa Gabrielle Paré, elle l'aurait gardée à l'orphelinat pour aider.

— Vous pensez ? demanda Agathe Cournoyer, soudain un peu inquiète.

— On verra bien, déclara le curé. En attendant, faites avertir Philibert Dionne de nous ramener cette fille de la gare de Pierreville lorsqu'il ira chercher la poste, demain matin.

Le samedi avant-midi fut particulièrement occupé au presbytère de Saint-Jacques-de-la-Rive.

Après avoir passé près d'une heure avec l'abbé Martel à discuter des sujets des prêches qui seraient donnés durant l'avent, le curé Lussier s'enferma un long moment dans son bureau avec Honoré Beaudoin, le président de la fabrique paroissiale, pour discuter de l'organisation de la guignolée qui aurait lieu trois semaines plus tard ainsi que de l'ordre du jour de la réunion du conseil de fabrique, prévue pour le lundi soir suivant. Le premier des marguilliers venait à peine de quitter les lieux qu'on sonna à la porte du presbytère.

Le prêtre avait trop mal à la cheville pour aller voir qui venait d'arriver. Si le visiteur était pour lui, la servante viendrait le prévenir. Il n'eut pas à attendre longtemps. Quelqu'un frappa discrètement à la porte de son bureau.

— Oui. Qu'est-ce qu'il y a ? demanda-t-il en déposant devant lui son bréviaire, qu'il venait à peine d'ouvrir.

— Le postier vient de nous laisser la jeune fille envoyée par l'orphelinat, monsieur le curé, dit Agathe Cournoyer à voix basse.

— Bon. Faites-la entrer.

Antoine Lussier retira ses lunettes à monture métallique qu'il ne portait que pour lire et regarda entrer dans la pièce une jeune fille à l'air un peu intimidé portant un vieux manteau gris de toute évidence un peu trop grand pour elle et coiffée d'un bonnet de la même couleur.

— Tu peux enlever ton manteau et ton chapeau, lui proposa le prêtre. Il fait pas mal chaud ici.

— Merci, monsieur le curé, répondit la visiteuse en esquissant un mince sourire embarrassé.

Antoine Lussier l'examina pendant qu'elle retirait son manteau. C'était une grande jeune fille svelte, vêtue d'une robe noire ornée d'un petit collet blanc. Sa chevelure châtain clair était retenue par un ruban et mettait en valeur un visage ouvert aux pommettes hautes. Il se dégageait de toute sa personne un étrange mélange de timidité et d'énergie.

Le curé Lussier l'invita à s'asseoir.

— La supérieure de Saint-Ferdinand m'a pas dit grand-chose sur toi. Tout ce qu'elle m'a écrit, c'est que tu t'appelles Gabrielle Paré et que tu viens d'avoir dix-neuf ans. C'est ça ?

— Oui, monsieur le curé.

— T'es restée combien de temps à Saint-Ferdinand ?

— Je suis toujours restée là, monsieur le curé, murmura l'orpheline... depuis l'âge de deux mois.

— Tes parents ?

— Je les ai pas connus.

— En tout cas, ils s'appelaient Paré, non ?

— Non. C'est un nom que les sœurs m'ont donné quand elles m'ont fait baptiser.

— Bon. Est-ce que c'est la première fois que t'es placée en dehors de l'orphelinat ?

— Oui, monsieur le curé.

— Sais-tu pourquoi tu es ici ?

— Sœur Sainte-Anne m'a dit que vous aviez demandé quelqu'un pour aider votre servante.

— C'est en plein ça. Il paraît que t'es bonne dans une cuisine ?

— Je me débrouille, monsieur le curé.

— Parfait. La supérieure t'a aussi expliqué, je suppose, que tu es placée sous ma responsabilité et que si tu ne conviens pas, je vais te renvoyer à Saint-Ferdinand.

Gabrielle hocha la tête. Tout, semblait-il, lui avait été expliqué avant son départ de l'orphelinat.

— Inquiète-toi pas, voulut la rassurer Antoine Lussier. On te fera pas de misères ici. Tu vas rester chez madame Cournoyer, dans la petite maison blanche, de l'autre côté de la route, en face du presbytère. Elle va te traiter comme sa propre fille.

— Merci, monsieur le curé.

— Madame Cournoyer, c'est la dame qui t'a ouvert. Tu peux maintenant aller la rejoindre à la cuisine. Elle va t'expliquer ce que t'as à faire, dit le prêtre.

À midi, le curé Lussier et l'abbé Martel entrèrent dans la salle à manger. Au centre de la table, une soupière remplie de soupe aux légumes fumante et une miche de pain les attendaient déjà. Par la porte entrouverte de la cuisine, les ecclésiastiques purent entendre les deux femmes parler à mi-voix alors qu'elles étaient à préparer le reste du repas. Soudainement, le rire cristallin de la nouvelle servante fit sourire le curé.

— On dirait bien que notre Agathe a pas pris grand temps pour apprivoiser la petite nouvelle, laissa-t-il tomber avec un certain contentement.

10

La fabrique

Le lendemain matin, après la grand-messe, Thérèse Tremblay s'empressa d'aller à la rencontre de quelques paroissiennes dès sa sortie sur le parvis de l'église. À titre de présidente des Dames de Sainte-Anne, il lui fallait trouver de toute urgence le plus de personnes de bonne volonté possible pour préparer les paniers de Noël à l'occasion de la guignolée. Elle savait pouvoir compter sur des voisines immédiates comme Yvette Veilleux et Rita Hamel, mais c'était nettement insuffisant pour la tâche qui les attendrait.

Pendant ce temps, Eugène avait allumé sa pipe tout en poursuivant une discussion animée avec plusieurs hommes regroupés autour de son beau-frère, Wilfrid Giguère, près des voitures. Un peu plus loin, Ernest Veilleux était en grande conversation avec Joseph Groleau, Adélard Crevier, Bruno Pierri et quelques autres.

— Les hommes peuvent bien dire qu'on aime ça jacasser, dit en riant Yvette Veilleux qui montrait les deux groupes d'hommes à ses voisines.

— On le sait depuis longtemps qu'ils donnent

pas leur place quand il s'agit de mémérer, ajouta Rose-Aimée Turcotte en se gourmant.

— Comment ça se fait que tu sais ça, toi, Rose-Aimée ? lui demanda Marthe Giguère, narquoise.

La célibataire d'une quarantaine d'années, qui n'était pas dotée d'un grand sens de l'humour, resta muette un instant.

— Voyons, Marthe, tu sais bien que notre Rose-Aimée a dû trouver ça dans un des livres qu'elle a lus, dit Emma Tougas en souriant.

— Je pense que vous essayez de me faire fâcher, là, reprocha Rose-Aimée, incertaine, en regardant les femmes qui se moquaient gentiment d'elle.

— Mais non, Rose-Aimée, on fait juste des farces, voulut la rassurer Yvette Veilleux.

Un peu plus loin, à l'écart, Henri Dupré, du rang du Petit-Brûlé, s'entretenait avec Clément Tremblay et deux autres jeunes de Saint-Jacques-de-la-Rive.

— La Price ouvre un autre chantier en haut de La Tuque la semaine prochaine, annonça Dupré. Un de mes cousins y monte pour l'hiver et je vais faire comme lui, même s'il est déjà pas mal tard pour faire ça. Demain matin, je prends le train de bonne heure. Il paraît que l'ouvrage manque pas et que les gages vont être bons. Je vais redescendre seulement avec la drave à la fin du printemps, les poches bourrées ben dur d'argent.

— Ça fait tout un changement avec les années passées, fit remarquer Clément Tremblay qui avait essayé sans succès de s'engager les deux dernières années.

— Mon cousin m'a dit que les affaires de la compagnie reprennent. Elle a ouvert cette année ses deux vieux chantiers et a réengagé tout son monde. En plus, elle ouvre le chantier où je veux me faire engager.

— Mon oncle Marcel travaille au gouvernement, intervint un certain Lazure du rang Saint-Paul. Il dit que la récession est finie et qu'il y a de moins en moins de chômeurs. Il paraît qu'il y a des grands syndicats qui vont forcer les *boss* à payer des bons salaires.

— T'es mieux de pas parler de syndicat dans un chantier, mon Hervé, le prévint Dupré. J'ai fait un chantier il y a trois ans et je te dis tout de suite que la vie est pas rose. Mais je te garantis qu'il y a pas un maudit syndicat qui va entrer là. C'est pas une place pour les feluettes, ajouta le jeune homme avec la condescendance de celui qui a l'avantage d'avoir connu ce genre de vie.

— Il faut pas exagérer, modéra Hervé Lazure. C'est tout de même pas l'enfer. Mon père et mes frères sont montés dans les chantiers pendant des années et personne en est mort.

— J'ai pas dit que c'était l'enfer, j'ai dit que c'était pas facile. Se lever à quatre heures et demie tous les matins que le bon Dieu amène pour aller bûcher à des températures de –25 toute la journée avec un *boss* sur le dos tout le temps, c'est pas le paradis. En plus, dormir tassés dans le camp et manger presque toujours la même chose, c'est pas la joie non plus. Mais il y a la paye, et ça, ça fait oublier tout le reste. Est-ce qu'il y en a qui ont le goût de monter avec moi demain matin ?

Les jeunes se consultèrent du regard pendant un moment.

— Toi, Clément ? Tu m'as pas dit que t'avais essayé de te faire engager l'année passée ?

— Oui, et même l'année d'avant. Ils engageaient pas.

— Cette année, t'es chanceux : tu te ferais engager tout de suite. Ils ont besoin d'hommes.

— Il va falloir que j'en parle chez nous, conclut Clément. Moi, je voudrais ben. Ça doit être le *fun* d'avoir un peu d'argent dans ses poches et de voir autre chose que Saint-Jacques... Bon. Il faut que j'y aille, dit le jeune homme en lançant un regard vers son père qui se dirigeait avec sa mère et sa sœur Aline vers leur voiture. Si je peux y aller, j'irai te voir cet après-midi, chez vous.

Sur ce, Clément Tremblay, songeur, regagna la voiture dans laquelle les siens venaient de prendre place.

Durant le repas, le jeune homme ne dit pratiquement pas un mot. Il fallut que sa mère fasse allusion aux jeunes avec qui il avait discuté après la messe pour qu'il se décide à parler.

— Il va y en avoir pas mal moins dimanche prochain, dit-il.

— Pourquoi ça ?

— Ben. Il y en a plusieurs qui vont monter au chantier demain matin. Dupré m'a dit qu'ils viennent d'en ouvrir un nouveau à La Tuque et que la Price engage.

Son père cessa un instant de tremper son pain dans le sirop d'érable pour le regarder.

— Ah bon ! se contenta de dire Thérèse Tremblay en se levant pour aller chercher une autre miche de pain dans la huche.

— Moi, j'ai pas mal envie d'y aller aussi, finit par dire le jeune homme. Ça fait deux ans que je veux me faire engager.

— Pour la drave aussi ? demanda sa sœur Claire.

— Ben non. Je jumperais avant la drave. Il paraît que la compagnie garde juste ceux qui veulent pour la faire.

— Voyons donc, Clément, t'es pas pour faire ça à ton père ! dit sa mère en reprenant sa place à table. Il était entendu que vous coupiez du bois tout l'hiver sur notre terre à bois pour aller en vendre une bonne partie à Pierreville. Vous aviez même parlé de découper de la glace sur la rivière...

— Oui, je le sais, admit son fils, mal à l'aise, mais je pensais pas qu'on rouvrirait des chantiers cet hiver et qu'on engagerait.

— Je pourrais peut-être y aller avec toi, intervint son frère Gérald, et...

— Whow ! Toi, t'as juste seize ans, l'interrompit sa mère avec brusquerie. Tu vas attendre que le nombril te sèche avant de partir travailler dans un chantier. De toute façon, c'est parler pour rien : il y a pas un chantier qui engage des jeunes de ton âge.

— On sait ben. Moi, j'ai jamais le droit de rien faire, se plaignit l'adolescent.

— Oui, t'as le droit de te taire, lui ordonna sèchement sa mère.

Autour de la table, il y eut un long moment de silence. Claire, aidée par sa sœur Aline, se mit à ramasser la vaisselle sale pendant que la petite

Jeannine commençait à ranger la nourriture déposée sur la table.

— Et vous, p'pa, qu'est-ce que vous en pensez ? demanda Clément en tournant la tête vers son père qui, jusqu'alors, n'avait pas prononcé un mot.

— Penses-y ben comme il faut avant de te décider, se contenta de dire Eugène Tremblay à son fils aîné. Tu feras ce que tu voudras.

Là-dessus, le père de famille quitta la pièce et entra dans sa chambre à coucher pour sa sacro-sainte sieste du dimanche après-midi.

— Ce serait pas bien fin de ta part de le laisser travailler tout seul tout l'hiver, chuchota Claire à son frère.

— Aïe, la grande, mêle-toi donc de tes affaires ! s'emporta Clément, tiraillé par l'indécision.

— En plus, moi, je suis pas un coton, intervint Gérald. Si Clément est pas là, je suis capable de prendre sa place.

— Toute une aide ! se moqua l'aînée en tournant le dos à ses deux frères.

— Claire, arrête de faire étriver tes deux frères et viens laver la vaisselle avec nous autres, l'invita sa mère à mi-voix.

— Vous direz à p'pa que j'ai attelé pour aller faire un tour chez les Dupré dans le Petit-Brûlé, dit le jeune homme avant de quitter la maison.

Au milieu de l'après-midi, Eugène venait à peine de finir sa sieste quand il vit arriver chez lui Wilfrid et Marthe Giguère. Après avoir retiré leur manteau, le maire et sa femme s'installèrent à la table de cuisine. Pendant que Thérèse parlait de ses projets de courtepointes avec sa sœur et sa fille Claire à une extrémité de la table, les deux beaux-frères s'entretenaient de l'élection du nouveau marguillier pour remplacer Ludger Parenteau le lendemain soir. Il en avait été largement question à la fin de la grand-messe.

— J'ai parlé tantôt à Tit-Phège Turcotte, dit le maire. Tu le connais comme moi : il aime ça fouiner. Il est allé jaser dans le groupe de ton voisin après la grand-messe.

— Ah oui ?

— Il paraît qu'on parlait pas mal du prochain marguillier. Veilleux avait l'air pas mal sûr d'être nommé sur le conseil de fabrique. Il paraîtrait que le curé lui a presque promis la place.

— Elle serait bonne, celle-là ! ne put s'empêcher de s'exclamer Eugène, immédiatement en proie à la jalousie. Mais ça serait pas surprenant, avec son cousin !

Les femmes cessèrent de parler entre elles pour écouter ce que les hommes disaient.

— Ça se pourrait ben qu'il soit nommé, reprit le grand homme maigre en passant ses doigts dans sa chevelure clairsemée.

— Dans ce cas-là, je peux te garantir que le curé en entendrait parler en maudit, reprit son beau-frère.

— Veilleux a tout de même l'âge et il a jamais été marguillier, lui fit remarquer le maire, se faisant l'avocat du diable.

— Ouais ! Je le vois déjà trônant comme un petit coq dans le premier banc en avant de l'église ou en train de passer la quête durant la messe, dit Eugène, mi-figue mi-raisin.

— C'est sûr que ce serait ben à ton tour d'être sur le conseil, reconnut Wilfrid.

— Ça pourrait être ton tour aussi, fit Eugène, magnanime. Si t'étais nommé, ça me dérangerait pas pantoute.

— Pour te dire ben franchement, j'ai déjà ben assez des troubles de la mairie, dit le maire, sans cacher tout à fait son envie de devenir le prochain marguillier.

— En tout cas, le curé est ben mieux de se *watcher* demain soir quand le conseil va se réunir pour l'élection. Tout le monde sait dans la paroisse que c'est lui qui accepte ou non celui que les marguilliers proposent.

De toute évidence, Thérèse en avait assez entendu et elle laissa éclater sa colère.

— Vous deux, ça va faire ! s'écria-t-elle. Monsieur le curé nommera bien qui il voudra et c'est pas à vous autres de lui dire ce qu'il a à faire. Vous viendrez pas débiner un prêtre dans ma maison.

— Whow, la Dame de Sainte-Anne ! Fâche-toi pas, dit son mari en riant jaune. On faisait juste parler.

— Si ça vous fait rien, j'aimerais mieux que vous parliez d'autre chose.

— Thérèse a raison, approuva Marthe. On dirait que vous êtes en train de virer fous avec cette histoire-là.

Les Tremblay ne revirent Clément qu'à l'heure du train, à la fin de l'après-midi. Quand il pénétra dans l'étable, vêtu de ses habits de travail, il s'arrêta un instant auprès de son père occupé à laver les bidons de lait qui seraient utilisés pour la traite.

— J'ai ben pensé à mon affaire, p'pa, lui dit-il. Je pense que je vais rester avec vous autres cet hiver. Je trouve qu'il est déjà pas mal tard pour monter au chantier. De toute façon, on manquera pas d'ouvrage ici.

— C'est ben correct, fit Eugène, apparemment soulagé de pouvoir compter sur l'aide de son fils durant les mois à venir.

Quand Eugène Tremblay mit sa femme au courant de la décision de leur fils au moment où ils se retrouvèrent seuls en fin de soirée, Thérèse ne put s'empêcher de pousser un profond soupir de soulagement.

— Tant mieux. Je vais dormir pas mal plus tranquille de le savoir à la maison.

— Je le sais. Tu vas pouvoir continuer à jouer à la mère poule et à le couver, la taquina gentiment son mari.

— Je le couve pas, se défendit Thérèse. Les chantiers m'ont toujours fait peur depuis le temps où mon père et mes frères y allaient tous les hivers. Si on tombe malade là-bas ou s'il arrive un accident, il y a pas de docteur. À dix ou quinze milles dans le bois, avec de la neige à mi-jambes, un homme a toutes les chances de crever comme un chien sans être soigné.

— Ouais, approuva son mari.

— Sans parler qu'un jeune prend goût à vivre ailleurs que sur une terre. T'en connais comme moi qui se sont arrêtés en ville en revenant du chantier et qui ont décidé de vivre là.

— Ça, c'est sûr que ça s'est vu, fit Eugène.

— Regarde le garçon d'Arthur Boisvert. En descendant du chantier, il s'est arrêté à Montréal et il s'est trouvé une job qui lui permet de venir faire le gros riche une fois par année au village, quand il vient voir ses vieux parents. La même chose avec le petit Dumoulin. Puis, il y a Albert Veilleux.

— Lui, c'est pas la même chose. C'était parce qu'il était trop peureux pour aller se battre de l'autre bord qu'il est allé se cacher en ville.

— Dans le temps, tu lui donnais pourtant raison, lui fit remarquer sa femme.

— Bon, c'est correct. En tout cas, là, tu peux arrêter de te faire des peurs pour rien, ton gars y va pas au chantier, conclut Eugène en secouant sa pipe dans le poêle à bois avant d'y jeter deux grosses bûches pour la nuit.

Le lendemain soir, Eugène Tremblay trouva la soirée interminable. Assis près du poêle qu'il alimentait de temps à autre en y jetant quelques rondins, il demeurait silencieux, se contentant de fumer sa pipe. Quand Thérèse lui avait offert de venir jouer aux cartes avec Clément, Claire et elle, il s'était contenté de refuser en disant qu'il « n'avait pas la tête à ça ». Son fils Gérald prit sa place et on le laissa tranquille dans son coin.

Il était évident que l'homme se rongeait les sangs et mourait d'envie de connaître les résultats de l'élection qui, à cette heure-là, devait être terminée. Évidemment, pas moyen de savoir qui avait été élu avec un conseil où on ne trouvait que des bleus ! Il n'était tout de même pas pour atteler et aller traîner au village. Aussi tard dans la soirée, le magasin général était fermé depuis longtemps.

Pendant un moment, Eugène pensa que s'il avait été élu, Beaudoin, le président de la fabrique, serait probablement venu lui annoncer la bonne nouvelle. Si c'était Veilleux, il aurait fait la même chose. Il ne se rappelait pas avoir entendu quelqu'un passer sur la route durant toute la soirée. Alors, le cultivateur, sans trop le montrer, se mit à jeter des regards vers la fenêtre près de laquelle il était assis. Il guetta en cachette le moindre bruit indiquant qu'un attelage passait sur la route.

Durant toute la prière en famille, récitée à genoux, dans la cuisine, son esprit ne cessa de vagabonder. À vingt-deux heures précises, déprimé, le cultivateur déposa deux grosses bûches d'érable dans le poêle et remonta l'horloge, comme chaque soir avant de se coucher. Ensuite, il se dirigea vers la chambre où sa femme venait de le précéder. Thérèse n'avait fait aucune allusion à l'élection de la soirée, mais elle se doutait bien de ce qui rendait son mari si morose. Au moment de s'étendre à ses côtés, elle l'embrassa sur une joue en lui disant :

— T'en fais pas. Tu finiras ben par le savoir demain.

— De quoi tu parles ? lui demanda Eugène sur un ton agacé au moment où il se soulevait sur un coude pour souffler sur la mèche de la lampe à huile.

— Eugène Tremblay, prends-moi pas pour une

folle ! T'as pas arrêté de te ronger les sangs de la soirée en pensant à l'élection du marguillier.

— Achale-moi pas avec ça !

— Si le bon Dieu veut que t'aies été nommé, tu vas l'être.

— C'est ça, fit Eugène, légèrement sarcastique. Bonne nuit.

Eugène Tremblay dormit fort mal cette nuit-là. En rêve, il vit le nouveau marguillier, un Ernest Veilleux triomphant, présenté officiellement à la fin de la grand-messe à toute l'assistance par le curé Lussier. Sur le parvis de l'église, tous les paroissiens se pressaient autour du candidat élu pour le féliciter et lui serrer la main. Il se réveilla en sursaut à l'aube, le front couvert de sueur, au moment où Vellieux lui indiquait avec un air sardonique une place dans le jubé après lui avoir refusé catégoriquement la location du banc que la famille Tremblay avait toujours occupé dans l'église.

Le cultivateur posa les deux pieds sur le plancher froid de la chambre, ce qui eut pour effet immédiat de le réveiller tout à fait. En grommelant, il se leva et alla allumer le poêle dans la cuisine avant de revenir s'habiller dans la chambre. Il était l'heure d'aller soigner les animaux. Il entendait déjà les garçons bouger à l'étage.

Quand il rentra de l'étable avec ses deux fils pour déjeuner, Thérèse se garda bien de faire la moindre allusion au fait qu'il n'avait pas cessé de bouger durant la nuit. Dès la dernière bouchée avalée, Eugène quitta la table et s'habilla pour sortir.

— Je vais aller chez Crevier avec le Noir, dit-il. J'ai remarqué qu'il boite. Il doit avoir un fer pas correct.

— Voulez-vous que j'y aille à votre place, p'pa, offrit Clément.

— Non, c'est correct. J'en ai pas pour long-temps. Quand Thérèse vit son mari s'engager sur la route quelques minutes plus tard, elle ne put s'empêcher de dire à Claire, debout à côté d'elle :

— Pour moi, ton père va nous revenir bien déçu du village. J'ai l'impression qu'il a pas été élu. Je pense que ce qui le travaille le plus, c'est que le voisin soit élu plutôt que lui.

Fait étrange, l'élection du nouveau marguillier n'avait pas du tout troublé l'atmosphère de la maison voisine, et ce n'était sûrement pas parce qu'Ernest était devenu subitement moins vindicatif. L'explication était fort simple : le curé Lussier avait clairement mis les choses au point quand son cousin s'était arrêté au presbytère le samedi précédent pour prendre des nouvelles de sa santé. Le gros prêtre l'avait reçu dans son bureau, la jambe étendue sur un tabouret et le bras en bandoulière.

— Ernest, je veux que tu saches que je suis certain que tu ferais un bien bon marguillier, avait déclaré le prêtre quand son cousin avait abordé la question de l'élection du remplaçant de Ludger Parenteau, qui devait avoir lieu deux jours plus tard.

— Merci, Antoine.

— Le problème, c'est que tu pourras jamais l'être tant et aussi longtemps que je vais être curé ici.

Le visage aux traits mobiles du petit homme nerveux s'était immédiatement figé.

— Je sais que t'aimerais ça et je te comprends, avait repris Antoine Lussier, mais c'est pas possible parce que le monde jaserait trop si je laissais le conseil te nommer.

— Ben, voyons ! avait protesté le cultivateur.

— Et c'est un peu ta faute, avait poursuivi le pasteur. Depuis que je suis arrivé ici, j'ai pas arrêté de te dire de faire la paix avec ton voisin. À votre âge, vous êtes plus des enfants, batèche ! Mais non, vous êtes tous les deux pareils. Vous vous guettez comme deux chiots qui veulent le même os et vous pourrissez l'atmosphère de la paroisse. Montre-toi plus intelligent qu'Eugène Tremblay : fais les premiers pas.

— Il en est pas question ! s'était entêté Ernest. Il m'en a fait trop voir. Je peux pas le sentir.

— Tu vois, c'est à cause de ça que je peux pas accepter que tu sois nommé marguillier. Si je faisais ça, la moitié de la paroisse serait enragée après moi.

— Et lui ? demanda Ernest, dépité.

— Pas plus lui que toi, avait déclaré le curé Lussier sur un ton péremptoire. Tant que vous vous accorderez pas, il y aura pas de place pour vous autres sur le conseil de fabrique.

Ernest Veilleux avait quitté le presbytère fort déçu et avait mis quelques heures à accepter le verdict de son cousin. Cependant, le lendemain, après la grand-messe, il avait tout de même pris un malin plaisir à déclarer devant quelques hommes que son cousin lui avait clairement laissé entendre qu'il avait toutes les chances d'être élu marguillier le lendemain soir. Il était certain que la nouvelle irait jusqu'aux oreilles de son ennemi et le ferait rager, du moins durant quelques heures.

Eugène Tremblay se garda bien de s'arrêter à la forge d'Adélard Crevier ce matin-là. Les fers de son cheval étaient en très bon état et n'avaient nullement besoin d'être examinés par le maréchal-ferrant. Tant mieux. Il n'hésitait pas à faire appel aux services de Crevier lorsque c'était nécessaire, mais ordinairement, il l'évitait parce que c'était un conservateur à tout crin très proche de Veilleux. De plus, comme l'homme visait ouvertement la mairie de Saint-Jacques-de-la-Rive et ne se privait pas d'attaquer son beau-frère Wilfrid à la moindre occasion, il ne l'aimait pas beaucoup.

Le cultivateur préféra plutôt se rendre au magasin général où il pourrait acheter quelques livres de clous qui finiraient toujours par servir. Aussi tôt dans la matinée, il ne trouva dans le magasin qu'Hélèna Pouliot en train de suspendre divers articles à des crochets fixés derrière son comptoir.

— Tiens, Eugène ! s'exclama la célibataire osseuse en penchant la tête pour mieux regarder le nouvel arrivant par-dessus ses petites lunettes à monture d'acier. T'es de bonne heure à matin. Est-ce que c'est ta femme qui t'a jeté dehors parce que t'étais plus endurable ?

— Pantoute, Hélèna, répondit l'homme avec un sourire forcé. J'ai juste besoin de cinq livres de clous de deux pouces.

Eugène connaissait assez la réputation de commère de cette femme d'une cinquantaine d'années pour savoir qu'il allait apprendre toutes les nouvelles de la paroisse en quelques minutes... Il ne s'était pas trompé.

— T'arrives juste au moment où Honoré Beaudoin vient de partir, dit-elle en se dirigeant vers une boîte remplie de clous. Il paraît que l'élection du marguillier l'a fait coucher pas mal tard, hier soir.

— Ah !

— Tu savais que c'était hier soir que ça devait se faire ?

— Il me semble ben que c'est ce que monsieur le curé a annoncé en chaire avant-hier, dit Eugène en s'efforçant de prendre un ton détaché.

— Honoré Beaudoin a dit que ça avait fini trop tard pour qu'il ait le temps d'aller avertir celui qui a été élu à la place de Ludger Parenteau.

Eugène Tremblay ne trouva rien à dire et, le cœur battant, il attendit la nouvelle.

— Tu devineras jamais qui a été élu, poursuivit la célibataire sur un ton narquois, en le dévisageant avec soin.

— Qui a été nommé ? finit-il par demander, la gorge sèche tant il était énervé.

— Edmond Drolet.

— Edmond Drolet ! répéta Eugène, abasourdi. Mais tu trouves pas qu'il est pas mal jeune pour être marguillier ? s'empressa-t-il d'ajouter pour cacher sa déconvenue.

— C'est vrai qu'il est juste au commencement de la trentaine, reconnut Hélèna en déposant une troisième poignée de clous dans un gros sac brun. Mais il faut pas oublier qu'il est père de famille et même s'il est revenu estropié de la guerre, c'est un homme qui arrête pas de travailler pour faire vivre sa famille. Moi, je le trouve ben à ses affaires, ce jeune-là.

— C'est vrai qu'il a ben du mérite, reconnut Eugène. Je suis sûr qu'il va faire une bonne job au conseil.

Sur ces mots, il paya Hélèna et quitta le magasin général. Sur le chemin du retour, le cultivateur fut tout surpris d'éprouver aussi peu d'amertume à la pensée de ne pas avoir été élu. À peine était-il tenaillé par un mince regret. Il salua Germain Fournier au passage, au moment où le jeune homme finissait de charger les bidons de lait que Bruno Pierri avait déposés sur sa plate-forme, en bordure du chemin. Quelques instants plus tard, il arrêta son boghei près de la remise, dételа son cheval et le mena à l'écurie avant de rentrer dans la maison.

— Seigneur ! s'exclama Thérèse en le voyant entrer, on peut pas dire que t'as traîné en chemin. Adélard Crevier a fait ça vite.

— J'ai pas eu à aller à la forge, en fin de compte, admit son mari, en enlevant son manteau. Le fer du cheval était correct. C'était juste une roche qui le faisait boiter. J'en ai profité pour acheter des clous chez Hélèna.

— As-tu fini par savoir qui a été élu marguillier ?

— Ben oui.

— Qui est-ce ?

— Le petit Drolet du rang Saint-Pierre, annonça Eugène sans la moindre trace de dépit dans la voix.

— T'es pas trop déçu, j'espère ?

— Pantoute.

Thérèse Tremblay regarda durant un bref moment son mari en train de bourrer paisiblement sa pipe et elle crut comprendre. Il ne lui mentait pas en affirmant qu'il n'était pas déçu. L'important pour lui était qu'Ernest Veilleux n'ait pas été élu. Il trouvait probablement plus de plaisir à imaginer l'amère déception de son voisin qu'il en aurait peut-être eu à être élu au conseil de la fabrique paroissiale.

11

La première tempête

Le mercredi suivant, à la fin de l'avant-midi, Ernest Veilleux et son fils Jérôme venaient à peine de quitter Pierreville après avoir livré deux cordes de bois à une cliente lorsque le vent se leva et se mit à souffler du nord. Immédiatement, le froid se fit plus cinglant. Le ciel, uniformément gris depuis deux jours, vira progressivement au noir. Le cheval dut sentir ce changement brusque de température parce qu'il devint plus nerveux.

— Whow ! Whow ! hurla le conducteur pour le calmer en tirant légèrement sur les guides.

— Je pense qu'il va neiger, p'pa, fit l'adolescent en enfonçant plus profondément sa casquette sur sa tête.

— Ça s'en vient, c'est sûr, lui affirma son père. On va en avoir toute une. Regarde, le ciel est en train de devenir tout noir. Quand ça va se mettre à tomber, on a intérêt à pas traîner dans le chemin.

Comme si le ciel n'attendait que ce signal, les premiers flocons se mirent à virevolter dans l'air. Puis, en quelques instants, l'horizon disparut. La nature se déchaîna. La neige se mit à tomber de plus en plus dru, poussée à l'horizontale par un vent hurlant.

Stupéfaits, les Veilleux se retrouvèrent prisonniers d'une sorte de rideau opaque et glacé qui leur coupait le souffle et les aveuglait en même temps.

— Torrieu ! jura Ernest Veilleux, la tête enfoncée dans son col de manteau qu'il avait relevé précipitamment. On voit même plus le chemin.

Il enfonça plus profondément sa casquette de drap après en avoir abaissé les oreillettes et il plissa les yeux pour ne pas se laisser aveugler par la neige. Il dut tout de même ralentir encore son attelage pour ne pas risquer de sortir de la route et verser dans le fossé. À ses côtés, Jérôme se protégeait le visage du mieux qu'il le pouvait avec son écharpe de laine.

Les quelques milles qui restaient à franchir jusqu'à la ferme leur parurent durer une éternité, et c'est complètement frigorifiés que le père et le fils finirent par arriver à la maison, au bout du rang Sainte-Marie. En pénétrant dans la cour, Ernest cria à son fils :

— Il était temps qu'on arrive ! On va dételer devant la remise et laisser la voiture là. J'ai ben l'impression qu'elle servira pas avant le printemps prochain.

Quelques minutes plus tard, Ernest et Jérôme s'empressèrent d'entrer dans la maison après un bref arrêt sur le balcon pour se débarrasser de la plus grande partie de la neige qui les couvrait.

— Seigneur ! s'exclama Yvette en venant les accueillir à la porte. J'ai bien pensé que vous vous arrêteriez quelque part en chemin pour vous mettre à l'abri. J'ai jamais vu une tempête arriver si vite.

— Ça a commencé à tomber juste après qu'on est sorti du village, dit Ernest avec mauvaise humeur en retirant son manteau. Ça aurait servi à rien de s'arrêter là. T'imagines un peu de quoi va avoir l'air le chemin quand ça va arrêter de tomber. J'ai ben l'impression que c'est parti pour des heures.

— En tout cas, organisez-vous pas pour mettre de la neige partout sur mon plancher. Céline l'a lavé après le déjeuner.

Ernest ne dit rien. Il se dépêcha d'aller se verser une tasse du thé que sa femme gardait toujours au chaud sur le poêle avant de s'asseoir dans sa chaise berçante placée à la droite du poêle, devant l'une des fenêtres.

— Il faisait tellement noir qu'on a été obligées d'allumer la lampe à huile, reprit Yvette en venant rejoindre Anne et Céline, debout près de la table, en train de préparer le dîner.

Ernest avait soulevé un coin du rideau de la fenêtre et scrutait la route.

— J'espère que la petite Dandurand va être assez intelligente pour garder les enfants à l'école, dit-il en parlant de la jeune institutrice. On voit même pas de l'autre côté du chemin. J'ai même de la misère à voir notre boîte aux lettres.

— La maîtresse d'école est pas folle, le rassura Yvette. Elle laissera jamais les enfants prendre le chemin dans une tempête pareille. Jérôme, quand tu te seras assez réchauffé, tu me rempliras le coffre à bois, lui demanda sa mère en se tournant vers l'adolescent qui ne cessait de se frotter les mains au-dessus du poêle pour les réchauffer.

À l'extérieur, les hurlements du vent devenaient assourdissants et déjà la neige s'accumulait au pied des obstacles. Dans la cuisine, la chaleur dégagée par le poêle à bois procurait une réconfortante impression de sécurité. Anne abandonnait sa tâche de temps à autre pour aller voir par la fenêtre.

— Ça te sert à rien de manger les fenêtres, la réprimanda sa mère. Il y a rien à faire que d'attendre que ça finisse.

On dîna à l'heure habituelle chez les Veilleux. Après sa sieste, Ernest décida de sortir de la maison.

— Viens, Jérôme, dit-il à l'adolescent. On va aller voir avant qu'il fasse trop noir si la gratte est correcte et en même temps, on va vérifier la sleigh.

Tous les deux s'emmitouflèrent et quittèrent la maison, penchés vers l'avant pour lutter contre le vent violent qui soufflait. La neige arrivait déjà à la hauteur de la seconde marche de l'escalier et elle s'était accumulée sur le balcon.

— Vous devriez les voir aller, m'man, fit Céline qui avait toute la peine du monde à apercevoir son père et son frère se diriger vers la grange. Ils ont de la misère à avancer tellement il vente fort. Je peux même pas voir l'étable d'ici.

Ernest et son fils, de la neige à mi-jambes, parvinrent à se rendre à la grange et ils firent glisser la porte sur son rail. Dès qu'ils furent entrés dans le bâtiment, le père s'empressa de la refermer avant que la neige s'engouffre dans les lieux et il alluma le fanal suspendu à un clou près de l'entrée.

Les deux hommes tirèrent dans un espace dégagé ce qu'ils appelaient la gratte. Il s'agissait d'un appareil rudimentaire constitué de trois épais madriers d'une douzaine de pieds de longueur reliés entre eux par des travers solides. On fixait aux deux extrémités de l'ensemble des chaînes de longueur inégale qu'on attachait au harnais d'un ou de deux chevaux. Le tout était lourdement lesté. Les madriers, tirés en oblique, repoussaient alors la neige sur le côté. Depuis plusieurs générations, les fermiers de la région se servaient de ce type d'appareil tant pour repousser la neige qui les empêchait d'avoir accès à leurs bâtiments que pour déneiger la portion de route qui longeait leur ferme, comme la loi les obligeait à le faire.

Après vérification, la gratte des Veilleux semblait en bon état et prête à servir.

— Quand ça se calmera, déclara le père de famille, on attellera les chevaux et on la passera. Pas avant. Pour l'instant, on va nettoyer un peu la sleigh.

Le père et le fils eurent beaucoup plus de mal à dégager le traîneau en bois monté sur des patins élevés parce qu'on y avait empilé toutes sortes d'objets depuis le printemps précédent.

— Je l'avais dit à ta mère qu'on aurait été ben mieux de la mettre dans la remise avec le boghei et la charrette, dit Ernest, mécontent. Si on avait fait ça, on serait pas pognés à tout enlever ce maudit barda-là.

Durant plusieurs minutes, le père et le fils travaillèrent à la seule lueur du fanal, dans la grange où le vent finissait par s'infiltrer en rugissant.

— Pendant qu'on y est, on est aussi ben de sortir le gros traîneau aussi. On va finir par en avoir besoin, dit Ernest à son fils en dégageant avec effort un large traîneau en bois massif, qui servait habituellement au transport du bois ou des charges.

Lorsqu'ils eurent fini, Ernest tendit le fanal à son fils.

— Aussi ben aller à l'étable tout de suite et se débarrasser du train. C'est presque l'heure de toute façon. Après, on s'encabanera, à moins d'être obligés d'aller chercher tes frères à l'école.

À leur sortie de la grange, la neige tombait toujours aussi dru et le vent ne s'était pas calmé. Ils eurent même du mal à parcourir les quelques pieds qui les séparaient de l'étable.

Lorsqu'ils finirent de traire et de nourrir la quinzaine de vaches, l'obscurité était définitivement tombée. Après être allés voir au poulailler si les poules avaient suffisamment à manger, le père et le fils prirent le chemin de la maison. Au moment où ils allaient mettre le pied sur la première marche de l'escalier conduisant au balcon, ils entendirent des cris en provenance de la route. Ernest Veilleux s'arrêta et fouilla les ténèbres qui l'entouraient en se protégeant les yeux du mieux qu'il pouvait de la neige qui tombait. Jérôme se pencha vers son père et hurla pour se faire entendre :

— Avez-vous entendu des cris, p'pa ?

— Ouais. Je me demande qui...

Le cultivateur n'eut pas à s'interroger plus longtemps. Brusquement, il vit apparaître le petit traîneau de Philibert Dionne tiré par huit gros chiens. L'étrange attelage vint s'arrêter près de la maison après que le postier eut crié un ordre à ses bêtes. Adrien, Léo et Jean-Paul Veilleux descendirent du traîneau en riant.

— Veux-tu me dire ce que tu fais sur le chemin en pleine tempête, Philibert ? lui cria Ernest Veilleux en voyant l'homme couvert de neige attacher son traîneau au garde-fou du balcon. Arrive. Entre te réchauffer un peu dans la maison.

Les jeunes, excités, s'étaient déjà précipités à l'intérieur. Philibert Dionne précéda Ernest et son fils Jérôme à l'intérieur en n'accordant aucune attention aux jappements de ses chiens. Tout ce monde se secoua sur le paillasson.

— Merci pour mon plancher propre, fit Céline, mécontente de voir autant de neige le souiller.

— C'est juste de la neige, énerve-toi pas, rétorqua Jérôme.

— Envoye, Philibert, ôte ton manteau et viens boire un petit remontant, fit Ernest en enlevant ses bottes.

Le postier ne se fit pas prier pour enlever son lourd manteau de chat sauvage et sa tuque pendant que son hôte sortait une bouteille de caribou de l'armoire et lui en versait une bonne rasade.

— Ça, ça réchauffe le Canayen, dit le postier avec enthousiasme après avoir avalé le contenu de son verre.

— Tu m'as toujours pas expliqué pourquoi t'es

sur le chemin à la noirceur ? lui demanda Ernest en versant un second verre à son invité.

Le petit homme rondelet à la calvitie bien marquée avala la moitié de son second verre avant de répondre à son hôte.

— Comme tu peux voir, j'ai pris le chemin pour aller reconduire les enfants pognés à l'école, finit-il par répondre.

— T'es pas si pressé que ça, assis-toi une minute, l'invita Yvette qui venait de la chambre située au pied de l'escalier.

Philibert Dionne accepta l'invitation et prit un siège.

— Je finissais de passer la malle à midi quand je me suis fait pogner par la tempête. J'étais en boghei et j'ai eu toute la misère du monde à rentrer à la maison. Quand je me suis arrêté à l'école du village, la petite Dandurand m'a dit qu'elle avait déjà envoyé les enfants qui restaient le plus près de l'école, mais qu'elle gardait les autres parce que c'était trop dangereux de les envoyer sur le chemin avec la tempête qui commençait. Je lui ai dit que j'étais pour attendre chez nous jusqu'à la fin de l'après-midi et que si c'était pas calmé à ce moment-là, j'attellerais mes chiens à mon petit traîneau, comme je le fais chaque fois que les chemins sont laids, l'hiver. Je lui ai promis que je viendrais chercher les enfants pour les ramener chez eux. C'est ce que j'ai fait avec les petits Tremblay à côté tout à l'heure. Quand j'ai vu que t'étais pas venu chercher les tiens, j'ai fait la même chose avec eux autres.

— J'étais prêt à y aller avec la sleigh avant le

souper, répliqua Ernest, qui avait senti une sorte de blâme dans la dernière phrase du vieux postier.

— Tu serais jamais passé, déclara Philibert Dionne, sûr de lui. Il y a des places où le vent a fait des bancs de neige de trois à quatre pieds de haut au milieu du chemin. Même mes chiens ont eu de la misère à passer. Je te le dis, on voit même plus les piquets de clôture à ben des places. C'est pas mal dangereux de sortir de la route.

— En tout cas, t'es ben smatte de nous avoir ramené les jeunes, le remercia Ernest.

— Tu soupes avec nous autres, l'invita Yvette.

— J'haïrais pas ça, mais ma femme va s'inquiéter de voir que je reviens pas. Ce sera pour une autre fois.

Là-dessus, Philibert Dionne se leva et remit son manteau et ses bottes.

— As-tu l'intention d'aller chercher la malle à la gare de Pierreville demain matin avec tes chiens ? lui demanda Ernest.

— Si la tempête est pas finie, j'aurai pas le choix. De toute façon, j'ai ben peur d'être obligé de le faire parce que je pourrai pas attendre que chaque cultivateur ait dégagé sa portion de chemin pour monter à Pierreville. Chaque hiver, c'est la même histoire : il y en a qui se traînent les pieds et qui attendent pas mal tard pour nettoyer. C'est de valeur que ce soit comme ça parce que c'est pas mal plus vite avec mon cheval et ma sleigh.

— C'est sûr que c'était pas mal mieux du temps que Desjardins était maire, déclara Ernest.

— Je sais pas trop, fit prudemment le postier,

peu désireux de s'engager dans la querelle qui opposait le clan Veilleux à celui de Tremblay.

— Rappelle-toi, Philibert, quand le gros Desjardins était maire. Lui, il se gênait pas pour venir avertir ceux qui entretenaient pas leur bout de chemin assez vite. Tu verras pas Wilfrid Giguère faire ça. Il a ben trop peur de perdre un vote aux prochaines élections.

— Ça se peut, dit Dionne, la main sur la poignée de la porte. Bon. Il faut que j'y aille. À la prochaine et merci pour vos politesses.

Le postier quitta la maison et replongea dans la tempête qui n'avait vraiment pas l'air de s'essouffler.

— En tout cas, nous autres, on sort pas de la maison de la soirée, déclara Ernest aux siens. Au chaud, proches du poêle, on va être ben.

Après le repas, les plus jeunes s'installèrent au bout de la table pour apprendre leurs leçons à la lueur de la lampe à huile pendant qu'Yvette et ses deux filles découpaient des carrés de tissu dans de vieux vêtements avec l'intention de fabriquer une courtepointe.

Vers vingt et une heures trente, Ernest donna le signal du coucher. Il jeta un coup d'œil par la fenêtre.

— Le vent va ben finir par tomber, dit-il à sa femme. Mais là, il fait trop noir pour voir s'il neige toujours aussi fort. Pour moi, demain matin, ça va être fini, cette tempête-là.

— On fait la prière, annonça Yvette en allant ranger ses ciseaux pendant qu'Anne et Céline plaçaient les carrés de tissu dans une poche de jute.

Après la prière en famille, les jeunes montèrent à l'étage. Ernest mit une grosse bûche d'érable dans le poêle avant de prendre la direction de la chambre à coucher où sa femme était déjà en train de se déshabiller.

Quelques arpents plus loin, chez les Tremblay, tout le monde se mit au lit un peu après vingt-deux heures. Bien enfouis sous d'épaisses couvertures, chacun s'endormit au son du vent qui hurlait à l'extérieur, comme prêt à arracher la toiture.

Soudain, Thérèse ouvrit les yeux dans le noir. Elle aurait été incapable de préciser depuis combien de temps elle dormait, mais quelque chose venait de la réveiller. Aux aguets, elle attendit dans le noir. Des bruits sourds semblant provenir de la cuisine lui parvinrent alors. Elle s'assit dans le lit et secoua sans ménagement son mari qui ronflait à ses côtés.

— Eugène ! Eugène ! Réveille-toi ! Il y a quelqu'un qui frappe à la porte.

— Voyons donc ! protesta le cultivateur en reprenant difficilement pied dans la réalité. Pour voir s'il y a quelqu'un d'assez fou pour sortir la nuit en pleine tempête.

— Écoute ! lui ordonna Thérèse en tendant l'oreille. Je te le dis qu'il y a quelqu'un dehors ! répéta-t-elle en allumant la lampe à huile déposée sur sa table de chevet. Va voir ce que c'est !

Eugène Tremblay posa les pieds sur le plancher froid de la chambre et enfila son pantalon en ronchonnant. Dès qu'il ouvrit la porte de la chambre, le mari et la femme entendirent beaucoup plus clairement le bruit. Quelqu'un criait et frappait bien à coups redoublés à la porte.

— Baptême ! C'est pourtant vrai ! s'écria le cultivateur en saisissant la lampe à huile que lui tendait Thérèse, encore assise dans le lit.

L'homme à la stature imposante se précipita dans la cuisine et alla ouvrir la porte. Des flocons de neige poussés par une bourrasque de vent entrèrent dans la maison en même temps que le visiteur couvert de neige. Eugène eut d'abord du mal à l'identifier à la lueur incertaine de sa lampe qu'il tenait à bout de bras.

— Sacrifice ! Mais c'est Georges ?

— Bonsoir, monsieur Tremblay, dit le voisin, tout énervé, en secouant un peu la neige qui le couvrait.

— Veux-tu ben me dire ce que tu fais dehors en pleine nuit dans une tempête pareille ?

À ce moment-là, Thérèse, enveloppée dans une épaisse robe de chambre, sortit de sa chambre. Elle devina tout de suite la raison de la présence de leur jeune voisin.

— Rita est pas en train d'accoucher ?

— En plein ça, madame Tremblay, fit Georges Hamel, la voix tendue. Les douleurs ont commencé tout à l'heure. Avec cette tempête-là, je suis pas capable d'aller chercher le docteur Courchesne et je sais pas trop quoi faire... Pour chacun des trois autres, le docteur est venu à temps, mais là...

— Donne-moi une minute pour m'habiller, j'arrive, déclara la femme d'Eugène Tremblay en disparaissant dans sa chambre.

— Qu'est-ce que ça donne dehors ? demanda Eugène pour faire patienter le père survolté.

— Il neige toujours autant, répondit le jeune homme, pressé de repartir.

— T'es pas venu à pied ?

— Non, je me suis dépêché d'atteler le traîneau, mais mon cheval a eu ben de la misère à se rendre jusqu'à chez vous tellement il y a épais de neige dans le chemin.

— Est-ce que j'ai besoin d'apporter quelque chose ? demanda Thérèse en sortant de sa chambre déjà vêtue d'une robe.

— Rita avait déjà tout préparé, fit le voisin, la main déjà sur la poignée de la porte.

Thérèse Tremblay enfila son manteau après avoir chaussé ses bottes et fit signe à Georges Hamel qu'elle était prête à partir.

— Je reviendrai quand tout sera fini, dit-elle à son mari avant de sortir dans la tourmente.

La tête et le visage protégés par une écharpe, elle prit place dans le traîneau arrêté au pied de l'escalier. La neige tombait toujours autant et le vent la faisait tourbillonner. Georges Hamel cria à son cheval d'avancer, mais il dut utiliser son fouet pour décider la bête à affronter le mur blanc qui se dressait devant elle. Même si les Hamel habitaient la ferme voisine, il fallut plusieurs minutes pour couvrir la distance entre les deux maisons. Lorsque Thérèse descendit du traîneau près du balcon, elle cria au conducteur qu'il pouvait aller mettre son cheval à l'abri à l'écurie avant d'entrer dans la maison.

À quarante-six ans, la femme avait une bonne expérience de l'accouchement et il lui était arrivé à trois ou quatre reprises d'aider à la délivrance d'une future mère. À son entrée dans la maison des voisins, les lieux étaient silencieux. Les enfants devaient dormir à l'étage. Une lampe éclairait chichement la cuisine et une autre était allumée dans la chambre du rez-de-chaussée. Après avoir rapidement enlevé son manteau, Thérèse Tremblay se dirigea vers la chambre où elle trouva sa jeune voisine déjà en proie à des contractions.

— J'ai bien l'impression que tu vas devoir te contenter de moi pour t'aider à accoucher, dit-elle à Rita Hamel en réponse aux remerciements de la jeune mère.

— Ça me rassure pas mal que vous soyez là, madame Tremblay, avoua la jeune voisine en grimaçant à l'arrivée de nouvelles contractions. Ma mère doit venir demain matin pour m'aider, mais j'ai bien l'impression qu'elle va arriver après le petit.

— Tant mieux si ça te rassure que je sois là. Est-ce que tes contractions sont rapprochées ? demanda Thérèse.

— Aux cinq minutes à peu près.

— Est-ce que tes trois autres accouchements ont été faciles ?

— J'ai pas eu de problème, affirma Rita au moment où son mari entrait dans la pièce.

— Georges, toi, tu vas me mettre de l'eau à bouillir sur le poêle et placer sur la table de cuisine tout ce qu'il faut pour nettoyer le petit quand il va arriver, lui dit sa voisine en se tournant vers lui.

On n'a pas besoin de toi dans la chambre. Ferme la porte en sortant.

Le jeune père de famille quitta la pièce avec un certain soulagement et s'empressa de déposer une pleine bouilloire d'eau sur le poêle, qu'il alimenta. Ensuite, il se mit à faire les cent pas dans la cuisine pendant qu'il entendait les chuchotements en provenance de sa chambre. Plus d'une demi-heure passa avant qu'un cri déchirant le fasse sursauter. Il y eut des conseils pressants formulés par la voisine, conseils suivis par d'autres cris. Un enfant se réveilla à l'étage et se mit à pleurnicher. Le père monta rapidement le consoler après s'être emparé de la lampe à huile déposée sur la table de cuisine.

Quand Georges Hamel descendit deux minutes plus tard, il retrouva Thérèse Tremblay debout au centre de la cuisine, le front couvert de sueur.

— Est-ce qu'il y a un problème ? demanda le jeune homme, soudain alarmé.

La voisine sembla hésiter un moment avant d'avouer :

— On aurait bien besoin du docteur.

— Comment ça ?

— Le petit se présente par le siège. J'arrive pas à le virer de bord. J'ai jamais eu à faire ça.

— Qu'est-ce que je peux faire ? demanda Georges Hamel, de plus en plus énervé. Je vais aller chercher le docteur à Pierreville, ajouta-t-il en se dirigeant déjà vers le crochet auquel était suspendu son manteau.

— Ça servirait à rien, dit Thérèse Tremblay. Tu pourras jamais être revenu à temps, en supposant que tu sois capable de te rendre.

— Je suis pas pour laisser ma femme et mon petit crever sans rien faire ! protesta le jeune homme en élevant la voix.

Il y eut un cri en provenance de la chambre et Georges fit un pas vers la pièce. Sa voisine le saisit par le bras pour l'empêcher d'entrer. Soudain, ses traits s'éclairèrent.

— Attends ! Je viens d'y penser. La femme de Bruno Pierri m'a déjà dit qu'elle était sage-femme dans son village, en Italie. Ça se peut qu'elle, elle sache quoi faire. Dépêche-toi. Attelle et va la chercher.

Pendant que le jeune cultivateur s'habillait, Thérèse prit la peine de lui préciser :

— Frappe pas à la porte, ils t'entendront peut-être pas. Va cogner à leur fenêtre de chambre.

Sans un mot, le futur père quitta la maison en courant et Thérèse Tremblay rentra dans la chambre procurer des encouragements à Rita Hamel, qui commençait à s'épuiser sérieusement. Et les minutes d'une attente insoutenable s'étirèrent, ponctuées par les cris de plus en plus faibles de la jeune femme en proie aux douleurs de l'enfantement.

Puis, il y eut des bruits de pas sur le balcon. La porte de la maison s'ouvrit sur Maria Pierri, une petite femme boulotte âgée d'une quarantaine d'années dont les cheveux étaient aussi noirs que les yeux. L'Italienne referma la porte, salua Thérèse venue à sa rencontre et enleva son manteau et ses bottes.

— J'ai bien pensé que vous arriveriez jamais, dit Thérèse.

— J'ai jamais vu une tempête comme ça, avoua la femme de Bruno Pierri avec son accent chantant. Le cheval voulait plus avancer.

— L'enfant se présente mal, murmura Thérèse à la nouvelle arrivée.

— Tant que ce n'est pas le cordon passé autour du cou du bébé, on peut toujours essayer de faire quelque chose, la rassura la voisine, en allant tout de suite vers l'évier pour se laver les mains.

— Je me suis pas trompée en me rappelant que vous avez été sage-femme en Italie ?

— Vous avez de la mémoire, madame Tremblay, répondit Maria Pierri en suivant Thérèse dans la chambre où Rita Hamel était alitée.

Un quart d'heure plus tard, quand Georges rentra dans la maison après être allé conduire son cheval à l'écurie, la porte de la chambre était fermée. Il entendit encore des murmures puis un grand cri poussé par sa femme. Son cœur battant la chamade, il se précipita vers la porte au moment même où celle-ci s'ouvrait. Thérèse Tremblay apparut devant lui et le repoussa doucement du plat de la main vers la cuisine.

— Ton petit vient d'arriver. Prépare-moi un bol d'eau tiède et mets-le sur la table avec les serviettes et le linge du petit. J'arrive avec dans une minute.

— Et ma femme ?

— Inquiète-toi pas. Elle va bien. Madame Pierri connaît son affaire.

Soulagé au-delà de toute expression, le jeune père s'empressa de préparer ce que sa voisine venait de lui demander et il attendit avec impatience de voir son enfant et sa femme. Quelques instants plus tard, Thérèse Tremblay sortit de la chambre en portant dans ses bras une petite chose toute fripée. Elle déposa le bébé sur le drap étendu sur la table et fit rapidement sa toilette avant de l'emmailloter et de le rapporter à sa mère, épuisée, mais fière de tenir dans ses bras son quatrième enfant.

Pendant que le père s'approchait de sa femme et du petit, Thérèse Tremblay et Maria Pierri quittèrent la pièce et allèrent se laver les mains dans la cuisine.

Moins de quinze minutes plus tard, Georges déposa le bébé dans son berceau installé au pied du lit et éteignit la lampe pour laisser sa femme se reposer enfin. Après avoir refermé la porte de la chambre derrière lui, il offrit une tasse de thé aux deux femmes. Ces dernières finissaient de boire leur thé quand le bruit d'un attelage se fit entendre à l'extérieur. Au même moment, l'horloge sonna six coups. Georges alla ouvrir et découvrit Eugène Tremblay debout sur le seuil.

— Est-ce que ton petit est arrivé ? demanda-t-il au jeune homme en pénétrant dans la cuisine.

— Il vient juste d'arriver, lui répondit Thérèse en se levant de la chaise berçante où elle s'était assise.

— Ça s'est ben passé ?

— Une chance qu'on a eu madame Pierri, reconnut Thérèse.

— Nous étions deux, fit modestement l'épouse de Bruno.

— Parfait, dit Eugène. J'ai pensé venir te chercher avant d'aller faire le train, ajouta-t-il à l'intention de sa femme. La neige vient de s'arrêter et il vente presque plus.

— Tant mieux, ne put s'empêcher de dire Maria.

— Si tout est fini, je peux aussi vous ramener chez vous, lui proposa Eugène.

— Merci, dit l'Italienne, se dirigeant déjà vers son manteau déposé sur une chaise.

— Ta nuit va être courte, mon pauvre Georges, poursuivit Eugène. T'as ton train à faire et tes enfants sont à la veille de se réveiller.

— J'en ai ben peur, monsieur Tremblay, reconnut Georges. Mais la belle-mère va finir par arriver durant l'avant-midi et elle va me donner un coup de main. Je vais attendre qu'elle soit là pour aller enregistrer le petit au presbytère. Monsieur le curé aime pas qu'on attende trop pour faire baptiser.

— C'est normal, dit Thérèse. Il a toujours peur qu'un petit aille dans les limbes s'il lui arrivait quelque chose avant d'être baptisé.

— Si c'est comme ça, intervint Maria Pierri en déposant son manteau sur la chaise où il était un instant auparavant, je vais rester pour m'occuper des *bambini*. Mon Bruno est capable de se débrouiller tout seul pour le déjeuner.

Les Tremblay quittèrent la maison des Hamel et rentrèrent chez eux. Il faisait encore nuit et la tempête avait laissé derrière elle des accumulations de neige impressionnantes. À leur arrivée dans la maison, les parents découvrirent Claire déjà en train de préparer le déjeuner familial dans une cuisine toute chaude. La jeune femme abandonna ses plats pour aller au-devant de sa mère.

— Puis, m'man, qu'est-ce que Rita a eu ?

— Un beau garçon.

— Ça s'est bien passé ?

— Ça a été pas mal difficile. Une chance que j'ai eu de l'aide de madame Pierri. Elle est bien fine, cette femme-là. Même si Georges est allé la réveiller au milieu de la nuit, elle est restée chez les Hamel pour prendre soin des enfants pendant que Georges va faire son train et dormir une heure ou deux.

— J'aurais pu aller m'occuper des petits.

— J'allais te proposer, mais elle a été plus vite que moi.

— Les garçons sont déjà à l'étable, p'pa, dit la jeune fille en se tournant vers son père. J'ai envoyé Jeannine nourrir les poules et Lionel s'occupe des cochons.

— Bon. Dans ce cas-là, je vais aller donner un coup de main à faire le train, conclut son père avant de sortir.

Thérèse enleva ses bottes et son manteau. Soudain, la fatigue ralentissait ses mouvements et elle avait du mal à garder les yeux ouverts.

— Approchez, m'man. Venez manger un morceau avant d'aller vous coucher, l'invita son aînée. Après ça, vous allez dormir mieux.

Thérèse Tremblay fit un effort pour venir s'attabler. Sa fille lui prépara des œufs et du pain grillé.

À l'extérieur, Eugène fit avancer son cheval jusque devant la remise et il l'attacha à l'anneau scellé dans le mur avant de se diriger difficilement vers l'étable, de la neige à mi-jambes. Deux fanaux étaient allumés et suspendus à des piliers du vieux bâtiment.

— Bon. On va essayer de se sortir de toute cette neige qui nous est tombée dessus depuis hier, déclara-t-il à ses fils en frappant bruyamment les pieds contre le sol pour en faire tomber la neige. Clément, tu vas atteler les chevaux et passer la gratte dans la cour. J'ai laissé le Noir devant la remise. Je vais finir le train avec Gérald. Lionel, t'as nourri les cochons ?

— Oui, p'pa, répondit l'adolescent.

— Parfait. Tu vas aller nettoyer la plate-forme et déneiger un peu autour pour que Germain Fournier ait pas trop de misère à ramasser le lait quand il va passer, si jamais il est capable de passer sur la route. Après, tu nettoieras l'escalier et le balcon.

Sur ce, le père s'empara du petit banc et de la chaudière que Clément tenait et il se mit à traire la vache dont son fils s'apprêtait à s'occuper.

Lorsque Clément quitta l'étable, il lui sembla être accueilli par un froid plus vif qu'au moment où il était entré dans le bâtiment avec son frère Gérald quelques minutes plus tôt. Les premières lueurs de l'aube venaient d'apparaître dans le ciel. Cette clarté grisâtre lui permit de voir que si à certains endroits, l'accumulation de neige n'atteignait qu'une douzaine de pouces, ailleurs, à cause des vents violents qui n'avaient cessé de souffler durant toute la tempête, il y en avait près de trois pieds d'épaisseur.

Le jeune homme alla dételer le cheval laissé par son père près de la remise et il s'ouvrit péniblement un chemin jusqu'à l'écurie en le tenant par la bride. Il repoussa du mieux qu'il pouvait la neige qui arrivait jusqu'au milieu de la porte avant de pénétrer dans le bâtiment. Il harnacha les deux chevaux, les fit sortir et les conduisit jusqu'à la porte de la grange voisine. En jurant, il parvint difficilement à attacher les chaînes de la gratte aux harnais.

Un peu après sept heures, le soleil se leva enfin dans un ciel libéré de tout nuage. La neige étincelait et semblait saupoudrée de millions de minuscules diamants. Clément, en équilibre instable sur la gratte, hurlait pour faire avancer les chevaux qui peinaient à repousser une telle quantité de neige sur le côté. À un certain moment, il aperçut son plus jeune frère debout sur la plate-forme, au bord du chemin, en train de pelleter l'épaisse couche de neige qui la couvrait.

— Hue ! Avance ! Avance ! hurla-t-il aux deux chevaux qui ne cherchaient qu'à s'arrêter.

Il fallut près de deux heures de travail intense à Clément et Lionel pour dégager la cour et les entrées des bâtiments.

Comme son père et Gérald n'étaient pas encore sortis de l'étable, Clément entreprit même de passer la gratte sur une petite portion de la route. Il ne cessa son travail qu'en les voyant en train de traverser la cour avec les bidons de lait. Un peu avant huit heures, le jeune homme décida alors d'accorder enfin un répit bien mérité aux chevaux fatigués. Il les conduisit près de l'écurie et il déposa sur eux une épaisse couverture. Avant de suivre son père et son frère qui venaient d'entrer dans la maison, il donna aux bêtes une bonne mesure d'avoine.

— T'avais l'air d'en arracher sur la route, lui fit remarquer son père à son entrée dans la maison.

— Je comprends. Les chevaux enfoncent dans la neige jusqu'au ventre à certaines places, lui expliqua Clément. Le Noir a dû en arracher quand vous êtes allé chez Hamel ?

— Pas mal, reconnut son père. Et c'était pas mieux pour en revenir.

— Pour moi, j'en ai pour une bonne partie de l'avant-midi juste à nettoyer notre section, p'pa.

— Si c'est comme ça, je suis pas sûr que Germain Fournier va ramasser le lait cet avant-midi.

— En tout cas, la plate-forme est déneigée, annonça le jeune Lionel. J'ai même pelleté un peu autour pour qu'il puisse s'approcher.

— Parlez pas trop fort, intervint Claire en déposant un grand plat d'omelette au milieu de la table. M'man dort.

— Après le déjeuner, reprit son père, un ton plus bas, en se servant une large portion de l'omelette, on va mettre nos raquettes et aller couper des branches de sapinage. Quand t'auras fini de nettoyer la route, Clément, on les plantera tous les cinquante pieds sur le bord du chemin pour bien le baliser. Comme ça, on aura fait ce qu'on avait à faire.

Au même moment, à la ferme voisine, Ernest Veilleux chargeait Jérôme, Anne et Céline du même travail.

Ce matin-là, comme tous ses voisins, Germain Fournier avait entrepris avec courage de se libérer de ce carcan de neige que la nature lui avait envoyé. Comme il ne pouvait compter sur l'aide de personne, il avait dû se lever plus tôt que tout le monde, soit un peu après quatre heures, pour dégager les entrées de la maison et de l'étable avant d'aller traire ses vaches. Le jeune cultivateur entreprit même de déneiger sa cour avant d'entrer déjeuner, mais il ne le fit pas sans maugréer contre le mauvais sort qui voulait que la première tempête de neige de la saison lui tombe dessus durant la semaine même où il était responsable du ramassage du lait.

Après un rapide déjeuner dans une maison glaciale où le poêle à bois avait eu le temps de s'éteindre parce qu'il n'avait pu venir y jeter quelques rondins, le jeune homme s'apprêtait à sortir un peu après huit heures quand il détecta, en regardant par la fenêtre de la cuisine, un mouvement à gauche, près de sa grange.

— C'est quoi, ça ? fit Germain, intrigué.

Il scruta l'endroit de plus belle. Il se demanda durant un moment s'il n'avait pas imaginé quelque chose. Avec une telle épaisseur de neige, il ne voyait pas ce qui aurait pu se déplacer à cet endroit. Une minute plus tard, il entrevit une tête fine se profiler entre la grange et l'étable, tête qui disparut presque aussitôt.

— Ah ben, maudit ! Un chevreuil ! s'exclama le célibataire.

Sans perdre un instant, il se précipita vers le fusil de chasse suspendu au fond du placard dans la cuisine et il s'empara de la boîte de balles rangée sur la première étagère. Les mains tremblantes, il chargea l'arme. Il y avait plus de dix ans qu'il n'avait pas abattu un chevreuil et il ressentait la même excitation incontrôlable qu'il avait éprouvée à cette époque où il avait découvert la bête dans le boisé, au bout de la terre paternelle.

Germain Fournier sortit silencieusement de la maison en évitant de faire claquer la porte derrière lui et, le cœur battant, il traversa toute sa cour sur la pointe des pieds, craignant à tout moment que la bête ne soit déjà partie. Il ne la voyait pas. Il espérait seulement qu'elle était cachée par le mur de la grange derrière laquelle elle avait dû découvrir un reste de foin abandonné par ses vaches avant qu'il les enferme pour l'hiver.

Parvenu devant la grange, le chasseur décida de contourner le bâtiment par la droite, avançant péniblement dans la neige qui lui arrivait à mi-cuisses à cet endroit. Il s'éloignait ainsi de son gibier pour ne pas l'alerter... s'il était encore derrière le bâtiment.

Germain fit une prière silencieuse pour retrouver la bête là où il avait cru la voir de la fenêtre de la maison. En arrivant au coin du bâtiment, il entendit un léger frottement contre le mur. Il allongea lentement le cou pour s'assurer qu'il ne se trompait pas. Contrairement à ce qu'il avait cru, il n'y avait que peu de neige à l'arrière de la grange. La veille, le vent avait soufflé dans l'autre direction. Le cœur de Germain Fournier cessa de battre un bref moment quand il découvrit à moins de trente pieds de lui un gros chevreuil occupé à brouter un peu de foin, à l'abri du mur de la grange.

Le chasseur épaula sans perdre un instant et tira. À une aussi faible distance, il avait peu de chance de rater son coup. La bête s'écroula comme une masse. Germain se précipita pour s'assurer qu'elle était bien morte. Il l'avait atteinte en pleine tête. Toute l'excitation qui l'avait habité durant quelques minutes le quitta brusquement.

Il abandonna son gibier sur place et, sans perdre un instant, alla chercher son cheval qu'il mena derrière la grange. Il lui fit tirer la carcasse de l'animal jusqu'à la porte de la grange où il la suspendit au bout d'une chaîne. Armé de son meilleur couteau, il s'empressa d'éviscérer la bête avant que le froid ne rende ce travail trop difficile. Après avoir jeté les viscères à ses porcs, il hésita un moment entre dépecer tout de suite son gibier ou atteler son cheval à son lourd traîneau pour essayer d'effectuer le ramassage du lait dans le rang. Il opta finalement de s'occuper d'abord de son chevreuil, en se disant que le temps qu'il prendrait pour le dépecer permettrait à ses voisins de mieux déneiger la route.

12

La guignolée

À la mi-décembre, le presbytère de Saint-Jacques-de-la-Rive bruissait d'activité. Ce mercredi-là, le curé Lussier était d'excellente humeur après avoir accompagné jusqu'à la porte l'abbé Dorais, responsable de la tenue des registres paroissiaux dans le diocèse de Nicolet. Ce vieil ami de monseigneur Côté n'avait rien trouvé à redire à la tenue des registres paroissiaux, allant même jusqu'à féliciter l'abbé Martel pour sa belle écriture. Le dîner avait été particulièrement agréable et le pasteur avait régalé son hôte de diverses péripéties survenues à des paroissiens lors de la fameuse tempête de la semaine précédente.

— Ça nous a tout de même pris deux ou trois jours pour nous dépêtrer de toute cette neige, avait conclu Antoine Lussier.

— Cette tempête-là m'a retardé d'une semaine dans ma tournée des paroisses, avait répliqué à son tour l'abbé Dorais. Normalement, aujourd'hui, je devrais être à la cathédrale, en train de voir à ce que la crèche de Noël soit bien installée. Monseigneur va comprendre que je peux pas être à deux places à la fois, ajouta le prêtre avec un fin sourire.

Avant de quitter, le visiteur avait tenu à féliciter la cuisinière pour l'excellent repas qu'elle leur avait servi. Il avait paru surpris d'en découvrir deux au lieu d'une seule dans la cuisine.

— Gabrielle cuisine aussi bien que moi, avait affirmé Agathe Cournoyer en remerciant l'abbé Dorais.

— Vous êtes gâté, monsieur le curé, avait fait remarquer l'abbé avec une pointe d'envie. Vous avez deux cuisinières pour vous mijoter de bons petits plats. Il faudrait pas que je parle de ça à monseigneur, il viendrait vous en voler une, c'est certain.

Le curé Lussier, flatté, avait accueilli le compliment avec un rire bon enfant.

De fait, l'orpheline avait eu tôt fait de conquérir aussi bien sa vieille logeuse que le curé et son vicaire. En moins d'une semaine, elle avait prouvé à tous qu'elle était d'une efficacité assez exceptionnelle. Elle était douée d'un talent de cuisinière indéniable et elle ne craignait pas le dur travail de ménagère. De plus, elle faisait preuve d'un caractère égal assez agréable.

Il avait suffi de peu de temps pour qu'Agathe Cournoyer reconnaisse ses mérites et la défende devant Hélèna Pouliot, toujours prompte à juger et à médire. Gabrielle Paré n'était arrivée au presbytère que depuis deux jours quand l'épicière, debout derrière son comptoir, avait demandé à la vieille cuisinière du curé venue acheter de la mélasse :

— Est-ce que c'est vrai, madame Cournoyer, que vous avez de l'aide, à cette heure, au presbytère ?

— Oui, s'était contentée de répondre la vieille dame.

— J'ai entendu dire que c'était une fille qui vient d'un orphelinat.

— C'est en plein ça, avait fait la ménagère sur un ton peu amène, sans donner plus d'explications.

— J'espère que vous surveillez l'argenterie du presbytère, avait repris Hélèna en pinçant les lèvres. Vous savez, du monde dont on connaît ni le père ni la mère, il y a pas moyen de savoir si c'est honnête ou pas.

— Inquiétez-vous pas pour ça, avait répliqué la servante d'une voix cinglante. Cette fille est aussi honnête que vous et moi.

— C'est une bonne nouvelle, avait reconnu l'épicière en esquissant une moue qui donnait l'impression de ne pas y croire. Mais vous, madame Cournoyer, je vous admire d'accueillir comme ça, chez vous, une fille sortie d'un orphelinat. Moi, j'en dormirais pas. Si c'était une fille malfaisante, elle pourrait bien mettre le feu chez vous pendant que vous dormez. Vous savez, avec du monde de même...

— Voyons, madame Pouliot, dites donc pas n'importe quoi ! s'était emportée Agathe Cournoyer. C'est une orpheline, pas une meurtrière.

Sur ce, la servante, mise de mauvaise humeur par cette conversation, avait déposé les cinq cents que coûtait la mélasse et elle était sortie de l'épicerie sans même se retourner.

L'abbé Dorais n'avait pas quitté le presbytère depuis une heure qu'Honoré Beaudoin, le président de la fabrique, s'y présentait pour rencontrer le curé Lussier. Il s'agissait de mettre la dernière main à la préparation de la guignolée prévue pour le lendemain. Le petit homme d'une quarantaine d'années à demi chauve fut reçu par une Gabrielle Paré souriante qui le fit passer dans la salle d'attente, le temps de prévenir le prêtre.

Cinq minutes plus tard, Antoine Lussier invita son marguillier à entrer dans son bureau.

— Vous voilà rendu avec une bien jeune servante, monsieur le curé, fit remarquer Honoré Beaudoin sur un ton guilleret en s'assoyant. En plus, elle est pas laide pantoute.

Le curé Lussier n'apprécia pas ce genre de remarque non dénuée de sous-entendus et il jeta un regard sévère à l'homme assis devant lui.

— Énerve-toi pas avec ça, Honoré, et surtout, va pas te faire des idées. Gabrielle Paré est là pour donner un coup de main à madame Cournoyer. Elle reste chez elle et c'est elle qui s'en occupe. Bon. On a assez perdu de temps. Est-ce que tout est prêt pour la guignolée ?

— Je crois pas avoir rien oublié.

— As-tu assez de monde pour ramasser et aussi pour faire les paniers de Noël ?

— On a déjà pas mal d'affaires qui ont été apportées toute la semaine à l'école du village, monsieur le curé. Demain, j'ai des hommes qui vont faire la tournée de la paroisse en passant dans tous les rangs pour ramasser de la nourriture et du linge. J'ai prévu deux hommes avec un traîneau par rang. Comme l'année passée, on va faire les paniers à l'école du village. Thérèse Tremblay m'a dit qu'il y aurait des Dames de Sainte-Anne qui se feraient aider par des jeunes de la paroisse. Aussitôt que les paniers vont être prêts, je vais faire la distribution avec le maire.

— Pourquoi avec le maire ? demanda Antoine Lussier.

— Parce qu'il s'est proposé et que c'était un peu malaisé de refuser son aide, monsieur le curé.

— Je veux bien le croire, mais je voudrais pas que la guignolée devienne une affaire politique dans la paroisse. Il manquerait plus que ça.

— Je pense pas que Wilfrid Giguère fasse ça pour bien se faire voir et...

— C'est correct, l'interrompit le prêtre avec agacement. Parlant d'aide, demande donc à Germain Fournier de venir donner un coup de main.

— C'est, que mes équipes de ramassage sont déjà organisées, monsieur le curé, protesta le premier marguillier de Saint-Jacques-de-la-Rive.

— Je veux pas que tu l'envoies faire du porte-à-porte, fit Antoine Lussier. J'aimerais juste qu'il aide à faire les paniers.

— Si vous voulez, mais il me semble que Thérèse Tremblay m'a dit qu'elle avait déjà pas mal de monde pour l'aider.

— Ça en fera un de plus, se contenta de rétorquer le curé sans offrir plus d'explications.

Le prêtre avait subitement pensé que ce serait une bonne idée d'obliger le jeune homme à sortir de chez lui, le temps d'un avant-midi, pour rencontrer des jeunes filles de la paroisse venues aider à la préparation des paniers de Noël. Il n'avait pas été sans remarquer sa timidité et il se souvenait encore de sa maison négligée.

— Qu'est-ce qu'on fait pour la liste de ceux qui ont demandé de l'aide, monsieur le curé ?

— J'y ai jeté un coup d'œil et...

— J'ai vu le nom d'Elphège Turcotte et de sa sœur.

— Oui, moi aussi. Elphège s'est même déplacé pour venir demander un panier de Noël à l'abbé Martel.

— Est-ce qu'on va leur en apporter un ? demanda Honoré Beaudoin. Il me semble que tous les deux sont en bonne santé et ils ont pas d'enfants à nourrir, comme les Tougas, par exemple. C'est connu dans la paroisse qu'ils sont paresseux comme des ânes. Si ça se trouve, Rose-Aimée fait pas la cuisine dans le temps des fêtes parce qu'elle compte sur les autres pour les nourrir, elle et son frère. Elle aime mieux lire que faire à manger.

Antoine Lussier réfléchit un instant avant de répondre.

— Non. Aide-toi et le ciel t'aidera, laissa tomber sèchement l'ecclésiastique. On encouragera pas la paresse. C'est un vice. Pour la liste, j'ai vu que t'avais barré le nom des Drolet. Pourquoi ? Parce qu'Edmond Drolet est devenu marguillier ?

— C'est pas moi, monsieur le curé, c'est Wilfrid Giguère, leur voisin.

— De quoi il se mêle, notre maire ? demanda le curé Lussier en haussant le ton.

— Il dit qu'il les connaît bien et il est sûr que ça va les insulter à mort si on leur laisse un panier.

Vous remarquerez qu'ils en ont pas demandé non plus. L'idée vient de Thérèse Tremblay qui pensait faire un bon coup. D'après Wilfrid, ils sont trop fiers pour accepter la charité publique.

— Bon. C'est correct, accepta le curé. Pour le reste de la liste, il y a pas de problèmes. Remarque qu'il y aurait les Tougas qui devraient être capables de mieux se débrouiller avec leurs grands garçons, mais ils sont mous tous les deux.

— Ça marche comme ça, fit le marguillier en se levant. Est-ce qu'on va vous voir, vous ou l'abbé Martel, demain ?

— Je vais essayer d'aller faire un tour demain avant-midi, promit le curé Lussier. Mais je vais au moins vous envoyer ma nouvelle servante pour donner un coup de main. Oublie pas de dire à Germain Fournier qu'on a besoin de lui demain.

Sur la promesse de s'en souvenir, le président de la fabrique quitta le presbytère et rentra chez lui.

Le lendemain, le soleil se leva dans un ciel sans nuage. Il faisait un froid sec et tous les rangs de Saint-Jacques-de-la-Rive étaient bien dégagés. La première tempête de la saison, la semaine précédente, avait laissé des bordures de près de trois pieds de hauteur bien balisées par des branches de sapin.

Dès le début de l'avant-midi, on pouvait entendre les clochettes des attelages de ceux qui avaient entrepris la tournée des fermes pour ramasser la nourriture et les vêtements que les gens destinaient aux pauvres de la paroisse.

Dans la classe unique de l'école du village, les pupitres avaient été repoussés le long des murs et déjà quelques femmes et jeunes filles, sous la direction de Thérèse Tremblay, triaient ce qui avait été apporté là durant la semaine. On attendait avec une certaine fébrilité l'arrivée de la première sleigh chargée de provisions pour commencer la préparation des paniers de Noël.

Un peu plus tôt, Jérôme Veilleux était venu conduire sa sœur Céline avant de retourner à la ferme paternelle. La mère, légèrement grippée, n'avait pu quitter la maison. Par ailleurs, il n'était pas question qu'Ernest Veilleux fasse la tournée pour la guignolée. Il y avait de trop fortes chances pour qu'il se retrouve face à face avec son voisin, Eugène Tremblay.

Par ailleurs, ce dernier avait toujours résisté aux efforts de sa femme, Thérèse, de le faire participer à cette œuvre paroissiale pour les mêmes raisons. S'il ne s'était pas opposé à ce que son fils Clément aille faire la tournée après avoir laissé sa mère à l'école du village, il n'était pas question qu'il prenne une part active à cette activité charitable. Bref, les deux ennemis irréconciliables ne voyaient aucun inconvénient à ce que les leurs participent à la guignolée pourvu qu'on ne les oblige pas à se côtoyer.

Lorsque Gabrielle Paré était entrée dans la classe, Thérèse Tremblay, prévenue le matin même par Agathe Cournoyer, présenta la jeune fille aux personnes présentes. Un peu intimidée par la dizaine de personnes présentes, l'orpheline se mit au travail discrètement, se contentant d'écouter les autres échanger des remarques souvent humoristiques. À Thérèse Tremblay et à une autre dame du même âge s'étaient jointes quatre jeunes filles d'une vingtaine d'années et deux hommes maintenant occupés à transporter les boîtes trop lourdes.

En pénétrant dans l'école du village quelques minutes plus tôt, Germain Fournier avait craint durant un instant être le seul homme au milieu de toutes ces femmes. Il avait rougi violemment quand toutes les têtes s'étaient tournées dans sa direction à son entrée. Heureusement qu'il avait alors aperçu Albert Desrosiers, le fils d'un cultivateur du rang Saint-Paul, en train d'empiler des bûches près du poêle. Le jeune célibataire s'était immédiatement dirigé vers lui. Quand Honoré Beaudoin s'était arrêté chez lui, la veille, pour lui demander de venir aider, sa première réaction avait été de se trouver une excuse pour ne pas y aller.

— T'auras pas à faire la tournée, s'était empressé de lui expliquer le marguillier. T'auras juste à donner un coup de main à l'école du village et ce sera pas long. Chacun fait sa part, Germain. En plus, ça te donnera la chance de jaser avec tes voisins. Il y en a plusieurs qui vont venir. Immédiatement, Germain avait songé qu'il y avait de fortes chances que Céline Veilleux soit présente et il avait promis d'être là.

Ce matin-là, il avait soigné sa toilette après avoir déjeuné. Il avait bien fait. Céline Veilleux était le premier visage qu'il avait aperçu en entrant dans l'école. Son cœur avait fait un bond en la voyant. Tout en travaillant, il ne manquait pas une occasion de l'examiner à distance, attendant la chance de s'approcher d'elle pour lui parler.

Moins d'une heure plus tard, le premier traîneau s'arrêta devant l'école et Clément Tremblay fut le premier à entrer dans la classe, les bras chargés d'une boîte de victuailles. Armand Parenteau le suivait.

— On en a plein le traîneau, fit Clément en déposant la boîte sur un pupitre.

Albert Desrosiers et Germain Fournier se précipitèrent à l'extérieur pour aider à décharger le véhicule. Quand tout eut été transporté à l'intérieur, Clément enleva sa tuque et entreprit de déboutonner son manteau. Le jeune homme d'une taille légèrement supérieure à la moyenne avait un visage ouvert éclairé par deux yeux bruns pétillant de malice. Son épaisse chevelure brune ondulée et son large sourire lui avaient toujours assuré passablement de succès auprès des jeunes filles, et il en avait conscience.

— Si ça te fait rien, m'man, on va se réchauffer un peu avant de retourner dehors, dit-il à sa mère en regardant autour de lui.

Sans attendre la réponse de sa mère, le jeune homme s'approcha, tout sourire, de Céline Veilleux penchée sur le contenu d'une boîte déposée devant elle.

— Mais c'est ma petite voisine, dit-il à mi-voix. Sais-tu qu'un peu plus, je te reconnaissais pas.

— Arrête donc, Clément Tremblay. Tu restes à côté de chez nous, badina Céline.

— C'est vrai, mais on peut pas dire que tu

passes ton temps sur le chemin. En plus, je te vois jamais à la basse-messe le dimanche.

— Peut-être parce que je vais à la grand-messe, répliqua Céline en affichant un air frondeur.

— En tout cas, avec des cheveux comme ça, je t'aurais remarquée si je t'avais vue.

— Qu'est-ce qu'ils ont, mes cheveux ? demanda la jeune fille, soudain sur la défensive.

— Ils ont que je les trouve pas mal beaux. Ça te fait ben, cette coiffure-là. Ça te donne tout un genre.

La jeune fille, peu habituée aux compliments, rougit légèrement. Germain Fournier, au travail à l'autre extrémité de la pièce, ne put s'empêcher de grimacer en voyant le jeune homme s'entretenir aussi familièrement avec l'objet de son adoration. Pour sa part, Thérèse Tremblay jeta un bref regard à son fils aîné en réprimant mal un sourire.

— Regarde mon Clément, murmura-t-elle à Rolande Bilodeau, une digne mère de famille du rang des Orties. Il peut pas s'empêcher de chanter la pomme à toutes les filles qu'il rencontre. Son père tout craché quand il avait son âge.

— Dis donc, Clément Tremblay, reprit Céline avec un sourire espiègle, j'avais entendu dire que tu fréquentais Marie Bourgeois de Saint-Gérard. Je suis sûre qu'elle serait de bonne humeur de t'entendre me parler comme tu le fais.

— Dis-le pas à personne, mais c'est fini depuis longtemps entre elle et moi, rétorqua Clément sans perdre pied. En plus, Marie a toujours été juste une amie.

— Tiens ! Voyez-vous ça ! se moqua Céline en

adressant tout de même au garçon son sourire le plus enjôleur.

— Avoir su qu'il y avait une aussi belle fille qui restait juste à la porte d'à côté, tu peux être certain que je serais jamais allé si loin que ça.

Céline rougit de plus belle.

— Est-ce que je peux te ramener chez vous quand t'auras fini ?

— Il en est pas question, répondit la jeune fille avec un air horrifié.

— Attends, dis pas non trop vite, la supplia Clément. Il y aurait pas de danger, on aurait ma mère comme chaperon. Je dois la ramener.

— T'es bien fin, Clément, mais mon frère Jérôme doit venir me chercher et il serait enragé d'être venu pour rien au village.

— C'est ben de valeur.

— En plus, je pense pas que mon père aimerait bien gros qu'un Tremblay me ramène à la maison.

— Écoute, Céline. On est pas pour s'embarquer dans les vieilles histoires de nos pères, non ?

La jeune fille hocha la tête en signe de dénégation.

— Roméo, il est temps qu'on reparte, fit Parenteau en tapant sur l'épaule de son partenaire. Grouille. J'aimerais ben qu'on en finisse avant le dîner.

— J'espère que tu seras pas partie avant que je revienne, chuchota Clément à Céline avant de suivre le grand Parenteau qui ouvrait déjà la porte pour sortir.

Pendant tout ce temps, Germain Fournier, incapable d'entendre les paroles échangées entre

Céline et Clément Tremblay, était à la torture. Il se traitait de tous les noms de ne pas avoir osé s'approcher plus rapidement de la jeune fille. Maintenant, l'autre l'avait devancé et il se sentait défavorisé. La lutte pour conquérir le cœur de la fille d'Ernest Veilleux était par trop inégale. Le Clément était plus jeune et plus grand que lui. Avec ses cheveux bouclés et sa figure agréable, il n'avait aucun mal à retenir l'attention des filles. En plus, il savait leur parler et il n'était pas timide. La vie était vraiment trop injuste ! Pendant un long moment, il balança entre quitter immédiatement la place pour rentrer chez lui ou terminer le travail. Finalement, il choisit de finir ce qu'il avait commencé, craignant que son départ précipité soit mal interprété.

Quelques instants plus tard, Gabrielle Paré vint travailler près de Céline. Les deux jeunes filles avaient à peu près la même taille, mais le chignon sage de la servante du curé lui conférait un air plus austère. Si Céline avait un visage rond et mutin parsemé de quelques taches de rousseur, celui de Gabrielle était différent, mais non moins joli, avec ses pommettes hautes et ses yeux bleus.

— On dirait que tu manques pas d'amoureux, chuchota-t-elle à Céline en s'efforçant d'afficher un air envieux.

— Pourquoi tu me dis ça ? demanda Céline, qui ne lui avait adressé que quelques mots depuis son arrivée.

— Il y a le beau garçon qui vient de partir, puis l'autre...

— Quel autre ? fit Céline, surprise.

— Celui qui a les cheveux longs et les épaules larges. Celui qui a une chemise verte.

— Germain Fournier ? Mais c'est pas mon amoureux, protesta vivement la jeune fille.

— On le dirait pas à voir de quelle façon il te mange des yeux depuis qu'il est arrivé, reprit Gabrielle Paré.

— Il manquerait plus que ça. Germain, c'est un voisin dans notre rang. Il a au moins dix ans de plus que moi. Je me rappelle même pas s'il m'a déjà parlé une seule fois.

— Peut-être parce qu'il est gêné, suggéra la jeune servante avec un demi-sourire.

— Je le sais pas, admit Céline Veilleux. En plus, on peut pas dire qu'il est bien beau avec tous ces trous qu'il a dans le visage. Il a même pas une belle façon.

La jeune femme releva brusquement la tête et jeta un regard en direction de Germain qui, à ce moment-là, la regardait à la dérobée. Il détourna vivement la tête quand il rencontra son regard.

— Ce pauvre Germain, poursuivit Céline un ton plus bas. Depuis que sa mère est morte l'été passé, il vit tout seul sur sa terre. Pour moi, il est en train de se faire des accroires.

Durant près d'une heure, tous les bénévoles travaillèrent sans relâche. À deux reprises, on leur apporta une quantité appréciable de vêtements et de nourriture.

— Je pense bien qu'il nous reste juste la sleigh de mon garçon à arriver, déclara finalement Thérèse Tremblay aux personnes qui l'aidaient.

Après, on va avoir fini. Il restera à Honoré Beaudoin à aller faire la distribution avec mon beau-frère.

Au moment où elle finissait de parler, Germain, le visage fermé, déposa devant elle une boîte de pots de marinades.

— Pendant que j'y pense, Germain, dit Thérèse, j'ai entendu dire que t'as tué un gros chevreuil durant la tempête.

— Après la tempête, madame Tremblay, précisa son jeune voisin sur un ton peu aimable.

— Vas-tu manger cette viande-là ? Il paraît que ça goûte le sapinage sans bon sens.

— Pourquoi pas ? fit l'autre en cachant mal sa mauvaise humeur. Bruno Pierri mange ben des lapins, lui.

— Oui, mais lui, c'est pas pareil. C'est un Italien.

— En tout cas, je vais essayer, conclut Germain, en s'éloignant déjà vers le fond de la pièce.

Le célibataire venait à peine de finir de parler qu'il retrouva à ses côtés la nouvelle servante du curé Lussier.

— Bonjour, monsieur Fournier. On se connaît pas, mais je suis la nouvelle cuisinière au presbytère.

Le jeune homme figea devant l'inconnue qui lui adressait la parole et ne sut pas quoi lui dire.

— Je vous ai entendu parler de chevreuil. En avez-vous déjà mangé ?

— Oui, une fois, répondit difficilement Germain.

— Est-ce que c'était bon ?

— Ça fait tellement longtemps que je me rappelle plus.

— Moi, j'en ai fait cuire l'année passée. Quelqu'un du village en avait donné un quartier à mon orphelinat. La sœur responsable de la cuisine m'a donné une recette pour le préparer. Je vous dis que c'était pas mal bon et que ça goûtait pas le sapinage pantoute. Dans le livre que j'ai apporté, j'ai une bonne recette.

Gabrielle vit une étincelle d'intérêt s'allumer dans l'œil de Germain Fournier, ce qui l'encouragea à poursuivre son opération charme.

— Est-ce que vous aimeriez ça, avoir ma recette ?

— C'est sûr.

— Vous allez à quelle messe demain matin ?

— À la grand-messe.

— Bien. Si ça fait votre affaire, je vais vous écrire la recette à soir sur un bout de papier et je vous la donnerai après la messe.

Germain la remercia d'un signe de tête et poursuivit son travail. Contre toute logique, il était soulagé de voir la servante du curé s'éloigner de lui. Il n'aurait pas voulu que la belle Céline croie qu'il s'intéressait à une autre fille qu'elle.

Vers onze heures et demie, Clément Tremblay et le grand Parenteau arrivèrent avec les dernières provisions. L'arrivée des deux derniers bénévoles coïncida avec la courte visite du curé Lussier, venu se rendre compte par lui-même de l'ampleur des dons de ses paroissiens.

— On manquera de rien cette année, monsieur

le curé, déclara fièrement Thérèse Tremblay. Regardez le nombre de paniers de Noël qu'on a pu faire.

— Tant mieux, répondit le pasteur. Si on en a trop, on pourra toujours en apporter quelques-uns au curé Lajeunesse de Pierreville. Il en manque chaque année. Honoré Beaudoin et le maire vont les livrer cet après-midi de manière que la maîtresse d'école les ait pas dans les jambes demain matin.

Après avoir aidé à vider la dernière sleigh, Germain Fournier ne rentra pas à l'intérieur. Il se contenta de monter dans son traîneau et de rentrer chez lui, la mine sombre. Pendant ce temps, Clément Tremblay mettait à profit les dernières minutes le séparant du départ de sa mère et de l'arrivée de Jérôme Veilleux, qui allait venir chercher sa sœur. Il attira Céline dans un coin de la classe pour tenter d'obtenir un rendez-vous,

— Si j'allais chez vous demain après-midi, est-ce que tu m'inviterais à entrer et à passer au salon ? demanda le jeune homme sans s'embarrasser de détours.

— Pour quoi faire ? fit la jeune fille d'un air ingénu.

— Je pensais que t'avais compris. J'aimerais pas mal ça être ton cavalier.

— Moi, je t'inviterais peut-être à entrer, déclara Céline, moqueuse, mais j'ai bien peur que mon père te fasse sortir bien plus vite que t'auras entré avec un bon coup de pied dans le derrière. Tu connais pas mon père, toi. Il est pas mal mauvais !

— Mais je lui ai rien fait, moi, à ton père, protesta Clément, indigné.

— Je le sais bien, mais on le changera pas.

— À partir de demain, j'ai l'intention d'aller à la grand-messe pour au moins te voir. Si j'allais lui parler à la fin de la messe ?

— Il te regardera même pas.

— Il y a sûrement un moyen pour qu'on se fréquente, insista Clément, d'un air malheureux. Nos mères s'entendent ben. Pourquoi mon père s'entendrait pas avec le tien ?

Céline ne répondit rien, très flattée de constater que le jeune homme tenait absolument à la fréquenter.

— J'y pense. Je vais aller chez vous au jour de l'An. Ton père pourra pas refuser de me donner la main ce jour-là. Là, je vais en profiter pour lui demander le droit de venir veiller chez vous.

— Et s'il refuse ?

— Je vais essayer pareil.

— Correct. Je vais t'attendre, fit Céline, le cœur battant plus rapidement.

Sur le chemin du retour, Clément, excité par cette rencontre avec sa jeune voisine et sa promesse de l'attendre, ne put s'empêcher de dire à sa mère :

— Savez-vous, m'man, que j'avais pas remarqué que la petite voisine était pas mal fine.

— Imagine-toi donc qu'on s'en est aperçu, rétorqua sa mère assez sèchement. Ça va jaser dans tout le village.

— Puis après ? J'ai rien fait de mal. Je lui ai

juste demandé si je pourrais pas aller veiller avec elle.

— Es-tu malade, Clément Tremblay ? s'emporta sa mère. Ton père va prendre ça mal et le père de Céline voudra jamais.

— Eux autres et leur maudite vieille chicane ! s'écria le jeune homme, contrarié. C'est ben de valeur, mais je vais essayer pareil.

Cette nuit-là, Germain Fournier dormit très peu, écartelé entre sa timidité et son amour pour celle qu'il aimait en secret depuis déjà plusieurs semaines. Assis frileusement près de son poêle, il avait passé la soirée et la nuit à imaginer des dizaines de scénarios qui lui permettraient de se déclarer avec une chance d'être accepté.

Au petit matin, malheureux comme les pierres, il décida d'en avoir le cœur net une fois pour toutes. Il parlerait aux Veilleux après la messe et il leur demanderait la permission de fréquenter leur fille. Singulièrement ragaillardi par cette décision, le timide s'endimancha après avoir soigné ses animaux et il attendit avec impatience l'heure de la grand-messe.

Ce n'est qu'au moment de partir qu'il se souvint de la promesse de la cuisinière du curé de lui donner sa recette pour cuire la viande de chevreuil après la messe.

— J'espère qu'elle me fera pas manquer les Veilleux, s'inquiéta-t-il à haute voix. Si ça se trouve, elle y aura même pas pensé.

Toutefois, le jeune homme ne voulut pas être distrait de son objectif et il décida de partir plus tôt et de se présenter au presbytère avant la messe pour lui offrir un rôti de chevreuil. Ainsi, elle lui remettrait la recette et il n'aurait pas à se préoccuper d'elle après la cérémonie.

Ce fut Agathe Cournoyer qui vint lui ouvrir lorsqu'il sonna à la porte du presbytère une vingtaine de minutes avant la messe. Elle le fit passer dans la cuisine quand il lui déclara d'un air embarrassé vouloir dire deux mots à Gabrielle.

— Je vous ai apporté un peu de viande de chevreuil en échange de votre recette, lui dit-il. Je voulais pas la laisser dans la sleigh durant la messe.

— Vous êtes bien fin, fit la jeune cuisinière en s'emparant du paquet grossièrement enveloppé dans du papier brun. Je vous avais pas oublié, vous savez. La preuve, voilà la recette que j'ai transcrite hier soir pour vous, ajouta Gabrielle en lui tendant une feuille pliée en quatre qu'elle venait de tirer de la poche de son tablier.

— Merci beaucoup pour le dérangement. Bon. Il faut que j'y aille. La messe est à la veille de commencer.

Sur ce, Germain Fournier, sa casquette à la main, se dirigea vers la porte du presbytère, suivi de près par Agathe Cournoyer.

Après être allé vérifier si la couverture déposée sur le dos de son cheval n'avait pas glissé, Germain entra dans l'église derrière un groupe de paroissiens et il alla prendre place dans le banc dont il avait renouvelé la location pour l'année, le mois précédent. Céline Veilleux était déjà là, assise une dizaine de sièges devant lui, en compagnie de ses parents et de ses deux plus jeunes frères. Il jeta un long regard à la nuque fragile de la jeune fille avant de baisser les yeux, dans une fausse attitude de recueillement.

La grand-messe de ce troisième dimanche de l'avent fut à la fois trop longue et trop courte. Germain, en proie à une étrange exaltation, ne participa en rien au saint sacrifice. Il était à mille lieues de ce qui se passait autour de lui. Dans quelques minutes, toute sa vie allait être bouleversée. À la fin de la messe, il demanderait la permission à Ernest Veilleux de fréquenter sa fille et cette dernière ne pourrait qu'accéder à sa demande en voyant à quel point il l'aimait. À partir d'aujourd'hui, il allait faire en sorte qu'elle ne voie que lui. Il allait la gâter.

Le jeune homme sursauta légèrement en voyant celle qu'il aimait revenir lentement de la sainte table après avoir reçu la communion. La messe achevait déjà et il était en train d'oublier les quelques phrases à dire à Céline, phrases qu'il avait répétées cent fois depuis son départ de la maison. Quelques minutes plus tard, l'*ite missa est* prononcé d'une voix de stentor par le curé Lussier le tira de ses réflexions. Les fidèles envahirent alors les allées, pressés de gagner la sortie. Comme il l'avait planifié, le jeune cultivateur attendit que la famille Veilleux soit passée près de lui pour lui emboîter le pas. Il voulait parler au père avant qu'il n'aille rejoindre des parents ou des connaissances sur le parvis pour discuter, comme il le faisait pratiquement tous les dimanches.

Le jeune homme eut de la chance. Le père de Céline s'éloignait des siens à l'instant où il arrivait derrière lui.

— Monsieur Veilleux, est-ce que je peux vous dire deux mots ? lui demanda-t-il d'une voix blanche.

Ernest Veilleux s'arrêta au moment où il allait poser le pied sur la première marche de l'escalier.

— Ben sûr, Germain. Qu'est-ce qu'il y a ?

Germain Fournier sentit la sueur lui couler dans le dos malgré la température glaciale.

— Je sais que c'est pas ben ben la place pour ça, fit-il à mi-voix, mais... mais j'aurais aimé savoir si ça vous dérangerait que je fréquente votre fille.

— Céline ?

— Oui, répondit l'autre d'une voix un peu étranglée.

— Moi, ça me dérangerait pas pantoute, mon Germain, mais c'est pas à moi que tu dois poser la question. Va demander ça à ma fille. Si elle accepte, il y aura pas de problème.

Germain Fournier se sentit envahi par une vague de reconnaissance envers son voisin. Le sourire lui revint et il respira soudain beaucoup plus librement.

Ernest Veilleux tourna la tête dans toutes les directions avant de lui dire.

— Tiens, profites-en donc. Elle vient de lâcher Rita Hamel et elle traverse chez Hélèna.

Germain ne se fit pas répéter l'invitation. Il quitta précipitamment Ernest Veilleux et il se dirigea vers la jeune fille, qu'il rejoignit au moment où elle allait monter les trois marches conduisant au large balcon donnant accès à la porte de l'épicerie. Une demi-douzaine de jeunes de la paroisse, debout près de la porte, chahutaient en fumant. Clément Tremblay venait de s'écarter légèrement du groupe pour adresser une œillade et un large sourire à Céline, tout en s'assurant au préalable de ne pas être vu par le père de cette dernière. Germain ne vit rien, trop occupé à rassembler tout son courage pour parler à la jeune fille.

— Céline ! Céline !

Le jeune cultivateur dut élever la voix un peu plus pour que Céline Veilleux détourne son attention de Clément Tremblay et se retourne pour voir qui la hélait. Elle s'arrêta, stupéfaite de constater que Germain Fournier s'adressait à elle.

— Oui ? demanda-t-elle, agacée d'être dérangée au moment où elle s'apprêtait à glisser un mot à Clément Tremblay.

— J'aimerais te parler une minute, fit Germain, la gorge sèche et le visage en feu, à l'affût du moindre signe d'encouragement de la belle.

— Je m'en allais chercher du fil chez Hélèna, dit la jeune fille en cachant assez mal son impatience.

— Ce sera pas long, reprit Germain, un rien suppliant.

— Bon. C'est correct, consentit la jeune fille, renonçant momentanément à monter l'escalier.

Elle fit quelques pas en direction de Germain Fournier et attendit, balançant doucement sa bourse.

— Je viens de parler à ton père.

— Oui ?

— Je lui ai demandé... Je lui ai demandé s'il voulait que je vienne veiller avec toi de temps en temps, poursuivit péniblement Germain, de plus en plus rouge.

— Puis ? demanda sèchement Céline, qui venait subitement de comprendre ce qui se passait.

— Ben. Il m'a dit qu'il avait rien contre si t'étais d'accord. Il m'a dit que j'avais juste à t'en parler.

Céline, estomaquée par la demande, ne parvenait pas à détacher son regard du visage ingrat de son amoureux transi. Il lui fallut un long moment avant de rassembler ses idées et d'être en mesure de répondre à sa demande.

— Écoute, Germain. J'ai rien contre toi, mais j'ai juste vingt ans et je me sens pas prête à avoir déjà un cavalier. T'es fin d'avoir pensé à moi, mais je te ferais perdre ton temps.

— Je com... Je comprends, balbutia Germain dont le visage était brusquement devenu tout pâle.

Déjà, Céline se détournait de lui avec l'insouciance de la jeunesse et montait l'escalier. Germain Fournier, le cœur en morceaux, se hâta vers sa sleigh sans regarder personne. Il enleva la couverture sur le dos de son cheval et la lança dans le véhicule sans la plier avant de saisir les guides et de faire avancer son attelage. Le cœur lui faisait mal. Tous les beaux projets d'avenir qu'il avait bâtis depuis des semaines venaient de s'écrouler. Céline Veilleux ne l'aimait pas et ne l'aimerait jamais. Pire : elle avait semblé surprise qu'il ait pu croire un seul moment qu'elle accepterait qu'il la fréquente.

— Maudit fou ! ne cessait-il de se répéter tout

au long du trajet qui le ramenait à la maison. Pour voir si une belle fille comme elle allait accepter que t'ailles veiller avec elle ! Tu t'es pas regardé dans un miroir ! Il y a pas une fille de Saint-Jacques qui le voudrait...

Plus il approchait de sa ferme, plus il était en proie à une colère incontrôlée contre lui, rage générée par la honte d'avoir été repoussé encore une fois.

— T'as l'air fin, là, maudit sans-dessein ! finit-il par se dire à haute voix. Ça prendra pas de temps que tout le village va être au courant et tout le monde va rire de toi dans ton dos.

Des larmes de rage et d'humiliation lui brouillaient la vue à la pensée de s'être donné en spectacle.

À son arrivée à la maison, il jeta quelques rondins sur les tisons qui restaient dans le poêle et il alla se jeter sur son lit sans prendre la peine de dîner et d'enlever ses vêtements du dimanche. Il était si fatigué après sa nuit d'insomnie qu'il s'endormit immédiatement et ne se réveilla qu'à la fin de l'après-midi.

Après être allée acheter du fil chez Hélèna, Céline n'avait pu adresser que quelques mots à Clément Tremblay qui l'avait suivie à l'intérieur du magasin général. Quand elle sortit, elle rejoignit quelques jeunes filles regroupées non loin des sleighs.

Les hommes de la paroisse avaient formé trois ou quatre groupes au pied de l'escalier du parvis, tandis que les femmes s'étaient éloignées d'eux d'une bonne quinzaine de pieds pour ne pas être dérangées tant par les jurons que par les éclats de voix de leurs maris. Dans le groupe où Ernest Veilleux discutait de politique avec trois autres cultivateurs de la paroisse, Adélard Crevier, le forgeron à la musculature impressionnante, dit à voix basse quelque chose qui provoqua le silence et incita ses auditeurs à tourner la tête vers le groupe voisin, où Wilfrid Giguère pérorait.

— J'ai rencontré Gilbert Frenette, le maire de Sainte-Monique, hier après-midi, à Pierreville, dit le gros forgeron en feignant d'ignorer la proximité du maire de Saint-Jacques. Je vous dis que j'en ai appris une belle.

Immédiatement, le silence se fit dans le groupe du maire. Eugène Tremblay, debout près de son beau-frère, donna un coup de coude à Charles Boudreau qui fit signe à ses deux frères de se taire pour mieux entendre ce que le forgeron avait à dire.

— Vous devinerez jamais ce que Frenette m'a dit ? Il m'a dit que Joyal lui avait promis le pont pour le printemps prochain.

— C'est pas vrai ! s'exclama Ernest Veilleux, faussement scandalisé.

— Ben oui, mon Ernest. Il paraîtrait même que le gouvernement lui a envoyé un ingénieur pour examiner la place où le pont va être construit, aussitôt que les glaces vont avoir lâché sur la rivière.

— Ah ben ! Ça, c'est écœurant ! s'emporta Desjardins, outré.

— C'est drôle, mais ça me surprend même pas, reprit Veilleux, sur un ton fielleux. Depuis quand on peut croire ce que promet un maudit libéral ?

Je vous l'ai toujours dit qu'on aurait jamais rien d'autre que des menteries de Joyal. Ça et rien, c'est la même chose...

— Minute, vous autres ! intervint Wilfrid Giguère en s'avançant vers le groupe voisin. Avant de vous énerver et de baver sur notre député, il faudrait peut-être d'abord vérifier les commérages qui sont colportés.

— Est-ce que t'es en train de me traiter de menteur, Wilfrid Giguère ? demanda le forgeron, menaçant, en faisant deux pas vers son adversaire politique.

— C'est pas ce que je dis, répliqua le grand homme maigre en ne reculant pas d'un pas. Je dis que Frenette peut avoir tout inventé. Tout le monde sait que c'est un bleu et on a pu voir ce que vaut la parole d'un bleu depuis la conscription.

Ce rappel de la trahison du gouvernement conservateur de Borden produisit un effet immédiat. Un silence pesant tomba sur les hommes présents. Personne n'avait oublié la conscription imposée de force aux Canadiens français de la province trois ans auparavant. On se souvenait encore trop bien des émeutes de 1917 et des milliers de Canadiens tués dans une guerre qui ne les concernait même pas. On se rappelait surtout avec amertume de l'annulation de l'exemption accordée aux fils de cultivateurs.

— Ouais, on dit ça, intervint Ernest Veilleux. Mais qu'est-ce que Gouin et son gouvernement libéral ont fait quand c'est arrivé ? Rien, comme d'habitude. Avec leurs grandes gueules, ils nous ont tous fait passer pour des lâches.

— Et tout le monde sait bien qu'il y a pas plus lâche pourtant qu'un libéral, ajouta Crevier, triomphant.

— Je vais te montrer si on est des lâches, s'emporta subitement Wilfrid Giguère en se précipitant vers le gros homme dans l'intention de le frapper.

Au moment où les deux adversaires étaient prêts à en découdre et à se jeter l'un contre l'autre sous les encouragements bruyants de leurs partisans, Bruno Pierri et Honoré Beaudoin s'interposèrent et les repoussèrent vers leur groupe respectif. Des cris effarouchés des femmes ameutèrent les autres personnes présentes à qui l'altercation avait échappé.

— Aïe ! Ça va faire ! dit le président de la fabrique. Attendez-vous que monsieur le curé vienne s'en mêler ? Vous êtes devant l'église et vous donnez tout un exemple aux jeunes !

Marthe Giguère s'approcha précipitamment de son mari et l'entraîna vers leur sleigh. L'épouse du maréchal-ferrant, une petite femme autoritaire, ordonna à son mari d'une voix cassante de la ramener à la maison immédiatement.

— Cré maudit ! se moqua Antonius Tougas, j'en connais un qui va se faire parler dans la face en rentrant à la maison.

— Il sera pas le seul, affirma Yvette Veilleux en faisant signe à son mari qu'elle voulait retourner à la maison, elle aussi.

Le couple retourna vers la sleigh familiale où les garçons et Céline l'attendaient déjà. Durant tout le trajet de retour, il ne se dit pratiquement rien dans le véhicule. Les passagers et le conducteur étaient trop occupés à se protéger le visage du froid pour avoir envie d'échanger. En passant devant chez Germain Fournier, Céline aperçut le jeune cultivateur sortant de son écurie. Elle détourna la tête.

À leur arrivée à la maison, la jeune fille et ses frères enlevèrent leurs manteaux et leurs bottes. Leur mère se dirigea immédiatement vers sa chambre pour aller changer de robe.

— Allez ôter votre linge propre, ordonna-t-elle à ses enfants avant de refermer derrière elle la porte de sa chambre. On va dîner dans cinq minutes.

Quand Ernest Veilleux pénétra dans la cuisine après avoir dételé le cheval, la vue de Céline en train d'aider sa sœur Anne à servir le repas lui fit penser à Germain Fournier.

— Est-ce que Germain Fournier est allé te parler après la messe ? demanda-t-il à sa fille en prenant place à table.

— Qu'est-ce qu'il lui voulait ? demanda Yvette, surprise par la question de son mari.

— J'ai oublié de te le dire, fit son mari. Quand notre voisin est venu me parler après la messe, t'étais déjà en train de jaser avec Emma Tougas et d'autres femmes. Germain voulait savoir si j'étais d'accord pour qu'il vienne veiller avec notre fille.

— Avec Céline ?

— Vois-tu une autre de nos filles en âge de recevoir ? s'impatienta Ernest.

— Puis ?

— Puis je lui ai dit qu'il avait juste à lui demander si elle voulait. Qu'est-ce que je pouvais lui répondre ?

Le père et la mère tournèrent la tête vers leur fille, attendant sa réponse.

— Il est venu me voir, p'pa. Mais je lui ai dit que je me trouvais encore trop jeune pour avoir un cavalier.

— Trop jeune à vingt ans ! s'exclama Ernest, apparemment déçu par la décision de sa fille.

— Je le connais pas, moi, Germain Fournier. En plus, je le trouve trop vieux pour moi et il est pas bien beau.

Anne ricana, mais un regard meurtrier de son père la fit taire.

— C'est une belle tête folle qu'on a là ! s'emporta Ernest Veilleux en s'adressant à sa femme. Fournier a pas plus que trente ans et il a une terre et une maison à lui.

— Si t'avais accepté de le recevoir, t'aurais appris à le connaître, ma fille, reprit sa mère avec plus de douceur. Je suis certaine que Germain est pas un mauvais garçon.

— J'ai juste vingt ans, m'man, plaida la jeune fille.

— Attends-tu de te réveiller vieille fille comme la Claire Tremblay d'à côté pour te mettre à te chercher un mari ? lui demanda son père, hargneux. Tu vas vite t'apercevoir que les hommes aiment pas mal plus les femmes jeunes que celles qui ont coiffé la sainte Catherine.

— Puis, qu'est-ce que la beauté vient faire là-dedans ? demanda à son tour Yvette Veilleux à sa fille. Un homme a pas besoin d'être beau. D'abord qu'il est vaillant et qu'il a du cœur, c'est tout ce dont une femme peut rêver.

— J'espère, en tout cas, que tu regretteras pas un jour d'avoir refusé qu'il te fréquente, conclut son père sur un ton tel qu'il mettait fin à la discussion.

Lorsque les jeunes eurent quitté la cuisine après le dîner, Yvette put enfin dire à son mari ce qu'elle avait sur le cœur depuis la scène au village.

— Tu trouves pas que t'aurais pu éviter de jeter de l'huile sur le feu après la messe ? lui demanda-t-elle, mécontente.

— De quoi tu parles ? dit Ernest en vidant la cendre de sa pipe dans le poêle.

— Fais donc pas l'innocent, Ernest Veilleux ! Comme si tu savais pas ce que je veux dire ! Je suis sûre que c'est toi qui as poussé Crevier à étriver le maire avec l'affaire du pont...

— Tu racontes n'importe quoi, la coupa son mari.

— Laisse faire. Ça me surprendrait même pas que t'aies encouragé Adélard Crevier à tout inventer juste pour faire enrager les rouges. En tout cas, s'il y a plus moyen de se parler comme du monde après la messe, on reviendra tout de suite après, comme des sauvages.

Ernest ne se donna pas la peine de répondre. Il haussa les épaules avant de bourrer sa pipe avec du tabac qu'il avait haché la veille.

13

Noël

La semaine précédant Noël fut une période d'intense activité dans presque tous les foyers de la paroisse. La température fléchit un peu et quelques chutes de neige sans conséquence vinrent napper le paysage d'une nouvelle couche de blanc.

Chez les Tremblay, Thérèse et Claire avaient entrepris de cuisiner pour les fêtes pendant qu'Eugène et ses deux fils allaient bûcher pratiquement chaque jour, malgré l'épaisseur de la neige dans le sous-bois. À la demande de sa mère, Gérald avait rapporté un sapin dès la première journée durant laquelle il avait accompagné son père dans le bois. Le soir même, Claire, aidée de sa jeune sœur Jeannine, avait décoré l'arbre avec des guirlandes un peu défraîchies et des petits bas rouges découpés dans du feutre.

— Quand Aline va tomber en vacances, annonça la mère quelques jours avant Noël, elle va faire un peu de ménage en haut avec Jeannine. À quinze et dix ans, elles sont capables de nous donner un coup de main.

Chez les Veilleux, les occupations étaient identiques. Yvette et ses deux filles cuisinaient déjà depuis quelques jours pour être en mesure de nourrir la parenté qu'on allait recevoir durant le temps des fêtes. Pour la plus grande joie de la mère, Albert et Maurice avaient écrit qu'ils viendraient célébrer Noël avec la famille et deux frères d'Ernest habitant Sorel s'étaient déjà invités à souper le soir du jour de l'An.

Par conséquent, la maison des Veilleux embaumait de toutes sortes d'odeurs appétissantes qui faisaient saliver Adrien, Léo et Jean-Paul à leur retour de l'école, chaque après-midi.

Après avoir confectionné une douzaine de pâtés à la viande et des tartes au sucre, aux raisins, aux dattes, aux œufs et à la mélasse, les cuisinières avaient préparé du ragoût et fait cuire deux gros jambons qui avaient été fumés par Germain Fournier. De plus, Yvette avait tenu à faire cuire des brioches à la cannelle et plusieurs douzaines de beignes. Le matin de la veille de Noël, toutes les provisions étaient prêtes et les jeunes piaffaient d'impatience devant toutes ces bonnes choses qu'on avait entreposées au froid, dans la cuisine d'été.

— Il reste juste à faire du sucre à la crème et du fudge, les filles, déclara Yvette, satisfaite. Vous allez vous en occuper pendant que je vais voir si les chambres sont assez propres en haut.

— On pourrait peut-être goûter aux beignes, suggéra Jérôme pour taquiner sa mère. Tout d'un coup qu'ils sont pas mangeables, Albert et Maurice vont aller raconter ça à tout le monde dans la parenté.

— Laisse faire, toi, le rembarra Céline. Ça a été assez d'ouvrage à faire tout ce manger-là, on te laissera pas toucher à rien avant le réveillon. Je te le garantis.

— C'est pas Marcelle qui aurait dû entrer chez les sœurs, répliqua l'adolescent, c'est toi. T'es bête comme tes pieds.

— Mon espèce d'effronté ! lui dit Céline en le menaçant d'une grande cuillère.

— P'pa, est-ce qu'on va bûcher cet avant-midi ? demanda l'adolescent à son père.

— Ouais, on y va.

Assis devant la fenêtre, Ernest Veilleux regarda à l'extérieur quand il entendit un traîneau entrer dans sa cour.

— Ça parle au diable ! s'exclama-t-il. Pas encore Tit-Phège Turcotte ! Ça fait deux fois qu'il vient cette semaine, ajouta le cultivateur avec mauvaise humeur. Ce maudit fatigant-là pourrait pas aller s'échouer ailleurs de temps en temps !

— Je pense, p'pa, qu'il haït pas trop votre caribou, lui fit remarquer son fils de seize ans.

— Ouais ! Puis en plus, il colle jusqu'à temps qu'on l'invite à dîner, compléta son père en se levant de sa chaise berçante.

On entendit des bruits de pas sur le balcon. Elphège Turcotte heurtait ses pieds l'un contre l'autre pour en faire tomber la neige. Il frappa à la porte des Veilleux. Ernest alla lui ouvrir en traînant un peu les pieds.

À quarante-huit ans, Elphège Turcotte était un célibataire à la laideur sympathique. L'homme de taille moyenne n'avait déjà plus qu'une couronne de cheveux poivre et sel. Son menton en galoche faisait oublier la taille fort respectable de son nez. Il était toujours de bonne humeur et d'un optimisme à toute épreuve. « Le jour où Tit-Phège Turcotte s'en fera avec quelque chose, disait-on à Saint-Jacques-de-la-Rive, c'est qu'il va être pas loin de son lit de mort. »

Mais il ne faut surtout pas croire qu'Elphège Turcotte ne comptait que des admirateurs. Bien au contraire. On ne se gênait pas dans la paroisse pour les critiquer, lui et sa sœur. Tous les deux avaient la regrettable réputation d'être de fieffés paresseux, toujours prêts à profiter de la bonté des gens. Si Rose-Aimée passait le plus clair de ses journées à lire dans sa chaise berçante, son frère préférait traîner chez les voisins plutôt que de s'occuper de la petite ferme dont ils avaient hérité de leurs parents.

— Je passais devant chez vous, dit le visiteur en entrant. Je me suis dit que j'étais pas pour te faire l'insulte de pas m'arrêter te dire bonjour.

— C'est ben poli de ta part, répliqua Ernest sans aucun enthousiasme. Viens t'asseoir une minute pour te réchauffer. Justement, j'allais partir bûcher avec mon gars.

— Je voudrais surtout pas t'empêcher d'aller travailler, fit le visiteur en prenant place tout de même dans la chaise berçante que lui désignait son hôte.

— Toi, t'as pas encore commencé à bûcher ?

— Non, mais après les fêtes, il va falloir que je

le fasse. C'est pas facile tout seul. J'ai pas la chance d'avoir, comme toi, un grand gars pour m'aider.

— Il y a rien qui t'empêche de te marier, mon Tit-Phège, plaisanta Ernest.

— Je le sais ben. Sais-tu, je regarde tes deux filles, là. Je me demande laquelle ferait le plus mon affaire, dit en riant Elphège Turcotte en adressant un clin d'œil à son hôte.

— Je pense que t'es mieux de regarder pour une femme un peu plus vieille, intervint Yvette en descendant l'escalier intérieur qui conduisait à l'étage. Mes filles seraient jamais capables d'endurer les manies d'un vieux garçon comme toi.

— Surtout que j'ai pas une grosse santé.

— Bon, qu'est-ce que t'as encore ? lui demanda Yvette, habituée aux maladies imaginaires de son invité.

— Je le sais pas trop. On dirait que je commence une bonne grippe.

— Comment tu soignes ça d'habitude ?

— Souvent, un petit verre de caribou, ça m'aide pas mal.

— Tu penses ? demanda Ernest en réprimant mal un sourire.

— Moi, en tout cas, ça me fait pas mal de bien.

— Jérôme, sors-moi donc la bouteille de caribou de l'armoire, commanda Ernest à son fils.

Ernest Veilleux versa une bonne rasade d'alcool dans un verre qu'il tendit à son visiteur.

— Tiens, mon Tit-Phège, soigne-toi.

L'autre avala le liquide sans esquisser la moindre grimace, même si l'alcool avait un goût très amer.

— Après avoir bu ça, moi, je te conseillerais

d'aller te coucher en dessous d'une bonne pile de couvertes, fit Yvette, mi-sérieuse. Tu vas suer et ça va faire sortir le méchant. Demain, tu vas te sentir comme un jeune homme.

— Je pense que c'est ça que je vais faire, annonça Elphège Turcotte en se levant lentement.

— Maudit que ça sent bon chez vous ! reprit-il en reniflant bruyamment. Qu'est-ce que ta femme et tes filles sont en train de faire cuire ?

— Ça, c'est l'affaire des femmes, je m'en mêle pas, déclara sèchement Ernest. Tout ce que je sais, c'est qu'il est pas question de toucher à rien avant le réveillon.

Près de la table, Céline et Anne, occupées à mélanger les divers ingrédients pour leur recette de sucre à la crème et de fondant au chocolat, échangèrent un sourire de connivence.

— Batèche ! C'est de valeur que ma sœur ait pas le tour de faire la cuisine, fit Turcotte en adoptant un air misérable. Il me semble que ce serait tellement bon une bonne tourtière ou une bonne tarte des fois.

Elphège Turcotte attendit vainement une réplique d'Ernest Veilleux. Vêtu de son épais manteau de drap brun, il prenait tout son temps à le boutonner.

— Attends, Elphège, finit par dire Yvette Veilleux, toujours aussi généreuse. Tu vas apporter une tourtière à Rose-Aimée. Vous la mangerez au réveillon.

Yvette alla chercher un pâté à la viande dans la cuisine d'été et le mit dans un sac qu'elle tendit à Elphège Turcotte.

— T'es ben fine, Yvette, la remercia-t-il. Je vais te rapporter ton assiette de tôle.

Quand l'importun eut enfin quitté la maison, Ernest ne put s'empêcher de grommeler :

— Le maudit quêteux ! Je te gage cinq cennes qu'il s'en va quémander aussi à côté. Quand il va avoir fini sa tournée dans le rang, sa sleigh va être pleine de manger et il va avoir avec sa sœur un aussi bon repas que nous autres sans qu'elle ait eu à faire à manger.

— Ernest, quand on fait la charité, on a pas à critiquer, le réprimanda sa femme.

— Aïe ! Yvette Dubé, viens pas me faire des sermons dans ma maison comme le curé Lussier, la rembarra sèchement son mari.

Ça sentait aussi bon au presbytère en cette veille de Noël. Depuis trois jours, Agathe Cournoyer et Gabrielle Paré faisaient mijoter sur le poêle toutes sortes de bonnes choses dont les odeurs se répandaient dans tout l'édifice.

Le curé Lussier, installé au salon, lisait pour la centième fois la lettre pastorale de monseigneur Côté, lettre dont il avait prévu de s'inspirer dans son sermon de la messe de minuit. Même s'il l'avait déjà lue à plusieurs reprises à ses ouailles durant les derniers mois, les sujets abordés dans la missive du vieux prélat de quatre-vingt-deux ans restaient d'actualité, surtout durant la période des fêtes. Il ne fallait pas que ses paroissiens succombent à l'ivrognerie, aux danses lascives et au cinéma. Il était nécessaire de se montrer d'autant plus vigilant et sévère que monseigneur Côté n'était pas parvenu à empêcher l'ouverture d'une salle de cinéma à Pierreville. Une autre invention du diable. Comme si ça avait de l'allure d'asseoir dans l'obscurité des hommes et des femmes ! Une véritable occasion de pécher !

Le prêtre fut interrompu dans sa lecture par l'arrivée de son vicaire. Il jeta un coup d'œil au jeune homme par-dessus ses lunettes qui avaient glissé sur son nez.

— Est-ce que tout est prêt pour ce soir, l'abbé ?

— Oui, monsieur le curé. J'ai eu pas mal de monde à la confesse une bonne partie de l'après-midi.

— Tant mieux.

— C'était pas facile de garder un climat de piété avec la chorale qui répétait dans le jubé, surtout que ça avait l'air de brasser un peu.

— Bon. Ça, c'est encore Adrien Caron. Comme chaque année, notre maître chantre doit trouver que la chorale l'enterre quand il chante *Adeste fideles* et que mademoiselle Perreault joue trop fort quand elle l'accompagne pour son *Minuit, chrétiens*. C'est la même histoire chaque Noël.

— Tout ce que je sais, c'est que ça discutait pas mal fort. J'ai même dû sortir du confessionnal pour leur demander de baisser la voix.

— Je vous parie que nous allons voir arriver Clémence Perreault, tout énervée, avant le souper. Comme chaque année, elle va se plaindre d'Adrien et menacer de laisser tomber la chorale et, évidemment, elle se laissera persuader de continuer.

Si elle vient après le souper, pendant que je confesserai, vous me l'enverrez à l'église pour que je la calme.

— D'accord, monsieur le curé.

Il y eut un bref silence entre les deux prêtres. Au moment où l'abbé Martel allait ouvrir son bréviaire, son supérieur reprit :

— Vous m'avez bien dit que vous aviez rien de prévu pour demain, l'abbé ?

— Non, monsieur le curé. J'irai peut-être voir mes parents à Drummondville si mon frère pense à venir me chercher au jour de l'An et surtout, si ça dérange pas vos plans.

— C'est parfait. Demain soir, s'il fait beau, je vais aller souper chez ma sœur à Yamaska et au jour de l'An, vous pourrez aller visiter votre parenté. Vous vous rappelez que je vous ai dit qu'à Noël et au jour de l'An, notre cuisinière prend toujours congé après le dîner. Ça va être la même chose cette année. Ordinairement, madame Cournoyer nous laisse notre souper à réchauffer nous-mêmes. Cette année, même si elles sont deux, je vais leur donner le même congé.

— Il y a pas de problème, monsieur le curé, fit le vicaire, accommodant.

Au début de la soirée, une petite neige folle se mit à tomber sur Saint-Jacques-de-la-Rive et la région. Dans le rang Sainte-Marie, des lampes à huile brillaient faiblement dans presque tous les foyers en cette veille de la Nativité. À vrai dire, il n'y avait que la maison de Germain Fournier qui était plongée dans le noir. Pourtant, le propriétaire devait être présent puisque de la fumée sortait de la cheminée.

Deux maisons plus loin, chez les Tremblay, on avait dressé la table du réveillon dès qu'on eut lavé et rangé la vaisselle du souper. Aline avait accepté d'aller garder les jeunes enfants des Hamel pour permettre à Georges et à Rita d'aller à la messe de minuit. Sa sœur Claire, pour sa part, avait choisi de demeurer à la maison pour voir à la cuisson de ce qui allait être servi au réveillon. Elle irait à la basse-messe, le matin de Noël en compagnie d'Aline. Ainsi, ses parents et ses frères pourraient s'entasser dans la sleigh.

Pendant ce temps, les Veilleux étaient déjà en train de se préparer au départ pour l'église.

— On part pas plus tard qu'à dix heures avait déclaré Yvette aux siens.

— Sacrifice ! m'man, s'était exclamé Albert arrivé par le train à la fin de l'après-midi avec son frère Maurice, on va avoir le temps de ressasser nos vieux péchés en masse en arrivant aussi de bonne heure.

— Si tu vas au village à pied avec tes frères, lui fit remarquer son père, t'arriveras pas si de bonne heure que ça. As-tu déjà oublié qu'il y a un bon mille et demi à marcher ?

— Vous pourriez atteler l'autre cheval au gros traîneau et nous autres, on irait à l'église avec la sleigh, reprit Yvette Veilleux.

— Bien non, m'man. Il fait doux dehors. Ça va juste nous faire du bien de marcher après le bon souper que vous nous avez servi, intervint Maurice, le frère mariste.

— Attends de voir ce que tu vas manger au réveillon, promit sa mère, heureuse de voir ses deux grands fils de nouveau à la maison. Ça va te donner des couleurs.

— Je pourrais peut-être aller à la messe à pied avec les garçons, proposa Céline, sur un ton faussement désinvolte.

La jeune fille n'avait cessé de chercher des moyens de rencontrer Clément depuis le dimanche précédent. Elle venait de penser qu'elle pourrait bien avoir l'occasion de le croiser sur la route et, peut-être même, de monter dans la sleigh des Tremblay en route vers le village.

— Il en est pas question, fit sa mère. C'est pas la place d'une fille de ton âge de courir les chemins à la noirceur.

— Mais m'man, il va y avoir Albert, Maurice et Jérôme.

— Non. T'embarques dans la sleigh avec les jeunes, déclara sa mère sur un ton sans appel. À moins que t'aimes mieux rester ici avec Anne pour préparer la table du réveillon. Tu pourrais toujours aller à la basse-messe, demain matin.

— Non. C'est correct, se résigna la jeune fille, à contrecœur.

Au village de Saint-Jacques-de-la-Rive, la soirée de la veille de Noël était sûrement la seule de l'année où il régnait une telle activité. Dès dix heures, les membres de la chorale s'étaient engouffrés dans l'église pour une dernière répétition. Une demi-douzaine de paroissiens les avaient suivis pour aller se confesser au curé

Lussier. Déjà, des berlots, des sleighs, de gros traîneaux et quelques catherines étaient garés devant le temple. Quelques conducteurs avaient eu la sagesse de s'entendre au préalable avec des amis, des parents ou des connaissances vivant au village pour abriter leur cheval dans leur écurie, le temps de la cérémonie. Ils revenaient lentement à pied sur la route, se rangeant prudemment le long du banc de neige quand ils entendaient les grelots d'une sleigh qui approchait.

À onze heures et demie, il ne restait plus une place assise libre dans l'église. Il régnait à l'intérieur de l'édifice une chaleur d'étuve. Les bancs avaient été pris d'assaut par leurs locataires et leurs invités avaient tant bien que mal trouvé des places ailleurs. Déjà, les marguilliers, chargés de trouver des sièges aux fidèles demeurés debout à l'arrière, ne savaient où donner de la tête et patrouillaient sans cesse chacune des trois allées, à la recherche de places libres.

Quand le curé Lussier pénétra dans le chœur, encadré par ses deux servants de messe, la chorale entonna le chant d'entrée avec une force qui fit vibrer les vitraux. À l'arrière de l'église, une trentaine d'hommes se tenaient debout. Certains d'entre eux avaient cédé leur place assise à des femmes, poussés autant par esprit de galanterie que par le secret désir de s'esquiver à l'extérieur durant le sermon de leur pasteur pour fumer ou boire un coup.

Jusqu'à la lecture de l'Évangile, le recueillement fut exemplaire dans le temple. La plupart des fidèles avaient déboutonné leur épais manteau et faisaient des efforts louables pour demeurer bien éveillés, même s'ils dormaient habituellement depuis longtemps à une heure aussi tardive. Par contre, il en allait tout autrement pour certains hommes qui avaient commencé leurs libations au cours de la soirée. Certains d'entre eux somnolaient et même ronflaient sans aucune retenue, malgré les coups de coude décochés par leurs femmes.

Debout entre son frère Maurice et sa mère, Céline jetait souvent des coups d'œil derrière elle pour tenter d'apercevoir Clément Tremblay qu'elle savait présent dans l'église. À un certain moment, elle aperçut le jeune homme près de son père, à quelques bancs de distance, et elle lui adressa un sourire timide auquel le jeune homme répondit par un léger signe de reconnaissance. Yvette Veilleux leva le nez de son missel à ce moment-là et s'aperçut du manège de sa fille.

— Arrête de faire la girouette et suis la messe, lui murmura-t-elle sèchement en se penchant vers elle.

Dès que le curé Lussier monta en chaire, une dizaine de paroissiens debout à l'arrière en profitèrent pour se glisser subrepticement à l'extérieur pour allumer leur pipe. Quelques-uns tirèrent même de l'une de leurs poches un flacon de whisky qu'ils firent circuler.

Pendant ce temps, le célébrant avait entrepris de commenter d'une voix puissante des extraits de la lettre pastorale de l'évêque de Nicolet. Ses premières paroles avaient eu le don de faire sursauter violemment un bon nombre de dormeurs. Le pasteur de Saint-Jacques-de-la-Rive condamna surtout les danses lascives et l'abus d'alcool que les rencontres du temps des fêtes n'allaient pas manquer de susciter. Encore une fois, il brandit les flammes de l'enfer qui attendaient non seulement les pécheurs, mais aussi les parents coupables de complaisance.

À la fin de la messe, lorsque le maître chantre entonna le *Minuit, chrétiens,* les fidèles s'empressèrent de gagner la sortie de l'église, à la recherche d'une bouffée d'air frais. On ne demeura sur le parvis que le temps de souhaiter un joyeux Noël aux connaissances et aux parents avant de monter dans les sleighs et les berlots où on se couvrit frileusement d'épaisses couvertures. Avant le départ, chaque conducteur alluma un fanal qu'il suspendit à l'avant de son véhicule. Les attelages quittèrent un à un le centre du village au son des grelots. Au loin, ils ressemblaient à des lucioles se déplaçant dans l'obscurité. Subitement, les gens étaient pressés d'aller réveillonner.

Cette nuit-là, bien peu de gens passant devant la petite maison grise de Germain Fournier remarquèrent l'absence de lumière aux fenêtres. Yvette Veilleux fut pourtant l'une d'entre elles.

— Je me souviens pas d'avoir vu Germain à la messe, dit-elle à son mari au moment où la sleigh passait devant la maison du célibataire.

— Moi non plus. Pour moi, il est pas venu à la messe de minuit. Tu sais comment il est sauvage. Il va probablement aller à la basse-messe demain matin.

En réalité, le jeune cultivateur, le cœur lourd des

souvenirs des Noëls de son enfance, s'était couché bien avant minuit et avait difficilement trouvé le sommeil.

À leur arrivée à la maison, les Veilleux découvrirent les plus âgés de leurs fils en train de descendre de la carriole des Hamel. Georges et Rita refusèrent poliment l'invitation de leurs voisins de se joindre à eux pour le réveillon en prétextant devoir rentrer pour libérer leur gardienne.

À Noël, le temps demeura clément, pour le plus grand plaisir des gens. Chez les Veilleux, les excès de table de la nuit précédente avaient favorisé un sommeil lourd et causé des estomacs embarrassés. Il fallut tout de même préparer un souper de fête parce qu'Yvette avait invité un frère d'Ernest et sa femme, Amanda. Le couple sans enfant habitait Saint-Gérard, le village voisin.

— Attends que ma tante nous voie avec nos têtes, annonça Anne à sa sœur Céline. Elle va en faire tout un drame.

L'adolescente ne se trompait pas. Dès son entrée chez son beau-frère, Amanda, une femme âgée d'une cinquantaine d'années, remarqua les cheveux très courts de ses deux nièces, avant même d'enlever son manteau.

— Mon Dieu ! Mais qu'est-ce qui vous est arrivé ? s'écria sur un ton dramatique la visiteuse osseuse à la langue acérée.

Elle se tenait le cœur comme si le choc était à la limite du supportable.

— Rien, ma tante, répondit Céline, d'une voix

légèrement exaspérée. On a juste une coupe à la mode.

La grande femme maigre s'empressa de faire le tour de chacune des jeunes filles avant de déclarer d'un air pénétré :

— Si ça a de l'allure d'arranger des belles filles comme ça ! C'est un vrai péché !

— Mais on est encore regardables, ma tante, fit Anne en arborant un petit air insolent.

— Occupe-toi pas de ta tante, fit Julien Veilleux, le frère aîné d'Ernest. Viens me donner un bec en pincette et je vais te dire, moi, que t'es la plus belle fille de Saint-Jacques.

Au souper, on fit honneur au ragoût, aux pâtés à la viande et aux tartes cuisinés par les femmes de la maison. Après le repas, on demeura un long moment à table pour s'échanger des nouvelles de la famille et s'informer des projets de chacun.

— Je suis content de te voir, Albert, déclara l'oncle Julien à son neveu. Je pense que ça fait au moins trois ans que je t'ai pas vu. C'est vrai que tu restes à Montréal maintenant. Mais sais-tu que moi, j'ai cinquante-six ans et je suis jamais allé là, ajouta le petit homme au crâne chauve.

— On peut mourir sans y être allé et ce serait pas bien grave, mon oncle, dit en plaisantant Maurice, le frère mariste.

— Ouais, je sais ben, mais j'haïrais pas ça aller voir de quoi ça a l'air, la grande ville. Ça doit pas être déplaisant des tramways, des rues éclairées, des magasins partout. Il paraît que maintenant, il y a même des petites vues dans des théâtres.

— C'est vrai, reconnut Albert avec une certaine

fierté. Mais le plus important, c'est d'avoir l'électricité dans notre logement. Plus de lampes à huile et même plus d'éclairage au gaz. On a aussi l'eau courante. Plus besoin d'aller au puits ou d'aller dans des toilettes sèches, comme à la campagne. En plus, mon oncle, vous saurez qu'il y a des autobus depuis deux ans dans certaines rues de la ville. Ça va pas mal plus vite que les petits chars.

— C'est du luxe, ça ! s'écria Julien Veilleux, enthousiaste.

— On finit par s'habituer à tout ça, reconnut le jeune homme au large visage marqué de taches de rousseur. Mais savez-vous, mon oncle, je pense que le plus beau, c'est le radio. Maudit que c'est plaisant d'écouter ça, le soir, tranquille, après une grosse journée d'ouvrage. Avant, il y avait juste CFCF, mais depuis septembre, on a CKAC, un poste juste en français.

— En as-tu un, toi ? demanda Céline, envieuse.

— Ben oui. Je me suis acheté un Marconi l'automne passé. Je pense que c'est la plus belle dépense que j'ai jamais faite. Avec ça dans la maison, j'ai plus pantoute le goût de sortir le soir.

— Chanceux ! C'est ça être moderne !

Durant tout l'échange, Ernest Veilleux ne dit pas un mot. Il se contenta de guetter en vain un signe de regret d'avoir abandonné le toit familial chez son fils de vingt-huit ans.

« Moderne » ! pensa-t-il, amer. Les jeunes avaient juste ce mot-là à la bouche. Ils étaient persuadés que la vie paisible à la campagne était dépassée et sans intérêt. On aurait juré que vivre sur une terre n'était plus bon que pour les vieux incapables de s'adapter au progrès. On ne parlait plus maintenant que d'automobile, de radio, de film, de restaurant, de musique et d'électricité. Ça, c'était le progrès. Pourquoi peiner du matin au soir sur une terre quand on pouvait tout obtenir facilement en ville ? Pourtant, il ne manquait pas de jeunes de la paroisse qui étaient revenus désenchantés d'un bref séjour à Montréal. À les entendre, la vie en ville n'était pas aussi rose qu'on voulait bien le laisser croire. L'entassement dans des logis insalubres, le bruit et les journées de travail de douze à quatorze heures pour un salaire de famine semblaient être le prix à payer pour le progrès qui attirait tant les jeunes vers les villes.

Ernest fit un effort pour suivre avec plus d'attention la conversation entre son aîné et son frère.

— Où est-ce que tu restes ? reprit Julien Veilleux.

— Pas loin du pont Jacques-Cartier. Sur Des Érables. Je suis resté en chambre pendant un an et, l'année passée, je me suis décidé à louer un petit appartement.

— Il y a aussi ben de la misère à Montréal, intervint sèchement Ernest Veilleux quand il se rendit compte que Céline, Anne et Jérôme suivaient la discussion avec attention.

Le jeune homme au visage poupin lissa durant un instant sa moustache avant de répondre.

— Ah ça, p'pa, on peut pas dire que la vie est facile pour tout le monde en ville, même si c'est pas mal moins pire depuis que la crise de 19 est finie. Il y a encore du monde qui crève de faim parce que la Saint-Vincent-de-Paul peut pas leur donner grand-chose. Il paraît qu'il y en a qui ont même pas assez d'argent pour s'acheter du bois ou du charbon pour se chauffer durant l'hiver.

— J'ai entendu dire par un gars de Saint-Gérard qu'il y a des pères de famille qui travaillent quatorze heures par jour et six jours par semaine pour cinq piastres par semaine, dit l'oncle Julien. Il y aurait même des compagnies qui engagent des enfants à quarante cennes pour dix heures d'ouvrage par jour.

— Moi aussi, j'ai entendu dire ça, reconnut Albert. Moi, je travaille pour le Canadien Pacifique. Je vide les trains. J'ai une paye chaque vendredi. Mais je vois souvent des gens qui ont l'air d'avoir faim et qui quêtent les deux cennes qu'il faut pour se payer un ticket de petit char.

— Tu vois, Julien, conclut Ernest avec un contentement évident. Quand on vit sur une terre, on est au moins sûrs de jamais manquer de manger.

14

Le jour de l'An

Dès le lendemain de Noël, les hommes retournèrent bûcher sur leur « terre à bois », trop heureux de profiter du temps doux qui persistait sur la région. Pendant ce temps, les ménagères se remettaient à leurs fourneaux pour préparer les repas du jour de l'An. Pour leur part, les enfants étaient de plus en plus énervés à la pensée des étrennes qu'ils allaient peut-être recevoir le premier jour de l'année.

Chez les Tremblay, Thérèse, aidée par Claire et Aline, préparait de nombreux desserts qu'elle avait promis d'apporter à sa sœur Louisette, qui avait exigé d'être l'hôtesse de toute la famille au souper du jour de l'An, chez elle, à Saint-Zéphirin. Hervé Durand, le benjamin de la famille vivant aux États-Unis depuis vingt ans, avait écrit qu'il viendrait célébrer la première journée de 1923 avec sa femme et sa fille. Yvette attendait ce moment avec une impatience grandissante depuis que sa sœur lui avait communiqué le contenu de la lettre qu'il lui avait fait parvenir de Boston au début du mois de décembre.

— On a bien assez d'une demi-douzaine de tartes au sucre et d'un gâteau au chocolat, déclara Aline.

— Tu vas glacer une douzaine de beignes, lui commanda sa mère. On va être une trentaine chez ton oncle Henri. Il est pas question qu'on manque de desserts.

— Ça fait combien de temps que vous avez pas vu votre frère, m'man ? demanda Claire.

— Vingt ans. Il est parti de la maison à vingt et un ans et on l'a pas revu depuis. Pendant toutes ces années-là, on a juste reçu une ou deux lettres chaque année. Il paraît qu'il est allé rester deux ans dans l'Ouest avant de décider de déménager aux États. J'ai bien hâte de le revoir et surtout, de voir sa femme et sa fille.

— Si les chemins sont beaux, tempéra Claire.

— Parle pas de malheur, toi, fit sa mère, soudain alarmée. Il manquerait plus qu'une tempête qui nous empêche d'aller souper à Saint-Zéphirin ou qui l'empêche de venir nous voir. On va réciter une dizaine de chapelets pour avoir du beau temps au jour de l'An.

En entendant cette décision de sa mère, Aline jeta un regard furieux à sa sœur aînée, qui se contenta de lui répondre par une grimace.

Le presbytère de Saint-Jacques-de-la-Rive baignait dans une quiétude reposante en cet après-midi du 31 décembre. Seuls quelques bruits feutrés venaient de la cuisine où Agathe Cournoyer finissait de préparer le dîner des deux prêtres.

Pour sa part, Gabrielle Paré avait occupé la plus grande partie de l'avant-midi à faire le ménage de diverses pièces. Elle pénétra dans la cuisine.

— Donnez-moi ça, madame Cournoyer, dit-elle en tendant la main vers le couteau avec lequel la vieille dame s'apprêtait à découper un poulet, et reposez-vous un peu.

— Voyons donc, je suis pas si fatiguée que ça, dit la vieille dame en lui tendant tout de même l'ustensile.

Mais ses traits tirés et son air las montraient plutôt le contraire. Agathe Cournoyer se laissa tomber sur une chaise au bout de la table placée au centre de la cuisine et elle regarda la jeune fille dépecer la volaille avec une rare habileté.

— Il faudrait que tu te ménages toi aussi, ma belle, recommanda la vieille dame sur un ton affectueux. T'arrêtes pas du matin au soir. Quand c'est pas au presbytère, c'est à la maison. T'es pas une machine.

— Ayez pas peur, madame Cournoyer. Quand je suis fatiguée, je fais rien.

La vieille servante était de plus en plus entichée de l'orpheline. Elle était exactement à l'image de la fille qu'elle n'avait jamais eue. Vaillante et habile de ses mains, Gabrielle exécutait la plupart des travaux tant au presbytère que dans sa petite maison. Rien ne semblait la rebuter. En moins d'un mois, Agathe en était venue à éprouver à son endroit une réelle affection.

— De la fricassée de poulet, c'est pas bien nouveau comme dîner, constata la jeune fille.

— C'est sûr que c'est pas original comme le chevreuil que t'as pas encore fait cuire, répliqua la vieille servante, moqueuse.

— C'est vrai. J'avais complètement oublié cette viande-là.

Il y eut un court silence dans la pièce.

— Je me souviens pas non plus d'avoir revu le garçon qui nous l'a donnée, reprit Gabrielle.

— Germain Fournier ? On dirait que ce pauvre Germain sort presque plus de chez eux. Je l'ai vu dimanche passé à la basse-messe. Je dirais qu'il a jamais été aussi sauvage. Il regarde plus personne.

— Pourquoi ? Qu'est-ce qui lui est arrivé ? demanda Gabrielle, intéressée.

— Je le sais pas trop. Emma Tougas m'a raconté avant-hier qu'elle avait entendu dire qu'il aurait demandé à la petite Veilleux d'être son cavalier, mais qu'elle a pas voulu. Il paraît qu'il l'aurait bien mal pris. Le pire, c'est qu'il est tout seul. En tout cas, les jeunes du village trouvent ça bien drôle, d'après elle.

— C'est triste, fit Gabrielle, d'un air songeur.

— La Céline est jeune et c'est à croire qu'elle trouve pas le Germain trop, trop à son goût. Il faut reconnaître aussi que Germain Fournier a jamais gagné un prix de beauté.

— C'est sûr.

— Mais je suis certaine que c'est un bon garçon, ajouta la vieille servante. Il a pas l'air de boire et il est travaillant. En plus, il a pris soin de sa mère quand elle est devenue veuve. Je pense que c'est un homme qui a du cœur.

— Au fond, c'est pas bien charitable de le laisser

se morfondre tout seul dans le temps des fêtes, reprit l'orpheline en ramassant les os du poulet qu'elle venait de dépecer.

— D'autant que je pense pas que sa sœur Florence vienne le voir au jour de l'An. Sa sœur, c'est sa seule famille.

Il y eut un autre bref moment de silence dans la pièce, silence à peine troublé par le bruit du couteau sur la planche de bois sur laquelle Gabrielle hachait maintenant le poulet.

— Qu'est-ce que vous diriez, madame Cournoyer, si je préparais ma recette de chevreuil pour notre souper du jour de l'An ? J'aurais le temps de la faire, on a pas à préparer le souper de monsieur le curé.

— Pourquoi du chevreuil ? On a des tourtières.

— On pourrait en profiter pour inviter Germain Fournier et lui faire goûter son chevreuil. En même temps, ce serait faire preuve de charité chrétienne.

— C'est bien beau ton idée, mais quand est-ce qu'on va le voir pour l'inviter ?

— On va bien le voir demain matin à la messe, Madame Cournoyer. Si vous le voulez, je vais l'inviter.

— Fais à ta tête, ma fille, consentit la vieille dame d'assez bonne grâce, mais attends que je sois là avec toi. Il faudrait pas que le monde de la paroisse se mette à jacasser sur ton compte en te voyant parler toute seule avec lui.

Gabrielle Paré parvint à ne manifester aucun signe de joie particulière. Pourtant, elle venait d'imposer à sa logeuse une idée qui lui trottait dans la tête depuis le jour de la guignolée, soit tenter d'attirer l'attention du célibataire. Évidemment, il n'y avait encore rien de fait, mais il y avait de l'espoir. S'il acceptait de venir partager le souper qu'elle se proposait de lui offrir, elle parviendrait probablement à détourner son attention de Céline Veilleux et qui sait...

Le lendemain matin, la jeune fille poussa un léger soupir de soulagement lorsqu'elle vit Germain Fournier pénétrer dans l'église. Elle le suivit du regard pendant qu'il se rendait à son banc. Ses cheveux châtains étaient longs et en désordre, et il était mal rasé. Il présentait un visage fermé peu avenant.

— Il est là, madame Cournoyer, chuchota-t-elle à l'oreille de sa voisine de banc. On va pouvoir l'inviter après la messe.

— Ça se fait pas pour une jeune fille d'inviter toute seule un homme. Si tu fais ça, il va croire que t'as des intentions. Attends-moi, j'y vais avec toi, lui ordonna Agathe Cournoyer.

— Voyons donc, madame Cournoyer, protesta à voix basse Gabrielle. Vous l'avez regardé ?

La ménagère du curé Lussier se contenta de taper légèrement sur le bras de la jeune fille avant de se remettre à prier.

En ce dernier dimanche de 1922, l'abbé Martel célébra la basse-messe dans une église à demi remplie. Dès qu'il eut quitté le chœur, précédé de son servant de messe, les fidèles se dirigèrent vers les portes. Gabrielle Paré et Agathe Cournoyer laissèrent passer devant elles Germain Fournier avant de le suivre. Sur le parvis, la jeune cuisinière du curé toucha le bras du célibataire au moment où il se coiffait de sa tuque.

— Monsieur Fournier.

Germain tourna la tête en sa direction et la découvrit en compagnie d'Agathe Cournoyer.

— Oui, fit-il en rougissant légèrement.

— En vous voyant, je me suis demandé si vous aviez commencé à manger de votre chevreuil.

Pendant un moment, Germain, emprunté, ne sut quoi répondre à celle qui l'avait interpellé.

— Non... Pas encore, finit-il par répondre d'une voix embarrassée.

— Comme ça, vous avez pas eu confiance dans la recette que je vous ai donnée ?

— Ben... C'est pas ça, mademoiselle. C'est que j'ai pas eu le temps de l'essayer.

— Qu'est-ce que tu dirais, Germain, de venir goûter à ton chevreuil chez nous, demain soir ? intervint Agathe Cournoyer. Gabrielle parlait justement de la faire pour le jour de l'An, cette recette-là.

L'invitation était si imprévue que Germain Fournier demeura d'abord sans voix. Il jeta un regard autour de lui, comme pour s'assurer que personne ne l'avait entendue. On aurait juré qu'il craignait une blague de mauvais goût. Son regard finit par revenir se fixer sur les deux femmes qui lui faisaient face.

— Pis ? fit Agathe Cournoyer, avec une certaine impatience.

— Ben... Je sais pas trop, madame Cournoyer. J'ai mon train à faire et...

— Écoute donc, Germain Fournier, as-tu peur qu'on t'empoisonne ?

— Ben non, mais...

— Nous autres, on est toutes seules demain. C'est plate un jour de l'An quand t'as pas de visite. Si t'es tout seul toi aussi, il y a rien qui t'empêche de venir manger avec nous autres.

Germain sembla prendre une profonde inspiration avant de dire :

— Si c'est comme ça, c'est correct. Je vais venir. Mais je voudrais pas vous déranger.

— Mais non, monsieur Fournier, intervint Gabrielle en lui adressant son sourire le plus enjôleur. Il faut bien qu'on mange, nous autres aussi.

Le matin du jour de l'An, les gens se rendirent compte que le mercure avait sérieusement chuté, mais on ne voyait dans le ciel que quelques nuages effilochés poussés vers l'ouest par un vent léger.

En rentrant de la grand-messe à laquelle il avait assisté avec sa femme et trois de ses enfants, Eugène Tremblay trouva ses autres enfants dans la grande cuisine. On attendait visiblement son retour de l'église pour lui demander sa bénédiction paternelle. À titre d'aînée, Claire s'avança vers lui.

— P'pa, voulez-vous nous bénir ? lui demanda-t-elle en faisant signe à ses frères et sœurs de s'approcher.

Ému, comme chaque année, le père de famille laissa le temps à ses enfants de s'agenouiller devant lui avant de les bénir solennellement. Il adressa ensuite à chacun ses vœux de bonne année.

Pendant ce temps, Thérèse, non moins émue que son mari, se tenait debout près du poêle.

— On mange et, après ça, il y aura peut-être des étrennes pour les plus fins, déclara-t-elle.

Après un solide repas, la mère sortit de sa chambre à coucher des petits paquets soigneusement enveloppés. À part les coffres à crayons destinés à Lionel et à Jeannine, tous les autres cadeaux étaient des tuques et des moufles tricotées en cachette, le soir, par Thérèse. Pour leur part, les enfants avaient mis ensemble leurs économies pour acheter chez Murray, à Pierreville, une pipe et une blague à tabac pour leur père ainsi qu'un chapelet en pierre du Rhin pour leur mère.

Au début de l'après-midi, il y eut une première surprise quand vint le temps de savoir qui demeurerait à la maison pour « faire le train » du soir. Pour la première fois depuis longtemps, les Tremblay ne recevaient pas au jour de l'An puisqu'ils étaient invités à Saint-Zéphirin. Celui qui resterait ne pourrait même pas avoir la chance de rejoindre la fête, faute de moyen de transport. La famille allait prendre la sleigh, et le berlot et on allait atteler les deux chevaux. Comme il n'était pas question de franchir à pied la douzaine de milles séparant Saint-Jacques-de-la-Rive de Saint-Zéphirin, il n'y aurait pas de fête pour celui qui resterait pour traire les vaches et nourrir les animaux.

— On va faire un tirage entre Gérald et Clément, déclara le père.

— Pourquoi on ajoute pas le nom de Claire

aussi ? demanda Gérald. Elle est capable, comme nous autres, de faire le train.

— C'est pas la place d'une fille de rester toute seule à la maison, intervint sèchement sa mère. En plus, on va avoir besoin d'elle pour aider à servir le repas.

— Je vous dis qu'il y a des fois que moi aussi, j'aimerais ça être une fille, dit l'adolescent avec humeur.

— C'est vrai que ça te ferait pas mal bien, une belle petite robe, le taquina Aline.

— C'est pas nécessaire de faire un tirage, p'pa, dit tranquillement Clément Tremblay. Je vais rester.

— Tu vas rester ! s'exclama sa mère, surprise de voir son fils aîné renoncer aussi facilement au plaisir de danser et de s'amuser.

Pendant un court instant, Thérèse Tremblay regarda son fils avec un rien de soupçon. Son Clément était un joyeux luron qui aimait habituellement les fêtes. Le voir renoncer volontairement à une veillée ne pouvait que cacher quelque chose. Mais quoi ? Comme la décision semblait remplir Gérald de joie, la mère préféra ne pas chercher à en savoir plus.

Après avoir remis un peu d'ordre dans la cuisine, la famille Tremblay fit de grands frais de toilette avant de monter à bord de la sleigh et du berlot. Claire monta avec son père et sa mère dans le premier véhicule tandis que les autres s'entassèrent dans le second, que conduirait Gérald.

— Attends-nous pas pour te coucher, crut bon

de préciser Eugène à son fils Clément. On sait pas à quelle heure ça va finir, cette veillée-là.

— Tu vas avoir quand même un bon souper, lui fit remarquer sa mère. Je t'ai sorti de la tourtière et du poulet. T'auras juste à les faire réchauffer après avoir fait le train.

Une heure plus tard, Germain Fournier entrait dans son étable dans l'intention de traire ses vaches et de les nourrir très tôt ce jour-là. Depuis le matin, il se demandait s'il devait ou non donner suite à la proposition d'Agathe Cournoyer et de l'autre servante. Il craignait d'avoir été invité par pitié et d'être l'objet d'un acte purement charitable, ce qu'il trouvait très humiliant.

— J'y vais pas ! s'était-il dit cent fois. Je ferai pas rire de moi une autre fois !

Pourtant, plus la journée avançait, plus sa résolution de passer seul cette première journée de la nouvelle année fléchissait. C'était la première fois de sa vie qu'il était abandonné à lui-même un jour de l'An. Il y avait bien assez qu'il avait passé la journée de Noël, assis près du poêle, à regarder s'égrener les minutes à l'horloge de la cuisine.

— Si j'y vais, finit-il par se dire au début de l'après-midi, je resterai pas longtemps. À huit heures, je suis revenu.

Après s'être rasé avec soin et endimanché, le jeune cultivateur se figea au moment où il allait enfiler son manteau.

— Mais je peux pas arriver les mains vides, dit-il à haute voix. Je vais avoir l'air d'un quêteux.

Durant un moment, il regarda autour de lui à la recherche de ce qu'il pourrait bien offrir à ses hôtesses. Il opta finalement pour deux pots de marinades cuisinées par sa mère l'été précédent et un petit jambon qu'il avait lui-même fumé à la fin de l'automne.

Lorsqu'il se présenta à la porte de la maison d'Agathe Cournoyer, au village, un peu après dix-sept heures, il faisait déjà noir depuis un bon moment. Gabrielle Paré guettait son arrivée à la fenêtre depuis près d'une demi-heure. Elle ouvrit immédiatement la porte en le voyant secouer ses pieds sur le balcon.

— Vous pouvez aller installer votre cheval dans l'écurie derrière le presbytère, monsieur Fournier. Madame Cournoyer a demandé la permission à monsieur le curé, hier.

— Tenez, c'est pour vous, fit Germain en lui tendant le jambon et les deux pots de marinades. Je reviens dans cinq minutes.

Quand le célibataire revint, on le fit passer directement dans la cuisine. Rouge de confusion, il dut accepter d'être embrassé par les deux femmes à qui il souhaita une bonne année. Ensuite, on passa à table.

— Que tu me dises « vous », c'est correct, Germain, lui fit remarquer Agathe Cournoyer en prenant place à table, en face de lui. J'ai l'âge d'être ta grand-mère. Mais tu pourrais dire « tu » à Gabrielle. Je pense qu'elle est pas aussi vieille que moi, ajouta-t-elle en riant.

— C'est sûr, madame Cournoyer.

— Et toi, Gabrielle, arrête de l'appeler « monsieur Fournier ». Ce pauvre Germain va finir par penser que tu parles à son père.

— Ça, c'est vrai, finit par reconnaître Germain, en souriant timidement.

Ce soir-là, Gabrielle servit son rôti de chevreuil dans une succulente sauce. Germain trouva le mets si délicieux qu'il en reprit sans se faire prier. Lorsque vint le temps du dessert, il était si repu qu'il eut du mal à avaler le morceau de gâteau au chocolat qu'on déposa devant lui.

— J'ai jamais rien mangé d'aussi bon, reconnut-il, mis à l'aise par les deux femmes.

— Dis ça à Gabrielle, affirma Agathe Cournoyer. C'est elle qui a tout fait. Elle a pas voulu que je touche à rien.

— C'est vrai, made... Gabrielle, fit le célibataire en se reprenant rapidement, mais d'une voix hésitante. C'était vraiment très bon.

Après le repas, les hôtesses ne voulurent jamais qu'il aide à laver la vaisselle et il dut se contenter de les regarder faire, confortablement assis dans l'unique chaise berçante de la maison.

— Qu'est-ce que vous diriez, les jeunes, de jouer une partie de cartes ? proposa Agathe après avoir retiré la nappe qui couvrait encore la table.

— On pourrait jouer à la dame de pique, ajouta Gabrielle en regardant Germain. De toute façon, il est encore pas mal de bonne heure. On est pas pour aller se coucher à l'heure des poules un soir de jour de l'An, pas vrai, Germain ?

— Pourquoi pas, accepta le célibataire.

La soirée fut si agréable que Germain Fournier ne vit pas le temps passer. Il fut tout surpris d'entendre sonner vingt-trois heures à l'horloge. Il se leva un peu à regret pour endosser son manteau et chausser ses bottes. Avant son départ de la maison, on se promit de répéter une rencontre aussi agréable.

Le jeune cultivateur était guilleret en marchant vers l'écurie située derrière le presbytère, de l'autre côté de la route. Pour la première fois depuis très longtemps, il se sentait heureux. À aucun moment de la soirée, il n'avait eu la moindre pensée pour Céline Veilleux. Il attela son cheval et prit la route pour regagner sa maison du rang Sainte-Marie, insouciant des quelques flocons qui commençaient à tomber.

Chez les Tremblay, Clément avait, lui aussi, soigné les animaux assez tôt pour se garder suffisamment de temps pour faire sa toilette et s'endimancher après avoir soupé. Maintenant que le moment était venu de passer à l'action, il se sentait beaucoup moins assuré qu'il ne l'était lorsqu'il avait promis à Céline de se présenter chez elle au jour de l'An pour forcer son père à accepter qu'il la fréquente. Ce qui lui avait semblé tout simple alors paraissait brusquement pas mal hasardeux. Les risques de se faire fermer la porte au nez avec pertes et fracas devant tous les invités existaient bel et bien, et la dernière chose que Clément désirait était bien de perdre la face devant la jeune fille.

Depuis le départ de sa famille pour Saint-Zéphirin, le jeune homme n'avait cessé de lorgner du côté des Veilleux où il avait vu arriver des invités depuis le milieu de l'après-midi. Il y aurait beaucoup de monde chez les voisins. L'imagination galopante du jeune soupirant ne cessait d'inventer des scénarios, et il avait de moins en moins envie de risquer l'aventure.

Finalement, un peu après sept heures, il prit son courage à deux mains et décida de se rendre à pied chez sa belle.

— Le pire qui peut m'arriver, se répéta-t-il cent fois en marchant sur la route, c'est que le bonhomme me claque la porte au nez. Pis après ? Au moins, j'aurai essayé.

Dès qu'il approcha de la maison, il entendit les bruits des conversations mêlés aux sons d'un violon et d'un accordéon. Des cris et des rires fusaient. De toute évidence, le souper était terminé et on avait commencé à danser. Les jambes un peu molles et plein d'appréhension, Clément Tremblay se décida à aller frapper à la porte. Il attendit quelques instants avant de recommencer plus fort quand il se rendit compte qu'on ne l'avait probablement pas entendu. Au moment où il allait frapper à nouveau, la porte s'ouvrit sur Maurice Veilleux. La soutane noire du jeune frère mariste avait quelque chose d'incongru dans cette fête bruyante.

— Entre, dit-il en reconnaissant Clément. Si je laisse la porte ouverte, les enfants vont attraper leur coup de mort.

Au même moment, une demi-douzaine d'enfants apparurent près de Maurice. Ils se poursuivaient en criant. Clément s'empressa d'entrer dans la pièce surchauffée et il demeura, emprunté, debout sur le paillasson. La plupart des invités n'avaient pas remarqué son arrivée. La table avait été repoussée dans un coin de la grande cuisine et les gens étaient assis sur des chaises et des bancs placés tout autour de la pièce. Au centre, une dizaine de danseurs tourbillonnaient.

— J'aimerais dire deux mots à ton père, si c'est possible, déclara Clément, de moins en moins à l'aise au milieu de tout ce tohu-bohu.

— Attends, je vais aller te le chercher. Il est en train de jaser avec mes oncles dans la cuisine d'été.

Durant la courte absence de l'ecclésiastique, Céline, assise aux côtés d'une cousine, adressa un signe discret de reconnaissance au visiteur, mais elle ne fit pas un mouvement pour s'approcher de lui. Brusquement, le jeune homme se retrouva en face d'Ernest Veilleux dont les sourcils froncés disaient assez le mécontentement qu'il éprouvait à voir un Tremblay, chez lui, debout sur son paillasson.

— Oui ? demanda-t-il sur un ton peu amène.

Yvette Veilleux s'était approchée des deux hommes, tout en demeurant un pas derrière son mari. La taille imposante d'Yvette faisait écran et empêchait tout invité trop curieux de voir ce qui allait se passer.

— Je viens vous souhaiter une bonne année et le paradis à la fin de vos jours, monsieur Veilleux, fit Clément Tremblay d'une voix un peu chevrotante, en tendant la main au voisin irascible.

Ce dernier ne put faire autrement que de saisir la main tendue vers lui.

— Pareillement, répondit Ernest par automatisme et sans aucune chaleur.

Clément Tremblay chercha de l'aide du regard autour de lui avant de se jeter résolument à l'eau.

— J'aurais voulu aussi vous demander...

— Quoi ? demanda sèchement Ernest Veilleux, dont les yeux le fixaient avec dureté.

— J'aurais voulu vous demander la permission de... de fréquenter Céline, monsieur Veilleux.

— Rien que ça ! s'exclama le voisin qui semblait sur le point d'exploser.

Yvette fit un pas en avant et posa une main sur le bras de son mari.

— Tu pourrais peut-être demander à Céline ce qu'elle en pense, suggéra-t-elle à mi-voix à son mari, en adressant en même temps un sourire d'encouragement au prétendant qui avait perdu beaucoup de sa superbe.

— Torrieu ! jura Ernest. Il y a pas quinze jours, elle a dit au petit Fournier qui voulait venir veiller avec elle qu'elle était pas prête à recevoir un cavalier. Je vois pas pourquoi elle serait plus prête aujourd'hui.

— Voyons, Ernest ! fit sa femme en lui faisant de gros yeux.

— OK, accepta le cultivateur, à contrecœur.

Le père aperçut alors sa fille assise à faible distance et il lui fit signe de s'approcher.

— Le petit Tremblay vient de me demander la permission de venir veiller avec toi, lui dit-il abruptement en laissant voir son mécontentement. Qu'est-ce que t'en penses ?

Céline, moqueuse, regarda Clément Tremblay un court instant avant de répondre :

— Je sais pas trop, p'pa. Si c'est juste pour ce soir, je suis peut-être capable de l'endurer une couple d'heures. S'il est pas endurable, je pourrai toujours le renvoyer chez eux.

— Arrange ça avec ta mère, je dois aller servir de la boisson, finit par déclarer Ernest sans faire preuve d'un plus grand sens de l'hospitalité.

Sur ces mots, le petit homme tourna les talons et retourna dans la cuisine d'été où son retour fut salué par des cris.

— Occupe-toi pas trop de l'humeur de mon mari, recommanda Yvette Veilleux au jeune homme après le départ de son mari. Il est pas méchant pour deux cennes ; il est juste aussi rancunier que ton père. Céline va te montrer où déposer ton manteau.

Sur ce, l'hôtesse, vêtue de sa plus belle robe, s'éloigna des deux jeunes gens. Céline entraîna son amoureux jusqu'à la porte de la chambre de ses parents où les manteaux des visiteurs étaient empilés en désordre sur le lit.

— On peut pas dire que tu m'as ben gros aidé, se plaignit Clément avec un sourire contraint.

— Je connais mon père, plaida Céline en lissant d'une main sa jupe rouge vin. Si je m'en étais mêlée, il aurait sauté sur l'occasion pour dire non.

— Je t'avais ben dit que je viendrais te voir au jour de l'An, se targua Clément qui reprenait de l'aplomb à vue d'œil.

— Vante-toi pas trop vite, Clément Tremblay. Organise-toi d'abord pour que mon père accepte que tu restes toute la soirée. En attendant, viens, je vais te présenter à la parenté.

Quelques heures plus tôt, la famille Tremblay était arrivée chez Henri Delisle, à Saint-Zéphirin. L'énorme maison du cultivateur avait été prise d'assaut depuis le début de l'après-midi par toute la parenté, autant celle du maître de maison que celle de sa femme, Louisette Durand. Après les souhaits et les embrassades auxquels on ne pouvait échapper en ce premier jour de la nouvelle année, les femmes s'étaient installées dans la cuisine, tandis que les hommes avaient envahi le salon. Les jeunes avaient préféré s'isoler dans la grande cuisine d'été où les hôtes avaient allumé le poêle à bois pour l'occasion.

Thérèse avait été déçue de ne pas voir son frère Hervé et sa famille en arrivant. Sa sœur Louisette l'avait vite rassurée.

— Inquiète-toi pas, il doit être ici pour le souper. Il m'a écrit il y a trois jours pour me dire qu'il serait dans le train de cet après-midi. J'ai envoyé mon Étienne l'attendre à la gare avec le berlot.

Pendant que les enfants s'empiffraient de sucre à la crème et de fondant au chocolat, Henri Delisle offrait des tournées de caribou aux hommes et de vin de cerise aux femmes. Au-dessus des têtes, un épais nuage de fumée de tabac flottait. Armand Durand, le violoneux de la famille, invitait les gens présents à danser un « set carré ».

Dans le salon, on discutait politique, loin des oreilles indifférentes des femmes.

— Vous avez vu comment ça a pas pris de temps pour que tout aille mieux depuis que les bleus sont plus au pouvoir à Ottawa ? demanda le vieux Constant Gélinas, organisateur libéral dans le comté.

— C'est sûr qu'il y a personne ici qui va les regretter, reprit Wilfrid Giguère. Depuis que le premier ministre Borden a refusé d'exempter du service militaire les fils de cultivateurs en 18, on savait tous que son chien était mort, pas vrai ?

— Il y a rien de plus hypocrite qu'un maudit bleu, confirma Henri Delisle en visant le crachoir placé près de ses pieds. Je pense que Meighen était aussi pire que Borden. Une chance que ce sont les rouges qui mènent à Québec.

— Quand King a pris la place de Laurier à Ottawa, après sa mort, il y a trois ans, je savais ben que ça se replacerait, fit Eugène. Les libéraux, eux autres, savent comment mener ça, un pays.

— C'est juste de valeur que Lomer Gouin se soit fait voler sa job par Ernest Lapointe au fédéral, fit Henri Delisle. Il aurait fait un maudit bon homme pour King dans la province.

— Ouais, peut-être, reconnut avec réticence Constant Gélinas. En tout cas, moi, je l'ai pas trouvé brillant de laisser sa place de premier ministre de la province à son gendre, Taschereau, pour essayer d'aller se faire élire à Ottawa.

— En tout cas, Taschereau a promis des élections cette année. On va ben voir ce qu'il est capable de faire.

— Moi, j'haïs les conservateurs à m'en confesser, intervint Conrad Durand, un autre frère de l'hôtesse. Mais il y a des fois où les libéraux me tapent sur les nerfs. OK, en 19, ils ont ouvert le pont de Québec et l'année d'après, ils ont fondé l'Université de Montréal.

— C'est vrai, reconnurent les autres.

— Mais c'est tout de même eux autres qui ont inventé la Commission des liqueurs.

— C'était pour empêcher la contrebande, Conrad, dit Giguère.

— Fais-moi pas rire, toi, s'emporta le petit homme noueux. Tout le monde sait ben que c'est pour venir chercher encore des taxes dans nos poches. On est pas des nonos. En plus, les licences des tavernes, ça va être pour les amis. En tout cas, qu'il le veuille ou pas, il va ben falloir que Taschereau fasse des élections un de ces jours. C'est ben beau qu'il ait pris la place de son beau-père, mais Lomer Crouin, c'est pas Dieu le Père. On est pas obligés de voter pour Taschereau et...

À ce moment-là, la porte de la cuisine s'ouvrit pour livrer passage à un couple de quadragénaires engoncés dans de gros manteaux de chat sauvage. Ils étaient précédés par une jeune fille qui jetait des regards un peu affolés sur tous ces gens rassemblés dans la pièce surchauffée. Le violon se tut et le niveau sonore dans la cuisine baissa brusquement.

— Je vous emmène de la belle visite, clama le jeune homme au visage rougi par le froid, et qui poussa un peu le petit groupe devant lui pour être en mesure de fermer la porte de la maison.

Étienne Delisle s'exécuta et, en un instant, le trio fut cerné par les invités. Hervé Durand retira de sa bouche le gros cigare malodorant qu'il fumait pour saluer à la ronde tous les gens présents. Les nouveaux arrivants furent dépouillés en un clin d'œil de leurs encombrants manteaux et on procéda aux présentations dès que le visiteur eut terminé d'embrasser ses sœurs, ses belles-sœurs et ses nièces.

— Je vous présente ma femme, Daisy, et ma fille, Élisa. Elles parlent pas un mot de français, ni l'une ni l'autre, ajouta l'homme avec une sorte de fierté.

Les deux femmes adressèrent un sourire contraint aux gens présents, se contentant de tendre une main réticente à ceux qui s'approchaient d'elles pour leur souhaiter une bonne année. Pendant que les hommes entraînaient Hervé Durand dans le salon, l'hôtesse voulut confier l'adolescente à ses deux filles et à leurs cousines, mais celle-ci se contenta de faire des signes de dénégation de la tête et s'assit auprès de sa mère, dans la cuisine.

Daisy Durand et sa fille avaient un air emprunté et un peu hautain. L'une et l'autre ne firent pas un geste pour tenter de faire comprendre qu'elles étaient heureuses d'être reçues dans une famille canadienne-française. À toutes les tentatives de les faire participer à la fête, elles se contentaient de chuchoter entre elles en gloussant. Évidemment, la bonne volonté des invités s'émoussa très rapidement et on finit par les laisser tranquilles.

Après quelques essais infructueux d'entrer en communication avec sa belle-sœur américaine, Thérèse avait quitté la cuisine en compagnie de sa sœur Louisette pour venir s'asseoir près de son frère Hervé dans le salon, dans l'intention d'en apprendre un peu plus sur sa vie aux États-Unis. Au moins, lui, il parlait français.

— Où est-ce que tu restes ? demanda Henri Delisle à son invité.

— À une trentaine de milles de Boston, répondit l'Américain d'adoption.

— Tu travailles dans quoi ?

— Je suis *foreman* dans une grosse *shop*, se rengorgea Hervé Durand, en exhalant une bouffée de fumée de cigare. C'est une grosse *business*.

— T'aimes ça ? demanda sa sœur Louisette, à son tour.

— *You bet !*

— En tout cas, t'as pas l'air dans la misère, lui fit remarquer son beau-frère Eugène, qui n'avait pas cessé de l'examiner depuis son entrée dans la maison.

Le gros cigare, la chaîne de montre en or et le costume bleu finement rayé donnaient indéniablement un air prospère à Hervé Durand.

— C'est aux *States* qu'il y a de l'argent à faire. On niaise pas là-bas, *time is money, you know,* fit-il en se rengorgeant après avoir passé les pouces dans ses larges bretelles bleues.

Un peu à l'écart, sa sœur Thérèse n'avait pas cessé de le regarder. Malgré toute sa bonne volonté, elle ne parvenait pas à reconnaître son jeune frère dans cet homme gras, suffisant et un peu chauve. Il avait l'air de se complaire à prendre un ton légèrement méprisant et à émailler la moindre de ses phrases de termes anglais qu'elle ne comprenait pas.

— Ça t'a jamais tenté de revenir vivre ici ? reprit un autre invité.

— *Why ? Are you kidding ?* Aux *States,* on a l'électricité, les chars, l'eau courante. C'est moderne ! C'est aux *States* que ça se passe, pas ici. Ici, c'est la misère noire. Si tu travailles pas du matin au soir, tu crèves de faim. Il y a pas d'avenir au Canada.

Cette repartie jeta un froid chez les hommes qui l'écoutaient.

— Whow, sacrement ! jura Henri Delisle qui rencontrait son beau-frère pour la première fois. Il faut tout de même pas exagérer ! Tu sauras qu'on crève pas de faim chez nous. Au Canada, il y a des pauvres et des riches, comme aux États. On est pas tous des quêteux parce qu'on vit pas aux États !

Cette réplique cinglante de son hôte sembla ramener l'invité à plus de mesure. Cependant, ses remarques un peu méprisantes avaient jeté un froid et il cessa rapidement d'être le centre de l'attention générale. Les gens autour de lui se remirent à discuter entre eux des affaires de la région.

Thérèse et Louisette quittèrent le salon sous le prétexte de commencer à dresser la table et les autres femmes, demeurées dans la cuisine, se levèrent dans l'intention de les aider quand elles les virent commencer à sortir les casseroles et les marmites.

Le violoneux cessa encore de jouer et les danseurs regagnèrent leur siège après avoir replacé la table au centre de la pièce. Toutes les femmes participèrent à la préparation du repas, sauf les deux invitées américaines figées sur leurs chaises. Quelques hommes empruntèrent aux Delisle des vêtements de travail et allèrent leur prêter main-forte pour traire les vaches et les nourrir.

Le souper fut particulièrement joyeux et on s'amusa beaucoup à raconter des mésaventures survenues à quelques-uns des membres de la famille durant les dernières années. Après que les femmes eurent lavé la vaisselle et rangé la nourriture, la musique reprit et on dansa beaucoup, autant pour s'amuser que pour faciliter la digestion d'un repas trop copieux.

Au milieu de la soirée, l'hôtesse attira sa sœur Thérèse dans sa chambre à coucher pour lui montrer une broderie qu'elle avait terminée quelques jours auparavant.

— Aïe, toutes les deux commencent à me taper sur les nerfs en pas pour rire ! s'exclama Louisette Delisle à mi-voix.

— De qui tu parles ?

— De la femme et de la fille de notre frère. Pas un mot depuis qu'elles ont mis les pieds dans la maison. Si ça a de l'allure ! Hervé aurait pu leur montrer au moins à dire « merci » ou « bonjour ». Rien. Elles sont là, plantées sur leurs chaises comme deux belles niaiseuses, à nous regarder de haut et à se chuchoter des secrets à l'oreille. Tout ce qu'elles savent faire, c'est ricaner. On est peut-être épais, mais on est pas aveugles.

— Et Hervé ? demanda Thérèse.

— C'est notre frère, même si je trouve qu'il a bien changé depuis le temps. Si p'pa était encore vivant, il lui rabattrait le caquet.

— C'est vrai qu'il a pas mal changé, reconnut Thérèse, le visage rembruni.

— Sais-tu que je regrette presque de les avoir invités à rester deux ou trois jours. Je sens que mon Henri va avoir de la misère à les endurer aussi longtemps.

— Veux-tu que je les invite à coucher chez nous ? offrit Thérèse sans trop d'enthousiasme.

— Bien non. Marthe et Wilfrid me l'ont offert aussi. Si je les laisse partir, ils vont croire que je veux plus les voir. Mais il reste quand même que ça me gêne un peu de les faire coucher dans une des petites chambres d'en haut. Ils ont l'air d'avoir beaucoup d'argent. Ils doivent avoir pas mal mieux aux États.

— Je suis pas si sûre de ça, moi, affirma sa sœur, l'air songeur. T'as déjà oublié que notre Hervé a toujours aimé péter de la broue, même quand il avait pas une cenne qui l'adorait. Ça me surprendrait pas pantoute qu'il soit pas mal moins riche qu'il veut nous le faire croire.

À la fin de la veillée, le berlot et la sleigh des Tremblay se suivirent à courte distance sur la route qui les ramenait à Saint-Jacques-de-la-Rive.

Quelques minutes plus tôt, la neige avait recommencé à tomber faiblement.

Dans la sleigh, Aline avait pris place entre son père et sa mère. L'adolescente avait écouté sans dire un mot leur conversation décousue depuis le départ. Il avait surtout été question d'Hervé et des siens ainsi que de la déception que le cadet des Durand leur avait causée.

— J'ai remarqué que t'as pas trop insisté quand t'as invité ton frère à venir nous voir avant de repartir pour les États, dit Eugène à sa femme.

— Il m'a dit qu'il trouvait ça pas mal loin une dizaine de milles pour venir à Saint-Jacques.

— Il devait s'attendre à ce que tu lui proposes de venir le chercher avec sa femme et sa fille.

— Ça, il va attendre longtemps, fit Thérèse. S'il veut venir, il se débrouillera comme il voudra. À te dire franchement, j'en ferai pas une maladie s'il vient pas.

— C'est drôle, m'man, intervint Aline. Sœur Catherine nous a appris un peu d'anglais depuis le début de l'année. J'ai essayé de parler avec Élisa, elle a pas eu l'air de me comprendre.

— C'est peut-être ton accent, répondit la mère, sans trop y croire.

À leur arrivée à la maison un peu après minuit, les Tremblay eurent l'agréable surprise de trouver la maison chaude parce que Clément n'était pas encore couché et avait alimenté le poêle à bois. En enlevant son manteau, Thérèse ne put s'empêcher de dire à son fils en train de fumer paisiblement, assis près du poêle :

— J'espère que t'es pas resté debout juste pour chauffer le poêle.

— Ben non, m'man, protesta Clément qui avait du mal à dissimuler un certain air triomphant. Ça fait pas une heure que je suis revenu.

— Revenu d'où ?

— D'à côté.

— Dis-moi pas que t'es allé veiller chez les Hamel ! Ils t'avaient invité ?

— De l'autre côté, m'man. Je suis allé chez les Veilleux.

— C'est pas vrai ! firent Claire et Aline d'une même voix incrédule. Le père Veilleux t'a laissé entrer ?

— Hein ? demanda la petite Jeannine.

— Aïe ! il est passé minuit, dit Thérèse, sévère, à sa plus jeune enfant. Monte avec Lionel et allez vous coucher. Ça vous regarde pas.

— Je suis pas allé là pour voir la face du bonhomme, expliqua le jeune homme en affichant un air bravache. Je suis allé veiller avec Céline.

Thérèse revit tout de suite en pensée les apartés de son fils avec la jeune voisine lors de la guignolée et elle comprit tout.

— Ah ! Je sais pourquoi tu tenais tant à rester ici aujourd'hui. T'avais déjà en tête d'aller la voir.

— J'y pensais, admit le jeune homme.

— J'ai hâte de voir ce que ton père va dire de ça.

— Si ça vous fait rien, j'ai pas le goût d'attendre qu'il rentre de l'écurie pour savoir ce qu'il va en dire, fit Clément, insouciant. J'ai presque vingt et un ans. Je pense que j'ai le droit d'aller veiller avec qui je veux.

Sur ces mots, le jeune homme quitta la cuisine et monta à l'étage où se trouvait la chambre à coucher qu'il partageait avec son frère Gérald. Quand Eugène entra dans la maison en compagnie de Gérald quelques minutes plus tard, il n'y avait plus personne dans la cuisine. Après avoir jeté une bûche dans le poêle et éteint la lampe à huile laissée au centre de la table, le père de famille se dirigea vers sa chambre à coucher, où sa femme venait de se mettre au lit.

— Je viens d'en apprendre une bonne, dit-elle tout bas à son mari.

— Quoi ?

— Notre Clément, effronté comme un « beu », est allé veiller avec Céline Veilleux.

— Où ça ? demanda Eugène en finissant de retirer son pantalon.

— Chez les Veilleux.

— Ah ben, baptême ! jura Eugène. Il y a pas assez de filles dans la paroisse pour lui. Il fallait qu'il aille veiller avec la fille de ce maudit caractère de cochon là !

— On dirait. Mais il a quand même presque vingt et un ans et...

— Laisse faire, l'interrompit son mari. Je sais quel âge il a.

Eugène souffla la lampe et se glissa dans le lit. Un instant plus tard, Thérèse sentit le matelas bouger comme si son compagnon était en proie à des mouvements convulsifs.

— Qu'est-ce que t'as ? lui demanda-t-elle en se tournant vers lui dans le noir.

— Il y a, fit son mari en riant tout bas, que j'aurais donné cher pour voir la tête de Veilleux quand notre garçon s'est présenté à sa porte. Avec tout le monde qui devait être derrière lui dans la maison, ça devait valoir le coup d'œil.

— Au lieu de rire, Eugène Tremblay, tu devrais bien plus penser à faire la paix avec le voisin. Vous êtes deux vieux têtus. C'est à celui qui pliera le dernier.

— Laisse faire. Dors, fit Eugène en reprenant son sérieux.

15

Les grandes manœuvres

La vie quotidienne reprit presque son cours normal dès le lendemain du jour de l'An. Il ne restait à célébrer que la fête des Rois, à la fin de la semaine, une fête qui ne donnait lieu à aucune réunion de famille et qui annonçait surtout le retour à l'école des plus jeunes, le lendemain matin.

Chaussés de leurs raquettes et chargés de leur hache et de leur godendart, les hommes avaient repris le chemin de la forêt située à l'extrémité de leur terre. Ils s'étaient remis à bûcher et à scier, tout heureux de profiter du temps doux qui se maintenait depuis près de deux semaines.

Trois jours plus tard, le ciel se couvrit au milieu de l'après-midi et une petite pluie froide se mit à tomber.

— On arrête ça là, dit Ernest Veilleux à son fils Jérôme. Ça, c'est une température pour attraper la grippe. On rentre.

L'adolescent ne se fit pas prier. Le retour à la maison fut pénible. Les raquettes enfonçaient profondément dans la neige mouillée et les deux hommes peinèrent à avancer sous une pluie de plus en plus forte. Ce soir-là, le père prédit, avant de se mettre au lit :

— Vous allez voir ça, demain matin. Si le vent se lève du nord, ça va geler partout et on va avoir de la misère à se tenir debout dehors.

Le lendemain matin, la pluie avait cessé et le mercure avait chuté à –20 degrés. Lorsque Yvette se leva pour rejoindre son mari en train d'allumer le poêle, dans la cuisine, elle frissonna violemment.

— Mais il fait donc bien froid ici-dedans.

— Le poêle s'est éteint. J'ai oublié de me lever vers quatre heures, s'excusa Ernest en tisonnant les rondins.

— Ça pas l'air d'être chaud dehors. Il y a de la glace dans les vitres.

Le cultivateur ne se donna pas la peine de répondre. Il s'assit pour chausser ses bottes avant d'endosser son manteau. Jérôme et ses jeunes frères descendirent l'escalier au moment où leur père sortait de la maison après avoir allumé un fanal pour se rendre à l'étable.

— Grouillez-vous de venir me rejoindre à l'étable, leur dit-il avant de refermer la porte derrière lui.

Lorsque le jour se leva un peu après sept heures, Yvette regarda à l'extérieur et découvrit avec stupeur un véritable champ de glace.

— Sainte bénite ! Mais il y a de la glace partout ! s'exclama-t-elle.

Ses filles se précipitèrent vers les fenêtres de la cuisine pour constater par elles-mêmes le phénomène annoncé par leur mère. Devant leurs yeux, à perte de vue, tout miroitait sous les premiers rayons de soleil de ce 5 janvier. La pluie de la veille s'était transformée durant la nuit en un épais verglas qui recouvrait tout. La glace semblait couvrir aussi bien la route que les champs environnants.

— Ça doit être glissant sans bon sens, gémit Yvette.

— Le déjeuner est presque prêt, déclara Céline. Je m'habille et je vais aller casser la glace avec une pelle, sur les marches et sur le balcon au moins, sinon on va se casser un membre en sortant de la maison.

— Je vais y aller moi aussi, fit Anne en s'emparant à son tour de son manteau suspendu près de la porte.

Quelques minutes plus tard, Ernest et ses fils rentrèrent dans la maison.

— Maudit hiver ! jura le cultivateur. Tout est pogné dans la glace. Il a fallu que ça arrive juste le matin, quand je dois aller au village porter le lait, sacrement ! Ça, c'est le genre de température où un cheval peut glisser sur le chemin et se casser une patte. Si encore il avait neigé un peu avant, ça aurait juste formé une croûte qui aurait défoncé en marchant dessus. Ben non, c'est de la glace. Et avec ce froid-là, c'est pas demain la veille que ça va fondre.

Après le déjeuner, Jérôme accompagna son père à l'écurie. Ils sellèrent le cheval au traîneau et partirent lentement pour le village après avoir déposé sur le véhicule les bidons de lait destinés à la fromagerie.

Quelques minutes plus tard, Anne Veilleux vit par la fenêtre la petite Jeannine Tremblay s'avancer précautionneusement vers leur balcon. La fillette avait du mal à demeurer debout sur la glace.

— Céline, dit-elle à sa sœur en train de plier la nappe, je pense que la petite Tremblay vient te voir. Ton Roméo doit vouloir te dire quelques petits mots d'amour, se moqua-t-elle.

Leur mère tendit le cou pour vérifier l'exactitude du renseignement.

— Si ça a de l'allure d'envoyer quelqu'un marcher dehors sur la glace vive.

Céline ne dit pas un mot et alla ouvrir la porte à la fillette qui lui murmura quelques mots avant de repartir.

— Qu'est-ce qu'elle te voulait ? lui demanda sa mère.

— Clément voudrait savoir quand je peux le recevoir au salon.

— Ah ! c'était pas juste pour le jour de l'An, cette affaire-là ? fit sa mère en affichant un air faussement innocent.

— Bien non, m'man. Clément veut me fréquenter pour de bon.

— À ce moment-là, je pense que t'es mieux d'en parler à ton père. Si j'ai un conseil à te donner, attends qu'il soit de bien bonne humeur. Qu'est-ce que tu lui as répondu à la petite Tremblay ?

— J'ai fait dire à Clément que j'en parlerais à p'pa.

Céline trouva cette journée particulièrement

longue à guetter un signe de bonne humeur chez son père. Ce dernier avait eu tellement de mal à aller au village durant l'avant-midi et à aller bûcher avec Jérôme qu'il ne se détendit un peu qu'en début de soirée. Son premier sourire de la journée n'apparut qu'au moment où il alluma sa pipe après le souper. Il faut croire qu'Yvette surveillait aussi le bon moment parce qu'elle s'empressa de faire un signe discret à sa fille quand elle remarqua ce sourire d'aise chez son mari.

— P'pa, Clément m'a fait demander quand il pourrait venir veiller au salon, dit Céline d'une toute petite voix.

— Quoi ? Encore lui ! Et il est venu pendant que j'étais pas là ?

— Non, il a envoyé la petite Jeannine.

— Qu'est-ce qu'ils ont, ces maudits Tremblay-là ? Ils peuvent pas rester chez eux ! reprit son père sur un ton agressif. Pourquoi ce gars-là veut venir user mon *set* de salon ?

— Il veut me fréquenter, p'pa.

— Se faire fréquenter par un Tremblay, c'est tout un honneur, persifla Ernest.

— Voyons, Ernest, protesta sa femme. C'est pas un méchant garçon. D'après sa mère, il est pas mal vaillant et il boit pas.

Le cultivateur, le visage fermé, laissa passer un long moment, comme s'il avait du mal à prendre sa décision.

— En tout cas, reprit-il sur un ton catégorique, il est pas question qu'il vienne s'installer dans mon salon en pleine semaine. Peut-être le dimanche après-midi...

— Est-ce qu'il pourrait pas venir le samedi soir aussi ? implora Céline. Juste une fois par semaine, c'est pas bien souvent, p'pa.

— Torrieu ! s'emporta Ernest. C'est ben les enfants d'aujourd'hui. Tu leur donnes un pouce, ils prennent un pied.

— Ernest ! s'écria Yvette, sur un ton réprobateur.

— OK. Le samedi soir et le dimanche. Mais les fréquentations, ça se fait dans le salon et avec un chaperon, tu m'entends ? Il est surtout pas question que vous alliez vous promener à gauche et à droite.

— Merci, p'pa, dit Céline en se précipitant pour embrasser son père sur la joue.

Quand le petit Adrien Veilleux communiqua la bonne nouvelle à Clément le lendemain matin, jour de la fête des Rois, ce dernier se garda bien d'en parler à la maison pour ne pas se faire taquiner, mais il eut le cœur en fête toute la journée.

Cet avant-midi-là, Thérèse décida de respecter la tradition et de confectionner un gâteau des Rois. Comme chaque année, après l'avoir retiré du four, elle dissimula dans l'une des moitiés de la pâtisserie un pois et dans l'autre, une fève, avec l'intention qu'un roi et une reine soient choisis au repas du midi. Comme le voulait l'usage chez les Tremblay, le roi et la reine seraient dispensés de tout travail le reste de la journée.

À midi, Eugène et ses trois fils rentrèrent à la maison après avoir travaillé dans le bois pendant près de quatre heures. Tous les quatre avaient le visage rougi par le froid et semblaient passablement fatigués.

— Comment c'est, dans le bois ? demanda Thérèse à son mari au moment où il s'assoyait à table.

— C'est moins pire que dans le champ. On en a arraché à matin pour se rendre à cause de la glace. Dans le bois, la glace a formé juste une croûte qui défonce quand on marche dessus.

— Je pense qu'on va être obligés d'attendre un bout de temps avant de pouvoir aller couper de la glace sur la rivière, fit Clément avant d'ingurgiter une cuillerée de soupe aux pois.

— Elle avait commencé à être pas mal épaisse avant Noël, acquiesça son père, mais là, avec la pluie d'hier, elle a dû pas mal amincir. C'est pas grave, on a du bois à couper pour un bon bout de temps. Ça va nous donner plus de temps pour le débiter et le charrier.

— On risque pas de perdre nos clients de Pierreville, p'pa ?

— Ce sont pas des fous, répondit Eugène. Ils savent ben qu'on peut rien faire tant que la glace est pas assez épaisse.

Depuis deux ans, Eugène et ses fils avaient commencé à se constituer une petite clientèle à qui ils fournissaient des blocs de glace qu'ils allaient découper sur la Saint-François. Les Tremblay n'avaient guère de concurrents dans la paroisse pour exécuter ce travail pénible et dangereux, mais Thérèse préférait voir ses hommes faire ça plutôt que d'aller vivre six mois dans un chantier.

Le silence tomba autour de la table durant plusieurs minutes. Il ne fut brisé que par Lionel qui se plaignit qu'il n'y avait plus de cendres pour se brosser les dents.

— À treize ans, t'es capable de te servir de tes deux jambes pour venir t'en chercher dans le poêle, lui fit remarquer sa sœur Claire d'une voix acide.

— Je le sais, mais j'aime pas ça, jouer dans la chaudière de cendres, rétorqua l'adolescent.

À ce moment-là, la mère déposa au centre de la table le gâteau confectionné durant l'avant-midi.

— Un gâteau en pleine semaine ! On est chanceux ! s'exclama Gérald.

— Inquiète-toi pas, ce sera pas une habitude, dit sa mère. C'est parce que c'est les Rois aujourd'hui.

Sans plus attendre, Thérèse Tremblay trancha de généreuses portions de la pâtisserie et en remit une à chacun, prenant bien soin que les morceaux destinés aux filles viennent de l'une des moitiés du gâteau et que ceux des garçons proviennent de l'autre section. Il n'aurait pas fallu que deux filles ou deux garçons soient désignés roi et reine du jour. La mère allait dire de faire attention de ne pas avaler le pois et la fève dissimulés dans le gâteau quand une exclamation de son mari la fit sursauter.

— Ah ben, maudit baptême, jura Eugène en crachant dans sa main ce qu'il venait de mettre dans sa bouche.

— Dis-moi pas que tu vas être le roi aujourd'hui ? lui demanda Thérèse avec bonne humeur.

— Arrête-moi tes maudites niaiseries ! grogna son mari sur un ton rageur. Regarde-moi ça. Je me suis cassé une dent dessus cette cochonnerie-là, ajouta-t-il, furieux, en jetant dans son assiette ce qui avait tout à fait l'apparence du pois que Thérèse avait dissimulé dans le gâteau.

Sa femme se leva et vint auprès de son mari pour examiner ce qu'il tenait dans la main. C'était bien un morceau de dent à demi cariée. Autour de la table, tous les enfants avaient brusquement cessé de manger et fixaient leur père qui se tenait la bouche en grimaçant de douleur.

— Mon pauvre vieux, fit Thérèse. T'aurais dû faire attention aussi. Tu sais bien qu'aux Rois...

— Laisse faire. J'ai compris, l'interrompit Eugène. J'y ai plus repensé, c'est tout.

Les enfants se remirent à manger avec prudence leur morceau de gâteau et Claire découvrit la fève dans sa portion.

— Bon, ça a tout l'air que je vais aller faire une bonne petite sieste après le dîner, déclara la jeune fille pour narguer ses frères et sœurs. Ça va être pas mal plus agréable que de laver de la vaisselle ou de préparer le souper.

Aline et Jeannine lui jetèrent un regard d'envie.

— J'espère que vous ferez pas trop de bruit en lavant la vaisselle, ajouta Claire pour les faire rager.

— Ça va, exagère pas, rétorqua Aline, de mauvaise humeur.

— Et vous, p'pa, allez-vous en profiter d'être le roi ? demanda Gérald.

Le père, qui venait de saisir sa tasse de thé

bouillant, en but une gorgée avant de lui répondre. Immédiatement, il poussa un cri étouffé en portant la main à sa bouche.

— Torrieu ! jura-t-il. Pour en profiter, je vais en profiter. Me voilà pogné pour aller à Pierreville, chez Monet, pour me faire arracher une dent à cause de cette niaiserie-là.

— D'après ce que j'ai vu, voulut le consoler Thérèse, ta dent avait plus l'air bien bonne.

— Laisse faire, toi, répliqua son mari en grimaçant. Avant que je la casse sur ce maudit poislà, elle me faisait pas mal.

Cet incident jeta un froid sur cette célébration des Rois qui clôturait habituellement bien la période des fêtes.

Durant toute la semaine qui suivit le jour de l'An, Gabrielle Paré ne songea qu'à trouver la meilleure façon d'attirer Germain Fournier chez sa logeuse. Ce n'était pas le prince charmant, loin de là. Même si elle ne le trouvait ni beau ni attirant, elle y tenait. Elle était tout à fait consciente que la nature était loin d'avoir gâté le jeune cultivateur. Sa peau ravinée, ses cheveux gras coupés à la diable et son visage taillé à coups de serpe n'avaient rien pour faire rêver une jeune fille. De plus, il était emprunté, taciturne et peu sûr de lui.

Si la jeune orpheline avait jeté son dévolu sur le jeune célibataire, c'est qu'il représentait, à ses yeux, l'unique porte de sortie de son état actuel. Elle était fatiguée au-delà de toute expression d'être au service des autres et de travailler comme une esclave d'un soleil à l'autre sans jamais recevoir une preuve d'amour ou d'attachement. Elle n'avait jamais eu de chez-soi ni un sou dans ses poches. Aussi loin qu'elle pouvait se rappeler, Gabrielle ne se souvenait pas d'avoir été vraiment heureuse une seule journée dans sa vie. Elle n'avait pas connu ses parents. Elle avait été éduquée et formée par les religieuses de l'orphelinat de Saint-Ferdinand qui lui avaient toujours fait gagner largement la nourriture qu'elle mangeait.

À dix-neuf ans, elle était sous la tutelle des religieuses pour deux ans encore. Deux autres années de prison à Saint-Ferdinand ! C'était impossible ! Quand la mère supérieure lui avait appris qu'elle l'avait prêtée au curé de Saint-Jacques-de-la-Rive pour quelque temps à titre de servante, la jeune fille s'était promis sur-le-champ qu'elle ne remettrait plus les pieds à l'orphelinat. Elle jugeait qu'on avait assez profité d'elle.

Bien sûr, la vieille Agathe Cournoyer était gentille avec elle, mais c'était normal puisqu'elle faisait pratiquement tout son travail à sa place. Qu'elle ait une saute d'humeur ou qu'elle cause le moindre embarras, elle était certaine que la vieille servante serait la première à demander au curé Lussier de la renvoyer à l'orphelinat.

Bref, Germain Fournier pouvait devenir son libérateur si elle savait s'y prendre habilement avec lui. Depuis qu'il avait accepté de partager son souper du jour de l'An, Gabrielle était persuadée qu'elle pourrait parvenir à le séduire. Mais pour y arriver, il allait lui falloir la collaboration de sa logeuse et peut-être même celle du curé Lussier.

Le samedi soir, de retour à la maison après sa journée de travail au presbytère, Gabrielle proposa à Agathe de faire une recette de sucre à la crème.

— Nos prêtres en ont mangé durant tout le temps des fêtes, protesta la vieille servante en se laissant tomber dans sa chaise berçante.

— Ce serait pas pour eux, madame Cournoyer. Ce serait pour en donner un peu à Germain, demain avant-midi.

— Dis donc, ma belle, est-ce que t'aurais une idée derrière la tête en gâtant comme ça Germain Fournier ? demanda la vieille servante, soupçonneuse.

— Pour dire vrai, je le trouve pas mal fin, répondit la jeune fille en s'efforçant de rougir.

La ménagère du curé Lussier sourit, heureuse d'avoir deviné juste.

— Moi, personnellement, ça me dérange pas que tu lui fasses les beaux yeux, même s'il est pas mal plus vieux que toi. Mais on serait peut-être mieux d'en dire deux mots à monsieur le curé. Oublie pas que c'est lui qui est responsable de toi pendant que t'es ici.

Gabrielle Paré dissimula son déplaisir en entendant Agathe Cournoyer lui rappeler qu'elle n'était pas encore libre de faire ce qu'il lui plaisait.

— On pourrait peut-être attendre de voir si Germain est intéressé à me fréquenter avant d'en parler à monsieur le curé, madame Cournoyer. Qu'est-ce que vous en pensez ?

— C'est correct, ma fille, approuva la vieille dame. Fais donc ton sucre à la crème. On dirait bien que t'as appris toute seule que le meilleur moyen d'attirer un homme, c'est de le prendre par le ventre, ajouta-t-elle avec un fin sourire.

Le lendemain matin, Gabrielle Paré, déjà vêtue de son manteau, guetta par la fenêtre du salon l'arrivée à la basse-messe de Germain Fournier. Lorsqu'elle le vit s'engouffrer dans l'église, elle sortit. La jeune fille s'arrêta près du boghei du célibataire pour déposer un petit paquet sur le siège, sous l'épaisse couverture de fourrure. Ensuite, elle entra dans le temple. En passant près de Germain, elle lui fit un signe timide de la main avant d'aller s'agenouiller pieusement près de sa logeuse.

Après la messe, Fournier fit un effort pour attendre la sortie des deux femmes et les saluer.

— Germain, fit Gabrielle, tout sourire, je t'ai préparé un plat de sucre à la crème hier soir. Je l'ai mis dans ton boghei avant la messe.

— Voyons donc, protesta le jeune homme, ravi. Tu me gênes. Je sais pas comment te remercier, ajouta-t-il en jetant un coup d'œil à Agathe Cournoyer, qui n'avait pas encore dit un mot.

— C'est bien simple, dit la jeune fille. T'as juste à venir jouer aux cartes avec nous autres après le souper.

Surpris par cette seconde invitation que la fin de la période des fêtes ne justifiait plus, Germain Fournier demeura un instant sans réaction avant de dire, d'une voix chargée d'émotion :

— Si ça vous dérange pas, c'est sûr que je vais venir après le souper.

— Parfait, on t'attend.

Le célibataire se dirigea vers son boghei d'un pas guilleret pendant que les deux femmes prenaient la direction du presbytère voisin.

— S'il a pas compris tes intentions après ça, ma fille, dit Agathe Cournoyer, c'est qu'il lui manque quelque chose entre les deux oreilles.

— Vous pensez que je lui ai fait peur en étant aussi directe ? demanda Gabrielle, un peu inquiète tout de même de s'être ainsi jetée à la tête du célibataire.

— En tout cas, s'il a peur, il le cache bien, affirma la vieille ménagère en riant. Tu sais, malgré tout ce qu'ils disent, les hommes sont pas aussi finauds qu'ils le pensent.

Ce dimanche soir-là, Germain vint jouer aux cartes chez Agathe Cournoyer. La vieille dame s'arrangea pour avoir la migraine une heure après l'arrivée du jeune homme et elle conseilla à sa locataire de s'installer avec leur invité au salon. Confortablement assise dans sa chaise berçante placée près de la porte du salon, elle joua à la perfection son rôle de chaperon ce soir-là.

Avant de quitter la maison un peu avant vingt-trois heures, Germain promit à Gabrielle de revenir veiller avec elle le samedi suivant quand elle l'invita. Un pas important avait été franchi : il n'avait pas attendu l'approbation d'Agathe Cournoyer pour s'engager à revenir.

Quelques minutes après le départ du jeune homme, cette dernière dit à Gabrielle :

— Je pense qu'on a plus le choix. Demain, il va falloir demander à monsieur le curé ce qu'il pense de tout ça.

Gabrielle se contenta d'acquiescer en silence. Avant de s'endormir ce soir-là, elle fit une brève prière pour que le curé Lussier ne vienne pas contrarier ses projets. Il ne manquerait plus que le prêtre la retourne à l'orphelinat à cause de cela. Ce serait la catastrophe. Après, la mère supérieure ne la laisserait plus jamais sortir de l'institution avant ses vingt et un ans.

Le lendemain avant-midi, après avoir mis le repas du midi au feu, Agathe Cournoyer prit les devants.

— Enlève ton tablier, on va aller parler à monsieur le curé, dit-elle à son assistante en déposant le sien sur le dossier d'une chaise.

La ménagère entraîna Gabrielle dans le salon où le curé était en train de lire le courrier laissé quelques instants plus tôt par le postier.

— Monsieur le curé, est-ce qu'on peut vous déranger une minute ? demanda Agathe en s'avançant dans la pièce.

Pendant un court instant, Antoine Lussier regarda les deux femmes par-dessus ses lunettes qui avaient glissé sur son nez avant de replier la feuille qu'il avait entre les mains. Gabrielle Paré se tenait un peu en retrait, les mains croisées devant elle, les yeux modestement baissés.

— Oui. Qu'est-ce qu'il y a ? demanda-t-il avec un brin d'impatience.

— Eh bien, voilà, monsieur le curé. Vous connaissez Germain Fournier du rang Sainte-Marie ?

— Oui. Et alors ?

— La petite et moi, on l'a invité à venir souper à la maison le soir du jour de l'An.

Immédiatement, le curé fronça les sourcils et prit un air soupçonneux.

— Pourquoi ?

— Parce qu'il était tout seul pour les fêtes et parce que nous avons pensé que c'était une belle charité à lui faire que de pas le laisser tout seul ce jour-là.

Le visage du prêtre se détendit.

— Vous avez bien fait. C'était se conduire en bonnes chrétiennes. Ce pauvre Germain fait pitié.

— On l'a réinvité hier soir.

— Ah bon ! Mais je vois toujours pas où est le problème.

— Le problème est que Germain semble trouver Gabrielle pas mal à son goût et que j'ai l'impression qu'il demanderait pas mieux que de commencer à la fréquenter sérieusement.

— Ça, c'est une autre paire de manches ! s'exclama le curé.

— C'est bien pour ça qu'on est venues vous voir, monsieur le curé, dit Agathe Cournoyer sans s'émouvoir. On voulait vous demander votre avis.

— Est-ce qu'il a demandé à venir veiller avec toi, ma fille ? demanda le prêtre en s'adressant directement à Gabrielle qui, jusqu'à ce moment-là, n'avait pas prononcé un mot.

— Pas directement, monsieur le curé.

— Attendez un peu toutes les deux, ordonna Antoine Lussier en se levant du fauteuil en peluche rouge sur lequel il était assis. Germain

Fournier a-t-il, oui ou non, dit qu'il voulait commencer des fréquentations ?

— Pas vraiment, monsieur le curé, répondit la vieille ménagère. Mais je sens qu'il est à la veille de demander la permission de venir veiller.

— Ah ! vous sentez... C'est pas pantoute la même chose, ma bonne madame Cournoyer.

— Oui, je le sens. Si on vient vous en parler, monsieur le curé, c'est qu'on veut savoir si on peut lui permettre de venir à la maison. Après tout, c'est vous qui êtes responsable de Gabrielle pendant qu'elle est dans la paroisse.

Le curé Lussier examina durant un moment le visage de Gabrielle.

— T'as quel âge exactement, ma fille ?

— Dix-neuf ans, monsieur le curé.

— Ouais, c'est pas mal jeune encore, dit le pasteur sur un ton songeur.

Le visage de Gabrielle avait subitement pâli. Elle sentait que le prêtre s'apprêtait à lui refuser le droit de fréquenter le jeune cultivateur, et peut-être envisageait-il même de la renvoyer à l'orphelinat pour éviter les embarras inutiles.

— Si je les chaperonne, monsieur le curé, intervint Agathe Cournoyer, il se passera rien et ça ferait peut-être du bien au petit Fournier.

Le prêtre sembla prendre une décision.

— Bon. C'est correct. Ma fille, tu peux recevoir Germain Fournier s'il veut te fréquenter, mais obéis à madame Cournoyer et suis ses conseils. Oublie pas que t'es une bonne chrétienne et que la pureté est la plus belle richesse d'une jeune fille. S'il arrive la moindre chose, je serai obligé de me priver de tes services et de te renvoyer à l'orphelinat. Tu m'as bien compris ?

— Oui. Merci, monsieur le curé, murmura Gabrielle Paré.

Les deux femmes se retirèrent et retournèrent dans la cuisine. Gabrielle remercia la ménagère du curé du bout des lèvres en remettant son tablier. La jeune fille avait trouvé particulièrement humiliant d'avoir presque à supplier le prêtre pour obtenir la permission de voir quelqu'un. Maintenant que c'était acquis, se dit-elle en serrant les dents, le Germain Fournier était mieux de se réveiller et de venir la voir...

16

Un début d'année mouvementé

Au début de la seconde semaine de janvier, de petites chutes de neige quotidiennes vinrent couvrir le verglas tombé au début du mois. Le mercure se maintint alors résolument autour des –15, –20 degrés. Quand le vent se levait, la température chutait encore plus brutalement, condamnant les gens à s'enfermer dans leur maison où le poêle, même chauffé à blanc, avait peine à maintenir un peu de chaleur. La consommation de bois était alors effarante et les cordes de bûches entassées dans les remises fondaient littéralement.

Dans la plupart des foyers de Saint-Jacques-de-la-Rive, il n'était pas question de rester des journées entières près du poêle à ne rien faire. Aussitôt que le vent tombait, les hommes s'habillaient, attelaient les chevaux aux traîneaux et prenaient la direction de leur « terre à bois ». Bûcher et scier dans le sous-bois, dans la neige à mi-jambes, exigeaient alors une endurance peu commune. Il n'était pas rare de voir revenir les hommes à l'heure du midi, les pieds et les mains insensibilisés par le froid et la moustache couverte de glace. Ils mangeaient et, après une courte sieste, ils repartaient jusqu'à la tombée de la nuit. C'était le prix à payer pour avoir suffisamment de bois de chauffage pour l'année.

Pendant ce temps, les femmes ne demeuraient pas inactives, loin de là. Après avoir accompli leurs tâches ménagères habituelles, la plupart d'entre elles travaillaient à tricoter, à coudre ou à confectionner des catalognes et des courtepointes avec de vieux tissus soigneusement lavés et découpés.

Le vendredi avant-midi, Ernest Veilleux décida d'aller avec son fils Jérôme chez Murray, à Pierreville, pour se procurer quelques poches de moulée. Le temps plus doux de cette journée nuageuse se prêtait bien à ce déplacement. Le père et le fils partirent peu après le déjeuner et leur attelage couvrit sans trop de mal les cinq milles les séparant de la petite municipalité voisine. Ils ne rencontrèrent pas d'accumulations importantes de neige sur la route, même s'il avait neigé la nuit précédente.

À sa sortie du magasin Murray, Ernest tomba nez à nez avec Georges Dufresne, un cousin de sa femme, un des nombreux organisateurs du parti conservateur dans le comté de Nicolet.

— Viens boire un remontant à l'hôtel avant de t'en retourner, l'invita le gros homme à la mine débonnaire. J'ai toute une nouvelle à t'annoncer.

— J'aimerais ben, fit Ernest, mais j'ai mon gars avec moi et il est trop jeune pour entrer chez *Traversy*.

— Laisse faire Traversy. Il dira rien si ton garçon boit juste une liqueur.

Les deux hommes, suivis par l'adolescent, traversèrent la rue et pénétrèrent dans l'hôtel. Il n'y avait dans la taverne que deux clients assis à l'une des petites tables disposées un peu partout dans la grande pièce chichement éclairée.

Traversy était un bâtiment en bois à un étage, paré d'un large balcon sur deux côtés. L'été, Léopold Traversy mettait une vingtaine de bonnes chaises berçantes sur le balcon à la disposition tant des clients de sa taverne du rez-de-chaussée que des locataires des dix chambres de son hôtel, par ailleurs fort bien tenu.

— Comme ça, tu connais pas la nouvelle ? demanda Georges Dufresne en se laissant tomber sur une chaise après avoir commandé deux bouteilles de bière et une boisson gazeuse.

— Quelle nouvelle ? demanda le cultivateur avec une certaine impatience.

— Taschereau a déclenché des élections générales hier soir.

— En plein hiver ? fit Ernest Veilleux, surpris. C'est ben la première fois que je vois ça ! Qu'est-ce qui pressait tant ? Pourquoi il a pas attendu au printemps ou à l'été, comme ça s'est toujours fait ?

— Les quatre ans sont passés, Ernest. Oublie pas que Gouin a été élu en 19. Taschereau a été nommé à sa place quand son beau-père a lâché pour le fédéral.

— C'était juste un rouge de moins, railla Ernest avec un sourire mauvais.

— Avec tout ça, Taschereau a encore jamais été élu Premier ministre. Je pense qu'il a hâte de se faire nommer par le peuple.

— Il aurait pu attendre à la fin du printemps avant de manger une volée, répéta Ernest

Veilleux. Es-tu ben sûr qu'il déclenche pas les élections en plein hiver parce qu'il veut être sûr que ben du monde ira pas voter à cause du froid ou de la neige ? Ce serait ben assez croche pour qu'il y ait pensé.

— Ceux qui iront pas voter sont pas juste des bleus, raisonna l'organisateur. Il y a aussi des rouges qui iront pas. En tout cas, si t'as une chance de venir entendre Taschereau, à Sorel, dimanche, viens. On va le brasser. Je te dis que ça va être tout un *show* !

— C'est ben trop loin, dit Ernest à regret.

— Dans ce cas-là, tu vas voir arriver notre poulain dans une dizaine de jours dans votre paroisse.

— Qui va se présenter pour nous autres dans le comté ?

— Joseph Rouleau. Un ben bon candidat. Tu vas voir qu'avec lui, Joyal aura pas une chance de se faire réélire. Son chien est mort en partant.

— Tant mieux, s'écria le cultivateur avec enthousiasme. Ça fait une éternité que les rouges sont au pouvoir à Québec, il est temps que cette clique-là disparaisse.

— Je suis déjà en train d'essayer d'organiser une assemblée contradictoire entre lui et Joseph Rouleau. Ça se peut qu'on fasse l'assemblée à Saint-Gérard, et ça, c'est tout proche de chez vous. C'est important. Je compte encore sur toi pour m'amener du monde.

— Tu peux être sûr que je vais faire mon possible, promit Ernest. J'espère que notre candidat va parler du pont qu'on attend depuis une éternité. Joyal l'a promis aux dernières élections et il s'est rien passé. Si Rouleau veut que les gens de Saint-Jacques votent pour lui, il est mieux de s'arranger pour nous le garantir, ce pont-là, et pas pour la semaine des quatre jeudis.

— Inquiète-toi pas pour ça. On en a parlé. Non seulement il va le promettre, votre pont, mais il va vous le faire construire aussitôt que les bleus vont être au pouvoir.

Durant tout le trajet de retour à Saint-Jacques-de-la-Rive, Ernest Veilleux ne cessa de se moquer de Louis-Alexandre Taschereau pour avoir eu l'étrange idée de déclencher des élections en plein hiver. Sans l'avouer ouvertement, il n'appréciait pas une campagne électorale hivernale parce qu'il craignait que la mauvaise température le prive des grandes assemblées politiques bien arrosées. Il n'y a rien qu'il appréciait autant que les confrontations entre les grands ténors du parti. Pour ces élections-ci, avec un peu de chance, il n'aurait probablement à se mettre sous la dent qu'une ou deux assemblées de cuisine où Joseph Rouleau tenterait de convaincre quelques habitants de Saint-Jacques de voter pour lui comme député de Nicolet.

— À moins que le gros Dufresne parvienne à organiser son assemblée contradictoire, grogna-t-il à haute voix. Ça, au moins, ce serait du sport !

— Qu'est-ce que vous dites, p'pa ? demanda Jérôme, silencieux depuis leur départ de Pierreville.

— Rien, répondit son père, mécontent d'être dérangé dans ses réflexions.

Cet après-midi-là, Bruno Pierri arriva chez les Tremblay, porteur d'un gros plat recouvert d'un linge blanc.

Depuis une semaine, le cultivateur d'origine italienne allait bûcher tous les jours avec Eugène et ses deux fils. La ferme achetée aux Dumoulin deux ans auparavant avait bien une « terre à bois », mais son boisé ne contenait pratiquement aucun arbre mature. Eugène Tremblay lui avait proposé à la fin de l'automne de venir bûcher sur sa terre en échange d'un nombre respectable de cordes de bois de chauffage, ce que l'autre s'était empressé d'accepter avec reconnaissance.

Par ailleurs, Maria Pierri s'était beaucoup rapprochée de Thérèse depuis que les deux femmes avaient uni leurs efforts pour aider Rita Hamel lors de son accouchement. L'épouse d'Eugène était même allée expliquer à sa voisine quelques jours auparavant comment tresser une catalogne et cuisiner une tarte à la farlouche. Maria lui avait alors promis de lui faire goûter aux pâtes de son pays qu'elle fabriquait elle-même.

— Veux-tu ben me dire ce que tu nous apportes là, Bruno ? demanda Thérèse à la vue du plat que l'homme de petite taille lui tendait avec un grand sourire.

— Des pâtes de ma Maria, madame Tremblay, répondit l'homme en regroupant ses doigts à la hauteur de sa bouche. Vous allez voir, c'est *delicioso* ! Il y a rien de meilleur que des pâtes. Elle les a faites ce matin.

— Voyons donc ! Elle m'en a envoyé bien trop ! protesta l'épouse d'Eugène. C'est gênant.

— Ça se mange tout seul, reprit Bruno Pierri. Ah ! Attendez. Ma femme vous a aussi envoyé la recette pour les préparer, ajouta le voisin en fouillant dans l'une des poches de son manteau d'où il tira un bout de papier. Vous avez de la tomate, j'espère ?

— En masse, répondit Eugène. Les femmes en ont canné cet automne.

— Et du vin ?

— Il nous reste pas mal de vin de cerise, intervint Claire, qui avait soulevé un coin du linge qui recouvrait le plat envoyé par Maria Pierri.

— C'est bien meilleur avec du vrai vin, fit l'homme en esquissant une moue. Mais ici, au Canada, vous avez pas l'air d'aimer ça.

— C'est vrai qu'on est pas bien forts sur le vin, reconnut Eugène en boutonnant son manteau. Bon. On va y aller si on veut faire un bon après-midi d'ouvrage.

Les hommes sortirent de la maison. Dès qu'ils furent partis, Claire s'empara de la recette rédigée par la voisine et la relut à deux ou trois reprises avant de déclarer à sa mère :

— Je vois pas pourquoi ce serait pas bon, cette affaire-là, m'man. On a juste à ajouter des tomates, des oignons et des piments.

— Ah bon ! fit Thérèse sans manifester aucun enthousiasme. Au fond, c'est vrai que c'est pas parce que ça vient d'un autre pays que c'est nécessairement méchant.

— C'est ce que je me disais, conclut la jeune femme. On devrait préparer ça pour le souper. Je pense qu'il y en a bien assez pour tout le monde.

— C'est correct, accepta sa mère.

À la fin de l'après-midi, lorsque Eugène rentra à la maison avec ses fils après avoir fait le train, toute la famille Tremblay prit place autour de la grande table. Après le bénédicité, Claire et sa mère déposèrent sur la table deux plats fumants. Le père de famille tendit le cou pour voir ce qu'ils contenaient.

— C'est quoi, cette affaire-là ? demanda-t-il, intrigué, à son aînée.

— Si je me fie à ce que madame Pierri a écrit sur son papier, c'est des spaghettis, dit Claire avec bonne humeur.

— Et ça se mange, cette affaire-là ? demanda son frère Gérald.

— Essaye, tu vas bien voir, lui suggéra sa mère.

— Ça a l'air drôle, fit remarquer Clément en cherchant à en déposer une quantité appréciable dans son assiette sans que les pâtes tombent à côté.

— Sois pas cochon, lui reprocha son frère cadet. Essaye d'en laisser aux autres.

— Facile à dire, ronchonna Clément, mais c'est tout pogné ensemble.

Chacun finit par se servir et on mastiqua prudemment la première bouchée de ce plat exotique.

— Bah ! C'est pas méchant, reconnut Eugène, la figure crispée parce qu'il tentait vainement de piquer des pâtes dans son assiette. Mais je marcherais pas un mille pour en manger.

— C'est vrai, reconnut Clément. Je trouve que ça a un drôle de goût quand même. En plus, c'est salissant en maudit à manger et c'est pas facile à pogner dans son assiette. Je me demande si ce serait pas plus facile avec une cuillère.

— En tout cas, moi, ajouta Lionel, j'aime mieux le bouilli de m'man.

— Vous êtes tous des difficiles ! s'exclama Claire qui avait préparé les pâtes en suivant soigneusement la recette de la voisine. Il faut que vous mangiez toujours la même chose pour être contents ! C'est bon, des spaghettis, affirma-t-elle avec force. C'est juste différent.

— Faut pas exagérer non plus. C'est pas parce que ça vient d'un autre pays que c'est meilleur que ce qu'on mange d'habitude, laissa tomber son père. Il y a pas de viande là-dedans, ça doit pas être trop soutenant.

— Moi, je vais manger du sirop d'érable pour dessert, dit Gérald en se levant pour aller chercher le pot dans le garde-manger. Ça va m'ôter ce goût-là dans la bouche.

— En tout cas, je veux pas en entendre un dire un mot contre les pâtes de madame Pierri quand son mari va nous demander si on a aimé ça, dit Thérèse sur un ton menaçant. On a tous bien aimé ça, un point c'est tout.

Deux jours plus tard, Eugène Tremblay était soucieux. Depuis le déjeuner, il avait perdu de sa placidité. Les deux rides profondes qui barraient son front le disaient assez.

Après avoir fait le train avec Clément, Gérald et Lionel, le cultivateur avait lentement repris le chemin de la maison dans l'intention d'avaler un solide déjeuner. Clément s'était chargé d'aller porter sur la plate-forme les bidons de lait que Desjardins allait recueillir dans l'avant-midi et les deux plus jeunes étaient déjà rentrés dans la maison.

En passant devant la remise, un édicule communiquant avec la cuisine d'été, Eugène avait remarqué des traces de pas allant jusqu'à la porte. Il avait fait encore quelques pas avant de s'arrêter brusquement.

— Veux-tu ben me dire qui... ? avait-il commencé à se dire à mi-voix, avant de faire demi-tour et de se diriger vers la remise dont il ouvrit la porte toute grande.

Il avait été intrigué. À l'heure de faire le train, il faisait encore noir quand il était allé à l'étable et il n'avait pas remarqué ces empreintes dans la neige. Qui était allé dans la remise ? Durant l'hiver, il n'y avait jamais personne qui empruntait ce chemin pour entrer dans la maison ou en sortir. On n'ouvrait la grande porte de la remise que pour en sortir le berlot ou la sleigh. Or, depuis près de dix jours, les Tremblay n'avaient utilisé que le traîneau qu'ils remisaient dans la grange, près de l'écurie.

Comme chez les Veilleux, le petit bâtiment était pourvu d'une étroite passerelle à trois pieds de hauteur qui longeait son mur du fond. Celle-ci conduisait de la cuisine d'été aux toilettes sèches situées à l'autre extrémité de la remise, qui ne contenait rien d'autre que la sleigh, le berlot, plusieurs cordes de bois de chauffage, le coffre où on entreposait la viande, des conserves et quelques bouteilles de caribou.

Eugène avait ouvert la porte et il s'était avancé à l'intérieur pour jeter un coup d'œil. Il n'avait d'abord rien vu de spécial. Ses deux véhicules étaient bien là ainsi que son bois. Il avait ensuite ouvert son coffre à viande : il ne semblait pas avoir été pillé. Il s'était hissé avec effort sur la passerelle pour examiner les quelques tablettes clouées au mur : les conserves aussi étaient bien là. Son caribou !

Brusquement, il s'était rendu compte qu'il lui manquait deux bouteilles de caribou. Durant la période des fêtes, il en avait servi une bouteille aux visiteurs et il y en avait une à demi pleine dans l'armoire de la cuisine d'été. S'il savait encore compter, il aurait dû lui rester quatre bouteilles de sa provision renouvelée au mois d'octobre précédent. Or, devant lui, il n'y avait plus que deux bouteilles. Il avait eu beau passer une main sur la large tablette au-dessus de sa tête pour s'assurer que les bouteilles manquantes n'étaient pas tombées, celle-ci n'avait rencontré que du vide.

— Baptême, par exemple ! avait juré Eugène en regardant partout autour de lui pour vérifier une dernière fois si lesdites bouteilles n'avaient pas été déplacées par quelqu'un de la maison. Rien.

Le cultivateur était alors sorti de la remise dont il avait soigneusement refermé la porte derrière lui et était entré dans la maison où Clément venait de le précéder.

— Est-ce qu'il y a quelqu'un qui est sorti par la porte de la remise à matin ? avait-il demandé aux siens, déjà attablés dans la cuisine.

Personne ne répondit.

— Vous êtes sûrs de ça ? avait-il insisté en dévisageant ses enfants.

— Voyons, Eugène, tu vois bien que personne est passé par là, avait répondu sa femme en déposant plusieurs crêpes dans l'assiette de son mari.

— Ça parle au maudit ! s'était-il écrié. Il y a des rôdeurs qui sont venus fouiner cette nuit dans notre remise. Cherche donc s'ils sont pas entrés dans la maison par la cuisine d'été pendant qu'on dormait.

— Ah ben, ça prend des effrontés pour entrer dans une maison pleine de monde ! s'était exclamée sa femme.

— Clément ! Gérald ! Est-ce qu'il y en a un de vous deux qui a touché à mes bouteilles de caribou dans la remise ? avait demandé le père en se tournant vers ses deux fils.

— Pas moi, en tout cas, avait fait Clément, qui n'avait jamais aimé le goût âpre de ce mélange de vin rouge et d'alcool.

— Moi non plus, avait répondu l'adolescent en esquissant une grimace.

— Dans ce cas-là, je me suis fait voler deux bouteilles de caribou pendant la nuit.

— Viens pas me dire qu'il va falloir tout barrer, avait déclaré Thérèse.

— Remarque, ça aurait pu être pire, avait conclu son mari. Les voleurs auraient pu partir avec toute notre provision de viande.

À cette évocation, le visage de Thérèse blêmit.

— Je veux que la porte de la remise soit barrée à partir d'aujourd'hui, avait-elle exigé de son mari. Nous vois-tu sans viande pendant tout le reste de l'hiver ?

— Je comprends, mais ce sera pas ben pratique de courir la clé d'un cadenas chaque fois qu'on va avoir affaire dans la remise, avait argumenté le cultivateur.

Après le déjeuner, il était allé jeter quelques bûches dans le poêle à bois avant de s'asseoir dans sa chaise berçante et d'allumer sa pipe. Il était demeuré silencieux durant un long moment avant de demander à Clément :

— Va donc voir dans l'atelier si tu trouverais pas un cadenas et ce qu'il faut pour l'installer.

Quand son fils revint quelques minutes plus tard avec un vieux cadenas et le matériel nécessaire à son installation, son père prit le tout et l'envoya nettoyer l'étable avec son frère Gérald. Un étrange sourire flottait sur ses lèvres lorsqu'il se dirigea vers la remise en passant par la cuisine d'été où il prit au passage sa demi-bouteille de caribou. Ensuite, il profita du fait que sa femme et ses filles étaient montées à l'étage dans l'intention de faire le ménage pour s'emparer de la bouteille d'huile de ricin dissimulée dans l'armoire. Ce produit au goût détestable était souverain pour combattre la plus obstinée des constipations.

Il vida la moitié de la bouteille d'huile de ricin dans le caribou et il acheva de remplir le contenant avec un peu d'eau. Après avoir brassé énergiquement le tout, il renifla le contenu de sa bouteille. La forte odeur du mélange de vin et d'alcool masquait parfaitement celle de l'huile. Alors, il boucha la bouteille et alla la déposer sur la tablette de la remise, en prenant soin de rapporter dans la cuisine d'été les deux bouteilles intactes.

— Mon baptême ! jura-t-il, si tu reviens me voler ma boisson, tu vas t'en souvenir. On va te suivre à la trace, c'est moi qui te le dis.

Ensuite, content de lui, Eugène Tremblay s'activa à installer un cadenas sur le coffre dans lequel était entreposée la viande. Quand Thérèse le vit rentrer dans la cuisine quelques minutes plus tard, elle lui demanda :

— As-tu installé quelque chose pour barrer la porte de la remise ?

— Non. Ce serait pas pratique pantoute. J'ai posé un cadenas sur le coffre à viande. Pour le reste, on n'aura qu'à penser à barrer la porte de la cuisine d'été quand on aura affaire à aller dans la remise.

— Et pour ta boisson ?

— Inquiète-toi pas, j'ai réglé le problème, se contenta de dire Eugène avec un bon gros rire.

— Qu'est-ce que t'as fait ?

— J'ai préparé un petit boire que notre voleur sera pas prêt d'oublier si jamais il lui prend le goût de venir se servir sans être invité.

— Pas du poison, j'espère, fit sa femme, alarmée.

— Ben non, la mère ! J'ai pris le reste de ma bouteille de caribou entamée et je l'ai remplie avec de l'huile de ricin. Je pense que celui qui va boire ça est mieux de pas trop s'éloigner de ses toilettes parce que j'ai l'impression que ça va lui faire un maudit bon lavement.

Au milieu du samedi avant-midi, le ciel déjà gris devint subitement noir et le vent du nord se leva progressivement, hurlant dans les branches des pins et des sapins. La luminosité changea en quelques minutes. Tout devint très sombre.

Surpris, Germain Fournier, occupé à charger sur son traîneau du bois bûché la veille dans le boisé au bout de sa terre, leva les yeux. À la vue de ce ciel couleur d'encre, il ne put se retenir de se dire à haute voix :

— On dirait qu'il va pleuvoir dans pas longtemps. Je pense que je devrais me dépêcher de rentrer.

Le jeune cultivateur finit de charger son traîneau et il fouetta ses chevaux pour les faire avancer. Les deux bêtes se mirent en branle lentement, tirant derrière elles la lourde charge. Dès sa sortie du bois, Germain fut accueilli par les premiers flocons que le vent poussait comme des dards, au point de l'aveugler complètement. Il rentra la tête dans les épaules et, les yeux mi-clos, il entreprit de regagner sa maison dont il avait peine à apercevoir la toiture au loin.

Lorsque l'attelage arriva quelques minutes plus tard devant la remise, les chevaux étaient fourbus et Germain Fournier s'était transformé en véritable bonhomme de neige. Il ne voyait maintenant pas plus qu'à trois pieds devant lui tant la neige s'était intensifiée. En jurant, le jeune homme dételа ses bêtes et les entraîna vers l'écurie, où il les bouchonna et leur donna à manger avant de retourner à l'extérieur. Après avoir rangé sa hache, il rentra à la maison, plié en deux pour résister au vent. Il déchargerait son bois quand la neige aurait cessé de tomber.

Dès qu'il eut refermé la porte de la maison, il comprit qu'il ne devait rester que quelques tisons dans son poêle tant il faisait froid dans la cuisine. Il enleva ses bottes, mais garda son manteau pour aller rallumer le feu. Il faisait maintenant si sombre dans la pièce qu'il dut allumer la lampe à huile.

Même à la lueur chiche de cette lampe, il était évident que la maison aurait eu besoin d'un solide nettoyage. De la vaisselle sale et de la nourriture traînaient sur la table et dans l'évier. Le plancher aurait eu besoin d'être balayé et lavé. Une bonne couche de poussière couvrait les meubles. Des vêtements grisâtres avaient été mis à sécher près du poêle. Ce n'était guère mieux dans l'unique chambre à coucher du rez-de-chaussée, où le lit défait laissait voir que la literie n'avait pas été changée depuis des semaines. À l'étage, impossible de connaître l'état des lieux puisque Germain n'y était pas monté depuis le décès de sa mère, au mois d'août précédent.

Le célibataire alla puiser un broc d'eau dans la chaudière déposée près du comptoir. Une mince pellicule de glace s'était déjà formée sur l'eau. Pendant que les flammes ronflaient enfin dans le poêle et répandaient un peu de chaleur, Germain mit l'eau à bouillir. Ensuite, il se dirigea vers l'une des deux fenêtres de la cuisine pour évaluer l'ampleur de la tempête qui se déchaînait à l'extérieur.

Dehors, cela ressemblait à un spectacle de fin du monde. Le vent gémissait et semblait prêt à soulever la toiture de la maison. Un véritable rideau opaque de flocons empêchait de voir la route. Impossible même d'apercevoir le traîneau chargé de bois abandonné quelques instants plus tôt devant la remise. Toute vie semblait avoir fui aux alentours. Germain eut l'impression d'être sur une île inhabitée au milieu d'un désert blanc.

— Calvaire ! Il fallait que ça arrive aujourd'hui ! jura-t-il à mi-voix en abandonnant la fenêtre pour préparer sa tasse de thé.

Depuis une semaine, il ne songeait qu'au samedi soir et à la visite qu'il allait rendre à Gabrielle, au village. Il avait déjà oublié Céline Veilleux et l'humiliation cuisante qu'elle lui avait fait vivre. Seule la jeune orpheline occupait maintenant ses pensées depuis une dizaine de jours. Elle n'était plus l'« autre servante » du curé, mais « Gabrielle », la « belle Gabrielle ».

Les deux heures qu'il avait passées tête à tête avec elle dans le salon d'Agathe Cournoyer, le dimanche précédent, lui avaient fait découvrir une jeune fille sensible et pleine de bon sens. Elle avait surtout déclenché chez lui un goût irrépressible de la protéger après qu'elle lui eut raconté la vie solitaire et sans amour qu'elle avait connue à l'orphelinat. Après l'avoir entendue décrire les durs travaux auxquels elle avait été astreinte dans l'institution, il s'était rendu compte qu'il avait été passablement gâté. Lui, habituellement si taciturne, s'était laissé aller à parler de son passé. Il lui avait raconté le décès de ses deux frères aînés, morts avant d'avoir atteint cinq ans, le départ pour Montréal de sa sœur Florence, la mort de son père de la grippe espagnole et enfin, le décès de sa mère au mois d'août précédent. Bien sûr, il ne dit pas un mot du rejet dont il avait été l'objet de la part de Céline Veilleux ni du mépris que les filles de la paroisse lui vouaient.

— Il est encore pas mal de bonne heure, finit par se dire Germain. Le temps peut encore changer. Ça va peut-être se calmer sur l'heure du souper.

Mais le temps ne changea pas. La tempête continua à faire rage tout l'après-midi. Lorsqu'il se décida à sortir de la maison sur le coup de seize heures pour aller traire ses vaches et nourrir ses animaux, le jeune cultivateur dut marcher dans près de deux pieds de neige pour se rendre à l'étable. Après son travail, il revint à la maison. Il ignorait si c'était un effet de son imagination, mais il lui sembla que la tempête s'essoufflait et que le vent se calmait. En tout cas, il était certain qu'il neigeait un peu moins.

Durant tout le souper frugal qu'il avala en solitaire, assis au bout de la table, il balança entre la sagesse de demeurer au chaud, chez lui, à alimenter son poêle, et la tentation de chausser ses raquettes et d'essayer de se rendre au village, chez Agathe Cournoyer.

— Deux milles en pleine tempête, il faudrait être fou pour faire ça, se répéta-t-il plusieurs fois.

Toutefois, il se sentait progressivement envahi par l'envie de prouver à la belle Gabrielle qu'il était homme à affronter le danger pour ses beaux yeux. De plus, cela faisait une semaine qu'il n'avait pas parlé à quelqu'un. Finalement, la dernière bouchée avalée, il négligea d'allumer sa pipe pour sortir son miroir, son blaireau et son rasoir dans l'intention de se raser pour la seconde fois de la journée. Ensuite, il fit une toilette rapide avant de passer une chemise et des chaussettes propres.

En passant devant une fenêtre, il se refusa à regarder à l'extérieur. Il endossa son manteau le plus chaud et coiffa sa tuque avant de sortir à l'extérieur où une violente bourrasque de neige l'accueillit. Germain remonta le col de son manteau et se dirigea vers la remise pour prendre sa paire de raquettes suspendue à un clou.

Quelques instants plus tard, il referma la porte du bâtiment et il traversa sa cour, chaussé de ses raquettes et le visage protégé par une large écharpe de laine. Seul au milieu de la tourmente, il s'engagea dans le rang Sainte-Marie, fouetté par les rafales de vent qui charriaient des flocons à l'horizontale.

— Deux milles, c'est tout de même pas le bout du monde, se dit le jeune cultivateur en avançant péniblement contre le vent. Si je suis trop gelé, je m'arrêterai quelque part à mi-chemin, chez les Tougas, par exemple.

Tout en se tenant un long monologue dans lequel il se répétait ce qu'il avait envie de dire à Gabrielle ce soir-là, il progressait lentement sur la route enneigée. Il faisait encore si mauvais qu'à aucun moment, il ne parvint à voir la moindre lueur de fanal ou de lampe à huile dans l'une des maisons du rang. En avançant, il concentrait toute son attention à ne pas sortir de la route. Il était conscient que se perdre en plein champ par une telle tempête pouvait signifier la mort.

Germain Fournier mit un peu plus d'une heure à franchir la distance entre sa ferme et la première maison du village de Saint-Jacques-de-la-Rive.

Un peu plus tôt, au presbytère, Agathe et Gabrielle avaient fini de laver la vaisselle du souper et elles avaient préparé la collation des deux prêtres avant de revêtir leurs manteaux pour traverser chez elles. Une heure auparavant, Gabrielle s'était esquivée quelques minutes pour aller rallumer le poêle dans la petite maison blanche située de l'autre côté de la route, de manière que sa logeuse et elle ne rentrent pas dans une maison glaciale.

— Faites attention de pas glisser, prévint Gabrielle Paré en prenant le bras de la vieille ménagère au moment où toutes les deux s'engageaient dans l'escalier d'une dizaine de marches du presbytère. Monsieur Groleau a eu beau venir pelleter l'escalier deux ou trois fois depuis le commencement de la tempête, ça paraît pas.

— Une chance qu'on a juste à traverser pour rentrer à la maison, dit la vieille servante en s'appuyant sur la jeune fille. C'est une vraie tempête de mon jeune temps. On voit ni ciel ni terre.

Les deux femmes s'empressèrent de traverser la route et de s'engouffrer frileusement dans la maison.

— Il faudrait bien pelleter le balcon, fit remarquer Gabrielle en pensant à l'épaisseur de neige accumulée devant la porte d'entrée.

— Ça presse pas tant que ça, la calma Agathe Cournoyer. On est bien dans la maison. Ça peut attendre demain matin.

Elles retirèrent leurs manteaux et leurs bottes. Pendant qu'Agathe s'approchait du feu, Gabrielle allongeait la mèche de la lampe à huile, faisant ainsi reculer les coins d'ombre de la petite cuisine.

— C'est de valeur pour Germain Fournier, se désola la vieille servante. J'ai l'impression qu'il serait venu à soir s'il avait pas fait aussi mauvais.

— En tout cas, il était invité, laissa tomber Gabrielle, sans trop éprouver de regrets.

À peine la jeune fille venait-elle de prononcer ces mots que les deux femmes sursautèrent violemment en entendant un fort raclement en provenance du balcon.

— Veux-tu bien me dire ce qui fait ça ! s'exclama Agathe en se précipitant vers la fenêtre en même temps que sa jeune locataire.

— Mais c'est Germain Fournier ! s'écria Gabrielle, stupéfaite. Il est en train de nettoyer le devant de la porte avec la pelle laissée sur le balcon.

— Ma foi du bon Dieu, il est devenu complètement fou d'avoir pris le chemin dans une tempête pareille pour venir te voir !

Un étrange sourire de satisfaction détendit les lèvres de Gabrielle avant qu'elle fasse les quelques pas qui la séparaient de la porte.

— On dirait bien qu'il tenait absolument à venir passer la soirée avec toi, lança la vieille dame sur un ton narquois.

— On le dirait, madame Cournoyer, répondit Gabrielle en ouvrant la porte au jeune homme.

Le célibataire, couvert de neige de la tête aux pieds, déposa la pelle près de la porte, à l'extérieur, et il entra dans la maison sans se faire prier après avoir secoué ses pieds sur le balcon pour en faire tomber la neige.

— Entre, Germain, l'invita aimablement Gabrielle. Tu ressembles à un bonhomme de neige. Ôte ton manteau.

Le jeune cultivateur enleva sa tuque et déboutonna son lourd manteau. Il avait le visage rougi par le froid. Ses doigts et ses pieds étaient gourds.

— Je voudrais pas mettre de la neige partout, s'excusa-t-il.

— Laisse faire, le rassura la vieille ménagère, qui était déjà retournée s'asseoir près du poêle. C'est juste de l'eau, et de l'eau, ça sèche.

— J'espère que t'es pas venu au village en pleine tempête juste pour nous voir, demanda Gabrielle sur un ton faussement ingénu.

— Ben oui, reconnut gauchement le jeune homme.

— Mais c'était dangereux sans bon sens ! s'écria la jeune fille en laissant volontairement poindre de l'admiration dans sa voix.

— C'est vrai, Germain, intervint Agathe Cournoyer. T'aurais pu te perdre ou tomber dans la tempête et jamais personne aurait su où t'étais passé.

— Oh, c'était pas si pire que ça ! se défendit le célibataire en jouant les modestes.

— Assois-toi à table, lui ordonna Gabrielle. Je vais te servir une bonne tasse de thé bien chaud et un morceau de tarte aux pommes. Ça va t'aider à te dégeler.

À la fin de la soirée, la tempête était pratiquement terminée. Il ne tombait plus que quelques flocons et le vent avait cessé de souffler. Lorsque Germain Fournier chaussa de nouveau ses raquettes dans l'intention de rentrer chez lui, il poussa un soupir de soulagement. Le retour allait être cent fois plus facile que l'aller. De plus, tout au long de la route, il avait matière à réflexion et de sérieuses raisons de se réjouir. Il n'y avait plus d'ambiguïté possible. Gabrielle avait accepté de le considérer comme son unique soupirant. Il n'aurait plus à feindre de venir rendre visite à Agathe Cournoyer en même temps qu'à la jeune fille. Il avait vraiment été bien inspiré de braver la tempête. Gabrielle semblait avoir été enchantée de sa visite. Elle avait considéré sa venue comme une sorte d'épreuve dont il était sorti victorieux. Quand il lui avait demandé s'il devrait aller rencontrer le curé Lussier pour obtenir la permission de la fréquenter, elle l'avait rassuré en lui disant qu'elle s'occuperait elle-même d'obtenir l'accord du prêtre.

C'est donc un homme neuf et ragaillardi qui se dirigea vers le rang Sainte-Marie à la fin de cette soirée de janvier.

En se mettant au lit, la jeune fille de dix-neuf ans poussa un profond soupir de contentement. Germain Fournier était bien accroché et tout indiquait qu'il était tellement heureux d'être devenu son cavalier qu'elle pourrait bientôt se permettre d'exiger beaucoup de choses de sa part.

— En tout cas, chuchota-t-elle pour elle-même, je suis certaine qu'il y a pas une fille de Saint-Jacques qui a reçu son cavalier à soir, avec cette tempête-là.

Sur ce point, la jeune servante du curé Lussier se trompait lourdement. Le second voisin de Germain Fournier, Clément Tremblay, n'allait pas rater une soirée au salon avec Céline Veilleux sous le prétexte qu'une tempête de neige sévissait depuis le milieu de l'avant-midi. Après tout, ils étaient voisins et il n'y avait que quelques arpents entre les deux maisons.

Avec son père et ses deux frères, il avait travaillé une bonne partie de l'après-midi à repousser la neige qui encombrait la cour et l'entrée des bâtiments. À l'heure du souper, tout ce labeur semblait avoir été effectué vainement puisque les violentes bourrasques de vent s'étaient amusées à ramener toute la neige.

Après le train, Eugène Tremblay, dégoûté, avait décrété :

— Bon. Ça va faire pour le pelletage aujourd'hui. On va attendre que le vent se calme et on nettoiera demain matin, après le train.

Clément n'avait pas dit un seul mot. Après le repas, il s'était esquivé durant quelques minutes dans sa chambre à coucher, à l'étage. Quand il en était descendu, il était endimanché et il avait fait un effort pour discipliner ses cheveux bruns naturellement bouclés.

— T'es en avance, mon frère, lui fit remarquer Claire, qui venait de s'emparer de son tricot. La messe, c'est juste demain matin.

— Tu te maries pas à soir, j'espère, se moqua à son tour sa sœur Aline, qui ne venait à la maison que les fins de semaine.

Le jeune homme ignora les deux boutades avec un souverain mépris. Si son père fit comme s'il n'avait rien entendu, sa mère, en revanche, leva la tête de la courtepointe qu'elle venait d'étaler sur la table de cuisine.

— Où est-ce que tu t'en vas, habillé comme ça ? lui demanda-t-elle.

— À côté, m'man.

— Chez les Veilleux ?

— Ben oui. Vous devriez commencer à le savoir, c'est déjà la quatrième fois que je vais veiller avec Céline.

— Tu déranges pas trop son père et sa mère, j'espère ? demanda Thérèse en jetant un coup d'œil à son mari qui feignait l'indifférence.

— Pourquoi je les dérangerais, m'man ? C'est pas eux autres que je vais voir, c'est leur fille. Son père a accepté que j'aille la voir le samedi et le dimanche soir, c'est ce que je fais.

— Tu vas avoir de la misère à aller là, lui fit remarquer son frère Gérald.

— Les raquettes, c'est pas pour les chiens, tu sauras, dit Clément en endossant son manteau.

Quelques minutes plus tard, le jeune homme de vingt ans frappait à la porte des Veilleux après avoir laissé sa paire de raquettes sur le balcon enneigé. Ernest, l'air revêche, vint lui ouvrir.

— Entre, dit-il sans aménité au visiteur. Elle descend dans une minute.

Le cultivateur le laissa planté là, sur le paillasson, et, sans plus s'occuper du fils de son ennemi, retourna à sa chaise berçante et à sa pipe. Yvette revint à ce moment-là de la cuisine d'été où elle était allée porter des conserves. Elle jeta un regard désapprobateur à son mari avant d'inviter Clément à retirer son manteau et à passer au salon.

— Céline ! cria-t-elle, debout au pied de l'escalier. Clément est arrivé.

— J'arrive, répondit la jeune fille.

Yvette attendit de voir apparaître sa fille dans l'escalier avant de se retirer dans la cuisine. Elle savait pourquoi Ernest était si grognon ce soir-là. Il détestait rester planté sur sa chaise berçante toute une soirée pour surveiller les fréquentations qui se déroulaient dans le salon. On lui aurait dit que c'était l'endroit où il passait habituellement ses soirées, il aurait répondu que c'était une autre paire de manches de se sentir obligé.

Quand Yvette lui avait proposé de lui laisser faire le chaperon à sa place, il avait sèchement refusé en alléguant qu'avec sa manie d'avoir toujours quelque chose à faire, elle était incapable de remplir son rôle convenablement. On ne pouvait avoir les yeux fixés sur un tricot ou une courtepointe et surveiller sa fille et, surtout, un maudit Tremblay.

Pourtant, c'est elle qui intercepta sa fille lorsque cette dernière vint dans la cuisine pour prendre le plateau de sucre à la crème dont elle voulait régaler son amoureux.

— Viens donc ici, toi, lui ordonna sa mère.

— Qu'est-ce qu'il y a, m'man ?

— Qu'est-ce que t'as sur les lèvres ?

— Rien.

— Je t'ai demandé ce que t'avais sur les lèvres, répéta Yvette Veilleux plus durement.

— C'est juste du rouge à lèvres.

— Qu'est-ce que je t'ai déjà dit, Céline Veilleux ? Je t'ai dit cent fois que ça donnait un air de dévergondée et que je voulais pas que t'en mettes. Est-ce que c'est clair ?

— Oui, m'man.

Au moment où la jeune fille allait retourner au salon, sa mère se leva.

— Où tu t'en vas ?

— Dans le salon, m'man, et...

— Non, la coupa sa mère. Tu vas d'abord te nettoyer le visage avec une serviette.

Furieuse, Céline alla à l'évier et saisit une serviette avec laquelle elle se frotta vigoureusement la bouche. Sans ajouter un mot, elle se dirigea ensuite vers le salon.

17

Une bonne leçon

En février, le froid ne relâcha pas son étreinte, mais les chutes de neige se firent plus rares qu'en janvier. Les piquets des clôtures étaient disparus depuis longtemps sous une épaisse couche de neige. Le paysage était uniformément blanc dans la campagne. De loin en loin, on ne voyait qu'une cheminée qui fumait, seule trace visible de vie. Dans le rang Sainte-Marie, la route bien damée par les fermiers offrait une assise solide aux sleighs, aux berlots et aux lourds traîneaux utilisés pour les déplacements.

À la mi-janvier, Eugène Tremblay et ses deux fils avaient attendu avec une impatience croissante que la glace sur la Saint-François épaississe suffisamment pour supporter le poids d'un attelage et, surtout, pour être découpée. Le temps doux et le verglas tombé au début du mois les avaient retardés sérieusement. De plus, la forte tempête de neige qui avait suivi n'avait guère été favorable à leurs projets.

Une semaine plus tard, quand des froids arctiques s'étaient abattus sur la région, les trois hommes sortirent les pelles, les pinces, la tarière, les haches et les scies, et ils les jetèrent pêle-mêle dans le traîneau avant de se diriger vers la rivière, à la hauteur de la forge d'Adélard Crevier, là où la rive était la plus accessible à un attelage.

Pour cette première journée, Eugène, de la neige à mi-jambes et armé de sa tarière, s'avança sur la rivière avec mille précautions. Il se méfiait des trous « d'eau chaude », comme il disait. Parvenu à une trentaine de pieds du rivage, il dégagea du pied un petit espace et perça la glace avec sa tarière pour en vérifier l'épaisseur. Quand il se rendit compte qu'elle avait plus d'un pied d'épaisseur, il fit signe à Gérald et à Clément de faire descendre l'attelage. La glace était largement en mesure d'en supporter le poids.

Les trois hommes se mirent immédiatement à dégager avec leurs pelles un rectangle de quelques pieds carrés. Le travail sur la rivière était autrement plus pénible que celui auquel ils étaient habitués dans le bois. Ici, aucun obstacle ne venait empêcher le vent de soulever la neige qui mordait cruellement la peau. Rien ne protégeait les travailleurs du froid intense de cette journée de janvier. Lorsqu'ils furent trop gelés, ils se mirent quelques instants à l'abri des chevaux sur le dos desquels ils avaient pris la précaution de jeter de lourdes couvertures.

— Sacrifice que c'est froid, se plaignit Gérald en plaquant ses deux mains sous ses aisselles.

— C'est pas grave, fit son père, c'est parce qu'on est pas encore habitués. Dans une couple de jours, on s'en rendra plus compte. En attendant, on est mieux de pas s'arrêter trop longtemps. C'est en travaillant qu'on va se réchauffer le mieux.

— Qu'est-ce qu'on va faire avec les blocs qu'on va découper aujourd'hui ? demanda Clément en déposant la tarière avec laquelle il venait de percer un autre trou dans la glace.

— Ceux-là, on va les rapporter à la maison, décida son père. On va d'abord commencer à faire notre propre provision de glace avant de servir les autres.

Les trois hommes retournèrent sans tarder au travail. Ils percèrent la glace et agrandirent les premiers trous avec leurs haches avant de se mettre à scier des blocs d'environ deux pieds carrés. Ils hissaient ensuite péniblement les blocs hors de l'eau avec leurs pinces, puis les déposaient les uns après les autres sur le traîneau. Quand ce dernier fut rempli, Eugène donna le signal du départ. Mais avant de partir, il prit la précaution d'aller couper sur la berge quelques branches de sapinage qu'il planta dans la neige autour du trou que ses fils et lui avaient fait dans la glace. Il n'était pas question de prendre le risque que quelqu'un y tombe.

— On pourrait peut-être s'arrêter un peu à la forge avant de revenir à la maison, p'pa, suggéra Gérald, frigorifié.

— Vaut mieux pas. J'ai pas le goût pantoute d'entendre Crevier nous parler de son Rouleau et de ce qu'il va faire une fois élu. En plus, si on fait ça, on va avoir de la misère à endurer le froid en revenant.

Les chevaux, encouragés par les cris de Clément et d'Eugène, parvinrent à escalader la rive et à reprendre pied sur le rang Saint-Edmond. Juchés sur la charge, les trois hommes rentrèrent à la maison pour dîner.

Ce midi-là, Eugène Tremblay eut l'idée de boire une petite rasade de caribou avant de passer à table, histoire de se réchauffer un peu. Après avoir rebouché la bouteille, il pensa subitement à sa fameuse bouteille de caribou trafiqué et il alla dans la remise pour vérifier si elle était toujours là.

— Ah ben, torrieu ! s'exclama-t-il en s'apercevant qu'elle avait disparu. Dis-moi pas que le maudit voleur est revenu !

Il retourna dans la cuisine en se promettant d'installer un loquet sur la porte de la remise l'après-midi même.

— Ma bouteille de caribou dans la remise est disparue, apprit-il à sa femme en entrant dans la pièce.

— Ça doit pas faire longtemps, répondit calmement Thérèse en déposant la soupière au centre de la table. Je l'ai vue encore hier.

— Je suis sûr que notre voleur va ben l'aimer, ricana Eugène en se servant. Il va se rappeler de cette boisson-là, je te le garantis.

Tout le monde autour de la table s'esclaffa. Les enfants étaient au courant de ce que leur père avait mis dans la bouteille.

— Ça sent le Tit-Phège Turcotte à plein nez, cette histoire-là, reprit Eugène. Il aime trop la boisson et il m'a vu ben des fois aller chercher du caribou dans la remise.

— Je suis pas trop certaine de ça, moi, fit

Thérèse. T'es mieux d'attendre d'avoir des preuves avant de l'accuser.

— De toute façon, p'pa, on va ben finir par en entendre parler dans la paroisse, prédit Clément. Pour moi, ça prendra pas de temps.

Après le repas, Eugène et ses fils retournèrent à la rivière pour poursuivre la tâche entreprise le matin même. Il était prévu qu'on découperait de la glace durant deux ou trois semaines, le temps de remplir la fosse creusée au fond de la grange et tapissée d'une épaisse couche de bran de scie. Il le fallait si on voulait conserver au frais de la viande jusqu'au début de l'été. De plus, Eugène avait accepté de fournir en blocs de glace deux des quatre fromageries de la paroisse et quelques clients de Pierreville.

Cependant, il allait de soi que la durée du travail dépendrait, en grande partie, de la température qu'il ferait durant le mois de février. Mais s'il fallait découper encore de la glace au mois de mars, les Tremblay le feraient ; ils avaient un trop urgent besoin des quelques dollars que cette activité allait leur procurer.

Deux jours après le début de ce travail pénible, Claire Tremblay, qui revenait d'aller lever les œufs dans le poulailler, aperçut le postier arrêté devant la maison. L'homme s'apprêtait à déposer du courrier dans leur boîte aux lettres. La jeune femme laissa sur le balcon son plat rempli d'œufs et se dirigea vers la boîte aux lettres.

— Bonjour la belle Claire, fit Philibert Dionne

dont le nez bourbonien était enluminé par le froid. J'ai deux lettres pour vous autres.

— Bonjour, monsieur Dionne. Vous allez bien ?

— Pas mal. Pas mal mieux que deux des garçons d'Antonius Tougas, en tout cas. Je viens de parler à leur mère. Il paraît que leur René et leur Émile ont pogné une espèce de microbe qui fait qu'ils passent leur temps aux toilettes depuis hier. Elle est pas mal inquiète. Elle se rappelle encore trop comment son vieux père est mort après avoir attrapé un microbe que le docteur Courchesne a pas été capable de soigner.

— C'est peut-être juste une bonne grippe, avança la jeune femme de vingt-six ans en réprimant difficilement un sourire.

— C'est ce que Germain Fournier vient de me dire, répondit l'affable postier en reprenant les guides de son attelage. Au fait, je suppose que vous devez savoir que c'est le grand amour entre votre deuxième voisin et la petite servante du curé Lussier ? C'est rendu qu'on les voit plus l'un sans l'autre.

— Tant mieux, laissa tomber Claire, peu intéressée par les amours du voisin.

— Et toi, ma belle, quand est-ce qu'on va aller à tes noces ? Une belle fille comme toi, ça doit pas manquer de prétendants.

— Il y a rien qui presse, répondit sèchement la jolie célibataire en repoussant sous sa tuque une boucle de cheveux châtains.

— Bon. Il faut que j'y aille, dit Philibert Dionne. Tu salueras tout le monde chez vous pour moi.

— J'y manquerai pas, monsieur Dionne, promit la jeune fille.

Elle rentra dans la maison et enleva son manteau qu'elle suspendit à l'un des crochets vissés au mur, derrière la porte d'entrée.

— M'man, je pense qu'on vient peut-être de découvrir qui est venu voler la boisson de p'pa, déclara-t-elle à sa mère occupée à éplucher les pommes de terre qui allaient être servies au dîner.

— Qui est-ce ? demanda Thérèse Tremblay, en repoussant d'une main impatiente une mèche qui s'était échappée de son chignon.

— Les deux petits Tougas.

Claire entreprit de lui raconter tout ce que le postier venait de lui dire.

— Ça prouve encore rien, déclara Thérèse Tremblay. Mais attends que ton père apprenne ça. Je pense pas que ça va lui faire plaisir. Il aime ben les Tougas.

— Je veux bien le croire, m'man, mais vous savez comme moi que leurs gars sont pas des anges.

— C'est sûr qu'ils auraient eu besoin d'une bonne volée de temps en temps pour les faire marcher droit, dit Thérèse. Mais on change pas le monde. Leur père et leur mère sont des doux, ajouta-t-elle, réprobatrice.

— Le père Dionne m'a aussi dit que Germain Fournier était en amour par-dessus la tête avec la servante du curé.

— Avec la fille qui vient d'un orphelinat ?

— Bien oui, m'man, pas avec Agathe Cournoyer, quand même, rétorqua sa fille. On peut pas dire qu'elle est bien difficile, cette fille-là.

Le silence tomba dans la cuisine durant un court moment avant que Thérèse ne reprenne :

— Je te l'avais bien dit, ma fille, que tu devrais t'occuper un peu de Germain Fournier. C'est encore un bon parti qui risque de te filer sous le nez.

— M'man, je vous l'ai dit que le voisin m'intéressait pas. Je l'ai toujours trouvé laid et insignifiant.

— Si tu continues à te montrer aussi difficile, tu vas mourir vieille fille, Claire. Oublie pas que tu viens d'avoir vingt-six ans.

— Je mourrai vieille fille, et ce sera pas la fin du monde, déclara Claire sur un ton définitif en déposant devant sa mère les deux enveloppes remises par le postier.

Dès son retour ce midi-là, Eugène fut mis au courant du malaise qui frappait les deux fils d'Antonius Tougas.

— Pour moi, c'est eux autres qui sont venus deux fois nous voler, finit-il par déclarer. Je pense que je vais arrêter parler à leur père en passant cet après-midi.

— Mais t'as pas de preuve de ça, rétorqua sa femme. Ils peuvent aussi être malades à cause d'un microbe. Fais-toi pas haïr par Antonius. Il y a déjà assez d'Ernest Veilleux.

— Prends-moi pas pour un niaiseux, s'emporta son mari. Je vais juste aller leur dire deux mots.

Après le repas, le cultivateur arrêta son attelage devant la maison des Tougas et alla frapper à leur porte, en compagnie de Gérald et de Clément.

Antonius Tougas, un grand homme décharné à la tête grise et hirsute vint ouvrir.

— Entrez, dit-il aux trois hommes en s'effaçant. Venez vous réchauffer un peu.

Les Tremblay entrèrent dans une pièce pauvrement meublée où Emma Tougas, une femme toute menue, était occupée à ranger de la vaisselle dans ses armoires.

— On veut pas te déranger, Antonius, fit Eugène qui avait vu son voisin lors d'une assemblée de cuisine chez Giguère, la semaine précédente. On s'est juste arrêtés pour prendre des nouvelles de tes garçons. On a entendu dire qu'ils étaient pas mal malades.

— En fin de compte, ça a pas l'air d'être ben grave, les rassura le cultivateur en replaçant l'une de ses larges bretelles qui avait glissé de son épaule. Déjà, à matin, ils allaient mieux.

— C'est ben tant mieux.

— Ils sont déjà tous les deux à l'étable en train de nettoyer.

— Bon. Je suis ben content pour vous autres, conclut Eugène, ayant déjà la main sur la poignée de la porte. Si ça te dérange pas, j'ai deux mots à dire à tes garçons. Après ça, nous autres, on s'en retourne couper de la glace. On vous souhaite le bonjour, dit-il à ses hôtes avant de sortir.

Eugène et ses fils envoyèrent la main à Antonius Tougas debout devant la fenêtre.

— Attendez-moi ici, ordonna Eugène à ses fils, avant de se diriger vers l'étable située au fond de la cour.

L'homme à la stature imposante entra dans le bâtiment et trouva Émile et René Tougas en train de pelleter du fumier qu'ils déposaient dans une brouette. Ils sursautèrent en apercevant Eugène Tremblay debout devant eux. Ils ne l'avaient pas entendu entrer.

— Vous deux, écoutez-moi ben parce que je me répéterai pas, leur dit-il d'une voix sévère.

Les deux frères se regardèrent, surpris. René, l'aîné, voulut dire quelque chose, mais un geste coupant de la main du visiteur l'incita à se taire.

— Prenez-moi pas pour un gnochon, poursuivit Eugène. C'est vous deux qui êtes venus me voler du caribou deux fois dans ma remise. Les pistes menaient jusqu'à chez vous, mentit-il.

— Mais..., voulut protester René.

— Laisse faire, le coupa Eugène. Vous avez été malades parce que j'ai mis de l'huile de ricin dans la dernière bouteille que vous êtes venus me voler. La prochaine fois que vous aurez envie de venir chez nous sans être invités, la surprise qui va vous attendre va vous faire ben plus mal que ça, je vous le garantis. Est-ce que c'est clair ?

— Oui, monsieur Tremblay, balbutia René.

— Est-ce que c'est clair ? répéta Eugène Tremblay en enflant la voix et en tournant son regard vers Émile.

— Oui, monsieur Tremblay, répondit finalement l'adolescent.

— Là, j'ai rien dit à vos parents. La prochaine fois, je vais vous faire arrêter par la police provinciale, ajouta-t-il pour faire peur aux deux jeunes.

Sur ces mots, Eugène Tremblay tourna les talons et sortit de l'étable. Il monta à bord du traîneau et Clément cria « Hou donc ! » pour inciter les chevaux à se mettre en marche.

— Est-ce que c'est eux autres, p'pa ? demanda le jeune homme à son père.

— Ouais. Mais je pense leur avoir fait assez peur pour leur enlever l'envie de recommencer.

— On pourrait leur sacrer une volée, suggéra Gérald, agressif.

— Non. Ça va faire comme ça. Ils ont eu leur leçon.

Dans l'étable, les deux adolescents restèrent figés un court moment après le départ du voisin.

— Qu'est-ce que t'as fait du reste de la bouteille ? demanda à voix basse René à son jeune frère.

— Je l'ai caché dans le berlot, dans la vieille couverte. P'pa avait là une moitié de bouteille qu'on a bue dans le temps des fêtes. Là, je l'ai remplacée.

— Tu te débarrasseras de cette cochonnerie-là, lui conseilla son frère. Il manquerait plus qu'on oublie ce qu'il y a dedans et qu'on en boive encore.

— Ouach ! fit Émile, dégoûté.

Le dimanche matin suivant, la température était passablement plus clémente que les jours précédents. Le soleil brillait dans un ciel sans nuages et pas un souffle de vent ne venait soulever la neige tombée l'avant-veille. Il faisait si beau qu'à la sortie de la grand-messe, les paroissiens étaient peu pressés de regagner l'abri de leur maison. Des groupes se formèrent sur le parvis et devant l'épicerie de Hélèna Pouliot pour échanger les dernières nouvelles.

— C'est une vraie honte ! s'exclama à mi-voix Hélèna Pouliot en jetant un coup d'œil prudent autour d'elle afin de s'assurer que seules les trois commères qui l'entouraient pouvaient entendre ses paroles. Je me demande à quoi pense Agathe Cournoyer en laissant faire des affaires comme ça !

— C'est vrai que laisser la petite servante aller s'asseoir dans le même banc que le Germain Fournier, ça se fait pas, fit une dame bien en chair engoncée dans un épais manteau de drap noir.

— Oui, mais Agathe le sait peut-être pas que ça se fait pas. Il faut pas oublier qu'elle a pas eu d'enfant à élever.

— Quand même ! protesta Hélèna. Et monsieur le curé qui laisse faire ça. Ça me surprend qu'il ait encore rien dit à sa petite dévergondée de servante.

— Hélèna, il faut tout de même pas exagérer, intervint une paroissienne âgée à l'air pincé. Il peut rien se passer dans l'église, devant tout le monde.

— Je parle pas de l'église, mais des fréquentations entre ces deux-là, reprit Hélèna. Je les vois passer bras dessus bras dessous le dimanche après-midi. Ils se promènent dans le village sans chaperon, comme un couple marié.

— Bah ! Avec le froid qu'il fait, ils peuvent tout de même pas faire grand-chose de mal dehors, fit la troisième commère, une petite femme sèche, les mains fourrées dans son épais manchon.

— En tout cas, vous saurez me le dire, prédit Hélèna Pouliot sur un ton doctoral. Cette petite bougresse-là est en train d'enfirouaper cette espèce de sans-dessein qui voit rien. On sait pas d'où elle vient, mais elle a l'air de savoir où elle va. Je serais la dernière surprise si elle s'organisait pas pour se faire marier avant la fin du printemps. Une orpheline ! Probablement une enfant du péché ! Il y a jamais rien de bon qui vient de cette race de monde-là.

À ce moment-là, Ernest Veilleux se retrouvait au milieu d'un groupe d'hommes qui discutaient des élections provinciales de la semaine suivante et surtout, de l'assemblée contradictoire qui allait opposer Hormidas Joyal à Joseph Rouleau, les deux candidats au poste de député du comté de Nicolet. La réunion devait se tenir dans la salle paroissiale de Saint-Gérard l'après-midi même.

— Il fait beau. On devrait y aller, déclara Georges Hamel, le second voisin des Veilleux dans le rang Sainte-Marie.

— D'autant plus que c'est la seule vraie réunion à laquelle on aura pu assister, fit remarquer Ernest, enthousiaste. Les élections sont la semaine prochaine.

— Moi, c'est sûr que j'y vais avec mes beaux-frères, affirma Adélard Crevier avec force. On va ben voir si Joyal va avoir encore le front de nous sortir ses mêmes maudites promesses qu'il a jamais tenues.

— Une promesse comme le pont, par exemple, dit Boisvert.

— Ouais, fit le forgeron. Si notre maire a pas le

courage de lui dire en pleine face ce qu'on pense de lui, je vais le faire, moi.

— Si on te laisse parler, précisa Boisvert.

— C'est vrai que dans une grande réunion, c'est une autre paire de manches, reconnut Georges Hamel. Joyal, comme Rouleau, va venir avec ses hommes.

— Ça me fait pas peur pantoute.

— En tout cas, la glace est ben solide. En traversant par la rivière, devant la forge, Saint-Gérard est pas tellement loin, fit remarquer Ernest Veilleux. Si tu viens avec moi, Georges, je vais y aller.

— OK, monsieur Veilleux. Je passe vous chercher après le dîner. Je vais en profiter pour vous faire essayer ma Catherine. Vous allez voir qu'attelée à mon Rex, elle file pas mal vite.

Un peu plus loin, Eugène Tremblay, le maire Giguère et les libéraux les plus convaincus de la paroisse s'organisaient pour assister, eux aussi, à la fameuse réunion à Saint-Gérard.

— C'est vrai qu'on a eu juste une petite réunion de cuisine chez vous, Wilfrid, dit son beau-frère au maire de Saint-Jacques. Dans ces réunions-là, Joyal est à l'aise, mais on est jamais plus que six ou sept à l'avoir entendu.

— L'important est qu'il est ben décidé à nous avoir notre pont du prochain ministre de la Voirie, dit Wilfrid Giguère. Joyal me l'a encore répété avant de partir. Il est ben sûr de l'avoir ce printemps et les rouges vont être réélus encore une fois. Vous le savez comme moi que c'est pas après les élections qu'il faut leur demander quelque chose, précisa le maire ; c'est avant, quand ils ont besoin de notre vote.

— Il faut qu'on soit toute une gang pour encourager Joyal cet après-midi, suggéra Eugène. Si on est pas là, les bleus vont l'écœurer et il pourra pas placer un mot.

— On va s'organiser, promit un nommé Dupré du rang des Orties. Je vais y aller moi aussi, même si je suis ben certain que je verrai pas de mon vivant un gouvernement bleu à Québec.

Plusieurs voix se firent entendre pour signifier leur accord. On allait se rendre massivement à la salle paroissiale de Saint-Gérard pour écouter Hormidas Joyal et, si possible, intimider les bleus présents sur les lieux.

Peu après le repas, Ernest Veilleux guetta par la fenêtre l'arrivée de son jeune voisin. Le trajet en catherine jusqu'à Saint-Gérard l'excitait et le rendait craintif en même temps. Ce traîneau délicat monté sur de hauts et fins patins ne lui inspirait pas une grande confiance, surtout quand il était tiré par un cheval aussi nerveux que le Rex de Georges Hamel. Il lui semblait qu'un rien pouvait faire basculer ce véhicule trop léger à son goût. Ce n'était pas par hasard si Hamel était le seul de la paroisse à en posséder un.

Mais toutes ces inquiétudes se révélèrent sans objet. Le trajet entre Saint-Jacques-de-la-Rive et Saint-Gérard fut couvert en un temps record et les deux hommes arrivèrent bien avant le début de la réunion politique. L'un et l'autre s'empressèrent d'aller rejoindre des connaissances qui les avaient précédés et qui formaient un groupe compact à l'arrière de la salle dont on venait d'ouvrir les portes. Tous ces chauds partisans du parti conservateur se moquaient bien des rumeurs qui voulaient que leur parti soit si impopulaire dans la province qu'on était certain qu'ils ne feraient élire, dans le meilleur des cas, qu'une poignée de députés. Quand on leur disait que les Canadiens français se rappelaient encore trop bien comment les bleus les avaient trahis en leur imposant la conscription en dépit de toutes les promesses du Premier ministre Borden, ils se défendaient en affirmant :

— Mais c'est les bleus d'Ottawa qui ont fait ça, pas ceux de Québec.

— C'est du pareil au même, leur répondaient les rouges sur un ton méprisant. Ils couchent dans le même lit.

La salle paroissiale se remplit rapidement et presque exclusivement d'hommes. En quelques minutes, les fumeurs de pipe et de cigare rendirent l'air presque irrespirable. Un épais nuage de fumée malodorante stagnait déjà au plafond de la petite salle surpeuplée. De toute évidence, des gens de toutes les paroisses avoisinantes s'étaient déplacés pour assister au face-à-face entre les deux hommes politiques. Avant même le début de l'assemblée, fusaient déjà des échanges aigres-doux entre les partisans des deux clans.

Le curé de Saint-Gérard et son vicaire, le visage fermé, avaient pris place sur l'estrade aux côtés des deux candidats et de leurs organisateurs politiques. Hormidas Joyal était en grande conversation avec

Alfred Carrier, le maire de Saint-Gérard. Soudainement, ce dernier tira sa montre de gousset de l'une de ses poches et consulta l'heure avant de s'avancer au centre de l'estrade pour exiger le silence. Après l'avoir difficilement obtenu, l'homme bedonnant demanda au curé Laramée de faire une courte prière. Toute l'assistance se leva pour se recueillir un instant avant la joute oratoire. Ensuite, le maire Carrier, tout fier de son rôle d'arbitre, expliqua les règles du débat avant de laisser d'abord la parole à Joseph Rouleau, le candidat conservateur.

Une tempête de huées accueillit le petit homme replet qui s'avança, imperturbable, pour faire face à la foule plutôt hostile. Pendant une quinzaine de minutes, le candidat, les pouces passés dans les petites poches de son gilet, se mit à énumérer toutes les politiques impopulaires du dernier mandat Gouin-Taschereau, sans tenir compte le moins du monde des insultes qui lui étaient adressées des quatre coins de la salle. Des menaces contre les fauteurs de troubles commencèrent à fuser du coin où s'étaient regroupés les partisans du parti conservateur, mais elles n'eurent aucun effet et le chahut continua de plus belle.

Quand vint le tour de Hormidas Joyal de venir expliquer le programme du parti libéral à l'auditoire, une salve d'applaudissements nourris lui donna une bonne idée de la popularité de son parti. L'homme de taille moyenne au ventre avantageux s'étendit longuement sur ses propres mérites. Immédiatement, des interpellations et des huées en provenance de l'arrière de la salle tentèrent de couvrir la voix du candidat, mais une demi-douzaine de fiers-à-bras, probablement payés par les libéraux, rétablirent vite l'ordre. Il y eut bien des échanges d'insultes et des promesses de coups, mais on en resta là. On ne désirait que remettre aux rouges la monnaie de leur pièce, eux qui avaient hué Joseph Rouleau quelques minutes auparavant.

Hormidas Joyal énuméra ses réalisations dans le comté de Nicolet durant son dernier mandat avant d'en venir aux lois les plus populaires votées sous le régime libéral. Il parla, entre autres, de la loi de l'assistance publique et de la création de la Commission des monuments historiques.

Le reste de l'assemblée contradictoire fut une dure empoignade où tous les coups étaient permis entre les deux candidats. Cependant, la lutte était par trop inégale. Hormidas Joyal avait beau jeu de jeter à la face de son adversaire l'insignifiance de son parti qui n'avait pas gouverné la province depuis des lunes. Dans la salle, certains esprits commençaient à s'échauffer au point qu'on en vint finalement aux coups entre les partisans des deux clans. Il fallut séparer et expulser les belligérants.

Profitant d'une accalmie, Wilfrid Giguère demanda ce qui allait advenir du pont qu'on promettait à Saint-Jacques-de-la-Rive depuis près de vingt ans. Joyal et Rouleau s'engagèrent solennellement à le faire construire s'ils étaient élus la semaine suivante. Le maire Carrier fronça les sourcils en entendant cette promesse, probablement parce qu'on lui avait fait la même pour Saint-Gérard. Si le maire Frenette de Sainte-Monique avait été présent, il aurait eu une attaque, lui à qui on avait juré que sa municipalité aurait le pont.

Au moment de quitter la réunion, à la fin de l'après-midi, Ernest Veilleux, la mine sombre, ne put s'empêcher de dire à Georges Hamel :

— Ça regarde ben mal. Il faut pas se raconter des peurs ; les rouges vont encore rentrer sans problème la semaine prochaine. Je pense qu'on parviendra jamais à se débarrasser de cette maudite bande de voleurs. Ils ont l'assiette au beurre et ils veulent pas la lâcher, sacrement ! Au fond, on pourrait rester les pieds sur la tablette du poêle mardi prochain au lieu d'aller voter, et ça changerait rien.

De fait, le mardi suivant, les libéraux de Louis-Alexandre Taschereau se firent élire au Québec avec l'une des plus fortes majorités jamais enregistrées dans la province. Celui qui avait demandé un mandat clair pour gouverner pouvait maintenant se mettre réellement au travail. Dorénavant, il aurait plein pouvoir pour éliminer les dernières cicatrices laissées par la crise économique des dernières années.

Le soir de la victoire libérale, les partisans de Saint-Jacques-de-la-Rive bravèrent le froid pour participer à un défilé triomphal qui sillonna chaque rang de la paroisse, autant pour célébrer que pour narguer les perdants.

Évidemment, le bruyant cortège s'arrêta devant la maison d'Ernest Veilleux. Les vainqueurs étaient déchaînés. Frappant sur de vieux chaudrons et soufflant dans des trompettes, ils offrirent au représentant des bleus de la paroisse un véritable charivari, comme le voulait la tradition. Réveillé en sursaut, le cultivateur s'était levé dans le noir et avait soulevé un coin du rideau qui masquait la fenêtre de sa chambre à coucher.

— Qu'est-ce qui se passe ? demanda Yvette, demeurée dans le lit.

— Qu'est-ce que tu penses ? demanda son mari avec humeur. Ce sont les maudits rouges qui s'énervent parce que Joyal est rentré. Mais je t'avertis que si j'en pogne un seul qui a le front de monter sur mon balcon, je vais lui faire regretter d'être venu au monde.

— Calme-toi donc, Ernest, lui conseilla sa femme. C'est pas la première fois que tu perds tes élections. Le soleil va se lever pareil demain matin.

— Je le sais, torrieu ! Mais écoute ben ce que je te dis là. Ils ont voulu réélire Joyal, dit son mari avec rage, mais on va ben voir s'il va faire quelque chose avec le pont. Je suis sûr qu'il va encore disparaître comme la dernière fois et on entendra plus parler de rien.

18

Le drame

Le premier vendredi de mars, Ernest Veilleux voulut faire plaisir à sa femme en lui proposant, après le souper, de l'amener veiller chez sa cousine Berthe, à Pierreville.

— Si on part tout de suite, précisa-t-il, on pourrait revenir à une heure qui aurait de l'allure.

— On y va tout seuls ?

— On peut ben amener Céline, suggéra Ernest. Je pense que ça fait un mois qu'elle a pas mis le nez dehors.

— C'est ça, et c'est moi qui vais être obligée de garder les petits, se plaignit Anne.

— Aïe, les petits ! Il faut pas exagérer, répliqua Jérôme qui, à quinze ans, la dépassait d'une demi-tête.

— C'est pas de toi que je parlais, niaiseux, le rembarra l'adolescente de dix-sept ans mise de mauvaise humeur par la nouvelle. Je parlais d'Adrien, de Léo et de Jean-Paul.

— On est capables de se garder tout seuls, la grosse, répondirent ses jeunes frères.

Le visage rond de la jeune fille blêmit sous l'insulte. Rien ne la mortifiait autant que de se faire taquiner sur son embonpoint. Avant qu'une dispute n'éclate entre les trois garçons et leur sœur, Yvette Veilleux intervint.

— Vous trois, on vous demande pas votre avis, fit-elle sur un ton qui ne souffrait aucune contestation. Vous ferez ce que votre sœur vous dira de faire, vous m'entendez. Si vous écoutez pas, c'est à votre père que vous allez avoir affaire quand on va revenir.

Cette simple menace fit disparaître toute velléité de rébellion chez les plus jeunes de la famille. Un peu avant sept heures, Ernest alla atteler le berlot puis Yvette et Céline, chaudement emmitouflées, prirent place dans la voiture. Tous les trois quittèrent la maison, heureux de s'offrir une sortie.

Moins d'une heure plus tard, Léo et Jean-Paul profitèrent de la courte absence de leur gardienne, partie chercher de la laine dans sa chambre à coucher, à l'étage. Ils se glissèrent dans le salon, une pièce habituellement fermée durant la semaine et réservée uniquement, du moins depuis le jour de l'An, aux deux visites hebdomadaires de Clément Tremblay, le prétendant de Céline.

— Apporte une chandelle, on voit rien, ordonna Léo à son jeune frère.

Le cadet prit le bougeoir déposé en permanence sur une tablette près du poêle et alluma la chandelle. Les deux adolescents entrèrent dans la pièce plus par désœuvrement que dans un but précis. En passant près du piano droit installé au fond du salon, entre deux pots de fougère, Jean-Paul effleura doucement de la main le couvercle rabattu sur le clavier, geste qu'il ne se serait jamais permis si sa mère avait été là.

Le piano était la dot d'Yvette Veilleux. Depuis le jour où on avait déposé l'instrument dans le salon, trente et un ans auparavant, il était demeuré l'objet de la fierté de sa propriétaire, qui en avait toujours pris un soin jaloux. Pas question que les enfants y touchent. Elle était la seule à savoir en jouer, mis à part son aînée, Marcelle, qui avait été assez patiente pour apprendre avant d'entrer chez les religieuses. Bref, chez les Veilleux, il était strictement défendu de toucher à ce piano. On n'osait même pas s'asseoir sur le banc de chêne sous le couvercle duquel étaient soigneusement rangées les partitions. Les filles de la maison l'époussetaient avec soin chaque semaine et voyaient à ce que le napperon déposé sur le meuble soit bien blanc.

Ce soir-là, poussé par on ne sait quel démon, Léo souleva le couvercle du clavier.

— Ferme la porte du salon, chuchota-t-il à son frère. On va essayer le piano de m'man.

— Es-tu fou, toi ? fit l'autre, épaté par l'effronterie de son aîné.

— Énerve-toi donc pas, répondit Léo. On lui mangera pas son piano.

— Et Anne ? Elle va nous entendre.

— Mais non. Je jouerai pas fort. Elle est encore en haut.

Ce disant, l'adolescent se laissa tomber sur le banc et tendit la main pour installer le bougeoir à l'extrémité du clavier de manière à bien voir les touches blanches et noires de l'instrument.

Jean-Paul s'assit à un bout du banc, prêt à regarder ce que son frère allait faire.

Deux minutes plus tard, la catastrophe se produisit sans que l'un ou l'autre des garçons puisse y faire grand-chose. Le bougeoir bascula et tomba sur le clavier, répandant de la cire chaude sur quelques notes en ivoire. Pire, la mèche ne s'éteignit pas sur le coup et provoqua un petit feu qui eut tout de même le temps de noircir quelques touches blanches. Les deux adolescents eurent beau se précipiter pour redresser le bougeoir, le mal était déjà fait.

— Aïe ! Regarde ce que t'as fait ! ne put s'empêcher de s'exclamer Jean-Paul qui avait quitté précipitamment le banc sur lequel il avait pris place un instant plus tôt.

Il y eut un bruit de pas dans la pièce voisine et la porte du salon s'ouvrit. Anne apparut dans l'embrasure, une lampe à huile dans une main.

— Qu'est-ce qui se passe ici ? Qu'est-ce que vous faites dans le salon ? demanda la jeune fille en s'approchant. Vous avez pas d'affaire à entrer ici. Je peux pas vous laisser une minute tout seuls sans que vous fassiez des niaiseries.

— Énerve-toi pas, on faisait rien de mal, se défendit Léo.

— En plus, vous avez touché au piano de m'man ! s'écria la jeune fille. Attendez qu'elle apprenne ça ! ajouta-t-elle sur un ton menaçant.

Léo allait rabattre le couvercle du clavier quand quelque chose attira l'attention de sa sœur.

— Attends une minute, toi, lui ordonna-t-elle en arrêtant son geste.

— Qu'est-ce qu'il y a, là ?

Anne fit deux pas de plus et se pencha vers le clavier.

— C'est quoi, ça ? fit-elle en pointant du doigt les notes abîmées.

— C'est juste un peu de cire. Si t'arrêtes de t'énerver pour rien, on va pouvoir l'ôter, lui dit Jean-Paul.

— C'est ça, va chercher de l'eau chaude et dépêche-toi, lui enjoignit sa sœur en déposant sa lampe à huile sur le piano.

Pendant que Jean-Paul allait imbiber d'eau chaude une serviette, Anne gratta délicatement du bout de l'ongle les gouttes de cire répandues sur les notes. Elle se rendit immédiatement compte que sur trois d'entre elles, l'ivoire avait été attaqué par la flamme de la chandelle.

— C'est pas vrai ! Vous avez pas brûlé le piano de m'man ! s'exclama la jeune fille, au bord de la panique. Ça part pas ! C'est pas de la cire, ça, ajouta-t-elle à l'intention de Léo qui la regardait faire depuis quelques instants.

De fait, tous les efforts déployés par les deux garçons pour faire disparaître les brûlures furent totalement inutiles. La cire disparut, mais les brûlures demeurèrent d'autant plus visibles que le feu s'était attaqué aux notes blanches.

— Si on mettait un peu de peinture blanche, proposa Léo, en désespoir de cause.

— Ça tiendra pas, affirma Anne.

— Ce serait mieux que rien, en tout cas, dit l'adolescent en se dirigeant vers la sortie du salon. Il en reste dans l'armoire de la cuisine d'été.

— Vous faites ce que vous voudrez, dit Anne. Moi, je m'en lave les mains.

— C'est ça. Mêle-toi de tes affaires, lui conseilla son jeune frère. On va mettre un peu de peinture blanche et tout va être arrangé.

— Prends pas m'man pour une niaiseuse, le prévint sa sœur avant de quitter le salon. C'est sûr que demain, elle va s'en apercevoir quand elle va épousseter le salon. En tout cas, t'es mieux de faire ça vite, précisa-t-elle à Léo, ils sont à la veille de revenir.

Léo masqua du mieux qu'il put les dégâts avec un peu de peinture blanche. Même à la chétive lueur dispensée par une chandelle, il était visible que l'ivoire avait jauni avec le temps et les retouches de peinture blanche n'en étaient que plus évidentes. L'adolescent finit par rabattre le couvercle du clavier avant de quitter le salon où il regrettait amèrement d'avoir mis les pieds. Quand ses parents rentrèrent à la fin de la soirée, son jeune frère et lui étaient montés se coucher depuis un bon moment.

Le lendemain avant-midi, Yvette Veilleux, occupée à la préparation du dîner avec Anne, chargea Céline d'épousseter le salon où elle allait recevoir Clément le soir même.

— Fais pas les coins ronds, comme d'habitude, lui ordonna sa mère.

Durant quelques minutes, il n'y eut aucun bruit dans la maison. Les garçons étaient en train d'aider leur père à réparer un patin du berlot, dans la remise.

— M'man, quand vous aurez le temps, vous

devriez venir jeter un coup d'œil à votre piano. Il y a quelque chose de pas normal, dit soudainement Céline qui venait de paraître à la porte du salon.

— Mon piano ? Quoi ? Qu'est-ce qu'il a ? demanda sa mère avec un rien d'impatience dans la voix, en s'essuyant les mains sur son tablier.

Céline lui montra le clavier dont elle venait de relever le couvercle pour essuyer les notes de l'instrument.

— On dirait qu'il est arrivé quelque chose aux notes, répondit la jeune fille. La semaine passée, je les ai époussetées et elles étaient pas comme ça, il me semble.

Yvette se pencha sur le clavier et, n'en croyant pas ses yeux, passa le bout de ses doigts sur les touches en ivoire.

— Bonne sainte Anne ! s'exclama-t-elle en pâlissant. Qu'est-ce qu'il y a eu là ? C'est quoi qu'il y a là-dessus ? demanda-t-elle en grattant du bout de l'ongle la peinture encore fraîche.

— Je sais pas, admit Céline, aussi surprise que sa mère.

— Mais on dirait bien que c'est brûlé !

Yvette, catastrophée, regarda Céline, puis Anne, qui venait d'entrer dans la pièce. Subitement, une lueur de compréhension s'alluma dans le regard de la mère de famille.

— Ce serait pas arrivé hier soir, par hasard ? demanda-t-elle à Anne sur un ton menaçant.

— C'est pas ma faute, m'man. C'est Léo, avoua piteusement l'adolescente. Pendant que j'étais allée en haut chercher quelque chose, il est entré dans le salon avec Jean-Paul et il a échappé la chandelle sur le clavier.

— Des plans pour mettre le feu à la maison ! s'écria sa mère en posant sur sa poitrine une main crispée. Attends que je lui parle, lui ! Il est dans la remise, va me le chercher !

Anne se précipita dans la cuisine d'été dont elle ouvrit la porte pour héler son frère. Ce dernier entra dans la maison en se traînant les pieds.

— M'man veut te parler. Elle est dans le salon, lui expliqua Anne avant de s'esquiver dans la cuisine d'hiver.

Quand Léo pénétra dans le salon, sa mère était penchée sur le clavier de son piano. C'était une catastrophe. Il y avait tant de beaux souvenirs rattachés à cet instrument... Et tout ça gâché par un enfant désobéissant ! Elle en avait les larmes aux yeux. Comment réparer les dégâts maintenant ?

— Oui, m'man. Qu'est-ce qu'il y a ? demanda Léo sur un ton cavalier en s'approchant de sa mère.

Il n'eut pas le temps d'ajouter un seul mot. Furieuse de ne percevoir aucun remords chez l'adolescent, sa mère se tourna d'un bloc vers lui et lui assena une gifle magistrale qui faillit le jeter par terre, tant elle y avait mis de la force et de la rage.

— T'as vu ce que t'as fait à mon beau piano, maudite tête folle ? Disparais avant que je t'étripe.

Léo, le visage en feu, sortit de la pièce en se tenant la joue où les cinq doigts de la main droite de sa mère étaient clairement imprimés. De toute évidence, le garçon de treize ans mettait tout son orgueil à ne pas pleurer. Il monta dans sa chambre d'où il ne sortit que pour dîner. Quand il prit place à table, son père lui jeta un regard mauvais sans faire quelque commentaire que ce soit à la vue de sa joue enflée. Selon toute vraisemblance, Yvette avait eu le temps de lui raconter ce qui s'était passé.

La semaine suivante, la température s'adoucit quelque peu, mais il neigea pratiquement chaque jour. Le ciel uniformément gris avait un effet déprimant sur les gens qui commençaient à trouver l'hiver exagérément long.

Au presbytère de Saint-Jacques-de-la-Rive, Agathe Cournoyer abandonna un court instant sa cuisine pour aller répondre au coup de sonnette impératif à la porte d'entrée. Philibert Dionne lui tendit un paquet dès qu'elle lui ouvrit.

— Bonjour, madame Cournoyer, dit le postier, toujours aussi affable. J'ai des lettres pour monsieur le curé et un paquet pour l'abbé Martel. Voulez-vous signer pour le paquet ?

— Entre, Philibert. Tu fais geler tout le presbytère, fit la vieille dame en laissant entrer le postier dans le couloir. Mets pas de neige sur mon plancher, par exemple.

— Ayez pas peur, madame Cournoyer, répondit le postier en tirant un crayon de l'une des poches de son épais paletot. Je sais pas ce que c'est, mais ce paquet-là est pas tellement pesant, ajouta le petit homme replet au visage enluminé.

— Merci, Philibert, dit la vieille dame en s'emparant du paquet et des lettres après avoir signé.

Elle ouvrit la porte pour laisser sortir le postier.

— Je vois que tu passes encore la malle avec ton traîneau à chiens, commenta-t-elle en voyant l'attelage devant le presbytère.

— Pas le choix. Il y a des rangs trop mal nettoyés et je pourrais pas passer avec un cheval. Bon, je vous laisse. Je suis pas en avance.

Dès qu'elle eut refermé la porte, la servante du curé Lussier regagna sa cuisine après avoir laissé les lettres et le paquet sur la petite table du couloir.

Quelques minutes plus tard, Antoine Lussier sortit de son bureau et, comme d'habitude, prit son courrier sur la table en passant. Son attention fut tout de suite attirée par le paquet destiné à son vicaire. Il le soupesa, le secoua et le tâta même pour tenter de deviner ce qu'il pouvait bien contenir. C'était rigide et cela rendait un son métallique. D'un naturel curieux, le pasteur de Saint-Jacques-de-la-Rive aurait bien aimé savoir immédiatement qui était l'auteur de cet envoi et surtout, ce que le paquet contenait. Il se promit de sonder son vicaire quelques minutes plus tard, durant le dîner.

À l'appel de Gabrielle Paré, les deux prêtres se présentèrent en même temps à la salle à manger. L'abbé Martel, toujours aussi distrait, faillit d'ailleurs rater une marche de l'escalier en finissant de lire une lettre en descendant de l'étage.

— Vous feriez bien mieux de regarder où vous mettez les pieds, l'abbé, plutôt que de lire quand vous marchez, le tança son curé qui l'avait vu sur le point de perdre l'équilibre. Un vicaire avec une jambe dans le plâtre est pas bien utile dans une paroisse comme Saint-Jacques.

Le jeune prêtre sursauta en entendant son supérieur.

— Oui, vous avez raison, monsieur le curé, reconnut-il en toute humilité.

— Pendant que j'y pense, il y a un paquet laissé pour vous par le facteur. Il est sur la petite table du couloir.

— Merci, monsieur le curé. Je le prendrai après le repas.

— Vous avez bien le temps de l'ouvrir avant de passer à table, lui suggéra Antoine Lussier. On sait jamais, c'est peut-être quelque chose qui peut se gâter.

— Ça me surprendrait, fit le vicaire en poussant la porte de la salle à manger et en s'effaçant pour laisser passer son supérieur devant lui.

Mais le curé Lussier s'était subitement arrêté.

— Vous êtes pas plus curieux que ça de voir ce qu'on vous a envoyé ?

— N... non, répondit, le jeune prêtre à la mince chevelure blonde strictement séparée par une raie.

— En tout cas, l'abbé, on est pas fait pareils tous les deux, rétorqua le curé Lussier, exaspéré par l'impassibilité de son subalterne. Moi, ça me fatigue de pas savoir ce que contient un paquet.

Le vicaire sembla subitement saisir le message de son curé.

— Vous avez probablement raison, monsieur le curé. Je ferais peut-être mieux d'ouvrir ce paquet-là avant de dîner.

Il laissa passer devant lui son curé et il retourna

sur ses pas pour s'emparer du paquet qu'il apporta dans la salle à manger. Sous les yeux intéressés d'Antoine Lussier, le vicaire déchira le papier brun qui enveloppait le tout pour mettre à jour trois boîtes métalliques identiques d'une dizaine de pouces de côté par moins d'un pouce d'épaisseur. Le curé, déjà assis au bout de la table, chaussa ses lunettes pour mieux voir. Il était beaucoup plus intéressé par les trois boîtes que par la soupière fumante que Gabrielle Paré avait déposée au centre de la grande table de chêne quelques instants plus tôt.

Pendant que son supérieur examinait le contenu du paquet, Alexandre Martel lisait la brève missive qui accompagnait l'envoi. Il replia la lettre et l'enfouit dans l'une des poches de sa soutane avec un grand sourire avant de repousser les boîtes sur un coin de la table. Il s'assit. Les deux ecclésiastiques récitèrent le bénédicité.

— Puis ? demanda Antoine Lussier.

— Ça vient de mon cousin Armand. C'est un cadeau qu'il me fait.

— Il y a quoi dans ces boîtes-là ?

— Des cigarettes, monsieur le curé. Ces sont des boîtes de cent cigarettes Sweet Caporal.

— Il est riche, votre cousin ?

— Non, il travaille pour la compagnie, à Montréal. Il a pensé me faire plaisir en m'envoyant ça.

— Mais vous fumez même pas !

— Je fume pas la pipe, mais j'ai longtemps fumé la cigarette, monsieur le curé.

— Première nouvelle, fit le vieux prêtre, grand fumeur de pipe.

— Un vice caché, précisa l'abbé Martel avec un petit rire.

— Vous devez avoir arrêté depuis longtemps, je vous ai jamais vu avec une cigarette, lui fit remarquer son supérieur d'un air suspicieux.

— Je me vois pas traîner du papier Zig-Zag et un paquet de tabac, et me mettre à rouler une cigarette devant les gens. Les cigarettes toutes faites coûtent trop cher, avoua le vicaire.

— Vous faites bien, l'abbé, l'approuva Antoine Lussier en se servant enfin un bol de soupe. Moi, j'ai toujours trouvé que ça faisait pas mal... pas mal efféminé de fumer une cigarette. Un vrai homme, ça chique ou ça fume la pipe ou le cigare. En plus, la cigarette, ça goûte rien.

Le reste du repas se prit dans le silence. Après, les deux hommes se dirigèrent vers le salon attenant à la salle à manger. Le curé Lussier s'empressa d'allumer sa petite pipe recourbée pendant que son vicaire enlevait les scellés sur l'une des boîtes et ouvrait cette dernière. L'abbé Martel souleva le fin papier en aluminium pour découvrir deux rangées de cylindres blancs remplis de tabac blond. Après avoir admiré le contenu de la boîte durant un court instant, il se décida à en tirer une fine cigarette qu'il alluma avec une allumette prise dans la boîte déposée sur une table basse. Les yeux à demi fermés, le jeune vicaire inhala sa première bouffée avec un profond soupir de contentement.

— Votre tabac sent drôle, l'abbé, lui fit remarquer le curé Lussier en déposant sa pipe dans le cendrier posé devant lui. Est-ce qu'il est fort ?

— Non, monsieur le curé. C'est un tabac pas

mal doux, répondit le vicaire, trop inattentif pour remarquer l'appel du pied de son supérieur.

— Il brûle pas la langue ?

— Non.

— Donnez-moi donc une de vos cigarettes, l'abbé, finit par lui demander carrément son supérieur, désireux de goûter à autre chose qu'à l'âpre tabac du pays qu'il hachait lui-même pour sa pipe.

— Avec plaisir, monsieur le curé, dit le jeune prêtre plein de bonne volonté en lui tendant la boîte de Sweet Caporal. Je vous en avais pas offert parce que je pensais que vous préfériez la pipe.

— C'est vrai, mais je suis curieux de savoir quel goût ça peut avoir, avoua Antoine Lussier en s'allumant une cigarette à son tour.

Le prêtre la fuma en silence, sans rien dire, jusqu'au moment où il éteignit son mégot dans le cendrier.

— Qu'est-ce que vous en pensez, monsieur le curé ?

— Bah ! C'est pas mauvais, mais je trouve que ça a pas grand goût en comparaison avec une bonne pipe.

Quelques minutes plus tard, l'abbé Martel sortit du salon, apportant avec lui deux des boîtes de cigarettes offertes par son cousin. Il alla les déposer dans sa chambre à coucher avant de quitter le presbytère pour sa visite hebdomadaire à l'école du village. Il avait laissé sa troisième boîte de Sweet Caporal sur la table du salon.

Il fallut moins de cinq jours pour vider cette boîte de cent cigarettes de son contenu. Comme le vicaire n'était qu'un fumeur occasionnel, il dut se rendre à l'évidence : quelqu'un se servait sans retenue dans sa provision de cigarettes. À moins que la jeune servante se soit mise à fumer en cachette, la seule autre possibilité était que son curé les appréciait de plus en plus. Pourtant, il ne se rappelait pas l'avoir vu en fumer. Il décida d'en avoir le cœur net.

— Monsieur le curé, dit-il à son supérieur cet après-midi-là avec une mine de conspirateur, je pense que l'une ou l'autre de nos servantes fume en cachette.

— Pourquoi dites-vous ça, l'abbé ? demanda Antoine Lussier en fermant son bréviaire.

— Vous me croirez pas, mais la boîte de Sweet Caporal que j'ai laissée sur la table du salon est déjà vide et ça fait même pas cinq jours que je l'ai ouverte. J'ai dû fumer moins d'une dizaine de cigarettes depuis ce temps-là. Il y en avait cent dans la boîte.

Le visage du curé Lussier rougit légèrement, mais il ne dit rien.

— Il faut bien que ce soit madame Cournoyer ou Gabrielle, monsieur le curé. Vous, vous aimez mieux la pipe.

Antoine Lussier se racla la gorge d'un air embarrassé avant d'avouer un peu piteusement :

— Ne les accusez pas, l'abbé. Je pense que c'est moi qui ai fumé toutes vos autres cigarettes. Avant que vous me le fassiez remarquer, j'avais pas l'impression d'en avoir tant fumé. C'est traître, la cigarette. C'est tellement faible qu'on peut en fumer plusieurs sans s'en rendre compte. En plus, on y prend goût sans bon sens. Je m'excuse d'avoir fumé votre provision.

— Ah ! c'est vous. Vous avez bien fait, monsieur le curé, reprit l'abbé Martel, sur un ton qui trahissait un certain inconfort. Je suis content que vous les aimiez.

— Vous êtes bien généreux, l'abbé. Vous êtes chanceux que votre cousin vous ait envoyé trois boîtes de cigarettes. Trois boîtes, ça fait beaucoup de cigarettes.

Le vicaire comprit à demi-mot le message de son supérieur. Le soir même, une seconde boîte de Sweet Caporal remplaça la boîte métallique vide sur la table basse du salon.

Le lendemain, à la messe, le curé Lussier annonça aux fidèles que le carême commencerait dans trois jours et que l'imposition des Cendres se ferait, comme chaque année, lors d'une brève cérémonie, durant l'après-midi. Ensuite, le prêtre consacra son sermon à l'importance des deux courtes retraites de trois jours qu'un père dominicain allait venir prêcher dans la paroisse dès le second soir du carême. La première, réservée aux femmes, allait durer du jeudi au samedi suivant ; tandis que la seconde, celle des hommes, ne débuterait que le lundi. Le curé de la paroisse de Saint-Jacques-de-la-Rive insista lourdement sur la nécessité d'être présent à la retraite. À son avis, c'était un devoir de chrétien.

Deux jours plus tard, à la fin de l'après-midi, Gabrielle Paré alla accueillir à la porte du presbytère un grand religieux portant une petite valise.

Le prêtre demanda à parler au curé Lussier. La jeune fille s'empressa d'aller prévenir le curé après avoir fait passer le visiteur au salon et l'avoir débarrassé de son manteau et de son chapeau.

L'ecclésiastique était si maigre qu'il semblait flotter dans sa soutane. Sa longue figure ascétique était surmontée de cheveux poivre et sel coiffés au cordeau. Des lunettes à fine monture métallique conféraient à l'ensemble de sa physionomie un air froid et peu commode.

— Bonjour. Je suis Antoine Lussier, le curé de Saint-Jacques, fit-il en pénétrant dans le salon, la main tendue et le visage éclairé par un large sourire.

Le prêtre se leva et serra la main du curé.

— Père Anatole Lelièvre. On m'a demandé de venir prêcher la retraite chez vous.

— Vous êtes le bienvenu. On vous attendait. Ma cuisinière va vous montrer votre chambre. Vous avez amplement le temps de vous installer, nous ne soupons qu'à six heures.

— Merci, monsieur le curé.

Dès le premier soir, le curé Lussier et l'abbé Martel se rendirent compte que le père Lelièvre était tout, sauf familier. Il regardait son entourage comme s'il s'apprêtait à le disséquer. Froid, il semblait absolument dépourvu de tout humour et sa seule présence dans une pièce engendrait une sorte de malaise perceptible.

Le lendemain, après avoir officié la cérémonie des Cendres, Antoine Lussier et son vicaire décidèrent de s'accorder une courte pause dans le salon avant le souper. Ils y trouvèrent leur invité en train de lire ce qui était probablement des notes qui allaient servir à la première rencontre de la retraite destinée aux femmes, le lendemain soir. Antoine Lussier n'était pas particulièrement de bonne humeur après avoir remarqué que l'assistance à l'imposition des Cendres n'était pas aussi importante que celle des années passées.

En mettant les pieds dans le salon, il se dirigea immédiatement vers la boîte de Sweet Caporal et il y prit une cigarette avant de la tendre à l'abbé Martel.

— Excusez-moi, l'abbé, je fais comme si ça m'appartenait, fit le sexagénaire.

— Je vous en prie, monsieur le curé. J'ai laissé la boîte sur la table pour que vous vous serviez.

Avant de s'allumer, le vicaire tendit la boîte au père Lelièvre qui eut une moue de dégoût en la repoussant.

— J'espère que vous allez cesser de fumer pendant le carême, dit-il sèchement aux deux prêtres. Ça devrait être votre première résolution, ajouta le dominicain, raide comme un coup de trique.

Le visage du curé Lussier s'empourpra sous l'effet de la colère. Il n'était pas prêt à recevoir des leçons d'un dominicain qu'il ne connaissait même pas la veille. Un parfait inconnu n'allait pas venir lui dire quoi faire dans son propre presbytère.

— Aïe, père Lelièvre ! gronda le curé, gardez vos sermons pour mes paroissiens. C'est pour ça qu'on vous a invité à Saint-Jacques. Quand je voudrai vos conseils, je vous les demanderai !

La réplique d'Antoine Lussier avait claqué dans

le salon comme un coup de fusil. Sous l'effet de la surprise, l'abbé Martel faillit échapper la boîte de cigarettes qu'il tenait encore dans les mains. Il s'empressa de la déposer sur la table avant d'allumer sa première cigarette de la journée. Pour sa part, le dominicain se contenta de hocher la tête à la fin de la réprimande du curé et il quitta la pièce après avoir ramassé ses feuilles de notes.

Le soir du mercredi des Cendres, après le souper, Thérèse Tremblay fit comme chaque année : elle s'informa auprès des siens pour connaître leur résolution du carême.

— Mais m'man, protesta Claire, vous trouvez pas que c'est personnel, la promesse qu'on fait pour le carême ?

— Je le sais, répondit la mère de famille en adressant à son aînée un regard sévère. Si je m'informe, ma fille, c'est pour vous rappeler à l'ordre quand vous oublierez votre promesse.

La jeune femme poussa un léger soupir d'exaspération avant de répondre :

— J'ai promis de pas manger de sucré.

— Et toi, Gérald ?

— Je vais attendre après Pâques pour commencer à fumer la pipe, m'man.

— Et vous autres ? demanda Thérèse à Aline, Jeannine et Lionel. Ça vous tenterait pas de promettre d'aller à la messe tous les matins ? leur suggéra leur mère.

— P'pa a besoin de moi pour le train, répondit le garçon. Je pense que, moi aussi, je vais juste me priver de sucré.

— Aline ?

— Moi, j'ai promis de pas manger de dessert et d'aller à la messe tous les matins.

— Moi, je vais faire la même chose qu'elle, dit la petite Jeannine, à son tour.

— C'est correct.

— Et toi, Clément ? Tu pourrais peut-être aller veiller avec ta Céline seulement le samedi soir, lui suggéra sa mère le plus sérieusement du monde.

— Ben non, m'man, protesta Clément. La résolution de ma blonde pendant le carême, c'est de m'endurer deux fois par semaine.

— Je te parle sérieusement, Clément, le tança sa mère.

— Je le sais, m'man. J'ai promis de pas fumer du carême.

— Tu vas faire la même chose, Eugène ? demanda sa femme en se tournant vers son mari, qui était resté impassible tout au long de l'interrogatoire.

— Pantoute.

— C'est quoi, ta résolution ?

L'homme à la stature imposante se leva avec un air mystérieux et s'approcha de sa femme. Il se pencha un bref instant vers elle pour lui chuchoter quelques mots à l'oreille. Thérèse Tremblay rougit violemment et repoussa son mari du plat de la main.

— Espèce de vieux vicieux ! murmura-t-elle entre ses dents, furieuse, avant de lui tourner le dos.

— Et vous, m'man ? Est-ce qu'on peut savoir ce

que vous avez promis ? osa lui demander son fils Clément pour la taquiner.

— Tu sauras que j'ai fait deux promesses. J'ai promis de pas manger de sucré du carême et j'ai aussi promis de vous endurer.

Clément se tourna vers son frère Gérald pour lui dire :

— Ouais. J'ai l'impression que le carême va être pas mal long cette année.

— Pourquoi tu dis ça ?

— Parce qu'il y aura pas moyen d'avoir un dessert dans la maison pendant tout ce temps-là. M'man, Claire et Aline ont promis de pas manger de sucré. Ça veut dire qu'elles feront pas de dessert pendant tout le carême. Ça veut dire qu'on va être obligés, nous autres aussi, de pas manger de sucré. Ça, c'est plate.

Le lendemain soir, les paroissiennes s'entassèrent dans l'église un peu avant dix-neuf heures pour le début de leur retraite annuelle. Durant deux longues heures, le père Lelièvre leur parla avec virulence de toutes les formes que prenait le péché et il les terrorisa en leur décrivant abondamment les châtiments éternels de l'enfer. À ses yeux, le moindre plaisir de la vie dissimulait le vice. De toute évidence, le Dieu de bonté et de pardon n'existait pas dans son vocabulaire. À la fin de cette première rencontre, il annonça que le sermon du lendemain serait consacré au péché de la chair et aux devoirs de la femme mariée. Après une courte prière, le dominicain quitta la chaire et gagna la sacristie, laissant derrière lui des chrétiennes moins assurées que jamais d'être sur la voie du salut.

— Il est bien bête, ce prêtre-là, murmura Thérèse à Yvette Veilleux en sortant de l'église.

— Ma foi du bon Dieu, je pense qu'il est pire que le prédicateur de l'année passée, ajouta cette dernière.

— J'ai pas hâte de l'entendre demain soir, continua la voisine. Le péché de la chair ! Les devoirs de la femme mariée ! Il y a des fois que je me demande ce qu'un prêtre peut bien savoir de tout ça.

— Si le curé Lussier t'entendait, fit Yvette en pouffant... En tout cas, il faut pas que je parle de ce père-là à mon mari : il voudra jamais venir à la retraite des hommes, la semaine prochaine. Chaque année, c'est la croix et la bannière pour l'obliger à venir. Il faut presque que je me batte avec lui pour qu'il se change après le souper et vienne à l'église.

— Eugène non plus aime pas tellement ça, rétorqua Thérèse. Il dit toujours qu'il aime mieux dormir dans sa chaise berçante que de venir ronfler sur un banc d'église pendant la semaine. Il trouve ça plus confortable.

— Ils sont bien tous pareils ! conclut Yvette Veilleux.

Pourtant, en ce début de mars 1923, le sort allait faire en sorte qu'Ernest Veilleux n'aurait pas à participer à la retraite des hommes qu'il détestait tant.

Le samedi matin, après le déjeuner, le cultivateur chargea Jean-Paul et Léo de nettoyer l'étable et il partit avec ses fils Jérôme et Adrien pour le boisé situé au bout de sa terre, dans l'intention d'aller bûcher. Adrien n'avait jamais accompagné son père dans le bois en hiver et il n'avait pas cessé de le harceler pour qu'il l'amène avec lui ce matin-là. Le petit garçon de neuf ans lui avait promis de se rendre utile.

— On attellera pas à matin, annonça Ernest à ses deux enfants. On va faire comme hier, on va bûcher cet avant-midi et cet après-midi, et on y retournera plus tard avec le traîneau pour rapporter le bois.

Sur ces mots, le cultivateur et ses fils prirent leurs raquettes qu'ils ne chausseraient que dans le bois et se dirigèrent vers le boisé très visible de l'arrière de l'étable. Le chemin bien balisé et tapé par le va-et-vient presque quotidien du traîneau et des chevaux depuis le mois de décembre ressemblait à un large sillon à travers le champ s'étendant devant eux.

Ce matin-là, le ciel ne présentait que quelques nuages poussés vers l'est par le vent, celui-là même qui soulevait de légers tourbillons de neige autour des marcheurs.

— Monsieur Tremblay s'en va bûcher lui aussi avec Clément, Gérald et monsieur Pierri, fit remarquer Jérôme à son père en pointant son doigt vers la terre voisine où un attelage se dirigeait à pas lents vers la forêt.

— Je suis pas aveugle, laissa tomber Ernest Veilleux en ne se donnant même pas la peine de regarder dans la direction indiquée par son fils.

Lorsque les Veilleux arrivèrent à l'orée du boisé, ils chaussèrent leurs raquettes avant de s'engager au milieu des arbres. S'ils n'avaient pas pris cette précaution, ils se seraient enfoncés dans la neige jusqu'aux genoux. Dans l'air froid de ce matin de mars, ils entendaient presque clairement la voix d'Eugène Tremblay qui, pourtant, se trouvait à quelques arpents d'eux. Après avoir parcouru une quarantaine de pieds, Ernest indiqua à Jérôme deux ou trois pins qu'il voulait le voir abattre.

— Crie au cas où je serais proche quand tu seras prêt à faire tomber le premier, prit-il la précaution de lui dire avant de s'éloigner en compagnie d'Adrien. Moi, je vais m'occuper d'un érable malade un peu plus loin. Ça sert à rien de le laisser debout. Il donnera plus de sirop. Il a l'air mort. Je vais t'avertir quand il sera prêt à tomber.

Ernest Veilleux s'éloigna lentement sur la droite, laissant derrière lui l'adolescent donnant déjà ses premiers coups de hache au pin. Arrivé devant l'érable malade, Ernest prit la peine de prévenir le petit Adrien.

— Tu vas te tenir loin en arrière de moi pendant que je bûche, expliqua-t-il. Quand l'arbre sera à terre, tu t'occuperas des branches que j'aurai coupées. T'auras juste à en faire une pile.

L'enfant acquiesça et s'éloigna de plusieurs pieds de son père. Quelques instants plus tard, les coups de hache du père répondaient à ceux de Jérôme et lui faisaient contrepoint. L'expérience de l'homme ne l'avait pas trompé : l'érable était bel et bien mort, mort au point que son cœur était pourri. Par conséquent, le bois de l'arbre fut beaucoup plus facile que prévu à entamer à la hache.

Bien campé sur ses raquettes, Ernest s'attaqua d'abord à un côté du fût, puis il se mit à frapper le côté opposé, dans la direction où il voulait voir tomber l'érable. Sous les ahanements du bûcheron, les éclats de bois se mirent à voler dans toutes les directions. Au moment où il allait s'écarter et crier pour prévenir son fils qu'un arbre allait s'écraser bientôt, l'érable gigantesque, frappé à mort, fit entendre un craquement sinistre et s'abattit si rapidement qu'Ernest Veilleux n'eut même pas le temps de se mettre entièrement à l'abri. Il eut beau se jeter de toutes ses forces en arrière pour éviter l'énorme tronc, ce dernier fondit sur lui en lui coinçant les jambes. L'homme disparut sous le nuage de neige soulevé par la chute de l'arbre.

Il y eut d'abord un grand silence parce que Jérôme avait cessé de manier sa hache, surpris de ne pas avoir été prévenu par son père de la chute de l'arbre. Au bout d'un long moment, l'adolescent finit par trouver anormal de ne plus rien entendre et il abandonna son pin pour suivre les traces de raquettes laissées par son père et son jeune frère. Il n'eut pas à aller très loin. Soudain, il aperçut l'érable abattu, mais il ne vit ni Adrien ni son père qui aurait déjà dû être en train de l'ébrancher.

— P'pa ! Adrien ! cria l'adolescent. Où est-ce que vous êtes ?

Jérôme répéta son cri à plusieurs reprises tout en faisant le tour de l'arbre dans l'espoir de retrouver des pistes de raquettes quand il entendit un gémissement tout près de lui. Affolé, il se mit à chercher frénétiquement au milieu des branches enchevêtrées. C'est ainsi qu'il découvrit la figure de son père qui saignait abondamment.

L'adolescent se précipita pour dégager son père qui semblait avoir perdu conscience après avoir gémi.

— Où est Adrien, p'pa ? s'écria-t-il. Je le vois pas !

Son père ne répondit pas.

— Adrien ! Adrien ! cria-t-il plusieurs fois tout en tentant de dégager son père inerte de sous l'arbre.

Jérôme se rendit vite compte qu'il lui était absolument impossible de sortir son père et peut-être son jeune frère de là sans aide. Il ne pouvait soulever l'arbre à lui seul, et le débiter lui prendrait trop de temps. Au bord de la panique, l'adolescent se mit à regarder partout autour de lui, à la recherche d'une solution. Ce n'est qu'à ce moment-là qu'il entendit au loin des coups de hache qui lui rappelèrent la présence des Tremblay.

— Au secours ! Au secours ! hurla-t-il à pleine voix en se mettant en marche en direction de la terre des Tremblay.

Ses appels répétés furent entendus parce que les bruits de hache cessèrent presque aussitôt.

— Qu'est-ce qu'il y a ? demanda une voix au loin.

— Un arbre est tombé sur mon père et sur mon frère, cria Jérôme. Venez m'aider.

— Bouge pas, on arrive, fit une voix que Jérôme crut être celle de Clément, l'ami de sa sœur Céline.

— Gérald, tu vas aller au traîneau et ramener les chevaux jusqu'à la route, ordonna Eugène Tremblay à son fils. Essaye pas de passer à travers le champ, tu vas caler. Ensuite, va jusque chez les Veilleux et prends leur chemin derrière leur étable pour t'en venir jusqu'au bois. Nous autres, on va essayer de ramener le bonhomme Veilleux et son garçon au traîneau s'ils sont blessés. Surtout, avertis pas madame Veilleux en passant proche de la maison, ça ferait juste l'énerver pour rien. On sait même pas encore ce qu'ils ont tous les deux.

L'adolescent s'empressa de retourner au traîneau pendant que son père, Bruno Pierri et Clément se mettaient en marche vers le secteur du bois des Veilleux. De temps à autre, Clément criait pour que Jérôme les guide de la voix.

En quelques minutes, les trois hommes parvinrent à rejoindre Jérôme à genoux près de son père, toujours emprisonné sous l'arbre abattu. Ce dernier avait repris conscience, mais il geignait.

— Christ que ça fait mal ! J'en peux plus. Faites ça vite ! supplia-t-il les nouveaux arrivés.

— Où est la scie ? demanda Eugène à l'adolescent sans s'occuper des plaintes du blessé.

Jérôme la lui indiqua de la main.

— Bon. Le seul moyen de le sortir de là est de scier cette section-là de l'arbre, déclara le voisin. Clément, tu vas m'aider à le faire. Ça devrait pas être long ; cet arbre-là m'a l'air à moitié pourri.

— T'as crié qu'un de tes frères était en dessous, reprit Clément. Où est-ce qu'il est ?

— Je le sais pas, je l'ai pas trouvé, dit Jérôme dont le désespoir perçait dans la voix.

— C'est lequel de tes frères ? demanda Clément en commençant à scier.

— Adrien.

— Le petit ? Qu'est-ce qu'il faisait avec vous autres dans le bois ?

— Il voulait absolument venir.

Pendant cet échange, Bruno Pierri s'était éloigné et s'était mis à faire le tour de l'arbre en explorant les lieux avec soin. Soudain, l'homme âgé d'une quarantaine d'années se figea avant de se jeter à genoux près d'une maîtresse branche de l'arbre abattu.

— *Santa Madona !* s'écria-t-il en se mettant à dégager à toute allure avec les mains ce qui ne sembla d'abord qu'un tas de chiffons. Viens m'aider, ordonna-t-il à Jérôme occupé à regarder Clément et son père en train de scier.

Les Tremblay cessèrent immédiatement de scier pour rejoindre le voisin toujours à genoux dans la neige. Tous les quatre unirent leurs efforts pour soulever la maîtresse branche sous laquelle gisait le petit Adrien.

— Doucement ! recommanda Bruno en dégageant le petit garçon avec l'aide de Clément.

— Il bouge pas ! dit Jérôme, alarmé. Il bouge pas, répéta-t-il.

— Il respire, dit Clément en se penchant au-dessus du petit blessé. Il est peut-être juste assommé.

— Bruno, prends-le et va le porter dans le traîneau, dit Eugène, bouleversé. Gérald doit être arrivé au bord du bois. Clément va m'aider à sortir son père de dessous l'arbre.

Bruno Pierri prit le petit garçon dans ses bras avec mille précautions et se dirigea seul vers l'orée du boisé.

Sans perdre un instant, Eugène et son fils se remirent à scier une partie du fût. En quelques minutes, ils furent en mesure de soulever cette section de l'arbre et de dégager Ernest Veilleux à demi enfoncé dans la neige sous le poids de l'érable. Ils finissaient au moment où Gérald arriva, essoufflé, près d'eux.

— Ça y est, p'pa. Le traîneau est à une trentaine de pieds, sur le bord du bois. Monsieur Pierri est resté là-bas avec le petit. Il dit de faire ça vite parce qu'il bouge pas.

— C'est correct. On va d'abord voir comment on peut transporter son père sans trop lui faire mal.

Eugène Tremblay se pencha sur celui à qui il n'avait pas parlé depuis plus de trente ans. Ernest Veilleux avait ouvert les yeux. Il avait le visage blanc et couvert de sueur. Il claquait des dents.

— Peux-tu me dire où t'as mal ? lui demanda Eugène.

— À la jambe. Jésus-Christ ! faites quelque chose ! Sortez-moi de là avant que je crève.

— Énerve-toi pas. On s'occupe de toi, le rassura son voisin.

— Il est chanceux d'avoir été frappé juste par une branche. Je pense qu'il serait mort si le tronc l'avait pogné d'aplomb, ajouta Eugène à voix basse à l'intention de Clément.

Clément regarda les jambes du père de Céline. La jambe droite semblait avoir pris un angle étrange.

— Qu'est-ce qu'on fait, p'pa ?

— Il y a pas autre chose à faire que de le soulever doucement et le porter jusqu'au traîneau. À quatre, on est capables de pas trop le brasser.

Le blessé perdit conscience durant son transport jusqu'au traîneau, malgré toutes les précautions prises par les secouristes. À leur arrivée au lourd véhicule, ils trouvèrent un Bruno Pierri dans tous ses états. Eugène et ses aides étendirent Ernest Veilleux du mieux qu'ils pouvaient à côté de l'Italien qui tenait dans ses bras le petit Adrien.

— On dirait qu'il a de la misère à respirer, chuchota l'Italien à Eugène sur un ton inquiet, en montrant l'enfant qui gémissait doucement.

Le cœur serré à lui faire mal, Eugène s'approcha et se pencha au-dessus du petit :

— Où est-ce que t'as mal, petit ? demanda-t-il à Adrien.

Les yeux fermés, l'enfant n'eut qu'une plainte sourde.

— J'aime pas ça pantoute, dit le cultivateur, la gorge sèche, à Pierri.

— Qu'est-ce qui se passe ? demanda Jérôme qui tenait le cheval pour l'empêcher de bouger.

— Rien, lui mentit Clément.

— Clément, conduis le Noir ben lentement, commanda son père. Nous autres, on va s'organiser pour que les blessés en arrachent pas trop dans le traîneau.

Clément Tremblay eut beau conduire très lentement l'attelage, les cahots du sentier arrachèrent plus d'un cri de douleur à Ernest Veilleux, des cris assortis de blasphèmes qui auraient scandalisé le curé Lussier.

Lorsque l'attelage arriva derrière son étable, le cultivateur sembla sortir de son abrutissement et demanda brusquement en tournant la tête dans toutes les directions :

— Où est le petit ?

— Il est ici, répondit Bruno Pierri qui tenait l'enfant dans ses bras.

— Est-ce qu'il est correct ? demanda Ernest, soudain angoissé.

— On le sait pas encore, monsieur Veilleux. À première vue, il a pas l'air d'avoir un membre cassé.

— Et moi ?

— Vous ? On dirait que vous avez une jambe brisée.

— Et ça fait mal en sacrement ! jura le blessé avec une grimace de douleur.

— On arrive à la maison, annonça Jérôme pour apaiser son père.

— Et on va aller chercher Courchesne à Pierreville en arrivant, ajouta Eugène.

L'attelage contourna l'étable et s'arrêta une centaine de pieds plus loin, près de l'escalier qui conduisait au balcon. À l'intérieur, Yvette Veilleux se précipitait déjà vers la porte. Par la fenêtre, elle venait d'apercevoir son mari et son plus jeune fils étendus dans le traîneau. La porte s'ouvrit brusquement devant Eugène Tremblay. Céline et Anne se bousculaient derrière leur mère.

— Je te l'avais dit que j'avais vu passer un traîneau dans notre cour tout à l'heure, dit Yvette, alarmée, à sa fille Céline.

— C'était Gérald, lui expliqua le voisin tout en empêchant les trois femmes de s'élancer dehors. Il est passé par chez vous pour venir nous aider à transporter votre mari et votre petit gars, madame Veilleux.

— Qu'est-ce qui leur est arrivé ? demandèrent Yvette et ses filles en même temps, cherchant à voir les blessés toujours étendus dans le traîneau.

Eugène leur fit un signe apaisant en les repoussant doucement à l'intérieur et en refermant la porte derrière lui.

— Mon Dieu ! Qu'est-ce qui est arrivé ? répéta Yvette, maintenant au comble de l'affolement.

— Du calme ! lui ordonna sèchement son voisin.

— Qu'est-ce qu'ils ont tous les deux ? reprit Céline, aussi inquiète que sa mère.

— Un arbre leur est tombé dessus. On est arrivés juste à temps pour les sortir de là, expliqua le voisin.

— Ils sont morts ! cria Yvette en se précipitant sur son manteau suspendu derrière la porte.

— Non, non ! fit Eugène. Arrêtez de vous énerver comme ça. Ils sont juste blessés.

— Et Adrien ?

— Lui aussi, madame Veilleux. Mais je suis pas docteur, je sais pas ce qu'il a exactement.

— Je lui avais dit aussi de pas l'amener dans le bois, que c'était pas une place pour un enfant de neuf ans, dit-elle, bouleversée.

— Ça sert à rien de revenir dans le passé, m'man, la raisonna Céline.

— Votre fille a raison, déclara Eugène. Le mieux est peut-être d'installer votre petit dans le salon, sur le sofa. Pour votre mari, on peut toujours l'étendre dans son lit. Après, Clément va aller chercher le docteur à Pierreville.

Céline entraîna sa sœur Anne dans l'escalier pour aller chercher de la literie à l'étage. En un tournemain, les deux sœurs transformèrent le sofa en lit de fortune dans le salon. Une minute plus tard, Bruno Pierri entrait dans la pièce en portant Adrien dans ses bras.

— Mon Dieu ! s'écria Yvette, en larmes, en apercevant son petit. Il a l'air mort. Il bouge pas pantoute. Qu'est-ce que vous lui avez fait ? Il est mou comme de la guenille, cet enfant-là.

Comme pour répondre aux cris de sa mère, Adrien se mit à geindre, mais sans ouvrir les yeux. Yvette se jeta à genoux à côté du sofa et passa doucement une main sur le visage de son fils avant de lui retirer, avec l'aide de Céline, son manteau et ses bottes. Pendant ce temps, Anne guidait Eugène, Clément, Gérald et Jérôme qui transportaient son père dans sa chambre. Yvette quitta un instant son fils pour venir dévêtir son mari avec l'aide de Jérôme. Clément annonça alors qu'il allait chercher le docteur Courchesne à Pierreville.

— Vas-y et perds pas de temps, lui dit son père, demeuré debout dans l'entrée de la chambre en compagnie de Bruno Pierri. Nous autres, on va rentrer à pied à la maison.

— Jérôme peut bien aller vous mener, proposa Yvette en déposant le manteau de son mari sur une chaise.

— Laissez faire, madame Veilleux, refusa Eugène. On a pas loin à marcher. Inquiétez-vous pas, ça va aller. Adrien a l'air d'avoir rien de brisé et il saigne pas. Pour votre mari, je dirais que le mieux serait peut-être de lui faire boire quelque chose de fort pour endormir un peu son mal.

— Torrieu que ça fait mal ! se plaignit soudain Ernest Veilleux en sortant de la demi-inconscience dans laquelle il avait sombré quand on l'avait transporté à l'intérieur de la maison.

— Vous nous ferez donner des nouvelles par Clément quand il sera revenu de Pierreville, ajouta Eugène en se tournant vers Céline au moment de quitter la maison avec Pierri et Gérald.

19

Le mauvais sort

Au moment où les trois hommes s'engageaient à pied sur la route, Antonius Tougas arrêta son berlot près d'eux.

— Qu'est-ce qui se passe ? demanda le grand homme maigre. Je viens de croiser ton Clément. Il s'en allait à la belle épouvante vers le village.

— Les Veilleux viennent d'avoir un accident dans le bois, dit Eugène. Un arbre est tombé sur le bonhomme et sur son plus jeune.

Malgré le froid rendu plus vif par le vent qui venait de se lever, il se mit à raconter au voisin le drame dans lequel tous les trois venaient de jouer un rôle. Soudain, Antonius sembla se rendre compte que les trois hommes, debout sur le bord de la route, avaient froid. Il se pencha vers le banc arrière de son berlot et en souleva le siège. Il tira de l'endroit une bouteille de caribou blottie dans une épaisse couverture de fourrure.

— Tenez ! Buvez un coup ! Ça va vous réchauffer un peu, dit-il en tendant la bouteille à demi pleine à Eugène.

Ce dernier déboucha la bouteille et en avala une large rasade avant de la tendre à Bruno Pierri.

Gérald refusa l'offre, ce qui permit à son père de se régaler d'une autre bonne gorgée d'alcool.

— Ça fait du bien par où ça passe ! dit-il à Antonius Tougas, en lui donnant sa bouteille.

— Voulez-vous que je vous ramène chez vous ? offrit Tougas.

— Pour nous, c'est pas la peine. On est presque rendus, refusa le cultivateur.

Bruno Pierri s'empressa d'accepter l'offre. Pour leur part, Eugène et son fils Gérald rentrèrent à la maison quelques minutes plus tard, laissant Bruno Pierri poursuivre sa route jusqu'à chez lui. Après avoir raconté l'accident à Thérèse et à Claire, ils passèrent à table et dînèrent.

— On va laisser faire pour le bûchage cet après-midi, déclara Eugène à son fils. Clément est pas encore revenu et on a dîné tard.

— J'ai bien hâte de savoir ce que le docteur va dire pour le petit, soupira Thérèse en finissant de laver la vaisselle et...

Son mari, une main crispée sur le ventre, ne l'écoutait plus. Il venait de se lever et de se précipiter vers la porte de communication de la cuisine d'été. Le visage tordu en une grimace, il traversa la grande pièce et se dirigea tant bien que mal vers les toilettes sèches situées à l'extrémité de la remise.

— Mon Dieu ! s'exclama Thérèse, c'était pressant en pas pour rire.

Quelques minutes plus tard, Eugène, le visage pâle, revint dans la cuisine d'hiver.

— Veux-tu bien me dire ce que t'as ? lui demanda sa femme.

— Je le sais pas. On dirait que j'ai mangé quelque chose qui me fait pas, avoua-t-il.

— C'est drôle, ça, p'pa, fit remarquer Claire, on a tous mangé la même chose à midi et nous autres, on a pas ce problème-là.

À peine la jeune femme venait-elle de finir de parler, que son père se relevait pour retourner avec précipitation aux toilettes. Lorsqu'il en revint, Thérèse, un peu inquiète, ne put s'empêcher de lui dire :

— Sais-tu que t'aurais pris une purgation que ce serait pas pire.

Immédiatement, la lumière se fit dans l'esprit du cultivateur.

— Ah ben, maudit Hérode ! jura-t-il.

— Qu'est-ce qui se passe ? lui demanda sa femme, surprise par son éclat.

— Laisse faire, répondit-il sèchement. Je me comprends.

De fait, il venait subitement de comprendre ce qui lui arrivait. La bouteille de caribou dans laquelle il avait versé une large portion d'huile de ricin quelques semaines auparavant avait fini sa carrière dans le berlot du père des deux petits voleurs. Il en avait bu sans le vouloir. Son cœur se souleva un peu lorsqu'il se rappela le goût plutôt spécial du liquide ingurgité.

— Les deux petits calvaires ! jura-t-il les dents serrées en retournant une troisième fois aux toilettes en ce début d'après-midi.

Clément Tremblay revint de Pierreville plus d'une heure après son départ. Il était suivi par le vieux médecin Albéric Courchesne, qu'il avait trouvé chez lui au moment même où le praticien allait quitter son cabinet pour visiter deux de ses patients à Saint-Gérard.

Pendant ce temps, Yvette était parvenue à faire avaler à son mari une quantité d'alcool propre à neutraliser partiellement sa douleur.

— Et Adrien ? avait demandé Ernest à plusieurs reprises, la voix un peu pâteuse.

— Il a pas ouvert les yeux, mais ça va bien, p'pa, inquiétez-vous pas, avait répondu Anne à chaque occasion.

Pendant que l'adolescente et Jérôme restaient à son chevet, Yvette et Céline étaient dans le salon. La mère de famille avait déposé une serviette humide sur le front du petit blessé et elle lui tenait la main pour le rassurer.

— C'est pas normal que ton frère bouge pas, dit-elle, folle d'inquiétude, à Céline. Regarde. Il ouvre même pas les yeux quand on lui parle.

— C'est peut-être pas aussi grave que ça en a l'air, m'man, répondit la jeune fille, pas plus rassurée que sa mère. De toute façon, le docteur est à la veille d'arriver. On va bien finir par savoir ce qu'il a.

— En attendant, on va prier pour lui et pour ton père, décida Yvette en allant chercher son chapelet suspendu à un clou à un mur de la cuisine.

Toutes les deux s'agenouillèrent au chevet du petit malade et s'exécutèrent.

Albéric Courchesne arriva au moment même où Yvette terminait la récitation du chapelet. Elle se leva en entendant la porte de la cuisine s'ouvrir et alla au-devant du médecin, précédé par Clément Tremblay.

— Mon Dieu ! Vous avez donc mis du temps à venir, reprocha-t-elle au vieil homme occupé à retirer son manteau.

— J'ai fait le plus vite possible, madame Veilleux, lui dit-il d'une voix apaisante. Où est votre garçon ?

— Dans le salon.

— Parfait. Restez ici et attendez que je vous appelle, fit-il en s'emparant de sa trousse avant de se diriger vers la pièce qu'elle venait de lui indiquer.

Clément demeura dans la cuisine autant pour tenir compagnie à Céline, morte d'inquiétude pour son jeune frère, que pour rapporter à la maison le diagnostic du médecin. Ce dernier ne demeura dans le salon que quelques minutes. Lorsqu'il revint dans la cuisine, il affichait une mine très grave.

— Est-ce qu'on peut l'installer dans son lit, en haut ? demanda Yvette.

— Il est pas question de le bouger, dit le médecin à Yvette qui s'était déjà avancée vers lui. Ce serait trop dangereux... Il va vous falloir être forte, madame Veilleux. Je lui ai fait une piqûre contre la douleur. Son état est grave et je peux pas faire grand-chose pour votre garçon. Il a une double fracture du crâne. Il est déjà dans le coma.

— C'est pas vrai ! s'écria la mère de famille en hurlant son désespoir. Ça se peut pas ! Il peut pas partir comme ça ! Il a juste neuf ans.

Céline et Anne se mirent à pleurer en même

temps que leur mère. Jérôme, les traits tirés, ne savait quelle contenance adopter devant la peine exprimée par sa mère et ses sœurs.

— Je vais faire tout mon possible pour le sauver, affirma le vieux médecin, mais les chances de le réchapper sont minces. Je pense que vous êtes mieux de faire venir le prêtre.

— Si vous le voulez, madame Veilleux, je vais aller chercher monsieur le curé au presbytère, offrit Clément Tremblay.

Yvette sentit alors qu'elle n'avait d'autre choix que de se résigner. Elle se borna à hocher la tête pour signifier à Clément qu'elle acceptait sa proposition.

— Allez vous occuper de votre garçon pendant que j'examine votre mari, lui ordonna Albéric Courchesne.

Il entra dans la chambre dont il referma la porte derrière lui. Il quitta la pièce cinq minutes plus tard en annonçant à Céline, venue à sa rencontre :

— Ton père s'en tire plutôt bien, chuchota-t-il à la jeune fille. Je l'ai examiné. Sa jambe droite est brisée à un seul endroit et la cassure est nette. Il n'a aucune autre blessure. Je vais lui faire un plâtre. Dis à ton frère de m'apporter des journaux pour pas trop salir le lit et d'aller me chercher le gros sac de plâtre qui est dans le coffre de mon traîneau. Je vais aussi avoir besoin d'eau et d'une chaudière pour faire mon mélange.

Quelques instants plus tard, alors que le médecin venait à peine de terminer le plâtre d'Ernest Veilleux et de lui administrer un calmant, le curé Lussier, porteur des saintes huiles, pénétra dans la maison de son cousin. Yvette, en larmes, s'empressa d'aller à la rencontre du curé de la paroisse qui eut à peine le temps d'enlever son manteau avant d'être entraîné dans le salon où Anne, Céline et Jérôme se tenaient.

Le pasteur de Saint-Jacques-de-la-Rive posa son étole par-dessus son surplis et il procéda à l'extrême-onction du petit mourant sous les yeux en larmes de sa mère, de ses sœurs et de son frère regroupés au pied du sofa où il était étendu. À l'extérieur, le soleil commençait déjà à décliner.

Après avoir administré les derniers sacrements à Adrien, Antoine Lussier sortit seul du salon dans l'intention d'aller réconforter son cousin. Il se retrouva nez à nez avec Albéric Courchesne, qui, les manches de sa chemise relevées sur ses bras maigres, était en train de se laver les mains couvertes de plâtre.

— Puis, docteur, comment va le père ? demanda-t-il au vieux médecin.

— Il va s'en tirer. Il a une jambe cassée et je viens de lui faire un plâtre jusqu'à mi-cuisse. Normalement, dans une quarantaine de jours, je devrais être capable de le lui enlever.

— Bon.

— Mais c'est pas mal plus grave pour le petit, ajouta Courchesne en baissant la voix.

Pendant que les deux hommes s'entretenaient à voix basse près de l'évier, Yvette ne put contenir ses cris de détresse.

— Docteur ! Docteur ! Venez vite ! cria Céline.

Albéric Courchesne retourna dans le salon précipitamment et s'approcha du sofa sur lequel le petit garçon était étendu. Ce dernier avait enfin les yeux grands ouverts, mais ils ne regarderaient jamais plus personne. Le médecin prit le pouls d'Adrien et secoua la tête avant d'abaisser ses paupières du bout des doigts.

— Il est parti, se contenta-t-il de dire en remontant doucement la couverture jusqu'au menton du petit.

Yvette s'effondra totalement et fut la proie d'une véritable crise. Ses deux filles durent l'entraîner de force dans la cuisine où Albéric Courchesne l'obligea à prendre un calmant. Sorti de sa torpeur par les cris de détresse de sa femme, Ernest appelait de sa chambre pour savoir ce qui se passait chez lui.

— Occupez-vous de votre mère pendant que je vais aller parler à votre père, dit Antoine Lussier aux enfants.

Le docteur Courchesne s'esquiva après avoir signé le certificat de décès de l'enfant. Le curé Lussier prit une longue inspiration et pénétra dans la chambre. Il y demeura une dizaine de minutes. Il n'y eut pas d'éclat. Quand le prêtre sortit de la pièce en laissant la porte ouverte derrière lui, Jérôme alla voir si son père avait besoin de quelque chose. Il le découvrit, tassé au fond de son lit, le visage blanc, les yeux secs et les dents serrées.

— Maudite vie de chien ! se contenta-t-il de répéter à plusieurs reprises, la voix méconnaissable, en frappant le matelas à coups redoublés.

Pendant ce temps, Antoine Lussier s'était assis aux côtés d'Yvette dans la cuisine.

— C'est pas juste ! C'est pas juste ! répéta-t-elle en s'essuyant les yeux avec un mouchoir qu'elle avait tiré de sa manche.

— Il faut croire que Dieu avait d'autres desseins pour ton garçon, lui dit doucement le cousin de son mari. Le devoir d'une bonne chrétienne est d'accepter la volonté divine. Tu te rappelles que l'Évangile dit que les enfants appartiennent pas aux parents, ils ne leur sont que prêtés.

— Il avait juste neuf ans, monsieur le curé !

— Dieu a dit qu'il viendrait nous chercher comme un voleur. L'âge a rien à voir. Rappelle-toi que t'es une mère et que tes autres enfants comptent sur toi pour les aider à passer cette épreuve.

— C'est vrai que Jean-Paul et Léo sont pas encore revenus de l'école, dit Yvette en semblant reprendre pied dans la réalité. Et les autres... Il faut avertir Marcelle, Maurice et Albert.

— Si vous le voulez, m'man, je vais aller reconduire monsieur le curé au presbytère, dit Jérôme. Si vous me donnez le numéro de téléphone du couvent de Marcelle à Sorel, je peux l'appeler du magasin général.

— C'est ça et tu lui diras d'appeler Maurice et Albert à Montréal, fit sa mère en faisant un effort méritoire pour se secouer.

— Il faudrait aussi prévenir les Desfossés, lui rappela doucement le curé Lussier.

— Pour ça, il faudrait en parler à mon mari...

Soudain, Yvette se rendit compte qu'elle ne s'était pratiquement pas souciée d'Ernest depuis que le docteur Courchesne lui avait appris la gravité de la blessure de son Adrien.

— Mon Dieu ! s'écria-t-elle en se levant après s'être encore essuyé les yeux. Je sais même pas s'il a été soigné, ce pauvre Ernest.

Yvette entra dans la chambre, suivie par son fils Jérôme.

— Tu sais pour Adrien ? demanda-t-elle, en luttant contre son envie de se remettre à pleurer.

— Ouais, murmura son mari. J'aurais dû t'écouter. J'aurais jamais dû l'amener avec nous autres dans le bois, ajouta-t-il, apparemment tiraillé par les remords.

— Ce qui est fait est fait, le coupa sa femme. On pourra pas le ressusciter. Là, j'ai demandé à Jérôme de téléphoner à Marcelle pour qu'elle avertisse Albert et Maurice. Est-ce que je l'envoie aussi chez Desfossés ?

— C'est aussi ben. Je suis pas capable de grouiller avec ce maudit plâtre-là, accepta Ernest avec une grimace de douleur.

Pendant que le jeune Veilleux allait conduire le curé Lussier au presbytère avant de poursuivre sa route jusqu'à Pierreville pour demander à l'entrepreneur de pompes funèbres de venir à la maison, Clément Tremblay, affamé, rentra chez lui. Il apprit à sa mère le décès du jeune voisin pendant que sa sœur Claire lui servait un reste de fricassée. Thérèse fut bouleversée par la nouvelle.

— Cette pauvre Yvette ! Son plus jeune !

— En tout cas, c'est pas drôle dans la maison, dit Clément, entre deux bouchées.

— Ton père et Gérald sont en train de faire le

train, dit-elle à son fils. Moi, je vais aller à côté voir si la voisine a besoin d'un coup de main pour faire la toilette de son garçon. Claire, ajouta-t-elle à l'intention de sa fille, tu t'occuperas de faire le souper pour tout le monde. Je sais pas combien de temps je serai partie.

— Moi, je mange et je retourne à côté pour les aider à faire le train. Jérôme est parti chez Desfossés et le père Veilleux est pogné avec un plâtre pour un bon bout de temps.

— Tu préviendras ton père avant de partir, fit Thérèse en commençant à boutonner son manteau.

Lorsque Thérèse Tremblay se présenta chez les Veilleux, il régnait dans la maison un silence étrange. Les lampes à huile étaient allumées, le poêle à bois ne dégageait pratiquement aucune chaleur et la cuisine était déserte. Céline, les yeux rougis par les larmes, vint ouvrir à la voisine.

— Où est ta mère ? demanda à mi-voix Thérèse à l'amie de son Clément.

— Dans le salon, madame Tremblay. Elle vient d'apprendre la nouvelle à mes frères. Tout le monde pleure. Enlevez votre manteau, offrit la jeune fille.

Thérèse retira ses bottes et son manteau, et s'avança dans le salon à la suite de Céline. Elle alla serrer dans ses bras sa voisine qu'elle entraîna avec elle dans la cuisine. Anne et Céline les suivirent.

— Il fait pas chaud ici-dedans, fit remarquer Thérèse. Je pense que vous êtes en train de laisser éteindre le poêle. Vous serez pas plus avancés si vous tombez tous malades. Anne, mets donc quelques rondins dans le poêle et fais du thé pour ta mère.

L'adolescente fit ce qui lui était demandé.

— Céline, tu vas t'occuper de faire le souper pendant que ta mère et moi, on va s'occuper de la toilette de ton petit frère.

— C'est correct, madame Tremblay.

Thérèse entra dans le salon et fit signe à Jean-Paul et à Léo de sortir de la pièce.

— Vous deux, vous allez allumer un fanal et vous allez commencer le train. Clément va venir vous donner un coup de main dans cinq minutes. Attendez pas votre frère Jérôme, on sait pas combien de temps ça va lui prendre pour revenir de Pierreville.

En passant devant la chambre, elle aperçut le visage émacié d'Ernest qui avait fini par sombrer dans un sommeil agité, probablement induit par l'alcool et surtout les calmants imposés par le docteur Courchesne. Il suffit de quelques instants pour que la maison devienne une ruche où chacun s'empressait d'accomplir une tâche, comme pour mieux oublier sa peine.

La toilette d'Adrien était terminée depuis un bon moment quand Conrad Desfossés et son fils Normand se présentèrent chez les Veilleux. Thérèse et Yvette avaient eu le temps de déplacer certains meubles du salon pour faire de la place aux deux tréteaux portés par les entrepreneurs de pompes funèbres. Ces derniers les disposèrent au fond de la pièce et les drapèrent d'un tissu noir.

— Voulez-vous nous ouvrir la porte d'en

avant ? demanda le père à voix basse à Thérèse Tremblay.

Les deux hommes sortirent un instant de la maison pour y revenir en portant un petit cercueil en pin blanc. À cette vue, Yvette fondit en larmes comme si elle comprenait subitement que c'était pour y déposer son bébé. Thérèse s'empressa de la faire sortir de la pièce ainsi que tous les membres de la famille pour laisser les deux Desfossés faire leur travail. Quelques minutes plus tard, la porte du salon fut ouverte. Conrad Desfossés tendit à Céline la literie qui encombrait le divan sans dire un mot. Le petit cercueil avait été posé sur les tréteaux et deux longs cierges avaient été allumés de part et d'autre de la bière.

— Nous reviendrons lundi matin pour les funérailles, dit Normand Desfossés à Yvette. Il paraît que monsieur le curé a dit à votre garçon qu'elles vont être célébrées à neuf heures, lundi matin.

Yvette se contenta de hocher la tête. Après le départ des deux hommes, Thérèse Tremblay rentra chez elle en compagnie de Clément qui venait de finir d'aider à soigner les animaux des Veilleux. Elle promit de venir prier au corps durant la soirée.

La nouvelle du malheur qui avait frappé les Veilleux fit rapidement le tour de la paroisse de telle sorte que dès le début de la soirée, quelques visiteurs se présentèrent à la maison. Les Tremblay, les Giguère et les Pierri furent les premiers à venir offrir leurs condoléances à la famille éprouvée. Ils eurent la surprise de découvrir un Ernest Veilleux, les yeux brillants de fièvre, assis sur une chaise près du cercueil de son petit, la jambe droite plâtrée déposée sur un banc. Il avait ordonné à Jérôme et à Céline de venir l'aider à s'installer là. Quand Eugène lui offrit ses condoléances, il le remercia du bout des lèvres, sans manifester la moindre reconnaissance à celui qui l'avait secouru le matin même.

Le voisin ne s'attendait pas à autre chose d'Ernest Veilleux. Il n'était venu que par courtoisie et pour montrer sa solidarité face au malheur qui le frappait. Son malaise était palpable, mais il était normal d'observer une trêve quand la mort frappait, même son pire ennemi. Il se promit de se limiter à une courte prière et de retourner le plus tôt possible à la maison. À l'instant où Eugène faisait part à voix basse de cette décision à son beau-frère Wilfrid, debout près de lui, la porte de la cuisine s'ouvrit sur Marcelle et une consœur. Sœur Gilbert s'empressa d'aller embrasser ses parents, ses frères et ses sœurs avant d'aller s'agenouiller devant le cercueil où reposait son plus jeune frère. Après quelques instants de recueillement, la religieuse revint dans la cuisine où, avec son dynamisme habituel, elle se mit à tout diriger avec efficacité pour soulager sa mère.

— Jérôme, tu vas aller allumer le poêle dans la cuisine d'été pour que les gens puissent laisser leur manteau là. On peut pas les déposer dans la chambre de m'man. On sait pas combien de temps p'pa va être capable de rester dans le salon avec son plâtre. En plus, tu laisseras la porte ouverte entre les deux cuisines de manière que ceux qui veulent rester un peu pour jaser puisse s'installer là.

— C'est correct, dit l'adolescent.

— Anne, quand t'auras une minute, tu montreras à ma compagne où on va dormir.

— Bon. La mère supérieure est arrivée, murmura Céline à son amoureux qui avait suivi ses parents et ses frères et sœurs chez les voisins. Avec elle dans la place, ça va marcher rondement.

— Est-ce que t'as pu rejoindre Albert et Maurice ? vint demander Yvette à son aînée.

— Inquiétez-vous pas pour eux autres, m'man. J'ai parlé à Maurice au téléphone avant de partir de Sorel. Il va être ici avec Albert demain avant-midi. Ils vont prendre le train.

— Et toi, comment ça se fait que tu sois arrivée aussi vite ? fit Yvette.

— Le père de sœur Sainte-Croix, ma compagne, était en visite au couvent quand Jérôme a appelé. Il reste à Saint-Zéphirin. Il a accepté de faire le détour par Saint-Jacques pour m'accommoder.

— T'es bien fine d'être venue si vite, dit sa mère en se remettant à pleurer.

Sa fille la serra dans ses bras avant de la confier à Anne qui la ramena vers le curé Lussier, lequel venait d'entrer. Tout le monde s'entassa alors dans le salon et la cuisine d'hiver pour réciter un chapelet pour le repos de l'âme du petit Adrien.

Avant de rentrer chez elle, Thérèse Tremblay offrit à sa voisine de cuisiner quelque chose chez elle pour le lendemain, mais sœur Gilbert intervint.

— C'est bien charitable de votre part, madame Tremblay, mais à la quantité de femmes qu'il y a dans la maison, il y a pas de raison qu'on ait pas le temps de préparer ce qu'il faut.

— En tout cas, gêne-toi pas si vous avez besoin de quelque chose, dit Thérèse. T'as juste à envoyer quelqu'un nous prévenir.

Les Tremblay quittèrent la maison des Veilleux, ne laissant derrière eux que Clément retenu par une Céline à la recherche d'un appui. Claire, Gérald, Lionel et Aline marchaient quelques pas en avant de leurs parents sur la route enneigée.

— Il est toujours aussi fou, le bâtard ! dit Eugène, les dents serrées.

— De qui parles-tu ? lui demanda Thérèse.

— De Veilleux, cette affaire ! répondit le cultivateur avec humeur. Tu te décarcasses pour lui sauver la peau, et c'est à peine s'il te dit merci.

— Écoute, Eugène, il est à l'envers, le pauvre homme ! le raisonna sa femme d'une voix sévère. Il vient de perdre un de ses garçons ! Mets-toi à sa place. Il me semble que c'est facile à comprendre, ça !

Eugène ne répondit rien, mais il n'en pensa pas moins.

Lorsque les derniers visiteurs furent partis un peu après vingt-trois heures, les Veilleux organisèrent la veillée au corps de manière qu'à aucun moment de la nuit Adrien ne soit seul dans le salon. Lorsqu'on proposa à Ernest de le ramener dans sa chambre pour prendre quelques heures de repos, il refusa tout net de bouger de sa chaise.

— Je suis correct. Laissez-moi tranquille, dit-il si abruptement que personne n'osa s'opposer à sa volonté.

20

Le deuil

Le lendemain, la parenté et les habitants de Saint-Jacques envahirent la maison d'Ernest Veilleux dès la fin de la grand-messe. Les gens défilèrent durant toute la journée devant le cercueil de l'enfant. Un nuage d'âcre fumée de pipe était suspendu au plafond de la cuisine d'été et se répandait peu à peu dans le reste de la maison. Dès leur arrivée chez leurs parents, à la fin de l'avant-midi, Albert et Maurice avaient cherché à se rendre utiles. Le frère mariste se tenait surtout dans le salon, près de son père, tandis qu'Albert voyait à ce que les hommes rassemblés dans la cuisine d'été ne manquent de rien. Il remercia même Clément de toute l'aide qu'il avait apportée à sa famille depuis l'accident de la veille. Il allait se charger de soigner les animaux avec ses frères, du moins jusqu'à son départ, le lendemain après-midi.

Après le dîner, Maurice parvint à convaincre son père d'aller dormir une heure ou deux dans sa chambre.

— Si vous faites pas ça, p'pa, avait plaidé le religieux, vous serez jamais capable de veiller cette nuit avec nous autres. Vous avez déjà de la misère à garder les yeux ouverts.

En ronchonnant, Ernest Veilleux accepta l'aide de ses fils pour réintégrer sa chambre, où on l'allongea sur le lit. La porte de la pièce n'était pas encore fermée qu'il dormait déjà.

Le soir, après le départ des derniers visiteurs, sœur Gilbert ne put s'empêcher de dire à sa mère et à ses sœurs :

— La maison est une vraie soue à cochons. On va nettoyer un peu avant de veiller Adrien.

Pendant que les femmes, épuisées, lavaient la vaisselle sale qui traînait un peu partout, Albert et ses frères balayèrent et lavèrent sommairement les planchers et remirent de l'ordre dans le salon ainsi que dans les deux cuisines. On installa ensuite des paillasses par terre dans la cuisine d'été pour Maurice, Albert et Jérôme, et chacun annonça ses heures de veille. Ernest et Yvette refusèrent tout net d'aller se coucher en cette dernière nuit. Ils allaient pouvoir compter sur la présence de quelques-uns de leurs enfants durant les heures qui les séparaient des funérailles.

Le lundi, à l'aube, Albert réveilla ses frères pour aller traire les vaches et nourrir les animaux. Dans la cuisine, leur mère s'activait déjà à préparer le déjeuner avec l'aide de son aînée et de Céline. Le repas se prit dans une atmosphère d'autant plus lourde que chacun ressentait les heures volées au sommeil depuis deux jours.

— Qu'est-ce qu'on va faire pour votre père ? chuchota Yvette après avoir servi des crêpes nappées de sirop à son mari, qui avait refusé de venir s'asseoir à table.

— Je vais lui parler, dit Albert sur un ton décidé. Avec sa jambe dans le plâtre, il peut pas venir en traîneau à l'église.

— T'as raison, l'approuva son frère Maurice. Je vais rester ici avec lui pour prier.

Ernest Veilleux n'accepta pas facilement de rester cloué à la maison pendant qu'on célébrerait les funérailles de son Adrien. Il fallut que ses deux fils fassent preuve de patience pour calmer sa révolte et le persuader de demeurer à la maison.

Lorsque Conrad Desfossés et son fils se présentèrent sur le coup de huit heures, toute la famille se réunit dans le salon pour une dernière prière. Le couvercle du petit cercueil fut vissé et ce dernier fut transporté sur le corbillard stationné devant la maison. Déjà, quelques sleighs attendaient à l'extérieur pour former un cortège funèbre jusqu'au village. Personne n'était descendu d'un véhicule par discrétion. On voulait laisser la possibilité à la famille de dire un dernier au revoir au petit Adrien.

Beaucoup de parents et d'habitants de Saint-Jacques-de-la-Rive et des environs se déplacèrent en ce sombre matin pour assister à la cérémonie funèbre célébrée par le curé Lussier. Le pasteur adressa aux fidèles réunis dans l'église une brève homélie dans laquelle il parla de la foi qui donnait la force de traverser toutes les épreuves, même celle de perdre un enfant en bas âge. Installés dans le premier banc, Yvette et ses enfants tentaient de contrôler leur peine. À la fin de la messe, le prêtre prit la tête du petit défilé qui se rendit au charnier dans lequel le petit cercueil blanc fut déposé, après une dernière prière.

Les Veilleux réintégrèrent leur maison silencieuse un peu après onze heures. Maurice était seul dans la cuisine. Le frère mariste fit signe aux nouveaux arrivants de faire le moins de bruit possible.

— P'pa vient de s'endormir.

— M'man, pourquoi vous allez pas faire la même chose dans une des chambre d'en haut ? proposa sœur Gilbert.

— Je ferai ça quand ma visite sera partie, pas avant, dit Yvette avec une détermination qui contrastait avec les traits tirés de son visage et son épuisement évident. On va d'abord préparer un petit dîner.

Une soupe, de la tête fromagée et du pain furent déposés au centre de la table et on mangea dans un silence relatif. Comme promis le matin même, un cousin vint chercher les deux religieuses pour les ramener à leur couvent de Sorel et Jérôme attela la sleigh pour aller conduire ses frères Maurice et Albert à la gare de Pierreville.

À quatorze heures, tous les invités avaient quitté la maison et, d'un commun accord, on décida d'aller dormir un peu pour récupérer après tant d'émotions et les heures de sommeil perdues.

À la fin de l'après-midi, Ernest Veilleux se réveilla, seul dans sa chambre. Après s'être cru en pleine nuit durant un court moment, il se rendit compte qu'il entendait des murmures en provenance de la cuisine. Une douleur lancinante à sa jambe droite ainsi que la présence du plâtre lui rappelèrent subitement l'accident.

— Yvette ! appela-t-il.

Sa femme apparut presque immédiatement dans la pièce.

— Quelle heure il est ?

— Autour de cinq heures. Comment tu te sens ?

— Ma jambe me fait mal, se plaignit Ernest en grimaçant. Mais j'ai faim en maudit. J'ai rien mangé depuis le déjeuner.

— Anne va t'apporter un bol de soupe aux légumes et du pain pour te faire patienter. On va laisser la porte de la chambre ouverte et on va t'allumer une lampe.

— C'est l'heure du train. Est-ce que c'est Céline qui aide les garçons à le faire ? Est-ce qu'elle est capable ? Elle est pas habituée, fit Ernest en commençant à s'agiter.

— Inquiète-toi pas pour ça. Clément s'est offert de venir s'en occuper avec les garçons. Avec lui, il y a pas de crainte à avoir.

— Ouais, mais j'aime pas ben ça qu'un étranger joue dans mes affaires, grogna le malade.

— Aïe, Ernest Veilleux, gronda sa femme, t'es ben mal placé pour critiquer et faire le difficile. Oublie pas que si ça avait pas été du voisin et de ses garçons, tu serais peut-être mort comme Adrien à l'heure qu'il est, ajouta-t-elle.

— Je leur ai rien demandé ! s'emporta Ernest Veilleux avec mauvaise foi.

— Tu leur as peut-être rien demandé, mais ils

se sont tout de même fendus en quatre pour te sortir du bois. En plus, le voisin se prive de l'aide de son gars pour qu'il puisse venir s'occuper de tes vaches. Qu'est-ce que tu veux de plus ?

— Ouais ! Ouais ! En tout cas, je serais pas obligé de quêter l'aide des étrangers si mes propres gars étaient ici plutôt qu'en ville, bougonna-t-il au moment où Yvette s'apprêtait à quitter la pièce.

Ernest Veilleux faisait évidemment allusion à Albert et à Maurice. Yvette ne répliqua rien. Elle sortit de la chambre à coucher en laissant son mari à sa mauvaise humeur. Elle préférait le voir comme ça plutôt qu'abattu comme il l'avait été durant les deux derniers jours.

Quelques minutes plus tard, Céline vit passer son amoureux devant la fenêtre de la cuisine. Elle frappa doucement la vitre pour attirer son attention et elle lui adressa un signe de la main et son plus beau sourire. Clément Tremblay lui envoya la main avant de se diriger vers la route et retourner chez lui. Quand Jérôme, Léo et Jean-Paul rentrèrent peu après dans la maison, leur mère leur demanda où était passé Clément.

— Le train est fini, m'man, répondit Jérôme. Il est parti souper chez eux.

— Bonne sainte Anne ! J'ai complètement oublié de vous dire de l'inviter à souper après le train. Ça aurait été la moindre des choses.

Durant le souper, les Veilleux eurent du mal à voir deux chaises vides autour de la table. Adrien n'était plus là. La chaise au bout de la table, normalement occupée par le père, leur rappelait encore davantage, s'il en était encore besoin, le malheur qui venait de frapper la famille. Ernest avait carrément refusé de venir manger dans la cuisine avec les siens en prétextant que sa jambe le faisait trop souffrir.

En se mettant au lit ce soir-là, Yvette Veilleux ne se doutait pas à quel point son mari allait devenir invivable durant les semaines à venir.

Confiné à son lit par le plâtre imposant fabriqué par le docteur Courchesne, Ernest commença à s'énerver dès le lendemain matin. Le petit homme n'avait jamais été malade et se sentir ainsi impuissant et dépendant des autres était plus qu'il ne pouvait supporter. Tout l'agaçait et le faisait exploser, surtout le fait d'avoir à demander de l'aide pour satisfaire le moindre de ses besoins. Il enrageait de voir qu'il ne pouvait se lever et se mouvoir, ne serait-ce que dans sa propre maison.

À la fin de l'avant-midi, Yvette perdit patience.

— Écoute-moi bien, Ernest Veilleux, commença-t-elle, les mains sur les hanches. J'en ai assez de tes caprices ! Ça va faire ! T'as passé deux jours assis à côté du cercueil du petit. Tu me feras pas croire que t'es pas capable de te rendre jusqu'à la table pour manger avec nous autres. Je t'avertis tout de suite. Le déjeuner d'à matin servi dans le lit, c'était le dernier repas que t'as pris là. Si tu veux manger, tu viendras t'asseoir avec nous autres, à table. Si t'as besoin d'aide pour te rendre à ta chaise, on t'aidera.

Ernest lui jeta un regard furieux, mais il ne dit pas un mot. Sur le coup de midi, il finit par se lever et, s'appuyant aux murs, il réussit à se traîner jusqu'à la cuisine.

— Anne, apporte-moi deux chaises et enlève ma chaise berçante de là, ordonna-t-il à sa fille.

Il fit installer les deux chaises à la gauche du poêle, près du coffre où les bûches étaient empilées, et il se fit aider pour déposer sa jambe plâtrée sur l'autre siège. Au moins, ainsi installé, il voyait ce qui se passait dans la maison et il s'occupait à alimenter le poêle. Les jours suivants, malgré tout, Ernest, exaspéré par son inactivité, s'impatientait de voir les aiguilles de l'horloge avancer aussi lentement.

— Maudit torrieu ! jurait-il cent fois par jour en regardant par la fenêtre de la cuisine qui donnait sur le chemin. Ça peut pas être plus plate ! Dire que je devrais déjà être en train de préparer tout mon stock pour entailler... Je suis sûr que dans une semaine, il va commencer à faire plus doux. Je suis là, assis proche du poêle, comme un membre inutile.

— Il faut laisser le temps à ta jambe de guérir, tentait de l'encourager Yvette.

— Laisse-moi tranquille avec ça, toi ! la rabrouait-il avant de se plonger dans un silence plein de rancœur contre le mauvais sort qui avait voulu qu'il se brise la jambe juste au moment où il avait le plus de travail.

De plus, ce plâtre lui rappelait trop la mort de son fils dont il se sentait responsable, même s'il savait fort bien que c'était un accident.

Le samedi suivant, Clément Tremblay arriva chez les Veilleux un peu plus tôt que d'habitude pour aider à traire les vaches et nourrir les animaux. Ernest le vit arriver et se diriger vers la maison plutôt que vers l'étable.

— Bon. Qu'est-ce qu'il veut, lui ? grogna-t-il en exhalant sa mauvaise humeur coutumière.

On aurait dit qu'Ernest en voulait au monde entier, particulièrement à tous ceux qui pouvaient se mouvoir sur leurs deux jambes. Le jeune homme frappa à la porte et attendit que quelqu'un vienne lui ouvrir. Dès son entrée, le cultivateur vit que l'ami de sa fille tenait deux vieilles béquilles dans les mains.

Yvette et ses cinq enfants, curieux, s'approchèrent du jeune voisin.

— Où est-ce que tu t'en vas avec ça ? lui demanda sans aménité le père de Céline.

— Bonjour, monsieur Veilleux. Mon père s'est rappelé hier soir que mon oncle Germain s'était déjà cassé une jambe, il y a une dizaine d'années. Après ma tournée de ramassage du lait aujourd'hui, je me suis arrêté chez lui et je lui ai demandé s'il avait gardé ses béquilles. Comme il les avait encore, je les ai empruntées pour vous. Si vous voulez vous en servir, on peut les arranger à votre taille.

— Je sais pas si je vais être capable de me servir de ça, déclara le cultivateur sans montrer d'enthousiasme à l'idée de se déplacer avec ces supports.

— Ça vous rendrait pas mal plus libre de vos mouvements et plus indépendant, plaida Clément en feignant d'ignorer la mauvaise humeur du père de son amie.

— Bon. C'est correct. Je peux toujours essayer, consentit de mauvaise grâce le malade.

— Je vais vous aider à vous mettre debout, suggéra le jeune homme. On a juste à prendre votre mesure et à visser les pattes des béquilles à la bonne hauteur. C'est une affaire de cinq minutes.

Jérôme et Yvette aidèrent le malade à se lever et Clément ajusta rapidement les deux béquilles. Ensuite, il suffit de quelques minutes d'exercices pour que le blessé se déplace avec une certaine assurance dans la pièce. Habitué aux durs travaux de la terre, le petit homme était doué de suffisamment de force physique pour se déplacer sans difficulté à la force de ses bras.

Même s'il était heureux de se découvrir enfin une certaine autonomie, Ernest Veilleux se garda bien de montrer trop ouvertement son contentement.

— T'as pas eu une mauvaise idée de me trouver des béquilles, finit-il par dire à son jeune voisin après avoir effectué le tour de la pièce. Merci ben.

Ce soir-là, Eugène Tremblay demanda à son fils si le père de Céline était content des béquilles qu'il lui avait apportées.

— Il a trouvé que c'était pas une mauvaise idée, p'pa, dit Clément.

— Le connaître comme je le connais, il a pas dû se morfondre à te remercier.

— Il m'a dit « merci ».

— J'espère, en tout cas, qu'il apprécie que t'ailles aider ses gars à faire le train deux fois par jour depuis son accident.

— C'est sûr, p'pa.

— Parce que moi aussi, j'ai besoin de toi ici pour faire le train. Depuis une semaine, j'ai juste Gérald pour me donner un coup de main.

— Si vous le voulez, p'pa, on peut commencer notre train plus de bonne heure et j'irai à côté juste quand on aura fini le nôtre.

— Au lieu de chialer sur le voisin, qu'est-ce que tu dirais d'aller le voir pour s'informer de sa santé ? demanda Thérèse en coupant le fil avec lequel elle venait de coudre un bouton d'une chemise de Gérald.

— Es-tu folle, toi ? s'emporta l'homme à l'imposante stature. Je lui ai parlé la semaine passée et ça faisait trente ans que j'avais pas fait ça. Je suis prêt à attendre encore trente ans avant de recommencer.

— Voyons, Eugène. Tu trouves pas que ça fait assez longtemps que vous vous gardez rancune pour une niaiserie qui est arrivée quand vous étiez jeunes ? Vous êtes deux voisins. Tu lui as rendu un grand service quand l'arbre lui est tombé dessus. Pardonne-lui donc une fois pour toutes. On pourra se voisiner après comme on aurait toujours dû le faire. Les Veilleux sont du bon monde. Yvette est fine et les enfants sont bien élevés. D'autant plus que rien te dit que pour Clément et Céline, ça deviendra pas plus sérieux.

— Correct ! Correct ! céda son mari. Je vais aller le voir demain. Mais je comprends pas pourquoi il faut toujours que ce soit moi qui fasse les premiers pas.

— Parce qu'il lui manque une jambe, p'pa, plaisanta Clément, qui avait suivi la discussion sans prononcer un mot.

— T'es ben drôle, toi, fit son père, bourru.

Le lendemain soir, après une longue hésitation, Eugène Tremblay se décida à aller chez le voisin. Thérèse l'accompagna autant pour l'encourager que pour visiter enfin sa voisine avec qui elle s'était toujours bien entendue.

— Clément est déjà assis dans leur salon, dit Thérèse.

— Qu'est-ce que tu veux que je lui dise, moi, à Ernest Veilleux ? demanda Eugène en marchant sur la route en direction de la maison voisine.

— Voyons, Eugène, tu l'as sauvé.

— Ouais, je le sais, mais j'avais pas besoin de lui faire la conversation, il était à peu près tout le temps dans les pommes. En tout cas, on reste juste une couple de minutes, pas plus.

Les Tremblay furent accueillis chaleureusement par Yvette Veilleux, que Clément avait prévenue de la visite de ses parents, à la demande de sa mère. Ernest affichait sa mine renfrognée des mauvais jours lorsqu'il vit Eugène Tremblay franchir le seuil de sa maison. Céline et Clément quittèrent un moment le salon pour venir saluer les nouveaux arrivés.

Même si les deux hommes étaient de la même génération et avaient vécu côte à côte toute leur vie, ils trouvèrent peu de choses à se dire. Assis sur des chaises berçantes de part et d'autre du poêle, ils écoutèrent surtout les deux femmes échanger des nouvelles durant plusieurs minutes. Le malaise entre les deux voisins était perceptible et rien ne semblait en mesure de le faire disparaître.

— Cré maudit, le temps passe vite ! s'exclama soudain Eugène en se levant. On s'ennuie pas, dit-il à ses hôtes, mais il va ben falloir rentrer. On a promis à nos filles de jouer une partie de cartes avec elles avant de se coucher.

Thérèse lança un regard désapprobateur à son mari avant de se lever à son tour. De toute évidence, elle trouvait que la visite avait été trop brève. Pendant que le mari et la femme endossaient leur manteau, l'hôtesse, désolée de les voir partir si tôt, leur dit :

— J'espère que vous allez revenir.

— Certain, la rassura sa voisine. Mais je t'avertis, ce sera à vous autres de vous déplacer quand ton mari aura plus son plâtre.

— C'est promis.

Sur le chemin du retour, Eugène ne décolérait pas.

— Ce maudit air bête ! J'aurais dû me douter qu'il changerait pas ! En tout cas, avant que tu me traînes encore là, toi, les poules vont avoir des dents.

— Je te dis que vous avez l'air fin tous les deux, railla Thérèse avec humeur. Deux vrais enfants !

Ce soir-là, si Clément et Céline se réjouirent prématurément à la pensée que la hache de guerre était enterrée entre leur père, Yvette et Thérèse savaient bien, elles, que la situation n'avait pas du tout changé.

Trois jours plus tard, les habitants de Saint-Jacques-de-la-Rive furent accueillis à leur réveil par une lourde giboulée, comme seul le mois de mars sait en réserver. La température s'était sensiblement adoucie durant la nuit et de gros flocons de neige s'étaient accumulés, recouvrant le paysage d'une couche blanche supplémentaire. Le jour venait de se lever, gris et maussade, et Yvette s'activait autour du poêle en compagnie de ses filles.

— Moi qui pensais que l'hiver achevait, soupira Céline, déprimée à la vue de toute cette nouvelle neige qui s'amoncelait. On en sortira jamais.

— Lâche la fenêtre et viens m'aider, lui ordonna sa mère. J'entends ton père qui vient de se lever et tes frères sont à la veille de revenir de l'étable.

— Je regardais juste pour voir si Clément était arrivé, mentit la jeune fille.

— Il est arrivé depuis un bon bout de temps, intervint sa sœur Anne. Je l'ai vu passer. Il était dans l'étable avant Jérôme.

— Il est pas mal fin, ton cavalier, lui fit remarquer sa mère. Il est toujours là pour aider. Mais je me demande s'il a peur qu'on l'empoisonne. Il fait bien attention de pas s'arrêter en revenant des bâtiments pour pas manger avec nous autres.

— Il veut pas déranger, m'man, l'excusa Céline. Il dit qu'il vient pour nous rendre service, pas pour se faire nourrir.

Un martèlement sur le plancher mit fin à l'échange. Ernest Veilleux, la barbe longue et les cheveux en broussailles, entra dans la cuisine en se supportant sur ses béquilles. Son premier geste fut de jeter un coup d'œil à l'extérieur par la fenêtre. Pendant un long moment, il regarda tomber la neige sans rien dire.

— Ça, c'est de la neige qui annonce les sucres, déclara-t-il avant de se laisser tomber sur une chaise. Si c'était pas de cette maudite jambe-là, ajouta-t-il avec humeur en frappant du plat de la main son plâtre encombrant, on pourrait se préparer.

— Jérôme peut commencer, suggéra Yvette qui finissait de préparer une omelette. T'auras juste à lui dire quoi faire.

Son mari ne se donna pas la peine de lui répondre et s'absorba dans des pensées moroses en attendant que ses garçons rentrent déjeuner après avoir soigné les bêtes.

Depuis plus d'une semaine, il était cloué dans la maison et il n'en pouvait plus de regarder s'égrener les minutes sans pouvoir faire quelque chose. Après le départ pour l'école de Léo et de Jean-Paul, Jérôme irait nettoyer l'étable et lui, il resterait avec les femmes en train de piquer une courtepointe commencée l'automne précédent. Tout ce qu'il allait avoir à faire toute la journée, c'était de guetter par la fenêtre le passage improbable d'un attelage. En temps normal – et il était maintenant bien placé pour l'avoir vérifié chaque jour – il ne passait le plus souvent que celui qui ramassait les bidons de lait et Philibert Dionne.

Ce mardi-là, au début de l'après-midi, il s'était assoupi dans sa chaise berçante quelques minutes à peine après avoir dîné. Soudain, il sursauta en entendant des tintements de clochettes près de la maison. Il ouvrit les yeux et tendit le cou en direction de la fenêtre la plus proche : un attelage venait de s'arrêter près du balcon. Céline, Anne et Yvette avaient aussi entendu et elles s'étaient levées pour aller voir qui arrivait.

— Mais c'est Albert ! s'exclama Yvette Veilleux, tout heureuse de revoir son fils. Céline, va ouvrir, lui ordonna sa mère.

— Veux-tu ben me dire d'où il sort au milieu de la semaine ? demanda son mari, intrigué.

— Il est venu avec le père Groleau, précisa sa femme qui venait de reconnaître le vieux bedeau.

— Anne, dit Ernest, sors la bouteille de caribou. On se débarrassera pas du père Groleau sans qu'il ait bu un ou deux verres.

Mais Ernest se trompait. Le bedeau de Saint-Jacques-de-la-Rive laissa à peine le temps au jeune Veilleux de descendre de sa sleigh avant de reprendre la route. Il y eut un bruit de pas sur les marches de l'escalier extérieur et Céline ouvrit la porte à son frère avant même qu'il ait eu le temps de frapper.

Albert Veilleux entra dans la maison après avoir secoué ses pieds à l'extérieur. Il salua son père et embrassa sa mère et ses sœurs avant d'entreprendre de déboutonner le lourd paletot bleu dans lequel il était engoncé.

— Sacrifice ! Le père Groleau est déjà reparti ! s'exclama Ernest, stupéfait. On dirait que le diable est aux vaches.

— Il m'a dit qu'il entrait pas parce qu'il fuyait la tentation de boire un petit coup, expliqua Albert en riant et en repoussant du pied sa petite valise brune. Il paraît qu'il a promis de pas boire durant tout le carême.

— Comment ça se fait que t'as embarqué avec lui ? lui demanda Céline.

— En descendant du train, je suis arrêté chez Murray pour m'acheter du tabac. Le père était là en train de faire des commissions pour le curé Lussier. Je lui ai demandé de m'embarquer.

— As-tu dîné ? s'enquit sa mère.

— Oui, m'man.

— Bon. Je te prépare une bonne tasse de thé pour te réchauffer.

Pendant qu'Yvette versait du thé bouillant à son fils aîné, Ernest s'informait.

— Qu'est-ce que tu viens faire ici en pleine semaine ?

— Je sais pas si je vous l'ai dit, mais mon oncle est mon nouveau *boss* au Canadien Pacifique depuis la fin du mois de janvier. Je lui ai demandé une semaine de congé pour venir vous donner un coup de main. Il s'est fait tirer un peu l'oreille, mais il a fini par accepter. Ça fait que je suis venu vous aider un peu si vous avez besoin de moi.

— Tu seras pas de trop, fit son père, subitement d'excellente humeur. Il va falloir commencer à penser à percer les érables et à installer les chaudières. D'ici deux ou trois jours, s'il continue à faire doux comme ça, les érables vont se mettre à couler.

— Parfait. C'est en plein ce que je pensais. C'est le temps de l'année que j'ai toujours préféré, dit le jeune homme, plein d'entrain.

Il y eut un court silence avant qu'Albert ne reprenne la parole.

— Comment est-ce que Jérôme et les petits se sont débrouillés depuis votre accident, p'pa ?

— Le petit Tremblay est venu soir et matin nous aider à faire le train.

— Clément ?

— Oui, fit Céline, fière de son amoureux.

— Il va pouvoir prendre une couple de jours de congé, le temps que je suis ici, déclara Albert. Je suis capable de m'occuper du train tout seul avec Jérôme.

— Céline pourrait peut-être aller le prévenir chez les Tremblay, suggéra Ernest. J'ai comme l'idée qu'il haïra pas ça la voir arriver.

— J'y vais tout de suite, affirma la jeune fille, tendant déjà la main vers son manteau suspendu à un crochet derrière la porte.

— Whow ! fit sa mère pour la calmer. Casse-toi pas une jambe, toi aussi, pour arriver plus vite chez les voisins. Ton Clément va pas en mourir même si t'arrives cinq minutes plus tard.

Il y eut des éclats de rire dans la cuisine.

Le lendemain matin, Albert et Jérôme Veilleux nettoyèrent les seaux et les chalumeaux, qu'ils entassèrent dans le traîneau après avoir déposé dans le véhicule le vilebrequin, leurs raquettes et divers articles pour nettoyer la cabane dans laquelle les Veilleux faisaient bouillir l'eau d'érable depuis deux générations. L'après-midi même, ils se dirigèrent vers la petite érablière située au bout de la terre paternelle pour commencer à entailler.

21

Le coup monté

Il y eut encore une chute de neige importante le surlendemain avant que l'hiver se décide enfin à desserrer progressivement son étreinte sur la région. Au fil des jours, le soleil se fit alors de plus en plus chaud et il flottait dans l'air comme des odeurs de printemps. Peu à peu, on finit même par voir apparaître la tête des piquets de clôture.

— Pour moi, les érables vont couler aujourd'hui, avait déclaré Eugène à son fils Clément quelques jours auparavant. Regarde, le pied des arbres commence à être cerné.

En effet, sous les effets combinés du soleil et de l'eau de fonte, la neige se faisait soudain moins épaisse au pied des arbres. Bien sûr, il faudrait encore quelques semaines pour que les dernières traces en disparaissent des bois et des champs, mais la nature donnait des signes encourageants de renouveau. Pour s'en convaincre, il n'y avait qu'à écouter le bruissement sourd de l'eau qui s'était mise à courir sous l'épaisse couverture blanche.

Le passant curieux ne pouvait manquer de remarquer que depuis quelques jours, des cheminées fumaient au loin, dans les boisés. C'était un signe certain que les cultivateurs de Saint-Jacques-de-la-Rive avaient commencé à recueillir l'eau d'érable pour la faire bouillir.

Si, chez les Veilleux, on n'en était encore qu'aux préparatifs, les Tremblay, pour leur part, s'apprêtaient déjà à faire bouillir leur première récolte d'eau d'érable.

La veille, Claire et sa mère étaient venues faire un grand ménage dans le petit bâtiment qui leur servait de cabane à sucre. La chasse aux toiles d'araignée et le lavage des cuves, des ustensiles, de la table et de l'unique fenêtre les avaient occupées un bon moment. Pendant ce temps, les hommes avaient transporté du bois pour chauffer le poêle et ils avaient fini de suspendre des seaux aux chalumeaux.

Cet après-midi-là, la vieille barrique de chêne servant à la récolte de l'eau d'érable avait été solidement installée sur le traîneau. Clément et Gérald étaient ensuite partis faire la première tournée de la saison. Leur père, seul dans la cabane, transportait des bûches qu'il empilait au fond de la pièce unique du petit bâtiment gris. Il serait prêt à faire bouillir dès qu'on lui rapporterait suffisamment d'eau d'érable.

Au presbytère, l'heure n'était pas aux réjouissances, loin de là. Depuis le début de la semaine sainte, le brave curé Lussier ne décolérait pas. Pendant deux bonnes semaines, il avait eu beau rappeler du haut de la chaire l'obligation faite à tous les bons catholiques de faire leurs Pâques avant le jour de la résurrection du Christ, un petit nombre de ses paroissiens demeuraient récalcitrants. Ils ne se décidaient pas à se présenter au confessionnal. Même la crainte de commettre un péché mortel en ne se confessant pas et en ne communiant pas en cette période de l'année liturgique n'avait pas l'air de les empêcher de dormir. Tout laissait à penser que ces mauvais chrétiens étaient prêts à se contenter, dans le meilleur des cas, de Pâques de renard, soit se confesser et communier dans la semaine suivant Pâques. Quelle sorte d'exemple ces gens-là donnaient-ils à leurs enfants ? Ce n'est pas parce qu'on était en pleine saison des sucres qu'il fallait négliger pour autant ses devoirs de chrétien.

Le pasteur avait horreur de ce genre de comportement. Il y voyait une sorte de contestation muette de son autorité. C'est pourquoi il ne se cachait pas pour montrer aux retardataires son mécontentement lorsqu'ils passaient au confessionnal après Pâques.

Par un réel effort de volonté, Antoine Lussier cessa de marmonner dans son bureau pour se consacrer à la préparation des cérémonies du Vendredi saint et il nota sur une feuille de prévenir Joseph Groleau de recouvrir toutes les statues et les crucifix de l'église d'une voile violet pour ce jour-là, comme l'exigeait le rituel.

L'abbé Martel était allé rencontrer les écoliers de l'école du rang des Orties pour vérifier leur degré de préparation à leur confirmation et à leur première communion, qui allaient avoir lieu à la fin du mois d'avril.

Gabrielle Paré était seule dans la cuisine du presbytère de Saint-Jacques-de-la-Rive. La jeune cuisinière, le visage dur, réfléchissait tout en surveillant la cuisson de miches de pain placées au four. La vieille Agathe Cournoyer était partie à Pierreville quelques instants plus tôt pour consulter le docteur Courchesne.

Gabrielle avait un certain nombre de raisons de s'inquiéter depuis quelques jours. Le dimanche précédent, la jeune orpheline avait décidé de passer aux actes pour forcer la main de son soupirant, Germain Fournier. Elle voulait l'obliger en quelque sorte à la demander en mariage, même s'ils ne se fréquentaient que depuis trois mois. Pour y arriver, elle avait pris la chance de lui mentir effrontément, au risque de se faire découvrir et de perdre la face.

Elle avait été l'une des premières à faire ses Pâques et elle s'était empressée de choisir l'abbé Martel pour confesseur parce que le jeune prêtre se montrait beaucoup moins curieux que son supérieur avant de donner son absolution. Mais cela aurait été commettre une grossière erreur de croire que la jeune fille était préoccupée par ce péché qui allait la forcer à retourner se confesser si elle voulait communier le matin de Pâques. Pas du tout. Elle tremblait tout simplement d'être traitée de menteuse et d'être renvoyée avec armes et bagages à Saint-Ferdinand.

Après avoir réfléchi toute la semaine au meilleur moyen d'obliger Germain à déclarer ouvertement ses intentions, l'orpheline avait décidé de l'acculer au pied du mur, le dimanche précédent. Bien qu'elle ne le fréquentât que depuis quelques semaines, elle croyait bien le connaître, son Germain. Le jeune cultivateur au visage raviné par l'acné était un timide qui n'avait aucune confiance en lui. Elle l'avait parfois insidieusement amené à se montrer un peu plus entreprenant lors des soirées qu'il passait au salon en sa compagnie en lui permettant quelques chastes baisers. Mais les privautés s'étaient arrêtées là. Lorsque les mains du jeune homme s'étaient montrées un peu trop baladeuses, elle l'avait sèchement remis à sa place, toute fière de constater chaque fois le pouvoir qu'elle pouvait exercer sur un homme qui avait une dizaine d'années de plus qu'elle.

— Voyons, Germain, lui disait-elle en feignant d'être fâchée. Je suis une fille honnête.

L'autre, le visage rouge de confusion, ne savait alors plus quel geste poser pour se faire pardonner.

Or, le dimanche des Rameaux, Gabrielle Paré avait pris un ton de conspiratrice pour dire à son amoureux :

— Germain, je pense que la supérieure de l'orphelinat a écrit à monsieur le curé. Il me semble avoir reconnu l'écriture de sœur Sainte-Anne sur l'enveloppe.

— Qu'est-ce que ça veut dire ? avait demandé Germain.

— Ça peut vouloir dire juste une affaire : elle veut qu'il me renvoie à l'orphelinat, avait affirmé la jeune servante en prenant une mine attristée.

— Pourquoi il ferait ça ? Madame Cournoyer arrête pas de dire comment le curé Lussier est content de toi.

— La supérieure peut lui dire qu'elle a besoin de moi. Après Pâques, chaque année, on commence le grand ménage de printemps. Dans ce temps-là, l'ouvrage manque pas là-bas.

— Mais il y a d'autres filles à Saint-Ferdinand, avait plaidé Germain, dépassé par la nouvelle situation.

— Je le sais bien, mais c'est sœur Sainte-Anne qui décide.

— Oui, mais après, elle va te renvoyer ici.

— C'est loin d'être sûr, avait continué à mentir la jeune fille. À partir de seize ans, les sœurs nous placent souvent comme ménagères dans des familles autour de Québec. Si je suis venue à Saint-Jacques, c'est parce que le curé Lussier a insisté. S'il demande une cuisinière après Pâques, la supérieure peut aussi bien refuser que lui envoyer une autre fille de l'orphelinat à ma place.

La mine catastrophée de Germain Fournier lui avait alors confirmé à quel point son stratagème avait fonctionné. Elle avait ensuite vainement attendu qu'il se décide à lui poser la question qu'elle voulait entendre depuis le début, et son humeur s'en était trouvée affectée.

— C'est tout ce que tu trouves à dire ? avait-elle finalement demandé sur un ton acide.

— Ben. Qu'est-ce que tu veux que je dise ?

— Je le sais pas, moi ! avait-elle à nouveau menti. Je pensais que c'était sérieux entre nous deux.

— C'est sûr que c'est sérieux, s'était-il défendu.

— On dirait que t'as pas l'air de comprendre que si on fait rien, je pourrai peut-être pas revenir ici avant mes vingt et un ans. Est-ce que tu veux attendre deux ans avant qu'on se revoie ?

— Ben non.

Germain avait laissé tomber un lourd silence entre eux dans le petit salon d'Agathe Cournoyer avant de se lancer à l'eau.

— Et si on se mariait ? avait-il suggéré, le cœur battant.

Durant un long moment, Gabrielle, fine mouche, fit semblant de réfléchir à cette option, comme si elle ne l'avait jamais envisagée.

— Est-ce que c'est une demande en mariage ?

— Je pense ben que oui, avait fait Germain, le visage rougi par l'émotion, mais fier de lui.

— OK, mais attends pas trop pour venir voir monsieur le curé et lui demander ce qu'il en pense. Si t'attends trop, je risque d'être déjà partie pour Saint-Ferdinand.

La jeune orpheline avait passé le reste de l'après-midi dans une sorte d'euphorie. Germain Fournier était prêt à l'épouser. Si tout fonctionnait comme elle l'espérait, elle serait madame Fournier dans quelques mois et elle vivrait chez elle, dans sa maison. Plus personne ne lui dirait ce qu'elle devait faire. Fini le temps où elle était la servante qu'on faisait travailler comme une esclave du matin au soir. Bien sûr, elle n'allait pas épouser le prince charmant. Il était laid et ennuyeux, mais...

Lorsqu'il dut la quitter, à la fin de l'après-midi, Gabrielle avait rappelé à Germain :

— Va surtout pas dire à monsieur le curé que tu viens le voir parce que t'as peur qu'il me renvoie à l'orphelinat. Si tu fais ça, il va penser que je regarde son courrier.

Germain l'avait rassurée avant de quitter la maison de la vieille ménagère. Ce soir-là, l'orpheline s'était mise au lit en rêvant à tout ce qu'elle ferait lorsqu'elle serait enfin mariée. À aucun moment, elle n'avait songé à mettre sa logeuse au courant de son subterfuge visant à pousser son amoureux à demander sa main.

Puis, la journée du lendemain s'était écoulée sans que Germain Fournier n'apparaisse au presbytère. Au fil des heures, la tension donna une sérieuse migraine à Gabrielle.

— Mais qu'est-ce qu'il attend, le niaiseux, pour venir ? se demanda-t-elle vingt fois durant la journée en serrant les dents.

Le lendemain : même scénario. Pas de Germain Fournier. Si elle s'était écoutée, Gabrielle Paré aurait piqué une crise de nerfs juste pour se soulager lorsque vint le moment de retourner chez Agathe Cournoyer. Toute la journée, elle avait été sur le bord d'exploser. De plus, elle avait dû supporter les plaintes répétées de la vieille cuisinière aux prises avec une crise aiguë de rhumatisme. Si son prétendant avait été devant elle, elle l'aurait assommé avec joie. À quel jeu jouait-il ? Avait-il changé d'idée ? Lui avait-elle fait peur ? Si elle avait pu, elle aurait demandé au père Groleau de la conduire chez lui pour lui demander des comptes.

Gabrielle Paré ne pouvait deviner que son Germain était aux prises avec deux vaches sur le point de vêler. Durant ces deux jours, il ne pouvait tout simplement pas s'absenter de la ferme. Il lui fallait aider les deux mères à mettre bas. Ce délai de deux jours avant d'aller rencontrer le curé Lussier n'aida en rien ce timide. Cent fois, il imagina les pires scénarios. Il n'en dormait plus. Il n'osait même pas penser à ce qu'il ferait si le prêtre lui opposait une fin de non-recevoir et renvoyait immédiatement Gabrielle à son orphelinat. À cette seule pensée, il en avait des sueurs froides. Il n'était tout de même pas pour retomber dans le désespoir qu'il avait vécu lorsqu'il avait été rejeté par Céline Veilleux !

Le mercredi avant-midi, la seconde vache donna enfin naissance à son veau. Libéré, le célibataire décida de faire sa toilette et de s'endimancher pour aller voir le curé Lussier au début de l'après-midi.

Une brusque sonnerie sortit Gabrielle Paré de sa rêverie. Elle jeta un coup d'œil à son pain et elle se composa un visage aimable pour aller répondre à la porte d'entrée.

— Laisse faire, lui ordonna le curé Lussier déjà sorti de son bureau. Je m'en occupe.

Gabrielle resta debout près de la porte de la cuisine, espérant qu'il s'agissait enfin de Germain. Lorsqu'elle vit son prétendant entrer et enlever ses bottes à l'extrémité du couloir, elle se sentit soulagée d'un grand poids. Elle lui adressa un timide signe d'encouragement alors que le prêtre lui tournait le dos.

Antoine Lussier fit entrer le jeune homme dans son bureau et referma la porte derrière lui. Gabrielle s'avança sur le bout des pieds dans le couloir pour tenter d'entendre la conversation qui se déroulait dans la pièce, mais la porte était trop épaisse et elle ne perçut que des murmures.

— Qu'est-ce qui se passe ? demanda le curé Lussier au jeune cultivateur sur un ton débonnaire en lui faisant signe de s'asseoir sur l'une des deux chaises placées devant son bureau.

Germain, la tuque à la main et le manteau déboutonné, ne savait par où commencer. Le prêtre sembla soudain se rendre compte de son malaise et voulut l'encourager.

— J'espère que ce sont pas tes amours avec notre Gabrielle qui vont mal ?

— Ben non, monsieur le curé, au contraire.

— Tu veux faire tes Pâques ?

— Elles sont déjà faites, monsieur le curé. Non, je voulais vous parler de Gabrielle, finit par dire Germain en passant un doigt épais entre le col de sa chemise et son cou.

— Bon. Accouche, Germain, s'impatienta Antoine Lussier. On est pas pour y passer tout l'après-midi.

— Ben, voilà. On aimerait se fiancer, monsieur le curé.

— Vous fiancer, déjà ! Mais vous vous fréquentez juste depuis les fêtes, s'étonna le prêtre.

— C'est vrai, reconnut le jeune homme, mais je pense qu'on se connaît ben et...

— Vous avez pas fait de folies au moins, tous les deux ? fit Antoine Lussier, le ton subitement sévère.

— Non, monsieur le curé. J'ai toujours respecté Gabrielle et je l'ai vue seulement quand madame Cournoyer était là.

— Tu me rassures. Elle, qu'est-ce qu'elle en pense ? demanda encore le curé.

— Elle veut bien.

— On va le lui demander quand même, fit le prêtre en se levant.

Il ouvrit la porte de la pièce et, du couloir, invita la jeune servante à venir avant de retourner s'asseoir derrière son bureau. Gabrielle se présenta dans la pièce en essuyant ses mains sur son tablier.

— Gabrielle, Germain vient de me demander ta main. Tu étais au courant ?

— Oui, monsieur le curé, répondit l'orpheline en s'efforçant de rougir.

— Quand voulez-vous vous fiancer ?

— Le plus vite possible, monsieur le curé, déclara Germain, rendu plus brave par la présence de Gabrielle.

— Vous savez que je dois d'abord obtenir l'accord de la supérieure de l'orphelinat parce qu'elle est la responsable de Gabrielle jusqu'à sa majorité. Je vais lui écrire et si elle est d'accord, vous pourrez vous fiancer.

— Merci, monsieur le curé, dit Germain, soulagé et reconnaissant.

— Mais vous savez que j'ai jamais été pour les longues fiançailles. Si vous vous fiancez avant la fin du mois, quand pensez-vous vous marier ?

— Au commencement de l'été ? suggéra l'orpheline en adressant un regard timide à Germain.

— Oui, au commencement de l'été, répéta ce dernier.

— Bon, c'est correct. Je m'en occupe, conclut le

prêtre en se levant de son fauteuil et en contournant son imposant bureau en chêne.

Le pasteur ouvrit la porte de son bureau.

— Toi, mon Germain, je devrais t'en vouloir, lança Antoine Lussier sur un ton plaisant. T'es en train de me voler ma cuisinière. Je peux te garantir que c'est toute une cuisinière.

Gabrielle baissa la tête, flattée par le compliment.

— Merci, monsieur le curé, fit le jeune cultivateur en s'engageant dans le couloir devant la jeune fille.

La jeune servante suivit son amoureux jusqu'à l'entrée et le regarda chausser ses bottes. Après s'être assurée que le prêtre avait bien fermé la porte de son bureau, elle se leva sur le bout des pieds et embrassa Germain.

— On se voit samedi soir, lui chuchota-t-elle de sa voix la plus enjôleuse, avant de le laisser partir.

Le samedi saint, Bruno Pierri se présenta chez les Veilleux au milieu de l'avant-midi.

En cette journée du début du mois d'avril, l'air doux charriait des effluves printaniers. Tout laissait présager que la vie allait bientôt renaître. Déjà, des plaques de terre apparaissaient çà et là au milieu des champs. La route, sans être encore praticable pour les voitures, devenait de plus en plus difficile à emprunter pour les sleighs et les traîneaux. À certains endroits, la glace et la neige avaient cédé leur place à des mares d'eau. Partout, l'eau de fonte avait envahi les fossés et menaçait de déborder sur la route.

La veille, l'Italien était venu rendre visite à Ernest pour prendre de ses nouvelles. Depuis l'accident, il s'était arrêté chaque semaine pour s'informer de sa santé. Le voisin continuait à le vouvoyer, probablement parce que le malade avait presque quinze ans de plus que lui.

— Est-ce que c'est pas presque le temps pour vous de voir le docteur Courchesne pour qu'il vous enlève votre plâtre ? lui avait-il demandé. Si ça vous convient, vous pourriez peut-être monter avec moi à Pierreville demain matin parce que je dois passer chez Murray.

— Si ça te dérange pas trop, ça ferait ben mon affaire, avait accepté le petit homme. Ça fait assez longtemps que j'endure ce plâtre-là.

— Bon. On va essayer d'y aller en voiture, avait déclaré Bruno. Ça va être la première fois cette année que je vais m'en servir. Mais je pense pas avoir trop de misère, il y a de moins en moins de neige sur le chemin.

De fait, jusqu'au village de Saint-Jacques-de-la-Rive, l'attelage n'eut pas trop de mal à avancer, mais la route conduisant à Pierreville, plus fréquentée, se révéla beaucoup plus difficile à parcourir. Malgré tout, le retour se fit avant midi et dans la bonne humeur. Ernest était débarrassé de son plâtre encombrant et le docteur Courchesne l'avait déclaré complètement guéri. Malgré un boitillement temporaire, selon le médecin, le cultivateur était heureux comme un enfant.

— Il était à peu près temps, déclara Ernest avec un grand sourire. Je vais enfin pouvoir m'occuper de mon sirop à la cabane à sucre. J'ai ben cru que je pourrais pas y mettre les pieds cette année.

— Votre grand fils vous a tout de même pas mal aidé, lui fit remarquer son voisin. Vous êtes chanceux d'avoir des enfants. Maria et moi avons pas pu en avoir...

— C'est vrai, reconnut Ernest. Mon Albert a fait son possible. Il est même resté quinze jours plutôt qu'une semaine avant de retourner à sa job, en ville.

— C'est dommage que vous l'ayez pas tout le temps avec vous, lui fit remarquer Pierri.

— C'est sûr que j'aurais ben aimé qu'il reste travailler avec moi, confia Ernest, la mine subitement assombrie. Je pensais qu'il prendrait ma suite.

— Il y en aura certainement un parmi vos autres fils qui restera avec vous pour vous aider. C'est pas comme moi...

Le visage d'Ernest Veilleux devint triste l'espace d'un moment. Il venait de penser à son Adrien, mort quelques semaines auparavant.

— Avec les enfants, on peut jamais savoir, dit-il finalement à l'Italien. Il y a rien qui me dit qu'ils partiront pas tous, les uns après les autres, pour aller vivre en ville.

— C'est vrai que la ville les attire, reconnut Pierri. Les jeunes s'imaginent que c'est le paradis. Ils se trompent. C'est pas une vie de travailler de douze à quatorze heures par jour, six jours par semaine, pour un salaire de misère. Ils savent pas ce que c'est que de se retrouver chaque soir dans un petit appartement étouffant, à endurer les cris des voisins. Je connais ça. J'ai vécu assez longtemps à Montréal pour savoir comment ça se passe.

— Tu connais les jeunes, reprit Ernest. Ils pensent juste aux plaisirs qu'ils vont avoir là-bas. Le radio, les vues, les restaurants, les chars, l'électricité et l'eau courante, c'est tout ce qui les intéresse. Pour eux autres, c'est ça, la vraie vie.

— Ils oublient qu'il faut avoir de l'argent pour se payer tout ça, reprit l'Italien. Quand on gagne douze ou treize piastres par semaine, tout ça, c'est pour les autres.

— On a beau chercher à leur ouvrir les yeux, ils veulent rien entendre. Je suis rendu à penser que ça sert à rien de s'énerver avec ça parce qu'on peut rien y changer, conclut Ernest, philosophe. Les plus intelligents finiront ben par comprendre qu'il y a rien qui vaut une bonne terre.

Il y eut un moment de silence dans la voiture quand le conducteur dut contourner une large mare d'eau au milieu du rang Sainte-Marie.

— Avez-vous remarqué qu'il y a une bonne couche d'eau sur la glace de la rivière ? demanda Bruno pour changer de sujet de conversation.

— Ouais ! J'ai l'impression que la glace est à la veille de lâcher. Ça peut pas faire autrement avec toute l'eau de fonte qui descend. J'espère qu'il se mettra pas à mouiller en plus, ajouta Ernest en jetant un coup d'œil au ciel où de lourds nuages gris s'amoncelaient. S'il se met à mouiller, les chemins seront pas beaux à voir demain matin. Ça pourrait vouloir dire la fin des sucres.

— Vous me parlez d'eau, dit Pierri. Ça me fait penser à vous demander si vous aussi, vous allez chercher ce que vous appelez ici de l'eau de Pâques.

— Beau dommage. C'est sûr. Demain matin, je vais être à la source de Desjardins avant le lever du soleil. Tu peux en être certain. Maintenant que je peux me servir de mes deux jambes...

— Je connaissais pas cette tradition-là, avoua Pierri, incrédule.

— Ah non ? demanda Ernest, surpris. Avec quoi vous soignez tous vos petits bobos chez vous si vous avez pas d'eau de Pâques ?

Il y eut un court silence dans la voiture avant que l'Italien ne reprenne la parole.

— Pensez-vous que ça dérangerait si j'allais, moi aussi, me chercher de l'eau chez Desjardins, demain matin ?

— Pantoute. T'as juste à arriver avant le lever du soleil.

Quelques minutes plus tard, Bruno Pierri arrêta sa voiture près de la maison des Veilleux.

— Faites tout de même attention à votre jambe, dit-il en voyant son voisin s'appuyer avec précaution sur sa jambe droite. Il manquerait plus que vous vous la cassiez une autre fois.

— Inquiète-toi pas, je ferai pas de folie. Merci pour le voyage.

Quand Ernest Veilleux se leva avant l'aurore, le matin de Pâques, il entendit les lourdes gouttes de pluie qui tombaient sur la toiture de la maison. Il alluma le poêle et il entreprit de s'habiller pour sortir, même s'il était encore trop tôt pour aller soigner les animaux. Au moment où il endossait son épais paletot, il vit Jérôme descendre de l'étage.

— Attendez-moi, p'pa. Je vais aller chercher de l'eau de Pâques avec vous, proposa l'adolescent en passant une main dans sa chevelure brune hirsute.

— Grouille, lui ordonna son père, tout de même heureux d'avoir de la compagnie. Le jour est à la veille de se lever et je peux pas marcher vite.

Quelques minutes plus tard, le père et le fils, portant un fanal allumé et un gros pot en vitre, se mirent en marche sous la pluie en direction de la source vive qui coulait chez les Desjardins, la dernière ferme du rang Sainte-Marie, située à quelques arpents de celle des Veilleux, de l'autre côté de la route. Lorsqu'ils approchèrent des lieux, ils aperçurent plus d'une demi-douzaine de fanaux allumés et entendirent des bruits de voix. La plupart des fermiers du rang s'étaient levés avant l'aube pour venir recueillir, comme la tradition l'exigeait, de l'eau de Pâques. Durant toute l'année, le contenant d'eau serait placé non loin des rameaux bénits le dimanche précédent et chacun pourrait profiter des vertus curatives de cette eau aux pouvoirs miraculeux.

— Les glaces ont lâché au milieu de la nuit, fit une voix qu'Ernest attribua à Antonius Tougas. De chez nous, j'ai entendu le grondement.

— Moi aussi, dit Adalbert Perreault, son voisin d'en face. Un vrai coup de canon.

— Dans le rang, vous êtes les plus près de la rivière, déclara Desjardins, un gros cultivateur bourru, propriétaire de la source. C'est sûr que vous êtes ben placés pour entendre ça. J'espère qu'il y a pas d'embâcle sur la rivière.

— Si ça bloque pas à la hauteur du pont de Pierreville, déclara Eugène Tremblay, l'un des premiers arrivés à la source, les glaces vont partir sans faire de dommages.

Sous la pluie abondante qui n'avait pas cessé de tomber, le silence se fit soudain chez les hommes frileusement regroupés près de la source. À tour de rôle, chacun remplit son contenant et s'empressa de le fermer.

— Tiens, v'là la barre du jour, annonça Perreault en pointant un doigt vers l'est.

— Bon, je pense ben que c'est le temps d'aller faire notre train si on veut être à temps pour la messe, dit Ernest Veilleux en se dirigeant déjà vers la route en compagnie de son fils.

Comme s'il n'attendait que ce signal, le groupe se dispersa et chacun entreprit de rentrer chez soi. Ernest salua Bruno Pierri, mais il détourna ostensiblement la tête à la vue d'Eugène Tremblay.

Quand Eugène rentra à la maison, il aperçut une lueur dans l'étable, signe que Clément, Gérald et Lionel avaient déjà commencé à traire les vaches. Il tendit la bouteille d'eau de Pâques à Thérèse avant d'aller rejoindre ses fils.

Un peu plus d'une heure plus tard, tout le monde rentra dans la maison sous une pluie battante.

— Tu parles d'un temps de chien pour Pâques ! gronda Thérèse, de mauvaise humeur. On pourra même pas étrenner notre chapeau neuf, ajouta-t-elle sur un ton dépité.

— Ça valait bien la peine de se donner autant de mal pour changer toute la garniture de notre vieux chapeau de l'année passée, se plaignit Claire, l'humeur aussi sombre que celle de sa mère.

— À votre place, je m'inquiéterais ben plus de la route que de votre chapeau, leur fit remarquer Eugène en allumant sa pipe. Antonius m'a dit que les glaces avaient lâché au milieu de la nuit et je serais pas surpris qu'avec ce qui tombe, on soit même pas capables de passer sur le chemin.

— Je pense que je vais aller à la basse-messe, annonça Gérald. Est-ce que je sors le boghei ?

— T'es mieux. Avec cette pluie-là, il doit plus rester ben de la neige sur la route. Si tu t'aperçois que le chemin est trop mauvais, prends pas de chance, reviens.

— Je vais y aller avec toi, dit Claire à son jeune frère.

— Nous aussi, déclarèrent Lionel et Jeannine.

— Moi, j'ai promis à Céline d'aller à la grand-messe avec elle, fit Clément. C'est pas parce que ça me convient, ajouta le jeune homme. J'ai une faim de loup et je pourrai pas manger avant midi. Je vais aller te donner un coup de main à nettoyer la sleigh, offrit-il à son frère.

— C'est pas nécessaire, jugea son père. Avec ce qui tombe, elle va être crottée avant d'être rendue devant chez Hamel. Relève d'abord la capote et regarde si les mulots ont pas fait de nids dans les sièges.

Quelques minutes plus tard, le boghei noir des Tremblay sortit de la cour sous une pluie battante. Eugène, déjà endimanché, le regarda aller jusque chez Georges Hamel.

— Je sais pas s'ils vont être capables de traverser la baissière dans le coin de chez Tougas, dit-il à sa femme en train de dresser le couvert du dîner qui serait servi au retour de la grand-messe.

Le fermier songeait à l'importante dénivellation qu'on rencontrait à environ trois cents pieds avant d'arriver à la ferme d'Antonius Tougas, la première ferme du rang Sainte-Marie. Comme chaque printemps, les fossés avaient dû déborder à cet endroit et il était plus que probable que l'eau avait envahi la route. Mais en quelle quantité ? Il eut la réponse à sa question moins de quinze minutes plus tard quand le boghei, couvert d'une boue épaisse, s'arrêta devant le balcon. Le conducteur et ses trois passagers en descendirent et rentrèrent dans la maison.

— Ça passe pas, expliqua Gérald en essuyant son visage mouillé par la pluie.

— La baissière ? demanda son père.

— Oui. Il y a au moins deux pieds d'eau sur une trentaine de pieds de long.

— Toute une belle journée de Pâques ! s'exclama Thérèse, frustrée d'être privée de sa sortie dominicale. On pourra même pas aller à la messe.

— C'est ben de valeur, mais on peut rien y faire, fit Eugène, qui avait du mal à cacher sa satisfaction. J'ai pas encore appris à nager à nos chevaux.

— T'es bien drôle, Eugène Tremblay, fit sa femme en lui jetant un regard meurtrier. Mais comme on peut pas aller à la messe, on va la remplacer par la prière et un chapelet.

— Après le déjeuner, j'espère, demanda Gérald.

— Non, avant. On va juste prendre le temps de se changer pour pas salir notre linge du dimanche avant de se mettre à genoux sur le plancher de la cuisine.

Il y eut des murmures de mécontentement chez les jeunes.

— Je vais aller dételer, dit immédiatement Clément en endossant son manteau. En plus, il va ben falloir nettoyer un peu le boghei, il doit être crotté jusqu'à la capote.

— Laisse faire, je vais y aller, fit Gérald, prêt à retourner à l'extérieur pour s'occuper de l'attelage.

— Non, toi, tu vas te changer, lui ordonna sa mère. Tu vas tout te salir en dételant. Laisse faire ton frère.

Les enfants de Thérèse Tremblay se dirigèrent vers l'escalier pour monter à leur chambre.

— Je pense que ça aurait été moins long d'aller à la basse-messe, murmura Gérald à sa sœur Aline avant d'entrer dans sa chambre.

— En tout cas, à l'église, on est moins longtemps à genoux, renchérit l'adolescente, aussi mécontente que son frère.

Les Tremblay entendirent un bruit sur la route et Eugène se pencha pour regarder par la fenêtre.

— On dirait qu'on sera pas les seuls à pas pouvoir aller au village à matin, déclara-t-il à sa femme. Je viens de voir le boghei de l'air bête d'à côté revenir.

— En tout cas, j'ai bien peur que cette pluie-là veuille dire la fin des sucres, se désola Thérèse en ne relevant pas l'insulte adressée au voisin. Tu peux être certain qu'il va y avoir une montée de sève et l'eau d'érable dans les chaudières va être juste bonne à jeter demain matin.

Bref, ce dimanche de Pâques 1923 fut une journée assez triste et la pluie ne cessa qu'au milieu de la nuit suivante. L'unique raison de se réjouir fut, bien sûr, la fin du carême. Cette journée marquait la fin de toutes les résolutions prises quarante jours plus tôt. Dans la plupart des foyers, les desserts réapparurent sur les tables pour le plus grand plaisir des gourmands. Pour un bon nombre de paroissiens de Saint-Jacques-de-la-Rive, empêchés d'aller à l'église en ce dimanche de Pâques à cause des routes devenues de véritables bourbiers, la possibilité de se sucrer le bec, de fumer ou de boire un peu d'alcool était une consolation appréciable.

Dans le rang Sainte-Marie, Germain Fournier fut le seul à se risquer à traverser la mare qui s'était formée près de chez les Tougas. Au risque de briser son boghei et de blesser sérieusement son cheval, il s'entêta à passer. Il parvint à se rendre au village même si, à certains endroits, sa voiture eut de l'eau presque à la hauteur des moyeux de ses roues. Cent fois, il faillit s'embourber, mais il parvint à franchir tous les obstacles.

Cinq minutes avant que le curé Lussier ne commence à célébrer la grand-messe, le jeune cultivateur se glissa près de Gabrielle dans l'église. L'orpheline tourna à peine la tête à son arrivée, apparemment trop occupée à prier, inconsciente des risques que venait de prendre son nouveau fiancé.

22

Crise au presbytère

La dernière semaine d'avril allait vite faire oublier la pluie qui avait marqué le jour de Pâques. Le soleil se mit à luire et il parvint peu à peu à assécher la route et les champs. Les journées allongèrent et les premiers bourgeons apparurent aux branches. En moins de deux semaines, toute trace de neige était disparue du paysage.

Après avoir rangé les seaux et les chalumeaux, les cultivateurs s'étaient empressés de fermer pour la saison leur cabane à sucre dorénavant inutile. D'autres tâches plus urgentes réclamaient leurs soins. Quand l'herbe se mit à verdir dans les champs, ils consacrèrent plusieurs jours à vérifier et à consolider les piquets des clôtures qui ceinturaient leurs terres. Dès le début de l'avant-midi, on les voyait se déplacer dans les champs, ne s'éloignant guère de la charrette dans laquelle ils avaient déposé une masse, des piquets de cèdre et des rouleaux de fil de fer barbelé. Certains fermiers avaient déjà sorti de leur étable leurs vaches qui broutaient la première herbe tendre de la saison.

Tout indiquait que le grand emprisonnement de l'hiver était enfin terminé. On pouvait même surprendre quelques ménagères en train de laver leurs fenêtres et d'aérer certaines pièces de leur maison. À présent, la température était assez douce pour ne plus être obligé de chauffer le poêle durant la nuit.

Chez Germain Fournier, aucune femme ne s'activait encore dans la maison ou autour, mais tout indiquait que la situation allait bientôt changer. En effet, le célibataire avait appris, une dizaine de jours auparavant, que la supérieure de l'orphelinat Saint-Ferdinand avait donné son accord aux fiançailles de Gabrielle. Le samedi suivant, il était allé à Pierreville avec sa promise et Agathe Cournoyer pour faire l'acquisition d'une bague de fiançailles, un simple anneau en argent, à la bijouterie Letendre. Le lendemain, il avait été invité à souper chez la vieille dame et on avait célébré ses fiançailles officielles avec l'orpheline. À cette occasion, les deux jeunes gens s'étaient entendus pour se marier le troisième samedi de juin.

Trois jours après les fiançailles, Germain avait profité d'une belle soirée douce pour atteler son cheval à son boghei et venir rendre une visite impromptue à sa fiancée dont il s'ennuyait déjà. Quand Gabrielle l'aperçut à sa porte, elle eut un sursaut en le voyant tout endimanché un soir de semaine.

— Qu'est-ce qu'il vient faire ici un mercredi soir ? dit-elle en serrant les dents.

— De qui parles-tu ? lui demanda sa logeuse qui venait de s'asseoir à la table de cuisine pour boire une tasse de tisane.

— Le beau Germain. Il arrive. Je vous dis que

c'est pas à soir qu'il va avoir le temps de prendre racine dans le salon, lui.

La vieille servante lui jeta un bref coup d'œil avant de secouer la tête. À en juger par la grimace que la jeune fille venait de faire avant d'aller ouvrir la porte à son fiancé, l'idée de le voir n'avait pas l'air de lui plaire particulièrement. Un doute effleura même l'esprit d'Agathe Cournoyer, mais elle ne dit rien.

La jeune fille alla ouvrir la porte à Germain et le fit passer au salon. Cependant, elle le reçut si froidement qu'un homme moins amoureux aurait trouvé là matière à réfléchir.

Dès ses premiers mots, il était évident que l'orpheline avait décidé de profiter de l'occasion pour mettre les choses au point.

— Veux-tu bien me dire où tu t'en vas, habillé comme ça ? lui demanda-t-elle assez sèchement.

— Ben, je viens te voir.

— En pleine semaine ?

— On va se marier dans deux mois, plaida Germain, mal à l'aise, parce qu'il venait de se rendre compte que sa visite semblait déplaire à sa fiancée.

— C'est bien pour ça que je te le demande. Écoute, Germain. Il faut être raisonnable, s'efforça-t-elle de lui expliquer en gardant un sourire figé. Dans deux mois, on va se voir tout le temps. Là, il faut que tu comprennes que je travaille avec madame Cournoyer jusqu'après le souper au presbytère. Il me reste presque pas de temps après pour préparer mon trousseau. Si tu viens me voir des soirs dans la semaine en plus de la fin de semaine, j'aurai jamais le temps d'être prête pour nos noces au mois de juin.

— Ben sûr, répondit le fiancé, toute sa timidité revenue.

Il se leva du sofa où il venait à peine de s'asseoir, déjà prêt à prendre congé. Gabrielle se leva à son tour, sans chercher à le retenir une minute de plus.

— Pendant que je m'occupe de mon trousseau, tu pourrais peut-être faire du ménage dans la maison, préparer notre chambre à coucher, peinturer, laver les vitres... Je le sais pas, moi. Tu dois pas manquer d'ouvrage à faire.

— T'as raison, acquiesça Germain en se dirigeant déjà vers la porte.

Le fiancé, le visage fermé, ne chercha pas à l'embrasser avant de partir, comme il le faisait habituellement. Il salua Agathe Cournoyer, demeurée assise à la table de cuisine, et quitta la maison. Dès que la porte se fut refermée sur le jeune homme, la vieille dame regarda sa locataire pendant un instant avant de lui faire remarquer :

— Tu trouves pas que t'es un peu dure avec ce pauvre garçon ?

— Pourquoi vous me demandez ça, madame Cournoyer ? fit la jeune fille sur un ton faussement naïf.

— Il s'est probablement dépêché de faire son train, de souper et de se changer pour venir te voir et toi, tout ce que tu trouves à faire, c'est de presque lui fermer la porte sur les doigts.

— Mais je lui ai expliqué que j'avais bien des choses à faire, plaida l'orpheline avec une mauvaise foi évidente.

— Il t'aime, Gabrielle.

— C'est pas une raison pour venir m'embêter.

— Peut-être, mais fais bien attention, ma fille. Sois pas trop sûre de toi. T'es pas encore passée au pied de l'autel. Ton Germain est pas fou. Il peut encore changer d'idée.

Trois maisons plus loin, Hélèna Pouliot, occupée à balayer le long balcon qui ceinturait deux des quatre côtés de son épicerie, avait vu arriver et repartir le fiancé.

— Seigneur ! se dit-elle à mi-voix. Les mamours ont pas été longs à soir. Un peu plus, la petite bougresse lui disait de rester assis dans son boghei.

Par ailleurs, si Gabrielle Paré avait été présente dans la voiture conduite par son fiancé ce soir-là, elle se serait aperçue que sa réception hostile avait fait beaucoup plus de ravages qu'elle ne pouvait l'imaginer. Si Germain Fournier était parvenu à cacher la peine que la jeune fille lui avait causée en le recevant comme un chien dans un jeu de quilles tout le temps qu'il avait été dans la maison d'Agathe Cournoyer, il en allait tout autrement pendant qu'il regagnait le rang Sainte-Marie.

Inexplicablement, il était partagé entre la rage et le chagrin. L'aimait-elle ? Si oui, pourquoi avait-elle été aussi bête avec lui ? Elle n'était pas contente de le voir. Il comprenait qu'elle veuille préparer son trousseau, mais passer une heure en sa compagnie ne l'aurait pas tant retardée. Cela aurait dû lui faire plaisir de constater qu'il s'ennuyait d'elle au point de venir la voir durant la semaine. Quelle sorte de fille était-ce ?

— En tout cas, dit-il à mi-voix en serrant les

dents de rage, si elle s'imagine que je vais travailler toute la journée dehors et en plus, me mettre à faire du ménage dans la maison durant la soirée, elle se trompe. Il y a toujours ben des limites à ambitionner sur le monde. Elle me prendra pas pour un fou !

Tout le reste de la semaine, Germain Fournier remâcha sa rancœur. Lorsque le samedi soir arriva, il hésita longtemps entre se présenter plus tard que d'habitude chez sa fiancée ou ne pas y aller du tout, histoire de lui apprendre qu'il n'était pas obligé d'aller la voir. Finalement, le sort décida pour lui. Au moment où il allait se décider à faire sa toilette, il aperçut un renard en train de s'approcher de son poulailler. Il ne perdit pas un instant. Il saisit son fusil et sortit de la maison. Le temps d'arriver sur les lieux, la bête avait disparu. Il se convainquit alors qu'il devait monter la garde une bonne partie de la soirée pour s'assurer que le rôdeur ne reviendrait pas piller son poulailler.

De son côté, la jeune cuisinière alluma la lampe à huile du salon et s'installa dans la cuisine jusqu'à l'arrivée de son fiancé. Germain apparaissait toujours vers dix-neuf heures quinze. Depuis qu'Agathe Cournoyer l'avait mise en garde, elle avait sagement pris la résolution de se montrer un peu plus douce avec celui qui allait l'épouser à la mi-juin. À dix-neuf heures trente, la jeune fille commença à s'inquiéter du retard de son prétendant et elle se leva plusieurs fois pour scruter par la fenêtre le rang Saint-Edmond par où il devait nécessairement arriver.

Les minutes passant, Gabrielle finit par ne plus

tenir en place. Pendant ce temps, sa logeuse se gardait bien de dire un mot. Elle tricotait, confortablement assise dans sa chaise berçante placée près de l'une des deux fenêtres de la cuisine.

— Mais comment ça se fait qu'il arrive pas, lui ? finit par s'exclamer Gabrielle en consultant l'horloge de la cuisine.

À vingt heures, la jeune fille était folle de rage et avait toute la peine du monde à ne pas exploser devant Agathe Cournoyer. Il était maintenant évident que Germain ne viendrait pas. Elle alla souffler la lampe à huile du salon, souhaita une bonne nuit à son hôtesse et monta se coucher. Dès qu'elle entendit la porte de la chambre claquer, la vieille servante eut un rire silencieux en secouant doucement la tête.

— J'en connais un qui va se faire parler demain matin, après la grand-messe, murmura-t-elle en se levant lentement de sa chaise.

Mais la servante du curé Lussier commettait une erreur. La jeune fille ne put passer sa colère sur son fiancé au moment de la grand-messe pour la simple et bonne raison qu'elle ne le vit pas. Tout au plus l'avait-elle aperçu à la fin de la basse-messe, au moment où il montait dans son boghei. Peut-être ne l'avait-il pas vue ! Pourquoi était-il venu à la basse-messe sans lui en parler ? Depuis le début du mois de février, il assistait toujours à la grand-messe en sa compagnie. Qu'est-ce que les commères de la paroisse allaient colporter en la voyant assise seule dans le banc des Fournier ?

Au même instant, Germain Fournier faisait route vers sa ferme, le visage fermé, bien résolu à tenir bon. Il avait bien vu Gabrielle sortir du presbytère au moment où il montait dans son boghei. C'était volontairement qu'il avait refusé de lui adresser le moindre signe de reconnaissance. Ce matin-là, par lâcheté et par entêtement, il avait décidé de l'éviter en allant à la basse-messe. Ainsi, il retardait les explications qu'il allait devoir lui donner lors de leur prochaine rencontre. En retournant à la maison, il n'était même pas certain de vouloir aller passer la soirée avec elle, comme il le faisait tous les dimanches soirs depuis le début de leurs fréquentations.

Pour sa part, Gabrielle Paré avait mal dormi et s'était levée, ce matin-là, la mine chiffonnée. Durant une partie de la nuit, elle avait hésité entre un pardon inconditionnel pour une pareille conduite et le goût de lui faire payer chèrement le fait de l'avoir laissée poireauter à l'attendre toute la soirée. Au fond d'elle-même, quelque chose lui prêchait tout de même une certaine prudence. Elle commençait à réaliser que si elle se montrait trop dure avec lui, il risquait de se rebiffer et de la planter là. Il avait beau être timide, il n'était tout de même pas stupide au point de se laisser malmener sans réagir.

« Je verrai ça après la messe, mais il est mieux d'être fin », s'était-elle promis en finissant de brosser ses cheveux avant de descendre à la cuisine rejoindre Agathe Cournoyer qui l'attendait pour se rendre au presbytère.

Comme tous les dimanches matins, les deux femmes étaient sorties de la maison et avaient traversé le rang Saint-Edmond pour entrer au presbytère. Elles avaient dressé la table du dîner et préparé tout ce qui était nécessaire au repas des deux ecclésiastiques en attendant l'heure de la grand-messe. Par le plus grand des hasards, au moment où la basse-messe prenait fin, Gabrielle s'était rendu compte qu'elle avait oublié son missel dans sa chambre en partant et elle avait prévenu sa compagne qu'elle allait le chercher à la maison avant le début de la grand-messe.

À l'instant où elle posait le pied sur la première marche de l'escalier extérieur du presbytère, les paroissiens qui assistaient à la basse-messe commençaient à sortir de l'église. La jeune cuisinière avait d'abord cru s'être trompée en reconnaissant la voiture de son fiancé au milieu de la douzaine d'autres qui attendaient devant l'église. Puis, elle avait aperçu le jeune cultivateur descendant du parvis. Elle aurait voulu lui crier de l'attendre ou, tout au moins, lui faire signe de venir la rejoindre, mais toute la paroisse aurait fait des gorges chaudes d'une conduite aussi peu conforme aux usages. Elle n'avait alors eu d'autre choix que de voir ce dernier, le regard fixé droit devant lui, monter dans son boghei et partir sans se retourner. Elle en aurait crié de rage. Qu'est-ce qu'il lui prenait de venir à la basse-messe sans la prévenir quand il savait qu'elle l'attendrait à la grand-messe ? Il aurait pu venir sonner à la porte du presbytère pour l'avertir. Il savait bien qu'elle était là.

Inutile de dire que tout au long du service religieux, la jeune fille fut plongée dans des sujets de réflexion très étrangers au saint sacrifice. Elle ne cessait de penser à la conduite inexplicable de son fiancé. Elle n'avait qu'une hâte, celle de le voir le soir même pour connaître les raisons qui l'avaient poussé à ne pas venir la voir la veille et le matin même. Il devait sûrement y avoir une bonne explication à ce comportement. Insidieusement, un soupçon commençait même à voir le jour dans son esprit. Était-il possible que Germain ait décidé, sans même lui en avoir parlé, de mettre fin à leurs projets d'avenir ? Elle avait peut-être exagéré...

— Il manquerait plus que ça ! se dit-elle à mi-voix, alarmée à l'idée de devoir retourner à l'orphelinat avec sa petite valise en carton brun renforcé pour être la servante des religieuses pendant encore deux ans.

Jamais un dimanche après-midi ne lui sembla aussi long. Quand elle termina le lavage de la vaisselle du souper, au presbytère, la jeune fille était en proie à une affreuse migraine tant elle était énervée. À son retour à la maison, elle demanda à sa logeuse :

— Madame Cournoyer, j'ai mal à la tête. Il reste encore une heure avant que Germain arrive. Si ça vous fait rien, je vais aller m'étendre sur mon lit. Voulez-vous me réveiller quand il arrivera ?

— Vas-y, accepta la servante du curé. Je viendrai te réveiller.

La jeune cuisinière monta à sa chambre et se coucha tout habillée. Comme elle avait mal dormi la nuit précédente, elle tomba immédiatement dans un profond sommeil. Lorsqu'elle ouvrit les yeux, elle eut l'impression qu'elle venait de s'endormir. Pourtant, tout était sombre autour d'elle. Quelle heure était-il donc ?

Gabrielle se leva précipitamment et descendit l'escalier. Elle arriva dans la cuisine au moment où Agathe Cournoyer s'apprêtait à aller se coucher. La vieille dame, vêtue d'une épaisse robe de chambre, venait de déposer son éternel tricot.

— Quelle heure il est, madame Cournoyer ? fit Gabrielle en tentant de déchiffrer l'heure à l'horloge.

— Un peu plus que dix heures du soir.

— Vous m'avez pas réveillée ? demanda l'orpheline sur un ton accusateur.

— J'ai pas eu à te réveiller, ma fille, parce qu'il est pas venu.

— Il est pas venu ? répéta Gabrielle, comme si elle n'en croyait pas ses oreilles.

— Je te l'avais dit, Gabrielle, que t'avais peut-être tiré un peu trop fort sur la corde, la semaine passée. Un homme a sa fierté, même quand il est en amour.

La jeune fille se laissa choir sur une chaise et se mit à pleurer doucement. Agathe Cournoyer se rassit dans sa chaise berçante sans dire un mot de plus et la laissa pleurer tout son saoul.

— On doit se marier dans deux mois, dit-elle entre deux hoquets. On vient juste de se fiancer, ajouta-t-elle, un instant plus tard. Il y a sûrement quelque chose qu'on peut faire.

— Peut-être.

— Quoi, madame Cournoyer ?

— Peut-être que si tu lui écrivais une petite

lettre d'amour, suggéra la vieille dame. On sait jamais. Ça pourrait peut-être arranger les choses. Tu pourrais la donner à Philibert Dionne pour qu'il la laisse demain matin chez Germain.

— Vous pensez que ça pourrait marcher ?

— C'est possible. En tout cas, ça te coûte rien d'essayer. Bon, moi, je monte me coucher. Je suis fatiguée, déclara la vieille dame en se levant avec difficulté de son siège.

Lorsqu'elle se retrouva seule, Gabrielle Paré monta à sa chambre à son tour, résolue à écrire une brève lettre d'excuses à son fiancé. Elle termina sa missive par un « Je t'aime » suivi de quelques « X ». En cachetant l'enveloppe, elle se promit néanmoins de lui faire payer chèrement l'humiliation qu'il lui imposait.

Le lundi matin, le postier se chargea de laisser la lettre chez Germain Fournier, qui la découvrit à l'heure du dîner en venant vider sa boîte aux lettres. Le jeune cultivateur la lut et la relut plusieurs fois pour se convaincre que son auteur regrettait son comportement de la semaine précédente. Cependant, il ne commit pas la bêtise de se précipiter au village le jour même pour voir Gabrielle. Même si sa lettre l'invitait à venir la voir le plus tôt possible et même s'il en avait une folle envie, il sut se contraindre à ne pas bouger de chez lui. Il décida de s'en tenir aux règles qu'elle lui avait imposées, soit deux visites hebdomadaires, les samedis et dimanches soirs.

Après mûre réflexion, le jeune homme détacha une feuille d'un vieux cahier et écrivit quelques mots à sa Gabrielle de son écriture malhabile. Il lui expliqua qu'il serait bien allé la voir cette semaine, mais qu'il avait entrepris un grand ménage de la maison, ménage qu'il ne pouvait faire qu'après le souper puisqu'il était occupé à ses labours de printemps durant le jour. Peu habitué à écrire, Germain trouva l'exercice presque aussi épuisant qu'une journée de travail. Enfin, il déposa sa lettre dans la boîte, de manière que le postier la récupère le lendemain avant-midi.

Quand Gabrielle lut le mot de son fiancé, un bref sourire éclaira ses traits. Tout avait l'air de rentrer dans l'ordre et, de plus, il avait bien retenu qu'elle ne tenait pas du tout à le voir dans ses jupes durant la semaine. Elle retrouva alors son entrain coutumier, attendant avec une impatience tout de même un peu teintée d'inquiétude le samedi soir suivant.

Évidemment, Philibert Dionne, toujours aussi prompt à répandre les commérages, ne se priva pas pour faire remarquer chez Hélèna que c'était sûrement le grand amour entre Germain Fournier et la petite servante du curé. Non seulement ils se voyaient la fin de semaine, mais ils s'écrivaient des lettres pendant la semaine.

— Si ça a du bon sens ! s'exclama Hélèna en prenant un air dégoûté. Cette fille-là a aucune pudeur.

Cette semaine-là, il n'y eut pas que les amours de Germain Fournier qui furent troublées. Fait étonnant, si le postier aida à arranger les choses dans un cas, il fut l'agent bien involontaire qui perturba les fréquentations de Clément Tremblay.

Le mardi avant-midi, Anne rapporta à la maison une lettre laissée par le postier quelques minutes plus tôt dans la boîte aux lettres au bord du chemin. Yvette Veilleux, occupée à repasser des vêtements, remit sur le poêle à bois son fer et prit la missive que l'adolescente lui tendait. Elle alla s'asseoir à la table de cuisine après avoir chaussé ses lunettes et ouvrit l'enveloppe. Céline et Anne continuèrent à plier les vêtements qui avaient été mis à sécher à l'extérieur au début de l'avant-midi tout en attendant avec une curiosité mal dissimulée que leur mère leur livre le contenu de la lettre qu'elle lisait. Finalement, Yvette retira ses lunettes et replia les deux feuillets qu'elle venait de lire.

— Puis, m'man ? demanda Céline. Qui est-ce qui vous a écrit ?

— Ta cousine Rachel, répondit sa mère, l'air songeur.

— Mon Dieu ! Ça, c'est rare. Est-ce qu'il lui est arrivé quelque chose de grave ?

— Mais non. Elle a juste besoin d'aide. C'est seulement dans ce temps-là qu'elle se souvient de nous autres, la belle Rachel.

Rachel Gélinas, la fille aînée de sa sœur Marie, avait épousé, quelques années auparavant, Gédéon Lepage, un notaire de Montréal. À l'époque, ce dernier, un petit homme fluet qui zozotait légèrement, venait d'hériter de son père d'une somme assez considérable. Après s'être fait construire une maison confortable boulevard Saint-Joseph, le couple s'était mis en frais d'avoir une famille nombreuse. Les Lepage fréquentaient peu la famille.

Comme l'avait si bien fait remarquer Yvette, on n'entendait parler d'eux que lorsqu'ils avaient besoin de quelque chose.

— Qu'est-ce qu'elle veut, m'man ? demanda Anne.

— Elle attend son cinquième et elle aimerait que Céline aille lui donner un coup de main pendant quelques semaines.

— Il me semblait qu'elle avait une bonne, elle ? fit Anne.

— Il faut croire que ça suffit pas.

Yvette Veilleux jeta un coup d'œil à Céline qui avait cessé de plier les vêtements. La jeune fille semblait soudainement tout excitée à la pensée d'aller vivre quelque temps à Montréal.

— Qu'est-ce que t'en penses, Céline ? s'enquit sa mère.

— Moi, ça me dérange pas. Si ça peut lui rendre service, je suis bien prête à y aller.

— Et Clément dans tout ça ? dit sa sœur, sur un ton narquois.

— Je suis pas mariée à Clément Tremblay, tu sauras. J'ai pas de permission à lui demander.

— En tout cas, si tu peux pas y aller, je suis prête à me sacrifier, reprit la cadette.

— C'est pas toi qu'elle veut, c'est moi.

— Whow ! Vous deux, calmez-vous, intervint leur mère en reprenant son fer à repasser. C'est pas vous autres qui allez décider ça, c'est votre père. Ça me surprendrait pas qu'il refuse. Vous savez comme moi qu'il aime pas trop votre cousine Rachel.

Quand Ernest rentra à la maison pour le repas du midi, sa femme attendit qu'il en soit au dessert avant de lui faire part de la demande de la fille de sa sœur Marie.

— Pourquoi elle demande pas à une de ses sœurs ou à une de ses belles-sœurs d'aller lui donner un coup de main ? répliqua sèchement Ernest.

— Elles ont toutes des enfants aux couches.

— En tout cas, elle a du front tout le tour de la tête, la grande madame de Montréal, s'emporta le cultivateur. La plupart du temps, elle nous regarde même pas quand elle vient se promener à la campagne, puis lorsqu'elle a besoin de nous autres, elle se rappelle tout à coup qu'on existe.

— C'est tout de même de la famille, le raisonna sa femme.

— En plus, elle prend mes filles pour des servantes.

— Mais non, Ernest. Elle demande Céline parce qu'elle a confiance en elle pour s'occuper de ses enfants. En plus, c'est pas pour longtemps. C'est juste pour ses relevailles.

— Moi, je pense plutôt qu'elle demande notre fille parce que ça lui coûtera rien. Si elle engageait une femme de Montréal, elle devrait la payer.

— Inquiète-toi pas pour ça, voulut le rassurer Yvette. Tu sais comme moi que Gédéon est pas gratteux. Il va sûrement lui payer des gages. Cet argent-là nous serait bien utile.

Ce dernier argument sembla légèrement ébranler le père de famille. Il demeura silencieux durant un bon moment avant de demander :

— Et toi, vas-tu être capable de te passer de Céline juste au moment où tu vas te lancer dans le grand ménage du printemps ?

— Je suis capable de m'organiser avec Anne.

— Et comment Céline est supposée aller en ville ? poursuivit Ernest qui avait déjà, apparemment, accepté le départ de sa fille.

— Rachel m'a dit que Gédéon a maintenant une automobile et qu'il pourrait venir la chercher dimanche après-midi, si je lui fais savoir qu'on est d'accord pour la laisser partir.

— Qu'elle y aille si ça lui tente, trancha Ernest en trempant un morceau de pain dans la mélasse qu'il venait de verser dans une soucoupe.

En entendant cette décision, le visage de Céline s'illumina et elle poussa sa mère à répondre à la cousine Rachel l'après-midi même.

— Chanceuse ! lui dit Anne en réprimant mal sa jalousie. Pendant que je vais être pognée pour faire du ménage et partir le jardin, toi, tu vas faire un beau voyage en machine et tu vas aller en ville.

— Aïe, ce sera tout de même pas le ciel ! se défendit mollement sa sœur.

— Essaye pas de me faire croire que t'as pas hâte de rester dans une belle grande maison, proche du parc Lafontaine. Tu vas avoir l'électricité dans ta chambre et je suis sûre que les Lepage ont un radio. À part ça, tu vas peut-être avoir la chance de faire un tour en petit char.

— T'oublie que Rachel m'invite pas pour des vacances, protesta Céline. Je vais avoir à m'occuper de ses quatre enfants et, si ça se trouve, du cinquième quand il va arriver. Il va falloir faire à manger à tout ce monde-là et les nettoyer.

— Ça fait rien. Moi, je changerais bien de place avec toi n'importe quand, conclut Anne, envieuse.

Le samedi soir suivant, pendant que Gabrielle Paré tentait de rétablir tant bien que mal des relations harmonieuses avec son Germain qui avait enfin cesser de bouder, Céline accueillait Clément Tremblay avec la nouvelle de son départ prévu pour le lendemain après-midi.

— Et nous autres ? demanda le jeune homme, stupéfait.

— Quoi, nous autres ?

— On se verra plus.

— Je pars pas pour des années, Clément, protesta la jeune fille, flattée que son amoureux trouve la séparation difficile. C'est juste pour deux ou trois semaines, le temps que ma cousine se remette d'aplomb après son accouchement.

— Et t'as pas peur que je me trouve une autre blonde pendant que tu vas être partie ? demanda-t-il, mi-sérieux.

— Non. Je partirai pas assez longtemps pour ça, répliqua Céline avec beaucoup d'assurance.

Cette nouvelle perturba suffisamment le jeune homme pour que cette dernière soirée en compagnie de sa petite amie en soit assombrie. Il était inquiet de constater à quel point Céline était radieuse à l'idée d'aller vivre quelque temps dans la grande ville. À aucun moment, elle ne sembla craindre de s'ennuyer de lui et de leurs soirées au salon. C'était mortifiant. Le laisser ne paraissait pas la déranger le moins du monde. Lorsqu'il la quitta à la fin de la veillée, Céline lui promit tout de même de lui écrire au moins une fois par semaine durant son absence.

Le lendemain après-midi, Clément Tremblay s'assit seul sur le balcon de la maison paternelle dès qu'il eut avalé la dernière bouchée de son repas.

— Il a pas l'air dans son assiette aujourd'hui, dit Eugène en montrant son fils aîné à sa femme.

— Céline s'en va rester quelque temps chez une cousine, à Montréal, expliqua Thérèse en jetant un coup d'œil au jeune homme par la fenêtre.

Moins d'une heure plus tard, une automobile, rendue grise par la poussière du chemin, passa devant la maison des Tremblay avant d'entrer dans la cour de la ferme des Veilleux. Quelques minutes plus tard, le même véhicule repassa sur le rang Sainte-Marie et Clément salua de la main son amie de cœur qui, elle aussi, lui envoya la main au passage. Quand le nuage de poussière soulevé par le véhicule eut retombé, le jeune homme rentra dans la maison et monta dans sa chambre.

23

Les grandes décisions

Les arbres avaient échangé leurs bourgeons pour des feuilles au vert tendre qui bruissaient à la moindre brise. Comme par miracle, l'herbe s'était mise à pousser. Le soleil chaud de ce début de mois de mai rendait les odeurs de fumier de plus en plus entêtantes. On finissait d'épandre ce dernier dans les champs et déjà, certains cultivateurs avaient commencé à retourner le sol.

Dans les maisons, le grand ménage du printemps avait débuté quelques jours auparavant. Partout, on s'apprêtait à emménager dans les cuisines d'été pour la belle saison. Mais avant de s'y installer, il fallait d'abord nettoyer à fond la pièce où on allait vivre jusqu'au milieu de l'automne suivant. En outre, il était nécessaire de laver à fond les plafonds et les murs de toutes les pièces de la maison, pièces salies autant par le chauffage de l'hiver que par la fumée de pipe.

Chez les Tremblay, Thérèse venait à peine de terminer le lavage du salon avec l'aide de Claire ce mardi matin-là quand elle aperçut son mari revenant de chez le forgeron Crevier avec le boghei dont il avait dû faire réparer une roue.

— Ah non, pas encore ! s'exclama Thérèse en voyant l'attelage s'arrêter devant la porte de la cuisine d'été.

— Qu'est-ce qu'il y a, m'man ? demanda Claire en tordant la guenille avec laquelle elle finissait de laver le parquet du salon.

— Viens voir, l'invita sa mère. Je pense que ton père a encore changé de cheval.

— C'est pas vrai ! s'écria à son tour la jeune fille en se penchant à la fenêtre.

Le boghei était attelé à un gros cheval noir qui renâclait et piaffait pendant que son maître l'attachait au garde-fou du balcon. Thérèse et Claire sortirent sur le balcon.

— Vous avez vu ? demanda Eugène, tout fier de leur montrer l'animal à côté duquel il se tenait. Je viens de faire une batèche de bonne affaire.

— J'ai vu, répondit Thérèse sans aucun enthousiasme, les mains sur les hanches. On dirait bien que t'apprendras jamais rien, Eugène Tremblay. Je suppose que t'as échangé notre Mémaine pour ça. Où est-ce que t'as trouvé cette picouille-là ?

— D'abord, Thérèse Durand, ce cheval-là, c'est pas une picouille, répliqua son mari, piqué au vif par la remarque de sa femme. Il s'appelle Piton et il a juste cinq ans, trois ans de moins que Mémaine. Je viens de l'échanger à un cultivateur de Saint-Gérard.

— C'est ça, se moqua sa femme, sarcastique. Je suppose aussi que tu vas me dire que tu viens de faire un échange extraordinaire, comme les autres fois.

— En plein ça, plastronna son mari, en donnant

une grande tape à la croupe de sa nouvelle bête qui broncha légèrement.

— Bien, voyons ! Tous les ans, c'est la même histoire depuis qu'on est mariés. Chaque printemps, il faut que tu changes un de nos deux chevaux... et chaque fois, tu nous reviens avec un animal vicieux ou malade.

— Torrieu, exagère pas ! se fâcha le cultivateur. Tu sauras que je viens d'une famille de maquignons. Chez les Tremblay, on connaît ça, les chevaux. Celui qui va nous voler est pas encore au monde.

— Bien oui. C'est pour ça que ta Mémaine était malade plus souvent qu'à son tour depuis que tu nous l'avais ramenée en échange de notre Prince qui lui, était en parfaite santé. En tout cas, Eugène, viens surtout pas te plaindre que t'as de la misère avec ce cheval-là. Il est noir comme l'enfer et il m'a l'air nerveux sans bon sens.

— Tu vas voir, il va être le meilleur de nos deux chevaux et, attelé au boghei, il va être difficile à fatiguer.

— Attelé au boghei, peut-être, mais quand tu t'en serviras pour le gros ouvrage, ce sera peut-être une autre paire de manches.

Là-dessus, Thérèse rentra dans la maison en laissant claquer derrière elle la porte-moustiquaire. Claire, qui n'avait pas dit un mot, suivit sa mère. Eugène Tremblay détacha son cheval et le conduisit par la bride jusque devant l'écurie où il le détela avant de le faire entrer dans le bâtiment pour le bouchonner.

Chez les Veilleux, Yvette et Anne avaient lavé toute la literie de la maison et l'avaient suspendue sur les deux cordes à linge tendues à l'arrière, entre le poulailler et la maison. La mère et la fille allaient commencer à transporter de la vaisselle dans les armoires de la cuisine d'été où elles entendaient servir le midi même le repas pour la première fois de la saison quand elles virent arriver Elphège Turcotte.

L'hiver n'avait pas embelli le célibataire. Le soleil avait rougi son gros nez et son crâne dépourvu en grande partie de cheveux.

— Bon. V'là Tit-Phège qui arrive maintenant, fit Yvette en apercevant le célibataire se dirigeant vers la maison. Il manquait plus que lui !

— Voulez-vous bien me dire comment il est attriqué ? demanda à mi-voix l'adolescente en regardant à la fenêtre, aux côtés de sa mère.

— Comme la chienne à Jacques, comme d'habitude, répondit Yvette sans méchanceté. Il est tellement sans-dessein, le pauvre homme, qu'il s'en aperçoit même pas.

— Je suppose qu'on va le garder à dîner ?

— Il est presque l'heure de manger. Tu lui mettras une assiette. Un bol de soupe, c'est pas ce qui va nous mettre dans la misère.

— Faites-vous ça par charité, m'man, ou pour connaître toutes les nouvelles de la paroisse ? demanda la jeune fille pour faire fâcher sa mère.

— T'es chanceuse que j'aie de quoi dans les mains, toi, murmura sa mère sur un ton menaçant de manière à ne pas être entendue par le voisin qui venait d'arriver à la porte de la cuisine d'été.

Au moment où Elphège Turcotte allait frapper, les deux femmes entendirent la voix d'Ernest héler le visiteur de l'entrée de la porcherie où il était occupé à réparer une porte en compagnie de Jérôme. Elphège alla rejoindre le fermier.

Quelques minutes plus tard, les trois hommes revinrent à la maison et Elphège Turcotte accepta, sans se faire prier, de partager le repas de ses hôtes.

— Tu sais pourquoi Elphège est passé nous voir ? demanda Ernest à sa femme.

— Non.

— On va peut-être avoir enfin notre pont au village. Giguère demande qu'on soit tous à l'assemblée municipale de demain soir. Il paraît que Joyal va venir avec l'ingénieur. Ils vont tout nous expliquer. J'ai ben hâte de voir ça. Ce serait ben la première fois que les maudits rouges tiendraient une de leurs promesses. En plus, Giguère veut faire voter des trottoirs de bois dans le village. Si cette idée de fou passe, tout le monde va être pogné pour fournir. Je vois pas pourquoi ils auraient des trottoirs au village. Nous autres, dans les rangs, est-ce qu'on en a ?

— J'espère que Wilfrid a prévu sa réunion après le mois de Marie, dit sa femme. Monsieur le curé appréciera pas pantoute que le monde aille à la réunion plutôt qu'à la récitation du chapelet.

— C'est sûr, confirma l'invité qui donnait l'impression de ne pas avoir mangé depuis plusieurs jours. Notre maire m'a chargé de faire le tour des cultivateurs du rang Sainte-Marie. Il s'occupe des autres rangs avec Honoré Beaudoin et Charles

Corriveau. Il paraît que les deux autres échevins avaient pas le temps de l'aider.

— Wilfrid est pas raisonnable, lui fit remarquer Ernest, pince-sans-rire. Il devrait ben savoir que t'as de l'ouvrage sans bon sens à faire sur ta terre.

— Je le sais ben, mais l'ouvrage attendra une journée de plus, répondit Elphège Turcotte, le plus sérieusement du monde. Qu'est-ce que tu veux ? C'est plus fort que moi, j'aime ça rendre service au monde.

Thérèse et ses enfants réprimèrent un sourire moqueur. Il était connu que l'homme passait beaucoup plus de temps à placoter avec les voisins qu'à travailler sur sa ferme. « Tous les Turcotte sont venus au monde avec un poil dans la main », se plaisait à répéter Ernest.

— Comment va ta sœur ? demanda Yvette qui n'avait pas vu Rose-Aimée Turcotte depuis plusieurs semaines.

— Ben occupée, comme d'habitude, répondit le célibataire d'un air pénétré.

— Comment ça ? demanda Ernest. Viens pas me dire qu'elle est en train de préparer son trousseau pour se marier ?

— Ben non, Ernest. Elle parle pas encore de se marier. Elle veut pas se presser pour rien. Elle dit qu'elle a tellement le choix qu'il faut qu'elle prenne son temps pour pas se tromper.

— Elle fait bien, approuva Yvette en toussant pour dissimuler son sourire.

Rose-Aimée Turcotte avait le choix d'un prétendant ! Elle était bonne, celle-là ! Personne à Saint-Jacques-de-la-Rive ne se souvenait d'avoir entendu dire qu'un seul homme avait eu le courage de la fréquenter. Son apparence extérieure autant que son manque de goût pour le travail avait probablement découragé le plus téméraire des célibataires de la région.

Il était de notoriété publique que Rose-Aimée Turcotte était au moins aussi paresseuse que son frère aîné. Elle avait aussi en commun avec ce dernier un menton en galoche et un gros nez bourbonien. Mais cette laideur, somme toute sympathique chez l'un, devenait peu engageante chez l'autre. En général, on avait du mal à éprouver de la sympathie à l'égard de cette femme à la taille imposante qui se donnait des airs assez ridicules d'intellectuelle parce qu'elle occupait la plus grande partie de son temps à lire tout ce qui lui tombait sous la main. Pour couronner le tout, son intérieur était d'une malpropreté repoussante et ses vêtements, ainsi que ceux de son frère, n'étaient pas entretenus. Se bercer du matin au soir avec un livre dans les mains, voilà tout ce que la célibataire semblait apprécier. Ce n'était pas pour rien qu'on se moquait d'elle dans son dos et que l'expression « sans-dessein comme Rose-Aimée » était entrée dans le vocabulaire courant des habitants de Saint-Jacques-de-la-Rive.

— Par contre, vous savez que Germain Fournier est à la veille de se marier, reprit Elphège Turcotte en avalant la dernière bouchée de son dessert.

— Déjà ! s'exclama Yvette.

— Il paraît que c'est pour le mois prochain. Je me suis arrêté tout à l'heure pour l'avertir de la réunion. Vous devriez voir le dedans de la maison, vous autres. Ça reluit en pas pour rire. Il a fait tout un grand ménage, le Germain. On pourrait presque manger à terre.

— Il a fait ça tout seul ? s'étonna Yvette.

— Ça en a tout l'air. C'est pas pour rien qu'il a l'air fatigué.

— Eh bien, on dirait que la petite servante du curé Lussier a de la poigne. Elle l'a décidé à nettoyer la maison avant de s'installer, conclut Yvette avec un bon gros rire.

— Peut-être, reprit Elphège Turcotte, mais elle ferait mieux de faire attention, la petite. Si Germain a hérité juste un peu du caractère de sa mère, elle va comprendre sa douleur. Dans son jeune temps, si je me rappelle ben, la mère Fernande était pas un cadeau. Quand elle décidait de mener le diable dans la maison, je te dis que ça revolait de tous bords tous côtés.

Le lendemain soir, il y avait beaucoup plus de circulation que d'habitude aux abords de l'église de Saint-Jacques-de-la-Rive, plus même que durant le mois de mai où un bon nombre de femmes et d'enfants de la paroisse venaient réciter le chapelet à l'église chaque soir, à dix-neuf heures, en compagnie du curé Lussier. Ce soir-là, beaucoup d'hommes étaient venus au village, mais avaient préféré demeurer à l'extérieur de l'église pour se rassembler devant le magasin général d'Hélèna Pouliot. De toute évidence, certains attendaient que leur femme quitte le temple pour les accompagner à la réunion du conseil municipal. Lorsqu'ils avaient vu leur curé sortir du presbytère en compagnie de son vicaire pour se diriger vers l'église, peu d'entre eux avaient emboîté le pas aux deux ecclésiastiques pour participer à la cérémonie religieuse, et cela, malgré le regard furieux de leur pasteur.

Trente minutes plus tard, les portes de l'église livrèrent passage aux fidèles et la plupart des adultes se dirigèrent sans se presser vers l'école du village où devait se tenir la réunion convoquée par le maire. L'air était si doux que bien peu avaient le goût d'entrer s'emprisonner dans la petite salle. Plusieurs cultivateurs et leur femme s'étaient regroupés devant les portes du petit édifice en bardeaux blancs et retardaient le plus possible le moment de pénétrer à l'intérieur. L'arrivée du curé Lussier en compagnie d'Honoré Beaudoin, échevin et président de la fabrique, décida finalement tout le monde à s'engouffrer à l'intérieur. Même les trois autres échevins de la petite municipalité en train de discuter un peu à l'écart des gens se sentirent obligés de les imiter.

Dans la salle, les pupitres des élèves avaient été repoussés le long des murs et on avait installé des chaises et des bancs pour accommoder l'assistance. Wilfrid Giguère avait prévu quatre chaises sur l'estrade, derrière la longue table, pour lui et ses invités de marque. Les échevins Honoré Beaudoin, Charles Corriveau, Jean Faucher et Antonius Tougas durent se contenter d'un siège dans la première rangée de chaises, à l'avant de la salle. Déjà, un nuage de fumée engendré par les fumeurs de pipe stagnait près du plafond et le niveau sonore allait en s'amplifiant dans la salle.

Le curé Lussier, sur la dernière chaise, au bout de la table, salua Hormidas Joyal, le député de Nicolet fraîchement réélu. L'homme, engoncé dans un costume noir, le cou emprisonné dans une cravate de la même couleur, venait de s'asseoir à ses côtés. On aurait juré que sa grosse tête ronde aux cheveux poivre et sel brillantinés était posée directement sur son tronc. Ses petites lunettes rondes à monture métallique semblaient jeter des éclairs. Tout dans sa physionomie proclamait le contentement de soi.

Un vigoureux coup de maillet assené sur la table par le maire rétablit un peu d'ordre et, progressivement, le silence se fit dans la salle. Le grand homme maigre à la chevelure clairsemée demanda au curé Lussier de bien vouloir commencer la réunion par une prière. Immédiatement, tout le monde se leva pour se recueillir un instant.

Après la prière, le maire attendit que les gens se soient assis et que le silence règne dans la salle pour annoncer qu'il cédait la parole au député de Nicolet, Hormidas Joyal. Pour inciter l'assistance à faire un accueil chaleureux à cet invité de marque, le maire se mit à applaudir l'élu, immédiatement imité par tous les rouges rassemblés dans la salle.

Hormidas Joyal se leva, l'air avantageux. Il passa ses pouces dans les petites poches de sa veste avant de s'adresser à l'assistance.

— Mes amis, vous vous rappelez tous que je vous ai promis aux dernières élections de faire tout mon possible pour vous avoir un pont qui relierait Saint-Gérard et Saint-Jacques-de-la-Rive si vous m'élisiez. Depuis mon élection au mois de février, je n'ai pas arrêté d'achaler le Premier ministre Taschereau avec ça. Eh bien, ça y est ! Il a enfin donné l'ordre au ministre de la Voirie, l'honorable Hamel, de débloquer le budget nécessaire à la construction de votre pont à la dernière réunion du Conseil des ministres, la semaine passée. Si je suis ici ce soir, c'est que je tenais à venir vous annoncer personnellement que les travaux commenceront dès cet été !

Une salve nourrie d'applaudissements salua la bonne nouvelle. Plus de la moitié de l'auditoire se leva même pour montrer au politicien à quel point on appréciait son travail dans ce dossier. Ernest Veilleux et les partisans conservateurs de Saint-Jacques demeurèrent assis, tout en applaudissant la nouvelle par politesse.

— Ça peut pas être vrai ! dit Ernest, incrédule, en se tournant vers Adélard Crevier, assis derrière lui.

— Sacrement ! jura le forgeron. Ce serait ben la première fois que les rouges tiendraient parole.

— On va attendre avant de crier victoire ! ajouta un retraité du village. Il peut se passer toutes sortes d'affaires avant que ce pont-là soit construit.

À la table, Wilfrid Giguère dit quelques mots tout bas au député du comté. Quand le silence revint, le député reprit la parole.

— Je m'en voudrais de ne pas souligner qu'une grande partie du mérite de cette victoire de Saint-Jacques-de-la-Rive revient à votre maire, qui n'a jamais cessé de travailler pour vous obtenir un pont.

Un air d'intense satisfaction se peignit immédiatement sur les traits du visage de Wilfrid Giguère quand une seconde salve d'applaudissements le força à se lever et à remercier de la tête ses électeurs.

— Regarde Giguère, fit Veilleux, acide. S'il arrête pas de se gonfler, il va éclater.

— Attends les prochaines élections, le calma le forgeron. Quand je vais être maire, on va être débarrassé de lui et je te garantis que ça va changer de poil.

— Je laisse maintenant la parole à monsieur Hubert Gendron, l'ingénieur responsable du projet, ajouta le député. Je suis certain que nous allons tous nous revoir au mois d'octobre prochain, pour l'inauguration officielle de votre pont.

Le député reprit son siège aux côtés du curé tandis que le jeune homme assis à la gauche de Wilfrid Giguère se levait en repoussant derrière lui sa chaise.

L'homme âgé d'une trentaine d'années était grand et mince. Son épaisse chevelure noire soigneusement coiffée sur le côté et sa fine moustache mettaient en valeur le teint pâle d'un visage aux traits énergiques. Ses yeux d'un bleu profond firent lentement le tour de l'assistance avant qu'il ne se décide à prendre la parole avec l'assurance provenant probablement de son habitude à s'adresser aux groupes.

En train d'échanger à voix basse avec sa voisine Rita Hamel, Claire Tremblay s'arrêta subitement de parler dès qu'elle entendit la voix chaude du jeune ingénieur. Assise à faible distance de l'estrade, la jeune femme se mit à écouter avec attention les explications un peu techniques données par le professionnel. Une légère rougeur était apparue à ses pommettes hautes et d'un geste machinal, elle porta la main à ses longs cheveux châtains bouclés pour en vérifier l'ordre. Sans trop savoir pourquoi, elle regrettait de n'avoir pas mis sa plus belle robe pour venir à la réunion avec sa voisine.

Hubert Gendron expliqua avec minutie aux gens présents dans la salle qu'on avait choisi de construire le nouveau pont au gué, en face de la forge d'Adélard Crevier, tant à cause du peu de profondeur de la Saint-François à cet endroit que de la nature même du lit de la rivière. Ensuite, il parla de caissons, d'armature métallique et de chaussée à une voie. Les travaux prévus allaient s'échelonner sur quatre mois, si le temps le permettait. Finalement, l'ingénieur offrit de répondre aux questions s'il y en avait. Mais la compétence dont il avait fait preuve durant ses explications avait été telle qu'on était gêné d'étaler son ignorance.

Quand le jeune homme s'assit, Rita Hamel ne put s'empêcher de chuchoter à l'oreille de sa voisine :

— Tu vois ce qu'on aurait manqué en s'en retournant tout de suite après le chapelet, comme tu voulais qu'on fasse.

— Qu'est-ce qu'on aurait manqué ?

— L'ingénieur, Claire, dit en riant la jeune femme. Ça, c'est ce que j'appelle un bel homme. Si j'étais pas mariée avec Georges et mère de trois enfants, je me dépêcherais de lui faire de l'œil.

— Le problème, c'est qu'il est sûrement marié, répondit Claire, en sortant de sa réserve habituelle quand il s'agissait des hommes.

— Bien là, Claire Tremblay, je pense que tu te trompes. J'ai bien regardé sa main gauche : il porte pas d'alliance. Je suis sûre que c'est un vieux garçon.

— S'il est pas encore marié à son âge, c'est qu'il doit avoir un paquet de défauts, se défendit la célibataire sur un ton désabusé.

— Voyons donc, reprit sa voisine. Regarde-toi. T'es pas mariée et t'as pas plus de défauts que les autres femmes de la paroisse. Sans te flatter, je te dirais que t'es bien conservée pour une femme de vingt-six ans et en plus, si on se fie à ce que dit ta mère, t'es la meilleure ménagère et la meilleure cuisinière de Saint-Jacques.

— C'est ce que ma mère dit pour me forcer à me trouver un mari, précisa Claire en riant au moment où le maire se levait pour parler. Moi, je me trouve bien comme je suis. Je vois pas pourquoi j'endurerais un mari et que j'aurais une trâlée d'enfants.

Wilfrid Giguère reprit la parole.

— Je veux profiter de l'assemblée pour vous dire que notre député nous a aussi obtenu une petite subvention pour la construction de trottoirs de bois dans le village. On en avait parlé l'été passé, mais on avait décidé d'attendre parce qu'on avait pas assez d'argent pour faire ça.

Des applaudissements accueillirent cette autre bonne nouvelle. Depuis de nombreuses années, les gens du village se plaignaient d'avoir à patauger dans une boue épaisse aussitôt que la pluie se mettait à tomber. Les femmes, surtout, n'appréciaient pas de voir leurs souliers et le bas de leurs robes salis dès qu'elles avaient quelques pas à faire.

— C'est ce qui arrive quand on vote du bon bord, fit remarquer Hormidas Joyal d'une voix tonnante.

— Ou quand on a toujours les deux mains dans les poches des payeurs de taxes, dit Ernest Veilleux assez fort pour que le député l'entende et devienne rouge comme une pivoine.

L'approbation bruyante de quelques voisins poussa le maire à jeter un regard furieux à son administré.

— Est-ce qu'on peut savoir quand est-ce que ça va se faire ? demanda un vieil homme sans se donner la peine de demander la parole.

— À la fin de juin, monsieur Beaudet, répondit Wilfrid Giguère.

— Ça serait peut-être le temps de dire au monde où est-ce que ces trottoirs-là vont être posés ? fit remarquer Honoré Beaudoin, en se levant de façon à être bien vu par l'assistance.

Immédiatement, le silence tomba sur la salle où on venait d'allumer des lampes à huile. À l'extérieur, le soleil était en train de se coucher dans une explosion extraordinaire de teintes mauves et rouges.

Personne n'ignorait la sourde opposition existant entre le maire et l'échevin Beaudoin. Ce dernier, un conservateur convaincu, ne perdait jamais une occasion de mettre en difficulté le premier magistrat de la municipalité et ne se cachait pas pour claironner partout son appui à Adélard Crevier qui allait briguer le poste de maire aux prochaines élections.

— Par quatre voix contre une, le conseil a décidé de les installer à partir de la limite du presbytère jusque chez madame veuve Bertrand Deschênes, annonça le maire.

— Cré maudit ! s'exclama un cultivateur dans la salle, on rit plus. Ça fait une bonne longueur de trottoir, ça !

— Deux cent cinquante pieds, Marcelin, deux cent cinquante pieds, répondit Wilfrid Giguère avec une fierté évidente.

— Ce que monsieur le maire oublie de dire, reprit Beaudoin en faisant claquer ses bretelles sur sa large poitrine, c'est que les deux cent cinquante pieds vont être juste d'un côté de la route, du côté de l'église.

Immédiatement, un tollé de protestations, encouragées par les opposants au maire, s'éleva dans l'assistance. Hélèna Pouliot se leva alors, comme mue par un ressort.

— Comment ça, juste d'un côté de la route ? demanda-t-elle sur un ton rageur.

— On était tout de même pas pour installer les nouveaux trottoirs sur l'autre côté de la route, Hélèna, se défendit le maire, en adoptant un ton raisonnable. Ça aurait pas été normal que le monde marche sur un beau trottoir pour aller à ton magasin les pieds ben au sec et se salissent en traversant le chemin pour aller à l'église.

Le curé Lussier eut un mince sourire en regardant le visage furieux de la propriétaire du magasin général dont le chapeau couvert de divers fruits en plastique avait pris une inclinaison dangereuse.

— Peut-être bien, Wilfrid Giguère. Mais t'as pas pensé que tu pourrais en faire installer cent vingt-cinq pieds de chaque côté du chemin à partir du presbytère ? Comme ça, tout le monde serait content !

— C'est ce que j'avais proposé au conseil, clama Beaudoin en se levant et en se tournant vers l'auditoire.

— Je pense pas que tout le monde serait content de ça, trancha le premier magistrat de Saint-Jacques-de-la-Rive, à bout de patience. Il a déjà été décidé que les deux cent cinquante pieds de trottoir de cette année vont être installés du côté est et, l'année prochaine ou dans deux ans, on en construira autant de l'autre côté, si on a une autre subvention du gouvernement.

— C'est ça qu'on appelle avoir une maudite tête de cochon ! s'écria Honoré Beaudoin, triomphant.

Un peu plus loin, Ernest se pencha vers Crevier pour lui dire à l'oreille :

— Giguère vient de se venger d'Hélèna parce qu'il sait qu'elle a toujours voté bleu. C'est cochon ce qu'il a fait là.

— Inquiète-toi pas pour Hélèna Pouliot, répliqua le forgeron. Elle va lui faire payer au centuple ce coup-là.

Hubert Gendron lança un regard ennuyé au député demeuré imperturbable. De toute évidence, le jeune homme était mal à l'aise de se retrouver sur l'estrade, obligé d'assister à cette querelle.

— Combien ça va nous coûter, cette affaire-là ? demanda Perreault, un cultivateur du rang des Orties.

— Ah non, Henri, on est pas pour recommencer les discussions qu'on a eues le printemps passé, fit le maire, exaspéré.

— Ben, l'année passée, on a jamais parlé de la longueur de trottoir à poser. Il me semble que vous voyez pas mal grand pour le village. Nous autres, dans les rangs, on en a pas de trottoir et on vit pareil. On veut pas se mettre dans le chemin pour permettre aux gens du village de pas salir leurs belles bottines.

— Henri, le village de Saint-Jacques est à tout le monde, le raisonna le maire pour faire cesser la grogne qui continuait à se faire entendre dans la salle. Tout le monde vient chez Hélèna, à la fromagerie, à l'église et au presbytère. OK, il couvre pas les deux côtés du chemin, mais ça va venir un jour et on sera ben contents de l'avoir quand il y aura de la bouette partout.

— C'est vrai ! approuvèrent plusieurs personnes dans l'assistance.

— Chez nous, c'est pas comme à Saint-François-du-Lac et à Saint-Gérard. Il y a pas Saint-Jacques village et Saint-Jacques campagne. Le trottoir est pas un luxe et, en plus, on a une subvention qui en paye la moitié. Tu vas voir, il nous coûtera pas ben cher parce qu'on va faire une corvée.

Il y eut quelques cris d'approbation et Henri Perreault s'assit en même temps qu'Hélèna Pouliot, toujours aussi furieuse de la décision du conseil municipal. Dans la salle, la chaleur était suffocante malgré les fenêtres et la porte ouvertes.

— Est-ce qu'on peut demander d'où va venir tout le bois du trottoir ? demanda Beaudoin à qui Crevier venait de parler à l'oreille. Parce qu'un trottoir de deux cent cinquante pieds, ça fait du bois en petit Jésus, ça !

Il y eut quelques éclats de rire. Personne n'ignorait que le frère de Wilfrid Giguère exploitait une petite scierie aux limites de Saint-Gérard.

— Est-ce qu'il va venir du moulin à bois de Saint-Gérard ou ben de celui de Pierreville ? insista l'échevin sur un ton narquois.

— Pour te rassurer, mon Honoré, le bois va venir de la place qui va nous faire le meilleur prix... Bon. Je lève la séance, déclara le maire sur un ton qui n'admettait aucune réplique.

Immédiatement, les gens se levèrent, pressés d'aller enfin respirer un peu d'air frais avant de rentrer à la maison. Des chaises furent repoussées bruyamment et, au milieu des raclements de pieds et des plaisanteries, la petite foule s'écoula lentement vers la porte. Le curé Lussier attendit quelques instants avant de saluer les personnes présentes sur l'estrade et il quitta les lieux. Hormidas Joyal et Hubert Gendron le suivirent de près.

Honoré Beaudoin était sorti de la salle parmi les premiers, mais les trois autres échevins, des partisans inconditionnels de leur maire, demeurèrent sur place pour féliciter ce dernier. Wilfrid Giguère accueillit cet appui avec reconnaissance.

— Crevier l'emportera pas au paradis, leur promit-il en soufflant la lampe à huile déposée au centre de la table. C'est lui qui a pas arrêté de pousser Beaudoin à nous mettre des bâtons dans les roues.

À sa sortie de la salle, Germain Fournier, tout fier, exhibait à son bras sa Gabrielle qu'il allait épouser dans quatre semaines. Le curé Lussier allait publier les bans les deux prochains dimanches. Germain salua au passage les Tremblay, les Veilleux et les Hamel avant de se mettre lentement en marche vers la maison d'Agathe Cournoyer.

Quelques pas plus loin, le jeune homme et sa fiancée furent interceptés par Bruno Pierri et sa femme qui s'apprêtaient à monter dans leur boghei.

— Tu t'en retournes pas à pied, j'espère ? lui demanda Bruno. Si c'est ça, dit l'Italien à l'accent chantant, je peux te ramener à la maison.

— Merci, monsieur Pierri, j'ai laissé ma voiture devant la maison de madame Cournoyer.

En fait, Germain n'avait pas cru pouvoir amener Gabrielle à cette assemblée municipale. Il avait encore trop frais à sa mémoire la façon dont sa fiancée l'avait rabroué quand il s'était permis de venir lui rendre visite durant la semaine suivant leurs fiançailles. L'incident avait beau dater de plus de six semaines, il s'en souvenait encore trop bien. En arrivant au village, il avait décidé de faire un léger détour jusqu'à l'église pour avoir peut-être l'occasion de l'apercevoir à l'une des fenêtres de la maison d'Agathe Cournoyer ou sortant du presbytère.

La chance l'avait servi. Gabrielle était assise sur le balcon en train de broder un napperon. Il avait arrêté sa voiture un instant devant la maison sans en descendre dans l'unique intention de saluer la jeune fille. Cette dernière, même si elle l'avait aperçu, n'avait pas esquissé le moindre mouvement pour se lever.

— Bonsoir, Gabrielle, l'avait-il saluée d'une voix hésitante.

— Tiens, bonsoir. Qu'est-ce que tu fais au village ? lui avait demandé la jeune femme sans manifester aucune chaleur.

Elle connaissait très bien la raison de sa présence au village puisque le curé Lussier n'avait pas cessé de parler de l'assemblée avec l'abbé Martel durant tout le souper.

— Je viens à l'assemblée, comme tout le monde. Si je m'étais écouté, je serais resté, comme toi, ben tranquille à la maison. Bon, repose-toi ben, avait-il ajouté.

Au moment où il allait faire avancer son attelage, Gabrielle avait semblé prendre une décision soudaine et elle s'était levée. Le moment était peut-être venu de s'afficher encore plus ouvertement avec celui qui allait devenir son mari dans quelques semaines.

— Est-ce que tu m'emmènes avec toi ? avait demandé la jeune servante sur un ton détaché en vérifiant du bout des doigts l'état de son chignon.

Elle était consciente de plaire à Germain en posant ce geste aguichant.

— Si tu veux, pas de problème, avait-il répondu, enthousiaste. Veux-tu y aller à pied ou en boghei ?

— Il fait tellement beau qu'on pourrait bien y aller à pied.

Elle avait quitté le balcon et l'avait rejoint sur la route après qu'il eut attaché son cheval devant la maison. Elle avait aussitôt passé sa main sous son bras et le couple avait pris la direction de l'école du village située à quelques centaines de pieds de la maison de la vieille ménagère du curé.

En une seule occasion durant la soirée, Gabrielle était sortie de son mutisme et ce fut pour dire à quel point elle trouvait bel homme l'ingénieur Gendron. Germain n'avait pas dit un mot. De toute évidence, il avait deviné que sa fiancée l'avait comparé avec celui qui expliquait la construction du futur pont et la comparaison n'était pas à son avantage. La remarque de la jeune fille l'avait blessé, mais il n'en avait rien laissé paraître.

24

Les noces

Juin était arrivé sans crier gare avec ses longues journées ensoleillées entrecoupées de pluies rafraîchissantes. Soudainement, on aurait dit que tous les travaux à effectuer étaient devenus plus urgents et ne souffraient aucun retard. Même si on travaillait de l'aube au crépuscule, il restait toujours quelque chose de plus à faire avant de se mettre au lit.

À Saint-Jacques-de-la-Rive, rares étaient les cultivateurs qui se reposaient après le souper à cette époque de l'année ; la plupart se remettaient à la tâche jusqu'au coucher du soleil. À ce moment-là, épuisés, ils se laissaient tomber sur leur vieille chaise berçante placée sur leur balcon pour profiter de la fraîcheur relative apportée par la tombée de la nuit. Durant quelques minutes, ils détendaient leurs muscles fatigués tout en planifiant le labeur du lendemain.

Chez les Veilleux, Jérôme venait de monter se coucher, tandis que Léo et Jean-Paul se chamaillaient avec Anne, assis dans la balançoire à deux sièges installée près de la maison. Sur le balcon, Ernest venait d'allumer sa pipe quand la porte s'ouvrit dans son dos, livrant passage à sa femme qui s'essuyait le visage avec un large mouchoir.

— Mon Dieu qu'il fait chaud, se plaignit Yvette en s'assoyant dans l'autre chaise berçante placée sur le balcon.

— Ouais et en plus, c'est humide, fit son mari en écrasant un maringouin qui venait de le piquer dans le cou. Je pense qu'on pourrait ben avoir un orage si le vent se lève pendant la nuit.

— T'as pas chaud avec ta combinaison d'hiver ?

— Ben non. Ça fait peut-être mille fois que tu me demandes ça depuis qu'on est mariés. Et ça fait mille fois au moins que je te dis que c'est parfait pour absorber la sueur.

— J'ai chaud pour toi.

— Laisse faire.

Soudain, la voix des jeunes s'éleva en provenance de la balançoire.

— Léo, Jean-Paul, allez vous coucher. Vous avez de l'école demain matin, leur ordonna leur mère. Il est assez tard.

— Mais m'man, voulut plaider Léo.

— J'ai dit : « Allez vous coucher ! » répéta leur mère sur un ton qui n'admettait aucune réplique.

En rechignant, les deux adolescents quittèrent la balançoire et rentrèrent dans la maison.

— Réveillez pas Jérôme, dit leur père en constatant qu'ils faisaient passablement de bruit. J'ai hâte que l'école finisse. Il y a de l'ouvrage en masse pour eux autres, ajouta-t-il après que les deux jeunes furent entrés dans la maison.

— Il reste juste trois ou quatre jours.

— Léo m'a dit qu'il aimerait ça, pas retourner à

l'école l'année prochaine, reprit Ernest en soufflant un nuage de fumée.

— Qu'est-ce que t'en penses ? demanda Yvette. Il me semble qu'il va être bien plus dans tes jambes qu'autre chose l'hiver prochain. Tu trouves pas qu'il serait mieux de faire sa septième année comme les autres ?

— On verra ça l'automne prochain, répondit Ernest sans se compromettre. J'ai vu Clément Tremblay parler à Anne après le souper. Est-ce qu'il avait des nouvelles de Céline ?

— Non. Il est venu en chercher. Je trouve que notre fille est pas bien fine avec son cavalier. Il me semble qu'elle pourrait lui écrire plus souvent. C'est pas normal qu'il soit obligé de venir courir des nouvelles ici pour savoir comment elle va.

— Ça fait longtemps qu'elle lui a pas écrit ?

— Deux semaines.

— Qu'est-ce qu'Anne lui a raconté ?

— Elle a bien été obligée de lui dire qu'on avait reçu une lettre de Céline avant-hier et que sa cousine lui avait demandé de rester au moins jusqu'à la fin du mois.

— Puis ?

— Il avait le taquet bas quand il est retourné chez eux.

— C'est vrai qu'elle était supposée partir pour trois ou quatre semaines, et ça va faire deux mois qu'elle est en ville. Je trouve que la Rachel exagère, déclara Ernest en secouant sa pipe contre le garde-fou du balcon. Ça va faire. Tu lui écriras demain que je veux qu'elle soit revenue en fin de semaine. Nous autres aussi, on a besoin d'elle. Il y a de l'ouvrage à faire ici aussi.

Yvette ne contesta pas la décision de son mari. Elle s'ennuyait de sa fille et son aide lui manquait. Anne avait beau faire son possible, il y avait encore trop de travail. La saison des fraises était arrivée et on n'aurait pas trop de bras pour la cueillette.

Ce soir-là, chez les voisins, Clément Tremblay était allé s'asseoir seul derrière la remise, repoussant son jeune frère Lionel qui avait voulu le suivre. Le jeune homme était malheureux. Il s'ennuyait de sa Céline beaucoup plus qu'il n'aurait voulu l'admettre. Au début de son absence, il s'était consolé en allant traîner au village le samedi et le dimanche soir. Mais discuter durant des heures avec des connaissances, assis sur le balcon d'Hélèna, lui avait paru rapidement ennuyeux et il avait fini par y renoncer. Depuis, il ne vivait plus que pour la lettre hebdomadaire envoyée par la jeune fille.

Ne pas avoir de ses nouvelles depuis deux semaines l'inquiétait. Il avait l'impression qu'elle ne voulait plus revenir vivre à Saint-Jacques-de-la-Rive. Même si elle ne le disait pas ouvertement dans ses lettres, il devinait qu'elle était épatée par tout ce que Montréal avait à offrir. Elle était allée voir des films à deux reprises au Monument national et se vantait de s'être baladée plus d'une fois en tramway à travers la ville. Elle lui avait décrit les vitrines des grands magasins de la rue Sainte-Catherine et tous les avantages propres à faciliter la vie quotidienne qu'elle avait trouvés dans la maison de sa cousine. La radio, l'électricité et l'eau courante paraissaient l'avoir conquise. Dans ces conditions, comment une jeune fille de vingt ans pouvait-elle bien avoir envie de revenir vivre à la campagne ? Pourquoi se priverait-elle de tout ce luxe ? L'aimait-elle assez pour renoncer à tout ça ?

Clément sentait qu'il était incapable de lutter contre la ville. Il n'avait rien à lui offrir en échange. C'était d'ailleurs probablement pour cette raison qu'elle avait renoncé à lui écrire. Il était de plus en plus persuadé qu'elle avait commencé à l'oublier et cela le rendait malheureux comme les pierres.

Contrairement aux prévisions d'Ernest Veilleux, il n'y eut pas d'orage durant la nuit. Le lendemain, la chaleur était toujours aussi insupportable. Un soleil de plomb brillait dans un ciel sans nuages. Pas un souffle d'air ne faisait bouger les feuilles des arbres. Les vaches avaient trouvé refuge sous les rares arbres plantés en bordure des champs. Des milliers d'insectes invisibles remplissaient l'air de bruits assourdissants. L'humidité rendait pénible tout effort physique.

À midi, Clément rentra du champ où il était allé étendre du paillis entre les rangs de fraisiers. Ses inquiétudes de la veille lui parurent soudain sans fondement quand sa mère lui tendit deux lettres qui lui étaient adressées. Elles avaient été livrées le matin même par le postier. Toutes les deux provenaient de Céline. Par on ne sait quel hasard, l'une des lettres s'était perdue dans le courrier et lui parvenait en même temps que celle écrite la semaine précédente.

Si la lettre la plus ancienne ne présentait rien de spécial, la seconde, par contre, l'inquiéta. Céline lui apprenait que sa cousine lui avait demandé de demeurer avec elle, à Montréal, au moins jusqu'en juillet.

— Elle reviendra jamais de là-bas, murmura-t-il à voix basse, en repliant la missive qu'il glissa avec l'autre dans la poche arrière de son pantalon.

Après le dîner, il retourna, la mine sombre, travailler avec son père et Gérald.

Durant l'après-midi, Thérèse Tremblay vit arriver sa voisine immédiate, Rita Hamel. La jeune femme, coiffée d'un large chapeau de paille, était accompagnée de deux de ses jeunes enfants.

— Ma foi du bon Dieu, Rita, cherches-tu à attraper ton coup de mort à te promener comme ça en plein soleil ! s'exclama Thérèse en sortant sur son balcon. Il fait chaud sans bon sens. Viens t'asseoir sur le balcon, à l'ombre, avec les petits.

L'épouse de Georges Hamel, une petite brunette vive et pleine d'énergie, prit dans ses bras sa fillette et poussa devant elle son garçon âgé de trois ans, avant de gravir elle-même les trois marches conduisant au balcon des Tremblay. En mettant le pied sur le balcon, elle retira le chapeau de paille posé sur son épais chignon brun et elle l'agita devant elle pendant un instant pour s'éventer.

— C'est vrai qu'il fait chaud, admit la jeune femme avec un sourire, mais il fallait que je vous parle.

Rita Hamel n'était jamais parvenue à tutoyer Thérèse Tremblay et Yvette Veilleux, ses deux voisines, probablement à cause de la vingtaine d'années qui les séparait. Elle avait pratiquement l'âge de Claire Tremblay.

— Pas une mauvaise nouvelle, j'espère ?

— Non. Je voulais juste vous dire que Georges a parlé hier avec Germain Fournier. Vous savez qu'il se marie samedi, dans deux jours.

— Oui, on en a entendu parler comme tout le monde.

— Bien. Germain a demandé à Georges de lui servir de témoin.

— Comment ça ? Le mari de sa sœur Florence aurait pu le faire.

— Il a dit à mon mari que sa sœur pouvait pas venir à ses noces. Ça fait qu'il lui a demandé d'être son témoin.

— Qui va être le témoin de sa future femme ? C'est une orpheline, non ?

— Oui. Il paraît que c'est Joseph Groleau qui va l'être.

— Ça va faire des petites noces en pas pour rire s'ils ont pas de parenté ni l'un ni l'autre, poursuivit Thérèse.

— C'est pour ça que je suis venue vous voir, madame Tremblay. Georges a demandé à Germain ce qu'il avait prévu pour ses noces, l'autre lui a dit qu'il avait rien prévu. Pas de voyage de noces et pas de repas de noces.

— Voyons donc ! s'exclama la voisine. As-tu entendu ça, Claire ? demanda-t-elle à sa fille qui venait de sortir à l'extérieur pour se joindre aux deux femmes.

— Il paraît qu'Agathe Cournoyer pensait pouvoir organiser un petit repas dans sa maison ou même au presbytère, reprit Rita, mais monseigneur Côté arrive à la fin de l'après-midi et le curé Lussier a besoin d'elle pour préparer le souper. Il aurait même suggéré à la future de Germain de remettre ses noces à samedi de la semaine prochaine. On sait bien, lui...

La voisine s'arrêta juste à temps. Elle venait de se rappeler que Thérèse n'accepterait jamais qu'elle critique le curé de la paroisse, surtout devant sa fille et de jeunes enfants, assis sagement sur le balcon. Elle se rappelait encore comment elle l'avait sèchement rembarrée deux ans auparavant quand elle avait osé s'en prendre au curé Lussier lorsque ce dernier, la soupçonnant d'empêcher la famille, l'avait menacée de lui refuser l'absolution à la confesse. Aux yeux de l'ecclésiastique, il était anormal qu'une femme mariée ne soit pas enceinte durant près de deux ans.

— Qu'est-ce qui s'est passé ? demanda Thérèse, curieuse.

— Elle a refusé. Germain a dit à Georges que le curé était pas content pantoute, mais que l'abbé Martel l'a calmé.

— Ça a pas d'allure de les laisser se marier sans qu'il y ait rien, intervint Claire.

— C'est ce que je me suis dit, fit Rita Hamel. J'ai pensé qu'on pourrait peut-être préparer un petit quelque chose après la messe pour les nouveaux mariés. Je sais pas. Peut-être juste un gâteau.

— C'est correct, accepta immédiatement Thérèse. Même si Germain est pas le voisin le plus agréable, on peut tout de même souhaiter la bienvenue à notre nouvelle voisine.

— On pourrait peut-être en parler à madame Veilleux, proposa Rita Hamel. Il faudrait pas qu'elle se sente mise de côté.

— Laisse tes enfants à Claire. On va aller voir Yvette ensemble.

À l'heure du repas, Thérèse apprit aux siens qu'ils iraient aux noces de Germain Fournier le lendemain avant-midi et qu'on dresserait une table à l'extérieur pour offrir une petite réception improvisée aux nouveaux mariés.

D'abord récalcitrant à l'idée de perdre une journée de travail, Eugène accepta finalement quand sa femme lui eut expliqué à quel point leur voisin s'apprêtait à avoir un mariage assez triste. Après le souper, il alla, avec l'aide de ses fils, dresser dans la cour une table faite de tréteaux et de madriers pendant que Thérèse, Claire et Aline cuisinaient les desserts qui seraient servis le lendemain midi.

Chez les Veilleux, Ernest ne fut pas plus enthousiaste que son voisin immédiat à l'idée d'avoir à tout laisser de côté pour assister à un mariage. Il fallut qu'Yvette le menace d'y aller à pied avec les plus jeunes de leurs enfants pour qu'il accepte l'idée.

— Thérèse a accepté de monter une table dans sa cour. Tout ce qu'on a à faire, c'est d'apporter un peu à manger. Ce sera pas bien long et ça va permettre au jeune couple de partir du bon pied, plaida-t-elle.

— Correct ! Correct ! répéta le petit homme, exaspéré. On va y aller à ces maudites noces-là. Mais je t'avertis tout de suite, je vais à l'église, mais il est pas question que je mette les pieds chez les Tremblay.

— Je te ferai remarquer qu'ils nous ont invités à aller les voir quand ils sont venus veiller après ton accident, dit Yvette, acide.

— Lui, il peut m'inviter tant qu'il voudra. J'irai pas là parce que je peux pas le sentir ! s'emporta Ernest.

— As-tu pensé que ça va être pas mal insultant pour le petit Fournier si tu viens pas ?

— Ben, Fournier s'insultera. Je lui dois rien, moi.

— Viens donc, insista Yvette. Même les Pierri ont dit qu'ils seraient là. Tu vas passer pour un sauvage si t'es pas là.

— Je m'en sacre. De toute façon, c'est parler pour rien, ça sent la pluie à plein nez.

— Ça fait deux jours que t'en annonces, Ernest, et il tombe rien, lui fit remarquer sa femme. S'il mouille demain, on aura juste à manger en dedans.

Rien ne parvint à faire revenir l'entêté sur sa décision et Yvette finit par renoncer à le convaincre.

Lorsque le jour se leva sur le troisième samedi de juin, le ciel était uniformément gris, mais il ne pleuvait pas. La chaleur était toujours aussi humide.

Germain Fournier, debout bien avant l'aube, avait trait ses vaches et nourri ses animaux avant l'heure habituelle. Après avoir tout remis en ordre dans la maison, il avait fait une toilette soignée puis il était allé atteler l'un de ses deux chevaux au boghei qu'il avait nettoyé à fond la veille, après le souper.

Un peu après neuf heures, les gens du rang le virent passer, endimanché.

Lorsque le fiancé arriva à l'église, il eut la surprise d'y trouver les Hamel, les Tremblay, les Pierri et les Veilleux presque au grand complet. En outre, il y avait une dizaine de curieux debout sur le parvis en train d'attendre les futurs mariés. Quelques instants après son entrée dans l'église, Gabrielle Paré, vêtue d'une robe gris perle rehaussée d'un petit collet en dentelle, traversa la route à pied en compagnie d'Agathe Cournoyer et de Joseph Groleau. La promise portait un petit bouquet de fleurs, don du bedeau qui avait mis ses plus beaux atours pour lui servir de témoin.

Quand Gabrielle entra dans l'église au bras de Joseph Groleau, elle fut très surprise de voir une trentaine de personnes sur les lieux. Si la plupart lui étaient inconnues, elle reconnut tout de même Hélèna Pouliot et Thérèse Tremblay, à qui elle avait parlé lors de la guignolée.

La cérémonie présidée par le curé Lussier fut toute simple. L'organiste, Clémence Perreault, avait pris sur elle de venir jouer quelques morceaux, même si Germain avait totalement oublié de réserver ses services pour l'occasion. Après une brève homélie dans laquelle il rappela les devoirs sacrés des époux l'un envers l'autre, le prêtre bénit leur union.

Les nouveaux mariés descendirent l'allée centrale de l'église sous les regards inquisiteurs de l'assistance. Germain, toujours aussi timide, fixait le parquet en marchant tandis que sa femme, la tête bien droite, s'avançait à ses côtés en le tenant par le bras.

Sur le parvis, Thérèse s'avança vers le jeune couple et lui apprit que leurs voisins leur feraient un cortège jusqu'à chez elle où on avait organisé une petite fête en leur honneur.

— Mais il fallait pas, bredouilla Germain, rouge de confusion.

— Voyons donc, Germain. On se marie juste une fois dans la vie. Il faut fêter ça, lui dit joyeusement sa voisine pour le mettre à l'aise.

— Monsieur Groleau, est-ce que vous pouvez amener madame Cournoyer avec vous ? demanda Yvette Veilleux au bedeau.

— Beau dommage ! répondit le vieil homme, probablement alléché par la possibilité de boire un bon coup à la santé des jeunes mariés.

Avant de monter en voiture, Yvette glissa à ses deux voisines, après avoir jeté un regard inquiet au ciel menaçant :

— J'espère que le bon Dieu va être bon pour nous autres et qu'il viendra pas gâcher notre petite fête.

— S'il mouille, Yvette, on se dépêchera d'entrer dans la maison avec le manger, la rassura Thérèse. Ce sera pas la fin du monde, tu vas voir.

Le petit cortège formé de cinq voitures se mit lentement en route pour le rang Sainte-Marie sous une volée de cloches. Gabrielle semblait goûter chaque instant de ce qu'elle considérait comme un triomphe. Elle était maintenant mariée et n'était plus la servante de personne. Durant le trajet, plusieurs villageois sortirent sur leur balcon pour saluer les nouveaux mariés.

Quelques minutes plus tard, les voitures s'immobilisèrent dans la cour des Tremblay et les invités descendirent et entourèrent les nouveaux mariés. Ernest, l'air renfrogné, laissa les siens devant la maison du voisin avant de poursuivre seul sa route jusque chez lui.

Claire, demeurée à la maison avec les trois enfants des Hamel, avait décoré la table sur laquelle elle avait déjà déposé la nourriture.

Avant de passer à table, Eugène servit du vin de cerise aux femmes et du caribou aux hommes. Comme la chaleur se faisait encore plus oppressante, les hommes retirèrent leur veston et leur cravate pour être plus à l'aise et tout le monde prit place autour de la table. La tête fromagée, le jambon et le pain de ménage fournis par les trois familles disparurent aussi vite que les deux gâteaux au chocolat.

— Où est passé ton mari ? finit par demander l'hôtesse à Yvette.

— À la maison.

— Pourquoi il est pas venu ? Il était pourtant à l'église.

— Tu le connais. Il boude dans son coin, comme d'habitude.

— Les hommes et leurs maudites chicanes, laissa tomber Thérèse, réprobatrice.

— Ça, tu peux le dire, renchérit Yvette.

Les deux femmes abandonnèrent le sujet pour se mêler à la joyeuse conversation qui avait lieu autour de la table. Maria Pierri expliquait à Rita Hamel comment elle confectionnait les feuilletés qu'elle avait apportés à la noce.

— Et ton voyage de noces, quand est-ce que tu vas le faire ? demanda Eugène Tremblay au nouveau marié.

— L'automne prochain, quand l'ouvrage va être moins pressant, répondit Germain. On pense aller passer deux ou trois jours à Trois-Rivières.

Un peu plus loin, Anne Veilleux s'était approchée de Clément Tremblay, qui avait très peu parlé durant la petite fête.

— Tu sais que t'es à la veille de revoir ma sœur, lui déclara l'adolescente.

— Pas avant deux semaines au moins, répondit le jeune homme. J'ai reçu deux de ses lettres avant-hier.

— Non, plus vite que ça. Mon père lui a fait écrire qu'il voulait qu'elle soit revenue en fin de semaine. Je pense que la cousine a pas le choix. Il va falloir que son mari la ramène aujourd'hui ou demain.

— C'est une bonne nouvelle, fit Clément en se retenant pour ne pas laisser éclater sa joie.

Vers quinze heures, les premières gouttes de pluie se mirent à tomber et les premiers éclairs zébrèrent le ciel subitement devenu tout noir.

— Je pense qu'on va avoir droit à tout un orage, fit Georges Hamel en se levant.

Tout le monde l'imita et on se précipita pour aider à ranger la nourriture et à rentrer les chaises et les bancs. Germain couvrit les épaules de sa femme avec son veston. Les nouveaux mariés s'empressèrent alors de remercier leurs voisins et Gabrielle embrassa Agathe Cournoyer avant de monter dans le boghei qui allait la conduire à sa nouvelle maison, quelques arpents plus loin.

Germain Fournier se hâta de rentrer chez lui. Il déposa Gabrielle avec sa valise devant la porte et il poursuivit son chemin jusqu'à l'écurie devant laquelle il dételа son cheval avant de le faire entrer dans le petit bâtiment. Il revint à la maison au pas de course, sous une véritable pluie diluvienne qui gagnait encore en force.

Lorsqu'il entra dans la maison, il trouva Gabrielle debout au centre de la cuisine, examinant son nouveau domaine. Il s'empressa d'allumer une lampe à huile tant la clarté extérieure avait baissé. La jeune femme fit quelques pas vers le salon et regarda longuement la pièce.

— Puis, qu'est-ce que t'en penses ? demanda Germain en affichant une certaine fierté.

— T'as fait un bien beau ménage, le félicita-t-elle.

— Là, au pied de l'escalier, c'est notre chambre, expliqua-t-il en ouvrant largement la porte.

La nouvelle épousée n'avança que la tête pour regarder à l'intérieur de la pièce. Il y avait là un lit, deux tables de chevet et une imposante commode en bois foncé sur laquelle étaient posés un pichet et un bol en faïence rose et blanc.

— Il est déjà presque quatre heures, fit Germain. Je pense qu'on est mieux de se changer. Il faut que j'aille faire le train et toi, je suppose que tu veux préparer le souper.

L'invitation était claire. Déjà, Germain déboutonnait sa chemise mouillée par la pluie. Mais l'atmosphère était devenue soudain inconfortable. L'un et l'autre ne semblaient pas particulièrement à l'aise en songeant à ce qui les attendait.

— Change-toi, dit sa femme. Moi, ça peut attendre. Je vais continuer à faire le tour de la maison.

Sur ce, Gabrielle ferma la porte de la chambre sur son nouveau mari un peu dépité. Quelques minutes plus tard, elle ne vit pas Germain quitter la maison sous la pluie parce qu'elle était occupée à inventorier le contenu des chambres à l'étage. Lorsqu'elle entendit la porte claquer au rez-de-chaussée, elle descendit et se dirigea immédiatement vers la petite bourse qu'elle n'avait pratiquement pas quittée de la journée. Elle en tira son porte-monnaie dans lequel elle avait enfoui le cadeau de noces de sœur Sainte-Anne, la supérieure de l'orphelinat, et celui du curé Lussier, soit ses deux derniers mois de gages. C'était la première fois de sa vie qu'elle possédait autant d'argent et l'idée d'en faire part à Germain ne lui avait même pas effleuré l'esprit. Avant le retour de ce dernier de l'étable, elle dissimula cet argent dans un pot vide, au fond du garde-manger. Ensuite, elle alla se changer et étendit sur le lit la robe de nuit qu'elle avait cousue et brodée pour sa nuit de noces.

L'orage gronda durant encore une bonne heure, mêlant les éclairs aux coups de tonnerre. La pluie redoubla de violence. Gabrielle alluma le poêle et prépara un souper tout simple, son premier repas chez elle. Quand elle entendit Germain traverser la cour en courant, elle se planta devant la porte-moustiquaire, tenant un pantalon de son mari à la main.

— Enlève tes bottes sur le balcon, tu vas salir le plancher, lui conseilla-t-elle. Tiens, change aussi de pantalon, sinon ça va sentir l'étable dans toute la maison.

— Dehors ? s'étonna Germain en jetant un regard vers la route.

— Qui est-ce qui va te voir par un temps pareil ? fit Gabrielle, sérieuse. À partir de demain, tu pourras te changer dans la remise. T'auras juste à accrocher ton linge à un clou et laisser tes bottes là.

Germain retint de justesse une remarque cinglante. Sa femme était déjà retournée au poêle. Il abandonna ses bottes sur le balcon et changea précipitamment de pantalon avant d'entrer dans la cuisine.

Leur premier repas en commun se prit dans un silence presque complet à la simple lueur de la lampe à huile. À l'extérieur, le ciel ne s'était pas éclairci, même si les averses étaient moins violentes. Après le souper, Gabrielle proposa d'aller s'asseoir sur le balcon pour profiter de la faible brise qui venait de se lever. Même s'il piaffait d'impatience, son mari accepta d'aller prendre place à ses côtés. Quand il rapprocha sa chaise de celle qui allait vraiment devenir sa femme dans quelques minutes, Gabrielle ne put s'empêcher de repousser un peu sa chaise en disant :

— Collons-nous pas trop. Il fait tellement chaud.

Pendant près de deux heures, ils regardèrent les champs fumer sous l'averse et les gouttes de pluie former une grande mare à l'entrée de la cour. Ils étaient silencieux et mal à l'aise, ne trouvant presque rien à se dire en cette première soirée où ils se retrouvaient seuls. Ni l'un ni l'autre ne pouvaient voir, deux maisons plus loin, Clément Tremblay, assis lui aussi sur le balcon, guettant le retour improbable de Céline Veilleux ce soir-là.

Finalement, quand l'obscurité tomba, Gabrielle sembla se résoudre un peu à contrecœur à entrer dans la maison.

— Laisse-moi quelques minutes pour me préparer, dit-elle à son mari avant de laisser claquer la porte-moustiquaire derrière elle.

Germain la regarda disparaître à l'intérieur de la maison et se diriger vers leur chambre à coucher. Il finit nerveusement de fumer sa pipe, attendant avec une impatience croissante une invitation à rentrer qui tardait à venir. Finalement, n'en pouvant plus d'attendre, il entra dans la maison et procéda à des ablutions sommaires au lavabo de la cuisine. Aucun bruit ne provenait de la chambre. Après une brève hésitation, il s'empara de la lampe à huile déposée sur la table et, le cœur battant la chamade, pénétra dans la chambre. À sa grande surprise, il faisait noir dans la pièce. Gabrielle avait éteint. À la lueur de la lampe, il l'aperçut étendue dans le lit, une mince couverture tirée jusqu'à son cou. La courtepointe avait été repliée et déposée soigneusement sur la commode.

— Éteins la lampe, demanda-t-elle à son mari.

— Pourquoi ?

— J'aime mieux ça, se contenta-t-elle de dire d'une voix changée.

Germain souleva les épaules et souffla la lampe. Au fond, il préférait lui aussi l'obscurité pour ce premier soir. S'il n'avait pas été aussi énervé, il aurait remarqué à quel point la voix de sa femme trahissait sa crainte de ce qui l'attendait et dont elle n'avait qu'une vague idée.

Le jeune cultivateur se déshabilla rapidement dans le noir et, à tâtons, il rejoignit sa femme dans le lit. Pendant un long moment, il ne sut comment se comporter et il resta là, immobile, incapable de se décider à poser une main sur celle qu'il avait épousée ce jour-là.

Gabrielle, couchée sur le dos, ne faisait pas un geste elle non plus. Sentant l'inexpérience de son conjoint, elle ne dit pourtant pas un mot propre à l'encourager, à le guider. Elle attendait, stoïque. On aurait dit une gisante. Elle n'avait pas eu de mère pour lui expliquer la conduite à tenir durant sa nuit de noces et les religieuses n'auraient jamais osé aborder un sujet aussi scabreux que la sexualité avec les jeunes filles confiées à leurs soins. Bref, tout ce que la jeune mariée savait provenait des conversations chuchotées entre les filles de l'orphelinat.

Dans ce domaine, son mari était malheureusement encore moins bien informé qu'elle. Un père, un frère aîné ou un ami aurait pu lui expliquer l'importance des mots doux, des caresses légères et des baisers pour mieux préparer celle qu'il brûlait de posséder. Mais il n'en était rien.

Brusquement, Germain se décida à poser les mains sur Gabrielle. Elle ferma les yeux et retint sa respiration. Il souleva sa robe de nuit et, durant un moment, ses mains rugueuses pétrirent tout son corps sans aucune douceur. Puis, sans un mot, sans une caresse, sans la moindre préparation, il en fit sa femme. Ce corps lourd sur elle, cette brutalité incontrôlée, cette haleine chaude sur son visage dégoûtèrent la jeune femme au point qu'elle crut qu'elle allait être malade. La sensation de brûlure fut si intense qu'elle le repoussa sans ménagement en poussant un cri au moment même où Germain, le souffle court, roulait sur le dos, enfin satisfait.

Débarrassée du poids de son mari, Gabrielle s'empressa de se lever et elle quitta la chambre dans le noir pour aller faire un brin de toilette. Durant un long moment, elle pleura dans la cuisine en se frottant énergiquement avec une serviette mouillée, comme pour faire disparaître toute trace de ce qui venait de se passer. Plantée devant la fenêtre, elle ne se décidait pas à retourner dans la chambre surchauffée. C'était donc ça, l'amour ! Elle aurait crié si elle en avait été capable. Allait-elle pouvoir endurer ça toute sa vie ?

— Viens-tu te coucher ? l'appela Germain demeuré étendu dans le lit.

— Oui. J'arrive.

Un peu craintive, elle rentra dans la chambre et reprit sa place dans le lit. Elle sentit le contact de la peau nue de son mari sur son bras et elle s'en écarta vivement.

— T'as pas l'intention de coucher tout nu, j'espère ? lui demanda-t-elle à mi-voix.

— Pourquoi pas ? On est mariés, non ?

— Germain Fournier, on est pas des animaux, lui reprocha Gabrielle en élevant la voix.

— Correct, concéda Germain, peu désireux de la contrarier alors qu'il n'avait pas l'intention d'en rester là pour sa nuit de noces.

Il sortit du lit et il remit son sous-vêtement. Quand il reprit place près de Gabrielle, il s'aperçut qu'elle lui tournait le dos. Il posa une main hésitante sur sa hanche, main qu'elle repoussa.

— Je suis fatiguée, dit-elle sèchement. Je pense que ça va faire pour à soir. Bonne nuit.

Déçu et frustré, Germain n'insista pourtant pas. Il se tourna du côté opposé et, quelques instants plus tard, se mit à ronfler. Pour sa part, Gabrielle, les yeux grands ouverts, ne parvenait pas à trouver le repos, essayant d'imaginer le genre de vie qui l'attendait aux côtés de Germain Fournier. La nuit était passablement avancée quand la fatigue eut raison d'elle et la fit sombrer dans un sommeil sans rêve.

Le chant du coq la réveilla en sursaut et, pendant un court moment, elle se demanda où elle se trouvait. À la vue de l'oreiller à côté du sien, les souvenirs de la nuit passée lui revinrent en mémoire et les traits de son visage se durcirent. Elle se leva immédiatement et se rendit dans la cuisine. Germain avait allumé le poêle avant d'aller à l'étable. Comme on était dimanche et qu'elle ne pouvait déjeuner si elle désirait communier, elle s'empressa de retourner dans la chambre pour changer le drap et remettre de l'ordre dans la pièce. Ensuite, elle commença la préparation du dîner avant d'aller faire sa toilette et s'habiller pour la messe.

À l'extérieur, le soleil brillait à nouveau, mais l'air était beaucoup plus sec que lors des derniers jours. Les rayons miroitaient sur les larges flaques d'eau laissées par les pluies abondantes des dernières heures.

Germain rentra dans la maison après avoir trait les vaches et changé de pantalon dans la remise, comme Gabrielle le lui avait demandé la veille. De fort bonne humeur, il s'était convaincu que sa femme avait autant apprécié que lui l'expérience de la nuit précédente et que seule sa timidité l'avait empêchée de la répéter avant de s'endormir. À son entrée, cette dernière était occupée à brosser ses cheveux devant le miroir suspendu au-dessus du lavabo, dans la cuisine. Il s'approcha d'elle et il l'embrassa dans le cou. Gabrielle sursauta à ce contact. Elle lui fit face et le repoussa sans ménagement.

— Écoute, Germain, lui dit-elle sur un ton tranchant. On est pas des enfants. On est pas pour passer notre temps à se minoucher.

— Ben. On est mariés, plaida son mari, dérouté par sa réaction.

— C'est en plein ça. Du monde marié pense pas juste à ça. Il y a des affaires bien plus importantes à faire.

Cette dernière remarque de sa jeune femme laissa Germain sans voix.

— Là, si tu continues à perdre du temps, on va finir par arriver en retard à la grand-messe et toute la paroisse va jaser sur notre dos. Je t'ai fait bouillir de l'eau pour te raser. Elle est sur le poêle.

Germain ne dit plus rien. Il alla chercher dans la chambre son blaireau et son rasoir, et commença à se raser devant le miroir de la cuisine. Pendant ce temps, Gabrielle était sortie à l'extérieur pour s'asseoir sur le balcon avec son missel.

Quelques minutes plus tard, le jeune couple, le visage fermé, prit place dans le boghei et se dirigea vers l'église où il avait uni sa destinée moins de vingt-quatre heures auparavant.

Dès le début de l'après-midi, Clément Tremblay avait repris sa surveillance de la route sans en avoir l'air. Il détestait les dimanches, jours où on devait se tourner les pouces parce que le curé Lussier n'aurait jamais permis à l'un de ses paroissiens de travailler le jour du Seigneur. Le pasteur avait des principes rigides. Il n'acceptait qu'on travaille ce jour-là que lorsqu'un orage ou la grêle pouvait mettre en danger une récolte.

Bref, désœuvré, le jeune homme allait d'un bâtiment à l'autre, dressant l'oreille chaque fois qu'il soupçonnait le passage d'un véhicule dans le rang. Alors, il scrutait la route. Finalement, quelques minutes après quatorze heures, il entendit le bruit caractéristique d'une automobile. Il sortit précipitamment de la remise, juste à temps pour voir passer une Ford T couverte de boue. Sans bouger de son poste d'observation, le jeune homme surveilla pour s'assurer qu'il s'agissait bien de la voiture du mari de la cousine Rachel. Il y avait tout de même peu de chance que cette auto appartienne à quelqu'un d'autre : personne dans la paroisse ne possédait une automobile. Lorsqu'il vit le véhicule entrer dans la cour des Veilleux, il retourna dans la maison d'un air faussement détaché et monta à l'étage. Une fois dans sa chambre, il changea de vêtements et se coiffa avec soin, prêt à répondre au moindre signe de vie de Céline. Ensuite, il descendit rejoindre ses parents et sa sœur Claire qui se reposaient sur le balcon.

Quelques minutes plus tard, les Tremblay virent passer l'automobile en direction du village.

— Seigneur ! s'exclama Thérèse Tremblay. Si c'est le mari de la cousine, on peut pas dire qu'il ait moisi chez nos voisins.

— Pas surprenant ! dit Eugène, rancunier. Ça doit en être un autre qui lui aime pas la face.

Le véhicule venait à peine de passer que Clément vit sortir de la cour des Veilleux Jean-Paul, l'un des jeunes frères de Céline. Le garçon venait chez les Tremblay.

— Ma sœur aimerait ça te parler, dit-il à Clément depuis la route.

Clément ne se fit pas répéter l'invitation. Il

descendit du balcon et suivit Jean-Paul sans faire de commentaire.

— Elle a le tour, la Céline, fit Claire dans un gloussement. Elle a juste à siffler et notre grand tata se dépêche d'y aller.

— Mêle-toi donc pas de ça, ma fille, gronda sa mère, sévère. C'est clair comme de l'eau de roche que ton frère l'aime. Il aurait pu tomber sur une fille bien pire qu'elle.

À son arrivée devant la demeure des Veilleux, Clément vit Céline, vêtue d'une robe vert pâle, sortir précipitamment de la maison et s'élancer vers lui, sous le regard désapprobateur de sa mère, debout devant sa plate-bande de fleurs. Le visage rayonnant de bonheur, la jeune fille prit son amoureux par la main. Cette réception chaleureuse fit oublier au jeune homme, durant un instant, tous les reproches qu'il voulait formuler.

— Viens t'asseoir à l'ombre, l'invita Céline en le tirant vers la balançoire placée sous l'érable centenaire, à droite de la maison. J'ai toutes sortes d'affaires à te raconter.

Clément, souriant, la suivit et prit place à ses côtés pendant qu'Ernest Veilleux, assis sur le balcon, renouait avec son rôle de chaperon en poussant un soupir d'exaspération. Sa femme vint bientôt le rejoindre pour profiter avec lui de ce calme dimanche après-midi de juin.

— Dis donc, Céline. Je te regarde et il me semble que tes cheveux sont encore plus courts que quand t'es partie, dit Clément. Ils sont même rendus pas mal plus courts que ceux de ta sœur.

— Tiens, tu regardes la longueur de mes

cheveux maintenant, Clément Tremblay, nota Céline, moqueuse. Rachel me les a coupés avant que je parte. Ma mère s'en est aperçue quand je suis arrivée tout à l'heure. Je te dis qu'elle était pas contente et elle m'a avertie que si je me mêlais de couper encore une fois les cheveux d'Anne, j'aurais affaire à elle.

Clément la regarda amoureusement.

— T'es-tu ennuyé, au moins, pendant que j'étais à Montréal ? demanda la jeune fille à son cavalier.

— Ben oui.

— En tout cas, on peut pas dire que tu me l'as écrit, lui fit remarquer Céline avec un sourire narquois.

— C'est gênant de dire des affaires comme ça, expliqua Clément, mal à l'aise.

— Je suppose que c'est aussi gênant que d'écrire que tu m'aimes ? poursuivit-elle, un peu acide.

— Écoute, Céline, je...

— Tu me dis jamais que tu m'aimes et tu me l'écris pas non plus.

— Tu le sais ben.

— Je sais ben quoi ?

— Que je t'aime, finit par balbutier l'amoureux en rougissant.

Le jeune homme jeta un regard en coin vers le balcon pour vérifier si les parents de la jeune fille l'avaient entendu.

— Il faut presque te l'arracher avec une paire de pinces, conclut malicieusement Céline en riant. Tiens, je t'ai apporté quelque chose pour ta fête, ajouta-t-elle en tirant de la poche de sa robe un petit paquet. Montre-le pas. Mon père comprendrait pas que je donne un cadeau à un garçon.

— C'est quoi ?

— Un briquet. Je l'ai acheté à Montréal. T'as eu vingt et un ans la semaine passée, non ?

— C'était pas nécessaire, fit Clément, content. Je le développerai en arrivant à la maison. Tu sais que j'ai vraiment pensé que tu resterais pour de bon à Montréal.

— T'es pas tout seul à l'avoir cru, je pense. Mon père a eu la même idée que toi, et c'est pour ça qu'il a donné l'ordre à ma cousine de me renvoyer à la maison tout de suite.

— S'il avait pas donné cet ordre-là, je suppose que tu serais restée là-bas, avança son cavalier, le visage assombri.

— Pantoute. J'en avais assez. J'avais déjà averti Rachel que je resterais pas plus qu'une autre semaine.

— Comment ça ? demanda le jeune homme, surpris. En lisant tes lettres, j'étais sûr que t'aimais ben gros le luxe de la ville.

— D'abord, je m'ennuyais, avoua Céline.

— Tu t'ennuyais de qui ?

— Du monde de Saint-Jacques, de ma famille et même de toi, imagine donc.

Clément se rengorgea, heureux de l'aveu.

— Pour le luxe, on s'habitue pas mal vite à tout ça. C'est bien beau l'électricité et l'eau courante, mais à bien y penser, s'éclairer à la lampe à huile et aller chercher de l'eau au puits a jamais tué personne.

— Et le radio ?

— Ça aussi, c'est pas mal intéressant, mais quand on est plus capables de se parler parce qu'il faut l'écouter quand il est allumé, c'est pas mal plate... En plus, il y a du bruit tout le temps en ville et ça sent mauvais. Les voisins se parlent même pas et ils se regardent comme s'ils avaient envie de s'étriper. Non. Je pense que la ville, c'est pas pour moi.

Rien ne pouvait faire un plus grand plaisir au jeune homme que d'entendre ces paroles. Durant un long moment, le jeune couple se balança en silence. Puis Clément sembla prendre une profonde inspiration avant de déclarer à Céline :

— Sais-tu que j'ai ben réfléchi pendant tout le temps que t'as été partie.

— Ça fait changement, se moqua la jeune fille, en éclatant de rire.

— Ris pas de moi. J'ai pensé que ce serait pas une mauvaise idée si...

— Si quoi ?

— Si on se fiançait cet automne, par exemple. J'ai vingt et un ans et toi, tu vas avoir cet âge-là en septembre. J'ai un peu d'argent de ramassé et je pourrais aller travailler dans un chantier l'hiver prochain. Comme ça, quand je reviendrais, j'aurais assez d'argent pour faire un premier paiement sur une petite terre. On pourrait se marier l'été prochain. Qu'est-ce que t'en penses ?

Céline sembla hésiter un court instant avant de donner sa réponse à son amoureux.

— C'est correct si tu me dis que tu m'aimes en me regardant dans les yeux, fit-elle, mutine.

— Je t'aime, répéta Clément, la gorge serrée.

— Parfait. Tu commences déjà à t'habituer à le dire. C'est déjà ça. À cette heure, il te reste juste à aller persuader mon père de te donner ma main. Ce sera peut-être pas aussi facile que tu le penses. Oublie pas que je suis la plus fine de ses filles. Il voudra peut-être pas d'un Tremblay dans la famille.

— C'est toi qui le dis, rétorqua Clément en riant.

Cependant, le jeune homme ne put s'empêcher de jeter un bref coup d'œil encore une fois vers le balcon. Ernest Veilleux arborait un air renfrogné d'assez mauvais augure. Il avait sa tête des mauvais jours. Sa femme était rentrée à l'intérieur de la maison.

— Peut-être que je ferais mieux d'attendre un autre jour ? proposa-t-il à voix basse. Ton père a pas l'air ben de bonne humeur.

— Aïe, Clément Tremblay ! T'es pas pour reculer comme un pissou. Envoye ! C'est aujourd'hui que tu fais ta grande demande ou bien je change d'idée.

— Tout de suite ?

— Tout de suite, confirma la jeune fille en quittant le siège de la balançoire et en le tirant par la main.

Les jambes un peu flageolantes, Clément s'approcha du balcon où était peut-être assis son futur beau-père. Céline le suivait, quelques pas derrière.

— Monsieur Veilleux, est-ce que je peux vous parler ? demanda-t-il d'une voix un peu changée par l'émotion.

— Ouais, répondit Ernest d'un ton rogue. J'ai

encore jamais mangé quelqu'un qui voulait me parler.

— Ben, voilà. Je voulais vous dire que, comme vous, j'ai eu peur que Céline décide de plus revenir à Saint-Jacques.

Ernest Veilleux ouvrit de grands yeux en entendant le cavalier de sa fille dire une chose pareille, mais il ne dit rien.

— Ça fait que je pense avoir trouvé un bon moyen de lui ôter le goût de retourner en ville, poursuivit le jeune homme.

— Ah oui ! Lequel ?

— J'ai pensé que si vous me donniez sa main, elle aurait plus le choix de rester ici.

— Attends une minute, toi ! lui ordonna le cultivateur en cessant soudain de se bercer. Est-ce que j'ai ben compris ce que tu viens de dire ? Tu viens de me demander ma fille en mariage ?

— C'est ben ça, confirma le jeune homme d'une voix peu assurée. Je lui en ai parlé et elle est d'accord, monsieur Veilleux.

— Comment vous allez vous organiser pour vivre, tous les deux ? demanda Ernest, sur un ton sévère.

— J'ai un peu d'argent de ramassé et je pense aller travailler au chantier l'hiver prochain pour en avoir assez pour acheter une terre à Saint-Jacques ou à Saint-Gérard, si j'en trouve pas une dans la paroisse.

Ernest Veilleux sembla s'abîmer dans un long silence pendant que les deux jeunes, debout à ses côtés sur le balcon, attendaient son verdict avec une impatience mal dissimulée.

— Yvette ! appela finalement le père de famille en se tournant vers la porte-moustiquaire.

La mère avait dû assister, silencieuse, à la grande demande du jeune voisin parce qu'elle apparut tout de suite. Elle était debout dans la cuisine d'été, assez près de la porte-moustiquaire pour avoir tout entendu.

— Qu'est-ce qu'il y a ?

— Viens donc ici une minute.

Yvette sortit à l'extérieur.

— Clément vient de me demander la main de Céline. Qu'est-ce que t'en penses ?

— C'est à toi de décider, mon vieux.

— Bon. OK, je te la donne, consentit-il, comme à contrecœur. Qu'est-ce que tes parents en pensent, de ton idée ?

— Je leur en ai pas encore parlé, monsieur Veilleux, admit Clément. J'attendais que Céline revienne et que vous me disiez si vous vouliez ou pas qu'on se marie.

— T'as pas pensé que tu pourrais rester chez ton père avec ta femme au lieu de te chercher une terre le printemps prochain ?

— Il y a encore cinq enfants dans la maison chez nous. Mon père pourra se débrouiller avec Gérald. Lionel va arrêter d'aller à l'école l'année prochaine et il va pouvoir les aider. Chez nous, c'est un peu comme ici. Vous avez trois garçons capables de vous donner un coup de main.

— Pour les fiançailles, intervint Yvette. Est-ce que vous avez pensé à Noël ?

— Si je me trouve une job au chantier, c'est sûr que je serai pas ici à Noël, madame Veilleux. On pourrait peut-être se fiancer le 15 septembre, le jour de la fête de Céline, si ça vous dérange pas trop.

— Ce serait une bonne idée, dit la jeune fille. Qu'est-ce que vous en pensez, m'man ?

— C'est correct.

— Quand est-ce que vous pensez vous marier ? demanda à son tour le père de famille.

— Ce sera pas possible avant le début de l'été prochain, expliqua Clément. Le temps de s'organiser quand je serai de retour du chantier.

— De toute façon, vous avez encore bien le temps de penser à tout ça, conclut Yvette. Maintenant, tu pourrais peut-être amener Céline chez vous pour aller leur annoncer la nouvelle.

Céline, toujours aussi vif-argent, s'apprêtait déjà à descendre du balcon quand sa mère l'arrêta.

— Mets-toi un chapeau sur la tête pour te protéger du soleil. Si tu fais pas attention, tu vas avoir le visage aussi foncé qu'une vraie sauvagesse.

La jeune fille entra dans la maison et en sortit un instant plus tard coiffée d'un large chapeau de paille. Ernest et sa femme virent les deux jeunes s'engager sur la route, la main dans la main.

— Torrieu ! Il me semble qu'ils sont pas mal jeunes pour penser à se marier, ces deux-là, dit Ernest. Le pire, c'est qu'il a fallu qu'elle aille choisir un maudit Tremblay. J'aurais dû le sacrer dehors quand il est venu ici, la première fois, au jour de l'An.

— Voyons, Ernest. Clément est un bon garçon, fit Yvette en cessant de regarder les jeunes gens pour se tourner vers son mari. Quand on a eu besoin d'aide pendant que t'étais malade, il est venu matin et soir aider à faire le train. En plus, ils sont même pas encore fiancés. Il y a encore pas mal d'eau qui va couler dans la rivière avant que tout soit fait, ajouta-t-elle.

25

Du nouveau au presbytère

Le départ de Gabrielle perturba beaucoup plus que prévu la vie quotidienne du presbytère. Dès la fin de la semaine suivante, la vieille Agathe Cournoyer intercepta le curé Lussier au moment où le digne ecclésiastique se coiffait de sa barrette pour sortir. Il s'apprêtait à aller marcher sur le balcon autant pour faciliter sa digestion que pour lire son bréviaire.

— Monsieur le curé, fit-elle poliment, j'aimerais vous parler.

Le prêtre s'assura que l'abbé Martel avait quitté la salle à manger pour demander à sa vieille cuisinière ce qui n'allait pas.

— Monsieur le curé, je suis plus capable de continuer. C'est rendu trop d'ouvrage pour une femme de mon âge.

— Je l'ai bien pensé, madame Cournoyer, fit Antoine Lussier, compréhensif. C'est sûr que c'est plus comme avant, quand vous aviez l'aide de Gabrielle. Dès demain, je vais écrire à la supérieure de l'orphelinat pour voir si elle pourrait pas nous envoyer une autre fille pour vous donner un coup de main.

— Non, monsieur le curé. Je suis plus capable de continuer. J'ai plus la santé. Je pense que vous feriez mieux de vous trouver une vraie cuisinière plutôt que de faire venir une petite jeune de l'orphelinat. Sans parler que ça me surprendrait pas mal qu'on vous envoie une autre perle comme Gabrielle.

Le curé Lussier, un peu décontenancé par la nouvelle, dévisagea longuement sa vieille ménagère. Son examen l'obligea à conclure que rien ne la ferait revenir sur sa décision de le quitter.

— Trouver une aussi bonne cuisinière que vous sera pas facile.

— Au contraire, monsieur le curé, reprit la vieille dame tout de même flattée par le compliment. Vous allez aisément en trouver une plus jeune et plus vaillante.

— Connaissez-vous quelqu'un capable de vous remplacer ?

— Les veuves manquent pas à Saint-Jacques et dans les paroisses autour, fit remarquer Agathe Cournoyer.

— L'important est pas qu'elle soit veuve, la corrigea le prêtre. Je veux une cuisinière capable de faire un bon ordinaire.

Il y eut un bref silence durant lequel la dame âgée sembla chercher dans sa mémoire le nom d'une personne. Soudain, ses traits s'éclairèrent.

— Peut-être que vous pourriez demander à Hélèna Pouliot de faire venir sa cousine. Elle m'en a parlé le printemps passé. À l'entendre, c'est toute une cuisinière et c'est une veuve sans enfant. Si je me rappelle bien, elle reste à Saint-François-du-Lac.

— Que le Seigneur nous protège ! s'exclama le curé Lussier en prenant un air horrifié. Si elle a la langue aussi bien pendue que notre Hélèna, on s'entendra plus penser ici-dedans.

Cependant, dans les jours qui suivirent, le curé se rendit compte qu'il n'avait guère le choix. Il lui fallut se résigner à demander à l'épicière d'inviter sa cousine à se présenter au presbytère pour un essai à titre de cuisinière. Il faut croire qu'Hélèna ne perdit pas de temps parce que quatre jours plus tard, une petite dame boulotte et souriante, âgée d'une cinquantaine d'années, se présenta à la porte du presbytère. Agathe Cournoyer alla lui ouvrir.

— Bonjour, madame. Je suis Hortense Dagenais, la cousine de madame Pouliot. Je viens pour la place de cuisinière.

— Si vous voulez vous asseoir, je vais prévenir monsieur le curé de votre arrivée, dit Agathe.

La vieille servante fit passer Hortense Dagenais dans la salle d'attente tout en l'examinant. La cousine était bien mise et avait un visage sympathique. Le curé Lussier ne parla à la veuve Dagenais que quelques minutes, le temps de l'informer des exigences du travail de servante au presbytère et des gages qui lui seraient payés. Peu après, il introduisit la visiteuse dans la cuisine en disant :

— Madame Dagenais, vous connaissez déjà madame Cournoyer. Elle a accepté de rester quelques jours de plus au presbytère pour vous mettre au courant de ce qu'il y a à faire.

La nouvelle arrivée adressa à la ménagère du curé Lussier un sourire chaleureux et le prêtre quitta la pièce. Dès la fin de la première journée, Agathe Cournoyer sut que le curé de Saint-Jacques-de-la-Rive avait mis la main sur une ménagère de premier ordre, au caractère agréable et d'une très grande discrétion. De plus, elle était d'une propreté méticuleuse, ce qui n'était pas pour déplaire ni à la vieille dame ni au curé.

Ce soir-là, après avoir lavé la vaisselle du souper et dressé la table du déjeuner du lendemain, Agathe, curieuse, ne put s'empêcher de demander à sa remplaçante :

— Où est-ce que vous allez rester ? Chez votre cousine ?

Pendant un bref moment, Hortense Dagenais eut l'air un peu embarrassé.

— Je pense que je n'aurai pas le choix, finit-elle par répondre. Héléna a été assez fine pour me le proposer, mais je sens que je vais la déranger pas mal. Vous le savez comme moi, madame Cournoyer, à nos âges, on a nos petites habitudes et c'est pas nécessairement agréable d'avoir quelqu'un sur le dos, même quand c'est une cousine.

— Si ça vous le dit, vous pouvez venir rester à la maison, proposa la vieille ménagère. Je reste dans la petite maison blanche, en face du presbytère. Ça vous ferait pas loin pour venir travailler ; en tout cas, pas plus loin que si vous restiez chez madame Pouliot.

Hortense Dagenais n'hésita que quelques secondes avant d'accepter.

— Vous êtes bien fine, madame Cournoyer. J'accepte à la condition que si un jour je vous dérange, vous ne vous gênerez pas pour me le dire. Je vais comprendre. Je veux surtout pas m'imposer.

— Inquiétez-vous pas, je suis pas gênée, dit en riant Agathe. Je pense que la vie va être pas mal moins plate avec de la compagnie. Avant, j'avais Gabrielle, la jeune servante, mais elle s'est mariée il y a trois semaines.

— Pour ça, il y a pas de danger que ça m'arrive, reprit Hortense Dagenais avec un mince sourire. À mon âge, j'ai pas envie de remplacer mon défunt mari. On a été mariés trente ans. Bon. Je vais aller dire un petit bonsoir à Hélèna et je viens vous rejoindre chez vous.

Les deux femmes sortirent ensemble du presbytère et traversèrent la route. Pendant qu'Agathe Cournoyer se dirigeait vers sa maison, Hortense Dagenais, portant son grand sac en tapisserie, entra dans l'épicerie de sa cousine d'où elle ne sortit qu'une bonne heure après. Pendant ce temps, la vieille cuisinière avait préparé l'ancienne chambre occupée par Gabrielle Paré.

— J'espère que je le regretterai pas, dit-elle à mi-voix en allumant la lampe à huile placée sur sa table de cuisine.

La vieille dame faisait allusion à l'orpheline qu'elle avait accueillie chez elle, aimée et conseillée comme si elle avait été sa propre fille. Depuis son mariage, l'ingrate n'avait pas une seule fois donné signe de vie. Plus encore, elle semblait l'éviter puisque Agathe ne l'avait aperçue qu'une fois, le lendemain de son mariage, à la grand-messe du dimanche matin. Depuis, elle allait à la basse-messe et elle n'avait pas trouvé une seule minute pour venir lui rendre visite. C'était comme si la cuisinière appartenait au passé de la nouvelle madame Fournier, comme si elle n'existait plus.

Agathe n'aurait pas été étonnée d'apprendre que la Gabrielle se conduisait d'une façon aussi étrange avec tous ses nouveaux voisins qui s'étaient pourtant donné passablement de mal pour l'accueillir. À aucun moment, la jeune femme n'avait été tentée de se lier avec l'une ou l'autre de ses voisines du rang Sainte-Marie.

En fait, quand Germain avait fait remarquer à sa femme la nécessité d'aller remercier les voisins pour le repas de noces improvisé qu'ils leur avaient offert, Gabrielle lui avait répondu sèchement qu'ils n'avaient pas de temps à perdre à voisiner.

La première moitié du mois de juillet 1923 fut exceptionnelle. Personne ne se serait permis de douter que la plus belle saison de l'année était vraiment commencée. La nature offrait des jours lumineux et torrides en ce premier mois de l'été. Les cultivateurs profitaient largement d'un soleil qui ne se couchait que bien après vingt et une heures pour abattre le plus de travail possible. Les fraises et les framboises étaient aussi abondantes que succulentes, grâce aux quelques ondées bienfaisantes qui avaient eu le bon goût de ne tomber que la nuit depuis la mi-juin.

Depuis quelques jours, les écoles de rang de Saint-Jacques-de-la-Rive avaient fermé leurs portes après que les institutrices eurent fait le ménage de leur classe et de l'appartement de fonction qu'elles habitaient à l'étage. Pour la première fois depuis de nombreuses années, Wilfrid Giguère, maire et aussi président de la commission scolaire, était parvenu à engager toutes les enseignantes dont il aurait besoin au début de l'année scolaire suivante.

Il régnait aussi une activité inhabituelle devant la forge d'Adélard Crevier, au village. L'ingénieur Gendron avait fait édifier une petite remise sur la rive de la Saint-François et il surveillait attentivement le travail de deux arpenteurs qui mesuraient et posaient des jalons, sous l'œil de quelques vieux désœuvrés du village.

Chez les Tremblay, Thérèse s'était réjouie de pouvoir enfin compter sur l'aide additionnelle d'Aline, de Lionel et de Jeannine pour la cueillette des fraises. Tout laissait prévoir que la récolte des petits fruits rouges et sucrés allait être remarquable. Depuis le début de juillet, les plus jeunes, sous la direction de Gérald, cueillaient des fraises une bonne partie de la journée pendant que Thérèse, Claire et Aline équeutaient les fruits et les faisaient cuire pour en faire de la confiture. Lorsqu'une vingtaine de pots eurent été alignés sur l'une des tablettes du garde-manger, la mère décréta :

— Ça va faire pour les confitures.

— Qu'est-ce qu'on va faire avec le reste des

fraises, m'man ? demanda Claire. Il reste encore trois ou quatre rangs à ramasser.

Ce soir-là, Eugène se berçait paisiblement sur le balcon pendant que les femmes de la maison finissaient de sceller avec de la paraffine les derniers pots de confiture. Il avait un peu de mal à accepter que son fils aîné épouse une Veilleux. Il n'avait rien à reprocher à la jeune voisine, mais il aurait préféré que son fils choisisse une autre fille que celle de son pire ennemi. Et puis, avait-il vraiment son mot à dire dans cette histoire-là ? Clément était majeur. Il pouvait marier qui il voulait. En tout cas, pour sa part, il craignait que ce mariage-là engendre toutes sortes de tiraillements.

— Qu'est-ce que t'en penses, Eugène ? demanda Thérèse, debout derrière la porte-moustiquaire.

— Quoi ? Qu'est-ce qu'il y a ? fit son mari, tiré brusquement de ses pensées.

— Ça fait deux fois que je te demande ce qu'on va faire avec le reste des fraises qui sont dans le champ.

— On les gaspillera pas. On va aller les vendre à Pierreville.

— Céline m'a dit hier que les Veilleux en avaient de trop, eux autres aussi, fit remarquer Clément en s'approchant du balcon. Vous trouvez pas, p'pa, que ce serait une bonne idée si on se mettait avec les Veilleux pour aller faire du porte-à-porte à Pierreville ?

— Il en est pas question, se contenta de répondre son père. On est capables de s'occuper tout seuls de nos affaires.

Le lendemain, Eugène décida d'aller à Pierreville

l'après-midi même, après avoir chargé dans une voiture des paniers de fraises que les membres de la famille avaient cueillies. Lorsqu'il revint à l'heure du souper, il ne restait plus rien à vendre au cultivateur, très satisfait d'avoir pu amasser un peu d'argent.

Comme la cueillette des fraises s'était poursuivie durant son absence, il choisit de tenter la même expérience à Nicolet le lendemain avant-midi.

— Demain, tu vas venir avec moi, dit-il à Clément. À deux, ça va aller plus vite pour vendre notre stock.

Le trajet fut un peu plus long que celui de la veille, mais la clientèle était autrement plus nombreuse que celle de Pierreville. Maintenant, la saison des fraises terminée, on passait à la cueillette des framboises. Même si la récolte s'annonçait très bonne, les Tremblay ne prévoyaient pas avoir à en vendre. Ils n'en auraient que pour leur propre consommation.

Le second mercredi de juillet, un peu après le souper, Claire Tremblay était agenouillée devant un parterre fleuri de bégonias et d'impatientes plantés devant la maison. La jeune femme, le visage bien protégé par un chapeau de paille à larges bords, était occupée à désherber quand elle perçut des pas sur la route, derrière elle.

— Excusez-moi, madame, fit une voix masculine qui la fit légèrement sursauter.

La jeune femme tourna la tête et aperçut un homme debout sur le bord de la route, soulevant poliment son chapeau. Elle se leva tout en secouant son large tablier pour en chasser la poussière et les herbes qui y adhéraient.

— Mademoiselle, corrigea automatiquement la célibataire en faisant un pas en direction de l'inconnu. Vous cherchez quelque chose ?

Elle reconnut immédiatement le jeune ingénieur qui était venu expliquer le projet de pont dont on avait commencé la construction à la sortie du village.

— Oui, mademoiselle. Je cherche la maison des Tremblay.

— C'est ici.

— Je demeure chez monsieur Pierri, un de vos voisins et...

La porte-moustiquaire s'ouvrit pour livrer passage à Thérèse.

— Vous êtes pas l'ingénieur qui s'occupe du pont ? demanda-t-elle en s'avançant vers le grand jeune homme à la fine moustache et aux yeux d'un bleu profond.

— En plein ça, madame. Hubert Gendron, se présenta le visiteur en la saluant de la tête.

— Je savais pas que Bruno Pierri avait un pensionnaire, s'étonna Thérèse.

— Oui, depuis une semaine, madame. Je demeure à Drummondville et c'est vraiment trop loin pour faire cette distance-là matin et soir.

— Je comprends.

— Madame Pierri m'a dit que vous faisiez de bien belles courtepointes et qu'il vous arrivait parfois d'en vendre. Je me demandais si je ne pourrais pas venir en voir. C'est l'anniversaire de ma mère la semaine prochaine et j'aimerais lui en donner une en cadeau.

— Je les fais avec ma fille Claire, dit Thérèse en désignant la jeune femme debout près de lui. Malheureusement, nos plus belles, on les a vendues à la fin du printemps, mais il nous en reste deux ou trois. Si vous voulez entrer les voir...

— Avec plaisir, madame.

Hubert Gendron, le chapeau à la main, suivit les deux femmes à l'intérieur.

— Mes deux plus jeunes sont partis se baigner au village, à la petite plage, là où vous avez dit que vous alliez construire le pont, expliqua Thérèse en pénétrant dans la cuisine d'été. Je suppose que les enfants pourront plus faire ça bientôt.

— Je ne pense pas que le pont va les empêcher de se baigner, madame Tremblay. Le lit de la rivière ne sera pas plus profond pour tout ça.

— Tant mieux. Claire, va donc chercher les courtepointes sur la première tablette de la lingerie, dit Thérèse en se tournant vers sa fille.

La jeune femme, consciente du regard insistant de l'ingénieur, quitta la pièce quelques instants pour y revenir en portant trois courtepointes qu'elle étala avec soin, l'une après l'autre, sur la table de cuisine. Aline, de retour de chez Rita Hamel où elle avait gardé les enfants, l'aida.

— Elles sont vraiment très belles, fit Gendron, admiratif. C'est difficile d'en choisir une plus qu'une autre.

— Vous pourriez demander à votre femme de venir vous aider à choisir, avança Claire, curieuse.

— Je ne suis pas marié, mademoiselle. Vous avez sûrement du goût pour avoir fait de si belles courtepointes. Est-ce que vous accepteriez de m'aider à en choisir une ?

— Je connais pas les goûts de votre mère, s'excusa Claire, tout de même flattée. Est-ce qu'elle a une couleur préférée ?

— Je ne pense pas. Tout ce que je sais, c'est qu'elle aime les couleurs douces.

— Dans ce cas-là, elle aimerait peut-être celle-là, fit la jeune femme en découvrant un coin de la première courtepointe qui avait été étalée sur la table. Elle va peut-être aimer ses teintes rose et bleu ciel.

— Parfait. En tout cas, moi, j'adore le bleu.

Pendant que Claire repliait les courtepointes avec l'aide de sa sœur Aline, Hubert Gendron s'entendit sur le prix avec Thérèse Tremblay et il la paya. Le jeune homme, son acquisition sous le bras, quitta ensuite la maison après avoir remercié les deux femmes.

Debout devant l'une des fenêtres de la cuisine d'été, Claire, songeuse, le regarda s'éloigner sur la route.

— Vous avez vu, m'man, chuchota Aline à l'autre bout de la pièce. On dirait bien que l'ingénieur est tombé dans l'œil de Claire.

— Dis donc pas de bêtises, toi, la réprimanda sa mère. Comme si tu connaissais quelque chose à ça.

— C'est pas parce que j'ai juste quinze ans que je suis niaiseuse, m'man, fit l'adolescente, un peu humiliée.

Sa mère préféra ne pas relever la remarque et

sortit sur le balcon pour surveiller le retour du village de Lionel et de Jeannine.

Deux jours plus tard, Claire et sa mère achevaient de verser dans des pots la confiture de framboises qu'elles venaient de cuisiner sur le poêle à bois quand le bruit d'un attelage les surprit.

— C'est pas le boucher qui passe déjà ! s'exclama Thérèse en s'essuyant les mains avec son tablier, prête à se rendre à la porte.

— On est vendredi, m'man. Ça pourrait bien être lui, dit Claire sans se donner la peine d'aller vérifier.

Du mois d'avril jusqu'à la mi-octobre, Ludger Comtois, le boucher de Pierreville, passait tous les vendredis dans les rangs de Saint-Jacques-de-la-Rive pour proposer sa viande qu'il conservait sur des blocs de glace dans sa voiture couverte.

— M'man, c'est le peddler, annonça Aline en laissant claquer derrière elle la porte de la cuisine d'été.

L'adolescente, occupée à désherber le jardin, avait vu la voiture s'engager dans la cour et elle s'empressait de venir prévenir sa mère.

— C'est une chance que ton père soit pas ici, reconnut sa mère. Si c'était le cas, il l'aurait déjà viré de bord et on aurait rien pu voir de ce qu'il a à nous montrer. Venez, les filles. On va aller voir s'il a au moins du fil et des aiguilles. En plus, j'ai besoin de boutons.

— P'pa dit toujours qu'il vend bien plus cher qu'Hélèna, au village, dit Aline en sortant la première.

— Ton père dit ça pour qu'on achète rien, dit Thérèse. Chez Hélèna, le matériel est pas bien beau et les patrons sont passés de mode depuis des années.

Un petit homme mince, coiffé d'une casquette brune et portant une chemise blanche aux manches retenues à la hauteur des biceps par des élastiques, s'empressa de descendre de voiture à la vue des trois femmes qui venaient à sa rencontre et il ouvrit largement la porte arrière de sa voiture couverte tirée par deux gros chevaux bais.

— Bonjours, mesdames. Si vous avez besoin de quelque chose, j'ai tout ce qu'il vous faut à l'intérieur. Montez et regardez, ça coûte rien.

Pendant plusieurs minutes, Thérèse et ses deux filles explorèrent le contenu de la voiture. Finalement, si la mère se contenta d'un peu de ruban et de quelques bobines de fil blanc, Claire acheta quelques verges de tissu bleu royal, un peu de dentelle et un patron.

Alors que le commerçant itinérant reprenait la route après avoir été payé, Aline ne put s'empêcher de dire, sur un ton où perçait l'envie :

— Il y en a qui sont chanceuses de pouvoir se payer du beau matériel.

— On peut pas tout avoir, lui répondit sa sœur, piquée au vif. Toi, tu vas au couvent ; moi, je travaille à la maison. C'est normal que je me fasse un peu d'argent en faisant des courtepointes et des catalognes avec m'man.

— On sait bien, fit l'adolescente en se rebiffant.

— Quand est-ce que tu vas te faire une robe ?

demanda Thérèse à sa fille aînée pour désamorcer la dispute qui s'annonçait.

— Le patron est pas mal simple, m'man. Je devrais être capable de la tailler aujourd'hui. Je la coudrai quand j'aurai le temps.

Il faut croire que la jeune femme trouva facilement le temps parce qu'elle portait sa robe neuve à la grand-messe du dimanche suivant. À la fin de la cérémonie, elle vit du coin de l'œil Hubert Gendron chercher à s'approcher d'elle dès sa sortie de l'église. Elle ralentit volontairement le pas pour lui permettre de la rejoindre.

À la vue de la manœuvre, Thérèse Tremblay retint son mari par une pression de la main sur un bras et elle lui fit signe de la suivre. Eugène obéit sans comprendre la raison qui poussait sa femme à l'entraîner à l'écart.

— Bonjour, mademoiselle Tremblay, dit l'ingénieur en soulevant son chapeau devant Claire, qu'il venait de rejoindre.

— Bonjour, monsieur Gendron.

— Je voulais vous dire que ma mère a bien aimé la courtepointe que je vous ai achetée.

— Tant mieux, déclara Claire avec un sourire chaleureux.

— Puis-je vous dire sans vous offenser que votre robe est vraiment très belle.

— Merci. Je viens de finir de la coudre.

— Mon Dieu ! Mais vous avez toutes les qualités et tous les talents ! s'exclama le jeune homme en riant.

— Oh non ! J'ai des défauts, mais je les cache pour pas faire peur aux gens, badina Claire.

La jeune femme jeta un regard autour d'elle et elle repéra son père et sa mère qui semblaient l'attendre, sagement assis dans le boghei.

— Vous m'excuserez, monsieur Gendron, reprit-elle en laissant tout de même percer une pointe de regret dans sa voix, mais mes parents m'attendent pour rentrer.

— Bien sûr, mademoiselle.

Hubert Gendron fit quelques pas sur le parvis en sa compagnie avant de se décider à lui demander, d'une voix un peu hésitante :

— Est-ce que vous me trouveriez bien mal élevé si je vous demandais de faire une petite promenade avec moi dans le rang Sainte-Marie, cet après-midi ? Il fait tellement beau que ce serait presque un péché de rester enfermés à l'intérieur.

Claire Tremblay sembla hésiter un moment avant de répondre :

— Je sais pas si on va avoir de la visite cet après-midi à la maison, mais si on a personne, on pourrait bien marcher un peu sur la route... évidemment avec une de mes sœurs, prit-elle le soin de préciser.

— Ça me ferait vraiment plaisir, dit l'ingénieur avant de saluer de loin les parents de la jeune femme.

Eugène attendit que le boghei se soit engagé dans le rang Sainte-Marie avant de demander à sa fille :

— Tu connais l'ingénieur ?

— Non, p'pa. M'man et moi, on lui a parlé la semaine passée quand il est venu acheter une courtepointe pour sa mère.

— Tiens ! Première nouvelle.

— J'ai oublié de te le dire, Eugène, s'excusa sa femme. Hubert Gendron reste chez Bruno Pierri depuis deux semaines. Il paraît qu'il va rester là tant que le pont sera pas construit.

— Qu'est-ce qu'il te voulait ? demanda Eugène à sa fille.

— Il m'a demandé si je voulais marcher dans le rang avec lui cet après-midi.

— J'espère qu'il s'imagine pas que tu vas y aller toute seule ? demanda sa mère, sévère.

— Bien non, m'man. Je lui ai dit qu'une de mes sœurs viendrait marcher avec nous autres.

Cet après-midi-là, Hubert Gendron et Claire Tremblay se rendirent jusqu'à la source d'Anatole Desjardins, au bout du rang Sainte-Marie. Les deux jeunes gens déambulèrent près de deux heures dans le rang et ils auraient continué plus longtemps si Aline, incommodée par la chaleur, n'avait pas menacé de les planter là.

26

Les foins

Au moment où ils s'apprêtaient à couper le foin déjà haut, voilà que la nature empêchait les fermiers de Saint-Jacques-de-la-Rive d'aller travailler. Le mois d'août débuta par trois journées de fortes pluies et il fallut attendre deux bonnes journées supplémentaires pour laisser le temps au fourrage de sécher.

— Il faut regarder le bon côté des choses, dit Eugène à son fils Clément qui commençait à manifester des signes d'impatience devant ce retard. D'abord, toute cette pluie-là va faire baisser un peu la température et on en sera que mieux pour faucher. Ensuite, elle fait du bien en maudit à l'orge et à l'avoine qui en avaient ben besoin. Ça faisait au moins dix jours qu'il était pas tombé une goutte d'eau.

— C'est vrai, p'pa, reconnut le jeune homme, mais on pourrait ben commencer à faucher après le dîner. Après tout, il mouille plus depuis hier soir.

— Ça sert à rien de se presser, fit son père. Si on se dépêche trop de faucher, le foin sera pas assez sec et demain, il faudra aller retourner tout ce qu'on aura coupé pour que ça sèche. Non, non. Demain, ce sera ben assez vite.

Chez les Veilleux, Ernest était d'excellente humeur malgré le retard occasionné par les intempéries. La veille, son fils Albert était arrivé de Montréal. Il avait annoncé son intention de rester durant ses cinq jours de congé annuel pour aider à la récolte du foin. Le solide jeune homme de vingt-huit ans semblait se réjouir à la pensée de participer à ce travail éreintant. Son père savait pouvoir se fier à lui et il en était heureux.

— L'année passée, p'pa, je suis allé à une exposition agricole à Québec, dit Albert, le soir de son arrivée. Ils ont fait une démonstration d'une machine qui fauche à peu près vingt pieds de large à la fois. Je vous dis qu'avec une affaire comme ça, ça doit pas prendre ben du temps pour nettoyer un champ.

— C'est tiré avec un de ces nouveaux tracteurs, je suppose ? demanda son père, peu enthousiaste.

— Pantoute. Moi, ce que j'ai vu, c'était tiré par deux chevaux, si on le voulait. Mais il paraît qu'aux États, ils ont maintenant des machines qui pressent le foin et l'attachent. Après, il y a plus qu'à le ramasser dans le champ. Ça doit être pas mal plus facile que de faire des meules qu'il faut travailler à la fourche.

— Tout ça, c'est des inventions qui coûtent ben trop cher pour nos petites terres, laissa tomber Ernest en tirant nerveusement sur sa pipe. En plus, c'est surtout fait pour gagner du temps. Mais qu'est-ce qu'ils font avec tout ce temps-là, les

Américains ? Ils arrivent à Noël en même temps que nous autres. Pour moi, rien remplacera jamais une bonne paire de bras et un bon cheval.

Le lendemain matin, dès que les rayons du soleil eurent asséché la rosée, Ernest laissa à son plus jeune fils, Jean-Paul, le soin de nettoyer l'étable pendant qu'il prenait la direction du champ avec Albert, Jérôme et Léo. Le père et l'aîné de ses fils, les manches retroussées haut sur les bras, étaient armés d'une faux, soigneusement aiguisée la veille. Dès qu'ils commencèrent à faucher, Jérôme et Léo se mirent en marche derrière eux avec leur fourche pour constituer des meules avec le foin fraîchement coupé.

Au début de l'après-midi, les Veilleux furent en mesure de remplir successivement deux charrettes de foin que les chevaux tirèrent jusque sous la porte du fenil. Par une chaleur écrasante, deux des hommes prirent place dans le grenier de la grange pour rejeter au fond du bâtiment le foin projeté par ceux qui étaient demeurés debout sur la charge, dans la charrette.

Pour la première fois depuis quelques années, Céline et Anne purent demeurer à la maison et aider leur mère, qui avait entrepris la récolte des tomates déjà mûres pour les mettre en conserve.

— Si on prend assez d'avance, déclara Yvette avec une satisfaction évidente à la fin de l'après-midi, on va être capables d'aller aux bleuets dans le rang des Orties la semaine prochaine.

Chez les Fournier aussi, la période des foins venait de commencer. Comme l'année précédente,

Germain avait engagé René Tougas, l'aîné et le moins paresseux des fils d'Antonius, pour l'aider.

— Pourquoi tu l'as engagé ? demanda Gabrielle, mécontente, après le départ de l'adolescent à la fin de la première journée de travail. Il va falloir le payer. C'est du vrai gaspillage.

Germain se contenta de lever les épaules et de lui tourner le dos, sans même se donner la peine de lui répondre. Il aurait pu lui expliquer qu'il allait payer René Tougas en donnant une voiture de foin à son père.

Antonius Tougas élevait des porcs et il n'avait que quatre vaches à nourrir. Par conséquent, il ne cultivait pas de foin, préférant l'acheter ou procéder à des échanges avec des voisins.

Mais ce haussement d'épaules de Germain était une illustration de l'atmosphère qui régnait depuis quelque temps chez les Fournier, atmosphère devenue progressivement irrespirable depuis leur mariage. La tension entre le mari et la femme, fruit de reproches non formulés et de désirs inassouvis, était presque palpable.

Dès les premiers jours de leur union, Gabrielle avait fait comprendre à son mari amoureux, par toutes sortes de moyens plus ou moins détournés, qu'il n'était pas question de faire l'amour aussi souvent qu'il semblait le désirer. Tout d'abord, elle s'esquivait dès qu'il tentait de l'approcher. Lorsqu'il tendait la main pour la toucher, elle avait de ces reculs qui en disaient long sur ce qu'elle pensait d'un contact physique avec lui. Dans leur lit commun, elle avait pris l'habitude de se réfugier pudiquement à une extrémité en alléguant la fatigue, l'épuisement ou une migraine quand son mari se faisait trop insistant. Lorsque la jeune femme comprit qu'elle ne pourrait échapper indéfiniment au désir de son mari, elle fit en sorte de rester debout beaucoup plus tard que lui et prit l'habitude d'attendre qu'il ait succombé au sommeil avant de se glisser silencieusement dans leur lit.

En d'autres mots, les relations physiques la dégoûtaient et elle parvenait mal à le cacher. En fait, elle n'avait consenti, presque à son corps défendant d'ailleurs, qu'à deux autres relations dans les six semaines suivant leur mariage.

Comme si cela ne suffisait pas, Gabrielle avait rapidement cherché à exercer un contrôle de plus en plus serré sur tout ce qui concernait la ferme. Elle avait une opinion sur tout et entendait l'imposer à son mari. Ce dernier ne réagit pas tant et aussi longtemps qu'elle limita sa domination sur la maison. Il comprenait qu'elle veuille la diriger.

Après avoir inventorié ce que contenait la maison, la nouvelle madame Fournier s'était mise à changer les meubles de place et à bousculer l'horaire des repas. Même s'il en avait été un peu agacé au début, son mari était si amoureux qu'il toléra tout sans grogner. Quand sa jeune femme se mit à lui donner le plus sérieusement du monde des conseils pour améliorer l'exploitation de sa ferme, là encore, Germain se contenta d'en sourire, mettant ses prétentions sur le compte de la jeunesse et son envie de l'aider.

Mais cette espèce de préjugé favorable qu'il entretenait durant les premières semaines de son mariage à l'égard de sa Gabrielle disparut peu à peu, au fur et à mesure qu'il se rendait compte de l'inacceptable : sa femme ne l'aimait pas et ne l'avait peut-être jamais aimé.

— Pourquoi elle m'a marié d'abord ? ne cessait-il de se demander à mi-voix, plusieurs fois par jour. Pourquoi ?

Il n'était pas encore capable d'admettre intérieurement que l'orpheline l'avait probablement épousé pour la sécurité qu'il pouvait lui offrir. Il avait beau n'avoir jamais eu d'amis assez proches pour avoir entendu parler des relations qui peuvent exister entre un homme et une femme qui s'aiment, il n'en restait pas moins qu'il avait fini par comprendre que ce qu'il vivait depuis la mi-juin n'était pas normal. Ce n'était pas ainsi qu'un mari et une femme devaient vivre. Après sept semaines de mariage, il ne l'avait jamais même entrevue nue. Il commençait à réaliser que les folles étreintes qu'il s'était plu à imaginer ne se produiraient jamais.

Le plus léger baiser prenait l'allure d'une sorte d'aumône qu'elle lui jetait quand elle désirait vraiment quelque chose. C'était probablement cet aspect de la personnalité de sa femme qu'il exécrait le plus. Gabrielle semblait incapable d'un geste gratuit, sans calcul. Elle faisait montre d'une telle sécheresse de cœur qu'il en était démonté.

S'il avait été moins timide, Germain Fournier aurait fini par aborder ouvertement le sujet avec elle pour savoir pourquoi elle l'avait épousé... à moins qu'il eût craint d'apprendre une vérité qu'il préférait continuer à ignorer. La froide indifférence de sa femme à son endroit le bouleversait et le rendait profondément malheureux. De plus, la voir si calculatrice et si peu portée à la générosité le plongeait dans la plus totale incompréhension. Où était donc passée la jeune fille au sourire plein de promesses qu'il avait courtisée ?

Par exemple, la semaine précédente, il avait aperçu de loin le père « Une Cenne », le quêteux, quittant sa maison alors qu'il revenait du champ. Le vieil homme à la barbe blanche et à la longue chevelure hirsute passait chaque année, à la fin de l'été, dans tous les rangs de la paroisse. On l'avait surnommé « Une Cenne » parce que, le plus souvent, il se contentait des quelques cents qu'on lui tendait. Or, depuis une dizaine d'années, le vieil homme avait pris l'habitude de souper et de coucher chez les Fournier lors de son passage dans le rang Sainte-Marie. C'était devenu une tradition. Il y avait même une paillasse dans la remise qui lui était réservée et qu'on déposait dans la cuisine d'été lorsqu'il venait.

À son arrivée à la maison, Germain avait demandé pourquoi le quêteux ne s'était pas arrêté comme il le faisait d'habitude.

— Tu t'imagines tout de même pas que je vais nourrir tous les quêteux qui passent, avait sèchement protesté Gabrielle en relevant une mèche de cheveux qui lui était tombée sur l'œil.

— Mais ce quêteux-là, on l'a toujours gardé à souper et à coucher. Il a dû te le dire.

— Ce temps-là est fini, Germain Fournier, avait tranché sa femme sur un ton sans appel. Qu'il aille porter sa vermine ailleurs. Ma maison est propre et j'en veux pas ici.

— Les voisins vont ben se demander pourquoi il est pas resté ici, reprit Germain, mécontent.

— Les voisins diront ce qu'ils voudront. Ils viendront pas me dire quoi faire dans ma maison.

De frustration en frustration, Germain Fournier avait fini par perdre toutes ses illusions et il s'était progressivement refermé sur lui-même, entretenant en lui une rancœur et une colère sourde qui menaçaient d'éclater à tout moment.

Le second jour de la saison des foins, Germain demanda à sa femme de venir conduire la charrette pendant que René Tougas et lui la chargeaient. Il s'agissait d'un travail bien facile alors que les deux hommes suaient sang et eau sous un soleil de plomb à lancer de pleines fourchées de foin dans le véhicule. Durant le déchargement dans le fenil, la jeune femme pouvait vaquer à ses travaux ménagers dans la maison.

À la fin de cette journée épuisante, Gabrielle, le menton en avant, se dressa devant son mari, quelques instants après que René Tougas fut retourné chez lui.

— C'est décidé, déclara-t-elle sur un ton définitif. On va se débarrasser des vaches le printemps prochain et on va acheter des poules.

— Pourquoi ça ? se contenta de demander son mari.

— On aura plus de foin à faire, déclara sa femme sur un ton péremptoire. C'est fini ! On va remplacer les vaches par des poules. Avec des poules, on va pouvoir vendre les œufs à Pierreville. En plus, tu pourras acheter deux ou trois autres cochons.

Si Gabrielle avait été un peu plus intuitive, elle aurait immédiatement senti qu'elle venait de dépasser les bornes.

— Assis-toi ! gronda Germain, les dents serrées, en lui montrant une chaise derrière elle.

— Pourquoi ?

— Je t'ai dit de t'asseoir, répéta-t-il un peu plus fort, en posant sur l'épaule de sa femme une main si lourde qu'elle fléchit les jambes bien malgré elle. J'ai deux mots à te dire.

Soudain, la jeune femme pâlit en réalisant l'intensité de la colère qui déformait les traits du visage ingrat de son mari.

— Qu'est-ce que j'ai dit ? demanda-t-elle, déjà moins assurée qu'elle ne l'était quelques instants plus tôt.

— Là, pour une fois, tu vas fermer ta gueule et me laisser parler, Gabrielle Paré ! lui dit son mari sur un ton sans appel.

— Énerve-toi pas !

— Je m'énerverai si je veux, répliqua Germain d'une voix menaçante. Écoute-moi ben, toi. Le maître ici, c'est moi. C'est moi qui décide ce qui va se faire ou pas sur ma terre. Toi, tu connais rien à la terre et t'as pas un christ de mot à dire. Occupe-toi de l'ordinaire et de venir donner un coup de main quand je te le demanderai.

— Whow ! intervint la jeune femme, qui tentait de s'opposer sans grande conviction toutefois. J'ai tout de même...

— Non, la coupa durement son mari, hors de lui et semblant prêt à la frapper. Si ça te convient pas, la porte est là. Tu ramasses tes affaires et tu sacres ton camp. Je t'ai assez vue. Tu peux retourner à l'orphelinat si ça te tente.

— Mais qu'est-ce que je t'ai fait ? gémit Gabrielle, sur un ton qui cherchait à l'apitoyer.

— Rien, justement. Tiens ! Pendant que j'y pense, ajouta son mari, comme si l'idée venait juste de lui venir. Sors toutes tes guenilles de ma chambre et installe-toi dans une des chambres d'en haut. Je vois pas pourquoi tu viendrais m'encombrer dans mon lit. T'es même pas une vraie femme !

— Voyons donc ! protesta Gabrielle, effarée devant une telle explosion de fureur.

— Comme ça, t'auras plus à te forcer pour te coucher tard.

— Ça tombe bien, se rebiffa soudain la jeune femme. Tu me donnais mal au cœur.

Germain, blessé au plus profond de lui-même, ne se donna pas la peine de lui répondre. Il planta là sa femme et sortit de la cuisine d'été pour aller nourrir les porcs avec les restes de table laissés près de la porte. Lorsqu'il revint quelques minutes plus tard, il choisit volontairement d'aller s'asseoir sur le balcon qui faisait face à la route, laissant à sa femme la section de balcon qui donnait sur le côté de la maison.

Après le départ de Germain, Gabrielle avait été partagée entre la colère, le soulagement et la stupéfaction. Elle avait d'abord été enragée de constater que son mari semblait bien décidé à échapper à son contrôle. Puis, elle avait éprouvé un intense soulagement de ne plus avoir à se défendre de ses entreprises chaque soir. Enfin, elle avait surtout été médusée de s'apercevoir, comme lors de leurs fréquentations, à quel point elle avait aussi mal évalué l'importance de son emprise sur lui.

Maintenant, la jeune femme regrettait de n'avoir pas mieux suivi le conseil de la vieille Agathe Cournoyer, qui lui avait bien dit qu'il était dangereux de tirer un peu trop fort sur la corde parce qu'un homme avait sa fierté, même quand il était amoureux. Elle se rendait bien compte qu'il avait été près de la frapper. Elle aurait juré qu'il la haïssait... Était-il possible que lui, si amoureux, ne l'aime déjà plus ? Impossible ! Elle allait prendre les moyens nécessaires pour qu'il la supplie de revenir dans son lit. Ça ne devrait pas être trop difficile.

Ce soir-là, Claire Tremblay était passée à deux reprises devant la maison des Fournier. La jeune femme, accompagnée par sa sœur Jeannine, marchait lentement aux côtés d'Hubert Gendron. Pour la seconde fois en quelques jours, l'ingénieur s'était arrêté devant la maison d'Eugène Tremblay au moment où ce dernier venait de s'asseoir sur son balcon pour se reposer après une dure journée à récolter le foin. Le soleil commençait doucement à baisser à l'horizon.

— Bonsoir, monsieur Tremblay. Est-ce que vous pensez que je pourrais faire quelques pas sur la route avec votre fille Claire, lui avait poliment demandé le jeune homme.

— T'as juste à le lui demander, avait répondu Eugène en lui indiquant sa fille qui arrivait du jardin situé à l'arrière de la maison.

Claire ne s'était pas fait prier. Elle n'était entrée qu'un instant dans la maison pour retirer son tablier et demander à sa sœur de l'accompagner. Pendant près d'une heure, elle avait marché sur la route aux côtés d'Hubert.

— Qu'est-ce qui se passe entre ces deux-là ? avait-demandé Eugène à sa femme venue le rejoindre sur le balcon.

— Je le sais pas, avait menti Thérèse. Mais j'ai l'impression que notre Claire haït pas pantoute le petit ingénieur.

— Dis-moi pas qu'elle, qui était si farouche, va finir par se faire un cavalier, dit le cultivateur en suivant du regard les deux jeunes gens qui s'éloignaient.

— Ça, on le sait pas encore. Tant qu'elle l'invitera pas à veiller au salon, il y aura rien de fait, répliqua sa femme. J'espère juste une chose : c'est qu'elle finisse par oublier une fois pour toutes son histoire avec le petit Dufresne. Ça va faire presque cinq ans. Il serait temps qu'elle l'oublie.

Ce soir-là, avant de monter se coucher, Claire chuchota à sa mère :

— Je sais pas ce qui se passe chez Germain Fournier, m'man, mais on dirait qu'il y a de la chicane dans l'air.

— Pourquoi tu dis ça ? demanda sa mère, curieuse.

— Quand on est passés devant sa maison, le Germain était assis tout seul sur le balcon d'en avant et elle, elle était assise sur le côté. Ils avaient l'air de se bouder.

— Ça arrive des fois dans un ménage, commenta Thérèse avec philosophie.

— C'est ça qui fait peur dans le mariage, reprit la célibataire d'un ton pénétré.

— Il faut pas s'énerver avec ça, répliqua sa mère. J'ai jamais entendu dire qu'une chicane dans un couple avait fait mourir quelqu'un.

27

Le chantier

Cet été-là, à Saint-Jacques-de-la-Rive, il ne serait venu à l'idée de personne de passer au village sans aller jeter un coup d'œil aux progrès accomplis dans l'érection du pont sur la rivière Saint-François, face à la forge d'Adélard Crevier. Le travail allait bon train depuis le début de juillet et un groupuscule de vieux retraités se tenait en permanence aux abords du chantier pour commenter les faits et gestes de la quinzaine d'ouvriers qui y travaillaient sous la direction d'Hubert Gendron.

Durant les premières semaines, Ernest Veilleux venait parfois à la forge, après le souper, pour discuter de l'avancement des travaux avec les bleus de la paroisse. La plupart des hommes présents en profitaient alors pour se moquer ouvertement du maire qui choisissait cette heure de la journée pour faire le tour du chantier en prenant des airs de propriétaire en compagnie de libéraux bien connus. Pour sa part, Eugène Tremblay ne ratait pas une occasion d'aller constater de ses yeux les progrès de ce qui promettait de devenir l'une des plus belles réalisations des libéraux dans le comté.

— À les voir tous les deux, disait Ernest Veilleux d'une voix acide à son auditoire, on jurerait ben qu'ils vont être les propriétaires de ce maudit pont-là.

— Il y a rien qui dit qu'il va être fini un jour, affirmait Crevier d'un air entendu. Ce serait pas la première fois que les rouges commenceraient quelque chose et le laisseraient tomber en chemin.

— Pourquoi ils feraient ça ? avait demandé Honoré Beaudoin, curieux.

— Voyons, Honoré ! Tu les connais ! Ils sont ben capables d'inventer n'importe quoi. Par exemple, ça me surprendrait pas qu'ils disent qu'ils manquent d'argent pour le finir.

Malgré toutes ces prédictions bassement partisanes, les travaux avançaient sur le chantier, quoiqu'un problème devînt vite irritant pour l'ingénieur et ses ouvriers.

Comme il était impossible de mettre sous verrou tout le matériel et les outils déposés sur le chantier, le jeune ingénieur avait dû faire confiance à l'honnêteté des gens de la place. Le budget alloué ne lui permettait pas de faire clôturer le site.

À la mi-août, des ouvriers commencèrent à venir se plaindre de la disparition de certains outils qu'ils avaient laissés sur le chantier, la veille. Quand les plaintes se multiplièrent, Hubert Gendron se résigna à engager Henri-Paul Letendre comme gardien du chantier. Ce dernier, un gros homme bourru à la voix de stentor, promit de faire bonne garde. Sa maison, voisine de la forge de Crevier, était située directement en face du chantier. Après sa journée de travail, l'homme surveillait de loin les jeunes baigneurs qui venaient s'ébattre dans l'eau, près du site des travaux. Cependant, dès la tombée de la nuit, le gardien rentrait chez lui après avoir lâché ses deux bergers allemands sur le chantier... Par chance, l'abbé Martel avait perdu le goût des baignades nocturnes. Cet été-là, il aurait trouvé encore moins drôle d'avoir affaire à deux molosses plutôt qu'à un plaisantin.

Deux nuits après avoir été engagé, Letendre fut réveillé par les aboiements furieux de ses chiens. Il se leva précipitamment et il sortit de sa maison armé de son fusil chargé de gros sel. Il faisait nuit noire et le gardien ne vit rien dans le champ en face de sa maison, de l'autre côté de la route. Comme les deux bêtes pouvaient n'avoir débusqué qu'une marmotte, il les rappela. Alors, il entendit des cris en provenance du chantier et un bruit de galopade. Lorsque les chiens vinrent rejoindre leur maître, l'un d'eux tenait dans sa gueule un morceau de tissu à carreaux verts et bruns, morceau probablement arraché aux vêtements de celui qui s'était introduit sur le chantier.

Le lendemain matin, Henri-Paul Letendre remit à l'ingénieur le lambeau de tissu en lui disant qu'à son avis, le visiteur de la nuit précédente n'avait pas eu le temps d'apporter quoi que ce soit avant de fuir.

Ce soir-là, malgré la pluie fine qui tombait depuis près d'une heure, Hubert Gendron quitta la maison de Bruno Pierri et marcha sur la route, comme il le faisait pratiquement chaque soir. Naturellement, ses pas le portèrent jusque devant la maison des Tremblay où il n'osa pas s'arrêter à cause du mauvais temps. Il se contenta de ralentir au cas où Claire aurait été assise sur le balcon.

Depuis le début du mois, c'était devenu un rituel : il invitait la jeune fille à faire une courte promenade sur la route presque chaque soir. La jeune femme en vint à attendre cette balade avec une impatience mal déguisée. C'était même devenu un sujet de plaisanterie dans la famille. Officiellement, il n'y avait là rien de planifié. Par le plus grand des hasards, il se trouvait qu'au moment du passage presque quotidien de l'ingénieur sur la route, Claire était assise sur le balcon ou en train de s'occuper des fleurs du parterre, devant la maison.

— Qu'est-ce que t'attends pour l'inviter à passer au salon ? finit par lui demander sa mère.

— C'est pas mon cavalier, m'man, se défendait mollement sa fille aînée. Il m'a jamais demandé d'entrer dans la maison.

— Si c'est pas ton cavalier, ça lui ressemble pas mal, tu trouves pas ? Il vient te voir presque tous les soirs.

— Il vient pas me voir, protestait la jeune fille. Il fait une marche et il aime pas marcher tout seul, c'est tout.

— D'abord, pourquoi il demande pas à Bruno Pierri ou même à Clément de marcher avec lui ?

— Parce qu'ils ont pas le même âge que lui, m'man, répondait Claire avec une mauvaise foi évidente qui cachait mal son inconfort. Il faut croire qu'il aime mieux parler avec moi.

— En tout cas, ces marches-là doivent faire pas mal jaser dans le rang. Tout le monde doit se demander pourquoi vous êtes en train de vous promener comme des vagabonds au lieu d'être assis dans la balançoire ou au salon.

La célibataire savait fort bien que sa mère avait raison. Cent fois déjà, elle avait failli succomber à la tentation d'inviter Hubert à entrer et à passer au salon. Elle avait su résister. Chaque fois, le souvenir de Paulin Dufresne l'avait empêchée de franchir le pas. Elle n'allait tout de même pas revivre ce qu'elle avait vécu cinq ans auparavant. À la seule pensée de celui qui l'avait abandonnée après lui avoir promis le mariage, les larmes lui venaient encore aux yeux. Donner son cœur à quelqu'un pour se faire rejeter ensuite sans aucune explication... Pas question de revivre ça ! Elle s'était juré de ne plus jamais tomber amoureuse. Elle avait trop souffert. Mais avec Hubert, c'était autre chose.

Le jeune homme était d'une correction exemplaire. Jamais un mot à double sens ou un geste déplacé. Il était gai et plein d'humour, intéressant et instruit. Sans en avoir nettement conscience, Claire Tremblay comparait parfois les deux hommes.

— Il va faire comme l'autre, se disait-elle parfois pour se convaincre de tenir Hubert Gendron à distance. Quand le pont va être construit, il va partir et je le reverrai plus.

Pourtant, en ce début de soirée de la troisième semaine du mois d'août, Claire avait pris la peine de vérifier sa toilette et sa coiffure après avoir aidé sa mère et ses sœurs à ranger la cuisine après le repas. Ensuite, elle était sortie s'asseoir sur le balcon aux côtés de son père, sous le prétexte de profiter de la petite brise qui venait de se lever.

— Je pense pas que tu puisses aller marcher à soir, lui fit remarquer Eugène au moment même où Hubert Gendron apparaissait sur la route, devant la maison. Il commence à mouiller. Pour moi, il y a juste ton ingénieur à qui ça a pas l'air de faire peur de se faire mouiller.

Hubert salua poliment en passant lentement devant chez les Tremblay. Il était évident que le jeune homme n'attendait qu'une invitation pour s'arrêter.

— C'est pas humain de le laisser comme ça se faire mouiller, dit tout bas Thérèse Tremblay, de l'autre côté de la porte-moustiquaire. Invite-le donc à venir se mettre à l'abri.

Ces paroles de sa mère semblèrent décider Claire, qui se leva.

— Hubert, si le cœur t'en dit, fit la jeune fille, il y a une chaise pour toi sur notre balcon. C'est pas mal plus sec que sur la route.

— Je ne voudrais pas vous déranger, dit l'ingénieur en s'adressant autant au père qu'à la fille tout en s'avançant vers eux.

Hubert Gendron monta sur le balcon et enleva son chapeau.

— T'as pas peur au rhume ? lui demanda Claire en constatant que ses vêtements étaient mouillés.

— La pluie est chaude, il y a pas de danger. Je suis habitué à n'importe quel temps sur les chantiers.

— Bon. Vous m'excuserez, les interrompit Eugène, mais il faut que j'aille me hacher du tabac.

Sur ces mots, le père laissa les deux jeunes gens seuls sur le balcon. Pendant quelques minutes, ils parlèrent de choses et d'autres avant qu'Hubert sorte de l'une de ses poches le morceau de tissu à carreaux verts et bruns qu'il brandit devant Claire.

— Qu'est-ce que c'est ? demanda celle-ci, intriguée.

L'ingénieur lui raconta la tentative de vol de la nuit précédente sur le chantier et comment l'un des chiens de Henri-Paul Letendre avait rapporté le morceau de tissu.

Claire fronça les sourcils en examinant le tissu de plus près.

— C'est drôle, mais j'ai l'impression d'avoir vu ce matériel-là bien des fois et j'arrive pas à me rappeler où.

À cet instant précis, Claire leva la tête et vit son frère Gérald qui revenait de l'étable et se dirigeait vers le balcon où elle était assise avec Hubert. L'adolescent salua en passant l'ami de sa sœur tout en jetant un coup d'œil au chiffon qu'il tenait à la main.

— Tiens ! On dirait les culottes de Tougas ! lança-t-il en riant.

— Mais oui ! s'exclama immédiatement Claire. C'est sur le petit Tougas que j'ai vu ce matériel-là.

— Tu en es sûre ? demanda Hubert.

— Voyons, monsieur Gendron, fit Gérald. Je pense qu'Émile Tougas est le seul à avoir le front de porter des pantalons de cette couleur-là dans la paroisse. Vous, en porteriez vous des comme ça ?

— Sûrement pas, répondit l'ingénieur en riant.

Hubert Gendron attendit que l'adolescent entre

dans la maison pour reprendre à voix basse, à l'intention de Claire :

— Le problème, c'est qu'on a eu toutes sortes d'outils qui sont disparus du chantier depuis quelques semaines. Je dis pas qu'ils ont été volés par...

— Émile Tougas.

— Par Émile Tougas. Est-ce que c'est possible ?

— On peut pas dire que les garçons d'Antonius Tougas ont une bien bonne réputation dans la paroisse, déclara prudemment Claire. Émile, le plus jeune, est peut-être le pire.

À ce moment-là, Eugène revint sur le balcon avec sa pipe et sa blague à tabac. Il avait entendu la dernière remarque de sa fille et décida de se mêler à la conversation.

— As-tu l'intention de faire venir la police ? demanda-t-il abruptement à l'ingénieur.

— D'après vous, est-ce que je devrais ?

— Je le sais pas trop, avoua le cultivateur en allumant sa pipe. Antonius et sa femme en arrachent tellement avec leurs garçons. Je pense qu'il y a juste René qui a un peu de bon sens dans la famille. Si la police va les voir, toute la paroisse va en parler et ça va être la honte de leur vie.

Hubert regarda Claire qui semblait approuver son père.

— D'un autre côté, j'aimerais récupérer ce qui nous a été volé, dit le jeune ingénieur. Je pense que je vais d'abord aller voir les Tougas avec mon chef de chantier. S'il y a moyen de se faire remettre ce que les jeunes ont volé, on va arrêter ça là. Je voudrais surtout pas causer du tort aux parents.

Cette décision charitable plut énormément à Claire. Elle découvrait une sensibilité et une générosité chez Hubert Gendron que son Paulin Dufresne ne lui avait jamais manifestées. Lorsque l'obscurité tomba, l'ingénieur se leva, prêt à quitter.

— Je pense qu'il est temps que je rentre, dit-il avec un sourire. Il pleut plus et on dirait que tous les maringouins de Saint-Jacques viennent de sortir en même temps.

— Si t'es pas pressé, tu peux venir t'asseoir un peu dans le salon, proposa Claire sans réfléchir, tant cette offre lui semblait devenue tout à coup naturelle.

— Avec plaisir, accepta Hubert en la suivant à l'intérieur de la maison où il n'avait pas mis les pieds depuis le jour où il avait acheté une courtepointe.

Pendant qu'elle marchait devant lui, la jeune femme se sentait inexplicablement soulagée d'un grand poids. Pour la première fois depuis près de cinq ans, elle allait s'asseoir dans le salon familial auprès d'un homme qui semblait l'apprécier. Avant d'entrer dans la pièce, elle tendit à Hubert une lampe à huile pour qu'il l'allume, et tous les deux prirent place sur le sofa.

Thérèse avait salué l'ingénieur au passage et l'avait regardé suivre sa fille jusqu'à l'entrée du salon en arborant un air satisfait. Elle s'installa ensuite dans la chaise berçante placée près du poêle pour surveiller le couple.

Quand Hubert Gendron quitta la maison une heure plus tard après avoir salué les parents de Claire, cette dernière ne put s'empêcher de dire à sa mère, qui n'avait pas bougé de sa chaise berçante :

— C'était pas nécessaire de nous chaperonner, m'man.

— Laisse faire, ma fille. Ici, c'est une maison qui se respecte. C'est pas parce que t'as vingt-six ans qu'on doit pas te surveiller. La réputation d'une fille, c'est ce qui vaut le plus cher ici.

— Je comprends, mais Hubert Gendron...

— Hubert Gendron est un homme, un très bel homme, à part ça. Je vois pas pourquoi il serait différent des autres.

— Mais moi, je suis juste une vieille fille et...

— Non. Toi, t'es une belle fille. C'est normal qu'un homme s'intéresse à toi.

— Vous comprenez pas, m'man. Hubert est juste un ami.

— On dit ça, fit sa mère en la regardant d'un air entendu.

Le lendemain avant-midi, Hubert Gendron et Aurèle Boilard, son chef de chantier, se présentèrent chez Antonius Tougas, dans le rang Sainte-Marie.

La ferme des Tougas était probablement la plus pauvre du rang. La maison, couverte de bardeaux gris, semblait aussi négligée que les bâtiments qui se dressaient au fond de la cour. Il y avait un large accroc dans la moustiquaire de la porte de la cuisine d'été à laquelle l'ingénieur frappa. Emma Tougas vint leur ouvrir.

La femme d'Antonius Tougas avait un air souffreteux, qu'une vieille robe fleurie qui pendait sur elle comme sur un cintre accentuait. De toute évidence, elle était seule dans la maison.

— Bonjour, madame, la salua poliment Hubert Gendron. Est-ce que nous pourrions parler à votre mari ?

— Il est dans la porcherie, en arrière. Attendez, je l'appelle, fit la fermière en sortant de la maison. Antonius ! cria-t-elle. Il y a quelqu'un pour toi.

Durant un moment, les deux visiteurs demeurés sur le balcon crurent que l'appel avait été inutile. Puis, ils virent un homme grand et guère plus gros que sa femme sortir sans se presser de la porcherie. Son visage étroit était surmonté d'une tignasse grise hirsute. Le cultivateur vint rejoindre les visiteurs qui venaient de descendre du balcon.

— Oui. Qu'est-ce que je peux faire pour vous ? dit-il à Gendron et à son chef de chantier.

— C'est assez délicat, commença à dire le jeune ingénieur en sortant de sa poche le bout de tissu vert et brun que le chien de Letendre avait arraché au voleur.

Emma Tougas reconnut immédiatement le tissu.

— Mais on dirait un morceau des culottes d'Émile ! s'écria-t-elle en s'approchant et en tendant la main vers le lambeau que tenait Hubert Gendron.

Ce dernier le lui remit pour lui permettre de l'examiner pendant qu'Antonius Tougas se rapprochait pour le regarder lui aussi de plus près.

— Voyez-vous, monsieur Tougas, ce morceau de tissu là a été arraché par l'un des chiens de notre gardien de chantier avant-hier soir à quelqu'un qui essayait de voler du matériel ou des outils sur le chantier du pont, au village. Ça faisait deux ou trois fois que des outils disparaissaient et j'ai dû engager un gardien pour surveiller.

— Ouais. Et comment ça se fait que vous venez nous voir avec ça ? demanda le fermier, sans détour.

— Il me semblait avoir vu un de vos garçons au village avec un pantalon fait avec un tissu semblable, mentit Hubert.

— Il est pas le seul à avoir des culottes de cette couleur-là, voulut argumenter le père sur un ton peu convaincu.

— Je dis pas le contraire, monsieur Tougas, mais j'ai voulu vous voir plutôt que de demander à la police provinciale de venir enquêter.

Au moment où l'ingénieur s'attendait à des dénégations véhémentes de la part des parents du présumé coupable, il vit Antonius Tougas se tourner vers la porcherie pour crier :

— Émile ! Émile ! Arrive ici !

Un instant plus tard, un adolescent maigre à l'allure chafouine sortit du bâtiment délabré et vint vers son père en se traînant les pieds. Il portait un pantalon en tissu à carreaux verts et bruns identique au morceau que tenait encore sa mère.

— Explique-moi donc encore une fois comment t'as déchiré tes culottes hier, lui ordonna sa mère sur un ton menaçant.

— Ben, je suis tombé sur..., commença en hésitant Émile en jetant un regard sournois vers son père qui, lui, venait de retirer ostensiblement sa large ceinture de cuir.

— Laisse faire tes maudites menteries, gronda

Antonius, furieux. Qu'est-ce que t'es allé faire sur le chantier avant-hier soir ?

— Je suis allé me baigner, p'pa, mais le chien..., répondit l'adolescent d'une voix mal assurée,

Émile Tougas n'eut pas le temps d'ajouter un mot de plus avant que la ceinture de son père ne vienne lui cingler durement les mollets.

— Va me chercher ce que t'as volé sur le chantier, calvaire de voleur ! Dépêche-toi et oublie rien.

Les quatre adultes gardèrent un silence embarrassé durant les quelques minutes que dura l'absence de l'adolescent qui revint avec un marteau, deux grosses clés anglaises et deux scies à métaux.

— Va porter ça dans le boghei de monsieur Gendron, lui ordonna sèchement son père.

Son fils s'exécuta, trop heureux de s'éloigner de la ceinture que son père tenait encore à la main.

— Bon. Tout est correct, monsieur Tougas, déclara Hubert Gendron, magnanime. Merci pour votre aide. Je pense qu'on a retrouvé tout ce qui était disparu sur le chantier. Pas vrai, Aurèle ?

— Oui, monsieur Gendron, répondit le contremaître.

— Toi, va m'attendre dans la maison, ordonna Antonius à son fils en lui montrant la porte de la cuisine.

Emma Tougas s'écarta pour laisser passer son fils devant elle. Elle semblait aussi furieuse que son mari.

— Vous pouvez être certain qu'il va en manger toute une, promit le fermier aux deux visiteurs. Il nous fera plus jamais honte comme ça.

L'ingénieur et le contremaître s'empressèrent de monter dans le boghei et de quitter les lieux.

Ce soir-là, Hubert raconta à Claire la scène à laquelle il avait assisté chez les Tougas le matin même, en affirmant qu'il ne regrettait pas un seul instant de ne pas avoir mêlé la police aux vols qui avaient eu lieu sur le chantier.

— J'ai seulement peur que le père se contrôle plus et finisse par estropier son garçon, conclut-il.

— T'as pas à trop t'inquiéter pour ça, le rassura Claire. C'est bien connu dans la paroisse qu'Antonius et Emma parlent pas mal plus qu'ils agissent. Si ça se trouve, leur Émile a même pas eu une bonne taloche de plus que ce que t'as vu. C'est pas pour rien qu'ils ont autant de misère avec leurs garçons. Ils sont pas assez sévères.

— Leurs fils sont si pires que ça ?

— Pour te donner une idée, aussitôt que quelque chose disparaît dans la paroisse, on les suspecte. On a pitié d'Antonius et de sa femme, mais on les excuse pas. Moi, je pense que leur Émile, surtout, va mal finir s'il continue comme ça.

28

La fin de l'été

Les journées se mirent à raccourcir beaucoup plus rapidement que les gens ne l'auraient désiré lorsque septembre survint. Déjà, les extrémités des feuilles de certains érables commençaient à jaunir et la rosée du matin mettait plus de temps à sécher sous les rayons d'un soleil de moins en moins vigoureux.

Peu à peu, les jardins étaient vidés de leurs légumes. Dans la plupart des maisons du rang Sainte-Marie, les cuisinières avaient déjà mis en conserve des betteraves, des tomates et des haricots. Elles avaient aussi longuement laissé mijoter sur leur poêle à bois le ketchup rouge et le vert, dont les pots s'alignaient maintenant dans les garde-manger. Il n'y avait pas de temps à perdre. Il n'était pas question de laisser se gâter les pommes prêtes à être cueillies. La compote allait bientôt prendre place à côté des pots de confiture de fraises et de framboises.

À la sortie du village, les piliers du pont avaient été coulés et les coffrages, défaits. On en était à installer l'armature métallique. Il ne faisait maintenant plus aucun doute pour les habitants de la région que le pont de Saint-Jacques-de-la-Rive allait être terminé avant la fin de l'automne. Depuis quelques semaines, les résidants du village s'étaient habitués à voir, chaque soir, la vieille Agathe Cournoyer, toujours un peu voûtée, faire une courte promenade jusqu'au chantier en compagnie de la nouvelle ménagère du curé Lussier. Hortense Dagenais s'était très rapidement adaptée à son nouveau milieu et semblait s'entendre à merveille avec l'ancienne servante chez qui elle demeurait. De temps à autre, les deux dames accueillaient sur leur balcon Hélèna Pouliot, après la fermeture de son épicerie.

En ce début de septembre, le village avait tout de même pris une allure toute nouvelle depuis qu'on avait commencé la construction du trottoir en bois.

Lors de la dernière assemblée du conseil de la municipalité, on avait accepté presque à l'unanimité d'ériger les deux cent cinquante pieds de trottoir grâce à une corvée, pour faire baisser les coûts de l'opération. On s'était mis au travail dès la première semaine de septembre afin d'éviter d'être pris de vitesse par les pluies d'octobre. Le plus difficile s'avéra le nivellement de la bande de terrain qui longeait le côté droit du rang Saint-Edmond. Faute de machinerie, tout dut être fait au pic et à la pelle.

Par ailleurs, Wilfrid Giguère, le maire, avait accepté avec reconnaissance les coffrages en bois des piliers du pont offerts par Hubert Gendron. Après avoir consulté ses supérieurs, ce dernier avait reçu la permission d'en faire don à la municipalité. Pour le reste du bois nécessaire, on l'avait acheté à bas prix au moulin de sciage appartenant au frère du maire.

— Ben voyons ! avait grommelé Ernest Veilleux en apprenant la nouvelle. Pourquoi pas engraisser la famille ?

— Là, par exemple, je peux pas dire comme toi, Ernest, avait dit un Honoré Beaudoin un peu mal à l'aise.

— Et pourquoi ça ?

— Parce que c'est moi qui s'est occupé d'acheter le bois pour la paroisse. Le frère de Giguère nous a chargé pas mal moins cher que ce que Murray nous demandait.

Fort habilement, le maire de Saint-Jacques avait chargé son unique opposant au conseil de négocier l'achat du bois, faisant ainsi taire toutes les critiques des conservateurs de la municipalité.

La corvée fut une réussite complète. Les menuisiers bénévoles furent quotidiennement si nombreux qu'en moins de dix jours, le travail fut terminé à la plus grande satisfaction de la plupart des habitants de Saint-Jacques-de-la-Rive, à l'exception peut-être d'Hélèna Pouliot, que la vue de l'ouvrage mettait en furie. Elle n'acceptait pas encore que ce trottoir s'étende uniquement de l'autre côté de la route. Elle rageait de se voir obligée de traverser pour pouvoir profiter de ce confort relatif.

— C'est intelligent leur patente, ne cessait-elle de répéter à ses clients. Tout sur le même bord de la route. Vous me ferez jamais croire que Wilfrid

Giguère était pas capable de s'organiser pour en faire poser la moitié de ce bord-ci de la route. Je suis certaine qu'il a fait ça juste pour mal faire. C'est fin ! En face, ils vont marcher sur du bois bien propre pendant que de ce côté-ci, on va patauger dans la bouette jusqu'aux chevilles chaque fois qu'il va mouiller. Et qui va être pogné pour continuer à laver son balcon et son plancher de magasin chaque fois ? La folle à Hélèna Pouliot !

— Voyons, madame Pouliot, disaient certains clients pour la calmer, ce sera pas pire qu'avant.

— C'est ça, le maudit problème, s'emportait l'épicière irascible. C'est pas mieux qu'avant. Mais le Wilfrid Giguère l'emportera pas au paradis ; je vous en passe un papier. Attendez aux prochaines élections ! Il va me payer ça !

Si Hélèna Pouliot était de mauvaise humeur en cette fin d'été, il en allait de même d'Yvette Veilleux, aux prises avec l'entêtement de son fils Léo qui ne voulait absolument pas retourner à l'école faire sa septième année. L'adolescent jugeait qu'il en savait assez et qu'il était maintenant en mesure d'aider son père et son frère Jérôme à la ferme.

Depuis la fin des classes, au mois de juin précédent, Léo s'était montré d'un zèle assez inhabituel. Aucun travail n'avait semblé le rebuter. C'était au point que son père avait fini par lui accorder la même confiance qu'à son frère plus âgé. Quand Albert était venu aider à la récolte des foins, il n'en avait pas profité pour relâcher ses efforts, loin de là. Bref, plus la rentrée scolaire approchait, plus Léo travaillait. Il participa même à la récolte de l'avoine, malgré que sa présence ne fût pas vraiment nécessaire. Mais sa mère n'était pas dupe.

La veille de la rentrée, Yvette attrapa son fils au moment où il s'apprêtait à suivre son père dans le champ, après le dîner.

— Avant de partir, tu vas me sortir le linge que tu vas mettre pour aller à l'école. J'ai l'impression que t'as grandi cet été et il va falloir que j'allonge tes pantalons.

— Mais je vais plus à l'école, déclara l'adolescent en repoussant une mèche de cheveux bruns qui venait de lui tomber dans l'œil.

— Qui a décidé ça ? lui demanda sa mère en se plantant devant lui, les mains sur les hanches.

— Ben. Il me semble qu'on en avait parlé au mois de juin, m'man, fit Léo. Je sais lire et écrire. J'ai plus besoin d'y aller.

Yvette jeta un coup d'œil à son mari en train de remplir sa blague à tabac. Le petit homme noueux ne disait pas un mot.

— Oh non, mon garçon ! s'exclama finalement la mère de famille en haussant le ton. Ton père a pas besoin de toi cet hiver et tu vas faire ta septième année, comme l'ont faite avant toi tes frères et tes sœurs. Tu vas avoir ton diplôme, comme les autres.

— Mais m'man, je vais avoir quatorze ans le mois prochain ! protesta Léo.

— Tu m'as entendue ? Je reviendrai pas là-dessus. Grouille-toi. Monte dans ta chambre et va me chercher tes pantalons propres.

Le garçon, furieux, monta à l'étage en claquant des talons pour bien montrer sa mauvaise humeur.

— Veux-tu ben me dire ce que ça va lui donner de plus ce diplôme-là ? demanda Ernest à sa femme sur un ton désapprobateur.

— Aujourd'hui, c'est nécessaire d'être instruit, Ernest Veilleux, fit sa femme. C'est plus comme dans notre temps.

— Ouais, une maudite bonne affaire, l'instruction ! Regarde ce que ça nous a donné aussi. Marcelle est entrée chez les sœurs. Albert s'est servi de son diplôme pour entrer au Canadien Pacifique. Maurice est chez les frères. L'histoire dit pas que Jérôme va passer toute sa vie sur notre terre, lui aussi.

— Inquiète-toi donc pas pour ça, le calma Yvette. Jérôme aime travailler la terre. Léo et Jean-Paul ont l'air d'aimer ça autant que lui. En plus, t'as juste à regarder Albert quand il vient nous donner un coup de main. Il y a rien qui dit qu'il reviendra pas un jour pour de bon. Je suis prête à te gager qu'il s'ennuie de la vie à la campagne.

— Ouais, admit son mari d'un air peu convaincu.

— L'important est qu'on va pouvoir dire à tout le monde que nos enfants ont reçu de l'instruction. D'autant plus qu'avec Jérôme qui est pas encore en âge de vouloir aller au chantier, tu l'aurais dans les jambes, à rien faire, durant tout l'hiver.

— C'est correct, accepta son mari avant de sortir de la maison. Quand t'en auras fini avec lui, envoie-le rejoindre Jean-Paul et Jérôme dans le poulailler. Moi, je commence à faucher l'orge cet après-midi.

Une minute plus tard, Léo apparut dans la cuisine d'été dans un pantalon beaucoup trop petit pour lui. Il se planta devant sa mère, le visage buté.

— Seigneur ! s'exclama sa mère en feignant de ne pas remarquer sa mauvaise humeur. On aura pas le choix. Tu vas donner ces pantalons-là à Jean-Paul. Je suis sûre qu'ils vont lui faire et tu vas mettre tes pantalons du dimanche pour aller à l'école cette année. Après les fiançailles de Céline, je vais t'en faire une autre paire. Tu peux aller te changer et aller rejoindre tes frères dans le poulailler.

Par la fenêtre, elle regarda son fils se diriger vers le poulailler. Elle avait soudain les larmes aux yeux. Elle venait de penser à son petit Adrien qu'elle n'aurait pas à préparer pour l'école cette année. À la pensée de son petit garçon disparu depuis six mois déjà, le cœur lui faisait atrocement mal. Il n'y avait pas une journée où elle n'avait pas pensé à lui depuis sa mort tragique. Elle n'en parlait pas et tous les siens en faisaient autant, probablement parce que ce départ les faisait encore trop souffrir. En entendant ses filles remuer dans son dos, elle se secoua et s'essuya subrepticement les yeux avec un coin de son tablier avant de se retourner vers elles.

La mère de famille leur distribua des tâches pour l'après-midi. Elle tenait à ce que tout soit prêt pour le dîner donné à l'occasion des fiançailles de sa fille deux jours plus tard. La planification de l'événement était compliquée par l'arrivée de sa fille

Marcelle. Sœur Gilbert serait accompagnée, comme toujours, par une consœur. Il y avait même de fortes chances pour que Maurice, le frère mariste, vienne assister aux fiançailles de sa sœur. En fait, Albert était le seul à n'avoir pu se libérer pour venir.

— On aurait dû accepter l'aide de madame Tremblay, déclara Céline à sa mère. Après tout, ils vont être huit dans la famille de Clément à venir dîner dimanche.

— Neuf.

— Comment ça, neuf ?

— La mère de Clément a demandé si ça nous dérangeait que Claire vienne en compagnie de son ingénieur.

— C'est une raison de plus pour nous aider, reprit la future fiancée.

— Il en est pas question, trancha Yvette sur un ton sans appel. Quand la voisine va fiancer une de ses filles, je suis sûre qu'elle viendra pas me chercher pour lui donner un coup de main. C'est une question de fierté, ma fille, surtout qu'on est trois pour tout organiser.

— En tout cas, une chance que tes noces sont loin, conclut Anne en train de préparer de la pâte à tarte. On va au moins avoir le temps de retrouver notre souffle avant de recommencer.

— À ta place, je m'en ferais moins avec l'ouvrage à faire et un peu plus avec l'humeur de ton père quand le voisin va être ici, dit la mère avec une voix d'où l'inquiétude perçait. J'espère juste qu'il lui dira pas de bêtises.

— J'en ai parlé à Clément, m'man. Son père lui

a promis de se tenir tranquille. Peut-être que vous pourriez dire deux mots à p'pa ?

— Je vais essayer, promit Yvette.

Ce soir-là, Yvette ne parvint pas à trouver le sommeil et s'agita au point qu'Ernest finit par lui demander :

— Torrieu ! T'es comme un ver à chou à soir ! Veux-tu ben me dire ce qui t'empêche de dormir ?

— Toi ! admit-elle.

— Comment « moi » ?

— Je suis comme Céline. J'ai peur que tu gâches les fiançailles demain soir en te chicanant encore une fois avec le père de Clément, et ça devant tous les enfants.

— Me prends-tu pour un maudit sauvage ? s'emporta son mari en s'assoyant sur le lit.

— Non, mais t'es pas mal soupe au lait. Je voudrais pas que les jeunes puissent nous reprocher un jour de pas leur avoir fait des belles fiançailles.

— Énerve-toi pas avec ça, finit par dire Ernest, plus calme. Même si je lui aime pas la face, je me chicanerai pas avec Tremblay.

Le lendemain soir, il fut décidé qu'on ne dresserait pas les tables à l'extérieur, de crainte que la fête familiale soit gâchée par la pluie. Marcelle et sa compagne préparèrent la table de la cuisine d'hiver avant de monter se mettre au lit pendant qu'Yvette et Anne se chargeaient de celle de la cuisine d'été.

Dans le salon, Céline et Clément discutaient sérieusement de leur avenir. Le lendemain, la jeune fille allait avoir vingt et un ans et s'engager à attendre plusieurs mois celui qui avait promis de l'épouser au début de l'été suivant. Dans un mois, elle allait se retrouver seule parce que Clément partirait pour aller travailler dans un chantier. L'épreuve ne serait pas facile à vivre, mais c'était le prix à payer si le couple voulait avoir des moyens financiers suffisants pour s'établir.

Le souper de fiançailles se déroula sans anicroche. Les deux pères se contentèrent d'échanger le minimum de politesses et de se regarder en chiens de faïence pendant que les autres invités animaient la fête.

Plus d'un mois s'était écoulé depuis que Germain Fournier avait chassé Gabrielle de sa chambre. L'atmosphère dans la maison ne s'était guère améliorée depuis cette fameuse scène où le jeune cultivateur s'était vidé le cœur de toutes les frustrations vécues depuis son mariage. Il avait résisté à tous les efforts de Gabrielle pour l'amadouer et le séduire. Chaque fois que sa femme avait tenté de faire un pas dans sa direction, il s'était contenté de lui tourner le dos. S'il n'y avait pas eu quelques bruits de temps à autre dans la maison, on aurait pu croire cette dernière inhabitée. Quand sa femme lui parlait, il faisait la sourde oreille. Si elle lui posait une question, il répondait par monosyllabes ou pas du tout.

— Il boude, se répétait parfois Gabrielle pour se réconforter. Ça va finir par lui passer.

Mais ça ne lui passait pas. Germain ne pouvait pas oublier le « Tu me donnes mal au cœur » de sa femme. Il ne lui adressait la parole que poussé par la nécessité. Il se conduisait comme s'il continuait à vivre seul sur la ferme.

Le matin, il se levait tôt, allait soigner ses bêtes, revenait déjeuner et partait travailler sans avoir ouvert la bouche sinon que pour se nourrir. S'il devait aller au village ou à Pierreville, Gabrielle ne l'apprenait qu'en voyant passer la voiture sous ses fenêtres. Chaque soir, après le souper, son mari allait se réfugier sur le balcon qu'il ne quittait qu'au moment d'aller se mettre au lit.

Ce matin-là, le visage blême, la jeune femme éprouva un besoin pressant de parler à quelqu'un. Elle n'avait jamais autant regretté d'avoir fui toute relation avec ses voisines.

Après quelques tentatives de voisinage, Rita, sa voisine immédiate, avait finalement renoncé à se lier à elle et la femme de Georges Hamel avait probablement prévenu les Tremblay et les Veilleux, parce qu'aucun d'entre eux n'avait essayé de lui parler depuis son arrivée dans le rang Sainte-Marie. Comme Germain était d'un naturel peu liant, elle ne risquait pas de recevoir quelqu'un à sa table. Bref, ses talents de cuisinière et de ménagère dont elle était si fière n'étaient destinés qu'à son mari qui semblait avoir cessé de l'aimer. Si encore, elle avait pu se lier à Florence, la sœur de Germain. Mais c'était comme si cette dernière vivait à l'autre bout du monde. Elle n'était pas venue une seule fois à Saint-Jacques-de-la-Rive depuis le mariage de son frère. Elle s'était tout simplement contentée d'écrire quelques mots de félicitations.

Elle pourrait peut-être aller voir Agathe Cournoyer avec qui elle s'était si bien entendue durant les quelques mois où elle était demeurée chez elle, au village. Mais elle était gênée à l'idée de devoir s'excuser de l'avoir négligée aussi longtemps après avoir été si proche d'elle. Elle ne se sentait pas la force de faire face à l'avalanche de reproches que son ancienne protectrice et amie serait en droit de lui adresser. De plus, elle avait appris chez Hélèna que la vieille dame avait trouvé une véritable amie en la personne de la nouvelle servante du curé Lussier.

Un soudain haut-le-cœur l'obligea à se précipiter vers les toilettes et elle rendit son déjeuner, un repas qu'elle avait avalé du bout des lèvres. Une autre fois encore, Gabrielle avait été incapable de garder son déjeuner. Il lui fallait faire quelque chose, ça ne pouvait plus durer. C'était comme ça depuis une semaine. Ce n'était pas normal. Elle n'était tout de même pas... Elle n'osa même pas formuler au complet la crainte qui la taraudait depuis plusieurs jours.

— Il faut que je lui demande de m'emmener chez le docteur, à Pierreville, gémit-elle d'une voix misérable.

À la fin de l'avant-midi, le temps voulut bien devenir son allié. Une averse se mit à tomber, empêchant Germain Fournier de poursuivre la coupe de son blé. Il rentra tôt à la maison, obligé d'attendre que sa récolte sèche sur pied avant de poursuivre. De toute évidence, il allait devoir remettre cette tâche au lendemain.

— Il va falloir que tu m'emmènes chez le

docteur cet après-midi, lui dit-elle en déposant au centre de la table un plat de bouilli de légumes. Je suis malade.

Son mari prit la louche et se servit sans rien dire. Gabrielle ne se donna pas la peine de répéter sa demande, persuadée qu'il l'avait bien entendue. De fait, après le repas, elle le vit se diriger vers l'écurie et atteler le cheval au boghei, malgré la petite pluie fine qui continuait à tomber. La jeune femme s'empressa de changer de robe et, sans un mot, monta dans la voiture qui prit la direction de Pierreville.

Le jeune cultivateur laissa sa femme devant le bureau du vieux docteur Courchesne et alla attacher son cheval en face, devant l'hôtel *Traversy*. Ensuite, il se dirigea vers le magasin Murray où il fit quelques achats avant de revenir s'asseoir sur le balcon de l'hôtel, attendant la sortie de sa femme du bureau du médecin.

Gabrielle dut patienter une bonne demi-heure avant de pouvoir se retrouver en face du vieux praticien qui ne la connaissait pas. Le docteur Courchesne lui demanda ce qui n'allait pas.

— J'ai mal au cœur tout le temps, docteur, dit-elle.

— Tout le temps ou surtout le matin ?

— Surtout le matin.

— T'es mariée ?

— Oui.

— T'as des enfants ?

— Non. Je suis mariée seulement depuis le mois de juin.

— Depuis combien de temps t'as eu tes affaires ?

— Un bout de temps, docteur.

— Bon. Déshabille-toi. Je vais t'examiner.

Quelques minutes plus tard, Gabrielle, catastrophée, apprenait qu'elle était bel et bien enceinte et que si tout se passait bien, elle aurait son enfant au printemps.

— T'as pas l'air bien contente d'avoir un petit ? lui demanda le docteur Courchesne, sévère.

— Je m'y attendais pas, lâcha Gabrielle, piteuse.

— T'es mariée et tu t'attendais pas à tomber enceinte ? Qu'est-ce que ta mère t'a appris ? lui demanda le vieux médecin sur un ton cassant. On dirait que tu crois encore que les enfants viennent au monde dans les feuilles de chou.

— Bien non, se défendit la future mère en rougissant.

— Je l'espère pour toi, conclut le médecin sur un ton sévère. Sinon je me demanderais pourquoi tu t'es mariée, si c'est pas pour avoir des enfants.

Gabrielle ne répondit rien et le médecin, soudain calmé, lui donna les conseils d'usage pour ne pas risquer de perdre l'enfant qui avait commencé à grandir dans son sein.

— Parle à des femmes qui ont eu des enfants, lui suggéra le docteur Courchesne avant de lui ouvrir la porte. Elles savent ce que c'est et elles te seront de bon conseil.

Lorsque Gabrielle monta dans le boghei, l'averse était terminée et le soleil venait de reparaître entre les nuages. Germain ne lui demanda pas ce que le médecin avait diagnostiqué. Il se contenta de saisir les guides et de faire reprendre au véhicule la route de Saint-Jacques-de-la-Rive.

Pendant quelques minutes, Gabrielle ne dit rien. Elle avait encore du mal à assimiler la nouvelle. Elle était enceinte et allait avoir un enfant, un enfant de lui. Ça ne lui servait à rien de pleurer sur ce qui était inéluctable. Puis, peu à peu, elle pensa qu'elle pouvait facilement utiliser cette nouvelle pour l'amadouer. En apprenant qu'il allait être père, peut-être changerait-il de comportement et accepterait-il de tout recommencer sur des bases nouvelles. Pour sa part, elle était maintenant prête à tous les sacrifices pour connaître une vie familiale normale.

— Je suis en famille, déclara-t-elle tout à trac à celui qui conduisait le boghei. J'espère que t'es content ?

Germain Fournier ne tourna même pas la tête vers elle et ne dit rien. Sa satisfaction en apprenant la nouvelle ne se manifesta que par un mince sourire qui apparut, durant un bref moment, sur son visage.

29

Des changements

De mémoire d'habitant de Saint-Jacques-de-la-Rive, on ne se souvenait pas d'avoir connu un mois d'octobre aussi doux. On aurait dit que l'été ne voulait pas mourir pour céder la place à l'automne. Pour la première fois depuis très longtemps, les parures éclatantes des érables refusaient de quitter les branches pour venir joncher le sol. Les rouges, les jaunes, les ors et les orangés étaient aussi vivants en cette fin de troisième semaine d'octobre qu'à leur apparition en septembre.

Dans les champs, des vols de mouettes s'abattaient bruyamment derrière les laboureurs occupés à retourner la terre avant les premiers gels. Souvent, le ciel était obscurci par des formations serrées d'outardes à la recherche d'un plan d'eau pour y passer la nuit. Les champs étaient maintenant dénudés. Même la récolte de sarrasin avait été fauchée et envoyée au moulin de La Visitation. N'eût été de ces quelques signes, on aurait pu croire que Dieu avait oublié d'envoyer la saison qui permettait de faire la transition entre l'été et l'hiver.

— C'est un vrai péché de déménager dans la

cuisine d'hiver avec une température pareille, avait déclaré Thérèse, trois semaines auparavant. On est tellement bien.

— Rêve pas, lui avait dit Eugène. Un beau matin, on va se lever et les champs vont être blancs de gelée.

Le mardi matin, Agathe Cournoyer traversa lentement le rang Saint-Edmond avant de s'engouffrer dans l'église de Saint-Jacques-de-la-Rive pour la messe de sept heures, célébrée cette semaine-là par le curé Lussier. Comme une poignée de vieux paroissiens, elle se levait tôt le matin et préférait assister à cette messe plutôt qu'à celle de huit heures. Une demi-heure plus tôt, elle avait entendu Hortense Dagenais quitter la maison pour aller préparer le déjeuner des deux prêtres au presbytère.

En pénétrant dans l'église, la vieille dame salua Joseph Groleau, le bedeau, qui venait de déverrouiller la porte et elle alla prendre place dans le banc qu'elle occupait maintenant chaque matin de la semaine depuis qu'elle ne travaillait plus. En attendant le début de la cérémonie, elle tira son chapelet de sa bourse et, les yeux fermés, se mit à en égrener les *ave* en bougeant à peine les lèvres.

À un certain moment, Agathe fut tirée de sa récitation du chapelet par des chuchotements dans l'église. Levant les yeux, elle s'aperçut qu'il était près de sept heures dix et que l'officiant n'était pas encore apparu.

— Je pense que monsieur le curé a oublié de se

lever, dit à voix basse la veuve Deschênes à une voisine assise quelques bancs devant elle.

— Il a peut-être juste oublié qu'il avait une messe à dire, fit le vieux Maurice Gagnon, agenouillé un peu plus loin.

— Je vais aller voir ce qui se passe, chuchota l'ancienne servante du curé Lussier en quittant sa place. Ça ressemble pas beaucoup à monsieur le curé de faire attendre son monde.

Sur ce, Agathe Cournoyer sortit du temple. Joseph Groleau n'était plus dans le porche. Il était probablement déjà retourné chez lui, attiré par le déjeuner préparé par sa femme. Elle traversa la bande de terrain qui séparait l'église du bâtiment voisin avant d'escalader péniblement la dizaine de marches conduisant à la porte d'entrée du presbytère. Hortense Dagenais vint répondre à son coup de sonnette.

— Qu'est-ce qui se passe, madame Cournoyer ? demanda la servante en la faisant entrer.

— Je pense que monsieur le curé a oublié de se lever à matin, lui répondit sa logeuse et amie avec un sourire malicieux.

— Comment ça ?

— On est une dizaine dans l'église à l'attendre pour la messe de sept heures, et il est pas encore là.

— Je le pensais debout depuis un bon bout de temps, confessa Hortense Dagenais. D'habitude, vous le savez aussi bien que moi, il est déjà parti lire son bréviaire dans la sacristie avant même qu'on arrive pour préparer le déjeuner. Pour moi, s'il est pas encore debout, c'est qu'il a oublié de mettre son réveille-matin ou qu'il a mal dormi la nuit passée. Assoyez-vous une minute dans le salon, je monte le réveiller.

Pendant qu'Agathe jetait un regard appréciateur à la propreté de la pièce, la petite femme boulotte monta à l'étage pour aller vérifier si le curé Lussier était encore dans sa chambre à coucher. La vieille dame l'entendit frapper plusieurs fois à la porte de la chambre du prêtre en l'appelant de plus en plus fort pour le tirer du sommeil. Finalement, il y eut le bruit d'une porte qu'on ouvrait à l'étage.

— Qu'est-ce qui se passe, madame Dagenais ? demanda l'abbé Martel, la moitié du visage couvert de savon et le rasoir à la main.

Le prêtre s'était levé quelques minutes auparavant et avait entrepris de faire sa toilette sans se presser puisqu'il ne célébrait sa messe qu'à huit heures cette semaine-là.

— J'essaie de réveiller monsieur le curé. Le monde l'attend à l'église et il est déjà sept heures vingt. Il répond pas.

— S'il ne répond pas, c'est qu'il est pas là, fit le prêtre en s'avançant dans le couloir et en ouvrant la porte de la chambre de son supérieur devant la servante.

Le vicaire se trompait. Antoine Lussier était encore dans sa chambre. Le prêtre, vêtu d'un pyjama rayé, était couché sur le dos dans son lit, le visage gris, les yeux grands ouverts, les mains agrippées à sa poitrine et la bouche béante, comme s'il avait tenté de pousser un dernier cri.

Hortense Dagenais hurla de peur en apercevant le corps du curé. Alexandre Martel s'empressa de la pousser hors de la chambre dont elle venait de franchir le seuil.

— Calmez-vous, madame Dagenais, lui ordonna le vicaire, la voix étranglée par l'émotion. Descendez et essayez plutôt de trouver monsieur Groleau pour qu'il prévienne les gens rassemblés à l'église qu'il y aura pas de messe ce matin. Je vais m'occuper du reste.

Là-dessus, le prêtre s'empressa de s'essuyer la figure avec la serviette qu'il portait encore autour du cou et il repoussa la porte de la chambre. Une fois seul, il s'empara du miroir utilisé par le curé Lussier pour se raser et il le plaça devant la bouche du sexagénaire pour s'assurer qu'il ne respirait plus. Puis il lui ferma doucement les yeux. Ensuite, il passa dans sa chambre prendre son étole et les huiles saintes, et il administra l'extrême-onction à son curé avant de rabattre une couverture sur son visage.

Avant même de compléter sa toilette, l'abbé Martel descendit dans le bureau du curé Lussier où avait été installé le mois précédent l'unique téléphone du presbytère. Il téléphona d'abord au docteur Courchesne pour lui demander de passer de toute urgence au presbytère et il alerta l'évêché de Nicolet. Le secrétaire de monseigneur Côté lui promit de prévenir son supérieur et les membres de la famille Lussier de Saint-Grégoire sans tarder. En attendant l'arrivée d'un membre de la famille, il lui recommandait de prendre toutes les mesures nécessaires. Le vicaire chargea le bedeau de sonner le glas pour annoncer à toute la paroisse le deuil qui la frappait.

La nouvelle de la mort subite du curé Lussier se répandit dans Saint-Jacques-de-la-Rive comme une traînée de poudre et sema l'émoi dans la plupart des foyers de la paroisse. On ne parvenait pas à imaginer ce que serait Saint-Jacques sans la présence de ce grand et gros prêtre à la voix tonnante. Durant les vingt dernières années, il avait été un pasteur remarquable qui, tout en dirigeant ses ouailles d'une main de fer, avait su se montrer très humain et compréhensif. Il avait baptisé pratiquement la moitié des habitants de la paroisse et il n'existait guère de familles dont il n'avait pas accompagné les dernières heures de quelques-uns de ses membres de ses prières. Bref, plus on y pensait, plus on se rendait compte de l'importance de la perte qu'on venait de subir en ce matin d'octobre 1923.

Une heure à peine après qu'Agathe Cournoyer eut appris la mort du curé Lussier aux fidèles demeurés dans l'église, il y avait déjà une vingtaine de paroissiens plantés devant le presbytère. Ils assistèrent, muets, à l'arrivée du docteur Courchesne.

Ce dernier ne put que constater le décès du prêtre qu'il attribua à un arrêt cardiaque.

— Là, je ne sais pas trop ce que sa famille va décider pour le corps, déclara le jeune vicaire, indécis.

— D'après moi, monsieur l'abbé, vous feriez mieux de prévenir Desfossés, à Pierreville. Il va apporter un cercueil et arranger le corps pour qu'il soit exposé, je suppose, dans votre église. Pour l'enterrement, c'est une autre histoire. Ça dépendra des arrangements pris par la famille.

Les craintes de l'abbé étaient sans objet. Deux frères d'Antoine Lussier arrivèrent au presbytère au milieu de l'avant-midi. Les deux cultivateurs de Saint-Grégoire avaient été mandatés par les autres frères et sœurs du défunt pour prendre les mesures qui s'imposaient. Ils entérinèrent sans aucune hésitation les décisions du vicaire et lui apprirent qu'après les funérailles célébrées à l'église de la paroisse, la dépouille de leur frère serait inhumée dans le lot familial du cimetière de Saint-Grégoire, aux côtés de celles de son père et de sa mère.

Un peu avant midi, le secrétaire de monseigneur Côté avait téléphoné à Alexandre Martel pour lui apprendre que le corps pouvait être exposé en chapelle ardente dans l'église l'après-midi même et que le service funèbre serait chanté par l'évêque en personne, le vendredi matin. Par conséquent, le cercueil fut immédiatement transporté dans l'église et deux religieuses du couvent voisin vinrent fleurir les lieux.

Durant les journées suivantes, les paroissiens de Saint-Jacques envahirent l'église en grand nombre afin de prier pour le salut de leur défunt curé qui reposait au centre du chœur, éclairé par quatre cierges. Plusieurs dizaines de personnes des paroisses voisines, poussées par la curiosité, vinrent aussi rendre un dernier hommage au disparu.

Le vendredi matin, sous un ciel gris et maussade, les paroissiens s'entassèrent dans l'église au moment où les cloches sonnaient le glas. Les premiers sièges étaient occupés par les proches parents du prêtre. Naturellement, Ernest Veilleux et sa famille se joignirent à eux. Le cercueil où reposait le corps du curé Lussier avait été fermé quelques instants auparavant par Conrad Desfossés et ses aides, et un drap noir recouvrait maintenant le catafalque.

Monseigneur Irénée Côté, assisté par l'abbé Martel et le curé de Saint-Gérard, pénétra dans le chœur au moment où la chorale paroissiale entonnait le *dies iræ*. L'évêque de Nicolet officia une cérémonie empreinte de sobriété. Dans son homélie, le prélat ne manqua pas de souligner le dévouement du disparu, de même que son sens du devoir et sa grande piété. Il parla longuement de la mission qu'il avait remplie avec zèle ainsi que du repos qu'il avait bien mérité. Il clôtura l'office funèbre en invitant tous les paroissiens qui le pouvaient à accompagner leur pasteur à son dernier repos, au cimetière de Saint-Grégoire. Les porteurs, vêtus d'un manteau noir, s'approchèrent silencieusement du cercueil et le hissèrent sur leurs épaules avant de se diriger, à pas comptés, vers la sortie, suivis de près par la famille immédiate et les marguilliers de la paroisse.

Sous une fine pluie, on déposa la bière sur la longue voiture noire à laquelle étaient attelés quatre chevaux. Deux automobiles et plusieurs bogheis vinrent se ranger derrière. Au signal de Conrad Desfossés, le convoi se mit lentement en branle devant une double haie de spectateurs émus. Un silence pesant régnait sur la foule maintenant rassemblée près de l'église et le long de la route. Les hommes enlevèrent leur chapeau en signe de respect quand le convoi passa devant eux.

Ce soir-là, plus d'un habitant de Saint-Jacques-de-la-Rive se demanda à quel point la vie de leur paroisse allait être transformée par la disparition de leur vieux curé. Déjà, quelques-uns étaient prêts à parier que l'abbé Martel allait remplacer le curé Lussier et que l'évêché allait lui adjoindre un nouveau vicaire... Ceux qui croyaient cela se trompaient lourdement.

Trois jours plus tard, au début de l'après-midi, un coup de sonnette impératif fit sursauter violemment Hortense Dagenais, occupée à ranger le salon du presbytère. Elle abandonna son chiffon sur une table pour aller répondre à la porte. Elle se retrouva en face d'un petit ecclésiastique mince, d'une cinquantaine d'années, au visage en lame de couteau et dont les yeux noirs, retranchés derrière des lunettes sans monture, la dévisageaient sans cligner.

— Bonjour madame. Je suis Évariste Beaulieu, le nouveau curé de la paroisse, dit l'homme d'un ton doucereux en déposant à ses pieds une petite valise. Vous êtes madame... ?

— Madame Dagenais, la cuisinière, monsieur le curé.

— Très bien. Deux hommes me suivent avec mes effets personnels. Est-ce que la chambre de mon prédécesseur a été libérée ? demanda le petit prêtre en s'avançant dans le couloir comme en pays conquis.

— Oui, monsieur le curé.

— Vous voudrez bien être assez aimable pour leur montrer où mettre mes affaires. Où est mon vicaire ?

— À l'école du rang Saint-Edmond, monsieur le curé.

— Parfait. Je suppose que mon bureau, c'est là ? fit le prêtre en désignant la porte de ce qui était effectivement l'ancien bureau du curé Lussier.

— Oui.

— Les effets du curé Lussier ont-ils été enlevés ?

— Le lendemain de sa mort, monsieur le curé.

— Très bien, madame. Vous m'enverrez l'abbé Martel quand il rentrera.

Sur ces mots, sans plus de cérémonie, le nouveau curé pénétra dans son bureau et referma la porte derrière lui.

Dès le lendemain, la nouvelle de l'installation d'un nouveau curé avait fait le tour de la paroisse. Les habitués de la messe matinale avaient été les premiers à commenter son arrivée en sortant de l'église.

— Bout de corde ! s'était exclamée la veuve Boisvert. Voulez-vous bien me dire où monseigneur Côté a déniché un petit prêtre qui a juste la peau et les os comme ça ?

— C'est vrai qu'il est pas bien gros, renchérit Hélèna Pouliot, qui était venue à la messe plus par curiosité que par piété.

— J'ai bien peur, ma pauvre Hélèna, que ta cousine a pas fini de faire la cuisine avec un maigrichon comme ça. Ça va prendre un bon bout de temps avant de l'engraisser.

— Pour moi, il sort d'une paroisse bien pauvre,

fit le vieux Charles Labonté en se mêlant à la conversation des commères qui s'étaient arrêtées au pied du parvis pour échanger leurs impressions.

— Je le sais pas, fit la veuve Boisvert, mais en tout cas, il est pas greyé pour faire bien peur au monde. C'est loin d'être le curé Lussier. Celui-là, il a l'air tout doux, tout délicat. Pour moi, ses sermons vont être pas mal moins longs et moins durs. Ce sera toujours ça de gagné.

Après avoir longuement épilogué sur la déconvenue probable de l'abbé Martel, à qui on n'avait pas offert la cure de Saint-Jacques-de-la-Rive, et les embûches qui attendaient le successeur du curé Lussier, les vieux habitués de la messe matinale s'étaient dispersés pour aller déjeuner.

Le dimanche suivant, les paroissiens qui avaient cru que le curé Beaulieu allait être beaucoup plus effacé qu'Antoine Lussier durent vite revenir de leurs illusions. Le petit prêtre tonna durant près de trente-cinq minutes du haut de la chaire contre toutes les formes de péchés avant d'annoncer qu'il commencerait sa visite paroissiale dès le lendemain avant-midi.

— Un vrai petit coq ! déclara tout bas Thérèse Tremblay en sortant de l'église.

— Si c'était pas de sa soutane, lui dit Yvette Veilleux tout bas à l'oreille, je dirais qu'il ressemble à mon Ernest.

En cette dernière semaine d'octobre, l'automne se rappela enfin qu'il devait bien une visite de courtoisie à la région et il décida de s'installer en force. La température chuta brutalement et de fortes pluies accompagnées d'un bon vent du nord noyèrent le paysage et dénudèrent les branches des arbres qui avaient déjà gardé trop longtemps leurs feuilles.

À la sortie du village, on termina les travaux sur le chantier à point nommé. La construction du pont prit fin le dernier samedi du mois d'octobre, soit une semaine avant la date prévue, à la plus grande fierté de l'ingénieur responsable. Sans être extraordinaire, l'ouvrage avait belle allure. Évidemment, dans le but de bien se faire voir des autorités libérales, le député Joyal avait obtenu de faire baptiser le nouveau pont du nom du Premier ministre et Joseph Hamel, ministre de la Voirie, avait promis d'assister à la bénédiction du pont prévue à la mi-novembre.

Le lendemain, la plupart des habitants de Saint-Jacques firent un arrêt au pont après la grand-messe, comme pour s'assurer que l'ouvrage tant souhaité par leurs prédécesseurs n'était pas une illusion. Rassemblés en plusieurs groupes à son entrée, les gens exprimaient leur joie de ne plus avoir à faire un important détour pour aller à Saint-Gérard ou à Nicolet.

— Il faut pas exagérer, c'est tout de même pas la septième merveille du monde, laissa tomber Honoré Beaudoin en voyant le maire Giguère en train de plastronner dans un groupe, comme s'il l'avait construit de ses propres mains.

— Ouais, approuva Ernest Veilleux assez fort pour être entendu par plusieurs. Surtout que ce maudit pont-là a juste une travée. Ça va être pratique encore quand deux voitures vont se rencontrer !

— Ça m'aurait ben surpris que les rouges fassent une job qui a du bon sens, ajouta Crevier, méprisant.

Eugène Tremblay, debout à côté de son beau-frère, avait entendu lui aussi les remarques désagréables de ses adversaires politiques.

— En tout cas, s'il y en a qui aiment pas notre pont, déclara-t-il de manière à être bien entendu par tous, ils auront juste à faire le détour de trois milles qu'ils ont toujours fait. Je pense pas que quelqu'un va leur tordre un bras pour les obliger à s'en servir.

Claire Tremblay était sûrement l'unique personne de Saint-Jacques-de-la-Rive à ne pas se réjouir de la fermeture du chantier. Depuis quelques semaines déjà, la jeune femme s'inquiétait des conséquences de la fin des travaux. Hubert Gendron allait sûrement quitter la chambre qu'il occupait chez les Pierri et retourner vivre à Drummondville, en attendant un nouveau projet du ministère de la Voirie.

En ce samedi après-midi d'octobre, elle était assise devant l'une des fenêtres de la cuisine d'hiver, une broderie sur les genoux. Ses mains étaient inactives depuis de longues minutes et elle regardait tomber la pluie avec tristesse. Sa mère, installée devant sa vieille machine à coudre Singer, à l'autre bout de la pièce, ne disait pas un mot.

La jeune femme allait se retrouver encore une fois seule et cette fois, elle n'avait qu'elle-même à blâmer. Lorsque Hubert s'était mis à l'inviter à marcher sur la route pratiquement chaque soir, elle avait vaguement senti le danger de s'attacher à lui, mais elle n'y avait pas pris garde. Il apportait enfin un peu de diversion et d'imprévu dans une vie occupée entièrement à travailler. À la fin du mois d'août, elle avait baissé sa garde et l'avait traité non plus comme un ami, mais comme un prétendant qui venait veiller deux ou trois fois par semaine au salon, en oubliant volontairement qu'un jour, il allait quitter Saint-Jacques-de-la-Rive et la laisser derrière.

Claire ferma un instant les yeux, se demandant si son destin n'était pas d'être toujours abandonnée par les hommes à qui elle avait fait confiance et auxquels elle s'était attachée. Au même moment, un moteur d'automobile se fit entendre sur la route et la jeune femme ouvrit les yeux juste à temps pour voir une Ford noire entrer dans la cour et s'arrêter près de la maison. Elle sursauta en reconnaissant Hubert qui descendait du véhicule. Elle s'empressa de se lever pour ouvrir la porte à son ami.

— Seigneur ! s'exclama-t-elle, veux-tu bien me dire d'où tu sors cette voiture-là ?

Le jeune ingénieur, tout fier, retira son chapeau avant de lui répondre.

— Je l'ai achetée hier soir à Drummondville. Elle est pas neuve, mais elle roule bien.

— Tu sais conduire ?

— C'est facile.

— Es-tu déjà en train de déménager tes affaires

de chez Bruno Pierri ? demanda Claire en débarrassant son visiteur de son lourd imperméable.

— C'est déjà fait depuis hier après-midi.

Même si elle s'y attendait, la jeune femme fut secouée en apprenant la nouvelle et elle pâlit légèrement. Elle fit passer Hubert Gendron au salon après qu'il eut salué sa mère.

— T'as pas perdu de temps pour déménager, remarqua-t-elle, déçue. Qu'est-ce qui t'amène à Saint-Jacques ?

— Toi, évidemment, reconnut le jeune homme à voix basse. Pourquoi penses-tu que j'ai acheté la Ford ? C'est seulement pour venir te voir... à moins que tu sois déjà fatiguée de moi ?

En entendant cet aveu, le visage de la jeune femme s'illumina.

— Est-ce que ça veut dire que t'es prêt à voyager de Drummondville à Saint-Jacques-de-la-Rive deux ou trois fois par semaine juste pour venir veiller avec moi ?

— C'est certain. À moins que tu me mettes dehors.

Alors, pour la première fois depuis qu'ils se fréquentaient, Claire sortit de sa réserve. Elle se blottit entre les bras de son amoureux et l'embrassa.

Table des matières

Le fils de Gabrielle

Tome II

La roue ne cesse de tourner
Emportant gestes et regards
Dans un tourbillon d'infortune
Sans nous offrir un lendemain.

Gilles Vigneault,
Au temps dire

Les principaux personnages

LA PAROISSE

Ludger Ménard : curé de Saint-Jacques, un gros prêtre âgé d'une cinquantaine d'années.
Hervé Leroux : jeune vicaire.
Amélie Provost : ménagère du curé, une grande femme sèche de cinquante-cinq ans.
Elphège Turcotte : bedeau paresseux de soixante-quatre ans.

PIERREVILLE

Conrad Bélanger : médecin.
Édouard Beaubien : notaire.
Normand Desfossés : entrepreneur de pompes funèbres.

LE VILLAGE

Hélèna Pouliot : propriétaire du magasin général.
Côme Crevier : garagiste.
Alcide Boudreau : fromager.
Arthur Boisvert : gérant de la Caisse de Pierreville et maire de Saint-Jacques-de-la-Rive.

Rose-Aimée Turcotte : sœur célibataire du bedeau.

La campagne

La famille Veilleux

Ernest : patriarche de la famille, un veuf âgé de soixante-quatorze ans.

Jérôme : fils d'Ernest, cultivateur ambitieux de trente-sept ans.

Colette : trente-cinq ans, épouse de Jérôme et mère de Carole (quinze ans) et d'André (treize ans).

Albert : fils aîné d'Ernest, âgé de cinquante ans. Il vit à Montréal.

Céline : fille d'Ernest, âgée de quarante et un ans, épouse de Clément Tremblay.

Anne : fille d'Ernest, âgée de trente-neuf ans, épouse d'Armand Labbé. Elle vit à Nicolet.

Léo : fils d'Ernest, âgé de trente-cinq ans. Il vit à Pierreville.

Jean-Paul : fils d'Ernest, âgé de trente-trois ans. Il vit à Pierreville.

La famille Hamel

Georges : cultivateur de cinquante-quatre ans.

Rita : épouse de Georges et mère de Charles (vingt-huit ans), Claudette (vingt-six ans) et Adrienne (vingt-quatre ans).

La famille Tremblay

Thérèse : veuve d'Eugène Tremblay, née Durand, soixante-neuf ans.

Gérald : cultivateur de trente-huit ans, fils de Thérèse, héritier du bien familial.

Cécile : trente-six ans, épouse de Gérald et mère d'Élise (seize ans) et de Bertrand (quatorze ans).

Claire : fille aînée de Thérèse, épouse de l'ingénieur Hubert Gendron et mère de Pierre (dix-sept ans).

Clément : cultivateur âgé de quarante et un ans, époux de Céline Veilleux (quarante et un ans) et père de Françoise (vingt ans), Louis (dix-neuf ans) et Jean (seize ans).

Aline : fille célibataire de Thérèse, âgée de trente-quatre ans.

Lionel : fils célibataire de Thérèse, âgé de trente-trois ans.

Jeannine : fille cadette de Thérèse, âgée de trente et un ans.

La famille Fournier

Germain : cultivateur de cinquante et un ans.

Gabrielle : quarante ans, épouse de Germain et mère d'Étienne (vingt ans) et de Berthe (dix-huit ans).

1

La chasse aux déserteurs

Les premières gouttes de pluie vinrent frapper l'avant-toit du balcon arrière du presbytère et une légère brise se leva, charriant l'odeur entêtante de l'herbe fraîchement coupée. Après deux semaines de grosses chaleurs, le ciel daignait enfin ouvrir ses vannes et apporter un peu de fraîcheur aux habitants de Saint-Jacques-de-la-Rive en ce premier vendredi de septembre 1943.

Le curé Ludger Ménard cessa brusquement son lent va-et-vient sur le large balcon et jeta un regard absent vers la rivière Saint-François, qui coulait à l'extrémité du terrain du presbytère. Le prêtre déposa son bréviaire sur le garde-fou avant de tirer de l'une de ses poches un large mouchoir avec lequel il épongea son crâne à demi chauve après avoir soulevé sa barrette. Le gros prêtre âgé d'une cinquantaine d'années jeta ensuite un coup d'œil à droite, vers le cimetière situé derrière l'église paroissiale. Un sourire moqueur apparut sur son visage couperosé à la vue de son bedeau traînant avec nonchalance son vieux moulin à gazon derrière lui.

— En voilà un qui doit pas être fâché pantoute qu'il se mette à mouiller, fit une voix réprobatrice, derrière la porte moustiquaire.

Le curé Ménard sursauta légèrement en entendant la voix de sa servante derrière lui. À cinquante-cinq ans, Amélie Provost était une grande femme sèche qui dirigeait de main de maître « son » presbytère depuis une douzaine d'années. Le brave homme savait depuis longtemps qu'il ne faisait pas bon s'opposer à ses volontés.

— Voyons, madame Provost, la réprimanda doucement le prêtre en se tournant vers elle. Ce pauvre Tit-Phège fait ce qu'il peut.

— Laissez faire, monsieur le curé. C'est pas à moi que vous allez faire croire que Tit-Phège Turcotte est travaillant. Non seulement il est laid comme un pou, mais en plus, il a toujours été paresseux comme un âne. C'est venu au monde avec un poil dans la main, ce monde-là. Il vaut pas plus cher que sa sœur Rose-Aimée qu'on voit écrasée toute la sainte journée dans sa chaise berçante sur son balcon, en train de lire ses maudits romans au lieu de nettoyer. Si Agathe Cournoyer pouvait voir la soue à cochons qu'est devenue sa maison, je crois bien qu'elle se revirerait dans sa tombe, la pauvre femme !

— C'est pas donné à tout le monde d'être débrouillard, plaida le curé Ménard, un peu agacé.

— Vous êtes pas assez sévère, monsieur le curé, fit la servante d'une voix coupante. Moi, je trouve que le Tit-Phège se débrouille pas mal pour rien faire la plupart du temps. En tout cas, on peut dire qu'on est pas chanceux avec nos bedeaux. Après le père Groleau qui buvait comme un trou, on est pognés à cette heure avec Tit-Phège Turcotte à qui il faut toujours pousser dans le dos.

— Un peu de charité chrétienne, ma fille. Il ne faut tout de même pas exagérer, la tança le prêtre.

— Combien de fois vous lui avez demandé de s'occuper de l'entretien du cimetière depuis le printemps passé ? Au moins dix fois ! Depuis un mois, les pierres tombales sont perdues dans un champ de foin. C'est une vraie honte ! J'ai même vu Ernest Veilleux venir faucher le lot où sa famille est enterrée. Puis voilà qu'au moment où notre bedeau commence à couper l'herbe, la pluie arrive... Tiens, parlant d'arriver, est-ce que c'est pas aujourd'hui qu'on va voir enfin la tête du nouveau vicaire ? demanda la ménagère.

— J'ai encore appelé à l'évêché après la messe, dit le prêtre, soulagé de changer de sujet de conversation. Il devrait arriver demain après-midi, au plus tard.

— Bon. Il est temps que monseigneur Poitras s'aperçoive que vous avez besoin d'aide, reprit la servante, impertinente. Ça fait un bon cinq semaines que l'abbé Larivière est parti à Saint-Germain et qu'on attend son remplaçant.

— Vous devriez être la secrétaire de monseigneur, suggéra le curé Ménard, un rien sarcastique. Je suis sûr que ça marcherait plus rondement dans le diocèse.

— Vous pouvez être certain de ça.

— En tout cas, inquiétez-vous pas. Notre nouveau vicaire s'en vient, conclut le pasteur de Saint-Jacques-de-la-Rive en s'emparant de son bréviaire pour faire comprendre à sa servante qu'il voulait en reprendre la lecture.

Cette dernière retourna dans les profondeurs du presbytère au plus grand soulagement du prêtre qui reprit ses allées et venues. La pluie s'était intensifiée et tambourinait maintenant plus vigoureusement sur l'avant-toit. Un brouillard de chaleur commençait à s'élever au-dessus de la Saint-François et montait lentement à l'assaut des champs s'étendant à perte de vue sur l'autre rive.

Quelques minutes plus tard, un camion bâché de couleur kaki vint s'arrêter devant le presbytère dans un grincement de freins. Le gros bâtiment carré en brique rouge à un étage était imposant. On y accédait par une dizaine de marches qui conduisaient à un grand balcon peint en blanc.

Le lieutenant assis dans la cabine du camion ouvrit la portière d'un geste décidé et descendit en se coiffant de son képi.

— J'en ai pour cinq minutes, dit-il au caporal installé derrière le volant. Personne descend du *truck*, ajouta-t-il avant de s'emparer d'une planchette sur laquelle étaient retenues quelques feuilles.

En passant, l'officier jeta un bref coup d'œil à la douzaine de soldats qui encadraient deux jeunes civils assis sur les banquettes en bois à l'arrière du camion et escalada l'escalier menant à la porte d'entrée du presbytère.

Au premier coup de sonnette, la servante abandonna sur la table de la cuisine le chaudron qu'elle était en train de récurer et parcourut sans se presser le long couloir pour aller répondre à la porte.

— J'aimerais parler à monsieur le curé, annonça l'officier sur un ton autoritaire en pénétrant dans l'entrée.

La ménagère, pas du tout intimidée par le ton de l'inconnu, se contenta de demeurer plantée devant lui et de jeter un coup d'œil mécontent au plancher, sur lequel il venait de poser ses brodequins.

— Avant de voir monsieur le curé, vous allez enlever votre chapeau et vous essuyer les pieds comme du monde, lui commanda-t-elle d'une voix cassante. Vous viendrez pas cochonner mon plancher avec vos pieds crottés.

Dompté, l'officier retira son képi et essuya longuement ses chaussures sur le paillasson installé devant la porte.

— Assoyez-vous dans la salle d'attente. Je vais aller voir si monsieur le curé peut vous recevoir, finit par lui ordonner Amélie Provost en ouvrant la première porte à droite.

Puis la servante disparut et alla chercher le curé Ménard sur le balcon arrière. Un instant plus tard, le prêtre entra dans la pièce.

— Lieutenant Paul Fortin, se présenta l'officier en quittant précipitamment la chaise sur laquelle il venait de s'asseoir.

— Qu'est-ce que je peux faire pour vous, lieutenant ? demanda le prêtre sans manifester la moindre chaleur.

— L'armée est à la recherche de trois hommes

de votre paroisse, monsieur le curé, répondit sèchement le lieutenant Fortin.

— Comment ça ? fit le pasteur en prenant son air le plus naïf.

— Ils ont reçu un avis de mobilisation et ils ne se sont pas présentés au centre de recrutement de Nicolet.

— Des garçons de ma paroisse ?

— Oui, fit l'officier en consultant brièvement la première feuille retenue sur sa planchette. Lionel Tremblay, Louis Tremblay et Émile Tougas. Vous les connaissez ?

— Évidemment.

— Les avez-vous vus dernièrement ?

— Non.

— Quand les avez-vous vus la dernière fois ?

— Comment voulez-vous que je m'en souvienne ? J'ai six cent quatre-vingts fidèles à Saint-Jacques-de-la-Rive. S'il fallait que je me rappelle quand j'ai vu un tel ou une telle...

— On peut pas dire que vous êtes très coopératif, monsieur le curé, fit remarquer le lieutenant d'une voix cassante en lissant du bout d'un doigt sa fine moustache.

— Vous trouvez ? demanda le prêtre d'un air narquois.

— Je vous rappelle, monsieur le curé, que les évêques de la province ont demandé au clergé de voir à ce que les citoyens respectent les autorités et obéissent aux lois. Depuis l'année passée, tous les hommes en santé de dix-huit à soixante ans peuvent être appelés sous les drapeaux. C'est leur devoir.

— Merci de me le rappeler, lieutenant, répliqua abruptement le curé Ménard. Si ça vous fait rien, je vais me passer de vos leçons.

Sur ce, il ouvrit la porte de la salle d'attente, signifiant ainsi la fin de l'entrevue à son interlocuteur.

— Si je comprends bien, vous refusez de m'aider à retrouver ces trois déserteurs ? dit le lieutenant Fortin d'une voix acide en se dirigeant vers la porte. Vous pouvez peut-être m'indiquer où se trouve le rang... le rang Sainte-Marie, précisa-t-il après avoir consulté encore une fois sa feuille.

— Je suis pas originaire de la paroisse ; je connais mal les rangs de Saint-Jacques, répondit le curé avec une mauvaise foi évidente. Je pense que vous êtes mieux de vous informer à du monde de la place. Ils vous diront où ça se trouve. Madame Provost, reconduisez donc le lieutenant, s'il vous plaît, ajouta-t-il à l'intention de la servante qui s'avançait dans le couloir.

L'officier salua le prêtre d'un bref signe de tête et suivit la ménagère jusqu'à la porte d'entrée qui se referma derrière lui dans un claquement sec. Dès la sortie du soldat, le curé Ménard s'empressa d'entrer dans son bureau dont l'une des fenêtres donnait sur la façade du presbytère. Amélie Provost le suivit sans rien dire jusqu'à l'entrée de la pièce et le vit écarter légèrement le rideau de dentelle pour regarder à l'extérieur.

— Si vous avez un coup de téléphone à donner, madame Provost, faites-le discrètement de manière que j'entende rien, lui dit le prêtre sans se donner la peine de se tourner vers elle.

La ménagère se contenta de hausser les épaules et de lever les yeux au ciel avant de tourner les talons. Un instant plus tard, elle était au téléphone à l'autre bout du couloir et disait à mi-voix à son interlocuteur :

— Les MP[1] sont au village. Ils les cherchent. Ils viennent de sortir du presbytère.

Sur ces mots, elle raccrocha doucement avant de retourner dans la cuisine pour terminer la préparation de la soupe aux légumes qu'elle voulait servir au dîner.

À l'extérieur, le lieutenant Fortin s'arrêta un bref instant au pied de l'escalier du presbytère malgré la pluie qui continuait à tomber et jeta un regard circulaire autour de lui. Il remarqua alors l'annonce de Coca-Cola un peu rouillée suspendue au-dessus de la porte de l'épicerie de Hélèna Pouliot, de l'autre côté de la route. L'officier se remit en marche, passa devant le camion toujours stationné devant le presbytère et traversa la route en évitant le plus possible les flaques d'eau. Les pieds tout de même boueux, il gravit les trois marches conduisant au balcon qui ornait la façade de l'épicerie du village et poussa la porte de l'établissement.

Quelques secondes lui furent nécessaires pour permettre à sa vue de s'ajuster à la pénombre qui régnait dans le local. Les quatre murs étaient occupés par des rayons plus ou moins remplis de boîtes de conserve et de divers articles de mercerie.

1. MP : abréviation de *military police* ou policiers militaires.

— Oui ? fit une voix peu amène.

Le lieutenant aperçut alors une petite femme âgée toute voûtée dont le visage pointu était surmonté par un maigre chignon blanc. La dame venait de repousser le rideau de perles qui séparait ses appartements privés de son épicerie et se tenait debout derrière son comptoir, encombré par une antique caisse enregistreuse et quelques pots de bonbons.

— Bonjour, madame. Pourriez-vous me dire où se trouve le rang Sainte-Marie ?

— Il y a un rang Sainte-Marie à Saint-Jacques-de-la-Rive ? Première nouvelle, répondit la propriétaire de l'épicerie d'une voix un peu grinçante.

— Voyons, madame, voulut la raisonner le soldat en manifestant sa mauvaise humeur. Vous savez comme moi qu'il y a un rang de ce nom-là dans votre paroisse.

— Aïe ! protesta Hélèna Pouliot en haussant la voix. Ici, c'est pas un bureau d'informations. C'est une épicerie. Votre rang, je viens de vous dire que je le connais pas. Est-ce que c'est assez clair pour vous, jeune homme ?

Fortin ne se donna pas la peine de répondre. Il tourna le dos à l'épicière et sortit. Il s'était peu à peu habitué à ce genre de comportement quand il se présentait quelque part. Rien au Québec n'était aussi impopulaire que la police militaire depuis que la mobilisation générale avait été votée à Ottawa après le plébiscite d'avril 1942. Quand elle se présentait quelque part, tous les gens semblaient frappés d'amnésie et on fuyait ses représentants comme la peste.

Pendant ce temps, le conducteur du camion avait fait faire demi-tour à son camion bâché et il était venu s'arrêter de l'autre côté de la route, devant l'épicerie. Au moment où le lieutenant Fortin allait se résigner à monter à bord sans avoir obtenu aucun renseignement utile, il aperçut un gamin qui courait sous la pluie en direction de l'épicerie. L'officier lui coupa le chemin.

— Où est le rang Sainte-Marie ? lui demanda-t-il sur un ton brusque, sans s'embarrasser de précautions inutiles.

L'enfant s'arrêta pile et demeura sans voix durant un bref moment.

— Où est le rang Sainte-Marie ? Est-ce que t'es sourd ? répéta Fortin, un peu plus fort.

— Ben, il est juste là, finit par articuler l'enfant en pointant un doigt vers le chemin qui s'ouvrait en face de l'église et passait à côté de l'épicerie, à peine quelques pieds plus loin.

— Merci.

Le gamin ne demanda pas son reste et s'engouffra dans l'épicerie pendant que le lieutenant ouvrait la portière du camion et se hissait à l'intérieur du véhicule. Il n'aurait pas l'occasion de voir la taloche que le garçon allait recevoir de sa mère mécontente quand il lui raconterait la scène, quelques minutes plus tard.

— Tu tournes ici, à droite, dit l'officier au conducteur. Il paraît que c'est le rang où restent nos trois lâches. Prends ton temps pour qu'on ait la chance de lire les noms sur les boîtes aux lettres. Regarde mes bottines, ajouta-t-il avec rage. Elles sont pleines de bouette. Ça va me prendre une heure pour tout nettoyer ça quand on va rentrer.

Le camion avança en cahotant sur la route étroite parsemée de nids-de-poule. De temps à autre, Fortin entendait les exclamations des soldats trop durement secoués à l'arrière. La pluie abondante des dernières minutes cédait peu à peu la place à une pluie fine qui noyait tout le paysage dans une espèce de brume grisâtre. Si cette pluie durait encore quelques heures, la route en terre allait devenir difficilement carrossable à cause des ornières.

— Surveille à gauche, je vais regarder à droite, commanda Fortin au conducteur. On cherche un Tougas et deux Tremblay.

Le véhicule roula lentement pendant un long moment jusqu'à ce que le conducteur prévienne son passager.

— On est rendus au bout du rang, lieutenant. De mon côté, j'ai pas vu un nom sur aucune boîte à lettres.

— Moi non plus. On dirait que ces maudits habitants-là ont fait exprès pour ôter leur nom dessus. Je me demande comment fait le facteur...

— Ordinairement, à la campagne, le bonhomme connaît tout le monde.

— Bon. On vire de bord et on va s'arrêter à la première ferme, ordonna l'officier. On va prendre les grands moyens.

Le camion tourna dans le chemin de traverse au bout du rang Sainte-Marie et reprit la route en sens inverse. Un arpent plus loin, il s'engagea dans la cour de la première ferme à gauche. Durant une minute, les deux hommes demeurèrent silencieux à l'intérieur de la cabine, attentifs à détecter le moindre signe de vie autour d'eux.

La maison à un étage et au toit pentu était recouverte d'une espèce de papier brique rouge. Un étroit balcon courait sur sa façade et sur son côté gauche jusqu'à la porte de ce qui semblait être une cuisine d'été. Pas un signe de vie apparent. Pas plus dans la maison que dans l'étable, la porcherie, le poulailler ou la remise. Seules quelques vaches paissant à droite de l'étable prouvaient que l'endroit était habité.

— On y va, décida Fortin en ouvrant la portière du camion.

Il descendit et s'approcha du hayon du camion.

— Deux hommes avec moi, commanda-t-il.

Deux soldats enjambèrent le hayon et le suivirent docilement jusqu'à la porte de la cuisine d'été où le lieutenant frappa à plusieurs reprises avant d'entendre un bruit de pas. La porte s'ouvrit sur un homme de taille moyenne, râblé, aux épais cheveux bruns rejetés vers l'arrière.

— Oui ? dit-il sans la moindre trace d'amabilité.

Le lieutenant avança un pied sur le seuil pour éviter qu'on lui referme la porte au nez.

— Bonjour, monsieur. Police militaire. J'aimerais voir vos papiers d'identité.

— Quels papiers d'identité ?

— N'importe lesquels. On peut entrer ?

L'homme se contenta de laisser la porte ouverte derrière lui et disparut. Le lieutenant et les deux soldats pénétrèrent dans la cuisine. Deux adolescents, une femme d'une trentaine d'années et un vieillard étaient assis à la table et ne tournèrent même pas la tête vers eux. L'homme revint de la pièce voisine et tendit une carte à l'officier.

— Jérôme Veilleux, c'est ça ?

— Oui.

— Vous avez été réformé par l'armée à ce que je vois.

— Oui.

— Pouvez-vous me dire où restent les Tremblay et les Tougas dans votre rang ? demanda le lieutenant en lui rendant sa carte.

— Je les connais pas, répondit l'autre d'une voix bourrue.

— Merci tout de même, répondit l'officier en faisant signe aux soldats de sortir.

Les trois hommes regagnèrent le camion pendant qu'Ernest Veilleux et sa bru, comme l'avait fait un peu plus tôt le curé Ménard, se précipitaient vers la fenêtre pour les regarder partir.

— Ils ont l'air de vouloir s'arrêter dans toutes les fermes du rang, fit remarquer Jérôme à sa femme qu'il venait de rejoindre. Les Tremblay pourront pas s'en sauver comme la dernière fois en refusant d'ouvrir leur porte.

— S'ils demandent les papiers d'identité, dit Ernest Veilleux à son fils, ils vont trouver vite. Ça aura pas servi à grand-chose que tout le monde gratte son nom sur sa boîte à lettres.

— On dirait que ç'a pas été plus utile que le nom du rang soit arraché à l'entrée de chaque rang de la paroisse, ajouta Colette, la petite femme de Jérôme.

— Je suppose que le Lionel, comme le garçon

de Céline, ont pas été assez bêtes pour revenir chez eux juste au moment où les MP les cherchent pour les embarquer, reprit le vieil homme, comme se parlant à lui-même.

— D'autant que le téléphone a prévenu tout le monde qu'ils étaient dans la paroisse.

— Pour Tougas..., commença à dire Colette.

— Laisse faire Tougas, l'interrompit son mari. Lui, s'ils le poignent, ce sera juste un bon débarras. Ça fait assez longtemps qu'il fait des mauvais coups à gauche et à droite. Un peu d'armée lui mettrait juste un peu de plomb dans la tête.

— En tout cas, ils viennent de débarquer à côté, dit Ernest Veilleux qui n'avait pas cessé un instant de regarder chez leur voisin de gauche, Gérald Tremblay.

Le vieil homme avait toujours autant de mal à prononcer le nom « Tremblay », même si Eugène Tremblay, cet éternel rival qu'il avait détesté à s'en confesser, était décédé depuis près de dix ans. Le fait que l'homme lui ait sauvé la vie quelque vingt ans auparavant et qu'il ait été le père de son gendre Clément ne changeait rien à l'affaire. Lorsqu'une pneumonie avait emporté celui qui le dominait d'une demi-tête, il avait d'abord éprouvé une étrange allégresse. Mais cette dernière avait été de courte durée. Très vite, le voisin tant haï avait fini par lui manquer.

Lorsque le lieutenant Fortin frappa à la porte de la grande maison blanche à un étage de la famille Tremblay, la porte s'ouvrit immédiatement sur une femme âgée d'une soixantaine d'années à la mine austère. La dame, vêtue d'une stricte robe grise protégée par un large tablier et les cheveux enserrés dans un filet, les invita à entrer sans sourire.

— Puis-je savoir votre nom, madame ? demanda poliment l'officier.

— Thérèse Tremblay.

— Est-ce que Louis Tremblay est parent avec vous ?

— C'est mon petit-fils, mais il ne reste pas ici. Ici, vous êtes chez Gérald Tremblay, mon garçon. Louis, c'est le fils de mon Clément. Vous êtes pas chanceux : Gérald est parti à Sorel avec sa femme et ses deux enfants pour la journée. Ils reviendront pas avant le train, à la fin de l'après-midi.

— Où est-ce qu'il reste, votre Clément ?

— Je suis sûre que vous êtes capable de trouver la place tout seul, le nargua la vieille dame.

— Et Lionel Tremblay ?

— C'est aussi mon garçon. Mais il est parti de la maison depuis la fin de juillet, depuis qu'il a reçu sa feuille de mobilisation.

— Il ne s'est jamais présenté à sa convocation, madame, dit le lieutenant sur un ton sec. Il restait bien ici, non ?

— Oui, mais on l'a pas vu depuis six semaines.

— Madame Tremblay, vous savez que cacher un déserteur est puni par la loi. Vous pouvez avoir à purger jusqu'à cinq ans de prison pour ce délit.

— On le cache pas, protesta la dame.

— Bon. Comme la loi nous en donne le droit, on va fouiller votre maison et les bâtiments, madame, annonça l'officier. Je vous demanderais de vous asseoir dans cette pièce aussi longtemps que mes hommes auront pas fini.

— Comme vous voudrez, concéda la femme, le visage subitement fermé, en se laissant tomber dans la chaise berçante placée près de la fenêtre. Mais arrangez-vous pour rien casser.

Sur un signe de la main du lieutenant, les deux soldats silencieux debout derrière lui ouvrirent la porte de la cuisine d'hiver et entrèrent dans la maison. Pendant ce temps, Fortin sortit sur le balcon.

— Deux hommes restent avec les détenus. Tous les autres, fouillez-moi les bâtiments à fond. Dépêchez-vous ! hurla-t-il à l'intention des soldats demeurés dans le camion.

Huit hommes sautèrent hors du camion et, sous la direction du caporal, se dirigèrent au pas de course vers les divers bâtiments de la ferme de Gérald Tremblay. La fouille des lieux dura près d'une demi-heure. À voir le désordre que les militaires laissèrent derrière eux au moment où ils remontèrent à bord du camion, on comprenait un peu mieux la haine qui accompagnait chacune de leurs apparitions. Dans la maison, les chambres à l'étage avaient été volontairement retournées et tous les planchers de la maison portaient les traces boueuses des brodequins des soldats.

— Nous reviendrons, promit le lieutenant à Thérèse Tremblay avant de refermer la porte derrière lui.

Lorsqu'elle monta à l'étage et constata le désordre laissé par les soldats, elle ne put s'empêcher de s'exclamer avec rage :

— Les maudits sauvages !

Chez Georges Hamel, la maison voisine, l'arrêt de la police militaire ne dura qu'un bref moment, surtout parce que le cultivateur leur prouva que son fils Charles appartenait au 22e régiment et était en Angleterre depuis plus d'un an. Leur fils était parti au printemps 1941 avec un voisin, Jean-Paul Veilleux. Tous les deux s'étaient enrôlés comme volontaires sur un coup de tête. Avant de s'embarquer pour l'Europe à l'automne, ils étaient revenus à Saint-Jacques-de-la-Rive, fiers de parader en uniforme dans le village.

Dans les fermes suivantes, les occupants prouvèrent leur identité sans faire montre d'un empressement excessif. Quand le camion vert olive freina bruyamment devant la petite maison pimpante de l'une des dernières fermes du rang, un homme âgé d'une quarantaine d'années aux tempes grises sortait de la remise érigée sur le côté de la maison. L'homme à la silhouette un peu épaisse se dirigea lentement vers l'officier qui avait fait quelques pas dans sa direction. Jean, son fils de seize ans, demeura près de la porte de la remise, regardant la scène de loin.

La pluie avait cessé depuis un moment, mais le ciel demeurait gris et menaçant.

— Monsieur Tremblay ?

— Oui.

— Vous êtes parents avec Louis Tremblay ?

— C'est mon garçon. Qu'est-ce qui lui est arrivé ?

— On le cherche, monsieur, fit Fortin. Est-il ici ?

— Non. Il est dans l'armée depuis la fin juillet. Il a été appelé en même temps que son oncle Lionel. Ils sont partis ensemble.

— Justement. Ils ne se sont jamais présentés. Si vous savez où ils se cachent, vous vous éviteriez pas mal d'ennuis de nous le dire.

— Première nouvelle ! mentit maladroitement le cultivateur. Ma femme et moi, on a pas entendu parler d'eux autres depuis qu'ils sont partis.

— Bon. On va fouiller.

— Comme vous voudrez, mais j'aime autant vous dire que vous perdez votre temps. Ils sont pas ici.

Le scénario qui s'était produit plus tôt chez la mère du cultivateur se répéta. Les soldats fouillèrent avec soin la maison et les bâtiments en accordant une attention particulière à la cave de la maison et au fenil de la grange. Ils ne trouvèrent rien. Plusieurs minutes plus tard, ils revinrent bredouilles au camion. Pendant tout ce temps, Clément Tremblay était demeuré assis, imperturbable, sur le long banc installé sur le balcon, pendant que sa femme Céline finissait de laver la vaisselle du dîner en compagnie de sa fille Françoise.

Des soldats parlaient à voix basse à leur caporal au moment où le lieutenant sortit du poulailler en compagnie de l'un d'entre eux. Le caporal s'approcha et lui murmura quelques mots. L'officier se contenta de hocher la tête et lui fit signe d'attendre un instant.

— Est-ce que ça vous dérangerait que mes hommes dînent dans votre cour ? Ils ne saliront rien.

— Si ça vous fait rien, j'aimerais autant que vous alliez manger ailleurs, laissa tomber Clément Tremblay en se levant de son banc. Chez nous, je reçois juste les gens que j'invite.

— C'est correct, monsieur, dit l'officier sur un ton cinglant. Mais dites-vous bien qu'on va revenir et qu'on finira bien par mettre la main sur votre garçon et sur votre frère. À ce moment-là, si j'ai une chance de prouver que vous les avez aidés, je vais vous faire regretter de m'avoir rencontré.

— On verra ben, laissa tomber le cultivateur, apparemment peu impressionné par la menace.

Sur ces mots, l'homme lui tourna le dos et entra dans sa maison en laissant claquer derrière lui la porte moustiquaire. Fortin adressa au cultivateur un regard haineux avant d'ordonner à ses hommes de monter à bord du camion. Le lourd véhicule kaki sortit de la ferme de Clément Tremblay et ne roula qu'une centaine de pieds avant de s'arrêter sur le bord du chemin. Là, il demeura à l'arrêt près d'une heure, période durant laquelle les soldats purent manger leur ration.

Le camion reprit ensuite la route et la police militaire visita deux autres maisons situées du côté gauche du chemin avant d'arriver à la dernière exploitation agricole du rang Sainte-Marie. Le conducteur ne découvrit la ferme d'Antonius Tougas qu'après avoir négocié un long virage. Fait surprenant, l'arrivée de la police militaire sembla provoquer une étrange agitation dans la vieille maison grise couverte de bardeaux et à la cour encombrée de plusieurs instruments aratoires rouillés. Un rideau défraîchi retomba brusquement devant une fenêtre poussiéreuse et des portes claquèrent dès que le camion s'immobilisa au milieu de la cour.

Au moment où il allait quitter la cabine, le lieutenant aperçut une tête brune disparaître au coin de l'étable.

— Vite, dehors, hurla-t-il à ses hommes entassés à l'arrière. Deux hommes pour me rattraper le gars qui vient de se sauver derrière l'étable. Dépêchez-vous !

À peine venait-il de donner cet ordre que la porte de la maison s'ouvrit sur un grand homme maigre. Son pantalon, trop grand, était retenu par de larges bretelles. Les os de ses épaules semblaient être sur le point de percer sa vieille chemise délavée dont les manches avaient été remontées sur ses bras noueux. Il portait une vieille casquette grise à la visière cassée. Derrière la porte moustiquaire, Fortin devina une femme dissimulée dans l'ombre.

— Votre nom ? demanda Fortin.

— Antonius Tougas.

— Vous êtes le père d'Émile Tougas ?

— Oui.

— Où est-ce qu'il est ? s'enquit l'officier de moins en moins patient.

— J'en ai pas la moindre idée.

— C'était qui, le gars qui vient de disparaître derrière votre étable ?

— Il y avait quelqu'un ? Je l'ai pas vu. Ça devait être...

Il y eut des cris ponctués de jurons bien sentis en provenance de l'arrière de l'étable.

— Fatiguez-vous pas, dit le lieutenant au cultivateur. On va tout de suite savoir qui c'est. Mes hommes le ramènent.

La porte moustiquaire fut poussée dans le dos du grand homme maigre et une petite femme au teint blafard apparut à ses côtés.

Un instant plus tard, un homme de taille moyenne au visage chafouin fut poussé sans ménagement vers l'officier. Les deux soldats l'avaient menotté et à voir les marques que portait son visage, ils avaient dû le malmener un peu pour le maîtriser.

— Maudite bande de chiens sales ! hurla-t-il en se démenant inutilement. Vous avez pas le droit de traiter le monde comme ça ! Ça va vous coûter cher !

— Ta gueule ! lui ordonna sèchement l'officier en s'approchant de lui. Ton nom ?

— ... L'un des soldats tendit à son supérieur un vieux porte-monnaie au cuir fatigué. Il ne contenait qu'une pièce de deux dollars et deux cartes.

— Tiens ! Tiens ! Si c'est pas notre Émile Tougas, fit le lieutenant d'une voix sarcastique. On a fini par te mettre la main dessus, on dirait. Il paraît que t'es trop lâche pour venir te battre pour ton pays. On va bien s'occuper de toi, tu vas voir, ajouta l'officier en arborant un air sadique. Embarquez-moi ça. On va essayer d'en faire un homme.

— Vous pouvez pas me forcer à aller me battre si je veux pas, protesta Émile Tougas, beaucoup moins rageur qu'un instant plus tôt.

— C'est ce qu'on va voir, mon coco ! se moqua l'officier en faisant un signe de tête aux deux soldats qui encadraient le fugitif.

— Vous pouvez pas nous l'enlever, intervint la petite femme d'une voix suppliante, c'est le dernier de nos garçons qui nous reste. On en a deux aux États-Unis et René est dans l'armée depuis trois ans. C'est le seul qui nous reste pour nous aider à cultiver notre terre.

— C'est la loi, madame. Je peux rien y faire, expliqua Fortin sur un ton radouci. Comptez-vous chanceux, vous et votre mari, que je fasse pas un rapport contre vous pour l'avoir caché. Vous pourriez tous les deux vous ramasser en prison.

Émile Tougas fut hissé à l'arrière du camion et poussé sans ménagement au fond, près des deux autres conscrits des environs qu'on avait attrapés au début de la matinée. Un soldat le força à s'asseoir sur l'un des bancs de bois et attacha ses menottes à un longeron du camion. Emma Tougas, l'air éploré, se précipita vers l'arrière du camion pour voir son fils. Le déserteur n'eut pas un mot pour ses parents ; il se contenta de les regarder pendant que le camion quittait en cahotant la cour de la ferme familiale. La dernière vision qu'il emporta des siens fut son père serrant contre lui sa mère, debout au bord du chemin, sous la pluie qui s'était remise à tomber.

La nouvelle de la capture d'Émile Tougas se répandit comme une traînée de poudre dans la paroisse et suscita de multiples commentaires.

— Veux-tu ben me dire, torrieu, comment ce maudit sans-dessein a pu se faire prendre aussi bêtement quand tout le monde savait que les MP rôdaient dans le village depuis le matin ? demanda Ernest Veilleux à son fils.

— Je le sais pas, p'pa. Ça se peut que l'Émile se soit senti plus fin que tout le monde, comme d'habitude, et qu'il ait pensé qu'il pourrait se pousser à temps quand les MP arriveraient. À moins qu'il ait cru qu'ils étaient déjà repartis ailleurs.

— Moi, je pense plutôt qu'il devait avoir faim et qu'il était venu à la maison de son père se chercher à manger, intervint sa femme.

— En tout cas, conclut Ernest en allumant sa pipe, ça servira de leçon aux autres qui se cachent.

Au milieu de l'après-midi, Gérald Tremblay revint rapidement de Sorel avec sa femme et ses deux grands enfants. La visite à sa sœur Jeannine, hospitalisée depuis quelques jours à l'Hôtel-Dieu, avait été beaucoup plus brève que prévu. Au moment où les Tremblay pénétraient dans l'institution, ils avaient croisé le docteur Bélanger, de Pierreville, qui leur avait appris avoir vu en chemin un camion de la police militaire qui se dirigeait vers Saint-Jacques-de-la-Rive. Immédiatement, Cécile s'était tourmentée pour son beau-frère Lionel et son neveu Louis. Elle avait exigé de revenir le plus tôt possible à la maison. Gérald avait obtempéré, sentant que sa femme ne cesserait de s'inquiéter que lorsqu'ils seraient de retour chez eux.

— Je le savais bien qu'on devait pas prendre le chemin aujourd'hui, dit-elle au moment où le boghei couvrait les derniers milles entre Pierreville et Saint-Jacques-de-la-Rive. C'était pas raisonnable de laisser ta mère toute seule à la maison.

— Veux-tu ben te calmer ! lui ordonna son mari, agacé. Il est rien arrivé à personne. Tu sais ben que Lionel et Louis sont pas assez bêtes pour s'être approchés de la maison en plein jour. Ils sont ben cachés tous les deux dans notre cabane à sucre. Lionel m'a juré qu'ils allumeraient le poêle pour se faire à manger que le soir, quand il fait noir, pour pas se faire remarquer.

— Je peux pas m'empêcher de m'en faire. Je suis comme Céline. Je trouve que son Louis est tellement jeune.

— Il a dix-neuf ans, bout de cierge ! En plus, il est avec mon frère. Ils sont pas fous. Ils restent même pas tout le temps dans notre cabane au cas où un écornifleux aurait remarqué quelque chose. Clément et même le père de Céline leur ont dit de se servir aussi de leurs cabanes. En plus, ils avaient aucune raison de s'approcher de la maison ; Céline leur a envoyé à manger hier. Inquiète-toi donc pas pour rien. Ils manquent de rien. Ils sont ben mieux là que dans l'armée. S'ils continuent à faire attention, qu'est-ce que tu veux qu'il leur arrive ? Cette maudite guerre-là va ben finir un jour.

2

Les Veilleux

Après deux jours de pluie, le beau temps était revenu. Septembre semblait vouloir se donner des airs de juillet tant la chaleur écrasait sous son poids hommes et bêtes. Depuis le début de la semaine, il faisait si chaud que l'air paraissait vibrer, accompagné par les stridulations assourdissantes des insectes. Dans le rang, Sainte-Marie, les vaches s'abritaient à l'ombre des quelques arbres plantés en bordure des champs et les chiens n'avaient même pas le courage de japper après les rares voitures qui passaient sur la route en soulevant un nuage de poussière.

Ce matin-là, chez les Veilleux, cette chaleur humide et étouffante avait exacerbé les tensions dès le réveil.

Comme chaque matin depuis seize ans, Colette avait été la première debout dans la maison, suivie de près par son beau-père.

— Bon, maudite affaire ! s'exclama la petite femme en soulevant le couvercle du coffre à bois. Pas un rondin pour allumer le poêle ! Ça, ça commence bien une journée !

— Je vais aller t'en chercher une brassée dans

la remise, dit Ernest en passant les bretelles de son pantalon.

— Il en est pas question, beau-père ! rétorqua sa bru en repoussant une mèche brune qui s'était détachée de son chignon. Il manquerait plus qu'un homme de soixante-quatorze ans soit obligé de faire ça quand un grand flanc-mou de treize ans traîne encore dans son lit.

Sans perdre un instant, Colette ouvrit la porte de communication de la cuisine d'hiver et se rendit au pied de l'escalier qui conduisait à l'étage.

— André ! André ! cria-t-elle. Lève-toi tout de suite et va me chercher du bois. Dépêche-toi. J'attends après toi pour allumer le poêle.

— Quoi ? finit par demander une voix ensommeillée à l'étage.

— Grouille-toi ! Tu m'as bien entendue. Faismoi pas répéter pour rien.

La mère retourna dans la cuisine d'été et se mit à actionner vigoureusement le bras de la pompe installée au-dessus de l'évier. Une minute plus tard, un grand adolescent aux cheveux hirsutes entra dans la pièce en se frottant les yeux.

— Va tout de suite me chercher du bois ! Tu m'entends ? Dépêche-toi ! Ton père est en train de se lever. S'il s'aperçoit que le poêle est pas encore allumé pour son thé, tu vas recevoir une claque derrière la tête.

André sortit en maugréant et revint un instant plus tard avec une brassée de rondins qu'il laissa tomber bruyamment dans le coffre à bois.

— Va m'en chercher une autre brassée !

— Ça peut pas attendre après le train ?

— Non. Fais ça vite, lui ordonna sa mère sans même se donner la peine de regarder dans sa direction alors que son grand-père s'activait déjà à allumer le poêle.

André sortit de la maison en maugréant de plus belle. À son retour, il trouva son père et sa sœur Carole debout dans la cuisine.

— Je te l'avais dit d'aller chercher du bois hier soir, après le souper, lui fit remarquer sa sœur de quinze ans à qui le visage parsemé de quelques taches de rousseur donnait un air mutin.

— Toi, mêle-toi de tes affaires, répondit son jeune frère, l'air mauvais.

L'adolescente se contenta de lui adresser une grimace moqueuse avant de s'installer aux côtés de sa mère occupée à préparer le repas.

— Va chercher les vaches, lui ordonna son père en s'emparant de la vieille théière noircie dans laquelle le liquide avait commencé à bouillir.

Jérôme se versa une tasse de thé et tendit la théière à son père qui l'imita. Quelques instants plus tard, les deux hommes quittèrent la maison pour faire le train pendant que Carole prenait la direction du poulailler dans l'intention de nourrir les poules et de ramasser les œufs. On ne nourrirait les quatre cochons qu'après le déjeuner, principalement avec les restes de table de la veille et un peu de moulée.

Plus d'une heure plus tard, toute la famille se retrouva assise autour de la table de la cuisine d'été en train de manger des crêpes abondamment arrosées de mélasse.

— C'est pas mal meilleur avec du bon sirop

d'érable, fit remarquer le grand-père, un petit homme sec et nerveux.

— Je le sais ben, p'pa, dit son fils, mais on est obligés de le ménager, notre sirop. Il nous en reste juste trois gallons pour faire l'année. Avec le printemps pourri qu'on a eu, ça a presque pas coulé. On va se reprendre le printemps prochain, je vous le garantis.

— Étiez-vous obligés d'en donner tout un gallon à Marcelle quand elle est venue cet été ? demanda le vieil homme sur un ton de reproche.

— Voyons, p'pa. Cette pauvre Marcelle aime tellement ça !

— Verrat ! Jérôme, t'oublies que ta sœur a cinquante-deux ans et comme la plupart des bonnes sœurs, elle est ben capable d'attirer la pitié pour avoir quelque chose. Moi, c'est drôle, à regarder l'épaisseur de lard qu'elle a sur les côtes, j'ai toujours eu l'impression qu'elle faisait moins pitié que nous autres... En tout cas, c'est ce que je répétais à ta mère de son vivant, chaque fois qu'elle venait à la maison et qu'elle repartait de chez nous les bras pleins.

Sa bru réprima difficilement un sourire entendu. Elle n'était pas loin de partager l'opinion de son beau-père à propos de sa belle-sœur religieuse qui venait chaque été passer quelques jours sous leur toit en compagnie d'une autre religieuse. Même si sœur Gilbert était une grande femme dynamique et pleine d'allant, elle voyait bien que cette dernière s'arrangeait toujours pour ne pas partir pour Sorel les mains vides. Il lui arrivait de regretter que la religieuse n'aille pas se faire parfois héberger chez sa belle-sœur Céline, qui demeurait un peu plus loin dans le rang Sainte-Marie.

— On en fait pas plus pour elle qu'on en faisait pour Maurice quand il vivait, p'pa, reprit Jérôme.

Durant un court moment, un nuage assombrit le regard d'Ernest Veilleux au souvenir de la mort prématurée de son fils Maurice, frère mariste. Le frère infirmier était décédé de la tuberculose cinq ans plus tôt, à l'âge de trente-huit ans.

— Je veux pas critiquer, se défendit mollement le patriarche de la famille. Je sais que vous avez le cœur sur la main.

— On est pas meilleurs que les autres, monsieur Veilleux, plaisanta à demi sa bru. On a juste l'esprit de famille. Si on pouvait aider Albert, Anne et Léo qui se privent à cause du rationnement, on le ferait. Pas vrai, Jérôme ?

— Certain.

Le silence retomba dans la cuisine d'été des Veilleux. Sa dernière bouchée avalée, le grand-père quitta la table et alla s'asseoir dans sa chaise berçante placée sur le balcon, près de la porte moustiquaire. Après avoir allumé sa seconde pipe de la journée, il laissa remonter ses souvenirs en lui, ce qu'il faisait de plus en plus souvent ces derniers mois.

La mort de sa Yvette en 1933 avait été un rude coup. La disparition de cette femme au caractère jovial avait signifié pour lui le début réel de la vieillesse. Même s'il n'avait alors que soixante-quatre ans, le poids des années lui était tombé dessus comme une charge de briques. Son unique chance avait été que Jérôme, sa femme et leurs deux enfants vivaient avec lui à la ferme. Il ne pouvait compter sur l'aide d'aucun de ses six autres enfants.

À l'époque, Marcelle et Maurice étaient en communauté. Albert, toujours employé du CP, vivait avec sa famille à Montréal depuis une douzaine d'années. Anne venait d'épouser Armand Labbé, un vendeur de machinerie agricole de Nicolet. Léo et Jean-Paul vivaient et travaillaient à Pierreville, chez Thibault, et ils n'avaient pas plus envie de revenir s'établir sur la terre que de se marier. Enfin, Céline, mariée depuis dix ans avec son Clément, avait déjà trois enfants à élever. Dans tout ça, l'unique bon point avait été que cette pauvre Yvette n'avait pas eu à voir son Jean-Paul partir pour la guerre. C'était leur plus jeune fils et on était sans nouvelles de lui depuis plus d'un an. Par chance, Jérôme et Léo avaient été réformés, pour une histoire de pieds plats d'après les médecins. Tant mieux ! Les prières de toute la famille n'avaient pas été inutiles.

Soudain, le vieillard fut tiré de ses pensées par des éclats de voix en provenance de la cuisine.

— Je veux pas y aller ! Je vais avoir quatorze ans au mois de décembre. J'haïs ça, l'école ! Je perds mon temps. La bonne femme Rivest m'aime pas la face ! s'écria André dont la voix était en train de muer.

Il y eut un bruit de gifle.

— Toi, tu vas apprendre à vivre, mon garçon ! s'exclama sa mère qui venait de lui allonger une taloche. C'est madame Rivest, pas la bonne femme Rivest, tu m'entends ?

— Mais...

— Pour l'école, il y a pas de discussion. Demain matin, après le train, tu te changes et tu vas à l'école. Un point, c'est tout.

— Pourquoi je peux pas faire comme Bertrand Tremblay ? demanda l'adolescent, rouge de colère, se tenant la joue où se voyait nettement la marque des doigts de sa mère. Lui, il y retourne pas cette année.

— Il te faut ta 7e année, comprends-tu ? répliqua sa mère.

— Tremblay l'a pas, lui.

— Bertrand Tremblay a déjà quatorze ans et il est plus obligé d'aller à l'école. Toi, oui. Je te l'ai dit cent fois, tête de mule. Est-ce qu'il faut que je te fasse un dessin ? Depuis l'année passée, la loi t'oblige à aller à l'école jusqu'à quatorze ans ou jusqu'à ta 7e année.

— Je vais avoir l'air d'un grand niaiseux avec des petits, maugréa André en se dirigeant vers la porte.

Sa mère, excédée, haussa les épaules et se tourna vers sa fille.

— Toi, démets donc la table au lieu de bayer aux corneilles, lui dit-elle. T'aurais pu au moins dire un mot à ton gars, ajouta-t-elle à l'intention de son mari qui finissait placidement de boire sa tasse de thé, assis au bout de la table.

— Pourquoi je m'en serais mêlé ? répliqua son mari. Pour élever les enfants, t'as ben plus le tour que moi. Je te laisse faire.

— C'est ça, mon Jérôme. Garde-toi le beau rôle avec les enfants et laisse-moi celui de la marâtre.

Carole, debout derrière sa mère, adressa à son père un clin d'œil malicieux. Jérôme fit comme s'il ne l'avait pas vue.

— Qu'est-ce que tu veux ? Moi, je serais ben mal pris pour obliger quelqu'un à aller à l'école, j'ai même pas fini ma 6e année. J'aimais pas ça aller à l'école. Même si ma mère me poussait dans le dos pour que j'y aille, j'apprenais rien. J'étais juste bon à travailler sur la terre.

— C'est correct, je connais l'histoire, l'interrompit la petite femme énergique en s'essuyant le visage, où perlaient quelques fines gouttelettes de sueur, avec un coin de son tablier.

— Remarque, même si mon père m'aide encore un peu, ajouta à voix basse Jérôme en jetant un bref coup d'œil vers la porte, j'aurais ben besoin de notre gars. Je me demande comment je vais arriver à tout faire presque tout seul. Il me faudrait presque un homme engagé, mais ça coûterait trop cher... Bon, je vais faire un petit somme et, après, je monte à Saint-Gérard.

— Déjà ? demanda Colette.

— J'ai promis au père Couture d'aller chercher les vaches au commencement de la semaine, précisa son mari à mi-voix en faisant signe à sa femme de baisser le ton. Ça sert à rien d'attendre.

— Tu trouves pas qu'il fait pas mal chaud pour les ramener ?

— C'est encore mieux que d'attendre qu'il mouille.

Jérôme sortit dans l'intention d'aller s'étendre à l'ombre, comme chaque début d'après-midi, à l'extrémité du balcon où l'attendaient un vieil oreiller et une mince couverture délavée. Au moment où il passait devant son père, ce dernier lui demanda :

— Est-ce qu'on commence à couper le blé cet après-midi ? Il est pas mal prêt.

— Si ça vous tente de commencer aujourd'hui, p'pa, vous pouvez le faire. Moi, après mon somme, je vais à Saint-Gérard. Je vais m'organiser pour revenir pour l'heure du train.

— Qu'est-ce qui se passe, là ? fit Ernest, étonné.

Toute la figure de Jérôme prit un air embarrassé qui n'échappa pas à son père.

— Ah ben, verrat ! C'est pas vrai ! T'es pas allé acheter les Jersey du père Couture ?

— C'est une bonne affaire, p'pa. Avec quatre vaches de plus, ça va nous en faire dix-huit, juste des bonnes laitières, à part ça.

— Torrieu ! Où est-ce qu'on va prendre l'argent pour payer cette dépense de fou-là ? On a pas assez d'argent pour les acheter. Je te l'ai expliqué la semaine passée quand tu t'es mis cette idée-là dans la tête !

— On est capables de s'organiser, voyons donc ! Le père Couture demande pas une fortune pour ses vaches.

— C'est pas juste ça, reprit Ernest, de plus en plus en colère, en se levant de sa chaise berçante. Où est-ce que tu vas les mettre, tes maudites vaches, quand ça va être le temps de rentrer les animaux au mois de novembre ? Il y a déjà pas assez de place pour nos vaches et leurs veaux.

— On va agrandir l'étable.

— Avec quel argent ?

— On a du bois ben sec en masse dans la remise et dans la grange.

— Et pour les nourrir ? Je suppose que tu vas me dire qu'on a assez de foin !

— Peut-être pas, mais si le beau temps reste encore deux ou trois semaines, on va pouvoir faire une autre coupe. À ce moment-là, on en aura ben assez.

— Baptême ! Tu vas tous nous mettre dans le chemin avec tes idées de grandeur, Jérôme Veilleux. Si j'avais pensé que tu serais pas capable de mener la terre comme du monde, jamais...

— Whow ! p'pa ! Charriez pas, là ! s'emporta à son tour le cultivateur que toute envie de sieste avait subitement quitté. Ça fait plus que vingt ans que je travaille sur la terre. Quand vous avez décidé qu'on était des associés il y a douze ans, vous me faisiez confiance parce que j'avais fait mes preuves. C'est pas parce que j'ai acheté pour un maudit bon prix quatre vaches au père Couture que je suis devenu un sans-génie pas capable de voir où il s'en va.

— Tu vas voir, tu vas le regretter, le prévint le vieil Ernest, déjà résigné en apparence à ce qu'il considérait comme une folle dépense. Mais je t'avertis : viens surtout pas te plaindre à moi ! Je t'aurai prévenu ! Quand on a presque pas d'argent, on le garroche pas par les fenêtres.

Cet éclat entre le père et le fils n'était pas le premier. Les frictions entre les deux hommes se produisaient assez souvent. Colette savait qu'il ne servait à rien d'intervenir pour calmer les esprits.

Avec les années, elle avait appris à ne pas trop s'inquiéter des divergences de vue qui les dressaient parfois l'un contre l'autre. Elle comprenait que le choc des générations était inévitable. L'un et l'autre explosaient peut-être rapidement, mais ils n'étaient pas rancuniers.

— Bon, les voilà encore en chicane ! dit-elle à Carole à mi-voix. On va encore avoir droit à une couple de jours de bouderie de ton grand-père et à l'air bête de ton père.

— Pourquoi grand-père s'enrage comme ça après p'pa ? demanda l'adolescente en tendant le cou pour tenter d'apercevoir les deux hommes qui se faisaient face sur le balcon.

— Ton grand-père est trop prudent et, d'après ton père, il est d'un autre temps.

Il y eut un bruit de pas dans l'escalier. Quelques minutes plus tard, Colette vit passer son mari sur le côté de la maison. Il conduisait sa voiture à laquelle il avait attelé la jument grise. Il prit la route en direction du village.

— Mets ton chapeau de paille, commanda-t-elle à Carole. On va aller ramasser des tomates dans le jardin. Baisse les manches de ta robe, sinon tu vas avoir les bras bruns comme une vraie sauvagesse.

— On pourrait pas attendre que le soleil baisse un peu, m'man ? Il me semble qu'il fait pas mal chaud pour aller travailler dans le jardin.

— Arrive, Carole ! Le ketchup se fera pas tout seul. Si on veut en avoir cet hiver, il faut se grouiller. Cet après-midi, on va ébouillanter nos pots et faire cuire nos tomates rouges. J'en veux une vingtaine de pots.

— André pourrait nous aider.

— Ton père lui a demandé de nettoyer l'étable.

— Je vais aller lui donner un coup de main, dit son beau-père qui venait de se planter devant la porte moustiquaire.

— Vous pourriez peut-être vous ménager un peu, monsieur Veilleux. Le soleil tape dur et dans l'étable, ça doit être pas mal chaud.

— Si le jeune est capable de travailler là, moi aussi, je suis capable de le faire.

Vers la fin de l'après-midi, Carole fut la première à apercevoir son père qui s'apprêtait à pénétrer dans la cour. Il avait attaché deux Jersey à l'arrière de la voiture qui avançait au pas. André sortit du poulailler pour venir admirer les deux magnifiques bêtes. Carole et sa mère quittèrent, elles aussi, la cuisine d'été pour venir voir de plus près les nouvelles acquisitions.

— C'est pas des belles vaches, ça ? demanda Jérôme, tout content.

— Ça va être nos plus belles, fit Colette.

— Et elles vont donner pas mal de lait.

— T'étais pas supposé revenir avec les quatre ? demanda sa femme.

— Ben oui, mais pas moyen de les ramener toutes ensemble. Déjà, deux, c'était pas facile. En plus, ça marche pas vite sur le chemin, ces bêtes-là. Il était pas question de prendre la chance qu'elles se blessent en allant trop vite. Saint-Gérard a beau être juste à trois milles du village, je pouvais pas risquer de les faire crever. Ça fait que j'ai décidé d'en ramener deux aujourd'hui et j'irai chercher les deux dernières demain avant-midi.

— Elles ont pas l'air vieilles, fit remarquer Colette.

— Quatre ans, pas plus, assura Jérôme. Bon. Amène-les dans l'étable, André. L'heure du train est presque arrivée. Où est mon père ?

— Il est parti s'étendre dans sa chambre quelques minutes. Il a travaillé une bonne partie de l'après-midi à nettoyer l'étable avec André.

— Pourquoi il se repose pas quand il fait chaud comme ça ? demanda Jérôme, réprobateur.

— Tu le connais. Il veut pas reconnaître qu'il vieillit, lui répondit sa femme avant de se diriger en compagnie de Carole vers la maison. Essaie de t'entendre avec lui, veux-tu ?

— C'est pas de ma faute s'il est têtu comme un âne, répliqua son mari en baissant involontairement la voix, comme si son père pouvait l'entendre.

— Peut-être, mais c'est tout de même ton père. Tu lui dois le respect.

3

Les Tremblay

— Élise, tu peux sortir le vinaigre et le sucre, dit la grand-mère à l'adolescente de seize ans en retirant du feu une grosse marmite dans laquelle on avait mis à cuire une quantité impressionnante de betteraves.

— Les pots ont été ébouillantés et la paraffine est prête, annonça Aline Tremblay, la célibataire de la famille.

— Je pense, madame Tremblay, qu'on a le temps d'empoter les betteraves avant de se mettre à préparer le souper, fit Cécile, la maîtresse de maison. Qu'est-ce que vous en pensez ?

Sa belle-mère jeta un coup d'œil à l'horloge avant d'acquiescer.

— T'as raison. On a amplement le temps de tout faire avant que Gérald et Bertrand aient fini le train.

Le silence retomba dans la pièce. En cette fin d'après-midi, les fenêtres grandes ouvertes de la cuisine d'été des Tremblay laissaient passer toutes sortes d'odeurs appétissantes. Cette pièce était le cœur de la grande maison blanche où s'activaient les quatre femmes malgré la chaleur presque insupportable dégagée par le poêle à bois. Il régnait entre elles une harmonie et une coordination issues autant de longues années de pratique que de la nécessité absolue de s'entendre.

À la fin de l'hiver 1934, Eugène Tremblay avait attrapé une pneumonie probablement causée par un refroidissement après une longue journée à bûcher. Qui aurait dit que la maladie emporterait en quelques jours ce colosse de soixante et un ans plein de vitalité ? À cinquante-neuf ans, Thérèse s'était retrouvée soudainement seule avec sa fille Aline. Ses autres enfants avaient leur vie et ne pouvaient tout abandonner pour venir l'aider à cultiver la terre familiale.

L'aînée, Claire, vivait depuis quelques années à Québec parce que son mari, Hubert Gendron, occupait un poste important au ministère de la Voirie. Elle vivait loin et avait de quoi remplir ses journées avec l'entretien de sa maison et l'éducation de Pierre, son fils unique, qui avait un an de plus que Jean, le fils cadet de Clément.

Ce dernier habitait avec sa famille deux fermes plus loin, sur l'ancienne terre de Bruno Pierri, qui avait été contraint de vendre quelques années plus tôt après le décès de sa femme.

Bien sûr, Thérèse pouvait toujours compter sur l'aide occasionnelle de Clément, mais l'homme de quarante et un ans en avait déjà plein les bras avec tout ce qu'il avait à faire chez lui. Même s'il pouvait se faire aider par sa femme Céline et ses trois enfants, il ne pouvait tout de même pas se charger de cultiver une deuxième terre.

Jeannine, toujours célibataire, enseignait à Sorel alors que Lionel travaillait dans une meunerie et demeurait à Nicolet. À l'époque, le jeune homme de vingt-quatre ans n'avait aucune envie de retourner à Saint-Jacques-de-la-Rive et sa mère n'avait pas voulu le forcer à revenir vivre avec elle.

Mais la providence avait eu pitié de la veuve un peu désemparée. Gérald, son fils de trente et un ans, lui avait offert de venir demeurer sur la terre familiale avec sa femme et ses deux enfants, Élise et Bertrand. Cécile avait accepté de suivre son mari. Même si les choses n'avaient jamais été dites clairement, la veuve avait cru comprendre à l'époque que le père de Cécile Langlois, un cultivateur de Saint-François-du-Lac, n'appréciait pas particulièrement son gendre, qui habitait encore sous son toit. On disait un peu partout que les deux hommes étaient à couteaux tirés.

Thérèse connaissait bien son fils. Elle avait une bonne idée des causes de la mésentente entre les deux hommes. Il était de notoriété publique que Gérald n'avait pas inventé le travail. Même s'il était grand et costaud, il n'avait jamais été un chaud partisan de l'effort soutenu. Seule une femme aussi énergique que Cécile pouvait le supporter, selon elle. Sept ans plus tard, l'homme de trente-huit ans n'avait guère changé, mais sa femme le suivait de près et voyait à ce qu'il accomplisse le travail nécessaire.

Thérèse aimait autant sa bru que ses trois filles. À son avis, la force de caractère, la piété et l'énergie de cette maîtresse femme la faisaient ressembler à sa fille Claire. À trente-six ans, le large visage aux agréables pommettes hautes de Cécile ne présentait pas une ride. Aucun fil d'argent ne s'était encore glissé dans son épaisse chevelure noire. Peu de choses échappaient à ses yeux brun foncé. En un mot comme en cent, la veuve se retrouvait dans la femme de son fils et elle ne se gênait pas pour l'appuyer dans tout ce qu'elle entreprenait. En fait, elle se sentait beaucoup plus proche d'elle que de sa fille Aline, qui n'avait jamais envisagé de quitter la maison paternelle.

Un an, jour pour jour, après l'installation de la famille de Gérald sur le domaine familial, Thérèse avait fait de son fils le propriétaire unique de la ferme. Dans l'acte notarié passé chez le vieux notaire Anatole Beaubien, il avait été entendu qu'en contrepartie, le fils assurerait le vivre et le couvert à sa mère et à sa sœur Aline jusqu'à la fin de leurs jours. Cette donation ne modifia en rien le comportement de Cécile à l'endroit de sa belle-mère et de sa belle-sœur. Elle demeura une femme au caractère égal dont la générosité n'était jamais prise en défaut.

Quand Lionel avait perdu son emploi à la meunerie le printemps précédent, Thérèse n'avait même pas eu à suggérer qu'on puisse l'inviter à revenir à la maison. Cécile l'avait devancée en lui offrant tout naturellement de venir habiter avec eux aussi longtemps qu'il le désirerait.

Tout avait soudainement basculé en juillet quand, le même jour, Lionel et Louis, le fils de Clément, avaient reçu leur avis de mobilisation. Ils avaient quarante-huit heures pour se présenter au bureau de recrutement de Nicolet. Jusqu'à ce jour-là, la vieille femme avait cru que les siens étaient à l'abri de la conscription. Ne lui avait-on pas répété des dizaines de fois que les fils de cultivateurs allaient être épargnés parce que le pays avait besoin de bras pour cultiver la terre ? Pourtant, elle aurait dû savoir que c'était faux puisqu'on lui avait dit qu'Émile Tougas avait reçu sa convocation au début du mois.

Ce soir-là, un conseil de famille s'était tenu dans la cuisine d'été de la maison de Gérald.

Quelques minutes plus tôt, Thérèse avait vu Clément et Céline, marchant sur la route, précédés de peu par leurs trois enfants. Françoise, l'aînée, suivait de près ses frères Louis et Jean. Dès leur arrivée, tous étaient entrés dans la maison et s'étaient installés autour de la grande table de la cuisine d'été.

— Il est pas question que Louis aille se faire tuer dans les vieux pays pour rien, avait déclaré d'entrée de jeu Clément, en serrant les poings.

— J'ai pas mis au monde des enfants pour les envoyer se faire massacrer, avait fait Céline en s'essuyant les yeux. Cette année, c'est Louis qu'ils veulent, et dans deux ans, ils vont venir chercher Jean, je suppose. Non ! Je les laisserai pas faire.

— D'abord, il y a pas trente-six solutions, avait déclaré Gérald. Si tu veux pas que ton gars aille se faire estropier dans les vieux pays, il lui reste juste à prendre le bois.

— Se cacher comme un voleur quand il a rien fait ! s'exclama Céline.

Clément avait posé sa main sur le bras de sa

femme pour la calmer. À quarante et un ans, Céline Veilleux n'était plus depuis longtemps la mince jeune fille que les garçons de Saint-Jacques-de-la-Rive, y compris le solitaire Germain Fournier, rêvaient de courtiser. Trois fausses couches et trois maternités avaient épaissi sa taille. Mais toutes ces grossesses n'étaient pas parvenues à gommer les traits fins de son visage parsemé de taches de rousseur, éternel héritage des Veilleux. Depuis peu, deux petites mèches blanches étaient apparues dans ses cheveux brun cendré.

— Lionel, j'espère que tu veux pas imiter le frère de ma femme ou Charles Hamel en allant au bureau de recrutement comme un mouton, avait demandé Clément à son plus jeune frère.

L'homme de trente-trois ans ne s'était même pas donné la peine de répondre. Il avait passé une main nerveuse dans sa mince chevelure brune et s'était contenté de secouer la tête en signe de dénégation.

— Il manquerait plus qu'il soit aussi bête que mon frère ! s'était exclamée Céline. En tout cas, il y a déjà bien assez que mon père se ronge les sangs avec ce qui peut arriver à Jean-Paul pour qu'il ait à s'inquiéter pour son petit-fils. Louis ira pas là, un point c'est tout ! On en a parlé avec lui : il veut pas y aller.

Le jeune homme à la chevelure châtain ondulée et à la fine moustache, gêné d'être le sujet de préoccupation de tant de gens, avait hoché la tête sans rien dire.

— C'est certain que je me présenterai pas, avait finalement dit Lionel, comme s'il venait de prendre une décision irrévocable. On va être tous les deux dans le même bateau, mon Louis, ajouta-t-il en tapant sur l'épaule de son neveu.

— Il reste à savoir combien de temps vous allez être poignés pour vous cacher, avait laissé tomber Gérald, sur un ton songeur.

— Ça a pas d'importance, lui avait fait remarquer sa belle-sœur Céline. La guerre durera pas indéfiniment.

— C'est vrai, avait reconnu Gérald. Mais après, qu'est-ce qui va se passer ?

— Ça, il y a juste l'avenir qui va nous le dire, avait déclaré Clément. Si je me rappelle ben ce que le père nous a raconté, le gouvernement a pardonné à tous les déserteurs après la guerre, en 1918. Ils ont juste eu à payer une petite amende.

— Ça sert à rien de se tourmenter pour plus tard, avait déclaré Cécile sur un ton décidé. On verra bien ce qui arrivera. À cette heure, il reste à savoir où vous allez vous cacher tous les deux et comment vous allez faire pour manger.

Le silence était brusquement tombé autour de la table. Durant une minute ou deux, personne n'osa prononcer un mot.

— Pourquoi mon oncle et Louis se cacheraient pas dans notre cabane à sucre ? avait proposé Françoise.

La jeune fille à la taille élancée ressemblait étonnamment à sa mère. Elle avait un visage ovale aux traits délicats de madone, éclairé par deux grands yeux bruns pétillants.

— Ça va être la première place que les MP vont aller fouiller, avait fait observer son oncle Gérald.

— C'est peut-être vrai, avait reconnu Clément, mais s'ils font ben attention de pas se faire voir, ce serait pratique en maudit pour eux autres pour le manger. On pourrait les nourrir facilement.

— C'est pas bête, avait reconnu Lionel en laissant percevoir un réel soulagement.

Il avait jeté un coup d'œil à son neveu avec qui il se préparait à vivre jusqu'à la fin de la guerre pour vérifier si ce dernier était consentant.

— On peut encore faire mieux, avait ajouté Cécile dont le visage venait de s'illuminer. Qu'est-ce que vous diriez s'ils s'installaient dans trois cabanes à sucre en même temps ?

— Comment ça ? s'étaient écriés tous ceux qui étaient assis autour de la table.

— Il me semble qu'on pourrait s'entendre pour que notre cabane à sucre, celle de Clément et même celle de ton père, Céline, leur servent d'abri. Ce serait peut-être pas mal moins dangereux pour tout le monde si Louis et Lionel pouvaient changer de place une ou deux fois par semaine. Comme ça, il y aurait moins de chance qu'un fouineux les aperçoive. Elles sont toutes les trois au bout de nos terres, au milieu du bois. Il y a pas grand chance que quelqu'un les voie.

— Et on ferait ben attention à pas allumer de poêle durant la journée, quand il fait clair, avait précisé Louis dont c'était la première intervention.

Gérald avait regardé son frère Clément en hochant la tête.

— Pour moi, il y a pas de problème. J'ai laissé à la cabane quatre ou cinq cordes de bois le printemps passé. Ils auront pas de problème pour chauffer le poêle.

— Moi aussi, avait fait Clément.

— Pour le manger ? avait demandé Céline.

— Nous autres, les femmes, on est capables de s'en occuper, l'avait rassurée sa belle-sœur. Tiens ! Une semaine, je vais m'en occuper et tu feras la même chose la semaine d'après.

— Correct. Mais est-ce que ce sera pas dangereux quand ils vont venir le chercher à la maison ? avait demandé Thérèse.

— Écoutez, grand-mère. On pourrait peut-être faire quelque chose, avait suggéré Françoise. Jusqu'à la fin de l'automne, nos vaches, comme les vôtres, vont brouter jusqu'au bord du bois. Celui qui va chercher les vaches le matin pourra toujours laisser le manger à une place donnée. Mon oncle et Louis pourront venir le chercher là sans être vus par personne. Nous autres, au bout de notre champ, il y a une grosse pierre. On pourra toujours laisser le manger près de cette pierre-là. Si vous faites la même chose, ma tante Cécile, personne les verra jamais.

— C'est bien beau, ton idée, mais qu'est-ce qu'on va faire à partir de la fin de l'automne ? avait demandé sa mère.

— Les hommes vont aller bûcher presque tous les jours. Ils trouveront bien un moyen de leur apporter du linge chaud et à manger, avait conclu la grand-mère Tremblay.

— Bon, est-ce qu'on fait ça à soir ? avait repris Cécile. Il y a pas de lune et il fait noir comme chez le diable. On est peut-être aussi bien de pas attendre à la dernière minute au cas où un imprévu arriverait. C'est demain après-midi qu'ils doivent se présenter à Nicolet.

Une heure plus tard, Louis, son frère Jean et son père, lourdement chargés, s'étaient glissés à travers champs, derrière les bâtiments de la ferme de Gérald. Ce dernier les attendait en compagnie de son fils Bertrand et de Lionel. Les six hommes avaient longé les champs dans un parfait silence, assurés d'être invisibles aux yeux des voisins. Gérald prit la tête de ce petit défilé lorsqu'ils arrivèrent au bois. Il connaissait son érablière et n'eut aucun mal à conduire tout le monde jusqu'à la cabane dissimulée entre les arbres.

La porte du petit bâtiment s'était ouverte dans un grincement accompagné par le bruit du trottinement des mulots qui s'étaient empressés de fuir les lieux. Gérald alluma un fanal qu'il déposa sur la table grossière installée près de l'unique fenêtre. Immédiatement, Lionel avait tiré de son baluchon une vieille couverture rapiécée que sa belle-sœur Cécile lui avait donnée pour obstruer la fenêtre. Les bagages des deux fugitifs avaient été déposés au centre de l'unique pièce.

— Bon, avait fait Clément. Vous avez de quoi manger pour deux jours. Louis, tu te rappelles où se trouve la source, dans le bois ?

— Oui, p'pa.

— Essayez de vous souvenir de rien laisser traîner dans une cabane ou l'autre quand vous partez. Au cas où les MP viendraient fouiner dans le coin... On sait jamais, quelqu'un peut avoir un doute et vous dénoncer.

— À votre place, avait suggéré Bertrand, le jeune cousin de Louis, je cacherais presque toutes mes affaires derrière une des cordes de bois dans l'appentis.

— C'est pas bête, ce qu'il dit là, avait reconnu Clément. Mais surtout, faites pas de bruit et essayez de vous occuper durant la journée.

— On va faire un peu de ménage, avait dit Louis.

— Oui, mais en dedans, pas dehors... Ce serait trop visible qu'il y a du monde, l'avait corrigé son oncle Gérald. Rappelez-vous surtout de changer de cabane tous les deux jours et enterrez vos poubelles.

— Venez surtout pas traîner autour des maisons à moins que quelque chose de ben grave arrive, avait recommandé Clément avant de quitter les lieux. Oubliez pas qu'on risque la prison nous autres aussi en vous aidant. Bonne chance !

Gérald, son frère et les deux adolescents avaient repris le chemin de la maison. Ils ne s'étaient séparés qu'à leur arrivée près de la maison où Cécile, debout derrière la porte moustiquaire, les avaient attendus pour s'assurer que l'expédition s'était bien déroulée.

Quelques minutes plus tard, Clément avait retrouvé Céline et Françoise assises près de la fenêtre de la cuisine, guettant leur arrivée.

— Ils sont ben installés, avait voulu les rassurer Clément en entrant dans la pièce.

Sa femme s'était contentée de hocher la tête et de contenir ses larmes.

— On va réciter un chapelet pour que le bon

Dieu les protège, avait-elle annoncé en s'agenouillant au centre de la pièce, aussitôt imitée par sa fille Françoise.

Clément avait eu un soupir d'exaspération avant de se laisser tomber à genoux, tout de suite après Jean dont l'air mécontent disait assez ce qu'il pensait de l'idée de sa mère.

Depuis ce soir de juillet, six semaines s'étaient écoulées et, par chance, il n'y avait eu qu'une alerte sérieuse lors de la visite de la police militaire la semaine précédente. Cependant, les Veilleux, comme les Tremblay, s'inquiétaient du bien-être des deux déserteurs à la pensée de l'automne qui allait apporter des jours de plus en plus froids.

Chez Gérald Tremblay, on n'entendait dans la cuisine d'été que le bruit des ustensiles heurtant les parois d'un chaudron.

— Élise, laisse faire les betteraves et commence donc à éplucher les patates pour le souper, fit sa mère en jetant un coup d'œil à l'horloge murale avant de se tourner vers l'une des fenêtres de la cuisine.

Cécile demeura le couteau en l'air et, durant un bref moment, son visage refléta un vif mécontentement.

— Gagez-vous qu'on va voir notre Gérald sortir de l'étable dans deux minutes ? dit-elle à voix basse en se penchant à l'oreille de sa belle-mère qui travaillait à ses côtés.

— Qu'est-ce qui se passe ? demanda Thérèse.

— On a de la visite qui s'en vient sur le chemin. Notre voisine vient nous voir, on dirait.

— Claudette ?

— En plein ça, madame Tremblay. Regardez-la s'en venir, tout écourtichée... Je peux même vous dire ce qu'elle va dire en entrant : « Mais mon Dieu ! Ça sent donc bien bon chez vous, madame Tremblay ! » dit-elle en minaudant.

— Voyons, Cécile, raisonne-toi, lui conseilla sa belle-mère à voix basse. Claudette Hamel est pas une méchante fille.

— Peut-être, mais je lui donnerais pas le bon Dieu sans confession.

— Tiens, c'est Claudette qui s'en vient chez nous, fit sa belle-sœur Aline qui venait de voir la jeune voisine entrer dans leur cour et se diriger vers la maison. Je suppose qu'elle vient me rapporter le patron de robe que je lui ai prêté la semaine passée.

— On l'a vue, Aline, fit sa mère.

Georges et Rita Hamel étaient les voisins des Tremblay depuis plus de trente ans. Ils exploitaient la ferme située entre la leur et celle des Fournier. Ils avaient trois grands enfants. Charles, leur seul fils, avait quitté la ferme l'année précédente pour aller s'enrôler dans l'armée, tandis que leurs deux filles âgées de vingt-quatre et vingt-six ans demeuraient encore à la maison et attendaient avec une certaine fébrilité les garçons prêts à les conduire au pied de l'autel. Si Adrienne, la cadette de la famille, avait une conduite irréprochable, toutes sortes de racontars circulaient sur le compte de sa sœur Claudette dans la paroisse.

La jeune fille à l'épaisse chevelure châtain et aux yeux bleus était indéniablement jolie. Ses allures libres, ses airs aguicheurs et son petit rire de gorge, quand elle était en présence des hommes, avaient le don de lui aliéner toutes les femmes de la paroisse. La belle Claudette Hamel faisait tourner la tête des hommes et elle semblait en tirer une certaine fierté.

— Qu'est-ce que je vous disais ? murmura Cécile en montrant d'un coup de menton son mari qui sortait de l'étable au moment où Claudette posait le pied sur la première marche conduisant au balcon.

— T'as pas de raison d'être jalouse, tenta de la rassurer sa belle-mère.

— Laissez faire, madame Tremblay. Je connais mon Gérald. Cette petite dévergondée l'excite. Pour le faire sortir aussi vite de l'étable, il faut qu'il ait des idées derrière la tête.

La méfiance de la femme de trente-six ans s'était peu à peu transformée en jalousie après qu'elle eut surpris son mari à trois ou quatre reprises en grande conversation avec la jeune voisine depuis le début du printemps précédent. Chaque fois qu'il avait été interrogé sur le sujet de leur entretien, Gérald avait rougi et s'était montré si évasif qu'il n'avait fait qu'attiser les soupçons de sa femme. Elle trouvait profondément injuste d'avoir à se battre contre une fille qui avait dix ans de moins qu'elle et qui n'avait pas été abîmée par les maternités.

Mise au courant de ses soupçons, sa belle-mère faisait tout pour la rassurer. Malgré tout, Cécile avait songé, durant un moment, à aller se plaindre à Rita Hamel de la conduite de sa fille, mais son amour-propre l'en avait empêchée. Finalement, elle en était venue à détester si intensément sa jeune voisine qu'elle s'était sentie obligée de s'en confesser au curé Ménard qui lui avait conseillé de garder l'œil ouvert et de protéger son foyer par tous les moyens.

— Va donc demander à Gérald de nous donner un peu de crème pour le dessert, dit Thérèse en tendant un petit pichet à sa bru.

— Je peux bien y aller, grand-mère, proposa Élise.

— Laisse ta mère y aller, dit sa grand-mère. Ça va lui faire du bien de sortir dehors deux minutes.

Cécile comprit la manœuvre suggérée par sa belle-mère. Elle saisit le pichet et s'apprêtait à sortir de la maison au moment même où Claudette Hamel allait frapper à la porte moustiquaire.

— Ça sent donc bien bon chez vous, madame Tremblay ! s'exclama la jeune fille, comme Cécile l'avait prévu.

— Entre, Claudette, l'invita cette dernière sans grande chaleur. Ça sent juste les betteraves. Je pense que t'as affaire à Aline. Elle arrive. Moi, je dois aller à l'étable.

Sur ces mots, la mère de famille sortit de la maison et s'empressa d'intercepter son mari qui arrivait à la maison.

— Viens me donner de la crème ; on en a besoin pour souper, lui commanda-t-elle en lui barrant le chemin intentionnellement.

— Bertrand est dans l'étable. Dis-lui de t'en donner.

— Laisse faire Bertrand, fit-elle en haussant la voix. C'est à toi que je le demande. Arrive !

Quelque chose dans le ton de sa femme dut alerter Gérald parce qu'il se décida à faire demi-tour et à l'accompagner à l'étable après avoir jeté un regard déçu vers la porte de la cuisine d'été où venait de disparaître Claudette Hamel.

Dans la laiterie, il saisit avec une mauvaise humeur évidente une louche avec laquelle il recueillit la crème montée à la surface d'un bidon de lait.

— T'avais pas besoin de moi pour faire ça, dit-il à sa femme en lui tendant son pichet rempli de crème.

— Je le sais, mais comme t'avais l'air d'avoir fini ton train, j'ai pensé que ça te dérangerait pas, fit Cécile.

Au moment où le couple sortait de l'étable, la porte moustiquaire de la cuisine d'été claqua et Cécile aperçut Claudette Hamel quitter la maison et reprendre la route. En voyant l'air dépité de son mari, elle eut du mal à réprimer un sourire de contentement.

4

Les Fournier

En ce samedi matin, malgré l'heure matinale, les signes d'activité ne manquaient pas.

Chez les Fournier, tout le monde était au travail depuis six heures. Après le déjeuner, Germain était allé finir de couper son blé avant que la pluie ne tombe, pendant que son fils Étienne nettoyait l'étable. Pour sa part, Gabrielle s'était chargée de la vaisselle après avoir envoyé sa fille Berthe travailler au jardin, derrière la maison. Le temps était venu de récolter les derniers légumes et les derniers fruits de la saison. Les carottes ne grossiraient plus et les citrouilles étaient déjà prêtes. Le temps était devenu sensiblement plus frais depuis quelques jours. On devait se rendre à l'évidence : on était déjà à la mi-septembre et l'été tirait à sa fin.

La femme de quarante ans entendit le bruit caractéristique d'une roue métallique sur la terre durcie de la cour. Elle leva un moment la tête pour jeter un coup d'œil distrait par la fenêtre située au-dessus de l'évier de sa cuisine d'été. Ce n'était qu'Étienne qui poussait la vieille brouette à la roue cerclée de métal. Il allait porter au chemin les trois bidons de lait quotidiens qui seraient ramassés par le fromager à la fin de l'avant-midi. En le voyant revenir, elle ne put empêcher un rictus de crisper ses traits durs.

— Un bossu ! dit-elle à mi-voix pour elle-même.

Vingt ans plus tôt, elle avait donné naissance à un enfant bossu, à un infirme. À cette simple évocation, l'ancienne servante du curé Lussier sentait monter en elle un vague sentiment de culpabilité mêlé de frustration à l'idée d'avoir à supporter cette honte toute sa vie, comme un injuste fardeau.

Dès son arrivée à Saint-Jacques-de-la-Rive, l'orpheline avait tout fait pour se faire épouser par Germain Fournier dans l'unique but d'échapper à sa condition de servante. Depuis le tout premier jour de son mariage, sa vie avait été gâchée par des regrets. Elle n'aurait jamais dû épouser un homme dont la laideur lui répugnait. Elle éprouvait surtout des remords d'avoir été assez stupide pour le lui dire dès le début de leur union. Les conséquences de cet aveu avaient été bien pires que tout ce qu'elle avait pu alors imaginer. Le mâle timide et amoureux qu'était Germain s'était transformé en un homme intraitable et dur. Il avait réagi en la chassant de sa chambre à coucher et en refusant de lui adresser la parole durant des semaines. À cette époque, elle en était rapidement venue à regretter son état de servante au presbytère, mais il était trop tard.

Si la belle Gabrielle avait cru attendrir son mari en lui apprenant qu'il allait être père quelques mois plus tard, elle s'était trompée. La nouvelle ne les avait pas rapprochés le moins du monde. L'unique réaction de Germain avait été de la forcer à réintégrer leur chambre à coucher et, depuis, il ne s'était plus jamais gêné pour exercer les droits que le mariage lui donnait.

Durant plusieurs mois, la future mère avait alors rêvé de se débarrasser du petit être qu'elle sentait grandir inexorablement en elle. Elle avait prié Dieu de lui épargner cette épreuve et elle avait multiplié les gros travaux ménagers dans l'espoir de provoquer une fausse couche. Elle s'était juré que si elle y parvenait, elle s'empresserait de quitter Saint-Jacques-de-la-Rive le jour même avec la ferme intention de ne jamais plus y remettre les pieds.

Non seulement Dieu ne l'avait pas exaucée, mais Il l'avait punie en lui donnant un enfant anormal à la fin de l'hiver 1923. Et elle n'avait jamais su si son mari lui en avait voulu de lui avoir donné un tel fils.

Gabrielle jeta un nouveau regard vers son fils poussant devant lui sa brouette vide. Il venait de s'arrêter près du jardin pour parler à sa sœur. Si on ne tenait pas compte de sa bosse, il ressemblait à son père. Mêmes traits taillés à coups de serpe et même chevelure châtain clair. L'unique différence venait de ce que son visage n'était pas marqué par l'acné. Ses épaules larges et ses bras noueux disaient assez à quel point le jeune homme de vingt ans était solide.

Il y eut un éclat de rire de Berthe et Étienne se remit en marche en direction de l'étable. En entendant le rire cristallin de sa fille de dix-huit ans, Gabrielle eut un pincement au cœur. Cette fille qui lui avait été donnée deux ans après l'arrivée d'Étienne, elle avait rêvé de s'en faire une alliée et une amie. Elle allait remplacer les voisines qu'elle avait toujours boudées de crainte qu'elles propagent des rumeurs sur le climat qui régnait dans son foyer. Dès les premières années de l'enfant, elle lui avait confectionné de belles robes et même fabriqué des poupées en tissu. Elle avait volontairement négligé son fils pour consacrer le plus clair de ses énergies à gâter sa fille. Étrangement, Berthe ne lui avait jamais manifesté plus d'attachement pour ses efforts. Au fil des années, elle était devenue une belle jeune fille un peu froide et réservée qui ne semblait partager ses secrets qu'avec son frère.

— Qu'est-ce que ton frère te disait de si drôle ? demanda-t-elle à Berthe quelques minutes plus tard, lorsque la jeune fille revint à la maison en portant une chaudière remplie de carottes.

— Quoi ?

— Aïe, la lune ! Je te parle, fit Gabrielle en haussant la voix.

— Je me rappelle plus, m'man.

— À t'entendre rire, ça devait pourtant être pas mal drôle.

Berthe souleva les épaules et présenta à sa mère ce visage buté qu'elle avait de plus en plus souvent. Gabrielle aurait donné cher pour savoir ce qui se passait derrière ce front... et entre le frère et la sœur. Il lui semblait qu'ils tenaient de plus en plus souvent des conciliabules.

— Bon. Laisse-moi juste un plat de carottes, dit-elle abruptement, et va porter le reste dans le carré de légumes, dans la cave. Après, t'iras voir s'il reste des betteraves dans le jardin ; je vais commencer à vider les citrouilles. On va les préparer aujourd'hui et faire de la compote.

Berthe s'approcha de sa mère, prit un grand bol et y déposa des carottes. Les deux silhouettes se confondaient presque. Même taille, mêmes cheveux châtains bouclés, même front haut et mêmes lèvres charnues. Par contre, le visage de la jeune fille ne présentait pas ces rides profondes au coin des lèvres et ses yeux bleus n'avaient pas la dureté minérale de ceux de sa mère.

Berthe descendit à la cave, puis elle retourna dans le jardin sans aucun entrain.

— Si elle continue à avoir cet air-là, se dit sa mère à mi-voix en repoussant une mèche de cheveux d'un geste impatient, elle va finir par ressembler à l'autre avec sa face de bois.

L'autre, c'était évidemment son mari, l'homme avec qui elle entretenait une guerre larvée depuis plus de vingt ans. Entre eux, aucune réconciliation n'était possible, même pas sur l'oreiller. Les deux époux ne s'adressaient la parole que lorsqu'ils ne pouvaient faire autrement. Ils s'ignoraient ouvertement. Pas de cris et pas de disputes fracassantes comme celle qui avait eu lieu au début de leur vie commune en 1923. Pire : uniquement une froideur polaire qui rendait irrespirable l'atmosphère de leur foyer. Ils ne vivaient pas l'un avec l'autre, mais l'un à côté de l'autre. Il suffisait de quelques instants pour se rendre compte que chacun détestait l'autre et avait une tonne de griefs à lui reprocher.

De fait, Gabrielle avait poussé sa haine jusqu'à dépersonnaliser celui qu'elle avait épousé. Depuis longtemps, elle l'avait baptisé « l'autre », le noyant dans un mépris qui, avec les années, avait fini par englober tous les hommes. Étrangement, elle se considérait comme une victime du mauvais sort, une orpheline qui n'avait jamais eu la chance d'être heureuse. À ses yeux, la vie avait été injuste. Pas un moment, elle n'avait pensé qu'elle avait été la première artisane de sa vie malheureuse en rejetant Germain Fournier, complexé, qui ne demandait pourtant qu'à l'aimer. Si elle avait fait preuve d'un peu de douceur et de compréhension, il l'aurait adorée et choyée. Il aurait fallu si peu de choses pour que tout bascule.

En fait, elle avait érigé elle-même les murs qui l'isolaient du reste du monde et le hasard avait fait le reste. Tout d'abord, le sort avait voulu qu'elle soit orpheline et que la sœur de son mari, Florence, leur unique parente, refuse tout contact avec eux parce qu'elle s'était sentie spoliée de sa part d'héritage à la mort de leur mère. Ensuite, dès les premiers temps de son mariage, elle avait tenu délibérément ses voisines à l'écart de peur qu'elles ne devinent à quel point son ménage se dégradait. Avec le temps, les Tremblay, les Hamel et les Veilleux avaient fini par les ignorer, elle et sa famille. Quand ils la rencontraient, ils se contentaient de la saluer de loin sans chercher à se lier. Bien sûr, tout aurait pu changer avec les enfants, mais elle leur avait toujours interdit d'attirer à la maison les enfants des alentours. « Je veux pas de fouineux dans ma maison », leur répétait-elle, suspicieuse.

Un peu avant midi, la mère de famille vit son mari et son fils s'arrêter au puits creusé à l'entrée du jardin. Étienne en tira une chaudière d'eau fraîche et son père s'empressa d'y plonger une vieille tasse en grès qu'on laissait toujours sur la margelle pour se désaltérer.

Germain Fournier avait pris quelques livres avec les années. Son visage s'était un peu arrondi et sa peau hâlée paraissait peut-être moins grêlée à cause des nombreuses rides apparues au coin de ses yeux et sur son front. Par contre, il avait toujours la même tignasse hirsute, même si ses cheveux avaient pris une teinte gris acier. À cinquante et un ans, il fallait reconnaître qu'il était demeuré un homme à la charpente solide.

Rassasiés, les deux hommes traversèrent bientôt la cour sans se presser jusqu'à une petite table grossière appuyée contre le mur de l'appentis. Ils versèrent de l'eau dans le bol à main déposé sur le meuble et, à tour de rôle, ils se rafraîchirent. Après s'être essuyés avec une vieille serviette, le père et le fils se dirigèrent vers le balcon où ils s'arrêtèrent, le temps de retirer leurs bottes avant d'entrer dans la cuisine d'été.

Les Fournier s'assirent à leur place habituelle et chacun se servit dans le bol de bouilli de légumes déposé au centre de la table. Seul le bruit des ustensiles heurtant les assiettes venait troubler le silence pesant qui régnait dans la pièce. À la fin du repas, Gabrielle se leva sans un mot et se mit à desservir la table.

— Va me chercher une chaudière d'eau et verse-la dans le *boiler* du poêle, commanda Gabrielle à Berthe qui venait de se lever à son tour pour l'aider.

— Dérange-toi pas, j'y vais, dit son frère en quittant sa chaise.

— Si encore on avait une pompe à bras à l'évier, comme tout le monde, fit remarquer la mère sans s'adresser à personne en particulier, on serait pas obligés de courir au puits chaque fois qu'on a besoin d'un peu d'eau.

Son mari fit comme s'il ne l'avait pas entendue.

— Moi, m'man, j'ai bien plus hâte d'avoir l'électricité comme à Pierreville, fit Berthe. Y avez-vous pensé ? Plus de lampe à l'huile, plus de fanal, plus besoin de chauffer le poêle à bois en plein été. Quand ça va arriver, ça va être le ciel !

— Je pense que t'as surtout hâte d'écouter le radio pour entendre chanter le soldat Lebrun, ajouta son frère, moqueur. Pour moi, ma sœur, t'étais faite pour être princesse.

— Bon. Ça va faire, vous deux, intervint leur mère. Ça vous sert à rien de vous faire des idées. Tout ça, c'est pas pour demain. En plus, il faut de l'argent pour payer toutes ces belles affaires-là.

— On pourrait peut-être commencer par avoir le téléphone comme à peu près tout le monde dans le rang, fit remarquer le jeune homme.

— Pour quoi faire ? demanda sa mère sur un ton agressif, en se campant devant lui, les mains sur les hanches. Il me semble que t'es bien assez vieux pour comprendre que c'est une bébelle inutile ! On s'en servirait pour appeler qui ? Ça coûte, cette affaire-là, et il paraît qu'on est six par ligne. Quand tu décroches, tout le monde se garroche sur le téléphone pour écouter ce qui se dit. Ça fait que tout le monde est au courant de tes affaires.

Le père se contenta de secouer la tête en entendant sa femme. Il se leva lentement de table, prit sa pipe et sa blague à tabac déposées sur le bras de sa chaise berçante et sortit sur le balcon, sans avoir prononcé un seul mot. Germain alla s'asseoir sur sa vieille chaise berçante placée à l'extrémité du balcon pendant que son fils entrait dans la petite remise accolée à la maison après avoir apporté la chaudière d'eau demandée par sa mère. C'était là son domaine où bien peu de membres de la famille mettaient les pieds.

Quelques minutes plus tard, Berthe se présenta devant la porte du bâtiment demeurée ouverte. Il régnait dans les lieux une forte odeur de vernis.

— Puis, qu'est-ce que t'en penses ? lui demanda Étienne en lui montrant de la main un magnifique petit secrétaire en érable orné d'un panneau central sculpté. Je l'ai verni hier soir. Regarde.

Le jeune homme s'approcha du meuble qui brillait dans la pénombre et en releva le battant pour lui montrer les espaces de rangement ainsi qu'une douzaine de petits tiroirs.

— J'ai aussi prévu un trou pour la bouteille d'encre et un grand tiroir pour mettre les papiers. L'aimes-tu ?

— Je pense que c'est le plus beau meuble que

t'as jamais fait, déclara Berthe, admirative. J'ai jamais rien vu d'aussi beau.

— Attends, j'ai autre chose aussi, l'interrompit son frère dont le visage rayonnait de fierté.

Étienne fit quelques pas et retira quelques poches de jute qui recouvraient un fauteuil fait du même bois que le secrétaire. On retrouvait sur le dossier le même motif floral sculpté que sur le panneau central du secrétaire.

— Il va avec, dit le jeune homme en poussant le fauteuil vers le secrétaire.

— Je te le dis, Étienne, t'as un don pour travailler le bois. Ton secrétaire est encore bien plus beau que la commode que t'as faite pour ma chambre.

— Je le trouve pas pire, fit son frère avec une fausse modestie. Je pourrais peut-être faire mieux, mais il me faudrait de meilleurs outils.

Le garçon passa doucement la main sur le dessus de son secrétaire comme pour vérifier le satiné du bois.

— Je vais dire à p'pa de venir voir ça ; ça vaut la peine, déclara Berthe, enthousiaste.

— Donne-moi tout de même une minute pour que je le sorte dehors, à la clarté, dit son frère.

Étienne tira à l'extérieur son secrétaire et son fauteuil pendant que sa sœur se dirigeait vers la maison. Il n'y avait rien qu'il préférait autant que le moment où il pouvait admirer un meuble qu'il avait construit de ses propres mains. Il travaillait le bois depuis son adolescence. Il existait entre lui et ce matériau une passion développée par les milliers d'heures qu'il lui avait consacrées. Quand il sciait, rabotait ou sculptait, il oubliait son infirmité et le rejet dont il avait toujours été l'objet.

Il avait toujours souffert de l'espèce de froide indifférence manifestée autant par sa mère que par son père. Sa mère l'avait nourri et soigné, mais elle ne lui avait jamais témoigné la moindre tendresse. Pour elle, il était le fils de son père. Ses rares élans d'amour, elle les avait gardés pour Berthe.

Par ailleurs, même si son père n'était guère plus expansif que sa mère, il le préférait. Il lui inspirait une vague pitié tant il semblait vivre seul dans un monde bien à lui, un monde d'où sa femme et ses enfants étaient exclus. Il travaillait à ses côtés depuis qu'il avait quitté l'école, à treize ans, et ils en étaient venus à se comprendre sans avoir à se parler. Jusqu'à présent, sans le savoir, Étienne avait eu une vie qui ressemblait étrangement à celle que son père avait connue. Durant leur enfance, tous les deux avaient souffert des moqueries des jeunes de Saint-Jacques-de-la-Rive. Adolescents, les filles et les garçons les avaient repoussés sans aucun ménagement. La laideur du père, comme l'infirmité du fils, avait été la cause d'une solitude difficile à vivre.

Même si Étienne avait vécu exactement les mêmes vexations que son père à cause de son infirmité, il ne s'était pas enfermé dans une rancune amère. Il s'était consolé en travaillant le bois et, surtout, en partageant un même rêve avec sa sœur : celui de quitter la maison paternelle dans quelques mois. C'était d'ailleurs ce dernier projet qui était l'objet de la plupart des conciliabules qui énervaient tant leur mère.

À la fin de l'hiver, le jour de ses vingt et un ans, il avait été décidé que le jeune homme partirait s'installer à Montréal. Lorsqu'il aurait trouvé un emploi, Berthe entreprendrait le siège de ses parents pour les convaincre de la laisser le rejoindre. Elle était persuadée d'y parvenir en jouant l'un contre l'autre. Elle voulait aller travailler dans une usine où, à cause de la guerre, on versait des salaires intéressants aux femmes. Le frère et la sœur en avaient assez de vivre dans cette maison. Ils voulaient partir et ne plus y revenir.

Étienne fut tiré de ses réflexions par le claquement de la porte moustiquaire de la cuisine d'été. Levant la tête, il aperçut Berthe précédant de quelques pas leur mère. Il eut un imperceptible geste de dépit en voyant cette dernière.

Gabrielle descendit du balcon et vint se camper devant le petit meuble qu'il venait de déposer en plein soleil. Elle le scruta d'un œil critique durant un long moment avant d'en faire lentement le tour.

— Il est pas mal, finit-elle par laisser tomber sans manifester le moindre enthousiasme. On pourrait peut-être le mettre dans un coin de la cuisine d'hiver. Peut-être même qu'on pourrait le vendre à quelqu'un de Pierreville. On sait jamais. Il y a du monde que ça pourrait intéresser. Un peu d'argent nuirait pas pour nous aider à hiverner.

Gabrielle n'avait pas entendu son mari arriver derrière elle. Il avait été tiré de sa sieste par le claquement de la porte de la cuisine. Germain la contourna, abaissa doucement le panneau du secrétaire et admira la rangée de petits tiroirs. Ensuite, il se pencha vers le fauteuil pour l'examiner.

— C'est du bel ouvrage. T'en feras ce que tu voudras, dit-il à son fils sur un ton sans appel. C'est à toi, ce meuble-là. Si tu veux le vendre, tu le vendras. Si tu veux le garder, t'es ben libre de le faire... Bon, c'est ben beau tout ça, mais on a l'avoine à faucher.

Sur ces mots, le père de famille tourna les talons et prit la direction de l'écurie pour aller y chercher les chevaux. Gabrielle, mécontente, se contenta de dire à sa fille :

— Aide ton frère à rentrer ça dans la remise. Après, tu viendras me donner un coup de main à finir d'arranger les citrouilles.

La jeune fille aida son frère à mettre à l'abri son secrétaire et son fauteuil qu'ils recouvrirent de vieilles poches de jute.

— Qu'est-ce que tu vas faire ? lui demanda-t-elle au moment de quitter la remise.

— Je vais les vendre. J'en ai parlé au père Murray, à Pierreville, la semaine passée. Il m'a dit de venir les lui montrer. Il est intéressé à acheter le secrétaire et le fauteuil s'ils font son affaire.

— Il les garderait pour lui ?

— Il l'a pas dit. C'est pas ben important, ajouta Étienne. Que ce soit pour lui ou pour les vendre dans son magasin, ce qui est important, c'est qu'il m'en donne un bon prix.

— Tu vas faire quoi avec cet argent-là ?

— Il va aller rejoindre ce que j'ai déjà de

ramassé. J'en aurai pas de trop quand je vais partir pour Montréal.

Le jeune homme n'en dit pas plus. Berthe et lui se trouvaient maintenant trop près de la maison paternelle.

5

La visite paroissiale

L'automne s'installa vraiment dans la région dès le milieu de la première semaine d'octobre. Il avait suffi de deux jours de pluie et de vent pour faire disparaître les dernières traces de l'été. Le temps avait fraîchi et les routes s'étaient transformées en bourbiers. Subitement, on s'aperçut que les journées raccourcissaient et que le soleil ne parvenait plus à réchauffer vraiment l'atmosphère. Les ramures des arbres, à peine revêtues de leurs couleurs automnales éclatantes, avaient été si durement secouées par le vent qu'elles avaient perdu la moitié de leurs feuilles maintenant plaquées au pied des bâtiments.

Le début d'octobre était une période d'intense activité à Saint-Jacques-de-la-Rive. Les ménagères confectionnaient leurs dernières marinades et confitures avec ce qui restait dans leur jardin avant de s'installer dans leur cuisine d'hiver. C'était aussi le moment de procéder à un grand ménage de la cuisine d'été utilisée par la famille durant les quatre derniers mois. Les parterres étaient préparés pour l'hiver et on mettait les bulbes à l'abri. Pour la dernière fois avant l'arrivée de la saison froide, on lavait les fenêtres et les rideaux et on nettoyait à fond le salon en prévision de la visite annuelle du curé de la paroisse qui, traditionnellement, faisait sa tournée paroissiale à compter du 15 octobre.

À l'extérieur, d'immenses vols d'outardes traversaient bruyamment un ciel gris et bas. De temps à autre, on pouvait entendre au loin le « Hue donc ! » impatient qu'un cultivateur adressait à son attelage pendant qu'il labourait son champ. Derrière lui, des dizaines de mouettes effrontées s'abattaient sur les sillons fraîchement retournés. Partout, les champs étaient maintenant dénudés. Il ne restait qu'à récolter le sarrasin. Cette année encore, la nature avait été généreuse. À présent, le temps pressait. Il fallait profiter des derniers beaux jours pour labourer et épandre du fumier pour engraisser la terre. Il n'était pas question de se faire surprendre par les premières gelées qui n'allaient pas tarder à arriver.

Dans la cuisine du presbytère, Amélie Provost ne décolérait pas depuis le début de la matinée. Elle claquait avec humeur les portes d'armoires et heurtait sans ménagement ses chaudrons. Le curé Ménard, qui la connaissait depuis une douzaine d'années, avait jugé plus prudent de se retirer dans son bureau plutôt que dans le salon, où il avait l'habitude de lire son bréviaire quand la température était trop froide à l'extérieur.

— Maudits hommes ! jura la ménagère en pinçant les lèvres. Pas un pour racheter les autres !

Pour la vingtième fois depuis le début de la

journée, la cuisinière alla à la fenêtre qui donnait sur l'arrière du bâtiment et jeta un coup d'œil vers le jardin. Elle sursauta en apercevant le curé Ménard en train de monter à bord de sa Plymouth 1936 noire qu'il venait de sortir de l'ancienne écurie convertie en garage. Elle ne l'avait pas entendu quitter le presbytère. À voir briller la carrosserie du véhicule sous le timide soleil d'octobre, il ne faisait aucun doute que son propriétaire avait pris la peine de l'astiquer avant de se mettre au volant.

Elle se rappela soudainement avoir entendu, la veille, le brave homme dire à son vicaire qu'ils commenceraient la visite paroissiale le lendemain. Quand le curé Ménard avait précisé à son subordonné qu'il lui laissait le village parce qu'il n'avait pas de moyen de transport, l'abbé Leroux avait osé proposer d'ajouter à sa tâche un ou deux rangs supplémentaires en utilisant la Plymouth. Le « Il en est pas question, l'abbé ! » horrifié de Ludger Ménard avait fait blêmir le petit prêtre, ce qui avait suscité un sourire satisfait chez la ménagère.

Même s'il n'était à Saint-Jacques-de-la-Rive que depuis peu, le vicaire aurait dû savoir que le seul domaine où son curé était intraitable, c'était sa voiture. Personne n'avait le droit de poser la main sur ce trésor qu'il n'utilisait que parcimonieusement à cause du rationnement de l'essence. Il aurait dû remarquer que son curé en prenait un soin maniaque et qu'il passait beaucoup plus de temps à la bichonner qu'à la conduire. Heureusement d'ailleurs ! Comme beaucoup de gens de son époque ayant appris à conduire tardivement,

Ludger Ménard avait une nette tendance à considérer son véhicule comme un vieux cheval dont il fallait ménager les forces. Il roulait au pas, au centre de la route, et il lui parlait constamment. Les « tout doux, ma belle ! » au moment de ralentir précédaient de peu les « Whow ! » quand il s'imposait de freiner. À ses yeux, seuls les mécaniciens de son concessionnaire de Drummondville avaient la compétence nécessaire pour entretenir et réparer sa voiture, ce qui mettait Côme Crevier en colère. Forgeron et mécanicien, l'homme au tour de taille confortable ne pardonnait pas à son curé ce manque de confiance.

— C'est comme si j'allais me confesser au curé Biron de Pierreville parce que je pense que notre curé est pas assez bon pour moi, répétait-il depuis des années à ses connaissances et à ses clients.

Bref, cette répartition de la tâche pastorale signifiait que l'abbé Hervé Leroux allait revenir assez tôt au presbytère, ce qui était une autre raison pour accroître la mauvaise humeur de la ménagère. Elle fit un effort méritoire pour cesser de penser aux deux prêtres. Elle avait bien assez d'avoir à se préoccuper d'un sujet bien plus irritant : le bedeau.

— S'il m'oblige à aller le chercher chez eux, le Tit-Phège Turcotte, il va s'en souvenir, lui, dit-elle à mi-voix, les dents serrées. Je vais te le ramener ici par les oreilles, l'espèce de sans-cœur.

Depuis plus d'une semaine, Amélie Provost demandait quotidiennement au bedeau de vider le jardin du presbytère. Il restait encore une bonne quantité de carottes, de pommes de terre et d'oignons qui devaient être mis à l'abri, dans le caveau, avant que les premiers gels ne viennent les gâcher. Mais l'autre promettait sans jamais se décider à faire le travail. Ce qui enrageait le plus la veuve autoritaire, c'était de constater que le bedeau ne la craignait nullement... un peu comme le nouveau petit vicaire qu'elle avait entrepris de « mettre à sa main », comme elle disait.

Trois semaines plus tôt, la servante du curé Ménard était allée répondre à un coup de sonnette impératif à la porte du presbytère. En ouvrant la porte, elle s'était trouvée en face d'un petit prêtre âgé d'à peine trente ans dont les yeux gris et froids la dévisageaient sans ciller derrière des lunettes à monture d'acier.

— J'aimerais parler à monsieur le curé Ménard, avait-il dit sans faire montre de la moindre amabilité.

Ce disant, l'abbé était entré après s'être emparé d'une valise déposée à ses pieds. Il ne s'était pas plus présenté à elle qu'il ne l'avait saluée. La grande femme sèche avait vivement réagi à ce manque de savoir-vivre. Le visage mauvais, elle s'était contentée de dire abruptement au visiteur en lui ouvrant la porte de la salle d'attente :

— Attendez là. Je vais aller voir si monsieur le curé peut vous recevoir.

Elle l'avait planté là et elle était allée prévenir Ludger Ménard. Le curé, tout souriant, était venu accueillir le vicaire qu'il attendait depuis près de deux mois. Enfin, l'abbé Hervé Leroux était là, prêt à le seconder dans sa tâche pastorale.

D'excellente humeur, le pasteur de la paroisse avait fait passer le jeune prêtre dans son bureau où les deux hommes avaient discuté durant plusieurs minutes. Ludger Ménard avait fini par appeler Amélie Provost à qui il avait présenté le nouveau vicaire qui l'avait saluée d'un bref signe de tête. Elle avait fait de même. Quand le curé Ménard lui avait demandé de conduire l'abbé à sa chambre, la servante n'avait pas eu un regard pour le nouvel arrivant. Elle s'était contentée de se tourner vers son curé pour lui dire :

— Je peux pas, monsieur le curé. Mon dîner est sur le poêle et il risque de brûler. C'est la première porte en haut de l'escalier. Je suppose que si notre nouveau vicaire a pas les deux pieds dans la même bottine, il va finir par trouver ça tout seul.

D'entrée de jeu, le ton avait été donné aux relations qui allaient exister entre le vicaire et la ménagère irascible.

Au moment où elle regagnait sa cuisine, toute contente d'avoir fait sentir au petit abbé qu'il ne l'impressionnait pas, elle avait entendu le curé Ménard dire :

— Je sais pas ce que vous lui avez fait, l'abbé, mais je pense qu'il va falloir que vous fassiez la conquête de madame Provost.

La servante n'avait pas eu la chance d'entendre la réponse du nouveau venu.

Depuis ce premier contact, les choses ne s'étaient guère arrangées entre la ménagère et le jeune prêtre. Il existait entre eux une antipathie naturelle difficilement explicable. La moindre chose devenait cause de friction et le curé Ménard, malgré toute sa bonhomie naturelle, avait du mal à supporter le climat d'affrontement qui régnait maintenant dans son presbytère.

Dès le premier jour, Amélie Provost s'était juré de dompter cet espèce d'avorton haut comme trois pommes qui se tenait raide comme la justice pour ne pas perdre un pouce de sa petite taille. Ce n'était pas parce qu'il portait un col romain et une soutane qu'il allait lui faire peur. Il avait beau prendre ses airs supérieurs et la regarder de haut, il allait apprendre qui était Amélie Provost. Ce n'était pas lui qui allait venir faire la loi dans « son » presbytère.

La lutte s'était engagée dès le premier repas, quand l'abbé Leroux avait repoussé son assiette après avoir avalé une bouchée en disant que le ragoût était trop gras et que son estomac ne le digérerait pas.

— Madame Provost pourrait peut-être vous cuisiner vite fait quelque chose de moins riche, avait proposé Ludger Ménard au moment où la cuisinière déposait un plat de légumes au centre de la table.

— Il en est pas question, monsieur le curé, avait-elle dit sur un ton sans appel. Je suis toute seule dans la cuisine, au cas où vous l'auriez oublié. J'ai pas le temps de préparer deux menus différents. Ici, c'est pas un hôpital, c'est un presbytère.

Cette escarmouche avait été suivie de nombreuses autres et chaque fois, le pauvre curé

Ménard avait été dans l'obligation de s'en mêler pour éteindre le feu qui risquait de prendre des proportions regrettables.

Fait étrange, cette inimitié entre le nouveau vicaire et la servante faisait déjà l'objet de cancans dans la paroisse. Mise au courant par Hélèna Pouliot, Amélie avait eu tôt fait de déduire que le bedeau avait été celui qui était à leur origine et elle s'était promis de lui faire payer cher de n'avoir pas su tenir sa langue.

Par ailleurs, toujours par l'entremise de la vieille épicière à la langue bien pendue, la veuve avait appris, non sans plaisir, que le jeune prêtre s'était déjà aliéné certains paroissiens par ses manières trop cassantes et son intransigeance au confessionnal.

— D'abord le Tit-Phège, dit à voix haute la servante en s'emparant de son épaisse veste de laine noire pendue derrière la porte de la cuisine, c'est aujourd'hui que ça se règle, cette affaire-là.

La grande femme retira son ample tablier blanc et s'assura qu'aucune mèche de cheveux ne s'était échappée de son lourd chignon gris avant d'endosser sa veste. D'un pas décidé, elle traversa le long couloir et sortit du presbytère. Le vent la fit légèrement frissonner. Elle descendit l'escalier et se mit en marche jusqu'au trottoir. Au moment où elle allait traverser la route, elle aperçut l'abbé Leroux qui revenait de l'école du village. Elle fit comme si elle ne l'avait pas vu et traversa. Elle n'eut alors que quelques pas à faire avant d'aller frapper à la porte de la petite maison blanche habitée par Rose-Aimée Turcotte et son frère. Dès qu'elle posa un pied sur le balcon, elle vit bouger le rideau qui masquait la fenêtre de la cuisine.

Un instant après, la porte s'ouvrit sur une femme au tour de taille imposant, étonnamment laide et peu soignée. La dame âgée d'une cinquantaine d'années portait des verres épais qui mettaient en évidence ses paupières tombantes. Son large visage était en outre déparé par un nez bulbeux et deux grosses verrues d'où sortaient quelques longs poils. L'effet était saisissant. Celui qui connaissait Tit-Phège Turcotte, le bedeau, avait l'impression de se retrouver en face de sa copie féminine, les verrues en surplus.

De tout temps, Rose-Aimée Turcotte avait été une célébrité à Saint-Jacques-de-la-Rive. Sa paresse était aussi célèbre que celle de son frère aîné. Elle avait passé la plus grande partie de sa vie à lire des romans à l'eau de rose et à attendre le prince charmant. À l'entendre, elle n'avait jamais cessé de repousser les prétendants qui l'assiégeaient. En réalité, ces derniers l'avaient boudée, comme elle avait toujours boudé la plupart des travaux ménagers.

— Bonjour, madame Provost, fit la célibataire, aimable. Entrez. Restez pas dehors ; c'est pas chaud.

— Merci, madame Turcotte.

La servante entra dans la cuisine de l'ancienne petite maison d'Agathe Cournoyer. Une odeur indéfinissable se dégageait de la pièce surchauffée.

— Entrez vous asseoir, proposa la maîtresse de maison.

— Vous êtes bien aimable, mais j'ai beaucoup d'ouvrage qui m'attend au presbytère, dit Amélie en refusant l'invitation d'un geste de la main. Je cherche votre frère. Est-ce que vous l'auriez vu ?

— Elphège est couché. Après le déjeuner, il se sentait pas dans son assiette, le pauvre homme, expliqua la grosse femme. Il a décidé de retourner se coucher.

— Monsieur le curé m'a envoyée le chercher d'urgence, madame Turcotte, mentit la servante. Il voudrait le voir tout de suite.

— Si ça vous fait rien d'attendre une minute, je vais aller le réveiller, proposa la sœur du bedeau.

Sur ce, Rose-Aimée se dirigea vers l'escalier étroit situé au fond de la petite cuisine et se mit en devoir de le gravir en se hissant lourdement d'une marche à l'autre. Durant son absence, Amélie inspecta les lieux en arborant une mine dégoûtée. Le comptoir disparaissait sous une pile de casseroles et d'assiettes souillées. Le dernier nettoyage du parquet devait dater de plusieurs semaines. Les carreaux des fenêtres étaient sales et les rideaux défraîchis auraient eu besoin d'un sérieux lavage. Des objets traînaient partout où le regard se posait. La servante esquissa un sourire méprisant en apercevant un livre ouvert sur le siège d'une antique chaise berçante dont le coussin laissait échapper la bourrure.

— Si ça a de l'allure de vivre comme ça ! se dit à mi-voix la veuve, un peu apitoyée par l'état de la pièce.

Il y eut des chuchotements à l'étage et Elphège Turcotte apparut soudainement dans l'escalier qu'il descendit en passant une main dans sa chevelure gris fer ébouriffée.

— Qu'est-ce qui se passe, madame Provost ? demanda-t-il d'une voix un peu ensommeillée.

— Monsieur le curé veut vous voir, se contenta de lui répondre la ménagère.

— Bon. J'arrive. Le temps de me chausser et de passer quelque chose de chaud.

— Moi, je rentre au presbytère ; j'ai quelque chose sur le feu, expliqua Amélie, la main déjà posée sur la poignée de la porte. Merci, madame Turcotte.

— Vous reviendrez me voir.

Amélie rentra d'un pas rapide au presbytère où, sans perdre un instant, elle sortit les paniers et les chaudières qu'elle déposa sur le balcon arrière. Quelques minutes plus tard, elle entendit la porte d'entrée claquer et des pas se diriger vers la cuisine. Le bedeau entra dans la pièce.

— J'espère que vous vous êtes bien essuyé les pieds avant de marcher sur mon plancher propre, lui dit-elle sur un ton sévère.

— Ben oui, madame Provost, répondit l'autre, un peu exaspéré. Où est monsieur le curé ?

— Parti faire sa visite paroissiale. Pourquoi ? Vous avez affaire à lui ?

— Ben, vous venez de me dire qu'il avait affaire à moi d'urgence, fit remarquer l'homme qui ne comprenait plus où il en était.

— C'est vrai. Il m'a dit qu'il voulait que vous ramassiez tout ce qui reste dans le jardin aujourd'hui même, mentit Amélie avec aplomb. Et je vous garantis qu'il était pas de bonne humeur quand il s'est aperçu qu'on était en train de perdre des légumes qui sont en train de pourrir là.

— Il y a pas le feu, se défendit Tit-Phège de sa voix traînante.

— Ça fait une semaine que vous me dites que vous allez le faire, lui rétorqua la cuisinière. Vous trouvez pas que vous exagérez ? On est pas pour laisser gaspiller de la bonne nourriture du bon Dieu en plein temps de rationnement quand du monde, en ville, meurt de faim.

— C'est ben beau tout ça, mais moi, j'ai une bonne grippe et je suis pas pour attraper mon coup de mort à travailler dehors quand il mouille.

— Il mouille pas aujourd'hui. Il fait juste un peu frais, trancha Amélie. Il est déjà neuf heures. J'ai placé les chaudières et les paniers sur le balcon. Commencez. Dans cinq minutes, je vais aller vous donner un coup de main. À deux, ça va aller plus vite et on va avoir fini pour midi.

En fait, il n'était pas du tout dans les intentions de la veuve d'aller faire le travail d'un paresseux, surtout qu'elle avait à cuisiner le repas des deux prêtres. Mais pour fouetter l'ardeur défaillante du bedeau, elle entrouvrit de temps à autre la porte de la cuisine durant la matinée pour lui crier qu'elle arriverait bientôt. Le voir à genoux en train de déterrer les pommes de terre et les carottes et en remplir les chaudières la faisait sourire malgré elle.

— Le vlimeux ! dit-elle à mi-voix. Il travaille pas à fine épouvante parce qu'il pense que je vais aller l'aider. Il se trompe s'il pense que je vais aller faire son ouvrage à sa place.

Elle était enfin parvenue à ses fins. Le travail fut terminé à la fin de l'avant-midi.

Elphège, épuisé par cet effort physique inhabituel, venait de transporter dans le caveau sa dernière chaudière de légumes lorsque le curé Ménard rentra au presbytère pour dîner. Il se présenta à la porte de la cuisine au moment où le prêtre allait quitter la pièce. Le bedeau entra et s'arrêta sur le paillasson en apercevant le regard furieux que la ménagère venait de diriger vers ses pieds boueux.

— Vous allez être content, monsieur le curé, annonça-t-il fièrement. Il reste plus un légume dans votre jardin. Tout est rentré dans le caveau pour l'hiver.

— T'es bien serviable, mon Tit-Phège, répondit le curé. Mais t'étais pas obligé de faire ça aujourd'hui. T'aurais pu attendre une journée plus chaude...

Le bedeau, abasourdi, regarda alternativement le prêtre et la cuisinière, se demandant s'il devait en croire ses oreilles.

— J'avais cru comprendre que c'était urgent et que vous vouliez absolument que...

— Bien oui, monsieur Turcotte. C'est ce que monsieur le curé voulait. On vous remercie beaucoup. Vous avez été bien fin de nous faire ça aujourd'hui.

Amélie s'empressa de lui ouvrir la porte de la cuisine, ne lui laissant d'autre choix que de sortir.

— Vous m'avez ben eu, hein ! fit-il à mi-voix à la veuve, sans montrer plus d'animosité qu'il le fallait.

Le sourire triomphal de la cuisinière fut la seule réponse qu'il obtint.

Cet après-midi-là, lorsque la Plymouth du curé Ménard pénétra dans le rang Sainte-Marie un peu après deux heures, le téléphone se mit à sonner dans toutes les maisons où il était installé. On se prévenait mutuellement de son arrivée. Dans presque tous les foyers, les ménagères s'empressèrent d'épousseter et de ranger le salon avant d'aller revêtir leur robe du dimanche.

— J'ai dans l'idée que monsieur le curé va être ici dans une dizaine de minutes, déclara Thérèse Tremblay en aidant sa bru Cécile et sa fille Aline à épousseter et à remettre de l'ordre dans le salon. Je viens de le voir passer. Il a tourné chez les Veilleux, à côté.

— J'aime mieux que ce soit lui que le petit vicaire, déclara Cécile.

— C'est vrai qu'il est bête en pas pour rire, ce prêtre-là, confirma sa belle-sœur.

— Aline, critique pas un prêtre, l'avertit sévèrement sa mère.

— Où est passée Élise encore ? demanda Cécile.

— Je l'ai vue monter dans sa chambre, il y a pas cinq minutes.

Cécile sortit de la pièce. Debout au pied de l'escalier, elle cria à sa fille de changer de vêtements pour la visite du curé et d'aller voir aux bâtiments si son père et son frère étaient là. Quelques minutes plus tard, Gérald entra dans la maison, suivant de peu sa fille. Il trouva sa femme, sa mère et sa sœur Aline en train de vérifier à tour de rôle le bon ordre de leur coiffure devant le petit miroir installé derrière la porte du garde-manger.

— Dépêche-toi, Gérald, lui ordonna sa femme. Monsieur le curé s'en vient. Va changer de pantalon et de chemise.

— Il y a pas le feu, protesta le grand et gros homme d'une voix un peu traînante.

— Et Bertrand, lui, où il est passé ?

— Je l'ai envoyé chez Crevier, au village.

— C'est correct. Envoye ! Grouille ! Monsieur le curé vient de monter dans son char. Il s'en vient, précisa Cécile qui regardait par la fenêtre, du côté des Veilleux.

Quelques minutes plus tard, la Plymouth noire s'arrêta dans la cour des Tremblay. Avant de se diriger vers la porte d'entrée de la maison, le prêtre jeta un regard désolé à la carrosserie maintenant boueuse de sa voiture. Bien au courant des traditions de la région, il ignora la porte située sur le côté de la maison pour se présenter à la porte d'en avant, celle qu'on n'ouvrait que pour la visite pastorale ou pour sortir le cercueil d'un membre de la famille qui avait été exposé dans le salon de la maison.

Le curé Ménard n'eut pas à frapper. La porte s'ouvrit devant lui dès qu'il atteignit la dernière des trois marches de l'escalier.

— On dirait bien que vous m'attendiez, madame Tremblay, dit-il avec un bon rire à Thérèse qui s'était avancée pour l'accueillir.

— Le téléphone, c'est pas pour les chiens, monsieur le curé, répliqua l'hôtesse sur un ton plaisant.

— Si j'ai bonne mémoire, ça se faisait même

avant le téléphone. Je me souviens pas d'être déjà arrivé par surprise chez un de mes paroissiens.

Le curé enleva son manteau qu'il tendit à Élise et l'adolescente s'empressa d'aller le déposer sur le dossier d'une chaise de la cuisine.

— J'entre dans la maison de trois dames de Sainte-Anne, fit remarquer Ludger Ménard en s'assoyant dans l'un des fauteuils, après avoir salué Aline et Cécile.

— Et d'une enfant de Marie, monsieur le curé, précisa Gérald en lui montrant sa fille Élise.

Durant quelques minutes, le prêtre s'informa de la santé des habitants de la maison, prenant toutefois bien soin de ne pas mentionner Lionel pour ne pas mettre ses hôtes mal à l'aise. On parla des récoltes et des projets d'avenir d'Élise et de Bertrand qui avaient finalement abandonné l'école quelques mois auparavant.

— Vous prendrez bien un morceau de sucre à la crème, proposa Aline en tendant au prêtre une assiette qu'elle venait d'aller chercher dans la cuisine.

— Je vais en prendre un, même si je sais que c'est pas très raisonnable, dit le pasteur au ventre avantageux. Tu me fais faire là un péché de gourmandise... Pendant que j'y pense, reprit-il après avoir mangé la sucrerie, j'espère, Gérald, que tu vas te présenter à l'un des deux postes de marguillier qui va se libérer au début du mois de novembre. La paroisse a besoin de bons pères de famille comme toi, des hommes qui ont du jugement. Je vais dire un bon mot pour toi au conseil de la fabrique.

— C'est ben fin de votre part de penser à moi, dit Gérald sur un ton peu enthousiaste que son curé remarqua.

— Rappelle-toi que c'est un honneur pour toute ta famille si t'es choisi.

— C'est certain qu'il va accepter, monsieur le curé, confirma Cécile après avoir donné un coup de coude dans les côtes de son mari, geste qui n'échappa pas non plus au prêtre.

Enfin, le pasteur de Saint-Jacques-de-la-Rive se leva pour bénir toute la famille et quitta les lieux après avoir rappelé discrètement que la dîme devait être versée avant la fin du mois. Sa visite paroissiale avait duré une vingtaine de minutes.

Le curé Ménard profita de la même réception chaleureuse chez Georges et Rita Hamel, à la ferme voisine. Il rassura les parents du mieux qu'il put quand Rita lui apprit qu'ils étaient sans nouvelles de leur Charles depuis plus de six mois.

— Continuez à prier pour lui, leur conseilla-t-il. Vous savez bien que les lettres des soldats qui sont de l'autre bord prennent toujours pas mal de temps avant d'arriver.

— C'est vrai. En plus, notre Charles a jamais été un écriveux, confirma Georges, autant pour se rassurer sur son fils unique que pour remonter le moral de sa femme et de ses deux grandes filles qui n'avaient pas encore dit un mot depuis l'arrivée du curé.

Soudain, l'homme d'Église se rendit compte du silence anormal de Claudette et d'Adrienne et se tourna vers elles.

— Vous faites pas beaucoup de bruit, vous deux, leur dit-il avec un large sourire. Est-ce que vos amours vont bien ?

— C'est plutôt tranquille de ce côté-là, monsieur le curé, dit Claudette, l'aînée dont les yeux bleus pétillaient de malice.

La jeune fille de vingt-six ans n'était pas très grande, mais elle possédait un petit visage rond expressif encadré d'une abondante chevelure noire.

— Comment ça se fait ? Les gars de Saint-Jacques sont-ils devenus aveugles ?

— Non, mais les plus beaux sont partis, répondit sa sœur Adrienne avec dépit.

— Soyez pas trop difficiles, toutes les deux, leur recommanda Ludger Ménard. À votre âge, il serait normal que vous soyez mariées. Regardez pas juste la beauté. Dans la paroisse, il reste encore des bons partis capables de faire de bons pères pour vos enfants.

Les deux célibataires se jetèrent un rapide regard de connivence, mais elles n'ajoutèrent rien. Elles savaient toutes deux ce que signifiait un « bon parti » pour les gens de la génération de leurs parents ou de celle du curé : un homme travaillant, sobre et honnête. Mais quant à passer sa vie avec un homme, elles préféraient obtenir les faveurs du plus beau spécimen possible. À leur avis, leur bonheur n'en serait que plus grand.

Quelques minutes plus tard, le curé de Saint-Jacques-de-la-Rive monta à bord de sa Plymouth, non sans avoir d'abord chassé d'un coup de pied le chien de la maison qui se préparait à lever la patte près de l'un des pneus arrière de son véhicule. Il démarra, mais pendant un moment, il demeura assis derrière son volant, hésitant à poursuivre ses visites. Il était déjà près de quatre heures, l'heure où la plupart des cultivateurs s'apprêtaient à faire leur train.

À sa sortie de la cour des Hamel, il tourna à gauche, encore indécis sur la conduite à suivre. La vue de la maison grise au toit couvert de tôle des Fournier lui rappela ses visites des années précédentes et l'étrange atmosphère dans laquelle baignait cette maison.

— Aussi bien les voir tout de suite, se dit le prêtre à voix haute. Whow ! Whow ! ma belle, ajouta-t-il à l'adresse de sa voiture en écrasant doucement la pédale de frein pour ralentir avant de tourner dans la cour. C'est ici qu'on s'en vient.

Ludger Ménard descendit lentement de voiture après l'avoir rangée près de la maison. Il prit le temps de scruter les alentours avant de se diriger vers la porte d'entrée. La maison avait un petit air pimpant avec ses ouvertures peintes en blanc, comme le grand balcon qui la ceinturait sur deux de ses côtés. Les bâtiments étaient propres et bien entretenus. Les losanges gris et noirs peints sur leurs portes prouvaient que les propriétaires étaient soigneux. Il ne restait plus de fleurs pour orner les deux grands parterres disposés près de l'entrée de la cour, mais la terre soigneusement ratissée en cette période de l'année prouvait qu'on les entretenait bien.

Lorsque le curé leva la tête, il vit un rideau bouger imperceptiblement à l'une des fenêtres de la cuisine. Sans plus tarder, il gravit les marches qui le conduisirent au balcon. La porte s'ouvrit dès qu'il eut frappé.

— Entrez, monsieur le curé, fit Gabrielle en s'effaçant pour le laisser pénétrer dans le petit salon d'une propreté irréprochable.

La maîtresse de maison avait disposé des napperons de dentelle sur les dossiers du divan et du fauteuil recouverts d'un velours brun un peu passé.

— Vous êtes toute seule ? demanda le prêtre.

— Non, ma fille Berthe s'en vient, répondit-elle en esquissant un mince sourire sans joie. Il manque juste mon mari et mon garçon Étienne. Ils sont partis redresser une clôture au bout de notre terre avant que nos vaches s'en aillent dans le bois. Assoyez-vous, monsieur le curé.

Le prêtre remarqua que sa paroissienne ne lui avait pas offert de retirer son manteau. À voir son air peu engageant, il sentait que sa visite n'était pas la bienvenue. Sa présence semblait déranger.

L'hôtesse aurait pu dire au pasteur que son mari s'était empressé de quitter la maison par la porte arrière dès qu'il avait aperçu sa Plymouth se diriger vers leur ferme, mais elle préféra se taire.

— Tu restes pas ? avait demandé Gabrielle à Germain d'une voix neutre quelques minutes avant l'arrivée du prêtre.

— Je veux pas le voir. J'en ai assez du dimanche. J'ai de l'ouvrage à faire.

Lorsqu'elle avait vu Étienne se lever à son tour, elle n'avait pu se retenir :

— Toi, tu vas rester au moins !

— Je vais aller donner un coup de main à p'pa, s'était contenté de répondre le garçon de vingt ans avant d'ouvrir la porte qui donnait sur l'appentis.

— Tiens, voilà votre Berthe, fit le curé en voyant entrer dans le salon la jeune fille qui le salua d'un air timide.

— Comment ça se fait que tu fais pas partie des enfants de Marie de la paroisse ? lui demanda le curé Ménard.

— Elle a pas le temps, monsieur le curé, répondit Gabrielle à la place de sa fille, le visage fermé. Si vous saviez tout l'ouvrage qu'on a à faire, on fournit pas, mentit-elle.

— Vous avez pourtant la chance d'avoir deux grands enfants en pleine santé, non ?

— On dit ça, mais mon garçon est plus porté à s'amuser avec le bois qu'à vraiment nous donner un coup de main.

Ludger Ménard ne manqua pas de saisir au passage le regard chargé de mépris que la fille adressa à sa mère, et il en fut un peu retourné. Qu'est-ce qu'il se passait réellement dans cette maison pour que l'air y soit à ce point irrespirable ? L'ecclésiastique était certain que le père et le fils avaient volontairement évité de le rencontrer. Pourquoi ? Il chercha à alléger l'atmosphère en posant quelques questions.

— C'est sûr que trouver quelqu'un pour donner un coup de main, c'est pas facile. Madame Provost en sait quelque chose quand elle a besoin d'aide pour son grand ménage d'automne. Vous devez savoir ce que c'est puisque vous avez été vous-même ménagère au presbytère.

— Ça fait au moins vingt ans, dit sèchement Gabrielle, apparemment peu désireuse de déterrer un passé qu'elle jugeait peu reluisant. De mon temps, j'avais l'aide de madame Cournoyer.

— Depuis, Dieu a été bon avec vous. Il vous a donné un mari travaillant et deux beaux enfants.

— Oui, je sais.

— J'espère que vous le remerciez tous les jours pour ses bontés.

— Oui.

— Ça fait longtemps que j'ai remarqué que vous et votre mari ne faites partie d'aucun mouvement paroissial, dit le curé Ménard que la politesse glacée de la maîtresse de maison commençait sérieusement à mettre mal à l'aise. Il y a une raison pour ça ?

— Oui, monsieur le curé, répondit Gabrielle d'une voix légèrement exaspérée. Comme je viens de vous le dire, on a pas assez de nos journées pour tout faire.

— Bon, mais essayez tout de même de vous rappeler qu'il y a que nos bonnes actions qu'on emporte en mourant, dit le prêtre en se levant. Toutes les richesses restent ici. Si vous le voulez, je vais vous bénir avant de partir.

Berthe et sa mère s'agenouillèrent au milieu du salon pour recevoir la bénédiction de leur pasteur qui quitta leur toit sans regret.

Dès le départ du prêtre, le silence retomba sur la maisonnée, alourdi par le profond mépris que Gabrielle éprouvait à l'égard de l'ecclésiastique.

— J'ai joué ben assez longtemps à la servante comme ça, se dit-elle en pénétrant dans sa chambre pour changer de robe. S'il s'imagine que je vais recommencer...

De son côté, Berthe s'était aussi murée dans le silence, se jurant qu'il était plus que temps que son frère et elle quittent cette maison.

Ce soir-là, à six heures précises, le curé Ménard prit place à un bout de la grande table en chêne de la salle à manger du presbytère. Un instant plus tard, le petit abbé Leroux, la mine sombre, s'assit à la gauche de son supérieur. Immédiatement, la porte battante séparant la pièce de la cuisine s'ouvrit sur la cuisinière portant un plat de pommes de terre et de carottes qu'elle déposa sur la table.

— Qu'est-ce que vous nous avez fait de bon pour le souper, madame Provost ? demanda le curé en glissant sa serviette de table entre son cou et son col romain.

— De la saucisse et du boudin, monsieur le curé.

— Ah, la bonne nourriture du bon Dieu ! s'exclama Ludger Ménard avec sa bonne humeur coutumière. Apportez-nous ça, on laissera rien dans nos assiettes.

— Sauf votre respect, monsieur le curé, lui fit remarquer sans sourire Amélie, vous feriez peut-être mieux d'en laisser un peu. Si vous continuez comme ça, vous arriverez plus à boutonner votre soutane.

Le prêtre bien en chair éclata d'un rire bon

enfant pendant que la cuisinière retournait dans la pièce voisine chercher le plat de résistance.

— Je sais pas comment vous parvenez à endurer l'effronterie de cette femme-là, lui dit à mi-voix son vicaire. Je la trouve absolument insupportable.

— Voyons, l'abbé ! Il faut pas se fâcher pour des niaiseries. Madame Provost passe son temps à nous gâter. Quand elle fait ce genre de remarque-là, c'est jamais bien méchant.

— Peut-être, mais on peut pas en dire autant de tous vos paroissiens, laissa tomber le jeune prêtre en pinçant les lèvres.

Le curé Ménard ne releva pas la remarque. Il se signa et entreprit, comme au début de chaque repas, la récitation à haute voix du bénédicité auquel le vicaire répondit par un *amen* sonore tout en faisant son signe de la croix. Au même moment, la porte de cuisine s'ouvrit à nouveau sur la cuisinière qui laissa sur la table un plat de saucisses rôties et de boudin nageant dans une épaisse sauce aux tomates. Ludger Ménard ne perdit pas une seconde pour se servir et tendit ensuite fort obligeamment le plat à son subordonné pour qu'il en fasse autant.

Après avoir avalé plusieurs bouchées avec un bel appétit, le curé de Saint-Jacques leva la tête pour regarder avec un air désapprobateur son vicaire en train de chipoter dans son assiette.

— Allez, l'abbé. Mangez un peu, lui conseilla-t-il sur un ton paternel. Ça va vous redonner des couleurs.

— J'ai pas tellement faim ce soir.

Soudain, le pasteur prit conscience de l'air accablé d'Hervé Leroux et déposa, un peu à contrecœur, sa fourchette et son couteau.

— Qu'est-ce qu'il y a, l'abbé ? On dirait que vous avez perdu un pain de votre fournée.

— J'ai eu un après-midi difficile.

— Comment ça ?

— On aurait dit que tout allait de travers.

— Racontez-moi ça, lui ordonna le curé Ménard en reprenant ses ustensiles.

— Comme vous me l'avez conseillé, j'ai commencé la visite paroissiale par ce bout-ci du village.

— Oui, puis ?

— On aurait dit que les paroissiens que je suis allé visiter étaient pas contents que ce soit moi plutôt que vous qui venais les voir.

— C'est assez normal, l'abbé. Je suis ici depuis quinze ans. Ils me connaissent pas mal plus que vous.

— C'est pas ça, monsieur le curé. Plusieurs m'ont fait sentir qu'ils m'aimaient pas beaucoup.

— Voyons donc ! J'ai toujours eu un vicaire et c'est bien la première fois que j'entends ça, protesta le curé Ménard. Qu'est-ce qui vous fait dire ça ?

— Par exemple, la veuve Boisvert s'est plainte d'avoir pas pu aller se confesser depuis trois semaines. Quand je lui ai proposé de la confesser là, chez elle, elle a carrément refusé en disant que j'avais la réputation de donner des pénitences beaucoup trop dures. Elle a préféré attendre de venir se confesser à vous.

— Bah, c'est pas bien grave, dit le pasteur pour rassurer son vicaire.

— C'est pas le pire, monsieur le curé. L'épicière, en face...

— Hélèna Pouliot ?

— Oui, c'est ça.

— Qu'est-ce que notre Hélèna vous a fait ? demanda le curé sur un ton léger.

— Quand je lui ai fait remarquer qu'elle devrait surveiller d'un peu plus près les jeunes qui se rassemblent sur le balcon de son commerce le soir, elle m'a répondu bêtement qu'elle faisait pas partie de la police. Elle a même eu le front d'ajouter que si ça me dérangeait tant que ça, j'avais qu'à sortir du presbytère pour venir m'en occuper.

— Ne vous en faites donc pas tant avec ça, lui conseilla son supérieur. Tout le monde sait que la vieille Hélèna a jamais eu la langue dans sa poche.

— Je veux bien le croire, mais il y a tout de même des limites...

— Vous devriez retenir une leçon de tout ça, lui suggéra le curé avec une certaine sagesse. Nos paroissiens sont humains. Personne a jamais dit qu'ils étaient parfaits. Soyez pas trop durs avec eux et essayez plus de les comprendre que de les juger. Si vous faites ça, ils vont mieux vous apprécier.

6

Beau-Casque

Octobre tirait doucement à sa fin. Ce matin-là, au lever du jour, les gens de Saint-Jacques-de-la-Rive purent apercevoir, pour la première fois de la saison, leurs champs blanchis par le frimas, ce qui les avait fait frissonner malgré eux. Un vent du nord poussait dans le ciel de lourds nuages annonciateurs de pluies abondantes. Les arbres tendaient leurs bras dépouillés de leurs dernières feuilles qui voletaient, brunes et racornies, dans les champs et sur la route.

Après avoir approché une allumette de la mèche de la lampe à huile, Céline Tremblay se mit en devoir d'allumer le poêle à bois pour réchauffer la grande cuisine d'hiver qu'elle avait réintégrée au début du mois. Clément sortit de la chambre à coucher au moment où elle remettait en place le rond du poêle.

— Les enfants sont debout ? lui demanda-t-il en s'assoyant pour se chausser.

— Je les ai entendus bouger en haut. Ils devraient pas tarder à descendre.

— Il fait pas chaud ici-dedans, constata son mari

en s'emparant de sa grosse chemise à carreaux suspendue près de la porte d'entrée.

— L'hiver approche. J'espère que Louis a bien tout ce qu'il lui faut, dit Céline d'un air inquiet.

— Arrête donc de t'en faire pour rien, ordonna son mari pour la rassurer. Ça fait trois mois qu'il vit dans le bois avec Lionel. Il est pas tout seul et il manque pas de bois pour se chauffer dans aucune des trois cabanes à sucre. Il vient chercher son manger au bout du champ tous les deux jours. Il mourra pas de froid et il risque pas de mourir de faim non plus. Sais-tu qu'il y a des fois que j'haïrais pas ça être à sa place, moi. Il me semble que ça doit pas être trop fatigant de se reposer tout le temps.

Jean et sa sœur Françoise descendirent à cet instant, ce qui empêcha Céline de sortir la réplique cinglante qui lui était venue aux lèvres. Le père et le fils quittèrent immédiatement la maison pour aller soigner les animaux.

Lorsqu'ils revinrent à la maison, il était un peu plus de sept heures et le jour se levait à peine. Le poêle à bois répandait maintenant une douce chaleur dans la cuisine. Françoise était déjà en train de verser la pâte à crêpe dans une grande poêle.

— Vous avez vu dehors ? leur demanda-t-il en entrant. On a eu notre premier gel.

— Oui, on a vu ça, répondit sa femme. Ceux qui sont à la chasse aux canards sur la rivière doivent pas avoir trop chaud dans leur cache.

— C'est décidé, reprit son mari. On va garder les vaches dans l'étable à partir d'aujourd'hui. Il fait trop froid dehors. On risquera pas d'en perdre une pour sauver une couple de jours de nettoyage de l'étable.

— Ça veut aussi dire qu'il va falloir penser bientôt à faire boucherie, lui fit remarquer Céline.

— On a ben encore une quinzaine de jours avant de faire ça.

Françoise apporta une grande assiette remplie de crêpes pendant que sa mère déposait un pot de sirop d'érable et une théière au centre de la table. Avant de se servir, chacun eut une pensée pour Louis dont on continuait à mettre le couvert pour rappeler qu'un membre de la famille manquait.

— Qu'est-ce qu'on va faire pour Louis et mon oncle Lionel ? demanda la jeune fille à ses parents.

— Pourquoi tu demandes ça ? dit sa mère.

— Bien. Jusqu'à aujourd'hui, on apportait toujours leur manger et leur linge en allant chercher les vaches et personne remarquait rien. Mais avec les vaches dans l'étable, il y a bien quelqu'un qui va finir par se demander ce qu'on fait dans le champ quand il y a plus rien.

— Ce sera pas un problème, répondit son jeune frère. On va attendre qu'il fasse noir et j'irai porter ce qu'il leur faut. Bertrand est capable de faire la même chose quand ce sera son tour d'y aller.

— C'est ça. T'organiseras ça avec ton cousin, approuva sa mère.

Le reste du repas se fit en silence. Après avoir pris le temps de fumer sa pipe en sirotant une tasse de thé, Clément dit à son fils :

— Bon. On se grouille. Il mouille pas ; on va aller s'occuper du sarrasin. On devrait avoir le temps d'aller le porter au moulin de La Visitation.

— C'est de valeur qu'on ait pas un *truck* comme Boudreau, fit remarquer l'adolescent en parlant du camion Fargo dont venait de se doter le fromager du village.

— Ouais, mais c'est déjà beau qu'on ait une Ford pour aller à la messe et aller faire nos commissions à Pierreville, dit son père, bougon. Oublie pas qu'on est les seuls du rang à avoir un char. Même s'il est pas neuf, il nous sert pas mal.

Ce disant, Clément jeta un regard en biais à sa femme qui lui fit une grimace d'un air mutin. De toute évidence, elle ne voulait pas recommencer la dispute que l'achat de la vieille Ford 1929 avait provoquée au début du printemps précédent, même si l'envie ne devait pas lui manquer.

Au début du mois d'avril, Clément était parti un samedi matin pour Pierreville à bord de la voiture de son frère Gérald pour acheter du fil de fer barbelé et des clous chez Murray. Après leurs achats, les deux hommes avaient attaché leur cheval devant l'hôtel *Traversy* où ils étaient entrés pour boire une bière, le temps que la pluie abondante qui s'était mise à tomber se calme un peu. À leur entrée dans le bar, ils avaient découvert que toutes les tables étaient occupées. Ils allaient quitter la place quand un vieux voyageur de commerce leur avait fait signe d'approcher.

— Assoyez-vous avec moi, leur avait proposé l'homme au visage rubicond. Je suis tout seul à ma table et je fête ma dernière journée d'ouvrage. C'est moi qui vous paye la bière.

Les deux cultivateurs ne s'étaient pas fait prier pour accepter l'invitation.

— Vous êtes pas mal jeune encore pour vous arrêter déjà, avait dit Clément pour relancer la conversation.

— J'ai soixante-cinq ans ben sonnés et j'ai ben mérité de me reposer un peu, avait protesté l'inconnu. Ça fait que je lâche tout et je retourne chez nous. Finis les voyages pour moi. Ça fait trente ans que je suis sur les chemins six jours par semaine.

— Où est-ce que vous restez ? lui avait demandé Gérald.

— À Québec. Cet après-midi, je vais laisser mon char dans un garage de Drummondville et je vais prendre le train.

— Votre char est brisé ?

— Pantoute. C'est juste que j'en ai plus besoin. Le garagiste me l'achète. C'est un vieux Ford 29, mais il roule ben. Si je m'en débarrasse, c'est que je veux pas avoir à me bâdrer avec ça une fois rendu chez ma fille, à Québec. Le gars du garage est ben content parce que je lui donne presque mon char. Je lui demande juste cent piastres. Lui, il va le revendre presque le double du prix, c'est certain.

À table, il y avait eu un long silence que Clément avait fini par briser.

— Et si vous me le vendiez à moi, votre Ford, avait-il proposé sur un coup de tête au vieux voyageur de commerce.

— Pourquoi je ferais ça ? je l'ai déjà promis à Guindon, à Drummondville.

— Guindon vous ferait peut-être attendre après votre argent ou pourrait essayer de vous faire baisser votre prix en vous voyant pressé de vous en débarrasser. En plus, vous auriez pas à aller à Drummondville pour vous défaire de votre char. Après me l'avoir vendu cet avant-midi, vous auriez juste à sauter dans le train pour Québec, ici, à Pierreville.

— Ouais, c'est un-pensez-y-ben, avait fait l'homme d'un air songeur.

— Il faudrait tout de même qu'on voie votre Ford avant de l'acheter, avait précisé le grand Gérald de sa voix traînante habituelle. Cent piastres, c'est pas mal d'argent.

Le commis voyageur les avait entraînés sous la pluie dans la cour arrière de l'hôtel *Traversy* et leur avait montré une Ford bleue haute sur roues dont la carrosserie semblait intacte. Il avait invité ses deux compagnons à monter à bord de son véhicule et était parvenu à le faire démarrer après de nombreuses tentatives.

— C'est l'humidité, avait-il expliqué, mi-figue, mi-raisin. Mais une fois ben réchauffé, le moteur tourne comme un moine.

Sur ces mots, il avait embrayé et la voiture était sortie de la cour. Son chauffeur avait parcouru quelques centaines de pieds avant de faire demi-tour et revenir se ranger devant l'hôtel.

— Je vous l'achète, avait décidé Clément, sans consulter son frère.

— Tu sais conduire ?

— Ça doit ressembler pas mal à un tracteur. J'en ai conduit un une fois, chez un cousin.

— C'est à peu près la même chose, avait reconnu le commis voyageur, perplexe.

Tout excité à la perspective de posséder une

automobile, Clément avait demandé à son frère de rentrer seul à Saint-Jacques-de-la-Rive. Ce dernier, stupéfait, s'était contenté d'acquiescer sans chercher à le raisonner.

— Dis rien à Céline, lui avait ordonné Clément. Je veux lui faire la surprise.

Accompagné du futur retraité, il s'était présenté à l'étude du notaire Beaubien où toutes ses économies étaient déposées. Quelques minutes avaient suffi pour que le contrat de vente soit établi et que l'argent change de main. Inutile de dire que cette ponction avait écorné sérieusement le bas de laine de la famille Tremblay.

Fier comme un paon, Clément avait pris place quelques minutes plus tard derrière le volant d'une automobile, son automobile. Pour la première fois, il s'était mis en devoir de la faire démarrer. Il n'y était parvenu qu'après plusieurs essais infructueux. La conduite du véhicule lui était alors apparue sérieusement plus compliquée qu'il ne l'avait d'abord cru lorsqu'il avait cherché à enclencher les vitesses, provoquant de terribles grincements qui avaient fait grimacer les rares passants. Finalement, la voiture avait fini par consentir à avancer par à-coups. Son conducteur, crispé au point d'avoir mal aux mains, avait pris tant bien que mal la direction de Saint-Jacques-de-la-Rive. Par chance, il n'avait croisé aucun autre véhicule sur la route de terre reliant Pierreville à son village.

Au moment où il avait tourné dans le rang Sainte-Marie, le chauffeur néophyte avait pris suffisamment d'assurance pour se croire un pilote expérimenté. Malheureusement, les pluies abondantes de l'avant-midi avaient détrempé la route en terre et d'importantes accumulations d'eau avaient comblé des ornières. La Ford s'était subitement étouffée en tentant de franchir une mare assez profonde et rien n'avait pu la décider à redémarrer.

Au comble de l'exaspération, Clément avait dû aller demander l'aide d'Antonius Tougas dont la ferme était située à une centaine de pieds de l'endroit où il était tombé en panne. Ce dernier avait obligeamment attelé ses deux chevaux et entrepris de tirer le véhicule bleu jusqu'à la ferme voisine. C'est dans cet équipage peu glorieux que la Ford avait fait une entrée très remarquée chez son nouveau propriétaire.

Céline, muette de stupéfaction, s'était précipitée à l'extérieur en compagnie de ses enfants. Elle avait eu beaucoup de mal à attendre le départ du voisin avant de laisser éclater sa colère.

— C'est quoi, ça ? avait-elle demandé, furieuse, en pointant la Ford couverte de boue.

— C'est notre char, avait proclamé fièrement son mari alors que Françoise, Louis et Jean ouvraient les portières pour regarder l'intérieur du véhicule.

— Mais es-tu malade, Clément Tremblay ? À quoi ça va nous servir, cette affaire-là ?

— On va s'en servir pour aller à la messe et pour faire nos commissions. On va sauver ben du temps, tu vas voir, avait-il plaidé.

— Et combien t'as payé ça ?

— Pas cher.

— Combien ?

— Juste cent piastres.

— J'en reviens pas ! s'était écriée Céline avec des larmes de rage. On gratte à cœur de jour pour sauver cinq cennes et toi, tu vas garrocher cent piastres pour un paquet de tôle qui marche même pas. Ah, c'est beau d'avoir la folie des grandeurs !

Voyant que la dispute prenait de l'ampleur, les trois enfants avaient sagement décidé de s'esquiver dans la maison. Durant de longues minutes, leurs parents s'étaient enguirlandés à l'extérieur. Enfin, la mère était rentrée à son tour, en proie à une rage froide qui n'avait pris fin que quelques jours plus tard.

Pendant quelques semaines, Céline avait carrément refusé de monter à bord de la Ford pour aller à la messe.

— De quoi on va avoir l'air là-dedans ? avait-elle laissé tomber. On va ressembler à des habitants qui veulent péter plus haut que le trou. J'irai pas faire rire de moi.

— Aïe ! avait protesté Clément. T'oublies que ce char-là est loin d'être neuf.

— Ça, on le sait. Mais on dirait que t'as jamais remarqué qu'il y a juste le curé Ménard, le maire et le gros Côme Crevier qui ont un char dans la paroisse. Il y a pas un cultivateur assez fou pour se payer ce genre de bébelle-là !

Puis, au fil du temps, Céline s'était habituée au gros véhicule bleu et avait fini par apprécier d'aller à l'église ou à Pierreville, à l'abri des intempéries et en beaucoup moins de temps grâce à ce moyen de locomotion.

— Je pense que t'aimes surtout que les voisins t'appellent pour te demander si on aurait pas une petite place pour eux le dimanche matin, quand on se prépare pour aller à la messe, la taquinait volontiers Clément.

— Arrête donc tes niaiseries ! Tu sais bien que c'est pas vrai, protestait Céline en feignant d'être fâchée.

— En tout cas, on voit tout de suite que t'aimes ça jouer à la grosse madame quand t'es assise dans notre char, poursuivait son mari.

— Jouer à la grosse madame dans un char qui roule pas la plupart du temps ! Fais-moi pas rire, Clément Tremblay ! s'écriait-elle.

Céline avait raison de faire cette remarque. Elle trouvait, à juste titre, que son mari n'avait pas beaucoup de raisons d'être si fier de son acquisition. Dès les premiers jours, la Ford ne cessa jamais de lui causer toutes sortes d'ennuis, tombant en panne aux moments les plus inopportuns. Tout se passait comme si la maudite mécanique avait pris en grippe son nouveau propriétaire et s'était juré de lui faire gagner son ciel sur terre. Bref, bien malgré lui, le cultivateur du rang Sainte-Marie devint un client assidu du garagiste du village.

Quelques minutes à peine après le départ de son père et de son frère pour le champ de sarrasin, Françoise endossa sa veste de laine verte et sortit dans l'intention de se rendre dans le poulailler pour nourrir les poules et ramasser les œufs. En posant le pied sur le balcon, elle aperçut un homme assis sur la plate-forme, près de la boîte aux lettres des Tremblay, plate-forme sur laquelle son père avait déposé les bidons de lait dont le fromager allait prendre livraison durant la matinée. L'homme la regardait sans ciller, la figure illuminée par un large sourire idiot. La jeune fille rentra précipitamment dans la maison en claquant la porte derrière elle.

— Qu'est-ce que t'as oublié ? lui demanda sa mère en levant la tête de la chemise qu'elle était à repriser.

— J'ai rien oublié, m'man. C'est encore Beau-Casque qui est planté devant la maison, les yeux dans la graisse de bines, dit Françoise en réprimant difficilement un frisson. Il me fait peur.

Céline se leva et souleva le rideau qui masquait l'une des fenêtres de la cuisine pour regarder à l'extérieur. L'homme n'avait pas bougé et regardait vers la maison.

— C'est juste un pauvre innocent. T'as qu'à lui dire de s'en aller et il va partir, voulut la rassurer sa mère.

— Ça marche peut-être avec vous, mais pas avec moi. Antoine Beauregard, surnommé Beau-Casque, était apparu deux ans plus tôt à Saint-Jacques-de-la-Rive. L'homme, âgé d'une trentaine d'années, avait une dégaine d'épouvantail. D'une taille un peu supérieure à la normale, il avait des épaules étroites, mais des bras démesurément longs qui finissaient par des mains larges et puissantes. Mais c'était sa tête qui attirait d'abord l'attention des gens. On trouvait au bout d'un long cou à la pomme d'Adam saillante, une figure glabre ornée de deux grandes oreilles largement décollées. Ses petits yeux bruns et vifs faisaient parfois oublier son incroyable tignasse brune qui descendait bas sur le front étroit.

Dès le premier jour, tous les habitants de la région l'avaient surnommé Beau-Casque parce que le nouvel arrivant tirait une fierté démesurée d'un vieux casque à oreillettes flottantes qui ne quittait jamais sa tête, quelle que soit la saison. D'ailleurs, la première phrase qu'il disait lorsqu'il rencontrait une personne était invariablement : « As-tu vu que j'ai un beau casque ? » Mieux valait alors l'approuver sans hésitation si on ne voulait pas s'en faire un ennemi irréductible. Et Beau-Casque pouvait être redoutable quand il se fâchait ! L'homme ne connaissait pas sa force. De toute évidence, il s'agissait d'un pauvre innocent qui avait à peu près cinq ans d'âge mental et qui avait passablement de mal à s'exprimer convenablement.

Quelques jours après son arrivée dans le village, on avait tout de même cherché à s'en débarrasser parce qu'on ne cessait de le trouver assis sur un balcon ou endormi dans une grange, comme s'il était chez lui. Lorsque des chapardages se produisirent dans la paroisse, on l'accusa et on le chassa. Mais ce fut inutile. Quelques heures plus tard, Beau-Casque était revenu comme si Saint-Jacques-de-la-Rive était devenu son port d'attache. Finalement, le curé Ménard était intervenu au nom de la charité chrétienne. Il avait réussi à persuader les religieuses du couvent du village de réserver au pauvre innocent une petite place dans la chaufferie en échange de menus services qu'il pouvait leur rendre. Depuis ce jour, Beau-Casque appartenait au paysage paroissial et, de temps à autre, des cultivateurs l'employaient quelques jours en échange d'une poignée de sous.

Au début de l'été précédent, Françoise avait senti un regard insistant posé sur elle durant la grand-messe du dimanche. Il ne lui avait pas fallu longtemps pour découvrir que l'innocent du village, assis un peu en retrait, ne la quittait pas des yeux. Il semblait fasciné par l'ovale de son visage et ses longs cheveux bruns bouclés. Elle fit comme si elle n'avait rien remarqué, mais elle eut le malheur de signaler le fait aux siens à son retour à la maison.

À compter de ce jour, ses frères Louis et Jean ne cessèrent de la taquiner sur son amoureux transi en jurant qu'ils faisaient un bien beau couple, ce qui avait le don de faire sortir la jeune fille de ses gonds. Pire, Beau-Casque se mit à rôder dans le rang Sainte-Marie pratiquement tous les jours de la semaine, cherchant de toute évidence à apercevoir l'objet de sa flamme. Il alla même, en quelques occasions, jusqu'à laisser un petit bouquet de fleurs des champs sur le balcon.

— Pour moi, il est à la veille de venir faire sa grande demande, avait dit Louis, quelques jours avant d'aller se cacher dans le bois. Il a encore laissé un bouquet sur le balcon d'en avant pour notre sœur.

— Ça va être une sacrifice de belle noce, ça ! avait renchéri Jean en adressant un clin d'œil à son père qui n'avait pas encore ouvert la bouche.

C'est vrai que c'est un bel homme, s'était-il moqué. Je le vois descendre la grande allée de l'église avec son beau casque sur la tête et ma sœur en pâmoison...

— Je vous trouve pas drôles pantoute, s'était emportée Françoise, énervée. Il me fait peur, ce gars-là. Il me lâche pas d'une semelle depuis le commencement de l'été. J'ose même pas aller au village parce que j'ai peur de le rencontrer.

— Je vais m'en occuper, avait fini par lui promettre son père en faisant signe à ses deux fils de cesser de taquiner leur sœur.

Mais les semaines avaient passé et Clément n'y avait plus pensé, trop préoccupé par les travaux de la terre et la sécurité de son fils et de son frère, cachés dans la cabane à sucre.

Céline eut un soupir exaspéré et sortit sur le balcon.

— Qu'est-ce que tu veux, Beau-Casque ? cria-t-elle.

L'innocent quitta la plate-forme et prit pied sur la route, l'air effaré, surpris d'être pris à parti. Françoise sortit à son tour et se planta aux côtés de sa mère.

— Rien.

— Qu'est-ce que t'attends là d'abord ?

L'homme fit quelques pas dans la cour en direction des deux femmes et se mit à tenir un discours incompréhensible en effectuant de grands moulinets avec ses bras. Il était clair que quelque chose l'avait mécontenté parce qu'il semblait en colère. En tout cas, il criait assez fort pour avoir attiré l'attention d'Étienne Fournier, le voisin.

Le bossu se rendit immédiatement compte que quelque chose d'anormal se passait chez les Tremblay et s'avança sur la route en direction de la maison voisine. Si sa mère l'avait vu, elle lui aurait ordonné de ne pas s'en mêler. Mais Gabrielle était dans la maison.

Même s'il avait toujours vécu près de la résidence des Tremblay, Étienne ne les connaissait pratiquement pas parce que ses parents s'étaient toujours contentés de les saluer de loin lorsqu'ils les croisaient. Il avait fréquenté la même école que Louis et Jean, mais ils avaient fait partie de ceux qui se moquaient de son infirmité. Sa sœur Berthe n'avait pas plus fréquenté Françoise, la seule fille chez les Tremblay.

Lorsqu'il arriva devant la maison des voisins, Beau-Casque s'était encore rapproché du balcon et son attitude était plutôt menaçante. Impossible de savoir ce qui avait déclenché le courroux du pauvre homme.

— Beau-Casque ! lui cria Étienne, sur un ton de commandement.

L'innocent tourna un instant la tête en sa direction avant de reprendre son discours enflammé adressé aux deux femmes qui l'écoutaient, debout sur leur balcon, soudainement figées par la peur.

Étienne parcourut rapidement la trentaine de pieds qui le séparaient du dément et le saisit par le bras.

— Lâche-moi ! hurla Beau-Casque en se secouant brutalement.

Étienne resserra son étreinte. Le jeune homme avait la poigne solide et ne se laissa pas désarçonner.

— Viens-t'en ! Ils ont besoin de toi au village, lui cria-t-il en l'entraînant malgré lui vers la route.

— J'ai pas fini ! protesta Beau-Casque en tournant la tête vers Céline et Françoise qui étaient demeurées debout sur le balcon.

— Tu finiras ça une autre fois. Arrive ! Les sœurs vont se fâcher si elles sont obligées de te courir après chaque fois qu'elles ont besoin de toi.

Le rappel des religieuses qui l'hébergeaient sembla faire reprendre pied dans la réalité à l'innocent. Après un dernier regard farouche adressé à Françoise, il consentit à accompagner Étienne sur la route. Ce dernier fit un signe de la main aux deux voisines qui le regardèrent s'en aller aux côtés de l'intrus. Elles rentrèrent dans la maison quand elles virent Étienne rentrer chez lui. Beau-Casque continua seul son chemin en direction du village.

Lorsque Clément et son fils revinrent du moulin de La Visitation, Céline attendait son mari de pied ferme.

— On a eu de la visite cet avant-midi, lui dit-elle sèchement.

— Qui ça ?

— Beau-Casque.

— Qu'est-ce qu'il venait faire ici ?

— Devine ! Tout ce que je peux te dire, c'est

qu'il était planté devant la maison et, comme d'habitude, il a fait peur à Françoise.

— T'avais juste à le renvoyer.

— Si tu penses que c'est facile, toi. Quand j'ai essayé, il s'est mis à nous crier après comme un vrai fou et il s'est même rendu presque au balcon.

— Ben voyons donc !

— Une chance que t'avais dit que tu lui parlerais ! lui reprocha sa femme en commençant à déposer les tasses et les assiettes sur la table.

— J'y ai plus repensé pantoute, se défendit son mari.

— En tout cas, on a été chanceuses que le petit Fournier vienne s'occuper de lui.

— Le bossu ?

— T'en connais un autre, toi ?

— Qu'est-ce qu'il a fait ?

— Il l'a poigné par un bras et il a forcé cette espèce de détraqué à sortir de la cour. Il l'a même traîné jusque devant chez eux. Si la Gabrielle l'a vu, elle a ben dû se demander ce que son gars faisait avec l'innocent.

— Bon. Tout a fini par s'arranger, si je comprends ben.

— Oui, mais c'est pas de ta faute.

— En tout cas, ça devait être beau à voir un bossu avec un innocent comme Beau-Casque, se moqua méchamment Jean.

Françoise jeta un regard furieux à son jeune frère.

— Tu ferais mieux de te taire si t'as pas quelque chose de plus intelligent à dire, lui lança-t-elle d'une voix cinglante. Il est peut-être bossu, mais il a été assez courageux pour venir nous aider.

Incapable de trouver une réplique mordante, Jean se tut. Sa sœur se permit alors un petit sourire narquois.

7

Espoirs et déceptions

Le dimanche 2 novembre, le curé Ménard annonça en chaire, à la fin de la grand-messe, que l'engagement de deux ans des marguilliers Paul Couture et Roland Melançon prenait fin ce jour-là et que le conseil de la fabrique allait se réunir immédiatement après la messe pour choisir leurs remplaçants. Il en profita pour remercier les deux hommes de leur dévouement.

Cette nouvelle suscita des chuchotements un peu partout dans l'église. Cécile Tremblay donna un coup de coude à sa belle-mère assise à ses côtés et lui montra Gérald d'un bref coup de tête. L'homme à la stature imposante somnolait et n'avait pas bronché.

À la fin de la messe, les Tremblay demeurèrent près d'une demi-heure sur le parvis de l'église à échanger des nouvelles avec des voisins et des connaissances. Il faisait beau et frais. Aline avait assisté à la basse-messe avec Élise et Bertrand et se chargeait, comme d'habitude, de la préparation du dîner du dimanche. Évidemment, beaucoup de conversations portèrent sur le choix des prochains marguilliers de la paroisse.

Sur le chemin du retour, Cécile, ses hautes pommettes rougies par le froid, entreprit de rafraîchir la mémoire de son mari.

— J'espère que monsieur le curé se souvient de ce qu'il t'a promis.

— Qu'est-ce qu'il m'a promis ? demanda Gérald en mettant son cheval au pas.

— Tu te rappelles pas qu'il a dit qu'il te recommanderait comme nouveau marguillier quand il est passé pour la visite paroissiale ?

— J'y tiens pas pantoute, laissa tomber le cultivateur en enfonçant sa casquette un peu plus profondément sur sa tête.

— Voyons, Gérald, le tança sa mère, c'est un honneur d'être marguillier. Toute sa vie, ton père aurait bien voulu l'être, mais il a jamais été nommé. Rappelle-toi comment il s'était rongé les sangs avec ça en 1922. Je le vois encore en train de passer toute la soirée à côté du poêle, à guetter l'arrivée du président de la fabrique qui devait venir lui annoncer la bonne nouvelle... C'est quelque chose d'important. Tu te vois aller t'installer dans l'un des cinq bancs recouverts en cuir en avant de l'église ? Moi, j'haïrais pas ça, et Cécile non plus. Pas vrai, Cécile ?

— Je comprends, madame Tremblay. En plus, je serais bien fière de mon mari, ajouta-t-elle en adressant un clin d'œil de connivence à sa belle-mère.

— Je suis pas sûr que je serais capable de faire cette *job*-là, dit Gérald en hésitant.

— Moi, j'en suis certaine. Monsieur le curé est pas bête. Il sait reconnaître ceux qui sont capables de prendre soin de la fabrique. Il prendrait pas de chance.

— En plus, ajouta Thérèse, on aurait l'avantage de plus avoir à payer de banc d'église pendant deux ans.

— On va ben voir, répondit Gérald, sans grande conviction, en faisant mine de se concentrer sur la conduite du boghei.

À leur arrivée, Bertrand s'empressa de sortir de la maison pour aller dételer la jument et la mener à l'écurie. Sa grand-mère et ses parents pénétrèrent dans la maison où ils furent accueillis par les odeurs appétissantes du dîner en train de mijoter sur le poêle à bois.

— C'est presque prêt, leur annonça Aline.

— On se change et on vient vous donner un coup de main, dit Cécile à sa belle-sœur et à sa fille occupées à dresser le couvert. Toi, Gérald, tu ferais peut-être mieux de garder ton linge propre.

— Pourquoi ? demanda son mari qui avait déjà desserré sa cravate qui l'étouffait un peu.

— Parce que Roméo Lamarche va sûrement s'arrêter après la réunion du conseil de fabrique pour venir te dire que t'es nommé marguillier. T'es pas pour le recevoir habillé avec ton vieux linge de semaine.

— Écoute donc ! s'insurgea son mari. Lamarche, c'est pas le pape. C'est juste le président de la fabrique, un cultivateur comme nous autres. On est pas pour se mettre à faire des cérémonies à tout casser parce qu'il va s'arrêter cinq minutes en retournant chez eux dans le rang du Petit-Brûlé.

— Attendre une heure ou deux avant de te changer te fera pas mourir, intervint sa mère.

— S'il est pas venu après le dîner, moi, je vais me coucher, annonça Gérald sur un ton définitif en laissant percer son agacement devant ce qu'il considérait comme des simagrées.

Le rôti de porc et les pommes de terre furent mangés de bon appétit chez les Tremblay, même si Cécile et sa belle-mère gardèrent un œil sur la fenêtre qui donnait sur la route tout au long du repas. Mis au courant des attentes de leur père, Élise et Bertrand attendaient, eux aussi, l'arrivée du messager. À la fin du dîner, Gérald alluma sa pipe et alla s'asseoir dans sa chaise berçante pendant que les trois femmes de la maison se chargeaient de remettre de l'ordre dans la cuisine.

— Ça leur prend bien du temps à se décider ! finit pas dire Thérèse. Il me semble que c'est pas si long que ça nommer deux marguilliers. Ça fait un bon deux heures que la messe est finie.

— En tout cas, moi, je finis ma pipe et je vais faire un somme. Je suis pas pour rester planté là tout l'après-midi, annonça Gérald, agacé par l'attente.

Cependant, le cultivateur n'en fit rien. Il demeura près de deux heures dans sa chaise berçante, jetant des regards de plus en plus impatients par la fenêtre pendant que sa mère et sa femme tricotaient. Soudain, au moment où il venait de se lever pour jeter quelques rondins dans le poêle, il entendit du bruit en provenance de la route. Il s'avança rapidement vers la fenêtre et écarta le rideau suffisamment vite pour apercevoir la voiture de Roméo Lamarche passer devant la maison. Cécile s'était précipitée elle aussi vers la fenêtre.

— Ah ben ! Ça parle au Maudit ! jura Gérald en réalisant que l'attelage du président de la fabrique ne tournait pas dans sa cour.

En effet, Roméo Lamarche ne tourna même pas la tête en direction de leur maison en passant devant ; il poursuivit son chemin.

— C'est drôle, dit Cécile. On dirait qu'il s'en va directement chez eux. Il va prendre le raccourci au bout du rang... Mais non, regarde. Il arrête chez les voisins.

— Veux-tu bien me dire ce qu'il va faire chez Ernest Veilleux ? demanda sa belle-mère.

— Inquiétez-vous pas, madame Tremblay, dit Cécile. Vous connaissez Colette. Ça prendra pas de temps qu'on va savoir ce que Lamarche est allé faire chez eux. Ça fera même pas dix minutes qu'il va être parti que le téléphone va sonner.

— Si c'était arrivé du vivant de mon mari, une affaire comme ça, reprit Thérèse, il en aurait fait une maladie... surtout si c'est le vieux Ernest Veilleux qui a été nommé marguillier. Mon Eugène et le voisin ont jamais pu se sentir.

— Attendez, on va finir par le savoir dans pas longtemps, la fit patienter sa bru.

— En tout cas, moi, j'ai assez niaisé, déclara Gérald, tout de même un peu déçu de la tournure des événements.

Il secoua bruyamment sa pipe dans le poêle et il prit la direction de sa chambre à coucher.

— Tu me réveilleras pour le train, se contenta-t-il de dire à sa femme sur un ton bourru avant de refermer la porte de la chambre derrière lui.

Quelques minutes plus tard, comme prévu, Colette Veilleux téléphona à sa voisine pour lui apprendre la grande nouvelle. Elle savait fort bien que les quatre autres abonnés du téléphone dans le rang s'étaient précipités vers leur appareil dès la première sonnerie.

— Tu connais la nouvelle ? demanda la petite femme, tout excitée. La fabrique a nommé Jérôme marguillier.

— Tu le féliciteras de notre part, dit Cécile en s'efforçant de faire disparaître de sa voix toute trace de jalousie. Qui a été nommé marguillier à part ton mari ?

— Wilfrid Giguère, le beau-frère de ta belle-mère. Roméo Lamarche nous a dit que le conseil avait bien confiance en notre ancien maire. Il paraît qu'il a accepté tout de suite.

— Je comprends, dit Cécile avec un pincement au cœur. C'est tout un honneur. Oublie pas de féliciter Jérôme pour nous.

— En tout cas, on est ben contents, conclut la voisine.

— Vous avez raison de l'être. Je suis certaine que Jérôme va bien faire ça.

Après avoir raccroché, Cécile reprit sa place près de sa belle-mère. Elle avait la mine sombre.

— C'est Jérôme Veilleux et le mari de votre sœur Marthe qui ont été nommés, finit-elle par dire à Thérèse. Je trouve ça de valeur pour Gérald, ajouta-t-elle après avoir exhalé un soupir. Il me semble que ça lui aurait fait du bien qu'on lui montre un peu de considération dans la paroisse.

— Monsieur le curé a pas dû pousser trop fort pour le faire nommer, fit sa belle-mère, elle aussi déçue de la tournure des événements. Il a dû se rappeler que Gérald avait pas l'air d'y tenir bien gros quand il lui en a parlé.

Deux jours plus tard, vers la fin de l'après-midi, le ciel s'ennuagea rapidement et quand on sortit de l'étable après avoir soigné les animaux, une pluie abondante et froide s'était mise à tomber, noyant tout le paysage.

Chez Clément Tremblay, une activité fébrile régnait.

— On peut pas dire que cette pluie-là tombe ben, fit l'homme aux tempes grises. On a une vache qui va vêler d'une minute à l'autre et il faut en plus aller porter le manger de Louis et de Lionel. Bon, donnez-moi à souper vite que je retourne à l'étable. Il manquerait plus qu'on perde un veau.

— Quand les vrais froids vont arriver, lui fit remarquer Céline, on pourra toujours leur apporter du manger pour plusieurs jours. Il y aura plus de problème pour le garder.

— De toute façon, p'pa, je suis capable d'aller leur porter leur linge propre et leur manger pendant que vous vous occupez de la vache, offrit Jean, plein de bonne volonté.

— Je peux y aller avec toi, proposa Françoise. La noirceur me fait pas peur.

— Non, trancha sa mère. C'est pas ta place de

te promener dans les champs le soir, à la noirceur. Moi, je vais aller donner un coup de main à ton père à l'étable. Toi, tu chaufferas le poêle à la maison pendant que Jean ira leur porter ce qu'il leur faut. À seize ans, il est capable de faire ça.

Immédiatement après le souper, Clément alluma un fanal et retourna à l'étable. Sa femme le rejoignit quelques minutes plus tard après avoir aidé sa fille à confectionner le paquet contenant la nourriture et les vêtements propres destinés aux deux fugitifs.

— Dis-leur bien de ne pas approcher des maisons, recommanda Céline à son jeune fils. On a encore vu un *truck* plein de MP se promener dans les rangs de Saint-Jacques il y a deux jours. C'est pas le temps de faire des imprudences.

— Ayez pas peur, m'man. Je vais leur faire la commission.

— Toi, fais bien attention de pas te faire voir. Il a beau faire noir, quelqu'un peut passer sur la route et te voir aller.

— Je suis habillé en foncé, m'man, et je marche toujours le long des arbres.

— En revenant, arrête à l'étable pour me dire comment ton oncle et ton frère vont, dit Céline en boutonnant une grosse chemise à carreaux sur sa robe avant de sortir de la maison.

Jean enfonça sa casquette sur sa tête et s'empara du paquet préparé par sa mère et sa sœur. Il quitta la maison à son tour. Un vent violent s'était mis à souffler et poussait la pluie abondante presque horizontalement. L'adolescent releva le collet de son manteau et marcha jusqu'à la grange qu'il contourna sur la gauche. Seules les fenêtres de la cuisine des Fournier, à gauche, et celles des Tougas, à droite, perçaient la nuit d'encre en laissant filtrer la maigre lueur des lampes à huile allumées. Il faisait si noir qu'une fois la grange dépassée, Jean ne vit plus aucun repère. Il suivit vaguement la clôture de fil de fer barbelé qui séparait les terres de son père de celles de Germain Fournier, puis il pataugea une quinzaine de minutes dans la boue et l'herbe détrempée et atteignit enfin l'orée du bois. Après quelques tâtonnements, l'adolescent parvint à trouver la grosse pierre derrière laquelle on laissait les provisions de Louis et de son oncle Lionel depuis plus de trois mois.

Au moment où l'adolescent se penchait pour déposer le paquet, un chuchotement le fit violemment sursauter et il faillit perdre l'équilibre.

— Jean, c'est moi, fit une voix dans le noir.

Il aperçut alors son oncle Lionel qui venait de se lever derrière le bosquet où il s'était caché. Il maintenait sur sa tête plusieurs sacs de jute pour se protéger tant bien que mal de la pluie.

— Je t'attendais. Pourrais-tu demander à ta mère quelque chose pour soigner ton frère ? Je pense qu'il a attrapé une bonne grippe. Il est couché dans la cabane de ton grand-père depuis hier soir. Dis-lui qu'il fait pas mal de fièvre.

— OK, mon oncle.

— Dis-lui que si elle avait une couverte ou deux de trop, ça ferait ben notre affaire. Penses-tu être capable de m'apporter ça dans la soirée ?

— C'est certain. Je peux revenir.

— Dans ce cas-là, je vais t'attendre ici.

— Laissez faire, mon oncle. Attendez-moi pas. À cette heure que je sais où vous êtes, je vais aller vous porter ça directement à la cabane de grand-père Veilleux.

Sur ces mots, l'adolescent prit le chemin du retour. Quelques minutes plus tard, en passant près de l'étable, il se souvint de la demande de sa mère. Il poussa la porte du bâtiment et se guida sur la lueur d'un fanal suspendu à un clou. Son père et sa mère étaient penchés sur une vache qui mugissait, étendue sur une épaisse litière de paille. La mise à bas n'avait pas l'air de se passer très bien.

— Tout est correct ? demanda Céline assez fort pour être entendue malgré les mugissements assourdissants de la vache.

— Je sais pas trop, répondit son fils. Mon oncle m'attendait proche de la roche. Il dit que Louis a la grippe et qu'il fait de la fièvre. Il est couché dans la cabane de grand-père. Je pense qu'il voudrait avoir quelque chose pour le soigner. En tout cas, il aimerait avoir une ou deux couvertes de plus, si vous en avez de trop.

— Il faut que j'y aille, déclara immédiatement la mère en se relevant.

— J'ai besoin de toi ici, lui dit Clément. Ton gars est pas à l'article de la mort : c'est juste une grippe. Ça peut ben attendre une couple d'heures, le temps que le veau arrive.

— J'ai presque envie de dire à Lionel de ramener Louis à la maison. Là, je pourrais le soigner comme du monde.

— Es-tu folle, toi ? Des plans pour qu'il se fasse poigner par les MP. Calme-toi un peu.

— En tout cas, le veau va attendre que je sois allée préparer deux couvertes et ce qu'il faut pour soigner Louis, dit Céline sur un ton décidé. Viens-t'en changer de linge à la maison, toi, ajouta-t-elle à l'endroit de Jean. Il manquerait plus que tu tombes malade, toi aussi.

Céline sortit de l'étable avec son fils sur les talons. En entrant dans la cuisine, elle trouva Françoise penchée sur le catalogue de Dupuis frères qu'elle consultait à la lueur de la lampe posée au centre de la table. En quelques mots, elle mit sa fille au courant de la situation en s'activant pour réunir ce qui était nécessaire pour soigner Louis.

— Le veau est pas encore au monde ? demanda Françoise.

— Non. Et ton père a besoin de moi. Si ça tarde jusqu'à demain matin, il va faire clair et je pourrai pas aller soigner ton frère.

— Bon. C'est moi qui vais aller soigner Louis, m'man, dit Françoise sans hésitation. Je suis capable de lui faire des mouches de moutarde. En plus, avec du sirop de gomme d'épinette et de l'alcool à friction, je devrais être capable de me débrouiller.

— Ça peut prendre pas mal de temps avant que tout ça fasse un peu d'effet. Comment tu vas faire pour revenir ?

— Si Jean vient me reconduire jusqu'à la cabane de grand-père, je reviendrai demain soir, quand il fera noir. Comme ça, j'aurai le temps de voir si Louis va mieux.

Céline, soulagée que son aînée prenne les choses en main, prépara tout ce qu'il fallait, en ajoutant un peu de nourriture pour l'infirmière improvisée.

— Je vais apporter un peu de bouillon de poulet, m'man, fit Françoise à la dernière minute. Ça va l'aider.

— Est-ce que vous voulez que j'avertisse mon oncle Gérald ou grand-père en passant ? proposa Jean qui avait endossé des vêtements secs et s'apprêtait déjà à repartir pour accompagner sa sœur.

— Ça sert à rien de les déranger. Ils peuvent rien faire de plus que nous autres, répondit sa mère.

Au moment où ses deux enfants s'apprêtaient à sortir de la maison, Céline éprouva une inquiétude subite.

— Êtes-vous sûrs que vous êtes capables de retrouver la cabane à sucre de grand-père en passant par chez nous ?

— Inquiétez-vous pas, m'man, la rassura son fils. On va marcher jusqu'au bois, mais on entrera pas dedans avant d'être rendus à la terre de grand-père. Comme ça, on pourra pas manquer le chemin qu'il a ouvert jusqu'à sa cabane.

Quand Françoise et Jean quittèrent la maison, la pluie tombait avec moins de violence. L'un derrière l'autre, ils traversèrent les deux grands champs situés derrière les bâtiments qui les séparaient du boisé. Ensuite, ils franchirent les terres de Germain Fournier, de Georges Hamel et de leur oncle Gérald avant de fouler les dernières terres du rang, celles de leur oncle Jérôme qu'ils considéraient encore comme celles de leur grand-père Veilleux. Malgré l'obscurité et la petite pluie fine et froide, ils n'éprouvèrent pas trop de difficulté à repérer le chemin étroit qui menait à l'érablière de Jérôme Veilleux.

Lorsqu'ils arrivèrent à proximité de la petite cabane en bois gris, aucune lueur ne filtrait par son unique fenêtre. Seule l'odeur du bois brûlé indiquait que l'endroit était habité. Jean frappa et son oncle Lionel vint immédiatement ouvrir. Les deux visiteurs s'empressèrent d'entrer.

L'endroit était chaud et un fanal déposé sur une petite table en pin éclairait l'unique pièce. Des sacs de jute obstruaient la fenêtre. Louis était étendu sur un lit de fortune à gauche de la petite fournaise qui chauffait la cabane.

— Je suis venue m'occuper du mourant, dit Françoise en retirant son manteau mouillé. J'ai tout ce qu'il faut pour le ressusciter... Même de l'huile de foie de morue pour renforcer cette petite nature !

— Whow, toi ! protesta son frère, mi-sérieux. J'espère que t'es pas venue ici pour m'achever avec tes cochonneries.

— Il faut ce qu'il faut, répliqua la jeune fille en s'approchant de son frère dont les yeux cernés et le visage pâle faisaient pitié à voir. Avec ce que m'man m'a donné, je t'achève ou je te remets sur le piton en vingt-quatre heures ; t'as pas le choix.

— Ouais ! Mon oncle, vous auriez jamais dû en parler, dit Louis à Lionel. Vous allez avoir ma mort sur la conscience.

— En attendant, dit sa sœur, je vais commencer par te faire chauffer un bon bouillon de poulet pour te dégager un peu.

— Bon. Si tout est correct, déclara Jean, je pense que je vais m'en retourner à la maison. Je vais revenir te chercher demain soir, après le souper, ajouta-t-il à l'intention de sa sœur.

L'adolescent partit après avoir été remercié par son frère et son oncle. Pendant que Lionel allait chercher du foin dans l'appentis pour confectionner une couche improvisée pour sa nièce, Françoise, prenant son rôle d'infirmière à cœur, appliqua une couche de moutarde brûlante sur la poitrine de son frère à qui elle fit ingurgiter ensuite une bonne dose de sirop d'épinette.

— Je vais avoir ben trop chaud, se plaignit le malade quand il la vit étendre sur lui deux épaisses couvertures de laine grise apportées de la maison.

— Arrête de te plaindre, femmelette, le réprimanda sa sœur. Il faut que tu sues pour faire sortir le méchant. Je vais même demander à mon oncle de chauffer encore plus.

Louis choisit de s'endormir très rapidement, peut-être poussé par la peur que sa sœur n'invente d'autres remèdes pour le soigner. Le lendemain matin, la fièvre était tombée et il déjeuna avec un appétit qui sembla prouver que la grippe était vaincue. Cependant, Françoise continua à prendre soin de lui toute la journée avec un tel zèle que l'adolescent la regarda partir avec un soupir de soulagement, peu après la tombée de la nuit.

Le lundi soir suivant, l'unique rue du village, habituellement si paisible après le souper, devint la scène d'une curieuse animation, même si le mercure était sous le point de congélation. Dès sept heures, de nombreux bogheis, éclairés par un fanal allumé à l'avant, convergèrent vers la petite école blanche située à quelques centaines de pieds du couvent. Pendant que les conducteurs attachaient leur cheval, plusieurs piétons se dirigeaient sans se presser vers le petit édifice qui servait, une fois par mois, de salle municipale. L'importance des sujets qui allaient être traités ce soir-là à la réunion du conseil municipal justifiait cette affluence inhabituelle.

— On va tout de même finir par savoir ce que Boisvert a réussi à arracher à Drolet, dit Jérôme Veilleux à son père en pénétrant dans la salle déjà passablement enfumée.

Une seule des quatre fenêtres de la classe avait été entrouverte, mais la fournaise et la quantité de personnes déjà entassées dans la salle parvenaient à maintenir une bonne chaleur dans les lieux éclairés par plusieurs lampes à huile. Les pupitres des élèves avaient été repoussés le long des murs et une quarantaine de chaises avaient été installées au centre de la pièce.

— Tu vas voir qu'il aura rien eu encore de notre député, comme d'habitude, dit Ernest Veilleux en détachant son lourd manteau. Drolet est un vrai rouge. Il est seulement bon pour se vanter. Quand on lui demande quelque chose, on a juste du vent. S'il y en a qui ont cru qu'on aurait tout ce qu'on voulait en votant pour les maudits libéraux, ils vont finir par se réveiller. C'est pas parce qu'ils sont au pouvoir, eux autres, qu'ils vont s'occuper des cultivateurs.

Le vieillard et son fils aperçurent en même temps Georges Hamel en grande discussion avec les Tremblay et Antonius Tougas, debout dans un coin. Ils se joignirent au petit groupe. Quand ils se rendirent compte que la salle était presque pleine et qu'ils risquaient de ne pas avoir de chaises pour assister à la réunion, ils s'empressèrent d'aller s'asseoir.

À sept heures trente précises, l'entrée pleine de dignité d'Arthur Boisvert, de l'abbé Leroux et de ses trois échevins fut saluée par quelques moqueries.

— Dis-moi pas, Arthur, que t'étais encore après téléphoner au Premier ministre pour lui dire comment *runner* la province ! s'exclama Armand Genest, un farceur du rang Saint-Pierre.

— Il le dira pas, mais je suis certain que c'est ça, assura un cultivateur du rang Saint-Edmond d'un air sérieux. La province irait chez le diable si Godbout pouvait pas demander des conseils à notre maire.

— Ça me surprendrait pas pantoute qu'il soit nommé ministre un de ces quatre matins, ajouta un autre.

— Aïe, toi ! Fais pas de farce, fit un voisin en prenant un air catastrophé. Qu'est-ce qu'on deviendrait si notre Arthur était pas là pour nous dire quoi faire ?

Arthur Boisvert jeta un regard noir aux plaisantins avant de prendre place derrière le pupitre de l'institutrice installé sur une petite estrade, à l'avant de la salle, sous un grand crucifix. Le vicaire et les échevins s'assirent de part et d'autre du maire, en bas de l'estrade trop étroite.

Par son maintien plein de morgue et un peu prétentieux, il était visible que le gérant de la Caisse populaire de Pierreville se considérait comme un homme important à qui on devait le respect. Natif de Saint-Gérard, le village voisin, le petit homme bedonnant âgé d'une cinquantaine d'années s'était établi à Saint-Jacques-de-la-Rive trente ans auparavant, même si son poste de caissier à la Caisse populaire de Pierreville aurait dû l'inciter à demeurer dans la petite municipalité voisine. Au fil des ans, il avait participé aux activités paroissiales à titre de marguillier, puis de président du conseil de fabrique avant de se tourner vers les affaires municipales. Devenu gérant de la Caisse populaire, l'homme ambitieux s'afficha comme un opposant de tous les instants au maire Wilfrid Giguère qu'il avait fini par remplacer huit ans plus tôt. Depuis le début de son premier mandat, il avait beau prendre des poses, force était de reconnaître que Saint-Jacques-de-la-Rive n'avait pas tellement progressé.

Le silence tomba lentement sur la salle après que le maire eut frappé à quelques reprises sur le bureau avec le maillet dont il se servait à chacune des réunions.

— La prière va être dite par monsieur l'abbé Leroux qui remplacc monsieur le curé ce soir, se contenta-t-il d'annoncer en se levant et en se tournant vers le crucifix.

Un bruit de raclements de chaises repoussées se fit entendre. Après un grand signe de croix, le vicaire demanda à Dieu d'éclairer les débats qui allaient se dérouler et toute l'assistance se signa avant de se rasseoir. Arthur Boisvert se pencha alors vers Raymond Desrosiers, l'un de ses échevins, et lui demanda un renseignement avant d'ouvrir l'assemblée.

— Bon. Je voudrais commencer par le déneigement des chemins cet hiver, déclara le maire. À la dernière assemblée du conseil, j'avais demandé d'avoir des soumissions. Ceux qui étaient intéressés avaient jusqu'à hier soir, minuit, pour se faire connaître. Je viens d'en parler à monsieur Desrosiers...

— À Elzéar Desrosiers ? demanda avec étonnement un fermier aux joues rebondies, assis au centre de la salle.

— Non, à son fils, l'échevin.

— Arrête donc de faire des manières, Arthur, et appelle-le donc Raymond, comme tout le monde, le rembarra l'homme. On pensait que tu parlais de son père.

Ses voisins ricanèrent, mais le maire se gourma et poursuivit, choisissant volontairement de ne pas relever la remarque.

— Nous avons reçu deux soumissions identiques. Les membres du conseil en ont discuté avant l'assemblée et nous avons décidé de couper la poire en deux, si les deux soumissionnaires sont intéressés. On donnerait les rangs Sainte-Marie, Saint-Pierre et Petit-Brûlé à nettoyer à Armand Michaud et on laisserait les rangs Saint-Edmond,

Saint-Paul et des Orties à Jean-Jacques Arsenault. Est-ce qu'ils sont présents ce soir ?

Deux hommes d'une quarantaine d'années se levèrent au milieu de l'assistance. L'un d'eux demanda au maire :

— On se partagerait le montant en deux ?

— Oui.

Les deux cultivateurs acceptèrent cette entente sans rechigner. De toute évidence, il valait mieux toucher la moitié de la somme que rien du tout.

— C'est réglé, déclara Arthur Boisvert sur un ton satisfait. Il reste les chemins. Clovis Duchesne, l'échevin responsable de ce dossier-là, dit que le chemin du rang des Orties est pas mal magané...

— Il y a un bon bout de Saint-Paul qui est pas mieux, fit la voix d'une femme présente dans la salle.

Le maire se tourna vers son échevin qui fit un signe de tête pour approuver ce que venait de dire l'intervenante.

— C'est possible, mais il faut comprendre qu'on a pas une cenne noire à mettre dans l'achat de voyages de gravier avant le printemps prochain, et encore. Tout le problème, c'est qu'il y a des cultivateurs qui chargent trop leurs voitures quand la route est détrempée après la pluie. Le résultat : la route défonce et on a de la misère à l'arranger. On l'a dit plusieurs fois...

— Ben oui, on va attendre qu'il fasse beau pour charrier quelque chose, Arthur, se moqua une voix dans la salle. Quand il mouillera, on restera assis dans la cuisine, les pieds sur la bavette du poêle.

— En tout cas, la saison est trop avancée. À

moins qu'il y ait un redoux qui nous permettrait de boucher les trous et d'égaliser la route, je vois pas ce qu'on peut faire.

— Parlant de route, monsieur le maire, dit un homme assez corpulent assis sur un pupitre au fond de la salle, les jambes pendantes.

— Oui ?

— Je sais pas si vous l'avez remarqué, mais il y a au moins deux madriers du pont qui sont pas mal pourris. Un de ces jours, quelqu'un ou un cheval va passer à travers et se casser une jambe.

— Ça concerne pas la municipalité, déclara sans hésitation Beaudoin en repoussant sur son nez ses lunettes à fine monture d'acier. Le pont appartient à la voirie provinciale. C'est elle que ça regarde.

— Allez-vous faire quelque chose ? s'entêta l'intervenant en haussant la voix.

— Il y a plus d'un mois, j'ai signalé le problème au ministère de la Voirie et on m'a répondu qu'on s'en occuperait le printemps prochain.

— Ah ben, barnak ! jura Côme Crevier qui se leva, comme mû par un ressort. Tu t'es contenté de cette réponse-là ?

Il était bien connu que le garagiste à la grosse tête ronde nourrissait l'ambition de prendre la place du maire actuel. Les vieux du village disaient de lui qu'il était aussi ambitieux que son père, Adélard Crevier, l'avait été avant lui. On se demandait sérieusement s'il aurait plus de chance de remplacer le maire actuel aux prochaines élections qu'Adélard en avait eu avec Wilfrid Giguère dans les années 1920. Tous se rappelaient que le forgeron avait été battu à chacune des trois élections auxquelles il s'était présenté.

L'abbé Leroux sursauta et rougit violemment en entendant ce juron si près d'un sacre. Il jeta un regard courroucé à son paroissien qui lui lança un sourire moqueur en guise de réponse.

— Pas moyen de faire autrement, répondit le maire, habitué aux piques de son adversaire.

— Même en demandant à ton grand ami Alcide Drolet ?

— Monsieur Drolet est seulement notre député, pas le ministre de la Voirie.

— Ben, moi, je vais te dire ce que je vais faire, répliqua durement Crevier. J'attendrai pas la semaine des quatre jeudis. Demain matin, je vais ramasser deux madriers dans mon garage et je vais aller remplacer ce qui est pourri sur le pont. Je trouverai ben un ou deux hommes pour m'aider à faire la *job*. Pas vrai ? demanda le garagiste en se tournant vers l'assistance.

Plusieurs voix se firent entendre pour l'approuver. Quelques hommes lui dirent bien haut qu'ils iraient l'aider.

— Tu feras ce que tu veux, dit Boisvert, furieux. Mais je t'avertis : arrange-toi pour qu'il t'arrive rien en faisant ça parce que la municipalité sera pas responsable... Bon. On passe au second point : le paiement des taxes.

— Il est de bonne heure en maudit pour parler des taxes, Arthur, fit remarquer Ernest Veilleux. Les comptes de taxes municipales sont dus seulement en janvier, non ?

— Oui, monsieur Veilleux. Je parle pas des

taxes de 1944. Je veux parler de celles de 1943. Il y a deux propriétaires de Saint-Jacques qui ont pas encore payé leur compte dix mois après l'avoir reçu. Ils ont reçu les avertissements, comme la loi nous oblige à le faire. À cette heure, on en est rendu à la saisie et à la vente aux enchères.

— On peut savoir qui c'est ? demanda le patriarche des Veilleux, curieux de connaître l'identité des récalcitrants.

— En tout cas, ça doit pas être des rouges de la paroisse, fit la voix tonitruante de Crevier. Avec tout l'argent que Godbout doit leur avoir donné pour se faire élire aux dernières élections, ils ont de quoi payer leurs taxes.

Des cris de protestations et des insultes se mêlèrent à des éclats de rire bruyants des partisans conservateurs réunis dans la salle. Les Veilleux, qui étaient conservateurs de père en fils depuis des générations, ne furent pas les derniers à s'esclaffer.

— Je ne peux pas divulguer leurs noms, affirma le maire en tapant de son maillet sur le bureau de l'institutrice pour ramener le calme dans la salle. Tout ce que je peux dire, c'est qu'il y en a un qui reste dans votre rang et l'autre est au village. Il leur reste trois jours avant que les avis de saisie soient affichés.

Une vague de murmures s'éleva dans la salle. On s'interrogeait sur l'identité des deux personnes qui allaient bientôt perdre leurs biens, faute d'avoir payé leurs taxes. De toute évidence, ces personnes suscitaient la sympathie de la majorité des gens. Tous savaient depuis longtemps à quel point l'argent était rare et difficile à gagner.

Arthur Boisvert : assena deux coups de maillet sur le pupitre pour ramener, encore une fois, le public à l'ordre. Il formula ensuite une remarque malheureuse qui eut le don de lui aliéner quelques concitoyens de plus.

— En tout cas, dit-il, la saisie de la maison du village pourrait régler un problème de la municipalité. Ça fait des années qu'on cherche les moyens d'avoir un petit hôtel de ville. Bien, ma Caisse serait prête à avancer l'argent à la municipalité pour racheter cette maison-là si on décide d'en faire notre hôtel de ville.

— Ah ben, j'aurai tout entendu ! s'emporta Côme en se remettant debout. Je dois me tromper ! J'espère que tu viens pas de dire que t'es prêt à jeter dehors du pauvre monde en plein hiver pour acheter pour une bouchée de pain leur maison ! En plus, il manquerait plus que ta maudite Caisse fasse de l'argent dans tout ça ! Ce serait ben le restant des écus, une histoire de même !

Le climat dans la salle devint alors si hostile qu'Arthur Boisvert décida de faire immédiatement marche arrière.

— C'est pas ce que j'ai voulu dire, Côme Crevier, protesta-t-il, rouge de confusion. Il reste encore trois jours pour que les comptes soient acquittés, et j'espère qu'ils vont l'être.

La grogne de l'assistance sembla se calmer progressivement après cette mise au point. Le maire sortit de sa poche sa montre de gousset pour consulter l'heure.

— L'heure avance et...

— Est-ce qu'on va finir par entendre parler du pavage du village ? demanda alors Hélèna Pouliot, assise à l'avant de la salle.

— Et de l'électricité ? poursuivit Jérôme Veilleux en jetant un coup d'œil à son père. Après tout, je pense que c'est pour ça que tant de monde s'est dérangé à soir.

— Nous y arrivons, répondit le maire. Tout d'abord le pavage.

— Ouais, fit Antoine Desjardins du rang Sainte-Marie. Raconte-nous donc ce que la grande gueule d'Alcide Drolet t'a dit quand t'es allé lui en parler.

— Comme promis, je suis allé au bureau de notre député à la mi-octobre et je lui ai demandé de faire des pressions pour obtenir une subvention du gouvernement pour qu'on fasse paver le bout du rang Saint-Edmond qu'on appelle le village.

— Il va jusqu'où, ce bout-là, d'après toi ? demanda Côme dont le garage et la maison étaient situés à l'extrémité du village.

Un mince sourire vengeur éclaira le visage rond du maire durant un bref moment.

— À peu près mille pieds.

— Mille pieds ?

— Bien oui. Le bout de route entre les deux trottoirs qui sont déjà là.

Le court trottoir de bois de deux cent cinquante pieds construit en 1923 avait été doublé de l'autre côté de la route dès l'année suivante, pour la plus grande satisfaction de l'épicière, Hélèna Pouliot. Ensuite, au fil des années, on l'avait progressivement allongé, même si son entretien était exigeant. Finalement, deux mois avant les élections de 1939, le gouvernement Duplessis avait cru se gagner des votes en le remplaçant par deux magnifiques trottoirs en ciment et en promettant d'asphalter la chaussée l'année suivante. Malheureusement, l'Union nationale avait été défaite et la route était demeurée en terre.

Si Côme Crevier avait toujours mal accepté que le trottoir s'arrête à une centaine de pieds de son garage et de son domicile, il était littéralement outré que cette situation perdure avec le revêtement de la chaussée. Si ce que le maire disait était exact, il allait continuer à être considéré comme habitant hors du village, ce qui avait le don de le mettre hors de lui.

— Ça a pas d'allure, s'insurgea le garagiste, prêt à exploser tant il était furieux. J'ai un commerce, moi ! Je suis forgeron et garagiste. Ce serait normal qu'on me considère comme faisant partie du village. Ça ressemble à une vengeance, ça, dit-il sur un ton accusateur en pointant un gros doigt boudiné en direction du maire.

— J'ai ben peur que tu t'énerves pour rien, Côme, répliqua le maire. Notre député était bien plus intéressé à parler des Bons de la Victoire que d'asphalte.

— Ça, c'est du Alcide Drolet tout craché, dit Hélèna Pouliot à sa voisine. Jamais là quand on a besoin de lui.

— En tout cas, il m'a dit qu'il en toucherait un mot au ministre de la Voirie quand il le verrait, reprit Arthur Boisvert en s'adressant à Côme Crevier. Mais ça le surprendrait que ça se fasse vite. Au fond, il y a pas de quoi s'énerver. Je suis sûr que toi, tu vas trouver un moyen de le faire bouger plus vite que ça quand tu vas être maire de Saint-Jacques-de-la-Rive, conclut-il, sur un ton sarcastique.

Quelques rires saluèrent la pique dirigée vers le garagiste.

— Et l'électricité, monsieur Boisvert ? demanda Clément Tremblay. Est-ce qu'on est à la veille de l'avoir, sacrifice ?

— C'est vrai, ça, reprit Georges Hamel, son voisin. Ça fait cinq ans qu'ils l'ont à Pierreville. Nous autres, on est juste à cinq milles de là, et c'est comme si on vivait sur une autre planète. C'est pourtant pas la fin du monde de planter une couple de poteaux et de faire courir un fil jusque chez nous.

— J'ai bien peur que ce soit un peu plus compliqué que ça, reprit le maire en affichant un air supérieur. D'après notre député, c'est pas de la mauvaise volonté du gouvernement si Saint-Gérard et Saint-Jacques ont pas encore l'électricité. C'est à cause du rationnement du plomb qu'il y a dans les fils. En plus, la plupart des usines qui produisent le fil électrique et tout le matériel ont été transformées en industries de guerre.

— Êtes-vous en train de nous dire qu'il y a pas de chance de l'avoir avant la fin de la guerre ? reprit Clément, qui aspirait à ce luxe depuis plusieurs années.

— C'est ce que j'ai demandé au député. Il paraît qu'on a encore des chances de l'avoir avant, peut-être même avant la fin de l'année prochaine. Selon lui, on est le prochain village sur la liste dans le comté. C'est pas sûr, mais d'après Drolet, il serait pas étonné qu'on ait l'électricité à Saint-Jacques-de-la-Rive l'automne prochain... Mais il m'a dit que c'était pas une promesse.

— Ça, c'est encore du Drolet tout craché, commenta le vieux Ernest Veilleux. Du vent, rien que du vent. À quoi ça nous sert d'avoir élu un député libéral s'il est jamais capable de nous avoir quelque chose de son maudit gouvernement ? On va se réveiller l'automne prochain avec une rue du village encore en belle terre et on va encore s'éclairer avec des lampes à l'huile. Vous allez voir !

— C'est tout ce que je peux vous dire là-dessus, conclut le maire en se levant pour signifier la fin de l'assemblée.

Pendant que le maire, l'abbé Leroux et les échevins endossaient leur manteau, l'assistance se dirigea vers la porte de l'école dans un brouhaha assourdissant. Un épais nuage de fumée s'étirait près du plafond. Édouard Meunier, l'un des échevins, alla fermer la fenêtre demeurée ouverte.

— Il faudrait presque faire un peu de ménage avant de partir, fit-il remarquer au maire et aux deux autres échevins pendant que le vicaire se dirigeait vers la porte.

— Laisse faire, Édouard, lui conseilla le maire en posant son chapeau sur sa tête. La petite maîtresse d'école va faire nettoyer ça demain matin par ses élèves.

Les lampes à huile furent éteintes et rangées, et la porte fut verrouillée. À l'extérieur, il ne restait plus que quelques personnes en train de se saluer avant de se quitter.

— Je crois ben qu'on va rentrer sans traîner, dit Jérôme Veilleux aux Tremblay, prêts à monter, eux aussi, dans leur voiture.

— Ça me surprendrait pas qu'on ait un peu de neige pendant la nuit, prédit Ernest debout à ses côtés.

— J'aimerais mieux ça que de la pluie, laissa tomber sa fille Céline, qui avait accompagné son mari à la réunion.

8

Un retour inattendu

Ernest Veilleux s'était trompé. Il fallut attendre une semaine de plus avant de voir tomber la première neige de la saison. Ce matin-là, à leur réveil, les gens de Saint-Jacques-de-la-Rive découvrirent en frissonnant un paysage tout blanc. Au lever du jour, l'intérieur des maisons en fut tout éclairé.

— Nous voilà repartis pour un autre hiver de misères, je crois bien, dit Colette Veilleux aux siens qui venaient de rentrer du train.

— Il en est pas tombé épais, fit Jérôme en enlevant sa casquette qu'il accrocha derrière la porte de la cuisine. À peu près un pouce.

— Ça, ça veut dire qu'il va falloir s'occuper de la viande cette semaine, fit remarquer son père.

— Je vais appeler chez Comtois après le déjeuner, intervint la petite femme volontaire. Ils ont notre vache et notre cochon depuis quatre jours. Ils devraient être prêts à nous préparer notre viande. Il va falloir que j'aille surveiller ça.

Depuis plus de vingt ans, Ludger Comtois et ses deux fils exploitaient une boucherie à Pierreville et faisaient la tournée des villages voisins durant la belle saison pour vendre de la viande aux ménagères. Les bouchers offraient également aux fermiers intéressés d'abattre leur vache et de découper et emballer la viande selon leurs désirs pour un montant fixe.

Quelques années auparavant, Colette était parvenue à vaincre la résistance de son beau-père et de son mari et avait réussi à les persuader d'utiliser les services des Comtois. En réalité, même s'il continuait à appeler cela « un maudit gaspillage inutile », le vieil Ernest avait fini par prendre goût à de la viande bien préparée, ce qu'il n'était jamais arrivé à faire quand il débitait lui-même sa vache et son porc.

— On va laisser Carole pour surveiller la maison si on doit aller à Pierreville cet avant-midi, déclara Jérôme en passant une main dans son épaisse chevelure rejetée en arrière.

— Oui, monsieur le marguillier, se moqua sa femme.

— Moi, je pourrais venir vous donner un coup de main, proposa André.

— Toi, tu vas à l'école, trancha sa mère sur un ton sans appel.

— Ah non ! C'est plate...

— Tu fermes ta boîte et tu fais ce que je dis, le coupa sa mère en lui jetant un regard mauvais.

— Est-ce que mon oncle Léo va venir vous rejoindre à la boucherie ? demanda Carole.

— S'il travaille pas, il va venir, dit son grand-père. On lui donne un bon quartier de viande, au vieux garçon. Le moins qu'il puisse faire, c'est de venir le chercher.

— En revenant, on pourrait fumer les...

— Non, Jérôme Veilleux ! Pas cette année ! le coupa sa femme. L'automne passé, t'as gaspillé cinq gros jambons en essayant de fumer notre cochon. Tu recommenceras pas cette année.

— C'est pas de ma faute si le feu a poigné dans le fumoir, se défendit le cultivateur en prenant son vieux père à témoin.

— Moi, je me mêle pas de ça, se défendit Ernest, pour une fois très diplomate. J'ai rien eu à voir là-dedans.

— En tout cas, cette année, j'ai l'intention de manger du vrai jambon qui goûte bon, reprit Colette. J'ai demandé à Clément de prendre notre viande dans son fumoir.

— Ben sûr ! Le beau-frère est ben meilleur que moi, dit Jérôme, vexé.

— Il est pas meilleur que toi, précisa sa femme, mais ta sœur Céline surveille le fumoir comme si c'était la prunelle de ses yeux et leurs jambons fumés à l'érable sont pas battables.

Au même moment, tous les Tremblay réunis chez Gérald s'apprêtaient à faire boucherie. Clément et Gérald avaient chacun abattu une de leurs vaches trois jours auparavant et les avaient suspendues au bout d'une chaîne dans l'entrée de la grange. Ils les avaient vidées avant de faire de même avec deux porcs engraissés pour la circonstance depuis le printemps précédent.

Le matin même, on avait dressé deux longues tables en posant quelques madriers sur des tréteaux à l'intérieur de la grange, à faible distance des carcasses suspendues. Les femmes avaient apporté les couteaux, le jute et le papier ciré brun dont elles allaient avoir besoin.

— Clément a allumé le fumoir hier soir, déclara Céline en posant devant elle ses couteaux. Aussitôt que les cochons vont être dépecés, on va pouvoir aller porter les jambons là.

— Ce qui est certain, assura Cécile, c'est qu'on a pas intérêt à traîner trop longtemps ici aujourd'hui. On gèle tout rond.

— Le problème, dit Aline, c'est que si on ferme la porte de la grange, on verra plus rien.

— En travaillant, on va bien finir par se réchauffer, fit Thérèse, s'adressant aussi bien à sa fille qu'à ses deux brus.

— Au moins, on aura pas à faire le boudin aujourd'hui. Il faut dire qu'on a pas perdu notre temps hier quand on a égorgé les cochons, reprit Aline en jetant un regard malicieux à sa nièce Françoise qui n'était pas parvenue à cacher une grimace de dégoût. C'est toujours ça de gagné.

— Voyons, Françoise, raisonne-toi un peu, dit Céline qui avait remarqué la réaction de sa fille. C'était juste du sang de cochon. Hier, on t'a pas demandé de le boire. T'avais juste à le brasser pour l'empêcher de cailler.

— Ça me lève le cœur, m'man. C'est plus fort que moi.

— J'étais pareille à son âge, reprit Cécile en s'emparant du premier morceau de viande que Gérald venait de trancher. Chez nous, chaque fois que le cochon se mettait à crier quand on l'égorgeait, le mal de cœur me prenait. Ça faisait enrager ma mère ; ça je peux vous le dire.

Durant une bonne partie de la journée, tous les Tremblay s'activèrent si ardemment qu'à la fin de l'après-midi, les gros coffres de bois dans lesquels Cécile et Céline entreposaient la viande durant l'hiver débordaient. Elles durent même se contraindre à placer dans des boîtes cartonnées quelques rôtis et les os qu'elles désiraient conserver pour cuisiner des soupes.

— On va être pris pour laisser ça dans des boîtes, dans la cuisine d'été, tout l'hiver, dit Cécile, mécontente.

— Je suis comme toi, déclara sa belle-sœur Céline. J'aime pas voir de la viande traîner à l'air libre.

— Ça sert à rien de s'énerver. On va s'arranger pour que les hommes nous construisent d'autres coffres pour la viande, dit Thérèse.

— Bonne chance, belle-mère. Ça fait deux ans que je pousse dans le dos de Clément pour qu'il m'en fasse un plus grand. Il promet, mais il fait rien. À l'entendre, il a toujours quelque chose de plus important à faire.

— La même chose pour Gérald, reprit Cécile.

Deux fermes plus loin, les Fournier en avaient fini depuis deux jours avec leur approvisionnement en viande pour l'année. Germain avait toujours été habile dans la préparation de la viande et n'avait jamais eu même la tentation de faire appel aux Comtois. D'ailleurs, il n'avait qu'une confiance toute relative en l'honnêteté des bouchers de Pierreville. L'avant-veille, quand son fils lui avait demandé pourquoi il n'envoyait pas faire abattre et préparer sa vache à leur boucherie, son père s'était contenté de lui répondre :

— Es-tu malade, toi ? Qu'est-ce qui te dit qu'ils changeraient pas notre vache pour une autre ? Une fois la peau enlevée, elles se ressemblent toutes. Il y a le poids aussi...

Pendant un court moment, Germain avait guetté une réaction de Gabrielle, occupée à desservir la table avec Berthe. Sa femme aurait pu dire que les Comtois ne lui arrivaient pas à la cheville dans la préparation de la viande, ce qui aurait été la stricte vérité, mais elle ne broncha pas. Sa figure figée ne laissa paraître aucun sentiment.

Par conséquent, toute la famille avait passé la journée à préparer des provisions de viande suffisantes pour une grande partie de l'année. On pouvait reprocher beaucoup de choses à Gabrielle Fournier, mais elle avait conservé son don de cuisinière et les siens ne manquaient jamais de bonne nourriture.

Cet automne-là, le conseil de fabrique dut encore accepter, bien malgré lui, que certains paroissiens paient exceptionnellement leur dîme en nature, faute d'argent.

— C'est mieux que rien du tout, avait déclaré le curé Ménard à un Roméo Lamarche plutôt réticent.

— Je veux ben le croire, monsieur le curé, avait répliqué le président de la fabrique, mais ça fait vingt ans qu'on dit aux paroissiens de payer leur dîme en argent. Là, on revient en arrière. Payer la dîme en nature, ça se fait plus nulle part. La fabrique peut pas payer les réparations de l'église ou l'entretien du presbytère en nature, elle.

— Ça revient au même, Roméo, dit le prêtre d'une voix pondérée. De toute façon, il aurait fallu sortir de l'argent pour payer la viande mangée au presbytère.

— C'est vrai ce que vous dites, mais comme ça, c'est difficile de voir si le conseil dépasse ou non le budget qu'on donne pour le fonctionnement du presbytère.

— Ne t'en fais pas avec ça, Roméo. La paroisse, c'est pas une compagnie. On a pas besoin de déclarer des profits à l'évêché chaque année. Tant qu'on est pas dans le rouge et qu'on a assez d'argent à envoyer pour les quêtes du diocèse, c'est tout ce que monseigneur demande.

Le président de la fabrique quitta le bureau du curé Ménard en secouant la tête, tout de même assez mécontent que le prêtre ait accepté la viande laissée par Alfred Laramée, du rang du Petit-Brûlé, pour payer sa dîme. Il n'était pas le seul à avoir acquitté ainsi son dû. Dans sa cuisine, Amélie Provost ronchonnait en montrant les pièces de viande étalées sur la table de sa cuisine.

— Ça a pas d'allure, monsieur le curé. Regardez-moi ça ! C'est taillé n'importe comment et ce sera pas mangeable.

— Je suis sûr que c'est de la bonne viande, dit le prêtre pour la calmer.

— Peut-être, concéda la ménagère, mais Alfred Laramée sait pas couper sa viande. J'aime autant vous avertir tout de suite : préparez-vous à manger du bouilli souvent. Cette viande-là, elle va être bonne juste pour ça. Je pourrai pas vous faire des rôtis ou des steaks parce que vous allez vous casser une dent là-dessus.

La mine du prêtre s'assombrit. Il appréciait particulièrement les excellents rôtis que sa servante savait si bien apprêter.

Par une matinée froide de la troisième semaine de novembre, Ernest Veilleux se berçait dans la cuisine surchauffée. Il fumait paisiblement sa pipe en jetant de temps à autre un coup d'œil à la route devant la maison. Le ciel était uniformément gris et une petite neige folle tombait doucement. Sa bru avait étalé sur la table des pièces de tissu et montrait à sa fille Carole comment tailler les carrés qui allaient former la courtepointe qu'elles projetaient de confectionner durant l'hiver.

L'homme de soixante-quatorze ans avait décidé de se reposer ce matin-là quand Jérôme lui avait annoncé qu'il allait marquer les arbres qu'il voulait abattre durant l'hiver dans le but d'en faire du bois de chauffage. Le vieil homme allait se mettre à somnoler doucement quand le bruit caractéristique d'un camion le força à ouvrir les yeux. Un instant, il crut que la police militaire revenait, mais ce n'était que l'employé de Boudreau, le fromager, qui faisait la collecte des bidons de lait laissés sur les plates-formes à l'entrée de chaque cour du rang Sainte-Marie. Le vieillard allait refermer les yeux quand un boghei qui suivait probablement de près le camion entra dans la cour. Son conducteur descendit de voiture et attacha le cheval à la rampe de l'escalier avant de se diriger lentement vers la porte.

— Tiens, on a de la visite, dit Ernest aux deux femmes qui venaient de se lever en entendant les bruits de pas sur le balcon.

— C'est mon oncle Léo, dit Carole en regardant à son tour par la fenêtre.

— Veux-tu ben me dire ce qui l'amène en plein cœur de la semaine ? demanda Colette à haute voix, alertée par cette visite inhabituelle. Va ouvrir à ton oncle, Carole.

L'adolescente s'empressa d'ouvrir la porte à Léo Veilleux, qui entra dans la cuisine en se soufflant sur les doigts.

— Bonjour tout le monde, salua l'homme dont les oreilles et le nez étaient rougis par le froid. Je vous dis qu'il fait pas chaud dehors.

— Enlève ton manteau et viens te réchauffer proche du poêle, l'invita son père après que sa belle-sœur Colette l'eut débarrassé de son lourd manteau.

— C'est ça. Ta nièce va te servir une bonne tasse de thé chaud, dit la maîtresse de maison.

— Merci, c'est pas de refus, accepta le jeune homme.

Le célibataire de trente-cinq ans à la fine moustache brune vivait depuis près de quinze ans à Pierreville avec son jeune frère Jean-Paul, non loin de l'usine Thibault où ils travaillaient tous les deux. Même s'ils ne demeuraient qu'à cinq milles de Saint-Jacques-de-la-Rive, ils ne venaient pas très régulièrement à la maison paternelle. Le caractère vif de leur père faisait que les réunions familiales tournaient parfois en disputes que Colette avait souvent du mal à calmer.

— Tu travailles pas aujourd'hui ? s'étonna Ernest au moment où son fils s'assoyait dans la chaise berçante placée de l'autre côté du poêle à bois.

— Non. J'avais droit à un congé.

— Tu t'es greyé d'un cheval et d'une voiture ? s'informa Colette en approchant une chaise des deux hommes.

— Je les ai empruntés à mon propriétaire pour venir vous voir.

Le ton de son beau-frère mit Colette mal à l'aise et elle se demanda ce qu'il pouvait bien cacher.

— Jérôme est pas ici ? demanda le visiteur.

— Il est parti dans le bois après le déjeuner. Il devrait être à la veille de revenir... Changement d'à propos : as-tu eu des nouvelles de Jean-Paul dernièrement, toi ? Nous autres, sa dernière lettre date de la fin juillet. On veut bien croire qu'il aime pas écrire et que l'armée prend bien du temps pour envoyer les lettres, mais là...

— C'est vrai que ce maudit sans-cœur-là se force pas gros pour nous donner des nouvelles, l'interrompit son beau-père en parlant de son fils cadet, volontaire depuis deux ans dans l'armée.

— L'Angleterre, c'est pas la porte d'à côté, p'pa, dit Léo pour excuser son frère. Puis, il arrive toutes sortes d'accidents des fois.

Immédiatement, Colette devina la raison de la visite de Léo et son visage fin changea d'expression.

— Il lui est arrivé quelque chose ! s'écria-t-elle.

Je le sentais ! C'est pour ça que t'es venu ! Il est mort !

À ces paroles, le sang s'était brusquement retiré de la figure du vieux père. Il serrait sa pipe entre ses dents, en attente de la confirmation de la nouvelle. Pour sa part, Carole s'était rapprochée de sa mère et avait posé une main sur son bras.

— Whow ! Calmez-vous un peu. Il est pas mort pantoute.

Les signes d'un soulagement évident apparurent sur toutes les figures.

— J'ai eu de ses nouvelles hier. Il a été blessé à une jambe à la fin d'août. Il paraît qu'il a reçu des éclats de bombe. Il a été opéré trois fois. À cette heure, c'est fini l'armée pour lui.

— Où est-ce qu'il est ? demanda sa belle-sœur.

— Il est à Montréal depuis une couple de semaines. Il revient aujourd'hui.

— Si l'armée en veut plus, c'est qu'il doit être estropié à vie, dit son père d'une voix blanche.

— L'important, c'est que votre gars soit pas mort, beau-père, le reprit sa bru en replaçant nerveusement une mèche de cheveux noirs qui s'était échappée de son chignon. Il arrive quand ?

— À la fin de l'après-midi, par le train, si je me fie à ce qu'il m'a raconté hier soir au téléphone.

— Comment il était au téléphone ? demanda Colette.

— Il avait l'air pas trop mal.

— Bon. Comment vous allez vous organiser tous les deux ? reprit-elle en regardant son beau-frère.

— C'est un peu pour ça que je suis passé vous

voir avant qu'il arrive, admit Léo en affichant un air un peu embarrassé. Jean-Paul reste avec moi depuis longtemps, mais s'il a besoin de soins, je me sens pas ben capable de faire ça. En plus, s'il faut le remplumer, moi, comme lui, on est pas ben bons dans une cuisine.

Ernest allait parler quand sa bru lui coupa la parole.

— Il va falloir que tu parles de ça avec Jérôme. Après tout, ton frère a son mot à dire là-dedans. Mais ça me surprendrait qu'il refuse qu'on garde Jean-Paul le temps qu'il faudra pour le remettre d'aplomb. Tu connais Jérôme, il est comme ton père, il manque pas de cœur. Moi, en tout cas, ça me ferait plaisir qu'il vienne rester ici. On va lui préparer une chambre en haut.

Ernest eut un sourire de contentement en entendant ces paroles.

Lorsque Jérôme Veilleux apprit la nouvelle à son retour à la maison, vers midi, il n'hésita pas un instant à offrir l'hospitalité à son frère. Plus encore, il décida d'aller accueillir lui-même Jean-Paul à la gare de Pierreville pour éviter à Léo de revenir à Saint-Jacques-de-la-Rive. Durant son absence, son père et André se chargeraient de traire les vaches et de soigner les animaux. Léo quitta la ferme un peu après le dîner et donna rendez-vous à Jérôme à la gare, vers cinq heures.

À la fin de l'après-midi, Jérôme alla atteler le cheval à la voiture.

— On va vous attendre pour souper, lui dit sa femme au moment où il s'apprêtait à partir.

— On traînera pas en chemin, lui promit son mari avant de claquer la porte derrière lui.

Le petit homme râblé quitta la ferme un peu avant quatre heures, chaudement emmitouflé. C'était la période de l'année qu'il détestait le plus quand il avait à se déplacer. Il n'y avait pas suffisamment de neige pour utiliser la *sleigh* et le cheval peinait à traîner la lourde voiture. Quand il quitta la cour de la ferme, le ciel gris virait doucement au noir et la faible neige qui tombait depuis le début de l'avant-midi ne s'était pas intensifiée.

Quelques minutes plus tard, au moment de rejoindre son frère Léo devant la petite gare de Pierreville, Jérôme réalisa que la neige s'était soudainement mise à tomber beaucoup plus dru, poussée par un vent soufflant en rafales.

— On dirait qu'on va avoir droit à notre première vraie tempête, dit Léo en relevant frileusement son col de manteau.

— Ça peut encore se calmer, répliqua son frère sans trop y croire, en attachant son cheval.

— En tout cas, s'il fait trop mauvais, tu pourras toujours venir coucher à la maison avec Jean-Paul.

Les deux frères entrèrent se mettre à l'abri dans la gare. Une dizaine de personnes se trouvait déjà dans la petite salle d'attente surchauffée. Le responsable, installé derrière son guichet, était en train de rassurer une vieille dame qui s'inquiétait du retard possible du train. Comme il n'y avait que deux personnes encombrées de valises, les Veilleux en déduisirent que toutes les autres attendaient des voyageurs.

Ils n'eurent pas à patienter bien longtemps. Quelques minutes après cinq heures, le train en provenance de Montréal s'arrêta devant la petite gare dans un hurlement de freins et un nuage de vapeur. En un instant, la salle d'attente se vida comme par enchantement. Tout le monde se précipita vers le quai faiblement éclairé par un unique lampadaire. La porte de l'un des cinq wagons accrochés à la locomotive s'ouvrit devant un employé qui déploya un marchepied pour permettre aux voyageurs de descendre. Une grosse dame descendit lentement, suivie de près par deux jeunes permissionnaires, encore fiers d'exhiber leur uniforme tout neuf. Enfin, Jean-Paul Veilleux apparut à la porte. L'employé du CN prit le sac et les béquilles qu'il lui tendait et il entreprit de descendre en se retenant difficilement à la barre d'appui.

Jérôme et Léo s'avancèrent précipitamment vers lui pour l'aider, mais avant même qu'ils arrivent, leur frère handicapé avait déjà pris pied sur le quai et tendait les mains vers ses béquilles sur lesquelles il s'appuya avec un soulagement évident.

— Tiens ! Si c'est pas les petits Veilleux qui sont là ! s'exclama le cadet de la famille avec un plaisir évident de revoir ses frères.

Il leur tendit la main en gardant tant bien que mal son équilibre.

— Va pas te faire des idées, répliqua Léo. C'est pas toi qu'on venait voir, c'est le train. Et on peut te dire qu'il est pas mal plus beau que toi.

— T'as pas changé, toi. T'es toujours aussi jaloux du plus beau de la famille, rétorqua Jean-Paul.

Les trois frères éclatèrent de rire. Jérôme s'empara du sac de toile de son frère et le petit groupe se mit en marche.

— On dirait ben que j'arrive en pleine tempête de neige. À Montréal, la neige avait pas encore commencé à tomber quand le train est parti.

— Ce sera peut-être pas une tempête, fit Jérôme. Viens dans la salle d'attente ; on va jaser un peu.

À leur entrée dans la salle maintenant déserte, Jérôme put examiner plus aisément son frère. Il se rendit compte avec un pincement au cœur à quel point celui-ci avait changé en deux ans.

Jean-Paul avait toujours été le plus grand de la famille. Il dépassait Jérôme d'une demi-tête. On le reconnaissait à son large visage ouvert surmonté d'une épaisse chevelure brune et bouclée. Comme tous les Veilleux, il possédait des yeux noisette et ses joues portaient quelques taches de rousseur. Son père lui reprochait souvent son manque de sérieux parce qu'il aimait rire et plaisanter. Quand il avait quitté la ferme familiale pour s'installer avec Léo à Pierreville, personne n'en avait été surpris. Le jeune homme n'avait jamais particulièrement aimé travailler la terre. Son enrôlement volontaire avait cependant jeté la consternation chez les Veilleux, qui n'avaient pas du tout compris son envie de voir du pays et son goût de l'aventure.

— Tu vas te faire tuer dans cette maudite niaiserie-là ! lui avait hurlé son père, furieux, quand il lui avait fait part de son désir de s'engager dans l'armée.

— Ben non, p'pa. Ils vont juste m'entraîner et m'envoyer en Angleterre pour une couple de mois.

Il faut croire que l'histoire avait mal tourné. À trente-trois ans, Jean-Paul revenait lourdement handicapé au pays. Il n'y avait qu'à voir son visage émacié, ses yeux un peu fiévreux et la petite mèche grise qui retombait sur son front pour se rendre compte que son aventure ne s'était pas déroulée comme il l'avait espéré. Il flottait littéralement dans son vieux paletot et avait besoin de béquilles pour se déplacer avec sa jambe raide.

— Comment t'as attrapé ça ? demanda Léo en lui montrant sa jambe, qu'il venait d'étendre avec précaution devant lui en s'assoyant sur un banc.

Le visage de Jean-Paul se rembrunit.

— Une grenade, dit-il succinctement. Deux gars de mon unité ont été tués à côté de moi. Moi, j'ai été chanceux. J'ai juste reçu des éclats dans la jambe. Les docteurs ont eu de la misère à tous les enlever. J'ai eu trois opérations. Là, il paraît que c'est correct.

— D'après les docteurs, vas-tu pouvoir marcher normalement ? demanda Jérôme.

— À peu près. Ils pensent que je vais avoir une patte un peu raide pour le reste de mes jours.

— Et tes béquilles ?

— Il paraît que dans un mois ou deux, je vais pouvoir me servir juste d'une canne.

— Vas-tu revenir travailler chez Thibault ? fit Léo.

— À la fin de l'hiver, s'il y a de l'ouvrage pour moi, je devrais être capable de revenir.

— Je vais en parler au *boss*, promit son frère. Je suis sûr que Thibault va te reprendre. On manque de gars qui connaissent ben la *job*.

Il y eut un long moment de silence entre les trois hommes avant que Jérôme ne reprenne la parole.

— Qu'est-ce que tu dirais de venir passer un bout de temps à la maison pour te laisser gâter par Colette ?

— Ben voyons... je vais être une gêne, avança le blessé en montrant sa jambe.

— Ben non, le reprit son frère. L'hiver commence. Il y a presque plus rien à faire, sauf faire le train matin et soir et bûcher du bois. Si ça la dérangeait, tu peux être sûr que ma femme t'offrirait pas de venir rester à la maison. En plus, ça va faire plaisir au père de te revoir.

Jean-Paul n'hésita pas plus longtemps.

— Et quand voulez-vous que je vienne ?

— Colette t'attend à soir, si ça fait ton affaire. Ta chambre est déjà prête. Je suis venu à Pierreville pour te ramener à la maison. Je pense même qu'on est mieux d'y aller sans trop traîner parce que la neige a l'air de vouloir tomber de plus en plus fort.

Les frères Veilleux se levèrent et sortirent de la salle d'attente. Il n'y avait plus personne autour de la gare. Un vent violent poussait maintenant de gros flocons de neige, créant ainsi une sorte de rideau opaque à travers lequel il était difficile de voir. La rue était déserte. La neige semblait être parvenue à chasser les derniers passants. Le seul signe de vie était le cheval de Jérôme qui s'ébrouait. Le cultivateur s'empressa d'enlever la couverture déposée sur le dos de sa bête et d'allumer le fanal suspendu à l'avant de la voiture. Pendant ce temps, Léo aidait Jean-Paul à prendre place dans le véhicule non couvert.

— Vous seriez ben mieux de venir coucher à la maison, offrit-il. On voit pas à dix pieds en avant de nous autres avec cette maudite neige-là.

— Tout le monde nous attend, dit Jérôme en s'emparant des guides. En plus, si on reste, on pourra peut-être pas ramener la voiture avant des semaines.

— Ce serait pas grave. Le père viendrait vous chercher demain matin avec la *sleigh*. T'as juste à téléphoner à Colette que le mauvais temps t'empêche de prendre la route.

— Ben non. Saint-Jacques est juste à cinq milles. Ça nous prendra pas une éternité à rentrer. Monte, je vais te laisser devant chez vous.

— Laisse faire, ça va aller plus vite en passant à pied par la cour de chez *Traversy*.

— T'es sûr ?

— Ben oui. On se donne des nouvelles bientôt. Rendez-vous ben.

En un instant, Léo disparut de la vue de ses deux frères et Jérôme mit son cheval en marche.

— Prends la couverte pliée en arrière et mets-toi ça sur le dos, dit Jérôme à son frère au moment où il engageait la voiture sur la route, laissant derrière lui les lumières de Pierreville.

La tête enfouie dans le collet relevé de son manteau et les yeux à demi fermés pour ne pas être aveuglé par la neige qui tombait presque horizontalement, il conduisait prudemment sa bête au pas, attentif à ne pas sortir de la route devenue uniformément blanche. Il devait se guider sur les piquets de clôture pour ne pas dévier de son chemin. Les gros flocons semblaient tout feutrer et une sorte de silence surnaturel régnait autour des deux voyageurs, silence que seuls troublaient les hurlements du vent.

— J'espère juste qu'il s'est pas formé des bancs de neige avec un vent pareil, cria-t-il quelques minutes plus tard à Jean-Paul pour se faire entendre malgré le vent.

L'autre se contenta de secouer la tête pour lui faire comprendre qu'il l'avait entendu.

Soudain, Jérôme comprit à quel point il s'était montré téméraire en prenant la route par un temps pareil. S'il rencontrait sur son chemin un de ces fameux amoncellements de neige, la voiture ne passerait pas. Qu'allait-il faire ? Jean-Paul serait aussi incapable de l'aider que de marcher dans la neige jusqu'à une ferme voisine. Cela signifiait qu'il devrait le laisser seul au milieu du chemin pour aller chercher du secours. À cette seule pensée, il redoubla d'attention, priant pour qu'une telle situation ne se présente pas.

Les minutes s'étirèrent lentement dans cette tourmente et à plus d'une occasion, Jérôme dut corriger à la dernière seconde la direction prise par le cheval qui se dirigeait directement vers le fossé. Finalement, ils arrivèrent devant l'église de Saint-Jacques-de-la-Rive et tournèrent à droite dans le rang Sainte-Marie.

— On arrive, dit le conducteur en éprouvant un

réel soulagement. Dans dix minutes, on va être à la maison.

La chance était du côté des voyageurs. Ils ne rencontrèrent aucun obstacle sur leur route jusqu'au moment où la voiture put enfin venir se ranger près de la maison, quelques minutes plus tard.

Colette avait pris la précaution d'installer une lampe à huile à l'une des fenêtres de la cuisine. Ernest avait dû guetter leur arrivée parce que la porte s'ouvrit immédiatement devant Jérôme et Jean-Paul quand ils arrivèrent sur le balcon.

— Dépêchez-vous à entrer, leur dit le vieillard. C'est pas un temps à mettre un chien dehors.

Les deux voyageurs pénétrèrent dans la maison après s'être secoués un moment à l'extérieur pour se dégager de la neige qui les couvrait.

— Une vraie tempête, dit Jérôme en retirant sa casquette après avoir repoussé la porte derrière son frère. Tenez, je vous amène de la visite rare.

Colette et ses deux enfants s'avancèrent vers Jean-Paul, en équilibre instable sur ses deux béquilles. Le blessé s'empressa d'embrasser sa belle-sœur et sa nièce sur une joue avant de passer une main dans les cheveux d'André. Ensuite, il tendit la main à son père qui n'avait encore rien dit depuis qu'il avait invité ses fils à entrer.

— Donne-moi tes béquilles et enlève ton manteau, lui commanda son père en tendant la main.

Jean-Paul se dépêcha d'obtempérer, sachant fort bien que tout le monde autour de lui l'examinait attentivement.

— Carole, va accrocher le manteau de ton oncle, ordonna Colette.

— Et toi, André, habille-toi, dit Jérôme. Va t'occuper du cheval et de la voiture.

— Je peux ben y aller, offrit Ernest.

— Ben non, grand-père, je suis capable de faire ça, assura l'adolescent qui sortit de la maison une minute plus tard après avoir endossé son manteau et chaussé ses bottes.

Jean-Paul se laissa tomber doucement dans l'une des chaises berçantes près du poêle avec un plaisir évident. Son père ne le quittait pas des yeux.

— Baptême ! jura-t-il, assez ému. On te nourrissait pas dans l'armée ? T'es maigre à faire peur. T'as l'air d'une vraie chenille à poil !

— On mangeait pas trop mal, p'pa, le rassura son fils. Ce sont les deux mois et demi à l'hôpital qui m'ont un peu magané.

— On soupe dans cinq minutes, annonça Colette. Ici, on va te remplumer. Ça prendra pas de temps, tu vas voir.

— Je sais comment tu cuisines ben, dit Jean-Paul. Je suis certain que quand je vais partir d'ici, je vais être gras comme un voleur.

— Ouais, mais elle va avoir pas mal d'ouvrage à faire pour y arriver, fit remarquer Jérôme.

— Et ta jambe ? s'informa Colette.

— Elle va finir par guérir. J'ai été opéré encore une fois la semaine passée. Il paraît que tout va ben.

— Les docteurs lui ont dit qu'à la fin de l'hiver, il aurait plus besoin de béquilles, ajouta Jérôme.

— Bon, ça c'est une bonne nouvelle. Je t'ai installé dans la chambre à côté de celle de ton père, la verte.

— T'es ben fine de te donner autant de mal, le remercia son beau-frère. J'aurais ben pu retourner chez nous avec Léo.

— Pour mourir de faim ! Je vous connais, les deux petits frères. La cuisine, ç'a jamais été votre fort. Vous avez voulu rester vieux garçons, vous payez le prix. Quand les hommes ont pas de femmes pour prendre soin d'eux autres, ils sont bien mal pris.

Personne n'osa contredire la maîtresse de maison et on passa rapidement à table. Après le repas, on se rassembla près du poêle à bois. On passa la soirée à faire raconter à Jean-Paul sa vie dans l'armée et, surtout, ce qu'il avait vu de l'autre côté, en Angleterre. À l'extérieur, la tempête faisait rage au point que les vitres des fenêtres vibraient sous les coups de boutoir du vent.

Un peu après dix heures, chacun décida de se mettre au lit. Après avoir jeté une grosse bûche dans le poêle, Jérôme souffla la lampe à huile et prit la direction de sa chambre où Colette achevait de passer une épaisse robe de nuit.

— Comment tu le trouves ? lui demanda son mari.

— Je trouve qu'il en mène pas large. Il est bien trop maigre. On sait qu'il a jamais été un plaignard, mais avoir des cheveux gris à son âge, ça veut dire qu'il en a pas mal arraché.

— Et sa jambe ?

— Ça, on verra bien avec le temps ce qui va

arriver, le rassura sa femme en enlevant ses épingles à cheveux. Moi, je pense que c'est tout de même mieux que de revenir avec un membre en moins, comme le petit Moreau de Saint-Gérard.

— Pour ça, t'as raison.

Ils s'enfouirent tous les deux sous les épaisses couvertures et s'endormirent au son du vent qui semblait vouloir arracher la toiture.

Au matin, les Veilleux furent réveillés par Ernest, en train de jeter une bûche dans le poêle. La cuisine était chichement éclairée par la lampe à huile déposée au centre de la table. La maison était froide et humide et il faisait encore noir à l'extérieur.

— Il est quelle heure, p'pa ? lui demanda Jérôme qui sortait de la chambre en se grattant le cuir chevelu.

— Ben proche six heures. Je pense qu'on manquera pas d'ouvrage avec toute la neige qui est tombée depuis hier soir. Le vent s'est calmé et on dirait que la neige s'est arrêtée.

Colette quitta à son tour la chambre et entreprit de monter à l'étage en tenant sa robe de chambre fermée d'une main.

— Je vais aller réveiller les enfants en faisant attention de pas déranger Jean-Paul, chuchota-t-elle aux deux hommes en train de se chausser près du poêle.

Quelques minutes plus tard, André et Carole descendirent au moment où leur grand-père et leur père déposaient leur tasse de thé vide sur la table.

— Bon. On va y aller. André, dégage les entrées pendant qu'on fait le train. Nettoie aussi la plate-forme avant que j'arrive avec les bidons, lui ordonna son père en ouvrant la porte après s'être emparé du fanal qu'il venait d'allumer.

À l'extérieur, le jour n'était pas encore levé. Tout était uniformément blanc et les marches de l'escalier disparaissaient sous une bonne épaisseur de neige. Les bourrasques de vent de la nuit avaient entassé la neige en monticules au pied du moindre obstacle. Jérôme et son père durent marcher jusqu'à l'étable avec de la neige à mi-jambes.

— Baptême ! jura Ernest, il en est tombé un bon pied.

— Si ça vous fait rien, p'pa, je vais vous laisser commencer tout seul le train et m'occuper d'atteler les chevaux à la gratte pour nettoyer la cour, proposa Jérôme.

Ernest se contenta de hocher la tête avant de prendre le fanal que lui tendait son fils. Il pénétra dans l'étable et Jérôme se dirigea vers la remise où était entreposée la gratte durant la belle saison.

L'appareil rudimentaire n'avait guère changé depuis des générations. Il s'agissait toujours d'un lourd assemblage de trois larges madriers retenus ensemble par des ferrures. Le tout était lesté et muni de chaînes de manière que les chevaux puissent les tirer aisément.

Le cultivateur vérifia rapidement l'état de la gratte avant d'aller atteler les chevaux à l'écurie. Le déneigement de la cour dura une bonne heure et ne prit fin qu'au moment où le soleil commençait à se lever dans un ciel sans nuage.

— Espérons que Michaud se traînera pas trop les pieds pour nettoyer le rang, dit Ernest au moment où son fils venait prendre les bidons de lait pour aller les déposer sur la plate-forme située au bord du chemin.

— S'il prend trop de temps à faire sa *job*, p'pa, vous pouvez être certain qu'il va vite avoir Boudreau sur le dos. Lui, il est pas patient. Quand sa tournée de ramassage de lait est retardée, il est pas parlable.

Lorsque les deux hommes rentrèrent dans la maison, le déjeuner était prêt depuis longtemps.

— Pour moi, l'école va être fermée à cause de la neige, dit André en cachant mal son espoir de ne pas avoir à se rendre au village pour une journée de classe.

— Voyons donc, André, le réprimanda sa mère. Tu sais bien que c'est pas une petite bordée de neige qui va empêcher madame Rivest d'ouvrir l'école. Grouille-toi de déjeuner si tu veux pas arriver en retard.

L'adolescent adressa à son père un regard implorant, mais ce dernier fit comme s'il ne l'avait pas vu.

9

Le début de l'hiver

Dès le lendemain de son arrivée, la nouvelle du retour à la maison de Jean-Paul Veilleux était déjà connue par une bonne partie de la population de Saint-Jacques-de-la-Rive. Il avait suffi d'un simple appel téléphonique de Jérôme à sa sœur Céline, la veille. Quand on partageait une ligne téléphonique avec plusieurs autres abonnés, il était inévitable que des « écornifleux », comme le disait Colette, écoutent sur la ligne et répandent les nouvelles.

Quelques jours après la première tempête de neige de l'hiver, tout était déjà rentré dans l'ordre. En ce dernier dimanche de novembre, le soleil brillait et il régnait un froid vif et sec. Les voitures avaient été remplacées par des *sleighs*, des traîneaux et des carrioles, et les chemins arboraient déjà d'importantes bordures de neige. Au moment où les attelages commençaient à arriver devant l'église, Elphège Turcotte finissait sans se presser d'enlever du parvis le demi-pouce de neige tombé durant la nuit précédente.

Durant la grand-messe du curé Ménard, plus d'un regard plein de curiosité fut dirigé vers le banc occupé par les Veilleux. Jean-Paul, assis au bout du banc aux côtés de son frère et de sa belle-sœur, les sentait peser sur lui, mais il n'osait tourner la tête. Lorsque l'officiant prononça son *Ite missa est,* la foule des fidèles, comme à son habitude, s'écoula lentement à l'extérieur et il suivit le mouvement difficilement, en équilibre instable sur ses béquilles.

Un bon nombre de paroissiens se regroupèrent sur le parvis afin de se raconter les dernières nouvelles. Évidemment, les Tremblay furent les premiers à venir saluer Jean-Paul et à s'informer de sa santé. Après tout, ils étaient apparentés. Céline trouva que son frère avait déjà bien meilleure mine qu'à son arrivée quelques jours plus tôt et elle s'empressa de féliciter sa belle-sœur Colette pour la qualité de ses soins.

— C'est facile, se défendit Colette avec humilité. J'ai juste à faire à manger.

— J'ai pas le choix, feignit de se plaindre Jean-Paul avec bonne humeur. Avec elle, je dois manger tout ce qu'il y a dans mon assiette ou elle m'envoie coucher dans la grange avec les mulots.

— À part manger, qu'est-ce que tu fais de tes journées ? demanda Gérald Tremblay à son voisin.

— Rien pantoute. Je guette le chemin par la fenêtre. Je me sens pas mal inutile. Pendant que mon père et Jérôme ont commencé à bûcher, je suis poigné dans la maison à chauffer le poêle.

Georges et Rita Hamel s'avancèrent vers le petit groupe en compagnie de leur fille Claudette. Ces voisins de longue date s'étaient toujours bien entendus autant avec les Veilleux qu'avec les Tremblay. Pourtant, le visage de Cécile changea brutalement à leur arrivée et elle jeta un regard sournois en direction de Gérald pour s'assurer qu'il n'échangeait aucun signe de connivence avec la jeune fille. La présence de cette célibataire aux manières trop libres à son goût avait toujours le don de la mettre dans tous ses états. Depuis qu'elle avait surpris son mari en train de plaisanter avec elle, le printemps précédent, elle faisait en sorte de tenir Rita et ses filles éloignées le plus possible de chez elle.

— Je suis pas pour faire entrer le loup dans la bergerie, se disait-elle parfois quand elle avait quelque remords de bouder Rita Hamel.

Les nouvelles données par Jean-Paul sur son état de santé semblèrent rassurer tout le monde. Il resta toutefois évasif sur les combats auxquels il avait participé en Europe. De toute évidence, il était difficile pour lui d'aborder le sujet. Par respect, on n'insista pas. Il y eut ensuite un léger flottement et le groupe se scinda en deux. D'un côté, les femmes se mirent à parler du dernier catalogue de Dupuis frères ainsi que des courtepointes et des catalognes qu'elles se proposaient de confectionner durant l'hiver. Un peu plus loin, les hommes taquinèrent Clément au sujet de sa Ford qui avait bien voulu démarrer malgré le froid, ce matin-là.

À un certain moment, Cécile tourna la tête et aperçut Claudette en grande conversation avec Jean-Paul et sa nièce Françoise.

— On a pas eu de nouvelles de mon frère Charles depuis le commencement du mois d'octobre, se plaignit Claudette au blessé. Tout le monde à la maison est pas mal inquiet.

— Ça veut rien dire si vous avez pas reçu de lettres, chercha à la rassurer Jean-Paul. Le courrier est jamais ben rapide là-bas. Dans l'armée, on fait pas toujours ce qu'on veut.

— En tout cas, on a bien hâte qu'il revienne. On arrête pas de prier pour qu'il lui arrive rien, poursuivit la jeune fille.

— Cette guerre-là durera pas éternellement.

— Mon père trouve ça pas mal dur d'être tout seul pour faire l'ouvrage. Adrienne et moi, on essaie de l'aider, mais pour l'ouvrage dur, on est pas bien utiles... Toi, tu vas faire quoi quand tu vas être guéri ? demanda Claudette.

— Je pense que je vais retourner vivre à Pierreville et travailler chez Thibault avec mon frère Léo, comme avant... À condition qu'ils engagent un infirme, ben sûr.

— Vas-tu être obligé de te servir de tes béquilles toute ta vie ?

— Non, mais il paraît que je vais toujours garder une patte un peu raide.

Pendant que les deux jeunes gens conversaient, Françoise détourna la tête au moment précis où Étienne Fournier la regardait, assis dans la *sleigh* familiale, attendant de toute évidence que sa sœur Berthe le rejoigne. La jeune fille lui adressa son plus chaleureux sourire, ce qui eut le don de faire rougir violemment le bossu qui lui fit tout de même un petit signe de la main. Comme d'habitude, ses parents avaient dû aller à la basse-messe de manière à rencontrer le moins de gens possible.

— Bon, nous autres, on va faire un bout de chemin, déclara Jérôme Veilleux en donnant le signal du départ.

— Nous autres aussi, répondirent presque simultanément Clément, Gérald et Georges Hamel.

Chacun se dirigea vers son véhicule.

— On va te laisser partir en avant, Clément. Comme ça, si ton bazou arrête en chemin, on te tirera avec nos chevaux, déclara son frère Gérald en riant.

— Inquiète-toi pas pour ça, je vais être déjà en train de dîner quand vous allez être obligés de dételer vos chevaux. Jérôme, dit-il à son beau-frère, je vais ramener Jean-Paul chez vous. Je pense qu'il va être plus à l'aise avec sa jambe dans ma Ford.

— Pas de problème, accepta le cultivateur. En échange, on va ramener ta Françoise, si elle veut.

Sur le chemin du retour, Clément fit remarquer à son beau-frère, confortablement installé seul sur la banquette arrière de l'automobile :

— On dirait que tu t'entends ben avec la petite Hamel.

— Tu devrais savoir que je me suis toujours ben entendu avec toutes les belles filles, plaisanta Jean-Paul.

— C'est pour ça, je suppose, que t'es resté vieux garçon, se moqua Céline.

— C'est sûr. Comment veux-tu que je choisisse ?

— Sois donc sérieux un peu, le morigéna sa sœur.

— Si tu veux savoir, la Claudette, je l'avais jamais remarquée. Ça fait douze ans que je reste à Pierreville. Quand je suis parti, elle devait avoir dans les...

— Quatorze ans, à peu près, l'aida Céline.

— En tout cas, c'est une belle fille. En plus, elle est pas mal fine. Elle m'a même offert de venir jouer aux cartes avec moi les après-midi où je m'ennuierai trop.

— Fais ben attention où tu mets les pieds, le beau-frère, le prévint Clément. Claudette Hamel a la réputation de se chercher sérieusement un mari. Si elle te met le grappin dessus, t'es pas sorti du bois.

— Aie pas peur pour moi. Je suis pas tombé de la dernière pluie.

À quelques centaines de pieds derrière la Ford, Claudette Hamel était aussi le sujet de conversation dans la *sleigh* de Gérald Tremblay. Cécile guetta du coin de l'œil la réaction de son mari quand elle lui dit :

— As-tu remarqué comment la petite Hamel s'est jetée sur Jean-Paul après la messe ?

Le visage du conducteur demeura neutre et il se contenta de lever les épaules en signe d'ignorance.

— Elle court après tout ce qui porte des pantalons, cette dévergondée-là. Si j'étais sa mère, je lui remettrais les idées à la bonne place à celle-là, ajouta Cécile.

— Arrête donc un peu, lui conseilla son mari dont la taille était encore plus impressionnante engoncé qu'il était dans son épais manteau. Georges et Rita, c'est du bon monde et ils ont ben élevé leurs enfants. Je vois pas ce que t'as contre leur fille. Elle a pas l'air plus méchante que les autres.

— Laisse faire. Moi, je me comprends, se contenta de répondre sa femme, tout de même un peu honteuse de sa jalousie maladive.

Ce midi-là, Cécile trouva le repas prêt en rentrant de la messe. Sa belle-mère et sa belle-sœur Aline, aidées par Élise, avaient eu le temps de dresser le couvert et de faire cuire le jambon et les pommes de terre. Toutes les trois avaient préféré aller à la basse-messe en compagnie de Bertrand.

— Puis, avez-vous vu Jean-Paul Veilleux ? demanda Thérèse.

— Oui, belle-mère. Le frère de Céline a pas l'air trop malade.

— J'ai bien hâte que mon Lionel et Louis puissent vivre comme du monde, eux autres aussi. Si ça a de l'allure de vivre dans une cabane en planches en plein hiver.

— Je pense pas qu'ils souffrent trop, m'man, voulut la rassurer Gérald en sirotant son thé bouillant. Ils ont à manger et ils ont de quoi se chauffer.

— Ça fait rien, dit Cécile. Il va falloir que tu fasses ta part, toi aussi, et que tu t'occupes un peu plus de ton frère et de ton neveu. On peut pas tout laisser sur le dos de Clément et d'Ernest Veilleux.

Lui, il a beau être le grand-père, il s'en va tout de même sur ses soixante-quinze ans. On peut pas lui demander d'aller dans le bois tous les jours.

— On va pas recommencer, protesta son mari.

Deux semaines auparavant, Gérald avait annoncé aux siens qu'il n'avait pas l'intention de mettre les pieds dans le bois avant deux bonnes semaines. Le mari de Cécile se sentait fatigué malgré sa solide constitution. Par conséquent, il avait décidé de se reposer un peu avant d'entreprendre la coupe de son bois.

— Tu vas faire quoi à traîner dans la maison ? lui avait demandé sa femme.

— Rien. Me reposer. Je travaille depuis le commencement du printemps sept jours par semaine, j'ai bien le droit de souffler un peu.

— Tu vas te bercer pendant que tout le monde autour travaille ?

— Ben oui, imagine-toi donc, avait rétorqué Gérald. C'est de leurs affaires s'ils veulent se tuer à l'ouvrage. Je suis pas obligé de faire comme eux autres.

— En tout cas, ça risque pas de t'arriver, avait conclu sa femme, outrée. Quand les voisins vont s'apercevoir que t'es encore arrêté, ils vont bien rire.

— Eh ben ! Ils riront, batèche !

Mais le dard était planté et Cécile savait fort bien que son mari allait réagir. Depuis le début de leur mariage, dix-sept ans auparavant, elle n'avait jamais cessé de le pousser au travail parce qu'elle n'ignorait pas qu'il avait une nette tendance à la paresse. Elle s'était même fait une raison depuis longtemps : c'était sa nature. Mais elle connaissait ses points faibles mieux que n'importe qui, et l'orgueil en était un.

— C'est correct, Gérald Tremblay, conclut sa femme. Si tu veux pas y aller, je vais aller dans le bois avec Bertrand. Je laisserai personne dans la famille raconter qu'on a pas de cœur et qu'on s'occupe pas de ceux qui sont mal pris.

Thérèse apprécia à sa juste valeur la manœuvre de sa bru et, comme elle, elle attendit la réaction de son fils, qui ne se fit pas attendre.

— Maudit que t'es fatigante, toi ! OK, t'as gagné encore une fois ! Mais pas aujourd'hui. Si quelqu'un me voit en plein jour m'en aller dans le bois, il va se douter tout de suite de quelque chose.

— T'es bien fin, mon Gérald, le remercia sa femme. De toute façon, Clément m'a dit avant la messe qu'il irait voir son gars et Lionel après le souper. Tu peux attendre demain pour y aller. À cette heure, son chemin est tapé jusqu'au bois parce qu'il a commencé à bûcher mercredi passé.

Ce soir-là, peu de temps après le souper, Clément et son fils Jean s'habillèrent chaudement et se chargèrent chacun d'un paquet avant de se diriger vers la porte.

— Soyez prudents, leur recommanda Céline. Toi, Clément, dis bien à Louis de prendre son sirop s'il continue à tousser.

— S'il fait pas ça, p'pa, dites-lui que je vais aller le soigner, moi, dit Françoise.

— Il va avoir assez peur qu'il va le prendre, son

sirop, dit son père en riant. On sera pas partis longtemps, se contenta-t-il d'ajouter en refermant la porte derrière lui.

Le père et le fils se glissèrent derrière l'étable et marchèrent l'un derrière l'autre, en silence, attentifs aux bruits autour d'eux. Parvenus à la limite des champs, ils entrèrent dans le boisé et se dirigèrent vers la cabane à sucre située au milieu des arbres, à quelques centaines de pieds de la lisière du bois. La cheminée laissait échapper un mince filet de fumée. Clément frappa à la porte qui s'ouvrit presque immédiatement.

— Bonsoir, p'pa, fit Louis qui avait commencé à laisser pousser sa barbe. Entrez, ça commence à se réchauffer ici-dedans.

— T'es tout seul ?

— Non. Mon oncle est aux toilettes, dehors.

Clément et Jean entrèrent et déposèrent leurs paquets sur l'un des lits improvisés, au fond de la petite pièce.

— Ta mère et Françoise vous ont cuisiné des affaires faciles à faire réchauffer, fit Clément en déboutonnant son manteau.

— Il y a aussi du linge propre pour toi et mon oncle, ajouta Jean en montrant le paquet qu'il avait transporté. Je suis allé en chercher chez ma tante Cécile, hier.

— Maudit, finit par dire le père, vous chauffez ben fort ! Il me semble qu'on crève de chaleur ici-dedans.

Soudain, la porte de la cabane s'ouvrit sur Lionel. Son visage s'illumina à la vue des visiteurs.

Cet isolement en pleine forêt commençait à lui peser.

— Vous feriez mieux d'enlever votre manteau, leur conseilla-t-il. Le soir, c'est le seul temps où on peut chauffer la cabane. On gèle toute la journée ici parce qu'on peut pas allumer la fournaise pour pas attirer l'attention du monde avec la fumée. Le pire, c'est qu'on peut même pas aller dehors et bouger pour se réchauffer. Il y a trop de monde en train de bûcher autour.

— Ouais ! C'est sûr que c'est pas ben drôle, compatit Clément.

— Jusqu'à maintenant, on passe la plupart de nos journées dans la cabane du père de ta femme parce que c'est celle qui est la plus loin de tout et parce que le voisin, c'est Gérald. Il y a moins de danger qu'un fouineux nous aperçoive. Mais ça change rien. On peut pas chauffer.

— En tout cas, on a hâte que la noirceur arrive pour pouvoir allumer, conclut Louis.

— On a discuté avec Gérald et mon beau-père si on pourrait pas vous organiser quelque chose dans la maison ou dans un des bâtiments, dit Clément.

— Puis ? demanda Lionel, plein d'espoir.

— Les bâtiments, il faut même pas y penser parce qu'on peut pas les chauffer et ce serait la première place que les MP vont fouiller quand ils vont venir. Pour la maison, chez nous comme chez Gérald, il y aurait juste le grenier. On est montés, mais c'est le même problème : c'est pas isolé et c'est pas chauffable. Ce serait pire que de rester dans les cabanes à sucre où vous pouvez au moins vous chauffer le soir et la nuit.

— On va se débrouiller, p'pa, déclara Louis qui semblait avoir un meilleur moral que son compagnon d'infortune.

Durant quelques minutes, Clément donna des nouvelles des membres de la famille aux deux déserteurs qui buvaient littéralement ses paroles. Ils furent à la fois étonnés et ravis d'apprendre que Jean-Paul Veilleux était de retour à la maison. On se souhaita ensuite le bonsoir. Il était déjà temps pour les visiteurs de rentrer.

10

Un bien triste mois de décembre

Les deux premières semaines de décembre se déroulèrent sans histoire à Saint-Jacques-de-la-Rive. Le froid persista et il n'y eut que quelques chutes de neige sans grande importance. Seul le passage d'un camion de la police militaire troubla la paisible municipalité durant quelques heures un jeudi avant-midi. Les déserteurs n'avaient toujours pas été découverts, bien protégés par le pacte du silence qui unissait l'ensemble des habitants de la paroisse.

Dans les fermes, la plupart des hommes quittaient la maison après le déjeuner pour aller bûcher et, à la fin de la journée, ils rapportaient un plein traîneau de grosses bûches qui allaient grossir les cordées de bois qui s'entassaient contre le mur de l'un des bâtiments. Pendant ce temps, les femmes planifiaient déjà ce qu'elles serviraient à manger durant la période des fêtes tout en confectionnant des catalognes ou des courtepointes.

Chez les Veilleux, Jean-Paul poursuivait sa convalescence. Le jeune homme faisait des exercices quotidiens pour donner plus de force à sa jambe blessée et songeait sérieusement à troquer ses béquilles pour une canne après Noël. À plusieurs reprises déjà, Claudette Hamel était venue jouer aux cartes avec lui pour le distraire. Colette soupçonnait la jeune fille de nourrir d'autres projets, mais elle se gardait bien d'en parler à qui que ce soit.

Chez Gérald Tremblay, Thérèse et Cécile demeuraient en contact presque quotidien avec Céline pour s'assurer que Louis et Lionel ne manquaient de rien dans leur refuge. Gérald avait tenu parole. Il n'avait plus parlé de repos mérité. Il avait commencé à bûcher avec son fils Bertrand et tous les deux approvisionnaient les fugitifs en alternance avec Clément et Jean.

Les Fournier faisaient la même chose que leurs voisins durant la journée. Ils travaillaient au moins aussi fort qu'eux. Cependant, chaque soir, dès la dernière bouchée avalée, Étienne allumait un fanal et allait se réfugier dans son appentis où il construisait un mobilier de chambre à coucher en érable. Le bossu avait finalement vendu son secrétaire et son fauteuil au propriétaire du magasin Murray de Pierreville et avait sacrifié une partie du prix de vente à l'achat de matériel tant pour améliorer l'isolation de l'appentis que pour l'achat du bois nécessaire à la confection de ses meubles. À la fin de chaque après-midi, après le train, Étienne s'esquivait quelques instants dans son refuge pour allumer la petite fournaise et rentrait souper à la maison, impatient de retourner à ses outils délaissés depuis la veille.

— Il va finir par mettre le feu là-dedans, avait laissé tomber Gabrielle devant son mari.

Germain, occupé à jeter une bûche dans le poêle, finit par se tourner vers sa femme.

— Il est pas fou ; il mettra pas le feu, dit-il sur un ton cassant. La remise, c'est son atelier.

— En plus, c'est un beau gaspillage de bois de chauffage pour rien. La maison est chauffée ; il a juste à rester ici avec nous autres. On voit même pas la couleur de cet argent-là, ajouta-t-elle, vindicative, en pensant au profit que son fils avait réalisé en vendant son secrétaire.

— Au cas où t'aurais oublié, Gabrielle Paré, le bois qu'il prend pour chauffer, c'est du bois qu'il a bûché.

— Et l'argent ?

— Laisse faire l'argent. C'est son argent, pas le tien. Écœure-le pas avec ça ! Essaye de te souvenir qu'il a vingt ans et qu'il travaille ici pour rien, sept jours sur sept, à longueur d'année.

Le reste de la soirée se déroula dans un silence presque total. Berthe, au bout de la table, le visage fermé, tressait des guenilles dans l'intention de les transformer en une catalogne. Un peu avant neuf heures, la jeune fille se leva et rangea lentement ses affaires.

— Montes-tu déjà te coucher ? lui demanda sa mère, qui quitta un instant des yeux une chemise d'Étienne qu'elle était en train de repriser.

— Oui, m'man. J'ai un peu mal au ventre. Je pense que je vais être mieux couchée, répondit Berthe, le visage un peu pâle.

Vers dix heures, Étienne rentra dans la maison, les bras chargés de bûches qu'il laissa tomber bruyamment dans le coffre à bois. Ensuite, après un vague bonsoir adressé à ses parents, il monta se coucher à son tour.

Cette nuit-là, Germain fut tiré du sommeil par un bruit inhabituel. Il ouvrit les yeux dans l'obscurité de la chambre, mais ne fit pas un mouvement pour se lever. Il essaya de comprendre ce qui l'avait réveillé. Un bruit de voix lui parvint. Il semblait venir de l'étage. À ses côtés, sa femme ne bougea pas. Il finit par s'asseoir sur le bord du lit et un violent frisson le secoua lorsqu'il posa les pieds sur le parquet glacial. Il se pencha, mit son pantalon et sortit de la chambre.

Après avoir fermé la porte, il alluma une lampe à huile et s'approcha du pied de l'escalier, attentif aux bruits qui pouvaient provenir de l'étage. Quand il crut entendre des plaintes qui semblaient venir de la chambre à coucher de Berthe, l'homme n'hésita plus. Il se rappela soudainement qu'elle était allée se coucher de bonne heure en se plaignant d'avoir mal au ventre. Il monta l'escalier et se rendit jusqu'à la chambre de la jeune fille dont il ouvrit doucement la porte.

— Qu'est-ce que t'as ? lui demanda-t-il en s'approchant du lit où la jeune fille agitait la tête dans tous les sens, comme en proie à un cauchemar.

Berthe ne répondit pas et continua à geindre.

— Ta mère va venir te voir, dit-il, incapable de savoir s'il ne s'agissait pas tout simplement d'un malaise de femme.

Germain sortit précipitamment de la pièce et retourna dans sa chambre.

— Lève-toi, dit-il à Gabrielle qui l'avait entendu

revenir. Berthe a l'air malade. Va donc voir ce qu'elle a.

— C'est certainement pas grand-chose, dit sa femme en s'emparant de sa robe de chambre. Elle était correcte quand on s'est couchés.

— Je vais remettre du bois dans le poêle, annonça le père de famille en retournant dans la cuisine.

Pendant qu'il jetait quelques rondins sur les tisons du poêle, il entendit sa femme monter l'escalier. Il y eut des chuchotements à l'étage durant un moment avant que Gabrielle ne revienne au rez-de-chaussée.

— Qu'est-ce qu'elle a ? lui demanda son mari, demeuré debout près du poêle.

— Ça a l'air du commencement d'une grippe. Elle fait de la fièvre, en plus, elle a mal au ventre, comme si elle digérait pas quelque chose. Je m'en occupe ; tu peux aller te recoucher.

Germain jeta un coup d'œil à l'horloge : il était une heure du matin. Il retourna au lit et tomba immédiatement dans un sommeil si profond qu'il n'entendit pas sa femme revenir se coucher. Lorsqu'il se réveilla un peu avant six heures, la maison était silencieuse et Gabrielle dormait encore à ses côtés. Il se leva sans bruit et s'habilla.

À son entrée dans la cuisine, le cultivateur trouva le poêle allumé et le fanal suspendu habituellement près de la porte avait disparu. Il en déduisit qu'Étienne était déjà à l'étable et il s'empressa d'aller rejoindre son fils pour l'aider à faire le train. Au retour des deux hommes plus d'une heure plus tard, le déjeuner était sur la table et Gabrielle finissait de faire cuire des œufs.

— Est-ce qu'elle va mieux ? demanda Germain en s'emparant d'une tranche de pain qu'il se mit à beurrer.

— De qui vous parlez, p'pa ? demanda Étienne, intrigué.

— De ta sœur. Elle a été malade pendant la nuit. T'as rien entendu ?

— Non.

— De toute façon, ça va passer, intervint sèchement Gabrielle. Quand je suis allée la voir tout à l'heure, c'était moins pire. Je pense qu'elle dort.

— S'il faut faire venir le docteur...

— Ben non ! le coupa sa femme. On est pas pour faire venir le docteur pour une grippe.

Germain n'ajouta rien et, après le déjeuner, il partit pour le bois avec Étienne. Lorsqu'ils revinrent à la maison à la fin de la matinée, le ciel s'était ennuagé et il faisait étrangement doux.

— On dirait qu'il va mouiller, fit remarquer Étienne.

Son père se contenta de secouer la tête.

Les deux hommes trouvèrent la cuisine vide. Au moment où ils enlevaient leurs manteaux, les cris de douleur de Berthe les firent sursauter. Sans perdre un instant, le père de famille monta à l'étage et poussa la porte de la chambre de sa fille. La jeune fille, le visage grisâtre, se tordait de douleur au fond de son lit pendant que sa mère tentait de lui faire avaler quelque chose.

— Raisonne-toi un peu, Berthe Fournier !

s'écria Gabrielle en approchant une cuillère remplie d'un liquide sombre. Tu guériras pas juste en te plaignant.

Seule une plainte sourde lui répondit.

— Bon. Ça va faire, trancha Germain. On va faire venir le docteur Bélanger.

Gabrielle abandonna immédiatement sa tentative de faire avaler son médicament à sa fille et suivit son mari au rez-de-chaussée.

— Comment tu vas t'y prendre pour faire venir le docteur ?

— On va téléphoner de chez un voisin.

— C'est ça ! Pour que tout le monde soit au courant !

— Je m'en sacre ! s'emporta Germain. C'est tout de même pas une honte d'être malade, calvaire !

Pendant que ses parents se disputaient, Étienne avait déjà endossé son manteau et chaussé ses bottes.

— Laissez faire ; je vais aller l'appeler, dit-il en ouvrant déjà la porte pour sortir.

Sans se l'avouer, Germain et sa femme furent soulagés que leur fils se charge de la corvée. Malgré l'urgence de la situation, ils auraient été embarrassés d'aller frapper à la porte de voisins qu'ils ignoraient depuis tant d'années. Le cultivateur s'approcha de l'une des fenêtres de la cuisine pour voir la direction prise par son fils.

Étienne se dirigea sans hésiter vers la maison de Clément Tremblay, le voisin de gauche. Céline le vit d'ailleurs arriver par la route.

— Bonne sainte Anne, veux-tu ben me dire ce

que le bossu vient faire ici ? dit-elle à mi-voix à Clément qui venait de s'asseoir à table.

— Si quelqu'un lui ouvre la porte, on va finir par le savoir, dit son mari, mi-sérieux. Va donc lui ouvrir, Jean.

— Laissez faire, p'pa, je suis déjà debout, intervint Françoise.

Étienne eut à peine le temps de frapper à la porte que cette dernière s'ouvrait.

— Bonjour, dit-il en rougissant. Je voudrais pas vous déranger, mais...

— Entre, entre, mon garçon, l'invita Céline. Ferme la porte, Françoise ; tu fais geler toute la maison.

— Je suis venu vous demander si je pourrais pas appeler le docteur de chez vous, vu qu'on a pas le téléphone. C'est pas mal pressant.

— Qu'est-ce qui se passe ? demanda Céline, intriguée.

— Ma sœur Berthe est tombée malade la nuit passée et mon père voudrait faire venir le docteur Bélanger.

— T'as son numéro de téléphone ?

— Non, madame.

— Françoise, donne-lui le numéro du docteur. Il est dans le calepin, dans le premier tiroir.

Le silence tomba dans la cuisine des Tremblay pendant qu'Étienne joignait le docteur Conrad Bélanger à son bureau de Pierreville. Il raccrocha et remercia les voisins de lui avoir permis de téléphoner.

— Dis à tes parents que s'ils ont besoin de quelque chose, ils ont juste à nous le faire savoir, fit Céline, toujours encline à aider, au moment où Étienne s'apprêtait à quitter la maison.

Après son départ, Clément ne put s'empêcher de faire remarquer aux siens :

— Il va falloir faire une croix quelque part parce que je pense que c'est ben la première fois qu'un Fournier passe le pas de la porte.

— Il faut croire que c'est du monde chanceux de jamais avoir eu besoin de leurs voisins, dit sobrement Céline.

— Pour moi, il faut que ce soit grave en sacrifice pour que le Germain envoie son gars demander de téléphoner.

— Cette idée aussi de pas avoir le téléphone, fit sa femme. Ils doivent ben être les seuls du rang à pas l'avoir fait installer. C'est quand il y a une urgence qu'on s'aperçoit comment c'est important de l'avoir, ajouta-t-elle.

— Le docteur m'a dit qu'il était pour passer dans le courant de l'après-midi, dit Étienne, de retour à la maison.

— Bon. C'est correct, dit Germain. On ira pas bûcher cet après-midi. De toute façon, il risque de mouiller.

Un nouveau cri de douleur leur fit lever la tête vers le haut de l'escalier. Gabrielle était retournée auprès de sa fille, mais les soins qu'elle lui prodiguait ne semblaient être d'aucune efficacité.

Le docteur Conrad Bélanger arriva chez les Fournier, au volant de sa Chevrolet rouge vin, un peu avant trois heures. Le praticien de Pierreville, âgé d'une quarantaine d'années, était un gros homme bourru qui ne s'encombrait pas de précautions inutiles. Il avait repris la clientèle du vieux docteur Courchesne dix ans auparavant et les gens de la région avaient mis peu de temps à l'adopter parce que, malgré ses manières brusques, il avait un cœur d'or.

Il pénétra dans la maison, enleva son manteau et son chapeau qu'il tendit à Gabrielle avant de retirer ses couvre-chaussures. Il n'avait pas encore ouvert la bouche. Apercevant Germain et Étienne, debout près du poêle, il se contenta de les saluer d'un bref signe de tête.

— Bon. Où est la malade ? demanda-t-il en saisissant sa trousse.

— Dans sa chambre, en haut, répondit la maîtresse de maison.

— Montrez-moi le chemin.

Il suivit la mère de famille dans l'escalier. Arrivé à la porte de la chambre, il l'écarta doucement de la main.

— Laissez-moi l'examiner. Je vous appellerai quand j'aurai besoin de vous.

Sur ces mots, le médecin entra dans la pièce et ferma la porte derrière lui. Il y eut quelques murmures, suivis d'un long silence. Cinq minutes plus tard, Conrad Bélanger sortit de la chambre et descendit l'escalier sans dire un mot. Parvenu dans la cuisine, il déposa sa trousse sur la table et se tourna vers Gabrielle, qui l'avait suivi. Le praticien semblait soudainement furieux.

— Depuis quand elle est comme ça ? demanda-t-il en montrant le haut de l'escalier.

— Depuis la nuit passée, répondit Gabrielle.

— Et vous vous êtes décidée à m'appeler seulement sur l'heure du dîner ! explosa-t-il.

— Je pensais que c'était une mauvaise grippe et...

— Vous avez eu tort de penser, madame, la coupa sèchement le médecin. Vous auriez dû m'appeler dès le commencement. C'est pas une grippe ; c'est une péritonite. Elle est en train de crever, cette enfant-là.

À cette nouvelle, le visage de Germain et celui de sa femme prirent une blancheur inquiétante. Étienne sentit sa gorge se serrer.

— Normalement, je devrais vous dire de faire venir une ambulance tout de suite pour la faire hospitaliser à Sorel, mais on a pas le temps de l'attendre. Vous allez me l'enrouler tout de suite dans des couvertes et je vais la transporter moi-même. Faites ça vite. Chaque minute compte. Elle devrait pas trop souffrir pendant le voyage ; je lui ai donné un tranquillisant.

Déjà, Gabrielle se précipitait dans l'escalier pour préparer sa fille.

— Elle pourra pas descendre par ses propres moyens, précisa le médecin en endossant son manteau.

Voyant son père tout désemparé, ne sachant comment réagir, Étienne monta précipitamment à l'étage et descendit une minute plus tard en portant sa sœur dans ses bras. Germain semblait s'être ressaisi entre-temps. Il avait mis son manteau et s'empressa d'ouvrir la porte devant son fils. Gabrielle finit rapidement de s'habiller et sortit à son tour.

— Qui embarque avec la malade ? demanda Conrad Bélanger en se glissant derrière le volant de sa Chevrolet.

Germain et Gabrielle se jetèrent un rapide regard avant que le mari ne déclare :

— On va y aller tous les deux si ça vous dérange pas.

— Montez. Dépêchez-vous.

Étienne, debout sur le balcon, regarda la voiture faire demi-tour dans la cour de la ferme et accélérer rapidement sur la route. Malgré la pluie qui commençait à tomber, le fils de Germain Fournier demeura là jusqu'à ce que la Chevrolet disparaisse de sa vue.

Le jeune homme soigna les animaux et passa la soirée à scruter la route par la fenêtre de la cuisine, attendant vainement le retour de ses parents. Rongé par l'inquiétude, il les attendit jusqu'à minuit. La pluie s'était transformée en pluie verglaçante qu'il entendait crépiter contre les vitres des fenêtres. Même s'il se doutait bien que ses parents ne reviendraient pas à la maison ce soir-là à cause de l'état des routes et de la difficulté de trouver un moyen de transport, il ne parvenait pas à se décider à aller se coucher.

— Ils auraient pu au moins essayer de téléphoner à un voisin pour me dire ce qu'il se passe ! ne cessait-il de répéter à haute voix. Ben non, ce serait ben trop gênant de les déranger !

Finalement, le sommeil eut raison de lui et il s'endormit, tout habillé, assis dans la chaise berçante de son père, près du poêle. Lorsqu'il rouvrit les yeux, les premières lueurs du jour apparaissaient dans le ciel. Il se leva, courbaturé d'avoir dormi assis, et alluma le poêle qui s'était éteint durant la nuit. Il faisait froid et humide dans la cuisine. Il s'approcha d'une fenêtre pour jeter un coup d'œil à l'extérieur. Tout semblait couvert d'une épaisse couche de glace.

— Il manquait plus que ça, se dit-il en se chaussant avant de sortir pour aller nourrir les animaux et traire les vaches.

Après son déjeuner, l'attente reprit. Trop inquiet pour aller travailler à son mobilier de chambre dans la remise, il faisait les cent pas dans la cuisine en se promettant d'aller téléphoner au docteur Bélanger après le dîner s'il n'avait pas eu de nouvelles à midi. Dehors, la pluie verglaçante semblait vouloir reprendre.

Ce matin-là, le curé Ménard avait quitté très tôt son presbytère pour aller lire son bréviaire dans la sacristie avant de célébrer la messe de sept heures. C'était là une habitude à laquelle il tenait. À la vue de l'épaisse couche de verglas qui recouvrait les dix marches de l'escalier extérieur, le gros prêtre eut un moment d'hésitation. Allait-il attendre qu'Elphège Turcotte vienne enlever cette glace ou devait-il tenter l'aventure de descendre cet escalier ? Il opta pour la descente, mais dut se cramponner solidement à la rampe. Il arriva miraculeusement en entier au bas de l'escalier et entreprit de se rendre à la porte de la sacristie en conservant son équilibre avec beaucoup de peine.

Quelques minutes après son arrivée dans la sacristie, le curé Ménard entendit du bruit dans l'église. Il abandonna immédiatement son bréviaire sur le bras de son fauteuil pour aller au-devant de son bedeau.

— T'es pas en avance, Tit-Phège, le réprimanda-t-il. La messe commence dans un quart d'heure et les marches de l'église sont même pas encore nettoyées. Celles de l'escalier du presbytère non plus.

— Ça va finir par fondre, monsieur le curé. Il fait ben doux, répondit l'homme à qui l'urgence de la situation échappait.

— Voyons donc, tu sais bien que ce sera jamais fondu avant le commencement de la messe.

— Il faut ben me laisser le temps de me réveiller, monsieur le curé, répliqua le bedeau. Je peux pas me lever à quatre heures du matin pour venir pelleter. Il y a personne qui peut être partout à la fois.

Le paresseux avait toujours réponse à tout et tentait habituellement de donner l'impression d'être surchargé de travail.

— Oui, je veux bien, reconnut le prêtre, mais il faudrait pas que des paroissiens se cassent un membre en venant à l'église.

— Je vais m'en occuper, promit Elphège Turcotte, faisant montre d'une soudaine bonne volonté. Je débarre les portes et j'y vais. Tout va être fait à temps.

Mais à voir avec quelle lenteur le bedeau se dirigea vers la petite pièce où étaient remisés les pelles et le sable, le curé Ménard eut de sérieux doutes. Pourtant, quelques minutes plus tard, il put constater que la demi-douzaine de vieux paroissiens fidèles à la messe de sept heures étaient parvenus à pénétrer dans l'église sans trop de mal. Aucun ne vint se plaindre de l'état des marches à la fin de l'office. Mais ce fut une tout autre histoire avec l'abbé Leroux...

Hervé Leroux s'était levé du mauvais pied ce matin-là. Le petit vicaire avait même trouvé le moyen de s'entailler le menton à deux reprises en se rasant. Inutile de préciser qu'il était de fort mauvaise humeur au moment où il descendit au rez-de-chaussée dans l'intention d'endosser son manteau pour aller rejoindre son supérieur à l'église. En passant devant la cuisine, il aperçut Amélie Provost occupée à préparer le repas du matin. La vue de la ménagère l'incita à s'arrêter.

— Madame Provost, dit-il d'une voix cassante. J'aimerais que vous changiez mes draps ce matin.

— Je change les lits le lundi matin, répondit cette dernière en tournant à peine la tête vers le petit prêtre arrogant.

— J'ai l'impression que les draps que j'ai ont été mal lavés parce qu'ils sont tout gris.

— S'ils sont gris le jeudi matin, trois jours après avoir été mis, c'est peut-être signe que vous devriez vous laver plus souvent, monsieur l'abbé, rétorqua la ménagère, fielleuse.

Le jeune vicaire, fou de rage d'être nargué par une simple ménagère, tourna les talons et se dirigea au pas de charge vers la porte d'entrée. En entendant la porte claquer, Amélie Provost, triomphante, se précipita vers la fenêtre du salon pour tenter de voir le visage de son ennemi juré. Elle ne vit d'abord rien, et pour cause.

L'abbé Leroux était tellement en colère qu'il ne s'aperçut que trop tard que les marches de l'escalier étaient couvertes d'une bonne couche de verglas. En posant le pied sur la première marche, il se sentit glisser sans avoir aucune chance de se retenir. L'ecclésiastique fit alors un merveilleux vol plané et atterrit sur ses fesses, au pied de l'escalier, un peu étourdi. Hélèna Pouliot et sa voisine, qui traversaient la route à ce moment-là pour aller assister à sa messe de huit heures, lâchèrent un « oh ! » de stupéfaction. Quant aux fidèles qui quittaient l'église après la première messe de la journée, ils ne purent que contempler toute la scène, impuissants.

Amélie avait sursauté en apercevant le jeune prêtre assis par terre, cherchant fébrilement ses lunettes qui lui avaient échappé. Lorsqu'elle le vit se relever précipitamment devant les deux vieilles femmes figées devant lui, la cuisinière ne put retenir plus longtemps l'immense éclat de rire qui la secoua durant plusieurs minutes.

Hervé Leroux, rouge d'humiliation et encore plus fou de rage, ne salua personne et se précipita vers la sacristie où le curé Ménard avait entrepris de retirer ses vêtements sacerdotaux. Le malheur voulut que Tit-Phège Turcotte soit la première personne qu'il rencontrât en entrant dans la pièce. Le bedeau tenait une pelle à la main.

— Monsieur Turcotte, j'ai affaire à vous ! dit le jeune abbé sur un ton peu amène.

— Qu'est-ce qu'il y a pour votre service, monsieur l'abbé ? s'enquit le bedeau qui ne sembla pas remarquer la mauvaise humeur du prêtre.

— Il y a que j'ai failli me tuer en sortant du presbytère parce que vous avez pas nettoyé les marches de l'escalier, lui reprocha le vicaire en lui jetant un regard meurtrier derrière ses lunettes à monture d'acier.

— Comment ça ?

— J'ai déboulé, vous m'entendez, DÉ-BOU-LÉ, l'escalier du presbytère.

— Ayoye ! J'espère qu'il y a pas trop de paroissiens qui vous ont vu tomber, fit Elphège en réprimant mal une envie de rire.

— C'est pas drôle, monsieur ! Si vous êtes pas capable de faire votre travail, on pourrait peut-être demander à la fabrique de nous trouver un autre bedeau.

— Commencez tout de suite à vous en chercher un autre, monsieur l'abbé, dit sèchement Tit-Phège en lui tendant sa pelle. Moi, je travaille plus pour la paroisse.

Sur ces mots, l'homme, offensé dans sa dignité de travailleur, sortit de la sacristie en faisant claquer la porte derrière lui.

Pendant tout l'échange, Ludger Ménard s'était bien gardé d'intervenir. Après le départ du bedeau, il s'avança vers son subordonné d'un air compatissant.

— J'espère que vous ne vous êtes pas fait mal, l'abbé.

— Non, monsieur le curé. Mais je trouve qu'on est bien mal servi dans cette paroisse, par exemple.

J'ai jamais vu ça. Le bedeau et la cuisinière rient de nous autres en pleine face, et on endure tout sans rien dire.

— Bon, je comprends pour Tit-Phège, mais qu'est-ce qui est encore arrivé avec madame Provost ?

Hervé Leroux raconta ses derniers démêlés avec la ménagère.

— Allez vous préparer pour votre messe, l'abbé. Vous allez finir par être en retard. Je vais parler à madame Provost. Mais vous devez tenir compte qu'elle est toute seule pour entretenir le presbytère, laver et presser notre linge et pour cuisiner. Il faut tout de même pas trop lui en demander.

Le jeune prêtre allait protester quand son supérieur leva la main pour le faire taire.

— Pour Tit-Phège, j'ai bien peur que vous soyez allé un peu loin. D'accord, il a pas inventé le travail, mais il coûte pas cher à la fabrique et je pense pas trouver quelqu'un d'aussi fiable que lui pour être bedeau.

— Je comprends, mais...

— Ça fait que vous voudrez bien traverser la route après votre messe pour aller le trouver chez lui. Excusez-vous, s'il le faut, et arrangez-vous pour qu'il accepte de revenir occuper son emploi de bedeau. Est-ce que je me suis fait bien comprendre, l'abbé ?

— Oui, monsieur le curé, dit le vicaire d'un air pitoyable.

— Tirez une leçon de tout ça, lui suggéra paternellement son curé. Apprenez donc à contrôler un peu mieux votre petit caractère. Si la ménagère et le bedeau vous tapent sur les nerfs, vous avez qu'à vous dire qu'ils existent juste pour vous faire gagner votre ciel.

Hervé Leroux n'eut d'autre choix que d'obtempérer.

Cet après-midi-là, le vent tourna au nord et la pluie se changea en légères averses de neige. À plusieurs reprises déjà, Étienne s'était retenu d'aller téléphoner au docteur chez les Tremblay pour s'informer de l'état de santé de sa sœur.

— Je leur donne encore une heure avant d'y aller, s'était-il dit à mi-voix en regardant la route par l'une des fenêtres de la cuisine.

Vers quatre heures, au moment où il s'apprêtait à passer aux actes, il vit le camion Fargo du fromager Boudreau entrer dans la cour et s'arrêter près de la maison. Son père et sa mère descendirent de la cabine et entrèrent, la mine accablée, au moment où Alcide Boudreau reprenait la route.

— Puis, comment elle va ? demanda le jeune homme en se précipitant vers ses parents.

À l'instant même, il aperçut les yeux rougis de sa mère et la mine lugubre de son père. Ni l'un ni l'autre ne semblait décidé à retirer son manteau et ses couvre-chaussures.

— Elle va pas plus mal, j'espère ? ajouta Étienne, la gorge serrée.

Gabrielle parut soudainement reprendre vie et se mit à déboutonner lentement son manteau de drap gris.

— Ta sœur est morte, laissa-t-elle tomber, la

voix éteinte en s'assoyant sur une chaise pour enlever ses bottes.

— Comment ça, elle est morte ? s'insurgea le jeune homme.

— Les docteurs ont pas pu la sauver. Elle est morte ! morte ! cria-t-elle en proie à une soudaine crise de nerfs, en lançant ses bottes au bout de la pièce.

— Prends une des pilules que le docteur t'a données et va te coucher, lui ordonna sèchement son mari.

Gabrielle lui lança un regard haineux, comme si tout cela était de sa faute, et elle entra dans sa chambre en faisant claquer violemment la porte derrière elle.

— Je me change et je vais aller faire le train avec toi, dit Germain à son fils, assommé par la nouvelle.

— Ben non, p'pa. Vous avez l'air de pas avoir dormi de la nuit, parvint à dire Étienne, la voix étranglée. Allez vous étendre une couple d'heures. Je vais m'occuper du train.

Germain Fournier ne protesta pas. Il entreprit à son tour de retirer son manteau.

— Le docteur nous a ramenés à Pierreville. On s'est arrêtés chez Desfossés en passant. Il va nous ramener ta sœur demain après-midi.

À ce dernier mot, la voix du père sembla s'éteindre et il secoua la tête, comme s'il ne parvenait pas encore à croire au malheur qui venait de le frapper. Il mit quelques instants avant de retrouver son aplomb.

— Il va falloir aussi aller voir le curé pour le service.

— Si vous le voulez, j'attellerai après le train et j'irai au presbytère.

Son père se contenta de hocher la tête et prit la direction de sa chambre. Avant de quitter la maison, Étienne déposa une grosse bûche dans le poêle. Durant tout le temps que dura la traite, le bossu n'arrêta pas de pleurer. De grosses larmes coulaient sur ses joues pendant qu'il trayait les vaches. Il ne pouvait concevoir que sa sœur, son unique amie, soit morte et qu'il ne la reverrait plus. Il ne cessait de penser à elle et à leur projet de connaître ensemble la grande aventure de la vie en ville.

— Maudite vie de chien ! finit-il par s'emporter en donnant un grand coup de pied dans un bidon vide, révolté par l'injustice de la vie.

Quand il revint à la maison, l'obscurité était tombée et aucune lumière ne brillait dans la cuisine. Il alluma une lampe à huile et mangea rapidement quelque chose sur le coin de la table avant de retourner à l'extérieur pour aller atteler le cheval à la *sleigh*.

À son arrivée au presbytère, Amélie le fit passer dans la petite salle d'attente contiguë au bureau où l'abbé Leroux était installé depuis quelques minutes. Le vicaire nota tous les renseignements nécessaires et lui apprit que le service funèbre ne pourrait être célébré que le lundi matin suivant. Il lui présenta sans grande chaleur ses condoléances avant de se lever pour lui signifier qu'il ne le retenait pas.

Étienne revint chez lui sous une petite neige folle qui n'avait pas cessé de tomber depuis le début de l'après-midi. Après avoir dételé le cheval, il rentra dans la maison où il trouva sa mère installée devant sa vieille machine à coudre Singer. Elle avait trouvé quelque part une robe noire qu'elle était en train de modifier. S'agissait-il d'une robe pour elle ou pour Berthe ? Il n'eut pas le cœur de le lui demander.

— Êtes-vous arrivée à dormir un peu ? lui demanda-t-il en s'approchant du poêle pour se réchauffer les mains.

— Oui. Je viens de me lever.

— Et p'pa ?

— Il dort encore. D'où est-ce que tu sors ?

— Du presbytère. J'avais dit à p'pa que j'irais prévenir monsieur le curé pour Berthe.

— Tu iras vérifier si t'as quelque chose à te mettre sur le dos, dit sèchement sa mère qui semblait avoir retrouvé une partie de ses moyens.

— J'ai ce qu'il faut.

Gabrielle fit ensuite comme s'il n'avait pas été là et se pencha sur sa machine à coudre, concentrée sur le travail qu'elle effectuait. Fatigué, Étienne finit par se décider à monter dans sa chambre après avoir allumé une lampe. En passant devant la chambre de sa sœur, il se contraignit à ne pas regarder dans la pièce et se dépêcha d'entrer dans sa chambre sans fermer la porte derrière lui. Sans prendre la peine de se déshabiller, il se jeta sur son lit et s'endormit presque immédiatement.

Plus tard, un bruit de voix le tira de son sommeil. Il n'avait aucune idée de l'heure qu'il était. Il alluma la lampe posée sur sa table de chevet et jeta un regard sur le gros réveille-matin posé sur le meuble : il était minuit et demi.

En bas, le ton montait. Son père et sa mère se disputaient violemment. Il se leva sur le bout des pieds et s'approcha du palier pour entendre ce qu'ils se disaient.

— Si on avait eu le téléphone comme tout le monde, dit Gabrielle, on aurait pu avertir le docteur à temps.

— C'est toi qui as jamais voulu l'avoir, le téléphone, répliqua Germain d'une voix rageuse. Tu voulais même pas qu'on aille appeler chez les voisins.

— Si tu t'étais grouillé la nuit passée pour aller chercher le docteur, Berthe serait encore là.

— Christ ! jura son mari, tu disais toi-même que c'était juste une grippe.

— Pas de saint danger qu'une affaire de même serait arrivée à l'autre, gémit Gabrielle. Non, il fallait que ça tombe sur elle.

— Que je t'entende jamais dire une affaire de même, tu m'entends ! la menaça son mari en élevant la voix. Jamais !

Le cœur au bord des lèvres, Étienne rentra silencieusement dans sa chambre et referma doucement la porte. « L'autre », c'était lui. Sa mère aurait préféré que ce soit lui que la mort emporte... Elle l'aurait mieux supporté ou peut-être qu'elle n'en aurait pas du tout souffert... Une douleur intolérable l'étouffait. Il n'avait pas assez de perdre sa sœur, il fallait, en plus, qu'il apprenne de la bouche même de sa mère qu'elle ne l'aimait pas.

Il tendit l'oreille : le silence était retombé dans la cuisine, au rez-de-chaussée. Le jeune homme, le cœur gros, souffla sa lampe et finit par se rendormir dans ses larmes.

Le lendemain avant-midi, Germain se fit aider par son fils pour repousser certains meubles du salon. Il s'agissait de libérer la pièce pour permettre à Desfossés d'installer le cercueil. Ensuite, il tendit à Étienne un large ruban noir.

— Tiens. Va fixer ça sur la porte d'en avant.

C'est ce ruban qu'Ernest Veilleux aperçut en passant devant la maison des Fournier alors qu'il revenait du village.

— Il y a de la mortalité chez les Fournier, dit le vieil homme à sa bru en déposant le gallon de mélasse qu'il venait d'aller acheter chez Hélèna Pouliot.

— Pourquoi vous dites ça, monsieur Veilleux ?

— Ils ont mis un crêpe noir sur leur porte d'en avant.

— Veux-tu ben me dire qui aurait ben pu mourir chez eux ? s'interrogea Colette, songeuse. Les Fournier ont pas de famille... Je vais appeler Céline pour voir si elle sait quelque chose.

Elle s'empara du téléphone et appela sa belle-sœur, voisine immédiate des Fournier.

— Dis-moi pas ça ! s'exclama Céline. Ça peut pas être leur Berthe qui est morte ! Elle a juste dix-huit ans... Pauvres gens !

— Pourquoi ce serait elle ?

Céline lui raconta alors l'appel d'urgence effectué de chez elle par Étienne Fournier deux jours auparavant. Comme plusieurs abonnés étaient à l'écoute, la plupart déduisirent que c'était bien la fille de Germain Fournier qui était décédée et la nouvelle fit le tour de la paroisse avant même que son corps ne soit revenu chez ses parents.

Quand elle vit la longue voiture noire du salon funéraire de Desfossés s'arrêter devant la petite maison grise au milieu de l'après-midi, Céline Tremblay n'entretint plus aucun doute.

— J'irais bien proposer à la Gabrielle Fournier un coup de main, dit-elle, hésitante, à sa fille Françoise, mais je risque de me faire virer de bord.

— Est-ce qu'on va aller voir le corps ? demanda Clément qui venait de jeter dans le coffre à bois une brassée de bûches.

— Si des voisins comme nous autres y vont pas, qui va y aller ? lui répondit sa femme.

— On pourrait peut-être attendre de voir arriver monsieur le curé pour aller prier au corps en même temps que lui. Comme ça, on risquerait moins de se faire mal recevoir.

— Voyons, p'pa, les Fournier sont peut-être pas si pires que ça, protesta Françoise. C'est juste qu'on les connaît pas.

— C'est ça le problème, reprit sa mère. C'est des gens qu'on connaît pas et qui tiennent pas à ce qu'on les connaisse.

— Moi, est-ce que je suis obligé d'y aller ? demanda Jean.

— Tu vas venir avec nous autres, toi aussi, trancha sa mère.

— En attendant, dit son père, t'as gagné une belle *job*. Après le souper, tu vas surveiller le chemin et nous prévenir de l'arrivée de monsieur le curé. Je suis certain que le curé Ménard va venir dans la soirée. C'est son habitude de venir prier au corps dès le premier soir.

Clément Tremblay appela son beau-père et son frère Gérald pour leur apprendre que Desfossés était passé chez les Fournier et qu'il prévoyait aller prier au corps avec les siens en même temps que le curé, dont il surveillerait l'arrivée. Ils convinrent tous deux d'imiter Clément et sa famille.

Un peu après sept heures ce soir-là, Jean signala à ses parents qu'une voiture venait de s'arrêter chez les voisins.

— Ça doit être le curé. On y va, décida Clément. Céline, avertis ton père et mon frère qu'on part.

Quelques minutes plus tard, les Veilleux et tous les Tremblay se rejoignirent devant la maison des Fournier.

— J'espère que c'est ben le curé, fit Gérald au moment où il posait le pied sur la première marche menant au balcon.

— On peut pas se tromper, mon oncle, dit Jean. Regardez. C'est ben son char qui est là.

— Même si c'était pas lui, on pourrait pas éviter d'aller prier au corps d'une voisine, renchérit sa femme. Des affaires de même, ça se fait pas.

Céline frappa à la porte et c'est Étienne qui vint lui ouvrir. Le jeune homme lui adressa un sourire timide et invita les gens à entrer. Il n'y avait pas eu d'erreur. Gabrielle et Germain étaient au salon en compagnie du curé Ménard. Tous les trois étaient debout devant le cercueil en pin dans lequel reposait Berthe.

Tous les visiteurs s'empressèrent d'enlever leurs couvre-chaussures et suivirent Étienne au salon. Un peu emprunté, chacun offrit ses condoléances à la famille éprouvée. Germain et Gabrielle, figés, serraient des mains sans rien dire. Étienne était le seul Fournier à échanger avec les gens qui s'étaient déplacés pour venir compatir au deuil qui frappait sa famille. Dans la pièce surchauffée, on était visiblement mal à l'aise.

Quand le curé Ménard proposa de réciter un chapelet pour le salut de la jeune disparue, on se mit à genoux avec soulagement. Une heure plus tard, la maison se vida aussi rapidement qu'elle s'était emplie. Gabrielle n'avait prévu aucune nourriture et aucun rafraîchissement pour les visiteurs. Elle était demeurée assise près du cercueil de sa fille, ses yeux ne quittant pas le visage de la défunte. Un peu plus loin, son mari était prostré et ne semblait pas entendre les paroles consolatrices du prêtre.

— Mon Dieu, que c'est triste de partir aussi jeune ! fit Cécile à sa belle-mère qui marchait à ses côtés sur la route.

— Pauvre petite fille ! dit cette dernière, compatissante. Sa mère a l'air bien éprouvée.

— Étienne a dit que le service de sa sœur serait chanté juste lundi matin, ajouta Françoise. On est tous allés la voir en même temps. Les Fournier vont bien passer toute la fin de semaine tout seuls.

— Si on a une chance, on y retournera, déclara Colette. Même si la Gabrielle a toujours levé le nez sur nous autres, c'est pas une raison pour laisser sa famille toute seule dans le deuil.

Personne ne se présenta chez les Fournier durant la journée de samedi. Pendant l'après-midi, Françoise aperçut Étienne par la fenêtre, marchant seul sur le chemin, la tête baissée, les mains enfouies dans les poches de son manteau.

— M'man, vous devriez voir Étienne Fournier, tout seul comme une âme en peine, je trouve qu'il fait pitié.

Céline s'approcha pour constater par elle-même et jeta un regard vers la cour déserte de la ferme voisine.

— Les Fournier ont jamais regardé personne dans la paroisse ; comment veux-tu qu'il y ait du monde pour venir les consoler quand ils ont un malheur ?

— Ça doit pas être drôle d'être arrangé comme ça, dit tristement la jeune fille.

— On va quand même retourner veiller au corps de sa sœur après le souper.

— J'ai presque envie d'aller lui parler, fit Françoise, songeuse.

— Fais-le si tu le veux, mais j'aimerais mieux que Jean soit avec toi, répondit sa mère en regardant le délicat visage ovale de sa fille encadré de ses cheveux bouclés.

— On est dehors en plein jour, m'man, protesta la jeune fille. En plus, vous avez vu de quoi il a l'air avec sa bosse ?

— Ça fait rien. La réputation d'une fille, c'est important.

— Et si vous nous surveilliez par la fenêtre, est-ce que ça suffirait pas ? la taquina Françoise, ses grands yeux bruns pétillant de malice.

— C'est correct. Vas-y, mais traîne pas dehors trop longtemps.

Françoise s'habilla et sortit. Céline vit sa fille rejoindre le jeune voisin sur la route et, pendant un bon moment, elle les regarda marcher côte à côte avant de retourner à son travail de couture.

Ce soir-là et durant la journée du dimanche, quelques habitants de Saint-Jacques-de-la-Rive eurent le courage de venir rendre visite aux Fournier pour les soutenir dans leur deuil. Pour leur part, Céline, Clément et leurs deux enfants vinrent chaque soir se joindre soit au curé Ménard, soit à l'abbé Leroux pour réciter le chapelet. À aucun moment, Germain et Gabrielle ne manifestèrent le moindre signe de reconnaissance aux gens pour la sympathie qu'ils leur manifestaient. Ils semblaient enfermés dans une souffrance qui les plaçait au-delà de tout.

Le lundi matin, sous un ciel sans nuage, Desfossés se présenta tôt à la petite ferme. Si l'entrepreneur de pompes funèbres fut étonné de trouver la maison déserte en ce jour de grand deuil, il n'en laissa rien paraître. Avant de fermer définitivement le cercueil, il demanda aux parents s'ils désiraient conserver le chapelet qui avait été déposé entre les mains de la jeune fille. L'un et l'autre se contentèrent de hocher la tête.

Le cercueil fut fermé et sorti de la maison par la porte avant pendant qu'Étienne était allé atteler la *sleigh* dans laquelle il allait prendre place avec son père et sa mère. L'attelage suivit le corbillard lorsqu'il s'ébranla lentement en direction du village. À leur arrivée devant l'église, Tit-Phège Turcotte sonna le glas.

Il y eut à peine une douzaine de voisins et de curieux pour assister au service funèbre. À son entrée dans l'église aux côtés de ses parents, Françoise sursauta en apercevant Beau-Casque, assis seul dans le dernier banc. Une fois installée plus loin, elle tourna la tête à quelques reprises dans la direction de l'homme. Chaque fois, elle découvrit son regard fixé sur elle. Elle réprima difficilement un frisson en pensant à son intrusion inquiétante dans la cour de la maison, quelques mois plus tôt.

— Vous avez vu, m'man ? chuchota-t-elle. Beau-Casque est là et il arrête pas de me fixer.

— C'est juste un innocent. Arrête de t'énerver pour rien. S'il tient pas sa place, ton père va s'en occuper.

À l'avant de l'église, isolés dans leur douleur, les Fournier assistèrent à la brève cérémonie célébrée par l'abbé Leroux. À la fin du service funèbre, ils suivirent l'officiant au cimetière situé derrière l'église. Quelques voisins leur emboîtèrent le pas. Gabrielle sembla avoir une soudaine faiblesse quand le cercueil fut placé dans le charnier, après la récitation d'une brève prière. Étienne s'avança à temps pour soutenir sa mère.

La porte du petit édifice en brique rouge fut refermée et le groupe de paroissiens se dispersa. En quelques instants, le cimetière se vida de la maigre assistance qui s'était déplacée pour assister au dernier voyage de Berthe Fournier. Quand la barrière en fer forgé qui commandait l'entrée du cimetière paroissial se referma derrière Elphège

Turcotte, l'endroit retrouva sa quiétude habituelle. Le cimetière de Saint-Jacques-de-la-Rive comptait dorénavant une résidante de plus.

Dès leur retour de l'église, Germain ouvrit la porte avant de la maison et arracha le crêpe noir qui y était fixé. Il le déposa sur la table sans un mot avant d'aller enlever ses vêtements de deuil. Quand Étienne revint à la maison après avoir dételé le cheval, il retrouva le silence glacé qu'il avait presque toujours connu, à cette différence près qu'il semblait être encore plus pesant, plus étouffant. Il s'empressa d'aller changer de vêtements à son tour avant de se retirer dans la remise où l'attendaient ses outils et le bois dont l'odeur lui plaisait tant.

À compter de ce jour, Étienne rassembla toutes ses forces pour tenter d'oublier la phrase crève-cœur de sa mère : « Pas de saint danger qu'une affaire de même serait arrivée à l'autre. » Il ne voulait se rappeler que du visage et du son de la voix de sa sœur disparue, refusant que son souvenir se résume à des larmes et à une odeur d'encens.

11

Noël dans la plus pure tradition

À la grand-messe du dimanche matin, la veille du service funèbre de Berthe Fournier, le curé Ménard avait annoncé en chaire que la guignolée aurait lieu le mercredi suivant. Il avait incité les fidèles à ne pas oublier les familles défavorisées qui vivaient près d'eux sous le prétexte qu'ils confectionnaient des colis à l'intention des soldats canadiens mobilisés dans les forces armées. Comme toujours, le pasteur de la paroisse avait encouragé ses ouailles à faire preuve d'esprit de partage.

Durant le repas du midi, Ludger Ménard avait chargé son vicaire de la supervision de cette activité paroissiale.

— C'est pas à Roméo Lamarche que revient ce rôle-là ? avait demandé l'abbé Leroux. Il me semble qu'en tant que président de la fabrique...

— Bien oui, je le sais, l'abbé, avait répliqué le curé, agacé. Mais deux têtes valent mieux qu'une.

— Vous êtes sûr qu'il prendra pas ombrage que je me mêle de ça ?

— Je pense que je me suis fait mal comprendre, l'abbé. Je ne veux pas que vous preniez sa place.

Je veux seulement que vous le rappeliez à l'ordre quand il fera trop de zèle.

Hervé Leroux avait regardé son supérieur sans trop comprendre ce qu'il voulait dire.

— Notre Roméo a tendance à prendre de grands airs. Quand il dirige, il a souvent le don de se mettre le monde à dos. Rabattez-lui le caquet avec doigté si ça se produit, avait suggéré le curé avec un sourire. Il ne faut pas décourager les bonnes volontés. Surtout, voyez à ce que la distribution des paniers de Noël se fasse le soir et discrètement de manière à ne pas humilier les gens qui les reçoivent.

Le mercredi matin, chaque marguillier avait reçu la responsabilité de recueillir les dons des paroissiens d'un rang de la municipalité. Le nouveau marguillier, Jérôme Veilleux, s'était fait aider par son beau-frère Clément pendant que Thérèse, accompagnée de ses brus, Céline et Cécile, allait aider au village à la confection des paniers de Noël.

— Ça te rappelle pas des souvenirs, Clément ? demanda Céline à son mari quand il déposa devant elle une boîte de victuailles à classer et à distribuer.

— Non. Qu'est-ce que ça devrait me rappeler ?

— Il y a vingt-deux ans aujourd'hui, tu profitais de la guignolée pour me faire la cour pour la première fois, dit Céline à voix basse pour ne pas être entendue de ses voisines.

— Arrête donc ! J'ai fait ça, moi ?

— Bien oui.

— Pour moi, j'avais dû boire pas mal ce matin-là.

— Clément Tremblay, si tu t'enlèves pas de ma

vue tout de suite, je te lance par la tête ce qui va me tomber sous la main.

Clément quitta dans un éclat de rire la salle de classe où les bénévoles s'étaient rassemblés pour confectionner les paniers de Noël. Comme si chacun avait déjà le cœur à la fête, on s'activa tant et si bien que le travail fut terminé à la fin de l'avant-midi. Les boîtes remplies de nourriture et de vêtements avaient été entassées dans un coin de la pièce, prêtes à être livrées le soir même. La collecte n'avait pas été particulièrement abondante, mais il fallait tenir compte du fait que beaucoup de cultivateurs de la paroisse venaient déjà en aide à des membres de leur famille habitant en ville et soumis au rationnement draconien imposé par le gouvernement.

Le lendemain, Elphège Turcotte se présenta au presbytère au début de l'avant-midi. On lui avait demandé de remplir de bûches l'immense coffre à bois placé près du poêle de la cuisine. Il fit de nombreuses allées et venues entre l'appentis et la cuisine, les bras chargés de rondins.

Ce matin-là, la ménagère avait commencé à cuisiner la nourriture pour le temps des fêtes. Des odeurs appétissantes de pâté à la viande et de ragoût flottaient dans tout le presbytère.

— Petit Jésus que ça sent bon ! ne put s'empêcher de s'exclamer le bedeau en passant une main sur son front couvert de sueur.

Flattée malgré elle par le compliment, la cuisinière jeta un coup d'œil au bedeau. Depuis que l'homme avait tenu tête au vicaire et l'avait obligé à s'excuser, elle le regardait d'un tout autre œil. Elle le trouvait presque sympathique, même s'il était toujours aussi peu travailleur.

— On est à cinq jours de Noël, dit Amélie. Il faut faire ce qu'il faut si on veut bien manger pendant le temps des fêtes. Ôtez votre manteau et assoyez-vous cinq minutes, monsieur Turcotte. Je vais vous préparer une tasse de thé.

— Vous êtes ben fine, madame Provost. C'est pas de refus. En plus, ça va me permettre de sentir le bon manger que vous êtes en train de préparer.

— Voyons donc ! Ça doit bien sentir aussi bon chez vous. Votre sœur doit être en train de vous préparer quelque chose de bon pour votre réveillon et pour la journée de Noël, non ?

— Pantoute, protesta Tit-Phège Turcotte, un peu piteux. Ma sœur sait pas cuisiner.

— Comment ça ?

— De son vivant, ma mère voulait pas la voir jouer dans ses chaudrons, ce qui fait que Rose-Aimée a jamais appris. Je pense qu'à cette heure, elle a pas le goût d'essayer parce qu'elle a peur de gâcher de la nourriture.

— Elle doit certainement être capable de faire des tourtières et des tartes, au moins ?

— Non. Elle en a jamais fait.

— Vous en avez jamais mangé ? demanda la cuisinière, stupéfaite.

— Oui, des fois. Mais c'étaient des tartes et des tourtières qu'on m'avait données, fit l'homme, plein d'espoir.

— Se les faire donner, c'est pas la meilleure

façon d'apprendre à en faire, rétorqua Amélie, sentencieuse.

Il y eut un bref moment de silence dans la pièce. La grande femme à l'air un peu revêche alla goûter au contenu d'un chaudron qui mijotait sur le poêle pendant que le bedeau achevait de boire sa tasse de thé.

Elle sembla se faire violence tout à coup. Après tout, le temps des fêtes était un temps de partage durant lequel la nourriture occupait toujours une place importante. Elle se tourna brusquement vers le bedeau assis au bout de la table.

— Pensez-vous que votre sœur aimerait que j'aille lui montrer comment faire des tartes et des tourtières ?

— Je suis sûr qu'elle haïrait pas ça, affirma le bedeau, surpris par la proposition.

— Bon. Dites-lui que c'est facile et que je pourrais aller lui montrer comment faire ça demain avant-midi. Elle a juste à s'organiser pour avoir tout ce qu'il faut.

— Je traverse lui en parler et je reviens tout de suite vous demander ce qu'il faut que j'aille acheter chez Hélèna.

Quelques minutes plus tard, Elphège revint au presbytère, tout heureux d'annoncer à la ménagère que sa sœur l'attendait le lendemain matin. Amélie prit alors un crayon et écrivit sur un bout de papier les ingrédients dont elle aurait besoin. Elle le tendit au bedeau en lui disant doucement :

— Ce serait peut-être pas une mauvaise idée de faire un petit ménage dans la cuisine, monsieur

Turcotte. C'est jamais bien agréable de cuisiner au milieu de la vaisselle sale ou sur une table pas très propre.

— Je vais y voir, promit-il, sans être le moindrement vexé par la remarque.

Il n'était pas sûr de comprendre pourquoi la servante du curé était devenue subitement si avenante avec lui, mais il se promettait bien d'en profiter.

Dès neuf heures le jour suivant, la ménagère du curé Ménard traversa la route et alla frapper à la porte des Turcotte. Elle fut accueillie par une Rose-Aimée qui avait déjà ceint sa taille impressionnante d'un large tablier blanc. Elle fit entrer Amélie dans une cuisine que la visiteuse reconnut à peine tant elle avait été astiquée. Contrairement à ce qu'elle avait trouvé lors de sa visite de l'automne précédent, le parquet était propre et tout était bien rangé dans la pièce.

— Je vous dis que Tit-Phège a hâte de voir si je suis capable de faire des tartes et des tourtières, dit Rose-Aimée, curieusement peu sûre d'elle-même.

— Je vois pas pourquoi vous seriez pas capable. Toutes les femmes peuvent faire ça, répliqua Amélie en lui tendant son manteau et son chapeau.

— J'ai sorti tout ce que vous avez demandé hier.

— Parfait, dit-elle en attachant le tablier que son hôtesse lui tendait. On va d'abord commencer par arrêter de se dire « vous ». On a à peu près le même âge, non ?

— C'est vrai.

— Bon. Rose-Aimée, combien tu veux de tourtières et de tartes ?

— Je sais pas trop.

— Six de chaque, est-ce que ce serait assez ?

— C'est certain.

— Bon, on va d'abord commencer par préparer la pâte à tarte. Je t'ai écrit la recette sur une feuille ; t'as juste à la suivre. Pendant que je prépare le mélange pour les tourtières, tu vas la faire. Je te surveille.

Rose-Aimée était si pleine de bonne volonté qu'Amélie finit par la trouver touchante. Elle, si autoritaire d'habitude, se découvrit des trésors de patience pour lui enseigner ce qu'il fallait faire. Elle la quitta à l'heure du dîner pour aller préparer le repas des deux prêtres en promettant de revenir aussitôt qu'elle aurait terminé de laver sa vaisselle.

— Surtout, laisse pas ton frère venir jouer dans tes chaudrons, prit-elle la précaution de dire à la sœur du bedeau avant de quitter la maison. Dis-lui que s'il manque une seule cuillerée de viande, il va avoir affaire à moi quand je vais revenir après le dîner.

Un peu avant quatre heures, les deux femmes purent déposer dans le garde-manger le produit de leur travail commun. Toute fière, Rose-Aimée prépara une tasse de thé à celle qu'elle considérait maintenant presque comme une amie. À ce moment-là, la porte de la cuisine s'ouvrit sur Elphège Turcotte.

— Est-ce que je peux entrer maintenant ? demanda-t-il à sa sœur.

La servante du curé le regarda avec étonnement.

— Ben oui. Ma sœur m'a mis dehors après le déjeuner en me disant qu'elle voulait pas me voir dans ses jambes de l'avant-midi. Elle a fait la même chose après le dîner.

— Pauvre homme ! se moqua la cuisinière.

— Il est pas si à plaindre que ça, Amélie. Oublie pas que c'est le seul sacrifice qu'il aura eu à faire pour se bourrer dans le temps des fêtes.

— Ça sent aussi bon ici-dedans qu'au presbytère, déclara le bedeau en humant avec volupté les odeurs qui flottaient dans la pièce. C'est de valeur qu'on ait pas de parenté à inviter le soir de Noël pour lui faire goûter ce qu'on a.

— Pas de parenté, ça a jamais empêché personne de bien manger, fit remarquer la ménagère du curé en se levant, prête à partir. Moi, j'ai juste un frère qui vit en Gaspésie. Ça fait dix ans que je l'ai pas vu. Je vais fêter pareil.

Il y eut un bref silence pendant que Rose-Aimée tendait son manteau à son invitée.

— J'y pense, pourquoi tu viendrais pas souper avec nous autres le soir de Noël ? proposa-t-elle à la cuisinière. On est tout seuls, nous autres aussi.

— Il faut que je sois au presbytère pour servir le souper à monsieur le curé.

— On pourrait attendre que t'aies fini au presbytère avant de manger. Tu saurais au moins ce qu'on te servirait.

La cuisinière hésita un court moment, mais devant le regard plein d'espoir de Rose-Aimée, elle n'eut pas le cœur de la décevoir. Elle décida d'accepter son invitation.

— Le vicaire va être dans sa famille le soir de

Noël. Pour monsieur le curé, le souper sera pas un problème : il aime ça manger de bonne heure. C'est correct. Tu feras réchauffer tes tourtières et je vais apporter du ragoût.

Cet après-midi-là, le téléphone sonna chez Clément et Céline fut tout heureuse de reconnaître la voix de sa belle-sœur Claire, qu'elle n'avait pas vue depuis le début de l'été précédent.

— Tu m'appelles pour m'annoncer que tu viens réveillonner avec nous autres la veille de Noël ! s'exclama-t-elle.

— J'aimerais bien trop ça, dit Claire à l'autre bout de la ligne, mais Hubert doit partir pour les États-Unis avec son ministre et il va rentrer à la maison seulement dans la semaine entre Noël et le jour de l'An. Non, j'appelais pour prendre de tes nouvelles et t'en donner de ton Louis.

Intérieurement, Céline bénit la ruse de sa belle-sœur qui savait bien que d'autres abonnés s'étaient précipités sur leur téléphone dès la première sonnerie et écoutaient leur conversation. Si certains croyaient que la famille cachait Louis ou Lionel, ils allaient être bernés.

— Ne me dis pas qu'il t'a écrit ? Nous autres, on a encore rien reçu, mentit Céline.

— Non. Tu sais bien que Louis va écrire à sa mère avant d'écrire à sa tante, voyons ! Non. C'est un cousin de Hubert qui a eu affaire à la base militaire. Il l'a rencontré la semaine passée. Il paraît qu'il va bien et qu'il manque de rien.

— Et ton frère Lionel ? As-tu eu de ses nouvelles ?

— Par Louis. Ils sont pas dans la même unité, mais il le voit de temps en temps. Ton gars a dit au cousin de mon mari que mon frère allait bien lui aussi.

— Tu me soulages, Claire. Et vous autres, comment allez-vous ?

— Il ne faut pas trop se plaindre. Hubert travaille toujours autant et Pierre continue à étudier. Moi, je passe mes journées à la maison à m'occuper en attendant qu'ils rentrent.

L'aînée de la famille Tremblay avait épousé, à la fin de l'été 1923, Hubert Gendron, un ingénieur civil de Drummondville qui avait supervisé la construction du pont de Saint-Jacques-de-la-Rive l'été précédent. La plus belle célibataire de la paroisse, la « perle » de ses parents, avait d'abord accepté de suivre son mari à Drummondville, puis à Québec quelques années plus tard, quand il avait été nommé responsable des projets spéciaux du ministère de la Voirie.

Maintenant au début de la cinquantaine, Hubert Gendron n'avait rien perdu de son charme, selon sa femme toujours aussi amoureuse. Ses tempes grises n'enlevaient rien au magnétisme de ses yeux au bleu profond. Les Gendron formaient un couple uni dont l'unique objectif était de voir Pierre, leur fils unique de dix-sept ans, réussir ses études classiques. Installés dans un quartier chic de Québec, les Gendron fréquentaient les hauts fonctionnaires du gouvernement Godbout. On aurait pu croire que Hubert et Claire seraient devenus snobs et un peu prétentieux à évoluer dans un tel milieu, mais il n'en était rien. Ils avaient conservé la même simplicité.

— Ton mari pourrait pas t'amener avec lui aux États ? demanda Céline.

— Bien sûr. Je pense même qu'il aimerait ça, mais je peux pas laisser Pierre tout seul à la maison durant une dizaine de jours. À dix-sept ans, tu sais jamais quelle folie un garçon laissé tout seul peut faire. Je pense que je partirais trop inquiète.

— Pourquoi tu nous l'enverrais pas pour le temps des fêtes ? T'aurais juste à le mettre sur le train pour Pierreville. Vous le reprendrez quand vous viendrez au jour de l'An.

Céline sentit que sa belle-sœur était fortement tentée d'accepter son invitation.

— Fais donc ça, Claire. Ça va te donner des vacances. En plus, ça va permettre à ton Pierre de revoir toute sa famille. Si je me trompe pas, ça fait au moins trois ou quatre ans qu'il a pas mis les pieds à Saint-Jacques. Je suis sûre que ta mère va être contente de le revoir. Il a des cousins de son âge ici. Il aura pas le temps de s'ennuyer avec Élise, Jean et Bertrand.

— T'es bien fine, Céline, mais t'as déjà toutes tes affaires à préparer pour les fêtes...

— Si je te l'offre, Claire, c'est que ça me dérange pas.

— Si c'est comme ça, j'accepte. Hubert va laisser Pierre au train de huit heures demain matin.

— Parfait. Jean ou Clément ira le chercher à la gare de Pierreville.

À ce moment-là, Claire ne se doutait pas à quel point elle aurait du mal à vaincre la résistance de son fils. Dès les premières paroles de sa mère, l'étudiant refusa carrément d'aller passer une semaine chez sa tante Céline.

— Je veux pas aller là, m'man. Qu'est-ce que vous voulez que je fasse dans ce trou perdu pendant toute une semaine ?

— Tu vas avoir tes cousins et tes cousines pour te désennuyer et ta grand-mère va être contente de te voir.

— J'avais prévu d'aller skier au mont Sainte-Anne et d'aller voir des films avec des amis au Capitole.

— Tu pourras faire ça plus tard cet hiver.

— J'ai aussi des travaux à finir en latin et en grec pendant les vacances.

— Tu les feras là-bas.

— Pourquoi vous me laissez pas tout seul à la maison ? demanda le grand adolescent dégingandé en relevant la longue mèche de cheveux noirs qui lui était tombée sur l'œil.

— Parce que je veux pas et parce que tu vas faire ce qu'on te dit de faire, finit par s'emporter sa mère, à bout de patience. Puis, arrête de prendre tes grands airs, Pierre Gendron !

L'étudiant en belles-lettres du petit séminaire de Québec alla s'enfermer dans sa chambre pour bouder le reste de l'après-midi. Il fallut que son père fasse acte d'autorité à son retour à la maison. L'ingénieur lui ordonna sèchement de préparer sa valise et d'être prêt à partir à sept heures le lendemain matin.

Le soleil se leva sur une nouvelle journée dans un ciel sans nuage. Le mercure avait plongé largement au-dessous de zéro. Après le déjeuner, Clément dit à son fils :

— Je vais faire partir la Ford. Avant de prendre ton cousin à la gare, je vais aller acheter une couple d'affaires chez Murray.

— Je pense que je suis aussi ben de commencer à atteler Prince tout de suite, dit le jeune homme pour taquiner son père.

— Jean Tremblay, dit sa sœur Françoise, tu devrais avoir honte. Tu sauras que le char de p'pa part toujours.

Clément hocha la tête en signe d'approbation, heureux d'être appuyé par sa fille.

— Son problème, c'est qu'il va jamais bien loin avant de s'arrêter. Il est comme une vieille picouille capricieuse.

— Ça va faire, les deux comiques ! fit semblant de s'emporter le père en réprimant mal un sourire. Si je vous entends dire encore un mot contre ma Ford, dimanche prochain, vous irez à la messe à pied.

Un peu plus tard, Clément klaxonna triomphalement en passant près de la maison au volant de sa Ford. Céline le regarda par la fenêtre prendre la direction du village.

Le cultivateur arriva à la gare quelques minutes après le passage du train venant de Québec. Lorsqu'il entra dans le bâtiment, il ne reconnut pas tout de suite son neveu dans ce grand adolescent maigre coiffé d'un chapeau et vêtu d'un paletot à la dernière mode. Il s'attendait encore à voir le petit garçon de treize ans qui était venu fêter à la maison le jour de l'An, quatre ans auparavant. Pierre Gendron répondit à peine à ses questions durant le trajet de retour à Saint-Jacques-de-la-Rive.

À son entrée dans la maison, sa tante Céline, Jean et Françoise l'attendaient et lui souhaitèrent chaleureusement la bienvenue. Pendant qu'il donnait, comme à contrecœur, des nouvelles de ses parents et de ses études au collège, l'adolescent promenait autour de lui un regard un peu dédaigneux.

— On mange dans dix minutes, finit par dire sa tante. Jean, va donc installer ton cousin dans la chambre à côté de la tienne.

Pierre remercia son hôtesse du bout des lèvres, empoigna sa valise et suivit Jean dans l'escalier qui menait à l'étage.

— Il a l'air d'un maudit frais, chuchota Françoise à sa mère.

— Bien non, il est juste un peu gêné. Il va se replacer.

— Il est mieux de se replacer, le cousin, parce que ça va aller mal, annonça la jeune fille, mise de mauvaise humeur par les airs prétentieux de leur invité. Vous avez vu comment il a passé sa main sur la chaise avant de s'asseoir, comme si on était malpropres ? Je vais lui arranger sa face pleine de boutons à cette grande asperge s'il me tape trop sur les nerfs, je vous le garantis !

— Calme-toi et finis de mettre la table, lui ordonna sa mère.

Clément, assis dans sa chaise berçante, se

contenta d'un petit rire moqueur devant la colère de sa fille.

— Il se prend pour qui ? poursuivit Françoise.

— Oublie pas que c'est un enfant pas mal gâté habitué au luxe, fit Céline à voix basse en prenant un air de conspiratrice. Lui aussi, il va finir par vouloir s'acheter une belle Ford bleue plus tard.

— Ah ben, baptême ! J'aurai tout entendu, fit semblant de s'emporter Clément en enlevant la pipe de sa bouche.

Françoise ne put s'empêcher de se mettre à rire en voyant l'air outré de son père.

Quelques minutes plus tard, les deux garçons descendirent de l'étage. Tout le monde prit place autour de la table après que Céline et sa fille eurent apporté un plat de légumes et des tranches de jambon. Durant le repas, il fut abondamment question de Lionel et de Louis et des gâteries que Céline et sa belle-sœur Cécile s'apprêtaient à leur préparer pour leur réveillon de Noël dans le bois.

— Cet après-midi, on va aller bûcher et on va ramener du bois, annonça Clément en se levant de table. Viens-tu avec nous autres ? offrit-il à son neveu.

— Merci, mon oncle. Je pense que je vais rester tranquillement dans la maison. J'ai apporté des travaux à faire pour le collège.

— Comme tu voudras, fit Clément, secrètement soulagé de ne pas avoir à surveiller le fils de sa sœur Claire.

— T'aurais pu voir Louis et mon oncle Lionel, ajouta Jean en baissant la voix.

— Je les verrai une autre fois.

— En tout cas, nous autres, on va avoir besoin de la place, dit Françoise sans détour. On cuisine pour les fêtes. Je sais pas où tu vas pouvoir t'installer avec tes papiers.

— Dans ma chambre ou dans le salon.

— Tu trouveras pas ça bien chaud, précisa sa tante.

— C'est pas grave, ma tante.

— De toute façon, quand tu seras fatigué de travailler dans tes livres, tu pourras toujours t'habiller et aller faire un tour chez ta grand-mère. Elle sait que tu dois arriver aujourd'hui et elle doit t'attendre.

À dire vrai, les deux femmes ne revirent l'adolescent qu'au milieu de l'après-midi quand il eut besoin de satisfaire un besoin pressant.

— Pouvez-vous me dire où sont les toilettes, ma tante ? demanda-t-il, debout au pied de l'escalier.

— J'ai bien peur que tu sois obligé de t'habiller et d'aller aux toilettes dehors, répondit Céline. Le jour, on va aux toilettes au bout de la remise. On se sert seulement la nuit des toilettes dans la maison.

— Merci.

Pierre Gendron remonta dans sa chambre et il n'en sortit qu'au coucher du soleil, au moment où il ne pouvait plus lire, faute d'éclairage. Lorsqu'il pénétra dans la cuisine, il chercha vainement des yeux une lampe à huile disponible.

— Cherches-tu quelque chose ? lui demanda Françoise qui venait de mettre au four ses dernières tartes.

— Je me demandais si je ne pourrais pas avoir

une lampe pour ma chambre, dit l'adolescent en désignant l'une des deux lampes à huile qui éclairaient la pièce.

— Je pense pas, répondit sa cousine en réprimant un sourire. On a juste deux grosses lampes comme ça et, comme tu peux voir, on en a besoin dans la cuisine. Il y a juste les petites lampes de commodité qui sont sur le guéridon sur le palier, en haut, mais tu pourras jamais lire avec ça. Elles éclairent pas assez.

La mine déconfite, l'étudiant tendit la main vers son beau paletot et mit ses couvre-chaussures.

— T'en vas-tu à l'étable rejoindre mon père et mon frère ? demanda Françoise, taquine. Si c'est ça, tu ferais mieux de mettre autre chose que ton beau manteau. Tu risques de le salir et tu vas sentir la vache quand tu vas revenir.

— Non, non, se défendit Pierre. Je vais juste prendre l'air.

Pendant tout cet échange, Céline ne dit pas un mot. Aussitôt que l'adolescent fut sorti de la maison, elle vit Françoise se précipiter vers la fenêtre.

— M'man, je vous gage qu'il est parti aux toilettes. Il a dû se retenir tout l'après-midi pour pas avoir à sortir.

— Il est pas habitué, fit Céline, compréhensive, en lavant ses mains maculées de farine. Je pense qu'il avait oublié qu'on avait ni l'électricité ni l'eau courante.

— Attendez de lui voir la binette demain matin quand il va se lever dans une maison pas chauffée pendant la nuit, dit la jeune fille avec un large sourire.

Après le repas du soir, le cousin de Québec n'avait pas le goût de retourner à ses lectures. De toute évidence, le grand adolescent avait envie de bouger.

— Qu'est-ce que vous faites d'habitude après le souper ? finit-il par demander à son cousin.

— Toutes sortes d'affaires.

— Ça te tenterait pas d'aller au village ?

— Pour faire quoi ? Il y a juste chez Hélèna et c'est fermé à l'heure qu'il est.

— On pourrait aller à Pierreville.

— C'est bien trop loin. J'ai pas envie d'atteler et de faire tout ce chemin-là. Et tu peux être sûr que mon père me laissera jamais conduire son char. En plus, je suis debout depuis six heures à matin et j'ai bûché tout l'après-midi. Je pense que je bougerai pas de la soirée.

— Et toi, Françoise ?

— Moi, j'ai de la couture à faire.

— Si t'as envie de bouger, va voir chez ton oncle Gérald, lui suggéra Clément qui venait d'allumer sa pipe, confortablement installé dans sa chaise berçante. Ta grand-mère doit se demander comment ça se fait que t'es pas encore allé la voir.

— Je pense que c'est ce que je vais faire, déclara le fils de Claire en se dirigeant vers le portemanteau.

— Trompe-toi pas de maison, le mit en garde Françoise. Oublie pas que la maison de mon oncle Gérald, c'est la troisième à droite.

— Si tu penses qu'il fait trop noir dehors, tu peux toujours y aller avec un fanal, ajouta sa tante.

— Merci, ma tante. Ça me surprendrait d'en avoir besoin, répondit le garçon en affichant un air suffisant.

Après son départ, Jean ne put s'empêcher de dire :

— C'est tout de même un drôle de moineau, le cousin.

— Moi, j'ai hâte de savoir ce qu'Élise et Bertrand vont en penser, ajouta sa sœur Françoise.

La cuisine des Tremblay retrouva sa quiétude habituelle. Un peu après neuf heures trente, Céline donna le signal de la prière du soir. Chacun s'agenouilla et durant une dizaine de minutes, la mère de famille récita avec les siens la longue prière apprise de sa mère. Après un dernier signe de la croix, chacun se prépara à aller se coucher.

— Est-ce que notre neveu a décidé de coucher chez Gérald ? demanda Clément à sa femme.

— Tu sais ben que Cécile nous aurait appelés pour nous avertir.

— Bon. On est tout de même pas pour attendre indéfiniment qu'il rentre, fit Clément en réprimant difficilement un bâillement. Est-ce qu'on lui laisse une lampe à l'huile allumée dans la cuisine ?

— On est aussi bien de faire ça, approuva sa femme. Je vais l'entendre rentrer et je me lèverai pour l'éteindre.

Céline et sa fille rangèrent leurs travaux de couture pendant que Jean allait chercher une brassée de rondins dans l'appentis. Avant de se diriger vers sa chambre à coucher, Clément remonta la vieille horloge.

C'est à ce moment précis que tous sursautèrent en entendant des pas précipités à l'extérieur. Quelqu'un se jeta contre la porte de la cuisine qui s'ouvrit avec fracas.

— Veux-tu bien me dire ! s'exclama Céline.

— Baptême ! Qu'est-ce qui se passe ? s'écria Clément à son tour en lâchant la clé servant à remonter le mécanisme de l'horloge.

Jean et Françoise, stupéfaits, regardaient leur cousin, le chapeau enfoncé profondément sur la tête, le visage blanc de terreur et apparemment à bout de souffle. Clément fit deux pas en direction de la porte et la referma.

— Vas-tu finir par nous dire ce qui t'arrive ? demanda-t-il à son neveu. On dirait que t'as vu le diable en personne.

L'adolescent finit par retrouver son souffle et se laissa tomber sur une chaise. Il avait perdu toute sa superbe.

— Un vrai fou, mon oncle !

— De qui tu parles, torrieu ?

— D'un gars qui marchait sur la route.

— Qu'est-ce que tu racontes là ?

— Quand je suis sorti de chez mon oncle Gérald, j'ai vu un gars qui marchait sur la route.

— Puis ?

— Quand il m'a aperçu, il m'a attendu. Il avait l'air d'un vrai fou avec son casque à oreilles.

— Je vous gage que c'était Beau-Casque, intervint Françoise. Veux-tu bien me dire ce qu'il faisait aussi loin du village à une heure pareille ?

— Beau-Casque ?

— Oui, c'est l'innocent du village, expliqua Jean.

— Qu'est-ce qu'il te voulait ? demanda Clément.

— J'ai pas compris grand-chose à ce qu'il me disait. Il criait...

— Il y a pas d'erreur. C'est ben lui, dit son cousin.

— Qu'est-ce que t'as fait ? demanda sa tante Céline.

— Je lui ai dit que je comprenais rien à ce qu'il me disait. Il s'est enragé et il m'a sauté dessus pour m'arracher mon chapeau.

— Hein ! Il a essayé de t'arracher ton chapeau ? dit Françoise, stupéfaite.

— Oui.

— Qu'est-ce que t'as fait ?

— Je me suis mis à courir et le bonhomme m'a couru après, conclut piteusement l'adolescent dont le front était couvert de sueur.

Clément n'émit aucun commentaire. Il se contenta de se chausser et d'endosser son manteau.

— Je vais aller voir s'il rôde autour de la maison, ce maudit fou-là, expliqua-t-il avant de sortir.

— Voulez-vous que j'y aille avec vous ? proposa Jean.

— Laisse faire.

Clément ne vit aucune trace de Beau-Casque, mais il ne se promit pas moins de dire quelques mots au maire à son sujet. Ça commençait à bien faire. Il avait fait peur aux femmes et, maintenant, il s'en prenait aux jeunes. La municipalité allait devoir prendre des mesures pour s'en débarrasser une fois pour toutes.

Les deux jours suivants, Pierre se décida à accompagner son oncle et son cousin dans le bois. Même si on ne lui confiait que des tâches faciles, comme empiler les bûches, il rentrait épuisé à la maison, à la fin de la journée.

— Une chance qu'il a pas le train à faire, dit Clément à sa femme peu après que Pierre leur eut dit qu'il montait faire une sieste avant le souper.

— Ces gars de la ville, c'est tous des feluettes, dit Jean, un peu méprisant. Ça travaille une heure ou deux et c'est sur le dos pour le reste de la journée.

— Qu'est-ce que tu veux, mon frère ? ne put s'empêcher de dire Françoise, moqueuse. Il y en a qui ont des bras et d'autres ont une tête. On peut pas tout avoir.

— Françoise, mon haïssable ! dit Céline. Essaye pas de faire enrager ton frère.

La veille de Noël, la température demeura agréable. Il n'était pas tombé un seul flocon de neige depuis près de dix jours. Dès la fin de l'après-midi, il se mit à régner dans presque tous les foyers de Saint-Jacques-de-la-Rive une sorte de fébrilité engendrée par l'approche de la messe de minuit et du réveillon. On avait envie de célébrer et le passage menaçant d'un camion de la police militaire ne parvint pas à gâcher la bonne humeur des gens.

Chez les Tremblay, après le souper, Céline se prépara au réveillon spécial organisé pour son fils et son beau-frère. Elle avait exigé de Clément qu'il l'amène avec lui jusqu'au boisé parce qu'elle désirait voir les deux déserteurs avant d'aller à la messe de minuit. La rencontre dans la cabane à sucre fut pleine d'émotion. Les larmes aux yeux, la mère quitta son fils et son beau-frère en leur faisant mille recommandations.

— Maudite guerre ! ragea-t-elle sur le chemin du retour. C'est pas humain d'obliger du monde à se cacher dans le bois comme des animaux.

— C'est encore mieux que de se faire tuer, la consola Clément. Dis-toi qu'ils manquent de rien, ajouta-t-il en évitant de lui rappeler que Louis et Lionel ne pouvaient pas allumer leur poêle durant le jour de crainte que la fumée ne révèle leur présence.

Quelques minutes plus tard, trois ombres se glissaient à leur tour dans la cabane. Thérèse Tremblay avait, elle aussi, tenu à accompagner sa bru et son fils pour voir son Lionel et son petit-fils.

Un peu avant onze heures, dans tous les rangs de la paroisse, on attela les chevaux aux *sleighs* et aux carrioles pour se rendre à l'église. Il était important d'arriver tôt parce que le temple allait se remplir de fidèles bien avant minuit. Même si la plupart des familles avaient un banc réservé à leur nom, chacun savait bien que certains étrangers, invités à réveillonner chez des parents de la paroisse, ne se gêneraient pas pour venir les occuper pendant la messe de minuit.

Jean choisit d'aller à la basse-messe du lendemain matin et laissa sa sœur Françoise et son cousin Pierre monter à bord de la vieille Ford avec ses parents.

— On va arrêter prendre ton frère Jean-Paul en passant, offrit Clément à sa femme. Avec ses béquilles, il va être mieux dans notre char chauffé que dans la *sleigh* de Jérôme.

En se dirigeant finalement vers le village, la voiture passa lentement devant la maison des Fournier où aucune lumière n'était visible à l'une ou l'autre des fenêtres.

— On dirait que nos voisins sont déjà partis pour l'église, fit remarquer Françoise, assise à l'avant entre son père et sa mère pour laisser plus de place à son oncle Jean-Paul.

— Ou ils sont déjà couchés, dit sa mère. Ils ont pas coutume de venir à la messe de minuit.

Céline ne se trompait pas. Les Fournier étaient déjà au lit depuis longtemps et ce soir-là, le seul signe de vie dans la maison était donné par le tic-tac de l'horloge de la cuisine.

Depuis le retour du service funèbre de Berthe, le climat de la petite maison des Fournier avait encore empiré. Germain s'était enfermé dans son monde, coupant tout contact avec les siens. On aurait dit que la mort de sa fille avait brisé un ressort en lui. Depuis deux semaines, il ne faisait plus rien, sauf se bercer silencieusement en fixant sur la route quelque chose qu'il était seul à voir. Il ne sortait plus de la maison et il lui arrivait de passer plusieurs jours sans se raser.

Les premiers jours, Étienne avait vainement attendu que son père le rejoigne à l'étable ou à la porcherie pour soigner les animaux. Il n'était pas venu. Ensuite, il s'était résigné à aller bûcher seul quand il avait compris qu'il n'avait pas plus l'intention de venir travailler dans le bois. Lorsque le jeune homme revenait à la maison, il retrouvait toujours son père assis à la même place, l'air absent, silencieux.

Sa mère semblait plus forte. Elle s'était remise progressivement à cuisiner et à entretenir la maison, mais elle ne lui adressait la parole que dans les cas d'absolue nécessité, comme si elle lui en voulait d'être encore en vie. À certains moments, le bossu ne pouvait s'empêcher de songer à la phrase qu'elle avait dite lors de la mort de Berthe et le cœur lui faisait mal. Il avait beau tenter de se persuader que sa mère n'avait dit ça que parce qu'elle était bouleversée par la mort de sa fille, quelque chose lui disait qu'elle n'avait fait qu'exprimer ce qu'elle avait toujours pensé. En définitive, il était déchiré entre l'amour et la haine quand il la regardait en train de préparer le repas, le visage inexpressif.

Germain et Gabrielle Fournier se conduisaient comme s'ils avaient oublié que leur Étienne n'avait que vingt ans. Le jeune homme se sentait écrasé autant par sa nouvelle solitude que par tout le travail de la ferme qui lui était tombé sur les épaules depuis que son père ne faisait plus rien.

Mais le climat étouffant qui régnait dans la maison était la pire chose qu'il avait à supporter. Il pouvait passer deux jours avant d'entendre le son de la voix de quelqu'un. On aurait dit que la disparition de Berthe avait emporté la dernière présence vivante entre les quatre murs de la demeure. Étienne en venait à désirer de tous ses vœux l'arrivée du 15 mars, la date de son anniversaire de naissance. Ce jour-là, il allait partir, comme il l'avait promis à Berthe... et il n'était même pas certain de vouloir revenir voir ses parents un jour.

À son arrivée au village, Clément laissa ses passagers devant le parvis de l'église avant d'aller stationner sa Ford assez loin des attelages pour ne pas effrayer inutilement les bêtes. Lorsqu'il pénétra dans le temple, il fut accueilli par une bouffée de chaleur et le chant « Venez divin Messie » entonné par les membres de la chorale paroissiale qui s'exerçaient dans le jubé. Trente minutes avant la messe, l'église était pratiquement pleine de fidèles, entassés sur les bancs. Déjà, les marguilliers chargés du service d'ordre étaient à l'œuvre et repéraient les rares places encore libres en se donnant des airs importants.

Clément se glissa jusqu'à son banc déjà occupé par Céline, Françoise et Pierre. De l'autre côté de l'allée, il vit son frère Gérald accompagné de leur mère, de sa femme et de ses enfants. Sa sœur Aline avait dû demeurer à la maison pour préparer la table du réveillon. Soudain, il réalisa que son beau-frère Jean-Paul avait disparu.

— Où est Jean-Paul ? demanda-t-il à voix basse à sa femme.

— Regarde trois bancs en avant de toi, chuchota Céline.

Clément aperçut son jeune beau-frère assis entre Georges Hamel et sa fille Claudette. Les deux jeunes gens se parlaient à voix basse.

— Qu'est-ce qu'il fait là ? On avait de la place dans notre banc.

— Devine, murmura Céline. Ton frère est pas là pour les beaux yeux de Georges Hamel, en tout cas.

— Arrête donc, toi ! Tu vas pas me dire que la Claudette essaye de lui mettre le grappin dessus.

— Gages-tu ?

— Si c'est ça, je peux te garantir qu'elle perd son temps, la belle. Jean-Paul est comme Léo. C'est un vieux garçon qui tient à sa liberté. Il a compris, lui...

Cette dernière remarque lui attira un bon coup de coude dans les côtes.

— Mon oncle, mon oncle, l'appela Pierre à voix basse.

— Quoi ?

— Regardez à côté, fit l'étudiant, surexcité. C'est le fou que j'ai rencontré sur la route. Il arrête pas de me regarder.

Clément tourna la tête de côté et croisa le regard de Beau-Casque. L'innocent s'était glissé dans une place libre, de l'autre côté de l'allée. Sa présence lui rappela qu'il devait parler au maire. Il adressa un regard mauvais à l'homme qui fit semblant de se plonger dans la lecture du missel laissé sur le banc, alors qu'on savait fort bien dans toute la paroisse qu'il ne savait ni lire ni écrire. À preuve, l'innocent tenait l'ouvrage à l'envers.

— C'est pas toi qu'il regarde, c'est ta cousine,

dit Clément à son neveu. Je pense qu'il la trouve à son goût.

— Si jamais il s'approche de moi, dit Françoise entre ses dents, je vais lui régler son cas, à ce fatigant-là, moi.

Jérôme Veilleux apparut alors dans l'allée centrale, escortant une très vieille dame à qui il venait de trouver un siège.

— Tu vois, c'est toi qui devrais être à sa place si t'avais fait un effort pour être marguillier, dit Cécile à l'oreille de son Gérald.

Son mari choisit d'ignorer la remarque.

— On pourrait être assis confortablement dans le deuxième banc tout en cuir en avant, comme Colette et ses enfants.

Pour toute réponse, Gérald se contenta de soulever ses épaules massives.

— En tout cas, on serait plus près pour voir la crèche et pour aller communier, conclut Cécile.

Un moment plus tard, Françoise poussa sa mère du coude pour attirer son attention.

— M'man, regardez Hortense Boisvert. Elle, elle a pas besoin de se presser pour se trouver une place.

En effet, dix minutes avant le début de la messe de minuit, l'épouse du maire montait l'allée centrale de l'église au bras de son mari en donnant à toutes les femmes le temps d'admirer le manteau de mouton rasé qu'elle étrennait ce soir-là. La dame, la tête bien droite, se dirigea avec une lenteur étudiée vers le premier banc, siège réservé de tout temps à la famille du maire de Saint-Jacques-de-la-Rive.

— Est-elle fraîche à votre goût ? demanda la jeune fille en affichant un air un peu dégoûté.

— Arrange-toi pas pour être obligée de retourner te confesser pour pouvoir communier, la réprimanda Céline.

Au même moment, l'abbé Leroux sortit du confessionnal installé sur le côté de l'église et éteignit la petite lampe à huile allumée au-dessus du confessionnal. Le prêtre avait passé un surplis blanc sur sa soutane. Tout en se frayant un chemin vers la sacristie où le curé Ménard achevait de se préparer pour la messe, il enleva son étole.

Quelques minutes plus tard, lorsque l'officiant pénétra dans le chœur en compagnie de ses servants de messe, la chorale attaqua avec entrain son premier chant. Une quarantaine de paroissiens, qui n'avaient pu trouver à s'asseoir, s'entassaient debout au fond de l'église. Dès le début de la cérémonie, les fidèles firent des efforts méritoires pour se recueillir malgré la chaleur d'étuve engendrée par une telle foule. Cependant, à la lecture de l'Évangile, il y eut quelques gloussements dans l'assistance quand on se rendit compte que quelques fêtards, probablement un peu assommés par l'alcool ingurgité durant la soirée, ne s'étaient pas levés avec les autres fidèles et avaient apparemment succombé au sommeil.

Lorsque le curé Ménard monta en chaire pour prononcer son homélie, un brusque courant d'air frais dénonça les fumeurs invétérés qui s'esquivaient en douce à l'extérieur pour satisfaire leur vice. Le prêtre eut la bonté de prononcer un sermon très court portant sur le message de paix que le Christ était venu apporter au monde en cette nuit de la Nativité. Cette homélie trouva une résonance particulière chez tous ces gens touchés à des degrés divers par la guerre.

Lorsque le curé se tourna vers la foule pour la bénir à la fin de la messe, le maître chantre entonna le « Minuit, Chrétiens » tant attendu par tous les fidèles. Alors, les gens quittèrent leur banc sans précipitation et sortirent lentement, tout heureux à l'idée de respirer enfin un peu d'air frais.

À l'extérieur, un ciel étoilé et un froid vif attendaient les paroissiens de Saint-Jacques-de-la-Rive. Les gens se souhaitèrent gaiement joyeux Noël avant de se diriger vers les *sleighs* et les carrioles. Les conducteurs allumèrent le fanal suspendu à l'avant de leur véhicule et retirèrent la couverture déposée sur le dos de leur bête. Pendant ce temps, les passagers s'enfouirent frileusement sous d'épaisses couvertures de fourrure. Il était temps de rentrer à la maison.

Clément Tremblay, pour éviter d'être ralenti par les traîneaux qui allaient emprunter le rang Sainte-Marie, s'était dépêché d'aller faire démarrer sa Ford stationnée devant l'épicerie de Hélèna Pouliot. Malgré de nombreuses sollicitations, la guimbarde refusa obstinément de se mettre en marche. Il eut beau l'injurier et la traiter de tous les noms, son moteur demeura muet. Quand Françoise et son cousin s'approchèrent de l'automobile, son conducteur, rouge de colère, en sortit en refermant la portière d'un solide coup de pied.

— Elle veut rien savoir pour partir, la maudite ! se contenta-t-il de dire, furieux. Il va falloir se débrouiller pour trouver quelqu'un pour nous ramener chez nous, torrieu !

Pendant un moment, il chercha des yeux la voiture de Côme Crevier, mais de toute évidence, celui-ci était déjà rentré chez lui s'il avait assisté à la messe de minuit. Il entraîna derrière lui les deux jeunes pour aller rejoindre Céline qui saluait Antonius Tougas et sa femme.

— Où est ton frère ? demanda-t-il à sa femme.

— Parti avec les Hamel. Ils vont le laisser chez mon père en passant.

— Bon. Mais nous autres, on est mal pris. Le char veut pas partir.

Immédiatement, les Tougas offrirent de prendre les deux adolescents dans leur carriole tandis que les Desjardins, sollicités, acceptèrent de ramener Céline et Clément à la maison.

— Vous devriez vous débarrasser de cette cochonnerie en tôle, conseilla le gros Édouard Desjardins au moment où il les laissait devant leur maison. Rien vaut un bon cheval. Ça part toujours avec un peu d'avoine, ajouta-t-il avec un bon rire.

— On va y penser, Édouard, promit Céline après l'avoir remercié de les avoir transportés.

— Gros épais ! dit Clément entre les dents. C'est arriéré sans bon sens et ça le sait même pas.

— Peut-être, intervint sa femme, acide, mais lui, au moins, il est pas obligé de quêter dans toute la paroisse pour être capable de rentrer à la maison.

L'incident clos, chez les Tremblay, comme chez les Veilleux, on réveillonna avec un bel appétit en ayant tout de même une pensée pour les absents. Après s'être empiffré de pâté à la viande, de ragoût et de tarte au sucre, on se mit au lit vers trois heures du matin, assurés que le sommeil ne serait troublé en aucune façon par la digestion de si bonnes choses.

Céline avait invité toute sa famille à venir prendre le souper de Noël à la maison. Dès le début de l'après-midi, le lendemain, Colette était arrivée chez sa belle-sœur avec sa fille Carole dans l'intention d'aider aux derniers préparatifs du repas.

— On va se contenter de faire deux tablées, annonça Céline. On sera même pas assez nombreux pour chauffer la cuisine d'été.

— Comment ça ? demanda la femme de Jérôme.

— Marcelle a appelé hier pour me dire qu'elle pouvait pas sortir du couvent parce qu'elle avait une bonne grippe. Chez Albert, ils ont été invités chez les parents de Marie avec les enfants.

— Je vais dire comme toi, ça fait une bonne gang de moins.

— J'aurais bien aimé les voir quand même, dit l'hôtesse.

— Je te comprends, mais il te reste tout de même ton père, nous autres, Jean-Paul et Léo. Il y a aussi Anne et Armand Labbé qui vont descendre de Nicolet.

— Je l'espère bien, fit Céline en éclatant de rire. Il manquerait plus que Françoise et moi, on ait préparé tout ce manger-là pour rien.

Le repas fut des plus gais autour de la table. On se taquina abondamment tout en ayant une pensée pour la grand-mère Yvette, décédée dix ans auparavant. Après le repas, les hommes se retirèrent dans le salon, exceptionnellement ouvert ce soir-là. Pierre et Jean se mêlèrent à eux. Les femmes demeurèrent un long moment attablées pour parler de Lionel et de Louis ainsi que de ce qui se passait chez les Fournier. Elles trouvaient étrange de ne plus voir qu'Étienne. Assis à l'écart, André Veilleux dit à l'oreille de sa sœur Carole :

— En tout cas, si aller à l'école me donne le même air bête qu'au grand blèmusse de Québec, j'aime autant arrêter ça tout de suite.

12

Le drame

La semaine entre Noël et le jour de l'An fut épuisante, notamment parce que la température se mit à faire des siennes dès le surlendemain de Noël. Ce matin-là, le soleil sembla ne pas se lever tant le ciel était demeuré noir, et le vent, qui avait soufflé toute la nuit, était soudainement tombé un peu avant l'aube.

— On va avoir droit à toute une tempête, prédit Gérald en rentrant de faire son train. Boudreau est mieux de se grouiller pour ramasser les bidons de lait à matin parce qu'il sera pas tard qu'il pourra pas passer sur le chemin, je vous le garantis.

— C'est à nous autres à aller porter à manger à Lionel et à Louis, dit Bertrand. Je pense qu'on est mieux de pas traîner, p'pa.

— Après le déjeuner, on attelle et on va faire semblant d'aller chercher ce qu'on a bûché hier dans le bois. On leur laissera leurs affaires.

À peine le père et son fils venaient-ils de quitter la ferme pour aller au bout de la terre des Tremblay que le ciel ouvrit ses vannes et qu'une grosse neige lourde se mit à tomber. En quelques instants, tout devint blanc et Gérald ne voyait pas à dix pas devant lui. Le cultivateur allait dire quelque chose à son fils quand il vit soudainement apparaître près de lui son frère Lionel qui lui fit signe d'arrêter son attelage.

— Qu'est-ce que tu fais là ?

— Je suis venu au-devant de vous autres, lui expliqua le fugitif. Je voulais pas que vous entriez dans le bois avec le temps qu'il fait.

Voyant son frère jeter des regards inquiets autour de lui, Lionel ne put s'empêcher de lui dire :

— Voyons, Gérald. Avec une tempête de même, tu peux être certain qu'il y a pas un chat dehors. En plus, on a de la misère à voir en avant de nous autres.

— Et Louis ?

— Il s'en vient. Merci pour les paquets. Tu peux t'en retourner pendant que tu vois encore tes bâtiments.

Sur ce, le jeune homme prit les deux paquets que lui tendait Bertrand et salua de la main son frère et son neveu avant de disparaître de leur vue. Gérald fit péniblement faire demi-tour à son cheval, soulagé de pouvoir rentrer à la maison.

Au même moment, Clément se rendait chez lui au volant de sa Ford dont il venait de prendre livraison chez Côme Crevier. Il était de mauvaise humeur d'avoir encore dû débourser une grosse somme pour la faire réparer. Le garagiste du village était allé chercher la voiture la veille devant l'épicerie et, selon ses dires, avait mis plusieurs heures à trouver la cause de la panne. Le pire était que le cultivateur ne pouvait faire état de cette nouvelle dépense, certain que sa femme aurait exigé qu'il se débarrasse de la guimbarde, et cela, il ne le voulait pas.

Chez les Fournier, Étienne avait évidemment renoncé à aller bûcher lorsqu'il avait vu la menace de tempête. Après le déjeuner, il s'était enfermé dans la remise dont il avait allumé la fournaise et s'était mis à raboter le bois qu'il allait utiliser pour construire une commode.

Dans toutes les maisons, les lampes à huile demeurèrent allumées toute la journée. Après le dîner, les chutes de neige augmentèrent même d'intensité et un vent du nord se mit à souffler, faisant tourbillonner la neige. À la fin de l'après-midi, il était déjà tombé plus d'un pied de neige et les cultivateurs peinèrent à se rendre à leurs bâtiments quand ils décidèrent d'aller soigner leurs animaux.

Cependant, au début de la soirée, la tempête prit fin aussi soudainement qu'elle avait commencé, de sorte qu'on entreprit partout le déneigement.

— Viens m'aider à pelleter le devant des entrées, dit Jean à son cousin Pierre. Pendant ce temps-là, mon père va passer la gratte dans la cour.

— Je ne suis pas équipé pour ça, prétendit l'adolescent en visite.

— C'est pas grave, je vais te passer un de mes vieux manteaux avec une tuque et des mitaines. Tu vas être correct avec ça.

Le fils de Claire Gendron n'avait pas le choix. Il dut sortir et pelleter avec son cousin et son oncle une bonne partie de la soirée.

— Pauvre Pierre, dit sa tante en le regardant par

la fenêtre manier la pelle à l'extérieur. Je pense qu'il va se souvenir longtemps de sa visite à Saint-Jacques.

— Ne le plaignez pas, m'man, dit Françoise. Il est en train d'apprendre que tout le monde vit pas en ville. Il va finir par comprendre que vivre à la campagne, c'est pas mal plus dur qu'à Québec.

Le soleil se montra le lendemain, mais cette accalmie fut de très courte durée. Les trois jours suivants, il y eut des chutes de neige si abondantes que les piquets de clôture disparurent entièrement. Les accumulations de neige le long de la route atteignirent plus de cinq pieds de hauteur à certains endroits.

— Si ça continue de même, dit Cécile à sa belle-mère, je me demande quelle hauteur vont avoir les bancs de neige à la fin de janvier.

— Je souhaite juste une affaire, répétait Thérèse depuis deux jours. J'espère qu'il neigera pas au jour de l'An. Il manquerait plus qu'une tempête vienne gâter notre fête.

— Je pense, belle-mère, que le bon Dieu va avoir pitié de nous autres, voulut la rassurer sa bru. Il en est tombé bien assez comme ça. Déjà qu'il paraît que c'est pas facile de se rendre dans le bois avec tout qui nous est tombé dessus depuis une semaine. Gérald dit qu'il en arrache sans bon sens avec les chevaux pour s'ouvrir un chemin.

— Ça doit pas être plus facile pour Clément, fit remarquer la vieille dame.

— Je le sais bien, madame Tremblay. De toute façon, il faut qu'ils l'entretiennent un peu, ce chemin-là, s'ils veulent être capable de sortir ce qu'ils vont bûcher du bois.

Les Tremblay ne durent pas être les seuls à prier pour que la neige ne vienne pas gâcher leur jour de l'An 1944 parce que, le matin du 1er janvier, un soleil radieux se leva sur la région, faisant étinceler comme des diamants les flocons tombés la veille.

Après la messe, Clément conduisit les siens jusqu'à chez leur grand-père où tous les Veilleux s'étaient réunis pour lui demander sa bénédiction. Il ne manquait que Marcelle à cette réunion de famille. La religieuse ne s'était pas suffisamment remise pour venir en visite. Céline était particulièrement heureuse de revoir enfin son frère Albert et sa famille qu'elle n'avait pas vus depuis le mois d'août précédent. En cette fin d'avant-midi, il régnait chez Jérôme Veilleux un charivari extraordinaire : plusieurs conversations se croisaient en même temps dans la grande cuisine.

Finalement, Albert se leva et, à titre d'aîné de la famille en l'absence de sa sœur Marcelle, il demanda à son père de les bénir. En un instant, le silence se fit dans la pièce. Tous les enfants d'Ernest s'agenouillèrent devant leur père. Comme chaque année, le père de famille, ému, posa les mains sur la tête de chacun de ses enfants en récitant la même prière que son père et le père de son père avaient récitée avant lui. Lorsqu'il fit le signe de la croix, tous ses enfants se signèrent et se relevèrent pour lui serrer la main et, dans le cas de ses filles, pour l'embrasser.

Après avoir conversé quelques minutes avec ses frères et sœurs, Céline donna le signal du départ aux siens.

— C'est bien beau tout ça, mais il faut qu'on parte. On est attendus chez Cécile pour souper et j'ai promis d'aller lui donner un coup de main avec Françoise après le dîner.

— Restez à dîner, offrit Colette. Mon repas est déjà prêt. Il reste juste à mettre la table.

— T'es bien fine, Colette, mais ce sera pour une autre fois. Je pense même que Claire va venir dîner à la maison avec son mari avant d'aller chez Cécile. Elle doit s'être ennuyée de son Pierre.

Céline ne s'était pas trompée. Quelques minutes à peine après leur retour, une Oldsmobile bleue vint s'arrêter dans la cour, près de la Ford de Clément. Les claquements de portières attirèrent Françoise à l'une des fenêtres de la cuisine.

— Mon oncle et ma tante viennent d'arriver ! s'écria-t-elle, excitée.

À l'extérieur, Hubert Gendron avait ouvert l'une des portières arrière de son véhicule et remettait des paquets à sa femme, debout à ses côtés. Finalement, tous les deux se dirigèrent vers la porte de la maison, les bras chargés. Clément alla leur ouvrir.

— Avoir su que vous veniez jouer au père Noël, on vous aurait ouvert la porte d'en avant, plaisanta leur hôte.

— Au lieu de faire le drôle, mon Clément, qu'est-ce que tu dirais de me débarrasser de mes paquets ? répliqua Claire en riant.

— Donnez-moi les vôtres, mon oncle, offrit Jean en tendant les mains vers Hubert.

Le grand homme maigre aux tempes argentées remit ses paquets à son neveu et à son fils.

— Seigneur ! s'exclama Claire après avoir embrassé chacun en lui souhaitant une bonne année, j'ai l'impression que le bon Dieu vous a pas oubliés, vous autres non plus, quand il a décidé de distribuer de la neige. Un peu plus et on voyait plus votre maison du chemin !

Claire Gendron était une femme très séduisante avec ses traits fins et son épaisse chevelure châtain clair à peine striée de quelques fils gris. À quarante-sept ans, l'épouse de l'ingénieur était une personne simple et chaleureuse. Pour sa part, Hubert aimait visiter la famille Tremblay parce qu'il s'était toujours bien entendu avec chacun de ses membres. Il était même le préféré de sa belle-mère, ce qui ne manquait pas de lui attirer des moqueries.

Dès son entrée dans la maison, Hubert s'était empressé d'imiter sa femme et de souhaiter à chacun une bonne année et une excellente santé.

— On s'est demandé si vous ne seriez pas à la grand-messe, dit Hubert à Clément en retirant son manteau. Nous sommes revenus de Boston hier après-midi et nous sommes partis de Québec à six heures ce matin pour être sûrs d'arriver à l'heure pour la messe à Saint-Jacques.

— Oui, confirma sa femme. On était sûrs que vous seriez là.

— On est tous allés à la basse-messe parce que je voulais avoir la bénédiction de mon père avant de revenir dîner ici et aller donner un coup de main à Cécile à préparer son souper cet après-midi.

À l'évocation de la bénédiction paternelle, les yeux bleus de Hubert effleurèrent durant un bref moment son fils Pierre, laissant percer une vague nostalgie. L'ingénieur n'avait pas connu son père qui était décédé alors qu'il n'avait que deux ans. Par conséquent, il n'avait jamais reçu la bénédiction paternelle. Il n'avait découvert toute la beauté de cette tradition qu'après avoir épousé Claire. Quand cette dernière voulut exiger de leur fils qu'il perpétue cette tradition familiale, Pierre s'était montré si réticent que Hubert avait décidé de ne pas donner suite, ce qui avait soulevé l'une des rares colères de sa femme. Aujourd'hui, il regrettait que son fils adolescent ne la lui demande pas.

— Et vous autres, les jeunes, vous avez demandé la vôtre ? demanda Hubert à son neveu et à sa nièce.

— Dès que p'pa s'est levé, précisa Françoise en riant. Le poêle était même pas encore allumé et p'pa était nu-pieds. Je pense qu'il avait plus hâte de se chausser que de nous bénir parce qu'il gelait. En tout cas, il me semble qu'il a fait ça pas mal vite.

Pierre demeura impassible pendant que son oncle Clément protestait en riant contre les insinuations de sa fille.

— Avez-vous eu des étrennes, au moins ? demanda Claire à la cantonade.

— Oui, hier soir, après le souper, répondit Céline. Depuis deux ans, on a pris l'habitude de se donner nos étrennes, le soir, la veille du jour de l'An.

— C'est pratique à part ça, ma tante, fit remarquer Jean. Quand c'est quelque chose de tricoté qu'on reçoit, il fait tellement noir qu'on voit pas les manques.

— Mon espèce d'effronté, toi ! s'exclama sa sœur qui lui avait confectionné une paire de moufles et les lui avait offertes en cadeau.

— Bon. On vous a rapporté quelques petits souvenirs des États, déclara Hubert avec bonne humeur. C'est pas grand-chose, mais ils vont peut-être vous être utiles.

Hubert et Claire remirent à chacun un paquet soigneusement enveloppé dans un papier d'emballage coloré et il y eut un concert d'exclamations et de remerciements dans la pièce. Les invités avaient offert à chacun une paire de gants de cuir de qualité, achetés aux États-Unis, durant leur voyage. Évidemment, le couple avait voulu récompenser ainsi ceux qui avaient accueilli leur fils durant quelques jours.

On passa ensuite à table pour avaler un repas léger.

— Il faut surtout pas trop se bourrer, fit remarquer Clément. Si on fait ça, Cécile va nous en vouloir à mort. Il paraît qu'elle a préparé tout un souper.

— J'ai apporté deux gâteaux aux fruits, dit Claire en finissant de boire son thé.

— J'ai des tartes, du sucre à la crème, du *fudge* et des bonbons aux patates qu'on va apporter, ajouta Céline. Tu connais Cécile : pas moyen d'apporter des tourtières ou de la viande. Elle a déjà tout préparé.

— Est-ce qu'il va y avoir beaucoup de monde ? demanda Hubert.

— Gérald m'a dit qu'il avait invité nos oncles et nos cousins de Saint-Gérard et de Yamaska. En plus, il paraît que Jeannine va descendre de Sorel avec une surprise.

— Une surprise ! C'est elle qui a dit ça ? demanda Claire.

— Oui, fit Céline. Il paraît qu'elle avait l'air tout excitée quand elle a dit ça à Cécile au téléphone.

— J'ai hâte de voir ça. Ça doit être toute une surprise. On connaît notre maîtresse d'école, elle a pas l'habitude de s'exciter pour rien.

Un peu après une heure, tous s'habillèrent pour se rendre chez Gérald Tremblay.

— Même si c'est pas loin, on devrait prendre nos automobiles, suggéra Hubert en endossant son manteau. Vous avez des desserts à transporter et nous avons des cadeaux et les gâteaux de Claire.

Clément consentit d'un hochement de tête. Un bref moment, le souvenir de la panne survenue la nuit de Noël l'effleura, mais il s'empressa de le chasser, persuadé que sa vieille voiture démarrerait cette fois-ci. Moins certains que lui, Françoise et Jean échangèrent un regard chargé de sous-entendus.

Quelques instants plus tard, au moment où Clément allait engager sa Ford sur la route, sa femme et lui virent passer devant eux la carriole des Fournier. Le conducteur ne tourna même pas la tête dans leur direction.

— C'est pas le petit Fournier, ça ? demanda Clément.

— On le dirait, répondit sa femme en suivant leur voisin des yeux.

— Pas de danger qu'il nous saluerait en passant.

— Il a l'air pressé, on dirait.

Les Tremblay ne pouvaient pas deviner l'ampleur du drame qui venait d'éclater chez leurs voisins.

En ce premier jour de l'année 1944, Étienne Fournier s'était levé un peu après six heures. Comme à son habitude depuis quelques semaines, il avait trouvé son père se berçant près du poêle, les yeux vides de toute expression. Le jeune homme, mal à l'aise, n'avait rien dit et s'était empressé d'allumer un fanal avant de quitter la maison pour aller soigner les animaux. À son retour deux heures plus tard, il découvrit sa mère tout endimanchée en train de se peigner devant le petit miroir suspendu au-dessus de l'évier.

— Je te laisse la place pour te raser. Presse-toi pas pour rien ; on va à la grand-messe pour faire changement, déclara sa mère au moment où il sortait de l'armoire son rasoir à lame droite.

Étienne jeta un coup d'œil vers son père. Rien dans son comportement ne laissait deviner son intention d'accompagner sa femme et son fils à l'église du village, même le matin du jour de l'An. Il n'avait pas bougé. Son visage amaigri était envahi par une barbe de plusieurs jours et il portait sa vieille chemise bleue boutonnée au cou et son pantalon de tous les jours.

— Venez-vous à l'église avec nous autres, p'pa ? offrit-il à son père.

Germain sembla émerger un court moment de ses pensées au son de la voix de son fils. Il se contenta de hocher la tête.

Un peu avant neuf heures, Étienne alla atteler la *sleigh* et partit pour l'église en compagnie de sa mère. Gabrielle, enfouie jusqu'à la taille sous l'épaisse couverture, ne desserra pas les lèvres durant tout le trajet. Ce n'est qu'au moment où elle pénétrait dans l'église en même temps que d'autres fidèles qu'elle chuchota, la mine revêche :

— Encore une fois, on va faire parler de nous autres parce que ton père est pas là.

Étienne se contenta de hausser les épaules avant de lui ouvrir la porte du temple. À leur entrée, l'église bruissait de murmures. Il régnait dans les lieux une bonne humeur et une excitation propres aux jours de fête. Le visage fermé, Gabrielle Fournier se dirigea vers le banc familial sans tourner une seule fois la tête vers les gens. Son fils, sensible à cette atmosphère joyeuse, salua timidement de la tête quelques personnes qui lui souriaient. Après la messe, sa mère fut l'une des premières à se diriger vers la porte.

— Envoye ! Traîne pas ! ordonna-t-elle à son fils, autoritaire. J'ai pas l'intention de perdre une heure à souhaiter la bonne année à du monde qui nous regarde pas de l'année.

— On pourrait au moins souhaiter une bonne année à nos voisins, chuchota Étienne, mécontent du comportement de sa mère. Quand on a eu besoin d'eux autres pour Berthe, ils nous ont aidés.

— Laisse faire ! fit Gabrielle en boutonnant son manteau et en pressant le pas. Ils sont surtout venus pour fouiner chez nous.

Avant même que la moitié des paroissiens soient sortis de l'église, Gabrielle était déjà installée dans la *sleigh,* attendant avec une impatience mal déguisée que son fils ait rangé la couverture qui avait été déposée sur le dos du cheval. L'équipage se mit en route au moment où des rires et des exclamations fusaient de toutes parts sur le parvis de l'église où les gens s'étaient mis à échanger des vœux.

Quelques minutes plus tard, Étienne laissa descendre sa mère près de la maison avant de poursuivre son chemin jusque devant l'écurie où il dételа son cheval. Peu après, il rentra dans la maison. Sa mère avait eu le temps de changer de vêtements et avait entrepris de préparer le dîner. Son père avait quitté sa chaise berçante. Il avait dû aller s'étendre sur le lit de la chambre bleue, à l'étage. Depuis la mort de Berthe, il dormait là. Le jeune homme monta à l'étage et alla, lui aussi, se changer. Il ne lui servait à rien de garder ses vêtements du dimanche. Chez les Fournier, le jour de l'An était un jour comme les autres. Personne ne viendrait leur rendre visite et ils ne seraient invités nulle part.

— P'pa mange pas ? demanda Étienne en prenant place à la table sur laquelle sa mère venait de déposer des tranches de rôti de porc froid et des pommes de terre rissolées.

— Il est passé midi, se contenta de répondre sa mère. S'il a faim, il sait que c'est l'heure de dîner.

Gabrielle s'assit à table et se servit. Le silence retomba sur la pièce, à peine troublé par le bruit des ustensiles et des plats parfois heurtés. Quand elle se leva pour desservir quelques minutes plus tard, Étienne quitta la table à son tour et se dirigea vers la patère où était suspendu son manteau. Il avait décidé d'occuper son jour de l'An à travailler au mobilier de chambre à coucher en érable dont il avait entrepris la réalisation un mois auparavant. Il allait allumer la fournaise dans l'appentis et travailler là jusqu'à l'heure du train. Il quitta la maison au moment où sa mère entreprenait de laver la vaisselle.

Étienne entra dans l'appentis et alluma la petite fournaise installée dans un coin. Pendant que la pièce se réchauffait un peu, le jeune homme sortit du bâtiment et se dirigea vers la grange dans l'intention d'y prendre l'un des madriers que son père et lui y avaient déposés au début de l'automne. Il repoussa difficilement la porte coulissante et fit deux pas avant que sa tête ne vienne heurter un obstacle qui faillit le faire tomber.

— Veux-tu ben me dire... ? commença-t-il à dire avant de lever la tête.

Soudain, les jambes lui manquèrent et son cœur eut un raté. Il poussa un cri d'horreur à la vue de son père se balançant lentement au bout d'une corde. Sa tête avait heurté ses pieds et avait imprimé au corps un léger mouvement de balancier.

— P'pa ! Qu'est-ce que vous avez fait là ? hurla

le bossu au bord de la panique, cherchant à immobiliser le corps de son père d'une main tremblante.

Germain Fournier avait décidé de mettre fin à ses jours pendant que sa femme et son fils étaient à la messe. Sans prendre la peine d'endosser un manteau, le cultivateur était sorti de sa maison et s'était dirigé vers la grange. Il avait pris une corde et fait un solide nœud coulant à l'une de ses extrémités. Il l'avait passée autour du crochet auquel on suspendait les animaux destinés à la boucherie chaque automne. Ensuite, il avait escaladé une échelle appuyée contre le mur, passé le nœud coulant autour de son cou et s'était laissé tomber en repoussant l'échelle du pied.

Étienne se précipita hors de la grange en refermant la porte derrière lui. Il courut à la maison dont il ouvrit la porte avec fracas, faisant violemment sursauter sa mère.

— Qu'est-ce qu'il te prend ? cria-t-elle.

— M'man, dépêchez-vous ! hurla-t-il. Il est arrivé quelque chose à p'pa !

— Ton père est en haut, protesta sèchement Gabrielle.

— Il est pas en haut, il est dans la grange.

— Qu'est-ce qu'il fait là ? demanda-t-elle avec humeur.

Puis, remarquant que le manteau de son mari était encore accroché derrière la porte, elle ajouta :

— Il est devenu fou, ma foi. Sortir dehors sans manteau, en plein hiver.

— Il est mort, m'man ! Dépêchez-vous ! la pressa son fils qui n'avait même pas pris la peine de refermer correctement la porte derrière lui.

Le visage de Gabrielle pâlit soudainement et elle se jeta sur son manteau avant de suivre son fils.

— Il s'est pendu, m'man, finit par dire Étienne pour préparer un peu sa mère au spectacle qui l'attendait à son arrivée dans la grange.

Sur ces mots, le jeune homme repoussa la porte du bâtiment. Gabrielle découvrit alors son mari pendu dans l'entrée.

— Mon Dieu ! C'est pas possible ! s'écria-t-elle à la vue du visage violacé à la bouche grande ouverte de celui dont elle avait partagé la vie les vingt et une dernières années. Qu'est-ce qu'il a fait là ?

Pendant un bref moment, elle fut prise d'un tremblement incoercible et dut s'appuyer contre son fils pour ne pas perdre l'équilibre.

— Qu'est-ce qu'on fait ? demanda Étienne, incapable de supporter plus longtemps le spectacle de son père pendu.

— Tu vas couper la corde. On est pas pour le laisser là, dit sa mère en tentant de raffermir sa voix.

— Il va tomber à terre...

— OK. Moi, je vais la couper. Toi, tu vas monter sur quelque chose et le retenir pour qu'il tombe pas à terre.

En quelques instants, Gabrielle avait suffisamment retrouvé son sang-froid pour relever l'échelle, l'appuyer contre le mur et l'escalader pour couper la corde avec le canif qu'Étienne traînait toujours dans l'une de ses poches. Son fils, debout sur une caisse de bois, attrapa son père et le déposa doucement sur le sol.

Durant un bref moment, la mère et le fils regardèrent l'homme étendu à leurs pieds. Lentement, le jeune homme se pencha sur son père et entreprit d'enlever la corde profondément enfoncée dans la chair de son cou.

— Il peut dire qu'il nous a mis dans des beaux draps, lui, reprit la veuve, pleine de rancune, en parlant de son mari. À cette heure, il faut s'arranger pour que le docteur Bélanger pose pas trop de questions quand il va venir le voir. Si jamais ça se savait que ton père s'est tué, on serait montrés du doigt par toute la paroisse. T'imagines la honte ?

Son fils ne répondit rien, mais sentit monter en lui une haine profonde pour cette femme incapable de penser à quelqu'un d'autre qu'à elle-même. Avait-elle jamais aimé son père ? Et lui, l'aimait-elle ?

— Bon. Penses-tu être capable de le porter tout seul jusqu'à la maison ?

— Oui, mais...

— Attends. Je m'en retourne à la maison et je vais regarder pour être sûre que personne peut te voir. Attends que je te fasse signe de venir.

Là-dessus, sans montrer plus d'émotion, Gabrielle sortit de la grange et se dirigea vers la maison en jetant des regards autour d'elle pour s'assurer qu'aucun voisin n'approchait sur la route. Arrivée sur le balcon, elle fit signe à Étienne de venir. Le bossu avait soulevé son père dans ses bras et, péniblement, s'était mis en marche à son tour vers la maison. Dès qu'il posa les pieds dans la cuisine, sa mère referma la porte derrière lui en lui disant :

— Va le porter sur le lit de la chambre en bas.

Le garçon s'empressa de lui obéir. À sa sortie de la pièce, sa mère l'attendait.

— Bon. Tu vas atteler et aller chercher le docteur Bélanger à Pierreville. J'espère juste qu'il soit là en plein jour de l'An. Dis-lui que ton père étouffe et que c'est urgent.

— Mais il est mort ! protesta le jeune homme.

— Fais ce que je te dis ! cria Gabrielle, à bout de nerfs. Dis-lui rien de plus. Je vais m'occuper du reste.

— Voulez-vous que j'aille chercher la voisine ?

— J'ai pas besoin de personne, fit sa mère sur un ton cassant. Grouille ! Va chercher le docteur.

Étienne attela la *sleigh* et prit la route. Il parcourut le rang Sainte-Marie sur toute sa longueur, traversa le village de Saint-Jacques-de-la-Rive et se dirigea vers Pierreville. La chance le servit parce qu'il arriva chez les Bélanger au moment où le médecin, sa femme et son garçon s'apprêtaient à partir pour une réunion familiale.

— Ça aurait été trop beau d'avoir la paix une journée dans l'année, fit le médecin, toujours aussi bourru, après avoir écouté les explications du jeune cultivateur. Bon. Dis à ta mère que je vais passer voir ton père cet après-midi.

— Merci, docteur.

— Ce sera pas long. Le temps de laisser ma femme et mon garçon chez de la parenté à Saint-Gérard.

Étienne revint à la maison, le visage rougi par le vent glacial qui s'était mis à souffler. Il trouva sa mère assise dans sa chaise berçante, le visage inexpressif.

— Va voir ton père dans la chambre, lui jeta-t-elle d'un ton dur. Je l'ai un peu arrangé.

Le jeune homme enleva son manteau et ses bottes et pénétra dans la chambre du rez-de-chaussée d'un pas mal assuré. La pièce était plongée dans la pénombre à cause de la toile de la fenêtre à demi tirée. Son père était étendu sur le lit. Sa mère avait même réussi à lui fermer la bouche et les yeux et elle avait tiré sur lui une couverture jusqu'à sa poitrine. Elle était parvenue, il ignorait comment, à lui passer une chemise propre dont elle avait soigneusement attaché le bouton du col. Même ainsi, le pauvre homme conservait un air tourmenté que la mort n'avait pu effacer.

Étienne était bouleversé à la pensée de son père qui avait choisi de se tuer un jour de l'An, le jour où la plupart des gens s'amusaient et retrouvaient avec joie tous ceux qu'ils aimaient. Il était mort seul, comme un chien. Aucun des siens n'avait compris à quel point il était malheureux.

— Et le docteur ? fit sa mère qui était entrée dans la chambre derrière lui, sans qu'il l'entende.

— Il s'en vient.

— Tu me laisseras parler.

Son fils sortit de la pièce d'un pas lourd. Il évita soigneusement d'aller s'asseoir dans la chaise berçante de son père et choisit une chaise au bout de la table.

Quelques minutes plus tard, la Chevrolet rouge vin du docteur Bélanger vint s'arrêter près de la maison et le praticien, armé de sa trousse, frappa à la porte. Ce moment rappela au bossu l'amer souvenir du décès de sa sœur. Gabrielle alla lui ouvrir. Le médecin ne se donna pas la peine de formuler des vœux de bonne année. Il se contenta d'un bref salut de la tête adressé autant à la femme qu'à son fils qui s'était levé à son entrée dans la maison. Sans dire un mot, il enleva son épais manteau noir et son chapeau avant de demander :

— C'est votre mari qui est malade ? Où est-ce qu'il est ?

— Je pense qu'il est trop tard, docteur, répondit Gabrielle.

— Comment ça, trop tard ?

— Mon mari est tout bleu et il bouge plus. Venez voir.

Conrad Bélanger s'empara de sa trousse qu'il avait déposée sur la table, le temps de retirer son paletot, et entra dans la chambre à coucher derrière la femme. Il fit rapidement le tour du lit pour s'approcher de l'homme qui y était étendu.

— Levez-moi cette toile-là, jeta-t-il avec brusquerie à Gabrielle. On voit presque rien ici.

Gabrielle leva la toile avec une certaine réticence et le soleil inonda la pièce.

— Vous pouvez sortir. Je vous appellerai quand j'en aurai fini.

La femme de Germain Fournier quitta la chambre. Elle n'eut pas à attendre longtemps. À peine cinq minutes plus tard, le médecin à l'air bougon sortit de la pièce en affichant un air peu commode.

— Bon. Qu'est-ce qui est arrivé au juste à votre mari ? demanda-t-il sèchement à Gabrielle qui l'attendait debout, devant l'une des fenêtres de la cuisine.

— Je le sais pas.

— Prenez-moi pas pour une valise, madame ! Pour être mort, il est bien mort. Mais vous devez bien avoir une petite idée sur la façon que ça lui est arrivé, non ? Votre garçon m'a dit que son père étouffait et que c'était pour ça que vous m'avez envoyé chercher.

— C'est vrai. Il étouffait, mentit Gabrielle avec aplomb.

— Pour étouffer, il a étouffé, répliqua Conrad Bélanger d'un air mauvais. Dites donc ; vous me prenez pour un fou ? Pensez-vous que ça paraît pas que cet homme-là est mort étranglé ? demanda le praticien en enflant la voix. Vous êtes-vous imaginé que je verrais pas la marque autour du cou que vous avez essayé de cacher en boutonnant son collet de chemise ?

Pour la première fois depuis l'arrivée du médecin, Gabrielle sembla perdre d'un seul coup toute son assurance. Son visage pâlit et elle se laissa tomber sur la chaise qui était près d'elle.

— L'avez-vous tué ? demanda Conrad Bélanger en scrutant son visage.

— Bien non, docteur, se défendit la femme avec véhémence. Il s'est pendu. Parle, Étienne. Explique au docteur ce qui est arrivé à ton père, ordonna-t-elle d'une voix tremblante en se tournant vers son fils qui n'avait encore rien dit.

Le médecin, les bras croisés, attendit que le jeune homme ouvre la bouche. Étienne lui raconta comment il avait trouvé son père pendu dans l'entrée de la grange.

— Pourquoi tu l'as pas laissé là en attendant que j'arrive ?

— C'est mon père, plaida Étienne, bouleversé. J'étais tout de même pas pour le laisser là comme un animal. Je l'ai ramené à la maison et je suis allé vous chercher.

— As-tu une idée pourquoi il a fait ça ?

— Depuis la mort de ma sœur, il faisait plus rien. Il restait assis à côté du poêle et il parlait plus à personne.

— Je peux pas signer un permis d'inhumation pour ton père. Tu comprends ça ? Je dois avertir la police provinciale. Vous avez le téléphone ?

— Non.

— Bon. Je vais laisser un constat de décès avant de partir. Je m'en vais chez de la parenté à Saint-Gérard. De là, j'appellerai la police. Ils vont envoyer quelqu'un. Ça devrait pas être long.

— Et pour le corps de mon mari ? demanda Gabrielle.

— Dans le constat, j'explique que tout porte à croire que votre mari s'est suicidé. Normalement, les policiers ne devraient pas exiger une autopsie et se fier à ce que je leur écris. Ils vont vous interroger et vous leur donnerez toutes les précisions nécessaires. Montrez-leur tout ce qu'ils voudront voir. Je pense qu'ils vont vous donner la permission de faire venir l'entrepreneur de pompes funèbres. Vous pourrez ensuite prendre des arrangements avec votre curé.

Sur ce, Conrad Bélanger sortit un formulaire de sa trousse et s'assit à la table de cuisine pour le remplir. Dans la pièce, on n'entendait que le grattement de sa plume sur la feuille de papier. Quand il eut fini, le médecin laissa le formulaire sur la table. Étienne se leva et lui tendit son manteau qu'il endossa.

— Sois courageux, mon garçon, dit-il au jeune homme en lui posant la main sur l'épaule. C'est un dur moment à passer, mais le temps va arranger les choses... Mes condoléances, madame, dit-il froidement à Gabrielle pour qui il ne semblait pas éprouver beaucoup de sympathie.

Elle se contenta de hocher la tête et le regarda par la fenêtre monter à bord de sa voiture un moment plus tard.

— Maudit air bête ! dit-elle à mi-voix. J'espère que son rapport nous causera pas trop de troubles.

Un peu avant trois heures, une voiture de la police provinciale pénétra dans la cour des Fournier. Deux policiers en descendirent et vinrent frapper à la porte. Après s'être présentés, les deux hommes allèrent examiner sommairement le corps dans la chambre à coucher et lurent le constat de décès dressé par le médecin. Ensuite, ils demandèrent à aller jeter un coup d'œil dans la grange en compagnie de Gabrielle et de son fils. De retour à la maison quelques minutes plus tard, ils interrogèrent la mère et le fils sur les circonstances ayant entouré le décès de Germain Fournier. Les réponses obtenues semblèrent les satisfaire.

— C'est bien triste une affaire de même, surtout en plein jour de l'An, dit le plus âgé des deux.

Gabrielle, qui affichait une mine éplorée depuis leur arrivée, se contenta de hocher la tête en s'essuyant les yeux. Son fils rageait de la voir jouer une telle comédie. Les policiers se consultèrent durant quelques instants à voix basse, debout dans un coin de la cuisine. Finalement, l'un d'eux ajouta une note sur le constat de décès laissé par le docteur Bélanger et signa le document avant de le tendre à la veuve.

— Nos sympathies, madame. Tout est en ordre. Vous pouvez faire tous les arrangements nécessaires pour votre mari.

Après avoir serré les mains de Gabrielle et d'Étienne, les deux hommes quittèrent promptement la maison. Déjà la nuit tombait. La mère et le fils virent les policiers s'engouffrer dans leur voiture et prendre la direction du village. Gabrielle alla fermer la porte de la chambre à coucher où le corps de son mari reposait et alluma une lampe à huile.

— Tu vas aller avertir monsieur le curé et Desfossés.

— Ça va attendre après le train, fit Étienne, se préparant à sortir pour aller soigner les animaux.

Sa mère n'ajouta rien. Elle se contenta d'aller tisonner le bois dans le poêle avant d'y jeter une nouvelle bûche.

Lorsque le jeune homme revint de l'étable un peu après six heures, sa mère l'attendait près de la table de cuisine où le couvert avait été mis.

— C'est prêt, se contenta-t-elle de lui dire.

— J'ai pas faim. Le cheval est déjà attelé. Je me change et je m'en vais au presbytère, fit Étienne en se dirigeant vers l'escalier qui menait à l'étage.

Pour la première fois, il avait consciemment évité de regarder sa mère en lui répondant.

Lorsqu'il descendit quelques minutes plus tard, il trouva sa mère attablée.

— Va pas dire à...

— Laissez faire, m'man, l'interrompit avec impatience le jeune homme. Je trouve qu'on a assez conté de menteries comme ça.

Sur ce, il endossa son manteau et sortit. Peu après, Gabrielle entendit les grelots de l'attelage qui passait près de la maison.

À son arrivée devant le presbytère, Étienne se retrouva devant un bâtiment plongé dans l'obscurité. N'eût été la fumée qui sortait de la cheminée, il aurait pu croire l'édifice inhabité. Le jeune cultivateur descendit de la *sleigh* et couvrit sa bête d'une épaisse couverture avant de se diriger vers l'escalier. Il dut sonner à plusieurs reprises avant qu'un quelconque signe de vie se manifeste.

La porte finit par s'ouvrir sur l'abbé Leroux tenant une lampe à huile à la main.

— Qu'est-ce qui se passe ? demanda le vicaire sur un ton peu amène sans inviter Étienne à entrer malgré le froid polaire qui régnait à l'extérieur.

— Je voudrais voir monsieur le curé, dit le jeune homme.

— Il est pas là. Il sera pas revenu avant la fin de la soirée, répondit l'abbé Leroux en s'apprêtant déjà à refermer la porte.

— Ben, s'il est pas là, je pense que vous ferez aussi ben l'affaire.

— Bon. Entre. On est en train de faire geler tout le presbytère, fit le prêtre en laissant passer le jeune paroissien devant lui.

Étienne entra et enleva ses bottes avant de suivre le jeune prêtre dans le petit bureau attenant à la salle d'attente. Hervé Leroux déposa sa lampe sur une table. Étrangement, il se rappelait que le bossu était venu au presbytère le mois précédent pour des funérailles, mais il ne parvenait pas à identifier l'objet de cette visite.

— Bon. Je suppose que ça doit être important pour venir au presbytère un soir de jour de l'An, dit-il à son visiteur sans penser à lui offrir un siège.

— Mon père est mort cet après-midi et je suis venu pour les funérailles, dit Étienne, la gorge serrée.

— C'est qui, ton père ?

— Germain Fournier, du rang Sainte-Marie.

Brusquement, la mémoire revint à l'abbé Leroux. Il était allé prier au corps d'une jeune fille chez les Fournier.

— C'est pas chez toi qu'il y a eu de la mortalité au mois de décembre ?

— Oui. Ma sœur est morte.

— Ton père était malade ?

Le visage d'Étienne refléta une telle gêne que le vicaire aurait dû se douter de quelque chose. Mais le prêtre mit cela sur le compte de la peine de son visiteur et se borna à lui offrir ses sympathies. Il prit ensuite les renseignements dont il avait besoin pour les registres paroissiaux.

— On est jeudi. On pourrait chanter le service à neuf heures, samedi matin, sinon il faudrait attendre lundi avant-midi. Est-ce que tu penses que ta mère va être d'accord pour après-demain ?

— Je pense que oui, monsieur l'abbé, dit Étienne en se levant, prêt à partir. À cette heure, je dois aller à Pierreville voir Desfossés.

— Comment ! C'est pas encore fait ? demanda Hervé Leroux, étonné. Pourquoi ta mère s'est pas contentée de lui téléphoner ?

— On a pas le téléphone, monsieur l'abbé.

Pendant un court moment, le vicaire hésita avant de proposer au jeune homme d'appeler l'entrepreneur de pompes funèbres en utilisant le téléphone du presbytère.

— C'est pas nécessaire que tu ailles courir à Pierreville. Téléphone-lui d'ici. Demande à la téléphoniste le numéro de Desfossés ; elle va te le donner.

Sur ce, Hervé Leroux conduisit Étienne jusqu'au téléphone installé au bout du couloir et s'esquiva dans le salon, le temps que le jeune homme fasse son appel.

Normand Desfossés fit son apparition chez les Fournier un peu après huit heures à bord de sa longue voiture noire facilement identifiable. L'homme âgé d'une cinquantaine d'années était encore en compagnie de l'un de ses fils, qui travaillait dans l'entreprise familiale. Durant une heure, les deux hommes s'enfermèrent dans la chambre à coucher après avoir demandé à la veuve de leur préparer les vêtements qu'elle voulait voir porter par son mari défunt. Finalement, les deux hommes sortirent deux tréteaux de leur voiture et les installèrent dans le salon, à l'endroit même où ils les avaient placés pour Berthe, quelques semaines auparavant. Ils entrèrent ensuite dans la chambre en portant un simple cercueil en pin. Ils prirent la précaution de refermer la porte derrière eux avant de déposer le corps de Germain dans la bière.

Quand ils ouvrirent la porte, ils trouvèrent Gabrielle et Étienne, silencieux, debout au centre de la cuisine. Ils soulevèrent le cercueil et allèrent le déposer sur les tréteaux, dans le salon.

Les deux hommes avaient sûrement remarqué la figure violacée et les marques suspectes sur le cou du défunt en faisant sa toilette, mais ils n'y firent aucune allusion. Normand Desfossés, le père, se contenta d'attendre que Gabrielle et son fils s'approchent du corps et prennent le temps de l'examiner.

— On a fait ce qu'on a pu, dit-il d'une voix neutre, en désignant la figure du mort. Peut-être aimeriez-vous que l'exposition se fasse cercueil fermé ?

Étienne sentit que sa mère allait y consentir, mais il s'y opposa vivement.

— Non. On veut le voir, dit-il sur un ton sans réplique.

Elle ne va tout de même pas s'en tirer comme ça, pensa-t-il, plein de rancune. Pour lui, il n'y avait aucun doute : sa mère était en grande partie responsable du drame que la famille vivait. Elle n'avait rien fait pour aider son père à surmonter sa peine. Elle l'avait abandonné au moment où il avait le plus besoin d'elle. Cela, il était aussi incapable de le lui pardonner que le fait qu'elle ait souhaité sa mort plutôt que celle de Berthe. Elle aurait deux nuits et une journée entière pour voir le résultat de ce qu'elle avait fait. Le cercueil fermé lui aurait rendu la chose trop facile.

Gabrielle tourna les yeux vers son fils, mais le visage dur qu'elle vit l'incita à ne pas contrarier sa volonté. L'entrepreneur de pompes funèbres se contenta d'un mouvement de la tête et, au moment de prendre congé, il fut entendu qu'il reviendrait le lendemain soir avec son fils pour s'assurer du bon état de conservation du défunt.

Après leur départ, Étienne n'eut même pas un regard pour sa mère. Il alla chercher deux vieilles lampes à huile à l'étage, les alluma et les disposa de part et d'autre du cercueil dans lequel son père reposait. Ensuite, il alla fixer à la porte d'entrée le large ruban noir signalant la présence d'un mort dans la maison.

Jean Tremblay aperçut le long véhicule noir sortir de la cour des Fournier au moment où il repartait de chez lui. Le jeune homme était allé chercher son harmonica à la maison pour se joindre aux cousins musiciens qui avaient entrepris de faire danser les invités chez son oncle Gérald.

En cette soirée du jour de l'An, la maison de Gérald Tremblay était remplie de convives. Deux frères de Thérèse avaient répondu à l'invitation de Cécile et étaient venus avec quelques-uns de leurs enfants et de leurs petits-enfants. Céline, Claire et Françoise avaient beaucoup aidé la maîtresse de maison à préparer le souper qui avait été servi sur la grande table de la cuisine.

— On fera deux ou trois tablées, avait décidé Cécile après avoir consulté sa belle-mère. Ce sera mieux que d'installer une table dans la cuisine d'été où les hommes ont passé l'après-midi à fumer.

Un peu avant la dernière tablée, deux surprises survinrent à quelques minutes d'intervalle.

Tout d'abord, Jeannine Tremblay, l'institutrice célibataire de la famille, arriva de Sorel au bras d'un petit homme un peu grassouillet qu'elle présenta sous le nom de Jean-Marie Soucy. L'homme à la calvitie avancée était huissier au palais de justice de Sorel et organisateur de l'Union nationale dans le comté de Yamaska. Jeannine ne le quittait pas des yeux et tout son comportement semblait indiquer qu'elle était amoureuse de l'homme souriant et volubile qu'elle avait emmené à cette rencontre familiale.

— Vous dérangez pas ; on a déjà soupé, dit la femme mince et énergique en enlevant son manteau. On était invités à souper chez la mère de Jean-Marie. On est juste venus veiller avec vous autres.

— Dis-moi pas que la belle-sœur va trouver à se caser ? fit Céline à voix basse à l'oreille de Cécile.

— J'aimerais bien qu'Aline en fasse autant, murmura celle-ci en désignant de la tête l'autre sœur de Clément qui vivait avec eux depuis qu'ils avaient emménagé dans la maison de sa belle-mère.

Pour le moment, la jeune femme de trente et un ans était occupée à passer du sucre à la crème aux invités qui venaient de terminer leur dessert.

— Tu perdrais une belle aide si elle partait, lui fit remarquer Céline.

— C'est vrai, reconnut Cécile. J'aime bien Aline. Je disais pas ça parce que j'ai hâte de m'en débarrasser. Mais il me semble qu'elle serait plus heureuse mariée avec des enfants.

Soucy ne demeura pas longtemps avec les femmes dans la cuisine d'hiver. Il finit par se joindre aux hommes dans la pièce voisine et fut immédiatement à l'aise parmi les parents de son amie, d'autant plus qu'on y parlait politique, un sujet qu'il aimait particulièrement.

Cécile et les autres femmes venaient à peine de servir leur dessert aux enfants assis autour de la table que la porte de la cuisine s'ouvrit sur Lionel et Louis. Les sons de l'accordéon de l'oncle Armand et de l'harmonica de Jean empêchèrent les gens installés dans le salon de les entendre entrer. Dans la cuisine, après un bref moment de stupéfaction, ce fut une explosion de joie. Céline serra contre elle son fils qu'elle n'avait pas vu depuis la veille de Noël. Lionel embrassa sa mère avant d'embrasser les parentes qui s'étaient approchées pour souhaiter aux nouveaux arrivés la bonne année.

— J'espère qu'on arrive pas trop tard pour souper ? demanda Lionel en riant.

— Il en reste pour vous autres, inquiétez-vous

pas, dit Cécile en embrassant sur la joue son beau-frère et son neveu.

Les cris des femmes attirèrent Clément et Gérald dans la cuisine. Les deux hommes pâlirent en apercevant les deux visiteurs en train de retirer leur manteau.

— Qu'est-ce que vous faites là, vous deux ? demanda Clément à mi-voix à son jeune frère et à son fils.

— Des plans pour vous faire poigner par les MP, ajouta Gérald sur le même ton.

— Il y a pas de danger à soir, plaida Lionel. Tu me feras pas croire qu'ils patrouillent en plein soir de jour de l'An, batèche ! Ça fait qu'on a décidé de venir fêter avec vous autres. Aie pas peur ; on s'incrustera pas. À la fin de la soirée, on va disparaître aussi vite qu'on est arrivés.

— Pis moi, je voulais avoir ma bénédiction, ajouta Louis à l'intention de son père.

Clément, un peu dépassé par la tournure des événements, regarda autour de lui.

— Viens, dit-il à Louis. Je vais te bénir dans la chambre à côté.

Le père, suivi du fils, prit la direction de la chambre où les manteaux des invités avaient été jetés pêle-mêle sur le lit. Après la bénédiction paternelle, Clément mit tout de même son fils en garde.

— C'est dangereux, ce que vous avez fait là. Il y a pas juste de la parenté dans la maison. La cousine Clémence est venue avec son nouveau cavalier et ta tante Jeannine est là avec un organisateur d'élections. Avertis ton oncle Lionel de faire ben attention à ce qu'il va dire au cas où...

Louis fit signe qu'il avait compris et, en compagnie de son oncle Lionel, il se joignit aux hommes assis dans la cuisine d'été pendant que sa mère et sa tante Cécile faisaient réchauffer la tourtière et le ragoût qui leur seraient servis. Même si la plupart des gens présents étaient au courant de la situation illégale dans laquelle vivaient les deux jeunes hommes, personne n'y fit la moindre allusion durant le repas et la soirée.

Vers onze heures, les premiers invités commencèrent à s'habiller pour rentrer chez eux. Les hommes, sortis pour atteler les chevaux, rentrèrent dans la maison en posant les mains sur leurs oreilles rougies par le froid. Après de longs remerciements, la parenté partit, non sans avoir promis de se revoir avant la fin de l'hiver.

Lionel et Louis, heureux d'avoir célébré avec leur famille, attendirent le départ de la plupart des invités avant de se glisser à l'arrière de la résidence et de prendre le chemin du boisé où ils allaient retrouver la cabane à sucre glaciale où ils dormiraient.

Clément Tremblay et sa famille furent les derniers à quitter les lieux, après avoir aidé Gérald et les siens à remettre un peu d'ordre dans la maison. Toute la famille s'entassa dans la Ford avec plaisir, même si la distance à parcourir n'était que de quelques arpents. Il faisait si froid...

— Avec un temps pareil, ils vont bien attraper leur coup de mort dans la cabane, dit Céline au moment où la vieille voiture s'engageait sur la route.

— Inquiète-toi donc pas, fit Clément. La cabane va se réchauffer vite une fois qu'ils auront allumé la fournaise. On pourra pas en dire autant quand on va entrer chez nous. Le poêle est éteint depuis longtemps. Tu vas voir qu'on va avoir affaire à se serrer en dessous des couvertes.

Céline donna un coup de coude discret à son mari pour lui signifier de faire attention à ce qu'il disait en présence de Françoise et de Jean, assis sur la banquette arrière.

— Comment ça se fait que la Ford soit partie avec un froid pareil ? demanda Françoise.

— J'ai pas pris de chance. Je l'ai entrée dans la grange de ton oncle pour la mettre à l'abri du vent, lui expliqua son père.

Il y eut un bref moment de silence dans la voiture avant que Jean ne dise :

— Vous me faites penser. Quand je suis venu chercher ma musique à bouche avant le souper, j'ai vu le corbillard de Desfossés chez les Fournier.

— Qu'est-ce que tu racontes là ? lui demanda sa mère, incrédule. Qu'est-ce que Desfossés pourrait bien faire chez les Fournier en plein jour de l'An ?

— Je le sais pas, m'man, mais je suis certain que c'était lui. Il est passé à côté de moi en sortant de leur cour.

— Ça a pas d'allure, cette histoire-là, intervint Clément, aussi incrédule que sa femme. Qui peut ben être mort ? Ils viennent de perdre leur fille...

— À moins qu'ils aient dû de l'argent à Desfossés pour Berthe, reprit Céline. Mais ce serait bizarre pareil qu'il choisisse le jour de l'An pour venir se faire payer.

Les Tremblay, passant au moment même devant la petite maison grise des Fournier, tournèrent la tête juste à temps pour apercevoir un maigre éclairage qui filtrait entre les rideaux mal tirés du salon.

— En tout cas, il y a encore quelqu'un debout chez les voisins. Il y a de la lumière dans le salon, dit Céline, taraudée par la curiosité. C'est pas courant.

— Ils ont le droit, eux autres aussi, de fêter le jour de l'An, conclut Clément en tournant dans sa cour et en arrêtant son véhicule près du balcon pour laisser descendre ses passagers.

À ce moment précis, Étienne était seul dans le salon, assis près du corps de son père. Sa mère était venue prier un long moment en silence avant de dire :

— Tu ferais peut-être mieux de monter te coucher. Je vais rester debout une couple d'heures. J'irai te réveiller quand je serai plus capable de garder les yeux ouverts.

— Vous pouvez aller vous coucher, m'man, je m'endors pas, s'était-il contenté de dire à sa mère sans même tourner la tête vers elle. Je vous réveillerai quand j'en pourrai plus.

Gabrielle était sortie du salon sans rien ajouter et s'était dirigée vers la chambre du rez-de-chaussée, dont elle avait pris soin de changer la literie quelques minutes plus tôt. Étienne avait entendu la porte de la pièce se refermer avec un intense soulagement.

Il était enfin seul avec son père. Il ne voulait pas le laisser en tête-à-tête avec sa mère, avec quelqu'un qui ne l'aimait plus depuis longtemps, si elle l'avait jamais aimé un jour... Il n'avait pas l'intention d'aller la réveiller avant l'heure du train. Il préférait somnoler sur la chaise berçante qu'il était allé chercher dans la cuisine.

Il se leva pour aller jeter des rondins dans le poêle et revint s'asseoir dans le salon. La maison n'était troublée que par le tic-tac de l'horloge de la cuisine. Il passa la nuit en compagnie du corps de son père, une nuit entrecoupée de courtes siestes involontaires dont il émergeait avec un sentiment de culpabilité. Sa mère n'apparut dans la cuisine qu'au moment où il se préparait à quitter la maison pour aller faire le train.

— T'aurais dû me réveiller, lui reprocha-t-elle sans trop de conviction.

— C'était pas nécessaire ; je m'endormais pas, mentit-il avant de sortir, après avoir allumé le fanal.

L'air froid du petit matin lui fouetta le visage au moment où il posa le pied dehors. Il serra les mâchoires et fut secoué par un brusque frisson. Il était habité par un froid identique à celui qui venait de l'accueillir.

Ce matin-là, le curé Ménard entra affamé dans la salle à manger du presbytère après avoir célébré sa messe de huit heures. Son vicaire déposa son bréviaire sur la table du salon et lui emboîta le pas.

Après le bénédicité, les deux prêtres se servirent une bonne portion de l'omelette au lard qu'Amélie venait de déposer sur la table.

— Avez-vous passé une belle journée dans votre parenté hier, monsieur le curé ? demanda l'abbé Leroux en faisant un effort d'amabilité.

En fait, le curé Ménard avait été absent très peu de temps. Il avait quitté Saint-Jacques-de-la-Rive après la messe du matin pour aller passer le jour de l'An dans sa famille à Saint-Bonaventure. Il était rentré un peu avant minuit.

— Une bien belle, dit Ludger Ménard avec un grand sourire de satisfaction. Ça fait du bien de revoir tous les siens et d'avoir de leurs nouvelles. Il y a rien eu de spécial hier ?

— On a eu un décès dans la paroisse, monsieur le curé, dit le petit prêtre en tendant la main vers l'une des rôties déposées dans une assiette.

— Un décès ? À qui êtes-vous allé donner l'extrême-onction, l'abbé ? demanda le gros curé, surpris, parce que, à sa connaissance, il n'y avait personne de gravement malade dans sa paroisse.

— Je ne suis pas allé donner les derniers sacrements à personne, monsieur le curé. Il faut croire qu'il était trop tard pour qu'on me prévienne.

— Qui est mort ?

— Germain Fournier, du rang Sainte-Marie, le père...

— Laissez faire, l'abbé, je connais Germain Fournier. Mais il était pas malade, cet homme-là !

— Ça a dû être une mort subite. Son garçon est venu me prévenir après le souper que son père venait de mourir et je lui ai dit qu'on pourrait chanter son service samedi matin.

— Je trouve ça bien étrange, cette mort-là, dit le curé Ménard, troublé. Comment ça se fait qu'on a pas entendu parler de rien ? J'ai rencontré deux fois le docteur Bélanger la semaine passée et il m'a jamais dit que Germain Fournier était malade.

Les deux prêtres finirent leur repas en silence, plongés l'un et l'autre dans leurs pensées. Après le déjeuner, Ludger Ménard se dirigea vers son bureau dans l'intention de téléphoner au docteur Bélanger, à Pierreville.

— Je peux rien vous dire au téléphone, monsieur le curé, répondit l'autre d'une voix embarrassée. À votre place, j'irais rendre visite à la veuve.

— C'est ce que je vais faire cet avant-midi, lui promit le pasteur de Saint-Jacques-de-la-Rive, de plus en plus intrigué, avant de raccrocher.

Quelques minutes plus tard, la servante vit le curé Ménard endosser son manteau. Elle avait entendu des bribes de la conversation entre les deux prêtres durant le déjeuner et mourait d'envie de savoir ce qui pouvait être arrivé à Germain Fournier.

— J'espère que c'est bien important, votre sortie, monsieur le curé. Il fait froid sans bon sens dehors, ajouta-t-elle dans l'espoir que l'ecclésiastique laisse filtrer une information.

— Je prends mon auto, madame Provost. Je serai pas longtemps parti.

Sur ces mots, le curé Ménard sortit du presbytère et se dirigea vers le garage situé à l'arrière.

Quelques instants après, la servante vit par la fenêtre la grosse Plymouth noire s'engager lentement sur le rang Sainte-Marie qui s'ouvrait en face de l'église.

Le véhicule du curé s'arrêta près de la maison des Fournier au moment même où Étienne y entrait, les bras chargés de bûches. Il s'empressa d'aller déposer son fardeau dans la grosse boîte à bois près du poêle avant de venir accueillir le prêtre à qui sa mère venait d'ouvrir la porte.

— J'ai appris la mauvaise nouvelle seulement ce matin, dit le prêtre à la veuve et à son fils en retirant son chapeau. Je viens vous offrir les consolations de la prière.

— Merci, monsieur le curé, répondit Gabrielle, sans chaleur, en tendant la main pour lui prendre son manteau qu'il commençait à déboutonner.

Le visage fermé, la veuve déposa le vêtement sur le dos d'une chaise. Sans attendre une invitation, le pasteur se mit en marche en direction du salon, suivi de près par Étienne. Il s'arrêta à quelques pas du corps de Germain pour réciter à voix basse une courte prière à laquelle ses hôtes répondirent *amen* en se signant.

Ludger Ménard regarda longuement le visage de son paroissien décédé avant de demander :

— Il est mort de quoi, au juste ?

— On sait pas trop, monsieur le curé, s'empressa de répondre Gabrielle en adressant un bref regard d'avertissement à son fils.

— Comment ça se fait que vous ayez pas

demandé qu'il reçoive l'extrême-onction ? reprit le prêtre, avec une trace de soupçon dans la voix.

— Ça s'est fait pas mal vite.

Il y eut un bref moment de silence.

— J'aimerais voir le certificat de décès laissé par le docteur Bélanger.

— Pourquoi, monsieur le curé ? demanda Gabrielle d'une voix blanche. Je l'ai montré à l'entrepreneur de pompes funèbres ; tout était correct.

— J'en doute pas, ma fille, mais je veux le voir quand même.

— Étienne, va donc chercher le papier sur mon bureau, dans ma chambre, commanda sèchement la veuve à son fils.

Le bossu quitta la pièce un bref moment pour y revenir avec le certificat qu'il tendit au prêtre. Ce dernier chaussa ses lunettes et s'approcha de l'une des deux fenêtres du salon pour le lire. Quand il replia la feuille de papier, son visage avait pris une expression terriblement sévère.

— C'est bien ce que je commençais à penser : ton mari s'est tué. Vous avez essayé de me le cacher tous les deux.

Gabrielle se contenta de hocher la tête tandis qu'Étienne déglutissait péniblement. La sévérité disparut alors comme par magie de la figure du prêtre et fut remplacée par une pitié pleine de bonté.

— Vous avez tous les deux toute ma sympathie, fit-il sur un ton beaucoup plus doux. Je me doute que ça doit pas être facile à vivre.

— Merci, monsieur le curé.

— Vous connaissez les lois de l'Église, pas vrai ?

Vous savez qu'on pourra pas chanter son service à l'église parce qu'il s'est donné lui-même la mort.

La mère et le fils ne bronchèrent pas.

— Le pire est qu'on pourra pas, non plus, l'enterrer au cimetière.

— Mais on a un lot, plaida le jeune homme.

— Je le sais, convint le prêtre, mais la loi est claire. On peut pas enterrer dans un cimetière consacré le corps de la personne qui s'est elle-même retirée de l'Église en se tuant.

— Ben voyons donc, monsieur le curé. C'est mon père.

— Je comprends que c'est ton père et que tu l'aimais, mais là, je peux rien faire. Il s'est mis lui-même hors de l'Église. Il faut que tu comprennes qu'il a commis le pire péché : celui de prendre la place de Dieu en s'enlevant lui-même la vie.

Le visage de Gabrielle demeura impénétrable. Elle savait tout cela et c'était la raison pour laquelle elle avait tenté de camoufler le suicide de son mari depuis le début. Le prêtre se tut un long moment, bouleversé par les larmes qui coulaient sur le visage du fils qui s'était tourné vers le corps de son père reposant dans son humble cercueil en pin.

— Qu'est-ce qu'on va faire, monsieur le curé ? demanda finalement Étienne après s'être passé la main sur les joues pour essuyer ses larmes.

— Je vais venir prier pour le repos de son âme ce soir et demain.

— Oui, mais après ? Qu'est-ce qu'on va faire de mon père ?

Durant quelques instants, le curé Ménard sembla hésiter devant une solution qui lui coûtait.

— Écoute, mon garçon. Je vais faire quelque chose que j'ai pas le droit de faire. Si mon évêque savait ça, je me ferais taper sur les doigts. Il y aura pas de service chanté à l'église pour ton père, mais je vais permettre à Desfossés de déposer le cercueil dans le charnier du cimetière. On le gardera là jusqu'au printemps.

— Ensuite ? demanda sèchement Gabrielle.

— Ensuite, je vais essayer de convaincre la fabrique de vous vendre un petit lot juste de l'autre côté de la clôture du cimetière, au fond. De cette façon-là, il sera pas enterré en terre consacrée, mais il sera vraiment pas loin.

— Merci, monsieur le curé, dit Étienne, reconnaissant.

— Maintenant, j'aimerais dire quelques mots à ta mère, fit le prêtre.

Étienne sortit du salon sur un signe de tête.

— Je me doute à quel point ce nouveau deuil est dur pour toi, dit le prêtre à voix basse, mais Dieu éprouve que ceux qu'il aime.

— Il doit bien gros m'aimer, monsieur le curé, dit Gabrielle sur un ton sarcastique. Il m'aime comme ça depuis que je suis au monde.

— Il t'a donné aussi les forces nécessaires pour passer à travers cette épreuve, comme il te les a données pour accepter la mort de ta fille.

— Mais j'ai pas accepté la mort de ma fille, monsieur le curé, se révolta Gabrielle. Elle était tout ce que j'avais. Dieu avait pas le droit de venir la chercher.

— Tu blasphèmes, ma fille, fit le curé Ménard, sévère. Reprends-toi !

— Mon mari a décidé de se tuer comme un lâche, sans s'occuper de ce qui nous arriverait après. Ça, je le lui pardonnerai jamais, dit la veuve, vindicative, les dents serrées.

— Tu devrais pas rester toute seule à un moment pareil, déclara le prêtre, secoué par la violence de la révolte qu'il sentait chez sa paroissienne. T'as pas de parenté qui pourrait venir t'aider ?

— Non. J'ai personne.

— Tes voisins, d'abord. Si je me souviens bien, ils sont venus nombreux quand ta fille est partie.

— Je veux pas les voir ici pour aller ensuite placoter partout sur notre compte.

— De toute façon, tu te doutes bien que tu pourras pas tenir la vérité cachée bien longtemps. Tu pourras pas empêcher les gens de savoir, surtout quand ils vont se rendre compte qu'il y a pas de service à l'église.

— J'aime mieux rester toute seule.

— Et ton garçon ? Tu dois t'oublier pour aider ton garçon à surmonter sa peine et à passer à travers cette épreuve-là. C'est le rôle d'une mère.

— Mon garçon est bien assez vieux pour se débrouiller tout seul, dit Gabrielle en se levant pour signifier que cet entretien avait assez duré.

— Si ça te fait rien, je vais dire quelques mots à ton garçon avant de partir. Je reviendrai ce soir pour prier pour le salut de l'âme de ton mari.

La veuve se rassit sans adresser au prêtre le moindre mot de remerciement pour ses paroles de réconfort. Le curé Ménard pénétra dans la cuisine où il trouva Étienne, assis à la table, la tête posée sur ses bras, les yeux fermés. L'entrée du prêtre le fit sursauter.

— Reste assis, lui dit le curé Ménard en prenant place à côté de lui. T'as l'air au bout de ton rouleau. Je suppose que vous avez passé la nuit à veiller le corps de ton père.

Le jeune homme acquiesça.

— Je pense que ta mère va avoir besoin de ton aide pour surmonter son deuil. Ça va être difficile pour elle parce qu'elle refuse l'aide des autres.

— Je vais faire ce que je peux, monsieur le curé, promit Étienne.

— En tout cas, toi, tu dois pas rester isolé, coupé des gens qui vivent autour de toi. On vit en groupe pour pouvoir compter les uns sur les autres quand il arrive des coups durs. Tu comprends ça ?

— Oui.

— Ton père et ta mère auraient peut-être connu une vie bien différente s'ils avaient fait confiance aux autres.

— J'ai pas d'amis, avoua le jeune homme à voix basse.

— Si t'as personne à qui te confier, viens me voir au presbytère. Ma porte est toujours ouverte.

— Merci, monsieur le curé.

Peu après, le curé Ménard quitta la maison. Sans un mot, Étienne monta à l'étage pour dormir quelques heures. Le hasard voulut que Françoise voie la Plymouth noire quitter la cour des voisins au moment où elle sortait du poulailler.

— M'man, dit-elle en rentrant dans la maison,

je viens de voir monsieur le curé sortir de chez les Fournier.

— Il se passe quelque chose chez les voisins et je voudrais bien savoir quoi, fit Céline Tremblay en train de préparer le dîner.

Quand Étienne se leva un peu avant deux heures, il trouva sa mère assise près de l'entrée du salon, la tête tournée vers la fenêtre, comme si elle attendait l'arrivée de quelqu'un. Affamé, il alla couper deux épaisses tranches de jambon qu'il déposa sur du pain. Il mangea debout, en vitesse. Rassasié, il alla faire une courte prière devant le corps de son père avant d'endosser son épais manteau brun. Sa mère le regarda sortir sans lui adresser la parole.

À l'extérieur, le ciel était sans nuages. Le vent du nord qui avait soufflé toute la matinée était tombé. Le froid était très supportable et la neige crissait sous les bottes.

Étienne avait besoin de se retrouver seul, de réfléchir à ce qu'il allait faire après le départ de son père, le lendemain. Il se mit à arpenter la section du rang Sainte-Marie entre sa maison et celle de Clément Tremblay, son voisin immédiat.

Françoise aperçut le bossu de la fenêtre de sa chambre. Elle descendit au rez-de-chaussée et entreprit d'endosser son manteau.

— Où est-ce que tu vas ? lui demanda sa mère en levant la tête de son tricot.

— Je viens de voir le voisin en train de marcher sur le chemin comme une âme en peine. Je vais aller lui parler. On va finir par savoir ce qui leur arrive.

— Si ton père était ici, il te dirait de te mêler de tes affaires, lui fit remarquer Céline, aussi curieuse que sa fille.

— Oui, mais il est dans le bois et si on s'informe pas, on saura jamais rien.

— Vas-y, mais reste pas dehors trop longtemps. Pense à ce que le monde va dire si on te voit en train de jaser avec un homme sur le bord du chemin. Je te l'ai déjà dit le mois passé quand t'es allée lui parler après la mort de sa sœur.

— Voyons, m'man, protesta Françoise. Vous savez de quoi le voisin a l'air...

— Même s'il est un peu bossu, c'est un homme, la réprimanda Céline.

La jeune fille sortit de la maison et alla à la rencontre d'Étienne qui marchait sur la route, l'air absent. Il ne l'avait pas entendue venir et sursauta lorsqu'elle s'adressa à lui.

— Bonjour, Étienne. Tu choisis pas la journée la plus chaude pour te promener sur la route, on dirait, dit-elle sur un ton léger.

— Bonjour, répondit-il en lui adressant un sourire contraint. C'est pas chaud, mais ça fait du bien de marcher un peu.

— J'ai cru voir le char du curé Ménard chez vous ce matin. J'espère qu'il y a personne de malade...

— Non, il y a personne de malade. C'est mon père...

— Qu'est-ce qu'il a, ton père ?

— Il est mort hier matin, dit difficilement Étienne.

— Pauvre toi ! s'exclama Françoise, pleine de compassion en posant la main sur le bras du jeune homme. Je savais pas que ton père était malade. Il était pas si vieux que ça. Il avait l'air d'avoir à peu près l'âge de mon père.

— Il était pas malade, parvint à chuchoter Étienne, les yeux pleins d'eau.

— Pas malade ? demanda la voisine, surprise.

— Non. Il s'est pendu dans l'entrée de la grange, avoua le garçon.

En entendant cela, la jeune fille pâlit et resserra son étreinte sur le bras d'Étienne. On aurait dit que cet aveu à une étrangère avait ouvert un barrage. Durant plusieurs minutes, le garçon raconta tout ce qui lui était arrivé depuis la découverte du corps de son père, la veille. Françoise se contenta de l'écouter sans l'interrompre, comprenant instinctivement qu'elle était la première personne à qui il osait dire ce qu'il avait vécu.

— Est-ce que ça te tente pas de venir boire quelque chose de chaud à la maison ? lui proposa-t-elle finalement.

— Merci, mais il faut que je retourne chez nous. C'est presque l'heure du train.

— Est-ce que tu penses que ta mère accepterait qu'on aille prier au corps ce soir, après le souper ?

— Venez si vous voulez. C'est le dernier soir où mon père va être exposé. Si ça fait pas l'affaire de ma mère, ça va faire la mienne.

— On va venir, assura Françoise avant de le quitter.

La jeune fille rentra rapidement chez elle pour apprendre aux siens le drame vécu chez les Fournier. Après avoir surmonté sa stupéfaction, Céline téléphona à sa belle-sœur Cécile et à son père pour leur apprendre la nouvelle. Il fut entendu qu'on se rassemblerait chez les Fournier au début de la soirée pour aller prier.

À son retour à la maison, Étienne alla chercher du bois de chauffage. Il se versa ensuite une tasse de thé pour se réchauffer avant d'aller soigner les animaux.

— Qu'est-ce que t'avais tant à dire à la petite Tremblay ? lui demanda sa mère sur un ton soupçonneux à son retour à la maison.

— Elle m'a demandé si on avait de la maladie dans la famille. Les Tremblay ont vu monsieur le curé partir d'ici.

— Toujours aussi fouineux, eux autres. Puis ?

— Je lui ai dit la vérité. Je lui ai dit que p'pa était mort.

— Tu lui as pas raconté qu'il s'est pendu, j'espère ? dit durement Gabrielle.

— Oui. Je lui ai dit la vérité. De toute façon, tout le monde va le savoir dans la paroisse demain quand on va l'amener au cimetière sans service à l'église. Les gens sont pas fous, m'man.

— Il manquait plus que ça ! s'exclama la veuve, en portant instinctivement la main à sa gorge.

— Les Tremblay vont venir après le souper, annonça le fils, sans hausser la voix.

Sa mère eut une grimace de déplaisir, puis ses traits se détendirent.

— Après tout, si ça leur fait plaisir... Toute la paroisse peut venir, ça me dérange plus. Ça va être la dernière fois que je vais voir leurs faces hypocrites. La semaine prochaine, je vends la terre.

— Comment ça, vous vendez la terre ?

— Tu penses tout de même pas que je vais rester ici après ce qui vient d'arriver. Tout le monde va parler dans notre dos. J'ai pas l'intention d'être appelée la veuve du pendu toute ma vie.

— Et moi ? Qu'est-ce que je deviens dans tout ça ?

— Toi, tu vas avoir vingt et un ans dans trois mois. T'es bien assez vieux pour te débrouiller. Tu te chercheras une *job* où tu voudras. Moi, je pense que je vais me trouver une place pour vivre à Nicolet ou à Sorel. Je veux plus jamais entendre parler de Saint-Jacques.

Soudain, Étienne réalisa que son rêve d'aller vivre à Montréal et d'y exercer le métier d'ébéniste ne l'intéressait plus. Si la mort de Berthe l'avait encouragé à réaliser son souhait, celle de son père avait tout changé. Il ne voulait plus se retrouver seul dans une grande ville. Et c'était bien ce qui l'attendait ! Sa mère avait déjà planifié de vendre la terre et d'aller vivre seule quelque part, sans aucune attache.

Ce soir-là, la maison des Fournier se remplit de visiteurs dès sept heures. Lorsque le curé Ménard arriva pour prier au corps, il fut surpris de constater la présence de tant de voisins, malgré les réticences évidentes de la veuve. Cette dernière, debout près du cercueil de son défont mari, acceptait les condoléances de chacun en présentant un visage inexpressif. Le contraste était frappant entre sa figure et celle ravagée de son fils, debout à côté d'elle.

Lorsque le dernier visiteur eut quitté la maison à la fin de la soirée, Étienne tira une chaise berçante dans le salon, comme la veille, dans l'intention de veiller son père toute la nuit. Au fond de lui, il éprouvait une intense satisfaction à la pensée que son père eût reçu de telles marques de sympathie. À aucun moment, il n'avait entendu la moindre allusion à son suicide. Cette discrétion des voisins avait été un réel soulagement, même s'il était persuadé que tout le monde était au courant que son père s'était donné la mort.

Quelques minutes plus tard, sa mère vint s'installer dans l'unique fauteuil de la pièce en déclarant qu'elle resterait là jusqu'au matin.

Le samedi, après le déjeuner, Hervé Leroux demanda à son supérieur ce qui allait se passer avec le corps de Germain Fournier puisqu'il avait dû annuler le service funèbre à l'église.

— Il y aura pas de service à l'église, mais je vais aller dire une prière avec sa famille au cimetière et on va garder le corps dans le charnier jusqu'au printemps. À ce moment-là, sa veuve aura acheté un lot en dehors du cimetière et l'affaire sera réglée.

— Mais on a pas le droit de faire une affaire comme ça, monsieur le curé, protesta le petit vicaire sur un ton outré. Il s'est pendu.

— Je me suis fait mal comprendre, l'abbé. J'ai dit qu'il y aurait pas de service à l'église.

— J'ai bien entendu, monsieur le curé, mais cet homme-là a pas le droit de reposer dans un lieu consacré comme le charnier du cimetière. Je suis certain que monseigneur serait pas content d'apprendre ça.

— L'abbé, je connais les lois de l'église aussi bien que vous, mais elles doivent pas nous empêcher de manifester de la compassion et de la charité chrétienne envers notre prochain dans le malheur.

Hervé Leroux se gourma et afficha une mine désapprobatrice avant de quitter la salle à manger. Amélie, à l'écoute derrière la porte de la cuisine, n'avait rien perdu de la vive discussion qui venait d'avoir lieu entre les deux prêtres.

— Mon Dieu ! Le pauvre homme ! murmura-t-elle en pensant à Germain Fournier.

Ce matin-là, Étienne découvrit qu'il tombait une faible neige lorsqu'il sortit pour aller soigner les animaux. À son retour, il déjeuna rapidement et fit sa toilette avant d'aller atteler le cheval à la *sleigh*. Il venait à peine de rentrer dans la maison que les Desfossés, père et fils, arrivèrent. Avant que les deux hommes ne ferment définitivement le couvercle du cercueil, Étienne posa délicatement une main sur les mains croisées de son père et se retira dans la cuisine en compagnie de sa mère. Tous les deux endossèrent leurs manteaux en silence pendant que les entrepreneurs de pompes funèbres sortaient le cercueil par la porte avant et allaient le déposer dans le corbillard.

Quand Étienne entreprit de suivre le corbillard, il fut rejoint peu à peu par les attelages de quelques voisins du rang Sainte-Marie. Le glas ne sonna pas au clocher de l'église pour annoncer aux paroissiens de Saint-Jacques-de-la-Rive le décès de l'un des leurs. On n'entendait que le bruit des grelots des chevaux. La Ford de Clément Tremblay fermait le petit cortège formé de traîneaux et de carrioles.

— Dieu sait ce que la Gabrielle a pu faire endurer à son mari pour qu'il fasse une affaire comme ça, murmura Céline à son mari.

— On le sait pas, laissa tomber Clément. On connaît pas pantoute leurs affaires. Si ça se trouve, c'est juste la mort de sa fille que le voisin a pas pu endurer.

Le cortège s'arrêta devant l'église. Clément et son frère Gérald s'avancèrent pour aider les Desfossés à transporter le cercueil. Le curé Ménard sortit de l'église par la porte de la sacristie et s'avança vers les gens. Quelques minutes plus tôt, il avait envoyé son bedeau déverrouiller la porte du charnier.

Le prêtre précéda la quinzaine de personnes présentes jusqu'au petit bâtiment en brique rouge. Le cercueil fut déposé sur deux tréteaux qu'Elphège Turcotte venait de tirer du charnier. Le pasteur fit signe aux gens de s'approcher de la bière et récita une brève prière dans laquelle il demandait à Dieu de pardonner le geste du défunt et de l'accueillir au paradis.

Sur un signe de tête du prêtre, le cercueil fut déposé dans le charnier, près de celui de Berthe, et la porte se referma dans un claquement sec. Les gens, un peu gênés de participer à une cérémonie aussi inhabituelle, quittèrent un à un le cimetière sans songer à présenter leurs condoléances à la veuve et à son fils. Seule Françoise s'approcha d'Étienne pour lui glisser quelques mots de réconfort avant de partir.

13

Les surprises

La vie reprit peu à peu son cours normal dans la plupart des foyers de Saint-Jacques-de-la-Rive dès la semaine suivante. Bien sûr, on célébra la fête des Rois, mais on parla surtout du suicide de Germain Fournier, qui retint l'attention durant plusieurs jours. De mémoire d'homme, on n'avait jamais connu un tel drame dans le village. On s'interrogea longuement sur les raisons qui avaient poussé le cultivateur à mettre fin à ses jours. En général, on en vint à la conclusion que le pauvre homme s'était tué dans un accès de folie passagère. On plaignit sa femme et son fils, ce qui n'empêcha pas beaucoup de gens de regarder avec une certaine crainte superstitieuse la petite maison grise lorsqu'ils passaient dans le rang Sainte-Marie.

Après la fête des Rois, les enfants retournèrent à l'école et les hommes entreprirent de bûcher quand la température était supportable. Heureusement, depuis le jour de l'An, les froids n'étaient pas trop vifs et on n'avait eu droit qu'à de faibles chutes de neige.

Au début de la troisième semaine de janvier, le temps changea brutalement. Un mardi matin, les habitants de Saint-Jacques découvrirent avec résignation qu'il était tombé durant la nuit une dizaine de pouces de neige et que le froid sibérien avait couvert de givre plus de la moitié des vitres des fenêtres.

— On a intérêt à s'habiller chaudement pour déneiger à matin, déclara Jérôme Veilleux en rentrant dans la maison en compagnie de son père, après avoir trait ses vaches et nourri ses animaux.

— Je vais être capable de vous donner un coup de main, leur annonça fièrement Jean-Paul. C'est à matin que je lâche ma canne. J'en ai plus besoin. Plus de béquilles, plus de canne... Je suis capable de me tenir solide sur mes deux jambes et ça me fait presque plus mal.

Le blessé fit quelques pas dans la pièce en boitillant un peu pour prouver à tous qu'il était maintenant presque guéri.

— Il faudrait pas que tu prennes trop de chances, le mit en garde sa belle-sœur Colette.

— Inquiète-toi pas. Il a pas de danger. Dans deux semaines, je pense être capable de retourner travailler chez Thibault. Je vais vous débarrasser.

— Tu nous encombres pas pantoute, dit son frère. Mais si tu te sens capable de venir nous aider à déneiger, ça nous rendrait ben service. Ça m'éviterait de garder André à la maison.

L'adolescent eut une grimace de dépit.

— Pour une fois que j'aurais pas été obligé d'aller à l'école ! Vous auriez pas pu attendre à demain, mon oncle, reprocha-t-il à son oncle Jean-Paul.

— André, tu vas à l'école, dit sa mère sur un

ton définitif. Un point, c'est tout. Habille-toi et disparais !

Puis, se tournant vers son jeune beau-frère, la petite femme ne put s'empêcher d'ajouter avec un sourire narquois :

— Sais-tu, Jean-Paul, que cette nouvelle-là devrait pas trop faire l'affaire de Claudette Hamel.

— Quoi ? Que j'ai plus besoin de canne ?

— Fais donc pas l'innocent ! Que tu t'en retournes à Pierreville.

— Exagère pas, Colette. Claudette, c'est juste une amie qui aime venir jouer aux cartes de temps en temps avec moi.

— C'est drôle, ça, reprit-elle finement. C'est la première fois que je vois une joueuse de cartes avec les yeux dans la graisse de binnes.

— Charrie pas, torrieu !

— Tu la regarderas quand tu vas lui annoncer que tu pars. Ça va peut-être te réveiller, le vieux garçon.

Tout le monde éclata de rire, sauf Jean-Paul, qui affichait une mine incrédule.

Chez les Fournier, la vie avait aussi repris son cours. Gabrielle n'avait plus parlé de vendre la terre et encore moins de partir. Elle n'avait rien changé à sa routine. Elle cuisinait les repas, faisait le ménage et cousait, n'échangeant pas deux phrases dans une journée avec son fils.

Pour sa part, Étienne avait repris le chemin du boisé, au bout de la terre de son père, parce qu'il fallait tout de même voir à faire des provisions de bois de chauffage. Évidemment, c'était beaucoup plus pénible sans l'aide de son père, mais il n'y pouvait rien. Son unique plaisir consistait à retourner travailler le bois dans l'appentis chaque soir. C'était devenu un rituel. Au retour du train du soir, il allumait la fournaise de l'appentis et rentrait souper. Après le repas, il retrouvait une pièce assez chaude pour pouvoir y travailler à son aise.

Cet après-midi-là, sa mère profita du fait qu'il n'avait pas l'intention d'aller bûcher après avoir déneigé tout l'avant-midi. Elle lui demanda de la conduire à Pierreville.

— Je sais pas si les chemins vont être ouverts, dit-il sans manifester le moindre enthousiasme à l'idée de parcourir cinq milles par un froid sibérien.

— Boudreau est passé tout à l'heure ramasser les bidons de lait. S'il a pu passer, ça veut dire qu'ils sont ouverts, répliqua sa mère.

— Où est-ce que vous voulez aller ?

— Chez le notaire Beaubien.

— Pourquoi, m'man ?

— C'est lui qui a les papiers de la terre. Si je veux la vendre, il faut que je sache combien je peux demander pour.

— Êtes-vous sérieuse ? demanda le fils, interloqué.

— Est-ce que j'ai l'habitude de parler pour rien ? demanda sèchement Gabrielle. Je t'ai dit que je vendrais la terre quand ton père est mort. C'est ce que j'ai l'intention de faire sans traîner.

— Pourquoi vous attendez pas au moins au printemps ?

— Parce que ça me donnera rien d'attendre ici tout l'hiver. En plus, on sait pas combien de temps on va être obligés d'attendre pour trouver quelqu'un qui veut l'acheter.

Étienne n'ajouta rien. Il sortit de la maison en poussant un soupir d'exaspération et alla atteler le cheval à la *sleigh*. Le trajet entre Saint-Jacques-de-la-Rive et Pierreville fut particulièrement pénible tant à cause du froid que du vent qui créait des monticules de neige sur la route qui avait été mal dégagée par la charrue quelques heures plus tôt. Le visage protégé par une épaisse écharpe de laine, Gabrielle, bien emmitouflée, avait remonté sur elle l'épaisse couverture de fourrure et n'avait pas dit un mot durant tout le voyage, comme à son habitude.

Le jeune cultivateur arrêta son attelage dans la rue Principale, devant la demeure en pierre et en brique du notaire Édouard Beaubien. La maison à un étage disparaissait à moitié derrière le haut remblai de neige formé par la charrue depuis le début de l'hiver. Le conducteur laissa sa mère descendre sans faire mine de l'imiter.

— Reste pas dehors à geler pour rien, lui dit-elle. Viens m'attendre en dedans.

La mère et le fils marchèrent jusqu'à la porte située sur le côté de la maison et sonnèrent. Une dame entre deux âges les fit entrer et les pria de s'asseoir dans une petite salle d'attente, le temps qu'elle prévienne l'homme de loi. Quelques minutes plus tard, Édouard Beaubien entra dans la pièce en s'excusant de les avoir fait attendre.

Au début de la quarantaine, l'homme à la mise soignée était délicat et un peu maniéré. Il avait repris l'étude de son défunt père une dizaine d'années plus tôt. Sa réputation de notaire intègre et minutieux lui avait apporté, au fil des années, une large clientèle tant à Pierreville que dans les villages voisins. La majorité des contrats de mariage, des testaments et des contrats de vente de la région était son œuvre.

— Si vous voulez vous donner la peine d'entrer, offrit le notaire en ouvrant une porte matelassée au fond de la salle d'attente.

Gabrielle se leva et se dirigea seule vers le bureau d'Édouard Beaubien.

— Et vous, jeune homme ? demanda le notaire.

— Je vais attendre ma mère, merci, répondit-il en demeurant assis.

Le notaire n'insista pas et referma la porte derrière lui.

La pièce était petite et encombrée de deux gros classeurs métalliques gris installés à gauche d'un lourd bureau en noyer. Derrière le meuble, il y avait un fauteuil recouvert de cuir noir. Le notaire Beaubien s'y assit après que sa cliente eut pris place sur l'une des deux chaises disposées devant son bureau. Au mur, le maître des lieux avait suspendu son diplôme flanqué de sa photo et de celle d'un vieil homme, probablement celle de son père.

— En quoi puis-je vous être utile, madame... ?

— Madame Germain Fournier, de Saint-Jacques.

— En quoi puis-je vous être utile, madame Fournier ?

— Mon mari est mort au commencement de janvier et j'aimerais mettre ma terre en vente. J'ai pensé que vous étiez celui qui était le mieux placé pour me donner une idée de ce qu'elle vaut et comment je peux la vendre.

— Mes sympathies, madame, dit l'homme de loi. Comme votre deuil est récent, mon devoir est d'abord de vous mettre en garde contre une décision trop précipitée. Je ne voudrais pas vous voir regretter votre geste plus tard. Pourquoi ne pas attendre quelques mois, ou au moins, quelques semaines avant de vendre ?

— Non, dit Gabrielle sur un ton définitif. J'ai décidé de vendre et je reviendrai pas là-dessus.

— Bon. Dans ce cas, pour avoir une idée de la valeur de votre terre, il va falloir faire venir un évaluateur qui va vous dire ce qu'elle vaut avec son roulant. Je suppose que la maison est aussi à vendre ?

— Oui. La maison, les meubles, tout.

— À ce moment-là, je pense que vous pourriez faire affaire avec Léon Brassard de Yamaska. C'est un encanteur honnête et il peut vous faire une bonne évaluation de tout ça. Attendez, je vais vous donner son numéro de téléphone. Vous aurez juste à vous entendre avec lui.

Le petit homme sortit un bloc de papier de l'un des tiroirs de son bureau et s'empara d'une plume. Il consulta un agenda placé près de lui et nota le numéro de téléphone sur une feuille qu'il tendit à sa visiteuse.

— Mais avant de faire cela, madame Fournier, vous devez vous assurer que vous êtes devenue l'unique propriétaire des biens de feu Germain Fournier.

— Mais j'étais sa femme, monsieur Beaubien,

dit Gabrielle, comme si l'homme de loi avait formulé une incongruité.

— Oui, mais...

— On était mariés en communauté de bien. J'ai justement apporté notre contrat de mariage. Je l'ai relu hier.

— À ce moment-là, madame, il n'y a pas d'erreur possible. Tous les biens laissés par votre mari vous reviennent de plein droit.

— C'est bien ce que j'avais cru comprendre. « Au dernier vivant les biens », c'est ça ?

— Oui, madame. À moins que votre mari ait fait un testament depuis votre mariage.

— Ça me surprendrait bien gros.

De toute évidence, l'assurance un peu cassante et l'apparente insensibilité de la veuve déplaisaient à l'homme de loi. Pourtant, il en avait vu de toutes sortes depuis qu'il exerçait la profession.

— De toute façon, madame, la loi m'oblige à vérifier. On sait jamais.

— Si mon mari en a fait un, ce serait chez vous.

— Dans ce cas, je m'en souviendrais, fit le notaire en arborant un sourire figé. J'ai une excellente mémoire...

Il y eut un bref silence dans l'étude du notaire Beaubien.

— À moins que votre défunt mari ait fait un testament du temps de mon père, reprit-il en passant son index sur son menton.

— Je suis certaine que non.

— Vous permettez, dit le notaire en se levant. Je vais tout de même vérifier. J'ai ici tous les registres tenus par mon père.

Le notaire Beaubien ouvrit le second tiroir du classeur le plus près de lui et après y avoir fourragé durant quelques secondes, il en tira un gros registre à la couverture noire. Il se rassit derrière son bureau et en tourna rapidement les pages. Pendant ce temps, Gabrielle demeurait imperturbable, défroissant sa jupe d'une main nerveuse.

— Ah ! j'ai trouvé, dit Édouard Beaubien, triomphant. Votre mari a bel et bien rédigé et enregistré un testament en... 1927.

— C'est pas possible ! s'écria Gabrielle, stupéfaite. Il m'en a jamais parlé.

— Pourtant, madame, c'est bien ce qu'il a fait à l'étude de mon père le 5 novembre 1927, s'il s'agit bien du même Germain Fournier que votre mari. Le Germain Fournier en question résidait dans le rang Sainte-Marie de Saint-Jacques-de-la-Rive.

— C'est bien lui, murmura la veuve d'une voix éteinte. Le maudit hypocrite ! jura-t-elle, les dents serrées.

— C'était son droit, madame, dit le notaire, réprobateur.

Puis, ne tenant aucun compte du mécontentement évident de sa cliente, le notaire poursuivit :

— Comme il a été rédigé dans cette étude, madame, j'en ai sûrement une copie dans mon coffre. Il faudra prendre connaissance des dernières volontés de votre défunt mari avant de disposer de ses biens. Je vais le trouver facilement.

— S'il a fait ça en 27, les enfants avaient juste quatre et deux ans à ce moment-là, dit Gabrielle sans que l'homme de loi comprenne bien pourquoi elle mentionnait l'âge de ses enfants.

Le notaire se leva encore une fois pour se pencher vers la porte blindée d'un énorme coffre encastré dans le mur derrière son fauteuil. Il composa la combinaison, actionna une poignée et ouvrit la porte. Le dos tourné à sa cliente, il fouilla durant quelques instants dans son coffre avant de tirer à lui une boîte de documents. Il consulta quelques papiers et sortit finalement une enveloppe scellée très mince et un peu jaunie.

— Je l'ai, madame Fournier, dit le petit homme en lui montrant l'enveloppe. C'est le testament de votre mari. Il lut ce qui était écrit sur l'enveloppe avant de déposer cette dernière sur son bureau.

Il repoussa la boîte dans le coffre dont il referma soigneusement la porte avant de s'asseoir face à sa cliente.

— Malheureusement, je ne peux vous en faire la lecture qu'en présence de vos enfants. C'est une condition spécifiée par votre mari.

— J'ai plus qu'un garçon, expliqua la veuve. Ma fille est morte au mois de décembre passé. Mon garçon est à côté.

— Nous allons donc le faire entrer pour la lecture du testament de son père. Voulez-vous l'inviter à venir, madame ?

Le visage figé, Gabrielle se leva et ouvrit la porte.

— Viens, se contenta-t-elle de dire à Étienne qui attendait patiemment dans la pièce voisine.

Le jeune homme entra dans le bureau sans trop comprendre. Le notaire Beaubien lui désigna la chaise libre.

— Ta mère t'a demandé d'entrer parce qu'on

vient de découvrir que ton père a laissé un testament qui doit être lu devant toi.

Étienne hocha la tête en tournant vers sa mère un regard interrogateur. Cette dernière se tenait la tête droite et ses doigts pianotaient avec impatience sur sa jupe. L'homme de loi ouvrit solennellement l'enveloppe et en tira une seule feuille qu'il déplia avec soin avant d'en faire la lecture d'une voix lente et posée.

« Moi, Germain Fournier, sain de corps et d'esprit, lègue tous mes avoirs à mes enfants, Étienne et Berthe Fournier. Fait le 5 novembre 1927 à l'étude de Anatole Beaubien, notaire. »

— Et le testament a été contresigné par deux témoins, comme la loi l'exige, ajouta Édouard Beaubien.

— Ça signifie quoi, tout ça ? demanda Gabrielle qui espérait avoir mal compris.

— Ça veut dire, madame Fournier, que tout ce que votre mari possédait, sa terre, sa maison et ses économies reviennent de plein droit à votre fils Étienne, puisque votre fille Berthe est décédée.

Gabrielle remercia d'un sec mouvement de la tête et se leva, prête à partir.

— Et toi, mon garçon, as-tu l'intention de vendre la terre de ton père ? demanda le notaire en se tournant vers Étienne qui venait de se lever à son tour.

— Je suis pas encore décidé. C'était plutôt l'idée de ma mère. Je verrai ça le printemps prochain, monsieur Beaubien. Merci beaucoup.

Il ne se dit pas un seul mot dans la *sleigh* pendant de longues minutes durant le trajet de retour. Les sourcils froncés et la mine sévère, Gabrielle semblait plongée dans de sombres pensées. Finalement, au moment où l'attelage approchait de l'église de Saint-Jacques-de-la-Rive, elle sortit un instant de son mutisme pour demander à son fils d'arrêter cinq minutes au presbytère.

— J'en ai pas pour longtemps, dit-elle à Étienne en descendant du véhicule. Profites-en pour aller acheter de la farine chez Hélèna. Il nous en reste presque plus.

Amélie fit entrer la veuve Fournier qui demanda à voir le curé Ménard.

— C'est le vicaire qui fait du bureau cette semaine, lui répondit la grande femme sèche sans manifester aucune amabilité.

— Peut-être, mais c'est pas à lui que j'ai affaire, rétorqua aussi abruptement la visiteuse.

— Je vais aller voir si monsieur le curé peut vous recevoir, dit la cuisinière en lui ouvrant la porte de la salle d'attente.

Quelques instants plus tard, le curé Ménard se présenta à la porte et invita sa paroissienne à le suivre dans son bureau.

— Je veux pas vous déranger bien longtemps, fit Gabrielle sans prendre la peine de s'asseoir sur la chaise que le prêtre lui désignait. Je veux juste vous poser une question.

— Je t'écoute, ma fille.

— Je voulais juste savoir si un testament annulait un contrat de mariage.

— Qu'est-ce que tu veux dire par là ?

— J'étais mariée en communauté de biens avec

Germain Fournier. Normalement, je devrais hériter de tout ce qu'il laisse, pas vrai ?

— Il me semble.

— Bien non. Je viens d'aller voir le notaire Beaubien qui m'a appris que mon mari a fait un testament il y a plus de quinze ans. Il donne tout à mon garçon et moi, j'ai plus rien ! dit la veuve en élevant la voix.

— J'ai bien peur que tu puisses rien faire si le testament à été rédigé chez le notaire.

— Mais c'est pas juste ! s'écria Gabrielle. J'ai travaillé comme une esclave pendant plus de vingt ans sur cette terre-là et tout ce que je récolte, c'est du vent.

— Quand même, tu sais bien que ton garçon va prendre soin de toi, voulut la rassurer le prêtre. Il te jettera pas dehors.

— C'est pas ça le problème, monsieur le curé. Je voulais vendre la terre et m'en aller de Saint-Jacques, expliqua rageusement Gabrielle, au bord des larmes, en se laissant finalement tomber sur une chaise. Je veux plus rester ici. J'étouffe, vous comprenez ? Tout le monde m'haït dans la paroisse. Je veux partir... Mais j'ai pas une cenne. Où est-ce que je peux aller, arrangée comme ça ?

— Mais ton garçon a besoin de toi.

— Il peut se passer de moi, dit Gabrielle sur un ton sans appel.

Ludger Ménard alla s'asseoir dans son fauteuil derrière son bureau et laissa un moment à sa paroissienne pour lui permettre de retrouver son sang-froid.

— Quel âge as-tu ?

— Quarante ans, monsieur le curé.

— À quarante ans, on est pas vieille. Tu peux encore travailler.

— C'est sûr.

— Si je me souviens bien, tu as été la ménagère du curé Lussier avant ton mariage, non ?

— Oui, mais pas longtemps.

— Est-ce que t'accepterais de devenir la ménagère de mon ami, le curé Parenteau de Saint-Grégoire ?

— Où est-ce que c'est, Saint-Grégoire ?

— Proche de Nicolet. Le curé Parenteau a perdu sa ménagère avant les fêtes. S'il en a pas trouvé une autre, tu pourrais peut-être faire son affaire.

Gabrielle ne s'accorda que quelques secondes de réflexion avant d'accepter. Ludger Ménard téléphona immédiatement au presbytère de Saint-Grégoire et l'affaire fut conclue en moins de cinq minutes. Il fut entendu que la nouvelle ménagère entrerait en fonction dès le lendemain.

— T'es chanceuse, fit le pasteur en conduisant sa visiteuse vers la sortie. J'ai affaire à l'évêché demain avant-midi. Si ça te convient, je peux te laisser au presbytère de Saint-Grégoire en passant.

— Merci, monsieur le curé. Je vais être prête de bonne heure, se contenta de dire la veuve Fournier avant de quitter le presbytère.

Par la fenêtre de son bureau, Ludger Ménard regarda Gabrielle monter dans la *sleigh* et vit son fils sortir de l'épicerie de Hélèna Pouliot un moment plus tard, portant un sac dans les bras.

— Drôle de femme quand même, dit à mi-voix

le prêtre en laissant retomber le coin du rideau qu'il avait soulevé pour mieux voir.

Étienne n'interrogea pas sa mère sur les raisons qui l'avaient poussée à lui demander de s'arrêter au presbytère. Si ça le concernait, elle finirait bien par lui en parler. Il descendit avec elle devant la porte, le temps de déposer dans la cuisine le sac de vingt-cinq livres de farine acheté à l'épicerie et poursuivit sa route jusqu'à l'écurie. Après avoir dételé le cheval, il pénétra dans l'étable pour effectuer le train du soir.

Pendant ce temps, Gabrielle alluma le poêle à bois qui s'était éteint et entreprit de préparer le souper et de dresser le couvert. Comme son fils n'était pas encore revenu de l'étable, elle sortit ensuite du placard de sa chambre à coucher sa vieille valise en cuir brun et son grand sac en tapisserie et commença à y entasser ses affaires avec des gestes brusques. Elle ne s'encombra d'aucun des rares souvenirs laissés par Germain. Elle trouva au fond d'un tiroir l'unique photographie de son mari, une photo prise à Pierreville à l'époque de leurs fiançailles. Sans la moindre hésitation, elle la déchira en quatre morceaux et alla jeter les débris dans le poêle.

Quand elle ferma sa valise et son sac, elle ne put s'empêcher de dire, amère :

— Vingt et un ans comme servante et c'est tout ce que ça m'a rapporté : un missel et un paquet de guenilles.

Elle venait de déposer ses bagages près de la porte de la cuisine quand Étienne rentra pour souper. Le jeune homme sursauta en apercevant la valise et le sac, mais ne dit pas un mot. Il se contenta d'enlever son manteau et ses bottes avant de s'approcher du poêle pour y jeter un rondin. Après s'être lavé les mains, il alla s'asseoir à table, attendant avec impatience des explications que sa mère ne semblait pas encore prête à lui donner. Cette dernière lui servit un bol de soupe fumante. Il la mangea sans appétit. Au moment où Gabrielle déposait des saucisses et des pommes de terre sur la table, Étienne n'y tint plus.

— Vous partez, m'man ?

— On le dirait, répondit sèchement sa mère.

— Pourquoi ?

— Parce que je veux plus rester ici. Je pensais t'avoir dit que je voulais aller vivre ailleurs.

— Vous pouvez rester avec moi.

— Non, merci, fit-elle sèchement. Tout d'abord, je suis pas chez nous, ici. Ensuite, j'ai décidé une fois pour toutes que je passerais pas toute ma vie à torcher tout le monde.

— Voyons donc, m'man, protesta Étienne, malheureux.

— J'ai passé ma jeunesse à être une servante à l'orphelinat. Ensuite, j'ai été la servante du curé Lussier avant de devenir la servante de ton père. Ça va faire. J'ai quarante ans ; je deviendrai pas ta servante en plus ! Non, merci !

— Mais vous allez faire quoi ?

— Le curé Ménard m'a placée au presbytère de Saint-Grégoire parce que le curé a perdu sa cuisinière.

— Vous venez de me dire que vous vouliez

plus être la servante de personne, l'interrompit Étienne, étonné.

— Ça va être juste pour deux ou trois mois, le temps de me ramasser un peu d'argent avec mes gages. Après, je vais aller vivre à Nicolet ou à Sorel et me trouver de l'ouvrage plus payant.

— Pourquoi vous restez pas avec moi, m'man ? demanda Étienne, un rien suppliant.

— Parce que t'es en âge de te débrouiller tout seul. Si je restais, je serais pas plus avancée à la fin de l'hiver que je le suis aujourd'hui.

— Vous voulez que j'aille vous reconduire à Saint-Grégoire ?

— Ce sera pas nécessaire. Le curé Ménard va m'amener demain matin.

Tout avait été dit. Pendant un bref moment après le souper, le fils hésita entre aller travailler dans l'appentis dont il avait allumé la fournaise avant de rentrer à la maison ou passer une dernière soirée en compagnie de sa mère. Cette dernière dut sentir son hésitation parce qu'elle lui dit après avoir lavé la vaisselle :

— J'ai mal à la tête. Je m'en vais me coucher.

Le lendemain matin, à son retour de l'étable, Étienne trouva sa mère endimanchée. Le déjeuner était prêt et le repas se prit en silence, comme d'habitude.

— Je te laisse une maison propre et t'as toutes les provisions qu'il te faut pour passer l'hiver, finit par dire Gabrielle après le repas.

— Vous voulez pas rien apporter, m'man ? offrit Étienne, le cœur serré.

— J'ai pas besoin de rien, répondit sa mère en se penchant vers le miroir pour fixer son chapeau.

— Vous allez revenir me voir ?

— Ça va dépendre de bien des affaires. Les curés ont pas l'habitude de donner des congés trop souvent à leur ménagère.

— Allez-vous m'écrire au moins pour me donner des nouvelles ?

— Oui.

Gabrielle aperçut la Plymouth noire du curé Ménard entrer dans la cour à ce moment-là. Elle endossa rapidement son manteau et chaussa ses bottes. Son fils s'empressa de s'emparer de sa valise et de son sac en tapisserie et sortit derrière elle. Pendant ce temps, Ludger Ménard était descendu de son auto et en avait déjà ouvert le coffre. Étienne y déposa les maigres bagages de sa mère. Il s'approcha ensuite d'elle dans l'intention de l'embrasser avant qu'elle ne monte dans la voiture du prêtre. Gabrielle, les yeux secs, se contenta de lui tendre la joue avant de s'engouffrer dans la Plymouth dont elle referma la portière.

Le curé Ménard, qui avait assisté à toute la scène, s'approcha du jeune homme et posa une main sur son bras en lui disant :

— Souviens-toi de ce que je t'ai dit, mon garçon. Reste pas tout seul. Trouve du monde avec qui parler.

Sur ce, l'ecclésiastique se glissa derrière le volant de sa Plymouth et lui fit faire demi-tour. Par le rétroviseur, le brave curé vit bien que sa passagère ne tourna même pas la tête pour regarder une dernière fois sa maison. Elle n'esquissa pas le moindre geste pour répondre au signe de la main de son fils. Mal à l'aise, il se tut, incapable de comprendre ce qui se passait dans le cœur de la veuve qu'il allait laisser à Saint-Grégoire. Durant un bref moment, il pensa qu'il était peut-être préférable qu'elle s'éloigne de son fils, au cas où cette sécheresse de cœur deviendrait contagieuse.

14

Les invités

Durant les derniers jours de janvier, les froids devinrent si rigoureux que bien des cultivateurs de Saint-Jacques renoncèrent à aller bûcher. Il gelait à pierre fendre et on aurait dit que le paysage blanc était figé dans un carcan de glace. Dans les maisons, les vitres des fenêtres largement bordées de givre prouvaient que les poêles à bois suffisaient à peine à réchauffer l'intérieur. En fait, les gens avaient l'impression d'être gelés jusqu'à la moelle des os et ils ne s'éloignaient du poêle qu'à regret.

— Ils vont bien mourir de froid ! répéta Céline pour la seconde fois cet après-midi-là, en parlant de son fils et de son beau-frère toujours cachés dans l'une des cabanes à sucre.

— C'est sûr qu'ils doivent pas avoir chaud, fit Clément. Surtout qu'avec une température pareille, tout le monde sait qu'il y a personne dans le bois pour bûcher. S'ils allument leur fournaise pendant la journée, on va voir la fumée de la cheminée de loin et on va se douter de quelque chose.

— On leur a apporté ben des couvertes, m'man, voulut la rassurer Jean.

Un grondement sur la route attira Françoise à la fenêtre.

— Pas encore eux autres ! s'exclama la jeune fille. Ils sont bien fatigants ! Ils pourraient pas aller ailleurs !

Personne dans la cuisine n'eut besoin d'explications supplémentaires pour comprendre que le bruit venait d'un camion de l'armée qui venait de s'arrêter près de la maison. Un instant plus tard, Clément se leva et alla ouvrir la porte au sous-officier accompagné de deux policiers militaires.

— Monsieur Tremblay ? demanda le sous-officier en consultant brièvement une liste fixée sur une planchette.

— Oui.

— Avez-vous des nouvelles de votre fils Louis ?

— Non.

— Nous allons fouiller la maison et les bâtiments.

— Comme vous voudrez, dit le cultivateur, résigné. Mais ça fait quatre fois depuis le commencement de l'automne que vous fouillez et vous avez jamais rien trouvé.

— On va le faire une autre fois, dit le militaire d'une voix tranchante.

Sur ce, il fit signe de fouiller la maison aux deux soldats qui l'accompagnaient. Ensuite, il sortit et ordonna à la demi-douzaine de soldats descendus du camion d'aller passer au peigne fin les bâtiments. Quand il rentra, Céline et sa fille avaient repris leur travail d'aiguille et ne levèrent même pas la tête.

— Mais c'est des écussons de l'armée que vous

brodez là ! dit le sous-officier, surpris, en se penchant au-dessus du petit cerceau métallique que tenait Françoise.

— On le dirait bien, dit la jeune fille sur un ton sarcastique en lui jetant un regard haineux.

Il y avait une telle hostilité dans sa voix que l'homme recula d'un pas et ne dit plus un mot durant les quelques minutes que dura la fouille de la maison.

Depuis deux semaines, Céline et sa fille travaillaient pour un fournisseur de l'armée, grâce à l'intervention de Claire. Lorsque cette dernière était venue visiter sa famille au jour de l'An, elle avait parlé d'un travail qu'elle exécutait à la maison depuis plus d'un mois. Charles Dionne, un fournisseur de l'armée, lui apportait des écussons à broder et il la payait à la pièce.

— Pourquoi tu fais ça ? avait demandé Céline. As-tu besoin d'argent ?

— Bien non, avait répondu Claire en riant. Je fais ça pour me désennuyer. À Québec, je suis loin de la famille. Pierre est au collège toute la journée et Hubert rentre souvent tard le soir. Même pour quelqu'un qui sait presque pas broder, cet ouvrage-là est facile. Si jamais ça te tente, l'ami de mon mari se cherche encore des brodeuses.

Céline avait jeté un regard à Françoise avant de dire :

— Sais-tu que Françoise et moi, on haïrait pas ça essayer. On pensait commencer une courtepointe après les fêtes, mais si on peut broder des écussons, ce serait peut-être plus payant. En as-tu parlé à Cécile aussi ?

— Cécile et m'man aiment mieux faire des courtepointes cet hiver. Il paraît qu'elles en ont promis à des femmes de Pierreville. Demain, si tu veux, je vais appeler monsieur Dionne et lui dire que vous êtes intéressées.

Lorsque Céline avait parlé de la proposition de Claire, Clément n'avait pas été particulièrement enchanté de la chose.

— T'as pas besoin de ça pour vivre, avait-il dit. On a tout ce qu'il faut à la maison pour manger à notre faim et se chauffer.

— Je le sais, Clément. Mais cet argent-là va nous être utile quand on aura une dépense à faire.

— T'as ben travaillé tout l'été. Tu pourrais te reposer un peu cet hiver, il me semble.

— Toi aussi, t'as travaillé et ça t'empêche pas de faire plus de bois de chauffage que nécessaire pour en vendre un peu à Pierreville ce printemps. Ce sera pas plus fatigant que de faire des catalognes ou des courtepointes.

— Fais ce que tu veux, avait finalement dit son mari.

Trois jours plus tard, Céline et sa fille avaient vu arriver chez elle un homme corpulent fumant un petit cigare malodorant. L'homme leur avait expliqué en quelques minutes en quoi consistait le travail. Pour des femmes habituées à manier l'aiguille, ce n'était pas compliqué. Le modèle à reproduire était imprimé sur de petits morceaux de tissu. Il suffisait de le broder avec les fils de soie de couleurs différentes qu'il leur avait apportés.

— Dites-vous que plus vous en ferez, plus ce sera payant, avait dit l'homme avant de les quitter. Je vais passer toutes les deux semaines ramasser ce que vous aurez fait et je vous en apporterai d'autres.

Depuis ce jour, la mère et la fille occupaient tous leurs moments libres à broder. Lorsque le fournisseur de l'armée était passé la semaine précédente, il s'était déclaré enchanté de la qualité du travail exécuté. Il les avait payées et leur avait laissé une quantité impressionnante d'écussons à broder.

Après huit jours de vie solitaire, Étienne Fournier avait déjà surmonté le choc du départ précipité de sa mère. Il avait réalisé avec un certain sentiment de culpabilité que cette liberté toute neuve n'était pas dénuée d'avantages. Par exemple, il pouvait manger à l'heure qu'il voulait et n'avait pas à se soucier de plaire à sa mère. Faire le ménage et cuisiner l'embêtaient bien un peu, mais il considérait déjà ces tâches comme faisant partie de sa vie, au même titre que traire les vaches, nourrir les animaux et nettoyer les bâtiments.

Cet après-midi-là, il sortait de son appentis pour aller mettre une bûche dans le poêle de la cuisine quand il aperçut de la fumée qui s'élevait bien droite dans l'air immobile au-dessus du bois situé au bout des champs de son voisin.

— Ils sont ben sans-dessein ! s'exclama-t-il à mi-voix en pensant à Louis Tremblay et à son oncle Lionel. Ils vont finir par se faire découvrir.

La semaine précédente, le bossu avait aperçu les deux déserteurs dans le bois. À son avis, ils se dirigeaient vers la cabane à sucre de son voisin. Il avait continué à bûcher en faisant semblant de n'avoir rien vu. S'ils n'avaient pas eu des gestes aussi furtifs, il aurait pu croire, à cause de la distance, qu'il s'agissait de Clément Tremblay et de son fils Jean.

Le jeune cultivateur venait à peine de dire ces mots qu'il remarqua le camion de l'armée s'arrêtant dans la cour du voisin. Il n'hésita qu'un court moment avant de se précipiter vers l'écurie. Il attela rapidement son cheval au traîneau sur lequel il déposa sa hache et prit la direction du bois en empruntant le chemin passablement bien balisé derrière ses bâtiments par ses nombreuses allées et venues depuis le début de l'hiver.

Arrivé au bois, il chaussa ses raquettes, prit sa hache et se mit en marche vers la cabane à sucre des Tremblay en suivant de près la lisière de la forêt. Des cris lointains l'alertèrent et il s'arrêta un bref moment, le cœur battant la chamade. Il aperçut alors quatre soldats à mi-distance entre les bâtiments de Clément Tremblay et le boisé. Selon toute vraisemblance, l'un d'entre eux avait repéré la fumée et ils avaient reçu l'ordre d'aller voir ça de plus près. L'un d'eux avait l'air d'inciter les autres à presser le pas.

Étienne ne s'interrogea pas un instant sur la conduite à suivre. Il se remit en marche en accélérant le pas. Il arriva à la cabane à sucre des Tremblay à bout de souffle. Il frappa plusieurs coups à la porte avant d'enlever ses raquettes. Personne ne répondit.

— Ouvrez ! dit le bossu en frappant plus fort. Faites ça vite !

La porte s'entrouvrit sur un Louis Tremblay sale et barbu.

— Qu'est-ce que tu fais là, toi ? lui demanda l'autre, méfiant.

— Vite, lui cria Étienne en le poussant vers l'intérieur et en refermant la porte derrière lui. Les MP arrivent.

Lionel Tremblay, guère plus reluisant que son jeune neveu, se précipita vers lui.

— Comment ça ?

— Je pense qu'ils ont vu la fumée de votre fournaise, expliqua Étienne d'une voix hachée. Il y a pas de temps à perdre. Ils approchent.

— Comment ça se fait que tu savais qu'on se cachait ici, toi ? demanda Louis, toujours aussi méfiant.

— Je vous ai aperçus la semaine passée.

Louis et Lionel se jetèrent des regards affolés. De toute évidence, ils n'avaient pas prévu une voie de retraite dans un pareil cas. Voyant cela, Étienne réagit rapidement.

— Venez, leur ordonna-t-il.

— Où ? demanda Lionel.

— Mettez votre manteau et venez. J'ai une idée.

Les deux déserteurs se jetèrent sur leurs manteaux et le suivirent derrière la cabane, jusqu'à la petite remise où les bûches étaient cordées.

— Aidez-moi, leur dit Étienne en commençant à jeter par terre les dernières rangées de bûches de deux ou trois cordes de bois. Vous allez vous coucher en haut de la pile. Moi, je vais corder juste assez devant vous autres. Ça me surprendrait qu'ils viennent jeter à terre les cordes de bois pour voir.

En moins de cinq minutes, Lionel et Louis se retrouvèrent étendus sur le dessus des cordes de bois et leur voisin eut tout juste le temps de les cacher avant que les soldats arrivent devant la cabane. Étienne, dissimulant du mieux qu'il pouvait son essoufflement, s'empara de trois ou quatre bûches et se dirigea tranquillement vers la porte d'entrée.

— Est-ce que tu m'ouvrirais la porte ? demanda-t-il à un soldat.

Ce dernier lui ouvrit la porte et le jeune cultivateur pénétra dans la cabane.

— Entrez. Restez pas à geler dehors, dit-il aux soldats qui ne se firent pas répéter l'invitation.

Les quatre policiers militaires s'empressèrent d'entrer et de refermer la porte derrière eux. À la vue de la bosse de leur hôte, il était évident qu'il ne s'agissait pas d'un déserteur.

— Qu'est-ce que vous faites ici ? demanda tout de même un caporal qui sentait que lui et ses hommes s'étaient donné tout ce mal pour rien.

— Ben, je bûche. Quand je gèle trop, je rentre dans la cabane pour me réchauffer un peu.

— Comment ça se fait que vous soyez le seul à faire ça ? fit le caporal d'un air méfiant. On voit pas nulle part de la fumée sortir des cabanes à sucre.

— C'est peut-être parce que je vis tout seul et que j'ai personne pour m'aider à faire mon bois de chauffage. Moi, je peux pas rester à la maison à rien faire, les pieds sur la bavette du poêle, même quand on gèle comme aujourd'hui.

Après s'être réchauffés durant quelques minutes, les soldats quittèrent les lieux sur un ordre du caporal. Étienne attendit un long moment avant de sortir à son tour. En passant près de la remise, il dit à mi-voix aux deux fugitifs toujours cachés :

— Bougez pas de là avant que je revienne. Je vais aller voir s'ils sont partis pour de bon.

Il suivit à distance les policiers militaires et attendit qu'ils soient sortis du bois pour retourner sur ses pas jusqu'à la cabane à sucre. Il s'empressa d'enlever les bûches qui dissimulaient Louis et Lionel que leur immobilité forcée avait totalement frigorifiés. Tous les deux se glissèrent difficilement hors de leur cachette et rentrèrent dans la cabane.

— On l'a échappé belle, dit Lionel en se laissant tomber sur un banc placé devant la fournaise.

— C'est sûr que c'est pas mal dangereux pour vous autres d'allumer la fournaise durant la journée.

— On le sait, fit Louis avec une certaine impatience. On le fait presque jamais. Mais aujourd'hui, c'était pas endurable. On était en train de mourir de froid.

— Si ça continue comme ça, l'interrompit son oncle d'une voix découragée, on aura pas le choix de se rendre. On passera pas à travers l'hiver.

— Une chance que pas un soldat a pensé à me demander ce que je faisais dans la cabane à sucre d'un autre, reprit Étienne. Pourtant, ils ont ben dû me voir monter au bois avec mon traîneau tout à l'heure quand ils s'en venaient dans le champ. Ils auraient dû s'apercevoir que j'étais pas sur ma terre.

— C'est vrai, ça, reconnut Louis. T'as pris un maudit risque.

Étienne demeura silencieux un long moment, tendant par automatisme ses mains vers la fournaise pour les réchauffer.

— Il y aurait peut-être un moyen, dit-il avec l'air de peser ses mots.

Les deux autres levèrent les yeux vers lui, essayant de comprendre de quoi il parlait.

— Qu'est-ce que vous diriez de venir vous installer chez nous ? poursuivit le bossu.

— Ben non, dit immédiatement Lionel. D'abord, ta mère voudra jamais prendre ce risque-là et, en plus, si les MP viennent fouiller...

— Non. Attends. D'abord, ma mère reste plus avec moi. Elle travaille au presbytère de Saint-Grégoire. Ensuite, je serais ben surpris que les MP viennent fouiller chez nous. Aussitôt qu'ils voient ma bosse, ils virent de bord. En plus, j'ai jamais de visite, ça fait qu'il y a pas de chance que quelqu'un vous voie.

— C'est ben beau, ça, reprit Lionel, tout de même tenté par la proposition, mais pourquoi tu ferais ça pour nous autres ?

— Juste pour vous rendre service, affirma Étienne. Chez nous, il fait chaud et j'ai quatre chambres en haut qui servent à personne.

— Tu nous tentes pas mal, reconnut Louis.

— C'est comme vous voulez, conclut le jeune cultivateur, boutonnant son manteau après avoir enfoncé sa tuque sur sa tête. Vous seriez ben bêtes de geler quand vous pourriez être au chaud.

— Et comment on ferait ? demanda Lionel Tremblay.

— Vous attendez qu'il fasse noir et vous venez. Je vais laisser la porte débarrée pendant que je fais le train. Vous allez ben tomber, j'ai fait cuire un gros morceau de bœuf cet avant-midi. Je vais éplucher des patates pour trois. Vous aurez juste à les faire cuire en m'attendant.

Ce soir-là, quand Étienne rentra chez lui après avoir soigné ses animaux, il trouva Louis et Lionel Tremblay assis près du poêle. La table avait été mise.

— T'arrives juste à temps pour manger, lui dit Louis sur un ton guilleret.

— Sacrifice ! s'exclama son hôte en enlevant ses bottes. J'ai failli pas vous reconnaître.

— On a eu le temps de se décrotter un peu et de changer de linge, dit Lionel avec bonne humeur. Je pense qu'on sentait le putois.

— Êtes-vous installés en haut ?

— On a pris chacun une chambre, si ça te dérange pas.

— Pantoute.

— En tout cas, sans barbe, moi, je me sens comme si j'étais tout nu, fit Louis qui s'était rasé et lavé, comme son oncle. Je te dis qu'on se sent pas mal mieux quand on a du linge propre sur le dos.

Les trois hommes mangèrent de bon appétit et lavèrent la vaisselle en peu de temps.

— Le repas était pas mal bon, fit remarquer

Louis. Il manquait juste le pain. On l'a pas trouvé en mettant la table.

— Ça, c'est le problème que j'ai depuis que ma mère est partie, reconnut Étienne. Je suis capable de me débrouiller pour l'ordinaire, mais faire du pain ou des desserts, j'y arrive pas pantoute. Pour le pain, j'ai essayé : c'était pas mangeable.

— Tu devrais goûter au pain ou à un pudding de ma sœur Françoise, dit Louis. Même ma mère les fait pas aussi bons qu'elle.

Si les deux déserteurs étaient heureux d'être à l'abri du froid, Étienne, pour sa part, était content d'avoir des gens à qui parler. Louis avait presque son âge et Lionel n'avait qu'une douzaine d'années de plus que lui. Les trois hommes s'assirent près du poêle et se mirent à fumer la pipe.

— Il faudrait ben prévenir la famille pour qu'elle s'inquiète pas pour nous autres pour rien, déclara Lionel quelques minutes après le repas.

— C'est vrai que les faire marcher pour rien jusqu'au bois pour nous apporter du linge et à manger serait pas ben fin, reconnut son neveu.

Étienne vida la cendre de sa pipe dans le poêle avant d'annoncer à ses deux pensionnaires :

— J'y vais.

— Ça peut attendre demain matin, dit Lionel.

— Non. Aussi ben leur dire ça tout de suite.

Après s'être chaudement habillé, il sortit de chez lui. Louis avait légèrement écarté le rideau qui masquait l'une des fenêtres de la cuisine et le regarda prendre la route et se diriger vers la maison de ses parents.

Quelques minutes plus tard, les Tremblay sursautèrent en entendant frapper à leur porte.

— Veux-tu ben me dire qui nous arrive à cette heure-là ? demanda Clément en se levant de sa chaise berçante.

Assises près de la lampe à huile déposée au centre de la table, Céline et Françoise cessèrent de broder leurs écussons. Jean reposa le réveille-matin qu'il était en train de réparer pour se lever.

— Laisse faire, lui dit son père. Je vais ouvrir.

La porte s'ouvrit sur l'obscurité de la nuit et un vent glacial pénétra dans la grande cuisine des Tremblay.

— Entre. Reste pas dehors, dit Clément à leur jeune voisin.

Étienne, un peu intimidé, entra dans la cuisine et retira sa tuque.

— Qu'est-ce que tu fais dehors par un temps pareil ? lui demanda son hôte après avoir refermé la porte derrière lui. J'espère que t'as pas décidé de faire la tournée paroissiale à la place du curé Ménard.

— Ben non, monsieur Tremblay. Je viens vous donner des nouvelles de Louis et de votre frère.

Immédiatement, Céline et Françoise, alarmées, se levèrent de table et s'approchèrent d'Étienne.

— Qu'est-ce qui leur est arrivé ? s'écria Céline d'une voix angoissée.

— Rien, madame Tremblay. Inquiétez-vous pas. C'est une histoire un peu longue à raconter, ajouta le jeune voisin.

— Bon, fit Clément un peu soulagé. Vous allez

le laisser souffler et lui permettre d'enlever son capot.

Étienne s'exécuta lentement pendant que les membres de la famille s'installaient autour de la table.

— Viens t'asseoir, l'invita Clément en lui indiquant une chaise libre. Viens nous raconter ça.

Étienne leur raconta qu'il avait remarqué la fumée de la cheminée de leur cabane à sucre en même temps que la présence des soldats de la police militaire. Il leur relata s'être précipité pour avertir Louis et Lionel de l'arrivée des soldats et termina son récit en expliquant comment il les avait dissimulés derrière une pile de bûches.

— Je te l'avais bien dit, Clément, qu'ils seraient pas capables de passer des journées complètes sans chauffage, dit Céline. C'est bien trop froid. Ils vont finir par se faire prendre.

— C'est pour ça que je suis venu vous voir, madame Tremblay, poursuivit le jeune voisin. Je suis venu vous dire que Louis et Lionel sont chez nous.

— Qu'est-ce qu'ils font chez vous ? demanda-t-elle, stupéfaite.

— Parce que je pense qu'il y a pas de danger qu'ils se fassent poigner chez nous.

— Et ta mère accepte ça ?

— Ma mère reste plus chez nous. Je suis tout seul depuis huit jours. Monsieur le curé l'a placée comme ménagère au presbytère de Saint-Grégoire.

— Et tu te débrouilles tout seul ?

— Oui.

— Quand même, je trouve ça pas mal risqué, dit Clément en allumant sa pipe après avoir offert du tabac à son visiteur.

— J'ai jamais de visite, monsieur Tremblay. Les MP fouillent jamais chez nous. Aussitôt qu'ils voient ma bosse, ils partent. J'ai même pas besoin de montrer mes papiers.

— C'est vrai que mon oncle et Louis vont être bien mieux chez Étienne, m'man, intervint Françoise. Ils vont être au chaud. S'il est capable d'endurer leur mauvais caractère et leur faire ramasser leurs traîneries, il pourrait même avoir droit à une médaille.

— C'est pour ça que je le fais, plaisanta Étienne en riant.

— Ça te dérange vraiment pas trop de les avoir dans tes jambes ? demanda Clément.

— Non. Ça va me faire de la compagnie.

— Et comment on va s'arranger pour les nourrir ? reprit Céline. D'habitude ma belle-sœur Cécile et moi, on leur préparait du manger pour deux jours.

— C'est pas un problème, madame Tremblay, dit Étienne en levant une main. J'ai tout ce qu'il faut. Mon père avait fait boucherie pour quatre l'automne passé. J'ai tous les légumes et toutes les marinades nécessaires. J'ai juste un problème : le pain. Je suis capable de faire cuire de la viande, mais j'ai pas le tour de faire du pain. D'après ce qu'ils m'ont dit, Lionel et Louis ont pas l'air meilleurs que moi.

— Trois pauvres hommes tout seuls, ils font

bien pitié, m'man, dit Françoise. On pourrait peut-être aller leur montrer comment faire du pain demain avant-midi ?

— Demain soir serait peut-être mieux, suggéra le jeune homme. Des voisins pourraient vous voir entrer chez nous. Ils trouveraient ça bizarre. Surtout que nous autres, les Fournier, on a jamais eu la réputation d'être ben recevants.

— Il y a pas de problème, fit Céline.

— On est ben chanceux, reprit Étienne. Si je me fie à ce que Louis m'a dit, vous faites le meilleur pain.

— T'es sûr que c'est ce que mon frère t'a dit ? demanda Françoise, taquine. Il t'a pas plutôt dit que c'était sa sœur qui faisait le meilleur ?

L'air embarrassé du visiteur déclencha un éclat de rire général autour de la table.

— Ça va faire, la vantarde, dit Céline à sa fille.

Étienne se leva de table, le sourire aux lèvres. Il ne se souvenait plus de la dernière fois où il avait souri.

— C'est ben beau tout ça, mais ma tournée est pas finie. Lionel m'a demandé d'aller prévenir sa mère qu'il était chez nous.

— Laisse donc faire, fit Clément. Jean va s'habiller et aller prévenir sa grand-mère que nos deux moineaux sont ben au chaud chez vous. Je trouve que t'en as déjà pas mal fait pour nous autres aujourd'hui.

Le jeune cultivateur quitta la maison des Tremblay après avoir été chaleureusement remercié d'accueillir les deux fugitifs sous son toit.

Le lendemain soir, une petite neige folle se mit à tomber. Céline et sa fille parvinrent à se glisser dans la maison voisine sans être remarquées. La cuisine avait été astiquée et les trois hommes les attendaient avec impatience. Céline retrouva son fils avec joie et s'enquit de la santé de Lionel. Les deux femmes avaient déposé sur la table la farine, la levure et les œufs dont elles allaient avoir besoin.

— C'est quoi, cette odeur ? demanda Françoise en fronçant légèrement le nez après avoir retiré son manteau.

— Du vernis, répondit Étienne. J'ai verni une commode cet après-midi et je l'ai apportée dans la cuisine d'été.

— Vous devriez voir le meuble, intervint Louis. C'est lui qui l'a fait.

— Est-ce qu'on peut le voir ? demanda Françoise.

— Bien sûr, accepta leur hôte en prenant l'une des deux lampes à huile allumées dans la cuisine.

Le jeune homme entraîna les deux femmes dans la pièce voisine au centre de laquelle une magnifique commode en érable aux contours ouvragés trônait.

— C'est toi qui as fait ça ? demanda la jeune fille, admirative, en faisant le tour du meuble. J'ai jamais vu un meuble aussi beau.

— Il fait partie d'un set de chambre que j'ai commencé au mois de novembre. Je suis loin de l'avoir fini.

— Il y a pas de doute, t'as beaucoup de talent comme ébéniste, dit Céline. Je connais bien des gens qui seraient heureux d'avoir ça dans leur chambre.

— Si ça vous intéresse, je vous inviterai à voir le set complet quand il sera fini, madame Tremblay, promit le jeune homme, plein de fierté.

Ce soir-là, Céline et sa fille préparèrent deux recettes de pain sous les yeux attentifs des trois résidants de la maison. Avant de quitter les lieux, elles donnèrent des directives précises pour la cuisson.

— Allez surtout pas me gâcher ce pain-là ! les avertit Françoise, en prenant un ton d'institutrice sévère. La pâte est assez levée. Vous mettez ça au four et vous surveillez.

— Et allez pas vous coucher avant que tout soit cuit, ajouta sa mère, avant de franchir le seuil.

À compter de ce jour de janvier, la vie d'Étienne Fournier fut transformée. Peu à peu, il découvrit la joie d'échanger avec les autres. S'il continuait à passer une bonne partie de ses journées à bûcher seul, il appréciait la compagnie des deux déserteurs à son retour à la maison. Ces derniers avaient d'ailleurs pris l'habitude d'aller lui prêter main forte pour faire son train matin et soir en profitant de l'obscurité pour se glisser dans l'étable. Pouvoir enfin travailler après tous ces longs mois d'attente et d'angoisse leur faisait le plus grand bien.

En apparence, la vie du jeune cultivateur n'avait guère changé durant le jour et il ne recevait jamais personne. Sa maison semblait inhabitée aux yeux des gens qui passaient dans le rang Sainte-Marie. En réalité, tout changeait après le souper. Maintenant, rares étaient les soirs où quelqu'un ne venait pas frapper à la porte pour passer « un bout de veillée » avec les habitants de la maison. Parfois, c'était le grand-père Veilleux et Jérôme ; en d'autres occasions, c'était Thérèse accompagnée de son fils Gérald ou de sa bru Cécile. Mais les visiteurs les plus assidus étaient Clément, sa femme et ses enfants. Sans qu'il le dise jamais, la visite préférée d'Étienne était vite devenue celle de la belle Françoise qui venait avec sa mère ou son frère Jean apporter des vêtements propres ou un dessert qu'elle avait préparé.

Peu à peu, la jeune fille au visage ovale éclairé par des yeux noisette si expressifs s'était mise à hanter ses rêves. Sa longue chevelure brune, sa démarche souple et son sens de l'humour l'avaient rapidement conquis. Il sentait grandir en lui un sentiment qui ressemblait de plus en plus à un amour sans espoir. Comment un bossu pouvait-il espérer autre chose que de la pitié de la part d'une aussi jolie fille ?

Pour sa part, Françoise ne semblait pas s'être rendu compte de l'ampleur des ravages qu'elle faisait dans le cœur d'Étienne. À chacune de ses apparitions chez le jeune voisin, elle lui manifestait beaucoup d'intérêt. Par exemple, elle ne manquait jamais de demander à voir le meuble sur lequel il travaillait, ce qui lui faisait le plus grand plaisir. De plus, la sœur de Louis n'était jamais avare d'éloges à son endroit, même quand il lui avait fait goûter le pain qu'il avait cuisiné quelques jours après qu'elle fut venue lui montrer comment faire en compagnie de sa mère.

15

La glace

Les deux premières semaines de février furent marquées par une température beaucoup plus supportable que celle qu'on avait connue en janvier. Il y eut bien quelques chutes de neige, mais rien de bien important. Les jours se succédaient, un peu monotones.

Jean-Paul Veilleux avait tenu parole et avait quitté la maison de son frère Jérôme à la fin du mois de janvier. L'homme boitait encore, mais il se sentait pleinement capable de reprendre son travail de mécanicien aux côtés de son frère Léo chez Thibault, à Pierreville. Lorsqu'il avait annoncé la nouvelle à Claudette, venue jouer aux cartes avec lui comme elle le faisait deux ou trois fois par semaine depuis son retour à Saint-Jacques-de-la-Rive, le visage de la jeune femme s'était assombri. Elle avait repoussé son épaisse chevelure châtain d'une main impatiente et ses grands yeux bleus étaient devenus tout tristes.

— Ça va faire drôle de plus se voir, avait-elle murmuré de manière à ce que Colette, assise à l'autre bout de la pièce, ne l'entende pas.

— Aïe ! je m'en vais pas ben loin, avait répliqué

le célibataire, flatté par sa réaction. Pierreville, c'est pas le bout du monde.

— Vas-tu revenir me voir de temps en temps ? avait-elle demandé, aguicheuse.

— C'est certain. Après tout, c'est avec toi que j'apprends le mieux à tricher aux cartes.

À la fin de la soirée, après le départ de la jeune femme, Colette n'avait pu s'empêcher de faire remarquer à son jeune beau-frère :

— Qu'est-ce que je t'avais dit ? J'espère que t'as compris à cette heure que la belle Claudette Hamel a des vues sur toi.

— Est-ce que t'écouterais tout ce qu'on se dit, par hasard ? demanda Jean-Paul, sarcastique.

Sa belle-sœur se rebiffa.

— J'ai pas eu besoin d'écouter pour voir clair dans son jeu, tu sauras, Jean-Paul Veilleux. La Claudette a l'air de savoir ce qu'elle veut. Je t'ai toujours dit qu'elle se cherchait un mari. Surveille-toi bien.

— On se fréquente pas. Je suis pas son cavalier, protesta Jean-Paul.

— C'est ce que tu penses, toi !

Ce soir-là, en se préparant pour la nuit, Colette avait confié à son mari :

— Ton frère est un grand nono. Il se pense fin, mais la voisine l'a bien accroché. Attends qu'il apprenne qu'un gars s'est mis à tourner autour, par exemple, et tu vas le voir revenir ventre à terre à Saint-Jacques.

— Arrête donc de jouer à la marieuse, lui avait dit Jérôme, agacé. Il t'a répété cent fois qu'il était pas intéressé par le mariage. Tu sauras que ça existe, des hommes capables de se passer d'une femme.

— Bien voyons ! fit Colette, moqueuse, en éteignant la lampe à huile.

Jean-Paul était parti deux semaines auparavant et n'était pas revenu à Saint-Jacques depuis. Cependant, rien ne disait qu'il ne téléphonait pas de temps à autre à Claudette. Colette en doutait pourtant. Son beau-frère savait bien que trop d'oreilles indiscrètes écoutaient quand un appel était adressé à quelqu'un du rang.

Le second dimanche de février, après la grand-messe, un bon nombre de paroissiens se rassemblèrent sur le parvis pour échanger des nouvelles. Après avoir salué rapidement quelques personnes, Étienne traversa la route pour aller faire quelques achats pressants chez Hélèna. À sa sortie de l'épicerie quelques instants plus tard, il vit une demi-douzaine de jeunes faisant cercle autour de Beau-Casque. Ils riaient et l'encourageaient. Au même moment, il entendit la voix de Françoise Tremblay crier un « Ça va faire ! » rageur.

Le bossu déposa précipitamment son sac de victuailles sur le balcon de l'épicerie et repoussa deux jeunes qui lui bloquaient la vue. Il vit alors l'innocent poser une main sur l'épaule de la jeune fille et chercher à l'attirer à lui. Clément et Céline étaient en train de discuter sur le parvis de l'église, de l'autre côté de la route, et ne s'étaient aperçus de rien.

— Embrasse-la, Beau-Casque ! Embrasse-la ! dit un adolescent excité.

Étienne n'attendit pas que l'autre passe aux actes. Il s'avança et saisit la main d'Antoine Beauregard qu'il força à lâcher prise.

— Lâche-la !

— Toi, mon maudit bossu, mêle-toi de tes affaires ! dit avec colère le grand épouvantail en repoussant son casque en arrière.

L'homme fit alors le geste de saisir la jeune fille par la taille. Françoise fit un pas en arrière pour l'éviter et perdit l'équilibre. Étienne l'aida à se relever, puis fit deux pas en direction de l'autre qui arborait un air bravache déplaisant. Les jeunes spectateurs se taisaient, sentant venir la bagarre.

— Ça fait deux fois que je te dis de la laisser tranquille, dit Étienne. T'as pas l'air de comprendre.

Sans avertissement, il décocha un solide coup de poing au visage de Beau-Casque qui se retrouva assis par terre, l'air ahuri. Les spectateurs se mirent à crier des encouragements aux combattants et plusieurs personnes demeurées sur le parvis de l'église entreprirent de traverser la route pour venir voir ce qui se passait.

Beau-Casque, fou de rage à la vue du sang qui lui coulait du nez, se releva et fonça tête baissée vers son adversaire qui le reçut avec un coup propre à assommer un bœuf. L'innocent se retrouva encore une fois par terre, étendu pour le compte.

Sans plus se préoccuper de l'homme, Étienne saisit le bras de Françoise et le petit cercle de spectateurs s'ouvrit devant eux. Ils traversaient la route pour revenir vers l'église et les attelages au moment où les Tremblay descendaient les marches du parvis et se dirigeaient vers eux.

— Merci, Étienne, fit simplement Françoise, reconnaissante.

— C'est rien, dit le jeune homme. J'ai juste pris l'habitude d'être dans les jambes de Beau-Casque. Bon, voilà ton père et ta mère. Je te laisse. Je vais aller chercher mon sac que j'ai laissé sur le balcon chez Hélèna.

Le jeune cultivateur retourna sur ses pas avant de se diriger vers sa *sleigh*.

— Qu'est-ce qui se passe ? demanda Clément en arrivant près de sa fille.

— C'est encore Beau-Casque, répondit la jeune fille qui avait retrouvé son aplomb. Il est de plus en plus fou.

— Qu'est-ce qu'il a encore fait ? demanda sa mère qui venait de voir le simple d'esprit s'asseoir sur l'une des marches de l'escalier qui conduisait à l'épicerie, entouré de quelques jeunes.

— Il voulait un bec et il me lâchait pas, répondit Françoise, furieuse.

— Ah ben, le calvaire ! s'emporta Clément, rouge de colère. Attends donc ! Je vais aller lui frotter les oreilles à ce maudit niaiseux-là !

Au moment où son père s'élançait pour aller s'en prendre à l'innocent, Françoise le retint par le bras.

— C'est pas nécessaire, p'pa. Étienne Fournier vient de lui donner une volée pour lui apprendre à me lâcher.

— C'était ça les cris qu'on a entendus ? demanda Céline. Je pensais que c'étaient des jeunes qui se tiraillaient. Tu devais pas parler de Beau-Casque au maire, toi ? poursuivit-elle en se tournant vers son mari.

— Je l'ai fait deux fois, se défendit Clément en entraînant les siens vers la Ford stationnée à l'écart. Le maudit Boisvert a encore rien fait pour nous débarrasser de cette plaie-là. Je vais venir voir le curé cet après-midi. Peut-être que lui, il va faire quelque chose.

Ce midi-là, lorsqu'on parla de l'incident durant le repas, Jean ne put s'empêcher de taquiner sa sœur.

— Eh ben ! On dirait que tu t'es trouvé tout un cavalier avec le beau Étienne, fit l'adolescent en esquissant une grimace.

— Arrête donc de dire des niaiseries, rétorqua Françoise. Tu sauras qu'Étienne Fournier a du cœur et qu'il est pas peureux.

— Peut-être, mais il est bossu, par exemple.

— Puis après ?

Céline lança un regard d'avertissement à son mari qui s'apprêtait à intervenir. Son intuition lui disait qu'il se passait quelque chose. Sa fille parlait avec un peu trop d'enthousiasme des talents d'ébéniste et de cuisinier du jeune voisin. Encore une fois, elle se promit d'ouvrir l'œil et de faire en sorte de surveiller la fréquence des rencontres de sa fille avec l'hôte de son fils et de son beau-frère. Étienne avait beau être très serviable... La mère était moins dérangée par la bosse du jeune cultivateur que par le fait qu'il était le fils d'un pendu et d'une mère anormale.

— En tout cas, déclara Clément, cet après-midi,

je vais arrêter le voir après être allé au presbytère. J'ai l'intention de lui demander s'il serait pas intéressé à venir couper de la glace avec nous autres la semaine prochaine.

— En as-tu vraiment besoin ? demanda Céline en desservant la table avec l'aide de Françoise.

— J'ai toujours fait l'ouvrage avec Louis et Jean. À trois, c'est ben plus facile. Il remplacerait Louis.

— Pourquoi tu demandes pas à ton frère Gérald ?

— Gérald est un bon gars, mais c'est un grand flanc-mou. Avec lui, on passerait plus de temps à se reposer qu'à travailler. En plus, il m'a dit la semaine passée qu'il était en retard pour son bois de chauffage. Bertrand a eu la grippe un bout de temps et il pouvait pas l'aider.

Après une courte sieste, Clément se présenta au presbytère comme il l'avait promis. L'abbé Leroux, l'air peu accueillant, fit entrer le cultivateur aux tempes argentées dans le bureau.

— Je voudrais parler à monsieur le curé, dit Clément au jeune vicaire.

— Il est absent pour la journée, dit le jeune prêtre qui le fixait de ses yeux gris et froids derrière ses lunettes à monture d'acier. Je suis là pour le remplacer.

— Bon, fit le cultivateur, résigné à ne pas avoir affaire au curé de la paroisse.

Il lui raconta alors comment, depuis l'été précédent, on avait dû s'en prendre à Beau-Casque parce qu'il ne cessait d'importuner sa fille Françoise. Il lui expliqua qu'il avait demandé au maire de régler le problème, mais que rien n'avait encore été fait.

— Et pourquoi venez-vous me raconter ça ?

— Parce que je voudrais que monsieur le curé fasse quelque chose.

— La première chose à faire, monsieur...

— Clément Tremblay.

— La première chose à faire, monsieur Tremblay, ce serait peut-être de voir à ce que votre fille ait une conduite pudique qui aguiche pas les hommes.

— Ah ben, torrieu ! explosa le père de famille en se levant. Celle-là, c'est la meilleure.

— Si cet homme lui manque de respect, c'est qu'elle fait quelque chose pour l'attirer, ajouta sèchement le prêtre.

— Vous saurez, monsieur l'abbé, que ma fille est pas une courailleuse, explosa Clément. C'est une bonne fille, toujours à sa place.

Sur ce, le cultivateur, en colère, sortit de la pièce en claquant violemment la porte derrière lui. Amélie, attirée hors de sa cuisine par les éclats de voix en provenance du bureau, eut un sourire narquois à la vue du visage mécontent du vicaire qui regagnait le salon.

Il fallut quelques minutes à Clément pour retrouver son calme. Lorsqu'il s'arrêta chez Étienne Fournier, il avait résolu de retourner au presbytère durant la semaine pour parler, cette fois-là, au curé Ménard.

Son arrivée en plein jour chez son jeune voisin ne sembla pas causer beaucoup d'émoi chez les trois habitants de la maison.

— On peut pas dire que vous êtes ben nerveux pour des déserteurs, leur reprocha Clément en voyant son fils et son frère confortablement installés à la table, en train de jouer aux cartes.

— Voyons, p'pa, fit Louis. On a pas bougé parce qu'on a vu par la fenêtre que c'était vous qui arriviez. Sans ça, vous pouvez être certain qu'on se serait dépêchés à monter au grenier. Étienne nous a aidés à installer une cachette là la semaine passée. On sait jamais.

— Entrez, monsieur Tremblay. Venez boire une tasse de thé. Il est frais fait, l'invita Étienne en lui montrant une chaise libre près de la table.

— C'est pas de refus, accepta Clément en déboutonnant son lourd manteau de drap brun. Je suis arrêté pour deux choses. Je voulais d'abord te remercier d'avoir remis Beau-Casque à sa place à matin quand il s'en est pris à Françoise. Moi, j'ai rien vu. Tit-Phège Turcotte et sa sœur nous parlaient après la messe.

— Qu'est-ce qui est arrivé à matin ? demanda Louis, curieux.

— Étienne vous l'a pas raconté ?

— Non.

— Beau-Casque a voulu embrasser Françoise de force devant tout le monde. Il a fallu qu'Étienne lui sacre une volée pour la lui faire lâcher.

Étienne n'ajouta rien, même si ses deux pensionnaires le dévisageaient.

— Je suis aussi arrêté pour te demander si t'as prévu avoir ben de l'ouvrage la semaine prochaine.

— Pas plus que d'habitude.

— Est-ce que ça te dirait de venir couper de la glace sur la rivière avec Jean et moi ? Tu remplacerais Louis qui aime mieux se reposer avec son oncle, ajouta-t-il pour taquiner les deux déserteurs.

— Aïe, p'pa ! protesta Louis. Dites pas ça. On est assez écœurés de rien faire à cœur de jour depuis six mois. On sait pas quoi faire de nos dix doigts.

— C'est vrai qu'ils s'ennuient pas mal, monsieur Tremblay, les défendit Étienne. Mais ils sont en train de devenir des bons cuisiniers, et pour le ménage, ça s'en vient. Comment l'a dit votre belle-sœur Cécile la semaine passée, ils vont être bons à marier tous les deux quand la guerre va finir.

Lionel et Louis protestèrent bruyamment sous le regard amusé d'Étienne.

— Pour aller faire de la glace, c'est correct, ajouta Étienne, redevenu sérieux. J'en ai coupé un peu les trois dernières années avec mon père.

— On va avoir de l'ouvrage pour une dizaine de jours, s'il y a pas de tempête.

— Pas de problème.

— Les trois fromageries vont nous en prendre pas mal et on va en couper aussi pour nous autres et les Veilleux.

— Je vais être prêt tout de suite après le train.

Le lendemain matin, le thermomètre indiquait – 20 °C. Un petit vent du nord rendait le froid encore plus mordant. Dès huit heures, Clément arrêta son traîneau dans la cour de son voisin. Étienne, debout dans l'entrée de sa grange, lui fit signe d'avancer jusqu'à lui. Il déposa au milieu des autres outils une scie, une pelle et quatre longues perches enroulées dans de la vieille toile.

— Qu'est-ce que c'est ça ? lui demanda Clément en lui montrant ses perches.

— Une patente pour se protéger du vent, monsieur Tremblay, répondit le jeune homme en s'assoyant près de Jean.

— Pour se protéger du vent ?

— L'année passée, mon père et moi, on a tellement gelé pendant qu'on sciait de la glace sur la rivière que je m'étais promis de trouver quelque chose pour nous protéger au moins du vent. Ça fait que hier soir, Lionel et Louis m'ont aidé à clouer sur des perches de la vieille toile que j'avais dans le grenier de la grange. On va ben voir tout à l'heure si c'est bon à quelque chose.

Les trois hommes parcoururent tout le rang Sainte-Marie, virèrent à droite devant l'église et parcoururent quelques centaines de pieds dans le rang Saint-Edmond avant de descendre avec précaution sur la rive de la Saint-François, devant la forge de Côme Crevier, près du pont. Depuis plusieurs générations, certains cultivateurs de Saint-Jacques-de-la-Rive venaient chaque hiver découper à cet endroit la glace dont ils avaient besoin. La faiblesse du courant ainsi que le peu de profondeur de l'eau les avaient poussés à choisir ce lieu précis. D'ailleurs, quand Clément, Étienne et Jean arrivèrent sur place, deux hommes y travaillaient déjà.

— Est-ce qu'elle est épaisse ? cria Clément à l'un d'eux.

— Pas mal. Un bon seize pouces.

Après l'avoir salué de la main, Clément attacha le cheval à un arbuste sur la berge, à l'abri du vent, et s'avança sur la rivière en compagnie d'Étienne et de Jean qui s'étaient chargés des outils et des perches déposés sur le traîneau.

— Ici, ça va être une bonne place, dit le cultivateur en s'arrêtant à une cinquantaine de pieds des gens déjà au travail.

Pendant qu'il perçait la glace avec sa tarière, sorte de large vilebrequin, les deux autres, armés d'une pelle, enlevèrent la mince couche de neige qui recouvrait la glace sur une surface d'une dizaine de pieds carrés.

— Une chance que c'est venteux sur la rivière, fit remarquer l'adolescent. Il y a moins de neige à pelleter.

— Tu me fais penser qu'il faudrait ben que j'essaye ma nouvelle patente, fit Étienne.

Après avoir déroulé sa toile, le jeune homme planta ses quatre piquets dans la neige, face au vent. Même si ce mur artificiel n'avait que cinq pieds de hauteur, il se révéla immédiatement assez efficace pour lutter contre le vent qui soufflait inlassablement.

Lorsque Clément eut percé un premier trou, il retira sa tarière et la tendit à Étienne, qui entreprit d'en percer un second quatre pieds plus loin. Pendant ce temps, Jean et son père se mirent à scier la glace à partir du premier trou. Comme d'habitude, c'était le dégagement du premier bloc qui était le plus long et le plus difficile. Lorsqu'ils parvinrent à hisser ce bloc sur la glace, le travail se déroula rondement. On sciait des blocs d'environ deux pieds de longueur et de largeur et on les retirait de l'eau avec de larges pinces à glace. À la fin de l'avant-midi, les trois hommes purent faire descendre leur attelage sur la rivière et charger suffisamment de glace sur le traîneau pour effectuer une bonne livraison à la fromagerie du village.

De retour à la maison à l'heure du dîner, Clément ne put s'empêcher de mentionner à Céline à quel point le travail avait rapidement avancé grâce à l'aide de leur jeune voisin.

— Il est solide, le jeune, et il rechigne pas devant l'ouvrage.

— Comme son père, laissa tomber Céline. Germain Fournier avait pas la réputation d'être un paresseux. Il s'est longtemps débrouillé tout seul sur sa terre.

— C'est vrai, reconnut Clément. Mais en plus, son Étienne manque pas d'idées.

Il expliqua alors à sa femme et à sa fille comment la toile tendue sur des piquets pouvait les protéger efficacement du vent et ainsi faciliter leur travail.

— C'est pas la découverte du siècle, reconnut Clément, mais il fallait y penser.

— Il est donc fin, cet Étienne-là ! se moqua Jean. Pas vrai, Françoise ?

Sa sœur lui jeta un regard mauvais, puis replongea le nez dans sa soupe aux pois.

Quelques jours plus tard, le téléphone sonna chez Jérôme Veilleux, un peu après le souper.

— Quatre coups, c'est pour nous autres, dit

Colette en se précipitant vers le téléphone pour répondre.

Jérôme fit signe à Carole et à André de baisser la voix tandis que le vieux Ernest, frileusement assis près du poêle, cessa de bourrer sa pipe.

— Vous pouvez tous raccrocher, c'est un appel personnel, dit Colette à tous ses voisins du rang Sainte-Marie qui avaient décroché leur appareil dans l'intention de savoir ce qu'on pouvait bien vouloir aux Veilleux.

Il y eut quelques bruits caractéristiques sur la ligne commune, mais Colette connaissait assez les mœurs des habitants de Saint-Jacques-de-la-Rive pour savoir qu'il y avait encore quelques personnes qui prêtaient l'oreille à ce qui se disait.

Elle écouta durant quelques instants son interlocuteur avant de dire :

— Bien non, Jean-Paul. Ça nous dérange pas pantoute. On va t'attendre.

Colette raccrocha et revint s'asseoir en face de son mari.

— Qu'est-ce que mon frère voulait ?

— Il m'a demandé si ça nous dérangeait s'il venait passer la fin de semaine avec nous autres.

— Ben, on a de l'ouvrage samedi, fit remarquer Ernest.

— Je pense pas, beau-père, que c'est pour nous voir qu'il veut venir à la maison.

— Pourquoi il viendrait d'abord ?

— Ça me surprendrait pas qu'il vienne pour Claudette. Si elle écoutait sur la ligne, je suis sûre qu'elle va se coucher bien de bonne humeur à soir, ajouta Colette en replaçant d'une main une mèche de cheveux qui s'était échappée de son chignon.

— Toi, pour partir des commérages..., dit son mari, réprobateur.

— Tu verras bien.

Le samedi matin suivant, il neigeait à plein ciel quand Roméo Riopel, un voisin de Pierreville, laissa Jean-Paul Veilleux devant la porte de la maison de son frère.

— Sacrifice ! s'exclama Jérôme, la neige te fait pas peur, toi.

— Pantoute. Pour une fois que j'ai toute une fin de semaine de congé, j'étais pas pour m'enfermer dans l'appartement. Léo serait ben venu, lui aussi, mais il travaille aujourd'hui.

Le jeune homme avait une apparence soignée. Sa fine moustache brune et ses taches de son lui donnaient un air enjoué.

— Comment va ta jambe ? lui demanda son père qui avait remarqué que son plus jeune fils semblait boiter plus qu'avant.

— Pas trop mal, p'pa. Disons que j'en arrache un peu plus quand je suis fatigué ou que je reste trop longtemps debout. Mais ça va se replacer.

Cet après-midi-là, Jean-Paul profita d'une accalmie à l'extérieur pour endosser son manteau.

— Où tu vas ? lui demanda Colette.

— Je vais prendre un peu l'air. Ça va me faire du bien après le gros dîner que je viens d'avaler. J'ai pas l'habitude de ben manger comme ça chez nous.

Sa belle-sœur ne put s'empêcher de le surveiller par la fenêtre. Elle voulait voir s'il allait tourner à droite ou à gauche en sortant de la cour. Il prit à gauche.

— Je le savais, dit-elle, triomphante. Gagez-vous qu'il va s'en aller du côté des Hamel ? ajouta-t-elle à l'intention de son beau-père en train de fumer paisiblement dans sa chaise berçante.

Pour toute réponse, Ernest laissa échapper un peu de fumée de sa bouche. Jean-Paul ne réapparut chez son frère Jérôme qu'un peu après quatre heures.

— Mon Dieu ! s'exclama Colette en feignant le plus vif soulagement à son entrée dans la maison, je pensais bien qu'il t'était arrivé quelque chose sur le chemin. Je m'en allais envoyer les enfants à ta recherche.

Jérôme et son père dissimulèrent difficilement un sourire moqueur.

— Pourquoi ? demanda Jean-Paul, surpris.

— Parce que t'es parti depuis deux heures et on commençait à s'inquiéter. Je pensais même que tu t'étais perdu en chemin.

— Ben non ! fit le célibataire avec un certain agacement. Je suis juste arrêté une couple de minutes chez les Hamel pour prendre de leurs nouvelles.

— Les Hamel doivent être fiers de voir que tu t'occupes à cette heure d'avoir de leurs nouvelles. Ils doivent trouver que ça fait pas mal nouveau, ça ! se moqua Jérôme.

— Dites donc, vous autres, travaillez-vous pour la police ? s'emporta Jean-Paul.

— Fâche-toi pas, mon petit frère, reprit le maître de maison. On est juste contents de voir que tu t'inquiètes tout à coup de la santé des voisins.

Il n'y eut pas d'autres allusions durant la soirée, mais le lendemain matin, à la grand-messe, Jean-Paul ne suivit pas les autres membres de la famille dans le banc familial. En passant près du banc réservé à la famille Hamel, Claudette l'attrapa par une manche et, sans offrir la moindre résistance, il se glissa près d'elle.

Maintenant, les choses étaient claires pour tout le monde : Jean-Paul Veilleux était le cavalier officiel de Claudette Hamel. Quand Cécile Tremblay aperçut la jeune femme tenant le bras de Jean-Paul à la sortie de l'église, elle poussa intérieurement un soupir de soulagement.

— T'as vu ce que je vois ? lui glissa sa belle-mère à l'oreille en lui désignant de la tête le jeune couple en train de parler avec Rita et Georges Hamel sur le parvis.

Cécile se contenta de hocher la tête.

— Qu'est-ce que je t'avais dit ? reprit sa belle-mère. Tu t'inquiétais bien pour rien pour ton Gérald. Claudette a jamais été une mauvaise fille. Elle cherchait pas à te voler ton mari.

— Quand même, chuchota Cécile. J'ai jamais aimé sa façon d'aguicher les hommes. À cette heure qu'elle a l'air d'en avoir trouvé un, j'espère qu'elle va se tenir tranquille.

Thérèse aperçut ensuite Colette, qui venait de quitter les Tougas et se dirigeait déjà vers Jérôme en train de parler avec deux marguilliers de la paroisse.

— Viens, on va aller dire deux mots à Colette, dit Thérèse à sa bru.

Les deux femmes s'avancèrent vers leur voisine qui s'arrêta en les voyant venir vers elle.

— Bonjour, Colette, la salua Thérèse. Dis-moi pas que ton beau-frère est en train de se caser ?

— Oh ! Il y a encore rien de fait, répondit-elle. Disons que le poisson a l'air accroché, mais il frétille encore pas mal au bout de la ligne.

— Tu penses que notre Claudette a des chances ? demanda Cécile.

— Tout ce que je peux te dire, c'est que si elle, elle arrive pas à le mener au pied de l'autel, il y en a pas une de la paroisse qui va être capable de le faire.

16

Le vol

Au presbytère, le curé Ménard, les mains enfouies profondément dans les poches de sa soutane, faisait les cent pas dans le salon. Le pasteur de Saint-Jacques était furieux depuis qu'il avait raccroché le téléphone. Monseigneur Poitras venait de lui faire connaître son vif mécontentement à propos de son vicaire et lui avait demandé – non, ordonné – de mieux le surveiller. Comme à son habitude, le prélat n'avait pas mâché ses mots pour lui communiquer sa façon de penser.

Ludger Ménard arrêta un instant son va-et-vient pour s'essuyer le front. Ses contacts avec son évêque n'avaient jamais été particulièrement chaleureux. Le grand homme froid à l'abondante chevelure grise toujours bien coiffée avait une trop haute idée de sa situation dans l'Église pour tolérer tout geste de familiarité. Il entendait être obéi au doigt et à l'œil autant par son clergé que par ses ouailles. Quand Aurèle Poitras avait affaire à l'un de ses prêtres en d'autres temps que lors de sa visite pastorale annuelle, il y avait tout lieu de s'inquiéter. C'était rarement pour le féliciter ou prendre des nouvelles de sa santé.

— L'insignifiant ! pesta le prêtre à mi-voix, sans remarquer qu'Amélie, les lèvres pincées, le regardait déambuler depuis un bon moment.

— Monsieur le curé, finit-elle par l'interpeller. Ça vous ferait rien d'aller marcher dans le corridor plutôt que dans le salon ?

— Pourquoi ?

— Parce que vous êtes en train de ruiner le tapis à force de toujours marcher à la même place. Déjà qu'il est loin d'être neuf !

Cette intervention inopportune de sa ménagère sembla tout de même ramener le curé Ménard à plus de calme.

— Ne vous en faites pas pour le tapis, madame Provost. Je vais aller m'asseoir dans mon bureau.

Il quitta le salon et alla se planter devant l'une des fenêtres de son bureau, regardant la neige abondante qui s'était mise à tomber sur le village quelques minutes plus tôt. Cette lourde giboulée lui rappelait que la saison froide était loin d'être terminée, même si le mois de mars avait fini par arriver. Le temps s'était adouci, mais ce n'était tout de même pas encore la fin de l'hiver. Il était vrai que les journées allongeaient et que certains après-midi, le soleil avait fait fondre le givre dans les fenêtres des maisons. Mais de là à croire le beau temps définitivement revenu, il y avait un monde...

Le pasteur avait volontairement laissé ouverte la porte de la pièce. Lorsque l'abbé Leroux rentra au presbytère, il lui laissa à peine le temps de secouer la neige qui recouvrait son manteau et son chapeau avant de l'appeler.

— L'abbé, venez donc me voir quand vous aurez enlevé votre manteau.

Hervé Leroux se présenta dans le bureau de son supérieur en essuyant avec un mouchoir les verres embués de ses lunettes.

— Oui, monsieur le curé ?

— Assoyez-vous, l'abbé, l'invita Ludger Ménard sans trop de douceur.

La figure du jeune vicaire refléta un peu d'inquiétude devant la mauvaise humeur évidente de son supérieur.

— Je viens de recevoir un appel de monseigneur.

— Il va bien ?

— Il m'a pas appelé pour me dire comment il allait, l'abbé. Il paraît qu'il a reçu au moins cinq lettres de paroissiens depuis Noël, des lettres de plaintes à votre sujet.

Les yeux gris de Hervé Leroux s'écarquillèrent tout grands sous l'effet de la surprise.

— Il y en a qui se plaignent de moi ? Qui ça ?

— Monseigneur m'a pas donné de noms, mais dans toutes les lettres, il dit qu'on vous reproche de terroriser les enfants des écoles avec vos descriptions de l'enfer et du diable. Il paraît que vous arrêtez pas de leur parler de l'impureté et du péché de la chair.

— J'espère que monseigneur me le reproche pas, lui, fit le vicaire en haussant le ton. Il nous a lui-même conseillé d'être vigilants dans ces domaines particuliers à notre retraite annuelle et...

— Je le sais, l'abbé, le coupa le curé Ménard,

mais il y a une façon de le faire. Vous oubliez peut-être de parler du Dieu d'amour et de bonté. Soyez pas si cassant avec les gens, surtout avec les enfants. On attire pas les mouches avec du vinaigre, comme disait ma mère. Parlez moins de l'enfer et parlez-leur des joies du ciel. Après tout, je comprends pas que vous puissiez décrire l'enfer et le diable, puisque vous les avez jamais vus.

— Mais notre rôle, monsieur le curé, est de garder nos brebis dans le droit chemin et de leur éviter les péchés mortels qui souillent l'âme à jamais...

— Bon, ça va faire, l'abbé, je pense que je vais devoir vous mettre les points sur les « i », fit Ludger Ménard en durcissant le ton. Vous allez faire en sorte que je reçoive plus d'appel de l'évêché à votre sujet. Est-ce que c'est assez clair ?

— Bien, monsieur le curé. Mais je vais tout de même écrire une lettre à monseigneur pour m'expliquer, s'entêta le jeune prêtre en remontant ses lunettes qui avaient un peu glissé sur son nez.

— Faites-le si vous le voulez, mais à votre place, je ferais pas trop de vagues. Je me contenterais d'accepter le blâme et je changerais ma façon de faire.

— Merci pour votre conseil, monsieur le curé, dit le vicaire en se levant.

À sa sortie du bureau, Hervé Leroux croisa la ménagère qui, par hasard, balayait à faible distance de la porte de la pièce. Il lui jeta un regard mauvais avant de monter à sa chambre. Amélie adressa un mince sourire au jeune prêtre au moment où il lui tournait le dos. Décidément, elle trouvait la situation plutôt plaisante et s'en réjouissait.

Le lendemain matin, Elphège Turcotte se leva tôt pour aller déneiger les marches du parvis de l'église avant que les premiers fidèles n'arrivent pour la messe de sept heures de l'abbé Leroux. Il ne fallait surtout pas interpréter ce geste comme un signe d'une vaillance toute nouvelle du bedeau. Non, il se contentait simplement d'éviter le plus possible les affrontements avec le petit vicaire qu'il n'aimait pas du tout, surtout depuis la chute du prêtre dans l'escalier et la scène pénible qui avait suivi.

La veille, à l'heure de se mettre au lit, Elphège avait bien vu par la fenêtre que la neige avait cessé de tomber et que la lune brillait dans un ciel qui s'était dégagé de ses nuages. Il aurait fort bien pu aller pelleter à ce moment-là pour éviter cette corvée matinale, mais la tentation de se mettre au lit avait été la plus forte et, ce matin, il en payait le prix.

Après avoir allumé le poêle, le bedeau sortit de la petite maison blanche sur la pointe des pieds pour ne pas réveiller sa sœur qui dormait à l'étage. Le jour commençait à poindre. Debout sur le perron, il regarda l'église de l'autre côté de la route : tout était silencieux et blanc. Il était à peine six heures et Arsenault avait déjà passé la charrue dans le rang Saint-Edmond. Il descendit du balcon et franchit le remblai de neige avant de traverser la chaussée. Ralenti par la neige qui lui arrivait à mi-jambes, il franchit le remblai de l'autre côté de la route. Avant de se diriger vers l'église, par automatisme, il tourna la tête une dernière fois vers sa maison quand un détail attira son attention. Il fit encore un pas avant de s'immobiliser soudainement, réalisant l'incongruité de ce qu'il venait d'apercevoir du coin de l'œil.

Le bedeau, intrigué, regarda avec plus d'attention l'épicerie de Hélèna Pouliot dans le jour qui se levait. Aucune lumière n'éclairait les fenêtres de la grosse maison jaune située sur le coin du rang Sainte-Marie, face à l'église. De plus, aucune fumée ne s'échappait de sa cheminée. Contrairement à son habitude, la vieille dame ne semblait pas encore levée.

Au même moment, Elphège Turcotte se rendit compte que des traces de pas dans la neige menaient à la porte de l'épicerie, qui, étrangement, était entrouverte. Il réalisa immédiatement que quelque chose d'inhabituel avait dû se produire chez l'épicière. Pendant un bref moment, il se demanda s'il devait alerter un voisin ou pénétrer seul dans le magasin. Il opta pour la seconde alternative.

Le bedeau traversa la route sans perdre un instant. Il monta les trois marches de l'escalier conduisant au large balcon qui donnait accès à la porte d'entrée et la repoussa un peu en criant :

— Il y a quelqu'un ?

Seul le silence lui répondit. Le cœur battant la chamade, il fit quelques pas dans l'épicerie en répétant encore plus fort la même question.

— Il y a quelqu'un ? Madame Pouliot, êtes-vous là ?

Le vent avait poussé un peu de neige à l'intérieur du magasin. Au moment où l'homme s'apprêtait à repousser la porte du pied pour pouvoir fermer derrière lui, il entendit un gémissement venant de l'arrière du comptoir. Un bref instant, il eut une folle envie de fuir. Il jeta autour de lui des regards affolés. Puis, prenant son courage à deux mains, il s'avança jusqu'au comptoir par-dessus lequel il se pencha.

Dans le jour gris qui pénétrait par la vitrine, il découvrit alors la vieille dame de plus de soixante-dix ans étendue par terre, la tête couverte de bigoudis et vêtue d'une vieille robe de chambre d'une couleur indéfinissable. Une large traînée de sang coulait de son cuir chevelu et maculait son visage tordu par la douleur. Elle était entourée d'éclats de verre et de bonbons.

— Ah ben, maudit démon ! s'exclama Elphège, persuadé d'être devant une morte.

Le bedeau contourna le comptoir et se précipita vers le corps. Au moment précis où il se penchait vers elle, Hélèna sembla reprendre vie, faisant violemment sursauter son sauveur.

— J'ai mal ! J'ai mal ! se mit-elle à geindre d'une voix faible.

— Qu'est-ce qui vous est arrivé, madame Pouliot ? demanda le bedeau en recouvrant un peu son sang-froid.

— Un voleur ! J'ai mal ! Mon Dieu que j'ai mal !

Quand Elphège, affolé par ces plaintes, voulut la soulever, la vieille dame poussa un tel cri de souffrance qu'il renonça à la bouger. Il se contenta de saisir un coussin posé sur le siège d'une chaise derrière le comptoir et de le glisser sous sa tête.

— Je vais chercher de l'aide, déclara-t-il en se relevant.

Il sortit prestement de l'épicerie. Un rapide coup d'œil aux fenêtres des maisons voisines lui confirma que tout le monde dormait encore. Sans plus attendre, il traversa la route et se précipita vers le presbytère. Ses coups de sonnette répétés firent accourir Amélie à la porte.

— Ma foi du bon Dieu ! Vous êtes devenu fou ! s'exclama la ménagère. Cherchez-vous à réveiller tout le village ?

— Vite, madame Provost, dit-il, à bout de souffle. Il est arrivé un malheur chez Hélèna Pouliot. Elle est étendue à terre dans son magasin et elle baigne dans son sang.

Le curé Ménard, alerté par les coups de sonnette, apparut à son tour à la porte en finissant de boutonner sa soutane. Le prêtre ne perdit pas de temps à poser des questions. Il s'empara de son chapeau et de son manteau.

— Venez, madame Provost, ordonna-t-il à sa ménagère. On risque d'avoir besoin de vous.

Sans attendre sa réponse, le prêtre dévala l'escalier à la suite de son bedeau. Tous les deux traversèrent la route et s'engouffrèrent dans l'épicerie.

— Allumez le poêle, monsieur Turcotte, commanda le curé pendant qu'il se penchait vers la vieille épicière qui semblait avoir perdu conscience.

Amélie entra à son tour dans le magasin et vint s'agenouiller à côté de la vieille dame. Elle se mit immédiatement à essuyer son visage ensanglanté avec un mouchoir. Le curé Ménard s'était déjà emparé du téléphone. Il appela d'abord le docteur Bélanger, qu'il réveilla. Ensuite, il prévint la police à Pierreville en signalant qu'il s'agissait d'une urgence.

Durant l'attente qui suivit, Amélie Provost recouvrit la blessée d'une épaisse couverture et s'occupa de la rassurer lorsqu'elle reprit conscience. Pendant ce temps, le prêtre et le bedeau regardaient autour d'eux pour chercher à savoir ce qui avait bien pu être volé dans l'épicerie.

— On dirait que le voleur est parti avec tous les paquets de cigarettes, fit remarquer Elphège.

— C'est vrai, acquiesça le prêtre.

— En plus, tous les paquets de tabac Player's et les boîtes de tabac Rose Quesnel que Hélèna place toujours sur les tablettes derrière le comptoir sont partis.

— Et le tiroir-caisse a aussi été vidé, ajouta le curé Ménard en remarquant le tiroir ouvert devant lui.

La voiture du docteur Bélanger arriva à l'épicerie en même temps que celle de la police provinciale. La blessée fut transportée dans sa chambre où le praticien l'examina avec soin pendant qu'Elphège Turcotte était interrogé par les deux policiers. Le curé Ménard et sa ménagère attendaient en silence le diagnostic du médecin. Quand ce dernier quitta la chambre une dizaine de minutes plus tard, ce fut pour réclamer de l'eau chaude à Amélie. Avant de disparaître à nouveau dans la chambre de l'épicière, le praticien prit tout de même la peine de rassurer tout le monde.

— Ce sera pas une cliente pour vous aujourd'hui, monsieur le curé, dit le médecin.

— J'aime autant ça, soupira Ludger Ménard.

— C'est pas mal moins pire que ça en avait l'air. Je l'ai bien examinée. Elle a pas de fracture du crâne. C'est peut-être à cause de ses bigoudis qui ont amorti le choc. Elle va s'en tirer avec une douzaine de points de suture et un bon mal de tête. Je l'ai déjà recousue. Je lui ai laissé des sédatifs que je lui ai recommandés de prendre aussitôt que vous aurez fini de l'interroger, ajouta le docteur Bélanger en s'adressant aux policiers.

Il y eut un soupir de soulagement général. Le curé et sa cuisinière retournèrent au presbytère après en avoir reçu la permission des policiers.

Ces derniers obtinrent bien peu de renseignements lors de l'interrogatoire de l'irascible épicière. Elle leur raconta avoir été réveillée un peu avant six heures par des bruits à sa porte. Furieuse, elle s'était levée avec l'intention de passer un savon à celui qui avait le front de venir la réveiller aussi tôt. Elle avait à peine eu le temps d'ouvrir la bouche en repoussant le rideau de perles qui séparait son appartement de l'épicerie. Elle se souvenait vaguement de s'être aperçue que l'intrus était parvenu à forcer la porte verrouillée de son magasin et qu'il était déjà en train de vider son tiroir-caisse. Au moment où elle allait crier, l'homme l'avait frappée sur la tête avec le gros pot de bonbons qui trônait habituellement sur son comptoir.

Bien avant midi, l'histoire avait fait le tour de Saint-Jacques-de-la-Rive. Dans tous les foyers de la paroisse, on ne se priva pas de faire des commentaires sur un pareil drame. Inutile de préciser qu'il y eut des badauds sur le balcon de l'épicerie jusqu'au coucher du soleil. Pour la première fois depuis de nombreuses années, le magasin demeura fermé toute la journée. Une affichette, œuvre de Rose-Aimée Turcotte, avait été collée dans la vitrine pour annoncer à la clientèle que le commerce demeurerait fermé durant quelques jours.

Évidemment, Elphège n'avait pas quitté le balcon de Hélèna Pouliot de la journée. C'était son heure de gloire et il entendait bien en profiter au maximum. Aussitôt qu'un curieux se présentait pour avoir de plus amples informations sur ce qui s'était réellement produit, le bedeau à la laideur si sympathique prenait un air important et se mettait à raconter avec force moulinets des bras comment il avait sauvé la propriétaire au péril de sa vie ce matin-là. Au fur et à mesure de ses divers récits, son rôle s'enflait et prenait des allures de plus en plus héroïques. Il alla même jusqu'à laisser entendre que le coupable lui avait filé sous le nez au moment où il pénétrait dans l'épicerie. Il s'en était fallu d'un poil qu'il se batte avec lui pour l'empêcher de prendre la fuite.

— Et qui est-ce que c'était ? lui demanda le gros Côme Crevier, venu aux nouvelles à la fin de l'après-midi.

— Je le sais pas trop, fit Elphège.

— Comment ça, tu le sais pas trop ? Tu l'as vu ou tu l'as pas vu, Tit-Phège ? demanda le garagiste-forgeron avec impatience.

— Ben, c'est difficile à dire. Il a filé tellement vite que je pourrais pas jurer avoir ben vu sa face.

— Je serais pas surpris que ce serait Beau-Casque, intervint le vieux Philibert Dionne, l'ancien postier à la retraite depuis de nombreuses années. Quelqu'un d'ici aurait jamais fait une affaire pareille à Hélèna Pouliot.

— C'est vrai, ça, reprit une commère debout sur la dernière marche de l'escalier. Il a l'air mauvais, ce grand escogriffe-là. Moi, il me fait peur.

— En tout cas, il va avoir de quoi fumer longtemps, dit le bedeau. Il est parti avec tout le tabac et toutes les cigarettes que Hélèna avait dans son magasin.

— Dans ce cas-là, c'est pas Beau-Casque qui a fait le coup, trancha sèchement Crevier. Il fume pas. S'il fumait, je le saurais depuis longtemps. Il passe la moitié de ses journées à traîner au garage.

— Pour moi, c'est un rôdeur, avança Elphège Turcotte, soulagé de ne pas avoir à identifier le voleur qu'il n'avait pas vu du tout.

Les jours suivants, lorsque les différents récits de l'intervention du bedeau se mirent à circuler dans la paroisse, certains ne purent s'empêcher de sourire d'un air entendu.

— Notre Tit-Phège est devenu brave en torrieu en vieillissant, se contenta de déclarer Ernest Veilleux aux siens.

— Pourquoi vous dites ça, beau-père ? demanda Colette.

— Je me souviens d'un temps où il pissait dans ses culottes quand on le menaçait d'une mornifle.

À la surprise quasi générale, Hélèna Pouliot ne reprit pas sa place derrière son comptoir le lendemain de l'odieux vol. Les gens eurent beau venir frapper à la porte de l'épicerie les jours suivants, la propriétaire ne leur ouvrit pas. Le plus souvent, elle se contentait de soulever un coin du rideau maintenant tiré devant la vitrine de son commerce pour indiquer aux entêtés l'affiche qui confirmait la fermeture temporaire du magasin.

Pour la première fois depuis près d'un demi-siècle, Saint-Jacques-de-la-Rive était privé d'une épicerie. Les fumeurs qui fumaient autre chose que le tabac du pays ainsi que les ménagères grognaient. Faire cinq milles en plein hiver jusqu'à Pierreville pour acheter du tabac ou une pinte de mélasse n'était pas pratique. En outre, on réalisait subitement que l'épicerie de Hélèna était un peu plus qu'un simple commerce. C'était l'endroit du village où on échangeait des nouvelles, le lieu où les jeunes désœuvrés avaient l'habitude de se rencontrer le soir et les fins de semaine en étirant le plus possible leur bouteille de Coke ou de Pepsi. Bref, cette porte close obligeait beaucoup de gens à changer des habitudes auxquelles ils tenaient.

La nouvelle éclata le dimanche suivant. Après la basse-messe, des paroissiens allèrent sonder la porte de l'épicerie dans l'espoir que sa propriétaire, remise enfin de ses émois, ait repris le collier. À leur plus grande stupéfaction, ils découvrirent un grand carton blanc placé dans la vitrine sur lequel on avait écrit : « À vendre ». On s'empressa alors de questionner la ménagère du curé Ménard qui venait de sortir de l'église. Certaines personnes savaient qu'elle était venue rendre visite à plusieurs reprises à Hélèna depuis qu'elle avait été blessée.

— Je suis pas au courant de rien, affirma cette dernière. Si vous voulez savoir pourquoi elle vend, vous avez juste à lui poser la question après la grand-messe. Je suppose qu'elle va y aller.

Les gens, déçus, en furent réduits aux suppositions. Fait certain, cette nouvelle supplanta l'annonce faite du haut de la chaire par le curé Ménard. Ce dernier était parvenu à retenir les services du père Leblanc pour prêcher les retraites du carême qui allaient commencer dès le mercredi suivant, soit le soir du mercredi des Cendres. Le père dominicain Ulric Leblanc avait conquis le cœur des gens de Saint-Jacques trois ans auparavant lorsqu'il était venu prêcher les retraites des femmes et des hommes. Depuis, chaque année, Ludger Ménard se démenait pour le faire revenir prêcher dans son église dans l'intention de plaire à ses paroissiens.

Évidemment, après la grand-messe, on assiégea Hélèna à sa sortie de l'église autant pour prendre des nouvelles de sa santé que pour savoir pourquoi elle vendait son épicerie, exploitée par les Pouliot depuis près de cinquante ans. La vieille dame, la mine à peine moins revêche que d'habitude, ne se fit pas prier pour parler.

— Je pensais bien ma dernière heure arrivée, geignit-elle. J'ai vu trente-six chandelles quand on m'a défoncé le crâne.

— Oui, mais là, vous avez l'air d'aller pas mal mieux, fit Rose-Aimée Turcotte.

— J'ai juste l'air, lui répondit sèchement Hélèna de sa voix de crécelle. Ça m'arrive encore de me sentir tout étourdie. Il faut que je me tienne au mur pour marcher droit dans ce temps-là.

— Est-ce que vous êtes sérieuse quand vous annoncez que votre commerce est à vendre ? demanda Ernest qui venait de se joindre au petit cercle de curieux.

Hélèna tourna la tête dans sa direction, l'air mauvais.

— Une folle ! J'attendrai pas de me faire tordre le cou comme un poulet avant de lâcher !

— Ça vous est jamais arrivé avant et ça se peut que ça vous arrive jamais plus, voulut la réconforter Colette à qui l'idée de ne plus avoir d'épicerie au village ne plaisait pas du tout.

— Vous pouvez être certaine que j'attendrai pas pour le savoir, déclara la vieille dame sur un ton définitif. Une fois, c'est déjà trop. Je suis trop vieille pour revivre ça. Je vends et je vais aller rester avec une de mes cousines à Trois-Rivières.

— Mais en attendant de vendre, vous allez tenir votre magasin ouvert, j'espère, fit Côme Crevier. Nous autres, on a besoin de toutes sortes d'affaires.

— Bien, mon Côme, tes affaires, t'iras les acheter à Pierreville parce que mon magasin va rester fermé.

— Et si vous trouvez pas à vendre votre commerce ? demanda Rose-Aimée, son gros visage lunaire assombri par cette éventualité.

— Je vendrai la maison et le nouveau propriétaire se débarrassera comme il voudra de ce qui restera dans le magasin. Après tout, quand mon père a acheté cette maison-là en 1894, c'était une simple maison. Il y a rien qui empêche que ça en redevienne une.

Sur ce, elle traversa la route et rentra chez elle en empruntant la porte de côté qui ne desservait que son appartement. La porte de l'épicerie demeura close, comme les jours précédents. Après avoir abondamment parlé du départ prochain de l'épicière, les gens finirent par rentrer chez eux, affichant, pour la plupart, un air de dépit.

— Rien n'empêche que c'est une maudite vieille boquée ! s'écria Ernest qui avait été privé durant trois jours de son tabac Rose Quesnel.

— Voyons, p'pa, fit Jérôme. À son âge, Hélèna a tout de même le droit de décider de se reposer, surtout après ce qui lui est arrivé.

— Surtout qu'à sa place, je serais pas trop rassurée, intervint Colette. Il paraît que la police a aucun indice de qui a fait le mauvais coup. Moi, je la comprends.

— En tout cas, ce sera pas difficile de trouver quelqu'un qui a meilleur caractère, dit le vieil Ernest en allumant sa pipe.

— Elle est pas jeune, beau-père, le réprimanda doucement sa bru.

— Elle a toujours été bête comme ses deux pieds, Hélèna Pouliot. En plus, l'âge a rien à y voir, tu sauras ! Regarde-moi ! Je suis plus vieux qu'elle et j'ai bon caractère.

— Hum ! Hum ! fit Colette, l'air d'en douter sérieusement.

Carole et André, assis à la table, se mirent à rire.

Leur grand-père leur fit les gros yeux tout en réprimant difficilement un sourire.

— D'après vous autres, est-ce qu'elle va demander ben cher pour son commerce ? demanda Jean-Paul, venu dîner chez son frère avant d'aller passer l'après-midi chez les Hamel.

— Difficile à dire, répondit Jérôme. La maison est pas neuve, mais elle est grande et elle a l'air en bon état.

— Les dépendances, en arrière, sont pas mal non plus, ajouta son père.

— Pourquoi tu demandes ça ? fit Colette.

— Par simple curiosité.

Il y eut un bref moment de silence pendant que tous les membres de la famille finissaient de manger la grosse portion de pudding au pain que Colette leur avait généreusement servie.

— Profitez-en, dit Colette en se levant de table. Il y aura plus de dessert jusqu'à Pâques à partir de mercredi.

— Pas encore cette année, se plaignit Jérôme, grand amateur de sucreries. Tu pourrais pas changer de résolution une année ?

— Jérôme Veilleux, tu devrais avoir honte ! s'écria sa femme en se plantant devant son mari. Se priver de dessert durant le carême, c'est même pas une vraie punition. J'espère que toi, tu vas trouver autre chose en plus.

— Oui, t'endurer !

Colette ne releva pas la pique de son mari.

— En tout cas, cette année, t'auras pas le choix d'aller à la retraite, reprit-elle.

— Comment ça ? demanda Jérôme, sur la défensive.

L'homme à la carrure massive avait en commun avec son père une haine avouée pour la retraite annuelle du carême. Depuis quelques années, il parvenait toujours à trouver toutes sortes d'excuses pour ne pas s'y rendre. Le plus souvent, une tempête de neige ou une vache malade lui avait évité cette corvée.

— Tout simplement parce que t'es marguillier. Il faut que tu y ailles. Si jamais le curé Ménard s'apercevait que t'es pas là, tu te ferais parler dans le portrait, je te le garantis.

— Voilà autre chose, à cette heure ! s'emporta Jérôme. Bâtard ! Je le savais que j'aurais jamais dû m'embarquer dans cette affaire-là !

— Ça dure juste trois jours ; t'en mourras pas. Tu pourrais même en profiter pour amener ton père avec toi. Je suis certain que ça lui ferait pas de mal.

— Aïe, la bru ! J'ai rien à voir là-dedans, se défendit le vieillard. Moi, je suis pas marguillier.

Trois jours plus tard, Amélie ouvrit la porte d'entrée du presbytère au père Ulric Leblanc. Le dominicain, un religieux joufflu et jovial, salua avec plaisir la ménagère du curé Ménard.

— Bonjour, madame Provost. Je suis content de voir que vous êtes toujours là. Vous êtes ma cuisinière préférée. Je suis certain que je vais encore engraisser à cause de vous.

— Voyons donc, mon père, vous savez bien que

c'est pas ma faute. Cette année, je vais vous mettre à la crème de blé trois repas par jour...

— Faites pas ça, malheureuse ! s'écria le gros père en retirant son manteau. Des plans pour que je me mette à flotter dans ma robe. En plus, quel fidèle aurait confiance dans un prédicateur maigre comme un clou avec les joues creuses. Non, non. Changez pas vos recettes pour moi. Je vais seulement faire attention à ne pas trop manger. Je vais essayer de ne pas être trop gourmand, mais sans bouder tout de même la bonne nourriture du bon Dieu.

Amélie se mit à rire, imitée par le visiteur qu'elle conduisit sans cérémonie jusqu'à sa chambre.

— Monsieur le curé et le vicaire devraient être à la veille de revenir, dit-elle avant de refermer la porte de la chambre. La cérémonie des Cendres est commencée depuis un bon bout de temps.

— Parfait. Je vais travailler à mes sermons.

Lorsque le dominicain descendit pour souper, il retrouva le curé Ménard avec plaisir dans le salon. Les deux prêtres se connaissaient bien et s'appréciaient. Ils avaient en commun leur âge, leur amour de la bonne chère et leur bonne humeur. Le curé lui présenta son vicaire et tous les trois passèrent à table. La cuisinière venait d'apporter un rôti de veau et une purée de pommes de terre. Il se dégageait de l'ensemble un fumet pour le moins appétissant.

— Je sens que madame Provost a pas perdu la main, dit le dominicain avec bonne humeur en étalant sa serviette de table sur ses genoux.

— Ça me surprendrait, lui répondit son hôte en riant.

Au bout de la table, Hervé Leroux faisait grise mine et se servit parcimonieusement. Ulric Leblanc fronça les sourcils en le regardant chipoter dans son assiette. Pendant tout le repas, le vicaire se tut, insensible aux tentatives des deux autres de le faire participer à la conversation.

— Dites donc, l'abbé, avez-vous perdu un pain de votre fournée ? finit par lui demander le dominicain au moment du dessert.

— Non. Pourquoi me demandez-vous ça ? fit-il, avec un soupçon d'agacement.

— À vous regarder, on dirait que vous avez mordu dans un citron, plaisanta l'invité. Vous savez, le temps des saints à la triste figure, c'est passé de mode depuis longtemps. Il y a rien qui défend aux honnêtes gens de profiter des quelques joies que Dieu leur envoie. La bonne nourriture en est une.

Ludger Ménard éclata de rire, approuvant de toute évidence la déclaration de son invité.

— C'est probablement la fatigue, se défendit le jeune prêtre. Vous m'excuserez, je pense que je vais me coucher tôt ce soir.

Sur ce, le jeune vicaire se leva de table et quitta la pièce.

— Est-ce qu'il est toujours comme ça ? chuchota le dominicain.

— Pas toujours, mais souvent, reconnut son hôte en poussant un soupir qui en disait long.

— Eh bien, la vie doit pas être drôle tous les jours avec un rabat-joie pareil.

Ce soir-là, le père Leblanc se retrouva devant un large auditoire. Beaucoup d'hommes avaient quitté la chaleur de leur foyer pour assister au début de leur retraite annuelle. Un bon nombre d'entre eux avaient préféré braver le froid plutôt que la mauvaise humeur de leurs femmes qui, conformément aux recommandations de leur curé, avaient exigé qu'ils participent à la retraite. Pour être juste, il fallait tout de même reconnaître que bien peu eurent à regretter le déplacement tant le dominicain était un bon prédicateur plein de verve et d'humour.

17

Le départ

Jusqu'à la fin du mois de mars, l'hiver connut encore quelques soubresauts, mais il était visible qu'il s'essoufflait. La neige commençait dorénavant à fondre. Durant les jours ensoleillés, on entendait l'eau circuler sournoisement sous la glace dans les fossés. Les ornières de la route se remplissaient d'eau et, çà et là, de larges plaques de terre voyaient le jour dans les champs. Déjà, les remblais de neige grise sur le bord du chemin diminuaient et les premières corneilles faisaient entendre leurs croassements désagréables, perchées dans les arbres encore dépouillés de leur feuillage.

Les cultivateurs s'activaient à préparer leurs chaudières et leurs chalumeaux. La plupart des cabanes à sucre avaient été nettoyées et on avait fait ample provision de bois de chauffage. L'épaisseur de la neige au pied des érables avait commencé à baisser sérieusement. C'était le « cerne » qu'on attendait pour percer les arbres et installer les chaudières. Si les nuits continuaient à être froides, tous prédisaient une bonne saison des sucres.

Chez Clément Tremblay, on s'était entendu avec Étienne pour que son eau d'érable soit apportée à leur cabane. Il était évident que le bossu n'arriverait jamais à la faire bouillir, à soigner ses animaux et à s'occuper de ses deux locataires en même temps. Le jeune homme avait bien tenté de résister, mais on lui avait fait comprendre qu'il ne s'agissait que d'un simple geste naturel de bon voisinage. Comme ce marché lui permettait de voir la belle Françoise chaque jour et lui parler, Étienne n'eut pas le courage de refuser.

Ainsi, deux fois par jour, le jeune cultivateur faisait la récolte de son eau d'érable et allait la verser dans la cuve de son voisin qui se faisait aider par Françoise et Jean. Il lui arrivait très souvent de demeurer de longs moments dans la cabane pour prêter main-forte aux Tremblay qui appréciaient de plus en plus sa bonne humeur et sa serviabilité.

Le Vendredi saint, au début de l'après-midi, Jérôme Veilleux vit arriver son frère Jean-Paul au moment où il rentrait à la maison après avoir recueilli un demi-baril d'eau d'érable.

— Viens pas me dire que tu viens faire tes Pâques au village ! fit le marguillier en attachant son cheval au garde-fou du balcon.

— Inquiète-toi pas pour ça, fit son frère en arborant un air mystérieux. Je suis venu à Saint-Jacques pour une raison ben plus importante que ça.

— Entre et viens nous raconter ça, l'invita son frère en le poussant légèrement devant lui.

Les deux hommes pénétrèrent dans la cuisine et enlevèrent leur manteau au moment même où

Colette et sa fille Carole descendaient au rez-de-chaussée.

— Tiens, je t'amène de la visite, annonça son mari en lui montrant Jean-Paul.

— C'est pas de la visite ben rare, dit le beau-frère. Je viens vous voir presque toutes les fins de semaine.

— T'es toujours le bienvenu, dit sa belle-sœur.

— Il me semble que ça sent pas grand-chose dans la cuisine, fit Jérôme en tournant la tête vers le poêle sur lequel rien ne semblait cuire malgré la proximité de l'heure du dîner.

— As-tu oublié que c'est vendredi saint, Jérôme Veilleux, le gronda sa femme. C'est maigre et jeûne.

— C'est pas vrai ! s'exclama l'homme. J'ai une faim à dévorer un bœuf.

— C'est bien de valeur, mais vous allez vous contenter de galettes de sarrasin pour dîner. Comptez-vous bien chanceux d'avoir ça. Normalement, vous devriez même pas manger aujourd'hui.

— Bout de cierge ! s'emporta Jérôme. Sois pas plus catholique que le curé. Il a dit lui-même dimanche passé que ceux qui avaient à travailler aujourd'hui avaient le droit de manger pour se soutenir.

— Oui, mais il a pas dit de manger de la viande, s'entêta sa femme.

— De la galette, c'est tout de même mieux que rien, non ? fit Ernest qui entrait dans la cuisine à ce moment-là.

— Avec un repas comme ça, p'pa, c'est pas possible de faire une journée d'homme ! se plaignit Jérôme.

— Bel exemple pour les enfants, laissa tomber sa femme, mécontente, en montrant du menton André et Carole.

Il y eut un bref moment de silence avant que Colette ne reprenne la parole.

— Viens-tu coucher ? demanda-t-elle à Jean-Paul.

— T'es ben fine, mais je suis pas venu pour ça. Je suis venu vous annoncer une grande nouvelle.

— Dis-moi pas que tu te maries ?

— Ben non ! J'ai pas dit que je venais annoncer un malheur, plaisanta Jean-Paul. Non. J'arrive du village. Je suis allé parler avec Hélèna Pouliot.

— Qu'est-ce que tu lui voulais ? demanda son père.

— Ben, ça fait plus qu'un mois qu'elle cherche à vendre son magasin et sa maison et j'étais curieux de savoir combien elle demandait.

— Puis ?

— On vient de s'entendre. J'ai acheté.

— Hein ! s'exclama Colette, stupéfaite. T'as acheté la maison et le magasin de Hélèna ?

— Ben oui. Son prix a fait mon affaire et on va passer chez le notaire Beaubien lundi prochain.

— Et ton ouvrage chez Thibault ? demanda Jérôme, estomaqué.

— Pour dire la vérité, j'en arrachais pas mal avec ma jambe à rester debout dix heures par jour.

— Et pour l'argent ? s'inquiéta Ernest en regardant son fils.

— Ça, p'pa, c'est l'avantage d'être un vieux garçon. Je travaille depuis quinze ans chez Thibault et j'ai presque jamais rien dépensé, à part mon loyer et mon manger. Même là, je séparais en deux avec Léo. Ça fait que j'ai assez d'argent pour acheter la maison et le commerce sans m'endetter. Mieux, je pense que je vais acheter du matériel comme des piquets de clôture, du fil de fer barbelé, du bois et des outils.

— Tu veux faire concurrence à Murray ? demanda Colette.

— Non, mais je pense qu'il y a ben des cultivateurs de Saint-Jacques et de Saint-Gérard qui vont être contents d'acheter chez Jean-Paul Veilleux plutôt que d'aller courir jusque chez Murray, à Pierreville.

— Qu'est-ce que Léo pense de tout ça ?

— Il m'a encouragé à le faire.

— Quand est-ce que tu penses ouvrir l'épicerie ? demanda Colette.

— À la fin de la semaine prochaine, Hélèna devrait être partie et je devrais venir m'installer.

— Est-ce que Claudette est au courant ?

— Pas encore. C'est une surprise que je vais lui faire cet après-midi.

— J'aimerais être un petit oiseau pour voir comment elle va prendre ça, dit sa belle-sœur, tout excitée par la nouvelle. Tu vas revenir souper avec nous autres, j'espère ?

— Merci de l'invitation, mais je vais repartir pour Pierreville après être passé chez les Hamel. Je dois rentrer travailler chez Thibault à six heures.

Le matin de Pâques, bien avant l'apparition du soleil, Ernest Veilleux se leva et s'habilla sans faire de bruit. Il alluma le poêle avant de s'emparer d'un gros pot en vitre et de sortir dans l'air froid. Le ciel était dégagé et l'air était vif. Sans se presser, le vieil homme prit la direction de la source vive qui coulait chez les Desjardins, la dernière ferme du rang Sainte-Marie, située à quelques arpents de celle des Veilleux, de l'autre côté de la route.

À son arrivée près de la source, Ernest ne trouva là que quelques vieux qui, comme lui, croyaient encore dans les vertus curatives de l'eau de Pâques. Il se rappelait pourtant d'un temps pas si lointain où pas une maîtresse de maison n'aurait accepté d'être privée de cette eau chez elle. Il revoyait encore en pensée son grand-père et son père venant ici même chercher leur eau de Pâques aux premières lueurs du jour.

Ernest salua Antonius Tougas et Paul-Émile Rivest du rang des Orties. Tous les trois attendirent patiemment les premières clartés de l'aube pour remplir leur contenant avant de retourner à la maison.

Ce matin-là, on aurait dit que tout le monde avait des raisons de se réjouir. Les enfants étaient heureux de la fin du carême et se promettaient de se gaver de dessert à l'heure du dîner. La belle température de cette matinée de Pâques avait aussi mis de bonne humeur les femmes qui avaient travaillé à se confectionner une nouvelle toilette ou un nouveau chapeau. Enfin, les hommes se faisaient une joie de sortir pour la première fois du printemps leur boghei. La route était presque entièrement dégagée de toute neige et on s'attendait à voir les glaces lâcher un jour ou l'autre sur la Saint-François.

Après la grand-messe, les Veilleux annoncèrent à tous ceux qui voulaient l'entendre que Jean-Paul allait être le nouveau propriétaire de l'épicerie du village dès le lendemain et qu'il avait l'intention d'en ouvrir les portes avant la fin de la semaine suivante. C'était une heureuse nouvelle pour tous les habitants de Saint-Jacques-de-la-Rive. Debout sur le parvis de l'église, le cadet des Veilleux plastronnait un peu au centre d'un petit groupe d'hommes. Il parlait de ses intentions de développer son futur commerce. Claudette Hamel, toute pimpante dans une nouvelle toilette du même bleu que ses yeux, se tenait sagement à ses côtés. Son abondante chevelure brune était en grande partie dissimulée par un large chapeau orné de fleurs artificielles.

— Sais-tu, Jean-Paul, qu'il faudrait presque que tu penses à te marier, lui fit remarquer Côme Crevier. Une belle femme derrière le comptoir, ça nuirait pas à tes affaires.

— J'y pense, se contenta de dire le futur épicier de Saint-Jacques sans afficher un enthousiasme excessif devant cette perspective.

Claudette rougit légèrement quand elle se rendit compte que tous les regards se tournaient vers elle.

Les Veilleux n'attendirent pas Jean-Paul pour dîner. Il avait été invité par Rita, la mère de Claudette. Cependant, ils furent surpris de le voir arriver à pied avec Claudette à son bras un peu après deux heures.

— Il doit se passer quelque chose de spécial, prédit Colette en les apercevant par l'une des fenêtres de la cuisine. D'habitude, Jean-Paul aime mieux rester avec sa Claudette dans le salon des Hamel que de traîner dans le chemin avec elle.

Le couple entra bientôt dans la maison. Le visage de la jeune fille rayonnait de bonheur.

— On vient vous annoncer une nouvelle, dit Jean-Paul, planté sur le paillasson, près de la porte.

— Viens pas nous dire que tu vends ton commerce avant même d'être entré dedans, plaisanta son frère Jérôme en faisant un clin d'œil à son vieux père.

— Ben non. Je viens de demander la main de Claudette à son père.

— Il a pas accepté, j'espère ? fit Colette. Ce serait pas humain de demander à une fille de dresser un vieux garçon comme toi.

— Ça va peut-être vous surprendre, mais il a dit oui. On va se marier l'automne prochain.

Toutes les personnes dans la pièce s'approchèrent de Jean-Paul et de sa promise pour les féliciter et on embrassa la jeune fille en lui souhaitant la bienvenue dans la famille Veilleux.

— Il reste moins que cinq mois avant les noces, dit Colette à sa future belle-sœur. Ça va être un peu juste, mais je pense avoir le temps de te montrer comment mettre un Veilleux à ta main.

Tout le monde éclata de rire dans la pièce.

Quatre maisons plus loin, chez Clément Tremblay, l'atmosphère était beaucoup plus sérieuse. À la fin de l'avant-midi, Claire et Hubert

Gendron étaient arrivés de Québec avec leur fils Pierre. Il avait été entendu par téléphone que les Gendron venaient dîner chez Clément et iraient souper chez son frère Gérald. Céline et Françoise avaient fait cuire un gros jambon et confectionné des tartes aux pommes pour l'occasion.

À la fin du repas, Pierre avait tenté de persuader son cousin Jean d'aller au village, mais ce dernier avait tant de mal à supporter le snobisme de l'étudiant qu'il s'était excusé en prétextant un rendez-vous avec un ami.

— Je peux pas endurer son petit air fendant, avait dit Jean à sa mère, la veille.

— Je le sais qu'il est pas agréable, avait concédé Céline, mais c'est ton cousin.

— Il est pas parlable, m'man. Il s'imagine sorti de la cuisse de Jupiter parce qu'il fait son cours classique. Pour lui, on est juste des habitants arriérés. On connaît rien.

Sa mère s'était contentée de hausser les épaules.

— Va voir tes cousins chez ton oncle Gérald, lui avait suggéré Claire, agacée de constater que son fils était incapable de rester en place pour parler avec les adultes.

Le grand adolescent avait alors quitté la maison. On aurait juré que c'était le moment qu'attendait Hubert pour soumettre une proposition à la famille de sa femme.

— J'ai entendu dire par Claire que Lionel et Louis commençaient à en avoir assez de rester enfermés à ne rien faire, dit l'ingénieur.

— Ils sont en train de devenir fous, affirma Clément. Il faut comprendre qu'ils se cachent depuis la fin du mois de juillet. Ça fait presque dix mois. Rien faire aussi longtemps pour des gars de cet âge-là, ça les rend enragés.

— Ils sont toujours chez votre voisin ?

— Oui, mon oncle, répondit Françoise. Étienne Fournier fait bien son possible pour eux autres, mais ils peuvent pas sortir dehors.

Il y eut un bref silence que Claire finit par briser.

— Hubert pourrait peut-être faire quelque chose pour eux autres, si Lionel et Louis le veulent.

— Quoi ? lui demanda sa belle-sœur Céline, intriguée.

— La semaine passée, j'ai rencontré un ancien confrère d'université à Québec, dit Hubert. Il est directeur de chantiers dans le Maine, aux États-Unis. Il travaille pour une filiale de la Price. Il m'a dit qu'il cherchait des hommes pour surveiller les installations de la compagnie dans le bois jusqu'à l'hiver prochain. Il paraît que c'est bien payé.

— Puis ? demanda Clément.

— J'ai pensé que c'était l'emploi idéal pour ton Louis et pour Lionel. Ils seraient tout seuls dans le bois, bien tranquilles. D'après Guérard, on leur apporterait leurs provisions une fois par quinze jours et ils auraient la paix. Pour s'occuper, ils auraient l'entretien des camps à faire.

— Comment ils iraient là sans se faire arrêter par la police ou l'armée ? demanda Céline, inquiète.

— J'ai à faire dans le Maine mercredi prochain. Je pourrais les amener jusqu'à chez Guérard qui, lui, les conduirait jusqu'aux camps. Je connais une petite route qui mène dans le Maine et il y a pas de poste de douanes à la frontière. Si je me fais arrêter en chemin par la police provinciale, je vais les faire passer pour deux employés de mon ministère.

— Je sais pas trop, fit Clément, indécis. Il faudrait leur en parler.

— En tout cas, ça rendrait peut-être la situation beaucoup moins dangereuse pour tout le monde, conclut l'ingénieur. À l'heure actuelle, c'est un miracle que personne les ait encore dénoncés. C'est dangereux pour votre voisin et aussi pour eux. Si la police militaire leur met la main dessus, tout le monde va y goûter.

Toutes les personnes présentes ne purent que reconnaître la justesse des paroles de Hubert et on décida d'inviter immédiatement Gérald, Cécile, Thérèse et Aline pour savoir ce qu'ils en pensaient. Ces derniers laissèrent les jeunes seuls à la maison et vinrent rejoindre Clément et ses invités. On tint conseil. Quelques minutes suffirent pour persuader les nouveaux arrivants.

— On attendra pas qu'il fasse noir pour aller leur en parler, fit Hubert. Je dois être revenu à Québec au milieu de la soirée.

— Vas-y tout seul, chez le voisin, et demande à Lionel et à Louis ce qu'ils en pensent, lui suggéra son beau-frère.

Gérald ne pensa pas un seul instant que son beau-frère était un inconnu pour Étienne Fournier. L'arrivée de l'ingénieur à la petite maison grise engendra un début de panique. Lorsque Étienne vit cet inconnu s'avancer dans sa cour, il cria à ses deux pensionnaires d'aller se cacher. Il attendit de ne plus entendre leurs pas précipités à l'étage avant d'aller ouvrir à l'homme grand et mince qui frappait à sa porte.

— Je suis l'oncle de Louis et le beau-frère de Lionel Tremblay, dit Hubert au jeune cultivateur qui venait d'entrouvrir sa porte. Est-ce que je pourrais leur parler ?

— Vous vous trompez de porte, fit Étienne, méfiant. Il y a pas de Louis et de Lionel Tremblay ici.

— Écoutez. Clément Tremblay et son frère ont pas voulu venir avec moi pour pas être remarqués...

— Je viens de vous dire que vous êtes pas à la bonne place, dit Étienne en élevant la voix.

— Bon. Voulez-vous venir avec moi chez votre voisin pour tirer tout ça au clair ?

Ce ne fut pas nécessaire. Au même moment, Lionel dévala les marches de l'escalier qui conduisait à l'étage pour dire à Étienne de laisser entrer le visiteur. Tapi en haut de l'escalier, il avait reconnu la voix de son beau-frère.

— Ouf ! fit Hubert en entrant dans la maison. Je te dis que t'es bien gardé, mon Lionel !

— Excusez-moi, dit Étienne. Je vous connaissais pas.

— Il y a pas de mal. Je me présente, Hubert Gendron. Louis est-il encore caché ?

— J'arrive, mon oncle, fit une voix à l'étage.

Étienne invita tout le monde à prendre place autour de la table. L'ingénieur se mit alors à expliquer à ses auditeurs le plan qu'il venait d'énoncer dans la maison voisine. La perspective de vivre enfin libres suscita une explosion d'enthousiasme chez les deux jeunes hommes qui acceptèrent la proposition sans la moindre hésitation.

— Ça valait ben la peine de vous gâter ! dit Étienne en feignant le dépit.

— On part pas parce qu'on était pas ben chez vous, Étienne, dit Louis, mais on a hâte de pouvoir faire quelque chose de nos dix doigts et de respirer un peu d'air pur.

— Je comprends ça.

Il fut alors entendu que Hubert viendrait chercher les deux hommes très tôt, le mercredi matin suivant.

Cet après-midi-là, Claire et Hubert eurent une surprise désagréable lors de leur arrivée chez Gérald, un peu après quatre heures, avec le reste de la famille. Ils trouvèrent leur Pierre, en veston, assis sur le balcon, le dos appuyé au mur de la maison de son oncle.

— Veux-tu bien me dire ce que tu fais dehors à moitié habillé ? le gronda Claire en arrivant dans la cour en compagnie de sa mère et de ses belles-sœurs Cécile et Aline. Des plans pour attraper ton coup de mort !

Le grand adolescent demeura sans réaction, la figure blême, clignant bêtement des yeux.

— Bonne sainte Anne ! s'exclama Thérèse. Il est malade, cet enfant-là.

Hubert et Gérald arrivèrent au balcon quelques instants après les femmes. L'ingénieur s'empressa de secouer son fils par le bras pour l'inciter à se remettre sur ses pieds. Pendant ce temps, Cécile ouvrit la porte de la cuisine.

— Bertrand, Élise, cria-t-elle à ses deux adolescents, venez donc ici !

Son fils et sa fille apparurent à la porte. Nerveux, ils arboraient un air vaguement coupable.

— Qu'est-ce qui est arrivé à votre cousin ? demanda-t-elle, sévère.

— Mais il sent la tonne à plein nez ! s'exclama Claire dans son dos en se penchant vers son fils.

— C'est pourtant vrai, fit son mari en secouant un peu plus brutalement son garçon. Lève-toi ! ordonna-t-il à ce dernier.

L'étudiant ouvrit les yeux et baragouina quelque chose en tentant difficilement de se mettre debout.

— Qu'est-ce qu'il dit ? demanda Cécile.

— Il m'a l'air soûl comme un cochon, déclara Gérald, réprimant avec peine un sourire narquois.

Sur ce, l'adolescent fut pris d'un haut-le-cœur incoercible et les quatre adultes eurent à peine le temps de battre en retraite avant qu'il se mette à vomir sur le balcon.

— Ouach ! fit sa cousine Élise demeurée debout près de la porte ouverte. Il me donne mal au cœur !

— Toi, rentre ! lui ordonna sa mère. Viens, Claire, ajouta-t-elle à l'endroit de sa belle-sœur. On va bien finir par avoir le fin mot de cette histoire-là. En attendant, les hommes vont s'occuper de ton gars.

Cécile, furieuse, pénétra dans la maison en compagnie de sa belle-sœur. Elle ouvrit la porte un instant plus tard pour tendre à son mari deux serviettes et le manteau de son fils.

Hubert alla, quant à lui, chercher de l'eau au puits et passa une serviette mouillée sur le visage de son fils qui semblait se porter un peu mieux. Il lui remit la serviette en lui recommandant sèchement :

— Reste dehors et essaie de reprendre tes esprits.

Il suivit ensuite Gérald dans la maison pour savoir comment Pierre en était venu à se mettre dans un état pareil. Au moment où les deux hommes pénétraient dans la cuisine, Bertrand tendait à sa mère une bouteille aux deux tiers vide.

— Il m'a dit qu'il avait déjà goûté à la vodka de son père, expliqua l'adolescent. Je lui ai dit que c'était sûrement pas aussi fort que le caribou de p'pa. Il voulait y goûter.

— Mais c'était une bouteille pas encore débouchée ! s'exclama Gérald en évaluant la quantité de caribou qui restait dans la bouteille. Torrieu ! Il peut ben être malade.

— Il a dit que ça goûtait rien, cette affaire-là. Il voulait nous montrer qu'il était capable d'en boire autant qu'il voulait, ajouta Élise.

— Tant pis pour lui s'il est malade, l'imbécile ! fit Hubert, de mauvaise humeur. On va le laisser dehors à cuver. On gâchera pas notre journée de Pâques à cause de lui.

Pendant un bref moment, Claire sembla hésiter entre la pitié et la colère. Finalement, c'est ce dernier sentiment qui l'emporta.

— Il va avoir affaire à moi en revenant à la

maison, promit-elle. Je vous garantis qu'il va se souvenir de cette leçon-là. Il nous fera pas honte une autre fois.

Quand les Gendron remontèrent à bord de leur Oldsmobile bleue au début de la soirée, leur grand fils avait encore le teint verdâtre et les vapeurs de l'alcool n'étaient pas encore entièrement dissipées.

— Si tu sens que t'as mal au cœur en chemin, lui recommanda sèchement sa mère au moment où la voiture démarrait, ouvre la vitre et penche-toi dehors.

Après le départ des visiteurs, Élise ne put s'empêcher de faire remarquer à ses parents :

— Savez-vous que le beau Pierre était aussi pâlichon quand il est parti que quand il a rencontré Beau-Casque, l'hiver passé ?

Cécile adressa un regard sévère à ses enfants avant de leur dire :

— Vous deux, je vous donnerais pas le bon Dieu sans confession dans cette affaire-là. Vous me ferez jamais accroire que vous avez pas poussé ce grand innocent-là à boire.

— Voyons, m'man, vous nous connaissez ! protesta Bertrand.

— Justement, c'est pour ça que je le dis.

Durant les deux jours suivants, autant chez Gérald que chez son frère Clément, les femmes préparèrent avec soin les vêtements et la nourriture que les deux fugitifs de la famille emporteraient aux États-Unis. Si Thérèse était inquiète pour son fils cadet et son petit-fils, Céline s'en faisait au moins autant. Pour la première fois, son

Louis allait vraiment s'éloigner de la maison. Elle se doutait qu'elle ne le reverrait pas avant la fin de la guerre qui sévissait toujours dans les vieux pays.

La veille du départ des deux déserteurs, Gérald et Clément allèrent porter chez Étienne Fournier les bagages des voyageurs en promettant de revenir le lendemain matin pour les voir partir.

Le mercredi matin, avant le lever du soleil, Thérèse, Céline et Françoise vinrent frapper à la porte d'Étienne. Les trois femmes avaient apporté tout ce qu'il fallait pour confectionner un solide déjeuner. Louis vint leur ouvrir après s'être assuré qu'il ne s'agissait pas d'un étranger.

— Étienne est en train de faire le train, dit-il aux trois femmes en les faisant entrer dans la maison.

— On va vous faire un bon petit déjeuner avant que vous partiez, dit Françoise. On va attendre mon oncle Hubert et Étienne pour manger.

Avant même le retour d'Étienne de l'étable, la voiture de Hubert vint s'arrêter près de la maison, et l'ingénieur, aidé par son beau-frère et son neveu, entassa les bagages dans le coffre de l'Oldsmobile. À l'arrivée du maître de maison, tout le monde s'entassa autour de la table pour avaler l'omelette et les grillades de lard préparées par Thérèse et Françoise tandis que Céline fournissait en rôties tous ces affamés.

Quelques minutes plus tard, Gérald et Clément firent leur entrée dans la maison.

— Ça sent ben bon ici, déclara Gérald dont l'imposante stature obstrua durant un instant la porte d'entrée de la cuisine. J'ai pensé qu'on était aussi ben de venir manger avec vous autres étant donné que presque toutes les femmes du rang sont rendues ici.

— Toi, Gérald Tremblay, tu me feras pas croire que t'as pas déjà mangé chez vous, dit Céline. Je connais assez Cécile pour savoir qu'elle te laisse pas crever de faim d'habitude.

— Disons que j'ai mangé un petit peu avant de partir, avoua son beau-frère en s'attablant tout de même devant une assiette propre sur laquelle il fit glisser un reste d'omelette.

— À cette heure qu'il fait clair dehors, comment on va faire pour sortir d'ici sans se faire remarquer ? demanda Françoise. S'il y a quelqu'un du rang qui nous voit, il va bien se demander ce qu'on fait tous chez Étienne de bonne heure le matin.

— Ça aura plus aucune importance, lui répondit sa mère. Louis et Lionel vont être partis.

Pour sa part, Étienne regardait tous ces gens qui avaient en quelque sorte pris possession de sa maison. Le jeune cultivateur était un peu étourdi par toutes les conversations qui s'entrecroisaient autour de la table. Il n'avait jamais vu autant de gens chez lui depuis le décès de sa sœur Berthe. Le cœur un peu serré, il savait que, dans quelques minutes, il allait retomber dans une profonde solitude après le départ de Lionel et de Louis. Les Tremblay n'auraient plus aucune raison de lui rendre visite. De nouveau, le silence allait peupler ses jours et ses nuits, et c'était la dernière chose qu'il désirait. Il ne voulait pas finir comme son père, abandonné par tous.

— Comment on va faire pour avoir de vos nouvelles ? demanda brusquement Céline à son jeune beau-frère et à son fils. Vous pourrez pas nous écrire directement.

Tout le monde se regarda. À l'évidence, Louis et Lionel n'y avaient pas songé.

— Ils pourraient m'écrire et moi, j'irais vous donner de leurs nouvelles, proposa Étienne, heureux de la possibilité de maintenir un lien avec ses voisins.

La suggestion du jeune voisin fut acceptée d'emblée. Le secret serait ainsi bien gardé.

— Il faut y aller, déclara soudain Hubert en consultant l'horloge murale. On a pas mal de route à faire.

Les rires cessèrent. Les visages devinrent graves. Tout le monde quitta la table en même temps. Les deux fugitifs endossèrent leur manteau sans un mot. Quand vint le moment de partir, les femmes les embrassèrent, les larmes aux yeux, et les hommes leur serrèrent la main en leur souhaitant bonne chance.

— Prenez pas ces airs d'enterrement, tabarnouche ! fit Lionel. On est pas morts. On va revenir, ayez pas peur. Merci pour tout.

— On sortira pas dehors avant qu'ils soient partis, au cas où des MP seraient dans le coin, dit Clément. Il faut tout de même pas tenter le diable.

Hubert sortit de la maison en compagnie de ses deux compagnons de voyage et les trois hommes s'engouffrèrent rapidement dans l'Oldsmobile bleue. À l'intérieur de la maison, tous se précipitèrent vers les fenêtres de la cuisine et du salon pour voir le véhicule faire demi-tour dans la cour et prendre la route. Françoise, voyant sa mère pleurer, lui tendit un mouchoir et chercha à la consoler en posant une main sur son épaule.

— Bon, on est pas pour laisser laver toute cette vaisselle-là à Étienne, dit la jeune fille en faisant un effort pour prendre un ton joyeux.

Aidée par sa mère et sa grand-mère, elle remit un peu d'ordre dans la cuisine pendant que les hommes allumaient leur pipe.

Quelques minutes plus tard, les Tremblay prirent congé de leur hôte.

— On oubliera jamais ce que t'as fait pour Lionel et pour Louis, promit Céline à Étienne, avant de sortir de la maison.

— Ça, c'est sûr, reprit Gérald. Tu seras toujours le bienvenu chez nous.

— La même chose pour nous, dit Clément. Si t'as besoin d'un coup de main, fais-nous signe. De toute façon, les sucres sont pas finis et on a encore de l'ouvrage à faire tous les deux ensemble, pas vrai ?

— C'est certain, répondit Étienne, enthousiaste.

— J'espère que t'oublieras pas de nous inviter pour voir ton set de chambre quand tu vas avoir fini de le faire, lui dit Françoise avant de partir.

— C'est promis.

La maison se vida et Étienne mit plusieurs minutes à s'accoutumer au silence pesant qui venait de tomber soudainement dans sa demeure. Pendant quatre mois, il avait eu des amis, presque une famille. Maintenant, le vide s'était de nouveau créé autour de lui et il n'y était pour rien, cette fois-ci.

L'après-midi même, le vent se leva. De gros nuages noirs assombrirent le ciel et de fortes pluies se mirent à tomber sur la région. En quelques heures, la route devint un véritable bourbier. Les fossés, incapables d'absorber l'eau de la fonte des neiges et celle qui tombait du ciel, débordèrent et envahirent les chemins à certains endroits. Durant la nuit, les glaces sur la Saint-François cédèrent sous le poids de toute cette eau. La débâcle se produisit dans un bruit d'explosion qui fit sursauter beaucoup de riverains.

Le lendemain matin, même si la pluie était toujours aussi forte, beaucoup d'habitants du village se rassemblèrent près du pont en se protégeant avec des cirés ou sous des parapluies. Il s'était formé un embâcle à la hauteur du pont. Les glaces avaient formé un barrage durant la nuit à la hauteur des piliers et l'eau s'était mise à monter de façon alarmante.

— L'eau est à la veille de monter sur le pont, clama Elphège Turcotte, l'un des premiers observateurs à être arrivé sur les lieux. Je pense qu'elle est montée d'au moins quatre pieds pendant la nuit.

— Si les glaces viennent frapper le pont, dit Crevier, il va partir avec le courant. Où est Boisvert ? Comme d'habitude, notre maire est jamais là quand on a besoin de lui, affirma le gros homme, ne perdant jamais une occasion de se faire du capital politique sur le dos de son adversaire.

— Voyons, Côme, qu'est-ce que ça changerait qu'il soit là ? demanda le vieux Philibert Dionne.

— Il pourrait appeler le ministère de la Voirie pour qu'on envoie quelqu'un dynamiter l'embâcle avant qu'il fasse trop de dommages au pont, déclara le garagiste d'un air suffisant.

Il y eut dans le groupe quelques murmures approbateurs. Ce pont, objet d'une éternelle promesse électorale jusqu'à sa construction sous le gouvernement Taschereau en 1923, avait, sans aucun doute, joué un rôle déterminant dans la prospérité de Saint-Jacques-de-la-Rive. Personne n'oubliait qu'en permettant de se rendre beaucoup plus rapidement à Saint-Gérard et à Nicolet, il avait attiré un bon nombre de nouveaux habitants dans la paroisse.

— En tout cas, reprit le gros garagiste, la route risque d'être coupée si l'eau monte encore un peu. Là, on va avoir l'air fin si on peut même pas passer pour aller à Pierreville.

Cependant, tout se passa comme si la nature avait décidé de le contredire. Un peu avant l'heure du dîner, les glaces, poussées par un fort courant, finirent par s'ouvrir un chenal entre les piliers du pont et le niveau de l'eau baissa si rapidement qu'il retrouva presque sa hauteur normale à la fin de la journée. Lorsque le soleil se coucha, il ne restait plus sur les rives de la Saint-François que de gros quartiers de glace enchevêtrés, abandonnés par la décrue.

Quand la nouvelle fut connue, la réaction fut unanime chez les plus vieux habitants de Saint-Jacques-de-la-Rive.

— Là, le printemps est arrivé pour de bon, prédirent-ils. C'est la fin des sucres. Les arbres vont avoir une montée de sève.

Et les anciens ne se trompaient pas. Après une trentaine d'heures de fortes pluies, la température s'adoucit considérablement. Comme il ne gelait plus la nuit, les cultivateurs n'eurent plus le choix : ils durent mettre fin à leur saison des sucres. L'eau d'érable recueillie dans les chaudières était devenue amère.

Lorsque vint le moment de partager le sirop d'érable chez Clément, Étienne s'opposa à ce qu'on lui remette la moitié du sirop.

— T'as entaillé autant d'érables que nous autres, lui fit remarquer Clément. C'est normal que t'en aies la moitié.

— Peut-être, monsieur Tremblay, protesta le bossu, mais c'est vous qui avez fait bouillir. J'ai même pas fourni une corde de bois pour chauffer le poêle. À part ça, j'aurai jamais besoin d'autant de sirop.

— On a jamais trop de sirop. Si t'en as trop, tu le vendras à Pierreville. Aie pas peur, tu vas trouver facilement preneur.

Le jeune cultivateur n'avait finalement pas eu gain de cause et était revenu chez lui avec une quinzaine de gallons de sirop d'érable. Il réussit à chasser le sentiment de culpabilité qui l'assaillait en songeant que la vente du surplus de sirop allait lui permettre de se procurer plus de bois pour réaliser de nouveaux projets d'ébénisterie.

Quelques jours auparavant, Hélèna Pouliot avait quitté Saint-Jacques-de-la-Rive sans laisser derrière elle beaucoup de regrets. La veille, ses maigres avoirs avaient été transportés dans un petit camion à Trois-Rivières. Son départ avait marqué la fin de la présence de deux générations de Pouliot dans la municipalité. Il fallait reconnaître que la vieille dame ne comptait pas beaucoup d'amis à cause de sa langue acérée et de son air revêche. Seuls Rose-Aimée Turcotte et son frère, le bedeau, vinrent lui souhaiter bonne chance au moment où elle montait dans la voiture d'un neveu.

Une heure plus tard, Jean-Paul Veilleux arriva pour prendre possession de ce qui était maintenant son épicerie. Son premier geste fut de faire le tour du propriétaire en compagnie de son frère Léo, venu l'aider à emménager. Dès le lendemain matin, il ouvrit son magasin et prit place derrière le comptoir, prêt à servir sa clientèle.

Ce jour-là, les habitants de Saint-Jacques-de-la-Rive découvrirent que le nouveau propriétaire de l'épicerie était un homme affable, prêt à servir sa clientèle avec le sourire.

— Je vous dis que ça fait tout un changement avec l'air bête de cette pauvre Hélèna Pouliot, affirma la veuve Boisvert, l'une des premières clientes à s'être présentées ce matin-là à l'épicerie.

— À qui le dites-vous ! surenchérit sa voisine et amie. Les derniers temps, on avait l'impression que si elle avait pu sauter par-dessus son comptoir pour vous mordre, elle l'aurait fait, la vieille détestable.

18

L'incendie

Après une dernière manifestation de mauvaise humeur, le printemps de 1944 s'installa en roi et maître. Le soleil se fit plus chaud et assécha rapidement toute l'eau accumulée. Les arbres montrèrent avec fierté leurs bourgeons et les hirondelles revinrent construire leur nid. Le vent charriait des odeurs si vivifiantes qu'il donnait le goût de travailler à l'extérieur.

Dans la première semaine de mai, les ménagères se lancèrent dans leur grand ménage de printemps. On voyait partout de la literie et des rideaux étendus à sécher sur les cordes à linge. Les fenêtres étaient ouvertes pour laisser entrer l'air frais à l'intérieur. Chaque pièce de la maison était nettoyée à fond.

Chez les Veilleux, Colette et sa fille Carole avaient travaillé tout l'avant-midi à laver le plafond et les murs de la cuisine. Lorsque André rentra de l'école pour dîner, il s'étonna de ne pas trouver le repas prêt.

— Aïe, l'innocent ! s'emporta sa sœur de quinze ans, tu vois pas qu'on est dans le grand ménage ?

— Tu vas manger de la soupe et du pain, à midi, comme tout le monde, décréta sa mère.

— Si ça fait pas ton affaire, je peux aller à l'école à ta place cet après-midi et tu prendras la mienne, ajouta sa sœur, de mauvaise humeur.

— Whow ! Énerve-toi pas, la grande, se défendit l'adolescent. J'ai pas dit que ça faisait pas mon affaire.

Pendant que les femmes s'affairaient à nettoyer l'intérieur des maisons, les hommes avaient chargé des piquets de cèdre et des rouleaux de fil de fer barbelé sur leur voiture et faisaient le tour des clôtures pour les consolider avant de laisser sortir les vaches de l'étable pour la première fois depuis la fin de l'automne précédent. Déjà, les porcs et les poules étaient à l'extérieur depuis quelques jours pour leur plus grand bonheur.

Le dimanche précédent, Ludger Ménard avait rappelé à ses ouailles qu'il dirigerait la récitation du chapelet chaque soir, à sept heures, comme tous les ans, durant le mois de Marie. Il comptait sur les mères de famille pour inciter leur mari et leurs enfants à venir prier la Vierge à l'église.

En cette première soirée de mai, le curé faisait les cent pas sur la large galerie qui ceinturait le presbytère en lisant son bréviaire. De temps à autre, le prêtre s'arrêtait pour consulter sa montre de gousset. Il esquissait alors un vague mouvement d'impatience avant de reprendre son va-et-vient. Il lui restait à peine trente minutes avant d'être obligé de quitter le presbytère pour aller officier la récitation du chapelet. Le matin même, il avait fait avertir Étienne Fournier par le postier qu'il voulait le voir sans faute ce soir-là, avant le chapelet.

Soudain, il aperçut le jeune cultivateur débouchant du rang Sainte-Marie en boghei. Le bossu descendit sans se hâter de sa voiture et attacha son cheval. Quand il leva la tête vers la galerie, le curé Ménard ne put s'empêcher de lui faire signe de se presser.

— Excusez le retard, monsieur le curé, mais j'ai une vache qui vient de vêler.

— On a encore le temps de régler notre affaire, dit le pasteur. Suis-moi dans mon bureau. Ce sera pas long.

Les deux hommes pénétrèrent dans le presbytère et le prêtre fit passer son visiteur dans son bureau.

— Assis-toi, Étienne. Comment ça va sans ta mère pour tenir ta maison ?

— Je me débrouille, monsieur le curé.

— Tu te sens pas trop tout seul ?

— Non. Je parle pas mal aux Tremblay et aux Veilleux. On se donne des coups de main, entre voisins, expliqua Étienne sans entrer dans les détails.

— Bon. Tant mieux, approuva le pasteur, heureux de constater que le jeune homme avait suivi son conseil de ne pas demeurer isolé.

— Vous m'avez fait dire que vous vouliez me voir ?

— Oui. Tu sais qu'à la fin de la semaine, on va donner une sépulture aux personnes qui ont été placées dans le charnier durant l'hiver. Il y a ta sœur Berthe, ton père et le vieux Hormidas Béliveau. Elphège Turcotte est justement en train de creuser les fosses ces jours-ci et il m'a dit que la terre était assez dégelée.

Immédiatement, le visage d'Étienne devint plus grave.

— La cérémonie pour la mise en terre de ta sœur Berthe et de monsieur Béliveau est prévue pour jeudi matin.

— Je vais y être, monsieur le curé.

— J'ai appelé au presbytère de Saint-Grégoire pour savoir ce que ta mère entendait faire pour le corps de ton père. Tu te rappelles que je lui avais dit que je ferais tout mon possible pour décider la fabrique à lui vendre un petit lot en dehors du cimetière pour qu'il y soit enterré.

— Est-ce que la fabrique a accepté ?

— Oui. À leur réunion d'hier soir, les marguilliers ont été assez humains pour comprendre la situation. Ils sont prêts à vendre un petit lot juste en dehors du cimetière, en gagnant vers la rivière. Ils demandent juste vingt piastres. Cet avant-midi, j'ai appelé ta mère pour lui dire ça. Elle m'a dit que ça la regardait plus. D'après elle, tu as hérité de tout, c'est à toi de t'occuper de ça.

— Il y a pas de problème ; je vais payer, monsieur le curé.

— Parfait. Voilà une bonne chose de faite. Tu sais que je peux pas bénir la mise en terre de ton père. Je vais demander au bedeau de la faire de bonne heure, vendredi matin. Le mieux serait que ce soit fait avant la messe de sept heures pour éviter que trop de curieux viennent voir ce qui se passe de l'autre côté de la clôture du cimetière. J'aimerais pas que ça arrive aux oreilles de Monseigneur et qu'il vienne me demander comment ça se fait que nous ayons vendu un lot aussi près du cimetière. J'espère que tu comprends ?

— Oui, monsieur le curé, répondit Étienne, le cœur serré à la pensée que son père serait mis en terre en cachette, comme une bête.

— C'est parfait, déclara le pasteur de Saint-Jacques en se levant pour signifier que l'entrevue était terminée. Bon. Je dois aller réciter le chapelet.

— Une dernière chose, monsieur le curé. Est-ce que ma mère vous a dit qu'elle viendrait à l'enterrement ?

— Elle en a pas parlé. Tu connais ta mère : elle est pas la plus bavarde des femmes... Combien de fois l'as-tu vue depuis qu'elle est partie à Saint-Grégoire au mois de janvier ?

— Pas une fois, murmura le jeune homme.

— Elle t'a téléphoné au moins ?

— Non plus. Mais il faut dire que j'ai pas le téléphone. Ils sont supposés venir m'en installer un avant la fin du mois de juin. Elle m'a écrit, par exemple.

Étienne se garda bien de préciser que sa mère ne lui avait écrit qu'une lettre de quelques lignes à la fin du mois de février, une lettre dans laquelle elle s'était bornée à lui dire que tout allait bien et qu'elle aimerait qu'il lui fasse parvenir un livre de recettes qu'elle avait oublié d'emporter avec elle parce qu'il avait été rangé dans une armoire de la cuisine d'été.

Quand le jeune cultivateur monta dans sa voiture pour retourner chez lui, quelques enfants se tiraillaient sur le parvis de l'église, attendant manifestement la dernière minute pour entrer dans le temple. Un peu plus loin, des paroissiens arrivaient sans trop se presser. Au moment où Étienne se mettait en route, il entendit la voix sévère de l'abbé Leroux réprimandant les jeunes et leur donnant l'ordre d'entrer dans l'église en silence.

L'avant-veille de la cérémonie, Étienne ne travailla pas à l'extérieur. Il occupa sa journée et sa soirée à nettoyer la maison et à cuisiner. Sa mère allait sûrement arriver avant l'heure du souper, le lendemain. Il avait même déménagé ses affaires dans l'une des chambres à coucher situées à l'étage de manière à lui laisser l'usage de la chambre qui avait toujours été la sienne, au rez-de-chaussée.

À la fin du mercredi après-midi, il mit son repas au feu et se dépêcha de soigner ses animaux et de traire ses vaches pour être présent lorsqu'elle arriverait à la maison. Malheureusement, il s'était donné tout ce mal en pure perte. Gabrielle Fournier ne se présenta pas à la maison de son fils ce soir-là. Étienne passa sa soirée à l'attendre, désemparé à l'idée que sa mère pourrait ne pas se déranger pour l'enterrement de sa fille le lendemain matin. S'il avait eu le téléphone, il l'aurait appelée au presbytère de Saint-Grégoire pour s'informer de ses intentions. Finalement, à onze heures, le jeune homme monta se coucher, mais dormit très mal, imaginant mille raisons qui avaient pu empêcher sa mère de se rendre à Saint-Jacques-de-la-Rive.

Le lendemain avant-midi, le jeune cultivateur s'endimancha et prit la route du village sous un ciel bas chargé de lourds nuages gris. À son arrivée devant l'église, il découvrit une douzaine de personnes regroupées sur le parvis, probablement tous des proches de Hormidas Béliveau. Au moment où il allait se joindre aux gens, une vieille voiture s'arrêta quelques dizaines de pieds plus loin pour laisser descendre une Gabrielle Fournier entièrement vêtue de noir dont le haut du visage disparaissait sous une légère voilette. Étienne s'empressa d'aller au-devant de sa mère qu'il n'avait pas vue depuis presque quatre mois.

— Bonjour, m'man, dit-il, ému, prêt à la serrer dans ses bras.

— Bonjour, répondit sèchement sa mère en lui tendant une joue pour qu'il l'embrasse.

Tous les deux se mirent en route vers le groupe parce que le curé Ménard venait de sortir de l'église, coiffé de sa barrette et vêtu d'une chape noire sous laquelle il portait un surplis. L'un des enfants de chœur tenait une croix tandis que l'autre était chargé d'un bénitier et d'un goupillon.

— Je vous ai attendue, hier, murmura Étienne à sa mère. J'étais sûr que vous viendriez coucher à la maison.

— C'était pas nécessaire, laissa tomber Gabrielle sans même tourner la tête vers lui. Je m'étais arrangée avec le boulanger de Saint-Grégoire pour qu'il m'amène ici à temps pour la cérémonie. Il va me reprendre en revenant de Pierreville où il a des commissions à faire.

— Vous resterez pas pour l'enterrement de p'pa demain matin ? demanda Étienne, stupéfait.

— Non. Je peux pas, déclara sèchement Gabrielle, sans se donner la peine de fournir une explication.

Sans ajouter un seul mot, la mère et le fils suivirent le court cortège jusqu'au cimetière situé derrière l'église. En passant devant le petit édifice en brique rouge, Étienne remarqua que la porte du charnier avait été refermée. Les cercueils de Berthe Fournier et de Hormidas Béliveau, couverts d'un drap noir, avaient été déposés sur des tréteaux près des lots de chacune des familles par des porteurs de l'entrepreneur de pompes funèbres de Pierreville. Elphège Turcotte avait creusé les fosses. Il attendait quelques pieds plus loin, armé d'une pelle.

Le curé s'arrêta d'abord au lot des Fournier. Étienne et Gabrielle s'avancèrent pendant que les proches de Hormidas Béliveau demeuraient en retrait. Le prêtre récita une prière dans laquelle il implorait Dieu d'accueillir le corps de Berthe dans la terre de son dernier repos. Étienne eut un sanglot étouffé quand il vit les porteurs s'apprêter à descendre lentement le cercueil dans la fosse. Sa mère, à ses côtés, ne broncha pas. Comme d'habitude, elle devait tout garder à l'intérieur, préoccupée surtout par la nécessité de ne pas se donner en spectacle.

Le curé Ménard fit un pas en avant, saisit le goupillon dans le bénitier et aspergea le cercueil en disant : « *Requiescat in pace.* » Le *amen* prononcé par les gens présents avait quelque chose de définitif. La famille Béliveau suivit l'officiant jusqu'au lot familial, laissant derrière elle Gabrielle et Étienne qui entendirent tomber les premières pelletées de terre sur la bière qui renfermait les restes de Berthe.

La mère et le fils se recueillirent durant quelques instants avant de se diriger vers la sortie du cimetière. La brise venait de se lever et semblait vouloir chasser les nuages. Par les fenêtres ouvertes du couvent situé à côté de l'église, on entendait la voix des écolières ânonner leurs leçons. En face, au coin du rang Sainte-Marie, Jean-Paul Veilleux avait entrepris de repeindre la façade de son épicerie d'un jaune éclatant. Deux maisons plus loin, Rose-Aimée Turcotte était en grande conversation avec la cuisinière du curé.

Il y eut un long silence embarrassé entre la mère et le fils, qui ne savaient ni l'un ni l'autre quelle contenance adopter.

— Venez-vous dîner à la maison ? proposa Étienne, faisant un effort méritoire pour chasser la tristesse du moment. Vous allez voir que je suis pas si mal que ça dans une cuisine.

— Je peux pas, se contenta de répondre Gabrielle. Le boulanger saurait pas où me trouver. Il devrait être là dans pas longtemps.

— Vous avez pas changé d'idée, m'man ? Ça vous tente pas de revenir vivre à Saint-Jacques ? finit-il par demander à sa mère avec un soupçon d'espoir dans la voix. La maison est aussi propre que quand vous y étiez et, en plus, j'ai appris à faire à manger.

— J'ai pas changé d'idée pantoute. À la fin de l'automne prochain, je vais lâcher le presbytère pour aller vivre à Nicolet. Tant mieux pour toi si t'as appris à tenir maison, fit sa mère sans manifester aucune joie particulière.

À ce moment-là, la vieille Dodge poussiéreuse du boulanger apparut sur la route et vint s'immobiliser devant eux. Sans aucune chaleur, Gabrielle tendit une nouvelle fois l'une de ses joues à embrasser à son fils avant de monter à bord. Le conducteur remit son véhicule en route après avoir salué le jeune bossu d'un signe de tête et sa passagère ne tourna même pas la tête pour regarder son fils qui montait déjà dans son boghei.

Tout au long de son trajet du retour, Étienne, les larmes aux yeux, se demanda ce qui chez lui avait fait que sa mère ne l'aimait pas. Il était bien évident qu'elle avait décidé de couper les ponts et de le rayer de son existence. À aucun moment, elle ne s'était informée de ce qu'il devenait depuis son départ. C'était comme s'il était aussi mort pour elle que Berthe et son père.

Le lendemain matin, il était debout bien avant l'aube, s'endimanchant avec autant de soin que la veille. Il serait peut-être le seul à être présent à l'inhumation de son père en terre non bénite, mais il ne serait pas dit qu'il avait fait moins pour lui que pour sa jeune sœur décédée. Malgré son geste désespéré, son père méritait encore son respect.

Étienne arriva devant l'église quelques minutes après le lever du soleil. Le fourgon des Desfossés était déjà sur place, signe que les porteurs étaient en train de transporter la dépouille de Germain

Fournier. Au moment où il allait franchir le portillon à l'entrée du cimetière, le bruit d'une, puis de deux voitures, se fit entendre derrière lui. En se tournant vers la route, le jeune homme aperçut les Tremblay qui lui faisaient signe de les attendre.

Clément descendit de voiture en compagnie de Céline et de Françoise. Quelques pieds plus loin, Gérald aida sa mère et sa femme à en faire autant. Le groupe rejoignit rapidement le jeune voisin.

La veille, Jérôme s'était arrêté quelques minutes chez sa sœur Céline et avait abondamment parlé du lot en dehors du cimetière que lui et les autres marguilliers de la paroisse avaient accepté de vendre au jeune Fournier pour y enterrer son pauvre père. Il avait entendu le curé Ménard déplorer le fait d'être obligé de faire enterrer le malheureux suicidé à la sauvette avant la messe de sept heures pour ne pas attirer l'attention. Immédiatement, les Tremblay avaient décidé d'un commun accord d'apporter leur soutien à leur voisin. C'était ainsi qu'ils se retrouvaient tous de si bonne heure devant l'église en ce vendredi matin.

— Qu'est-ce que vous faites ici ? demanda Étienne, ému par leur présence.

— Tu pensais tout de même pas qu'on était pour te laisser enterrer ton père tout seul, répondit Clément. On va y aller tous ensemble : ce sera moins difficile pour tout le monde.

Le petit groupe traversa silencieusement tout le cimetière avant d'apercevoir quatre personnes qui leur tournaient le dos, de l'autre côté de la petite clôture en fer forgée qui en marquait les limites. L'une des personnes se tourna vers les nouveaux arrivants : c'était le curé Ménard, mais non revêtu, comme la veille, de ses habits sacerdotaux. Il leur fit signe de venir les rejoindre. Les deux employés de Desfossés et le bedeau étaient aussi présents. Le cercueil avait été déposé sur le sol, près d'une fosse.

— Je suis pas ici à titre de curé de Saint-Jacques, prit soin de préciser Ludger Ménard. L'Église me le permettrait pas. Je suis ici à titre d'être humain venu apporter soutien et consolation à l'un de ses frères dans la peine. Prions pour que le désespoir nous pousse jamais à poser un acte aussi grave que celui qui a poussé notre frère Germain à s'enlever la vie.

Toutes les têtes se penchèrent en même temps pendant que le prêtre récitait un « Je crois en Dieu » et un « Notre Père » pleins de ferveur. À la fin, Clément et Gérald s'avancèrent sans qu'on le leur demande pour prêter main-forte aux autres hommes afin de descendre lentement au fond de la fosse le cercueil de Germain Fournier. Après un dernier signe de croix, le groupe franchit le portillon et rentra dans le cimetière, laissant derrière lui le prêtre en compagnie d'Étienne. Quand le bedeau commença à jeter de la terre dans la fosse, le fils s'éloigna en compagnie de Ludger Ménard.

— Ta mère pouvait pas venir ? demanda le prêtre à voix basse.

— Non, monsieur le curé. Je pense qu'elle avait trop honte. Je vous remercie d'être venu, ajouta le jeune cultivateur. Ça fait du bien de pas être tout seul.

Le curé se contenta de hocher la tête.

— Pensez-vous que j'ai le droit de faire installer une pierre tombale ou une croix sur la tombe de mon père ?

— Je vois pas ce qui t'en empêcherait, répondit le curé Ménard. Ce lot-là t'appartient. T'as le droit d'en faire ce que tu veux... Pour l'entretien, par exemple, il va falloir que tu t'entendes avec le bedeau.

— J'aurai pas besoin de son aide, monsieur le curé. Je m'en occuperai moi-même. Je dois ben ça à mon père.

Le prêtre donna une tape d'encouragement à son jeune paroissien avant de le quitter pour entrer dans la sacristie et se préparer à célébrer la messe de sept heures. De retour devant l'église, Étienne se rendit compte que les Tremblay l'avaient attendu.

— Vous venez tous déjeuner à la maison, lança Thérèse, essayant de combattre la tristesse dans laquelle baignait cette nouvelle journée.

Étienne allait protester, mais la vieille dame ne lui en laissa pas la chance.

— Aline et Élise ont tout préparé pour le déjeuner et elles te pardonneraient jamais de les avoir fait travailler pour rien. Arrive. Fais pas de cérémonies.

Le jeune homme, reconnaissant, dut accepter.

— Je vais monter avec Étienne, annonça Françoise à ses parents au moment où ils s'apprêtaient à monter dans la vieille Ford.

— En voiture à cheval comme nous autres, se moqua son oncle Gérald. Comme ça, ma belle, t'es plus sûre de te rendre à la maison que dans le tas de ferraille de ton père.

Sur le chemin du retour, Céline ne put s'empêcher de faire remarquer à son mari :

— En tout cas, personne me fera jamais croire que Gabrielle Fournier est normale. Elle est venue pour l'enterrement de sa fille hier et elle se déplace même pas pour celui de son mari. Elle a même pas arrêté chez son garçon. Tu parles du drôle de monde !

— C'est sûr qu'elle est spéciale, cette femme-là, confirma Clément. À mon avis, elle a toujours été un peu folle. Il faut qu'elle le soit pour avoir vécu toute seule dans son coin, sans parler à personne pendant tant d'années.

Les jours suivants, la nature décida de donner aux habitants de Saint-Jacques-de-la-Rive un avant-goût de l'été. Le paysage était passé du vert tendre au vert foncé. Les premiers lilas de la saison commençaient même à exhaler leur odeur entêtante. Le soleil s'était mis à cuire tout ce qui n'était pas à l'ombre.

Étienne s'échina, comme la plupart de ses voisins, à amasser les pierres que le dégel avait fait apparaître à la surface de ses champs. Il se mit à sillonner sa terre en marchant à côté de sa charrette sur laquelle il lançait tout ce qui pourrait briser ses instruments aratoires. Lorsque la voiture était pleine, il allait déverser les pierres amassées dans une cavée. Ensuite, il se mit à répandre du fumier dans ses champs et à passer ce qu'il appelait « les roulettes » pour rendre la terre plus meuble.

Il aurait aimé pouvoir imiter les Tremblay ou les Veilleux déjà installés dans leur cuisine d'été, mais il n'avait pas de femme pour s'occuper de son foyer et devrait attendre une journée de pluie pour entreprendre le ménage de cette pièce plus aérée que la cuisine d'hiver.

Un soir de la dernière semaine de mai, le soleil venait à peine de se coucher derrière la forêt qui bordait les terres du rang Sainte-Marie lorsque le jeune cultivateur, occupé à la fabrication d'un meuble dans sa remise, entendit sonner le tocsin. Il sortit pour regarder autour de lui. Il crut voir une vague lueur orangée dans la direction du village.

Il allait se décider à atteler quand la Ford de Clément s'arrêta devant chez lui dans un grincement de freins. Jean, Gérald et son fils Bertrand étaient déjà à bord.

— Je viens de recevoir un coup de téléphone. C'est le couvent qui brûle. Ils ont besoin d'aide. Viens-tu ?

— J'arrive ! se contenta de dire Étienne en montant à l'arrière du véhicule.

Sur la route, la voiture dépassa deux ou trois attelages en soulevant un nuage de poussière. Arrivé au bout du rang Sainte-Marie, Clément décida de laisser son véhicule sur le bord de la route en constatant le tohu-bohu qui régnait à l'intersection. Ses quatre passagers descendirent précipitamment de la vieille Ford en même temps que lui et se frayèrent difficilement un chemin au milieu des piétons et des voitures qui avaient envahi le rang Saint-Edmond. Beaucoup d'hommes ne cherchaient qu'à se rapprocher du brasier pour aider à éteindre les flammes.

Le vieux couvent en bois à un étage des sœurs de l'Assomption était voisin de l'église. Il brûlait comme une torche, jetant sur les spectateurs des lueurs orangées. Les flammes sortaient déjà en grondant par plusieurs fenêtres de l'étage. Une épaisse fumée noire, rabattue par le vent qui venait de se lever, faisait tousser et pleurer les curieux rassemblés sur le trottoir, de l'autre côté du chemin. Le curé Ménard avait rejoint les religieuses près de l'épicerie et tentait de les réconforter. Son vicaire, debout au premier rang des spectateurs, encourageait ces derniers à prier.

Déjà deux chaînes humaines s'étaient formées entre le bâtiment et la rivière qui coulait quelque deux cents pieds derrière. On se passait de main en main des chaudières d'eau que le premier de chaque chaîne s'empressait de déverser à la volée sur les flammes. Un peu partout des gens couraient et criaient.

— Les pompiers de Pierreville sont à la veille d'arriver, cria quelqu'un.

— En attendant, on peut former une autre chaîne, hurla Arthur Boisvert pour se faire entendre. Desjardins vient de trouver une vingtaine de chaudières au fond de sa remise.

— On est là pour ça, fit Côme Crevier en prenant la tête d'une autre chaîne.

Aussitôt, Étienne et les Tremblay s'alignèrent avec une quinzaine d'autres volontaires en laissant un intervalle régulier entre eux. La troisième chaîne se mit au travail sans perdre un instant.

— Est-ce que toutes les sœurs sont sorties de là ? demanda une vieille paroissienne.

— Oui, oui, répondit sa voisine, tout énervée. Je viens de les voir toutes les cinq sur le balcon de l'épicerie avec monsieur le curé.

— Qu'est-ce qu'elles font ?

— Elles prient, répondit une autre.

— J'espère qu'elles prient pas pour sauver leur couvent, dit Elphège Turcotte qui surveillait de près la progression de l'incendie. C'est sûr qu'il est fini. Il faut surtout s'occuper de l'église à côté.

— Si le vent change de bord, mon Tit-Phège, dit le vieux Dionne qui venait de le rejoindre, j'ai ben peur que l'église y passe aussi.

— Mais qu'est-ce que les pompiers attendent pour arriver, torrieu ! jura un autre vieux du village. Pierreville, c'est pas au bout du monde.

Au moment où l'homme finissait de parler, la foule de curieux s'ouvrit devant deux voitures de pompiers de la municipalité voisine. Aussitôt, le chef donna des ordres et les sapeurs volontaires se précipitèrent en portant des boyaux vers la rivière. Pendant ce temps, le chef s'empressa d'aller encourager les chaînes humaines à poursuivre leur travail pendant que ses hommes allaient d'abord arroser le mur est et la toiture de l'église pour éviter que des tisons ne viennent enflammer le temple.

Durant près d'une demi-heure, l'issue du combat fut incertaine. On n'entendait que le rugissement des flammes et les cris de ceux qui les combattaient. À cause du vent, on ne savait pas si on parviendrait à éviter que le feu se propage à l'église. Brusquement, la foule proféra un « oh » de stupéfaction. La charpente en bois du couvent venait de s'écrouler dans un grondement qui fit reculer les spectateurs les plus braves. Immédiatement, les grandes flammes rougeoyantes se transformèrent en flammes rampantes qui ne léchaient plus que des restes de bois carbonisé. Il fut dès lors évident pour tous que l'église paroissiale serait épargnée et tous les gens présents poussèrent un immense soupir de soulagement.

Pendant qu'on étouffait les dernières flammes du brasier, une spectatrice dit :

— Une chance que c'est pas arrivé pendant la journée. Des enfants auraient pu brûler là-dedans.

— C'est vrai, ce que tu dis là, reprit un autre spectateur. Là, au moins, on est sûr que le feu a pas tué ou blessé quelqu'un.

— Est-ce qu'il y a quelqu'un qui a vu Beau-Casque ? demanda le maire Boisvert, en s'avançant vers le groupe auquel venaient de se joindre les pompiers volontaires.

Le chef des pompiers venait de signifier aux trois chaînes d'hommes qui avaient aidé à combattre l'incendie que ses hommes suffisaient maintenant à éteindre ce qui restait du couvent. Les volontaires, fatigués, le visage noirci par la suie, s'étaient regroupés devant l'épicerie de Jean-Paul Veilleux.

Quand le maire posa sa question aux différents groupes réunis, les gens se regardèrent, mais il n'y eut pas de réponse.

— Dites-moi pas qu'il a brûlé dans le couvent ! dit Arthur Boisvert.

— S'il était dans sa chambre, dans la cave, lui

fit remarquer Côme, personne a l'air de l'avoir vu sortir de là.

— On serait peut-être mieux de demander aux sœurs, suggéra Rose-Aimée Turcotte qui venait de s'approcher avec son frère.

— Bonne idée, reconnut le maire. De toute façon, il faut que je les voie parce qu'il va bien falloir leur trouver une place où coucher pour la nuit. Elles ont tout perdu dans ce feu-là.

Le petit homme bedonnant monta sur le balcon de l'épicerie et vint trouver les cinq religieuses tremblantes et abasourdies qui entouraient le curé Ménard.

— Excusez-moi, mes sœurs, fit le maire. Est-ce qu'il y en a une parmi vous qui a vu sortir Beau-Casque du couvent ?

Les religieuses se consultèrent brièvement du regard avant que la supérieure réponde à Arthur :

— Non, monsieur le maire.

— Mais il était bien rentré au couvent avant que le feu prenne ? demanda le maire, avec l'espoir qu'on lui réponde par la négative.

— Oui, répondit immédiatement la supérieure. Je venais de l'envoyer porter deux chaises qu'il avait réparées dans une des classes, une dizaine de minutes avant que le feu se déclare.

— Vous pensez qu'il a pu brûler dans le couvent ? demanda le curé Ménard sans s'adresser à personne en particulier.

— Personne l'a vu en sortir, en tout cas, monsieur le curé.

— C'est drôle pareil, fit le vieux Dionne en se mêlant à la conversation. Je pense avoir été le premier à voir le feu. Il venait d'en haut, du premier étage. Si sa chambre est dans la cave, l'innocent a eu cent fois le temps de sortir avant que le feu s'étende.

— Comment le feu aurait bien pu prendre en haut ? demanda le maire. À moins qu'une de vos sœurs ait oublié une chandelle ou renversé une lampe à l'huile allumée dans sa chambre ?

— Impossible, déclara tout net la supérieure. Nous étions toutes les cinq en train de prier dans la salle commune depuis une heure quand c'est arrivé. Il faisait encore clair quand on a commencé et on avait rien allumé.

— Il y a pas un poêle en haut ? demanda le maire.

— Non. Le seul poêle du couvent est dans la cuisine. En haut, il y a une petite fournaise et on ne l'allume que l'hiver, quand il fait trop froid.

— Si ce que vous me dites est vrai, ça pourrait vouloir dire que Beau-Casque a quelque chose à voir avec le feu. Ce feu-là s'est pas allumé par l'opération du Saint-Esprit.

— S'il est mort brûlé, dit le curé Ménard, on saura jamais ce qui s'est passé.

— En tout cas, je vais parler de tout ça au capitaine des pompiers, conclut le maire. Il va avertir la police provinciale en rentrant à Pierreville. La police va peut-être envoyer du monde pour fouiller ce qui reste du couvent pour voir. Et pour les sœurs, je...

— J'ai parlé avec la mère supérieure, l'interrompit le curé Ménard. Elle pense que ce soir, le mieux pour elle et ses consœurs, ce serait de les conduire au couvent de Nicolet. Ici, au village, il y a pas une maison capable de les héberger toutes les cinq cette nuit et elles ont rien pour passer la nuit. Je suis prêt à aller en conduire quelques-unes, mais il faudrait une autre voiture.

— Je m'en occupe dans cinq minutes, monsieur le curé, promit Arthur Boisvert. Je parle au capitaine et après ça, je vais prendre ma voiture pour aller conduire à Nicolet les sœurs que vous pourrez pas embarquer.

Quelques minutes plus tard, les dernières flammes furent définitivement éteintes et les pompiers se mirent à rouler leurs boyaux qu'ils déposèrent dans les deux camions à incendie. Comme il n'y avait plus rien à voir qu'un tas de décombres qui fumait à peine, la foule se dispersa peu à peu dans cette chaude soirée de mai. Après le départ des pompiers, Ludger Ménard sortit sa Plymouth noire de son garage pour y faire monter trois religieuses et attendit l'arrivée de la voiture du maire qui se chargea du transport des deux dernières sœurs de l'Assomption.

Ce soir-là, beaucoup de femmes de Saint-Jacques-de-la-Rive et de Saint-Gérard, le village voisin, eurent le cœur envahi de tristesse à la pensée que le couvent qu'elles avaient fréquenté dans leur jeunesse était disparu à jamais. Céline Tremblay était l'une de celles-là. Au moment de se mettre au lit, elle ne put s'empêcher de demander à Clément :

— D'après toi, qu'est-ce qui va arriver aux filles qui allaient au couvent ?

— Ben, j'ai l'impression qu'elles vont être en vacances avant les autres. De toute façon, l'année d'école est presque finie.

— Et les enfants de l'école du village à qui enseignait sœur Agnès ?

— La même chose. Je pense pas que le président de la commission scolaire va se mettre à chercher une maîtresse d'école au mois de mai.

— Oui, mais l'année prochaine ?

— Ça, c'est une autre paire de manches, admit Clément. Il reste à savoir si la paroisse est assez riche pour construire un autre couvent. Peut-être même que la communauté voudra même pas nous renvoyer des sœurs. On verra ben ce qui arrivera. De toute façon, nous autres, on a pas d'enfant à l'école.

— Nous autres, non, mais Jérôme a encore André à l'école du village.

— Il est ben trop grand pour que ce soit sœur Agnès qui lui fasse l'école. Il doit être dans la classe d'Annette Rivest. En plus, si je me trompe pas, je pense pas que notre neveu serait celui qui pleurerait le plus fort si on l'envoyait en vacances un mois avant les autres.

Le lendemain, la nouvelle se répandit dans la municipalité à la vitesse de l'éclair. Beau-Casque n'était pas mort dans l'incendie du couvent. Pascal Lambert, du rang du Petit-Brûlé, l'avait chassé de sa grange le matin même. Le cultivateur l'avait trouvé là, endormi. Il n'en fallait pas plus pour relancer la machine à rumeurs. Si le pauvre innocent n'était pas mort carbonisé dans le couvent incendié, il devait avoir quelque chose à voir avec ce feu-là. De l'avis de plusieurs, il était bien assez fou pour avoir mis le feu au couvent pour se venger si une religieuse lui avait fait une remarque qui lui avait déplu...

Alerté, le maire avait aussitôt prévenu la police provinciale. On avait envoyé deux policiers pour procéder à l'arrestation de l'homme dans l'intention de l'interroger. On les vit patrouiller un peu partout dans Saint-Jacques, mais ils n'étaient pas parvenus à le retrouver, ce qui inquiéta passablement de gens qui n'aimaient pas du tout l'idée qu'il y ait un incendiaire en liberté dans le voisinage. Sans le crier sur les toits, on se promit d'ouvrir l'œil.

La vie reprit pourtant son cours normal avec ses soucis quotidiens. Les jours passèrent et on finit par oublier Beau-Casque à Saint-Jacques-de-la-Rive. Si on ne l'avait pas encore trouvé, c'était qu'il était loin. « Que le diable l'emporte ! » disaient certains, Françoise Tremblay la première. « Qu'il aille se faire pendre ailleurs ! » approuvaient les autres. Avant même la fin du mois de mai, deux nouvelles plus importantes allaient occuper l'esprit des habitants de la municipalité.

Tout d'abord, Hector Paquette, le président de la commission scolaire, apprit que les religieuses de l'Assomption n'avaient pas l'intention de revenir enseigner à Saint-Jacques, qu'on leur construise un couvent neuf ou non. La supérieure de la communauté de Nicolet lui avait fait clairement comprendre que le nombre d'élèves du couvent du village ne justifiait plus la présence des religieuses. Ces dernières allaient dorénavant demeurer au grand couvent de Nicolet où leur présence serait beaucoup plus utile. En ce qui concernait sœur Agnès, la religieuse qui enseignait à l'école du village depuis près de vingt ans, il allait de soi qu'elle devrait être remplacée par une institutrice laïque. Elle ne viendrait même pas terminer l'année scolaire. En d'autres mots, Saint-Jacques-de-la-Rive venait de perdre une institution vieille de plus d'un demi-siècle. La présence de ce couvent avait toujours été un objet de fierté pour les habitants de Saint-Jacques parce que tout comme le pont, il distinguait leur village des villages de Sainte-Monique et de Saint-Gérard, qui n'avaient jamais pu en posséder un.

Une semaine plus tard, Arthur Boisvert convoqua une assemblée municipale extraordinaire un mardi soir. Intrigués, un bon nombre de contribuables se déplacèrent pour savoir de quoi il retournait. Qu'est-ce qui était assez important pour déranger les gens durant la période de l'année où ils étaient le plus occupés ? Après le souper, une cinquantaine de personnes s'entassèrent dans la salle de classe de l'école du village.

Entouré de ses échevins et du curé Ménard, le premier magistrat de la municipalité, ému, annonça à l'auditoire qu'il venait d'être nommé à la direction d'une Caisse populaire de Sorel. Par conséquent, il devait quitter Saint-Jacques-de-la-Rive avec sa famille pour aller s'installer dans cette ville distante d'une trentaine de kilomètres avant la mi-juin. Il démissionnait donc le soir même du poste de maire qu'il occupait depuis huit ans.

Le premier moment de stupeur passé, tout le monde se mit à parler en même temps dans la salle, sans tenir compte des rappels à l'ordre du maire. Quand il parvint enfin à rétablir un peu de silence, Côme Crevier se leva pour prendre la parole. Le garagiste corpulent parvenait difficilement à dissimuler un air triomphant.

— C'est ben de valeur que tu partes avant la fin de ton mandat, Arthur, dit-il un peu hypocritement. Mais je suppose qu'il va falloir faire des élections pour te remplacer ?

— Non, Côme. Il me semble que tu devrais savoir que la loi prévoit que si le maire peut pas finir son mandat, il est automatiquement remplacé par l'échevin qui a été nommé pro-maire. Lui, il va finir le mandat à la place du maire. Tout à l'heure, le conseil a décidé de nommer Gilbert Parent pro-maire de Saint-Jacques. Il va me remplacer jusqu'à l'automne prochain.

— Et on a rien à dire, nous autres ? s'insurgea le garagiste avec mauvaise humeur.

— Non. C'est la loi.

Il y eut quelques applaudissements dispersés dans la salle pour accueillir le nouveau maire de Saint-Jacques-de-la-Rive. Parent, un homme râblé à l'épaisse chevelure striée de fils blancs, salua de la tête d'un air un peu emprunté.

— Avant que tu partes, Arthur, reprit Crevier, est-ce qu'on peut savoir ce que t'as fait exactement pour sauver le couvent ? On a su que Paquette, à titre de président de la commission scolaire, s'est pas mal démené pour que les sœurs reviennent, mais on a pas entendu parler de toi.

Arthur Boisvert jeta à l'importun un regard exaspéré avant de répondre.

— C'est correct. Il y a pas de secret là-dedans. Je suis allé rencontrer la supérieure vendredi passé avec le président de la commission scolaire. On lui a promis qu'on trouverait un moyen de loger les religieuses quelque part au village en attendant d'avoir les moyens de construire un autre couvent.

— Et où est-ce qu'elles auraient fait l'école ? demanda une dame Garneau, du rang Saint-Paul.

— On aurait pu se débrouiller pour qu'elles fassent l'école dans le sous-sol de l'église ou ailleurs au village.

— Puis ? fit Crevier.

— Elle a refusé. Paquette et moi, on a eu l'impression que son idée était faite depuis longtemps. On aurait pu lui proposer la lune ; elle aurait dit non. Elle a fini par nous avouer que depuis deux ou trois ans, elle pensait sérieusement à ramener ses sœurs au grand couvent de Nicolet parce qu'elle trouvait qu'on n'avait pas assez d'élèves.

Il y eut des murmures de désapprobation dans la salle.

— Il me semble que vous auriez pu vous démener plus que ça, conclut Crevier en prenant toutes les personnes présentes à témoin.

Il n'y eut aucune réaction dans l'assistance et le garagiste en fut pour ses frais.

— Peut-être, reconnut Arthur Boisvert avec un

petit sourire mauvais. Mais perds pas patience, tu vas bien finir par avoir la chance de prouver tout ce que tu sais faire... à condition, ben sûr, d'arriver à te faire élire l'automne prochain.

Quelques ricanements dans la salle saluèrent le trait ironique du maire sortant.

19

L'amour

Étienne Fournier n'était pas présent à la réunion qui s'était tenue au village. Les affaires municipales étaient bien loin de ses préoccupations. Dans une odeur entêtante de vernis, il mettait la dernière main à la coiffeuse à laquelle il travaillait depuis plus d'un mois, chaque soir, après sa journée de travail.

L'habile ébéniste avait doté le petit meuble en chêne blond de trois tiroirs divisés en compartiments pratiques. La table était surmontée d'un miroir ovale placé dans un cadre en chêne fixé à un pivot horizontal qui permettait de l'orienter. En outre, il avait décoré son meuble en sculptant une rose dans un coin du tablier et au fronton de chacun des tiroirs. Il avait complété le tout par une chaise délicate dont le style se mariait parfaitement à celui de la table. Bref, l'ensemble avait tout pour plaire à une femme.

Néanmoins, l'humeur du jeune ébéniste s'assombrissait de plus en plus à mesure qu'il approchait de la conclusion de son travail. Ce qui lui avait paru comme une excellente idée au début lui semblait maintenant presque impossible à réaliser.

Il avait dessiné et créé la coiffeuse et la chaise dans un seul but : les offrir à Françoise le 14 juin, le jour de son vingt et unième anniversaire de naissance.

Étienne ne s'était pas trompé lorsqu'il avait prévu qu'il retomberait dans sa solitude après le départ de Lionel et Louis Tremblay. Pendant un moment, il s'était bercé de l'illusion qu'il ferait le pont entre les deux déserteurs et leur famille parce que ces derniers avaient promis de lui écrire des nouvelles à transmettre aux leurs. Mais à part une courte lettre écrite une semaine après leur départ, l'oncle et le neveu n'avaient plus donné signe de vie, ce qui avait enlevé au jeune homme toute excuse pour aller rendre visite à la famille de Clément Tremblay et ainsi voir Françoise. Il se demandait même si c'était une bonne idée d'avoir fait installer le téléphone puisque la présence de l'appareil lui avait enlevé certaines occasions d'aller chez les voisins.

Étienne souffrait de ne pouvoir rencontrer plus souvent la jeune fille à laquelle il rêvait de plus en plus. Il en était au point de tenir avec elle d'interminables conversations durant ses longues soirées solitaires. Il était même devenu très habile à formuler les questions et les réponses à ce petit jeu. Bien sûr, il apercevait parfois Françoise de loin, en train de travailler dans le jardin, derrière la maison familiale, mais c'était loin de satisfaire son besoin de la voir. Il aurait tout donné pour qu'elle revienne lui rendre visite avec son frère Jean, comme durant l'hiver. À chacune de ses visites, elle ne manquait jamais de lui demander de voir le mobilier de chambre qu'il était en train de construire... Comme il aimait aussi se retrouver debout à ses côtés, dans sa cuisine, la regardant et l'écoutant lui expliquer comment réussir telle ou telle recette ! Mais ce temps-là était terminé. Maintenant, il en était à attendre avec une fébrilité croissante la fin de la grand-messe du dimanche matin, seul moment de la semaine où il pouvait l'approcher et lui dire quelques mots avant qu'elle se précipite vers la Ford où ses parents s'impatientaient déjà.

Au souvenir du dimanche après-midi précédent, les traits du visage d'Étienne se durcissaient et son cœur avait des ratés.

Ce jour-là, un peu après le dîner, le jeune homme était occupé à secouer à l'extérieur le paillasson déposé devant la porte d'entrée de la cuisine quand il vit passer Léo Veilleux en boghei en compagnie d'un jeune homme coiffé d'un élégant Stetson gris. Il pensa d'abord que le mécanicien de chez Thibault allait rendre visite à son père et à son frère Jérôme, au bout du rang, en compagnie d'un ami, mais le véhicule s'immobilisa chez Clément Tremblay. Il en déduisit que Léo s'arrêtait saluer sa sœur et son beau-frère avant de poursuivre sa route.

Le jeune cultivateur ne s'était plus préoccupé de rien et avait cuisiné une partie de l'après-midi, comme il avait pris l'habitude de le faire tous les dimanches parce qu'il manquait de temps durant la semaine. Il avait terminé son travail de ménagère vers trois heures et s'était alors empressé d'aller s'asseoir sur le balcon pour profiter un peu de ce beau dimanche après-midi de juin. Quelques minutes plus tard, Françoise était passée devant chez lui en compagnie de l'inconnu au chapeau gris. Tous les deux marchaient lentement sur la route et semblaient fort bien s'entendre. La jeune fille l'avait interpellé et salué avant de poursuivre son chemin. Étienne lui avait répondu d'un signe de la main, le cœur rongé par la jalousie.

Qui était ce gars ? Qu'est-ce qu'il venait faire chez les Tremblay ? D'où venait-il ? Était-ce un parent ? Françoise s'était-elle fait un amoureux ? C'était bien possible. Comment aurait-il pu le savoir ? Le bossu suivit le couple du regard jusqu'à ce qu'il regagne la maison voisine. Quand il le vit s'asseoir dans la balançoire installée sur le côté de la maison, il se mit à le surveiller de loin en échafaudant toutes sortes de scénarios. Mais maintenant, à bien y penser, il était évident que l'inconnu ne pouvait être que le nouvel amoureux de sa jeune voisine. Il en aurait hurlé de rage et de dépit.

Le soir venu, il avait eu du mal à résister à la tentation de démolir à coups de hache la délicate coiffeuse qu'il achevait de construire. Il lui avait fallu faire un réel effort pour ne pas succomber à la tentation de détruire ce qu'il avait mis des dizaines d'heures à fabriquer.

— C'est sûr, il est pas bossu, lui ! se répéta-t-il cent fois. Il y a personne pour rire de lui dans son dos quand il passe, lui !

Étienne n'était ni sourd ni idiot. Il savait fort bien qu'on l'avait toujours appelé Fournier le bossu, dans son dos, du moins jusqu'à la mort de son père, l'hiver précédent. Depuis, il avait surpris plusieurs personnes en train de chuchoter « le fils du pendu » sur son passage. Il n'avait pas besoin de se planter devant un miroir pour savoir que toute tentative d'entrer en compétition avec un autre pour gagner le cœur de sa belle serait inutile.

— Maudite vie de chien ! s'était-il écrié, amer, en sablant le tablier de la coiffeuse. Quand on est un infirme, il y a personne qui t'aime, même pas ta mère !

Il faisait allusion au fait que sa mère n'avait même pas pris le temps de lui écrire un mot pour son vingt et unième anniversaire de naissance à la mi-avril. Il avait célébré seul son accession à sa majorité.

Soudain, le projet de tout quitter et d'aller faire sa vie en ville lui était revenu plus fort que jamais, comme au temps où Berthe vivait. Dieu qu'elle lui manquait ! Elle n'était morte que depuis six mois et il aurait juré qu'elle avait disparu depuis une éternité...

Les jours suivants, Étienne s'était toutefois repris en main. À l'époque où il élaborait ce projet avec sa sœur, il ne connaissait pas Françoise. Maintenant, partir aurait signifié ne plus la revoir, et à cela, il ne parvenait pas à se résoudre. Cette dernière constatation l'avait alors poussé à prendre une grande décision : se déclarer à la jeune voisine. Comme tous les grands timides poussés dans leurs derniers retranchements, il était prêt à affronter l'obstacle pour en finir une fois pour toutes, quelles que soient les conséquences. Sans le savoir, il répétait le geste posé par son père, plus de vingt ans auparavant... et avec la fille de celle qui avait rejeté Germain Fournier et l'avait poussé, sans le vouloir, dans les bras de Gabrielle Paré.

On aurait dit que cette décision avait aidé le bossu à retrouver une certaine sérénité. Il avait alors cessé de songer au jeune étranger venu en visite chez les Tremblay le dimanche précédent pour se concentrer sur la meilleure manière d'offrir à sa belle la coiffeuse et la chaise pour son anniversaire. Or, plus il y songeait, plus cela lui semblait difficile. Il ne pouvait tout de même pas arriver chez ses voisins avec son cadeau dans les bras. Il serait incapable de répondre au pourquoi d'un tel geste. Si Françoise le refusait, que ferait-il ? Il se voyait en pensée retournant chez lui avec son cadeau rejeté. Un tel refus marquerait l'échec définitif de tous ses rêves. Si cela se produisait, quel choix lui resterait-il ?

— Je vends et je pars, trancha-t-il finalement deux jours avant l'anniversaire de la jeune fille. Si elle en veut pas, ça veut dire qu'elle veut pas de moi non plus comme cavalier. Ça va être clair une fois pour toutes. À ce moment-là, je vendrai la terre et je m'en irai en ville...

À la seule pensée d'être repoussé, ou pire de déchaîner le rire moqueur de la belle avec ses prétentions, il en avait des sueurs froides. Cette nuit-là, il ne put trouver le sommeil.

Le lendemain soir, après le souper, Étienne se rasa de près et s'habilla proprement. Durant plusieurs minutes, il chercha désespérément un prétexte pour se présenter chez les Tremblay, un prétexte qui lui permettrait de parler au père ou à la mère, hors de la présence de Jean et de Françoise. C'était l'unique solution qui s'était présentée à son esprit. Il allait demander aux parents la permission d'offrir la coiffeuse à leur fille.

Au moment où il venait enfin de trouver une bonne raison d'aller chez les Tremblay, il vit le frère et la sœur quitter leur maison. Tous les deux étaient à pied et se dirigeaient vers la maison de leur grand-père Veilleux. Enfin, la chance semblait lui sourire. Sans perdre un instant, le jeune homme prit la route pour se rendre chez son voisin, habité par la crainte de voir revenir Françoise et Jean avant d'avoir eu le temps de parler aux parents de la jeune fille. Cette nécessité de faire vite lui fit oublier en partie son angoisse de se faire repousser.

À son arrivée chez les Tremblay, il trouva le père et la mère assis paisiblement sur le balcon, profitant de la légère brise qui venait de se lever en cette fin de chaude journée du début du mois de juin. Il s'arrêta au pied de l'escalier, l'air un peu embarrassé.

— Bonsoir, Étienne, le salua Céline avec bonne humeur. Ne me dis pas que tu as enfin reçu des nouvelles de nos deux Américains, ajouta-t-elle, pleine d'espoir.

Étienne sourit timidement à sa voisine. Les deux mèches blanches qui striaient sa chevelure brune ne parvenaient pas à vieillir son visage parsemé de taches de rousseur. Une fois de plus, il remarqua que Françoise avait les mêmes yeux que sa mère.

— Malheureusement non, madame Tremblay. J'ai pas encore reçu de lettre. Pour moi, ils sont trop loin dans le bois et ils ont de la misère à trouver quelqu'un pour poster leurs lettres.

— Ça doit être ça, fit Clément. Monte t'asseoir une minute, ajouta-t-il. Reste pas planté debout au pied des marches comme un piquet.

— Je veux pas vous déranger ben longtemps, dit Étienne en demeurant debout, le pied posé sur la première marche de l'escalier conduisant au balcon. Je me demandais juste si votre beau-frère Jérôme me prêterait son taureau pour servir mes vaches. L'année passée, mon père a emprunté celui des Desjardins, mais ça a pas été fameux.

— Pour le savoir, il va falloir que tu le lui demandes, répondit Clément en bourrant sa pipe. Mais je vois pas pourquoi il te le passerait pas. Tout ce que je peux te dire, c'est que le taureau de mon beau-frère est peut-être un peu capricieux, mais il fait du bon ouvrage. Mes vaches m'ont donné des beaux veaux ce printemps.

Durant quelques minutes, les deux cultivateurs parlèrent des ravages causés par les centaines d'oies blanches qui s'étaient posées sur leur terre le mois précédent et de la nécessité de drainer certains champs pour mieux les assécher. Puis, il y eut un temps mort dans la conversation, comme si on avait épuisé tous les sujets. Au moment où les Tremblay s'attendaient à voir leur jeune voisin prendre congé, ce dernier, passant une main dans son épaisse chevelure châtain clair peignée sur le côté, reprit d'une voix embarrassée :

— Est-ce que je me trompe en pensant que la fête de Françoise, c'est demain ?

— Non, c'est ça, répondit Céline, surprise.

— Je voulais aussi vous demander si ça vous dérangerait que je lui donne un cadeau de fête. Je lui ai fait un petit meuble avec des restes de bois que j'avais et...

— T'es ben fin de nous demander la permission, Étienne, l'interrompit Clément. Mais Françoise va avoir vingt et un ans demain. Elle va être majeure. On a plus à lui dire ce qu'elle doit faire. T'as juste à lui en parler.

Après avoir salué ses voisins, Étienne retourna chez lui en se redressant pour effacer le plus possible sa bosse.

— Veux-tu ben me dire pourquoi il est venu nous parler du taureau de Jérôme ? demanda Clément à sa femme. Il sait ben que ton frère le prête à tous ceux qui le veulent.

— On dirait que t'as rien compris, dit Céline en regardant le jeune voisin regagner la maison voisine d'un pas faussement nonchalant. C'est clair qu'il venait pour savoir s'il pouvait donner un cadeau à Françoise. L'affaire du taureau, c'était juste un prétexte.

— Peut-être ben, fit Clément, perplexe.

— Je me demande pourquoi il lui a fait ce meuble-là, reprit la mère, pensive. J'aimerais pas qu'il se fasse de fausses idées. Je trouve qu'il a déjà eu son lot de misères cette année. Comme s'il en avait pas assez eu avec la mort de sa sœur et de son père. Je parle même pas de sa mère qui est partie. Je trouve que c'est demander pas mal à un gars de son âge de tout endurer ça.

— Quelles fausses idées ? demanda Clément qui ne l'écoutait qu'à moitié.

— Laisse faire, je me comprends, dit Céline en se levant pour rentrer dans la maison.

Rentré chez lui, Étienne s'installa sur son balcon, bien décidé à intercepter Françoise et son frère à leur retour de chez leur grand-père. Le bossu n'eut pas à attendre bien longtemps. Quelques minutes plus tard, il les aperçut sur la route. Lorsqu'ils passèrent devant chez lui, il les héla.

— Françoise, as-tu une minute ? demanda-t-il en allant à la rencontre des deux jeunes gens. J'ai quelque chose à te montrer.

Souriante, la jeune fille s'avança vers lui. Elle portait une jolie robe jaune paille rembourrée aux épaules, comme le voulait la mode. L'ovale de son visage était mis en valeur par sa coiffure. Son épaisse chevelure brune était attachée en une queue de cheval.

— Je suppose que moi aussi, je suis invité ? demanda Jean qui avait suivi sa sœur.

— C'est sûr.

Étienne entraîna ses deux jeunes voisins jusque devant la remise où il travaillait le bois. Après le souper, il avait sorti la table de toilette et la chaise et les avait couvertes d'une vieille couverture grise rapiécée.

— Qu'est-ce que c'est ? demanda Françoise en montrant du doigt ce qui était couvert.

— Ben, je dirais que c'est ton cadeau de fête, si tu le veux, répondit l'ébéniste, la gorge un peu serrée par l'émotion.

— Est-ce que je peux le voir ?

— T'as juste à tirer sur la couverte.

Françoise ne se fit pas répéter l'invitation. Elle saisit la couverture d'une main impatiente et la tira vers elle. Alors apparut la table de toilette surmontée de son miroir ovale et flanquée d'une chaise aux fines cannelures. Les rayons obliques du soleil couchant faisaient reluire les meubles en chêne blond fraîchement vernis. La jeune fille demeura d'abord sans voix, absolument émerveillée par un tel présent.

— C'est bien trop beau ! s'exclama-t-elle en passant doucement la main sur le tablier de la table. J'ai jamais vu quelque chose d'aussi beau !

Le cœur serré, Étienne était partagé entre le plaisir de voir son ouvrage admiré et la peur que Françoise le refuse.

— C'est pas grand-chose, finit-il par articuler, la gorge sèche. C'est juste un petit cadeau. Est-ce que tu le veux ?

— Une folle ! C'est sûr que je le veux ! s'écria la jeune fille en le saisissant par une épaule avant de déposer avec fougue un léger baiser sur sa joue. Je suis certaine que j'aurai jamais un aussi beau cadeau.

Transporté, Étienne rougit de plaisir et, pour cacher son embarras et sa joie, il lui montra les roses sculptées ainsi que les compartiments de chacun des tiroirs.

— On va tout remettre dans la remise, dit-il finalement à Françoise. Demain soir, on te l'apportera si Jean veut venir me donner un coup de main.

— Si ça fait ton affaire, je peux venir vers sept

heures, proposa l'adolescent qui venait de célébrer ses dix-sept ans.

— Je vais t'attendre.

À leur retour à la maison, Françoise s'empressa de décrire avec enthousiasme le cadeau que leur voisin lui destinait pour son anniversaire.

— Ça te gêne pas de recevoir un cadeau pareil d'un pur étranger? lui demanda Céline en scrutant le visage de sa fille.

— N... Non, m'man. Pourquoi je serais gênée ? Étienne est un ami et ça lui fait plaisir de me faire ce cadeau-là. Il sait depuis longtemps que j'aime ce qu'il fait.

— Si t'es bien sûre que c'est juste pour ça qu'il te fait ce cadeau-là...

— Voyons, m'man, pour quelle autre raison voulez-vous qu'il me donne ça ?

— C'est correct, trancha sa mère, pas du tout convaincue.

Ce soir-là, Étienne eut encore beaucoup de mal à s'endormir. Non seulement Françoise avait accepté son cadeau, mais elle l'avait embrassé. Il sentait encore la pression de ses lèvres douces sur sa joue gauche. Il était heureux comme jamais il ne l'avait été. Une nouvelle vie allait commencer pour lui, il en était persuadé.

La journée du lendemain lui sembla interminable. Au début de l'avant-midi, une petite pluie fine se mit à tomber et noya le paysage toute la journée. Après le déjeuner, le jeune cultivateur en profita pour aller demander son taureau à Jérôme Veilleux. Le cultivateur accepta volontiers de venir conduire sa bête dans l'enclos derrière la grange des Fournier pour rendre service au voisin. Ensuite, Étienne passa la journée entière à exécuter des réparations urgentes dans son étable.

À la fin de l'après-midi, il nourrit ses animaux après avoir trait ses vaches et déposa une bonne épaisseur de poches de jute au fond de la voiture dans laquelle seraient transportées la coiffeuse et la chaise. Son souper terminé, il s'empressa de faire sa toilette et attendit Jean. L'adolescent tint parole. À sept heures, il se présenta chez Étienne et tous les deux chargèrent le meuble et la chaise dans la voiture en faisant attention de ne pas abîmer le miroir.

Lorsqu'ils les déposèrent sur le balcon des Tremblay quelques minutes plus tard, Clément et Céline sortirent pour contempler le cadeau d'Étienne. Il se dégageait de l'ensemble tant de délicatesse et de beauté que les parents de Françoise ne parvinrent pas à cacher leur admiration.

— C'est tellement beau que c'est presque un péché de cacher ça dans une des petites chambres du haut, s'exclama Céline.

— On mettrait ça dans notre salon et ce serait le plus beau meuble, reprit Clément. J'ai jamais vu quelqu'un travailler aussi ben le bois que toi.

Étienne sourit de contentement, ne sachant pas trop quoi faire de ses deux grandes mains musclées.

— En tout cas, si t'as fait ça avec des restes de bois, comme tu nous l'as dit hier, ajouta le voisin, je vais te garder mes restes pour voir ce que tu peux faire avec.

— J'ai juste fait de mon mieux, se justifia l'ébéniste en cherchant Françoise du regard, étonné de ne pas la voir arriver.

— Tu cherches la chanceuse à qui t'as fait ce beau cadeau-là ? demanda Céline qui venait de saisir son regard inquisiteur. Elle a été invitée à souper par sa tante Cécile pour sa fête.

Immédiatement, la figure d'Étienne se rembrunit. Il s'attendait à voir Françoise et à lui souhaiter un bon anniversaire. Il pensait même passer quelques minutes en sa compagnie. Cependant, faisant contre mauvaise fortune bon cœur, il finit par proposer :

— Voulez-vous que je vous aide à monter ça dans la chambre de votre fille ?

— Ce sera pas nécessaire, Étienne. Jean est là pour me donner un coup de main. Viens plutôt boire quelque chose.

— Je vous remercie, monsieur Tremblay, mais je pense que je suis mieux de pas trop traîner. Votre beau-frère m'a prêté son taureau, mais il a l'air pas mal nerveux. J'aime autant l'avoir à l'œil.

— Si jamais tu te rends compte que quelque chose marche pas avec lui, t'as juste à téléphoner à Jérôme.

Le jeune cultivateur était tristement rentré chez lui, d'autant plus tristement qu'il s'était fait une joie toute la journée à la pensée de l'accueil que la belle Françoise lui réserverait quand il lui apporterait son cadeau. Après avoir dételé son cheval, il alla jeter un coup d'œil au taureau qu'il venait d'entendre mugir dans le clos situé derrière la grange. La bête semblait complètement déchaînée sans aucune raison apparente. Elle s'élançait brusquement dans une direction et fonçait, cornes baissées, sur la clôture en lançant un mugissement assourdissant ; puis elle repartait dans une autre direction pour faire la même chose.

— Mais il est complètement fou, ce maudit taureau-là ! s'écria Étienne. Si je l'amène à une de mes vaches, il est capable de l'encorner.

Sans perdre un instant, il courut à la maison téléphoner à Jérôme. Ce dernier arriva quelques minutes plus tard en compagnie de son fils André. Il portait une carabine.

— Est-ce qu'il est encore dans le clos où on l'a mis à matin ? demanda-t-il à Étienne, sorti de la maison pour l'accueillir.

— Oui.

— Bon. Je vais te le tranquilliser, moi, ce torrieu de taureau-là.

— Vous allez le tuer ? demanda le jeune cultivateur, abasourdi.

— Es-tu malade, toi ? Ben non. Je vais lui payer la traite avec une charge de gros sel. Tu vas voir comment ça va le calmer.

Les deux hommes et l'adolescent prirent la direction du pré où le taureau semblait toujours en proie à une colère inexplicable. Sans dire un mot, Jérôme épaula son arme et visa l'arrière-train de sa bête. La rafale de gros sel eut l'effet d'une décharge électrique sur le taureau qui partit au galop jusqu'au fond du pré d'où il ne bougea plus.

— T'inquiète pas pour lui, dit Jérôme. Demain matin, tu vas voir qu'il va être pas mal moins malcommode quand tu vas le conduire à tes vaches.

Sur ce, le père et le fils retournèrent chez eux.

Cette semaine-là, Étienne attendit vainement un signe de vie de Françoise. Il l'aperçut bien de loin, à deux ou trois reprises, toujours en train de travailler dans le jardin avec sa mère, mais elle ne chercha pas à entrer en contact avec lui.

Le dimanche suivant, à la sortie de l'église, Étienne fut intercepté par Jérôme Veilleux et son vieux père qui voulaient savoir s'il était satisfait du taureau prêté et il dut se résigner à voir Françoise lui filer sous le nez en compagnie d'une jeune fille du village. La fille de Clément et de Céline ne lui avait jamais semblé aussi belle qu'en ce chaud dimanche ensoleillé de juin.

De retour à la maison, dépité, il n'eut d'autre choix que de changer de vêtements et de se mettre à son lavage et à son ménage hebdomadaires. Au fil des mois, il s'était découvert un trait commun avec sa mère : il détestait vivre dans une maison en désordre. Il fallait que les parquets soient propres et que la vaisselle soit lavée et rangée. Les fenêtres poussiéreuses l'agaçaient autant qu'elles agaçaient Gabrielle.

Au début de l'après-midi, il étendait des vêtements fraîchement lavés sur sa corde à linge quand il vit passer lentement un boghei. Il crut reconnaître l'inconnu au Stetson gris qui était venu chez les Tremblay le dimanche précédent avec Léo Veilleux. Il arrêta son travail pour épier la voiture quand il s'aperçut qu'elle s'arrêtait chez les voisins et que Françoise sortait de la maison de ses parents pour accueillir le visiteur. Alors, il n'eut plus aucun doute : il s'agissait bien de l'homme qu'il avait vu en compagnie de Françoise sept jours auparavant. Cette découverte le laissa abasourdi. Il rentra dans la maison où il termina son lavage comme un automate.

Il avait bien pensé à ce type à quelques reprises durant la semaine, mais comme il l'avait vu arriver avec l'oncle de Françoise, il avait fini par se persuader qu'il s'agissait d'un vague parent à qui elle avait tenu compagnie par politesse. Mais le voir arriver seul chez les Tremblay et être accueilli par la jeune fille elle-même, c'était une tout autre histoire.

Alors, le bossu fut submergé par la jalousie comme par une vague de fond. Il fut incapable de poursuivre le moindre travail. Il était trop malheureux. Il s'installa sur son balcon de manière à pouvoir apercevoir au loin la balançoire où Françoise venait de prendre place avec son visiteur et ne quitta pas le couple des yeux, du moins tout le temps où il y demeura. À un certain moment, tous les deux se levèrent et allèrent se promener sur la route brûlée par le soleil. Malheureusement, ils se dirigèrent dans la direction opposée à sa maison et il les perdit de vue durant de longues minutes. Enfin, un peu avant cinq heures, Étienne vit partir l'inconnu, mais ce départ ne lui apporta aucun soulagement. Il lui fallait absolument savoir qui il était et ce qu'il faisait avec la fille qu'il aimait.

Le jeune homme passa la soirée à se torturer l'esprit pour trouver un moyen d'identifier le visiteur. Il ne pouvait arriver chez les Tremblay et demander de but en blanc aux parents ou à Françoise elle-même qui il était. De toute façon, il ne lui venait à l'esprit aucun prétexte pour se présenter chez les voisins.

Encore une fois, le hasard lui vint en aide le lendemain avant-midi. Le facteur lui avait laissé une lettre pendant qu'il était aux champs. Il l'avait découverte à son retour, à l'heure du dîner. C'était une lettre de Louis qui donnait enfin de ses nouvelles. Il avait écrit qu'il ne vivait plus avec son oncle parce qu'on l'avait affecté à la réfection d'un autre camp, à une dizaine de milles d'où Lionel travaillait. Il disait être en bonne santé et ne manquer de rien.

Pendant tout son repas, Étienne hésita sur la façon de communiquer aux Tremblay les nouvelles envoyées par leur fils. S'il allait les leur porter, toute la famille serait réunie et il lui serait impossible de connaître l'identité du visiteur de la veille. Il était hors de question de leur téléphoner parce qu'il y avait trop d'abonnés qui écouteraient. Finalement, il se donna jusqu'à la fin de la journée pour trouver une solution satisfaisante. Les Tremblay attendaient ces nouvelles depuis des semaines, ce n'étaient pas quelques heures de plus ou de moins qui allaient changer quelque chose.

Durant l'après-midi, la chaleur devint telle qu'il dut s'arrêter à quelques reprises pour boire à la cruche d'eau qu'il avait déposée à l'ombre, au pied d'un érable, en bordure de son champ. À un certain moment, il s'entendit héler par Jean Tremblay qui marchait dans le champ voisin.

— T'en aurais pas un peu pour moi ? demanda-t-il au voisin. Mon père a rapporté notre cruche et il se décide pas à revenir.

— Certain. T'as juste à sauter la clôture et à venir boire, l'invita Étienne qui venait de réaliser qu'il tenait la solution de son problème.

L'adolescent passa entre les fils de fer barbelé et s'empara de la cruche que lui tendait Étienne.

— Dis donc. Est-ce que ton père a pris un homme engagé ? demanda le bossu.

— Non. Pourquoi tu me demandes ça ?

— Ah ! Parce que j'ai vu un gars chez vous, hier. Je pensais que c'était un nouvel homme engagé.

— Ben non. C'est le *chum* de Françoise.

Étienne pâlit en entendant cela, même s'il s'y était attendu. Il tenta de faire tout de même bonne figure.

— C'est pas un gars de Saint-Jacques.

— Non. Il reste à Pierreville, confirma Jean Tremblay. Il s'appelle Pascal Brien. Il travaille avec mon oncle Léo, chez Thibault.

— C'est un mécanicien ?

— Non. Il paraît qu'il travaille dans les bureaux. Mon oncle l'a présenté à Françoise la semaine passée. Elle a l'air de le trouver pas mal à son goût.

Chacune des paroles du voisin causait à Étienne une souffrance intolérable. Non seulement l'inconnu était beau et normal, mais il était également instruit. Il n'avait plus aucune chance. Il avait subitement l'impression qu'une chape de plomb venait de lui tomber sur les épaules. Il n'avait qu'une hâte : mettre fin à la rencontre pour se retrouver seul.

— Ah oui ! J'ai reçu une lettre de Louis. Dis à ta mère qu'il va ben et qu'il manque de rien. Il reste plus avec ton oncle Lionel. Tous les deux travaillent à une dizaine de milles l'un de l'autre.

— Pourquoi tu viens pas lui dire ça toi-même ?

— Parce que j'ai ben de l'ouvrage ces temps-ci. J'ai personne pour m'aider et, en plus, je veux finir mon set de chambre avant la fin de juillet, mentit Étienne en déposant au pied de l'arbre la cruche que Jean venait de lui remettre.

Tous les deux retournèrent à leur travail. À compter de ce jour-là, Étienne limita ses contacts avec la famille Tremblay au strict minimum. À ses yeux, la belle Françoise l'avait trahi, même s'il reconnaissait au fond de lui-même qu'elle n'avait jamais été autre chose qu'une voisine gentille et charitable. Tout le reste, il l'avait imaginé. Mais cela ne lui faisait pas moins mal pour autant.

Le jeune homme retourna à ses anciennes habitudes. Il ne fréquenta plus que la basse-messe le dimanche matin et, le soir, il s'assoyait à l'arrière de sa maison pour ne pas avoir à répondre aux voisins qui auraient pu être tentés de lui parler en passant sur la route.

20

Un village transformé

En ce mois de juin 1944, on aurait dit que tout Saint-Jacques-de-la-Rive baignait dans l'odeur persistante du lilas. On trouvait ces fleurs non seulement autour de la plupart des maisons, mais encore, à l'état sauvage, le long des fossés. La chaleur qui régnait depuis le début de la troisième semaine de mai donnait l'impression d'être déjà en juillet.

Si on voyait encore un camion de la police militaire circuler de temps à autre dans la région, les gens s'en inquiétaient beaucoup moins que du débarquement en Normandie qui avait eu lieu quelques jours plus tôt, le 6 juin. *La Presse* avait rapporté que deux mille cent cinquante-quatre bateaux et neuf mille avions avaient pris part à cette opération militaire d'une envergure extraordinaire. On parlait même de deux cent cinquante mille soldats alliés impliqués dans cette tentative de repousser vers l'est les troupes hitlériennes. Personne n'ignorait que de nombreux régiments canadiens étaient impliqués dans les combats acharnés qui se livraient sur le sol français. Des gens de Pierreville jouissant de l'électricité, donc de la radio, disaient avoir entendu parler de milliers de soldats tués chez les nôtres.

De telles nouvelles alarmaient toutes les familles dont l'un des membres avait été enrôlé. Les Hamel priaient pour que leur Charles soit épargné pendant que les Tremblay en faisaient autant pour que Lionel et Louis continuent à échapper à l'enrôlement.

En ce début d'été, Gilbert Parent, le pro-maire, se révéla être une agréable surprise. Le successeur du maire Boisvert était un homme discret mais efficace. Dépourvu de toute ambition, le robuste quadragénaire fit d'abord clairement comprendre à tous ses administrés qu'il n'avait aucune intention de se représenter à la mairie l'automne suivant. Il allait se contenter de régler les affaires courantes en attendant les élections de novembre.

Son premier objectif fut le nettoyage du terrain voisin de l'église. Les débris carbonisés du couvent étaient comme une plaie ouverte au milieu du village. Ces décombres avaient un effet déprimant sur les gens et représentaient en outre un danger potentiel pour les jeunes qui avaient déjà commencé à aller s'amuser sur l'ancien terrain des religieuses. Le nouveau maire convainquit l'ensemble de la population qu'une corvée s'imposait pour redonner au village un visage plus attrayant.

Les lieux appartenaient à la paroisse et les marguilliers tinrent une réunion extraordinaire pour décider de l'avenir de ce grand terrain situé en bordure de la rivière. Comme les religieuses de l'Assomption refusaient de revenir à Saint-Jacques-de-la-Rive, Jérôme suggéra de céder le terrain à la municipalité pour l'aménager en parc municipal. Lors de cette réunion, l'abbé Leroux fut le seul à émettre une objection.

— Vous pensez pas qu'un parc aussi près de l'église et du presbytère va venir troubler la paix des gens ? demanda le jeune vicaire qui affichait un air contrarié.

— Il faut pas exagérer, monsieur l'abbé, répondit Jérôme. Le parc serait à au moins six cents pieds du presbytère.

— Ça posera aucun problème, intervint le curé Ménard en jetant un regard sévère à son subalterne. Ce terrain-là nous a été prêté par la communauté et il est normal qu'il lui soit retourné puisqu'on aura pas d'autre couvent.

— Qu'est-ce qui va arriver avec les élèves qui allaient au couvent ? demanda le président de la fabrique.

— Elles vont aller à Nicolet si elles veulent continuer à étudier, répondit le curé. Elles auront pas le choix.

— Et pour le parc, il y aurait vraiment pas grand-chose à faire, poursuivit Jérôme, qui tenait à son idée. Il y a de beaux ormes sur le terrain. La plupart ont pas été touchés par le feu. Quand on aura ramassé ce qui reste du couvent et rempli de terre ce qui était la cave, tout va être en ordre.

Évidemment, le conseil municipal s'empressa d'accepter ce don de la fabrique. Le second samedi de juin, une corvée fut organisée à laquelle une trentaine de personnes participèrent. Les débris furent transportés hors du village et on démolit les fondations de l'ancien couvent. Avant la fin de la journée, on avait transporté et nivelé la terre avec l'aide de plusieurs citoyens. Le lendemain matin, les fidèles, en route vers l'église, apprécièrent le changement de paysage et plusieurs firent connaître leur satisfaction au maire.

Le mois de juillet commença sous une chaleur torride et sèche. Il n'était pas tombé la moindre goutte de pluie depuis près de quatre semaines. Les champs commençaient à jaunir et le foin n'avait pratiquement pas poussé. Les bêtes, assommées par la chaleur, cherchaient refuge à l'ombre des rares arbres plantés en bordure des champs. Toute la nature réclamait un peu d'eau. La moindre voiture passant sur la route soulevait un nuage de poussière.

Les cultivateurs s'inquiétaient et guettaient l'arrivée des nuages. Si la pluie tardait trop, on allait tout perdre. Tout allait brûler dans les champs. Déjà, les fraises étaient en retard et seraient toutes petites à cause du manque d'eau. Pour le blé et l'avoine, on n'en parlait même pas tant ils avaient peu levé. Les femmes devaient arroser leur jardin et leurs fleurs soir et matin pour éviter que tout se dessèche.

L'assemblée municipale du premier lundi de juillet se tint, comme d'habitude, à l'école du village. Ce soir-là, il faisait une chaleur insupportable dans la salle, même si l'un des échevins avait pris la précaution de venir ouvrir les fenêtres de l'endroit au début de l'après-midi. À cause de la température, pas plus de deux douzaines de personnes avaient trouvé le courage de se présenter à la réunion. Pourtant, la bonne nouvelle communiquée par Gilbert Parent valait à elle seule le déplacement.

Le maire l'annonça dès le début de l'assemblée : le député Drolet avait tenu parole. Il avait obtenu du ministère de la Voirie le goudronnage du rang Saint-Edmond dans sa partie désignée sous le nom de village, et le travail serait exécuté dès la semaine suivante. Des applaudissements nourris saluèrent la nouvelle.

— Cré maudit ! s'exclama Ernest Veilleux, ça sent les élections, cette affaire-là !

— Drolet a dû faire des pieds et des mains pour nous avoir ça, approuva le gros Desjardins. Pour moi, ses organisateurs ont dû lui dire qu'il serait jamais réélu dans le comté s'il se grouillait pas plus que ça.

Évidemment, Côme Crevier s'était levé pour demander la parole après cette annonce du maire.

— Tout le monde est ben content pour la paroisse, Gilbert, mais pas moi, tonna-t-il de sa grosse voix. L'asphalte va encore s'arrêter à deux cents pieds de chez nous, comme pour le trottoir, calvaire !

Le curé Ménard, assis à la table du conseil à titre d'aumônier, fit les gros yeux au garagiste qui était si en colère qu'il n'en tint aucun compte.

— Il y a quelqu'un au conseil qui m'en veut et qui s'est organisé pour que je sois toujours laissé de côté. Mais attendez aux prochaines élections, mon heure va venir !

Gilbert Parent, l'air ennuyé par l'éclat du gros homme, donna un coup de maillet sur la table.

— Côme, tu t'énerves pour rien, encore une fois, dit-il d'une voix calme. Le pavage du village va s'arrêter dix pieds passé ton terrain.

Le garagiste, stupéfait, ne sut alors quoi dire. Il était tellement certain que son exclusion du village avait toujours été une vengeance du maire Boisvert et des rouges au pouvoir qu'il ne comprenait pas pourquoi il obtenait subitement ce qu'il voulait sans avoir à se battre.

— J'aime autant te dire tout de suite que j'ai pas eu à tordre le bras du député pour obtenir ça, poursuivit le pro-maire. Quand je lui ai dit que ton garage faisait partie du village, il a tout de suite accepté.

— Ouais, ça c'est correct, reconnut Crevier, un peu à contrecœur. Mais as-tu pensé de quoi ça va avoir l'air, un bout de route asphaltée devant mon commerce et ma maison, mais un trottoir qui arrête deux cents pieds avant ?

— Inquiète-toi pas pour ça non plus, le rassura Parent. On va couler un trottoir des deux côtés de la route jusqu'à la place où l'asphalte va finir. J'ai eu qu'à le demander pour l'avoir.

— C'est ben correct, fit le garagiste avant de se rasseoir, l'air renfrogné.

Côme était soudainement inquiet. À quel jeu Parent jouait-il ? Il avait beau crier sur tous les toits que la mairie l'intéressait pas, il ne se conduirait pas autrement s'il voulait être élu en novembre. Du temps de Boisvert, c'était clair. Les deux hommes se détestaient et ne rataient jamais une occasion de déblatérer l'un contre l'autre. Tous les coups étaient permis. Comment s'en prendre à Parent ? Il ne cherchait même pas à tirer le moindre avantage de ses réalisations. Trois mois auparavant, son élection à la mairie de Saint-Jacques-de-la-Rive ne lui semblait qu'une formalité tant les gens en avaient assez d'Arthur Boisvert, mais avec Parent, s'il posait sa candidature, ce serait peut-être une autre paire de manches.

— Si c'est ça qu'il prépare, le maudit hypocrite, marmonna le garagiste, il me prendra pas les culottes baissées.

Le lundi matin suivant, les habitants du village assistèrent à l'arrivée d'une niveleuse suivie d'une demi-douzaine de camions. Pendant plusieurs heures, il y eut un ballet incessant de camions déversant du gravier dans un nuage de poussière. Des ouvriers s'occupaient de construire des formes et de couler le ciment pour le prolongement des trottoirs, alors que d'autres, plus nombreux, préparaient l'asphaltage de la route.

Quelques jours suffirent aux employés du ministère de la Voirie pour couler deux cents pieds de trottoir et asphalter une section du rang Saint-Edmond. À la mi-juillet, tout était terminé. Les habitants de Saint-Jacques-de-la-Rive pouvaient se réjouir d'avoir enfin un village propre. Il était fini, le temps où la moindre pluie transformait la route en une mer de boue. Finis les nuages de poussière soulevés par les voitures. Maintenant, c'était comme à Pierreville. On pouvait se déplacer partout sans risquer de se salir.

— C'est encore mieux qu'à Pierreville, n'hésitaient pas à dire certaines personnes. Notre asphalte est neuve et nos trottoirs sont d'aplomb.

Les ménagères du village furent les premières à chanter les louanges de ce changement. À les entendre, l'entretien de leurs parquets et de leurs fenêtres était maintenant tellement plus facile qu'elles provoquèrent l'envie de celles qui demeuraient dans les rangs et qui n'auraient probablement jamais la chance de connaître un tel luxe.

Quelques jours plus tard, la nouvelle éclata comme une bombe : Adélard Godbout avait déclenché des élections provinciales pour le 28 août.

Au pouvoir depuis 1939, le Premier ministre libéral avait beaucoup fait pour la province et allait solliciter un nouveau mandat. Durant cette canicule qui n'en finissait plus, cette nouvelle procura aux gens un autre sujet de conversation que la sécheresse qui perdurait. Chez la plupart, elle réveilla les passions.

Dès le troisième jour de la campagne électorale, un petit groupe d'hommes de Saint-Jacques prit l'habitude de se rassembler de temps à autre, après le souper, sur le balcon de l'épicerie du village. Ils se rencontraient là pour discuter de politique, même si chacun savait fort bien qu'il ne parviendrait jamais à faire changer son voisin d'idée. L'orientation politique de chacun était connue depuis longtemps et on n'en changeait pas de crainte de se faire taxer de « vire-capot ». On était rouge ou bleu de père en fils dans la région, et aucun argument n'était assez fort pour qu'on abandonne son parti. À Saint-Jacques-de-la-Rive, rien n'était plus bleu qu'un Veilleux et plus rouge qu'un Tremblay.

Ce soir-là, même si le soleil avait déjà beaucoup baissé à l'horizon, la chaleur demeurait étouffante. Pas le moindre souffle de vent. L'air était rempli des stridulations des insectes.

— Veux-tu ben me dire quel est l'insignifiant qui est allé conseiller à Godbout de déclencher des élections en plein été ? s'écria Ernest Veilleux.

— Il va se casser la gueule, prédit son fils Jérôme. Tant pis pour lui. C'est pourtant un agronome. Il devrait ben savoir que les cultivateurs aiment pas ça être dérangés par des élections durant l'été. On fait ça l'automne ou au printemps, s'il le faut ; jamais l'été.

— Moi, je souhaite qu'il en mange une maudite, grommela Antonius Tougas qui n'avait pas pardonné aux rouges que son Émile ait été incorporé de force dans l'armée. Comme bien des électeurs du comté, il n'oublierait pas de sitôt leurs fausses promesses de lutter contre la conscription.

— Duplessis va l'écraser à mort, prédit le vieux Dionne. Les cultivateurs ont pas oublié le crédit agricole et tout ce qu'il a fait pour eux autres avant la guerre.

— Vendez pas la peau de l'ours avant de l'avoir tué, intervint Gérald Tremblay qui venait de sortir de l'épicerie, un Coke à la main. Godbout, c'est pas un as de pique. S'il a déclenché des élections, c'est qu'il pense avoir une chance de gagner. Pour moi, il est encore mon homme. Trouvez-moi quelqu'un qui a fait plus pour la province que lui. Il a donné le droit de vote aux femmes.

— La belle affaire, plaisanta Anselme Marleau du rang des Orties. Avec cette idée de fou, on est poignes avec des femmes qui se mêlent de politique à cette heure, même si elles y connaissent rien.

— Il y a deux ans, il a fait voter la loi pour rendre l'école obligatoire jusqu'à quatorze ans, renchérit Gérald.

— Puis après ? demanda Ernest. Les jeunes qui veulent plus aller à l'école y vont pas plus.

— Sa commission sur un plan d'assurance-maladie universelle, c'est pas beau ça, beau-père ? intervint Clément.

— Clément, on sait pas encore ce que ça va donner, cette commission-là, l'interrompit son beau-frère Jérôme. Il y a pas de quoi sauter au plafond.

— Et sa commission hydroélectrique ?

— La même maudite affaire, reprit le fils d'Ernest.

— Et toi, Jean-Paul, pour qui tu vas voter ? demanda Clément à l'épicier qui venait de quitter son comptoir en claudiquant un peu pour venir prendre le frais sur le balcon.

— Moi, je suis neutre. Dans le commerce, je peux pas prendre pour un ou pour l'autre parce que je risque de me mettre à dos des clients.

— Est-ce que ça veut dire que t'as pas d'opinion ? demanda Clément.

— Ça veut juste dire que je veux pas perdre des clients, sacrifice !

— Tu me déçois ben gros, le beau-frère, reprit Clément en feignant une profonde déception. Puis, tu dois faire ben de la peine à ton vieux père.

— Clément, mon maudit haïssable ! dit Ernest. Même s'il parle pas, je suis sûr que mon gars va voter du bon bord.

— Moi, j'aurais jamais cru qu'il penserait d'abord à sa poche, se moqua Clément.

— Si Jean-Paul est rendu comme ça, il doit voter libéral, plaisanta Alphonse Meunier.

Cette pique suscita une vague de protestations des partisans libéraux du groupe.

— Moi, j'haïs pas le Bloc populaire, annonça Elphège Turcotte qui venait de se joindre au groupe. Il me semble que Raymond et Laurendeau ont des maudites bonnes idées.

— Va t'asseoir, toi, avec ton Bloc, le rabroua le gros Desjardins. À ton âge, Tit-Phège, tu devrais ben savoir qu'il y a de la place juste pour deux partis dans la province : les bons et les pas bons. En plus, ce maudit Bloc-là, c'est juste bon pour le monde de la ville. Il y a pas de cultivateurs là-dedans. Raymond et Laurendeau parlent avec la bouche en cul-de-poule. Je les ai entendus au radio ce printemps chez mon beau-frère de Sorel. J'ai pas confiance pantoute à du monde comme ça, moi.

— En tout cas, on va sûrement avoir des bonnes assemblées à Pierreville et à Nicolet, prédit Parent qui n'avait pratiquement pas ouvert la bouche durant toute la discussion. À ce moment-là, on va être capables de savoir ce que les partis nous promettent.

Cette constatation provoqua un court moment de silence avant qu'Antonio Ouellet, du rang Saint-Pierre, ne déclare en secouant la tête :

— C'est ben beau, ces élections-là, mais c'est pas ça qui va nous apporter de la pluie. S'il mouille pas bientôt, on va tout perdre, jériboire ! En trois semaines, le foin a pas allongé d'un pouce. La même chose pour le blé et l'orge.

— Si encore il y avait moins de maringouins, dit Desjardins d'une voix exaspérée en écrasant bruyamment un insecte sur son bras velu.

Pour la première fois de la soirée, les cultivateurs rassemblés sur le balcon furent unanimes. Ils se mirent à déplorer la sécheresse qui sévissait depuis le début de juin et contre laquelle même le gouvernement ne pouvait rien.

— La terre est dure comme de la pierre, dit Gérald. Ça fait des années que j'ai pas vu ça.

— Moi, c'est mon puits qui commence à m'inquiéter, reprit Georges Hamel. J'ai toujours eu de l'eau en masse. Depuis une semaine, j'ai de la misère à en avoir assez pour faire boire mes vaches.

Chacun racontait alors ce qu'il craignait le plus de subir si la pluie ne se mettait pas à tomber bientôt. Ce soir-là, on rentra à la maison lorsque l'obscurité tomba. La campagne électorale avait beau s'annoncer passionnante, l'absence de pluie était la préoccupation majeure de tous.

Étienne était probablement le seul cultivateur de Saint-Jacques-de-la-Rive à ne pas s'inquiéter outre mesure de l'absence de pluie depuis près d'un mois.

— Que le diable emporte le foin et tout le reste ! se répétait-il en regardant le ciel où aucun nuage n'apparaissait.

Sa décision était maintenant prise. Au début de l'automne, il vendrait la ferme et irait s'installer à Montréal. Il était même possible qu'il propose à sa mère de venir vivre avec lui en ville, puisqu'elle projetait de quitter le presbytère de Saint-Grégoire à la fin de l'été pour aller vivre à Nicolet. Pourtant, au fond de lui, le jeune homme se doutait bien qu'il allait au-devant d'un refus de sa mère. Il l'avait appelée à trois reprises depuis qu'il avait le téléphone à la maison, chaque fois, sa mère avait trouvé une excuse pour abréger la communication, lui faisant nettement sentir qu'il la dérangeait.

Étienne n'avait pas participé à la corvée de nettoyage du terrain du couvent et il n'avait pas eu l'occasion de parler à un Tremblay depuis près d'un mois. Le jeune cultivateur avait partagé son temps entre la remise en état de son étable et de son poulailler et les soins à apporter à ses cultures. Même s'il avait terminé son mobilier de chambre à coucher en érable depuis deux bonnes semaines, il ne se décidait pas à aller le proposer au propriétaire du magasin Murray de Pierreville. Il était évident qu'il y avait chez lui un ressort qui s'était brisé depuis que Françoise lui avait préféré quelqu'un d'autre. Il faisait encore son travail, mais sans l'élan qui l'avait toujours caractérisé. Depuis que Jean lui avait appris que sa sœur avait un amoureux, le bossu n'avait plus cherché à voir ou à espionner sa jeune voisine.

Un après-midi de la fin juillet, le jeune homme, occupé à réparer une cloison de sa grange, entendit des cris en provenance de sa cour. Il sortit précipitamment du bâtiment.

— Étienne, grouille ! lui cria Clément, debout à côté de sa Ford dans laquelle son frère Gérald et son fils Bertrand avaient pris place. Tougas a mis le feu dans le champ. Ça gagne le bois. Apporte-toi une pelle.

Le jeune cultivateur tourna la tête vers la deuxième ferme à sa gauche et aperçut une épaisse fumée noire à mi-chemin entre les bâtiments et la maison d'Antonius Tougas. Il comprit immédiatement les implications d'un tel incendie. Si les flammes atteignaient la terre à bois des Tougas, toutes les terres à bois du côté droit du rang Sainte-Marie risquaient d'y passer, à commencer par celles des voisins immédiats, soit celle de Clément et la sienne. Tout était tellement sec que la forêt allait s'enflammer comme une allumette si des étincelles atteignaient les arbres.

Étienne s'empara d'une pelle et se précipita vers la Ford. Sans perdre un instant, le conducteur fit demi-tour pour s'engager sur la route. Moins de cinq minutes plus tard, la voiture roulait en cahotant dans le champ, derrière la grange des Tougas.

Une nappe de flammes basses s'étendait sur un front d'une centaine de pieds et provoquait une fumée si intense qu'il était difficile de s'en approcher. Déjà, cinq ou six voisins, armés de pelles, s'activaient fébrilement à creuser un coupe-feu du côté du bois pour empêcher les flammes de se propager dans cette direction. L'alerte avait été donnée si rapidement qu'en moins d'une demi-heure, une trentaine de personnes des rangs voisins vinrent se joindre aux premiers combattants de l'incendie.

Par chance, l'absence de vent joua en faveur des volontaires. En moins de deux heures, on parvint à creuser un coupe-feu efficace et à contenir l'élément destructeur. En fait, le feu finit par mourir de lui-même, incapable de trouver de quoi s'alimenter. Un peu avant cinq heures, il ne resta plus qu'une vaste portion carbonisée du champ d'Antonius Tougas comme preuve qu'un incendie avait eu lieu.

Les gens commencèrent à rentrer chez eux les uns à la suite des autres après s'être brièvement arrêtés au puits des Tougas pour se désaltérer. La chaleur créait une sorte de brouillard et faisait vibrer l'air en cette fin d'après-midi.

— Veux-tu ben me dire comment ce feu-là a pris ? demanda le vieux Ernest au fermier.

Antonius Tougas prit le temps de passer une main sur son long visage maigre couvert de suie avant de répondre.

— J'ai pas compris pantoute comment c'est arrivé, admit-il, piteux. Je brûlais mes vidanges. Il y avait même pas de vent.

— Baptême, Antonius ! s'exclama le père Veilleux. Viens pas me dire que tu brûles tes vidanges sans les surveiller.

— Ben non, je les surveillais, se défendit Tougas. Quand ça a commencé à s'étendre, j'ai pas été capable d'éteindre le feu. Il a tout de suite poigné dans l'herbe.

— Pourquoi tu fais pas comme tout le monde ? intervint Antoine Desjardins. Fais brûler tes cochonneries dans un vieux baril. Comme ça, tu sacreras pas le feu partout.

— Je le sais, sacrament ! jura Tougas, furieux d'être pris à partie. Mais quand t'as des grosses affaires à brûler, ça entre pas dans un baril.

— Ben, dans ce temps-là, t'attends qu'il mouille pour les faire brûler.

— Si j'avais eu assez d'eau, j'aurais été capable de me débrouiller tout seul, plaida Antonius. Mais je suis rendu au fond de mon puits.

— Moi aussi, je commence à manquer d'eau, avoua Gérald.

Il y eut un murmure dans le petit groupe de gens encore présents. Il était évident que l'eau commençait à poser un sérieux problème.

— Moi, j'ai la source, se vanta Antoine Desjardins en passant une main sur son large cou pour en chasser un moustique. Je sais pas d'où vient l'eau, mais elle coule toujours autant qu'au printemps. En plus, elle est bonne et pas mal froide. Si vous voulez de l'eau, vous avez juste à venir vous en chercher. Je suis pas regardant.

— C'est vrai qu'elle est bonne, ton eau, reconnut Ernest. Mais aller en chercher chez vous, même si tu restes pas ben loin de chez nous, c'est pas pratique pantoute. Ce qu'il faudrait...

— Ce qu'il faudrait, intervint Clément, c'est un aqueduc qui servirait tout le monde dans le rang.

— Ouais, mais ça coûterait cher en maudit faire ça, fit remarquer son beau-frère Jérôme.

— Peut-être pas tant que ça, reprit Clément qui se prenait au jeu de ce qui n'avait été qu'une suggestion en l'air. En tout cas, on pourrait toujours demander à mon beau-frère, Hubert. Lui, il est ingénieur. Il serait capable de nous dire si c'est faisable et combien ça nous coûterait.

— Qu'est-ce que vous en pensez, vous autres ? demanda Gérald en sortant sa blague à tabac pour approvisionner sa pipe. Ce serait commode en maudit de plus avoir à se casser la tête pour avoir de l'eau à la maison et aux bâtiments.

— Ben là, je suis pas sûr qu'il y aurait assez d'eau pour toutes les fermes du rang, dit Desjardins d'une voix beaucoup moins assurée.

On sentait qu'il regrettait un peu son offre et Clément s'en rendit compte.

— Voyons, Antoine, tu vas pas reculer à cette heure que tu nous as offert ton eau.

— Ben non, se défendit mollement le cultivateur. Quand je donne, je dédonne pas.

— Bon ! On va y aller, nous autres, annonça Clément en faisant un pas vers sa vieille Ford poussiéreuse. Je suis déjà en retard pour mon train. Pour l'aqueduc, j'en parlerai à Hubert. Il devrait venir à Saint-Jacques en fin de semaine pour la fête de ma mère. On verra ben ce qu'il va en dire.

— En tout cas, Antonius, jette quand même un coup d'œil à ton champ au cas où le feu reprendrait, dit Desjardins sans manifester la moindre animosité envers celui qu'il avait enguirlandé quelques instants plus tôt. Avec un temps pareil, un tison mal éteint pourrait faire repartir toute l'affaire.

Le lendemain, les habitants de Saint-Jacques-de-la-Rive se levèrent sous un ciel gris foncé. Durant la nuit, le vent s'était levé à l'ouest et avait apporté de lourds nuages. L'air était saturé d'humidité et on entendait au loin le tonnerre gronder.

— Dis-moi pas qu'on va enfin avoir de la pluie ! s'exclama Céline en jetant un coup d'œil au ciel par l'une des fenêtres de sa cuisine d'été.

— Pour moi, ce sera pas long, m'man, dit Françoise. Je viens de voir des éclairs.

Comme si la nature n'avait attendu que ce signal, le ciel ouvrit brutalement ses écluses. En un moment, tout le paysage se retrouva sous un véritable déluge. Accompagnées de coups de tonnerre assourdissants, des trombes d'eau se déversèrent sur la campagne, formant une sorte d'épais rideau liquide. La pluie venait tambouriner sur le toit et sur les vitres avant d'aller former de grandes mares sur la route et au milieu de la cour, le sol, trop durci par un mois de soleil intense, ne parvenant pas à l'absorber.

Clément et Jean traversèrent la cour au pas de course et ne s'arrêtèrent que sur le balcon. Alertée par le bruit de leurs pas, Céline se présenta à la porte moustiquaire qu'elle ouvrit pour leur tendre deux serviettes.

— Déchaussez-vous avant d'entrer et essuyez-vous un peu, leur ordonna-t-elle. Il est pas question que vous veniez saloper mon plancher de cuisine.

Le père et le fils obéirent. Ils pénétrèrent ensuite dans la cuisine, tout heureux de la pluie qui tombait.

— Enfin, on va respirer un peu, dit Clément en s'assoyant dans sa chaise berçante. Ça va nous apporter un peu d'air frais et ça va surtout faire du bien à la terre.

— Le jardin en avait bien besoin, fit Françoise. On a beau l'avoir arrosé soir et matin, il manquait d'eau pareil.

— C'était il y a quinze jours qu'on en avait besoin, rétorqua sa mère. Le temps des fraises est passé. On a même pas pu faire la moitié des pots de confiture qu'on fait d'habitude.

— On va peut-être se réchapper avec les framboises, voulut la consoler sa fille.

— Moi, des confitures qu'on peut pas sucrer comme on veut à cause du rationnement du sucre...

— Plains-toi donc pas, dit Clément. Si on était en ville, on trouverait ça encore plus dur.

— Je vois pas la différence, reprit Céline avec humeur. On se fait rationner le matériel, la laine, l'huile et le sucre comme ceux qui vivent en ville.

— Peut-être, mais oublie pas qu'on a le bois et le cuir qu'on veut. En plus, on a pas à se serrer la ceinture pour la farine et le sirop d'érable. Arrête de t'en faire. On va finir par avoir un jardin pas trop mal et les bleuets manqueront pas non plus.

Céline ne répliqua rien, faisant mine de se

concentrer sur la farine qu'elle étendait de la main sur la table.

— Cette pluie-là a l'air d'être partie pour la journée. Ça fait que je pense ben que je vais accepter l'offre de ton frère Jérôme. Je vais monter à Pierreville avec lui et ton père après le souper pour aller écouter Maurice Duplessis au radio. Léo les a invités.

— C'est ça, fit sa femme en se plantant devant lui, les mains sur les hanches. Nous autres, les belles dindes, on va rester toutes seules à la maison à regarder tomber la pluie. À part ça, depuis quand tu t'intéresses aux bleus, Clément Tremblay ?

— Écoute. J'ai accepté pour rendre service à ton père et à ton frère. Ils ont pas de char... Tu sauras que les bleus m'intéressent pas une miette, se défendit Clément. Je veux juste savoir ce que le bonhomme Duplessis promet s'il est élu le 28 août.

— Tu vas te faire tirer la pipe toute la soirée par mon père et mes frères. Tu sais ce qu'ils pensent des rouges comme toi.

— Ça me dérange pas pantoute. De toute façon, Duplessis entrera jamais. Godbout a fait trop du bon ouvrage pour être battu.

— T'oublies les femmes, Clément Tremblay. Nous autres aussi, on a le droit de vote et on a notre mot à dire. Ça se pourrait bien qu'on décide de voter autrement que les hommes. Il y a rien qui nous oblige à voter comme vous autres.

— Ah ben, baptême ! jura le cultivateur. Il manquerait plus que tu viennes annuler mon vote, par exemple. Ce serait ben le boutte !

Céline adressa à sa fille un sourire de connivence avant d'ajouter :

— Non seulement je peux annuler ton vote, mon Clément, mais Françoise et moi, on peut annuler deux votes. Qu'est-ce que t'en dis ?

— J'en dis que Godbout a été un maudit bel innocent en vous donnant le droit de vote en 1940. Il aurait dû savoir que les femmes comprendraient jamais rien à la politique. Tu sauras qu'on vote pas pour annuler un vote !

— Si tu ajoutes juste un mot de plus, je te jure que je vote bleu, Clément Tremblay, menaça sa femme avant de se remettre à pétrir sa pâte à pain.

Ce soir-là, Maurice Duplessis livra l'un de ses meilleurs discours politiques de la campagne de 1944. Il fit un bilan implacable des réalisations du gouvernement Godbout, qu'il accusa d'avoir bradé au fédéral des pouvoirs qui avaient appartenu à la province depuis les débuts de la confédération canadienne. Il qualifia le Premier ministre en exercice de traître à sa race et de vendu aux intérêts des capitalistes anglophones du pays. Il le rendit responsable de toutes les mesures de guerre qui saignaient les Canadiens français aux quatre veines depuis le début du conflit.

À la fin de la soirée, en prenant place à bord de la Ford de son gendre, Ernest Veilleux ne put s'empêcher de déclarer à ce dernier :

— Je veux pas trop rien dire, Clément, mais j'espère que tu t'es ben rendu compte que Duplessis, ça, c'est l'homme qu'il nous faut.

— Je vais attendre de savoir ce que Godbout a à dire avant de me décider, beau-père, mentit

Clément qui ne voulait pas entamer une dispute stérile.

Le samedi suivant, Thérèse fêta ses soixante-dix ans. Pour l'occasion, Cécile organisa une petite fête et invita toute la famille à venir célébrer l'anniversaire de sa belle-mère. Claire et son mari arrivèrent de Québec au début de la matinée.

Hubert s'était fait un plaisir d'informer sa belle-mère qu'il était allé une dizaine de jours auparavant dans le Maine avec des collègues de son ministère pour discuter d'un projet conjoint avec les Américains. Il avait fait un détour pour aller voir Lionel qui semblait bien heureux, même s'il s'ennuyait de sa famille. Par lui, il avait eu des nouvelles de Louis qui allait bientôt revenir travailler avec lui après avoir passé quelques semaines seul dans un autre chantier.

Après le dîner, Clément se souvint de la proposition d'Antoine Desjardins et entraîna son beau-frère chez le dernier cultivateur du rang Sainte-Marie pour lui montrer la source et lui expliquer le projet de construction d'un aqueduc.

— Vous êtes combien dans le rang ? demanda l'ingénieur.

— Neuf. De notre côté de la route, il y a Jérôme Veilleux, Gérald, Georges Hamel, Étienne Fournier, moi et Antonius Tougas. De ce côté-ci, il y a les Beaulieu, les Gariépy et ici, chez Desjardins.

— Je vois pas où serait le problème, dit Hubert en enlevant ses fines lunettes à monture d'acier. Le débit est pas mal fort. Tout ce qu'il vous faudrait, c'est un gros réservoir et une bonne pompe.

— D'après toi, est-ce que ça nous coûterait cher ?

— Ça dépend.

— Tu comprends, c'est pas municipal, cette affaire-là. Ce serait juste pour les cultivateurs du rang.

— Si vous vous entendez pour creuser et poser le tuyau vous-mêmes, vous auriez seulement à vous partager le prix de la pompe et du réservoir. À neuf, ce serait pas trop dispendieux.

— Comment tu vois ça, toi ? demanda Clément, nettement encouragé par les précisions données par son beau-frère.

— D'abord, vous passez un papier chez le notaire comme quoi Desjardins vous accorde gratuitement l'eau de sa source et vous donne le droit d'installer un réservoir et une pompe sur sa terre.

— Ça devrait être faisable, reconnut Clément.

— Ensuite, il faut que le conseil municipal accepte que vous passiez la canalisation au fond du fossé. Cette demande-là serait juste un geste de politesse. La municipalité peut pas s'y opposer puisque vous allez creuser sur votre terre. Il vous resterait aussi à creuser votre entrée d'eau, chez vous. Moi, à votre place, je ferais courir le tuyau dans le fossé sud de la route, du côté où il y a six fermes. Comme ça, vous auriez à creuser sous la route que pour les terres de Beaulieu et de Gariépy pour leur apporter l'eau.

— Et aussi ici, devant chez Desjardins, ajouta Clément. C'est possible que le conseil aime pas ben ça, qu'on défonce la route pour passer le tuyau, mais si on arrange tout comme il faut après, il devrait pas y avoir de problème.

À ce moment-là, Antoine aperçut les deux hommes debout près de sa source et s'approcha d'eux, l'air inquisiteur.

— Bonjour, Antoine, le salua Clément. Je t'avais dit que je parlerais de ta source à mon beau-frère ingénieur. Tu te rappelles de Hubert Gendron ?

— Ben oui. L'ingénieur qui a construit notre pont, fit le gros cultivateur en tendant la main au mari de Claire.

— On parlait de la manière qu'on pourrait s'y prendre pour amener l'eau de ta source sur les terres de tout le rang. D'après mon beau-frère, c'est faisable et ce serait pas trop dispendieux.

Hubert répéta les quelques explications qu'il venait de donner à Clément. Antoine écouta attentivement. Il était évident qu'il regrettait d'avoir proposé l'eau de sa source. S'il accordait tout ce qu'on lui demandait, il était conscient d'aliéner certains de ses droits.

— J'aime pas trop ça passer chez le notaire, laissa-t-il tomber, le visage soudainement fermé.

— Ça t'enlèverait rien, expliqua Clément. Ce serait juste pour dire que tu nous donnes ton eau et que tu acceptes la pompe et le réservoir sur ta terre.

— Et ça se ferait quand, cette affaire-là ?

Clément se tourna vers Hubert pour demander son avis.

— Selon moi, le mieux serait que chacun creuse son entrée d'eau et le long du fossé qui longe sa terre, juste sous le point de congélation. Ça peut facilement être fait pour l'automne. Quand tout le monde aura fait son bout, il restera juste à installer le tuyau, ce qui devrait se faire pas mal vite. La pompe et le réservoir, c'est une affaire de deux ou trois jours environ.

— C'est ben beau, cette affaire-là, reprit Desjardins, réticent, mais il faudrait savoir si tout le monde dans le rang veut embarquer.

— Là, Antoine, c'est ton eau, reconnut Clément. Je te laisse ça entre les mains. Si tu penses que ça va te déranger, t'as juste à pas bouger et on va oublier ça. Si tu veux rendre service à tous les cultivateurs du rang, tu peux faire le tour pour demander à chacun s'il est intéressé. Si tu sens que ce serait plus juste qu'on te paie quelque chose pour ton eau, t'as juste à le dire.

— Il est pas question que je vous charge une cenne, protesta le cultivateur dont la large figure était brûlée par le soleil. Je vais y penser comme il faut, prit-il tout de même la peine de préciser. Si je décide que ça pourrait marcher, je passerai voir tout le monde.

— Tout ce que je peux te dire, c'est que Veilleux, Tougas, Hamel, Gérald et moi, on est prêts. J'ai pas voulu en parler à Étienne Fournier, à Orner Gariépy et à Alcide Beaulieu parce que c'est ton idée, pas la mienne après tout, mentit effrontément Clément.

— Je vais m'en occuper, finit par promettre Desjardins sans montrer aucun enthousiasme.

Les deux visiteurs prirent congé et rentrèrent lentement à pied chez Gérald Tremblay où toute la famille était réunie autour de Thérèse, rayonnante au milieu de sa famille. Comme le balcon n'était pas suffisamment grand pour accueillir toute la parenté, certains avaient installé leur chaise dans l'herbe, devant la maison. On festoya jusqu'à la tombée de la nuit.

21

Le sauvetage

Les grandes chaleurs de juin et juillet ne revinrent pas au début du mois d'août. Après les quelques jours de pluie qui avaient marqué la fin du mois de juillet, la température se fit plus clémente. La terre desséchée avait doucement absorbé toute l'eau tombée du ciel et les champs perdirent progressivement leurs vilaines teintes jaunes et brunes pour finalement reverdir. Pour le plus grand soulagement des fermiers de la région, le foin se mit à pousser, comme pressé de rattraper son retard et les petites pousses de céréales s'empressèrent de l'imiter.

Déjà, les cultivateurs se faisaient moins alarmistes et finissaient par admettre que si le beau temps se poursuivait, ils pourraient peut-être finir par avoir des récoltes acceptables.

Pour sa part, Antoine Desjardins s'était décidé à visiter les fermiers du rang pour sonder leur volonté d'obtenir son eau. Tous s'étaient dits intéressés et prêts à participer au projet d'aqueduc. Il n'y avait qu'Étienne qui s'était fait tirer l'oreille avant d'accepter. Le jeune homme, plus que jamais décidé à vendre, n'avait pas vu de prime abord l'intérêt de creuser comme les autres et d'augmenter ainsi ses dépenses. Puis, à la réflexion, il convint que cet aqueduc serait une valeur ajoutée à sa ferme et il donna finalement son accord.

Le contrat avait été passé chez le notaire Beaubien, à Pierreville. Desjardins avait accepté de laisser installer sur sa terre la pompe et le réservoir, mais il avait exigé que chacun s'engage à n'utiliser l'eau de sa source que pour ses besoins domestiques. Il était entendu que les puits continueraient à servir à l'arrosage et aux soins à donner aux bêtes.

Les cultivateurs du rang Sainte-Marie commencèrent à creuser sans hâte excessive, encouragés par une excellente nouvelle : Hubert Gendron, en faisant jouer certains appuis de son ministre, avait obtenu de la Marine Industries de Sorel un réservoir et de la tuyauterie à un prix dérisoire. Tout indiquait que l'eau de la source de Desjardins allait se retrouver dans toutes les fermes du rang avant la fin de l'automne.

On se mit donc à creuser pour s'occuper en attendant la première coupe de foin qui ne pourrait avoir lieu, au mieux, qu'à la mi-août à cause de la sécheresse. Il valait mieux faire ce travail tout de suite plutôt que d'attendre septembre quand les céréales seraient prêtes à être récoltées. Pendant ce temps, un bon nombre de femmes et d'enfants de Saint-Jacques-de-la-Rive hantaient les taillis du rang du Petit-Brûlé, réputé pour la quantité et la grosseur de ses bleuets. Chaque après-midi, on pouvait les voir revenir à pied, portant fièrement de grands contenants remplis de petits fruits qu'on allait trier et laver avant de les faire cuire.

Quelques jours avant la mi-août, un mardi après-midi, Clément Tremblay sortit de l'étable, furieux. Il s'approcha à grands pas du jardin où Céline et Françoise étaient occupées à désherber.

— Qu'est-ce qu'il t'arrive ? lui demanda sa femme qui se redressa en se tenant les reins.

— Maudit verrat ! jura Clément. Tu parles d'une malchance ! Je viens de casser la lame de ma scie à métaux. Il va falloir que je lâche tout pour aller m'en chercher une chez ton frère, au village. On peut dire que ça tombe ben, cette affaire-là. J'ai de l'ouvrage par-dessus la tête dans l'étable.

— T'as juste à envoyer Jean t'en chercher une.

— Il est au bout du champ en train de réparer une clôture avant que les vaches prennent le bois.

— Si vous voulez, p'pa, je peux bien y aller, proposa Françoise.

— Ça ferait ben mon affaire, dit son père, soudainement radouci.

— C'est ça, mon Clément, viens m'enlever mon aide, protesta Céline. Qui est-ce qui va m'aider à nettoyer le jardin pendant que Françoise va courir les chemins ?

— Je serai pas partie bien longtemps, m'man, voulut la rassurer sa fille.

— C'est correct. Vas-y, mais prends le bicycle.

— Je l'haïs, ce bicycle-là, m'man. C'est un bicycle de gars et il est vieux comme la lune.

— Il est peut-être pas beau, mais il est pratique.

Louis s'en servait tout le temps, lui, et il s'en est jamais plaint. Jean fait la même chose.

— Demande à ton oncle une lame de scie à métaux et dis-lui de mettre ça sur notre compte. Je passerai le payer samedi, dit Clément pour mettre fin à la discussion entre la mère et la fille.

Sur ce, il retourna à l'étable pendant que Françoise s'empressait de quitter le jardin pour aller faire un brin de toilette. Quelques instants plus tard, la jeune fille, vêtue de sa robe fleurie, sortit de la maison et alla chercher la grosse bicyclette CCM bleue appuyée contre un mur dans la remise.

— Mets-toi un chapeau, lui ordonna sa mère en la voyant enfourcher l'engin.

— Bien non, m'man. Le chapeau me tient pas sur la tête quand je pédale.

— T'as juste à l'attacher.

Il était trop tard puisque la jeune fille avait déjà quitté la cour et se dirigeait vers le village. À son arrivée devant l'épicerie de son oncle Jean-Paul, au coin des rangs Sainte-Marie et Saint-Edmond, elle croisa l'abbé Leroux qui lui jeta un regard réprobateur avant de traverser la route pour rentrer au presbytère. Le jeune vicaire trouvait probablement inconvenant de la voir bras et tête nus.

Si Hélèna Pouliot était revenue à Saint-Jacques-de-la-Rive, elle aurait eu du mal à reconnaître l'épicerie qu'elle avait exploitée durant une trentaine d'années. Le nouveau propriétaire avait tout aménagé autrement et avait donné une telle expansion au commerce qu'on pouvait presque l'appeler un magasin général. Il tenait maintenant une bonne quantité d'outils et de matériaux de construction, pour la plupart entreposés dans le hangar situé derrière la maison.

À l'entrée de sa nièce, Jean-Paul, souriant, vint au-devant d'elle. Il alla lui chercher ce qu'elle désirait après l'avoir saluée.

— Puis, comment vont tes amours ? la taquina-t-il après avoir déposé sur le comptoir la lame de scie qu'elle était venue chercher.

— Moins bien que les tiennes, mon oncle, répondit la jeune fille, du tac au tac. C'est à tes noces qu'on va aller dans un mois, pas aux miennes.

— Dis-moi pas ça ! plaisanta Jean-Paul en faisant semblant de trembler. Tu me fais peur.

— Aïe, mon oncle ! Claudette te tord pas un bras pour te marier que je sache.

— Ça, c'est vrai, reconnut-il en riant. J'ai couru après. Ah ! pendant que j'y pense, serais-tu assez fine pour rapporter du tabac à ton grand-père ? Il m'en avait demandé dimanche, mais j'ai complètement oublié de lui en apporter quand je suis allé veiller chez Claudette.

— Je vais lui apporter ça, consentit Françoise. Pour la lame, tu peux mettre ça sur notre compte. P'pa m'a dit qu'il te réglerait en fin de semaine.

La jeune fille sortit après avoir salué son oncle et attacha sur le porte-bagages le petit paquet qu'elle venait de prendre à l'épicerie. Elle enfourcha sa bicyclette et reprit la route.

Cet après-midi-là, le ciel était nuageux et une petite brise rafraîchissait l'atmosphère. Armé d'une pelle, Étienne était descendu dans le fossé, à mi-chemin entre chez lui et la ferme des Tremblay, dans l'intention de poursuivre le creusement entrepris deux semaines auparavant. Le jeune cultivateur en faisait un peu chaque jour de manière à avoir terminé avant les foins. On ne lui voyait que la moitié du corps hors du fossé et son front luisait de sueur. De l'autre côté de la route, entre sa maison et celle de Clément Tremblay, il pouvait voir la petite résidence en bardeaux gris des Gariépy, une famille nombreuse qui ne faisait guère de bruit.

Soudain, le bossu sursauta en entendant des cris en provenance de la route. Il tourna la tête juste à temps pour apercevoir le chien d'Omer Gariépy sortir en trombe de la cour de ses maîtres pour s'élancer à la poursuite de la bicyclette montée par Françoise. La bête, un bâtard haut sur pattes et à poil long, jappait avec rage et s'approchait dangereusement des mollets de la cycliste, qui, paniquée, poussait des cris.

— Va-t'en ! Va-t'en ! hurla la jeune fille alors que sa grosse bicyclette bleue zigzaguait sur la route pour éviter l'animal.

Étienne n'eut pas le temps d'intervenir. Un instant plus tard, le vélo traversa la route en diagonale, heurta un arbuste le long du chemin et Françoise partit en vol plané vers le fossé, à une dizaine de pieds du jeune cultivateur. L'animal, planté au bord de la route, au-dessus de la jeune fille, continuait à japper furieusement.

D'abord figé, Étienne s'élança hors du fossé, assena un solide coup de pelle au chien qui déguerpit en couinant. Il abandonna ensuite sa pelle pour redescendre dans le fossé d'où provenaient des plaintes indistinctes. Françoise était à demi étendue au fond et se tenait la tête.

— Est-ce que ça va ? demanda Étienne, inquiet.

— Je le sais pas ; je me sens tout étourdie, se plaignit la jeune fille.

— Attends, je vais t'aider, fit son voisin en lui tendant la main.

Françoise saisit la main qui lui était offerte et se remit difficilement sur pied, pas très solide sur ses jambes.

— T'as rien de cassé ?

— Ça a pas l'air, dit la jeune fille en s'examinant. J'ai juste un peu mal à une cheville. J'ai un bras tout éraflé et je suis sûre que je vais avoir des bleus un peu partout demain matin.

— T'es chanceuse de t'en tirer comme ça.

— Tu parles d'un chien fou ! s'exclama-t-elle d'une voix rageuse.

— J'ai pas l'impression qu'il est à la veille de recommencer, fit Étienne en l'aidant à sortir du fossé. Le coup de pelle qu'il vient de recevoir va lui aider à s'en souvenir.

— Et mon bicycle ? s'inquiéta soudainement Françoise.

Le fermier souleva la vieille bicyclette et la regarda un moment avant de montrer à la jeune fille la roue avant voilée.

— Je pense qu'il va avoir besoin d'une roue neuve.

— Ayoye ! fit Françoise en esquissant un pâle sourire. C'est Jean qui va être de bonne humeur quand il va vouloir s'en servir.

— C'est ce qui arrive quand on cherche à aller plus vite que le bicycle qu'on monte, plaisanta Étienne. Je vais t'aider à retourner chez vous.

— Dire que rien de tout ça me serait arrivé si j'avais pas eu à aller porter un paquet de tabac à mon grand-père...

— C'est juste une malchance.

— Sais-tu qu'on dirait que t'es toujours là quand j'ai besoin de toi, reprit Françoise, reconnaissante.

— Je dois être une sorte de saint-bernard, plaisanta Étienne. Mais farce à part, tu devrais peut-être t'arranger pour que ton cavalier te suive de plus près pour te protéger des accidents, ajouta-t-il en s'efforçant de plaisanter sur un sujet qui lui faisait particulièrement mal au cœur.

— Il faudrait pour ça que j'en aie un.

— Ton *chum* de Pierreville ?

— J'ai pas de *chum* à Pierreville.

— Le beau blond avec un chapeau gris qui vient te voir le dimanche ?

— Ah lui ! C'est pas mon amoureux. À part ça, ça fait longtemps qu'il vient plus me voir. Il est venu juste deux dimanches.

Aucune parole ne pouvait faire plus plaisir au soupirant. Les entendre de la bouche de celle qu'il aimait en secret le faisait soudainement revivre.

— Je te gage qu'il était pas assez beau pour toi, blagua le jeune cultivateur en se mettant en route aux côtés de Françoise, chargé de la bicyclette accidentée.

— Me prends-tu pour une tête folle, Étienne Fournier ? s'emporta la jeune fille qui boitillait péniblement. Les filles regardent pas juste la beauté chez les hommes, tu sauras.

— Qu'est-ce que tu lui reprochais à ton amoureux ?

— C'était un grand insignifiant, dit-elle sur un ton tranchant. Moi, quelqu'un qui se prend pour le nombril du monde parce qu'il a pas été élevé sur une terre, je peux pas endurer ça. Quand je parlais, il me regardait comme si j'étais une habitante qui savait rien... Il pouvait bien me regarder de haut. Lui, il était même pas capable de faire quelque chose avec ses dix doigts.

— C'est pas ben grave. Tu vas facilement te trouver un autre cavalier parce que...

— Parce que quoi ? demanda Françoise en le regardant rougir.

— Parce que t'es la plus belle fille de la paroisse, articula difficilement Étienne, de plus en plus rouge.

— Est-ce que c'est un compliment que tu me fais là, Étienne ?

— On le dirait, dit en riant le jeune homme, tout de même rouge d'avoir osé. Mais tu remarqueras que j'ai attendu que tu sois à moitié morte pour que tu puisses pas me frapper.

Les deux jeunes gens pénétrèrent dans la cour des Tremblay à ce moment-là. Il n'y avait personne à l'extérieur. Étienne appuya la vieille bicyclette contre le mur de la maison et Françoise monta les trois marches qui conduisaient au balcon en claudiquant.

— Bon, je pense que je vais y aller, annonça le jeune voisin, l'air subitement emprunté.

— Une minute, Étienne, le retint Françoise. Tu penses tout de même pas t'en tirer comme ça. Tu m'as ramassée dans le fossé. À cette heure, la moindre des choses serait que tu reviennes demain, juste pour voir si je suis pas morte de mes blessures durant la nuit.

Le visage du bossu s'illumina instantanément lorsqu'il entendit cette invitation.

— C'est sûr que je vais venir, promit-il. Mais tes parents ?

— Laisse faire mes parents. Je suis une grande fille et en plus, je suis sûre que ça va leur faire plaisir de voir que t'as arrêté de bouder.

— Mais je boudais pas, protesta Étienne, mal à l'aise.

— Ça ressemblait à ça, si tu veux le savoir. Je me demandais ce que j'avais bien pu te faire pour que tu me regardes même plus. En tout cas, je t'avertis, dit Françoise sur un ton plus léger. Si t'es pas venu voir comment je vais demain après-midi, je vais aller te chercher par une oreille, tu m'entends ?

— C'est promis.

Étienne se sentait si léger en quittant la cour qu'il avait l'impression qu'il aurait pu s'envoler. Il retourna chercher sa pelle dans le fossé, mais il avait tellement le cœur en fête qu'il renonça à poursuivre son travail. Il rentra chez lui, heureux comme il ne l'avait pas été depuis longtemps.

Durant la soirée, il s'installa confortablement sur son balcon pour réfléchir à la nouvelle tournure que venaient de prendre ses relations avec sa voisine. Bien sûr, il devait reconnaître qu'il ne s'était produit rien d'important, mis à part le fait qu'ils avaient renoué des relations entreprises l'hiver précédent. L'incident de l'après-midi lui avait au moins appris qu'elle ne le méprisait pas et qu'elle reconnaissait en lui un véritable ami. Évidemment, il aspirait à plus. Voudrait-elle un jour accepter un bossu comme amoureux ? Il n'osait pas se poser trop ouvertement la question de crainte d'être contraint de reconnaître qu'il s'agissait là d'un rêve irréalisable. La plus belle fille de Saint-Jacques-de-la-Rive ne se promènerait jamais à son bras. Si ça se trouvait, son invitation pour le lendemain n'était due qu'au choc qu'elle avait subi. Après sa visite, elle allait probablement lui tourner le dos comme elle l'avait fait depuis son anniversaire.

Le jeune homme hésita longuement avant de se décider à se présenter chez les Tremblay tant il craignait d'essuyer une rebuffade de la belle Françoise. Finalement, vers deux heures, n'y tenant plus, il se dirigea vers la maison voisine. À son arrivée, il découvrit la jeune fille, assise dans la balançoire, la cheville bandée. Dans ce décor, elle lui apparut encore plus belle qu'à l'ordinaire avec ses longs cheveux bouclés et son visage aux traits délicats. Son cœur se mit à battre plus vite quand il s'approcha d'elle.

— Un peu plus et je me décidais à aller te chercher, dit-elle en le voyant.

— J'aurais pas voulu que tu forces ta cheville, rétorqua-t-il.

— C'est vrai que j'aurais eu de la misère,

reconnut Françoise avec une grimace significative. Hier soir, elle s'est mise à enfler. Ma mère a dû me mettre une compresse de beurre chaud.

— Et tes éraflures ?

— Ça chauffe un peu, fit la jeune fille en lui montrant son bras droit, mais ça va guérir vite.

Étienne entendit la porte moustiquaire s'ouvrir. Céline apparut sur le balcon, portant un panier de vêtements mouillés qu'elle s'apprêtait à aller étendre sur sa corde à linge, à l'arrière de la maison.

— Bonjour, Étienne, dit-elle en l'apercevant debout devant la balançoire où sa fille était assise.

— Bonjour, madame Tremblay.

— Il paraît que c'est toi qui l'as ramassée dans le fossé hier après-midi ?

— Ben oui. Elle faisait une course avec le chien des Gariépy et elle a perdu.

— Oui, je sais. J'ai appelé Orner pour lui demander d'attacher sa bête.

— C'est une bonne idée, reconnut le jeune cultivateur.

— Laisse-toi pas monter de bateau par la grande blessée, le prévint la mère de famille avec un sourire narquois. Elle a presque rien. Elle aime ça se donner des airs de mourante pour attirer l'attention et surtout pour rien faire.

— Exagérez pas, m'man, protesta Françoise, indignée. Je me suis vraiment fait mal.

— Oui, oui, fit sa mère. Disons que t'haïs pas ça jouer à la princesse... surtout que ça t'évite de travailler. J'aime autant te dire que tout à l'heure, tu vas pouvoir aller t'asseoir à la table de cuisine pour éplucher les patates du souper. Ça, t'es capable de le faire.

Françoise poussa un profond soupir qui fit éclater de rire Étienne et sa mère.

— Puis, arrête de jouer à la martyre, fit Céline avant de disparaître à l'arrière de la maison.

Les deux jeunes gens discutèrent encore quelques minutes. Étienne quitta Françoise après l'avoir invitée à venir voir le mobilier de chambre à coucher dont il avait terminé la fabrication.

Ce soir-là, Céline ne put s'empêcher de murmurer à Clément, quelques instants après que leur fille fut montée se coucher :

— Le petit Fournier est venu voir Françoise cet après-midi.

— Pour quoi faire ?

— Pour voir si elle allait mieux.

— Ah bon !

— J'ai peur qu'il se fasse des idées, finit-elle par dire, avec une trace d'inquiétude dans la voix.

— Des idées ! Quelles idées ?

— J'ai l'impression que le voisin détesterait pas venir veiller avec notre fille.

— Ben, elle pourrait tomber plus mal, dit Clément en allumant sa pipe. Il a une bonne terre et il a du cœur.

— Peut-être, mais oublie pas que c'est aussi le garçon d'un pendu. On a connu le père et la mère et on sait comment c'était du drôle de monde... En plus, d'après mon père qui a bien connu la grand-mère Fournier, il paraît qu'elle était pas mal spéciale, elle aussi.

— Voyons, Céline !

— C'est vrai ou c'est pas vrai ?

— C'est vrai, reconnut son mari.

— En plus, il est bossu et, même sans sa bosse, on peut pas dire que ce pauvre Étienne est le plus beau garçon de la paroisse.

— Ta fille décidera ben toute seule si elle veut l'avoir pour cavalier.

— C'est pas ça le problème. J'ai peur qu'elle se rende pas compte qu'elle l'encourage à se faire des idées.

— Laisse donc faire le temps. Ça sert pas à grand-chose de se faire des cheveux blancs pour ça. Françoise est pas bête. Elle va ben voir qu'il est en train de s'amouracher d'elle si c'est ça qui te fatigue. Si ça fait pas son affaire, elle est capable de le lui faire comprendre. Tu lui en as parlé ?

— Oui. Elle m'a dit que c'était moi qui me faisais des idées.

22

Les élections

À la fin de la seconde semaine du mois d'août, la plupart des cultivateurs de Saint-Jacques-de-la-Rive jugèrent que le foin était maintenant assez haut pour être coupé. Il faisait beau et chaud et la moisson ondulait dans les champs à la moindre brise.

Debout sur l'étroit balcon qui ceignait la vieille maison recouverte de bardeaux rouges, Ernest Veilleux admirait le spectacle de la prochaine récolte. À près de soixante-quinze ans, le vieil homme ne se lassait pas de regarder le foin, les blonds épis de blé et l'avoine produits par la terre dont il avait hérité de son père plus de cinquante ans auparavant. Quand il l'avait cédée à son tour à son fils Jérôme en 1935, cela lui avait fait mal comme si on lui avait arraché un morceau de lui-même.

— Je crois ben qu'on va commencer à faucher le foin demain matin, dit Jérôme en venant se planter aux côtés de son vieux père.

— Ça sert à rien d'attendre plus longtemps, approuva Ernest. De toute façon, ce serait pas mal surprenant qu'on ait une deuxième coupe cette année. Pourquoi on commence pas aujourd'hui ?

Jérôme prit un air embarrassé et se racla la gorge avant de dire à son père :

— Parce que Jocelyn Dupuis pouvait pas venir avant demain.

— Qu'est-ce que le petit Dupuis va venir faire ici ?

— M'aider à faire les foins, p'pa.

— Mais on est déjà trois hommes.

— Ben, André vient juste d'avoir quatorze ans et vous, p'pa, vous allez sur vos soixante-quinze ans. Vous pensez pas que ce serait le temps de vous reposer un peu ?

— Je suis encore capable, tu sauras ! s'emporta le vieil homme, les yeux pleins de feu.

— On le sait que vous êtes encore bien capable, beau-père, intervint Colette, parlant à travers la porte moustiquaire. Mais à votre âge, il me semble que vous avez ben gagné de souffler un peu. Vous pensez pas que faire les foins, c'est une affaire de jeunes ?

— Torrieu ! Je suis pas encore rendu au point de m'asseoir à la journée longue dans une chaise berçante, protesta le vieillard.

— C'est certain, monsieur Veilleux. Vous le savez qu'on a encore pas mal besoin de vous pour faire toutes sortes d'ouvrages sur la terre, expliqua sa bru, très diplomate. Mais les foins ! Si les voisins s'aperçoivent qu'on vous crève à les faire, ils vont finir par nous montrer du doigt.

— Ouais. Mais je pourrais au moins conduire la charge.

— C'est ce que Jérôme pensait vous demander, répliqua Colette.

— Ben oui, p'pa. J'ai engagé le petit Dupuis pour m'aider à charger et à décharger, mais j'ai besoin de vous pour vous occuper du cheval.

— OK. Je vais faire la *job* d'une femme, se résigna Ernest.

Le vieil homme rentra promptement dans la maison, humilié d'être relégué à un travail qu'on confiait habituellement à un enfant ou à une femme. S'il était secrètement soulagé de ne pas avoir à suivre le rythme des hommes plus jeunes en train de charger et de décharger les voitures de foin, il n'en laissa rien paraître.

Pour sa part, Étienne eut la chance d'engager Antonius Tougas pour la durée de la récolte du foin. Le cultivateur de soixante ans n'avait jamais cultivé le foin sur sa terre, préférant la culture des céréales à celle du fourrage. En cette période de l'été, ses fils et lui s'étaient toujours engagés chez les voisins en échange d'un maigre salaire et de la quantité de foin suffisante pour nourrir les trois vaches possédées par la famille. L'homme maigre était tout en muscles et travailleur. Il valait largement le salaire qu'il demandait.

Dans toutes les fermes de Saint-Jacques-de-la-Rive et des environs, le rythme du travail s'accéléra. Tous les fermiers étaient conscients que le beau temps ne durerait pas. Il fallait battre la pluie de vitesse. Il importait de couper le foin et de l'engranger le plus rapidement possible. La plupart des femmes quittaient leur cuisine et venaient prêter main-forte dans les champs.

On travailla alors de l'aurore au crépuscule, prenant à peine le temps de manger. Si on ne fauchait plus à la faux, comme vingt ans auparavant, le travail n'en était pas moins pénible. Il fallait encore charger le foin avec une fourche dans les voitures et le décharger dans le fenil. Malgré cette presse exténuante, il fallait aussi continuer à soigner les animaux et préparer les repas.

Le soir venu, lorsque l'obscurité tombait enfin, les gens, épuisés, se lavaient près du puits pour se débarrasser de la sueur et de la poussière accumulées durant la journée. Ils allaient ensuite s'asseoir quelques minutes sur le balcon pour se reposer avant de se mettre au lit, abrutis de fatigue.

La période des foins continuait à être l'un des moments les plus importants de l'année pour un bon nombre de cultivateurs. Un fenil bien rempli signifiait la nourriture assurée pour le troupeau durant tout l'hiver. Manquer de fourrage durant l'hiver pouvait entraîner des pertes sévères parce qu'on devait alors en acheter ou, pire, vendre des bêtes qu'on était incapable de nourrir.

Les gens furent tellement pris par le travail que la libération de Camilien Houde passa presque inaperçue. Le retour triomphal de l'ex-maire de Montréal dans la métropole ne suscita guère de commentaires chez les habitants de Saint-Jacques-de-la-Rive. On avait déjà oublié que l'homme avait passé les quatre dernières années emprisonné à Petawawa pour avoir encouragé la désobéissance civile en conseillant publiquement à ses administrés de ne pas se laisser enrôler dans l'armée. Les autorités en avaient alors profité pour l'arrêter et l'interner avec des prisonniers de guerre dans un camp ontarien après l'avoir accusé d'être un agent des nazis.

Par ailleurs, comme il fallait s'y attendre, la campagne électorale déclenchée en pleine saison estivale avait connu plusieurs ratés. Cependant, les organisateurs des trois partis politiques qui se livraient une lutte sans merci ne renonçaient pas à convaincre les électeurs. Tout était déjà en place pour fournir un ultime effort durant le dernier tiers de la campagne.

Chez Clément Tremblay, on avait fini les foins la veille. Le fenil était loin d'être plein, mais on pouvait au moins se réjouir de ne pas avoir été retardé par la moindre goutte de pluie durant huit jours.

Ce soir-là, après le souper, Clément ne tenait pas en place. Il était déjà allé à trois reprises dans le hangar durant les quelques minutes dont sa femme et sa fille avaient eu besoin pour laver et ranger la vaisselle.

— Veux-tu ben me dire ce que t'as à grouiller comme un ver à chou ? finit par lui demander Céline en sortant de la maison.

— Maudit que c'est plate de pas avoir l'électricité, se plaignit son mari avec humeur. Si on l'avait, on pourrait au moins écouter ce que Godbout a à dire au radio. C'est son tour à soir. Il est temps qu'il parle. Raymond et Duplessis ont encore fait des discours la semaine passée.

— Encore des menteries, le provoqua Céline.

— Tu sauras que Godbout est le moins menteur

de la *gang*. Je suis certain que la plupart des promesses qu'il va faire à soir, il va les tenir, lui.

— Bon. J'ai compris, finit par dire Céline. Vas-y donc l'écouter si ça te travaille tant que ça. Je suppose que c'est ce que tu veux.

— Ben, j'avais pensé que je pourrais aller l'écouter avec Gérald chez *Traversy*. Gagnon, l'organisateur du parti, a réservé la taverne pour tous ceux qui veulent venir écouter le discours au radio. Il paraît qu'il va faire installer des haut-parleurs pour qu'on manque rien de ce que Godbout va dire.

— Un bel innocent, ton Gagnon ! laissa tomber Céline, en déroulant les manches de sa robe qu'elle avait relevées pour laver la vaisselle. On dirait qu'il a oublié que les femmes ont pas le droit de mettre les pieds dans une taverne. Si tu lui parles à soir, rappelle-lui donc que les femmes vont voter, elles aussi.

Clément se garda bien de jeter de l'huile sur le feu en répliquant. Il se contenta de hocher la tête.

— Vas-y, mais essaie de te souvenir que t'es pas là pour boire. Si tu reviens soûl, je te garantis, Clément Tremblay, que tu vas aller coucher dans la grange.

— On reviendra pas trop tard, promit-il à sa femme.

Il entra précipitamment dans la maison, changea de vêtements et téléphona à son frère qu'il passait le prendre. Quelques minutes plus tard, Céline et Françoise le virent monter à bord de sa vieille Ford.

Lorsque les Tremblay entrèrent dans Pierreville, la circulation était beaucoup plus dense que celle qu'on trouvait habituellement dans la petite municipalité un soir de semaine. Ils eurent énormément de mal à se stationner près de l'hôtel *Traversy.* Il y avait des voitures jusque près du pont qu'on devait emprunter pour aller à Saint-François-du-Lac.

— Blasphème ! jura Gérald en voyant toutes ces voitures, on trouvera jamais une place dans la taverne. Elle doit être pleine comme un œuf.

— On a pas fait tout ce chemin-là pour rien, protesta Clément. Viens. On va aller voir.

En fait, la taverne de l'hôtel *Traversy* était passablement remplie, mais pas au point qu'on ne puisse pas trouver une chaise libre autour d'une table. Clément aperçut Georges Hamel assis près d'Eusèbe Gagnon, l'organisateur de la réunion.

— Est-ce qu'on peut s'asseoir à votre table ? demanda Clément en s'approchant des deux hommes.

— C'est sûr. Tirez-vous une chaise, répondit l'autre, jovial.

— Il y a tellement de voitures dehors que je pensais que ce serait plus plein que ça ici, dit Gérald en se laissant tomber à son tour sur une chaise libre.

— Les bleus ont organisé une réunion dans la cour de l'école, à côté du pont, expliqua l'organisateur libéral. Antonio Élie est supposé venir parler pour aider Arsenault à se faire élire dans le comté. Il y en a même qui disent que c'est possible que Duplessis vienne dire quelques mots pour aider son candidat. Comme tu peux voir, même si c'est vrai, ça nuira pas à notre chef. Ici, il y a du monde en tabarnouche pour l'entendre. Attends tout à l'heure. Je suis certain qu'il va y en avoir jusque dans la cour de l'hôtel.

Sur ces mots, on entendit l'indicatif de Radio-Canada. La radio avait été branchée sur deux puissants haut-parleurs installés à l'avant de la salle. Le présentateur annonça que sans plus tarder, il laissait la parole à l'honorable Adélard Godbout, Premier ministre de la province. Immédiatement, le silence tomba sur la salle, à peine troublé par le bruit des bouteilles de bière déposées sur chacune des tables par des serveurs empressés.

Alors qu'Adélard Godbout se mettait à énumérer avec force détails les nombreuses réalisations de son gouvernement, Gagnon voyait à ce que les consommations généreusement offertes par le parti libéral soient fréquemment renouvelées.

Sur les ondes, la voix chaude du Premier ministre avait des accents de sincérité assez convaincants, surtout quand il se mit à raconter dans quel état il avait trouvé les finances de la province lorsqu'il avait remplacé Maurice Duplessis, à qui il reprochait autant ses frasques d'ivrogne que son incurie. Il rappela aux auditeurs à quel point son gouvernement avait dû travailler pour permettre au Québec de rattraper le retard pris face à l'Ontario. À l'entendre, aucun gouvernement depuis celui de Lomer Gouin n'avait fait autant que le sien pour le bien-être des habitants de la province. Il avait fait voter la loi de l'instruction obligatoire en 1942, permis aux femmes d'obtenir le droit de vote et assaini les mœurs politiques.

De plus, durant les deux dernières années de son mandat, il avait institué deux commissions extraordinaires. La première travaillait à préparer un plan d'assurance-maladie universelle depuis le début de 1943. La seconde étudiait la possibilité que le Québec rachète tout ce qui touchait à l'hydroélectricité dans la province.

Durant près de quatre-vingt-dix minutes, le chef du parti libéral expliqua tous les projets qu'un futur gouvernement dirigé par lui voulait mener à terme. Ses auditeurs de chez *Traversy* approuvaient d'autant plus bruyamment chacune de ses promesses qu'elles étaient toutes largement arrosées par un flot de bière que Gagnon ne faisait pas mine de vouloir assécher. Alcide Drolet, le député sortant, allait d'une table à l'autre en distribuant généreusement les poignées de main.

Évidemment, Adélard Godbout n'était pas seul à parler ce soir-là et plusieurs de ses affirmations étaient contestées par Antonio Élie, quelques centaines de pieds plus loin, devant les partisans enthousiastes de l'Union nationale.

Tout observateur impartial aurait vite remarqué que la foule qui se pressait dans la cour de l'école Moreau, à Pierreville, était passablement plus nombreuse que celle qui avait envahi la taverne de l'hôtel *Traversy*. Et les organisateurs de l'Union nationale étaient aussi généreux que ceux du parti libéral pour les « rafraîchissements » en cette chaude soirée du mois d'août.

Après avoir fait un bref discours assez terne, le candidat unioniste, Édouard Arsenault, s'était empressé de céder la parole à l'ex-ministre Antonio Élie, un proche de Maurice Duplessis. Le politicien, un homme trapu, était monté sur l'estrade sous un tonnerre d'applaudissements et s'était immédiatement mis à tirer à boulets rouges sur le gouvernement qui avait endossé la conscription au Québec. En politicien chevronné, il avait commencé par rappeler à son auditoire que près de quatre-vingt-dix pour cent des électeurs du comté de Nicolet avaient voté en avril 1942 contre la conscription, soit presque le même pourcentage que dans son comté de Yamaska. Malgré un vote massif contre la conscription, Godbout s'était fait complice d'Ottawa pour envoyer des jeunes Canadiens français se faire tuer sur les champs de bataille en Europe. À ses yeux, il était aussi coupable qu'Ernest Lapointe et les autres députés libéraux fédéraux qui avaient trahi ceux de leur race pour être bien vus à Ottawa. Selon ses dires, Godbout n'avait pas cessé de céder des droits du Québec au fédéral depuis qu'il dirigeait la province. Comme il gouvernait pour les gens qui vivaient en ville et pour les hommes d'affaires, les cultivateurs étaient toujours les grands oubliés sous le régime libéral.

Une salve d'applaudissements nourris avait salué cette entrée en matière. L'orateur invité en profita alors pour changer de registre et s'adapter à son auditoire. Il expliqua longuement que le gouvernement actuel n'avait rien fait pour les cultivateurs de la province depuis qu'il était au pouvoir. Les libéraux étaient tous des communistes qui ne feraient jamais rien pour protéger notre langue et notre religion. Les finances du Québec n'avaient jamais été en si mauvais état, même s'il ne se faisait pratiquement rien dans la province. L'électrification des campagnes était presque au point mort. Le prix du lait et des produits agricoles n'avait pas cessé de chuter. Malgré sa promesse, Godbout n'avait rien fait pour aider les fils de cultivateurs à s'établir sur des terres. Il ne s'était presque pas construit d'écoles et d'hôpitaux, même si les besoins étaient criants. Par contre, les amis du régime s'engraissaient et il ne se passait pas de mois sans qu'on découvre un scandale dans lequel des libéraux étaient impliqués.

— Quand l'Union nationale va reprendre le pouvoir le 28 août prochain, tout va changer, avait promis Élie. Québec va avoir enfin un gouvernement honnête qui va remettre de l'ordre dans la province.

L'ancien ministre avait alors terminé son discours en décrivant avec fougue tout ce que son parti se proposait de faire pour les cultivateurs de la province de Québec.

Chez *Traversy,* la discussion devint générale après l'allocution radiophonique d'Adélard Godbout. Comme on continuait à servir généreusement des consommations gratuites, peu d'auditeurs avaient quitté leur chaise dans la grande salle enfumée où il faisait aussi chaud que dans un four. À un certain moment, Clément jeta un coup d'œil à sa montre.

— Il serait temps qu'on y aille, dit-il avec une élocution un peu pâteuse à son frère. Il est presque onze heures.

Les deux hommes se levèrent péniblement et

quittèrent la place d'une démarche un peu titubante. À l'extérieur de l'hôtel, l'air chaud et humide ne les aida pas à dissiper les vapeurs de l'alcool ingurgité durant la soirée. Ils se dirigèrent lentement vers la vieille Ford bleue 1929 stationnée devant l'église. Ils entendaient clairement les cris enthousiastes poussés par les partisans de l'Union nationale encore rassemblés dans la cour de l'école située près du temple.

— Ah ben maudit ! s'exclama Clément en se retenant à la portière de sa voiture. Tu parles de beaux sans... sans-dessein ! Comment je vais faire pour sortir de là, moi ?

La vieille automobile était coincée entre une Chevrolet rouge vin et une Plymouth noire. Les conducteurs des deux véhicules n'avaient laissé que quelques pouces entre leur voiture et la vieille Ford.

— Tu penses pas que t'as un peu trop bu pour conduire ton char ? lui demanda Gérald en hésitant sur certains mots. Moi, je conduirais ben, mais je sais pas mener ça, une machine. En plus, je pense que je suis encore plus chaud que toi.

— Ben non. Inquiète-toi pas, voulut le rassurer son frère en montant à bord. On a pas bu tant que ça. Aussitôt qu'on va rouler, l'air frais va nous faire du bien. Tu sauras que mon Ford, c'est comme un vieux cheval. Il est presque capable de rentrer tout seul à la maison.

— Comment tu vas faire d'abord pour le sortir de là ? demanda Gérald.

— Tu vas voir. C'est pas ben com... compliqué, dit Clément, l'élocution toujours aussi hésitante, en démarrant sa voiture. Je vais juste les pousser un peu.

Il recula sèchement. Il y eut un heurt.

— Oups ! fit le conducteur. Je pense que je l'ai tou... touché un peu.

Il embraya et avança, tournant rapidement le volant. Un « bang » accompagné d'un bruit de vitre brisée suivit la manœuvre.

— Celui-là aussi, ricana bêtement Clément.

— Aïe, arrête ! lui cria son frère. T'es en train de démolir ton char.

— Ben non, il est so... solide.

— Attends. Je vais aller voir, ordonna Gérald.

— C'est pas le temps de traî... traîner, dit le conducteur avec un reste de lucidité. Si j'ai bossé le char d'en avant, j'ai pas le goût de voir son propriétaire venir me demander de payer les réparations.

Sur ces mots, Clément répéta la manœuvre deux autres fois avant de parvenir finalement à se dégager.

— T'es chanceux en blasphème que personne t'ait vu, déclara Gérald en abaissant la glace de la portière, côté passager.

Clément ne répondit pas. Il se concentrait sur la conduite de sa Ford. Cinq milles le séparaient de sa maison. Il devait conduire sur un chemin de terre étroit et non éclairé. Il tentait de se maintenir au centre de la route du mieux qu'il pouvait. Il faisait chaud et le déplacement d'air entraîné par la voiture en marche ne parvenait pas à lui éclaircir les idées. À ses côtés, Gérald somnolait. Le conducteur voyait sa tête dodeliner.

Il finit tout de même par arriver devant l'église de Saint-Jacques-de-la-Rive et tourna dans le rang Sainte-Marie. Quelques centaines de pieds avant d'arriver devant la ferme des Tougas, le conducteur crut voir une mouffette traverser la route devant son véhicule. Il donna un brusque coup de volant pour éviter la bête et la Ford quitta la route pour aller se planter dans le fossé.

— Calvaire ! hurla Clément en se tenant la tête qui était allée donner durement contre le montant de la cabine.

— Ayoye ! Simonac ! Qu'est-ce que t'as fait là ? demanda Gérald, réveillé en sursaut après s'être frappé le nez contre le pare-brise.

Pendant que son frère épongeait le sang qui coulait de son nez avec un large mouchoir qu'il venait de tirer de l'une de ses poches, Clément essaya d'extraire sa Ford du fossé. Après plusieurs tentatives infructueuses, le conducteur, dégrisé, dut admettre qu'il n'y parviendrait pas.

— Descends, ordonna-t-il à son frère. Ça sert à rien de s'en... s'entêter. On le sortira pas comme ça.

— Il nous reste juste à aller chercher ton *span* de chevaux chez vous pour sortir ton bazou de là.

— Tu parles si on est pas malchanceux, se plaignit Clément. On était... presque arrivés.

— Tu vois ben qu'on a pas le choix, fit son frère.

— T'as raison, convint Clément. On va faire ça. J'ai une chaîne dans la valise.

Les deux hommes se mirent en marche. À leur entrée dans la cour, la maison n'était éclairée que par une lampe à huile. La porte s'ouvrit sur Jean qui s'avança sur le balcon pour mieux distinguer les arrivants.

— Où sont ta mère et ta sœur ? demanda Clément à voix basse.

— Elles sont couchées depuis un bon bout de temps, p'pa. Où est votre char ?

— On a un petit problème avec. On va atteler les che... les chevaux pour le traîner jusque dans la cour.

— Voulez-vous que je vienne vous donner un coup de main ?

— Non. Tu peux monter te coucher. Ton oncle et moi, on va régler ça.

Jean n'insista pas et rentra dans la maison pendant que les deux hommes allaient atteler les chevaux. Quelques minutes plus tard, ils reprirent la route. Les deux bêtes n'eurent aucun mal à extraire la Ford du fossé. Gérald ramena les chevaux à l'écurie pendant que son frère parvenait à faire démarrer sa voiture et venait la stationner près de la remise, à sa place habituelle.

Le lendemain matin, Clément se leva à l'aurore avec une solide migraine. Le ciel était gris et l'humidité s'était encore accrue depuis la veille. Lorsqu'il pénétra dans la cuisine d'été après être allé traire les vaches en compagnie de Jean, sa femme l'attendait de pied ferme.

— Est-ce que je peux savoir à quelle heure t'es rentré ? lui demanda-t-elle sans se retourner vers son mari.

— Un peu après dix heures. J'ai pas regardé l'heure.

— Il devait être pas mal plus tard que ça parce que je suis allée me coucher à cette heure-là et ça m'a pris du temps avant de m'endormir, ajouta Céline en déposant sur la table les œufs qu'elle venait de faire cuire.

— Je viens de te dire que j'ai pas regardé l'heure, répéta Clément sur un ton léger.

— Mais qu'est-ce que t'as dans le front ? C'est une bosse ?

Clément se tâta le front en prenant un air étonné, comme s'il venait de découvrir la bosse.

— Quand est-ce que tu t'es fait ça ?

— Hier soir. C'est pas grave. J'ai dû me cogner.

— Comment ça, cogner ?

— Je me suis cogné quand j'ai voulu éviter de passer sur une maudite bête puante qui traversait le chemin, si tu veux savoir, expliqua son mari, exaspéré par cet interrogatoire.

— Voyons donc ! fit Céline, incrédule.

— Ben oui. J'ai donné un coup de roue et on s'est ramassés dans le fossé, sacrifice !

— Est-ce que mon oncle s'est fait mal ? s'informa Françoise qui venait de prendre place sur le grand banc placé derrière la table.

— Non. Il saignait juste un peu du nez parce qu'il s'est cogné lui aussi.

— Comment vous êtes sortis de là ? demanda Céline.

— On est venus chercher les chevaux.

— Mon petit doigt me dit que t'étais soûl quand t'es revenu, Clément Tremblay, lui reprocha sa femme. C'est pour ça que c'est arrivé, cette avarie-là.

— Là, tu parles sans savoir, répliqua sèchement Clément. Tu dormais comme une marmotte quand je me suis couché.

Il y eut un long silence autour de la table. Le couple et ses deux enfants mangèrent leurs œufs et leurs rôties avec un bel appétit. Après le repas, Clément se sentit ragaillardi et se versa une tasse de thé bouillant en souriant.

— On a trop de tomates mûres dans le jardin, dit Céline en se levant de table. En plus, on a des tomates vertes à plus savoir quoi en faire. Je pense qu'aujourd'hui, on va commencer à faire cuire notre ketchup avant de les perdre.

— Nous autres, fit Clément, on va s'occuper de réparer le grillage du poulailler. Mais avant ça, Jean va atteler. Je vais aller chez Crevier avec la Ford pour la faire réparer et il va me ramener.

— Comment ça ? s'étonna Céline. Est-ce que le char est si magané que ça ?

— Non, mais je veux que Crevier vérifie quand même s'il y a pas quelque chose de cassé.

— Ça m'a l'air louche, cette affaire-là, fit Céline en affichant un air suspicieux. J'aimerais bien voir ce qui est arrivé à ce char-là, moi.

Soupçonneuse, Céline décida d'aller jeter sans plus attendre un coup d'œil à l'automobile familiale. Son mari la suivit à contrecœur. Arrivée près de la remise, elle fit lentement le tour du vieux véhicule bleu. À l'arrière, un feu de position était éclaté et le garde-boue présentait une belle bosse. Elle poursuivit son inspection sans dire un mot. Arrivée à l'avant de la voiture, elle s'arrêta brusquement. Le pare-chocs était tordu, le phare du côté droit était à demi arraché et l'un des gardeboue était enfoncé.

— Mon Dieu ! s'exclama-t-elle en s'approchant pour mieux examiner les dommages. Tu me feras pas accroire que tout ça est arrivé en tombant dans le fossé.

— Je te le dis ! protesta Clément avec véhémence.

— T'es tout de même pas tombé à reculons dans le fossé. Comment t'expliques qu'il y a une lumière arrachée et une grosse bosse sur l'aile, en arrière ? demanda-t-elle avec une logique irréfutable.

— Ben...

— En plus, il y a de la peinture noire sur le *bumper* et sur l'aile en avant.

— Je sais pas comment c'est arrivé là, finit par admettre un Clément, piteux, les deux mains enfoncées profondément dans les poches de son pantalon.

— C'est ça qui arrive quand on conduit soûl, Clément Tremblay ! T'aurais pu te tuer, grand insignifiant.

Sur ces mots, elle tourna les talons et rentra à la maison sans plus s'occuper de son mari. Quelques minutes plus tard, le cultivateur quitta sa ferme au volant de sa Ford 1929 et se dirigea vers le garage de Côme Crevier, au village. Son fils le suivit quelques minutes plus tard, après avoir attelé la voiture.

À son arrivée chez Crevier, le cultivateur trouva le garagiste en train d'examiner une Plymouth noire dont le garde-boue arrière était sérieusement bosselé.

— C'est pas le char du curé Ménard, ça ? demanda Clément.

— En plein ça, fit Côme. C'est son carrosse.

— Depuis quand il te laisse y toucher ?

— Depuis que son garagiste de Drummondville a pas le temps de s'en occuper, rétorqua le garagiste avec humeur. Il m'est arrivé avec il y a une heure, et je peux te dire qu'il était pas à prendre avec des pincettes, notre curé.

— Pourquoi ? Qu'est-ce qui lui est arrivé ?

— Il paraît qu'en allant dire sa messe, il s'est aperçu que sa Plymouth avait été accrochée. D'après lui, la seule place où ça a pu arriver, c'est à Pierreville, hier soir. Il m'a dit qu'il était allé veiller au presbytère de Pierreville et qu'il l'avait laissée devant l'église ou le presbytère, je sais plus trop. En tout cas, quand il est revenu à la fin de la veillée, il a jamais remarqué que son aile avait été bossée. Tu le connais. Tu sais comment il tient à son bazou. Pas nécessaire de te dire qu'il était furieux.

— Tu vas lui débosser son aile ?

— Es-tu fou, toi ? Non. Ça, il y a juste son maudit garagiste de Drummondville capable de le faire. Il m'a laissé son char pour que je lui change sa lumière brisée. On sait ben. Moi, je suis pas assez bon pour faire autre chose.

— En tout cas, celui qui l'a frappé l'a pas manqué, dit hypocritement Clément en se penchant pour examiner les dégâts.

— Tu peux le dire. À mon avis, notre curé va se

démener comme un diable dans l'eau bénite pour trouver celui qui a bossé son char. Celui-là doit avoir pas mal de peinture noire de sa Plymouth sur son *bumper.*

— Ça peut être n'importe qui, dit Clément d'une voix peu assurée. Après tout, il y avait pas mal de chars à Pierreville hier soir.

— C'est certain, reconnut le garagiste. Bon, qu'est-ce qu'il y a avec ta Ford ? reprit Crevier, en faisant mine de sortir de son garage pour venir voir de plus près le véhicule stationné devant la porte.

— Pas grand-chose. Ça peut attendre, dit précipitamment Clément. Occupe-toi du char du curé. Je reviendrai te voir un autre jour.

Le cultivateur s'empressa de quitter les lieux à bord de sa voiture. Lorsqu'il croisa son fils qui arrivait au croisement des rangs Sainte-Marie et Saint-Edmond, il s'arrêta un instant pour lui dire de rentrer à la maison. Arrivé chez lui, le cultivateur alla chercher du papier de verre et se mit à faire disparaître la moindre trace de peinture noire sur son garde-boue et sur son pare-chocs. Quand Jean passa près de lui pour aller dételer les chevaux, son père ne leva même pas la tête, trop occupé par son travail.

— T'es déjà revenu ? lui demanda Céline, debout sur le balcon. J'étais en haut et je t'ai pas entendu rentrer.

— Comme tu peux voir.

— Crevier a pas déjà réparé la Ford ?

— Non. Il l'a pas touchée. Il a trop d'ouvrage aujourd'hui. J'y retournerai demain.

Ce jour-là, la maison des Tremblay baigna dans

des effluves de ketchup cuisant sur le poêle à bois de la cuisine d'été. Durant tout l'avant-midi et une bonne partie de l'après-midi, Françoise et sa mère ébouillantèrent des tomates rouges et les tranchèrent avant de les faire cuire avec des épices, du céleri et des oignons. Pour les tomates vertes, il s'agissait de les mettre dans une poche de jute avec du gros sel durant toute une nuit pour les faire dégorger. Le lendemain, les deux femmes les feraient cuire et parviendraient à remplir une vingtaine de pots de ketchup vert.

Après le souper, une pluie rafraîchissante se mit à tomber. Malgré leur fatigue, la mère et la fille s'assirent à la table de cuisine devant un catalogue de Dupuis et frères. Elles se mirent à tourner les pages en se consultant à voix basse.

— Qu'est-ce que vous faites là ? demanda Clément, intrigué de voir que sa femme ne venait pas profiter de la fraîcheur, à ses côtés, sur le balcon.

— On regarde la mode dans le catalogue, répondit sa femme.

— Pourquoi ?

— As-tu oublié que Jean-Paul se marie dans trois semaines ?

— Non, mais je vois pas le rapport.

— Même si le matériel est rationné, je pense qu'on va être capables de s'en acheter assez pour se faire chacune une robe, dit Céline, sur un ton décidé. On regarde ce qui est à la mode et on va acheter des patrons chez Murray demain avant-midi. Après tout, c'est pas tous les jours qu'un de mes frères se marie.

Les deux femmes, un instant distraites par cette intrusion, retournèrent à leur consultation du catalogue pendant que Clément se contentait de lever les épaules et d'allumer sa pipe.

Le lendemain, dès l'aube, Amélie était à ses fourneaux. Trois jours auparavant, le secrétaire de monseigneur Poitras avait annoncé au curé Ménard que l'évêque s'arrêterait au presbytère le samedi suivant.

— Je suppose que ça aurait été trop lui demander de dire s'il était pour arriver pour dîner ou pour souper ! pesta à mi-voix la ménagère en essuyant la sueur qui perlait à son front. Bien non ! Monseigneur va arriver quand ça va lui tenter ! Et là, par miracle, le repas va être prêt et il aura juste à s'asseoir à table. Je te dis, des fois...

La porte de la cuisine s'ouvrit dans le dos de la cuisinière qui se tourna tout d'une pièce vers l'intrus qui venait la déranger en plein coup de feu.

— Qu'est-ce qu'il y a, monsieur le curé ? demanda-t-elle sur un ton peu amène.

— Rien, madame Provost. Dérangez-vous pas. Je voulais juste avoir un verre d'eau.

— Attendez. Je vous en verse un.

— Faites-en pas trop, dit le curé pour la rassurer. Vous connaissez monseigneur. C'est pas un gros mangeur et il est pas difficile.

— On dit ça, mais je voudrais pas qu'il croie que je vous laisse mourir de faim, vous et le vicaire. Ce qui m'énerve, c'est que je sais pas s'il va venir dîner ou souper.

— C'est pas grave. Même réchauffé pour le souper, votre ordinaire est bien bon.

Amélie ne put s'empêcher de sourire en entendant ce compliment.

Un peu avant dix heures trente, un bref coup de sonnette fit sursauter la ménagère du curé Ménard.

— Bon. Ça a tout l'air qu'il a décidé de venir dîner, dit-elle à mi-voix en refermant la porte de l'armoire qu'elle venait d'ouvrir. Une chance que j'ai tout préparé de bonne heure !

Elle s'essuya les mains sur son tablier et alla ouvrir la porte. Monseigneur Gustave Poitras, un grand ecclésiastique osseux au visage glabre entra, suivi de près par son secrétaire-chauffeur.

— Bonjour, madame, salua le prélat en enlevant son chapeau. Monsieur le curé est-il ici ?

— Oui, monseigneur. Il vous attendait.

Au même moment, Ludger Ménard descendit l'escalier qui conduisait aux chambres et vint accueillir son évêque. Le contraste entre les deux ecclésiastiques était frappant. Monseigneur Poitras était maigre et sa figure allongée était surmontée par une abondante chevelure grise soigneusement coiffée. Le curé Ménard, à demi chauve, était tout en rondeurs et sa large figure couperosée respirait la joie de vivre.

— Où est votre vicaire ? demanda le prélat au moment où son hôte l'entraînait vers le salon.

— Il va arriver dans une minute, monseigneur, dit le curé en lui désignant un fauteuil recouvert de velours côtelé vert foncé.

— Très bien. L'abbé, allez donc lire votre bréviaire à l'extérieur, dit Gustave Poitras à son chauffeur, sans aucune délicatesse. Je vous ferai appeler si j'ai besoin de vous.

Le jeune prêtre eut un sourire gêné. Il salua de la tête le curé de Saint-Jacques-de-la-Rive et quitta la pièce.

— Bon. À cette heure qu'on est juste nous deux, monsieur le curé, dit sèchement l'évêque, j'aimerais bien que vous m'expliquiez une ou deux petites choses.

Ludger Ménard pâlit un peu en entendant son supérieur s'adresser à lui sur un tel ton.

— Bien sûr, monseigneur.

— Qu'est-ce qu'il y a de vrai dans cette histoire de paroissien pendu ? On m'a rapporté que vous auriez, contre toutes les règles de l'Église, accepté d'accueillir son corps dans le charnier de votre cimetière.

— C'est vrai, monseigneur, reconnut le curé.

— Pourquoi ?

— Par charité chrétienne pour la famille si durement frappée. En plein hiver, il fallait tout de même que sa veuve et son fils trouvent un endroit où mettre le corps. Le sol était trop gelé pour l'enterrer. En plus, le couple avait perdu leur fille un mois avant.

— Je vois, se contenta de dire abruptement le prélat.

L'abbé Leroux apparut alors à la porte du salon et fit mine de pénétrer dans la pièce.

— Vous reviendrez tout à l'heure, l'abbé, lui

intima l'évêque sur un ton cassant. J'ai à parler à votre curé.

— Excusez-moi, monseigneur, fit le jeune prêtre, confus, en se retirant immédiatement.

Amélie, debout derrière la porte de la cuisine entrebâillée, essayait de ne pas perdre un mot de l'échange. En repoussant un peu la porte, elle aperçut l'abbé Leroux dans le couloir. Le jeune prêtre ne s'était pas beaucoup éloigné du salon et cherchait, de toute évidence, à entendre ce qui s'y disait. Elle ouvrit franchement la porte et dévisagea Hervé Leroux en affichant un air désapprobateur, ce qui eut pour effet d'obliger le vicaire, rouge de confusion, à aller chercher refuge dans la salle d'attente, près du bureau du curé. La ménagère put alors reprendre son poste d'écoute.

Il y eut un court silence dans le salon avant que l'évêque de Nicolet ne reprenne la parole.

— J'ai aussi entendu dire que vous aviez officié à l'enterrement du suicidé. C'est vrai ?

— C'est faux, déclara le curé Ménard sans élever la voix. On a dû vous dire que la fabrique a accepté, sur ma recommandation, de vendre un petit lopin de terre hors du cimetière au fils du défunt pour permettre l'enterrement du malheureux.

— Je suis au courant.

— Quand le moment est venu de le porter en terre au mois de mai, j'ai pas célébré de service funèbre à l'église, monseigneur. Mais j'ai cru de mon devoir de pasteur d'accompagner les membres de sa famille et d'aller dire une prière sur sa tombe, comme l'ont fait plusieurs voisins, même s'ils connaissaient la vérité sur sa mort.

Gustave Poitras dévisagea un long moment son vis-à-vis avant de dire :

— Je dois reconnaître, monsieur le curé, qu'aucun prêtre aurait pu faire mieux que vous dans les circonstances. Je vous félicite pour votre jugement et je commence à comprendre pourquoi vos paroissiens vous apprécient autant.

Le curé Ménard rougit de plaisir en entendant ce compliment, tant il était peu courant que son évêque en distribue à ses subordonnés.

— Si ça vous dérange pas, j'aimerais dire deux mots à votre petit vicaire. Mais avant, pouvez-vous me dire s'il s'est un peu replacé depuis que je vous ai fait part des plaintes qu'on avait reçues à son sujet à l'évêché ?

— J'ai pas entendu personne s'en plaindre, dit prudemment le curé. Il est peut-être un peu strict, mais il est encore jeune. Il va apprendre. Je vous l'envoie.

Le curé Ménard sortit du salon. Il passa devant la porte entrouverte de la cuisine et se dirigea vers la salle d'attente où son vicaire faisait les cent pas depuis quelques minutes.

— Monseigneur voudrait vous voir, l'abbé.

— J'y vais tout de suite, monsieur le curé.

Lorsque l'abbé Leroux pénétra dans le salon, il trouva monseigneur Poitras, la mine sévère, toujours assis dans son fauteuil. Comme son évêque ne lui offrait pas de s'asseoir, il demeura debout, se sachant examiné par le regard inquisiteur de son supérieur.

— J'ai deux mots à vous dire, l'abbé, fit ce dernier sur un ton tranchant. J'aimerais que vous ouvriez vos oreilles toutes grandes de façon à ce que j'aie pas à vous le répéter.

Le vicaire pâlit.

— Je - ne - veux - plus - recevoir - de - vos - petites - lettres-mesquines-de-dénonciation, martela l'évêque. Est-ce que je me suis fait bien comprendre ?

— Oui, monseigneur, balbutia le jeune prêtre.

— Pas plus que je veux avoir d'autres plaintes de paroissiens qui m'écrivent pour me dire que vous terrorisez les enfants avec vos visions de l'enfer.

— Oui, monseigneur.

— Je vous cacherai pas, l'abbé, que j'ai une grosse envie de prendre des sanctions contre vous et de vous envoyer dans une paroisse du diocèse où le curé vous casserait. Je vous accorde une chance de vous amender... Vous êtes chanceux d'avoir un aussi bon curé que monsieur Ménard. Imitez-le au lieu de le critiquer et vous deviendrez un excellent prêtre.

— Merci, monseigneur.

— Si j'ai un conseil à vous donner, monsieur, c'est de vous faire oublier et d'essayer de vous faire aimer des paroissiens de Saint-Jacques-de-la-Rive. Est-ce que je suis clair ?

— Oui, monseigneur.

— Parfait. Ce sera tout, fit sèchement le prélat en se levant.

L'abbé Leroux sortit de la pièce, les jambes molles et les joues en feu. Il passa devant le curé Ménard sans le voir et se dirigea vers l'escalier qui conduisait à sa chambre. Monseigneur Poitras sortit à son tour du salon, le chapeau à la main.

— Vous partez pas déjà, monseigneur ? lui demanda Ludger Ménard.

— J'ai pas le choix ; j'ai une réunion importante cet après-midi à l'évêché.

— Ma cuisinière va être bien déçue. Elle vous avait préparé un bon dîner.

— Vous lui ferez mes excuses, monsieur le curé. Vous lui direz que je me reprendrai cet automne quand je viendrai pour ma visite pastorale.

L'évêque se coiffa et sortit du presbytère suivi par le curé Ménard qui l'accompagna jusqu'à sa voiture près de laquelle se tenait son chauffeur.

À son retour, le curé s'arrêta un instant dans la cuisine où s'activait sa cuisinière.

— Monseigneur restera pas à dîner, madame Provost. Il est déjà reparti.

— Dites-moi pas ça ! s'exclama la femme.

— Comme si vous le saviez pas déjà, se moqua gentiment le prêtre.

— Pourquoi vous me dites ça, monsieur le curé ?

— Parce que quand une porte reste entrouverte, c'est qu'il y a quelqu'un derrière en train d'écouter ce qui le concerne pas.

— Ah bien ! s'exclama Amélie, feignant d'être outrée.

— Tsst ! Tsst ! Tsst ! fit le curé Ménard. Il faut pas mentir. Chacun a ses faiblesses.

Sur ce, le prêtre sortit de la pièce, tout heureux d'avoir eu, pour une fois, le dernier mot.

Le lendemain matin, à la grand-messe, Françoise vit du coin de l'œil Étienne se glisser dans son banc. Il y avait plus de deux mois qu'elle ne l'avait pas vu à la grand-messe. Elle lui fit un petit signe de reconnaissance auquel il répondit par un grand sourire. À la fin de la messe, lors de la sortie de l'église, la jeune fille ralentit volontairement le pas pour laisser ses parents prendre de l'avance et se retrouver aux côtés du bossu. En posant le pied sur le parvis, Étienne lui demanda :

— Es-tu venue à la messe en bicycle ?

— Pourquoi tu me demandes ça ?

— Si t'es en bicycle, je vais te suivre en voiture pour te ramasser dans le fossé.

— T'es bien drôle, Étienne Fournier. Tu sauras que je sais conduire un bicycle. Je suis venue avec mon père, ajouta-t-elle en montrant la Ford accidentée stationnée devant l'épicerie de son oncle Jean-Paul, en face de l'église.

— Qu'est-ce qui est arrivé au char de ton père ?

— Il s'est planté dans le fossé, pas loin de chez Tougas.

— Dis donc, c'est une habitude chez les Tremblay, dit Étienne en riant. Voulez-vous ben me dire ce que vous cherchez au fond des fossés ? Pour rouler, la route, c'est ben plus confortable.

— Attends que je dise ça à mon père, le menaça Françoise, à demi sérieuse.

— Fais pas ça. Des plans pour qu'il te défende de me parler.

Sur le parvis, la plupart des fidèles ne semblaient guère pressés de rentrer dîner à la maison. On semblait heureux de profiter de ce beau dimanche ensoleillé du mois d'août et on parlait surtout de l'élection qui allait avoir lieu deux jours plus tard. Chacun y allait de ses pronostics, guidé, bien sûr, par son orientation politique.

— Est-ce que ça te dérangerait de me laisser à la maison en passant ? demanda Françoise à Étienne.

— Ça me ferait plaisir, répondit le jeune homme, tout heureux à l'idée d'avoir sa jolie voisine assise à ses côtés durant le court trajet.

Françoise prévint son père qu'elle rentrait avec Étienne. Ce dernier, en train de discuter avec Antonius Tougas et Ernest Veilleux, se contenta de lui faire signe de partir sans avoir écouté ce qu'elle venait de lui dire. Pour sa part, Céline, en conversation avec la veuve Boisvert, vit sa fille monter dans la voiture de leur voisin sans trop de plaisir.

Étienne trouva le trajet entre le village et la maison des Tremblay beaucoup trop court à son goût. Lorsqu'il aida la jeune fille à descendre devant chez elle, cette dernière lui dit :

— Est-ce que ça t'ennuierait si cet après-midi, j'allais voir avec Jean le *set* de chambre que t'as fait ?

— Pantoute. Je vais vous attendre, dit Étienne, enchanté à l'idée de la revoir le jour même.

Ce midi-là, Céline attendit de se retrouver seule avec sa fille après le repas pour la sermonner encore une fois.

— Françoise, mets-toi donc un peu de plomb dans la tête. Il me semble que t'es bien assez vieille pour savoir qu'une fille pas mariée va pas toute seule en voiture avec un étranger.

— Étienne est pas un étranger, m'man. On le connaît. C'est notre voisin.

— Étienne Fournier est un étranger, et on le connaît pas tant que ça. C'est peut-être un bon garçon, mais c'est un homme. Fais attention à ta réputation, ma fille. Tous ceux qui t'ont vue partir toute seule avec lui après la messe vont s'imaginer toutes sortes d'affaires et ça va placoter dans la paroisse sur vous deux.

— Mais il y a rien à dire sur nous deux.

— Même s'il y a rien à dire, poursuivit sèchement Céline.

— Si Jean vient avec moi cet après-midi voir les meubles qu'il a finis, j'espère que personne y trouvera à redire, fit la jeune fille sur un ton un peu frondeur.

— Si ton frère est avec toi, précisa sa mère d'une voix cassante.

Quelques minutes plus tard, Céline vit Françoise et Jean se diriger vers la ferme voisine. Elle aurait bien voulu savoir ce que sa fille avait promis à son jeune frère pour le décider à l'accompagner.

Étienne attendait ses visiteurs depuis près d'une heure dans la remise où il travaillait habituellement le bois. Il avait pris soin d'épousseter le mobilier de chambre à coucher en érable qu'il avait fabriqué après avoir enlevé les vieilles couvertures qui le protégeaient.

Avec une fierté non déguisée, il leur montra la commode, les deux tables de chevet ainsi que le lit sur lesquels il avait sculpté des gerbes de blé. Il se dégageait de l'ensemble une impression de robustesse et de finesse tout à la fois. Françoise examina avec soin chaque meuble en ne cachant pas son admiration pour l'habileté de son artisan.

— Ton *set* de chambre est bien beau, finit-elle par dire, mais jamais autant que la coiffeuse que tu m'as donnée à ma fête. T'as pas commencé un autre meuble ?

— J'ai pas eu le temps, mais après les labours d'automne, j'ai l'intention d'essayer de faire un *set* de cuisine.

— En érable ?

— Je pense qu'il m'en reste encore assez dans la grange pour le faire.

Il y eut un bref silence dans la remise. De toute évidence, Jean s'ennuyait et avait hâte de retourner à la maison.

— Si t'as rien de mieux à faire cet après-midi, pourquoi tu viendrais pas te bercer avec moi dans la balançoire ?

À ces mots, le cœur d'Étienne eut un raté. Il n'avait pas rêvé. Françoise voulait qu'il aille lui tenir compagnie.

— Je peux pas refuser ça, parvint-il à dire en refermant derrière lui la porte de la remise.

De retour chez les Tremblay, les deux jeunes gens prirent place dans la balançoire placée à l'ombre d'un érable centenaire pendant que Jean rentrait dans la maison. Quelques minutes plus tard, Céline sortit s'asseoir sur le balcon avec un tricot, jetant de temps à autre un coup d'œil au couple. Intérieurement, la mère fulminait. Sa fille ne l'avait pas prévenue qu'elle ramènerait le voisin à la maison et cette visite l'empêchait d'aller faire une sieste avec Clément, comme elle le faisait habituellement le dimanche après-midi. À trois heures, elle rentra dans la maison et pénétra dans sa chambre à coucher pour secouer son mari qui dormait profondément.

— Clément, lève-toi, lui ordonna-t-elle sans ménagement.

— Hein ! Pourquoi ? Quelle heure il est ?

— Il est trois heures.

— J'ai le temps de dormir une autre heure.

— Non. Tu vas aller surveiller ce qui se passe dans la balançoire pendant que je prépare le souper.

— Qui est-ce qui est là ?

— Ta fille et Étienne Fournier. J'ai pas dormi, moi. Il a fallu que je les surveille tout l'après-midi, lui reprocha-t-elle.

— Pourquoi les surveiller ?

— Fais-moi pas parler pour rien, Clément Tremblay ! Essaye de te rappeler ce qu'on faisait dans la balançoire de mon père, quand tu venais veiller à la maison.

— Torrieu ! On faisait rien de mal. Ta mère nous lâchait pas d'une semelle, protesta Clément en se levant.

— C'est en plein ça. C'est parce que ma mère nous surveillait. Grouille. Va t'asseoir sur le balcon.

— Le voisin est même pas son cavalier.

— Laisse faire, dit sa femme en sortant de la pièce.

Quand Étienne quitta Françoise pour aller soigner ses animaux à la fin de l'après-midi, Céline ne fit aucun effort pour cacher son mécontentement à sa fille.

— La moindre des choses est que tu nous préviennes quand tu reçois un garçon, lui dit-elle.

— Je l'ai pas reçu au salon, m'man. On est restés dehors tout l'après-midi. C'est pas la même chose.

— Tu vas finir par te brûler les ailes à ton petit jeu, ma fille.

— De quel jeu vous parlez ?

— De rien. Mais la prochaine fois, avertis-moi, trancha sa mère, peu encline à discuter de nouveau du jeu que sa fille semblait jouer avec le voisin.

Le 28 août, jour des élections, la température était nettement plus fraîche que les jours précédents. La pluie tombée durant la nuit avait fait disparaître la touffeur humide que les gens avaient du mal à supporter depuis une semaine.

Rose-Aimée Turcotte, nommée directrice de l'unique bureau de scrutin de Saint-Jacques-de-la-Rive, avait fait installer les urnes dans l'école du rang Saint-Edmond, au village. Ce matin-là, un peu avant huit heures, la sœur du bedeau, endimanchée, s'installa au pupitre habituellement occupé par l'institutrice pour avoir à l'œil les deux scrutateurs. Pour une fois, elle avait délaissé la lecture de ses chers romans pour jouer un rôle actif et elle semblait s'y plaire. Durant toute la journée, l'imposante dame vêtue de mauve ne rata pas une occasion de se déplacer dans la classe avec la majesté d'un navire amiral pour faire la conversation aux électeurs et aux électrices qui s'étaient déplacés pour venir voter.

Pour sa part, son frère Elphège avait déclaré sans ambages au curé Ménard ce matin-là qu'il entendait prendre une journée de congé parce qu'il devait réfléchir à son choix de vote. Selon ses dires, son idée n'était pas encore faite. Le brave curé avait eu du mal à réprimer un sourire en entendant son bedeau. Comme il n'y avait aucun travail pressant à exécuter, il avait accepté.

Lorsqu'il lui avait raconté sa rencontre avec Elphège Turcotte, sa ménagère n'avait pas caché sa désapprobation.

— Vous l'encouragez dans sa paresse, monsieur le curé. S'il le pouvait, Tit-Phège Turcotte prendrait congé trois cent soixante-cinq jours par année. Réfléchir à son vote ! Si ça se trouve, il ira même pas voter parce que c'est trop fatigant de marcher jusqu'à l'école.

— Il faut de tout pour faire un monde, ma bonne Amélie.

— Oui, mais on se demande des fois à quoi certains peuvent bien servir, répliqua la cuisinière, sur un ton acerbe.

Ludger Ménard ne l'entendit pas parce qu'il était déjà entré dans son bureau.

Ce soir-là, plus d'un habitant de Saint-Jacques-de-la-Rive et des villages des environs maudit le ciel de n'avoir pas encore l'électricité qui lui aurait permis d'écouter les résultats du vote à la radio, confortablement installé à la maison. Une heure avant la fermeture des bureaux de scrutin, les voitures envahirent les rues de Pierreville et on les stationna un peu partout de façon un peu anarchique. Les organisateurs des différents partis avaient choisi leur point de ralliement où ils avaient fait installer des haut-parleurs pour rassembler leurs partisans en prévision des célébrations qui allaient entourer la victoire de leur candidat.

Les supporteurs de Godbout se rassemblèrent dans la grande cour de l'hôtel *Traversy* alors que les partisans de Maurice Duplessis s'entassaient déjà derrière l'école de Pierreville. Un peu plus loin, aux abords du pont, une poignée de fidèles au Bloc populaire attendait les premiers résultats. Dans les trois endroits, la tension était palpable et, par superstition, on évitait de célébrer avant de connaître l'identité de celui qui serait élu.

À huit heures et demie, le soleil commença à se coucher. La voix de Roger Baulu, de Radio-Canada, se fit entendre dans les haut-parleurs. Un lourd silence tomba sur les trois lieux de rassemblement. L'annonceur commença à donner les résultats partiels du vote dans différents comtés. Chaque annonce était saluée par des murmures divers dans la foule. Au fur et à mesure que la soirée avançait, le climat se mit à changer selon l'endroit où on se trouvait.

À dix heures, il ne restait pratiquement plus personne près du pont de Pierreville. La maigre assemblée qui s'était réunie là pour saluer la victoire des candidats du Bloc populaire avait vite compris que leur parti n'avait aucune chance de triompher. En fait, même les candidats qui avaient de sérieuses possibilités de se faire élire dans leur comté éprouvaient certaines difficultés. À la plus grande surprise de leurs supporteurs, Maxime Raymond, André Laurendeau, Jean Drapeau et Gérard Filion, les ténors du Bloc, semblaient même en voie d'encaisser un cuisant échec.

Il en allait tout autrement dans les deux autres lieux de rassemblement. Les libéraux tenaient tête à la poussée unioniste. Tous les Tremblay présents dans la cour de l'hôtel suivaient avec intérêt la lutte que se livraient les deux vieux partis à l'échelle provinciale. Vers neuf heures trente, il y eut des murmures de surprise quand on apprit que Arsenault, le candidat de l'Union nationale, avait battu Drolet dans Nicolet.

— Au fond, c'est pas ben grave, dit Gérald à son frère. Drolet, c'est pas une grosse perte. L'autre peut pas faire pire.

— Ouais, acquiesça Clément, à contrecœur. Mais ça empêche pas que c'est un maudit bleu et si les libéraux l'emportent, on pourra toujours se gratter pour avoir quelque chose du gouvernement à Saint-Jacques.

On aurait dit que cette annonce de la victoire d'Arsenault dans le comté venait d'ouvrir les vannes aux bleus. En moins d'une heure, l'annonceur ne cessa d'énumérer les noms des candidats unionistes qui remportaient la victoire dans leur comté.

Quand les Tremblay décidèrent de rentrer à la maison, on venait d'annoncer qu'Adélard Godbout allait concéder la victoire à son adversaire d'un instant à l'autre, même si quarante pour cent des suffrages exprimés étaient allés à son parti. Le décompte des votes avait beau ne pas être entièrement terminé, tout laissait croire que les unionistes de Maurice Duplessis allaient remporter quarante-huit des soixante-dix-neuf comtés. Le nouveau Premier ministre allait ensuite prendre la parole dans un parc de Trois-Rivières, le comté de la province qui l'avait encore réélu avec la plus forte majorité.

— Moi, je reste pas pour entendre les discours, déclara Clément, abattu.

— J'y tiens pas non plus, fit son frère alors que des clameurs de victoire s'échappaient de la cour de l'école, tout près. Des dizaines de personnes chantaient déjà à gorge déployée « Il a gagné ses épaulettes ».

La mine basse, les deux frères et leurs épouses quittèrent les lieux et se dirigèrent vers la Ford cabossée de Clément. Un bon nombre de partisans libéraux avaient déjà commencé à rentrer chez eux.

— J'ai l'impression qu'on a pas fini d'entendre les bleus fêter, dit Clément en montant à bord.

— C'est de valeur que Françoise ait pas voulu venir, renchérit Cécile.

— Ça lui tentait pas, laissa tomber sa mère. La politique l'intéresse pas pantoute.

Clément laissa son frère et sa belle-sœur devant leur maison et rentra chez lui.

— Ils ont même pas laissé une lampe à l'huile allumée, se plaignit Clément avec mauvaise humeur.

— Il est proche minuit, dit sa femme. Ils sont couchés depuis longtemps. J'aime mieux qu'ils laissent pas une lampe allumée sans surveillance. C'est trop dangereux pour le feu.

Clément et Céline se mirent au lit sans tarder et sombrèrent rapidement dans le sommeil. Des cris et des bruits de cloches en provenance de la route les réveillèrent tous les deux en sursaut alors qu'ils avaient l'impression de venir à peine de s'endormir. Clément se tourna vers son réveille-matin : il n'était que deux heures.

— Veux-tu bien me dire d'où vient tout ce bruit-là ? demanda sa femme en s'assoyant dans le lit, mal réveillée.

— Les maudits bleus ! jura Clément. Qui est-ce que tu veux que ça soit ? Ils font la tournée de la paroisse, comme si on savait pas que Duplessis est le nouveau Premier ministre.

— Chez mon père, ils doivent être fiers là ! dit Céline en s'étendant à nouveau dans l'intention de retrouver le sommeil. Ça me surprendrait pas qu'ils soient dans le défilé.

— Qu'ils fêtent, torrieu ! bougonna Clément. Ils vont avoir quatre ans pour se mordre les doigts de l'avoir élu, leur Maurice.

23

L'heure des décisions

Les premières nuits fraîches firent leur apparition avec le mois de septembre. Les journées raccourcissaient déjà et l'extrémité des feuilles des érables commençait à jaunir. Chez les Desjardins, le réservoir, le moteur et la tuyauterie attendaient leur installation. Il ne restait que Gariépy et Tougas qui n'avaient pas encore fini de creuser leur voie de canalisation. Dans les champs, le foin avait poussé, mais jamais assez pour justifier une seconde coupe. Par contre, le blé, l'avoine, l'orge et le sarrasin promettaient une excellente récolte.

— C'est ben de valeur, déclara Gérald, mais je te garantis que les vaches vont rester dehors cet automne jusqu'à la première neige. Je vais les changer de pacage et elles vont manger ce qu'il y aura de foin sur pied. Si on fait pas ça, on aura jamais assez de fourrage pour tout l'hiver.

— On aura au moins une consolation, fit Cécile. Le jardin a donné pas mal cette année. J'ai empoté vingt-cinq pots de betteraves marinées et une quinzaine de pots de petits cornichons. Avec les confitures et les ketchups en plus, le garde-manger commence à être pas mal plein. Il nous restera plus à faire que la compote de pommes et de citrouille avant d'hiverner.

— On a aussi des patates plein le caveau, ajouta sa belle-sœur Aline, et on a des oignons à ne plus savoir quoi en faire.

— Inquiétez-vous pas, dit Thérèse. On va bien finir par manger tout ça. On en aura pas de trop.

Gérald jeta un coup d'œil à sa mère. À soixante-dix ans, l'aïeule se portait bien et abattait sans mal ses journées de travail aux côtés de Cécile, d'Aline et d'Élise, sa petite-fille.

Le bruit d'une voiture à cheval attira le père de famille à la fenêtre de la cuisine d'été.

— Tiens, dit-il. Voilà Jean-Paul Veilleux qui revient de chez son père. Il a dû laisser le magasin à la petite Carole pour aller veiller avec sa belle Claudette.

Cécile jeta un regard suspicieux à son mari. Elle continuait à ressentir la morsure de la jalousie chaque fois qu'il était question de Claudette Hamel.

— Belle ! Belle ! Il faut rien exagérer, dit-elle abruptement. C'est pas parce qu'elle a un rire de gorge qui a l'air d'exciter les hommes mariés que c'est une beauté.

Sa belle-mère lui fit un signe discret de la tête de ne pas continuer. Aline n'avait rien remarqué du manège entre la bru et la belle-mère.

— C'est normal qu'il aille veiller avec elle, dit Aline. Les bans sont publiés. Ils se marient dans deux semaines.

Les trois autres sentirent dans les paroles de la

célibataire de trente-quatre ans un regret poignant.

— J'espère que le Jean-Paul a pas fêté Pâques avant la Saint-Jean, laissa tomber Gérald avec un rire égrillard.

— Évidemment, vous autres, les hommes, vous pensez juste à ça, lui dit Cécile sur un ton cinglant.

— Voyons, Cécile. C'était une farce.

— T'en fais pas avec ça, mon garçon, intervint Thérèse, diplomate. Il manquera pas de monde dans la paroisse pour compter les mois quand la voisine va attendre du nouveau.

Chez Clément, trois fermes plus loin, le calme régnait dans la maison en ce mardi matin. Le cultivateur et son fils avaient commencé à faucher le blé. Dans la cuisine, tout était silencieux. Céline et sa fille finissaient la confection des robes qu'elles voulaient étrenner pour les noces de Jean-Paul. Elles avaient trouvé chez Murray, à Pierreville, les patrons et le tissu désirés.

Assise près d'une fenêtre, Françoise posait des boutons en jetant de temps à autre un coup d'œil vers la maison voisine. Depuis quelques semaines, elle cherchait de plus en plus souvent à apercevoir Étienne. Elle le voyait parfois aller chercher ses vaches dans le champ ou se diriger vers l'un de ses bâtiments. Chaque fois, elle sentait une étrange chaleur l'envahir.

La jeune fille ne s'interrogeait pas sur la nature des sentiments qu'elle éprouvait pour son voisin. Tout ce qu'elle pouvait dire, c'est qu'elle ne ratait jamais une occasion de lui parler. Ils s'entendaient bien. Elle le comparait de plus en plus souvent à son dernier amoureux. Étienne n'était pas beau comme lui, c'était entendu. Par contre, elle reconnaissait volontiers que c'était un homme généreux, gentil et plein de prévenance. Il n'était pas prétentieux comme l'autre. Il était solide et travailleur. À ses yeux, sa bosse n'existait plus. Son visage taillé à coups de serpe était un vrai visage d'homme et il n'y avait rien qu'elle aimait autant que de voir ses yeux s'illuminer quand il riait ou se moquait gentiment d'elle.

Françoise cessa un moment de coudre le bouton qu'elle venait de prendre dans sa trousse de couture. Les yeux perdus au loin, elle réalisait peu à peu qu'elle et Étienne étaient à la croisée des chemins. Il lui faudrait bientôt prendre une décision à son sujet. Ils se parlaient parfois, debout près de la clôture mitoyenne. Ils en étaient même à l'étape de se faire des confidences.

Si elle lui avait avoué s'ennuyer beaucoup de son frère Louis, Étienne lui avait fait comprendre à demi-mot qu'il se sentait rejeté par sa mère. La jeune fille l'avait alors encouragé à renouer avec Gabrielle en lui disant qu'une mère ne pouvait pas ne pas aimer son enfant et qu'elle était probablement partie parce qu'elle était encore sous le choc d'avoir perdu en peu de temps sa fille et son mari. Étienne n'avait rien promis, mais elle le connaissait maintenant assez pour savoir qu'il allait faire quelque chose dans ce sens.

— Si tu sors pas de la lune, lui dit sa mère, t'auras jamais fini ta robe à temps.

Françoise se secoua et reprit son travail de couture.

En fait, Étienne était tout près de prendre des décisions définitives sur son avenir.

En ce qui concernait sa mère, il n'avait pas encore eu l'occasion de raconter à Françoise ce qu'il avait vécu trois jours auparavant. Il se demandait même s'il allait lui en faire part. Le fils de Gabrielle Paré et de Germain Fournier avait eu beaucoup de mal à oublier comment sa mère lui avait fait clairement sentir au début de l'été que ses appels téléphoniques la dérangeaient. Il ne l'avait pas rappelée depuis le mois de juin.

Après sa discussion avec Françoise, le jeune homme avait mis de côté sa fierté et s'était décidé, après une longue hésitation, à téléphoner au presbytère de Saint-Grégoire dans l'intention de prendre des nouvelles de sa mère. Il voulait même lui proposer son aide pour emménager à Nicolet durant l'automne, puisque c'était ce qu'elle lui avait dit prévoir faire lorsqu'ils s'étaient rencontrés au mois de mai.

Lorsqu'il demanda à parler à sa mère, une voix féminine lui répondit que madame Fournier ne travaillait plus au presbytère depuis plus d'une semaine. La nouvelle ménagère le pria d'attendre un instant parce que le curé Leclerc voulait lui parler.

— Vous êtes le fils de madame Fournier ? demanda une voix chaleureuse.

— Oui, monsieur le curé.

— Votre mère vous a pas prévenu qu'elle s'était trouvé une nouvelle place à Québec ?

— Non.

— Elle nous a quittés il y a une dizaine de jours pour Québec, mais elle a pas pensé à nous laisser une adresse où faire suivre son courrier.

— Elle a dû oublier, fit Étienne, bouleversé, mais non surpris par la nouvelle.

— En tout cas, si j'ai des nouvelles de votre mère, promit le curé Leclerc, je lui dirai que vous attendez de ses nouvelles.

— Merci, monsieur le curé.

De toute évidence, le prêtre trouvait pour le moins étrange que son ancienne ménagère n'ait pas avisé son fils de son départ.

Après avoir raccroché, Étienne avait mis plusieurs heures à accepter ce qui semblait être un rejet définitif de sa mère. Elle ne voulait plus le voir ni l'entendre et elle avait coupé les ponts entre eux de façon irrémédiable.

Si encore il avait pu espérer quelque chose de la belle Françoise ! Son invitation à passer un après-midi à ses côtés dans la balançoire n'avait pas eu de suite. Durant plusieurs jours, il s'était bercé de l'illusion qu'elle l'inviterait peut-être à venir veiller au salon... Fallait-il être prétentieux pour avoir cru ça un seul instant ! Elle voulait bien parler avec lui de temps à autre, mais de là à en faire son prince charmant... À cette pensée, le jeune homme eut un rire amer de dérision.

— Un bossu, c'est bon pour faire rire, pas pour autre chose ! dit-il à mi-voix dans le noir.

Ce soir-là, assis seul dans sa cuisine où il n'avait

même pas pris la peine d'allumer une lampe à huile, il décida encore une fois de vendre la terre héritée de son père et de partir à son tour. Il allait mettre son plan à exécution une fois les récoltes faites et la tuyauterie de l'aqueduc installée. Il ne voyait pas à quoi rimait de continuer à s'échiner sur une terre qu'il laisserait probablement plus tard à des étrangers quand il ne serait plus capable de la travailler. Il allait sûrement être plus heureux à travailler le bois dans un atelier, à Montréal.

Lors de sa tournée du lendemain avant-midi, le facteur déposa une lettre dans la boîte d'Étienne. Celui-ci la découvrit à midi quand il vint abaisser le petit drapeau rouge signalant la présence de courrier.

Pendant un moment, le jeune cultivateur crut que c'était une missive de sa mère. Quand il s'aperçut qu'il ne s'agissait que d'une lettre de Louis Tremblay, il la lut rapidement avant de la déposer sur la table de cuisine. Il irait donner des nouvelles du déserteur à ses parents à la fin de l'après-midi, avant de traire ses vaches.

Un peu avant trois heures, il changea de chemise et se rendit chez les Tremblay. La première personne qu'il aperçut en entrant dans la cour de la ferme voisine fut Françoise, armée d'un balai. La jeune fille était occupée à balayer les premières feuilles mortes tombées sur le balcon. L'air vif de cet après-midi de septembre lui avait mis un peu de rouge aux joues.

— Est-ce que je peux me risquer à me rendre à la porte sans recevoir un coup de balai ? s'efforça de plaisanter Étienne, même s'il n'avait pas le cœur à rire.

— Si t'es fin, tu risques rien, le rassura la jeune fille en riant. T'en venais-tu jaser avec moi ou bien tu venais faire une commission ?

Un grand sourire transforma le visage du garçon.

— Si tu m'invites à jaser, tu peux être certaine que je vais rester, dit Étienne, la voix un peu rauque.

Brusquement, sans aucune raison apparente, Françoise réalisa que l'homme qui se tenait devant elle, au pied des marches conduisant au balcon, était bien celui qu'elle voulait. Elle venait de prendre sa décision, simplement, comme si elle avait accepté un destin écrit dans le ciel.

— Monte, dit-elle à mi-voix. J'ai deux choses à te demander.

— Quoi ? fit Étienne, intrigué par le ton qu'elle employait.

— D'abord, je voudrais te demander si t'accepterais de me servir de cavalier samedi prochain, aux noces de mon oncle Jean-Paul.

— Moi ?

— Bien oui, toi. À moins que t'aies trop honte de te montrer avec moi dans la paroisse...

— Certain que je veux t'accompagner aux noces ! dit Étienne, enthousiaste.

— Une bonne chose de faite. À cette heure, j'ai une question à te poser, et gêne-toi pas pour me dire la vérité. Comment ça se fait que tu m'as jamais demandé de venir veiller chez nous ? Est-ce que c'est parce que tu me trouves laide ou parce que je t'intéresse pas ?

— Ben...

— Envoye, Étienne Fournier. Dis-moi pourquoi ! lui ordonna Françoise avec une certaine impatience.

— Si tu veux le savoir, j'avais peur que tu ries de moi si je te le demandais, avoua Étienne en bafouillant. Tu sais, moi, avec ma bosse...

— Laisse faire ta bosse, correct ? C'est pas une excuse pour m'avoir laissée poireauter pendant des semaines. Si t'as encore le goût de venir veiller, t'as du temps à rattraper, ajouta Françoise sur un ton beaucoup plus doux. Qu'est-ce que tu dirais de venir veiller deux fois par semaine ?

— J'aimerais ben ça, parvint à dire Étienne, rouge de plaisir.

— Penses-tu que tu vas avoir le temps de venir veiller avec moi à soir ?

— À sept heures et demie, je te promets que tu vas me voir arriver. Comment tu veux que je dise non à la plus belle fille de Saint-Jacques ?

— Je vais t'attendre, dit la jeune fille en lui adressant son sourire le plus enjôleur.

— Je vais avoir de la misère à attendre jusque-là, avoua Étienne... Avec tout ça, t'es en train de me faire oublier que j'étais venu donner des nouvelles de Louis qui m'a écrit.

— Viens. Ma mère est dans la cuisine en train de préparer le souper. Tu lui diras ce que mon frère t'a écrit.

Étienne suivit Françoise dans la cuisine d'été comme un somnambule. Céline finissait de peler les pommes de terre qui allaient accompagner le rôti de porc au souper. Quand le voisin eut fini de transmettre à la mère des nouvelles de son fils, Françoise lui annonça :

— Si ça vous dérange pas, m'man, Étienne va venir veiller avec moi au salon. Je lui ai demandé aussi de m'accompagner aux noces de mon oncle Jean-Paul.

— T'es le bienvenu, Étienne, se contenta de répondre Céline qui ne sembla pas étonnée du choix de sa fille.

Quand Clément revint à la maison après la traite des vaches, sa femme profita d'un moment où Françoise était sortie nourrir les porcs pour lui apprendre la nouvelle.

— Qu'est-ce que je t'avais dit ? triompha-t-elle. Je le sentais depuis le commencement que ça tournerait de même.

— Énerve-toi pas, lui conseilla son mari. Ils sont pas encore rendus au pied de l'autel.

— Peut-être pas, mais ça fait longtemps qu'ils ont l'air de bien s'entendre, tous les deux. J'ai l'impression que l'Étienne est prêt à lui passer tous ses caprices pour la garder.

— Elle pourrait tomber sur pire, conclut Clément.

Ce soir-là, le jeune cultivateur, fébrile et tout endimanché, vint frapper à la porte des Tremblay quelques minutes à peine après que la vaisselle eut été lavée. Il fut accueilli par une Françoise souriante qui avait fait, elle aussi, des frais de toilette. Étienne, un peu emprunté, salua les parents de sa belle avant que cette dernière l'invite à passer au salon.

Avec un soupir d'exaspération, Clément saisit sa chaise berçante et la transporta dans la cuisine d'hiver, à faible distance de la porte du salon.

— Maudit que j'haïs ça jouer au chaperon ! murmura-t-il à sa femme, les dents serrées.

— T'es mieux de t'habituer, mon vieux, répliqua Céline. Je t'annonce que tu vas les surveiller au moins un soir sur deux. Et surtout, essaye pas de dormir des bouts.

Pour toute réponse, le père de famille alluma sa pipe en jetant un coup d'œil à l'horloge. Dans le salon, assis l'un auprès de l'autre, Françoise et Étienne se parlaient à voix basse.

— J'espère que tu m'as pas trouvée trop effrontée en t'invitant à veiller ? demanda la jeune fille en rougissant légèrement.

— Jamais de la vie. Ça faisait des mois que j'avais envie de devenir ton amoureux. Remarque, ça me fait un peu peur. J'ai tellement vu mon père et ma mère s'haïr pendant des années que je voudrais pas avoir la même vie qu'ils ont eue, avoua-t-il sans fausse honte.

— Ça nous arrivera pas, promit Françoise en déposant sa main dans la grande main calleuse de son amoureux.

Table des matières

Composition et mise en pages réalisées
par Étianne Composition
à Montrouge.